凡例

一、本書の底本は、浮舟巻：東海大学付属図書館蔵桃園文庫源氏物語（明融本、以下『明』と略称）、蜻蛉・手習・夢浮橋巻：古代学協会・古代学研究所蔵大島本源氏物語（飛鳥井雅康等筆、以下『大』と略称）とする。翻刻に際しては、浮舟巻：桃園文庫影印叢書第二巻『源氏物語（明融本）II』（一九九〇年）、蜻蛉・手習・夢浮橋巻：角田文衞・室伏信助監修古代学協会・古代学研究所編『大島本源氏物語』（角川書店、一九九六年）の影印覆製本及びDVD-ROM版（角川学芸出版、二〇〇七年）によっている。文字表記は、現在行われている仮名の字体、常用漢字表にある漢字の字体を使用し、音便については、「ん」と「む」の類別は、底本表記に従っている。なお、用語検索には、『源氏物語語彙用例総索引』（上田英代他、勉誠社、一九九四年）を参照した。

二、読解の便を考慮し、底本に適宜次の操作を加えた。手を加えた表記については、校訂したところを除いて他は全て、底本のもとの姿を（ ）付きの振り仮名の位置に傍記し、原態にもどれるようにした。但し、校訂した部分の底本のもとの姿は、**【校異】**欄を参照されたい。

1、内容により段落を分けて改行し、大きい段ごとに番号（漢数字）と小見出しを加えた。

2、底本は、わずかに声点はあるが、原則的には濁点は見られない本文である。よって、近年の研究成果を踏まえ、本文及び振り仮名の位置の語に清濁の区別をした。更に、句読点を補い、会話には「 」を施し、会話文中の会話は『 』でくくり、それぞれ肩書きを添え、和歌は二字下げとした。

3、底本の漢字を適宜平仮名にし、底本の仮名書きの語には適宜現行の漢字を宛て、数を表す語は漢数字に改めたりしたが、底本のもとの姿は振り仮名の位置に（　）付で傍記した。
猶→なほ（猶）　なに許→何ばかり（なに許）　つくす→尽（つ）くす
4、底本の宛漢字の類は、現行の漢字に直し、もとの姿を、振り仮名の位置に（　）付きで傍記した。
几帳（木丁）　本性（上）　愛敬（あい行）づき
5、平仮名を繰り返す場合の反復記号「ゝ」「〳〵」は底本のままとしたが、漢字を繰り返す場合の反復記号「ゝ」「ミ」「〳〵」は、「々」に改め、底本のもとの姿は、（　）付きの振り仮名として傍記した。
6、仮名遣いは原則として歴史的仮名遣としたが、もとの姿を振り仮名の位置に、（　）付きで傍記した。
7、底本が「おもふ」「たまふ」「はへり」のように仮名書きの動詞・補助動詞は、漢字「思」「給」「侍」を宛て、活用形を考慮に入れて送り仮名を補ったが、底本のもとの表記は、振り仮名の位置に（　）付きで傍記した。
おもふ→思（おも）ふ　たまふ→給（たま）ふ　はべり→侍（はべ）り
ただし、「はべり」は「はむべり」の撥音無表記であるが、底本にはわずかに「はへし」が見られる。これは、「はべっし」の促音無表記とみて、「侍（はべ）し」のようにした。また、底本に見られる「侍し」も「はへし」である可能性を推測した場合には、「はへし（侍）」のようにした。
8、底本が「思」「給」「侍」のように、漢字一字で送り仮名のない動詞・補助動詞の場合は、活用形を考慮に入れて送り仮名を補ったが、底本のもとの姿は、振り仮名の位置に（　）付きで傍記した。
思→思ふ（思）　給→給ふ（給）　思給→思ひ給ふ（思給）　侍→侍り（侍）
9、底本が「聞こゆ」「奉る」のように、動詞と補助動詞と両方の用例のある場合は、原則として、動詞は「聞こゆ」「奉る」など漢字を宛て、補助動詞は「きこゆ」「たてまつる」など平仮名で表記した。しかし、底本において、「給ふ」「侍り」など、ほとんどが漢字で表記されている場合は、敢えてその原則を適用せず、全て漢字で表記した。

10、【注釈】で本文を引用する場合や用例を示す場合、主語や場面等を補った方がよいと思われる表現については、［　］を施して文中あるいは右側に傍記した。

三、底本に見られる墨・朱によるミセケチ、補入等については次の操作を加えて表示した。ただし、【校異】欄で、他の諸本とともに原形を提示している場合は、本文中には、ミセケチ・補入等の表示はしない。

1、墨又は朱によるミセケチなど、「ヒ」「、」「〻」を付している場合

墨のミセケチ：ありくかよふほうしの（かよふ　ヒヒヒ）

墨で塗りつぶした場合：塗りつぶして判読出来ない文字は、□にして囲み、消した文字があることを示した。

朱のミセケチ：ところで（ヒヒヒヒ(朱)）

ミセケチが墨と朱の場合：あけほの〻（ヒ(墨・朱)）

削り取ったり、胡粉によるものなのか水によるものなのか判明出来ない場合：ところで（ヒヒヒヒ(?)）

2、なぞり書き・重ね書きによる修正の場合

たて（ヒ　ちま(なぞり書き)）ちに（「て」の上に、「ちま」をなぞり書き）

いやしくことやそ（ヒ　う(重ね書き)）ならむ（「そ」の上に、「う」を重ね書き）

3、墨、朱、又は胡粉によるミセケチ・抹消をして、訂正を傍記している場合

墨の場合：さしば（「し」を墨でミセケチし、「ら」と墨で傍記）
朱の場合：ひまやうだちたる（「ひ」を朱でミセケチし、「い」と朱で傍記）
墨と朱の場合：うへは（「い」を墨でミセケチし、「は」と朱で傍記）
しらぬにやとさて（「さ」を朱でミセケチし、「ま」と墨で傍記）
なまかたはなる（「る」を朱でミセケチし、「る」と朱で傍記し、さらにその上に「る」と墨で傍記）
見開けたるに（「に」を朱でミセケチし、後でまた墨でミセケチし、さらに「に」を墨で傍記）
胡粉の場合：ひめ宮（「君」を胡粉で消しているというようなことを、本行本文に注記した。手習三五参照）

4、墨又は朱によって補入された場合

補入符号「○」と、補入文字が墨である場合：いふ○つけても（「○」が墨で、「に」が墨の補入）
補入符号「○」と、補入文字が朱である場合：こゑ○きゝしりて（○が朱で、「を」が朱の補入）
補入符号「○」が朱で、補入文字が墨である場合：人により○に従ひ（「○」が朱で、「事」が墨の補入）
補入符号「○」がないけれども、側の傍書文字を補入と判断した場合：あり●かしと（「り」の右下に、小文字で「き」と書かれているのを、傍書ではなく補入と判断した）

四、確認のために、同じ文字を墨又は朱で、重ね書き・傍書したときには、そのことを断っていない。また、ミセケチにして修正した文字、補入した文字を、後で抹消した場合には、最終段階の姿によって判断している。

五、底本に見られる、朱又は墨による傍書・注釈的書き入れについては、傍書・書き入れのある本文のそばに算用数字で、「なにがし」[1]、または、「左の大殿」[10]、のようにその場所を示し、傍書・書き入れされた文字は、本文・【校

異】欄の後の【傍書】欄に、

【傍書】　1源信僧都に思なそらへていへり　10六君コト（朱）

のように掲げた。傍書文字の形態などについては、傍書の末尾に（　）で記した。朱の傍書については傍書末尾に、右例の如く（朱）としたが、墨の傍書については、（墨）と記してはいない。朱と共存しているところの墨の傍書のみは、（朱）とともに（墨）も明記した。判読出来ない傍書は□で表した。

六、底本が、本文として問題があると判断した場合には、

ア本性

として、【校異】欄に、他の諸本を考慮に入れ、文法や語義等、当時の言語事実を勘案し、校訂するまたは校訂しない理由を付記した。

1、校訂には、『源氏物語大成』（池田亀鑑、中央公論社、一九五三年、『大成』と略称する）所収の校異篇（青表紙本系統のみ）、『源氏物語別本集成』（伊井春樹・伊藤鉄也・小林茂美、桜楓社、一九八九年、『別集』と略称する）、『河内本源氏物語校異集成』（加藤洋介、風間書房、二〇〇一年、『校異集成』と略称する）を参照した。ただし、『校異集成』所収の「吉田本」は、『伏』とした。

校異採録基準は、原則として、漢字・仮名の違いまでを示している。『大成』の青表紙校異、『校異集成』でしか見ていない間接的写本については、『大成』においてそれぞれが漢字・仮名表記の違いまでが示されていないので、やむを得ず、『大成』『校異集成』のまま採り込んでいる。

さらには、『大成』校異篇に未使用の次の諸本、

『明』　実践女子大学蔵写本（蜻蛉・手習・夢浮橋巻）

『伏』　吉田幸一氏蔵伏見天皇本影印『源氏物語一三・一四〈伏見天皇本〉』（古典文庫五七〇・五七八冊、一九九四～五年）
『陵』　宮内庁書陵部蔵三条西実隆奥書本（『宮内庁書陵部蔵青表紙本源氏物語』新典社、一九七〇年）
『穂』　穂久邇文庫蔵『源氏物語』(5)（日本古典文学影印叢刊7、貴重本刊行会、一九八〇年）
『飯』　書芸文化院春敬記念書道文庫蔵（『飯島本源氏物語一〇』笠間書院、二〇〇九年）
『徹一』　文安三（一四四六）年正徹奥書写本（宮内庁書陵部蔵）
『伝宗』　伝宗祇筆写本（個人蔵）
『大正』　室町後期写本（大正大学蔵　大正大学図書館貴重書画像公開ホームページによる）
『紹』　天正八（一五八〇）年里村紹巴奥書写本（蓬左文庫蔵）
『幽』　細川幽斎等筆写本（熊本大学図書館寄託永青文庫蔵　国文学研究資料館蔵マイクロ資料の紙焼）
『蓬』　蓬左文庫蔵鎌倉時代写本（浮舟巻）（『源氏物語古本集』日本古典文学影印叢刊18、貴重本刊行会、一九八三年）
『徹二』　江戸時代初期写本正徹奥書転写本（国文学研究資料館蔵）
『ハ』　ハーバード大学美術館蔵『源氏物語』「蜻蛉」（新典社、二〇一四年）
を参照した。また、『大成』所収の、次の諸本、
『池』　伝二条為明筆写本（桃園文庫旧蔵、天理図書館蔵）
『肖』　伝牡丹花肖柏筆写本（天理図書館蔵）
『榊』　榊原家蔵本（浮舟・手習・夢浮橋巻）（『源氏物語榊原本　五』国文学研究資料館影印叢書4　勉誠出版、二〇一三年）

『三』　三条西家証本（『日本大学蔵源氏物語第一〇・一一巻』八木書店、一九九六年）
『御』　東山御文庫蔵御物各筆源氏（貴重本刊行会、一九八六年）
『尾』　尾州家旧蔵名古屋市蓬左文庫蔵（『尾州家河内本源氏物語第十巻　浮舟・蜻蛉・手習・夢浮橋』八木書店、二〇一三年）
『宮』　高松宮御蔵河内本源氏物語一二（臨川書店、一九七四年）
『保』　東京国立博物館蔵保坂潤治旧蔵（蜻蛉・手習・夢浮橋巻）（保坂本源氏物語影印、おうふう、一九九七年）
『陽』　陽明文庫蔵本源氏物語一五・一六（陽明叢書国書篇第一五・一六輯、一九八二年）
については、必ずしも『大成』に従わず、写本又は複製本によって確認し、漢字・仮名の違いまでを示した。
2、【校異】欄に掲げる、青表紙本（青）、河内本（河）、別本（別）諸本の略称と本文の掲げ方は、『大成』校異篇による。さらに、『大成』校異篇に未使用の諸本については、右の1項に掲げた略称を用いた。ただし、ミセケチ、補入符号の掲げ方は、『大成』校異篇には従わず、本書の本文表記と同じにした。また、甚だしい異文のうち、落丁は「落丁」、脱落は「ナシ」、焼失は「焼失」とした。
3、底本には補入・ミセケチが多く、それらについては、諸本を参照し、書き込まれた補入が、底本の原態を復元する、よりよい本文であると判断したものについては、補入された表記のままの本文にした。補入・ミセケチを含む部分で校訂した場合には、物語本文としては校訂本文を示して、底本の補入またはミセケチの様子は、【校異】欄に示した。
七、　現行の注釈書、辞典類を使用した場合には、それぞれ次のように略記した。なお引用に際しては、読解の便を考慮に入れて適宜表記を改めた場合がある。

〈注釈書〉

『対校源氏物語新釈』　→『対校』　『新潮日本古典集成』　→『集成』
『日本古典全書』　→『全書』　『完訳日本の古典』（小学館）　→『完訳』
『日本古典文学大系』　→『大系』　『新日本古典文学大系』　→『新大系』
『源氏物語評釈』　→『玉上評釈』　『新編日本古典文学全集』　→『新全集』
『日本古典文学全集』　→『全集』　『源氏物語の鑑賞と基礎知識』　→『鑑賞』

〈辞書・辞典〉

『五本対照類聚名義抄和訓集成』（汲古書院）　→『名義抄』　『日本国語大辞典』（小学館）　→『日国大』
十巻本『和名抄』前田家本　→『和名抄』　『日本国語大辞典第二版』（小学館）　→『日国二』
『岩波古語辞典補訂版』（岩波書店）　→『岩波古』　『歌ことば歌枕大辞典』（角川書店）　→『歌ことば』
『古語大辞典』（小学館）　→『古語大』　『日本文法大辞典』（明治書院）　→『文法大』
『古語大辞典』（角川書店）　→『角川古』

八、古注についても、次の略称を用い、引用に際しては、読解の便を考慮に入れて適宜表記を改めた場合がある。

『源氏釈』　→『釈』　『源氏和秘抄』　→『和秘』
『奥入』　→『奥』　『花鳥余情』　→『花鳥』
『紫明抄』　→『紫明』　『源語秘訣』　→『秘訣』
『河海抄』　→『河海』　『一葉抄』　→『一葉』
『一滴集』　→『一滴』　『弄花抄』　→『弄花』

『細流抄』→『細流』　『湖月抄』→『湖月』
『明星抄』→『明星』　『源註拾遺』→『源註』
『紹巴抄』→『紹巴』　『源氏物語新釈』→『新釈』
『源氏物語聞書』（覚勝院抄）→『聞書』　『玉の小櫛』→『玉』
『万水一露』→『万水』　『源注余滴』→『余滴』
『孟津抄』→『孟津』　『源氏物語評釈』→『評釈』
『岷江入楚』→『岷江』

九、注釈のために参照した著書・論文については、本書に初出のところで、著者・書名・出版社・出版年を記し、しばしば使用するものについては、その都度略号を示して用いた。

一〇、本注釈書に関する本文の引用や既述については、次のように記した。

1、本文の引用は巻名と段による。

例…浮舟三

2、既述・参照は巻名と段による。

例…既述（浮舟一）

一一、『白氏文集』は那波本または平岡武夫・今井清校定『白氏文集』（京都大学人文科学研究所）により、引用には、花房秀樹著『白氏文集の批判的研究』（朋文書店、一九七四年）による、作品番号を付した。なお金沢文庫旧蔵本または明暦三年版本、佐久節『白楽天全詩集』（日本図書センター）などを参照しつつ、適宜訓読した。漢籍については、主として和刻本『漢文大系』（冨山房）を参照し、その場合には『漢文大系』と略記した。『大正新脩大蔵経』などの経典関係の引用は、私に適宜訓読をした。

一二、底本の擦消・塗抹等で、判読不明な箇所の判断には、藤本孝一「大島本源氏物語の書誌学的考究」（『大島本源氏物語　別巻』角川書店、一九九七年）を参照した。

一三、大島本源氏物語の本文の検討については、藤本孝一氏の御教授、総検索CD作成については、畏友、熊倉千之氏の御助言によるところが大であったので、深く御礼申しあげる。

浮舟

浮舟系図

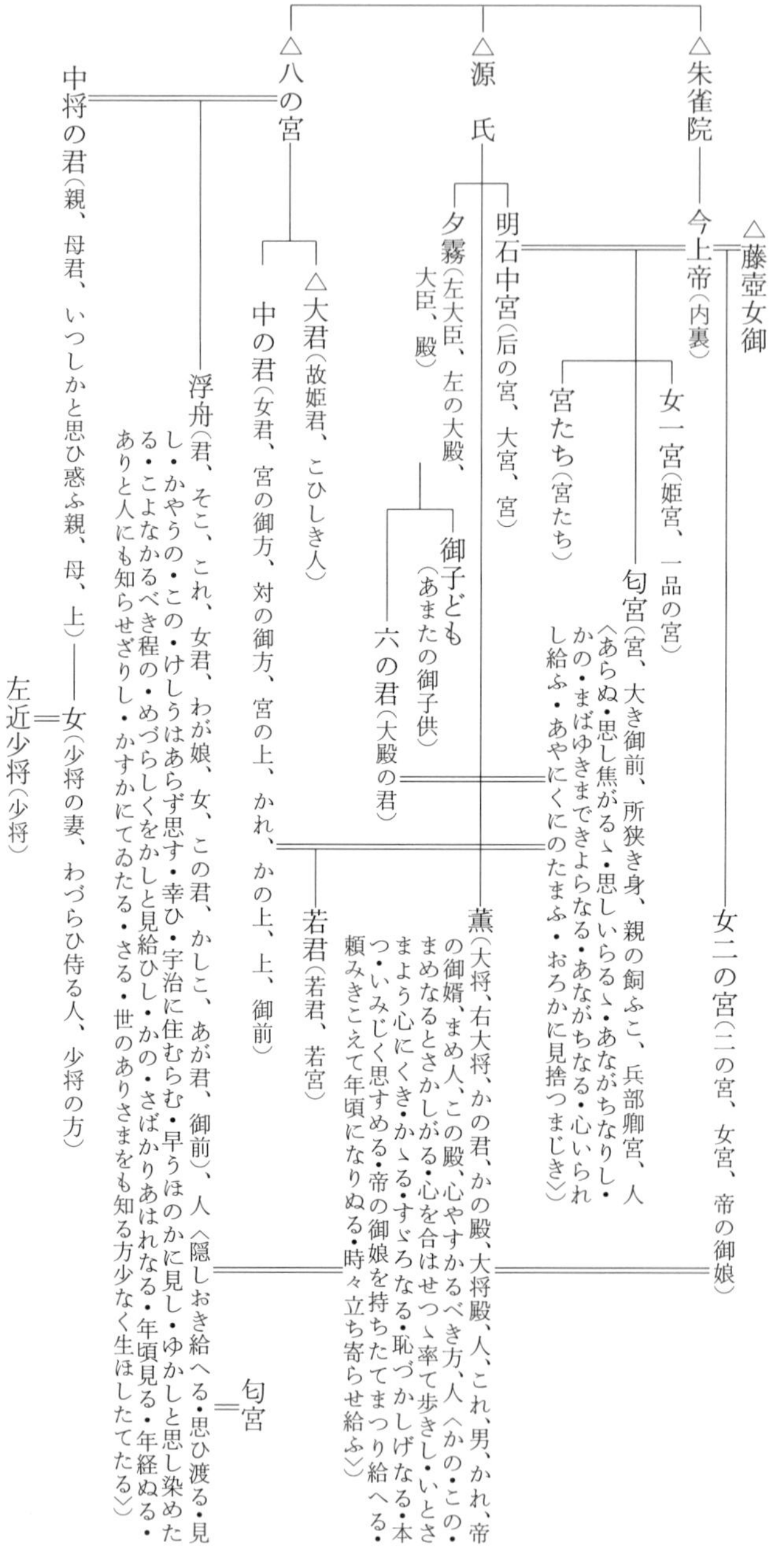

一、本巻の登場人物をまとめた系図である。
一、記号は、それぞれ以下のことを示す。
一、＝夫婦、愛人の関係
一、─血縁関係
一、△　故人
一、（　）内は、この巻での、その人を指し示す一般的呼び名を表す。

中将の君の配下の者（迎への人、荒らかなる七八人）

匂宮の漢籍の師の大内記（家司の婿、内記、五位二人、しるべの内記、式部少輔、少輔、式部少輔道定朝臣、道定朝臣、人〈この・このおとなふ〉）＝＝女

薫の家司の大蔵大輔（家司、仲信、内記が知る人の親、大蔵大輔）――女

因幡守（因幡守）
○＝＝匂宮の乳母Ⅰ
　匂宮の家司の出雲権守時方（御乳母子、時方、大夫、五位二人、客人の主、守の君、左衛門大夫、出雲権守時方朝臣、かど〳〵しき人、人〈若き・眷属の〉）

匂宮の乳母Ⅱ（わが御乳母、受領の妻）＝＝受領（受領、家主）

薫の御荘の人（内舎人）――女＝＝婿（右近大夫）

大輔の君（大輔、大輔のおとゞ）
　姉（常陸）
　右近（右近、大輔が娘、若き人）

浮舟の乳母（おとゞ、まゝ、老いぬる人、乳母、憎き者、さかしき乳母・まゝ）――娘（娘の子生む）

侍従の君（侍従、めやすき若人、これ、今一人、人〈若き・心弱き・この〉）

因幡守別邸の宿守（宿守）

内舎人の配下の者（宿直人、田舎人ども、宿直にある者ども、さるべき男）――女＝＝右近大夫

薫の随身（舎人の人、殿の御随身、例の随身、下衆）

時方の従者（男、時方と召しゝ大夫の従者、劣りの下衆、出雲の権守時方朝臣のもとに侍る男、ありけむ男、心知りの男、御気色見る人）

中の君女房　少将（少将）

右近の召し使い（右近が従者）

浮舟に仕える童（小さき童、幼き人、この子、人の参らせたる童、これ）

弁の尼（尼、尼君）

常陸の乳母（まゝ）

〔巻名の由来〕宇治川対岸の小家に、匂宮に寄り添って渡るとき、「これなむ橘の小島」と言って歌を詠みかけられた浮舟が、「橘の小島の色は変はらじをこのうき舟ぞ行方知られぬ」と応じた歌による。

〔年齢〕匂宮二十八歳、薫二十七歳、春。中の君二十七歳、浮舟二十三、四歳。

〔梗概〕好色な匂宮は、二条院での「ほのかなりし夕べ」の女が忘れられず、中の君に問いただし、行方を捜して年が明けた。世間体を憚る「のどけさ過ぎたる」薫は、宇治に据えた浮舟を都に迎える準備を進めていた。

翌年正月、浮舟から中の君への贈り物と手紙が届けられた。文面から匂宮は、捜していた女を中の君が薫と共謀して宇治に隠しているかと疑った。嫉妬した匂宮は、家臣に調べさせ、薫の隠している女が、自分の捜している「ほのかに見し人」であると知った。匂宮は、密かに宇治に赴き、あの時の女であると確認し、薫を装って右近を欺き、女のもとに強引に忍び込んだ。翌朝、匂宮だと知った右近は、匂宮を薫と取り繕って画策する。

二月、何も知らない薫は浮舟を訪問し、三条宮近くに浮舟を移せる用意が出来たと知らせて来た。一方匂宮からも、「のどかなるべき所」を用意したと連絡があった。浮舟は、薫の恋人として、宇治に据えられた身であると、理性では解りながら、熱烈で行動的な匂宮を拒否することが出来ず、悩ましい。何も知らない薫は、そのような浮舟を前にして、故大君を思い出し、これまでにない「都馴れゆく」大人びた浮舟への執着を深める。

宮中の酒宴で、薫の「我を待つらん宇治の橋姫」の一言は、匂宮の嫉妬心をあおり、匂宮は再び薫を装って宇治を訪問し、時方の案内で対岸の隠れ家に渡り、可憐な浮舟に酔い痴れる二日間を過ごし、帰京後病臥した。やがて薫は、女二の宮の了解を得て、四月十日に浮舟を迎える意向である。それを知り、匂宮は薫の先手を打って、浮舟を受領の留守宅へ迎えると言って来た。匂宮との関係が薫に知れ、薫は浮舟の警備を厳重にする。二人の男の求愛を受けて破滅した、右近の姉の悲話を知った浮舟は、汚名を後世に残すことを防ぐため、入水する決意をした。

浮　舟

一　匂宮、浮舟に執着するも、中の君、語らず

一 宮、なほ(を)、かのほのかなりし夕(ゆふ)べを思(おぼ)し忘(わす)るゝ世なし。こと〴〵しき程(ほど)にはあるまじげなりしを、人柄(がら)のまめやかにをかしうもありしかなと、いとあだなる御心は、くちをしくてやみにしことゝねたう思(おぼ)さるゝまゝに、女君(ぎみ)[1]をも、匂宮「かうはかなきことゆゑ(へ)、あながちにかゝる筋(すぢ)のもの憎(にく)みし(給)給ひけり。思(おも)[2]はずに心憂(う)し」とはづかしめ恨(うら)みきこえ給(給)ふ折々(をり〳〵)は、いと苦(くる)しうて、ありのまゝにや聞(き)こえてましと思(おぼ)せど、ニ[3]やむごとなきさまにはもてなし給(たま)はざなれど、あさはかならぬ方(かた)に心とゞめて人の隠(かく)しおき給へる人を(を)、もの言(物い)ひさがなく聞(き)こえ出(い)でたらんにも、さて聞き過(きゝす)[4]ぐし給(給)ふべき御心ざまにもあらざめり、候(さぶら)ふ人の中(なか)にも、はかなうものをものたまひ触(ふ)れんと思(おぼ)し立(た)ちぬる限(かぎ)りは、あるまじき里(さと)まで尋(たづ)ねさせ給(給)ふ御さまよからぬ本性[ア]なるに、さばかり月日を経(へ)て思(おぼ)しゝむめる辺(あた)りは、まして、必(かなら)ず[5]見苦(みぐる)しきこと取(ゝ)り出(い)で給(給)ひてむ、ほかより伝(つた)へ聞(きゝ)き給はんは、いかゞはせん、いづ方(かた)ざまにも、いとほし(を)くこそはありとも、防(ふせ)ぐべき人の御心ありさまならねば、よその人よりは聞(きゝ)きにくゝなどばかりぞおぼゆべき、とてもかくても、わが怠(をこた)りにてはもてそこなはじと思ひ返(かへ)し給(給)ひつゝ、いとほし(を)ながらえ聞(き)こえ出(い)で給はず、異(こと)ざまにつき〴〵しく

はえ言(い)ひなし給はねば、押(を)し込(こ)めて、もの怨(ゑん)じゝたる世の常(つね)の人になりてぞおはしける。

【校異】

ア　本性――「○〔御〕本正」青（明）「○〔御〕本上」青（幽）「御ほんしやう」青（榊・伏）「御本上」青（三・徹二・紹）別（麦・蓬）「御本性」青（肖）別（阿）「ほんしやう」青（池・横・平）河（静・前・大・鳳・兼・岩・七）別（伝宗）「本上」青（大正・徹一・保・陵・穂）河（尾・御・飯）別（陽・宮・国・蓬）。なお『大成』は、「ほんしやう」、『集成』も「本性(ほんじやう)」であるのに対して、『大系』は「（御）本性」、『全書』『玉上評釈』『全集』『完訳』『新大系』『新全集』は「御本(ほん)（本）性(じやう)（正・性）」。匂宮の不体裁な好色癖に、「御」をつけて「御本性」とするか否かの違いである。匂宮の好色癖については、中の君が、「いと聞きにくき人の御本性にこそ」（東屋二七）「あだなる御本性こそ見まうき節も交じれ」（浮舟三）と嫌がる心中に用いられた場合には、「御本性」となるが、当該例は、地の文である。地の文ならば、物語中において、「思ひのままに、籠めたるところおはせぬ本性」（賢木三八）の右大臣や、「立てたる所昔よりいと解け難き人の本性」（行幸六）の内大臣のように、高貴な人の場合でも、批判的な性質として語られる場合には、「御本性」ではなく「本性」と語られている。匂宮の性質については、地の文においても、「言の葉多かる御本性なれば」（東屋二六）「あだなる御本性こそ見まうき節もまじれ」（浮舟三）のように、「御」を伴う例があるけれども、当該例は、「あるまじき里まで尋ねさせ給ふ御様よからぬ」と、語り手の強い批判的気持ちを述べる文であるので、身分の高い匂宮であっても、この場合は『幽』の行本文及び、『池』以下多くの諸本の如く、「御」をつけなかったと見てよいのではなかろうか。底本は、

（二丁オ三行）

のごとくあり、補入の印「○」を付した補入文字「御」は後筆のようである。以上の如く勘案し、底本の、補入されない元の本行本文が、本来の物語本文であったと推測し、「本性」を採択する。

【傍書】　1中君ノ嫉妬ヲ云　2中詞　3浮コト　4浮船ノ名ノコト　5匂ト薫トノ中間コト

【注釈】

一　宮、なほ、かのほのかなりし夕べを…ありのまゝにや聞こえてましと思せど　「ほのかなりし夕べ」は、中の君が洗髪していた際に、匂宮が浮舟を「今参りのくちをしからぬなめり」（東屋二五）と見て、突然強引に襲って、ほのかな契りであった夕べ（同二五）のこと。「ほのか」の「ほの」は光や形が僅かに薄く見えて知覚される形状語。「ほのか」は「ほのかにも軒端の荻を結ばずば露のかことを何にかけまし」（夕顔二六）「若木の桜ほのかに咲きそめて」（須磨二七）などとあり、僅かにそれと分かる程度であっても、「何らかの量や程度が小さい状態の描写」（朴英美「薄く書く和歌―『源氏物語』における「ことば」としての筆跡―」『日本文学』二〇一五年六月）の意。ここは浮舟を見初めたが、相手を確かめ、互いに名告りあって、双方合意の契りはなかったことを示す。「こと〳〵しき程にはあるまじげなりし」は、浮舟のことを、大した身分ではないらしい、中の君にお仕えし始めた女房か、と見た、匂宮の判断をいう。「あだなる御心は、くちをしくてやみにしことゝ」は、浮舟と「ほのかなりし夕べ」の後逢えないままであるのが、好色な匂宮なので、残念で物足りないと思ったこと。匂宮は浮舟を新参の女房かと思い、浮舟は当初は匂宮を薫かと勘違いするが、気丈な乳母の必死の抵抗と、右近の、明石中宮の病気の通報により、女の素性も明かされないまま引き離されてしまい、その後女を探す方途もなくしていた。「女君」は中の君。「からはかなきこと」は、こんな些細な好色沙汰を、の意で、「ほのかなりし夕べ」の件を指す。匂宮は、相手は新参の女房かと思っているので、中の君が嫉妬する程の女ではないとする。「あながちにかゝる筋のもの憎みし給ひけり」は、不都合にも、この程度の女のことを嫉妬なさったのですね、の意。あの夕べの女のことが中の君に知られて以来、中の君が嫉妬して、匂宮に女の素性を伏せていると思われて、匂宮と気まずい応酬をしていたことをほのめかす発言である。事件のことを乳母から知らされた（東屋三一）浮舟の母中将の君は、浮舟を中の君から引き取り、三条の小家に隠してしまった（同三二）ので、匂宮は浮舟の行方を捜していたという、東屋巻末場面につながる。「ほのかなりし夕べ」の女が中の君の異母妹であるとは知らず、中の君から女の居場所を聞き出し得ていない匂宮は、中の君が嫉妬して女をどこかに隠したのであろうと疑っている。「ありのまゝに」は、浮舟は新参者ではなく、中の君の異母姉妹であり、今は薫の思い人として宇治に引き取られているという実情をそのままに、の意。

二　**やむごとなきさまにはもてなし給はざなれど…世の常の人になりてぞおはしける**　「やむごとなきさまにはもてなし給はざなれど」は、薫が浮舟を尊重すべき妻の一人としてはお扱いにはならないようだが。「［三条］かの宮に迎へ据ゑむも、音聞き便なかるべし…しばしこゝ［宇治］に隠してあらん」（東屋四三）とある薫の心中思惟に照応させれば、浮舟を三条の宮に引き取る積もりはない意。「人の隠しおき給へる」は、薫が、浮舟を宇治に隠し据えおかれていること。「さて聞き過ぐし給ふべき御心ざまにもあらざめり、候ふ人の中にも、はかなうものをものたまひ触れんと思し立ちぬる限りは、あるまじき里まで尋ねさせ給ふ御さまよからぬ本性なる」は、匂宮の好色のことで、既述（同二六）。「さばかり月日を経て思しゝむめる辺り」は、これ程月日が経っても、心に深く一途に思い込んでおられるような人の辺り。匂宮が二条院で浮舟を見つけたのは八月末日（同二五）のことであり、以来、三、四ヶ月経過しているのに、匂宮は忘れることがなく、深く女に執着している様子を語る。「見苦しきこと」は、浮舟が薫に引き取られていると知った匂宮が、薫から奪い返そうとして、叔父甥関係の高貴な身内の間で、浮舟の取り合いをするような、世間的に見苦しいこと。「いづ方ざまにも」は、薫にも浮舟にも。「よその人よりは聞きにくゝ」の「よその人」は他人。「夫の浮気の相手が妹では」（『新全集』）とする、相手が異腹の妹の場合の不都合をいうのではない。浮舟の奪い合いをするのが、身内の間柄では、赤の他人同士の男が奪い合いをするよりも、世評がやかましく体裁が悪くの意。「ばかりぞおぼゆべき」は、ということぐらいは考えられるであろうという、中の君の思念。「わが怠りにてはもてそこなはじ」の「わが怠り」は中の君の手落ちの意。中の君が、匂宮からの恨みを買わないために、要望通りに浮舟の居場所を教えるような失態をして、その結果、身内同士の薫と匂宮との間で、浮舟の奪い合いをするような醜態が生じる事態にはすまいと思う意。「いとほしながらえ聞こえ出で給はず」の「いとほし」は、自己の行為に責任を感じてすまなく思う心の表現で、既述（帚木九）。必死に浮舟の行方を探す匂宮を見て、中の君は、隠していて申し訳ないけれども、浮舟の居場所は匂宮にはお教え申し上げない。「異ざまにつき〴〵しくはえ言ひなし給はねば」は、嘘をついて、匂宮の心を慰めるような工作をなさるような中の君ではないので。「押し込めて」は、浮舟の居場所を知っていながら、中の君が、匂宮には絶対に教えないで自分の心の中に隠している。「もの怨じゝたる世の常の人になりてぞおはしける」は、中の君は、浮舟は匂宮との「ほのかなりし夕べ」のことを耐え難く嘆いていると承知しているので、浮舟には嫉妬していないのである。しかし、匂宮には、浮舟が中の君の異母妹であり、今は薫の恋人になっているという事実を知らせたくないので、中の君は、浮気する夫に、世間一般の妻が嫉妬心を抱くように振る舞っておられる意。

二　薫、密かに浮舟を引き取ろうとする

一　かの人は、たとしへなくのどかに思(おぼ)しおきて(を)ゝ、待(ま)ち遠(どを)なりと思ふ(思)らむと、心苦(ぐる)しうのみ思ひ(思)やり給(たま)ひながら、ところ(所)せき身の程(ほど)を、さるべきついでなくて、[ア]かやすく通(かよ)ひ給ふ(給)べき道(みち)ならねば、神のいさむるよりもわりなし。二　されど、今(いま)いとよくもてなさんとす[1]、山里(ざと)の慰(なぐさ)めと思ひ(思を)おきてし心あるを、少(すこ)し日数(ひかず)も経(へ)ぬべきことゞも作(つく)り出(い)でゝ、のどやかに行(ゆ)きても見む、さてしばしは人の知(し)るまじき住(す)み所して、やう〴〵、[2]さる方(かた)にかの心をものどめおき(を)、わ

がためにも、人のもどきあるまじくなのめにてこそよからめ、にはかに何(なに)人ぞ、何時(いつ)よりなど聞き咎(きゝとが)められんもゝの騒(さは)がしく、[3]初(はじ)めの心に違(たが)ふべし、また(又)、宮の御方の[4]聞き思(きゝおぼ)さむことも、もとの所をきはぐ\しう率(ゐ)て離(はな)れ、昔(むかし)を忘(わす)れ顔(がほ)ならん、いと本意(ほい)なしなど思(おぼ)しゝづむるも、例(れい)の、の(ゝ)ど[5]けきさ[ヒ]過(す)ぎたる心からなるべし。渡(わた)すべき所思(おぼ)し設(まう)けて、忍(しの)びてぞ造(つく)らせ給(給)ひける。

【校異】
ア　かやすく――「かやしく[スイ]」青（明）「かやしく」青（平）「かやすく」青（池・横・大正・肖・徹一・陵・保・榊・伏・三・徹二・穂・紹・幽）河（尾・御・静・前・大・鳳・兼・岩・飯・七）別（陽・宮・国・麦・阿・蓬・伝宗）。なお『大成』は「かやすく」、『全書』『大系』『玉上評釈』『全集』『集成』『完訳』『新全集』も「かやすく」であるのに対して、『新大系』は「かやしく」。『明』の傍書「スイ」は本行本文と字体が異なり、後筆と思われる。『明』『平』以外は「かやすく」であることを重視し、「かやしく」は、他に類例を見ない独自の表現であるので、底本の間違いと見て「かやすく」に校訂する。

【傍書】　1浮ヲ京ヘノコト　2浮コト　3道心ナト、云シコト　4中君ノ心ニ大君ヲ薫ノ忘カト思ハレント也　5薫心ノコト

【注釈】
一　**かの人は、たとしへなくのどかに思しおきてゝ…神のいさむるよりもわりなし**　「かの人」は、薫。「たとしへなくのどか」は、薫の喩えようもなくゆったりと構える気風。「おぼしおきて」は、ずっとお心に決めて、心懸けておかれる意。薫の「のどか」に構える心がけについては、とくに大君からは、「心ばへののどかにもの深くものし給ふ」（総角二五）「こよなうのどかにうしろやすき御心」（同三六）の「心のどかなる人」（同二六）と見られ、弁の尼からも、「あやしきまで心のどかに、もの深うおはする君」（東屋三九）と見られており、大君、弁の尼からは称賛される人柄として捉えられていた。しかし当該の「たとしへなくのどか」は、少し悠長に過ぎるという、批判を帯びた

薫評である。「ところせき身の程」は、薫は今権大納言兼右大将である（宿木四八参照）が、そのことよりも、女二の宮と盛大な結婚をした、今上帝の婿という、窮屈な身の程の意に解すべき。「神のいさむる」は、「恋しくは来てもみよかしちはやぶる神のいさむる道ならなくに」（伊勢物語七一）による、神の戒めの意。「神のいさむるよりもわりなし」は、神のお咎めを受けるので恋人にたやすく逢えないといって嘆く気持以上に、たやすく浮舟に逢えないので嘆かわしく耐えがたいほどの薫の心情。

二　**されど、今いとよくもてなさんとす…忍びてぞ造らせ給ひける**　「されど、今いとよくもてなさんとす」は、そのような薫ではあるが、そのままいつまでも浮舟を宇治のような辺鄙な所に放置するつもりではなく、そのうちに、都に迎えようという意向をいう。「もてなさんとす」は、ここでは処遇したい、世話をしたい意。「山里の慰めと思ひおきてし心」は、薫が、大君に似た「人形をも作り、絵にも描きとりて、行ひ侍らむ」（宿木三七）という思いから、大君に似た人ならば、「山里の本尊にも」（同三八）思って拝したい意向であったこと。「少し日数も経ぬべきこと」は、数日、薫が宇治に滞在出来そうな理由。「のどやかに行きても見む」は、ゆったりと落ち着いて出掛けて行って逢おうの意。「のどやか」は、薫の性格。「さてしばしは人の知るまじき住み所して」の「住み所して」の「して」は、手段方法を表わす格助詞。しばらくの間は、浮舟を、人に見つからない住まいに隠して置きたいの意。「やう〳〵、さる方にかの心をものどめおき」の「さる方」は、薫の恋人の意。時間をかけて、次第に、たまに大君の思い出の代わりに訪れ、薫の恋人として扱い、浮舟の気持ちを和らげるようにしようという、悠長な薫の考え方である。「わがためにも、人のもどきあるまじくなのめにてこそよからめ」は、世間体を憚る、薫の浮舟処遇で、「もの〳〵しげにて、かの宮に据ゑむも、音聞き便なかるべし」（東屋四三）「しばしこゝに隠してあらん」（同三）と思っていたのに照応。「初めの心」は、「山里の慰めと思ひおきてし心」に同じ。「宮の御方」は中の君。「もとの所をきは〴〵しう率て離れ、昔を忘れ顔ならん」は、薫が、大君追慕の心情を中の君に訴えて、形代としての浮舟を得た手前、今すぐ宇治から浮舟を連れ出すのは、中の君に大君を忘れ顔に受け取られるであろうという、薫の中の君を配慮する心情のこと。「思しゝづむる」は、浮舟を恋しく思う薫の心を鎮める意。「のどけさ過ぎたる心」は、前述の悠長な薫の心への、語り手の批判である。「のどやか」「のどけさ過ぎたる心」と、くり返されることは、後の伏線ともなる。「渡すべき所思し設けて、忍びてぞ造らせ給ひける」は、先々のことはしっかりと考えておられ、浮舟を都に引き取るための住い所は、こっそり造営しておられる意。

三　若君をいつくしむ中の君、六の君よりも大切にされる

一 少し(すこ)暇(いとま)なきやうにもなり給ひ(給)にたれど、宮の御方には、なほ(猶)たゆみなく心寄せ(よ)仕う(つか)まつり給ふこと(給事)、同じ(おな)やうなり(也)。見(み)たてまつる人も怪(あや)しきまで思(おも)へれど、世の中(世中)をやう〱思(おぼ)し知り(ゝ)、人のありさまを見聞き給ふ(きゝ給)まゝに、これこそはまことに、昔(むかし)を忘(わす)れぬ心長(なが)さの名残(なごり)さへ浅(あさ)からぬ例(ためし)なめれと、あはれも少(すく)なからず。1 ねびまさり給ふ(給)まゝに、人柄(がら)もおぼえもさま異(こと)にものし給へば、宮の御心のあまり頼(たの)もしげなき時々(〲)は、思(おも)はずなりける宿世(すくせ)かな、故姫君(こひめ)の思(おぼ)し掟(をき)てしまゝにもあらで、かくもの思(物おも)はしかるべき方にしもかゝりそめけんよと、思(おぼ)す折々(おり〱)多く(おほ)なん。二 されど、2 対面(たいめ)し給ふこと(給事)は難(かた)し。

年月も余り(あま)昔(むかし)を隔(へだ)てゆき、内々(うち〱)の御心を深う(ふか)知(し)らぬ人は、なほ〱(お)しきたゞ人こそ、さばかりのゆかり尋(たづ)ねたる睦(むつ)

びをも忘(わす)れぬにつき〴〵しけれ、なか(中)〳〵から限(かぎ)りある程(ほど)に、例(れい)に違(たが)ひたるありさまもつゝましければ、宮の絶(た)えず思(おぼ)し疑(うたが)ひたるもいよ〳〵苦(くる)しう思(おぼ)しはゞかり給(たま)ひつゝ、お(を)のづからうときさまになりゆくを、さりとても、絶(た)えず同(おな)じ心の変(か)はり給(たま)はぬなりけり。宮も、あだなる御本性(上)こそ見まうき節(ふし)も交(ま)じれ、若君(わかぎみ)のいとうつくしうおよすげ給(給)ふまゝに、ほかにはかゝる人も出(い)で来(く)まじきにやと、やむごとなきもの(物)に思(おぼ)して、うちとけなつかしき方(かた)には人にまさりてもてなし給へば、[3]ありしよりは少(すこ)しもの思(物おも)ひしづまりて過(す)ぐし給(給)ふ。

【傍書】　1薫コト　2薫コト　3中ニ

【注釈】

一　**少し暇なきやうにもなり給ひにたれど…人柄もおぼえもさま異にものし給へば**　「少し暇なきやうに」は、薫の公的な地位の高さによるのではなく、薫の私生活における、配慮する女君として、正夫人の女二の宮以外に、宇治に隠し据えている浮舟も加わったことによる、多忙さのこと。「宮の御方には、なほたゆみなく心寄せ仕うまつり給ふこと」は、まだ、薫は大君のことが忘れられず、中の君に絶えず言葉をかけ親しむようにされていること。このことは、大君の代わりの存在として、宇治に隠し据えた浮舟が、薫の心をつかみ得ていないことを表す。「怪しきまで思へれど」は、薫が中の君を親密に世話をしている、親しい関係を、昔のことを知らない人は、何故薫が中の君のことを親しく世話をするのかと不審に思う程である意。「昔を忘れぬ心長さの名残さへ浅からぬ例」は、深く愛し合っていた間でも、女が死んでしまえば、男はすぐに死んだ女のことは忘れることがよくあることであるのに、薫は大君死去後も何時までも大君のことを忘れず、大君の妹として中の君に対する親愛の気持を持っている人であること。

「あはれも少なからず」は、中の君の薫に対する親愛の気持はあるの意。「人柄もおぼえもさま異にものし給へば」は、薫の人柄も、世間的名声も格別に優れていると、中の君には思われること。

二　されど、対面し給ふことは難し…ありしよりは少しもの思ひしづまりて過ぐし給ふ　「されど、対面し給ふことは難し」の「されど」は、上文の薫の人柄声望の美点と「故姫君」の意図に反し、匂宮と結婚した身を嘆かわしく思う折を指し、そうではあるが、中の君が薫にお目にかかる事は難しいこと。匂宮は中の君と薫の関係を疑い（宿木二九等）、薫はまた中の君に「忍びあまりたる気色」（同三四）を見せることによる。「さりとても、絶えず同じ心の変はり給はぬ」の「さりとても」は、中の君が「おのづから疎きさまになりゆく」を指す。それでも薫の方は、昔の大君生存中と同じ気持で、御心変わりなさることなく中の君の世話をされる。「あだなる御本性」は、「少しなよびやはらぎて、好いたる方に引かれ」（匂兵部卿七）る、匂宮の好色のことで、既述（浮舟一）。「ほかには」は、匂宮の正室六の君との間を指す。「うちとけなつかしき方には人にまさりてもてなし給へば」は、中の君が、薫と親しまないように気配りしているので、薫との関係を匂宮に疑わせることもなく、匂宮は六の君よりも中の君の方を、仲睦まじく気の許せる女君として扱われるようになったこと。

四　浮舟から中の君へ、新春の贈物

一
正月(む)のついたち過(す)ぎたる頃渡(ころわた)り給(給)ひて[1]、若君(わかぎみ)の歳(とし)まさり給へるをもてあそびうつくしみ給ふ昼(ひる)つ方(かた)、小(ち)さき童(わらは)、緑(みどり)の薄様(うすやう)なる包(つゝ)み文(ぶみ)の大(おほ)きやかなるに、小(ち)さき鬚籠(ひげこ)をこまへ(ヒ)につ(つ)けたる、また(又)、すく／＼しき立文(たてぶみ)取り添(そ)へて、あうなく(ふ)走(はし)り参(まい)る、女君(ぎみ)に奉(たてまつ)れば、宮、匂宮「それは、いづくよりぞ」とのたまふ。女童「宇治より、大輔(たいふ)のおとゞに

とて、もてわづらひ侍りつるを、例の、御前にてぞ御覧ぜんとて取り侍りぬる」と言ふも、いとあわたゝしき気色にて、

二

（女童）「この籠は、金を作りて、彩りたる籠なりけり。松も、いとよう似て作りたる枝ぞとよ」と笑みて言ひつゞくれば、宮も笑ひ給ひて、（匂宮）「いで、我もゝてはやしてむ」と召すを、女君、いとかたはらいたく思して、（中の君）「文は、大輔がりやれ」とのたまふ御顔の赤みたれば、宮、大将のさりげなくしなしたる文にや、宇治の名のりもつきぐ〱しとおぼしよりて、この文を取り給ひつ。[2]さすがに、[3]それならん時にと思すに、いとまばゆければ、（匂宮）「[4]開けて見むよ。怨じやし給はんとする」とのたまへば、（中の君）「[5]見苦しう。何かは、その女どちの中に書き通はしたらむうち解け文をば御覧ぜむ」とのたまふが騒がぬ気色なれば、（匂宮）「[6]さば、見むよ。女の文書きはいかがある」とて開け給へれば、いと若やかなる手にて、（浮舟）「[7]おぼつかなくて年も暮れ侍りにける。山里のいぶせさこそ、峰の霞も絶え間なくて」とて、端に、（浮舟）「[ア]これは若宮の御前に。あやしう侍めれど」と書きたり。

【校異】

ア　**これは**――「これも」青（明）「これ」青（大正・肖・徹一・保・陵・紹）別（宮・国・阿）「これ○〔はイ〕」青（徹二）「これは〔も〕」青（三）「これは」青（池・横・榊・伏・穂・幽）河（尾・御・静・前・大・鳳・兼・岩・飯・七）別（陽・麦・蓬・伝宗）、青（平）は落丁。なお『大成』は「これは」、『大系』も「これ〔は〕」であるのに対して、『全書』『玉上評釈』『全集』『集成』『完訳』『新大系』『新全集』は「これも」。「これも」は底本独自本文である。当該は係助詞「は」と「も」の異同で、『尾』をはじめ河内本および、他の諸本において「これは」とある。手紙の端書きである点を重視し、底本の筆者が、「は」を「も」に誤ってしまったのではないかと見て、「これは」に校訂する。

【傍書】　1薫コト　2中心　3薫カトノ心　4匂詞　5中詞　6匂　7文

【注釈】

一　**正月のついたち過ぎたる頃渡り給ひて…例の、御前にてぞ御覧ぜんとて取り侍りぬる**　「正月のついたち過ぎたる頃渡り給ひて」は、匂宮が、元旦には、六の君の父夕霧の顔を立てて六の君の所にいたが、元旦を過ぎた頃には、気楽な二条院の中の君の所へ渡っておられて。匂宮と中の君と若君との新春の仲睦まじい様子を描く。「鬚籠」は、鬚のような編み残しを見せている、果物、花などを入れる籠。「緑の薄様なる包み文の大きやかなるに、小さき鬚籠をこまつにつけたる」は、いかにも優雅さのあふれた、上品さを感じさせる、上流夫人同士の魅力的な新春の手作りの便りの様。能因本『枕草子』「なまめかしきもの」には、「髯籠のをかしう染めたる、五葉の枝につけたる」とあり、三巻本『枕草子』には、同段に「紫の紙を包み文にて、房長き藤につけたる」とあるように、薄い鳥の子紙の包み紙は、緑色で小松の緑に合わせ、上品な趣向を感じさせる。「それは、いづくよりぞ」は、これはただの女房同士の便りではない、特別な関係のある人から届けられた便りのように見た匂宮の、便りの相手を問い糾した質問。実は、浮舟から中の君への便りであるが、浮舟のことを知らない匂宮には、中の君にこのような上品な便りを届ける特別な人といえば、薫以外には思い当たらないのである。「すく〳〵しき立文」は、「女の手にて」（浮舟五）と匂宮が確認するように、侍女からの事務的な便りに見せかけた如何にも実用的なもの。この便りをした侍女が誰なのかは、ここではまだ明かされない。後で匂宮が、「右近となのりし若き人もあり」（同九）と垣間見する場面において、当巻における浮舟付き侍女の右近であったことが明かされる。この便りをした右近については、作者の「思い違い」（『玉上評釈』四八頁、『新全集』一二〇頁頭注）「錯綜しており、いささか解釈に混乱が生じている」（吉海直人『源氏物語の乳母学—乳母のいる風景を読む—』世界思想社二〇〇八年）と見る説もあるが、これだけ長編の物語を書く作者が、「東屋」「浮舟」と継続する巻にあって、思い違い・混同することはあり得ない。母大輔とともに宇治から都に付き従った中の君付きの女房であり、その右近が、中の君から浮舟へと勤め先を変更していたのであった（稲賀敬二「夕顔の右近と宇治十帖の右近―作者の構想と読者の想像力―」菊田茂男編『源氏物語の世界　方法と構造の諸相』風間書房二〇〇一年参照）という観点に立って、右近を読み解きたい。この侍女は、「右近とて、大輔が女の候ふ」（東屋二六）と「右近」と明示されていて、袿姿の匂宮が、浮舟に添い寝しているのを見て、「いと見苦しきことにも侍るかな。右近は、いかに聞こえさせん」（同二六）と狼狽していた。その右近が、宇治で浮舟の側に仕えていることを匂宮が発見する、当巻九段の場面により、浮舟が薫によって宇治に隠されたとき以来、右近は浮舟付きの侍女として、宇治に戻されていたことが示される。慎重で聡明な中の君は、不慣れな宇治に据え置かれた、浮舟の心細さを思い遣って、母大輔とともに中の君に仕えていた一番信頼する右近を浮舟に付けて、浮舟の身辺を守らせ、匂宮の好色を防ごうとしたと読める。中の君が「浮舟をそれほどにまで思っていないはず」（『玉上評釈』）ではなく、中の君は浮舟に執着する匂宮を近づけさせたくなかったからであり、姉妹で匂宮の取り合いになるような醜聞を流したくなかったからである。後で大輔の娘の右近の手紙であると明かされる、この事務的な手紙の場面をここに添えることで、浮舟から中の君へではなく、大輔母娘の便りに見せかけた、浮舟から中の君への新春の挨拶をした風景描写としたのである。なお、右近を浮舟の乳母の子と見る説に従えないことについては、浮舟一一・三二段も参照。「あうなく」は「奥なく」で、既述（東屋一〇）。匂宮の目にとまることも弁えず走ってきて、中の君に届ける小さい童女の思慮の足りない行動をいう。「大輔のおとゞ」は、右近の母で、中の君が宇治を離れるとき以来、中の君とともに都に従ってきていた年配の女房で、既出（早蕨九）。「もてわづらひ侍りつる」は、小さい女童が大輔に届けようとして大輔を探していたが、見つからない様子。「例の、御前にてぞ御覧ぜんとて取り侍りぬる」は、大輔宛の手紙でも、何時もそれはご主人の中の君が御覧になっておられたので、中の君に届けようと思ったという、小さい女童の軽率なもの言い。この発言は、薫と中の君との間を平素から疑っている匂宮の心を刺激する言葉であったが、女童には、そうした気が回らない。「例の」という発言は、匂宮の知らないところで、何時も中の君と、このような風流な便りがなされていたことを推測させる。

二　**この籠は、金を作りて、彩りたる籠なりけり…いと若やかなる手にて**　「この籠は、金を作りて、彩りたる籠なりけり。松も、いとよう似て作りたる枝ぞとよ」は、風情のある小松飾りの鬚籠と包み紙の便りであること。女童の、立派な贈り物であることに興奮した物言いで、ご主人様に早くお見せしたい、との子供らしい、お正月の浮き浮きした気持が現れている。「笑みて言ひつゞくれば」は、「宮もいとらうたくし給ふ」（浮舟五）女童なので、匂宮に喜んで貰いたい気持で一杯の様子。童女は得意がって匂宮に話し、薫からの便りかと疑っている匂宮の心を刺激することに気付かないのである。「宮も笑ひて」は、女童の笑いに調子を合わせて、女童の得意げな話に引き込まれるように振る舞おうとする匂宮で、はらはらしている中の君とは対照的である。「いで、我もゝてはやしてむ」は、中の君への便りを匂宮が取り上げ、それが誰からのものかを確かめようとする匂宮の発言。「いとかたはらいたく」は、匂宮が取り上げようとしている便りの主が、今も匂宮が行方を捜している、浮舟からのものであることが知られてしまうとおそれた、中の君の心情。「文は、大輔がりやれ」は、童女の手にしている鬚籠と便りの全てを、匂宮に取り上げられることを避けようとした、中の君の機転を利かした女童への命令。手紙は、大輔宛の事務的な手紙で、匂宮に隠すようなものではないが、文面によっては、中の君が浮舟を隠していることを匂宮に推測されるかもしれない。その点をおそれた、中の君の精一杯の匂宮への抵抗。「御顔の赤みたれば」は、そのために中の君の緊張が顔に出て、赤くなっている様子。「この文を」は、中の君が「大輔がりやれ」と命令した手紙を指す。「大将のさりげなくしなしたる文にや」は、中の君が顔を赤くして、女童の手にした手紙を、匂宮から隠そうとした言葉から、匂宮が見てはまずい、薫からの手紙かと匂宮が疑った。「それならん時」は、匂宮の予想通り、此の手紙が薫からのものであった時。「女どち」は、女同士。男と女との、つまり薫と中の君との手紙であろうと、匂宮が予想していることに反論した、中の君の受け答えである。中の君と浮舟と、そして右近と大輔との手紙で、いずれも女同士の手紙であることを強調している。「騒がぬ気色」は、匂宮が手紙を取り上げても、中の君が顔を赤くして緊張はしているが、落ち着いている様子であること。匂宮の疑い通り、薫からの手紙ならば、中の君はもっと動揺するであろうと匂宮は見ている。「若やかなる手」は、若々しい女の筆跡で、これが浮舟の筆跡。匂宮には初めて目にした筆跡で、一瞬この筆跡が誰なのかは、思い浮かばない。

五　匂宮、贈物の主が、「ほのかに見し人」であると察知する

一ことにらう〳〵じき節(ふし)も見(み)えねど、アおぼえなきを御目(めた)立てゝ、この立文(たてぶみ)を見給へば、げに1女の手(て)にて、右近「年改(あらた)まりて、何(なに)ごとか候(さぶら)ふ。御私(わたくし)にも、いかに楽(たの)しき御喜(よろこ)び多(おほ)く侍(はべ)らん。こゝにはいとめでたき御住(す)まひの心深(ふか)さを、なほ(猶)ふさはしからず見たてまつる。かくてのみつく〴〵と眺(なが)めさせ給ふ(給)よりは、2時々(〴〵)は渡(わた)り参(まゐ)らせ給ひ(給)て、御心も慰(なぐさ)めさせ給へと思ひ侍る(思侍)に、二つゝましく恐(おそ)ろしきもの(物)に思(おぼ)し取(と)りてなん、もの憂(う)きことに嘆(なげ)かせ給ふ(給)める。若(わか)宮の御前(おまへ)にとて、卯槌参(うづちまい)らせ給ふ(給)。大(おほ)き御前(おまへ)の御覧(らん)ぜざらん程(ほど)に、御覧(らん)ぜさせ給へとてなん」と、こま〴〵と言忌(ことい)みもえしあへず、もの嘆(なげ)かしげなる様(さま)のかたくなしげなるも、うち返(かへ)し〳〵あやしと御覧じて、匂宮「今(いま)はのたまへかし。誰(た)がぞ」とのたまへば、中の君「昔(むかし)、かの山里(ざと)にありける人の娘(むすめ)の、さるやうありて、この頃(ごろ)かしこに

あるとなむ聞き侍りし」と聞こえ給へば、おしなべて仕うまつるとは見えぬ文書きを心得給ふに、かのわづらはしきことあるに思し合はせつ。卯槌をかしう、つれ〴〵なりける人のしわざと見えたり。またぶり●、山橘作りて貫き添へたる枝に、

三 浮舟 まだ旧りぬものにはあれど君がため深き心にまつと知らなんと、ことなることなきを、かの思ひ渡る人のにやと思し寄りぬるに、御目とまりて、匂宮「返りごとし給へ。情けなし。隠い給ふべき文にもあらざめるを。など御気色の悪しき。イ まかりなんよ」とて立ち給ひぬ。

四 女君、少将などして、中の君「いとほしくもありつるかな。幼き人の取りつらむを、人はいかで見ざりつるぞ」など、忍びてのたまふ。少将の君「見給へましかば、いかでかは参らせまし。すべて、この子は、心地なうさし過ぐして侍り。生ひ先見えて、人はおほどかなるこそをかしけれ」など憎めば、中の君「あなかま。幼き人、な腹立てそ」とのたまふ。去年の冬、人の参らせたる童の、顔はいとうつくしかりければ、宮もいとらうたくし給ふなりけり。

【校異】

ア　**おぼえなきを**——「おほえなき」青（明）「おほえなきを」青（池・横・大正・肖・徹一・保・陵・榊・伏・三・平・徹二・穂・紹・幽）河（尾・御・静・前・大・鳳・兼・岩・飯・七）別（陽・宮・国・麦・阿・蓬）「おほゑなきを」別（伝宗）。なお『大成』は「おほえなきを」、『全書』『大系』『玉上評釈』『全集』『完訳』『新全集』も「おぼ（思）えなきを」であるのに対して、『集成』『新大系』は「おぼえなき」。底本のみ「を」を欠く独自本文の例である。「おぼえなき御目」では文意が通らず、「おぼえなき。」と連体止めにしても不自然な文脈となる。当該は、底本が不注意に「を」を誤脱したものと見て、「おほえなきを」に

校訂する。

イ　**悪しき**――「あしき○（に）」青（明）「あしきよ」河（兼）「あしけ（き）」河（御）「あしき」青（池・横・大正・肖・徹一・陵・保・榊・伏・三・平・徹二・穂・紹・幽）河（尾・静・前・大・鳳・岩・飯（ヒ）・七）別（陽・宮・国・麦・阿・蓬・伝宗）。なお『大成』は「あしき」、『全書』『大系』『玉上評釈』『全集』『集成』『完訳』『新全集』も「あしき」であるのに対して、『新大系』は「あしきに」。浮舟から中の君への、贈り物に添えられた手紙を、匂宮に見つけられ、それを中の君が隠そうとした場面で、手紙を無理矢理取って見た匂宮が、探していた女からの手紙と察知しながら、立ち去り際に中の君に掛けた言葉である。『明』のみに補入印「○」の右側に「に」とあるが、「など御気色の悪しきに」では文脈が通じない。「悪しき」ならば連体止めの文体で、「など御気色の悪しき」と詰問する文脈となる。底本の補入は

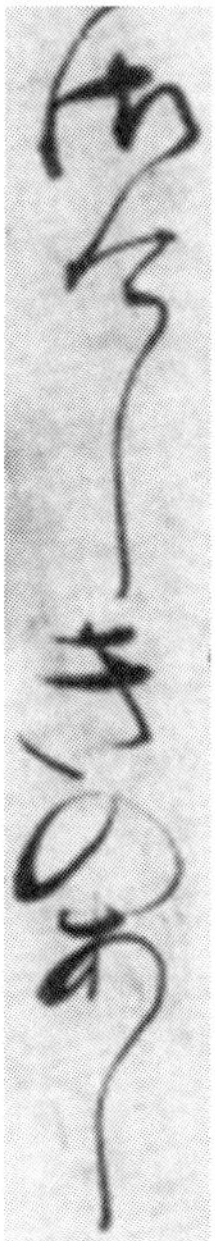

（九丁ウ七行）

のごとく補入記号があり、「に」は後筆のようである。この「あしき○（に）」は、前頁の「またぶり●（に）」の、補入記号なしの「に」、の補入

（九丁オ七行）

とは異なる。「またぶり●（に）」の「●（に）」は、本行の筆者と同筆のようである。以上から、「あしき○（に）」の場合は、補入される以前の本行本文が『明』本来のものと見て、『新大系』以外の諸注釈書の如く、本行本文「あしき」に校訂する。

【傍書】　1右近　2中へ浮ニワタリ給ヘト也　3浮コト　4女房詞　5文ヲサシ出シタル心

【注釈】

一　**ことにらう〲じき節も見えねど…若宮の御前にとて、卯槌参らせ給ふ**　「ことにらう〲じき節も見えねど」は、匂宮が取り上げて見た手紙が、とくに洗練された美しい筆跡ではなかったこと。「御私にも」は、手紙の書き手の右近のことではなく、手紙を受け取った、母の大輔を敬った表現で、母上ご自身におかれてもの意。「かくてのみつく〲と眺めさせ給ふ」「渡り参らせ給ひて」「御心も慰めさせ給へ」は、「させ給ふ」「せ給ひ」「御心」「させ給へ」という丁重な敬語の使用から、この事務的な手紙の主が、二条院の中の君と同様の高貴な方の侍女であり、そのご主人が毎日誰と会うこともなく、淋しく物思いに耽っておられる状況を表していると、匂宮はその点を見逃さない。「渡り参らせ給ひて、御心も慰めさせ給へ」は、その主人が二条院へお尋ねになられたら、お気持ちが晴れるでしょうという侍女の意見で、主人の女君が、中の君と親しい関係者であることまで表している。「つゝましく恐ろしきものに思し取りてなん、もの憂きことに嘆かせ給ふめる」は、侍女から主人に二条院行きを勧めても、主人が、二条院での事を、恥ずかしく恐ろしいこととお悟りになっていて、二条院に出かけるのを嫌がって、嘆いておられる様子を表す。浮舟の二条院滞在中の、匂宮との事件を熟知した書きぶりである。「卯槌」は、正月初卯の日に贈られた、邪鬼を祓うための物。「桃の木などを直方体に作り、五色の糸をたらしたもの」(『岩波古』)。「参らせ給ふ」は、丁重な敬語から、主人の女君から若宮の魔除けのために差し上げなさるの意。

二　**大き御前の御覧ぜざらん程に、御覧ぜさせ給へ…またぶりに、山橘作りて貫き添へたる枝に**　「大き御前」は、手紙の受け手、大輔にとって、ご主人の中の君よりもさらに目上の方、匂宮を指す。「御覧ぜざらん程に、御覧ぜさせ給へ」は、匂宮に見つからないようにという警戒心がにじむ文面であり、匂宮には、自分に隠そうとする贈り物であると分かる。それを匂宮が取り上げたのであるから、中の君を窮地に立たせた。「こま〳〵と言忌みもえしあへず」は、正月の挨拶に相応しくない忌み言葉、「つゝましく恐ろし」「もの憂し」「嘆く」などを用いていること。これは娘から母への、遠慮のない本音の手紙文で、右近の教養のなさを示す。「えしあへず」は、上手く忌み言葉を避けようとしてもできない意。「もの嘆かしげなる様のかたくなしげなる」は、宇治にいるという女君の嘆かしそうな様子が、融通が利かず教養のなさそうな新年にふさわしくない手紙の文面であること。「昔、かの山里にありける人の娘の、さるやうありて、この頃かしこにあるとなむ聞き侍りし」の「かしこ」は、京を起点とした、中の君の捉え方で、ここは「かの山里」宇治を指す。匂宮の聞きただそうとする女君のことを、事実を踏まえながら、出来るだけ匂宮が関心を持つような女君ではないようにと、動揺を隠してさらりと答えた中の君の応酬。「おしなべて仕うまつるとは見えぬ文書き」は、中の君の言い分には反して、重々しい方にお仕えするような、恭しい敬語の文面から、女房並の女からの贈り物ではなさそうだと匂宮は判断した。「かのわづらはしきこと」は、「つゝましく恐ろしきものに思し取り」、二条院へ渡ることを女君が恐ろしがり、嫌がっておられるとあった、手紙の文面を指す。「思し合はせつ」は、手紙の言葉使いと「つゝましく恐ろしきものに思し取り」という文言と考え合わせて、匂宮が二条院で見染めて以来、そのまま行方不明になっている、忘れられない女に違いないと合点した匂宮の推測。この憶測によって、「わづらわしきこと」の語が二条院での出来事を言外に暗示する。匂宮は察したが、そのまま、二人の応酬は続く。「またぶり」は、二股になっている木で、次の歌により、ここは松の木。「山橘」は、藪柑子（やぶこうじ）の異称。「冬、赤い小さい球状の実を結ぶ」（『岩波古』）。

三　**まだ旧りぬものにはあれど君がため…隠い給ふべき文にもあらざめるを**　「まだ古りぬものにはあれど君がため深き心にまつと知らなん」は、「まだ旧り」と「またぶり」（二股になった木の枝）、「松」と「待つ」「先づ」を掛け、私はまだ最近お知り合いになった者ではありますが、若君の将来のご繁栄を祈り上げますの意。「またぶり」という物名を隠し込んでいるのは、薫の庇護下にある浮舟が、二条院で匂宮に見染められた過去があり、この先、薫と匂宮との二人の男の間で苦しむことになろう運命を予告させる。「ことなることなきを、かの思ひ渡る人のにやと思し寄りぬるに、御目とまりて」の「ことなることなきを」は、普通の新年の祝辞を述べた内容で、中の君が隠したがるような気まずいことになる文面ではないのに。「…なきを」によって、そのことを匂宮が確認したことを表す。「かの思ひ渡る人」は、匂宮が今まで思い続けていた浮舟のこと。「隠い給ふべき文にもあらざめるを」は、隠すような格別の手紙でもないのに、中の君が、隠そうとしたのを、薫からの手紙ではないかと疑った匂宮が、そうではなかったことに安堵した気持と、それなのに隠したがる様子や文面から、手紙があの時の女からのものだと考え及んだ気持を隠して平然と装った匂宮の言葉。

四　**女君、少将などして…顔はいとうつくしかりければ、宮もいとらうたくし給ふなりけり**　「少将」は、中の君付き女房。浮舟が匂宮に言い寄られて抵抗出来なかったときにも、右近が「少将と二人していとほしがる」（東屋二七）とあった人。少将は、これまで、中の君に右近とともに付き従っていた（宿木三五に初出）。しかしここでは、機転の利く右近は浮舟付き侍女として宇治にいるので、二条院には右近はいなくて、少将だけが中の君の話し相手をしている。「いとほしくもありつるかな」は、浮舟には気の毒なことになってしまったよ、とする中の君の慨嘆。浮舟の手紙を匂宮に読まれてしまい、浮舟の居場所が知られたので、今後匂宮が、浮舟を薫から奪い取るような騒動が生じないかと危惧する気持。「人」は、大人の女房の意で、暗に少将を指す。「人はいかで見ざりつるぞ」は、宇治からの便りを、小さい童女が受け取っていることに気付かない、女房の失態をいう。少将は、中の君付き女房ではあるが、右近程の信頼はされない様子。「宮もいとらうたくし給ふなりけり」は、匂宮もとても可愛がっていらっしゃるのであったよ。匂宮に目を掛けられている女童であったので、匂宮に気に入られようとする気持があり、走ってきたりして、匂宮の目に触れるような振る舞いをしたのであったよ。

六　匂宮、大内記から薫の秘密を知る

[1]わが御方におはしまして、あやしうもあるかな、宇治に大将の通ひ給ふことは年頃絶えずと聞く中にも、忍びて夜とまり給ふ時もありと人の言ひしを、いと余りなる人の形見とて、さるまじき所に旅寝し給ふらむことゝ思ひつるは、かやうの人隠し置き給へるなるべしと思し得ることもありて、御書のことにつけて使ひ給ふ大内記なる人の、[2]かの殿に親しき便りある○を思し出でゝ、御前に召す。参れり。[3]韻塞ぎすべきに、集ども選り出でゝ、こなたなる厨子に積むべきことなどのたまはせて、匂宮「右大将の宇治へいますること、なほ絶え果てずや。寺をこそ、いとかしこく造りたなれ。いかでか見るべき」とのたまへば、大内記「[4ア]寺いとかしこくいかめしく造られて、不断の三昧堂などいと尊く掟てられたりとなむ聞き給ふる。通ひ給ふことは、去年の秋頃よりは、ありしよりもしば〳〵ものし給ふなり。下の人々の忍びて申しゝは、下の人々『女をなむ隠し据ゑさせ給へる。けしうはあらず思す人なるべし。あのわたりに領じ給ふ所々[5]の人、皆仰せにて参り仕うまつる。宿直にさし当てなどしつゝ、京よりも、いと忍びて、さるべきことなど問はせ給ふ。いかなる幸ひ人の、さすがに心細くてゐ給へるならむ』となむ、たゞこの十二月の頃

ほひ申すと聞(きこ)き給へし」と聞(き)こゆ。

二　いとうれしくも聞(きこ)きつるかなと思(おも)ほして、匂宮「確(たし)かにその人とは言(い)はずや。かしこにもとよりある尼(あま)ぞ訪(とぶら)ひ給(給)ふと聞(きこ)きし」大内記「尼(あま)は、廊(らう)になむ住(す)み侍なる。この人は、今建(いまた)てられたるになむ、汚(きたな)げなき女房(ばう)などもあまたして、くちをしからぬ気配(けはひ)にてゐて侍(侍)る」と聞(き)こゆ。匂宮「をかしきことかな。何(ゝに)心ありて、いかなる人をかは、さて据(すへ)ゑイ給ひつらん。なほ(猶)いと気色(けしき)ありて、なべての人に似(ゝ)ぬ御(み)心なりや。ウ左大臣など、夕霧『この人の余(あま)りに道心(だうしん)に進(すゝ)みて、山寺(でら)に夜(よる)さへともすれば泊(と)まり給(給)ふなる、軽(かろ／＼)々し』ともどき給(給)ふと聞(きこ)きしを、げに、などかさしも仏の道(みち)には忍(しの)び歩(あり)くらむ、なほ(猶)、6かの古里(ふるさと)に心をとゞめたると聞(きこ)きし。かゝることこそ○(は)ありけれ。いづら。人よりはまめなるとさかしがる人しも、ことに人(ひと)の思(おも)ひ至(いた)るまじき隈(くま)ある構(かま)へよ」とのたまひて、いとをかし(お)と思(おぼ)いたり。三この人は、かの殿にいと睦(むつ)ましく仕(つか)うまつる家司(けいし)の婿(むこ)になむありければ、隠(かく)し給(給)ふことも聞(き)くなるべし。御心の内(うち)には、いかにして、この人を見(み)し人かとも見定(みさだ)めむ、かの君(きみ)の、さばかりにて据(すへ)ゑたるは、なべてのよろし人にはあらじ、7このわたりには、いかでうとからぬにかはあらむ、心を交(か)はして隠(かく)し給(たま)へりけるも、いとねたうおぼゆ。

【校異】

ア　**寺いとかしこくいかめしく**――「てらいとかしこくいかめしく」青（明）「いかめしく」青（三・徹二・穂）別（麦）「いかめしう」青（伏）「いかめし○(う)」青（榊）「いといかめしう」別（蓬）「てらはいとかしこく」別（伝宗）「○(寺いとかしこく)いかめしく」青（幽）「てらいとかしこく○(いかめしく)」青（池）河（大）「てらいとをかしくいかめしく」河（七）「てらいとかしこくいかめしく」

く」青（横・平）河（御・静・前・大・鳳・兼・岩・飯）別（陽・阿）「寺いとかしこくいかめしく」青（大正・肖・徹一・保・陵・紹）河（尾）「寺いとかしこくいかめしう」別（宮・国）」。なお『大成』は「てらいとかしこくいかめしく」、『大系』『集成』も「寺（・）いと（・）かしこ（賢〔かしこ〕）く、いかめしく」であるのに対して、『全書』『玉上評釈』『全集』『集成』『完訳』『新大系』『新全集』は「いといかめしく」。『明』に見てとれるミセケチは、

（三二丁オ二行）

とある定家様ミセケチではなく、

（一一丁オ四行）

とあり、ヒを左に小さく付して、表現を修正しようと意図した後筆と思われる。後筆では、恐れ敬う程荘厳であるとする「かしこく」は不要であると見たのであろう。しかし、ミセケチされる前の本文は、河内本等諸本の表現に一致する点に注目したい。底本の修正された結果の表現「いといかめしく」と一致する写本は他に見られないのに、『全書』『玉上評釈』『全集』『集成』『完訳』『新大系』『新全集』は「いといかめしく」として、「かしこく」を削除して、『明』の修正後の本文に従っている。しかし、その見解には従わず、当該は、底本に「大内記」と傍書されたのと同様の、後筆のミセケチと判断し、修正される前の表現が本来の物語の表現であると見て、「寺いとかしこくいかめしく」に校訂する。

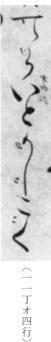

イ　**給ひつらん**——「ナシ」別（国）「給へらん」青（大正・肖・保・陵・紹）河（尾）別（阿）「給へらむ」河（御）「たまへらん」青（徹一・三・徹二）河（前・大・鳳・兼・岩・飯）別（蓬）「たまへらむ」青（穂）「給へき〔らん〕」青（横）「給はん」別（伝宗）「給つらん」青（榊・伏・幽）「給けむ」河（七）「給えらん」別（陽）「給へつらん」別（宮）「給〔ヒ〕つらん」青（明・榊・伏）河（静）別（麦）「たまつらん」青（池）。なお『大成』は「たまへらん」、『大系』も「給へらん」であるのに対して、『全書』『玉上評釈』『全集』『集成』『完訳』『新大系』『新全集』は「給（たま）ひつらむ（ん）」。「へ」と「つ」の字体が似ているため

の異同と考えられる。当該は、匂宮が薫の動静を探っている会話文で、上接の「いかなる人をかは」とある表現には、薫のように謹厳ぶっている人が、いったいどういう女を据えていたのか、という匂宮の口調が見て取れる。ここは、匂宮の強い攻撃口調の文脈なので、単なる現在の推量を表す〈給へ・ら（存続）・ん（推量）〉よりも、〈給ひ・つ（完了・強意）・らん（推量）〉の方が相応しい表現と思われる。『池』を底本にしている『大成』が「つ」を「へ」と読んだように、多くの諸本は誤読したものと見て、底本の校訂は控える。

ウ　**左大臣** ――「右のおとゝ」青（明・池・横・徹一・保・穂）河（尾・静・前・大・鳳・兼・岩・飯・七）別（宮・国・麦・阿・伝宗）「右のをとゝ」青（榊）「右おとゝ」青（平）河（御）別（蓬）「みきのをとゝ」青（伏）別（陽）「右《左イ》のおとゝ」青（三）「右《左》のおとゝ」（幽）「左のおとゝ」青（大正・肖・陵・徹二・紹）。なお『大成』は「右のおとゝ」、『全書』《ヒ》『玉上評釈』『全集』『集成』《ヒ》『完訳』『新大系』『新全集』も「右《みぎ》（右）の大臣《おとど》（おとゞ）（右大臣《みぎのおとど》）」であるのに対して、『大系』は「左のおとゞ」。当巻における「右」と「左」は、諸本の分布から見ると、「右のおとゞ」の方が多い。しかし当巻の物語内容は、東屋巻に続く年次なので、宿木・東屋巻において既に左大臣に昇格していた夕霧が、当巻において右大臣ということはあり得ない。当巻は大島本のない巻であるが、もしも大島本があったならば、宿木巻の大島本の如く、もとは「左」とあった文字を改変した、「右」という字であって（竹河三二に詳述）、そのために「右」の諸本が多くなったのであろうと見て、底本を「左」に校訂する。

【傍書】　1匂コト　2薫　3韻　4大内詞　5トコロ　6か　7中君コト

【注釈】

一　**わが御方におはしまして、あやしうもあるかな…この十二月の頃ほひ申すと聞き給へし」と聞こゆ**　「わが御方におはしまして」は、あの時の女が宇治に隠されていると解った匂宮が、今後のことに思いを馳せるために一人になろうとして、中の君の部屋からご自分の部屋へ行かれた。「いと余りなる人の形見とて、さるまじき所に旅寝し給ふらむこと」は、大君亡き今も、大君の住んでいた宇治をその形見として薫が宇治通いをしているのは、余りにも、度を超した薫の「形見」意識であること。「余りなる」は下文「人の形見」に掛かる。下文に「思ひつるは」、「なるべし」とあるので、あの時の女が宇治にいることを知り、最近の薫の宇治通いの風評と結びつけて、匂宮は、薫が宇治にあの女を隠し据えているに違いないと結論を得たこと。「御書」は漢籍。「大内記」は、既述（少女七）。中務省に属し、詔勅宣命を作り、位記を書く職で、正六位上相当。「大内記は詔書宣命位記などを書く司也」（『花鳥』）。匂宮の漢籍の師。源氏の漢籍の師も「大内記」であった。「大内記なる人」は、「かの殿にいと睦ましく仕うまつる家司の婿」（後文）で、「式部少輔道定」（浮舟二九）とある人。「かの殿」は、薫。薫のことを、以下において「かの殿」と呼称し、心理的に遠い状態を表わす。「かの殿に親しき便りある」は、大内記と薫の家司との親しい関係で、「この内記が知る人の親、大蔵大輔なる者に、睦ましく心やすきまゝにのたまひつけたりければ」（同二五）とあるので、道定は薫の家司仲信の婿と分かる。「韻塞ぎ」は、既述（東屋二四）。古詩の韻を隠していて、それを言い当てる遊び。「右大将の宇治へいますること、なほ絶え果てずや」は、匂宮が、薫の最近の情報を道定から聞き出そうとしたもの。「寺をこそ、いとかしこく造りたなれ」は、薫が中の君と相談し、宇治に新御堂を建立したこと（同三六）を指す。「不断の三昧堂」は、昼夜間断なく経典を一心不乱に読誦するための御堂。「去年の秋頃より」は、浮舟が薫に宇治に引き取られた頃、昨年の九月（同四二）と一致する。「ありしよりもしば〳〵ものし給ふ」は、物語に描かれている限りにおいて、昨年の秋以来、薫が浮舟を訪問したのは、「少しのどかになりぬる頃、例の忍びておはしたり」（浮舟一七）とある一度だけであるが、「例の」とあるので、他にも薫の宇治訪問はあったことを予想させる。しかし、薫が頻繁に宇治通いをしている叙述はこれまでにはない。この言い方は、匂宮の競争心をかき立てる大内記の虚偽の報告である。「あのわたりに領じ給ふ所々の人」は、宇治近辺の薫の荘園の人で、既述（早蕨六）。「いかなる幸ひ人」は、宇治の寝殿を新しく造り直して住まわせ、薫から大切に世話される、幸運な浮舟への世評である。中の君が「幸ひ人」（東屋一一・二九）と実感する意識に準じる。「さすがに心細くてゐ給へる」は、浮舟が薫によって、宇治のような寂しい所に隠し置かれて心細く過ごしている、の意。「この十二月の頃ほひ申す」は、大内記は、十二月頃に、この情報を聞いたという。

二　**いとうれしくも聞きつるかなと思ほして…とのたまひて、いとをかしと思いたり**　「確かにその人とは言はずや」は、隠し据えている女が誰であるか、下々の者たちが言っていないか、の意。「かしこにもとよりある尼ぞ…」は、薫が弁の尼を訪ねていると聞いているが。この二つの確認は、大内記への匂宮の用心深い質問である。「尼は廊になむ住み侍なる」は、薫が寝殿を改修するまでは、弁の尼には、「かの廊にものし給へ」（宿木四二）と言って住まわせていた。弁の尼は、浮舟の近くにはいないということ。「この人」は、薫が「隠し据ゑ」た女。「今建てられたるになむ、汚げなき女房などもあまたして、くちをしからぬ気配にてゐて侍る」は、薫が「隠し据え」た女は、侍女のような扱いではないこと。匂宮が取り上げて見た手紙の主が、恭しく扱われていて、高貴な姫君扱いであることに一致するので、あの手紙の主は、薫の「隠し据ゑ」た女に違いないと、匂宮に推測させる情報である。「をかしきことかな。何心ありて、いかなる人をかは、さて据ゑ給ひつらん。なほいと気色ありて、なべての人に似ぬ御心なりや」は、薫の秘密を察知した匂宮が、衝撃を受けた瞬間の発言である。大内記の手前、驚いた気持を隠して冷静に、「をかしきことかな」と述べて、更に正確な情報を大内記から聞き出そうとして語りかけたもの。「左大臣」は、夕霧。「いと気色ありて、なべての人に似ぬ御心なりや」の「いと気色ありて」は、大層怪しげな薫の様子の意。夕霧の薫への批判的な心情を含む。薫がもともと道心志向で宇治通いをしていて、普通の男性とは様子が違っていたが、今もまだ、宇治に女を隠し据えて、普通の人のようには見えない御心かと、大内記へ、薫批判を誘導する問いかけの言葉。「この人の余りに道心に進みて、山寺に夜さへともすれば泊まり給ふなる、軽々し」は、薫の一番の身内である夕霧まで、薫の道心が常軌を逸して、山寺にともすれば夜までもお泊まりになるのは軽率である、と薫に対して非難しているという、この場で思いついた匂宮の作り話。「げに、などかさしも仏の道には忍び歩くらむ、なほ、かの古里に心をとゞめたると聞きし。かゝることこそはありけれ」は、夕霧の批判通り、仏道を求めてとはいえ何故険しい山路を足繁く通い続けるのか、今もなお、亡き大君に心を残していると聞いていたが、案の定こんなことだったのか。大内記からの情報と、先の小さい女童の持って来た手紙文の内容から、薫の隠していた秘密を摑んだ匂宮の薫批判。「人よりはまめなるとさかしがる人」は、匂宮に比べて女性に関心を寄せない、真面目な人間として振る舞っている薫のこと。薫は、玉鬘から、「恥づかしげなるまめ人」（竹河七）と言われ、彼自身はその「まめ人の名をうれたし」（竹河七）と言って嫌い、「我は好き〴〵しき心なぞなき人ぞ」（橋姫一二）、「しばし世の中に心とゞめじと思う給ふるやうある身」（同一九）であると言い、「世の中を思ひ離れてやみぬべき心づかひをのみ」（宿木三六）して「本意の聖心」（同三六）を標榜し、聖人ぶって振る舞ってきた。「ことに人の思ひ至るまじき隈ある構へよ」は、薫が匂宮の探し求めていた女を宇治に隠し据えたと思った匂宮の、薫への怒りと対抗心をにじませた発言である。しかし薫は、浮舟が、匂宮の執着している女であったことは、知らない。匂宮は勝手な思い込みをして、憤りを高ぶらせている。「いとをかしと思いたり」は、世間から真面目な人間と見られている薫の、秘密を摑んだという、匂宮の得意な気持。

三　**この人は、かの殿にいと睦ましく仕うまつる家司の婿に…いとねたうおぼゆ**　「この人は、かの殿にいと睦ましく仕うまつる家司の婿」は、大内記が薫の家司の婿であること、注一に既述。「この人を見し人かとも見定めむ」は、薫が宇治に据えている女が、二条院で匂宮が見染めた女かどうか確かめたかった。まだ匂宮は、あの女に違いないと推測しているだけで、確かめてはいないからである。「このわたりには、いかでうとからぬにかはあらむ」は、匂宮は、二条院では浮舟が中の君によって密かに隠されていたので、中の君と親しそうであったとは解るが、中の君とどういう関係なのか、女の素性は確かめられないままであったので、それ以上のことは分かっていないこと。「いとねたう」は、匂宮の薫に対する妬ましさ。「心を交はして隠し給へりけるも」とあり、大内記の情報により、匂宮が今まで探していた女を、薫が中の君から譲り受け、中の君が薫と共謀して宇治に隠していると気付いたことによる、「匂宮の報復の情動に近い」（日向一雅「浮舟についての覚え書き―「人形(ひとがた)」の方法と主題的意味―」『日本文学』三〇巻七号一九八一年七月）。平素から、薫と中の君との密通の危惧を抱いていた（早蕨・宿木）匂宮は、自分の方が薫より先に見そめた浮舟までを、薫が横取りしたと思ったために、到底許せないと思ったのである。

七　匂宮、大内記に宇治行きを工夫させる

一 たゞそのことを、この頃(ごろ)は思(おぼ)しゝみたり。賭弓(のりゆみ)、内宴(ないえん)など過(す)ぐして心のどかなるに、司召(つかさめし)などいひて人の心尽(つ)くすめる方(かた)は何(なに)とも思(おぼ)さねば、宇治へ忍(しの)びておはしまさんことをのみ思(おぼ)し巡(めぐ)らす。この内記(き)は、望(のぞ)むことありて、夜昼(よるひる)、いかで御心に入(い)らむと思(おも)ふ頃(ころ)、例(れい)よりはなつかしう召(め)し使(つか)ひて、匂宮「いと難(かた)きことなりとも、わが言(い)はんことはたばかりてむや」などのたまふ（給）。かしこまりて候(さぶら)ふ。匂宮「いと便(びん)なきことなれど、かの宇治に住(す)むらむ人は、早う(ゝや)ほのかに見(み)し人の行(ゆ)くへ(ゑ)も知(し)らずなりにしが、大将に尋(たづ)ね取(と)られにけると聞(き)きあはすることこそあれ、確(たし)かには知(し)るべきやうもなきを、たゞ、ものより覗(のぞ)きなどして、それかあらぬかと見定(みさだ)めむとなむ思ふ（思）。いさゝか人に知(し)らるまじき構(かま)へは、いかゞすべき」とのたまへ（給）ば、あなわづらはしと思(おも)へど、二 大内記「おはしまさんことは、いと荒(あら)き山越(ご)えになむ侍れど、ことに程遠(ほどゝを)くは候(さぶら)はずなむ。夕(ゆふ)つ方出(かたい)でさせおはしまして、亥子(ゐね)の時にはおはしまし着(つ)きなむ。さて暁(あかつき)にこそは帰(かへ)らせ給(たま)はめ。人の知(し)り侍らむことは、たゞ[1]御供(とも)に候(さぶら)ひ侍らむこそは。それも、深(ふか)き心は、いかでか

知（し）り侍（はべ）らむ」と申す。匂宮「さかし。昔（むかし）も一度二度（ひとたびふたたび）通（かよ）ひし道（みち）なり。軽々（かろがろ）しきもどき負（お）ひぬべきが、ものゝ聞（き）こえのつゝましきなり」とて、返（かへ）す〲あるまじきことに、わが御心にも思（おぼ）せど、かうまでうち出（い）で給（たま）へれば、え思（おも）ひとゞめ給（たま）はず。

【傍書】 1侍共ノ心ヲ云

【注釈】

一 たゞそのことを、この頃は思しゝみたり…いかゞすべき」とのたまへば、あなわづらはしと思へど「賭弓」は、宮中で正月十八日に催される、弓射を試みる儀式で、既述（若菜下一）。「内宴」は既述（早蕨二）。正月二十日頃の子の日に宮中の仁寿殿において催される、帝の私宴。「賭弓、内宴など」は、いずれも帝主催の儀式と行事であるので、「内宴などもの騒がしき頃」（早蕨二）のことである。「心のどかなるに」は、宮中行事が終わった頃で、司召などという人事移動に関わらない匂宮なので、心穏やかな頃である。「司召」は、春の地方官任命の除目で、「県召」を指す。京官の任命される秋の除目を「司召」というが、春の除目についても、「司召の頃、この宮の人は、賜るべき官も得ず」（賢木三四）とある。「人の心尽くすめる方」は、親王である匂宮の関心が、政治的な除目にはなく、女性方面にあること。「望むこと」は、匂宮とは正反対に、除目において昇進したいと狙う、漢籍の師匠大内記の私欲。「例よりはなつかしう召し使ひ」は、大内記の下心を見抜いた匂宮の、大内記を可愛がるという懐柔策。「かの宇治に住むらむ人は、早うほのかに見し人の行くへも知らずなりにしが、大将に尋ね取られにけると聞きあはする」は、先日の大内記の話において、薫が現在宇治に据えていると話している女は、自分が以前「ほのかに見し人」であったが、その後行方不明になってしまって捜していた女で、その女が大将に捜し出されて引き取られていたと聞き合わせたの意。実際は匂宮の推測だが、より信憑性が増すと考え、他から聞いた話としたもの。好色に長けた匂宮らしい話し方である。「あなわづらはし」は、好色に関心を持つ匂宮の本性を見抜いている大内記が、この先、薫の女を匂宮が奪い取るような事態に進展することを予測して、面倒なことになるので嫌だという気持ち。

二　**おはしまさんことは、いと荒き山越えになむ侍れど…わが御心にも思せど、かうまでうち出で給へれば、え思ひとゞめ給はず**　「おはしまさんことは、いと荒き山越えになむ侍れど、ことに程遠くは候はずなむ」は、匂宮に取り入り昇進を狙う下心のある大内記の、匂宮に迎合した返答。宇治への道のりがどの位であるかは、十分知り尽くしている匂宮に、何もご存じないご主人と思っているような口調で、丁重に説明し始める大内記の滑稽さが出ている。「夕つ方出でさせおはしまして、亥子の時にはおはしまし着きなむ。さて暁にこそは帰らせ給はめ」の〔こそ〜め〕は既述（桐壺一四）。相手を勧誘する「観奨表現」（森野崇「『こそは』孝—『源氏物語』の用例から—」『源氏物語の展望第六輯』三弥井書店二〇〇九年）。夕方二条院を出て、宇治に夜中の一〇〜午前零時頃に着き、暁にはお帰りになられましょうと言う。一晩で宇治を往復するとは、いくら匂宮が本気であっても到底出来そうにない程の強行スケジュールなのに、匂宮の垣間見したがっている真意を汲んで、たやすいことだとこともなげに提案している。「人の知り侍らむことは、たゞ御供に候ひ侍らむこそは」の「こそは」は、〔こそは（知れ）〕。逆説の係結びの表現で、「知れ」が略されている。匂宮に付き従うお供の人は、匂宮が宇治の女を垣間見に出かけられたことは、感付くであろうが、の意。「いさゝか人に知らるまじき構へは、いかゞすべき」の返答であるので、「こそは」の後の、「深き心」までは知られることはございますまいの意を追加した表現。「深き心」は、匂宮が大内記に話して聞かせた、宇治の薫に据えられた女が、匂宮がかって「ほのかに見し」女であるかどうかを確かめるための垣間見であるという、事情。「さかし」は、大内記の、宇治を一晩で往復出来るという道のりの説明について、匂宮の同意を表す。「軽々しきもどき負ひぬべきが、ものの聞こえのつゝましきなり」は、大内記の言う、宇治へのお忍びの計略は、世間から非難されるであろうという、匂宮の気がかりで、匂宮は同意しかねている。匂宮は、薫が宇治に女を据えていてよく出かけることについても、夕霧が批判している（浮舟六）と話したばかりである。さらに、匂宮の宇治通いは、匂宮が中の君と結婚する時にも、「軽々しき御ありさま」（総角三〇）と世評が立って、母明石中宮から禁足された経緯がある。以上が匂宮の心配する理由である。「返す〳〵あるまじきこと」は、匂宮が自分で話を切り出しておきながら、やはり夜間の宇治への忍び歩きは到底できないと、何回も何回も躊躇逡巡すること。

八　匂宮、宇治へ赴く

一 御供(とも)に、昔(むかし)もかしこの案内(あないし)知れりし者(物)二三人、この内記(き)、さては御乳母子(めのとご)の、蔵人(くら)より冠(かうぶりえ)得たる若(わか)き人、睦(むつ)ましき限(かぎ)りを選(え)り給(たま)ひて、大将、今日(けふ)ア明日よにおはせじなど、内記(ないき)によく案内聞き給(あないきゝ給)ひて、出(い)で立(た)ち給(給)ふにつけても、いにしへを思(おぼ)し出(い)づ。あやしきまで心を合(あ)はせつゝ率(ゐ)て歩(あり)きし人のために、うしろめたきわざにもあるかなと思(おぼ)し出(い)づることもさま〳〵なるに、京の内(うち)だにむげに人知(し)らぬ御歩(あり)きは、さは言(い)へど、えし給(たま)はぬ御身にしも、あやしきさまのやつれ姿(すがた)して、御馬(むま)にておはする心地(ち)もゝの恐(おそ)ろしくやゝましけれど、ものゝゆかしき方(かた)は進(すゝ)みたる御心なれば、山深(ふか)うなるまゝに、いつしか、いかならん、見合(あ)はすることもなくて帰(かへ)らむこそ、さう〳〵しくあやしかるべけれと思(おぼ)すに、心も騒(さは)ぎ給(給)ふ。法性寺(ほうさうじ)の程(ほど)までは御車(くるま)にて、それよりぞ御馬(むま)には奉(たてまつ)りける。

二

急(いそ)ぎて、宵過(よひす)ぐる程(ほど)におはしましぬ。内記(ないき)、案内(あない)よく知(し)れるかの殿の人に問(と)ひ聞(きこ)きたりければ、宿直人(殿ゐ)ある方(かた)には寄(よ)らで、葦垣(あしがき)し込(こ)めたる西面(にしをもて)をやをら少(すこ)しこぼちて入(い)りぬ。[1]我(われ)も、さすがに、まだ見(み)ぬ御住(す)まひなれば、たど〳〵しけれど、人繁(しげ)うなどしあらねば、寝殿(しむ)の南面(みなみおもて)にぞ灯(火)ほの暗(くら)う見(み)えて、そよ〳〵とする音(をと)する。参(まい)りて、大内記「まだ、人は起(お)きて侍るべし。たゞこれよりおはしまさむ」と、しるべして入(い)れたてまつる。

【校異】

ア　**明日よに**――「あす●(ハ)よに(モ)」青（明）「あすはよも」河（岩）「あす○(は)よも」別（伝宗）「あす○(よもイ)」青（徹二）「あすよに(もイ)」青（池・横・三）「あすよも」青（大正・肖(ヒ)・徹一・保・陵・平・紹・幽）河（七）別（宮・国・麦・阿・蓬）「あすよに」青（榊・伏・穂）河（尾・御・静・前・大・鳳・兼・飯）別（陽）。なお『大成』は「あすよに」、『玉上評釈』『集成』も「あす、（明(あ)日(す)）よに」であるのに対して、『全書』『全集』『完訳』『新大系』『新全集』は「明日(あす)（明日・あす）は（、）よも」、『大系』は「明日、よも」。底本の補入「ハ」及び、「に」のミセケチ修正は、

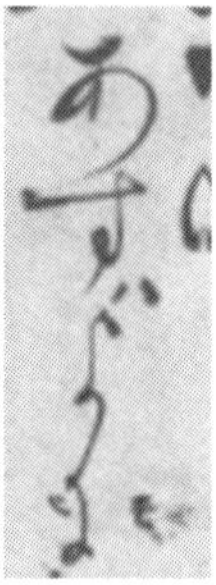

とある。これは、六段の【校異】アで底本の修正を意図した後筆のミセケチとして掲げた例と同様の、意味を補足するための、後筆の堅い筆遣いの片仮名書きと解される。「は」は挿入された方がより明瞭な文脈にはなるが、「は」がなくても文意は通る。結局当該は、「今日明日よにおはせじ」か「今日明日はよもおはせじ」かの相違に大別される。『明』の修正前の本行本文と一致するのは、前者である。「よにおはせじ」ならば、決して薫は来られないであろうと、匂宮が確信している心情が強く、「よもおはせじ」ならば、まさか薫は来られることはないであろうの意である。諸伝本中、『池』『横』『大正』『榊』『伏』および河内本諸本と、別本の『陽』は、前者と一致し、後者の表現と一致する本文は、『明』の修正後の本文にしか見られない。薫が来られないことを確信して、匂宮が宇治へ出かけた場面なので、前者の『明』の修正前の本行本文と一致する「あすよに」の方が物語

表現として相応しく、本来の物語本文かと見て採択し、「あすはよも」は、『明』の補訂後の本文で、『明』の独自本文となるので、採択を控える。

【傍書】 1大内記詞

【注釈】

一　**御供に、昔もかしこの案内知れりし者二三人…それよりぞ御馬には奉りける**　「御乳母子の、蔵人より冠得たる若き人」は、「出雲権守時方朝臣」（浮舟二九）とある、匂宮の家司。「今日明日」は、司召での昇進を狙う大内記の案内なので、「賭弓、内宴」（同七）の後、司召の直前の、一月下旬のこと。「内記によく案内聞き給ひて」は、大内記が、薫の家に親しく出入りする家司仲信の婿である（同六に既述）から、薫の動静を知っていることによる。「いにしへ」は、匂宮が薫に導かれて宇治通いをし、中の君と結婚した頃のこと。「あやしきまで心を合はせつゝ率て歩きし人」は、匂宮の好色癖を満たすために、中の君と結婚させるように、薫は不思議な程熱心に匂宮を宇治に連れ歩いた、匂宮にとっては恩人であるはずの薫のこと。「うしろめたきわざ」は、恩人の薫を、今裏切ろうとする匂宮自身の、後ろ暗さ。「やゝまし」は、既述（胡蝶九）。〈や（弥）・や（病）まし〉で、一層気が咎める意。「かう何やかやと聞こゆるをも、思す所やあらむとややましき」（胡蝶九）。「ものゝゆかしき方は進みたる御心」は、匂宮の旺盛な好色心。匂宮は六の君と結婚したばかりの頃ではあったが、中の君とともにありながら、新婚の六の君に「とくゆかしき方の心いられもたち添ひ給へる」（宿木一七）とあるほどの人であった。「いつしか、いかならん、見合はすることもなくて帰らむこそ、さう〴〵しくあやしかるべけれ」は、早く逢いたい、女の様はどうなっているか、逢えないで帰ることになったら、つまらなく、体裁の悪いことになろうの意。行方不明の浮舟に「はやく逢いたいとはやる」（『鑑賞』補助論文）匂宮の気持である。「法性寺」は、既述（東屋四一）。京都市東山本町、東福寺近くにあった、藤原忠平（八八〇～九四九）創建の寺。「御馬には」は、夜間の微行なので、都の中は牛車であるが、都の外は、急ぐので、目立たないように車から馬に乗り替えての意。

二　**急ぎて、宵過ぐる程におはしましぬ…たゞこれよりおはしまさむ」と、しるべして入れたてまつる**　「急ぎて、宵過ぐる程」は、大内記の案内では、夕刻京を出て「亥子の時にはおはし着きなむ」（浮舟七）とあったが、急いだので［亥の刻、夜の一〇時］宵　過ぎる頃、予定より早い時刻の到着である。「宿直人ある方には寄らで」は、「人しれぬわが通ひ路の関守はよひよひごとにうちも寝ななむ」と詠んで、五条辺りに忍び込んだ業平が、「みそかなる所なりければ、門よりもえ入らで、わらはべの踏みあけたるついひぢの崩れより通ひけり」（伊勢物語五）とある場面を連想させる。「葦垣し込めたる」は、葦を組み合わせて作った垣根。「葦垣」は既述（藤裏葉六）。景物であると同時に、「葦垣真垣　真垣かきわけ　てふ越すと　負ひ越すと　誰てふ越すと　誰か　誰か　この事を　親に　まうよこし申しし…」（催馬楽、呂歌・葦垣）を踏まえている。親に告げ口した誰かがいると訴えた歌詞は、この後薫に告げ口する薫の随身の出現を予想させる。「葦垣は薫が訪れる際にはみられず、匂宮の来訪時のみに」あり、「隔てられた男が垣界をこえて逢うことが、次の連想として呼びこまれてくる」（植田恭代『源氏物語の宮廷文化』笠間書院二〇〇九年）表現である。「やおら少しこぼちて入りぬ」は、匂宮を山荘の外に待たせ、大内記が先に、葦垣を、見つからないように注意して少し壊して入った。催馬楽の歌詞「葦垣真垣　真垣かきわけ　てふ越す」を踏まえる。「我も」は、大内記も。「そよ〱とする音」は、侍女などの動いている、衣ずれの音。「にはかに御簾のつまより走り出づるに、人々おびえ騒ぎて、そよ〱と身じろぎさまよふけはひ」（若菜上四〇）など。「参りて」は、大内記は外に待たせていた匂宮のもとへ戻って。「たゞこれより」は葦垣を壊した所より。催馬楽「葦垣」の歌詞を踏まえた、大内記の誘導。

九　匂宮、浮舟たちを垣間見する

一　やをら上りて、格子の隙あるを見つけて寄り給ふに、伊予簾はさら〳〵と鳴るもつゝまし。新しう清げに造りたれど、さすがに荒々しくて隙ありけるを、誰かは来て見む[ア]、ともうちとけて穴も塞がず、几帳の帷子うち懸けて押しやりたり。火明[1]かうともして物縫ふ人、三四人ゐたり。童のをかしげなる、糸をぞよる。これが顔、まづかの[2]火影に見給ひしそれなり。うちつけ目かとなほ疑はしきに、右近と名のりし若き人もあり。君は、腕を枕にて灯を眺めたるまみ、髪のこぼれ懸かりたる額つき、いとあてやかになまめきて、対の御方にいとようおぼえたり。

二　この右近、もの折るとて、右近「かくて渡らせ給ひなば、とみにしもえ帰り渡らせ給はじを。殿は、この司召の程過ぎて、ついたち頃には必ずおはしましなむと、昨日の御使も申しけり。御文には、いかゞ聞こえさせ給へりけむ」と言へど、いらへもせず、いともの思ひたる気色なり。右近「折しも[3]這ひ隠れさせ給へるやうならむが、見苦しさ」と言へば、向かひたる人、侍従「それは、かくなむ渡りぬると御消息聞こえさせ給へらむこそよからめ。軽々しう、いかでかは、音なくては這ひ隠れさせ給はむ。御物詣での後は、やがて[4]渡りおはしましねかし。かくて心細きやうなれど、心にまかせてやすらかなる御住まひに馴らひて、なか〳〵旅心地すべしや」など言ふ。

三　また、あるは、侍女「なほ、しばし、かくて待ちきこえさせ給はむぞ、のどやかに[イ]さまよかるべき。京へなど迎へたてまつらせ給へらむ後、おだしくて親にも見えたてまつらせ給へかし。[5]このおとゞのいと[6]急にものし給ひて、にはかにから聞こえなし給ふなめりかし。昔も今も、もの念じてのどかなる人こそ、幸ひは見はて給ふなれ」など言ふなり。右近、右近[7]「などて、このまゝをとゞめたてまつらずなりにけむ。老いぬる人は、むつかしき心のあるにこそ」と憎むは、[8]乳母やうの人を誇るなめり。げに、[9]憎き者ウありきかしと思し出づるも、夢の心地ぞする。

四　かたはらいたきまでうちとけたることゞもを言ひて、女房「宮の上こそ、いとめでたき御幸ひなれ。[10]エ左の大殿の、さばかりめでたき御勢ひにて、いかめしうのゝしり給ふなれど、若君生まれ給ひて後は、こよなくぞおはしますなる。[11]かゝるさかしら人どものおはせで、御心のどかにかしこうもてなしておはしますにこそはあめれ」と言ふ。[12]「殿だに、まめやかに思ひきこえ給ふこと変はらずは、劣りきこえ給ふべきことかは」と言ふを、君、少し起き上がりて、浮舟「いと聞きにくきこと。よその人にこそ、劣らじともいかにとも思はめ、[13]かの御ことなかけても言ひそ。漏り聞こゆるやうもあらばかたはらいたからむ」など言ふ。

【校異】

ア　**見む、とも**――「みんと」青（池・肖・陵・榊・三・徹二・穂・紹・幽）河（尾・静・前・大・鳳・兼・岩・飯）別（麦・阿・蓬・伝宗）「見むと」青（大正・伏）「みむと」青（保）河（御）「みむなと」別（宮・国）「みんなと」別（陽）「みむとも」青（明）「みんとも」青（横・徹一・平）、河（七）は落丁。なお『大成』は「みんと」、『大系』も「見んと」であるのに対して、『全書』『玉上評釈』『全集』『集成』『完訳』『新大系』『新全集』は「見（見）む（ゝ）とも」。係助詞「も」の有無による異同である。底本以外に、『横』『徹一』『平』が「も」を持ち、「も」は補入ではなく本行本文にある。「見むとも」のように「も」が付しても、文脈上不自然ではないので、底本の校訂は控える。

イ　**さまよかるべき**――「さまよきことなるや」別（宮）「さまよき事なるや」（国）「よき事なるや」別（陽）「まさるへきや」別（伝宗）「さまよかるへきや」青（池・伏・三・徹二）河（尾・御・静・前・大・鳳・兼・岩・飯）別（蓬）「さま○〔よか〕るへきや」青（横）「さまよかるへき」青（明・大正・肖・徹一・陵・保・榊・平・穂・紹・幽）別（麦・阿）、河（七）は落丁。なお『大成』は「さまよかるへきや」であるのに対して、『全書』『大系』『玉上評釈』『全集』『集成』『完訳』『新大系』『新全集』は「さま（様〔さま〕）よかるべき」。「や」の有無による異同で、青表紙本では、底本を含む10本、別本では二本に「や」を欠き、他の青表紙五本と河内本すべてに「や」が付く。当該は、匂宮がのぞき見た、右近たちの女房の無遠慮な会話文中の用例である。「や」が付くことによって、会話文の語調がやわらぐ効果がある。後出伝本が、少し語調をやわらげる表現になるように、「や」を付加したのであろうと見て、底本の校訂は控える。

ウ　**ありきかしと**――「ありしと」別（伝宗）「ありき○〔かし〕と」青（横）「あり○〔きイ〕かしと」青（幽）「あり●〔き〕かしと」青（明）「ありかしと」青（池・大正・肖・榊・伏・三・紹）河（尾・御・静・前・大・鳳・岩・飯）別（阿）「有かしと」別（麦）「ありきかしと」青（徹一・陵・保・平・徹二・穂）河（兼）別（陽・宮・国・蓬）、河（七）は「落丁」。なお『大成』は「ありかしと」、『集成』も「ありかし、と」であるのに対して、『全書』『大系』『玉上評釈』『全集』『完訳』『新大系』『新全集』は「ありきかし（、・」）と」。底本は、補入訂正印なしの補入の例で、

（一七丁ウ四行）

とある。補入文字は、後筆様の片仮名ではなく、ゆったりとした定家様の平仮名の「き」である。当該は、「き」の有無による相違で、ここは「思し出づるも」に後続する表現であるところに注目したい。「ありきかしと思し出づる」ならば、そういえば浮舟には、あの時いまいましい乳母が付いていたよと、匂宮が、浮舟と始めて出会った時の場面を、夢のように思い出している文脈として解釈出来る。「き」は捕入の印「○」がなく、底本の書写者が気付いた書き入れのようで、よって、本来の物語表現は、「ありきかしと」であったと見て、底本を「ありきかしと」に校訂する。

エ　**左の大殿**――「右大殿」青（明）（六段【校異】ウに準じて、底本を校訂する）。

【傍書】 1火　2中君ヲミタル心　3石山ヘノコト　4京ヘノコト　5母ノコト　6浮ニアヒタキ心　7メノトノコト（朱）　8匂ノ心（朱）　9中君所ニテアリシ人ノコト　10六君コト（朱）　11中君方コト　12薫　13中君

【注釈】

一　**やをら上りて、格子の隙あるを見つけて寄り給ふに…いとあてやかになまめきて、対の御方にいとようおぼえたり**　「やをら上りて」は、「葦垣し込めたる西面をやをら少しこぼちて」山荘内に忍び入った匂宮が、寝殿の南の階段をそっと登ったこと。「やをら」を重出させて、匂宮の気付かれないように振る舞う様子を強調する。「伊予簾」は、既述（柏木二五）。伊予の国産の、高級ではないが良質な簾。薫が宇治に修築した山荘の様子。柏木亡き後、一条宮邸が、「伊予簾かけ渡し」（同二五）た住居の様子に描かれている。一条宮邸のような、洒落た様子を連想させる。「さら〳〵と鳴るもついまし」は、さらさらと音をたてる伊予簾の響きが、垣間見を気付かせることになるかと気がかりに思われる、匂宮の心情。「誰かは来て見む」は、誰も垣間見することもないだろうと思う、浮舟の油断。大君の外から見られる事への警戒心や用心深さ（椎本二七）と対照的である。「穴」は「格子の隙」の穴。「物縫ふ人」は、裁縫をする人。次の「糸をぞよる」とともに、ご主人のお召し物を作るために、忙しい侍女達の様子を表す。「かの火影に見給ひしそれ」は、匂宮が二条院で、浮舟を発見するきっかけになった「例ならぬ童」（東屋二五）のこと。「右近と名のりし若き人」は、二条院で、匂宮が浮舟に迫っている現場を発見したとき、「右近は、いかにか聞こえさせん」（同二六）と、自分自身を「右近」と名告って、中の君に通報した若い女房のこと。この女房は、中の君付きであったので、匂宮は顔を見知っている。中の君付き女房の右近と目の前の浮舟に付いている右近と、それぞれの右近は同一人であることは前述（浮舟四）。ここはその時の右近を、浮舟の侍女として発見した匂宮の驚きを示す。同時に、同じ右近がいることを匂宮に気付かせるこの表現によって、垣間見ているこの女君が、二条院で逢った、行方不明になった女と同一人であると、匂宮が納得したことを示す。「いとあてやかになまめきて、対の御方にいとようおぼえたり」の「対の御方」は中の君のこと。匂宮の目が今初めてしかと捉えた、浮舟の「あてやかになまめきて」いる、中の君によく似た印象のこと。中の君付き女房は浮舟を、中の君に「け劣るとも見えず、あてにをかし」（東屋三〇）と見ていたが、匂宮は今浮舟を「あてやか」と捉えた。「あてやか」は〈あて・やか〉で、「やか」（接尾語）は、その状態そのままではなく、それに近い状態であることを表す接尾語なので、匂宮は浮舟を「あて」に近い美しさとして捉えた。「あて」ではなく「あてやか」として捉えたので、その印象は中の君付き女房たちの印象とはややずれる。匂宮が二条院で初めて会ったときには、薄暗い夕闇のため、「あさましきまであてにをかしき人かな」（同二六）と感じただけで、容貌を確かめることが出来なかった。今回は裁縫をしている侍女達と一緒なので明るく、中の君に似ていて、「あて」に近い美しさであることまでを、匂宮は見た。しかし、それが姉妹であろうとは、まだ気付いていない。

二　**この右近、もの折るとて…なか〳〵旅心地すべしや」など言ふ**　「もの折る」は、反物を折り返す、裁縫の動作。「かくて渡らせ給ひなば、とみにしもえ帰り渡らせ給はじを」は、こうしてお出掛けになられましたら、直ぐにはお帰りにはなれませんものを。すぐに帰られないような遠くへ出かけるための衣装を、侍女達が忙しく準備している時の、匂宮に聞こえてくる右近の言葉。「司召の程過ぎて」は、大将である薫は、司召の頃は、人事異動させる立場にあり忙しいことにより、司召の頃過ぎてから、宇治へお越しになるということ。「ついたち頃」は、司召の頃の後の朔日頃なので、二月初め頃となる。「御文には、いかゞ聞こえさせ給へりけむ」は、浮舟が薫に何と返事したかという質問。侍女達の会話を盗み聞きしている匂宮は、浮舟が薫にどのように返事しているのか聞き耳を立てる。薫を嫉妬している匂宮には、最も聞きたい、浮舟の薫への返事の内容である。この右近の話の仕方から、遠くへ出かけることは、右近が切り出したのではなく、誰かから誘われた様子で、慎重な右近が、出かけることに躊躇した感じである。「いらへもせず、いともの思ひたる気色なり」は、周辺の侍女達の、忙しそうな快活なおしゃべりに入らず、浮舟は大層物思いをしている印象である。浮舟も、右近同様、遠くへ出かけることに乗り気ではない様子を表す。「折しも這ひ隠れさせ給へるやうならむが、見苦しさ」は、薫がお越しになることが分かっているときに、薫から隠れるような具合に出かけるのはまずいという、右近の判断で、右近の躊躇する理由を示す。「それは、かくなむ渡りぬると御消息聞こえさせ給へらむこそよからめ」は、前もって薫に、出かけるので留守にすると連絡をすれば、出かけてもよいでしょうの意。出かけることに積極的な侍女の誘導である。「いかでかは、音なくては這ひ隠れさせ給はむ」は、どうして、薫にお知らせもせず、こそこそ隠れて行かれることがありましょうか。「御物詣で」は、この言葉により、寺社参詣であると、匂宮には分かる。後文（浮舟一二）になって初めて、寺社が、石山寺であると分かる。女性が寺社参詣するのは、『蜻蛉日記』中巻において、夫兼家の夜離れに、思い詰めた作者が、侍女たちに勧められ石山寺詣をしているように、祈念したい悩みを抱えている浮舟が、寺社参詣をするようにと、浮舟に近い京の身内から勧められていることを暗示する。「やがて渡りおはしましね」は、参詣後は、そのまま宇治へお帰りなさいませの意。参詣に出かけることに積極的な侍女の発言であるが、ついでに京の本邸に寄ることを勧めていない様子である。「なか〳〵旅心地すべしや」の「旅心地」は、他所に居るような、旅先の宿のような気持なので、参詣して、ついでに浮舟の母の許へ立ち寄るのは、かえって心が落ち着かない意。侍女達の会話に聞き耳を立てている匂宮に、女が、京に安心して身を寄せる所がないような身の上であるとは分かるが、女と中の君との関係までは推測出来ない。

三　**また、あるは、「なほ、しばし、かくて…夢の心地ぞする**　「あるは」は、他の侍女のこと。この侍女は、参詣に出かけることに反対する立場の発言をする。「京へなど迎へたてまつらせ給へらむ後」は、浮舟を一旦は宇治に据え置き、そのまま放置するのではなく、「今いとよくもてなさんとす」（浮舟二）という薫の意向であるのを、よく承知している侍女の発言である。「おだしくて」の「おだし」は〈おだ（穏）・し〉で、既述（帚木一八）。「京へなど迎へたてまつらせ給へらむ後、おだしくて親にも見えたてまつらせ給へかし」は、参詣後は、すぐに宇治に帰り、薫によって、京に迎えられた後、穏やかな気持で親に会いに行くように勧めている。「このおとゞ」は、浮舟の乳母を指すが、覗き見している匂宮には、誰のことなのかまだ判然としない。「急にものし給ひて」は、敬語が使われるので、匂宮には、目の前の侍女たちより年輩の、浮舟付きの侍女であろうという推測は出来る。「急に」は、乳母の性格の性急さで、「ものづゝみせずはやりかにおぞき人」（東屋二六）とあった。この乳母は、浮舟の母中将の君が、浮舟の身の振り方を心配している時に、率先して、「大将殿の御様容貌の、ほのかに見たてまつりしに、さも命延ぶる心地のし侍りしかな。あはれに、はた聞こえ給ふなり。御宿世にまかせて思しよりねかし」（同一一）と進言しているように、薫との結婚に積極的であったので、最近の薫の途絶えを心配して、一刻も早く京に迎えられるようにと、性急に決めた参詣であることが推測される。「にはかにから聞こえなし給ふ」は、ここまで聞いて、この会話は、乳母のやり方を批判した侍女達の会話であると匂宮にも分かった。匂宮には、浮舟の遠方への参詣を勧めているのは、性急な乳母で、彼女が仕組んで、急に参詣させようとしていると理解する。「まゝ」は、乳母の愛称。右近が「まゝ」と呼んだことは、「このおとゞ」が、浮舟の乳母であると匂宮に断定させる。この乳母については、「とゞめたてまつらず」と敬語を用いているので、右近には目上の人と解されるが、右近の母親ではない。したがって、右近はこの浮舟の乳母の子ではあり得ない。「むつかしき心のある」は、侍女が「いと急にものし給ひて」と、乳母を批判した口調に同調している、右近の発言。「乳母やうの人を謗るなめり」は、侍女と右近の会話を聞いた、匂宮の心中。「夢の心地」は、垣間見している女が、二条院での後、行方不明になっていて、探しあぐねていた「ほのかに見し人［浮舟］」

であるということを確信した、匂宮の喜びを表す。二条院での、匂宮との当初の出会いは、浮舟には「恐ろしき夢の覚めたる心地」（東屋二八）という、思い出すのも身震いする感触であったが、匂宮には、探しあぐねた女を見つけた、夢のように感動極まる心地として捕らえられている。

四　かたはらいたきまでうちとけたることゞもを言ひて…かたはらいたからむ」など言ふ　「宮の上」は、中の君。「いとめでたき御幸ひなれ」は、中の君が女房達から、「幸ひ人」と取り沙汰されている視点に照応し、既述（宿木四六）。「いかめしうのゝしり給ふ」は、匂宮と左大臣夕霧の娘六の君との婚儀が盛大に行われたこと（同二一参照）などを指す。「若君生まれ給ひて後は、こよなくぞおはしますなる」は、中の君が男子出産のとき、「后の宮」（同四七）からのお見舞いがあり、七夜の産養も「后の宮」（同四九）が盛大にされ、中の君が重んじられている様子。「かゝるさかしら人ども」は、薫の訪れがないことにいらだち、浮舟に参詣祈願に出かけさせるようにお節介をする、乳母や母親のような人を指す。「御心のどかにかしこうもてなしておはします」は、中の君の物事に動じないおだやかで賢い身の処し方を称賛した言葉。中の君には、せっかちで性急な母や乳母もいなく、夫の匂宮が六の君と盛大な婚儀をあげた後、匂宮は六の君の美しい容姿を認めて、中の君から夜離れすることもあったので、中の君がそれを嘆き、宇治の「山里にあからさまに渡し給へ」（同二七）と薫に懇願した時もあった。しかし中の君は、それによって心を乱して、薫の恋情に身を任せることはなく、匂宮から薫との仲を疑われながらも、匂宮の心を捉え、匂宮の若宮を出産するところまで漕ぎ着けた。「殿」は薫。「殿だに、まめやかに思ひきこえ給ふこと変はらずは」は、薫の訪れが途絶えがちなので、薫の愛情の陰りを心配している侍女の発言である。「劣りきこえ給ふべきことかは」は、浮舟を中の君に比べて、より劣らないであろうという発言である。「よその人にこそ」は、侍女達の噂する中の君に対して、浮舟には余所［他］の人ではないとする発言である。それを聞いた瞬間、匂宮は、中の君の縁者であるかという浮舟の素性が、初めてひらめいた。「漏り聞こゆるやうもあらばかたはらいたからむ」は、侍女達の軽口が漏れることを心配して諌める、浮舟の主人としての気配りを示す発言である。

一〇　匂宮、薫を装って、浮舟の寝室に忍び込み、契る

一　[1]何ばかりの[2]親族にかはあらむ、いとよくも[3]似通ひたる気配かなと思ひ比ぶるに、心恥づかしげにてあてなる所は、かれはいとこよなし、これは、たゞらうたげに細かなる所ぞいとをかしき。よろしう、なり合はぬ所を見つけたらむにてだに、さばかりゆかしと思し染めたる人を、それと見て、さてやみ給ふべき御心ならねば、まして隈もなく見給ふに、いかでかこれをわがものにはなすべきと、心も空になり給ひて、なほまもりたまへば、右近、「いと眠たし。昨夜もすゞろに起き明かしてき。つとめての程にも、これは縫ひてむ。急がせ給ふとも、[4]御車は日たけてぞあらむ」と言ひて、しさしたる物ども取り具して、几帳にうち懸けなどしつゝ、うたゝ寝のさまに寄り臥しぬ。君も少し奥に入りて臥す。右近は北面に行きて、しばしありてぞ来たる。君の後近く臥しぬ。

二　ねぶたしと思ひければ、いとゝう寝入りぬる気色を見給ひて、またせむやうもなければ、忍びやかにこの格子をたゝき給ふ。右近聞きつけて、右近「誰そ」と言ふ。声作り給へば、あてなる咳きと聞き知りて、殿のおはしたるにやと思ひて、起きて出でたり。匂宮「まづ、これ開けよ」とのたまへば、右近「あやしう。おぼえなき程にも侍るかな。

夜はいたう更(ふ)け侍りぬらんものを」と言(い)ふ。匂宮「ものへ渡(わた)り給(給)ふべかなりと、仲信(なかのぶ)[5]が言(い)ひつれば、驚(おどろ)かれつるまゝに出(い)で立(た)ちて、いとこそわりなかりつれ。まづ開(あ)けよ」とのたまふ声(給こゑ)、いとようまねび似(に)せ給(たま)ひて忍(しの)びたれば、思(おも)ひも寄(よ)らず、かい放(はな)つ。匂宮「道(みち)にて、いとわりなく恐(おそ)ろしきことのありつれば、あやしき姿(すがた)になりてなむ。灯暗(ひくら)うなせ」とのたまへば、右近「あないみじ」とあわ(は)て惑(まど)ひて、灯(火)は取(と)りやりつ。匂宮「我(われ)、人に見(み)すなよ。来(き)たりとて、人驚(おどろ)かすな」と、いとらう〱じき御心にて、もとよりもほのかに似(に)たる御声(こゑ)を、たゞかの御気配(けはひ)にまねびて入(い)り給(たま)ふ。

三　ゆゝしきことのさまとのたまひつる、いかなる御姿(すがた)ならんといとほ(お)しくて、我(われ)も隠(かく)ろへて見たてまつる。いとほそやかになよ〱と装束(さうぞ)きて、香(か)の香(かう)ばしきことも劣(おと)らず。近(ちか)う寄(よ)りて、御衣(ぞ)ども脱(ぬ)ぎ、馴(な)れ顔(がほ)にうち臥(ふ)し給(たま)へれば、右近「例(れい)の御座(おまし)[6]にこそ」など言(い)へど、もののたまはず。御衾(ふすま)参(まい)りて、寝(ね)つる人々起(〲お)こして、少(すこ)し退(ゝぞ)きて皆寝(みなね)ぬ。御供(とも)の人など、例(れい)の、こゝには知(し)らぬ馴(な)らひにて、女房「あはれなる夜(よ)のおはしましざまかな。かゝる御ありさまを御覧(ごらむ)じ知(し)らぬよ」などさかしらがる人もあれど、右近「あなかま給へ。夜声(よごゑ)は、さゝめくしもぞかしかましき」など言(い)ひつゝ寝(ね)ぬ。

四　女君(ぎみ)は、あらぬ人なりけりと思(おも)ふに、あさましういみじけれど、声(こゑ)をだにせさせ給(たま)はず、いとつゝましかりし所にてだに、わりなかりし御心なれば、ひたぶるにあさまし。初(はじ)めより、あらぬ人と知(し)りたらば、いかゞ言(い)ふかひもあるべきを、夢(ゆめ)の心地(ち)するに、やう／＼その折(おり)のつらかりし、[ア]年月頃思(おも)ひわたるさまのたまふに、この宮と知(し)りぬ。いよ／＼恥(は)づかしく、かの上(うへ)の御ことなど思(おも)ふに、また(又)たけきことなければ、限(かぎ)りなう泣(な)く。宮も、なか(中)／＼にて、たはやすくあひ見(み)ざらむことなどを思(おぼ)すに、泣(な)き給(給)ふ。

【校異】

ア　**年月頃**――別（阿）「としころ」青（池・大正・陵・榊・伏・三・幽）「年比」青（保・徹二・紹）「年ころ」青（肖）「とし比」別（麦）「とし月」別（伝宗）「つきころ」別（蓬）「月ころ」別（宮）「月比」別（国）「とし月ころ」青（明・横・平・穂）河（尾・御・静・前・大・鳳・兼・岩・飯）別（陽）「年月ころ」青（徹一）、河（七）は落丁。なお『大成』は「としころ」、『大系』も「年頃(としごろ)」であるのに対して、『全書』『玉上評釈』『全集』『集成』『完訳』『新大系』『新全集』は「年月（年月(としつき)）ごろ」。「年月頃」という表現は、物語中には、唯一の例。しかし、匂宮に迫られ契りを結んだ時から、この時まで五ヶ月しか経っていないが、その間年が改まっているので、「年月頃」という表現は、あり得る表現である。河内本10本、別本の『陽』にも「とし月ころ」とあるので、底本の『明』の表現「とし月ころ」が本来の物語表現であり、後出本文において「としころ」又は「月ころ」のように普通の表現に修正されたものと見て、底本の校訂は控える。

【傍書】　1匂心　2親族　3中ト浮コト　4母ヨリノ車　5内記シウト（朱）　6薫ノイツモ供ナトハ弁方ナトニヲキ給コト也

【注釈】

一　**何ばかりの親族にかはあらむ…しばしありてぞ来たる。君の後近く臥しぬ**　「親族」は、血縁関係者。「思はぬはらから、親族の仲」（『枕草子』「近くて遠きもの」）とある如く、血縁関係者は、「はらから」とは区別される。匂宮は、まだ浮舟が、中の君の異母妹であろうとまでは思いつかない。「いとよくも似通ひたる気配かな」は、浮舟が中の君と似ている印象で、その点は、垣間見した時にも、匂宮は「いとあてやかになまめきて、対の御方にいとようおぼえたり」（浮舟九）と認めている。「心恥づかしげにてあてなる所は、かれはいとこよなし」は、中の君と浮舟とを比べた匂宮の感想で、中の君の方が、浮舟より、「心恥づかしげにあて」であるとする。浮舟を見ている時の匂宮の視点なので、浮舟を「これ」と言い、中の君を「かれ」と言って比較する。宇治の三姉妹の美しさの比較は、薫の視点からは、薫が大君の「頭つき、かむざしの程今少し［中の君より］あてになまめかしきさま」（椎本二七）を垣間見して、「これ［大君］はなつかしうなまめきて、あはれげに心苦しう」（同）と見ていたが、浮舟を垣間見した時にも薫は、「ほのかなれどあてやか」（宿木五六）に聞こえる声の調子、「頭つき様体ほそやかにあてなる」（同）程が大君譲りなので、「まことにあてなり」（同）と見ていた。一方、中の君の視点からは、大君と浮舟とを比べて、「いとおほどかなるあてさは、たゞ、それとのみ思ひ出」（東屋三〇）し、「かれ［大君］は、限りなくあてにけ高きものから、なつかしうなよゝかに、かたはなるまで、なよ／＼とたわみたるさまのし給へりしにこそ、これ［浮舟］は、まだ、もてなしの初々しげに、よろづのことをつゝましうのみ思ひたるけにや、見所多かるなまめかしさぞ劣りたる」（同）と、大君と浮舟との美しさの差違を認めていた。「あてになまめかし」「おほどかなるあてさ」「あてにけ高き」は、いずれも大君の「あて」美の称賛であるが、明るい灯のもとで匂宮は、浮舟を「あてやかになまめきて」とは認めるが、、中の君の「あて」美ほどではないと見た。この見方は、中の君の浮舟への評価に一致する。「たゞらうたげに細かなる所ぞいとをかしき」は、匂宮の目が捕らえた、浮舟のいじらしく可憐な様子「らうたげ」への賞賛である。薫が三条の隠れ家で浮舟に逢った時にも、「いとらうたげにおほどき」（同三九）と、おっとりとした浮舟の可憐美が、薫の心を捕らえた。その薫以上に、匂宮には、この後、浮舟のいじらしい可憐美（「らうたげ」「らうたし」）が称賛され続ける（浮舟一二・一三・二〇・二二参照）。浮舟は、匂宮だけではなく、母の目からも（東屋一一参照）、姉の中の君の目からも（同二〇・二九）、薫の目からも（同三九）、「らうたげ」な様子が認められている。浮舟は、「いとらうたげにあえかなる心地して、そこと取り立ててすぐれたる事もなけれど、細やかにたをたをとして」（夕顔一三）と形容される夕顔像を想起させる女性である。「よろしう、なり合はぬ所を見つけたらむにてだに」は、並の女で、少し不完全な点を見つけたとしてもとの、匂宮の思い。目の前の浮舟は、その逆で、中の君に近い品位がある女であることを認めた匂宮である。「心も空になり」は、探し求めていた女を目の前にして、平常心を失ってしまった匂宮の好色習性をいう。匂宮の好色を、八の宮も、「いとすき給へる親王なれば、かゝる人なむと聞き給ふが、なほもあらぬすさびなめり」（椎本五）と見抜いており、明石中宮も、「人知れず御心もそらにて思し嘆きたる」（総角二一）匂宮に対して、「世の中に好い給へる御名のやう〳〵聞こゆる」（同二一）と諫めていた。中の君が薫に心を開き、宇治行きを懇願したとき、匂宮に中の君を譲った悔しさ「いにしへを悔ゆる心の忍び難さ」（宿木二七）から、中の君に迫るチャンスだと思いながら、薫は一歩踏みとどまった。そのように、「まめやかにあはれなる御心ばへ」（同二六）の、理性的な薫とは対照的な匂宮像である。

「御車は日たけてぞあらむ」は、参詣のための迎えの車は、明朝暁に京を出て、宇治へは昼頃に着くことを示す。この右近の言葉によって、匂宮は今晩浮舟に逢わないでしまうと、今後何時逢えるか見当が付かないと思った。「うたゝ寝のさまに寄り臥しぬ」は、しっかりと几帳の中で眠るという態勢ではない、その場で横になる気がゆるんだ眠り方である。「君も少し奥に入り」は、浮舟も右近等と同様、侍女達と同じ部屋の、少し奥まったところで眠った。「君の後近く」は、浮舟と同室で、浮舟の後ろ近く。

二　**ねぶたしと思ひければ、いとゝう寝入りぬる気色…たゞかの御気配にまねびて入り給ふ**　「ねぶたしと思ひければ」は、「昨夜もすゞろに起き明かしてき」とあり、急に参詣の話が決まり、そのための衣装を縫うのに昨夜は徹夜であったので、睡魔に襲われた右近の様子。「この格子」は、隙間から、匂宮が覗いていた「格子」（浮舟九）。「まづ開けよ」は、後でも、「いとこそわりなかりつれ。まづ開けよ」と、「開けよ」を繰り返す匂宮の発言。切迫感をあおって、右近に考える暇を与えない口調で、右近の過失を導くことになる。「仲信が言ひつれば」の「仲信」は薫の家司。薫になりすました、匂宮の発言である。「いとこそわりなかりつれ」は、急に出かけて、このような遅い時刻になって木幡山を通ったので、大変な目にあったの意。「まねび似せ」は、右近に薫だと信じこませるように、匂宮は薫の様に取り繕った声色で話を作った。「思ひも寄らず、かい放つ」は、右近は、匂宮だとは全然気付かず、格子を引き開けた。「いとわりなく恐ろしきこと」は、木幡山の恐ろしさを指し、既述（椎本一六）。「いとこそわりなかりつれ」を受ける。「あやしき姿になりてなむ。灯暗うなせ」は、木幡山で恐ろしいことがあり妙な姿になったので、灯を暗くして欲しいという匂宮の言い分。匂宮は、夜の木幡山越えで、追いはぎに会ったと話を繕って、部屋の明かりを暗くさせ、顔が右近に見られて、匂宮が侵入してきたと気付かれないようにしている。「いとらう〳〵じき御心にて」は、匂宮の好色方面に才覚を働かす才能への、語り手の皮肉。「かの御気配にまねびて入り給ふ」は、薫のように取り繕って、匂宮は浮舟が侍女たちと寝ていた部屋の寝室の中へお入りになられた。従って、右近はまだ、匂宮の侵入だとは思っていないのである。薫に成りすまして宇治の中の君を初めて訪問したとき（総角一六）は、薫の導きに助けられていた。今回はその薫を裏切って、匂宮一人で事を進めて行く。

三　**ゆゝしきことのさまとのたまひつる、いかなる御姿…夜声は、さゝめくしもぞかしかましき」など言ひつゝ寝ぬ**　「ゆゝしきことのさま」は、木幡山で追いはぎに遭ったこと。「我も隠ろへて見たてまつる」は、右近も匂宮には隠れるようにして、お姿は見ないようにし申し上げる。右近はまだ、匂宮を薫と勘違いしたままである。「香の香ばしきことも劣らず」は、匂宮の香りの香ばしさが、薫の香りに劣らない程である。従って、右近は、匂宮を薫だと思い込んでいる。薫と匂宮の薫香の素晴らしさについては既述（同二五）。薫の「香の香ばしさ」（匂兵部卿六）に対抗意識を持った匂宮は、「わざとよろづのすぐれたる移しをしめ」（同七）て競っていたことによる。右近は中の君の親密な侍女だったので、匂宮の薫香は嗅ぎ馴れていて知っており、薫の訪問時には薫の薫香も嗅いでいたので、その違いに気付いていてしかるべきである。それなのに、今回、薫とは違う香だとは気付かなかったのは、寝入り端であり、まさか匂宮が現れるとは思いも付かなかったとはいえ、右近の過失である。「馴れ顔にうち臥し」は、寝ている浮舟の隣にそのまま匂宮は横たわった。「『例の御座にこそ』など言へど、ものものたまはず」は、何時もの御帳台の中へお入り下さいと、右近が声を掛けても、匂宮は返事もされない。これは、用心深い匂宮の様子を表すとともに、右近へは、薫の浮舟に対する愛情からの逸る気持ちを見せることになり、好感をもたらす。「御衾参りて、寝つる人々起こして、少し退きて」は、右近は、夜具を匂宮に用意し、浮舟と同じ部屋で寝ていた侍女達を起こし、薫の来訪だと告げ、浮舟から遠ざけての意。「あはれなる夜のおはしましざまかな」は、夜遅く、追いはぎにあうような危ない思いをして訪れた、薫の浮舟への愛情の深さを称賛した、侍女の言葉。「かゝる御ありさまを御覧じ知らぬ」は、浮舟が薫の愛情をそれ程深いものとは捉えていないことを示す、侍女の言葉である。

四　**女君は、あらぬ人なりけりと思ふに…たはやすくあひ見ざらむことなどを思すに、泣き給ふ**　「女君」は浮舟。匂宮の女君とする初めての「女君」呼称。「あらぬ人なりけりと思ふに、あさましういみじけれど、声をだにせさせ給はず」は、目を覚ました浮舟のとっさの反応である。侵入して寄り添った男が、薫ではないとはっと気付いて、浮舟は恐怖におののいた。しかし、抵抗して助けを求めようとはさせない匂宮の、女に隙を与えない振る舞いである。「いとつゝましかりし所にてだに、わりなかりし御心なれば、」は、二条院に匂宮が進入した時に、乳母や右近に見つかり、人目が多かった時でさえ、傍若無人に振る舞った匂宮を指す。「ひたぶるにあさまし」は、人目の近い二条院とは違って、薫の来訪かと勘違いしている侍女達だけの静かな宇治なので、何の遠慮もなく、あきれるほど熱烈な匂宮の振る舞いである。「初め」は、今夜の忍び込みを受けた最初からの意。「あらぬ人と知りたらば」は、進入してきた男が、初めから薫ではないとわかったならばの意。「いかゞ言ふかひもあるべきを」は、浮舟が声を出して助けを求めるなりすれば、あらがいようもあるだろうがの意。二条院でのときは、薫と匂宮との区別もつかない浮舟だったので、浮舟は、最初匂宮を薫だと勘違いしてしまっていた。「夢の心地」は、二回目の匂宮の忍び込みを、薫ではないと気付きながら、抵抗しきれず受け入れた浮舟の、夢のような匂宮との逢瀬。その時のことを思い出した、匂宮の「夢の心地」（浮舟九）に照応する。「その折」は、匂宮が二条院で初めて浮舟を見つけた折。「その折のつらかりし」は、中途半端に引き離されたことが辛く恨めしかったこと。「し」は、過去回想。「ほのか」な逢瀬であった「つらかりし」過去を回想して。「年月頃思ひわたるさま」は、二条院で出会った時から、この時まで、五ヶ月経過しているが、その間年が改まっているので、「年月頃」という表現はあり得る。「この宮と知りぬ」は、「あらぬ人なりけり」「あらぬ人と知りたらば」と、薫ではない「誰か」の侵入に混乱していた浮舟が、侵入者が匂宮であると知る。「いよ／＼恥づかしく」は、お世話になった姉の夫匂宮と再び出会い、関係を持ったことへの浮舟の、いよいよの恥ずかしさである。二条院で、浮舟が匂宮に突然襲われた時も、浮舟は「たゞならずほのめかし給ふらん大将にや」（東屋二五）と勘違いして、「香ばしき気配なども」（同）薫の香りと思ったまま、「いと恥づかしくせん方なし」（同）であった。その時にもましていよいよ恥ずかしく思う浮舟である。「またたけきことなければ」の「たけきことなし」は、浮舟が現在出来る精一杯〔最大〕のことが何もない意。泣く以外にどうしようもない浮舟の心情で、無念極まりない涙である。「なか／＼にて、たはやすくあひ見ざらむことなどを思すに、泣き給ふ」の、匂宮の涙は、今夜逢ったことで却って、これから先に、宇治のような辺鄙な所まで、薫の目を盗んで、到底逢いに来られないことを思っての涙である。

一一　翌朝、匂宮の忍び込みとわかった右近、供人をいさめる

一 夜(よ)はたゞ明(あ)けに明(あ)く。御供(とも)の人来(き)て声作(こわづく)る。右近聞(き)きて参(まい)れり。出(い)で給はん心地(ち)もなく、飽(あ)かずあはれなるに、また(又)おはしまさむことも難(かた)ければ、京には求(もと)め騒(さは)がるとも、今日(けふ)ばかりはかくてあらん、何(なに)ごとも生(い)ける限(かぎ)りのためこそあれ、たゞ今(いまい)出でおはしまさむは、まことに死(し)ぬべく思(おぼ)さるれば、この右近を召(め)し寄(よ)せて、匂宮「いと心地(ち)なしと思(おも)はれぬべけれど、今日(けふ)はえ出(い)づまじうなむある。男(をのこ)どもは、このわたり近(ちか)からむ所に、よく隠(かく)ろへて候(さぶら)へ。1時方(かた)は京へものして、山寺(でら)に忍(しの)びてなむと、つき〴〵しからむさまにいらへなどせよ」とのたま(給)ふに、二いとあさましくあきれて、心もなかりける夜(よ)の過(あやま)ちを思(ゝも)ふに、心地(ち)も惑(まど)ひぬべきを思(思)ひしづめて、今(いま)はよろづにおぼ(を)ゝれ騒(さは)ぐとも、かひあらじもの(物)から、2なめげなり、3あやしかりし折(おり)にいと深(ふか)う思(おぼ)し入(い)れたりしも、かう逃(のが)れざりける御宿世(すくせ)にこそありけれ、人のしたるわざかはと思(おも)ひ慰(なぐさ)めて、右近「今日(けふ)御迎(むか)へにと侍(侍)りしを、いかにせさせ給はむとする御こと(事)にか。か(こ)う逃(のが)れきこえさせ給(たま)ふまじかりける御宿世(すくせ)は、いと聞(き)こえさせ侍(はべ)らむ方(かた)なし。折(おり)こそ、いとわりなく侍れ。なほ(猶)、今日(けふ)は出(い)でおはしまして、御心ざし侍(はべ)らばのどかにも」と聞(き)こゆ。三4およすけても言(い)ふかなと思(おぼ)して、匂宮「我(われ)は、月頃(ごろ)ア思ひつるにほれはてにければ、人(ひと)イのもどかむも知(し)られず、ひたぶるに思(おも)ひなりにたり。少(すこ)しも身のことをおも●(ひ)はゞか(ヒ)ゝらむ人の、かゝる歩(あり)きは思(おも)ひたちなむや。御返(返)りには、今日(けふ)は物忌(ものいみ)など言(い)へかし。人に知(し)らるまじきこ

とを、誰がためにも思へかし。ことごとはかひなし」とのたまひて、この人の、世に知らずあはれに思さるゝまゝに、よろづのそしりも忘れ給ひぬべし。

四　右近出でゝ、このおとなふ人に、右近「かくなむのたまはするを、『なほ、いとかたはならむ』とを申させたまへ。あさましうめづらかなる御ありさまは、[6]さ思し召すとも、かゝる御供人どもの御心にこそあらめ。いかで、かう心幼うは率てたてまつり給ふこそ[ウ]。なめげなることを聞こえさする山がつなども侍らましかば、いかならまし」と言ふ。内記は、げに、いとわづらはしくもあるかなと思ひ立てり。右近「時方と仰せらるゝは、誰にか。さなむ」[6]と伝ふ。[7]笑ひて、時方「[8]勘へ給ふことゞもの恐ろしければ、さらずとも、逃げてまかでぬべし。まめやかには、おろかな[9]らぬ御気色を見たてまつれば、誰も〳〵身を捨てゝなむ。よし〳〵。宿直人も皆起きぬなり」とて急ぎ出でぬ。

【校異】

ア　**思ひつるに**――「もておもひつるに」青（池）「物をもつるに」青（榊）「もの〻給ひつるに」（「給」に「おも」重ね書き）河（静）「ものおもひつるに」青（横）河（前・大・兼・岩）「いみしうものおもひつるに」別（蓬）「物おもひつるに」青（伏・穂）「もの思ひつるに」青（三）「物思ひつるに」青（徹二・幽）河（御・飯）「ものおもひ○」（○に「つるに」）河（鳳）「もの思つるに」河（尾）「物思つるに」別（宮）「物おもへるに」別（国）「物思に」別（麦）「おもへるに」別（伝宗）「思つるに」青（明・大正・肖・徹一・紹）別（阿）「思ひつるに」青（保・平・幽）「おもひつるに」青（陵）別（陽）、河（七）は落丁。なお『大成』は「ものおもひつるに」、『全書』『玉上評釈』『全集』『完訳』『新全集』も「もの思ひつるに」であるのに対して、『大系』『集成』『新大系』は「思ひ（思ひ・思）つるに」。「もの思ひつる」の「もの」の有無による異同で、匂宮が、「年月頃思ひわたるさま」（浮舟一〇）を述べた後の、浮舟への思いを強く訴えた会話文中である。「我は、月頃思ひつるに」ならば、匂宮がずっと浮舟を思い続けていた意として文脈は通るのに、後出伝本において、「もの」を付加して、さらに相応しい表現になるように修正したものと見て、底本の校訂は控える。

イ　**もどかむも**――「もとかむも○（いはんも）」青（明）「もとかんもいはんも」青（池・横・榊・徹二）河（尾・前・大・鳳・兼・岩）別（陽・麦）「もとかむもいはむも」青（三）「もとかんもいはむも」河（御）「もとかむもいはんも」河（飯）「もとかんもいはんむんも」河（静）「もどかんもいわんも」別（伝宗）「とかめんもいわんも」青（伏）「ともかくもいはむこと」別（宮）「ともかくもいはんこと」（国）「ともかくもおもひいらむことも」別（蓬）「もとかんも」青（大正・陵・平・幽）別（阿）「もとかむも」青（肖・徹一・保・穂・紹）、河（七）は落丁。なお『大成』は「もとかんもいはんも」、『全書』『全集』『完訳』『新大系』『新全集』も「もどかむも言（い）はむ（ん）も」であるのに対して、『大系』『玉上評釈』『集成』は「もどかん（む）も」。「言はんも」の有無による相違で、「人のもどかむも言はむも知られず」となるか、「人のもどかむも知られず」となるかの違いである。前者の方が、表現としては、くどく説明的である。原態は、後者の如く、すっきりした表現であろうと考えられる。『玉上評釈』も、「底本も『いはんも』を後補する」と指摘している。『明』は補入記号「○」を付して、

（二二丁オ一一行）

とある。以上のことを勘案し、後出本において説明句「いはんも」を補ったのであり、本来の物語表現としては、底本の本行表現のごとく、「いはんも」は無かったものと見て、底本を「もとかむも」に校訂する。

ウ　**給ふこそ**――「給しぞ」別（伝宗）「給しそ」青（陵・三・徹二・紹・幽）河（御・静・前・大・鳳・兼・岩）別（陽・宮・国・阿）「給ひしそ」河（飯）「たまひしそ」別（蓬）「たまふにそ」青（横）「○（給）しそ」青（肖）「たまへるこそ」河（尾）「給てしそ」青（徹一）「給そ」青（大正）「たまふそ」青（穂）「たまふこそ」青（伏）「給こそ」青（明・池・保・榊・平）別（麦）、河（七）は落丁。なお『大成』は「給こそ」、『全書』『玉上評釈』『集成』『新大系』も「給ふ（たまふ・給（たまふ））こそ」であるのに対して、『大系』『全集』『完訳』『新全集』は「給（たま）ひしぞ」。「給こそ」と「給しぞ」の相違で、「こそ」と「しそ」の字体が似ていることによると考えられる。「こそ」ならば、「いかで。から幼うは率てたてまつり給ふこそ」となり、「こそ」は文末に用いられた強意の助詞で、「いかで…給ふぞ」よりも意味を強める。立腹して、匂宮のお供の者達に八つ当たりする右近の、

強い口調である点を考えると、「給ふぞ」よりも「給ふこそ」の方が、この場面に相応しい。そのような右近の口調であることを考慮せず、後筆において、「こそ」の「こ」を「し」と見誤り、普通の穏やかな質問調の表現の「しぞ」に誤写したものと見て、底本の校訂は控える。

【傍書】　1家司名　2無礼　3匂ノマヘ浮ヲミ給シコト　4匂心　5匂ヘイケン申シト也　6ヲハナル人ノ教　7時方詞　8カンタウ　9匂ヲ云

【注釈】

一　**夜はたゞ明けに明く。御供の人来て声作る…つきぐ\しからむさまにいらへなどせよ」とのたまふに**　「たゞ明けに明く」は、どんどん明るくなる空の様子で、女三の宮に密通した柏木が、別れを惜しむ時、「たゞ、明けに明けゆくに、いと心あわたゝしく」（若菜下二七）思ったのと同様で、匂宮の心境を示す。「御供の人」は、匂宮を案内してきた道定。道定は、「暁にこそは帰らせ給はめ」（浮舟七）と匂宮に勧めていたので、明るくならない先にお帰りを促すのである。「夜はたゞ明けに明く。」「御供の人来て声作る。」「右近聞きて参れり。」の三つの単文は、次々に畳みかける表現で、匂宮を急き立てる状況を示す。もうこれ以上浮舟の側におれない、別れなければならないことを、匂宮に悟らせる表現である。「生ける限りのためこそあれ」は、「恋ひ死なむ時は何せむ生ける日のためこそ妹を見まく欲りすれ」（万葉集巻四相聞・大伴百代）を踏まえる。何ごとも、生きている間の為にあるもので、死んでしまえば、どうしようもないと思う匂宮の切羽詰まった心境である。「たゞ今出でおはしまさむは、まことに死ぬべく思さるれば」は、今浮舟と別れて部屋を出れば、今度何時逢えるか分からない、それでは自分は死んでしまいそうであると思う程、どうしても、浮舟と別れられないという匂宮の心情。「出でおはしまさむ」の「出で」は、「出で給はぬ心地もなく」とともに、次の行の、「今日はえ出づまじう」の「出づ」に同じ。「出で」に抵抗する匂宮である。密通の現場を、父右大臣に発見された朧月夜尚侍の君の「われかの心地して死ぬべく思さる」（賢木三七）の心境に匹敵する。「いと心地なしと思はれぬべけれど…つき〴〵しからむさまにいらへなどせよ」は、右近に依頼した、供人の時方への伝言である。右近はこの言葉で、初めて薫ではなかったことを知る。匂宮は、右近に匂宮であると見破られることは覚悟の上の発言である。二条院で初めて匂宮が浮舟を見つけて会っていた時に既に、右近には現場を目撃されているので、匂宮は今更侍女風情の右近に説明は不要と思っている。「時方」は、「御乳母子の蔵人より冠得たる若き人」（浮舟八）。今回の宇治へのお忍びにお供していた人物としてここに明記される。暁に帰る予定であったが、それを変更するための口実を、時方に指示した。宇治ではなく、こっそり山寺に参籠していると、嘘をついてくるようにという指示内容である。時方は、匂宮の気心の知れた家司［乳母子］で、夕顔巻で、夕顔の素性を探って、源氏を導く際（夕顔一〇・一一）に、骨身を惜しまず活躍しただけではなく、夕顔の死去後の始末に奔走した惟光を想起させる。

二　**いとあさましくあきれて、心もなかりける…今日は出でおはしまして、御心ざし侍らばのどかにも」と聞こゆ**

「いとあさましくあきれて、心もなかりける夜の過ちを思ふに」は、薫と思っていた右近の前に匂宮が出現し、真実を知った右近の驚愕し呆れた心情。右近は昨夜の異様な匂宮の訪問の仕方を思い出し、薫と勘違いして居室に通してしまった自身の過失に、漸く気付いた。そして匂宮の時方への伝言の内容から、右近は全てを呑み込んだ。「心地も惑ひぬべきを思ひしづめて」は、途方にくれる心境であったが、右近は気を鎮めて、最善を尽くそうとして。「今はよろづにおぼゝれ騒ぐとも、かひあらじものから、なめげなり」は、人間違いに気付いた右近の対応で、今更騒ぎ立てても、匂宮に失礼になるだけで、どうしようもないという判断をする。「あらぬ人なりけり」と気付いた時の浮舟は、匂宮に拘束されて、声を挙げようにも挙げられなかったのであるが、右近は、騒ぎ立てない方がよいと、自身で判断を下したのである。「あやしかりし折にいと深う思し入れたりし」は過去。二条院で、初めて匂宮が浮舟の部屋に忍び込んだ折、乳母や右近に見つけられ騒ぎ立てられたが、匂宮は周辺を無視して浮舟にすっかり夢中になってしまわれた時のこと。「かう逃れざりける御宿世にこそありけれ」は、浮舟が匂宮の求愛をお逃れ申せなかった運命の方であるのだったとする右近の気付き。ここからも、この場面での、宇治での右近は、二条院での右近と同一人物であるといえる。この「宿世」観は、難局に直面した折に、「宿世」に左右される人生であると、納得して受け入れるための運命観で、既述（若菜下二七）。源氏と藤壺、柏木と女三の宮との関係に認められる。匂宮と浮舟の運命も、それらの例になぞらえられるものとする。「人のしたるわざかは」は、人間業ではないこと。右近の手落ちではなく宿命であると、右近は自分で自分を慰めて、冷静になって匂宮に対応する。「今日御迎へにと侍りし」は、明日参詣のために浮舟を迎えに来ると、急に乳母から連絡があったと話していた、九段を受ける。「かう逃れきこえさせ給ふまじかりける御宿世は」は、直前の右近の心中思惟「かう逃れざりける御宿世…人のしたるわざかは」を言葉にしたもの。よって、「かう」は共に、「あやしかりし折にいと深う思し入れたり」を指す。「折こそ、いとわりなく」は、迎えに来た時に、匂宮が一緒では不都合であること。「今日は出でおはしましては」は、「出で」に抵抗している匂宮に、それでも「出で」よと頼み込む右近で、浮舟の侍女として必死の抵抗をする。

三　**およすけても言ふかなと思して…よろづのそしりも忘れ給ひぬべし**　「およすけても言ふ」は、大人びた物言いのことで、大騒ぎにならないようにと、理路整然と説明した右近の話しぶりへの匂宮の評である。小癪なという気持が籠もる。「我は、月頃思ひつるにほれはてにければ…ことごとはかひなし」は、右近とは反対に、「出で」に抵抗し、浮舟と別れたくないということしか考えない、冷静さを失った匂宮の返事である。「ほれはてにければ、人のもどかむも知られず、ひたぶるに思ひなりにたり」の「ほれはて」は〈惚れ・果て〉。物語中、本例のみ。匂宮の惚れこみの強さを表わす。浮舟にすっかり無我夢中で、誰が何と非難しようが聞く耳は持たない、今はもう唯々一途な思いになっているのだよ、の意。二条院にあってさえ、乳母や右近の騒ぎにも耳を貸さなかった匂宮である。配慮すべき人もいない女所帯の辺鄙な宇治では、何の遠慮もなく我が意のままで、侍女の意見には耳を貸さない、強硬な言葉遣いの匂宮である。「御返りには、今日は物忌など言へかし」は、乳母が迎えに来ないようにするための対策の指示。「物忌」は、外出したくないときの言い訳である。匂宮は夕霧に対してまでも、三、四日二条院の中の君のもとで、箏の琴を教えて引きこもりたい時の言い訳に、「御物忌など言つけ給ふ」（宿木四七）という断り方をしていた。「人に知らるまじきことを、誰がためにも思へかし」は、匂宮が宇治に忍び込んだことを、人に知られないように工夫しなさいという、匂宮の強い命令。「誰がためにも思へかし」は、浮舟は勿論のこと、匂宮にも、右近にも、時方のためにも、誰のためにも考えて配慮しなさいという指示。「この人の、世に知らずあはれに思さるゝまゝに、よろづのそしりも忘れ給ひぬべし」は、浮舟にすっかり心を奪われ、心底愛おしく思う匂宮の心情で、この情熱は、桐壺帝が桐壺更衣に対して「人のそしりをもえ憚らせ給はず」（桐壺一）「そこらの人のそしり、恨みをもはばからせ給はず」（同一六）という熱中ぶりに匹敵する。

四　**右近出でゝ、このおとなふ人に…よし〳〵。宿直人も皆起きぬなり」とて急ぎ出でぬ**　「おとなふ人」は、匂宮が呼んだ供人の時方。「あさましうめづらかなる御ありさま」は、昨夕の、匂宮のあり得ないような無体な訪問の仕方を指す。右近の非難の言葉である。「あさましうめづらかなる御ありさま…から心幼うは率てたてまつり給ふこそ」は、昨夜の事が浮舟の宿運であったとしても、右近は浮舟の立場に立って、お供の者に対して、匂宮側近の不届きを難じないわけにはいかない。「内記」は、宇治行きを案内してきた大内記道定。「いとわづらはしくもあるかな」は、右近の言うように、宇治へ案内したのは道定であるので、道定は、自分が責められて、面倒なことになったと困惑している。「さなむ」の「さ」は、匂宮の右近に伝えた伝言。「時方は京へものして、山寺に忍びてなむと、つき〴〵しからむさまにいらへなどせよ」を指す。「笑ひて」は、右近の時方への苦言に対処した、時方の苦笑である。

「勘へ給ふこと」は、右近が、「おとなふ」内記や時方らに、「かう心幼うは率てたてまつり給ふこそ」と苦言を呈し、匂宮の無体な振る舞いは、お供の人に責任があるという言い方をしたことに対する、わざと誇張した受け答え。「おろかならぬ御気色」は、匂宮の宇治の女君を垣間見したいという、並々でない熱心なお気持ちをいう。「誰も〳〵身を捨てゝなむ」は、お供の者達は、一大決心をして来たのであり、いい加減な気持ではないという主張。「宿直人」は、薫の配下にある人。右近は、浮舟の身の周りの世話をしている侍女であり、浮舟に不都合にならないような配慮をする立場にあるのに反して、宿直人は、薫の味方であるので、薫に通報されるおそれがある。

一二　右近、忍び込んだ匂宮を、薫といつわり、画策する

一 右近、人に知らすまじうは、いかゞはたばかるべきと、わりなうおぼゆ。人々起きぬるに、右近「1殿は、さるやうありて、いみじう忍びさせ給ふ気色見たてまつれば、道にていみじきことのありけるなめり。御衣どもなど、夜さり忍びて持て参るべくなむ仰せられつる」など言ふ。御達、「あなむくつけや。木幡山は、いと恐ろしかなる山ぞかし。例の、御前駆も追はせ給はず、やつれておはしましけむに、あないみじや」と言へば、右近「あなかま、〳〵。下衆などの塵ばかりも聞きたらむに、いといみじからむ」と言ひ居たる心地恐ろし。あやにくに殿の御使のあらむ時、いかに言はむと、右近「二初瀬の観音、けけ事なくて暮らし給へ」と、大願をぞ立てける。

石山に今日詣でさせむとて、母君の迎ふるなりけり。この人々も、皆精進し、清まはりてあるに、女房「さらば、

今日はえ渡らせ給ふまじきなめり。いとくちをしきこと」と言ふ。

三 日高くなれば格子など上げて、右近ぞ近くて仕うまつりける。母屋の簾はみな下ろしわたして、「物忌」など書かせて付けたり。母君もやみづからおはするとて、右近「夢見騒がしかりつ」と言ひなすなりけり。御手水など参りたるさまは、例のやうなれど、まかなひ[2]めざましう思されて、匂宮「そこに[3]洗はせ給はゞ」とのたまふ。女、いと様[4]よう心にくき人を見馴らひたるに、[5]時の間[ア]も見ざらむに死ぬべしと思し焦がるゝ人を、心ざし深しとは、かゝるを言ふにやあらむと思ひ知らるゝにも、あやしかりける身かな、誰も、物の聞こえあらば、いかに思さむと、まづ、[6]かの上の御心を思ひ出できこゆれど、匂宮「知らぬを、返す返すいと心憂し。なほ、あらむまゝにのたまへ。いみじき下衆といふとも、いよいよなむあはれなるべき」と、わりなう問ひ給へど、[7]その御いらへは絶えてせず、ことごとは、いとをかしくけ近きさまにいらへきこえなどしてなびきたるを、いと限りなうらうたしとのみ見給ふ。

四 日高くなる程に、[8]迎への人来たり。車二つ、馬なる人々の、例の荒らかなる七八人、男ども多く、例の品々しからぬ気配、さへづりつゝ入り来たれば、人々かたはらいたがりつゝ、「あなたに隠れよ」と言はせなどす。右近、いかにせむ、[9]殿なむおはすると言ひたらむに、京にさばかりの人のおはしおはせず、おのづから聞き通ひて、隠れなきこともこそあれと思ひて、[10]この人々にも、ことに言ひ合はせず、返りごと書く。

「昨夜（よべ）より穢（けが）[11]れさせ給（たま）ひて、いとくち（お）をしきことを思（ゝぼ）し嘆（なげ）くめりしに、今宵夢見騒（こよひゆめみさは）がしく見（み）えさせ給（給）ひつれば、今日（けふ）ばかりつゝしませ給（たま）へとてなむ、物忌（ものいみ）にて侍（侍）る。返（かへ）す〴〵くち（お）をしく、ものの妨（ゝさまた）げのやうに見（み）たてまつり侍（侍）る」と書（か）きて、人々に物など食（く）はせてやりつ。尼君（あまぎみ）にも、右近「今日（けふ）は物忌（ものいみ）にて、渡（わた）り給はぬ」と言（い）はせたり。

【校異】

ア　**見ざらむに**――「見さらむ○（ハ）に」青（明）「みさらむも」別（伝宗）「見さらんは」青（徹二）「みさらむは」青（三）「みさらんは」別（宮・国）「見さらむ」（ヒ）青（保）「みさらむを」河（蓬）「みさらんに」青（池・横・榊・平・穂）河（尾・静・前・大・鳳・兼・岩）「見さらむに」青（大正・肖・紹・幽）「みさらむに」青（徹一）河（御）別（陽）「見さらんに」青（陵・伏）河（飯）別（麦・阿）、河（七）は落丁。なお『大成』は「みさらんに」、『大系』『玉上評釈』『全集』『集成』『完訳』『新全集』も「見ざらん（む）に」であるのに対して、『全書』『新大系』は「見（見（み））ざらむは」。当該は、『明』の補訂によって異文を発生させた好例である。『明』と同系統の青表紙本や河内本、別本も「見ざらむ（ん）に」であるにもかかわらず、底本は「に」にミセケチを施し、「ハ」を補入した後筆がある。「時の間も見ざらむに死ぬべしとおぼしこがるゝ」よりも「時の間も見ざらむは死ぬべしとおぼしこがるゝ」の方が、匂宮の切迫した心情をより強く表現するので相応しいと見た、後人による補訂と見られる。この、底本の補訂される以前の「に」であっても、「見ざらむ」の「む」が推量の意を表すので、「死ぬべし」と続く文は、表現として成立する。よって、底本の後補する以前の本文が、物語としての本来のものと見て「見さらむに」に校訂する。

【傍書】　1薫ト云　2宇治ノ宮ノ不好コト（朱）　3浮ヲサシテ也（朱）　4薫ノコト　5匂ノコト　6中君　7浮　8石山　9薫　10女房衆　11月水

【注釈】

一　**右近、人に知らすまじうは、いかゞはたばかるべきと…いといみじからむ」と言ひ居たる心地恐ろし**　「人に知らすまじう」は、匂宮が「人に知らるまじきことを、誰がためにも思へかし」（浮舟一一）と命じた趣旨を承ける。「いかゞはたばかるべきと、わりなうおぼゆ」は、浮舟の侍女でありながら、匂宮の命令に従わざるを得ない状況に追い込まれた右近が、二人をどのように人目から隠すことが出来るのかと考えて、困惑する様。「殿は、さるやうありて、いみじう忍びさせ給ふ気色見たてまつれば、道にていみじきことのありけるなめり。御衣どもなど、夜さり忍びて持て参るべくなむ仰せられつる」は、匂宮の意向を汲んだ、右近の一人芝居で、昨夜の訪問は匂宮ではなく、薫であるように、侍女達に取り繕って話した内容である。「さるやうありて、いみじう忍びさせ給ふ気色」「道にていみじきことのありける」は、匂宮が昨夜「道にて、いとわりなく恐ろしきことのありつれば、あやしき姿になりてなむ」（同一〇）と言っていた言葉を使い、薫が、追いはぎに遭った様子にして話した。「御衣どもなど、夜さり忍びて持て参るべくなむ仰せられつる」は、御衣を京に取りに遣っていて、乱れた姿で、侍女達に見せられない格好であるとした、右近の取り繕いである。「木幡山は、いと恐ろしかなる山ぞ」は、匂宮の八の宮弔問の使者が、「木幡の山の程も、雨もよにいと恐ろしげ」（椎本一六）な中を訪れたことに照応する。「例の、御前駆も追はせ給はず、やつれて」は、薫の宇治への訪問の仕方が、「御供に人などもなくて、やつれておはしけり」（橋姫一一）であった点に照応する。「あないみじや」は、恐ろしい木幡山を危険を顧みず姿をやつして訪れた薫に、浮舟への格別の想いと受け止めた、年配の女房達の同情心で、薫のこととして聞いている。「あなかま、〳〵」は、静かにしなさい、静かにしなさいの意。薫のこととして取り繕った話をした右近が、この取り繕いが薫の配下の宿直人らに聞こえることをおそれた発言である。「下衆などの塵ばかりも聞きたらむに、いといみじからむ」は、薫が木幡山で追いはぎに遭われたと言う話が、下衆に聞こえては大変なことになろうの意。「下衆」一般に聞こえることをおそれた発言であるが、これも、薫の配下の者達に知られることを危惧する、右近の取り繕いである。「と言ひ居たる心地恐ろし」は、誰にも知られないようにせよという匂宮の指示もあり、自分の失態を隠すためにも、周囲の女房達に嘘をついたが、見破られはしないかと心配する右近の、恐ろしく思う気持。「あやにくに殿の御使のあらむ時」という危惧もある。非常な緊張感である。

二　「初瀬の観音、けふ事なくて暮らし給へ」と…いとくちをしきこと」と言ふ　「初瀬の観音」は既述（玉鬘九）。初瀬詣として、道綱母が、長旅の記録を精細に描写しており（『蜻蛉日記』上巻）、初瀬の観音は、「仏の御中には初瀬なむ、日本の内にはあらたなる験あらはし給ふ」（玉鬘九）とも描かれているように、霊験あらたかな観音として信仰されていた。物語中には、夕顔の乳母の娘の右近と玉鬘との、再会を果たした場面に取り入れられている。浮舟も初瀬観音詣の帰途、宇治に立ち寄った時に、薫に見られた（宿木五五参照）ことによって、人生を一変させられた叙述になっている。二条院で、匂宮に侵入された後の、沈み込む浮舟に対して、乳母が、「初瀬の観音おはしませば、あはれと思ひきこえ給ふらん。馴らはぬ御身に、度々頻りて詣で給ふことは」（東屋二八）と慰めており、浮舟に対する初瀬観音の庇護は、乳母や右近から期待されている。「『初瀬の観音、けふ事なくて暮らし給へ』と、大願をぞ立てける」は、「あやにくに殿の御使のあらむ時」と危惧しているので、観音様、今日は何事もなく、匂宮も浮舟もお過ごしなさいますようにお守り下さいと祈っている意。「事なくて暮らし給へ」は、最高敬語の「…暮らさせ給へ」ではない。右近は、今回自身の不注意により、匂宮を薫と勘違いして浮舟の許に導いた結果、薫と匂宮に愛される浮舟の状況を引き起こしてしまった。これは、二人の男に愛されて破滅した姉「常陸」（浮舟三二）の例のようになるのではないかという心配が頭をよぎり、そのような事件沙汰にならないようにとの危惧をも念頭に、初瀬の観音への救いを求めて、祈願したことになる。後でも、右近は、「とてもかくても、事なくて過ぐさせ給へと、初瀬、石山などに願をなむ立て侍る」（同三三）とある。夕顔の乳母も、夕顔の失踪後、「夢にてもおはしまさむ所を見むと大願を立つれど」（玉鬘一〇）と述べており、ともに長谷寺観音の霊験に救われようとしている。「石山」は、滋賀県大津市の石山寺。初瀬の観音へはしばしば参詣してきた浮舟が、今回は石山寺観音にも参詣するという。これは、浮舟の母の、娘の身を案ずる願いが、並々でない様子を表す。道綱母も、夫兼家の足が遠のく辛さに堪えかねて、初瀬詣でだけにとどまらず、石山寺詣でもしている（『蜻蛉日記』中巻）。石山寺参詣もさせようとするのは、薫の訪れが頻繁ではないことを心配している、母や乳母の考えである様子。「皆精進し、清まはりて」は、石山寺にお供をする侍女達が、精進潔斎し、身を清めている意。道綱母が石山寺に「十日ばかりと思ひ立つ」（『蜻蛉日記』巻中）ときには、兄弟にも知らせず、「忍びてと思へば」のためか、精進潔斎のことは記していない。浮舟の場合は、こっそりではなく、大がかりな参詣の準備をしていた。「いとくちをしきこと」は、精進潔斎して準備していたのに、取りやめになることに対する侍女達の残念に思う気持。

三　**日高くなれば格子など上げて、右近ぞ…いと限りなううらうたしとのみ見給ふ**　「『物忌』、など書かせ」は、匂宮から「御返りには、今日は物忌など言へかし」（浮舟一一）と指示されていた、その智慧を利かせて、右近が、侍女達に、母屋の簾に「物忌」の札を貼らせ、石山寺参詣は中止するようにした。「母君もやみづから」の「もや」は、係助詞の重なった、「も」は詠歎「や」は疑問。母君がここへ迎えに来られるかもしれない、母君に、この場面を見られないようにしたい右近の意図。「『夢見騒がしかりつ』と言ひなすなりけり」は、物忌みの理由で、不吉な夢を見たという嘘を作って右近が侍女達に伝えたこと。「御手水など」は「御手水、御粥など」の省略。「御手水、御粥などこなたにまゐる」（若紫二八）など。「例のやうなれど」の「例」は、浮舟側の朝の行事として通例であると同時に、匂宮が通常受ける朝の奉仕に変わらない意。御手水や御粥などを、侍女が準備したり差し上げたり奉仕するのは、薫の時と同様で、侍女の右近が世話をする。「まかなひめざましう思されて」の、「まかなひ」は食事の支度や給仕をすること。侍女の右近に世話を任せるのは、匂宮にとって心外に思われて。匂宮は、浮舟に身辺の世話をしてもらいたい意。浮舟をいつも側から放さないようにしている、匂宮の情熱的振る舞いを述べたもの。「そこに洗はせ給はゞ」の、「せ」は使役。「せ給はば」を最高敬語として、「女を喜ばすための演技と手管」（『新全集』）と見るのは、後で浮舟に褶を着せて洗面のお世話をさせて、召し使い扱いをする匂宮の振る舞いと齟齬する。ここは、浮舟が、右近の側で匂宮に手を洗わせるように手伝ってくだされば嬉しいと、甘えたと解したい。「女」は、これまで「女君」（浮舟一〇）と呼ばれていた浮舟のこと。以後匂宮とともにある浮舟が「女」と呼ばれることになる。これは、匂宮への浮舟の心情の変化を示す。「いと様よう心にくき人」は、匂宮とは対照的な、礼儀を弁えた嗜みのある薫。「時の間も見ざらむに死ぬべしと思し焦がるゝ人」は、情熱的な匂宮の言葉。「心ざし深しとは、かゝるを言ふにやあらむと思ひ知らるゝ」は、志が深いとは、礼儀を弁えた薫と比べて、言葉を尽くして情熱を伝える匂宮の方であると、すっかり身に沁みて思う浮舟である。「らう／＼じく深く重りかに見え給ふ」（橋姫三）と称賛された、聡明な大君ならば、そのような男の甘い言葉に迷わされ、新しい男に心を移すようなことはしないはずである。「あやしかりける身かな」は、姉の夫君である匂宮と関係を持ってしまった自身の運命は、不可思議なことであったよ。「誰も」は、中の君も、薫も匂宮も、母も、どなたも。「かの上の御心」は、浮舟と匂宮との関係を知って不愉快に思うであろう、中の君の心。「知らぬを、返す／＼いと心憂し。なほ、あらむまゝにのたまへ」の「知らぬ」は、浮舟の素性を、匂宮は知らないこと。二条院で初めて会った時に、「誰ぞ、名のりこそゆかしけれ」（東屋二五）と問いただしたが、答えていなかった。「今だに名のりし給へ」（夕顔一五）と源氏に迫られた夕顔を連想させ、源氏の従兄弟の頭中将の元恋人であるとは、源氏に言えなかった夕顔と同様、匂宮の妻の中の君の妹であるとは匂宮に言えない浮舟である。

「いみじき下衆といふとも、いよ／＼なむあはれなるべき」は、どんな低い身分であっても、身分が低ければ低いほど、それだけ一層可愛く思うに相違ないよの意。浮舟が中の君の異母妹であろうとは思ってもいない匂宮の発言である。「いみじき下衆といふとも」という言い方は、中の君の縁者ではあっても、浮舟は名乗るほどの身分ではなく、中の君の侍女程度の扱いでも不思議ではない「程」の「今参りのくちをしからぬ」（東屋二五）女であろうことを想定した発言である。「こと〲は、いとをかしくけ近きさまにいらへきこえなどしてなびきたるを、いと限りなうらうたしとのみ見給ふ」は、自身の素性は隠したままであるが、その他のことは匂宮に素直に従っている、可憐な浮舟の様で、浮舟の「らうたげ」は既述（浮舟一〇）。これも、廃院に連れ出された夕顔が、「少しうちとけゆく気色、いとらうたし」（夕顔一五）と、源氏に可愛く思われてゆく経緯を連想させる。

四　**日高くなる程に、迎への人来たり…渡り給はぬ」と言はせたり**　「日高くなる程」は、「日高くなれば」を受けて、更に時間が経過し、日が昇った頃。「迎への人」は、浮舟の石山寺参詣に随行するための、母中将の君からの迎えの人。「例の、荒らかなる七八人」、「例の品々しからぬ気配、さへづりつゝ入り来たれば」は、「荒らかに田舎びたる心」（東屋三）のついた、常陸介の北の方である中将の君が遣わした者達で、東国の田舎風丸出しの、荒々しく下品な話し方をする供人の様子。「人々かたはらいたがりつゝ、『あなたに隠れよ』と言はせなどす」は、薫の好みが「田舎びたるされ心もてつけて、品々しからずはやりか」（同四三）な女ではないことを知っている浮舟の侍女達が、部屋の中にいるのは薫だと思って、その薫に見られるのが恥ずかしく、機転を利かせて、田舎びた供人を近づけないように仕向けたこと。「この人々にも、ことに言ひ合はせず」は、今日は参詣に出かけられない理由を、右近は、他の侍女達には相談せず、迎えの人達には、一存で考えて伝えた。右近は、侍女達には、薫が来られたと嘘をついているが、それは侍女達だけに言ったのであり、母や乳母には、薫が来られたと言うわけにはいかないと考える。右近は、侍女達と、迎えの人達と、それぞれに別の嘘をついて、この場を取り繕っている。「穢れ」は、生理で、参詣を中止する理由になる。道綱母も、鳴滝に籠もりながら、「穢れなどせば、明日明後日なども出でなむとする」（『蜻蛉日記』中巻）と、ある。「夢見騒がしく」は、右近が「夢見騒がしかりつ」と侍女達に言っていたことに合わせた、嘘の理由である。「もの〻妨げ」は、「もの〻怪の妨げ」の意。怨霊がついて、参詣を妨げているかと。「尼君」は弁の尼。「渡り給はぬ」は、浮舟の石山寺参詣は中止されたと、右近は弁の尼にまで嘘を言った。匂宮を薫と勘違いしたという過失に気付いた右近は、匂宮の「人に知らるまじきことを、誰がためにも思へかし」（浮舟一一）という命令に従ってきたが、ここに到っては、嘘をつかざるを得ない情況になり、嘘で塗り固めて取り繕うより術はないまでに追い込まれている。

一三　匂宮、浮舟に心惹かれ、絵を描き歌を詠み交わす

一 例は暮らし難くのみ、霞める山際を眺めわび給ふに、暮れゆくはわびしくのみ思しはゞかる〻人に引かれたてまつりて、いとはかなう暮れぬ。紛る〻ことなくのどけき春の日に、見れども〳〵飽かず、そのことぞとおぼゆる隈なく、愛敬づき、なつかしくをかしげなり。二 さるは、1 かの対の御方にはア似劣りなり。2 大殿の君の盛りにゝほひ給へる辺りにては、こよなかるべき程の人を、たぐひなう思さる〻程なれば、また知らずをかしとのみ見給ふ。女は、また、大将殿を、いときよげにまたか〻る人あらむやと見しかど、こまやかに〻ほひ、きよらなることはこよなくおはしけりと見る。

三 硯引き寄せて、手習などし給ふ。いとをかしげに書きすさび、絵などをみ所多く描き給へれば、3 若き心地には、思ひも移りぬべし。匂宮「心よりほかに、え見ざらむ程は、これを見給へよ」とて、いとをかしげなる男女もろとも

に添ひ臥したる絵を描き給ひて、匂宮「常に、かくてあらばや」などのたまふも、涙落ちぬ。

匂宮 4「長き世を頼めてもなほ悲しきはたゞ明日知らぬ命なりけり

いとかう思ふこそゆゝしけれ。心に身をもさらにえまかせず、よろづにたばからむ程、まことに死ぬべくなむおぼゆる。つらかりし御ありさまを、なか〳〵何に尋ね出でけむ」などのたまふ。

四 女、濡らし給へる筆を取りて、5

浮舟 心をば嘆かざらまし命のみ定めなき世と思はましかば

とあるを、変はらむをば、恨めしう思ふべかりけりと見給ふにも、いとらうたし。匂宮「いかなる人の心変はりを見馴らひて」などほゝ笑みて、大将のこゝに渡し始め給ひけむ程を、返す〳〵ゆかしがり給ひて問ひ給ふを、苦しがりて、浮舟「え言はぬことを、かうのたまふこそ」とうち怨じたるさまも、若びたり。おのづからそれは聞き出でゝむと思すものから、言はせまほしきぞわりなきや。

【校異】

ア **似劣りなり**――「にをとり」河(飯)「をとりたり」青(池・榊・伏)「おとりたり」別(麦)「おとりたり」(にイ)青(三)「をとりなり」青(横・大正・陵・平)別(阿・蓬)「おとりなり」青(徹一・紹)「おとり也」青(保)「○おとりたり」(にイ)青(徹二)「におとりなり」青(幽)「○をとりなり」(に)河(鳳)「おとりになん」別(宮・国)「をとりなむ」別(陽)「にをとりなり」青(明・穂)河(尾)「におとりなり」河(御・静・前・大・兼・岩)別(伝宗)「にをとり也」青(肖)、河(七)は落丁。なお『大成』は「をとりたり」、『完訳』『新全集』も「劣りたり」、『大系』『全集』は「劣りなり」であるのに対して、『全書』『玉上評釈』『集成』『新大系』は「似（似）お（を）と（劣）りなり」。「似劣り」の「に」の有無、「なり」「たり」の相異による異文であるが、青表紙本系では『明』『穂』と『幽』の本行本文、及び、河内本、別本の多くが「にをとりなり」である。「似劣り」は、『玉上評釈』が指摘するように、物語中の用例としては孤例ではある。しかし、「似劣りなり」ならば、浮舟が中の君に比べて似ているが劣っていると説くことができる。浮舟が中の君より劣っていると切り捨てられず、「似劣り」であると語るのは、匂宮の心情に即した表現であり、物語中の唯一の例ではあるが、「にをとりなり」が本来の物語表現であろうと見て、底本の校訂は控える。

【傍書】　1中　2六君　3浮心　4匂　5二条院ニテノコト匂心

【注釈】

一　**例は暮らし難くのみ、霞める山際を…愛敬づき、なつかしくをかしげなり**　「例は」は、平素の、宇治における浮舟は。「暮らし難くのみ、霞める山際を眺めわび給ふ」は、「起きもせず寝もせで夜をあかしては春の物とてながめ暮らしつ」（古今集恋三・在原業平）の「ながめ暮らす」心のように、恋人薫の訪れもなく、霞んで見える山の端を眺めて、夕暮れまでの時がたつのが遅いと、物思いに沈んでやるせない気持で、日を過ごしている浮舟の心情。宇治に捨て置かれたように感じて過ごす、浮舟の寂寥感で、薫は、これを親身に思い遣れなかった。「暮れゆくはわびしくのみ思しいらるゝ人」は、匂宮を指す。夕方になると、せっかく見つけた浮舟と別れる時が迫るかとおそれ、いらだたしく焦るような気持ちになって、浮舟を強く恋い慕っている匂宮のこと。「いらる」は、浮舟に関わった匂宮の心理を表象する語として、以後も、「うつし心もなう思しいらるゝ」（浮舟一七）「すゞろなること思しいらるゝ」（同一九）などと、逢えないためにいらだつ心情を表白する形容とする。「いとはかなう暮れぬ」は、浮舟に熱中している匂宮と過ごすこの日は、平素の「眺めわび給ふ」心情とは逆の、あっという間に夕方になってしまった浮舟の心情。浮舟が昨日今日のうちに匂宮に靡く様は、薫にはない、心底から浮舟に寄り添い情熱を傾ける匂宮に、感応した浮舟の様子。「紛るゝことなくのどけき春の日」は、和歌では「久方のひかりのどけき春の日にしづ心なく花のちるらむ」（古今集巻二春下・紀友則）と詠まれる、「ひかりのどけき」春の日であるが、漢詩では、楊貴妃ににらまれ、上陽宮に閉じ込められた宮女の、怨情を「春日遅、日遅独坐天難レ暮、宮鶯百囀愁厭レ聞、梁燕双栖老休レ妬」（白氏文集巻三風諭三0131「上陽白髪人」）と詠んでいる、憂いをおびた春の日となる。匂宮に感応した浮舟の「のどけき春の日」と、憂わしい浮舟の日々の「憂いを帯びた春の日」が共存している。「見れども〳〵飽かず」は、「春霞たなびく山のさくら花見れどもあかぬ君にもあるかな」（古今集巻一四・紀友則）を踏まえ、「春霞たなびく」「ひかりのどけき春の日」にあり、浮舟の可愛さに見とれて、満足している匂宮の様子。「そのことぞとおぼゆる隈なく、愛敬づき、なつかしくをかしげなり」は、浮舟の欠点と思われるものは何もない、「愛敬づき」、人懐かしく可憐な姿。「愛敬づく」は、源氏が「らうらうじく愛敬づき」（葵二七）て見えるようになっている紫の上を見て、新枕をかわしており、また、服喪中に、薫に迫られた時の大君は、「なつかしげに愛敬づきてものものたまへるさま」（総角四）であった如く、男の情熱を誘う女の、にこやかに振る舞う様子の形容。

二　**さるは、かの対の御方には似劣りなり…きよらなることはこよなくおはしけりと見る**　「さるは、かの対の御方には似劣りなり」は、それ程魅力的な浮舟ではあるが、中の君に似ていても中の君には劣っていると見比べた匂宮の心情に添う語り手の叙述。匂宮は、中の君の「愛敬づく」魅力を、「なつかしく愛敬づきたる方は、これに並ぶ人はあらじかし」（宿木一七）と認め、また、六の君と比べて中の君の方が、「やはらかに愛敬づきらうたきことぞ、かの対の御方は、まづ思ほし出でられける」（同二四）と認めていた。「さるは」と、中の君程ではないと否定される浮舟の「愛敬づく」は、匂宮の心を捉えている。中の君程ではないが、それに近いが劣っていると匂宮は見ている。浮舟は、紫の上、大君、中の君に見られる「愛敬づく」魅力が認められる女君であったといえよう。「大殿の君の盛りに〻ほひ給へる辺り」は、「色あひあまりなるまで匂ひて、もの〳〵しくけ高き顔の、まみいと恥づかしげにらう〳〵じく、すべて何ごとも足らひて、容貌よき人と言はむに飽かぬところなし」（宿木二四）と称賛された、六の君の今を盛りの美しさの辺り。「こよなかるべき」は、段違いの意で、ここは、浮舟が、六の君の盛りに「にほふ」美しさには及ばないと見る意。語り手は、前に中の君、さらに六の君を取り上げ、容姿気品共に格段に劣る浮舟であることを殊更に言い立てているが、それは、浮舟への語り手の批判と解される。「たぐひなう思さる〻程なれば、また知らずをかしとのみ見給ふ」は、今の匂宮は、浮舟程の女性は他にいないと思って熱中しておられる時なので、こんな女は逢ったことがないと、浮舟が可愛くて可愛くて仕方がない気持ちのようである。「女は、また、大将殿を、いときよげにまたか〻る人あらむやと見しかど、こまやかに〻ほひ、きよらなることはこよなくおはしけりと見る」は、浮舟が薫と匂宮とを比較して、薫を「きよげ」として、「きよら」より低い美しさと見、匂宮を「こまやかに〻ほひ」「きよら」であるとして、薫よりも匂宮の美しさを高く評価して惹かれているとして、浮舟の心情を描出。「こまやかに〻ほひ、きよら」は、隅々までの肌つきの美しさと、気品のある華やかな美しさで、匂宮のみにしか形容されない特徴的美質である。

三　**硯引き寄せて、手習などし給ふ…なかなか何に尋ね出でけむ」などのたまふ**　「手習」は、筆で歌を書き付けること。一人で歌を書き付けることもあるが、ここは、匂宮が浮舟に見られることを意識して歌を書いた。匂宮と浮舟との歌の贈答は、手習しながら交わされる。「若き心地」は、二二歳の浮舟であるが、中の君と初対面の時にも、「若びたる声」（東屋三〇）で挨拶している。「いと若びたる声の、ことに重りかならぬ」（末摘花一〇）侍従という例もあるように、若々しさは、同時に浮舟の年齢より幼い軽薄な印象でもある。「絵などを見所多く描き給へれば」の「絵」を書くことは、源氏が若紫と戯れるほのぼのとした場面（同二一）にもあり、仲睦まじい男女が実際に絵を画く様。「思ひも移りぬべし」は、ただの歌だけではなく、匂宮が絵入りの歌を書いて見せるので、絵の印象が強く、薫よりも匂宮の方が愛情が深いと思ってしまうに違いないの意。僅か二日目で、浮舟は匂宮に心惹かれるようになった。この時匂宮が描いた絵は、この後匂宮を思い出すよすがとして（浮舟二四・三八）、浮舟の心を大きく捉えていく。「長き世を頼めても」は、来世までも別れませんと、末永く夫婦の仲を約束しましてもの意。「明日知らぬ命なりけり」は、「あすしらぬいのちなれどもくれぬまのけふは人こそこひしかりけれ」（古今六帖四別・紀貫之）を踏まえ、明日の命はどうなるか分からないけれども、「くれぬま」（日暮れ前の今）はあなただけがひたすら恋しいことよという、匂宮の心をいう。「ゆゝしけれ」は、死ぬかもしれないと思って、忌まわしいこと。「心に身をもさらにえまかせず」は、親王の身の上のため、自由に恋人を求めるような振る舞いをすることが出来ない、匂宮の心情。宮仕え中の紫式部の、自由に振る舞えない苦しい心の中を詠んだ「数ならぬ心に身をばまかせねど身にしたがふは心なりけり」（紫式部集）を踏まえた表現。「よろづにたばからむ程」は、今既に右近に命じて画策しているが、今後浮舟に逢いにくるためには、このような人目をごまかすための、あれこれを画策しなければならないであろうこと。「まことに死ぬべく」は、匂宮の歌の「明日知らぬ命なりけり」の歌のように、本当に死んでしまいそうである。「つらかりし御ありさま」は、二条院で匂宮が最初に浮舟を捉え寄り臥した時に、浮舟が、「たゞいみじう死ぬばかり」（東屋二六）、辛く思っていた様子。浮舟は最初相手が、長谷寺参詣の帰途宇治でほのめかされた（宿木五八）薫かと勘違いしていた。匂宮が浮舟のことを、「つらかりし御ありさま」と述べることは、その時の出会いが意のままではなかったことを意味する。「なか〳〵何に尋ね出でけむ」は、「なか〳〵にて、たはやすくあひ見ざらむことなどを思す」（浮舟一〇）と思う心情のくり返しである。

四　**女、濡らし給へる筆を取りて…おのづからそれは聞き出でゝむと思すものから、言はせまほしきぞわりなきや**

「濡らし給へる」は、匂宮が、浮舟に歌を唱和するように促して、筆を墨で濡らされたこと。「心をば嘆かざらまし命のみ定めなき世と思はましかば」は、匂宮が明日の命はどうなるか分からないと詠んだことを受けて、命だけがはかないものならば、人の心が当てにならないことを嘆かないですみましょうが、現実は、命よりも心の方がどうなるか分からず不安なことですと、唱和した詠。好色な匂宮の心の移りやすさを揶揄したもの。男との逢瀬の場面で、初めて詠んだ浮舟の歌。「変はらむをば、恨めしう思ふべかりけりと見給ふにも、いとらうたし」の「いとらうたし」は、浮舟の歌が、匂宮の心変わりを心配していると見た匂宮の、浮舟に対するいじらしく思う心情。匂宮の、浮舟を「らうたし」と思う心情に関しては、既述（浮舟一〇）。「え言はぬこと」は、浮舟が中の君の妹であることを知らない匂宮が、行方を捜していた浮舟を、薫が恋人にしてしまって、宇治に連れてきた経緯がどのようなことであったのか、匂宮には不可解で、問い詰めるが、浮舟としては、返事のしようがないこと。浮舟は、自分が中の君の異母妹でありながら、その中の君の夫である匂宮と関係することが、許せない行為であると分かっているから、自分と中の君とが異母姉妹であることが露見するかもしれないような事情を、話したくないのである。「うち怨じたるさまも若びたり」は、答えられないのに、という浮舟の返事の仕方が、ちょっと恨み言を言うさまで、子供っぽい様子。「怨ず」は第三者の他人に働きかける動作が意味の中心にある」（『日国大』）ので、匂宮への、意図的に幼い物言いをした媚びとみられ、匂宮の気持をいやが上にもあおる。「若びたり」は、「若き心地」（前掲）とともに、浮舟の軽薄さを付加する振る舞い。物語中の女性の中で、最も「若び」と形容される女性は夕顔で、三例見られる。さらに、源氏が二一歳の玉鬘に「今はもの初々しく若び給ふべき御程にもあらじ」（玉蔓一八）と述べるのに対して、玉蔓が硬直して恥ずかしそうに答える様子を、「昔人（夕顔）にいとよくおぼえて若びたりける」（同一八）と述べる例も、夕顔のことを指すので、それを加えると、四例となる。「若び」は、大君、中の君には見られず、大君は、むしろ「らう〳〵じく深く重りか」（橋姫三）であったのに、浮舟の「若び」は、夕顔像を想起させる表現である。「おのづからそれは聞き出で〻むと思すものから」は、どうしても薫に据えられることになった経緯を明かさない浮舟に対して、いよいよとなれば、匂宮は中の君の方から聞き出そうと考えておられることを暗示する。「言はせまほしきぞわりなきや」は、匂宮としては、いずれ分かる、期が熟せば、中の君の辺りからでも、経緯は聞き出そうとは思われるものの、嫌がる浮舟に言わせたいのは、困った匂宮の性分であるよとする、草子地。

一四　翌朝、匂宮、魂の抜け殻のようになって京に帰る

夜(よ)さり、京へ遣(つか)はしつる大夫(たいふ)参(まい)りて、右近に会(あ)ひたり。時方「后(きさい)の宮よりも御使(つかひ)参(まい)りて、左(右)の大殿もむつかりきこえさせ給(給)ひて、夕霧『人に知(し)られさせ給はぬ御歩(あり)きは、いと軽々(かる〳〵)しくなめげなることもあるを。すべて、内裏(うち)などに聞(き)こしめさむことも、身のためなむいとからき』と、いみじく申させ給(給)ひけり。東(ひむがし)山に聖(ひじり)御覧(らむ)じにとなむ、人にはもの(物)し侍(侍)りつる」など語(かた)りて、時方「女こそ、[1]罪深(つみふか)うおはするものはあれ。[ア]すゞろなる眷属(けぞう)の人をさへ惑(まど)はし給(給)ひて、空言(そらごと)をさへせさせ給(給)ふよ」と言(い)へば、右近「聖(ひじり)[2]の名(な)をさへ付(つ)けきこえさせ給(たま)ひてければ、いとよし。私(わたくし)の罪(つみ)も、それにて滅(ほろ)ぼし給(給)ふらむ。まことに、いとあやしき御心の、げに、いかで馴(な)らはせ給(給)ひけむ。かねて、かうおはしますべしと承(うけ給は)らましにも、いとかたじけなければ、たばかりきこえさせてましものを、あうなき御歩(あり)きにこそは」と扱(あつか)ひきこゆ。

二 参(まい)りて、さなむとまねびきこゆれば、げにいかならむと思(おぼ)しやるに、匂宮「所狭(せ)き身こそわびしけれ。[イ]軽(かろ)らかなる程(ほど)の殿上人などにて、しばしあらばや。いかゞすべき。かうつゝむべき人目(め)も、えはゞかりあふまじくなむ。大将も、いかに思(おも)はんとすらん。さるべき程(ほど)とは言(い)ひながら、あやしきまで昔(むかし)より睦(むつ)ましき中に、かゝる心の隔(へだ)ての知(し)られたらむ時、恥(は)づかしう、また(又)、いかにぞや、世(よ)のたとひに言(い)ふこともあれば、[3]待(ま)ち遠(どを)なるわが怠(をこた)りをも知(し)らず、恨(うら)みられ給はむをさへなむ思(おも)ふ。夢(ゆめ)にも人に知(し)られ給(たま)ふまじきさまにて、こゝならぬ所(ところ)に率(ゐ)て離(はな)れたてまつらむ」とそのたまふ(給)。今日(けふ)さへかくて籠(こも)り給(たま)ふべきならねば、出(い)で給(給)ひなむとするにも、袖(そで)の中にぞとゞめ給ひつ[ウ]らむかし。

三 明(あ)けはてぬさきにと、人々(〴〵)しはぶき驚(おどろ)かしきこゆ。妻戸(つまど)にもろともに率(ゐ)ておはして、え出(い)でやり給はず。

匂宮 [4]世に知(し)らず惑(まど)ふべきかな先(さき)に立(た)つ涙(なみだ)も道(みち)をかきくらしつゝ

女も、限(かぎ)りなくあはれと思(思)ひけり。

浮舟 涙(なみだ)をも程(ほど)なき袖(そで)に塞(せ)きかねていかに別(わか)れをとゞむべき身ぞ

四 風(かぜ)の音(をと)もいと荒(あら)ましく、霜深(しもふか)き暁(あか月)に、お(を)のがきぬ〴〵も冷(ひ)やゝかになりたる心地(ち)して、御馬(むま)に乗(の)り給ふ程(給ほど)、引(ひ)き返(かへ)すやうにあさましけれど、御供(とも)の人々(〴〵)、いと戯(たはぶ)れにくしと思(思)ひて、たゞ急(いそ)がしに急(いそ)がし出(い)づれば、我(われ)●(に)もあらで出(い)で給(給)ひぬ。[5]この五位(ゐ)二人なむ、御馬(むま)の口(くち)には候(さぶら)ひける。さかしき山越[エ]えはてゝぞ、お(を)の〴〵馬(むま)には乗(の)る。みぎはの氷（こほり）を踏（ふ）み鳴（な）らす馬（むま）の足音（あしおと）さへ、心細（ほそ）くもの悲（がな）し。昔（むかし）も、この道（みち）にのみこそは、かゝる山踏（ぶ）みはし給ひ（給）しかば、あやしかりける里（さと）の契（ちぎ）りかなと思（おぼ）す。

【校異】

ア　**ものはあれ**――「もの●〔に〕はあれ」青（明・幽）「ものにはあれ」青（陵・徹二）別（宮・国）「物にはあれ」青（大正・保・紹）別（阿）「ものはあれは」河（前）「ものはあれ」青（池・横・肖・三・平）河（尾・静・大・鳳・兼・岩）別（蓬）「物はあれ」青（徹一・榊・伏・穂）河（御・飯）別（陽・麦・伝宗）、河（七）は落丁。なお『大成』は「ものはあれ」、『玉上評釈』『全集』『集成』『完訳』『新全集』も「ものはあれ」であるのに対して、『全書』『大系』『新大系』は「ものにはあれ」。「ものはあれ」か「ものにはあれ」かの相異であるが、類例「人の心こそうたてあるものはあれ」（葵二八）「人の心こそ憂きものはあれ」（少女二〇）と同様、「ものはあれ」は「ものにはあれ」と同義の用法と見なされ得る。「には」は格助詞「に」の意味を係助詞「は」によって強調又は取り立てて示す。『明』において「に」が「の」の右下に傍書されているように、後出の伝本が「ものにはあれ」と表現を整えたものと見て、底本の傍書される以前の本行本文「ものはあれ」に校訂する。

イ　**わびしけれ**――「わるしけれ」青（明）「いとわひしけれ」別（宮・国・蓬）「わひしけれと」別（陽）「わびしけれ」青（肖）「わひしけれ」青（池・横・大正・徹一・陵・保・榊・伏・三・平・徹二・穂・紹・幽）河（尾・御・静・前・大・鳳・兼・岩・飯）別（麦・阿・伝宗）、河（七）は落丁。なお『大成』は「わひしけれ」、『全書』『大系』『玉上評釈』『全集』『集成』『完訳』『新大系』『新全集』も「わびしけれ」。当該は、底本のみ「わるしけれ」であり、「悪しけれ」では意味が通じない。『明』が「ひ」を「る」と誤写したものと見て、「わひしけれ」に校訂する。

ウ　**給ひつらむ**――「給らん」青（池）河（御・静・大・兼・岩）別（陽・宮・国）「たまへらん」河（尾・前・鳳）「給へらん」青（大正・肖・徹二・紹）別（阿・伝宗）「給へらむ」青（幽）「たまふらん」別（蓬）「給へからん」青（榊・伏）別（麦）「たまひつらむ」青（明）「給つらん」青（横・徹一・陵・保・平）河（飯）「たまつらん」青（三）「給つらむ」青（穂）、河（七）は落丁。なお『大成』は「給らん」、『大系』は「給へらん」であるのに対して、『全書』『玉上評釈』『全集』『集成』『完訳』『新大系』『新全集』は「給（たま）ひつらむ」。「給へらむ」の「へ」と「給ひつらむ」の「つ」の字体が似ているがための異同である。〈給へ・ら・む・かし〉ならば、単なる推測であるのに対して、〈給ひ・つ・らむ・かし〉ならば、「つ」があることによって、文意が強調される。ここは単なる推測の意よりも、匂宮が、女君への名残を残して、ご自分の魂を女君の袖の中に、おそらく残しておかれたのに違いないよと、確信する心情を表す「つ」の方が相応しい表現である。以上の観点から、底本の校訂は控える。

エ　**越えはてゝぞ**――「こゑいてたまひてそ」別（蓬）「こえいてたまひてそ」別（宮）「こへいてたまひてそ」別（国）「こへいてゝそ」青（池・横）河（御・静・前・鳳・兼）別（陽）「こえいてゝそ」河（尾・飯）別（伝宗）「こえ出てそ」青（保）「こへはてゝそはてゝそ」青（榊）「こゑはてゝこそ」青（穂）「こえはてゝそ」青（大正・肖・徹一・陵・三・平・徹二・紹・幽）別（阿）「こえはててそ」別（麦）「こゑはてゝそ」青（伏）河（大・岩）「こえいてゝそ」青（明）、河（七）は落丁。なお『大成』は「こへいてゝそ」、『集成』も「越え出でてぞ」であるのに対して、『全書』『大系』『玉上評釈』『全集』『完訳』『新大系』『新全集』は「越（越）え果（果・は）てて（ゝ）ぞ」。「越えはてゝ」と「越えいてゝ」の違い、即ち、「は」と「い」の字体が似ているために生じた異同と考えられる。険しい山にさしかかれば、馬に乗るのを控え、山を越えてしまってから乗馬するという場面で、「いでゝ」なら、馬の口取りをする人が、険しい山を越え平坦な道に出ての意。「はてゝ」なら、すっかり山越えをし終わって、の意となり、「はてゝ」の方が、より文意が明瞭である。底本に見られる傍書「は」は、底本の本行本文の「い」が「ハ」と似ているので、後の書写者が、「い」ではない、「は」であると傍書したのであろうと見て、底本の傍書本文に従いたい。

【傍書】　1匂ノ虚言ヲイハセラルコトミナ被仰ト云　2右近詞　3薫ノウトクテ浮ヲ疑給ソト也　4タメシナキト也　5内記時方

【注釈】

一　**后の宮よりも御使参りて、左の大殿もむつかりきこえさせ給ひて、…あうなき御歩きにこそは」と扱ひきこゆ**

「后の宮よりも御使参りて、左の大殿もむつかりきこえさせ給ひて」は、接続助詞「て」があるので、並列の表現で、匂宮の母の中宮からも使者が参上して、また、左大殿もご機嫌悪くなられましての意。左大臣の「むつかり」は、中宮に対しての抗議。二重括弧『　』の中の、「人に知らせ給はぬ御歩きは…身のためなむいとからき」は、人にお知らせにならないお出歩きは、左大臣として、婿の匂宮の監督が出来なかった事態になれば、左大臣の落ち度となって辛いという夕霧の意向。夕霧は明石中宮には、兄妹として、気楽に抗議出来る関係にある。『全書』『集成』は「いとからき、」まで、夕霧の苦情とし、『新大系』も夕霧の発言とするが、『全集』『新全集』が「右の大殿」（本書では「左の大殿」）から「からき」まで、中宮使者の口上とし、「なめげなること」を危惧するのも「身のためなむいとからき」とするのも中宮とする。これは、政治家の思惑をあらわにした忠告で、母中宮の言葉ではなく、夕霧の抗議と解したい。それを、中宮から聞いた使者が伝えてきたのであるから、二重括弧『　』内「人に知られさせ給はぬ」以下は、夕霧の意向を伝えた中宮の言葉となる。「人に知られさせ給はぬ御歩き」は、匂宮が忍び歩きをして、邸宅にお帰りでないということ。「なめげなること」は、皇子の匂宮に、危害を与えるようなこと。右近も、匂宮の夜の忍び歩きに対して、「なめげなることを聞こえさする山がつなども侍らましかば」（浮舟一一）と心配していた。「身のためなむいとからき」は、物語中には、明石入道の身の上話をした会話にも、「いかにして都の貴き人に奉らんと思ふ心深きにより、程々につけてあまたの人の嫉みを負ひ、身のためからき目を見る折々も多く侍れど」（明石一一）とあるように、男性の会話に見られる、男性言葉である。使者の口上ではあっても、中宮の言葉を「身のため」という伝え方はあり得なく、中宮の言葉ならば、「御身のため」と言われたと伝えるはずである。したがってここは、夕霧には、婿の親王が危害にあったというのは辛いことの意。「東山に聖御覧じに」は、匂宮から、時方は「山寺に忍びてなむと、つき〴〵しからむさまに答へなどせよ」（浮舟一一）と命令されていたのに対して、「山寺云々」とそのままに言わず、「東山に聖御覧じに」という、より真実らしく具体性を帯びた言い回しを考案して報告したもの。「聖御覧じ」は、匂宮の体調が悪いので、「東山」の「聖」に会って加持祈禱を受けるために出かけたという言い訳で、源氏が「北山」の「聖」に会って加持祈禱を受けた場面を想起させる。「女こそ、罪深うおはするものはあれ」は、「女の身はみな同じ罪深きもとゐぞかし」（若葉下三一）「女のあしき身を受け、長夜の闇にまどふ」（夕霧九）ともある。「女身ハ、垢穢くゑニシテ、非ズ二是法器ニ一。云何ゾ能ク得ン二無上菩提ヲ一。女人ノ身ニハ猶有二五障一」（法華経巻五「提婆達多品」）として、女は生まれつき成仏の妨げとなる「五障」があるので罪深いとする、仏教観を踏まえる。「眷属の人」は、配下の人の意で、時方自身のこと。「すゞろなる」と形容して、時方は自分自身を関わりのない者と卑下したもの。「聖の名をさへ付けきこえさせ給ひてければ」は、宇治に、女に逢いに行った匂宮のことを、東山に、聖に面会に行ったと、浮舟と言わず「聖」と呼んで、まるで違う嘘をついたこと。「私の罪も、それにて滅ぼし給ふらむ」の「私の罪」の「私」は、「おほやけ」に対して、その人個人に関すること。時方の嘘をついた罪を指し、「それ」は、「聖の名さへ…」を指す。あなたの匂宮をかばってついた私的な嘘も、私の主人［浮舟］を「聖」の名を付けて仰ってくださったことで相殺致しましょうの意。「いとあやしき御心」は、匂宮の、大変理解し難い好色癖。時方が、女のせいで、匂宮に仕える配下の者にまでに嘘をつかせると抗議したのに対して、「げに、いかで馴らはせ給ひけむ」と、右近が、匂宮の好色癖を揶揄して、匂宮はどうしてこんな性格になられたのかと、言い返したもの。匂宮の好色癖については「少しなよびやはらぎて、好いたる方に引かれ給へり」（匂兵部卿宮七）という世評であり、「世の中に好い給へる御名のやう〳〵聞こゆる、なほいと悪しきことなり」（総角二一）と、母の中宮も嘆いておられた「色めかしき御心」（宿木三〇）ではあるが、それを「あやしき御心」というのは、困り切っている右近の本音でもある。「あうなき御歩き」の「あうなし」は既述（東屋一〇）。「あうなくあは〳〵しからぬ御心さま」（同三七）の薫とは対照的な、匂宮の好色癖のこと。「あうなき御歩きにこそは」の言い切りは、匂宮の好色癖を非難する、右近の主張を打ち出した発言。「扱ひきこゆ」は、ただの取り次ぎをするのではなく、相手の言い分を十分聞いて、こちらの言うべきことを言い含めて言う意。時方を相手にした右近の、対応の機敏さの形容である。

二　**参りて、さなむとまねびきこゆれば…袖の中にぞとゞめ給ひつらむかし**　「げにいかならむ」は、時方の報告のように、今頃は、京中では、自分の行方が分からないことが大騒動になっているであろうかの意。「所狭き身」は既述（総角二二）。次期東宮にも目されている親王の身分故の、行動の不自由な匂宮の、「心に身をもさらにえまかせず」（浮舟一三）と悩む身の上をいう。中の君の許に、宇治への訪問時も、「所狭き身の程こそ、なか〳〵なるわざ」（総角二一）であり、「おはしますことのいと所狭くあり難」（早蕨二）い状態であった。「さるべき程とは言ひながら」は、叔父甥の親しい親族関係を指す。「あやしきまで昔より睦ましき中に、かゝる心の隔ての知られたらむ時、恥づかしう」は、匂宮はもともとは、薫から、宇治の姫君達の「見し暁のありさまなど、くはしく」（橋姫一九）聞かされたのがもとで、関心をもつようになったのであり、中の君と結婚したのも、薫に導かれたという経緯がある（総角一五参照）。匂宮にとって薫は、「あやしきまで心をあはせつゝ率て歩きし人」（浮舟八）であるので、そのように恩恵を受けた薫への後ろめたさをいう。「待ち遠なるわが怠り」は、薫が浮舟に待ち遠しく思われているのは、薫自身の怠慢のせいであること。「こゝならぬ所に率て離れたてまつらむ」は、宇治から浮舟を引き離したいという、匂宮の考え。浮舟が、薫によって据えられた宇治にいる限り、匂宮は薫の目を盗んで忍び込む以外に、逢う方法がないからである。「今日さへ」は、昨夜に続き、今晩も。「袖の中にぞとゞめ給ひつらむかし」は、【校異】ウ参照。「飽かざりし袖の中にや入りにけむわが魂のなき心地する」（古今集巻一八雑下・陸奥）を踏まえ、恋しい浮舟の袖の中に、匂宮の魂を入れておかれたのであろうよの意。

三　**明けはてぬさきにと、人々しはぶき驚かしきこゆ…いかに別れをとゞむべき身ぞ**　「明けはてぬさき」は、宇治での二晩目の朝、明るくなってしまわない前。「人々」は、匂宮のお供の時方達。「しはぶき驚かしきこゆ」は、東山に行っているはずの匂宮なのに、宇治から帰る姿が人目につくと、時方が嘘をついたことが露顕するので、時方は匂宮に帰りを催促申し上げるのである。「先に立つ涙」は、泣きながら薫に昔語りをした弁の尼が、「先に立つ涙の川に身を投げば人に後れぬ命ならまし」（早蕨七）と詠んで涙を流したように、あふれ出る匂宮の涙。「先に立つ涙の道にさそはれて限りのたびに思ひたつかな」（兼澄集）など。「世に知らず惑ふべきかな先に立つ涙も道をかきくらしつゝ」は、せっかく探し出した浮舟ではあるが、その素性も明かさないので、これから先、どのようにして交際できるのか、途方にくれたままで別れなければならない匂宮の、悲しみのどん底の心情。涙が先に立って道案内をするので、帰りの道も真っ暗闇で見えない意も兼ねる。「惑ふ」「立つ」「道」は縁語。「涙をも程なき袖に堰きかねていかに別れをとゞむべき身ぞ」の「程なき袖」は、浮舟の身分の低さを喩える。あふれ出る涙さえ、狭い袖ではせき止めかねますのに、まして、あなたとの別れを、私如き力のない身分で、どうしたらせき止めることができましょうか、せき止めようがありませんの意。匂宮とは、これを最期に逢わない、浮舟の覚悟を秘める詠である。

四　**風の音もいと荒ましく、霜深き暁に…かゝる山踏みはし給ひしかば、あやしかりける里の契りかなと思す**

「おのがきぬ〴〵」は、恋人が共寝した翌朝、別れる時のそれぞれの着物。「しののめのほがらほがらとあけゆけばおのがきぬぎぬなるぞかなしき」（古今集巻一三恋三・読人知らず）による。「御供の人々、いと戯れにくしと思ひて」の「戯れにくし」は、「ありぬやと試みがてらあひ見ねば戯れにくきまでぞ恋ひしき」（同巻一九雑体・俳諧歌・読人知らず）により、匂宮の恋におぼれておられるのは、冗談ではない、本当に本気であるの意。上文に「引き返すやうにあさましけれど」とあるので、引き返さんばかりに嘆かわしい宮の情態を、帰途を急ぐ供人が、匂宮の恋を本気と捉えながらも、これ以上遅くなればとんでもないことになる、冗談では済まされないと思う気持。「我にもあらで」は、女君の「袖の中」に魂を入れてしまわれた匂宮なので、呆然として魂の抜け殻のような状態の意。「この五位二人なむ、御馬の口には候ひける」の「五位二人」は、「大夫」とあった五位の時方と、大内記道定。放心状態の匂宮が落ちないように、五位が二人がかりで、匂宮の馬の轡を取った。大内記は従六位上相当官だが、後文で「式部少輔」（従五位下）兼任とある（浮舟二〇）ことによる。「みぎはの氷を踏み鳴らす馬の足音さへ、心細くもの悲し」は、後で匂宮が浮舟に、「峰の雪汀の氷踏み分けて君にぞ惑ふ道は惑はず」（同二一）と詠む心情に重ねられる。「昔」は、中の君に通い始めた頃。「この道」は、宇治への道と、恋の道を掛ける。「あやしかりける里の契りかな」は、中の君と浮舟という、二人の女性に出逢わせる、不思議な縁の宇治の地であることよとする詠歎。右近も、二条院で匂宮が浮舟と初めて逢った時の匂宮を、「あやしかりし折にいと深う思し入れたりし」（同一一）と回想し、浮舟自身も、匂宮の恋人になってしまった自身の運命を、「あやしかりける身かな」（同一二）と、その不可思議な運命を嘆いている。

一五　明け方、匂宮は二条院へ帰り、中君に演技する

二条の院におはしまし着きて、女君[1]のいと心憂かりし御もの隠しもつらければ、心やすき方に大殿籠りぬるに、寝られ給はず、いと寂しきにもの思ひまされば、心弱く対に渡り給ひぬ。何心もなく、いときよげにておはす。めづらしくをかしと見給ひし人よりも、また、これは、なほ、あり難き様はし給へりかしと見給ふものから、いとよく似たるを思ひ出で給ふも、胸ふたがれば、いたくもの思したるさまにて、御帳に入りて大殿籠る。[ニア]女君も率て入りきこえ給ひて、（匂宮）「心地こそ、いと悪しけれ。いかならむとするにかと、心細くなむある。[2]まろは、いみじくあはれと見置いたてまつるとも、御ありさまは、いと疾く変はりなむかし。[3]人の本意は、必ずかなふなれば」とのたまふ。けしからぬことをも、まめやかにさへのたまふかなと思ひて、（中の君）「かう聞きにくきことの漏りて聞こえたらば、

いかやうに聞(き)こえなしたるにかと、[4]人も思(思)ひより給はんこそ、あさましけれ。心憂(う)き身には、すゞろなることもいと苦(くる)しく」とて、背(そむ)き給へり。

三宮も、まめだち給(給)ひて、匂宮「まことに、つらしと思(思)ひきこゆることもあらむは、いかゞ思(おぼ)さるべき。まろは、御ためにおろ(を)かなる人かは。人も、あり難(がた)しなど咎(とが)むるまでこそあれ。人にはこよなう思(思)ひ落(お)とし給(給)ふべかめり。イ[5][6]誰も、[7]さべきにこそはとことわらるゝを、隔(へだ)て給(給)ふ御心の深(ふか)きなむ、いと心憂(う)き」とのたまふにも、宿世(すくせ)のおろ(を)かならで尋(たづ)ね寄(よ)りたるぞかしと思(おぼ)し出(い)づるに、涙(なみだ)ぐまれぬ。[8]まめやかなるを、いとほし(お)う、[9]いかやうなることを聞(きゝたま)き給へるならむと驚(をどろ)かるゝに、いらへきこえ給はむこともなし。[10]ものはかなきさまにて見そめ給(給)ひしに、何(なに)ごとをも、軽(かろ)らかに推(を)し量(はか)り給(たま)ふにこそはあらめ、すゞろなる人をしるべにて、その心寄(よ)せを思(おも)ひ知(し)り始(はじ)めなどしたる過(あやま)ちばかりに、おぼえ劣(をと)る身にこそと思(おぼ)し続(つゞ)くるも、よろづ悲(かな)しくて、いとゞらうたげなる御気配(けはひ)なり。

四[11]かの人見付(みつ)けたることは、しばし知(ゝ)らせたてまつらじとおもへ(ほせ)(ヒヒ)ば、異(こと)ざまに思(おも)はせて恨(うら)み給(給)ふを、たゞこの大将の御ことを、まめ〳〵しくのたまふと思(おぼ)すに、人や空言(そらごと)を確(たし)かなるやうに聞(き)こえたらむなど思(おぼ)す。ありやなしやを聞(き)かぬ間(ま)は、見(み)えたてまつらむも恥(は)づかし。

内裏(うち)より大宮の御文(ふみ)あるに、驚(おどろ)き給(給)ひて、なほ(猶)、心解(と)けぬ御気色(けしき)にて、あなたに渡(わた)り給(たま)ひぬ。大宮「昨日(きのふ)のおぼつかなさを。なやましく思（おぼ）されたなる、よろしくは参（まい）りたま（給）へ。久（ひさ）しうもなりにけるを」などやうに聞（き）こえ給へれば、騒（さは）がれたてまつらむも苦（くる）しけれど、まことに御心地（ち）も違（たが）ひたるやうにて、その日は参（まい）り給はず。上達部（かむだちめ）などあまた参（まい）り給（たま）へど、御簾（みす）の内（うち）にて暮（く）らし給ふ。

【校異】

ア　**女君も**――「女君」青（徹一・平）「女きみ」河（大）「女きみ●も」青（明）「女君も」青（池・横・大正・肖・陵・保・榊・伏・徹二・穂・紹・幽）河（尾・御・静・前・鳳・兼・岩）別（宮・国・麦・阿・伝宗）「女きみも」青（三）河（飯）別（陽・蓬）、河（七）は落丁。なお『大成』は「女君も」、『大系』『玉上評釈』も「女君も」であるのに対して、『全書』『全集』『集成』『完訳』『新大系』『新全集』は「女君をも」。「女君をも率て入り」と「女君も率て入り」との相違で、「を」は『明』において「み」の右下に傍書された例のみに見られ、諸伝本中に「女君をも」とある伝本は、『明』以外には見られない。それなのに、『全書』『全集』『集成』『完訳』『新大系』『新全集』は、底本における、補入印のない傍書「を」を本行化して、「女君をも」という物語本文にした。しかし、「女君をも」のような本文を作らずとも、「女君も」でも文意は成り立つ場面である。諸伝本の大部分が「女君も」であるので、あえて『明』の【傍書】を採り込んだ「女君をも」に従わず、本来の物語表現は諸伝本と同様、「女君も」であったものと見て、ここは「女君も」に校訂する

イ　**誰も**――「それも」青（池・陵・榊・伏・三・徹二）河（御・静・前・大・鳳・兼・岩）別（蓬）「たれも」青（明）「たれも」河（尾）「そも」河（飯）別（陽）「たれも」別（伝宗）「それも」青（幽）「ナシ」別（宮・国）「たれも」青（横・大正・肖・保・平・穂・紹）別（麦）「誰も」青（徹一）別（阿）、河（七）は落丁。なお『大成』は「それも」、『大系』『全集』『完訳』『新全集』も「それも」であるのに対して、『全集』『玉上評釈』『集成』『新大系』は「たれも」。底本の「たれも」に一致するのは、青紙本系統の九本及び別本の二本で、河内本も『尾』において、「たれも」を「そも」と修正したときに、河内本の諸本（御・前・大・鳳・兼・岩・蓬）が、「それも」として取り込んでいる。注目すべきは、この『尾』の修正で、「それも」の本文の発生は、後からのものであろうことを示唆する。以上の如く勘案し、底本の校訂は控える。

【傍書】　1中ノ浮ヲイヒ給ハヌコト　2匂詞（朱）　3薫ニ中ノ心トマラント也　4薫コト　5匂心　6ソ　7浮モスクセアル

カ中ノ渡給モミタルト也　8中心　9薫ノコトカト思給也　10中ノ匂ニ向ヘラレハセテ薫ノテヒキニテアレハカロ〳〵シク思給ント也　11匂心

【注釈】

一　**二条の院におはしまし着きて…いたくもの思したる様にて、御帳に入りて大殿籠る**　「二条院におはしまし着きて」は、京に帰った匂宮が、六の君のいる夕霧の六条院へは行かず、中の君のいる二条院へお帰りになられて、の意。もともと、二条院が匂宮の自邸なので、これをここで強調する。「女君のいと心憂かりし御もの隠しもつらければ」は、匂宮が捜していた浮舟が宇治にいたのに、中の君は何も言わず、匂宮は浮舟の行方を隠していた。宇治の浮舟から中の君にあてられた便りを、匂宮が見つけた時に、中の君が、「昔、かの山里にありける人の娘の、さるやうありて、この頃かしこにあるとなむ聞き侍りし」（浮舟五）という説明をしたのも嘘であった。それほどまでにして、自分にわけ隔てをして、中の君が隠していたことが情けないので。「心やすき方」は、中の君のいない自分の部屋である二条院の寝殿の間において。「寝られ給はず、いと寂しきにもの思ひまされば」は、浮舟と共寝していた気分から抜け出せない匂宮の様子で、そばに浮舟がいないので、寂しく物足りない思いが募るのである。「心弱く対に渡り給ひぬ」は、中の君には会いたくないと思って意地を張っていた匂宮であるが、一人では寝られず、寂しい気持ちが募るのに負けて、中の君のいる西の対に渡られた。「何心もなく、いときよげにて」は、匂宮が浮舟に逢ってきているとは、思ってもいない中の君の姿で、帰って来た夫を疑っている様子もなく、たいそう垢抜けした感じである。「めづらしくをかしと見給ひし人よりも、また、これは、なほ、あり難き様はし給へりかしと見給ふ」は、浮舟に逢っていた名残から抜けきらない匂宮が、目の前に、浮舟の「めづらしくをかし」と見た美しさより、「あり難き様」の、たぐいまれな中の君の可憐美を認め、中の君は、浮舟に比べて優っていると思われた。「か［浮舟は］の対の御方には似劣りなり」（浮舟一三）とあるのに照応。「いとよく似たるを思ひ出で給ふも、胸ふたがれば、いたくもの思したるさまにて」は、中の君から、よく似ている浮舟の面影を思い出して、浮舟に別れて来て今後どうしたら逢えるのかと思うと、胸がいっぱいになって、たいそう物思わしげな匂宮の様子。「御帳に入りて大殿籠る」は、行方をくらました昨夜のばつの悪さのため、匂宮は、中の君の部屋で昨夜のことは何も言わず、御帳台に入ってお休みになる。

二 **女君も率て入りきこえ給ひて…すゞろなることもいと苦しく」とて、背き給へり** 「女君も率て入りきこえ給ひて」は、浮舟がいないので淋しくて一人で休めない匂宮が、中の君を御帳台にお連れ申し上げて。「心地こそ、いと悪しけれ。いかならむとするにかと、心細くなむある」は、大変気分が悪い、どうなるのだろうか心細く不安であるという匂宮の訴えである。この匂宮の体調不良は、浮舟に逢って来たための、今後の不安による心労が真実の理由であるが、そのことは中の君には伏せている。「まろは、いみじくあはれと見置いたてまつるとも、御ありさまは、いと疾く変はりなむかし。人の本意は、必ずかなふなれば」は、私は、あなたをとても大切に（最後まで）見届け申し上げようとしておりますが、あなたのお心はすぐにお変わりになるでしょうね。人の本来の願望は、必ず叶うということですから…の意。「…」の部分は言外で、ここに、薫との仲を疑って、私が死んだら、薫の許に行くのでしょうね、の意が籠もる。匂宮は中の君のことを大変可愛く思っているけれど、中の君が匂宮に内密にして浮舟を宇治に隠していることを突き止めたことにより、薫と中の君の二人が秘密を共有する親密な仲であると思うと、その心労のために死にそうであると、自身の浮舟を恋する心労の理由をすり替えた、匂宮の皮肉な口調である。「けしからぬこと」は、中の君が、薫に親密な気持ちを抱いていると決めつけた、匂宮のとんでもない発言を指す。「まめやかにさへのたまふかな」は、匂宮が本気で言われるとはの意。「漏りて聞こえたらば」は、匂宮のこの発言が、薫に聞かれたならば。「いかやうに聞こえなしたるにかと、人も思ひより給はんこそ、あさましけれ」は、中の君が、夫の匂宮に、どのように作り話をしたのかと、薫が誤解されることを思うととんでもないという、中の君の抗議。「人」は薫。「心憂き身」は、中の君自身の憂愁の思い。中の君は、「幸ひ人」（宿木四六）としての世評であるが、中の君本人は、薫に庇護されることによって、匂宮との結婚生活が成り立つような、身寄りのない身の上であり、「頼もし人」に思う薫も下心があり、「さま異なる頼もし人」で（同三六）あることを知り、「よろづのこと憂き身なりけり」（総角四一）「なほいと憂き身なめれば、つひには山住みに帰るべきなめり」（宿木七）「世の中いと所狭く思ひなられて、なほいと憂き身なりけり」（同二九）のように、自身の運命への憂愁観を抱いている。「すゞろなること」は、漫然としたことの意。今にも死にそうであるように訴えた匂宮の実態がつかめず、どう対処してよいかわからないこと。匂宮の一言が実は嘘をついていることを見抜いた、中の君の軽い応酬。「すゞろなることもいと苦しく」は、予想もしなかった匂宮のたわいもないお言葉も大層辛くて。「背き給へり」は、悲しくて涙が出そうになったので、中の君は匂宮に背を向けた。匂宮の苦しそうな様子に素直になれない中の君の態度。匂宮の中の君を裏切る言動に対して、言葉で抗議せず態度で抗議して、匂宮の発言に取り合わないでいる中の君である。

三　**宮も、まめだち給ひて…よろづ悲しくて、いとゞらうたげなる御気配なり**　「まめだち給ひて」は、中の君が打ち解けないので、匂宮は真剣な顔になって。「まことに、つらしと思ひきこゆること」は、匂宮が本当に辛がっていること。それは、「すゞろなること」として、取り合わない態度の中の君が、匂宮に内密にして、薫と示し合わせて浮舟を宇治に隠している証拠をつかんだことによる、匂宮の辛い心情である。「まろは、御ためにおろかなる人かは。人も、あり難しなど咎むるまでこそあれ」の「人も」は、世間の人も。世間の人といいながら夕霧を暗示。匂宮が中の君に親切にし過ぎであるといって、世間の人から咎められるほどであるという、匂宮の主張。「人にはこよなう思ひ落とし給ふべかめり」の「人」は、薫。中の君が、匂宮を、薫より見下しているようであるとする、匂宮の抗議。中の君が、浮舟を匂宮に隠して、薫に紹介してしまったことを、根に持っていることによる発言である。「誰も、さべきにこそはとことわらるゝを」は、誰でも、あなたと私との縁は、然るべき宿運で結ばれていると認めている仲なのにの意。「隔て給ふ御心の深き」は、中の君が、卆直に浮舟のことを話さないことを指す。「宿世のおろかならで尋ね寄りたるぞかしと思し出づる」は、中の君が、あれほど隠していた浮舟を見つけて関係を持ってしまったということは、匂宮と浮舟との、二人の運命的な宿縁が深かったと、匂宮は思い出された。「まめやかなるを、いとほしう」は、涙まで見せた匂宮が、薫と中の君との仲を真剣に疑っていると見た中の君が、匂宮の涙を無視出来なくなり、申し訳なくなった。「いかやうなることを聞き給へるならむと驚かるゝに、いらへきこえ給はむこともなし」は、匂宮が、中の君と薫との仲について、いったいどんな噂を聞かれたのかと思うと、何も身に覚えのない中の君は、返事のしようもないのである。「ものはかなきさまにて見そめ給ひし」は、姉の恋人であった薫に世話をされる以外、しっかりとした後見人のいない中の君を、匂宮が見初められたこと。「すゞろなる人」は薫を指す。薫は熱心な大君の恋人であったが、大君の死後は、中の君が匂宮と結婚した後になって、大君の思い出に引かれて、匂宮の目を盗んで中の君に迫った薫でもあり、そうした点では、薫といえども、中の君には信頼出来ない人であるので、「すゞろなる」と形容した。「その心寄せを思ひ知り始めなどしたる過ちばかりに、おぼえ劣る身にこそ」は、薫から親切に世話されて、中の君が親しみ始めたことがもとで、匂宮に薫と中の君の仲を誤解されて、不信感を持たれる身の上になったのだということ。匂宮が浮舟に逢って来て、浮舟を薫と心を合わせて宇治に隠している中の君に抗議しているとは、中の君は夢にも思わず、ただひたすら自身の寄る辺のない身の上を悲しんでいる。「いとゞらうたげなる御気配」は、中の君の一層の「らうたげさ」で、中の君の「らうたげさ」については既述（宿木四六・東屋二四）。

四　**かの人見付けたることは、しばし知らせたてまつらじとおぼせば…御簾の内にて暮らし給ふ**　「かの人」は浮舟。「異ざまに思はせて恨み給ふ」は、本当は浮舟の行方を隠している中の君を恨みなさる意であるのに、中の君が、薫と浮気するかもしれない点を嫉妬するような言い方をする匂宮である。「ありやなしやを聞かぬ間」は、誰かが作り話を匂宮に伝えたのか、それとも匂宮の作り事なのかを、中の君が確かめない間はの意。「匂宮の恨事のありやなしを、なにと聞かぬ程は見えたてまつらんも恥づかしと也」（『万水』）。「見えたてまつらむも恥づかし」は、中の君が匂宮に会うのは気がひけるので、会えない心情であること。「大宮の御文あるに、驚き給ひて」の「大宮の御文」は、匂宮への母明石中宮からの手紙。「后の宮よりも御使参りて」（浮舟一四）とあったので、都に帰った匂宮は、真っ先に挨拶に行くべきであったことに気づき、驚かれた様子。「なほ、心解けぬ御気色にて」は、まだ中の君に疑いを残したままの匂宮の様子。「なやましく思されたなる」は、時方が匂宮が出かけた理由を、「東山に聖御覧じに」（同）と伝えたことを受け、匂宮の体調を心配する中宮の手紙の言葉。「まことに御心地も違ひたるやうにて」は、口先だけではなく、匂宮は中の君ともしっくりせず、浮舟との今後の逢瀬の見通しもなく、心労のため、本当に気分が悪い様子で。「上達部などあまた参り給へど」は、上達部などが、大勢お見舞いに参上されるがの意。「御簾の内にて暮らし給ふ」は、お見舞いに参上した上達部には、会われない匂宮である。

一六　匂宮、嘆き臥し、薫、匂宮を見舞う

一　夕（ゆふ）つ方（かた）、右大将参（まゐ）り給へり。匂宮「こなたにを」とて、うちとけながら対面（たいめん）し給へり。薫「[1]なやましげにおはしますと侍（侍）りつれば、宮にも、いとおぼつかなく思（おぼ）しめしてなむ。いかやうなる御なやみにか」と聞（き）こえ給（給）ふ。[2]見るからに、御心騒（さは）ぎのいとゞまされば、言少（ことずく）なにて、[3]聖（ひじり）だつといひながら、こよなかりける山伏（ぶし）心かな、さばかりあはれ

なる人をさておきて、心のどかに月日を待ちわびさすらむよと思す。例は、さしもあらぬことのついでにだに、我はまめ人ともてなし名のり給ふをねたがり給ひて、よろづにのたまひ破るを、[4]かゝること見あらはいたるを、いかにのたまはまし、されど、さやうの戯れ言もかけ給はず、[5]いと苦しげに見え給へば、薫「不便なるわざかな。おどろ〳〵しからぬ御心地の、さすがに日数経るは、いと悪しきわざに侍り。[ア]御風邪よくつくろはせ給へ」など、まめやかに聞こえおきて出で給ひぬ。恥づかしげなる人なりかし、わがありさまを、[6]いかに思ひ比べけむなど、さま〴〵なることにつけつゝも、たゞ、この人を時の間忘れず思し出づ。

二　かしこには、石山も止まりて、いと[7]つれ〴〵なり。御文には、いといみじきことを書き集め給ひて遣はす。それだに心やすからず、時方と召しゝ大夫の従者の、心も知らぬしてなむ遣りける。右近「右近が古く知れりける人の、殿の御供にて尋ね出でたる、さら返りてねむごろがる」と、友達には言ひ聞かせたり。よろづ右近ぞ、空言し馴らひける。

[8]月も立ちぬ。[イ]かう[9]思しいらるれど、おはしますことはいとわりなし。かうのみものを思はゞ、さらにえながらふまじき身なめりと、心細さを添へて嘆き給ふ。

【校異】

ア　侍り――「侍る」別（陽・麦・阿・伝宗）「侍」青（明・大正・肖・保・陵・三・徹二・穂・紹・幽）「侍り」青（池・横・

徹一・榊・平）河（尾・御・静・前・大・鳳・兼・岩・飯）別（宮・国）「はへり」青（伏）別（蓬）、河（七）は落丁。なお『大成』は「侍り」、『大系』『集成』『新大系』も「侍（はべり・侍(はべり)）」であるのに対して、『全書』『玉上評釈』『全集』『完訳』『新全集』は「侍（はべ）る」。底本の表記「侍」の読みは、「はべり」「はべる」両方の読みが可能である。薫の会話文中の用例であり、係助詞があるわけでもなく、とくに連体止めにするほどの場面でもない。したがって、本来の物語表現は、終始形「はへり」であろうと見て、底本の「侍」を「侍り」と校訂する。

イ　**かう思しいらるれど**――「かうおほしゝらるれと(イラルレトイ)」青（明）「かうおもほしいらるれと」河（御）「かうおほしいらるれは(と)」河（大）「かくおほしいらるれと」青（榊・穂）別（宮・国・蓬）「かうおほしいらるれと」青（池・横・大正・肖・徹一・陵(ヒ)・保・伏・三・平・徹二・紹・幽）河（尾・静・前・鳳・兼・岩・飯）別（陽・麦・阿・伝宗）、河（七）は落丁。なお『大成』は「かうおほしいらるれと」、『全書』『大系』『玉上評釈』『全集』『集成』『完訳』『新全集』も「かう（、）思（思・おぼ）し焦(い)（い・妙）らるれど」であるのに対して、『新大系』は「かうおぼし知(ゝ)らるれど」。底本は、

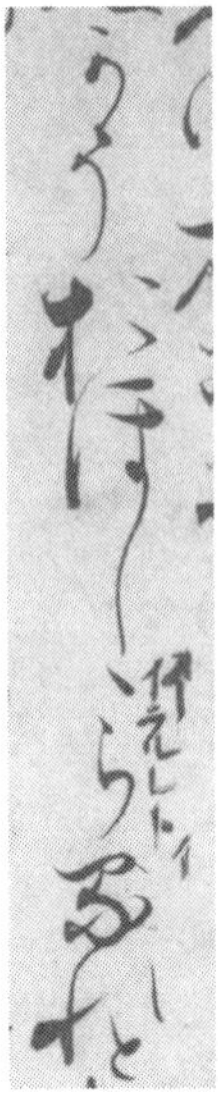

（三四丁オ二行）

のように、本行本文のみは「おほしゝらるれと」と、独自本文である。「思し知らるれど」では、浮舟に逢いたくても出かけられず、いらだつ匂宮の心情を述べる表現にはならない。底本は、「い」を「ゝ」に誤写したものと見て、「かうおほしいらるれと」に校訂する。底本に見られる傍書は、二段【校異】アと同様の、底本の間違いを正したもので、本行本文と字体が異なり、後筆と思われる。

【傍書】　1薫詞　2匂心　3薫コト　4浮コト　5薫心　6浮ノ心ニイカニ思給ト也　7従者　8匂心　9イラルレト(イ)

【注釈】

一　**夕つ方、右大将参り給へり…たゞ、この人を時の間忘れず思し出づ**　「右大将参り給へり」は、薫が匂宮の見舞いに参上なさっている意。「うちとけながら対面し給へり」は、薫のお見舞いなので、匂宮は御簾の中に入れて、

くつろぎ姿で会っておられる。「見るからに、御心騒ぎのいとゞまされば、言少なにて」は、浮舟を隠し据えていた薫を裏切った、自らの行為の後ろめたさと、同時に、自分が先に見付けた女を、薫に取られて裏切られたという思いのため、薫を見るやいなや心が動揺して、口数が少ない状態の匂宮である。ところが、口数が少ない程の匂宮は、薫にはいかにも弱っておられるように見えたのである。「聖だつといひながら、こよなかりける山伏心かな」の「山伏心」は、「本意の聖心」（宿木三六）をと薫が標榜する「聖心」を揶揄した言い換え。尊敬の気持ちを添える「聖」と言わず、山住みをして修行をする人として、見下した表現である。薫には、平素のように言い返せない匂宮であるが、心の中では、世間から真面目な人間と見られている薫に対する、痛烈な皮肉をあびせている。「さばかりあはれなる人をさておきて、心のどかに月日を待ちわびさすらむよ」は、あれほど可憐な浮舟を、宇治に放置してのんびり構えていて、熱心に通うこともなく待ちあぐねさせて寂しい思いをさせているようだの意。薫の「のどか」な心配りを指し、既述（総角四注釈一）。「我はまめ人ともてなし名のり給ふをねたがり給ひて、よろづにのたまひ破る」の、薫の「まめ人」ぶりについては既述（浮舟六）。聖人ぶった薫に対して、匂宮は「いで、あなこと〳〵し。例のおどろ〳〵しき聖言葉見はててしがな」（橋姫一九）と言って、からかってきた。「いかにのたまはまし」の「まし」が反実仮想の助動詞なので、実際は、匂宮は、薫に対する後ろめたさのために何も言われない意。「おどろ〳〵しからぬ御心地の、さすがに日数経るは、いと悪しきわざに侍り」は、匂宮が、特にひどい様態ではないが、言葉数も少ないという病状が長く続くのは、深刻な病と見た薫の見舞いの言葉である。この病状は、紫の上の死の病が、「おどろ〳〵しうはあらねど、年月重なれば」（御法一）「そのことゝ、おどろおどろしからぬ御心地なれど、たゞいと弱きさまになり給へば」（同三）と同じであり、大君の死病も、「そこはかと痛き所もなく、おどろ〳〵しからぬ御なやみ」（総角三六）であった。そのような死につながる病を連想させる。「御風邪よくつくろはせ給へ」の「御風邪」は、明石中宮が「御風邪におはしましければ、ことなることもおはしまさず」（宿木二一）ともされるように、重病ではないと見た表現である。病人に向かって、匂宮の病の様子を、「おどろ〳〵しからぬ御心地」と深刻に響く言葉遣いをしたことを反省し、「御風邪」と軽い表現に言い直したもの。実際は匂宮の病は、誰か新しい女と遊んできただけの気疲れくらいではないかの意を言外に匂わす。「まめやかに聞こえおきて」は、薫に対する後ろめたさのために、匂宮が口数が少ない状態であるとは知らない薫が、匂宮に心を込めた挨拶をしたこと。「恥づかしげなる人なりかし、わがありさまを、いかに思ひ比べけむ」は、誠実に挨拶する薫に比べて、自身の軽薄さを思う匂宮の心中で、それにしても浮舟が、二人をどのように見比べたかと、不安になっている様子。「さま〴〵なること」は、中の君に嘘をつき、また誠実な薫にも嘘をつき、八方ふさがりの匂宮の精神状況。「この人を時の間忘れず思し出づ」は、そのような精神状況にありながら、匂宮は、浮舟のことで頭がいっぱいである。

二　**かしこには、石山も止まりて…さらにえながらふまじき身なめりと、心細さを添へて嘆き給ふ**　「かしこ」は、宇治。「石山も止まりて」は、石山参詣が中止されて。「御文」は、匂宮から浮舟への御手紙。「いといみじきこと」は、浮舟に逢えないので焦燥し、大変辛いという、情熱的な匂宮の言葉。「時方と召しゝ大夫の従者の、心も知らぬ」は、時方の大夫の従者で、彼は匂宮と浮舟との交際が始ったという事情を知らない。「右近が古く知れりける人の、殿の御供にて尋ね出でたる、さら返りてねむごろがる」の「さら返り」は、昔に戻る意。右近の昔の知り合いで、薫のお供になって来ていた人が、右近を見つけて、よりを戻して仲良くなりたがっているという、「右近が、了見して言へること也」（『万水』）。「よろづ右近ぞ、空言し馴らひける」は、匂宮から、「人に知らるまじきことを、誰がためにも思へかし」（浮舟一一）と命令されて以来、右近は嘘をつきなれてしまったよの意。「月も立ちぬ」は、二月になったこと。右近が、「殿は、この司召の程過ぎて、ついたち頃には必ずおはしましなむ」（同九）と推測していた、薫の訪問が予想される時が到来した意。「かう思しいらるれど」は、「暮れゆくはわびしくのみ思しいらるゝ人」（浮舟一三）であった匂宮の、浮舟を恋慕して焦燥する様子。「いらるゝ」は、匂宮を表象する語として機能している。既述（同一三【注釈】一）。薫の「たとしへなくのどか」（同二）に構える性質とは対照的である。「かうのみものを思はゞ、さらにえながらふまじき身なめりと、心細さを添へて嘆き給ふ」は、浮舟に逢えないために焦燥し、物思いがつのるので、もうこれ以上は生きていけそうにない匂宮の心情で、宇治から帰ったときの、「心地こそ、いと悪しけれ。いかならむとするにかと、心細くなむある」（同一五）という心情に照応する。

一七　薫、浮舟を訪れる

一 大将殿、少(すこ)しのどかになりぬる頃(ころ)、例(れい)の忍(しの)びておはしたり。寺(てら)に仏など拝(おが)み給(給)ふ。御誦経(みず行)せさせ給ふ僧(給そう)に物賜(ものたま)ひなどして、夕(ゆふ)つ方(かた)、こゝには忍(しの)びたれど、これはわりなくもやつし給はず、烏帽子(えぼうし)、直衣(なをし)の姿(すがた)いとあらまほしくきよげにて、歩(あゆ)み入(い)り給(給)ふより、恥(は)づかしげに用意(ようい)ことなり。

女、いかで見(み)えたてまつらむとすらんと、空(そら)さへ恥(は)づかしく恐(おそ)ろしきに、あながちなりし人の御[1]ありさまうち思(思い)ひ出でらるゝに、また(又)この人に見(み)えたてまつらむを思(思)ひやるなん、いみじう心憂(う)き。匂宮「我(われ)は、年頃(としごろみ)見る人をも、皆思(みな思か)ひ変はりぬべき心地(ち)なむする」とのたまひしを、げに、その後(ゝち)、御心地苦(ちくる)しとて、いづくにも〳〵、例(れい)の御ありさまならで、御修法(みずほう)など騒(さは)ぐなるを聞(き)くに、また(又)、いかに聞(きこ)きて思(おぼ)さんと思(思)ふも、いと苦(くる)し。

二　[2]この人、はた、いと気配（けはひ）ことに心深（ふか）く、なまめかしきさまして、久（ひさ）しかりつる程（ほど）の怠（をこた）りなどのたまふ（給）も言多（ことおほ）からず、恋（こひ）し悲（かな）しと下（お）り立（た）ゝねど、常（つね）にあひ見（み）ぬ恋（こひ）の苦（くる）しさを、さまよき程（ほど）にうちのたまへる、いみじく言（い）ふにはまさりて、いとあはれと、人の思（思）ひぬべきさまをしめ給（たま）へる人柄（がら）なり。艶（えむ）なる方（かた）はさるもの（物）にて、行（ゆ）く末長（すゑなが）く人の頼（たの）みぬべき心ばへなど、こよなくまさり給へり。[3]思（おも）はずなるさまの心ばへなど漏（も）り聞（き）かせたらむ時も、なのめならずいみじくこそあべけれ。あやしう、うつ（ゝ）し心もなう思（おぼ）しいらるゝ人を、[4]あはれと思（思）ふも、それはいとあるまじく軽（かろ）きことぞかし。[5]この人に憂（う）しと思（おも）はれて、忘（わす）れ給（給）ひなむ心細（ぼそ）さは、いと深（ふか）う染（し）みにければ、思（おも）ひ乱（みだ）れたる気色（けしき）を、月頃（ごろ）にこよなう物（ものゝ）の心知（し）りねびまさりにけり、つれ〴〵なる住（す）みかの程（ほど）に、思ひ残（思のこ）すことはあらじかしと見給（みたま）ふも、心苦（ぐる）しければ、常（つね）よりも心とゞめて語（かた）らひ給（給）ふ。

【傍書】　1匂ノ中君ヨリモ浮ヲ思トノ給シコト　2薫　3匂コトヲ薫ノ聞テモ色ニモ出給ハシト也　4匂（朱）　5薫

【注釈】

一　**大将殿、少しのどかになりぬる頃…また、いかに聞きて思さんと思ふも、いと苦し**　「少しのどかになりぬる頃」は、権大納言兼右大将という地位のため、「ところせき身の程」（浮舟二）の薫が、司召の時期が済んで、「のどか」に過ごせるようになっていた頃のこと。「のどか」に構える性質（同二）の薫に相応しい頃である。「例の忍びておはしたり」は、薫が、例のようにこっそりと［宇治に］お越しになられた。「例の」とあるので、それ以前にも、薫がそのように宇治を訪問したことがあることを示唆している。「寺」は、薫の建立した御堂で既述（東屋三六）。「夕つ方」は、「寺に仏など拝み給ふ。御誦経せさせ給ふ僧に物賜ひなど」当座の用を済ませて、夕方になってから浮舟の許にやって来たこと。焦燥し一刻も早く逢いたいという、匂宮の訪問の仕方とは対照的に、ゆったりと構える薫の訪問の仕方。「忍びたれど…わりなくもやつし給はず」は、人目に立たない配慮はしているが、「あやしきさまのやつれ姿」（浮舟八）で訪問した匂宮のようにみすぼらしい姿にはしていない薫の服装である。「烏帽子、直衣の姿いとあらまほしくきよげにて」は、薫の「きよげ」美で、浮舟が匂宮を捕らえて「きよら」（同一三）と見た程の美しさではない。「恥づかしげに用意ことなり」は、「いと様よう心にくき人」（同一二）に見られていて、匂宮より「恥づかしげなる人」（同一六）である薫の、紳士的で落ち着いた振る舞い。「女、いかで見えたてまつらむとすらんと、空さへ恥づかしく恐ろしき」は、不義を犯した浮舟の、罪におののく心情で、「さてもいみじき過ちしつる身かな、世にあらむことこそまばゆくなりぬれと、恐ろしくそら恥づかしき心地」（若菜下二八）の柏木の心情に匹敵する、浮舟の良心の呵責である。「あながちなりし人の御ありさま」の「あながち」は既述。匂宮が、強引に契るという、身勝手な御振る舞いであったことを指す。「あながちにひき違へ、心づくしなることを御心に思しとどむる癖」（帚木一）の源氏に似ており、「のどやか」な振る舞いの薫とは、対照的であること。「年頃見る人」は、匂宮の妻である、六の君と中の君。「皆思ひ変はりぬべき心地なむする」は、匂宮と浮舟との会話には、同様の記述は見られないが、匂宮は浮舟を、中の君の「愛嬌づく」美しさに近い女性であると思い、飾り立てた六の君程の美しさはないが、浮舟程の可憐な女は他に例がないと思っていた（浮舟一三参照）ことに照応する。「いかに聞きて思さんと思ふ」「いと苦し」は、私[浮舟]が薫に逢ったと聞いて、病床の匂宮がどうお思いになられるか、と思うこともひどく心苦しい、という、浮舟の心配である。「いと苦し」は、薫と匂宮の両方に挟まれた、浮舟の苦しい心情。

二　**この人、はた、いと気配ことに心深く、なまめかしきさまして…常よりも心とゞめて語らひ給ふ**　「この人」

は薫。「心深く、なまめかしきさま」は、薫の精神面の深さをたたえた「なまめかし」美で、「いとなまめかしう恥づかしげに、心の奥多かりげな気配」（匂兵部卿六）として描出されていた。「久しかりつる程の怠り」は、薫が、昨年の秋九月、浮舟を宇治に連れてきた時以来、二月まで訪れが途絶えがちであったこと。「下り立たねど」は、身も心も打ち込むほどの激情を表すことはないが、の意で、下文と共に、薫の控え目だが誠実な人柄に繋ぐ。「いみじく言ふ」は、「聞きにくゝ、実ならぬことをもくねり言ひ」（東屋二九）と中の君に批判された、言葉巧みに話しかける匂宮の言葉。「いとあはれと、人の思ひぬべきさまをしめ給へる人柄なり」は、匂宮が、男女の仲睦まじい絵を描いて見せ、何時もこうして一緒にいたいものと語りかけるようにした振る舞いとは対照的な、恋人としての薫の奥深い風格のある人柄。「艶なる方」は、恋歌のやりとりをするなど、風流な方面。「行く末長く人の頼みぬべき心ばへなど、こよなくまさり給へり」は、浮舟の捕らえた薫像で、匂宮に比較して、薫の方が、末長く頼りになりそうなお心が、格別に優れていらっしゃる方であるの意。「思はずなるさまの心ばへ」は、薫の目をかすめて、浮舟が匂宮に逢っているという、薫にとって心外な浮舟の心模様。「あやしう、うつし心もなう思しいらるゝ人」は、浮舟を恋慕し焦燥する匂宮のことで、既述（浮舟一四）。「この人」は薫。「忘れ給ひなむ心細さは、いと深う染みにければ」は、薫が私［浮舟］を、お忘れになる心細さは、本当にひどく深く身に沁みていたので、の意。匂宮の情熱に惑わされていた気持が、薫を前にして薫の有り難さを再認識した時、薫の途絶えが長かった時に味わった心細さが、浮舟の心に強く蘇ったこと。「思ひ乱れたる気色」は、逢えなければ死んでしまいそうであるとまで、強烈に告白する匂宮に、心惹かれてしまった浮舟が、のどかに構えてはいるが、行く末までの後見を約束する薫の、おだやかな人柄にも惹かれ、両人の間に挟まれ、どうしてよいか分からなく悩む様子。「常よりも心とゞめて語らひ給ふ」は、宇治の地に一人淋しく浮舟を放置していたので、自分［薫］を待ち焦がれて、物思いの限りをさせたせいであると誤解した薫が、物思いをする悩む風情の浮舟に心惹かれ、平素よりも優しく語りかける様。「心とゞめて」の内容は、浮舟を宇治に放置しないために、都に移そうと考え、行動しているという、薫の特別の配慮を語ったことで、以下の場面に述べられる。ところが、薫からそのように優しく語りかけられれば、それだけ一層浮舟は苦しむことになろうと予測されるが、その叙述は次段に続く。

一八　薫は大君を思い、浮舟は我が身を憂え、すれ違う

[一][1]薫「造らする所、やう／＼よろしうなしてけり。一日なむ見しかば、こゝよりは気近き水に、花も見給ひつべし。三条宮も近き程なり。明け暮れおぼつかなき隔ても、おのづからあるまじきを、この春の程に、さりぬべくは渡してむ」と思ひてのたまふも、[2]かの人の、のどかなるべき所思ひ設けたりと、昨日ものたまへりしを、かゝることも知らで、さ思すらむよと、あはれながらも、そなたに靡くべきにはあらずかしと思ふからに、ありし御さまの面影におぼゆれば、我ながらも、うたて心憂の身やと思ひ続けて泣きぬ。[二][3]薫「御心ばへの、かゝらでおいらかなりしこそ、のどかにうれしかりしか。人の、いかに聞こえ知らせたることかある。少しもおろかならむ心ざしにては、かうまで参り来べき身の程、道のありさまにもあらぬを」など、ついたち頃の夕月夜に、少し端近く臥して眺め出だし給へり。男は、過ぎにし方のあはれをも思し出で、女は、今より添ひたる身の憂さを嘆き加へて、かたみに物思はし。

[三]山の方は霞隔てゝ、寒き洲崎に立てる鵲の姿も、所がらはいとをかしう見ゆるに、宇治橋のはる／＼と見わた

さるゝに、柴積(しばつ)み舟(ふね)の所々(〳〵)に行(ゆ)き違(ちが)ひたるなど、ほかにて目馴(めな)れぬことゞものみ取(と)り集(あつ)めたる所なれば、見給(みたま)ふ度(たび)ごとに、なほ(猶)、そのかみのことのたゞ今(いま)の心地(ち)して、いとかゝらぬ人を見交(みか)はしたらむだに、めづらしき中(なか)のあはれ多(おほ)かるべき程(ほど)なり。まいて、これ(ひ)しき人○(に)よそへられたるもこよなからず、やう〳〵物(ものゝ)の心知(し)り、都馴(宮こな)れゆくありさまのをかしきも、こよなく見まさりしたる心地(ち)し給(給)ふに、女は、かき集(あつ)めたる心の内(うち)に催(もよを)さるゝ涙(なみだ)ともすれば出(い)で立(た)つを、4四慰(なぐさ)めかね給(給)ひつゝ、

薫「宇治橋(うぢはし)の長(なが)き契(ちぎ)りは朽(く)ちせじを危(あや)ぶむ方(かた)に心騒(さは)ぐな今見給(いまみ給)ひてん」とのたまふ。

5浮舟「絶(た)え間(ま)のみ世(よ)には危(あやう)ふき宇治橋(うぢはし)を朽(く)ちせぬものとなほ(猶)頼(たの)めとや」

先々(さき〴〵)よりもいと見捨(みす)て難(がた)く、しばしも立(た)ちとまらまほしく思(おぼ)さるれど、人のもの言(い)ひの安(や)すからぬに、今(いま)さらなり、心やすきさまにてこそなど思(おぼ)しなして、暁(あか月)に帰(かへ)り給(給)ひぬ。いとようも大人(おとな)びたりつるかなと、心苦(ぐる)しく思(おぼ)し出(い)づること、ありしにまさりけり。

【傍書】　1薫詞（朱）　2匂コト　3薫詞　浮コト　4薫　5浮

【注釈】

一　造らする所、やう〳〵よろしうしなしてけり…うたて心憂の身やと思ひ続けて泣きぬ　「造らする所」以下は、

まさか浮舟が、匂宮に逢った直後であるとは思いもしない薫の、「心とゞめて」話し始めた話である。薫は、浮舟のために「渡すべき所思し設けて、忍びてぞ造らせ給ひける」（浮舟二）とあったが、そのことを浮舟に説明するのである。「こゝよりは気近き水に、花も見給ひつべし。三条宮も近き程なり」の「こゝ」は宇治川。「こゝよりは気近き水に」は、洛中を流れる穏やかな賀茂川のそばでの意。「三条宮」は薫の母、女三の宮の住む、薫の住所。中の君の住む二条院の近くでもある。「花も見給ひつべし」の「花」は桜の花。このような良い所に、薫が浮舟のために新築している住宅があるということは、浮舟は薫の妻妾扱いであることを示す。「かの人」は匂宮。「のどかなるべき所思ひ設けたり」は、昨日の匂宮からの手紙の文面で、移り先の用意が出来たとあること。匂宮が、「こゝならぬ所に率て離れたてまつらむ」（同一四）と言っておられたことを受ける。「のどか」に構える薫に反して、素早く準備する匂宮である。「かゝることも知らで、さ思すらむよと、あはれながらも、そなたに靡くべきにはあらずかしと思ふからに、ありし御さまの面影におぼゆれば」は、浮舟は薫の話を聞きながら、理性では匂宮に靡くべきではないとわかりながら、心は匂宮にあり、これからも逢えなければ死んでしまいそうに訴えられた匂宮の面影が浮かんでしまう様子。「我ながらも、うたて心憂の身や」は、薫の恋人として宇治に据えられた身であるということが、理性ではわかりながら、熱烈で行動的な匂宮を切り捨てられず、二人の男に心惹かれる自分自身の心の中を見据えて、どうしようもなく嫌になって沈む、浮舟の憂愁の思い。「思ひ続けて泣きぬ」は、我が身を見据えて泣いてしまった浮舟の様子。浮舟の泣いた理由は、薫にはわからないのである。

二　**御心ばへの、かゝらでおいらかなりしこそ…今より添ひたる身の憂さを嘆き加へて、かたみに物思はし**　「御心ばへの、かゝらでおいらかなりしこそ」は、「いとやはらかにおほどき過ぎ給へる君」（東屋三〇）として中の君の女房達に見られていた浮舟のこと。薫が宇治へ浮舟を連れ出した道中に、「おいらかにあまりおほどき過ぎたるぞ、心もとなかめる」（東屋四一）と見るほど「おいらか」な浮舟であった。「のどかにうれしかりしか」は、浮舟が「のどか」に構えているのが嬉しかったこと。それなのに、今日の浮舟は、薫の近くに住めるように手配していると、浮舟の喜びそうな話をしたのに、素直に喜ぶ様子もなく、辛そうに涙を見せている姿に、驚いた薫の心情を語ったもの。「人の、いかに聞こえ知らせたることかある」は、浮舟の心の中を察知できない薫が、浮舟が悲しそうにしているのは、誰かが薫のことを告げ口したのに違いない、と不審に思うのである。「少しもおろかならむ心ざしにては、かうまで参り来べき身の程、道のありさまにもあらぬを」は、浮舟が泣いているのは、陰口のせいで、薫の志が疎かであると浮舟が思っているのに違いないと見て、薫の浮舟への思い入れは並々ではないことを強調した言葉である。「ついたち頃の夕月夜」は、「春霞たなびく山の夕づくよきよくてるらんたかまどののに」（古今六帖一夕月夜・山部赤人）と詠まれる、二月はじめ頃の、おぼろに霞んで見える、風情のある夕月夜。「少し端近く臥して眺め出だし給へり」は、薫が愛情の深さを強調すればするほど沈み込んで泣く浮舟を扱いかねて、薫まで、ぼんやりと霞んだ夕月夜を眺めて、物思いにふけるさま。「過ぎにし方のあはれをも思し出で」は、打ち解けない浮舟を前にして、薫は、亡くなってしまった大君への哀れさをも思い出される。「今より添ひたる身の憂さを嘆き加へ」は、薫と匂宮という、二人の男の愛情に心惹かれて悩む、浮舟に今から加わった憂愁の思いで、「うたて心憂の身や」（前掲）と思って嘆く気持の重出。

三　**山の方は霞隔てゝ、寒き洲崎に立てる鵲の…慰めかね給ひつゝ**　「山の方は霞隔てゝ、寒き洲崎に立てる鵲の姿も、所がらはいとをかしう見ゆる」は、『河海』の引く、「蒼茫たる霧雨の霽れの初め　寒汀に鷺立てり　重畳せる煙嵐の断えたる処　晩寺に僧帰る」（和漢朗詠集巻下僧）と詠じられる、霧雨が晴れ初め、寒々とした汀に、鷺がしょんぼり立っているような、もの寂しい風景である。「天の川あふぎのかぜにくもはれてそらすみわたるかささぎの橋」（同巻上扇・清原元輔）と詠まれる・織女が彦星に会うために、天の川に鵲が翼を連ねて架け渡すいう、伝説上の橋の光景とも重ねられる。「宇治橋のはる〴〵と見わたさるゝ」は、「絶えせじのわが頼みにや宇治橋の遥けき中を待ちわたるべき」（総角二四）と詠まれるように、橋の長さ「八十三間（一五〇メートル）」（『全集』）という、長い橋の様子。「柴積み舟の所〴〵に行き違ひたる」は、「あやしき舟どもに柴刈り積み、おの〳〵何となき世の営みどもに行き交ふさまども」（橋姫一七）を眺めて、薫が大君と「橋姫」詠を唱和した晩秋を連想させる。「そのかみのこと」は、亡き大君と会っていた頃のこと。「いとかゝらぬ人を見交はしたらむだに…まいて…こよなく見まさりしたる心地し給ふ」は、〔Aだに〜なり。まいてB〕の構文。「いとかゝらぬ人」は浮舟ほど美しくない女性。「めづらしき中のあはれ多かるべき程」は、霞の垂れ込めた宇治川に、鵲の立つ姿や、柴積み舟の行き来する、美しい風景を眺めて女に逢っている情緒豊かな時。「こひしき人によそへられたる」は、初めて垣間見した浮舟の印象を、薫は「頭つき様体ほそやかにあてなる程は、いとよくもの思ひ出でられぬべし」（宿木五六）と、大君に似ていると捕らえた、その気持に重ねた印象である。「やう〳〵物の心知り、都馴れゆくありさまのをかしきも、こよなく見まさりしたる心地し給ふ」は、二人の男に挟まれ、どうしてよいか判断に悩む浮舟の姿なのに、薫が、淋しい宇治に、浮舟を一人にさせていたせいで悲しませて、都風の一人前の女性らしい魅力のある、従前より勝れて見える女性になったと誤解したもの。「月頃にこよなう物の心知りねびまさりにけり」（浮舟一七）と捕らえた薫の心情に通じる。「かき集めたる心」は、匂宮にも薫にも心を開くことが出来ない、何もかも胸一杯にかき集めたような浮舟の心境で、薫に優しくされればそれだけ一層、我が身の宿命が情けなく辛くなり、涙が出てしまうのである。「慰めかね給ひつゝ」の「〜しかぬ」はできかねる、することが難しい、の意。「つゝ」は、薫の慰めかねて繰り返す動作を示す。浮舟の悩みを、うまく慰められない薫の困惑を、この「つゝ」で表している。浮舟の泣いている心の中を読めない薫なので、何度も慰めようと試みては、うまく慰めることができず、それでも諦めず慰めるが、やはり慰めることが難しい、どのように慰めたらよいのか、慰めようがなくての意。

四　**宇治橋の長き契りは朽ちせじを…いとようも大人びたりつるかなと、心苦しく思し出づること、ありしにまさりけり**　「宇治橋の長き契りは朽ちせじを危ぶむ方に心騒ぐな」は、薫が浮舟の心を慰めようとして、初めて浮舟に向かって渾身の思いを訴えた、愛情あふれる詠で、浮舟との契は、「宇治橋のはる〴〵と見わたさるゝ」如く長く続くので、心配しないようにの意。この薫の心には、大君の面影は見られない。「橋」「朽ち」「踏む」は縁語。「危ぶむ方」は、橋が朽ちるかもしれないという心配と、二人の仲がだめになるかもしれないという心配を懸ける。「今見給ひてん」は、浮舟を宇治に据え置いたのが、悲しませる原因であったことを悟った薫が、急いで、浮舟を京へ移らせるつもりであることを表明した言葉。「絶え間のみ世には危ふき宇治橋を朽ちせぬものとなほ頼めとや」は、薫が、宇治橋のように末長い契りは「朽ちせじ」と詠んだのに対して、今までの薫の訪れが途絶えがちであったことからすれば、後はとても信じられない、それでも素直に薫の言葉を信用して、「朽ち」ないものと頼みになさいと言われるのですかと切り返した詠。浮舟が薫に向き合い、自身の心情をはっきり意思表示した、薫の途絶えがちな訪れに、不信感を抱いて切り返した浮舟の、初めての薫への返歌である。「絶え間」は、宇治橋の板の隙間と薫の訪れの絶え間を、「危ふき」は、腐りそうな宇治橋と、絶えてしまいそうな二人の仲を懸ける。「先々よりもいと見捨て難く」は、三条の隠れ家から宇治へ、薫が浮舟を初めて伴って来たときには、薫と浮舟との別れの場面の叙述は省略されていたが、今回は、浮舟は唱和歌を詠んでいるので、薫の愛を受け入れ、より親密な二人の関係が深まり、その時よりも、薫の浮舟への執着が深まっている。「しばしも立ちとまらまほしく思さるれど」は、浮舟から、途絶えを指摘される程待たれていたのであり、折角訪れたのに、一泊してすぐ帰るのではなく、もう一泊したい心情の薫ではあるが、薫にはそれが出来ない。「まほしく思さるれど」に薫の願望とそれに対する躊躇いが現れている。匂宮は、突然の訪問にもかかわらず、部下の時方に山寺に出かけたと嘘をつかせて、二泊している。対照的な薫の応対の仕方である。「人のもの言ひのやすからぬに」は、やはり匂宮とは対照的な薫の、世間の噂を気にする、身分意識へのこだわり。薫は、常陸介の継娘という、身分違いの娘を相手にするということに、「人の物言ひいとうたてあるものなれば」（東屋三七）のように考える常識派であった。「今さらなり」は、薫はこれまで夜離れして来たのに、今になって急に泊まり続けるのも見苦しいという自重。「心やすきさまにてこそ」は、京へ浮舟を引き取って、人目を気にしなくてよい状況になってから、ゆっくりまた逢おうと思う薫。後ろ髪を引かれながらも出て行く薫は、まさか自分が、浮舟風情に嫌われ、捨てられるかもしれないとは全く想定していないのである。「いとようも大人びたりつるかな」は、匂宮との秘密を心に秘めて悩む、成熟した女としての浮舟の姿であることに気づかず、これまで以上に気遣い、愛情を深める薫である。「ありしにまさりけり」は、今まで以上に、愛しく思う気持ちが増さる薫の心情であるが、業平が愛する女の親から、女を無理矢理に連れ出されて別れさせられた時に、血の涙を出して泣きながら「出でていなば誰か別れのかたからむありしにまさる今日は悲しも」（伊勢物語四〇）と詠んだ歌ほど深刻ではない。冷静な薫は血の涙を流すことはなく、血の涙を流して悩むのは浮舟の方である。

一九　匂宮、宮中詩会において、薫に嫉妬する

二月(きさらぎ)の十日の程(ほど)に、内裏(内)に文作(ふみつく)らせ給(たま)ふとて、この宮も大将も参(まい)り合(あ)ひ給(たま)へり。折(おり)にあひたる物の調(しら)べどもに、宮の御声(こゑ)はいとめでたくて、梅(むめ)が枝(え)など歌(うた)ひ給(給)ふ。何(なに)ごとも、人よりはこよなうまさり給(たま)へる御さまにて、すゞろなる

こと思(おぼ)しいらるゝのみなむ、罪深(つみふか)かりける。

雪(ゆき)にはかに降(ふ)り乱(みだ)れ、風(かぜ)など激(はげ)しければ、御遊(あそ)び疾(と)く止(や)みぬ。この宮の御宿直所(殿ゐ)に、人々参(〳〵まい)り給(給)ふ。もの参(まい)りなどしてうち休(やす)み給へり。大将、人にもの(物)のたまはむとて、少(すこ)し[1]端近(はしちか)く出(い)で給(たま)へるに、雪(ゆき)のやう〳〵積(つ)もるが、星(ほし)の光(ひかり)におぼ〳〵しきを、「闇(やみ)はあやなし」とおぼゆるにほひ、ありさまにて、「衣片敷(ころもかたし)き今宵(こよひ)もや」とうち誦(ず)じ給へるも、はかなきことを口(くち)すさびにのたまへるも、あやしくあはれなる気色添(けしきそ)へる人ざまにて、いとも深(ふか)げなり。[2]言(こと)しもこそあれ、宮は、寝(ね)たるやうにて御心騒(さは)ぐ。おろかには思(おも)はぬなめりかし、片敷(かたし)く袖(そで)を、我(われ)のみ思(思)ひやる心地(ち)しつるを、同(おな)じ心なるもあはれなり、わびしくもあるかな、かばかりなる[3]本(もと)つ人をおき(ゝ)て、我が方(我かた)にまさる思(思)ひは、いかでつくべきぞとねたう思(おぼ)さる。

二

つとめて、雪(ゆき)のいと高(たか)う積(つ)もりたるに、文奉(ふみたてまつ)り給はむとて、御前(おまへ)に参(まい)り給へる御容貌(かたち)、この頃(ごろ)いみじく盛(さか)りにきよげなり。[4]かの君(きみ)も同(おな)じ程(ほど)にて、今二(いまふた)つ三(み)つまさるけぢめにや、少(すこ)しねびまさる気色(けしき)、用意(ようゐ)などぞ、ことさらにも[ア]作(つく)りたらむあてなる男(おとこ)の本にしつべくもの(物)し給(給)ふ。帝(みかど)の御婿(むこ)にて、飽(あ)かぬことなしとぞ、世(よ)人もことわ(は)りける。才(ざえ)なども、公々(おほやけ〴〵)しき方(かた)も、おく(を)れずぞおはすべき。文講(ふみかう)じ果(は)てゝ、皆(みな)人まかで給(給)ふ。宮の御文(ふみ)を、すぐれたりと誦(ず)じのゝしれど、何(なに)とも聞(きゝい)き入れ給(たま)はず、いかなる心地(ち)にてかゝることをもし出(い)づらむと、そらにのみ思(おも)ほしほれたり。

【校異】

ア　ことさらにも作りたらむ――「ことさらにもつくり○〔いて〕たらむ」青（明）「ことさらにつくりたらん」青（池・横・榊・伏）「ことさらにつくりたらむ」青（穂）別（麦）「こたさらに○〔も〕つくりたらむ」青（三）「ことさらんにしもつくりたらん」河（静）「さらにしもつくりたらん」河（前）「ことにしもつくりたらん」河（大）「ことさらに○〔し〕もつくり〔ヒ〕たらむ」青（幽）「ことさらに○〔し〕もつくりたらん」河（尾）「ことさらにしもつくりたらん」河（鳳・兼・岩・飯）別（宮・国・阿・蓬）「ことさらにしもつくりたらむ」河（御）「事さらにしもつくりたらん」別（陽）「ことさらにもつくりたらん」青（大正・保・伏・平・徹二）「ことさらにもつくりたらむ」青（徹一・陵）別（伝宗）、河（七）は落丁。なお『大成』は「ことさらにつくりたらん」であるのに対して、『全書』『全集』『完訳』『新大系』『新全集』は「ことさらにも作（つく）りい（出・出〔い〕）でたらむ」、『大系』『玉上評釈』『集成』は「殊更〔ことさら〕（ことさら）にも（、）作りたらむ」。注目すべきは、底本の挿入「いて」は、

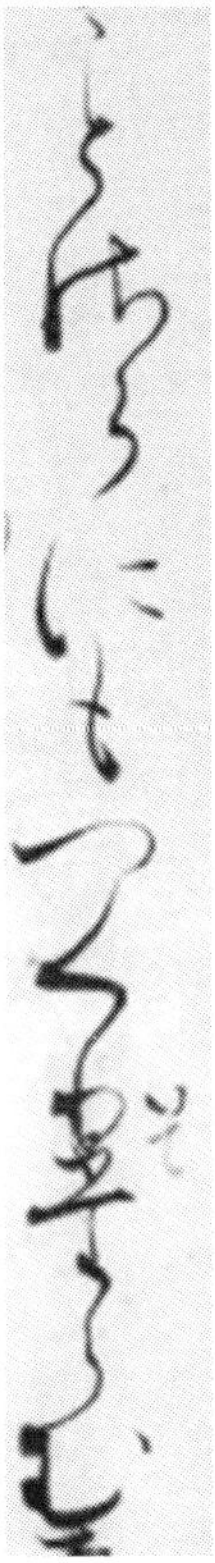

（三九丁ウ一行）

のようにあり、独自本文である。これは意味を補強しようとした後筆の挿入といえる。また、『尾』の本文「ことさらに○〔し〕も」の挿入「し」も後筆であり、本行本文は、底本の「ことさらにもつくりたらん」に一致する。以上の二点を勘案し、本来の物語本文は「ことさらにもつくりたらむ」であろうと見る。

【傍書】　1匂ノトノヰ所ヨリ也　2匂ノ心ニカヽル也　3本人　4匂コト

【注釈】

一　**二月の十日の程に、内裏に文作らせ…本つ人をおきて、我が方にまさる思ひは、いかでつくべきぞとねたう思さる**　「二月の十日の程」は、かつて「二月の十日、雨少し降りて、御前近き紅梅盛りに、色も香も似るものなき程」（梅枝二）と描かれたのと同時期。「文作らせ給ふ」は、宮中の、漢詩文を作る作文会が催されたこと。「文」は、漢詩のこと。宮中南殿の作文会は、物語中には、二月二十日ばかりの頃の「南殿の桜の宴」（花宴一）において、親王

達、上達部、漢詩文の専門家達が参加して、盛大に催された例がある。当該例は、二月十日の程なので、季節的には、梅花の宴と考えられる（『鑑賞』参照）。梅花の宴は、大伴旅人の邸内で催された「梅花の宴」（万葉集巻五815～846）が知られており、宮中内裏でも、延長四年（九二六年）正月十八日に催された例（古今著聞集巻六）があり、「后の宮の梅花の宴せさせ給ふに」（能宣集）「梅花の宴せさせ給ひける」（朱雀院御集）などの例がある。「折にあひたる物の調べ」は、紅梅の咲く今の季節にふさわしい管絃の調べ。「梅が枝」は、催馬楽の呂歌の「梅が枝」で、既述（梅枝四）。「何ごとも、人よりはこよなうまさり給へる御さま」は、匂宮が作文会の催しの時に、詩歌管弦の風流な遊びなどにおいて何事も優れておられること。親王である匂宮のこの人物像は、源氏譲りであり、具平親王の、「作文、和歌などの方、世にすぐれめでたうおはします」（栄花物語巻八はつはな）を彷彿とさせる。「すゞろなること思しいらるゝ」の「すゞろなること」は、浮舟との逢瀬の時のことを指す。「思しいらるゝ」は、浮舟に逢えないことに対する、匂宮の焦燥感で、既述（浮舟一三）。「罪深かりける」は、時方が浮舟を「女こそ、罪深うおはするものはあれ」（同一四）と冷笑したのに対して、ここでは、語り手が友人の恋人であることを承知していながら、浮舟を奪おうといらだっている匂宮を、罪深いことであったよと冷笑する語りである。「雪にはかに降り乱れ、風など激しければ」は、いらだちながら酒宴に参加している匂宮の心に呼応した、天候の急変である。「もの参りなどしてうち休み給へり」は、食事などをして、その夜は薫は一緒に匂宮の御宿直所で、休息された。「大将、人にものたまはむとて」は、匂宮と一緒に休息した薫は、そのまま休むことが出来なくて、誰かに声をかけようとして、匂宮の御前から、一寸端近に出た。「闇はあやなし」は、「春の夜の闇はあやなし梅の花色こそ見えね香やは隠るる」（古今集巻一春上・凡河内躬恒）により、隠しようもない薫の香りをただよわせた風情の意で、既述（匂兵部卿宮一〇）。「衣片敷き今宵もや」は、「さむしろに衣片敷き今宵もや我を待つらむ宇治の橋姫」（古今集巻一四恋四・読人知らず）により、下の句「我をまつらむ宇治の橋姫」の意を呼びさますように口ずさんだもの。久々に匂宮の宿直をしながら、人に声掛けしようとして端近へ出た薫は、眼前に星の光が雪の降り積もる様を朧に浮かび上がらせ、梅が「闇はあやなし」と薫る状景を見て、浮舟への思いが抑えきれなくなったのである。恋歌の決まり文句でもあるこの句が思わず突いて出るほどに、先日の浮舟の物思いの様子を「心苦しく思し出づること、ありしにまさ」（前段）る薫の、浮舟に焦がれる気持の表出である。休んでいる匂宮に「浮舟の事をおもへる」（『細流』）薫の今の心情を伝えたことになる。「あやしくあはれなる気色添へる人ざまにて、いともの深げなり」は、今までの生真面目な薫ではなく、不思議なことに心から恋人を慕っている様子が見えて、たいそう深刻そうな様子である。それを匂宮が眺めて、やはり薫は「もの深げ」で勝れていると嫉妬する場面である。「言しもこそあれ」は、薫の口にした歌が、まさに宇治に隠し据えている女のことを思いやる気持をあらわにする歌ではないかの意。「片敷く袖」は、前歌の「衣片敷き今宵もや」により、恋人の訪れを待っている浮舟を指す。「本つ人」は、浮舟にとって本来の恋人である薫。現在浮舟を宇治に据えているのは薫であるので、薫が浮舟の本来の恋人であるとする、匂宮の認識を表す。薫の一寸した行動すべてが、浮舟と結び付けられて、匂宮の焦燥感や嫉妬心をあおっている。

二　**つとめて、雪のいと高う積もりたるに…そらにのみ思ほしほれたり**　「御容貌」は、匂宮の容貌。「いみじく盛りにきよげなり」は、語り手のいう、匂宮の「きよげ」美である。匂宮は、浮舟の目によって捕らえられたときにのみ、「きよら」美と礼賛される。「かの君」は、薫。「同じ程にて」は、匂宮と薫の年齢差は、匂宮の方が一歳年上であるが、語り手は同年くらいであると述べたもの。「今二つ三つまさるけぢめにや、少しねびまさる気色、用意などぞ、ことさらにもつくりたらむあてなる男の本にしつべくものし給ふ」は、同じように男盛りではあるけれども、薫の方がいま二つ三つ年長という違いに見えて、節度有る態度からか、薫の方が少し老成している様子、心遣いなどが格別に見える意。劣等感を抱く匂宮の心中を忖度した草子地。薫と匂宮の年齢について、「薫二三歳年長は不審。後人の註釈的整理による加筆か」（『全書』）「旧注は、匂宮が『あだあだしき方の人』で、わざと年下としたのだ、など言う。苦しい説明である。すなおに作者の誤りとするがよかろう。そして、そういう誤りは、薫がとりすましており、匂が心おさまらぬゆえに、作者がふと思い違いしたのであろう」（『玉上評釈』）のように、作者の誤り、または後人の加筆とする。それに対して、「老成した薫の人物像を強調しようとしてわざとこうした」（『集成』）、「薫の老成した印象を描くための作為」（『新大系』）、「薫を物語りの過去の世界と食い違う年上にしてまで褒めなければならなかった」（『鑑賞』）とし、旧注に既に、「此歳の事心得かたき事なり。一歳をとるをかく書なせり。匂宮はわかなの巻に生れ給へり。薫は次の年、柏木の巻に生たまふ。しかるを二三歳の兄と書り。あにの匂宮の年をわかく書なして可然心にや」（『弄花』）とある。「帝の御婿にて、飽かぬことなしとぞ、世人もことわりける」は、薫が、在位中の「盛りの御世」に、「帝の御婿」になったのは異例のことで、夕霧も「めづらしかりける人の御おぼえ宿世なり」（宿木五〇）と述べていたことに照合する、薫への世評。「公々しき方も、おくれずぞおはすべき」は、薫について、「まことしき方ざまの御心おきてなどこそは、目やすくものし給ひけめ」（同五二）とあり、薫が政治的な実務方面のことが出来る人であったと推測されること。「文講じ」は、献上された漢詩を、講師が読み上げて披露すること。「宮の御文を、すぐれたりと誦じのゝしれど、何とも聞き入れ給はず」は、詩会では、匂宮の漢詩が優れているという評判であったが、匂宮の関心は浮舟にあるので、誰がどう誉めようと、匂宮は一向に関心がなく、心ここにあらずで、浮舟ばかりを思っているさま。「かばかりなる本つ人」というように、薫の方が何事も優れており、これほど愛情の深い本来の恋人である薫の存在で心がいっぱいになっている匂宮の心情である。「いかなる心地にてかゝることをもし出づらむ」は、匂宮の浮舟を思って放心状態のさまをいう。「匂宮おりふしいかにしてかゝる詩をもつくり出しけんと也」（『弄花』）。「かゝること」は、新春の漢詩を詠じたことを指す。「そらにのみ」は「心もそらにのみ」の略。「そらにのみ思ほしほれたり」は、作文会のような公式の重要な行事なども、浮舟の事で身に入らず上の空の様の、女に夢中になってしまう匂宮の好色癖のことで、既述（浮舟一〇）。

二〇　匂宮、再び宇治へ行き、対岸の粗末な別荘に浮舟を誘い出す

一 かの人の御気色(けしき)[1]にも、いとゞ驚(おどろ)かれ給(給)ひければ、あさましうたばかりておはしましたり。京には、友待(ともま)つばかり消(き)え残(のこ)りたる雪(ゆき)、山深(ふか)く入(い)るまゝにやゝ降(ふ)り埋(うづ)みたり。常(つね)よりもわりなきまれの細道(ほそみち)を分(わ)け給(給)ふ程(ほど)、御供(とも)の人も、泣(な)きぬばかり恐(おそ)ろしうわづらはしきことをさへ思(思)ふ。しるべの内記(き)は、式部少輔(しきぶの少輔)なむかけたりける、いづ方(かた)も／＼、ことごとしかる○(る)べき官(つかさ)ながら、いとつき／＼しく引(ひ)き上(あ)げなどしたる姿(すがた)も、をかし(お)かりけり。

二 かしこには、おはせむとありつれど[2]、かゝる雪(ゆき)にはとうち解(と)けたるに、夜更(ふ)けて、右近に消息(せうそこ)したり。あさましう、あはれと君(きみ)も思(おも)へり。右近は、いかになり果(は)て給(給)ふべき御ありさまにかと、かつは苦(くる)しけれど、今宵(こよひ)はつゝましさも忘(わす)れぬべし、言(い)ひ返(かへ)さむ方(かた)もなければ、同(おな)じやうに睦(むつ)ましく思(おぼ)いたる若(わか)き人の、心ざまもあう(ふ)なからぬを語(かた)[3]らひて、右近「いみじくわりなきこと。同(おな)じ心に、もて隠(かく)し給(たま)へ」と言(い)ひてけり。もろともに入(い)れたてまつる。道(みち)の程(ほど)に濡(ぬ)れ給(たま)へる香(か)の所狭(ところせ)う匂(にほ)ふも、もて(ゝ)わづらひぬべけれど、かの人の御気配(けはひ)に似(ゝ)せてなむ、もて紛(まぎ)らはしける。

三 夜の程(ほど)にて立(た)ち帰(かへ)り給はんも、なか(中)／＼なべければ、こゝの人目(め)もいとつゝましさに、時方(かた)にたばからせ給(たま)ひて、

川よりをちなる人の家に率ておはせむと構へたりければ、先立てゝ遣はしたりける、夜更くる程に参れり。時方「いとよく用意してさぶらふ」と申さす。こはいかにし給ふことにかと、右近もいと心あわたゝしければ、寝おびれて起きたる心地もわなゝかれて、あやし。童べの雪遊びしたる気配のやうにぞ、震ひ上がりにける。右近「いかでか」などども言ひあへさせ給はず、かき抱きて出で給ひぬ。右近はこの[ア]後見[イ]にとまりて、侍従をぞ奉る。

四　いとはかなげなるものと、明け暮れ見出だす小さき舟に乗り給ひて、さし渡り給ふ程、遙かならむ岸にしも漕ぎ離れたらむやうに心細くおぼえて、つと付きて抱かれたるも、いとらうたしと思す。有明の月澄みのぼりて、水の面も曇りなきに、船頭「これなむ橘の小島」と申して、御舟しばしさしとゞめたるを見給へば、大きやかなる岩のさまして、されたる常磐木の陰繁れり。匂宮「[4]かれ見給へ。いとはかなけれど、千歳も経べき緑の深さを」とのたまひて、

五　匂宮　年経とも変はらむものか橘の小島の崎に契る心は

女も、めづらしからむ道のやうにおぼえて、

浮舟　橘の小島の色は変はらじをこのうき舟ぞ行方知られぬ

折から、人のさまに、をかしくのみ、何ごとも思しなす。

かの岸にさし着きて下り給ふに、人に抱かせ給はむはいと心苦しければ、抱き給ひて、助けられつゝ入り給ふを、

いと見苦（みぐる）しく、何（なに）人をかくもて騒（さは）ぎ給（給）ふらむと見たてまつる。

六　時方（かた）が叔父（をぢ）の因幡守（いなばのかみ）なるが領（らう）ずる荘（さう）に、はかなう造（つく）りたる家（いゑ）なりけり。まだいと荒々（あら〳〵）しきに、網代（あじろ）屏風など、御覧（らむ）じも知（し）らぬしつらひにて、風（かぜ）もことにさはらず、垣（かき）のもとに雪（ゆき）むら消（き）えつゝ、今（いま）もかき曇（くも）りて降（ふ）る。

【校異】

ア　**この**――「こゝに」青（伏）「ことの」青（陵）「こゝの」青（池・横・大正・肖・榊・三・平・徹二・穂・紹・幽）河（尾・静・前・大・鳳・兼・岩・飯）別（陽・宮・国・麦・阿・蓬）「此」青（徹一）「この」青（明・保）河（御）別（伝宗）、河（七）は落丁。なお『大成』は「こゝの」、『全書』『大系』『全集』『完訳』『新全集』も「ここの」であるのに対して、『玉上評釈』『集成』『新大系』は「この」。「ゝ」の有無による違いであり、「この」ならば「この家の」の意となり、「ここの」であっても、「この宇治の屋敷の」の意となり、意味上の大差は見られない。しかし、底本以外に、『保』『御』『伝宗』にも「この」とあるので、『明』の「この」は独自本文ではない。「こ」の第二画は「ゝ」に見間違え易いことを勘案し、「この」を「こゝの」と誤写する可能性と、「こゝの」を「この」に誤写する可能性を考えた場合、前者の可能性の方が大であろうと見て、底本の校訂を控える。

イ　**とまりて**――「とゝまりて」青（池・大正・肖・陵・保・榊・伏・三・徹二・紹・幽）別（麦・阿）「とまりて」青（明・横・徹一・平・穂）河（尾・御・静・前・大・鳳・兼・岩・飯）別（陽・宮・国・蓬・伝宗）、河（七）は落丁。なお『大成』は「とゝまりて」、『全書』『大系』『全集』『完訳』『新全集』も「とど（ゞ）まりて」であるのに対して、『玉上評釈』『集成』『新大系』は「とまりて」。「ゝ」の有無による違いであり、「とまりて」と「とゞまりて」も意味による差異は見られない。当該も、「と」を「とゝ」のように誤写して「とゝまりて」となった可能性の方が大であろうと見て、底本の校訂を控える。

【傍書】　1薫ノ衣カタシキコト　2浮ヘ案内ハアレト、也　3右近カ別人ヲカタラフ也　4句詞

【注釈】

一　**かの人の御気色にも、いとゞ…いとつき〴〵しく引き上げなどしたる姿もをかしかりけり**　「かの人の御気色」は、薫の、「衣かたしきなどいひて、さらにおろそかに思ふとは見えざる」（『細流』）素振り。「いとゞ驚かれ給ひけ

れば」は、薫が物思わしげに「衣片敷き」などと吟詠したのを聞いて、いても立ってもいられなくなった匂宮が大慌てで、宇治行きの算段をしたこと。「あさましうたばかりて」は、気軽に出歩けないはずの匂宮が、再び宇治へ出かけるために、あきれるほどの工作をしたこと。工作した内容の詳細は（浮舟二一、二二）に語られる。「友待つばかり消え残りたる雪」の「友待つ雪」は既述（若菜上一六）。後から降ってくる雪を待っているように、消えないで残っている雪。匂宮の訪れを待っているように見える雪の意も懸ける。「まれの細道」は、人も稀にしか通わない山の細道の意で、「冬ごもり人も通はぬ山里のまれの細みちふたぐ雪かも」（賀茂保憲集）による。「泣きぬばかり恐ろしう」は、京から宇治への途中、木幡山は追い剝ぎが出そうで険しく雪深く、泣きそうになるほど恐ろしい山であることの意で、既述（椎本十六）。「わづらはしきこと」は、供奉の者の思いで、薫の恋人のところへ匂宮を案内することで、薫と匂宮とが仲違いになり、厄介で厭わしい事態が想定されること。匂宮が、宇治行き決行を言い出した当初にも、大内記は「あなわづらはし」（浮舟七）と思っていた。その時と同じ気持ちである。「内記」は、「大内記」で、既述（浮舟六）。「式部少輔」は、式部省に属し大輔に次ぐ次官で儒者、従五位下相当。「式部少輔は献策省試などつかさどる職也」（『花鳥』）。「いとつき〴〵しく引き上げなどしたる姿」は、大内記、式部少輔の「いづれも、こと〳〵しき職」（同）で、格式を重んじる儒者でありながら、ここは匂宮の恋の仲立ちのために奔走する従者らしく、指貫の括りを膝下まで引き上げて、匂宮に付き従う姿。先の匂宮の宇治からの帰途「五位二人なむ、御馬の口には候ひける」（浮舟一四）の再現である。夕顔の亡骸の野辺送りのために、「括り引き上げなどして」（夕顔一九）奔走した惟光の姿を想起させる。「をかしかりけり」は、「けり」が用いられているので、単に「風情がある」（鑑賞）意ではなく、「本官（大内記）も兼官（式部少輔）も重々しい官職でありながら、指貫の括り上げをするというような不釣り合いな姿が滑稽」（『新大系』）なことであったよと読者に気付かせている。

二　かしこには、おはせむとありつれど…かの人の御気配に似せてなむ、もて紛らはしける　「かしこ」は宇治の浮舟の所。「おはせむとありつれ」は、二月二十日の頃に、匂宮から訪れるという連絡があったこと。二十日の頃という推測は、後の、匂宮が浮舟を舟で対岸の隠れ家へ連れ出す場面の描写が、二月二十日過ぎの「有明の月澄みのぼりて」（浮舟二〇）とあることによる。「かゝる雪にはとうち解けたるに」は、匂宮から、訪問すると知らせが来たけれども、雪だからおいでにならないだろうと、宇治では油断していた時に。匂宮は、大君死去の時にも、雪の中を「狩の御衣にいたうやつれて、濡れ〳〵」（総角四三）弔問しており、今回も、薫の真剣な気配から、うかうかしていると薫が浮舟を京に連れ出してしまう恐れを察知して、雪の積もっているのも厭わずに訪れたのである。「夜更けて、右近に消息したり」は、女房達が寝静まった夜が更けた頃に、匂宮が宇治に到着し、右近に消息したのである。匂宮のこの訪問は、他の女房に知られないために、極秘に振る舞っている。「あさましう、あはれと君も思へり」は、このような大雪の中をお越しになられて、浮舟はあきれると同時に、熱心なお気持ちに心打たれるのである。「君も」とあるので、匂宮と連絡を取り合っている右近の心情であると同時に、浮舟の心情でもある意。「いかになり果て給ふべき御ありさまにかと、かつは苦しけれど」は、右近の不注意によって引き起こされた事であるという認識で、最終的には嘘がばれてしまうであろうことを予測し、その時薫に対して、どのように弁明出来るのかと考える、右近の苦しい胸の内ではある。「今宵はつゝましさも忘れぬべし」は、匂宮が、宇治の浮舟を訪問した二回目の今宵は、雪の中を訪問された、匂宮の熱心さに打たれて、右近は匂宮を今お通しするのは遠慮すべきであると判断することを忘れたようである。「言ひ返さむ方もなければ」は、夜が更けており、さらに雪が深く積もっているので、匂宮を追い返しようもないので。「同じやうに睦ましく思いたる若き人」は、右近と同様に、浮舟に親密に思われている若い女房。後文から侍従と分かる。侍従は、「若き人」（宿木五六）として物語に登場し、「初瀬の供にありし若人」（同三八）

とあり、薫に伴われて宇治へ行く道中では、「若き人は、いとほのかに見たてまつりて、愛できこえて、すゞろに恋ひたてまつるに、世の中のつゝましさもおぼえず」（東屋四一）のように描かれていた。「心ざまもあうなからぬ」の「あうなし」は、手習巻注釈二参照。「あふは奥也　あふなきは心あさき也」（『花鳥』）。ここは侍従の思慮の足りなさをいう。「語らひて」は、右近が、匂宮の忍び込みを打ち明けて相談する相手として、軽薄な侍従を選んだ。「いみじくわりなきこと」は、雪の中を、夜更けであるし、匂宮にお帰りいただけない状況で、どうしようもないこと。「道の程に濡れ給へる香の所狭う匂ふ」は、宇治までの道中で濡れたために、匂宮が薫きしめた香が、辺りが狭く感じるほど匂うこと。薫と匂宮とが連れ立って宇治を訪問した場面に、「うちしめり濡れ給へる匂ひどもは、世のものに似ず艶にて」（総角二五）とあるように、御衣に薫きしめられた香は濡れることによって辺り一面に香り漂うのである。「かの人の御気配に似せて」は、匂宮の香りの香ばしさが薫の香りに劣らない程であった（浮舟一〇参照）のと同様で、薫が訪問されたように見せかけたこと。

三　**夜の程にて立ち帰り給はんも…右近はこの後見にとまりて、侍従をぞ奉る**　「夜の程にて立ち帰り給はんも」は、匂宮が、夜更けに訪問して、その夜が明けないうちにすぐに立ち帰るというのは。「なかなかなべければ」は、それほど短時間の訪問なら、かえって、訪問しない方がましであったであろうので。「こゝの人目もいとつゝましさに」は、泊まってしまうと、ここは、薫が手配した屋敷であるので、右近、侍従以外の人目が気がかりであるので。「時方」は「御乳母子の蔵人より冠得たる若き人」（同八）とあった、匂宮の家司。「しるべ」の内記とともに、匂宮にお供していた。「川よりをちなる人の家」は、後文に「時方が叔父の因幡守なるが領ずる荘に、はかなう造りたる家」とある家。「先立てゝ遣はしたりける」は、匂宮は前もって、時方に、宇治における匂宮の隠れ家の用意をさせるために遣わしていたのであった。「夜更くる程に」は、「夜更けて」匂宮が来られた後、右近は、匂宮を侍従とともに迎え入れて休ませ、右近も休んで、更に夜更けになっての意。「申さす」は、時方は、休んでいた右近を起こし、下打ち合わせをしていた匂宮に報告させる。「寝おびれて起きたる心地」は、寝入り端（ばな）なので、ぐっすり寝込んでいた右近が、起こされて、寝ぼけた様子。「童べの雪遊びしたる気配のやうにぞ、震ひ上がりにける」は、匂宮が、時方と二人で、右近に反対させる余裕も与えず、浮舟を連れ出されたために、驚きあきれた右近の様子。「かき抱きて出で給ひぬ」は、匂宮が浮舟に有無を言わせず素早くかき抱いて連れ出してしまわれたこと。匂宮は浮舟には何の説明もなく、従って浮舟の同意も得ていない。むしろ、浮舟は躊躇して動かないので、匂宮は一方的に、まるで人形を抱くようにして、事を運んだようである。源氏が夕顔を某廃院へ連れ出す場面には、「例の急ぎ出で給ひて、軽らかにうち乗せ給へれば、右近ぞ乗りぬる」（夕顔一四）とあり、情景は似ているが、夕顔の場合は、源氏と夕顔との唱和の後であり、夕顔の同意を得た上での連れ出しである。「侍従をぞ奉る」は、「若き人」である侍従が浮舟に同行した。夕顔の場合は、気の利く右近が夕顔に同行しており、類似場面であるが、主人に同行した女房の対応は対照的である。

四　**いとはかなげなるものと、明け暮れ見出だす小さき舟に…千歳も経べき緑の深さを」とのたまひて**　「いとはかなげなるものと、明け暮れ見出だす小さき舟」は「世の中を何にたとへむ朝ぼらけ漕ぎ行く舟の跡の白浪」（拾遺集巻二〇哀傷・沙弥満誓）のように、世の無常を連想させる小舟。「舟に乗り給ひて、さし渡り給ふ」は、宇治川対岸への渡り方として、宇治橋を渡る方法をとらず、匂宮は舟で渡る。「宇治の橋を渡るべき道と見えたるを舟にてと書けるは、道すがらの躰、舟にて尤優なればなり」（『弄花』）とあるが、ここはただの優美さをねらった表現ではなく、「遙かならむ岸にしも漕ぎ離れたらむやうに心細くおぼえて、つと付きて抱かれたるも、いとらうたしと思す」という描写を引き出す効果をねらったもの。匂宮の心を捕らえた、浮舟の可憐美については既述（浮舟一〇）。「遙かならむ岸」は、三瀬川を連想させる、遥か遠くの、まるで彼岸に向かって漕ぎ離れていく心境を懸け、初めて心を分けた男である匂宮に抱かれて、此岸から彼岸に渡されるような、浮舟の心細い心情を引き出したもの。宇治川に身を投じ、遥かなる三瀬の岸に逝くことの暗示。「いとらうたしと思す」は、匂宮に抱かれたままの浮舟が、大変いじらしく可憐だと、匂宮は思っておられる。これは、念願通り、恋人を連れ出し逢うことが出来て喜んでいる匂宮の心情で、浮舟の心細く思う心情とは、相容れない。「有明の月澄みのぼりて」は、二月二十日過ぎの有明の月の頃のこと。夜が明けても月が東の空に残っている有明の月の頃は、恋人を訪問する時期として相応しい頃である。二月十日の詩会で、宇治に据え置いている浮舟への薫の真剣な様子を察知して、匂宮は、素早く再訪したかったが、親王という身分のために自由に振る舞えず、周辺を取り繕っているのに手間取っていて、二十日過ぎになっていたことが、言外に想定される。物語では、有明の月の夜に源氏が逢った朧月夜の君が、「かの有明の君」（花宴八）と呼称され、薫が、八の宮不在の山荘を訪れ、姫君達を初めて垣間見したときも、九月下旬の「有明の月のまだ夜深くさし出づる程」（橋姫一一）であった。「橘の小島」は、「今もかも咲きにほふらむ橘の小島の崎の山吹の花」（古今集巻巻二春下・読人知らず）と詠まれた山吹の名所であり、今の宇治橋より上流の、宇治神社辺りの、東岸から陸続きの出洲が想定される（所京子『斎王研究の史的展開』勉誠出版二〇一七年参照）。「常磐木」は、常緑樹のことで、ここは「橘」のこと。「橘のなれるその実は　ひた照りに　いや見が欲しく　み雪降る　冬に到れば　霜置けども　その葉も枯れず　常磐なす　いや栄はえに…」（万葉集巻一八「橘の歌」・大伴家持）などと詠まれている。「千歳も経べき」は、「ときはなる花橘にほととぎす鳴きとよめつつ千代も経ぬかな」（古今六帖四いはひ・紀貫之）からの連想。

五　**年経とも変はらむものか橘の…をかしくのみ、何ごとも思しなす**　「年経とも変はらむものか橘の小島の崎に契る心は」は、橘の木の永遠性を詠んだ、「橘は実さへ花さへその葉さへ枝に霜降れどはや常磐の木」（同六たちばな）

に準えて、「忘れじと頼めしものを年経とも変はる心と疑ふな君」（同五たのむる）のように、年月が経っても変わることのない愛の永遠性を訴えた詠。「めづらしからむ道」は、「遙かならむ岸にしも漕ぎ離れたらむやうに心細く」思っている浮舟には、彼岸に通じるような、別世界にある心情である意。「橘の小島の色は変はらじをこのうき舟ぞ行く方知られぬ」は、匂宮の愛情は「橘の小島の色」のように変わらないでしょうが、「浮き舟」のような「憂き」運命の私は、この先どこを漂うことやら、その行方を知ることが出来ませんの詠。「橘の小島の色は変はらじを」は、匂宮のいう愛の永遠性をそのまま信じる浮舟の気持の表明である。しかし「うき舟ぞ行く方知られぬ」は、この先宇治川で入水して行方不明になる、浮舟の死を予告させる響きがある、浮舟自身の運命を表象する、巻名ともなる詠歌である。「をかしくのみ、何ごとも思しなす」は、匂宮が、返歌の主意は「うき舟ぞ行く方知られぬ」という、浮舟の心中の葛藤を訴えた下句にあることを見過ごして、上句「橘の小島の色は変はらじを」に惑わされ、不吉さを感知出来ず、何もかも愛くるしい浮舟であると思ってしまったこと。

六　**時方が叔父の因幡守なるが領ずる荘に…風もことにさはらず、垣のもとに雪むら消えつゝ、今もかき曇りて降る**

「時方が叔父の因幡守なるが領ずる荘に、はかなう造りたる家なりけり」の因幡の国は「稲葉国ナリ」（風土記逸文「因幡国」）とあり、「現在の鳥取県東半部。山陰道の一国」で、大国である常陸国には及ばないが、「上国」で、縄文、弥生時代の遺跡が多いので、古代には栄えた地で、万葉集の編纂に関わった大伴家持が、因幡守になっているほどの国である。「はかなう造りたる」は、時方の叔父が、上国の因幡国守として財力を蓄えて、所領していた荘園に無造作に造っていた家。その家に、甥である時方が出入り出来た様子である。「網代屏風」は、田舎風の屏風のことで、既述（椎本三）。「網代」は、「網代車のうちやつれたる」（須磨三）「網代車の昔思えてやつれたるにて出で給ふ」（若菜上一九）と「やつれ」に併用される。「風もことにさはらず」は、「しづのめの朝けの衣目をあらみ激しき冬は風もさはらず」（好忠集）と詠まれるように、賤しい田舎風の屏風なので、隙間からの風が遮られずに吹き込んで来る様子。「今もかき曇りて降る」は、雪の降る光景と、今も猶晴れない浮舟の心象を表す。

二一　匂宮、隠れの小家で、気がねなく浮舟と語らう

一 日さし出でゝ軒のたるひの光りあひたるに、人の御容貌もまさる心地す。宮も、所狭き道の程に、軽らかなるべき程の御衣どもなり、女も、脱ぎすべさせ給ひてしかば、ほそやかなる姿つきいとをかしげなり。引き繕ふこともなくうちとけたるさまを、いと恥づかしく、ま●ゆきまできよらなる人にさし向かひたるよと思へど、紛れむ方もなし。

二 なつかしき程なる白き限りを五つばかり、袖口、裾の程までなまめかしく、色〳〵にあまた重ねたらんよりもをかしう着なしたり。常に見給ふ人とても、かくまでうちとけたる姿などは見馴らひ給はぬを、かゝるさへぞ、なほめづらかにをかしう思されける。

三 侍従もいと目やすき若人なりけり。これ●へかゝるを残りなう見るよと、女君はいみじと思ふ。宮も、匂宮「これは、また、誰そ。わが名もらすなよ」と口固め給ふを、[1]いとめでたしと思ひきこえたり。こゝの宿守にて住みける者、時方を主と思ひてかしづき歩けば、このおはします遣戸を隔てゝ、所得顔にゐたり。声引きしゞめ、かしこまりて物語しをるを、いらへもえせず、をかしと思ひけり。時方「いと恐ろしく占ひたる物忌により、京の内をさへ避りて

つゝしむなり。ほかの人寄すな」と言ひたり。

四 人目も絶えて、心やすく語らひ暮らし給ふ。[2]かの人のものし給へりけむに、かくて見え[ア]てむかしと思しやりて、いみじく恨み給ふ。[3]二の宮を、いとやむごとなくて、持ちたてまつり給へるありさまなども、語り給ふ。かの耳とゞめ給ひし一言[4]はのたまひ出でぬぞ、憎きや。時方、御手水、御果物など取りつぎて参るを御覧じて、匂宮「いみじくかしづかるめる客人の主、さて、な見えそや」と戒め給ふ。侍従、色めかしき若人の心地に、いとをかしと思ひて、この大夫とぞ物語して暮らしける。

五 雪の降り積もれるに、かのわが住む方を見やり給へれば、霞の絶え〴〵に梢ばかり見ゆ。山は、鏡をかけたるやうに、きら〳〵と夕日に輝きたるに、昨夜分け来し道のわりなさなど、あはれ多う添へて語り給ふ。

匂宮「峰の雪汀の氷踏み分けて君にぞ惑ふ道は惑はず

木幡の里に馬はあれど」など、あやしき硯召し出でゝ、手習給ふ。

浮舟「降り乱れ汀に凍る雪よりも中空にてぞ我は消ぬべき」六

と書き消ちたり。この「中空」を咎め給ふ。げに、憎くも書きてけるかなと、恥づかしくて引き破りつ。さらでだに見るかひある御ありさまを、いよ〳〵あはれにいみじと、人の心に染められんと尽くし給ふ言の葉、気色、言はむ方なし。

【校異】

ア　**見えてむ**――「みえけん」青（池・榊・三・穂）河（尾・御・静・前・大・鳳・兼・岩）別（宮・国・蓬）「みえ（は）け（て）ん」青（横）「見えけん」青（徹二）河（飯）別（陽・麦）「見えけむ」青（伏）「みへけん」別（伝宗）「みえつらん」青（紹）ヒ別ヒ（阿）「見えつらん」青（大正・肖・保・陵・幽）「みえてむ」青（明・平）「見えてむ」青（徹一）、河（七）は落丁。なお『大成』は「みえけん」であるのに対して、『全書』『玉上評釈』『全集』『集成』『完訳』『新大系』『新全集』は「見（み）えてむ」、『大系』は「見えつらん」。底本の〈みえ・て・ん〉の「て」は、完了・強意の助動詞「つ」の未然形で、「見えけむ」よりも、こんな風に薫に逢っていたに違いない、悔しいという匂宮の心情を浮上させる。「て」の字形が「つら」と相似しているので、「みえつらん」という異文が生じたのと同様に、さらに、「て」の字形が「け」にも相似しているので、わかり易い表現に解釈した「みえけん」が生れたのであろう。以上の如く勘案して、底本の校訂は控える。

【傍書】　1匂ノ御詞ヲ参ト思也　2薫コト　3薫コト　4衣カタシキノコト

【注釈】

一　**日さし出でゝ軒のたるひの光りあひたるに…さし向かひたるよと思へど、紛れむ方もなし**　「軒のたるひ」は、軒に垂れ下がっている、滴の氷で、つらら。寒さの厳しい朝の様子で、末摘花邸に泊まった翌朝に、源氏が「朝日さす軒のたるひはとけながらなどかつららの結ぼほるらむ」（末摘花一五）と詠んだ歌の、「軒のたるひ」は溶けかかっており、末摘花の心はうち解ける意を表していたのに、ここでは溶けるどころか、凍ったままである。浮舟の心が匂宮にうち解けていなく、閉ざされたままである心象を表す。「光りあひたるに」は、つららがきらきら輝いている美しさで、匂宮に心はうち解けていないけれども、外見は美しい浮舟を表象する。「人の御容貌」は、「光りあひたるに」とあるので、匂宮だけではなく、浮舟と匂宮の二人の容貌。「脱ぎすべさせ」は〈脱ぎ・すべさ・せ〉で、他動詞「脱ぎすべす」の未然形に「せ」が付いたもの。表着を滑らせるようにして脱がせること。「ほそやかなる姿つきいとをかしげなり」は、浮舟のほっそりとした姿つきが、匂宮に可愛らしく捕らえられた様子。薫も、浮舟を「頭つき様体ほそやかにあてなる」（宿木五六）と垣間見し、中の君も、浮舟を「ほそやかにてをかしげなり」（東屋二九）と捕らえている。浮舟の細やかさは、「白き袷、薄色のなよよかなるを重ねて、はなやかならぬ姿、いとらうたげにあえかなる心地して、そこと取り立ててすぐれたる事もなけれど、細やかにたをたをとして」（夕顔一三）と描かれた夕顔の風貌を彷彿とさせる。「引き繕ふこともなくうちとけたるさま」は、雪のために、匂宮の訪問はないだろうと気を許していたところへの、突如の匂宮の訪問であり、その上、今は寝起きの、表着もすべらかし脱がされた姿のままである。匂宮は、中の君に対しても、六の君よりも軽く見て「うちとけなつかしき」（浮舟三）女性と思っていたが、その中の君よりも、浮舟を更に軽く見て、浮舟をこのような寝起きのままの下着姿にさせて珍しがっている。「まばゆきまできよらなる人」は、浮舟が匂宮を、薫よりも「きよら」であると捕らえた視点で、既述（同一三）。「紛れむ方もなし」は、表着を脱がされて、袿姿の打ち解けた姿である浮舟が、匂宮から身を隠すことが出来ず、恥ずかしい心情である。

二　**なつかしき程なる白き限りを五つばかり…なほめづらかにをかしう思されける**　「なつかしき程なる白き限りを五つばかり、袖口、裾の程までなまめかしく、色々にあまた重ねたらんよりもをかしう着なしたり」は、白い袿姿が「細やかにたをたをとして」（夕顔一三）いる夕顔像に近い印象ではあるが、夕顔には見出せない「なまめかし」美を映発する様子である。薫によって宇治に据えられている浮舟に、匂宮が初めて忍び込んだときの印象も、「いとあてやかになまめきて、対の御方にいとようおぼえたり」（浮舟九）と、中の君に似ていると見た、その浮舟像に照応している。「常に見給ふ人とても、かくまでうちとけたる姿などは見馴らひ給はぬ」は、六の君や中の君でも、匂宮の手前は、寝起きの姿も取り繕っているのに、これ程までに打ち解けた女君の姿などは見馴れてはいらっしゃらないこと。「このうき舟ぞ行く方知られぬ」（浮舟二〇）と詠む心情の浮舟は、この先自分はどうなるのか不安で、匂宮に美しく取り繕って見せる意思も失っている。「かゝるさへぞ、なほめづらかにをかしう思されける」の「かゝる」は、起き抜けの、寝乱れて取り繕わないままの、人形のような浮舟の様子。「めづらかに」は、匂宮には、今までに見たこともない女の姿であること。「おぼされける」とある詠嘆の「けり」は、「かゝるさへぞ…思されける」なので、心の葛藤により浮舟がうちひしがれているとは気づかない匂宮が、浮舟の表面的な美しく可憐な姿を、珍しくかわいく思ってしまわれた、浮舟にとってふびんなことでしたよ、と語り手の、詠嘆、驚きを含蓄する。

三　**侍従もいとめやすき若人なりけり…つゝしむなり。ほかの人寄すな」と言ひたり**　「めやすき若人なりけり」は、侍従も難のない侍女だったの意。この「けり」も、前述と同様。侍従は「心ざまもあうなからぬ」（同）と紹介された若人であった。「これ」は侍女の侍従。「かゝるを残りなう見るよと」は、浮舟と侍従を隔てる屏風などの物はないことによる。「かゝる」は、匂宮との「あられもない裸姿」（『新全集』）だけではなく、薫に据えられている身でありながら、匂宮の愛情も受け入れてしまう浮舟のふさわしくない様子。「女君はいみじと思ふ」は、浮舟が侍従に、匂宮との現場を見られてしまって、恥ずかしく辛いことに思う様子。侍従は、この場面を見て知っているので、浮舟が匂宮に惹かれていると認識してしまうのである。「わが名もらすなよ」は、「犬上のとこの山なる名取河いさと答へよわが名もらすな」（古今集巻一三墨滅歌）により、匂宮は薫に通報されることを封じたもの。「このおはします遣戸を隔てゝ、所得顔にゐたり」は、この別荘の所有者の甥である時方が、宿の管理人には主人顔をして、引き戸を隔てた隣の部屋で、匂宮のための見張り番として控えていた。「声引きしゞめ、かしこまりて物語しをる」は、宿の管理人が、声を小さくしぼり出して、時方に話しかけてきたこと。「物語しをる」の「をる」は、管理人のような低い身分の者の仕草を表す。類例は、須磨へ六条御息所の手紙を届けた使者が、「いみじうめでたしと涙落としをりけり」（須磨一九）とある「落としをり」で、侍のような身分の低い者が、源氏の側にいて涙を流す姿を、源氏に見られている場面である。「いらへもえせず、をかしと思ひけり」は、管理人の話しかけた質問に、時方は、隣室のご主人の匂宮を意識して、返事もままならず困りながら、時方を主人のように「かしづき」丁重に話しかける管理人の話しぶりを、内心おもしろがって聞いていたこと。「をかしと思ひ」は、主人顔をして管理人に対応するというように、おかしなことになっている自分自身を嘲笑する、時方の心情。「いと恐ろしく占ひたる物忌により、京の内をさへ避りてつゝしむなり」は、時方が、別荘の管理人に話す内容。自分のご主人の匂宮が、大変な物忌のために、京の中をさえ避けて山荘に籠もられるために、お連れして謹慎されるのであるという、作り話である。

四　**人目も絶えて、心やすく語らひ暮らし給ふ…いとをかしと思ひて、この大夫とぞ物語して暮しける**　「人目も絶えて」は、薫が手配した宇治の邸では、右近、侍従以外の人目があり、「こゝの人目もいとつゝましさに」（浮舟二〇）と気詰まりであったが、ここは、時方が主人顔の出来る別荘であるので、気がかりな人目がない。「かの人」は、薫。「二の宮」は、薫の正室の、今上帝の女二の宮。「かの耳とゞめ給ひし一言」は、宮中の詩会の後で、「衣片敷き今宵もや」（同一九）と薫が吟じていたのを匂宮が聞いたこと。「のたまひ出でぬぞ、憎きや」は、薫に対する対抗心が明白である匂宮が、念願通りに、浮舟と二人きりの世界に浸っているので、薫の、あの一言「衣片敷き今宵もや」を、浮舟には伝えられないことを、気にくわないことであるよという、草子地。薫も、藤の花の宴において、今上帝の御子女二の宮と結婚できることになった喜びを詠じたときにも「うけばりたるぞ、憎きや」（宿木五三）と評されている。「憎きや」は、有頂天になっている主人公への、語り手の戒めの評言といえる。「いみじくかしづかるめる客人の主」は、「時方を主と思ひてかしづき歩けば」とあった、宿の管理人の客である、時方。「さてな見えそや」は、管理人の主人であるはずの時方が、匂宮の身の回りのことを、侍女を介して丁重に取り次ぐのを見られると、部屋の中に隠している匂宮と浮舟のことが発覚してしまうかと恐れた、匂宮の発言である。「いとをかしと思ひて」は、侍女の侍従は、手際よくご主人に使える時方に好感を持っている。

五　**雪の降り積もれるに、かのわが住む方を…など、あやしき硯召し出でゝ、手習ひ給ふ**　「かのわが住む方」の「わが住む方」の背景には、『伊勢物語』八七段の「晴るる夜の星か河辺の螢かもわが住む方の海女のたく火か」などが反映されている。『河海』も当該注にこの歌を挙げる。次に詠む匂宮の心情を述べる歌を解説する叙述であるので、ここは匂宮が自身の住む京の方角をご覧になられている情景である。対岸の宇治の邸と解する説（『玉上評釈』『集成』）もあるが、次に「梢・山」とあることから、宇治の浮舟の邸を、匂宮が「わが住む方」と思う程なじんではいないので従えない。「山は、鏡をかけたるやうに、きら〳〵と夕日に輝きたる」は、雪山が鏡をかけたようで、夕日にきらきらと美しく輝く風景で、紫式部が、敦成親王出産後の御湯殿儀式の女房達の衣装の綾の紋様を「ただ雪深き山を月のあかきに見わたしたる心地しつつ、きらきらと、そこはかと見わたされず、鏡をかけたるやうなり」（紫式部日記・寛弘五年九月十二日）と描写する表現に類似しており、紫式部らしい自然描写である。「よべ分け来し道のわりなさ」は、「御供の人も、泣きぬばかり恐ろしう」（浮舟二〇）とあった昨夜の、恐ろしい木幡山越えのこと。「峰の雪汀の氷踏み分けて君にぞ惑ふ道は惑はず」は、先回、宇治から帰る時には、匂宮は、「世に知らず惑ふべきかな先に立つ涙も道をかきくらしつゝ」（同一四）と、帰りの道も真っ暗闇で迷ってしまうと詠んだが、今回はその逆で、恋の道に迷い込んだものの、恋人に逢えると思うと、峰の雪や岸辺の氷を踏み分けながらも道には迷わないの意。「木幡の里に馬はあれど」は、「山科の木幡の里に馬はあれど徒歩よりぞ来る君を思へば」（拾遺集巻一九雑恋・柿本人麿）の下句を響かし、浮舟への恋情を訴える。「手習給ふ」の「手習」は、匂宮と浮舟とが歌を手習のように紙に書き付けて唱和することで、既述（浮舟一三）。

六　**「降り乱れ汀に凍る雪よりも中空にてぞ…人の心に染められんと尽くし給ふ言の葉、気色、言はむ方なし**
「降り乱れ汀に凍る雪よりも中空にてぞ我は消ぬべき」の「中空」は、空と地面との中ばの空の意で、どっちつかずの中途半端の意も懸ける歌語。「中空に君もなりなんかささぎのゆきあひの橋にあからめなせそ」（古今六帖三橋・伊勢イ）「中空に立ちゐる雲の跡もなく身のはかなくもなりにけるかな」（伊勢物語二一段）など。降り乱れて岸辺に凍っている雪が消えるよりも、私の方が先に、薫と匂宮との間に挟まれる心労のために、死んでしまうでしょうの意。「書き消ちたり」は、書きかけて中途で消した意。「このうき舟ぞ行く方知られぬ」（浮舟二〇）と詠んだ気持をさらに押し進めて、浮舟が自分の心情を「中空にてぞ我は消ぬべき」と詠んでしまったのが、さすがに自分ながら本音を吐露した詠であると気づいて、書いた歌を途中で消したのである。「『中空』を咎め給ふ」は、「このうき舟ぞ行く方知られぬ」と詠んだ浮舟詠では見落としていた、浮舟の葛藤している心情に匂宮は気づいて、「中空」は、「我は消ぬべき」と、死を予感させる不吉な表現であるので不都合であると咎められた。この場面は、某院に連れ出された夕顔が、源氏から、このような恋の経験はありますかと聞かれたときに、「山の端の心も知らでゆく月はうはの空にて影や絶えなむ」（夕顔一四）と、死を予感させる歌を詠んだ場面を想起させる。「さらでだに見るかひある御ありさま」は、取り繕わなくても、匂宮の見とれるほどの美しい御様子。「いよ〳〵あはれにいみじと、人の心に染められんと」は、匂宮は、益々しみじみと愛しい人と、浮舟の心にしっかり焼き付けて貰おうと。

二二　二日後、匂宮、浮舟と別れ、帰京して病に臥す

一
御物忌二日（ものいみふつか）とたばかり給へれば、心のどかなるまゝに、かたみにあはれとのみ深（ふか）く思（おぼ）しまさる。右近は、よろづ

に例(れい)の言(い)ひ紛(まぎ)らはして、御衣(ぞ)など奉(たてまつ)りたり。今日(けふ)は、乱(みだ)れたる●(か)み少(すこ)し梳(けづ)らせて、濃(こ)き衣(ゝぬ)に紅梅(こうばい)の織(をり)物など、あはひを(お)かしく着替(きか)へてゐ給(たま)へり。二侍従(じゝう)も、あやしき1しびら着(き)たりしを、あざやぎたればその裳(も)を取(と)り給(給)ひて、君(きみ)に着(き)せ給(給)ひて、御手水(てうづまい)参らせ給(給)ふ。2姫宮(ひめ)にこれを奉(たてまつ)りたらば、いみじきものにし給(給)ひてむかし、いとやむごとなき際(ゝは)の人多(おほ)かれど、かばかりのさましたるは難(かた)くやと見給(み給)ふ。かたはなるまで遊(あそ)び戯(たはぶ)れつゝ暮(く)らし給(たま)ふ。三忍(しの)びて率(ゐ)て隠(かく)してむことを、返(かへ)す〴〵のたま(給)ふ。その程(ほど)、3かの人に見(み)えたらばと、いみじきことゞもを誓(ちか)はせ給(たま)へば、いとわりなきことゝ思(思)ひて、答(いら)へもやらず、涙(なみだ)さへ落(お)つる気色(けしき)、4さらに目(め)の前(まへ)にだに思(思)ひ移(うつ)らぬなめりと、胸痛(むねいた)う思(おぼ)さる。恨(うら)みても泣(な)きても、よろづのたま(給)ひ明(あ)かして、夜深(ふか)く率(ゐ)て帰(かへ)り給(給)ふ。四例(れい)の抱(いだ)き給(給)ふ。匂宮「いみじく思(おぼ)すめる人は、からはよもあらじよ。見知(し)り給(給)ひたりや」とのたま(給)へば、げにと思(思)ひてうなづきてゐたる、いとらう●(た)げなり。右近、妻戸(つまとはな)放ちて入(い)れたてまつる。やがてこれより別(わか)れて出(い)で給(給)ふも、飽(あ)かずいみじと思(おぼ)さる。

五かやうの帰(かへ)さは、なほ(猶)、二条にぞおはします。いとなやましうし給(給)ひて、物(もの)など絶(た)えてきこしめさず、日(ひ)を経(へ)て青(あを)み痩(や)せ給(給)ひ、御気色(けしき)も変(か)はるを、内裏(うち)にもいづくにも思(おも)ほし嘆(なげ)くに、いとゞもの騒(さは)がしくて、御文(ふみ)だに細(こま)かには書(か)き給(たま)はず。

5かしこにも、かのさかしき乳母(めのと)、娘(むすめ)の子産(こう)む所に出(い)でたりける、帰(かへ)り来(き)にければ、心や●(すく)もえ見(み)ず。六かくあやしき住(す)まひを、たゞ、かの殿[6]のもてなし給はむさまをゆかしく待(ま)つことにて、母君(はゝぎみ)も思(おも)ひ慰(なぐさ)めたるに、忍(しの)びたるさまながらも、近(ちか)く渡(わた)してんことを思(おぼ)しなりにければ、いと目(め)やすくうれしかるべきことに思ひて(思)、やう／＼人求(もと)め、童(わらは)の目(め)やすきなど迎(むか)へておこ(を)せ給ふ(給)。わが心にも、それこそはあるべきことに、初(はじ)めより待(ま)ちわたれとは思(おも)ひながら、あながちなる人の御(おほむ)ことを思ひ出づる(思い)に、恨(うら)み給(たま)ひしさま、のたまひしことゞも面影(おもかげ)につと添(そ)ひて、いさゝかまどろめば、夢(ゆめ)に見(み)え給ひ(給)つゝいとうたてあるまでおぼゆ。

【傍書】 1ウハ裳也 褶　2女一宮　3薫　4匂ニ御心ノウツラヌト恨心　5浮ノ方　6薫

【注釈】

一　**御物忌二日とたばかり給へれば…あはひをかしく着替へてゐ給へり**　「御物忌二日と」は、別荘の管理人に、時方から「いと恐ろしく占ひたる物忌により、京の内をさへ避りてつゝしむなり」（前段）と言わせていたが、さらにここでは、その物忌が二日間であるという口実であったと判明する。「心のどかなるまゝに」は、別荘に一泊して、翌日のこと。二泊の予定で、もう一泊出来るので、帰りを急ぐこともなく、ゆっくりとした気分なので。「よろづに例の言ひ紛らはして」は、「例の」とあるので、薫だと勘違いして、匂宮を浮舟の部屋に通してしまった以後の右近が、自身の過失の責めを負って、浮舟を何時も助けている様子を物語る。右近は宇治の他の女房達を「いかゞはたばかるべき」（浮舟一二）と苦心していた。「御衣など奉りたり」は、匂宮が一泊した翌日の、浮舟のお召し物が、昨夜の普段着のままでは見栄えがしないと判断して、右近が、着替え用のお召し物を別荘に届けさせた。「乱れたるかみ」は、昨夜、浮舟が、匂宮と共寝したために乱れたままになっている髪。「濃き衣に紅梅の織物など、あはひをかしく着替へて」の「濃き衣」は濃い紫の単衣、「紅梅」は紅梅襲（表は紅、裏は紫）の織物。「あはひをかしく着替へて」は、浮舟が襲の色映りのよい衣装に着替えて。この色映りの映える紅梅襲は、東宮女御となって道隆二女原子が入内したときの、素晴らしい光景を、清少納言に見るように勧めた場面において、中宮定子が、紅梅の固紋や浮紋の御衣などを、紅の御打衣を三枚重ねた上に重ねて着ていて、「紅梅には濃き衣こそをかしけれ」（枕草子「淑景舎、東宮に参り給ふ程」）と清少納言に述べた、中宮定子推奨の、はなやかな色合いである。紅梅襲の衣装は、物語中、猫が御簾を引き開けた時、柏木が垣間見た女三の宮の、「紅梅にやあらむ、濃き薄きすぎ〳〵にあまた重なりたる」（若菜上四〇）立ち姿、女楽で演奏した明石女御の「紅梅の御衣」（若菜下一四）のように、ひときわ注目されるあでやかな衣装として描かれる。このような華やかな衣装が、常陸介北の方としての財力を持つ、母中将の君から用意されていたことが推測される。

二　**侍従も、あやしきしびら着たりしを…かたはなるまで遊び戯れつゝ暮らし給ふ**　「しびら」は、「褶」で既述（夕顔六）。下級の女房の着用する、襞の少ない「裳」の一種。粗末な褶のようなものを付けた侍女の侍従は、「褶だつものかことばかりひきかけて」（夕顔六）夕顔に仕えている女房がいたと、惟光が源氏に報告していた、女房を想起させる。「あざやぎたれば」は、右近の届けた新しい褶に着替えて、侍従はこぎれいにしていた。「その裳」は、侍従が着替えして脱いだ褶のこと。「しびらはも（裳）のことゝ、こゝに分明なり」（『河海』）。「御手水参らせ給ふ」は、侍従に御手水の介添えを頼まず、浮舟に世話をさせなさること。前回、匂宮が宇治に一泊した翌朝、匂宮が、右近の「まかなひめざましう思されて」（浮舟一二）、浮舟に御手水などをやらせたのと同じく、浮舟を匂宮の侍女のように世話をおさせになる。「姫宮にこれを奉りたらば、いみじきものにし給ひてむかし、いとやむごとなき際の人多かれど、かばかりのさましたるは難くやと見給ふ」の「姫宮」は、姉の女一の宮。素性の知れない浮舟であるので、裳を着せて、女一の宮の女房として出仕させれば、女一の宮のところにはこれ程の美人はいないであろう。これは、浮舟亡き後女一宮に出仕した侍従が「やう〳〵目とゞめて見れどなほ、見たてまつりし人[浮舟]に似たるはなかりけり」（蜻蛉三一）と思っていることに照応。匂宮がこのように思っておられるということは、匂宮の思惑は、浮舟を女一の宮に出仕させて、自身の召人にしたがっておられることを示唆する。匂宮が中の君と結婚する時にも、匂宮の母明石中宮は、匂宮の宇治へのお忍びを禁足して、「御心につきて思す人あらば、こゝに参らせて、例ざまにのどやかにもてなし給へ」（総角三〇）のように、明け暮れ指導していた。匂宮は浮舟を妻として扱うつもりではない。これは匂宮が浮舟を見下しているからではなく、浮舟の世間的身分認知がその程度であることによる。「かたはなるまで遊び戯れつゝ暮らし給ふ」の「かたはなるまで」は、「片端なるまで」で、常軌を逸しているほどの意。匂宮が、一日中、浮舟を相手に破廉恥な遊びをして過ごされたこと。浮舟は、右近の気配りによって、最高に可愛らしく着替えており、しかも性格が「いとやはらかにおほどき過ぎ給へる君」（東屋三〇）「おいらかにあまりおほどき過ぎたる」（同四一）女性であったので、匂宮は浮舟を自由に遊びの相手をさせて、すっかり浮舟の魅力に取り付かれてしまった。

三　**忍びて率て隠してむことを、返す〴〵のたまふ…夜深く率て帰り給ふ**　「忍びて率て隠してむこと」は、薫の恋人である浮舟を奪い取るために、匂宮がこっそり浮舟を別の所に隠してしまうつもりであるということ。宇治は薫が浮舟を据え置いた所であるので、匂宮は、初めて宇治を訪問したときにも、「こゝならぬ所に率て離れたてまつらむ」（浮舟一四）と述べており、浮舟を宇治から連れ出して隠してしまうことは、匂宮の悲願である。「かの人に見えたらばと、いみじきことゞもを誓はせ給へば」の「かの人」は薫。薫が訪れたら、決して逢わないようにという約束をさせなさる匂宮である。匂宮のこの約束のさせやうは、「今参りのくちをしからぬ」（東屋二五）召人に向かって、命令するものの言い方である。「いとわりなきことゝ思ひて」は、薫によって宇治に据えられている身であると自覚している浮舟であり、匂宮の召人になり下っていない浮舟である。したがって、匂宮に約束させられたように、薫の訪問を断ることは出来るはずがないと浮舟は思った。「答へもやらず、涙さへ落つる気色」は、匂宮からの無理な難題を約束させられて、それに答えられない浮舟が、涙までこぼしている様子。「さらに目の前にだに思ひ移らぬなめり」は、涙までこぼして泣いている浮舟が、薫との関係を断ち切れないからであると読んで、目の前にいるのに、それでも自分に心を移さない浮舟であると、薫を嫉妬する匂宮の心。匂宮は、薫のこととなると、嫉妬心から、「いかなる人の心変はりを見馴らひて」（浮舟一三）などと笑いながら、薫が宇治に浮舟を渡された経緯を浮舟に問い詰めていた。「恨みても泣きても」は、「怨みても泣きても言はむ方ぞなき鏡に見ゆる影ならずして」（古今集巻一五恋五・藤原興風）の上句により、匂宮が、浮舟に、怨んだり、泣いたりして夜通し語りかけても、浮舟は薫とのことをどうしても口にしないままの意。

四　**例の抱き給ふ…やがてこれより別れて出で給ふも、飽かずいみじと思さる**　「例の抱き給ふ」は、「かき抱きて出で給ひぬ」（浮舟二〇）の時と同様である。「いみじく思すめる人は、かうはよもあらじよ。見知り給ひたりや」は、薫への嫉妬心からの馬鹿げた匂宮の問いかけ。「げにと思ひてうなづきてゐたる、いとらうたげなり」は、好色な男の口車を疑わず、素直でいじらしく可愛らしい風貌の浮舟像で、既述（同一〇）。匂宮が宇治に初めて泊まり込んだ時にも、浮舟が素直に「なびきたる」（同一二）様子を、匂宮は「限りなし」「らうたし」と思い、匂宮に「つと付き抱かれて」（同二〇）、対岸の別荘に行ったときも、匂宮は浮舟を「いとらうたし」と思っていた。「妻戸」は、既述（空蟬二）。建物の四隅に設けられた、両開きの板の扉。「妻戸放ちて入れたてまつる」は、右近が妻戸を開けて、浮舟が車から降りるのを助けて、部屋にお入れしたのである。「やがてこれより別れて出で給ふも」は、匂宮は、車から降りることなくそのまま、妻戸から別れて、京へお帰りになられるのも。

五　**かやうの帰さは、なほ、二条にぞ…娘の子産む所に出でたりける、帰り来にければ、心やすくもえ見ず**　「かやうの帰さは、なほ、二条にぞおはします」は、嘘をついて宇治に外泊するというような時の匂宮の、朝の帰り先は、二条院である。六の君のいる夕霧の六条院へは行かないのは、前回（浮舟一五）と同様である。「いとゞもの騒がしくて」は、帰ってきた匂宮がひどく弱っているのを心配して、病気平癒の祈禱をしたり、帝を初め、多くの人々の見舞いがある。その対応に忙しく、大層騒然としている匂宮邸の様子。「御文だに細かには書き給はず」は、浮舟に対して、匂宮は、手紙さえも丁寧にはお書きになれないので、簡単な便りだけが届けられた。「かしこにも」は、宇治の浮舟も。「かのさかしき乳母」は、賢明な乳母に対する賞賛の言葉。乳母の性格の、「ものづゝみせずはやりかにおぞき人」（東屋二六）と評された性急さについては、既述（浮舟九）。「かの」とあるのは、二条院で匂宮が浮舟を今参りかと思って言い寄った事件（東屋二五）の時に、乳母が「降魔（がま）の相を出だして、つと見たてまつれば…手をいといたくつませ給ひつる」（同二八）と、浮舟の事を考えて行動したと浮舟に報告した乳母であると特筆したもの。この乳母は、浮舟の母中将の君が、薫との結婚には「数ならましかば」（同一）と消極的で、浮舟の身の振り方について心を悩ましていた時に、「御宿世にまかせて思しよりねかし」（同一一）と、薫との結婚を進言する見識も備えていた。そのような乳母なので、右近のように、匂宮と共謀して、浮舟を匂宮に逢わせるようなことは考えず、あくまでも浮舟を薫の恋人として応援していくであろう乳母像である。「心やすくもえ見ず」は、「さかしき」乳母の目を恐れて、浮舟は、匂宮からの、簡単な手紙さえ見ることが出来ない。

六　**かくあやしき住まひを、たゞ、かの殿の…夢に見え給ひつゝいとうたてあるまでおぼゆ**　「あやしき住まひ」は、「わが庵は都のたつみしかぞ住む世をうぢ山と人はいふなり」（古今集巻一八雑下・喜撰法師）と詠んだ僧喜撰が住んでいたと伝えられる、隠遁者が住むような、宇治の地のそまつな、一時的な仮住まいのこと。「母君も思ひ慰めたる」とあるので、宇治は異様な処に思われるのである。「近く渡してんことを思しなりにければ」は、薫が浮舟を、仮りの住まいのような宇治の地よりは、宮廷貴族的生活の出来る、女三の宮の住む薫の住まい「三条宮」（浮舟一八）の近くへ移そうと考えられたこと。「忍びたるさまながらも、近く渡してんことを思しなりにければ、いと目やすくうれしかるべきことに思ひて」は、世間の目を忍んでではあるが、浮舟が薫の近くに移されるということだけで安心して、嬉しいことに思ってしまう、母中将の君の思い。娘の結婚について、「二心なからん人のみこそ、目やすく頼もしきこと」（東屋一一）という心配もしていた母が、今は、薫の配慮ある措置を人目も良く嬉しく思い、準備に勤しむ。匂宮と薫の二人の男に愛される苦境にもだえる心境の浮舟であることは、知る由もない、母中将の君である。「わが心にも、それこそはあるべきことと」は、浮舟の心でも、薫によって宇治に据えられたのであるから、薫の愛人として京に迎え取られ、薫の訪問を待つという暮らしが、一番相応しいと思う判断。「初めより待ちわたれとは思ひながら」は、宇治に据え置かれた当初から、ずっと待ち侘びていたことを「とは、思ひながら」とするところに、浮舟は、理性ではそのように思うのであるが、と相反する思いに囚われていることを示す。「あながちなる人の御こと」は、「のどけさ過ぎたる」（浮舟二）薫とは対照的な、匂宮のこと。匂宮のことは、「あながちなりし人の御ありさま」（同一七）として、浮舟の心に思い出されていた。「恨み給ひしさま、のたまひしことゞも面影につと添ひて、いさゝかまどろめば、夢に見え給ひつゝ」は、夢の中にまで、匂宮の面影が浮かんでしまう浮舟である。「いとうたてあるまでおぼゆ」は、浮舟が自分自身を見据えて、「そなた（匂宮）に靡くべきにはあらずかしと思ふからに、ありし御さまの面影におぼゆれば、我ながらも、うたて心憂の身やと思ひ続けて」（同一八）いた心境と同じ。夢の中にまで、匂宮の面影が浮かんでしまう浮舟で、もはや浮舟の心は、匂宮を切り捨てられない状況である。

二三　浮舟、匂宮からの手紙に悩む

一 雨降(あめふ)り止(や)まで日頃多(ひごろおほ)くなる頃(ころ)、いとゞ山路思(地おぼ)し絶(た)えてわりなく思(おぼ)されければ、親(おや)の飼(か)ふこは所狭(せ)きものにこそと思(おぼ)すも、かたじけなし。尽(つ)きせぬことゞも書(か)き給(給)ひて、

匂宮 [1] 眺(なが)めやるそなたの雲も見(くもゝみ)えぬまで空(そら)さへくるゝ頃(ころ)のわびしさ

筆(ふで)にまかせて書(か)き乱(みだ)り給へるしも、見(み)所あり、を(お)かしげなり。二 ことにいと重(をも)くなどはあらぬ若(わか)き心地(ち)に、いとかゝる心を思(おも)ひもまさりぬべけれど、初(はじ)めより契(ちぎ)り給(給)ひしさまも、さすがに、[2] かれはなほ(猶)いとも深(ふか)う、人柄(がら)のめでたきなども、世(世)の中(中)を知(し)りにし初(はじ)めなれば●(に)や、かゝる憂(う)きこと聞(きゝ)きつけて、思ひ疎(思うと)み給(給)ひなむ世(よ)にはいかでかあらむ、いつしかと思(おも)ひ惑(まど)ふ親(おや)にも、思(おも)はずに心づきなしとこそはもてわづらはれめ、[3] かく心いられし給(給)ふ人、はた、いとあだなる御心本性(上)とのみ聞(きゝ)きしかば、かゝる程(ほど)こそあらめ、三 また(又)、かうながらも京にも隠(かく)し据(すへ)ゑ給ひ、ながらへても思(おぼ)し数(かず)まへむにつけては、かの上(うへ)の思(おぼ)さむこと、よろづ隠(かく)れなき世(よ)なりければ、あやしかりし[4] 夕暮(ゆふぐれ)のしるべばかりにだに、かう尋(たづ)ね出(い)で給(給)ふめり、まして、わがありさまのともかくもあらむを、聞(きゝ)き給はぬやうはありなんやと思(思)ひた[5]どるに、わが心も疵(きず)ありて、かの人に疎(うと)まれたてまつらむ、なほ(猶)いみじかるべし、と思(おも)ひ乱(みだ)るゝ折(おり)しも、かの殿より御使(つかひ)あり。

四 これかれと見(み)るもいとうたてあれば、なほ、言多(ことおほ)かりつるを見つゝ臥(ふ)し給(たま)へれば、侍従(じゝう)、右近見合(みあ)はせて、使徒・右近 6「なほ(猶)移(うつ)りにけり」など、言(い)はぬやうにて言(い)ふ。侍従「ことわりぞかし。殿の御容貌(かたち)を、たぐひおはしまさじと見(み)しかど、この御ありさまはいみじかりけり。うち乱(みだ)れ給(たま)へる愛敬(あい行)よ。まろならば、かばかりの御思(思)ひを見(み)る〳〵、えかくてあらじ。后(きさい)の宮にも参(まい)りて、常(つね)に見たてまつりてむ」と言(い)ふ。五 右近、「アうしろめたの御心の程(ほど)や。殿の御ありさまにまさり給(給)ふ人は、誰(たれ)かあらむ。容貌(かたち)などは知(し)らず、御心ばへ気配(けはひ)などよ。なほ(猶)、この御ことはいと見苦(みぐる)しきわざかな。いかゞならせ給はむとすらむ」と、二人(ふたり)して語(かた)らふ。心一(ひと)つに思(思)ひしよりは、空言(そらごと)もたより出(い)で来(き)にけり。

【校異】

ア **うしろめたの**――「うしろめてたの」青（明）「うしろめたの」青（池・横・大正・肖・徹一・陵・保・榊・伏・三・平・徹二・穂・紹・幽）河（尾・御・静・前・大・鳳・兼・岩・飯）別（陽・宮・国・麦・阿・蓬・伝宗）、河（七）は落丁。なお『大成』は「うしろめたの」、『全書』『大系』『玉上評釈』『全集』『集成』『完訳』『新大系』『新全集』も「うしろめたの」。底本の「うしろめてたの」は底本独自の本文であり、「うしろめでたし」も、類例が見られない表現である。底本の書写者が、「て」を誤って挿入してしまったものと見て、底本を「うしろめたの」に校訂する。

【傍書】　1匂　2薫コト　3匂　4二条院ニテノコト　5ヘイ　6匂ニト也

【注釈】

一 **雨降り止まで日頃多くなる頃…筆にまかせて書き乱り給へるしも、見所あり、をかしげなり**　「雨降り止まで日頃多くなる頃」は、宇治川の増水などが心配されることが言外に予想される。「いとゞ山路思し絶えてわりなく思されければ」は、匂宮の夜の忍び歩きを、母明石中宮から「身のためなむいとからき」（浮舟一四）と禁足されていたのに、その上、春の大雨のために山道を越えて行ける状態ではない。そのため、匂宮が宇治を訪問しようとする気持は諦められたのを、たまらなく辛く思われたこと。「親の飼ふこは」は、「たらちねの親の飼ふ蚕の繭ごもりいぶせくもあるか妹に逢はずして」（拾遺集巻一四恋四・柿本人麿）による。「飼ふ子」と「飼ふ蚕」の懸詞。皇子であるが故に、親（帝・中宮）から大切にされ、そのために、自由に恋人に逢いに行けない不自由さの喩。「尽きせぬことゞも書き給ひて」は、尽きることのない匂宮の浮舟への思いをたくさんお書きになられて。薫の手紙の書き様に比べて、情熱的な書き様である。「眺めやるそなたの雲も見えぬまで空さへくるゝ頃のわびしさ」は、匂宮の恋の思いを訴えた詠。「眺め」と「長雨」は懸詞、「そなた」は宇治の方角で、浮舟をも示唆する。大雨のため、私は宇治へ行けず、あなたを恋い慕って遥かに思いを馳せながら宇治の方角を眺めていると、そちらの雲も見えないくらいで、悲しみの涙のために空までが真っ暗に掻き曇っているこの頃で、なんと侘しいことでしょうの意。

二　**ことにいと重くなどはあらぬ若き心地に…いとあだなる御心本性とのみ聞きしかば、かゝる程こそあらめ**

「ことにいと重くなどはあらぬ若き心地」は、おっとりとして落ち着いていた大君とは違って、浮舟の、重々しさの足りない軽薄な印象で、既述（浮舟一三）。「いとかゝる心を」は、匂宮からの、右の歌の、大層情熱的な心に対して。「思ひもまさりぬべけれど」は、浮舟の匂宮に対する思いが一層勝りそうであるの意。「初めより」以降「聞き給はぬやうはありなんや」までは、匂宮の方に傾いている、浮舟の心中描写である。「初めより契り給ひしさま」は、薫が浮舟と関係を持つようになられた、当初からの振る舞われ方。「さすがに、かれはなほいともの深う、人柄のめでたきなども、世の中を知りにし初めなればにや」は、薫と匂宮が、浮舟と契を持つようになった経緯を、浮舟が思い出した場面である。薫のことを、心理的距離のより遠い「かれは」と述べ、浮舟は、匂宮より薫の方が落ち着いて振る舞われ、思慮深く、人柄も立派な様子に思われるのは、「薫をはじめての男性として意識するせいか」（『新全集』）と思うのである。したがってこのような意識は、「語り手の推測」（『新全集』）ではなく、浮舟の心中の叙述である。浮舟の心中描写は、「はじめより契り給ひし」以下「聞き給はぬやうはありなんや」まで、一貫している叙述であり、途中で、語り手の推測が入り込まない表現と見たい。事実は、浮舟には、二条院での匂宮の無礼な忍び込み事件があるけれども、ここで右のように浮舟が認識するということは、二条院での「ほのか」なことは、浮舟には、匂宮を恋人として捉えたのではないという意識である。「かゝる憂きこと」は、匂宮に逢ってしまったこと。「いかでかあらむ」は、どうして生きておられようかの意。浮舟が「中空にてぞ我は消ぬべき」（浮舟二二）と詠んだけれども、匂宮に咎められて破って捨てた歌のように、浮舟の心に、自らの死の意識が芽生えたことを示す。「いつしかと思ひ惑ふ親」は、早く薫に引き取られるようにと願って、いろいろ心配している母親。「かく心いられし給ふ人」は、「あながちなりし人の御ありさま」（同一二）であった匂宮を指す。「たとしへなくのどか」（同一七）であり、「時の間も見ざらむに死ぬべしと思し焦がるゝ人」（同一二）であった匂宮が生まれつき、好色を好む性質という評判の意で、「あだなる御心」（同二）な薫とは対照的である。「いとあだなる御心本性とのみ聞きしか」（同一）とも。「かゝる程こそあらめ」は、匂宮は移りやすいお心なので、今熱を上げておられる間だけのことであろう。

三　**また、かうながらも京にも隠し据ゑ給ひ…と思ひ乱るゝ折しも、かの殿より御使あり**　「また、かうながらも」は、また一方で、匂宮のお心が今のままであった場合にしても。「京にも隠し据ゑ給ひ」は、浮舟を宇治から連れ出して隠してしまう匂宮の意向で、既述（同二二）。「ながらへても思し数まへむにつけて」は、浮舟が生き延びて、匂宮の思い人となって愛されるというように人並みに扱われるであろうと推測するのは。「かの上の思さむこと」は、匂宮に大切にされるようであれば、それは又、中の君がどう思われるかと、申し訳なく思う浮舟の気持。「あやしかりし夕暮のしるべ」は、「いつとても恋しからずはあらねども秋の夕べはあやしかりけり」（古今集巻一一恋一・読人知らず）を踏まえ、秋の夕べの恋心に導かれたときを指す。二条院で、中の君が髪洗いの間、匂宮が「今参り」（東屋二五）かと思って忍び込み、浮舟が辱めを受けた夕暮れ時のこと。「まして、わがありさまのともかくもあらむを、聞き給はぬやうはありなんや」の「まして」は、ただ束の間のことだけで、素性も分からず何処にいるかも分からなかった私［浮舟］を匂宮は捜し出されたのに、ましての意。自分がどこかに隠されているのを、匂宮は調べあげて聞き出されないようなことがあろうか、ないであろうと、浮舟は思っている。「思ひたどる」は、理性的に思案し考える意。「わが心も疵ありて、かの人に疎まれたてまつらむ、なほいみじかるべし、と思ひ乱るゝ折しも、かの殿より御使あり」の「かの人」「かの殿」は、前項で指摘した如く、薫が浮舟との心理的距離のより遠い存在として意識された表現である。「思ひ乱るゝ」は、薫を裏切って匂宮と関係を結んだ罪悪感から、薫に嫌われるに違いなく、やはりそれは辛いことであろうと理性的にどうしてよいか解決がつかず、思い悩む浮舟の心情。

四　**これかれと見るもいとうたてあれば…后の宮にも参りて、常に見たてまつりてむ」と言ふ**　「これかれ」は、「これ」が、浮舟との心理的距離の近い匂宮、「かれ」が浮舟との心理的距離の遠い薫。浮舟の心理が、匂宮の方に傾いていることを示す呼称の違いである。「いとうたてあれば」は、二人からの手紙を、見比べるというのは、浮舟として到底気が進まない。浮舟は純真な女性で、二人の男を手玉にして見比べ、手紙の品定めするというような好色な女性ではないことを示唆する。「言多かりつるを」は、「尽きせぬことゞも書き給ひて」とあった、匂宮の手紙。浮舟は、新しく来た、薫からの手紙を見ようとしないのである。『なほ移りにけり』など、言はぬやうにて言ふ」は、浮舟の心が、匂宮の方に傾いてしまったと気付いて、侍従と右近は、目で合図している。「殿の御容貌を、たぐひおはしまさじと見しかど、この御ありさまはいみじかりけり」は、薫の容貌と比べて、匂宮の容貌の方が、格段に優れていたよという、侍従の感嘆の言葉。「うち乱れ給へる愛敬よ」の、「愛敬」については、既述（東屋一一）。「愛敬」

は、侍従が見てきた、匂宮の対岸の別荘における、くつろぎ打ち解けておられた優しい振る舞いを指す。薫との関係を考え悩み、涙ぐむ浮舟の心なのに、匂宮の「愛敬」には、相手を意のままにつき動かす人間力がある。「えかくてあらじ」の「かくて」は、このまま、薫の訪問を待っている状態をいう。「后の宮にも参りて、常に見たてまつりてむ」は、自分ならば明石中宮にお仕えし、匂宮の召人となるであろうという。侍従のこの考えは、匂宮の母明石中宮から提案されていたのと同じで、既述（浮舟二二）。母の方針を知っているので、匂宮も、「姫宮（女一の宮）にこれを奉りたらば」（同）と考えていた。

五　**右近、「うしろめたの御心の程や…心一つに思ひしよりは、空言も便り出で来にけり**　「うしろめたの御心の程や」は、匂宮にすっかり惹かれている侍従の、浮舟を明石中宮に出仕させて、匂宮の召人になればよいという発案に対して、警戒した右近の返事。右近は、薫が「造らする所、やうやうよろしうしなしてけり」（同一八）と述べているように、薫によって妻として据えられる身の上になることの方が浮舟には相応しいと、理性的にわきまえている。「容貌などは知らず」は、薫と匂宮との容貌の優劣についての言及は避けるという、右近の考え。「御心ばへ気配などよ」は、薫の人柄については、「心の奥多かりげなる気配」（匂兵部卿六）の、「まめやかにあはれなる御心ばへ」（宿木二六）の人であり、浮舟自身も、薫のことを「かれはなほいともの深う、人柄のめでたき」（前掲）人と見ていた。「なほ、この御ことはいと見苦しきわざかな。いかゞならせ給はむとすらむ」は、浮舟が匂宮と関係を結んだことに対して、見苦しいことであり、それが右近の不注意によることを認識して、この先の浮舟の状況を心配した右近の言葉である。「二人して語らふ」は、右近と侍従の二人がかりで、対策を練っている。「心一つに思ひしよりは、空言も便り出で来にけり」は、侍従に悟られるまでは、「よろづ右近ぞ、空言し馴らひける」（浮舟一六）とあり、右近一人で、嘘をついて取り繕ってきたのに、侍従に知られてからは、侍従と二人であるので、嘘をつくのも好都合になったよ。言外に、右近の相談相手の侍従が、匂宮びいきであるという点が気がかりであるという余韻を残す。

二四　薫からの手紙もあり、浮舟それぞれに返歌す

一 後(のち)の御文(ふみ)[1]には、薫「思(思)ひながら日頃(ひごろ)になること。時々(〴〵)はそれよりも驚(おどろ)かい給はんこそ、思(思)ふさまならめ。おろ(を)かなるにやは」など、端書(はしが)きに、

薫「水増(みづま)さるをちの里(さと)人いかならむ晴(は)れぬながめにかきくらす頃(ころ)

常(つね)よりも、思(おも)ひやりきこゆること増(ま)さりてなん」と、白(しろ)き色紙(しきし)にて、立文(たてぶみ)なり。御手(て)も、細(こま)かにを(お)かしげならねど、書(か)きざまゆゑ(へ)〳〵しく見(み)ゆ。宮は、いと多(おほ)かるを、小(ちゐ)さく結(むす)びなし給(たま)へる、さま〴〵をか(お)し。侍従 二「まづ、[2]かれを、人見(み)ぬ程(ほど)に」と聞(き)こゆ。浮舟「今日(けふ)は、え聞(き)こゆまじ」と恥(は)ぢらひて、手習(てならひ)に、

浮舟「里(さと)の名(な)をわが身に知(し)れば山城(しろ)の宇治(ぢ)のわたりぞいとゞ住(す)み憂(う)き」

宮の描(か)き給へりし絵(ゑ)を、時々(〴〵)見て泣(な)かれけり。ながらへてあるまじきことぞと、とざま(こ)かうざまに思(おも)ひなせど、ほかに絶(た)え籠(こも)りて止(や)みなむは、いとあはれにおぼゆべし。

浮舟 三「かきくらし晴(は)れせぬ峰(みね)のあま雲(ぐも)にうきて世をふる身をもなさばや

まじりなば」と聞(き)こえたるを、宮はよゝと泣(な)かれ給(給)ふ。さりとても、恋(こひ)しと思(思)ふらむかしと思(おぼ)しやるにも、もの思(思)ひ

て居(ゐ)たらむさまのみ、面影(おもかげ)に見(み)え給(給)ふ。

四[3] まめ人はのどかに見給(給)ひつゝ、あはれ、いかに眺(なが)むらむと思(思)ひやりて、いと恋(こひ)し。

浮舟「つれ〴〵と身を知(し)る雨(あめ)の小(を)やまねば袖(そで)さへいとゞ水(み)かさ増(ま)さりて」

とあるを、うちも置(を)かず見給(み給)ふ。

【傍書】　1薫文　2匂ヘノ　3薫

【注釈】

一　**後の御文には、「思ひながら日頃になること…小さく結びなし給へる、さま〴〵をかし**　「後の御文」は、後から来た薫の手紙。「おろかなるにやは」は、ご無沙汰をしているのは、あなたを疎かに思っているわけではないという、言い訳。「端書き」は、手紙の、付け足しの印象を添える書き方である。「水増さるをちの里人いかならむ晴れぬながめにかきくらす頃」の「ながめ」は、「眺め」「長雨」の懸詞。長雨のため、宇治川の増水のため、私[薫]はあなた[浮舟]にも逢えず、心が晴れず、もの思いに沈んでいるこの頃です。宇治の里に住んでいるあなたは、如何お過ごしでしょうかの意。恋の思いを訴えた匂宮の「ながめやる」（浮舟二三）の詠歌に反して、薫の「水増さる」の詠歌は、ご無沙汰の弁解をして、浮舟の様子を伺う内容である。「白き色紙にて、立文なり」は、紙の色は白の書状で、「立文」であるということは、書状を包んだ白紙の上下をひねり折りにした事務的な手紙風で、正式な用件を伝えるというような印象である。「細かにをかしげならねど」は、薫の手紙は、恋文らしくきれいに整った美しさではない。薫は事務的な手紙により、自らの実直さを示している。「書きざまゆゑ〳〵しく見ゆ」は、文字としては、筆の勢いに、奥深い味わいがあるように見える。「宮は、いと多かる」は、「なほ、言多かりつる」（同二三）とあった宮の手紙。「小さく結びなし」は、恋文風の結び文にしていて、気が利いている。薫の事務的な手紙とは対照的である。

二 **「まづ、かれを、人見ぬ程に」と聞こゆ…ほかに絶え籠りて止みなむは、いとあはれにおぼゆべし**　「まづ、かれを」は、匂宮に肩入れしている女房の侍従なので、匂宮の方にまず、返事をするようにと促す。「人見ぬ程に」は、匂宮への手紙は、右近と侍従にしか分からないようにお書き下さいませと、侍従が浮舟を誘導した言葉。「今日は、え聞こゆまじ」は、浮舟が、匂宮への返事は書けないといって、侍従の勧めに従わないのである。「恥ぢらひて、手習に」の「手習」は既述（浮舟一三）。匂宮に返事をするのは恥ずかしいので、浮舟は薫の歌に対する自分の気持ちを手習いにして書いただけである。「里の名をわが身に知れば山城の宇治のわたりぞいとゞ住み憂き」は、薫が「をちの里人」と言って来た歌に対して、浮舟の心に、「わが庵は都のたつみしかぞ住む世をうぢ山と人はいふなり」（古今集巻一八雑下・喜撰法師）を思い浮かばせた詠である。「いとゞ住み憂き」は、もう到底この世に生きて行けないという、浮舟の心情。自分は、「をちの里人」と言われるような存在ではなく、「憂し」を連想させる「山城の宇治の辺り」に住んでいる、「宇治の里人」とでもいうべき身の上なので、自分の気持ちは「憂し」の心情そのもので、ここにこうして生きていくのがますます辛いことよの詠。「宮の描き給へりし絵を、時々見て泣かれけり」は、「絵などを見所多く描き給へれば、若き心地には、思ひも移りぬべし」（浮舟一三）であったから、匂宮を思い出し浮舟は泣いてしまったのであったよ。「ながらへてあるまじきことぞと」は、このような自分が、生きながらえることはむつかしかろうと思う、浮舟の心に芽生えた死への意識で、既述（同二一）。「とざまかうざまに思ひなせど」は、どのような生き方が出来るかと、あれこれと考えて見るが。「ほかに絶え籠りて止みなむは、いとあはれにおぼゆべし」は、薫に据えられている浮舟であるので、そのうちに薫に引き取られ、別の所に隠されてしまうであろうと、浮舟は思っている。しかし薫に引き取られ、匂宮と別れてしまったままになったなら、悲しく思われるに違いなかろうの意。

三　**かきくらし晴れせぬ峰のあま雲に…もの思ひて居たらむさまのみ、面影に見え給ふ**　「かきくらし晴れせぬ峰の雨雲に浮きて世をふる身ともなさばや」の「浮き」は「憂き」をかけ、出家の意を寓する。「あま雲」の「あま」は、「天」「雨」をかけ、雨もよぅの雲の意。「かきくらし晴れせぬ峰のあま雲」は、匂宮詠の「眺めやるそなたの雲」を受ける。歌意は、浮舟が「橘の小島の色は変はらじをこのうき舟ぞ行方知られぬ」（浮舟二〇）と詠んだ、「うき舟」のような「憂き」運命の私という心情から、さらに押し進めて、自分の眺めている、真っ暗がりで晴れ間の見えない峰に浮かんでいる雨雲のように、出家して辛い運命から抜け出したいものよの意。ここでは「手習」巻での、浮舟の出家を暗示させる。「まじりなば」は「行く舟の跡なき浪にまじりなば誰かは水の淡とだに見ん」（新勅撰集巻十四恋四・読人知らず）を踏まえ、「誰かは水の淡とだに見ん」を暗示させる。浮いている舟に喩えられる私が、浮き雲の中に浮かんでいる雨雲に混じってしまいたいものです、と。そうすれば、誰が行方を捜し出せましょうか、誰も行方を捜し出せないことでしょうの意。蜻蛉巻巻頭の、浮舟入水自殺をも予感させる歌である。浮舟は匂宮の歌に対して、恋情を訴えることはなく、必死で、入水自殺したいほどの心境であるという意向を訴えた。「よゝと泣かれ給ふ」は、浮舟の歌が、恋の思いはひとかけらもなく、深刻に悩んでいるものであることを知り、号泣される匂宮である。「さりとも、恋しと思ふらむかしと思しやる」は、浮舟の歌では恋情は詠まれていないが、匂宮は、それでも自分を恋する浮舟の心はまだあるに違いないと思っており、匂宮は浮舟の心情を正確には把握出来ていない。「もの思ひて居たらむさまのみ、面影に見え給ふ」は、匂宮は浮舟が悩んでいる様子だけが面影に浮かび、それ以上の、浮舟が死を決行するかもしれないことまでは思いつかないのである。

四　**まめ人はのどかに見給ひつゝ、あはれ…とあるを、うちも置かず見給ふ**　「まめ人」は薫。真面目な人間として振る舞ってきた薫の「まめ人」ぶりについては、既述（浮舟八）。「のどかに」（同六）は、薫の「のどか」に構える人であることで、既述（同二）。「つれ〲と身を知る雨の小やまねば袖さへいとゞ水かさ増りて」は、薫の詠歌「水増さるをちの里人いかならむ晴れぬながめにかきくらす頃」に対する浮舟の返歌。「つれ〲と」は「つれづれとながむる空の郭公問ふにつけてぞ音は泣かれける」（後撰集巻四夏・読人知らず）を踏まえ、「問ふにつけてぞ音は泣かれける」を暗示し、「身を知る雨」は、「かずかずに思ひ思はず問ひがたみ身を知る雨は降りぞまされる」（古今集十四恋四・在原業平）を踏まえる。降り続く長雨はやみそうにないのを、なすこともなく、あなたがお訪ねいただけないのは我が身の定めであると思いながら眺めておりますと、あなたからどうしているかと問い合わせいただきました。それにつけても、我が身の憂さを思い知らされて川の水かさが増すばかりか、私の袖までが涙のためにますます濡れまさっていますの意。浮舟は自分の泣く理由は具体的には言わず、「身を知る雨」とのみ言う。ところが、のんびり構えている薫は、浮舟への薫の愛情があるのかどうかを、必死に確かめようとする心情に解した。浮舟が薫と初めて交わした歌「絶え間のみ世には危ふき」（浮舟一八）においては、浮舟がまだ、匂宮と対岸の隠れ家で過ごす前であったので、薫に対する浮舟の深刻な罪意識は芽生えず、薫の途絶えがちな訪れを訴えただけであった。ところが、当該歌「つれ〲と身を知る雨」では、匂宮との対岸で過ごした後であるので、浮舟の薫に対する罪意識が芽生え、浮舟の心境に死への願望が見えている。「袖さへいとゞ水かさ増りて」と泣く浮舟は、ただ薫に捨て置かれたように感じる不安を訴えただけではない、自分が死んでしまえば、もう一生薫には逢えなくなるであろうと思って泣く浮舟詠歌であった。「うちも置かず見給ふ」は、浮舟の自分を恋しがっている心情に心打たれながらも薫は、「袖さへいとゞ水かさ増りて」の表現から、余りにもひどく泣く様子は、平素の浮舟と違う、ただ事ではなさそうで不安な様子であるとは敏感に感じ取ったが、浮舟が死を決意していることまでは気付かない。

二五　薫、浮舟のことを女二の宮に告白し、京に引き取る準備をする

一1女宮に物語など聞こえ給ひてのついでに、薫「なめしともや思さんとつゝましながら、さすがに年経ぬる人の侍るを、あやしき所に捨ておきて、いみじくもの思ふなるが心苦しさに、近う呼び寄せてと思ひ侍る。昔より、異様なる心ばへ侍りし身にて、世の中を、すべて例の人ならで過ぐしてんと思ひ侍りしを、かく見たてまつるにつけて、ひたぶるにも捨て難ければ、ありと人にも知らせざりし人の上さへ、心苦しう罪得ぬべき心地してなむ」と聞こえ給へば、女二の宮二「いかなることに心おくものとも知らぬを」といらへ給ふ。薫「内裏になど、悪しざまに聞こしめさする人や侍らむ。世の人のもの言ひぞ、いとあぢきなくけしからず侍るや。されど、それは、さばかりの数にだに侍るまじ」など聞こえ給ふ。

三造りたる所に渡してむと思し立つに、人「かゝる料なりけり」など、はなやかに言ひなす人やあらむなど苦しければ、いと忍びて、障子張らすべきことなど、人しもこそあれ、この内記が知る人の親、2大蔵大輔なる者に、睦ましく心やすきまゝにのたまひつけたりければ、聞きつぎて、宮には隠れなく聞こえけり。内記「絵師どもなども、御随身どもの中にある、睦ましき殿人などを選りて、さすがにわざとなむせさせ給ふ」と申すに、四いとゞ思し騒ぎて、わが御乳母の、遠き受領の妻にて下る家、下つ方にあるを、匂宮「いと忍びたる人、しばし隠いたらむ」と語らひ給ひけ

れば、いかなる人にかはと思（おも）へど、大事（だいじ）と思（おぼ）したるにかたじけなければ、受領「さらば」と聞（き）こえけり。これを設（まう）け給（給）ひて、少（すこ）し御心のどめ給（給）ふ。この月の晦日方（つごもりがた）に下（くだ）るべければ、やがてその日渡（わた）さむと思（おぼ）し構（かま）ふ。匂宮「かくなむ思（おも）ふ。ゆめ〳〵」と言（い）ひやり給（給）ひつゝ、おはしまさんことはいとわりなくあるうちにも、[3]こゝにも、乳母（めのと）のいとさかしければ、難（かた）かるべきよしを聞（き）こゆ。

【傍書】　1女二　2内記シウト　3ト

【注釈】

一　**女宮に物語など聞こえ給ひてのついでに…心苦しう罪得ぬべき心地してなむ」と聞こえ給へば**　「女宮」は、女二の宮で、薫の正室。「年経ぬる人」は、浮舟のことをいう。薫が女二の宮と結婚したのが、昨年の「二月二十日あまり」（宿木五〇）であるのに対して、薫が浮舟を宇治に据えたのは、昨年の九月「十三日なりけり」（東屋四〇）であったので、浮舟は、薫が女二の宮と結婚してからの女君であり、「年経ぬる人」ではない。薫は女二の宮の心を疵つけないために、嘘をついている。「あやしき所」は、隠れ家のような所の意で、宇治をわざと見下した言い方をする。源氏が紫の上に、明石の君との間に姫君の誕生したことを、「さこそあなれ。あやしうねぢけたるわざなりや」（澪標七）と、いかにも不都合なことのように報告して、紫の上の嫉妬心を和らげさせている手法に似る。「異様なる心ばへ侍りし身にて」は、一風変わった、「世の中を深くあぢきなきものに思ひ澄まし」（匂兵部卿八）ていた、道心志向の薫のこと。「例の人ならで過ぐしてん」は、「例の人のさまなる心ばへなど、戯れにても思し出で給はざりけり」（橋姫三）とされた、北の方亡き後の八の宮のような、結婚しないで仏道に精進する生き方をしようの意。「かく見たてまつるにつけて」は、今もこうして、あなたと結婚生活を続けておりますにつけて。「ひたぶるにも捨て難ければ」は、自分の思いのままこの世を捨てるのも難しく思いますので。「ありと人にも知らせざりし人の上さへ」の、添加の「さへ」は、女二の宮を「ひたぶるにも捨て難い」と思い、出家せず、仏道に精進しない生活をするのに加えての意。「心苦しう罪得ぬべき心地してなむ」は、粗末な隠れ家に女を住まわせていて、そんな者が居るとは人に知らせていなかった女の身の上まで、このまま放置するのは、気の毒で罪を身に負ってしまったような気がすると思う心境になった意。

二　**いかなることに心おくものとも知らぬを」といらへ給ふ…さばかりの数にだに侍るまじ」など聞こえ給ふ**

「いかなることに心おくものとも知らぬを」は、そのような女に、どのようなことに気を遣うべきものとも、知りませんものをの意。冷静な応答で、嫉妬心は見せず、言外に、あなたの思うようになさいませの意を匂わす。「尤上らふしく殊勝の心也」（『弄花』）「上臈しき御返答なり」（『細流』）と注される。源氏が紫の上に、明石の君に姫君の誕生したことを告白したときには、「憎み給ふなよ」という源氏に対して、紫の上は「もの憎みはいつならふべきにか」（澪標七）と、言外に嫉妬心を見せて応答しており、嫉妬心を見せた紫の上の方が源氏との心の繋がりが深く、薫と女二の宮夫妻には、心の繋がりが薄い様子である。「さばかりの数にだに侍るまじ」は、「年経ぬる人」ではあるが、身分が低い人で、北の方の地位をおびやかすような女ではないであろうの意。事実は、故八の宮の遺女で、中の君の腹違いではあるが妹であり、しかも美人で、新築した屋敷を用意して住まわせるという、ただの女房風情の召人とは違う扱いをするのであるが、ここでは女二の宮を安心させるために嘘をついている薫である。

三　**造りたる所に渡してむと思し立つに…睦ましき殿人などを選りて、さすがにわざとなむせさせ給ふ」と申すに**

「造りたる所」は、「渡すべき所思し設けて、忍びてぞ造らせ給ひける」（浮舟二）「造らする所、やう〳〵よろしうしなしてけり」（浮舟一八）とあった、薫が浮舟を迎えるために新築していた、三条宮の近くの邸。薫は浮舟を正式に妻として迎える用意をしていた。「障子張らすべきことなど」は、出来上がった邸宅の、内装をする段階になっている様子。「人しもこそあれ」は、薫が内装を任せる人として頼んだ人が、人もあろうに、あの情報を匂宮に漏らした、「内記が知る人の親、大蔵大輔なる者」であったとは、という語り手の意外だと思う驚きを表す。「内記」は既述（同六）。薫の秘密を、妻の親が薫の家司である筋により偵察し、匂宮に教え、匂宮と浮舟との秘密を知っている人。「大蔵大輔」は大蔵省次官で、薫の家司の仲信。「睦ましく心やすきまゝにのたまひつけたりければ」は、仲信が主人である薫に親しみ、薫は仲信を気軽に話せる人と見て信頼していた家司であるので、浮舟の住む屋敷の内装などを任せていた。実は、この家司仲信は、薫の情報を探るため匂宮に利用され漏らしていたが、そのことに、本人は気付いているようではない。「さすがにわざとなむせさせ給ふ」は、「いと忍びて」ではあるが、さすがにしっかりとした絵師に、本格的に描かせなさる。絵師もただの絵師ではなく、大将である薫の随身で、絵師として配属された人の中から、薫にとって親密な随身を選んだこと。内記は、薫が浮舟を迎える屋敷の準備が、最終段階にさしかかってきた様子を匂宮に伝えている。

四　**いとゞ思し騒ぎて、わが御乳母の…乳母のいとさかしければ、難かるべきよしを聞こゆ**　「わが乳母」は、匂宮の乳母。「わが御乳母の、遠き受領の妻にて下る家、下つ方にあるを」の「下つ方に」は、京の町でも下京の方で、薫の用意した三条の宮の近くに新築している家に比べて、辺鄙な場所にある。受領の妻である乳母が、遠い国に赴任する夫とともに下る留守宅に、浮舟を薫から奪いとって隠そうとするのである。浮舟の出自を知らない匂宮なので、浮舟のために用意する家は、愛人を隠す姿勢である。「この月の晦日方に下る」は、受領は三月の月末に、遠国に下る。「やがてその日」は、受領が下る、その日に浮舟を宇治から移すことを決めた。匂宮は、浮舟を一刻も早く、引き取ろうと思って、急いでいるからである。「かくなむ思ふ。ゆめ〳〵」は、三月末日に迎えに行くつもりであるが、そのことをくれぐれも人に知らせないように。「おはしまさんことはいとわりなくあるうちにも」は、匂宮が宇治へお出ましになるのが、大変難しいのであるが、それに加えて。「こゝにも」は、浮舟の方においても。「乳母」は浮舟の「さかしき乳母」（浮舟二二）のこと。「いとさかしければ、難かるべきよしを聞こゆ」は、薫の妻としての将来を期待している賢明な浮舟の乳母で、既述（同）。匂宮が忍び込んだことを知らされていない乳母が、浮舟を見張っているので、匂宮のお出ましを迎えるのは難しいであろうと匂宮の方へお知らせした。

二六　中将の君、宇治に来て、薫に引き取られる浮舟を喜ぶ

一 大将殿は、四月の十日となん定め給へりける。「誘ふ水あらば」とは思はず、いとあやしく、いかにしなすべき身にかあらむと、浮きたる心地のみすれば、母の御もとにしばし渡りて、思ひめぐらす程あらんと思せど、少将の妻、子生むべき程近くなりぬとて、修法、読経など隙なく騒げば、石山にもえ出で立つまじ、母ぞこち渡り給へる。二 乳母出で来て、乳母「殿より、人々の装束などもこまかに思しやりてなん。いかできよげに何ごともと思う給ふれど、まゝが心一つには、あやしくのみぞし出で侍らむかし」など言ひ騒ぐが、心地よげなるを見給ふにも、君は、けしからぬことゞもの出で来て、人笑へならば、誰も〳〵、いかに思はん、あやにくにのたまふ人、はた、八重立つ山に籠るとも、必ず尋ねて、我も人もいたづらになりぬべし、なほ、匂宮「心やすく隠れなむことを思へ」と、1 今日も

のたまへるを、いかにせむと、心地悪しくて臥し給へり。中将の君「[2]などか、かく例ならず、いたく青み瘦せ給へる」と驚き給ふ。乳母「三日頃、あやしくのみなむ。はかなき物もきこしめさず、なやましげにせさせ給ふ」と言へば、あやしきことかな、物の怪などにやあらむと、中将の君「[3]いかなる御心地ぞと思へど、[4]石山とまり給ひに○し」と言ふも、かたはらいたければ、伏し目なり。

四暮れて、月いと明かし。[5]有明の空を思ひ出づる涙のアいとゝめ難きは、[6]いとけしからぬ心かなと思ふ。母君、昔物語などして、あなたの尼君呼び出でゝ、[7]故姫君の御ありさま、心深くおはして、さるべきことも思し入れたりし程に、目に見す／＼消え入り給ひにしことなど語る。弁の尼「おはしまさましかば、宮の上などのやうに聞こえ通ひ給ひて、心細かりし御ありさまどもの、いとこよなき御幸ひにぞ侍らましかし」と言ふにも、わが娘は異人かは、思ふやうなる宿世のおはし果てば、劣らじをなど思ひ続けて、中将の君「五世とゝもに、[8]この君につけては、ものをのみ思ひ乱れし気色の、少しうちゆるびて、[9]かくて渡り給ひぬべかめれば、[10]こゝに参り来ること、必ずしもことさらには、え思ひ立ち侍らじ。かゝる対面の折々に、昔のことも心のどかに聞こえ承らまほしけれ」など語らふ。弁の尼「六[11]ゆゝしき身とのみ思う給へしみにしかば、こまやかに見えたてまつりきこえさせむも、何かは。イつゝましくて過ぐし侍りつるを、うち捨てゝ渡らせ給ひなば、いと心細くなむ侍るべけれど、かゝる御住まひは、心もとなくのみ見たてまつるを、うれしくも侍るべかなるかな。世に知らず重々しくおはしますべかめる殿の御ありさまにて、かく尋ねきこえさせ給ひしも、おぼろけならじと聞こえおき侍りにし、浮きたることにやは侍りける」など言ふ。中将の君「[12]七 後は知らねど、たゞ今は、かく、思し離れぬさまにの給ふにつけても、[13]たゞ御しるべをなむ思ひ出できこゆる。[14]宮の上の、かたじけなくあはれに思したりしも、つゝましきことなどのお●づから侍りしかば、中空に、所狭き御身なりと思ひ嘆き侍りて」と言ふ。尼君うち笑ひて、弁の尼「この宮の、いと騒がしきまで色におはしますなれば、心ばせあらん若き人さぶらひにくげになむ。大方は、いとめでたき御ありさまなれど、八 さる筋のことにて、[15]上のなめしと思さむなむわりなきと、大輔が娘の語り侍りし」と言ふにも、さりや、[16]ましてと、君は聞き臥し給へり。

【校異】

ア　**いとゝめ難き**――「いとゝとめかたき」青（池・横・大正・肖・陵・榊・伏・三・徹二・紹・幽）別（阿）「いとゝめかたき」青（保）「いととゝめかたき」河（尾）「とゝめかたき」河（御・静・大・兼・飯）別（陽・宮・国・蓬）「とめかたき」河（前・鳳・岩）「いとゝめかたき」青（明・穂）「いととめかたき」青（徹一・平）別（麦）「いとゝめかたき」別（伝宗）、河（七）は落丁。なお『大成』は「いとゝとめかたき」、『大系』『全集』『完訳』『新全集』も「いとゞ（ど）、止（と）め難（がた）き」であるのに対して、『全書』『玉上評釈』『集成』『新大系』は「いととめがたき」。「いとゝめがたき」か「いとゞとめがたき」かの相違で、「ゝ」の有無による異文である。「いと」から、強調表現の「いとゞ」が派生したものと見て、底本の校訂を控える。

イ　**何かは**――「ナシ」河（岩）「なにかは○」青（明）「なにかはと」青（池・横・肖・榊・三・徹二・穂・紹）河（尾・御・静・前・大・鳳・兼・飯）別（阿・伝宗）「なにかわと」青（伏）「何かはと」別（麦）「なにかは」青（大正・徹一・陵・保・平・幽）別（陽・宮・国・蓬）、河（七）は落丁。なお『大成』は「なにかはと」、『全書』『全集』『完訳』『新大系』『新全集』も「何（何）かは（、）と」であるのに対して、『大系』は「何かは（せん）」、『集成』は「何かは、」、『玉上評釈』は「なにか、と」。

「何かはと」の「と」の有無による違いに大別される。底本の「と」は補入で、

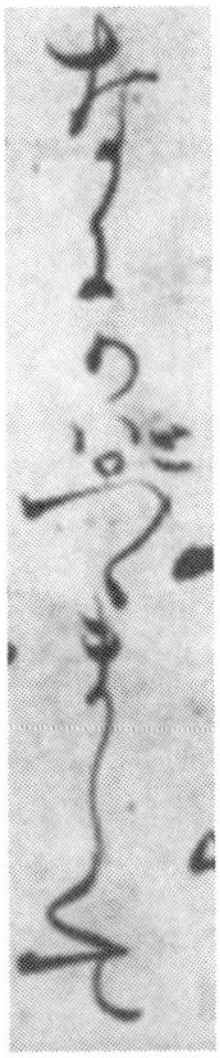

（五四丁ウ九行目）

とあり、本書九行前の、

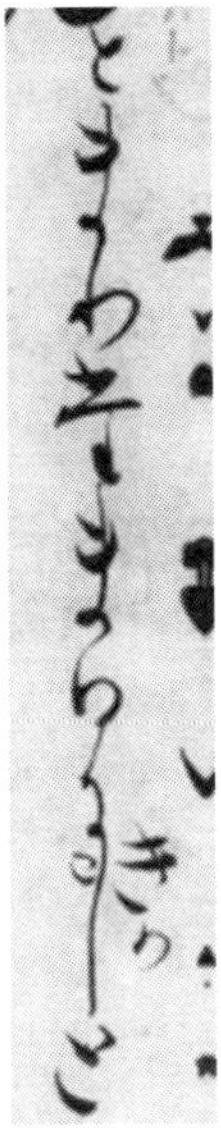

（五三丁ウ九行目）

とある補入（これは、本行本文と同筆のようで太らかな文字で、大らかな補入の印である）とは筆蹟が違い後筆の補入のようで、『明』の原態は「と」を欠く本文であろうと推測される。この「と」を欠く「何かは」は、『明』独自ではなく、青表紙系の『大正』『徹一』『陵』『保』『平』『幽』および別本の『陽』『陽』『宮』『国』という諸本と一致している。「何かは」よりも「何かはと」と、「と」が補足されることによって、文意をより明示する表現効果はある。がしかし、「何かは」であっても、文脈上語法的に難はない。後出の諸伝本になって「と」を補い、文意を明示する解釈本文が生まれたのであろうという観点から、「何かは」の方が本来の物語表現であろうと見て、『明』の原態「なにかは」に校訂する。

【傍書】　1匂ヨリ也　2母詞　3懐妊　4月水ト云ハト也　5小嶋コト　6匂ヲ思ト也　7大君コト　8浮　9京へ也　10母心
宇治コト　11弁詞　12母詞　13媒ニヨリテ嬉ト也　14中君（朱）　15中君　16匂ノ御心ノコトヲ中君ニシラレンニト也

【注釈】

一　**大将殿は、四月の十日となん定め給へりける…石山にもえ出で立つまじ、母ぞこち渡り給へる**　「四月の十日となん定め給へりける」は、薫は京へ浮舟を引き取る日程を四月十日とお決めになられていましたよ。「誘ふ水あらば」は、「わびぬれば身をうき草の根を絶えて誘ふ水あらばいなむとぞ思ふ」（古今集巻一八雑下・小野小町）による。

「とは思はず」は、浮舟は、薫の誘いに乗る気にはなれないのである。「いとあやしく、いかにしなすべき身にかあらむ」は、大層不思議なことに、自分の身でありながら、自分をどう処してよいかわからない浮舟である。「浮きたる心地」は、「身をうき草の根を絶えて」の「うき草」のような境涯の気がしての意で、浮舟が、自らのことを「うき舟」（浮舟二〇）「うきて世をふる身」（同二四）と準えていたように、この宇治から離れて、どこかへ行ってしまいたいとさすらう浮舟の心地。「母の御もとにしばし渡りて、思ひめぐらす程あらんと」は、どのようにすべきか考える間は、この宇治を離れ、母のもとにしばらく滞在しようと思う意。下文に母が「石山にもえ出で立つまじ」と話していることを考え併せると、言外に、石山寺参詣を勧めていた乳母に頼み、参詣を申し出て、石山寺のついでに、母の所へ行きたいという浮舟からの要請があったことが推測される。「少将の妻」は、左近少将と結婚した、浮舟の異父妹。昨年「八月ばかりと契りて」（東屋四）結婚しているので、今年の五月が出産予定となる。「石山にもえ出で立つまじ」は、石山寺参詣は、「にはかにから聞こえなし給ふ」（浮舟九）とあり、乳母が奔走して計画していたが、匂宮の忍び込みにより、右近が「『物忌』、など書かせ」（同一二）て中止させていた。がしかし、今回の石山寺参詣は、母の都合による断りであると解せる。「母ぞこち渡り給へる」は、浮舟の方からの石山寺参詣の申し入れをするとはと、母に会いたがっている娘に、何か不吉な予感がしたのか、母の方から、宇治へ渡って来られた。

二　**乳母出で来て、「殿より、人〴〵の装束なども…いたく青み痩せ給へる」と驚き給ふ**　「乳母出で来て…など言ひ騒ぐ」は、真実を知らされていない乳母が、母に対応する、得意然とした会話。力にすべき乳母にさえ、浮舟は、宇治にお越しの匂宮との密会を恥ずかしいこととして、隠したままだからである。「まゝが心一つには、あやしくのみぞし出で侍らむかし」は、中将の君を迎えて、乳母が、自分自身を「まゝ」と親しみを込めて自称し、自分自身だけの判断では、お支度がおぼつかないことでしょうと、はしゃぐ言葉。「君は」は、浮舟。「けしからぬことゞも」

は、匂宮との密会や、その他のこと。その他のことは、浮舟の知る由もないことであるが、匂宮が京の配下の留守宅へ浮舟を匿うことや、その結果薫に事の次第が露顕して騒ぎになろうことが想定される。「人笑へならば」は、母中将の君が、「便なきことも出で来なば、いと人笑へなるべし」（東屋三二）と、一番恐れていたことで、浮舟が異母姉の夫の匂宮と関係していることが知られるならば、世間の物笑いになるであろうの意。「誰も〳〵」は、中の君、母、乳母たち、その他の人々が。「あやにくにのたまふ人」は、理性では、愛を受け入れるわけにはいかないのに、あいにく一方的に告白される匂宮のこと。「八重立つ山」は、雲が八重に立つ奥山のような、田舎びた寂しい所であることの形容で、既述（松風一三）。「身を憂しと人知れぬ世を尋ね来し雲の八重立つ山にやはあらぬ」（後撰集巻一六雑二・読人知らず）などと詠まれる歌語。「八重立つ山に籠るとも、必ず尋ねて」は、匂宮は行方不明の浮舟を宇治にまで尋ねて探し出したように、どんな奥山に隠れても必ず探し出しての意。「我も人もいたづらになりぬべし」は、匂宮との密通が薫に暴露して大騒ぎになり、匂宮も浮舟も二人とも、身を滅ぼすことになるであろうの意。「いたづらになりぬべし」は、夕顔に死なれて、亡骸を東山に送り、二条院へ帰宅したときの源氏が「我もいたづらになりぬるなめり」（夕顔二〇）と思ったときの、源氏が死ぬのではないかと思った心情と類同する。しかしここは、「我も人も」とあり、匂宮が身を滅ぼす事態も厭わない程の情熱の方であると、今の浮舟は見ている。そのように情熱的な匂宮だと思うから、浮舟は、冷静に匂宮の情熱を振り払うことが出来ないのである。世慣れていない浮舟は、純真であり、好色な匂宮の情熱は移りやすいことを知らず、「御心ばへ気配などよ」（浮舟二三）と薫を評価する右近のように、冷静にはなれないのである。「心やすく隠れなむことを思へ」は、匂宮からの手紙の内容で、宇治ではなく、気楽なところへ浮舟が隠れてしまうようにとの勧奨。

三　**「日頃、あやしくのみなむ。はかなき物も…かたはらいたければ、伏し目なり**　「日頃、あやしくのみなむ」

は、浮舟自身も、二条院での「あやしかりける里の契り」（浮舟一四）以来、匂宮の恋人になってしまった運命を、平素「あやしかりける身かな」（同一二）と悩んでいたが、そのことを、乳母は感知していないけれども、乳母にとって、平素の浮舟の様子が不可解に思われること。「はかなき物もきこしめさず、なやましげにせさせ給ふ」は、母中将の君に、乳母が報告した内容である。浮舟は、食事もとれない状況で、気分が悪そうであると。「あやしきことかな、物の怪などにやあらむ」は、憔悴している浮舟を一瞥して、物の怪ではないかと不審に思った母の言葉。「石山とまり給ひにきかし」は、右近が石山行きを中止させた理由が、「穢れ」（同一二）のためだと知らされていたので、浮舟は生理があり、妊娠していないはずである。とすると、浮舟の物の怪は、妊娠のためではないと母は思う。後で母は、浮舟の衰弱するのを、「時々立ち寄らせ給ふ人の御ゆかり（女二の宮）もいと恐ろしく」（同三九）と述べているように、女二の宮の怨霊が物の怪になったかと疑っている。「かたはらいたければ」は、「と言ふも」とあるので、石山詣中止から、妊娠のことを云々している母に対して、匂宮とのことで悩んでいる浮舟自身が、恥ずかしくて、真実を言えない心情である。

四　**暮れて、月いと明かし。有明の空を思ひ出づる…いとこよなき御幸ひにぞ侍らましかし」と言ふにも**　「有明の空」は、橘の小島を眺めて、匂宮に抱かれて舟で渡った時に見た、「有明の月」（同二〇）と同じ空。「涙のいとゞめ難き」は、匂宮の愛情を強く感じて、その匂宮との思い出を振り払えない浮舟である。「いとけしからぬ心かなと思ふ」は、浮舟が、匂宮を懐かしく思う自分自身を、大層けしからん心だと思う意。「あなたの尼君」は、廊の方に住んでいる弁の尼のこと。弁の尼が廊に住んでいたことは既述（同六）。「さるべきこと」は中の君と匂宮との結ばれるべき宿運。「さるべきことも思し入れたりし程に」は、中の君が匂宮と結婚されるときに、宿世だから仕方がないのに、中の君の結婚後、大君は匂宮の夜離れを不誠実（三日夜や紅葉御覧の時など。総角二五・二八・二九・三二）に思って非常に深く悩まれたこと。「目に見す〳〵消え入り給ひにし」は、中の君の匂宮との結婚に元々反対だった大君が、中の君の将来を悲観し、力を落として「見るまゝにもの〻隠れゆくやうにて」（総角四〇）消えるように亡くなられた。「おはしまさましかば」は、大君が生きておられたら。以下弁の尼の思い出話は、大君、中の君姉妹のことでいっぱいであり、弁の尼は、薫の愛人として据えられている浮舟の衰弱した様には、無関心である。従って、浮舟の直面している悩みには、弁の尼も、気付いていないことを物語る。「宮の上などのやうに聞こえ通ひ給ひて、心細かりし御ありさまどもの、いとこよなき御幸ひにぞ侍らましかし」は、薫の愛人になっている浮舟を目の前にして、その薫の元思い人であった大君を懐かしみ、回想にふける弁の尼の饒舌である。聞かされている浮舟の疵つく心情が浮上する。「わが娘は異人かは、思ふやうなる宿世のおはし果てば、劣らじを」の「異人かは」は、他人であろうか。弁が語る大君中の君と同じ八の宮の娘である意。弁の饒舌に刺激された中将の君の心で、浮舟が八の宮に認知されなかっただけのことで、八の宮の娘に違いないという強い思い。疵つく娘の心中を気づかない、見当外れの思い込みをする母の思いであり、それによって、言外に、孤独な浮舟を浮上させる。

五　**世とゝもに、この君につけては…昔のことも心のどかに聞こえ承らまほしけれ」など語らふ**　「世とゝもに、この君につけては、ものをのみ思ひ乱れし気色」は、浮舟の生い立ちから、薫の愛人になるまでの間、母親が浮舟の身の上について常に心配ばかりしてきた有様。「少しうちゆるびて、かくて渡り給ひぬべかめれば」は、幾分安心致しまして、こうして京へお移りになってしまわれるようですので。浮舟が薫の思い人として、宇治に据えられた時には、母中将の君は、まだ「かくあやしき住まひを、たゞ、かの殿のもてなし給はむさまをゆかしく待つことにて、母君も思ひ慰めたる」（浮舟二二）のように思い慰めていたが、薫が京に新築した邸宅に妻として引き取られるようであるので、悩ましさも少し楽になったのである。「かくて渡り給ひぬべかめれば…ことさらには、え思ひ立ち侍らじ」

は、浮舟の現実に気づかない母の、喜びを隠しきれない会話。弁の尼がした薫や中の君、大君の昔語りに誘発されて、「わが娘は異人かは…劣らじを」と思った母の気持の昂ぶりが言わせたもの。「かくて渡り給ひぬべかめれば」は、まだ、薫が浮舟を京に引き取ることを決めただけであり、浮舟が安全に引っ越していないのに、「渡り給ひぬ」のように、移ってしまうに違いないという口吻である。「こゝに参り来ること、必ずしもことさらには、え思ひ立ち侍らじ」は、私は宇治のような辺鄙な所へは、娘が移ることになったからわざわざやって参りましたが、これからは、必ずしもよう来ないでしょうの意。早くも有頂天になっていて、中将の君の、調子づいたもの言いであり、軽率な母中将の君像。薫に連れられて京に移る気分になれない浮舟の心には、そうした母の言動が、厳しく突き刺さるであろうことを、言外に示す。「かゝる対面の折々に、昔のことも心のどかに聞こえ承らまほしけれ」は、お世話になった弁の尼であることを忘れず、弁の尼と昔語りを致しましょうとする母中将の君の社交辞令。

六　**ゆゝしき身とのみ思う給へしみにしかば…おぼろけならじと聞こえおき侍りにし、浮きたることにやは侍りける」など言ふ**　「ゆゝしき身」は、八の宮、大君の死の穢れに触れた身で、出家している不吉な身の上であるとする、弁の尼の謙遜の自称。弁の尼は、薫にも、自身のことを「ゆゝしき身にてなん、阿弥陀仏より外には、見たてまつらまほしき人もなくなりて侍る」（宿木四二）と述べている。「こまやかに見えたてまつりきこえさせむも、何かは」は、弁の尼が、浮舟に親しくお目にかかるのはよくないと思って、遠慮していましたの意。弁の尼は、浮舟のことは、右近にまかせたままであったことを示唆する。「うち捨てゝ渡らせ給ひなば、いと心細くなむ侍るべけれど」は、浮舟が、弁の尼を宇治に残して、京に渡られたならば、私（弁の尼）は大層心細く思いましょうがの意。これは、母中将の君の社交辞令に対する、弁の尼の口先だけの社交辞令。「かゝる御住まひは、心もとなくのみ見たてまつるを、うれしくも侍るべかなるかな」は、宇治のように辺鄙な所では、気がかりなことと拝察申し上げていますので、京にお移りになられるのは嬉しいことですの意。弁の尼も中将の君に迎合して、浮舟が薫に引き取られて京へ移ることに、何の戸惑いもなく、確定したこととして話す、老獪な話術である。こうした会話が、京に移る気分になれない浮舟の心に、いちいち突き刺さる刃となることが、言外に示されている。「世に知らず重々しくおはしますべかめる殿の御ありさま」は、薫の大変重々しく見える様子で、そのことは中の君にも、「心のなしにやあらむ、今少し重々しくやむごとなげなる気色さへ添ひにけりと見ゆ」（宿木五二）とも見られており、弁の尼の口先だけの評価ではない、真実を伝える。「おぼろけならじと聞こえおき侍りにし」は、薫が浮舟を見初めなさったのも、並大抵のことではございませんと、初めに私があなた様に申しておきましたが、の意。弁の尼が、薫に浮舟を仲介していることは、物語に略されており、ここに初出。「浮きたることにやは」は、弁の尼が、自らの仲介が、いい加減な話ではなかったでしょうと、自身の功績を自負する弁。しかし、「浮きたること」の語は、浮舟の心の中の、「いかにしなすべき身にかあらむと、浮きたる心地のみ」（当段冒頭）する現状に重なる言葉である。それを知る由もない弁の尼の会話も、やはり浮舟の心に突き刺さる響きとなる。

七　**後は知らねど、たゞ今は、かく…中空に、所狭き御身なりと思ひ嘆き侍りて」と言ふ**　「後は知らねど」は、「浮きたること」ではなかったかどうかについて、母は即答を避けている。目の前の、娘の衰弱した様子を見て、悩んでいる娘の心情を、母の直感は見逃さなかったからである。しかし娘が、入水する心情であるとまでは、気付いていない。「つゝましきこと」は、二条院で、匂宮に押し入られ、緊迫した時のことを指す。もともと、中の君は、浮舟を受け入れる時には、「例ならずつゝましき所など、な思ひなし給ひそ」（東屋三〇）と語りかけ親密であったが、匂宮との一件を知ってからの母の言葉は、「さすがにつゝましきことになん侍りける」（同三一）と挨拶して、二条院を辞した経緯がある。「中空に、所狭き御身なりと思ひ嘆き侍りて」は、浮舟が薫の恋人に収まってはいるが、娘は八の宮の娘として認知されず、中途半端の低い身分であることを嘆いておりますの意。「中空」は、いみじくも浮舟が、匂宮の愛のささやきを受けた時にも、浮舟自身の言葉で、「降り乱れ汀に凍る雪よりも中空にてぞ我は消ぬべき」（浮舟二二）と答えて、悩みを訴えていた。そのことを、母は知らないはずなのに、浮舟の悩む心情を「中空に所狭き」身故の悩みであると、娘と同じ言葉を使って娘を弁護している。しかしこの「中空」の語は、娘は薫と匂宮とに挟まれた身の上について述べたのであるのに対して、母は、八の宮に認知されなかった故に、八の宮の娘であるのかないのか中途半端な身の上であることの意に用いている。

八　**さる筋のことにて、上のなめしと思さむ…ましてと、君は聞き臥し給へり**　「さる筋のこと」は、匂宮の好色癖を指し、既述（東屋二六）。「上のなめしと思さむ」は、匂宮の好色癖について、中の君が、「いと聞きにくき人の御本性にこそ」（同二七）「あだなる御本性こそ見まうき節も交じれ」（浮舟三）と嫌がっていること。「大輔が娘」は、右近のことで、既述（同四）。「右近とて、大輔が娘の候ふ」（東屋二六）と紹介されている。「大輔が娘の語り侍りし」は、右近の語った内容で、それは匂宮の好色癖ではあるが、「右近も匂宮に情を迫られた一人らしい」（『全集』『新全集』）という読みは取らない。右近は、自分自身のことではなく、匂宮にお仕えしている「心ばせあらん若き人」達のことを話題にしたのである。むしろ右近は、この話のついでに、浮舟が二条院で匂宮の目にとまったいきさつを、弁の尼に漏らしていることが推測される。「さりや、まして」は、匂宮にお仕えする若い女房との醜聞を、中の君が失礼に思っておられることを耳にした浮舟の気持。ましてお世話になった異母妹が匂宮と密通しているとは、どんなにお嫌であろうかの意。母と弁の尼の会話を耳にした浮舟は、いよいよ匂宮が宇治にまでお忍びでお通いであることまで、母に告白出来ない心情に追い込まれてしまうのである。「浮きたる心地」（当段冒頭）の浮舟は、このように喧噪な皆の前から、ますます身を隠してしまいたいと思う心情になる。

二七　中将の君、弁の尼と会話し、娘の出産のために帰京する

中将の君「一あなむくつけや。帝(みかど)の御娘(むすめ)を持(も)ちたてまつり給(たま)へる人なれど、よそ〳〵にて、悪(あ)しくもよくもあらむはいかゞはせむと、おほけなく思(おも)ひなし侍る。1よからぬことを引(ひ)き出(い)で給(たま)へらましかば、すべて、身には、悲(かな)しくいみじと思(おも)ひきこゆとも、また見(又み)たてまつらざらまし」2など言(い)ひ交(か)はすことゞもに、3いとゞ心肝(きもゝ)もつぶれぬ。二なほ(猶)、わが身を失(うしな)ひてばや、●ひ(つゐ)に聞(きこ)きにくきことは出(い)で来(き)なむと思(おも)ひ続(つゞ)くるに、この水(みづ)の音(をと)の恐(おそ)ろしげに響(ひゞ)きて行(ゆ)くを、中将の君「かゝらぬ流(なが)れもありかし。世(よ)に似(に)ず荒(あら)ましき所(ところ)に、年月(とし)を過(す)ぐし給(たま)ふを、あはれと思(おぼ)しぬべきわざになむ」など、母君(はゝぎみ)、したり顔(がほ)に言(い)ひゐたり。昔(むかし)よりこの川(かは)の早(はや)く恐(おそ)ろしきことを言(い)ひて、女房「三先(さい)つ頃(ごろ)、渡守(わたしもり)が孫(むまご)の童(わらは)、棹(さを)さしはづして落(を)ち入(い)り侍りにける。すべて、いたづらになる人多(おほ)かる水に侍(はべ)り」と、人々(〴〵)も言(い)ひあへり。君(きみ)は、さても、わが身行(ゆ)く方(ゑ)も知(し)らずなりなば、誰(たれ)も〳〵、あへ(え)なくいみじと、しばしこそ思う給(おもふたま)はめ、ながらへて人笑(わら)へに憂(う)きこともあらむは、いつかそのもの思(物おも)ひの絶(た)えむとすると思(おも)ひかくるには、障(さは)り所(どころ)もあるまじく、さはやかによろづ思(おも)ひなさるれど、うち返(かへ)しいと悲(かな)し。親(おや)のよろづに思(おも)ひ言(い)ふありさまを、寝(ね)たるやうにて、つく〴〵と思ひ乱(思みだ)る。

四なやましげにて痩(や)せ給へるを、乳母(めのと)にも言(い)ひて、中将の君「さるべき御祈(いの)りなどせさせ給へ」、祭祓(まつりはら)へなどもすべき

やうなど言ふ。御手洗川に禊せまほしげなるを、かくも知らで、よろづに言ひ騒ぐ。中将の君「[4]人少なゝめり。よくアさべからむあたりを尋ねて、[5]今参りはとゞめ給へ。やむごとなき御仲らひは、正身こそ何ごとも●(お)いらかに思さめ、よからぬ仲となりぬる辺りは、わづらはしきこともありぬべし。[6]隠しひそめて、さる心し給へ」など、思ひ至らぬことなく言ひ置きて、中将の君「[五]かしこにわづらひ侍る人もおぼつかなし」とて帰るを、いと[7]もの思はしく、よろづ心細ければ、またあひ見でもこそ、ともかくもなれと思へば、浮舟「心地の悪しく侍る●(に)も、見たてまつらぬが、いとおぼつかなくおぼえ侍るを、（との給イ（上記の補入はミセケチされる）○）しばしも[8]参り来まほしくこそ」と慕ふ。中将の君「[9]さなむ思ひ侍れど、[10]かしこもいともの騒がしく侍り。この[11]人々も、はかなきことなどえしやるまじく、狭くなど侍ればなむ。[12]武生の国府に移ろひ給ふとも、忍びては参り来なむを。[13]なほゝ(ヒ)しき身の程は、かゝる御ためこそいとほしく侍れ」などうち泣きつゝのたまふ。

【校異】

ア　さべからむ――「さ○(る)へからむ」青（明）「さ○(る)べからむ」別（伝宗）「さ○(る)へか覧」河（尾）「さ●(る)へからん」河（御）「さ○(ン)へからむ」青（消）「さるへからん」青（伏・三・徹二・紹）河（静・前・大・鳳・兼・岩・飯）別（宮・国・阿）「さるへからむ」別（蓬）（さるへからん也イ）「さむへからん」別（陽）「さへからん」青（池・横・大正・保・榊・平）別（麦）「さへからむ」青（徹一・陵・穂）「さへからむ」青（幽）、河（七）は落丁。なお『大成』は「さへからん」、『大系』『集成』も「さべからむ」であるのに対して、『全書』『玉上評釈』『全集』『完訳』『新大系』『新全集』は「さるべからむ」。底本における補入の「る」は、

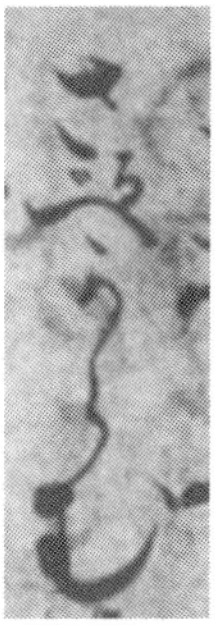

（五七丁オ四行）

のようにあり、これを、物語の原態と見るか、『明』の後人による補入と見るかの違いである。河内本の『尾』『御』も「る」は補入であるし、当該は、二六段【校異】イの補入と同様の補入である点を重視し、物語本文としては、本来は「さへからむ」であったものを、後人が「さるへからむ」のように「る」を補足したものと見て、底本本行本文「さへからむ」を本来の物語本文として採択する。

【傍書】　1薫ト中君トノコト　2母と弁　3匂ノコトヲシラレテハト浮心　4母詞　5奉公人コト　6宮候衆　7浮　8母方へ也　9母詞　10母方モイソカハシト也　11常子共也　12イツクニアリ共参ント也　13母ノヒケ詞

【注釈】

一　**「あなむくつけや。帝の御娘を持ちたてまつり給へる人…など言ひ交はすことゞもに、いとゞ心肝もつぶれぬ**

「あなむくつけや」は、浮舟が密かに関係を結んでいる匂宮の、好色の噂に対する、母の嫌悪と畏怖を表す。「帝の御娘を持ちたてまつり給へる人なれど」は、娘の結婚相手の薫は、帝の娘、女二の宮を正室にしておられる人だが。「よそ〳〵にて」は、女二の宮と浮舟とは血縁関係のつながりもないこと。「悪しくもよくもあらむはいかゞはせむ」は、浮舟の存在によって、薫と女二の宮との関係が悪くなっても良くなってもどうしようもないの意。「おほけなく思ひなし侍る」は、正室の女二の宮に遠慮することもなく、浮舟を薫のようなご立派な方なので、敢えて結婚させる気になりました。母のこの言葉の裏には、相手が匂宮では、異母姉の中の君が側室夫人としておられるので、そこへ浮舟が匂宮の愛人として割り込むのは、あってはならないことの意が言外に含まれる。「よからぬことを引き出で給へらましかば」は、二条院における、匂宮の侵入を知っている母なので、娘が匂宮に密通したという噂が流されるような事態になったならばと心配する母の言葉。「よからぬことを引き出で給へらましかば、すべて、身には、悲しくいみじと思ひきこゆとも、また見たてまつらざらまし」は、そうした事態になったならば、自分はどんなに悲しく辛くとも、そのような娘には二度と会いたくはないの意。そのような事態を招かないための予防線を張った発言であるが、現実にはそのようなことはあり得ないと確信している、母中将の君の発言といえる。母の心配をよそに、事実は、既に密通してしまった浮舟の、苦しい胸の内が浮上する。「いとゞ心肝もつぶれぬ」は、二条院での、匂宮と浮舟との一件を乳母から通報を受けて、母北の方が「胸つぶれ騒ぎて」（東屋三一）とあった以上の、浮舟の衝撃の様である。母のもっとも嫌う状況にある自らは、もう、絶対に母に顔を会わせられない心境である。

二　**なほ、わが身を失ひてばや、つひに聞きにくきことは…など、母君、したり顔に言ひゐたり**　「なほ、わが身を失ひてばや」は、「うきて世をふる身ともなさばや」（浮舟二四）「浮きたる心地」（同二六）のように悩んでいた浮舟の、とうとう入水を決意した瞬間である。宇治川を何時も見ていた浮舟が死を選ぼうとするとき、入水以外は考えられない。「聞きにくきこと」は、浮舟が匂宮と密通したという噂。「この水の音の恐ろしげに響きて行く」は、まさか、我が娘が、今が今、宇治川に入水する決意をしたとも知らない母が、宇治川の水の音が恐ろしげに響いて流れていくのを、話題にする。母のこの不用意な発言がますます娘の心を身震いさせるのであるが、母はそれに気付かない。「かゝらぬ流れもありかし」は、京を流れる鴨川を示唆させる。「世に似ず荒ましき所」は、宇治川が急流で、荒々しい波風の聞こえる寂しい所であること。「いと荒ましき水の音、波の響きに、もの忘れうちし、夜など、心解けて夢をだに見るべき程もなげ」（橋姫一〇）であるともいわれていた。「世に似ず荒ましき所に、年月を過ぐし給ふを、あはれと思しぬべきわざになむ」は、こんなに波風の荒々しい寂しい所に、長いこと過ごしておられたことを、薫は当然そのような浮舟をいとおしく思っておられるはずでしょうの意。浮舟には何も言わせず、一方的に、自身の思い込みを語り続ける、軽率な母の言葉。「したり顔に」は、弁の尼だけではない、右近や侍従を目の前にして、浮舟の功績を自慢げに話す母の様子。薫の妻として、京の邸宅に迎えられることが浮舟の幸運であると確信している、母の物言いである。母がこのように自慢すればするほど、それを聞く浮舟の恥ずかしさは一層高まることを言外に示す。

三　**先つ頃、渡守が孫の童、棹さしはづして…寝たるやうにて、つく〲と思ひ乱る**　「先つ頃、渡守が孫の童、棹さしはづして落ち入り侍りにける。すべて、いたづらになる人多かる水に侍り」は、弁の尼、右近、侍従以外の、浮舟のことを何も気付かない若い女房の発言。宇治川で溺死した人の例をあげて、宇治川はおぼれ死ぬ人が多いという話で、この口入れも、宇治川で入水しようと思っている浮舟の心を刺撃する。「行く方も知らずなりなば」は、「浮きたる心地のみ」（浮舟二六）する浮舟で、入水の決意を固め、そうした時のことを想像して、あれこれ考えを巡らす心。「あへなくいみじと、しばしこそ思う給はめ、ながらへて人笑へに憂きこともあらむは」は、「しばし」に「ながらへて」を対照させる。「人笑へ」は、母中将の君が、一番恐れていたこと（同二六）と同じ。浮舟は、当座の残された皆の悲しみよりも、貴族社会において、何時までも悪い評判が立つ「人笑へ」を避けたいのである。「思ひかくる」は、浮舟が、「人笑へ」を回避するために、入水する気持になったこと。「障り所もあるまじく、さはやかによろづ思ひなさるれど」は、入水の障害になるものは何もなさそうで、悩む気持も解消されたと、浮舟には思われたが。「うち返し、いと悲し」は、死を決意しながら、しかし、いざ決行しようとすると、心の中にこの世への未練が残り、別れるのを悲しく思う、死を直前にする心情。「親のよろづに思ひ言ふありさまを、寝たるやうにて、つく〲と思ひ乱る」は、娘の心を知らない母親が、周囲の人を相手に、得意然として話す耳障りな会話を、眠れない浮舟は眠った振りをして聞く。いざ入水となると、親の声が耳に残り、どうしたものかと決断する気持が鈍り、思い乱れる浮舟である。

四　**なやましげにて痩せ給へるを、乳母にも言ひて…さる心し給へ」など、思ひ至らぬことなく言ひ置きて**　「なやましげにて痩せ給へる」は、中将の君が、乳母から、「はかなき物も聞こしめさず、なやましげにせさせ給ふ」（浮舟二六）と報告を受けたことを受ける。「祭祓へなど」は、神に祈って幣を奉る祭りや、神に祈って病気を追い払うお祓いなどで、神道や陰陽道で行う病気治療法。夕顔の死の穢れに触れて「なやましげ」（夕顔二〇）であった源氏の衰弱するのを心配した桐壺帝は、源氏のために「祭祓修法など言ひ尽くすべくもあらず」（同二三）のように、仏道の加持祈禱もしているのに、浮舟では、神道や陰陽道のみを揚げている。これは、浮舟が、「賀茂と深い関わりを持っている」（韓正美『『源氏物語』における神祇信仰』武蔵野書院二〇一五年一八九頁）薫の思い人で、御手洗川に流される「人形」を思わせるからであろう。「御手洗川に禊せまほしげなる」は、「恋せじと御手洗川にせし禊ぎ神は受けずぞなりにけらしも」（古今集巻一一恋一・読人知らず）の初句を受け、もう恋をするようなことは、一切止めにしようと神に誓いたいような、浮舟の気持である。「よくさべからむあたりを尋ねて、今参りはとゞめ給へ」は、京に連れて行く女房の人選について、母中将の君の口出しである。女房の数が少ないようだから、教養のない新参の女房はやめて、信頼出来る筋の女房を尋ねて集めよという。弱っていて、京に渡れそうもない娘の本質を見誤って、先走った指示をする母中将の君である。「やむごとなき御仲らひ」は、薫の正室女二の宮との関係で、浮舟の側で気を遣うべきことが生じるであろうことを予測した、母の忠告。「正身」は、当事者である、女二の宮。言外に、周辺の女房は除く意を含む。「おいらかに」は物語中に最も紫の上に多用（五例）されることは既述（東屋四一）。「やむごとなき御仲らひは、正身こそ何ごともおいらかに思さめ」は、高貴な人との関係は、ご当人方こそ嫉妬はなさらず何事もおっとりとしておられるであろうの意。「よからぬ仲となりぬる辺り」は、正妻［女二の宮］と第二夫人［浮舟］という関係のように、憎み合う仲になった場合の、双方の女房達の辺り。「隠しひそめて」は、目立たぬように、身を隠して。「さる心し給へ」は、娘が、薫に引き取られることを前提にして、薫夫人になるための心構えを説き聞かす、発言。三条の小家に一時身を寄せたときにも、母は「かくあばれて、危ふげなる所なり。さる心し給へ」（東屋三二）と、同様な発言をして忠告していた。

五　**かしこにわづらひ侍る人もおぼつかなし…かゝる御ためこそいとほしく侍れ」などうち泣きつゝのたまふ**

「かしこにわづらひ侍る人」は、「子生むべき程近くなりぬ」（浮舟二六）とあった、浮舟の異父妹、左近少将の妻のこと。「いともの思はしく、よろづ心細ければ」は、大層心がふさぎ心細く、死を覚悟し、孤絶した浮舟の心情。「またあひ見でもこそ、ともかくもなれと思へば」は、母とは再び会えないまま、自分はどうにかなってしまうのであろうと思うのでの意。「心地の悪しく侍るにも、見たてまつらぬが、いとおぼつかなくおぼえ侍るを」は、気分が悪いので、母の顔を見ていないと、私はどうなるか不安ですの意。浮舟が、お母さん助けて下さいと、母に発した最後の訴えである。「しばしも参り来まほしくこそ」は、しばらくの間でもよいので、お母さんの元に参りとうございますと、懇願した。「しばしも」というのは、常陸介北の方としての母の立場を考えての発言である。浮舟はすぐに死ねない。死ぬ前に、しばらくでも母の側から離れたくなかったのである。浮舟が、死を考えざるを得ない苦境から救ってくれるものがあるとすれば母なので、手を伸ばして助けて下さいという、浮舟の心の中からの必死の叫びである。死の直前まで、死は浮舟の傍にあっても遠い。「さなむ思ひ侍れど、かしこもいとものの騒がしく侍り」は、浮舟を常陸介の邸に連れて帰りたいけれども、あちらは、出産の騒ぎで取り込み中であるの意。「この人〳〵も、はかなきことなどえしやるまじく、狭くなど侍ればなむ」は、娘が女房共々常陸介邸へ移れば、女房達が薫が設ける邸に引き取られるための支度をするのにも、手狭で出来ないであろうからという。母中将の君は、目の前の、青白く生気のない娘の顔から、娘の危急を察知する叡知の人ではなく、あくまでも薫夫人として栄える娘の姿を仮想している、愚かな母である。「武生の国府」は、越前（現在の福井県武生市）の国府。「道の口、武生の国府に、我はありと、親に申したべ、心あひの風や、さきむだちや」（催馬楽「道の口」）と唄われる歌枕で、作者紫式部が、娘時代に、父の任地として滞在したことがある地である。野越え山越え、到底会いに行けないという地の例として、武生の国府を揚げ、薫の邸宅の喩とした。「武生の国府に移ろひ給ふとも、忍びては参り来なむを」は、武生の国府のような遠国（薫の邸宅）にお移りになられても、私（中将の君）は薫には内緒でこっそりと会いに来ますよの意。浮舟が母と別れるのを辛がっているのは、浮舟が死を覚悟しているので、この別れが、永遠の別れであると思う故の、母への未練であったのに、母は、ここで浮舟が自分と別れて薫の邸宅に移ってしまえば、母が出入りできず、浮舟は母と今までのように簡単に会えなくなるであろうことを心配している故の未練であると、勘違いしている。「なほ〳〵しき身の程」は、常陸介北の方という低い身分であること。「なほ〳〵しき身の程は、かゝる御ためこそいとほしく侍れ」は、権大納言兼右大将である薫夫人となる浮舟に、母の身分が不釣り合いであるので、申し訳ないことと嘆く嘆きで、娘の生死の一大事に直面しているのに、その本質を見抜けない、的外れな母の嘆きである。

二八　薫の随身、匂宮の使者と宇治で出会い、秘密を察知する

一

殿の御文は、今日もあり。薫「なやましと聞こえたりしを、いかゞ」と訪ひ給へり。薫「みづからと思ひ侍るを、わりなき障り多くてなむ。この程の暮らし難さこそ、なか〳〵苦しく」などあり。宮は、昨日の御返りもなかりしを、匂宮「いかに思し漂ふぞ。風の靡かむ方もうしろめたくなむ、いとゞ惚れまさりて眺め侍る」など、これは多く書き

給へり。

二 雨降(あめふ)りし日、来合(きあ)ひたりし御使(つかひ)どもぞ、今日(けふ)も来(き)たりける。殿の御随身(みずいじん)、1かの少輔(せふ)が家(いゑ)にて時々(〳〵)見(み)る男(をのこ)なれば、随身「まうとは、何(なに)しにこゝには度々(たび〳〵)は参(まい)るぞ」と問(と)ふ。使者「私(わたくし)に訪(とぶら)ふべき人のもとにまうで来(く)るなり」と言(い)ふ。随身「私(わたくし)の人にや、艶(えん)なる文(ふみ)はさし取(と)らする。気色(けしき)あるまうとかな。物隠(かく)しは、なぞ」と言(い)ふ。使者「まことは、こ2の守(かう)の君の御文(ふみ)、女房(ばう)に奉(たてまつ)り給(給)ふ」と言(い)へば、言違(ことたが)ひつゝあやしと思(おも)へど、こゝにて定(さだ)め言(い)はむも異様(ことやう)なべければ、おの〳〵参(まい)りぬ。

三 かど〳〵しき者(物)にて、供(とも)にある童(わらは)を、随身「この男(をのこ)に、さりげなくて目(め)つけよ。3左衛門大夫(さいものたいふ)の家(いゑ)にや入(い)る」と見(み)せければ、童「宮に参(まい)りて、式部少輔(しきふのせふ)になむ、御文(ふみ)は取(と)らせ侍りつる」と言(い)ふ。さまで尋(たづ)ねむものとも、劣(おと)りの下衆(げす)は思(おも)はず、事(こと)の心をも深(ふか)う知(し)らざりければ、舎人(とねり)の人(ひと)に見(み)あらはされにけんぞ、くちを(お)しきや。4殿に参(まい)りて、今出(いまい)で給はんとする程(ほど)に、御文奉(ふみたてまつ)らす。直衣(なをし)にて、ア六条院に、后(きさい)の宮の出(い)でさせ給へる頃(ころ)なれば、参(まい)り給(給)ふなりければ、こと〳〵しく御前(ごぜん)などあまたもなし。御文参(ふみまい)らする人に、随身「あやしきことの侍りつる、見給(みたま)へ定(さだ)めむとて、今ま(いまゝ)で候(さぶら)ひつる」と言(い)ふをほの聞き給(きゝ給)ひて、歩(あゆ)み出(い)で給(給)ふまゝに、薫「何(なに)ごとぞ」と問(と)ひ給(給)ふ。この人の聞(き)かむもつゝましと思(おも)ひて、かしこまりてをり。殿も、しか見知(みし)り給(たま)ひて出(い)で給ひぬ。

【校異】

ア　**六条院に**――「六条の院」青（明）「六条の院に」青（池・大正・肖・陵・伏・平・穂・紹・幽）河（御・大）別（蓬）「六条院にて」青（横）「二条院にて」別（伝宗）「六条院に」青（徹一・保・榊・三・徹二）河（尾・静・前・鳳・兼・岩・飯）別（陽・宮・国・麦・阿）、河（七）は落丁。なお『大成』は「六条の院に」、『全書』『大系』『玉上評釈』『全集』『集成』『完訳』『新全集』も「六条の（六条の・六条）院に」であるのに対して、『新大系』は「六条の院」。底本のみに、「六条の院に」の「に」を欠く例である。『新大系』は、挿入句と注して、「六条の院」の底本のままであるが、挿入句であっても、明石中宮が、六条院にお出ましの頃の意なので、「に」は必要である。底本が「に」を誤脱して書写したものと見て、底本を「六条院に」に校訂する。

【傍書】　1式部少輔薫方ナカノフムコ　2時方也　3時方コト　4薫

【注釈】

一　**殿の御文は、今日もあり。なやましと聞こえたりしを…眺め侍る」など、これは多く書き給へり**　「殿の御文は、今日もあり」は、「も」によって、薫からの手紙が続き、浮舟の脅かされる心情を示唆する。薫は二月朔日頃浮舟を訪ねて「いとようも大人びたりつるかなと、心苦しく思し出づること、ありしにまさりけり」（浮舟一八）と思って以来、浮舟を思う日が多く、手紙もあり（同二四）、女二の宮へも京への引き取りの了解も得（同二五）ていて、浮舟転居の準備を着々と進めていた。薫は、京へ移る日程を四月十日と知らせてきていて（同二六）、今日は、浮舟の病気見舞いの手紙である。「なやましと聞こえたりし」は、薫からの京への転居日程の知らせに対して、浮舟は、体調を壊していて移れないように返事をしていた。「この程の暮らし難さこそ、なか／＼苦しく」は、四月十日の浮舟の転居まで、後しばらくであるが、その間が待ち遠しく、かえって辛い意。死をまで考えている浮舟の心を見抜けない、薫からの便りである。「昨日の御返りもなかりし」は、匂宮が昨日出した手紙に浮舟からのご返事もなかったこと。匂宮に対しては、母と弁の尼の、匂宮の好色な噂話を耳にしていて、浮舟は最早、返事を書いていない。「いかに思し漂ふぞ」は、あなたの思いは、どのように揺れ動いて彷徨っているのでしょうかという意の匂宮からの手紙である。浮舟から返事がないということは、浮舟の心が漂っていて、匂宮に向いていないと分かるからである。「風の靡かむ方もうしろめたく」は、「須磨のあまの塩やくけぶり風をいたみ思はぬ方にたなびきにけり」（古今集巻一四恋四・読人知らず）により、風のために思いがけない方向に藻塩の煙がたなびくように、あなたを誘う薫からの風が強いせいで、あなたがそちらになびいているのではないかと心配ですの意。

二　**雨降りし日、来合ひたりし御使どもぞ…異様なべければ、おの〳〵参りぬ**　「雨降りし日、来合ひたりし御使ども」は、宇治川の増水などが心配されるほどの豪雨の日、匂宮と薫の双方から手紙が来ていた（浮舟二三段参照）。そのとき宇治で鉢合わせになっていた薫の随身と匂宮の使いの者。「今日も来たりける」は、薫の随身が来た今日も、匂宮の使いの者が来ているのであったよの意。「かの少輔が家にて時々見る男」の「かの少輔」は、既述（同二〇）、式部少輔道定朝臣のこと。「男」は、時方の使者。薫の随身が、仲信の婿少輔道定の家で時々見かける男［時方の使者］の意。薫の随身は、少輔の家には出入りしていて、時方の使者とも顔見知りであった。「まうと」は既述（帚木二七）。「真人也」（『花鳥』）。目上の人から目下の者を呼ぶ場合の、二人称代名詞。「私に訪ふべき人のもとにまうで来るなり」は、私的に、訪ねるべき愛人がいるので参ったのですと、取り繕った使者の言葉。「私の人にや、艶なる文はさし取らする」は、使者が浮舟の手紙を貰った帰りと見た随身の問いかけ、直接訪問した愛人に艶書など差し出して取らせるものか、それは変だの意。「艶なる文」は風情のある恋文。この使者が、手にしていた、風情のある恋文を指す。「気色あるまうとかな。物隠しは、なぞ」は、辻褄の合わないことを言って、恋文の相手を隠すのはどうしてかと問い詰めた。匂宮からの恋文であろうことを予感した詰問である。「この守の君の御文、女房に奉り給ふ」の「守の君」は、「出雲権守時方朝臣」（浮舟二九）とある、時方で、左衛門佐を兼任、「女房」は浮舟の女房右近を指す。問い詰められた使者が、「右近が古く知れりける人」(浮舟一六)と取り繕っていた、右近の言葉と口裏を合わせて、とっさに、この恋文は、時方からこちらの女房に届けるものであるかのようにごまかした発言。「言違ひつゝ」は、使者の返事の仕方が、同じではないこと。「異様なべければ」は、薫の随身は、常識を弁えていて、それ以上の問答をしないでのこと。「おの〳〵参りぬ」は、それぞれが、ご主人の元へ参上した。

三　**かど〳〵しき者にて、供にある童を…殿も、しか見知り給ひて出で給ひぬ**　「かど〳〵しき者にて」は、使者の持っている恋文が、本当は、匂宮に届けられるものではないかと疑う薫の随身を、才知を働かせる者であるということ。「左衛門大夫」は、「時方と召しゝ大夫」(同一六)と呼ばれていた時方のこと。「式部少輔になむ、御文は取らせ侍りつる」の、「式部少輔」は、既述(同六【注釈一】)。匂宮の漢籍の師大内記道定のこと。これで、使者が嘘をついていたことが判明する。「劣りの下衆」は、匂宮の使者のこと。薫の随身を「かど〳〵しき者」として称えるのとは、対照的である。匂宮は浮舟との関係を極力秘密にしなければならず、手紙を届けさせる時方の使者には、「時方と召しゝ大夫の従者の、心も知らぬして」(同一六)遣わしていた。ここでも「事の心をも深う知らざりければ」と、匂宮の極秘にしたい事情を深く知らないことが重ねて示されている。従って、この使者は、薫の随身から恋文の届け先を詰問された時にも、警戒心が乏しく、薫の随身のお供の少年が、後を付けていることにまで注意を払わなかった。「舎人の人」は、薫の随身のこと。近衛の「舎人の人」というのは、「劣りの下衆」より一段格が高い、敬意を表した呼称。「殿に参りて」は、随身が、薫の三条宮に参りて。「六条院に、后の宮の出でさせ給へる頃なれば」は、明石中宮が、六条院に退出されている頃であるので。次段により、明石中宮が病気のための退出であると判明する。「あやしきことの侍りつる、見給へ定めむとて、今まで候ひつる」は、妙なことがあって帰宅が遅れましたとの、随身の弁解。浮舟の病気が気がかりで、随身の報告を待っていた薫には、聞き捨て出来ない報告である。「この人の聞かむもつゝましと思ひて、かしこまりてをり」の「この人」は、随身の報告を薫に伝える女房。薫の随身は、「事の心をも深う」知らされていない匂宮の使者とは違い、薫の秘密の使いであることを知らされているので、女房の前では、宇治での出来事を軽々に話さない、才覚のある態度である。「しか見知り給ひて」は、その場で話せない随身の様子を、薫が察知されての意。「出で給ひぬ」は、女房の前では何も聞かず、そのまま薫は、六条院へ出かけられた。詳細は、後でこっそり聞くつもりの薫である。

二九　薫、随身の報告を受ける

一[1] 宮、例(れい)ならずなやましげにおはすとて、宮(みや)たちも、皆参(みなまい)り給(たま)へり。上達部(かむだちめ)など多(おほ)く参(まい)り集(つど)ひて騒(さは)がしけれど、ことなることもおはしまさず。かの内記(ないき)は政官(上くわん)なれば、後(をく)れてぞ参(まい)れる。この御文(ふみ)も奉(たてまつ)るを、宮、台盤所(だいばん)におはしまして、戸口(とぐち)に召(め)し寄(よ)せて取(と)り給(給)ふを、大将、御前(おまへ)の方(かた)より立(た)ち出(い)で給(給)ふ、側目(そばめ)に見通(みとを)し給(給)ひて、切(せち)にも思(おぼ)すべかめる文(ふみ)の気色(けしき)かなと、を(お)かしさに立(た)ち止(ど)まり給(たま)へり。ひき開(あ)けて見給(みたま)ふ。紅(くれなゐ)の薄様(うすやう)にこまやかに書(か)きたるべしと見(み)ゆ。

二 文(ふみ)に心入(い)れて、とみにも向(む)き給はぬに、大臣(おとゞ)[2]も立(た)ちて外(と)[3]ざまにおはすれば、この君(きみ)は、障子(さうじ)より出(い)で給(給)ふとて、薫「大臣出(おとゞい)で給(給)ふ」と、うちしは(わ)[4]ぶきて驚(おどろ)かいたてまつり給(給)ふ。ひき隠(かく)し給(たま)へるにぞ、大臣(おとゞ)さし覗(のぞ)き給へる。驚(おどろ)きて、御紐(ひも)さし給(給)ふ。[ア]殿もつい居(ゐ)給(給)ひて、夕霧「まかで侍りぬべし。御邪気(じやけ)の久(ひさ)しく起(お)こらせ給(たま)はざりつるを、恐(おそ)ろしきわざなりや。山の座主(ざす)、たゞ今請(いまさう)じに遣(つか)はさん」と、忙(いそが)しげにて立(た)ち給(給)ひぬ。

三　夜更けて、皆出で給ひぬ。大臣は、宮を先に立てたてまつり給ひて、あまたの御子どもの上達部、君たちをひき5続けて、あなたに渡り給ひぬ。6この殿は後れて出で給ふ。随身気色ばみつる、あやしと思しければ、御前など下りて火灯す程に、随身召し寄す。薫「申しつるは何ごとぞ」と問ひ給ふ。随身「今朝、かの宇治に、出雲権守時方朝臣のもとに侍る男の、紫の薄様にて桜に付けたる文を、西の妻戸に寄りて、女房に取らせ侍りつる見給へつけて、しか〳〵問ひ侍りつれば、言違へつゝ、空言のやうに申し侍りつるを、いかに申すぞとて、童べして見せ侍りつれば、兵部卿宮に参り侍りて、式部少輔道定朝臣になむ、その返りごとは取らせ侍りける」と申す。

四　君、あやしと思して、薫「その返りごとは、いかやうにしてか出だしつる」随身「それは見給へず。異方より出だし侍りにける。下人の申し侍りつるは、赤き色紙のいときよらなるとなむ申し侍りつる」と聞こゆ。思し合はするに、違ふことなし。7さまで見せつらむを、かど〳〵しと思せど、人々近ければ、くはしくものたまはず。

【校異】

ア　殿もついゐ――「殿●ゐ」青（明）「殿もつゝい」河（御）「とのもつゝい」河（静・兼）「とのもつ○ゐ」青（池）「とのもついゐ」青（横・肖・陵・保・榊・三・徹二・紹）河（尾・前・大・鳳・岩）別（蓬）「とのもつゐゐ」青（大正・平）「殿もついゐ」青（伏・穂・幽）別（宮・国・阿・伝宗）「殿もつゐゝ」青（徹一）「とのもつゐい」河（飯）「とのもつひい」別（陽）「殿もつゐゝ」別（麦）、河（七）は落丁。なお『大成』は「とのもついゐ」、『大系』『集成』も「殿（殿）も（、）ついゐ」であるのに対して、『全書』『玉上評釈』『全集』『完訳』『新大系』『新全集』は「殿つい居（ゐ）」。底本のみに「も」を欠き、底本が独自異文になった例である。底本の本行本文は「殿ゐ給て…」とあり、「殿」の右下に、補入印「○」なしで、小さく「つい」

が、

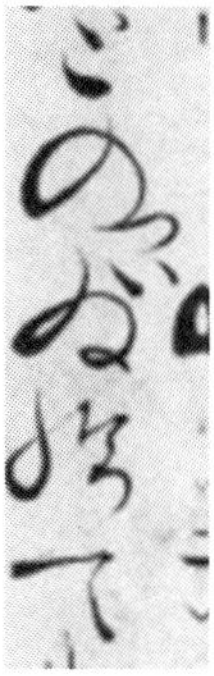

（六〇丁オ六行）

のように補われている。この補入文字「つい」は、六段【校異】オ、九段【校異】ウと同様、底本の本行本文と同筆のように大らかな文字で、底本本行本文の書写者が、誤脱文字に気付いて横に「つい」を書き込んだものと思われる。ところが、底本における欠脱文字は、「もつい」の三字であったのに、「も」を見落として「つい」を補入してしまった。その結果、底本が「殿ついゐ」とする独自異文になった。以上の如く勘案して、底本を「殿もついゐ」に校訂する。

【傍書】　1明石　2夕霧　3外也　4夕霧ノミ給ト薫也　5夕へ也　6薫　7人ヲ付タルコト

【注釈】

一　**宮、例ならずなやましげにおはすとて…紅の薄様にこまやかに書きたるべしと見ゆ**　「宮、例ならずなやましげにおはす」は、明石中宮の病気が慢性化していたことで、既述（宿木二一・東屋一七）。「宮たちも、皆参り給へり」は、明石中宮腹の東宮、匂宮、中務宮、女一の宮など全員が、見舞いに参上されている。「かの内記」は、大内記道定。宇治に遣わした時方の使者から、浮舟の恋文を預かった人である。「政官なれば、後れてぞ参れる」は、「政官にて、詔書勅書、宣命などのことにいとまなく、又、式部少輔なれば、公務にひまなきゆへ、遅参する也」（『細流』）。「この御文も奉る」は、遅れてきた大内記道定が宇治に遣わした時方の使者から受け取った恋文を、匂宮に差し上げる。「台盤所」は、女房の詰め所。「戸口に召し寄せて取り給ふを」は、匂宮が、台盤所の戸口に道定を呼び、道定から恋文をお取りになられるのを。「御前の方」は、明石中宮の御前。「ひき開けて見給ふ」は、匂宮が道定から手渡された恋文を、台盤所の戸口で、広げて見ておられる。匂宮は、待っていた手紙を、早くご覧になられたい様子で、周囲への目配せを欠き、薫の視線には気付かない。「紅の薄様」は、恋文然とした、薄い鳥の子紙で、匂宮が見ているのが恋文であることは歴然としている。源氏が結婚した女三の宮からの手紙も「紅の薄様にあざやかにおし包まれたる」（若菜上一六）を紫の上に見られる場面がある。両者とも、季節は春で、「紅の薄様」は、見られて欲しくないのに、よく目立つ恋文の様子である。

二　**文に心入れて、とみにも向き給はぬに…たゞ今請じに遣はさん」と、忙しげにて立ち給ひぬ**　「文に心入れて、とみにも向き給はぬ」は、匂宮は恋文に気を取られて、薫の方を見向かず、薫に見られていることに気付かれない。匂宮には、余程深刻な内容に違いない様子であるが、見ている薫には、匂宮の嬉しいことが書かれているように思えた。「大臣も立ちて外ざまにおはすれば」は、大臣夕霧も明石中宮の御前から立ち上がり、外の、台盤所の方へおいでになるので。「この君は、障子より出で給ふとて」の「この君」は、匂宮を見咎めている薫。薫は襖障子から外へ出ようとされて。「うちしはぶきて驚かいたてまつり給ふ」は、少し咳払いして、匂宮に注意を喚起される。匂宮の舅である夕霧の目に、匂宮が恋文に夢中になっているのが見つかると、気まずいことになると、とっさに気付いた薫の機転による。「ひき隠し給へるにぞ、大臣さし覗き給へる」は、匂宮が恋文を隠されたときに、夕霧が、匂宮の方をお覗きになられた。したがって、夕霧は、匂宮の恋文には気付いていない。「御紐さし給ふ」は、直衣の紐を外してくつろいでおられたところを、紐を通して止めて、威儀を正した姿勢になられた。匂宮は、舅の夕霧への敬意を見せられたのである。葵上亡き後、ものあわれな時雨の頃、傷心の源氏を訪問した、三位中将に会う時の源氏も、「しどけなくうち乱れ給へるさまながら、紐ばかりをさしなほし給ふ」（葵二〇）という仕草をして、三位中将に敬意を見せている。「殿もついゐ給ひて」は、夕霧も、ひざまづきなさって、匂宮の敬意に応えた姿勢をされたのである。「御邪気の久しく起こらせ給はざりつる」は、明石中宮の病気は、今年になっては、初めてである。「御邪気」というのは、明石中宮の病気が慢性化しておりしばしば起こっていたので、しつこい邪悪な物の怪の様子と見たもの。「山の座主」は、比叡山延暦寺の天台座主。夕霧が慌てふためいて、山の座主を呼ぶために立つようでは、病魔はしつこいと思われる。幸いにも、危急の時であったので、匂宮の挙動の不自然さには、夕霧が注意を向ける余裕がなかった。

三　**夜更けて、皆出で給ひぬ。大臣は…式部少輔道定朝臣になむ、その返りごとは取らせ侍りける」と申す**　「皆出で給ひぬ」は、お見舞いに来ていた皆は、六条院を退出された。「大臣は、宮を先に立てたてまつり給ひて」は、夕霧は、婿の匂宮を敬うように先に立てて、匂宮が二条院へ帰る隙を与えないようにしたこと。「あなた」は、夕霧が愛着を持っていた、六条院の「丑寅の町」（匂兵部卿三）。ここには、落葉の宮の養女として六条院に住まわせていた（同九）、匂宮の正妻の六の君がいる。「この殿は後れて出で給ふ」は、後文から、薫は人目の無いところで、先程の随身からの報告を聞くために、匂宮や夕霧から、遅れて退出したことが分かる。「随身気色ばみつる、あやしと思しければ」は、随身が「あやしきことの侍りつる」（浮舟二八）と報告した「あやしきこと」の内容を、薫は聞いておられないので、随身の口ぶりは変だと思われたので。「御前など下りて火灯す程に」は、前駆の者どもが庭に下り、松明をともす間に。用意周到な薫は、薄暗くなり、人目につかない時間を選んでいる。「随身召し寄す」は、薫は、宇治のことをこっそり聞こうとして随身を呼ばれたこと。「出雲権守時方朝臣」は、時方の正式な官職名。このような呼称をして報告する仕方は、官僚的な随身口調である。時方が、左衛門大夫だけではなく、出雲権守を兼任であることが、ここに初出。「紫の薄様にて桜に付けたる文」は、「桜襲は裏紫なれば、薄様の色もたよりあるにや」（『花鳥』）とあるように、好色な「交野の少将」（野分一〇）まがいの、「紙の色に」相応しくそろえた、恋文然とした手紙。「言違へつゝ、空言のやうに申し侍りつる」は、前段において、随身が匂宮の使者に、「まうとは、何しにこゝには度々は参るぞ」と詰問したとき、使者の答えぶりが、辻褄の合わない言い回しであったこと。「空言のやうに申し侍りつる」は、使者が、この恋文は、本当は、「この守の君」（時方）の御文で、女房（右近）に差し上げられる手紙だと、嘘を言ったように申しましたこと。「式部少輔道定朝臣」は大内記道定の正式呼称。匂宮の漢籍の師である。「兵部卿宮に参り侍りて、式部少輔道定朝臣になむ、その返りごとは取らせ侍りける」は、薫の随身が童に見届けさせた報告内容。時方の使者が、時方に届ける手紙であると言っていたことは、嘘であったと判明したことの報告である。

四　**君、あやしと思して、「その返りごとは…人〴〵近ければ、くはしくものたまはず**　「君、あやしと思して」は、薫が、随身の説明から、その恋文は、匂宮あてではないかと不審に思われて。「その返りごとは、いかやうにしてか出だしつる」は、その恋文を、宇治でどのようにして使者に手渡したかの意。「それは見給へず。異方より出だし侍りにける」は、賢い右近なので、薫の随身には見られないようにして手渡していたのである。「下人の申し侍りつる」は、随身には見られなかったけれども、随身の下人には見られていたこと。賢い右近ではあるが、薫の随身は、右近以上に賢く、下人を使って偵察させていた。「赤き色紙のいときよらなる」は、匂宮が台盤所で開いて「紅の薄様にこまやかに書きたるべし」と見ていた恋文に符合する。「かど〳〵しと思せど」は、才覚のある随身だからこそ、匂宮の横恋慕を見破る契機を摑んだと、薫は思われたがの意。「かど〳〵しき者にて」（浮舟二八）に照応。「人々近ければ、くはしくものたまはず」は、随身の不審がる報告を受けながら、薫は、随身とはそれ以上のことを話されなかった。「人々」（女房達）の聞き耳を警戒されている、用心深い薫像である。

三〇　思い乱れた薫、随身を浮舟に遣わす

一　道（みち）すがら、なほ（猶）、いと恐（おそ）ろしく隈（くま）なくおはする宮なりや、いかなりけむついでに、さる人ありと聞き給（きゝ給）ひけむ、い

かで言(い)ひ寄(よ)り給(たま)ひけむ、田舎(ゐ中)びたる辺(あた)りにて、[1]かうやうの筋(すぢ)の紛(まぎ)れはえしもあらじと思(おも)ひけるこそ幼(おさな)けれ、さても、知(し)らぬ辺(あた)りにこそ、さる好(す)きごとをものたまはめ、昔(むかし)より、隔(へだ)てなくて、あやしきまでしるべして率(ゐ)て歩(あり)きたてまつりし身(み)にしも、うしろめたく思(おぼ)し寄(よ)るべしやと思(おも)ふに、いと心づきなし。

[2]二 対(たい)の御方(かた)の御ことを、いみじく思(思)ひつゝ年頃過(としごろす)ぐすは、わが心の重(をも)さこよなかりけり、さるは、それは、今初(いまはじ)めてさま悪(あ)しかるべき程(ほど)にもあらず、もとよりの便(たよ)りにもよれるを、たゞ心の内(うち)の隈(くま)あらんが、わがためも苦(くる)しかるべきによりこそ思(おも)ひはゞかるも、をこ(お)なるわざなりけり、[ア]この頃(ごろ)、[3]かくなやましくし給(たま)ひて、例(れい)よりも人繁(しげ)き紛(まぎ)れに、いかで遙々(はる〴〵)と書(か)きやり給(給)ふらむ、おはしやそめにけむ、いと遙(はる)かなる懸想(けさう)の道(みち)なりや、あやしくて、おはし所尋(ところたづ)ねられ給(給)ふ日もありと聞(き)こえきかし、さやうのことに思(おぼゝ)ほし乱(みだ)れて、そこはかとなく[4]なやみ給(給)ふなるべし、昔(むかし)を思(おぼ)し出(い)づるにも、[5]えおはせざりし程(ほど)の嘆(なげ)き、いと〳〵ほしげなりきかしとつく〴〵と思(おも)ふに、女のいたく[6]もの思(物おも)ひたるさまなりしも、片端(かたはし)心得(え)そめ給(給)ひては、よろづ思(おぼ)し合(あ)はするに、いと憂(う)し。

三[7] あり難(がた)きもの(物)は、人の心にもあるかな、らうたげにおほどかなりとは見(み)えながら、[8]色(いろ)めきたる方(かた)は添(そ)ひたる人ぞかし、[9]この宮の御具(ぐ)にては、いとよきあはひなりと、[10]思(おも)ひも譲(ゆづ)りつべく退(の)く心地(ち)し給(たま)へど、[11]やむごとなく[イ]思ひそめはじめし人ならばこそあらめ、なほ(を)、さるもの(物)にて置(を)きたらむ、今(いま)はとて見(み)ざらむ、はた、恋(こひ)しかるべしと人悪(ひとわろ)く、いろ

〈心の内（うち）に思（おぼ）す。

四 我（われ）すさまじく思ひなりて捨（す）て置（を）きたらば、必（かなら）ずかのウ宮呼（よ）び取（と）り給（たま）ひてむ、人のため、後（のち）のいとほ（お）しさをも、ことにたどり給（たま）ふまじ、さやうに思（おぼ）す人こそ、12一品の宮（一品宮）の御方（かた）に、人二三人参（まい）らせ給（たま）ひたなれ、さて出（い）で立（た）ちたらむを見聞（き）かむ、いとほ（お）しくなど、なほ捨（をす）て難（がた）く、気色見（けしきみ）まほしくて、御文遣（ふみつか）はす。例（れい）の随身（ずいじん）召（め）して、御手（て）づから人間（ひとま）に召し寄（よ）せたり。薫「五道定朝臣（みちさだのあそむ）は、なほ（猶）、仲信（なかのぶ）が家（いゑ）にや通（かよ）ふ」随身「さなむ侍る」と申す。薫「宇治（うぢ）へは、常（つね）にや、このありけむ男（をのこ）は遣（や）るらむ。13かすかにてゐたる人なれば、道定（みちさだ）も思（おも）ひかくらむかし」とうちうめき給（たま）ひて、薫「人に見（み）えでをまかれ。をこ（お）なり」とのたまふ（給）。かしこまりて、少輔（せうふ）が、常（つね）に、この殿（とのゝ）の御こと案内（あない）し、かしこのこと問（と）ひしも思（おも）ひ合（あ）はすれど、エもの馴れてえ申（申い）し出でず。君も、下衆（げす）にくはしくは知（し）らせじと思（おぼ）せば、問（と）はせ給はず。

【校異】

ア　わざなりけり――「なりけり」青（穂）「わさなりけり（れ）」青（明）「わさなりける」別（宮・国）「わさなりけれ」青（徹二）河（岩）別（麦）「わさなりけり」青（池・横・大正・徹一（ヒ）・陵・榊・伏・三・平・紹・幽）河（尾・御・静・前・大・鳳・兼・飯）別（陽・阿・蓬・伝宗）「わざ也けり」青（肖）「わさ成けり」青（保）、河（七）は落丁。なお『大成』は「わさなりけり」、『集成』も「わざなりけり」であるのに対して、『全書』『大系』『玉上評釈』『全集』『完訳』『新大系』『新全集』は「わざなりけれ」。〈けり（終止形）〉と〈けれ（已然形）〉との違いである。当該は「たゞ心の内の隈あらんが、わがためも苦しかるべきによりこそ思ひはゞかるも、をこなるわざ…」と続く文脈であり、底本は、

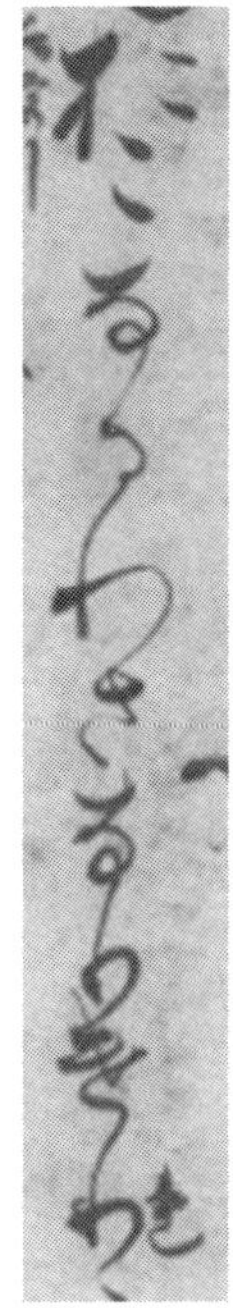

（六二丁オ七行）

のように、終止形の「けり」を已然形の「けれ」に修正している。この修正は、六段【校異】アで、「てらいとかしこく」とミセケチしたのと同筆の、後筆のミセケチ印のようである。これは、前文中の係助詞「こそ」の結びの文脈をとり違えたためと思われる。「こそ」の結びは「思ひはゞかる」に呼応しており、「わざなりけれ」が結び文ではないので、已然形にすべきではない。底本の修正は後筆のさかしらであり、底本の本行本文「わざなりけり」が『明』本来の表現と考えて、「わさなりけり」に校訂する。

イ　**思ひそめはじめし**——「思そめはしめ○(に)し」青（明）「おもひそめし」青（池）河（静・大・兼）「思ひそめし」河（御）「おもひはしめし」青（肖）「思ひはしめし」青（紹）別（阿）「おもひはしめたる」別（蓬）「思はしめたる」別（陽・宮・国）「思ひそめはし○(め)し」青（榊）「思ひそめはしめし」青（保・徹二）別（伝宗）「思そめはしめし」青（幽）「おもひそめはしめし」青（横・大正・陵・三・平・穂）河（尾・前・鳳・岩）「思そめはしめし」青（徹一・伏）河（飯）別（麦）、河（七）は落丁。なお『大成』は「おもひそめし」であるのに対して、『新大系』は「思そめはじめにし」、『全書』『大系』『玉上評釈』『全集』『集成』『完訳』『新全集』は「思（思）ひそめ（、）はじめ（始め）し」。底本のみ、

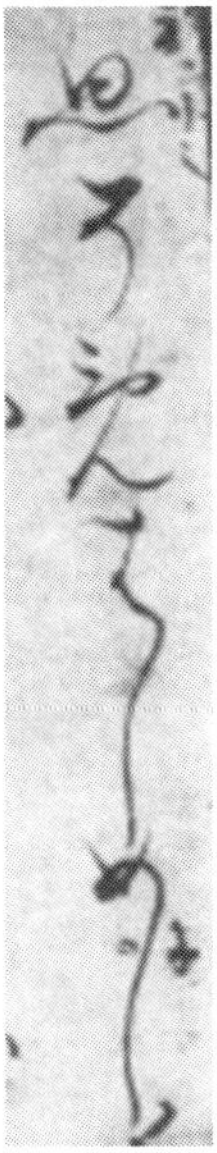

（六三丁オ一行）

と、補入印「○」を付して「に」を補入した例である。この補入文字は、補入印「○」なしの補入文字に比べて、小さ目で、本行本文書写者のものではないようである。即ち、青表紙系統の本文のみばかりではなく、河内本や別本にもすべてにおいて「に」を欠いているのに、『明』において補入された「に」は、後人の判断によるものと見られる。以上の状況から、手を加えなかった元の形の明融本が、明融本本来のすがたであると見て、『明』の本行本文「思ひそめはしめし」を採択する。

ウ　**かの宮**——「此宮」別（麦）「かの宮●(の)」青（明）「かのみや」青（池・横・平）河（静・前・大・鳳・兼・岩）「かの宮」

青（大正・肖・徹一・陵・保・榊・伏・三・穂・紹・幽）河（尾・御・飯）別（陽・宮・国・阿・蓬・伝宗）「彼宮」青（徹二）、河（七）は落丁。なお『大成』は「かのみや」、『大系』『集成』も「かの宮」であるのに対して、『全書』『玉上評釈』『全集』『完訳』『新大系』『新全集』は「かの宮の」。当該の、格助詞「の」は、底本のみに補入印なしで、「宮」の右下方に補入されている例で、この補入印なしの補入文字は、本行本文と同筆のようである。「の」の有無によって文脈は左右されず、「の」があれば、主格をより明示する表現効果を持つとはいえる。当該は、明融本本行本文の書写者が独自の判断で元にない助詞「の」を挿入した、即ち、書写した元の本文には「の」はなかったと見て、底本を他の諸本と同様に「かの宮」に校訂する。

エ　**もの馴れて**――「物なれて○も」青（明）「物なれても」青（穂）河（兼）「ものなれては」別（宮・国・蓬）「ものなれて」青（池・横・大正・肖・陵・榊・三・平・紹・幽）河（尾・静・前・大・鳳・岩）別（陽・阿）「物なれて」青（徹一・保・伏・徹二）河（御・飯）別（麦・伝宗）、河（七）は落丁。なお『大成』は「ものなれて」、『大系』『全集』『集成』『完訳』『新全集』も「物（もの）馴（馴）れて」であるのに対して、『全書』『玉上評釈』『新大系』は「もの（物）慣（慣・馴）れても」。「も」の有無による違いだが、「も」の有無によって文意を左右することはなく、「も」があれば、「え申し出でず」に呼応して文意を強めるニュアンスがある。明融本の「物なれて○も」の「も」は、

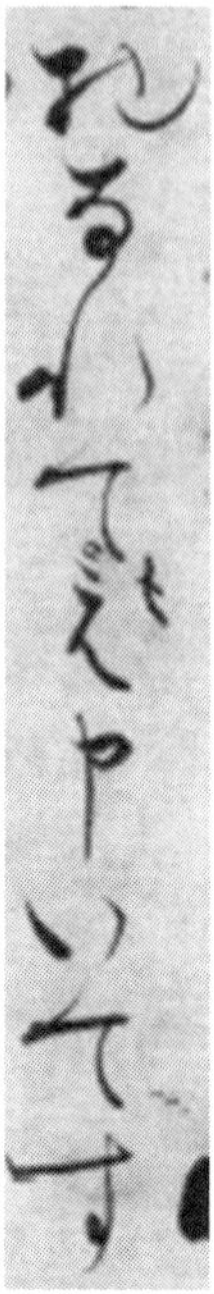
（六三丁ウ九行）

と、補入印「○」を付しての補入であるので、本行本文書写者の補入ではなく、後人によるものと判断される。『明』の原態「物なれて」は、青表紙本系一一本をはじめ、河内本・別本系統の多くの諸本に一致するので、本来の物語表現は、他の諸伝本と同様に「ものなれて」であったと見て、「ものなれて」に校訂する。

【傍書】　1浮コト　2中君　3后宮コト　4匂ノ然コト　5中君時ノコト　6浮舟コト　7心ノヨキ人ハナキト也　8色　9浮ハ匂ニ一具也似合タル也　10浮ヲ匂ニ也　11本体ニハナキ程ニト也　12浮ヲモ後ハ出仕アラント也　13浮コト

【注釈】

一　道すがら、なほ、いと恐ろしく…うしろめたく思し寄るべしやと思ふに、いと心づきなし　「道すがら」は、

薫が六条院から三条宮に帰る道中でのこと。「隈なくおはする宮なりや」は、隅から隅まで女性には抜け目なく言い寄る、匂宮であるよの意。玉鬘に戯れている父を覗き見た夕霧から、源氏が「思ひ寄らぬ隈なくおはしける御心」（野分八）の人であると見られている、源氏の血を引く匂宮像である。謹直な薫から見た好色な匂宮は、実直な夕霧から見た好色な源氏像に類似する。「いかなりけむついでに、さる人ありと聞き給ひけむ」は、薫が、二条院での匂宮と浮舟との出逢いを知らない故の不審である。「田舎びたる辺りにて、かうやうの筋の紛れはえしもあらじと思ひけることそ幼けれ」の「かやうの筋の紛れ」は、こうした男女関係の間違い。宇治は辺鄙な所なので、このような高貴な男が、忍んで通うというような筋の間違いはよもや生じまい、と思っていたのが浅はかだった。田舎女に匂宮が関心を持たれることはまさかあるまいと、匂宮の忍び込みを警戒していなかった、と悔やむ薫の後悔。「さても、知らぬ辺りにこそ、さる好きごとをものたまはめ」は、それにしても、薫の知らない関係の女相手ならば、匂宮がそのような恋文を送られてもかまわない。「昔より、隔てなくて、あやしきまでしるべして率て歩きたてまつりし身」は、薫が中の君に匂宮を導いたのだという自負心を抱いていること。しかしそのときの薫は、純粋に匂宮のために中の君に導いたのではなく、中の君と匂宮とが結婚すれば、自分は大君と結婚出来るであろうと目論む下心を抱く、不純な好意からであった。「うしろめたく思し寄るべしや」は、後ろ暗いとお思いにはならなかったのだろうか。世話になった恩義のある薫を裏切って、薫の恋人を横取りするとは、そのような不埒な行為があって許されることであろうかと、匂宮の裏切りに立腹している薫の心情である。「いと心づきなし」は、薫の匂宮に抱く、嫌悪感を伴った大変な不快感。大変悔しがっている薫であるが、大君亡き後、薫は、何度も中の君と結婚しておけばよかったと後悔し、余りのことに耐えかねた中の君から、大君の形代として浮舟を紹介されたのであるから、薫も匂宮には、後ろ暗い気持はあるはずである。

二　**対の御方の御ことを、いみじく思ひつゝ…よろづ思し合はするに、いと憂し**　「対の御方の御こと」は、中の君のこと。「わが心の重さこよなかりけり」は、匂宮と比べて自分は、この上ない自制心があると自負する薫の心中。確かに、大君を恋慕していた薫は、中の君と一夜、添い寝をしながら、中の君と契を結ばなかった（総角一二参照）し、大君亡き後も、中の君への執着心を自制しつつ、中の君を後見してきた（宿木三二参照）。「さるは、それは、今初めてさま悪しかるべき程にもあらず」の「それ」は、中の君を薫が恋慕すること。「もとよりの便り」は、もともと大君が「みづからは、なほかくて過ぐしてむ、我よりはさま容貌も盛りにあたらしげなる中の宮を、人並々に見なしたらむこそうれしからめ」（総角七）と思っていたことを指す。物語中には、大君が薫にそのことを直接に伝えた場面はないが、薫は大君の意向として了解していたといえる。「たゞ心の内の隈あらん」は、心の中に隠し事があること。薫が中の君とこっそり仲良くなることを指す。「をこなるわざなりけり」は、自分の思いのまま、中の君を匂宮から横取りしてしまえばよかった、うかつな自分であったと自嘲する、薫の心情。ここでは、薫は自分自身の滑稽さを認識している。「この頃、かくなやましくし給ひて」は、匂宮が、最近「なやましげにおはします」（浮舟一六）と聞き、薫は見舞いをしており、又「いとなやましうし給ひて、物など絶えてきこしめさず、日を経て青み痩せ」（同二二）という状態で一騒動であったこと。「例よりも人繁き紛れに、いかで遙々と書きやり給ふらむ」は、確かに匂宮は、病気平癒の祈禱をしたり、帝を初め、多くの人々が見舞いに来て、「いとゞもの騒がしくて、御文だに細かには書き給はず」（同二二）のようであった。「おはしやそめにけむ」は、お通い始められたのであろうかの意。多分宇治通いは始まっているに違いないの意を言外に示す。「いと遙かなる懸想の道なりや」は、通い始められているとすると、宇治は大変遠い恋の道程であるよの意。「あやしくて、おはし所尋ねられ給ふ日もありと聞こえきかし」は、匂宮の行方を、不審に思われて、どこにおられるか尋ねられたときがあったと聞いたこともあったなあ。そのとき既に、匂宮は宇治に泊まられたのであろうよの意を言外に示す。匂宮が初回に宇治に泊まったときに、「東山に聖御覧じに」（浮舟一四）のように取り繕って報告していたが、「東山に聖御覧」という言い方が、怪しまれたことを示す。「さやうのこと」は、人々に怪しまれながら匂宮が、宇治にまで忍び歩きをされること。「昔を思し出づる」は、匂宮が中の君と結婚した頃のこと（総角一五・一六）。「軽々しき御ありさま」（同三〇）として「厳しきことゞも出で来て、内裏につとさぶらはせたてまつり給ふ」（同三〇）となり、仲を取り持った薫が思案したこと。「女のいたくもの思ひたるさまなりし」は、先回薫が訪問したときの浮舟の様子。浮舟が「思ひ乱れたる気色」であったのに、それを、薫は「月頃にこよなう物の心知りねびまさりにけり」（浮舟一七）と思ったときのこと。「片端心得そめ給ひては、よろづ思し合はするに」は、一部分が分かってくると、その他のことも何もかもが分かってくる薫である。「いと憂し」は、匂宮が浮舟と関係を結んでいるに違いないと思い当たった薫の、裏切られたという悔しく辛い心情。

三　**あり難きものは、人の心にもあるかな…恋しかるべしと人悪く、いろ〳〵心の内に思す**　「あり難きものは、人の心にもあるかな」は、女の心変わりを捕らえて、信頼出来ないものとする、薫の慨嘆する心情。物語には、男の心変わりを、匂宮が六の君との結婚に直面したとき、「心憂きものは、人の心なりけり」（宿木一五）と慨嘆した中の君や、浮舟の婚約者少将の心変わりを、「心憂きものは人の心なりけり」（東屋一一）と慨嘆した浮舟の母中将の君にも見られたことである。「らうたげ」は、匂宮の捕らえた、浮舟像で、既述（浮舟一〇）。「おほどかなり」は、中の君が初対面の浮舟を、「いとおほどかなるあてさは、たゞ、それ（大君）とのみ思ひ出」（東屋三〇）していた。「らうたげにおほどかなりとは見えながら、色めきたる方は添ひたる人ぞかし」は、薫も、匂宮や中の君と同様に、浮舟を「らうたげにおほどかなり」と見ていたが、匂宮との密通があったと勘づくや、かわいらしくおっとりしているように見えながら色っぽさのある浮舟であったよと、思い直したのである。「色めきたる方」は、色っぽい方面の意で、薫が大君の形代と見た時の浮舟像とは、まるで違う印象になる。腹立ちまぎれの薫が、憎らしい気持から見た浮舟像であり、これまでに見ていた浮舟の、「らうたげにおほどか」な姿だけという捉え方ではない。浮舟を誤認して、腹立つ心情の薫である。「この宮の御具にては、いとよきあはひなり」の「この宮」は匂宮。女を寝取られた屈辱感を抱く薫の心で、好色な匂宮の相手には、色っぽい浮舟がお似合いであるよの意。「思ひも譲りつべく退く心地」の、「思ひも」は、浮舟への恋しい思いも、宮に譲った方が良いという、薫の思い。薫は浮舟にはいっさい関わらないようにしようと思うのである。「退く心地」は、身を引く気持。「やむごとなく思ひそめはじめし人ならばこそあらめ、なほ、さるものにて置きたらむ」は、薫が浮舟を正室にという心づもりで通い出した人であったなら、それは難しいことなので、これ以後は縁を切るしかないが、浮舟は大君の形代にという気持ちから思いを寄せた人であるので、匂宮との不義が発覚しても、自分の愛人として置いておこうという薫の考え。「今はとて見ざらむ、はた、恋しかるべし」は、もうこれきり逢わないといえば、浮舟を見す見す匂宮に譲るようなもので、そのようには自分はしたくはない、もし譲ってしまえば、後になってきっと恋しくなるであろう。

四　**我すさまじく思ひなりて捨て置きたらば…例の随身召して、御手づから人間に召し寄せたり**　「我すさまじく思ひなりて捨て置きたらば、必ずかの宮呼び取り給ひてむ」は、〔薫〕自分が興ざめしてその気になって浮舟を捨て去ったら、きっとあの匂宮が浮舟を呼び寄せるだろう。腹立ち紛れの薫が妄想をする姿で、ここも、薫自身には無自覚の、薫の滑稽さである。薫は悠長に構えて妄想にふけるが、実は匂宮は、薫が浮舟を京に引き取る予定の「四月十日」（浮舟二六）より前の、「この月（三月）の晦日方」に、京に連れ出す段取りをしていた（同二五参照）ことを薫は知らない。「人のため」は浮舟のため。「後のいとほしさ」は、捨てた女の、その後の様子を思いやる気持。「ことにたどり給ふまじ」は、匂宮が、格別にあれこれ考えて思いやられることはないであろう。「一品の宮」は女一の宮のこと。

女一の宮が一品であることは初出。「さて出で立ちたらむ」は、匂宮の愛人になった浮舟が、一品の宮の女房として出仕するのであろうこと。匂宮が浮舟を女一の宮に出仕させて、自分の召人にしたならばと考えていた（浮舟二二参照）ことは確かであるので、この薫の妄想は的中している。「なほ捨て難く」は、いろいろ妄想した薫が、やはり浮舟を匂宮に手渡し、その結果、浮舟を一品の宮の女房にすることになるのは惜しまれる気持になる。「気色見まほしくて、御文遣はす」は、その後の浮舟の様子を探るために、薫は浮舟にお手紙をお遣わしになる。「例の随身」は、薫の秘密を知っている、あの「かど／＼しき」随身。「御手づから人間に召し寄せたり」は、随身の報告を、「人々近ければ、くはしくものたまはず」（同二九）と、途中で切り上げたままになっていたので、人々が帰った後、随身を捕まえ、人目に付かないところへ呼び寄せ、秘密が漏れないように、薫は随身に直接手紙を託そうとしたのである。

五　**道定朝臣は、なほ、仲信が家にや通ふ…下衆にくはしくは知らせじと思せば、問はせ給はず**　「道定朝臣は、なほ、仲信が家にや通ふ」は、大内記道定と仲信の娘の夫婦仲を探る、薫の言葉。随身相手に、道定の女関係のことに話題を向けさせる策略である。恋文を道定に手渡したとの随身の報告を、道定が、宇治の女と交際している証拠として取り上げて、随身に話を持ちかけた薫の言葉。「宇治へは、常にや、このありけむ男は遣るらむ」は、恋文の使者は、常に通っているのだろうかという質問で、薫の意図は、匂宮と浮舟との交流の頻度を探ろうとしたもの。「かすかにてゐたる人なれば、道定も思ひかくらむかし」は、宇治の女浮舟が、経済的に不如意なので、道定が世話をしようとして思いを寄せているのであろうと、怪しがっている随身を納得させる薫の話術。「うちうめき給ひて」は、引き取ろうとしていた浮舟に、道定が思いを寄せていたことを発見して、呻吟する様子に見せる薫。真実は、匂宮が浮舟に思いを寄せていたことを知り、驚愕した心情の薫であるが、自身の本音を、随身にも見せないのである。「をこなり」は、薫が、競争相手の道定を意識して、宇治の浮舟にしばしば手紙を出していると人に噂されては、世間の物笑いになると、随身に言い含めた。世の人の風評、「をこなり」への警戒心を抱く、世評を意識する薫である。「かしこまりて」は、もの堅い随身の姿勢である。「少輔が、常に、この殿の御こと案内し、かしこのこと問ひしも思ひ合はすれど」は、薫の話を聞いて、随身は、これまでの少輔道定が、いつも自分に、薫の動静を探るような質問をし、宇治の様子も尋ねたりしていたのは、道定は、薫と張り合って女に好意を寄せていたからであったかと、薫の話を総合して合点したのであった。「もの馴れてえ申し出でず」は、主人に馴れ馴れしく無駄話をしない随身なので、ただ薫の話を聞いていて、道定のこれまでの様子についての報告までは薫にはしなかった。「下衆にくはしくは知らせじと思せば、問はせ給はず」は、薫も、自身の貴族としての尊厳を重んじて、随身には、真実は、女の恋文は、匂宮宛てであることを見抜いたことまでを知らせたくなかったので、それ以上のことを話題にはされないのである。

三一　浮舟、薫からの便りの受け取りを拒否する

一かしこには、御使(つかひ)の例(れい)より繁(しげ)きにつけても、もの思(物おも)ふことさま〴〵なり。たゞかくぞのたま(給)へ(ヒ)つる。

薫「1波越(なみこ)ゆる頃(ころ)とも知(し)らず末(すゑ)の松待(まつまつ)つらむとのみ思(おも)ひけるかな

2人に笑(わら)はせ給(たま)ふな」とあるを、いとあやしと思(おも)ふに胸塞(むねふた)がりぬ。二御返(かへ)りごとを心得顔(えがほ)に聞(き)こえむもいとつゝまし、ひがごとにてあらんもあやしければ、御文(ふみ)はもとのやうにして、浮舟「所違(ところたが)へのやうに見(み)え侍ればなむ。あやしくなやましくて、何(なに)ごとも」と書(か)き添(そ)へて奉(たてまつ)れつ。見給(み給)ひて、さすがにいたくもしたるかな、かけて見及(みおよ)ばぬ3心ばへよとほゝ笑(ゑ)まれ給(たま)ふも、憎(にく)しとはえ思(おぼ)しはてぬなめり。

三まほならねど、ほのめかし給へる気色(けしき)を、かしこにはいとゞ思(おも)ひ添(そ)ふ。つひにわが身はけしからずあやしくなりぬべきなめりと、いとゞ思(おも)ふ所(ところ)に、右近来(き)て、右近「殿の御文(ふみ)は、などて返(かへ)したてまつらせ給ひ(給)つるぞ。ゆゝしく忌(い)み侍なるもの(物)を」浮舟「[4]ひがことのあるやうに見(み)えつれば、所違(ところたが)へかとて」とのたまふ(給)。あやしと見(み)ければ、道(みち)にて開(あ)けて見(み)けるなりけり。よからずの右近がさまやな。[5]見(み)つとは言(い)はで、右近「四あないとほ(お)し。[6]苦(くる)しき御ことゞもにこそ侍れ。殿は、ものゝ気色(けしき)御覧(らむ)じたるべし」と言(い)ふに、面(をもて)さと赤(あか)みて、もの(物)ものたまはず。文見(ふみゝ)つらむと思(おも)はねば、異(こと)ざまにて、かの御気色見(けしきみ)る人の語(かた)りたるにこそはと思(おも)ふに、浮舟「誰(たれ)かさ言(い)ふぞ」なども、え問(と)ひ給(たま)はず。この人々(〴〵)の見思(みおも)ふらむことも、いみじく恥(は)づかし。

【傍書】　1薫　2匂ニ也　3浮ヲホムル心　4浮詞　5浮也　6浮心

【注釈】

一　**かしこには、御使の例より繁きにつけても…とあるを、いとあやしと思ふに胸塞がりぬ**　「かしこ」は、宇治の浮舟の方。本段に二例「かしこ」があり、「かしこ」を重出し、薫の手紙を受け取った宇治方の浮舟の動静を強調する。「御使」は薫からの使者。「御使の例より繁き」は、薫からの使者が、平素よりも頻繁に来ること。薫からの浮舟への病気見舞いの手紙が「殿の御文は、今日もあり」（浮舟二八）とあったばかりであったのに、そのとき、薫の随身と匂宮の恋文の使者とが鉢合わせになって、匂宮のお忍びを薫は察知したので、また薫からの手紙が来たのである。「もの思ふことさま〴〵なり」は、日頃の物思いの上に、薫からの使いが何時もより頻繁であることにつけても、また来た薫からの手紙に書かれていた内容が何時もと違い、気がかりな内容であるので、浮舟の心は、どういうことなのかと心配になる意。「たゞかくぞのたまへる」は、これまでの薫からの手紙は、歌に、相手を思いやる優しい言葉が添えられた手紙であったのに、今回はただ次の歌一首だけであったよ。「波越ゆる頃」は、「君をおきてあだし心を我が持たば末の松山波も越えなん」（古今集巻二〇東歌・読人知らず）を踏まえた、波の越えるはずのない末の松山に、波が越える頃の意。恋人の裏切りを非難する心情を表す。「波越ゆる頃とも知らず末の松待つらむとのみ思ひけるかな」は、「待つ」に「松」を響かせ、「待つ」の意を強調し、あなたは私を待っているものとばかり思っていましたのに、私との約束を裏切って、別の男と逢っているとは思っていませんでしたと憎む内容である。「いとあやしと思ふに胸塞がりぬ」は、大層不審な手紙だ、匂宮とのことが露見してしまったかと思って、胸が一杯になってしまった浮舟である。「あやし」は自分の理会しにくい異様な物言いに対する不審観。匂宮との事を「波越す、末の松」といわれたことによる。

二　**御返りごとを心得顔に聞こえむもいとつゝまし…とほほ笑まれ給ふも、憎しとはえ思しはてぬなめり**　「御返りごとを心得顔に聞こえむもいとつゝまし」は、薫の歌に抗議の返事を書こうにも、事実は、薫の言う通りで、浮舟としては気が咎めて遠慮され、どう書いたら良いのか返事のしようが無い。「歌意が分ったような返事をすれば、不貞を事実だと認めたこととなる」（『全集』）というような、計算高い浮舟ではない。浮舟は、自身の罪を自覚し、そのために気が咎めているのである。「このご返事を、いかにも歌の意味が分ったふうに申し上げるのも憚られることだし」（『集成』）の方がよい。「ひがごとにてあらんもあやしければ」は、お手紙の内容が私（浮舟）の心得違いがあっては不都合になり、不可解な手紙となるので、返事が書けないのである。「所違へのやうに見え侍ればなむ。あやしくなやましくて、何ごとも」の、「所違へ」は、宛先違いのように見受けられますととぼけて見せた浮舟の応答である。返事を書けない手紙の言い訳として、意表を突く表現である。「あやしくなやましくて、何ごとも」は、不都合なことに体調不良でして、何事も申し上げられない意の後文を濁す表現。この数行には、浮舟の「あやし」と思う心情が三度繰り返され、「あやし」は、薫に匂宮と浮舟の密通が察知されたことに対する、浮舟の理会し難い不審な気持を示唆する。「さすがにいたくもしたるかな」は、窮地に立つ浮舟が、独りでひねり出したこの応答の仕方は、薫の心を捕らえた。不実に陥ることに悩む浮舟の姿は、「らうたげにおほどかなり」（浮舟三〇）だけの女性ではなくなっている。「かけて見及ばぬ心ばへよ」は、今までの浮舟には、見たこともない、薫にとって、気転が利く新鮮な浮舟像と映った。「ほほ笑まれ給ふも、憎しとはえ思しはてぬなめり」は、薫が苦笑されたのは、腹を立てていた薫の心が和らいだようである。薫は浮舟の新しい魅力を見出したのである。

三　**まほならねど、ほのめかし給へる気色を…道にて開けて見けるなりけり。よからずの右近がさまやな**　「まほならねど、ほのめかし給へる気色」は、薫が「波越ゆる頃」と、浮舟に、匂宮との不貞をほのめかしておられる様子。「かしこ」は宇治の浮舟方のこと、前述。「かしこにはいとゞ思ひ添ふ。つひにわが身はけしからずあやしくなりぬべきなめりと、いとゞ思ふ」は、「いとゞ思ひ添ふ」「いとゞ思ふ」と重出させ、浮舟自身が今まで以上に、ますます不実を働いたけしからぬ女になってしまったと懊悩する様子を強調。「ひがことのあるやうに見えつれば、所違へかとて」は、薫の手紙文を、右近が見たとは思わない浮舟の、取り繕った応答である。浮舟は右近に、薫からの手紙を返した理由を、こう言った。右近に誘導されて、薫に返事を書くこれまでの浮舟ではない。侍女の右近に相談せず、自らの意思を見せる、新しい浮舟像の描出とも言える。「あやしと見ければ」は、薫からの手紙がまた来て、頻繁な点を、右近が怪しんだのである。「道にて開けて見けるなりけり」は、右近は、浮舟宛ての薫の手紙を取り次ぐ途中に、開けて見ていたのであった。侍女の右近もただ者ではなかったので、手紙を見ていたとは言わないのである。

「よからずの右近がさまやな」は、ご主人の手紙を、先に拝見してしまうとは、出過ぎた右近の様子ではあるよの意で、右近の、侍女としての不適切な行動を非難する形の、弁解的な草子地。

四　**「あないとほし。苦しき御ことゞもにこそ…この人〴〵の見思ふらむことも、いみじく恥づかし**　「あないとほし。苦しき御ことゞもにこそ侍れ」は、ああおいたわしいこと。お苦しいことがいろいろございますねの意。手紙を見て知っているので、浮舟の不実を察した薫の苦渋が書かれていることを見通した右近の応答。「殿は、ものゝ気色御覧じたるべし」は、右近が薫の手紙の内容を知っていることをはっきりと明言した意。「面さと赤みて、ものものたまはず」は、「波越ゆる頃」と書かれていた「不実」は、浮舟には耐えがたく恥ずかしいことであるので、一度に赤面して、右近にもう何も言えない浮舟である。「文見つらむと思はねば」は、浮舟は、右近が手紙を見ているとは思わないのである。「異ざまにて、かの御気色見る人の語りたるにこそは」は、都のどこかで、あの薫が、自分の不実を知って恨んでいる様子を見た女房が、そのことを右近に語って教えたのであろうの意。「この人々の見思ふらむことも、いみじく恥づかし」は、薫のこの手紙から、匂宮との秘密が、右近以外の女房にまで知られてしまったと思い、恥ずかしがっている純真な浮舟像である。

三二　右近、浮舟に姉の悲話を語り聞かす

一 わが心もてありそめしことならねども、心憂(う)き宿世(すくせ)かなと思(おも)ひ入(い)りて寝(ね)たるに、侍従(じゞう)と二人(ふたり)して、右近「右近が姉(あね)ア の常陸も、人二人見(ふたりみ)侍りしを、程々(ほど〳〵)につけては、たゞかくぞかし、これもかれも劣(おと)らぬ心ざしにて、思(おも)ひ惑(まど)ひて侍(侍)りし程(ほど)に、女は、今(いま)の方(かた)に今少(いますこ)し心寄(よ)せ増(ま)さりてぞ侍りける。それにねたみて、つひ(ゐ)に今(いま)のをば殺(ころ)してしぞかし。

さて、我(われ)も住(す)み侍らずなりにき。国(くにゝ)にも、いみじきあたら兵(つは物)一人(ひとり)失(うしな)ひつ。また、この過(あやま)ちたるもよき郎等(らうとう)なれど、かゝる過(あやま)ちしたる者(物)を、いかでかは使(つか)はんとて、国(くに)の内(うち)をも追ひ払(をいはら)はれ、すべて女のたい〲しきぞとて、館(たち)の内(うち)にも置(を)い給へらざりしかば、東(あづま)の人になりて、[1]まゝも今(いま)に恋(こ)ひ泣(な)き侍るは、罪深(つみふか)くこそ見給(みたま)ふれ。[二]ゆゝしきついでのやうに侍れど、上も下も、かゝる筋(すぢ)のことは、思(おぼ)し乱(みだ)るゝはいと悪(あ)しきわざなり。御命(いのち)までにはあらずとも、人の御程(ほど〲)々につけて侍(はべ)ることとなり。死(し)ぬるにまさる恥(は)ぢなることも、よき人の御身にはなか(中)〱侍なり。一方(じとかた)に思(おぼ)し定(さだ)めてよ。宮も、御心ざしまさりて、まめやかにだに聞(き)こえさせ給(たま)はゞ、そなたざまにも靡(なび)かせ給(給)ひて、もの(物)ないたく嘆(なげ)かせ給(たま)ひそ。痩(や)せ衰(おとろ)へさせ給(給)ふも、いと益(やく)なし。さばかり、上(うへ)の思(おも)ひいたつきゝこえさせ給(たま)ふもの(物)を、まゝがこの御急(いそ)ぎに心を入(い)れて、惑(まど)ひゐて侍るにつけても、[2]それよりこなたにと聞(き)こえさせ給(給)ふ御ことこそ、いと苦(くる)しくいとほし(お)けれ」と言(い)ふに、[三][3]今一人(いまひとり)、侍従「うたて、恐(おそ)ろしきまでな聞(き)こえさせ給(給)ひそ。何(なに)ごとも御宿世(すくせ)にこそあらめ。たゞ、御心の内(うち)に少(すこ)し思(おぼ)し靡(なび)かむ方(かた)を、さるべきに思(おぼ)しならせ給へ。いでや、いとかたじけなくいみじき御[4]気色(けしき)なりしかば、人のかく思(おぼ)し急(いそ)ぐめりし方(かた)にも[イ]御心も寄(よ)らず。しばしは隠(かく)ろへても、御思(おも)ひのまさらせ給(たま)はむに寄(よ)らせ給(給)ひねとぞ思(おも)ひ得(え)侍る」と、宮(みや)をいみじく愛(め)できこゆる心なれば、ひたみちに言(い)ふ。

【校異】

ア **常陸も**――「ひたちにて」青（大正・肖・陵・保・紹）河（尾・御・静・前・大・鳳・兼・岩・飯）別（陽・宮・国・麦・

阿・蓬）「ひたち」別（伝宗）「ひたちにても（ひ・ヒ）」青（池）「ひたちも（にてイ）」青（三・徹二）「ひたち○も（にて）」青（幽）「ひたちも（にて）」青（明）「ひたちも」青（横・徹一・榊・伏・平・穂）、河（七）は落丁。なお『大成』は「ひたちにても（ヒ）」、『全書』『玉上評釈（ヒ）』も「常陸（ひたち）にても」であるのに対して、『大系』『全集』『集成』『完訳』『新大系』『新全集』は「常陸（ひたち）（常陸）にて」。「右近が姉の常陸も」と見るか「右近が姉の常陸にて」と見るかの違いである。「ひたちも」ならば、「常陸」という右近の姉の女房のこととなり、「常陸にて」ならば「常陸」という国名と解釈される。通常「常陸」といえば、まず国名が思い浮かび、女房のことと見るのは特殊であろう。しかるに、底本及び、『三』『徹二』『幽』の本行本文は「ひたちも」であったのに、補訂又は傍書によって、「ひたちにて」の指示をしている。こうした修正例があるのに反して、その逆、「ひたちにて」に対して「ひたちも」と指示した例の伝本はない。ということは、「ひたちにて」から「ひたちも」を派生した形跡は見られず、「ひたちも」から「ひたちにて」を派生させたことを物語る例はあることになる。底本の原態は、

（六五丁オ一〇行）

とあり、ミセケチ修正の仕方は、三〇段【校異】アと同様の理由で、後筆と判断される。以上により、「も」を「にて」に修正したために「ひたちにて」の本文が派生した可能性の方が高いと見て、『明』の原態「ひたちも」を物語本文として採択する。

イ　**御心も**――「心も」青（池・横・肖・陵・保・榊・伏・三・徹二・穂・紹）河（御・静・前・大・鳳・兼・岩・飯）別（宮・国・麦・阿）「こゝろも」河（尾）別（蓬）「御心も」青（幽）「御心も」青（明・大正・徹一・平）「御こゝろも」別（陽・伝宗）、河（七）は落丁。なお『大成』は「心も（ヒ）」、『大系』『集成』も「心も」であるのに対して、『全書』『玉上評釈』『全集』『完訳』『新大系』『新全集』は「御心も」。「御」の有無による異同で、浮舟の女房の侍従の発言の場面である。主人の浮舟を敬う気持ちの表明として、底本の「御心」が相応しいと見て、校訂は控える。

【傍書】　1浮ノメノト也　2匂ヘト也　3侍従　4匂コト

【注釈】

一　**わが心もてありそめしことならねども…まゝも今に恋ひ泣き侍るは、罪深くこそ見給ふれ**　「わが心もてあり

そめしことならねども、心憂き宿世かなと思ひ入りて」は、浮舟が自分から望んで交際を始めたのではないが、匂宮と親しくなることは、辛い前世からの宿世なのだと、心に深く思う意。右近も浮舟と匂宮とのことを、「逃れきこえさせ給ふまじかりける御宿世」（浮舟一一）と見ていた。「侍従と二人して」は、侍従と右近が二人で話し始めた、以下の右近の身の上話は、薫と匂宮との間で悩んでいる浮舟に、決断を促す意図がある。「常陸」は、校異参照。常陸国の官舎勤めの女房の略称と見る。「程々につけては、たゞかくぞかし」は、身分に応じて、女が二人の男から愛されることは、身分の上下を問わず、ただこうしたものですよ。「ぞかし」は、薫への浮舟の不実を知っている右近の、浮舟の場合にも同じことが心配されるのですよ、と念押ししたもの。「これもかれも劣らぬ心ざしにて、思ひ惑ひて侍りし程に」は、「これ」は、最近付き合いだした男、浮舟の場合の匂宮で、「かれ」は、元からの男、浮舟の場合の薫を指す。どちらの男の愛情も同じ程の志で、姉の常陸は思案しているうちにの意。「今の方」は後からの男で、浮舟の匂宮に相当。「今少し心寄せまさりてぞ侍りける」は、常陸は、後からの男の方に惹かれていた。この状況も、浮舟の場合とそっくり同じである。以上の条件は、浮舟の場合と同じであるが、以下の状況は違う。「それにねたみて、つひに今のをば殺してしぞかし」は、女が、後からの男に惹かれていることを、先の男が妬み、後からの男を殺してしまったのであったよ。「さて、我も住み侍らずなりにき」は、先の男は、後からの男を殺してしまいながら、自分も、常陸の姉には通わなくなった。「国にも、いみじきあたら兵一人失ひつ。またこの過ちたるもよき郎等なれど」とあるので、二人の「男」の身分は、常陸国庁舎を警備する「兵」「郎等」であったといえる。「たい〳〵しき」は既述（桐壺一六）。〈怠・怠・し〉で、規範に照らして怠慢であると認め、批判的に評価する語。「館の内」は、常陸国の国守の庁舎内においての意。「館の内」とあるので、姉の常陸は、常陸の国の庁舎内で、女房としてお仕えしていたことを物語る。「置い給へらざりしかば」は、女房として館の内にお置き頂けなくなったので。「東の人」は、東国在住の一般の人。いわゆる下衆。「まゝも今に恋ひ泣き侍るは、罪深くこそ見給ふれ」の「まゝ」は、既述（浮舟九）。ここは右近が、姉の常陸を話題にしているところなので、諸説のいう浮舟の乳母ではなく、右近の姉常陸の乳母への愛称。ただし、その乳母の、その後の所在については、物語には不用なので書かれていないだけである。したがって、ここの乳母は、右近が敬意を示し、「などて、このまゝをとどめたてまつらずなりにけむ」（同九）と話した浮舟の乳母ではないことになる。ここは、右近の姉の常陸の乳母が、姉の常陸を「恋ひ泣き侍る」のように、丁寧語を用いて、右近が身内の話として、浮舟に話した場面と解したい。「右近は浮舟の乳母子歟」（『岷江』）と説く古注につられて、右近と浮舟とは乳姉妹と見る説（『集成』など）が出たのであろう。しかし、「まゝ」に対する敬意の違いに注目すると、両乳母は、同一の乳母ではあり得ないことになり、むしろ二人の乳母の存在が想定されるのである。弁の尼が、匂宮の好色な噂を聞いた話として、「大輔が娘の語り侍りし」（浮舟二六）と述べる叙述からも、右近は浮舟の乳母子ではなく、「大輔が娘」であるはずである。右近については、浮舟とは「幼かりし程　より、つゆ心おかれたてまつることなく、塵ばかり隔てなくて馴らひたるに」（蜻蛉一）「乳母とこの人二人なん、取り分きて思したりしも忘れ難くて、侍従はよそ人なれど、なほ語らひてあり経る」（同三一）「よろづ隔つることなく語らひ見馴れたりし右近」（手習一三）とあるように、浮舟には「よそ人」ではなく、親しい関係にあると叙述されるので、これまでの注釈においては、前掲古注の如く、浮舟の乳母子と見られて来たのであろう。しかし、「幼かりし程より、心おかれ……」とあるが、それは幼かった頃から、大輔の君の娘としての右近は、八の宮邸で、大輔の君の同僚であった中将の君の娘の浮舟と少しの遠慮もなく過ごし馴れていたと、そのように解釈すれば、右近が浮舟の乳母子ではなくても、浮舟と右近とは、同年輩の子供同士の手紙のやり取りなどを通じて親しい関係を紡いできたと読める。弁が薫に、はじめて浮舟の素性を話す場面で、「かの君（浮舟）の歳は、二十ばかりになり給ひぬらんかし。いとうつくしく生ひ出で給ふがかなしきなどこそ、中頃は文にさへ書き続けて侍りしか」（宿木四三）とあり、弁の君が手紙を出した相手が誰なのか特定はできないが、浮舟のことは弁の君の耳にも入っていたことになる。さらに、大輔の君と中将の君が縁者なら、母親同士の交流と同様に、浮舟と右近が幼な友達として交流があったとする解釈も可能である。そうすれば、中の君に仕えていた大輔の娘の右近が、不慣れな宇治に据えられた浮舟の心細さを思いやって、その許へ行って世話をした「勤務先変更をしていた」ことも納得でき、浮舟の巻の馴れ馴れしい右近の振る舞いも納得できる。

二　**ゆゝしきついでのやうに侍れど、上も下も…いと苦しくいとほしけれ」と言ふに**　「ゆゝしきついでのやうに侍れど」は、人殺しまでするという縁起の悪い話をした、そのついでのようではありますがの意。身内の例を述べて、以下に、右近の持論を述べる。「かゝる筋のこと」は、二人の男と関係を持つこと。「御命までにはあらずとも、人の御程々につけて侍ることなり」は、殺し合うというまではなくても、上下の身分に応じて、一人の女を求めて争い合うことはあるものである。「死ぬるにまさる恥ぢなることも、よき人の御身にはなか〳〵侍なり」の「よき人の御身」は、薫を暗示させる。薫のような高い身分の方には、女を寝取られるのは、死ぬ以上の屈辱感であると言おうとしている。「一方に思し定めてよ」は、姉の常陸の例を挙げての、右近の本音である。「てよ」は、「定む」に付いて、命令の意を強調し、「思し」が上接するので、懇願の意。「宮も、御心ざしまさりて、まめやかにだに聞こえさせ給はゞ」は、後からの男の匂宮でも、お志が薫以上で、真剣におっしゃるようならばの意。右近の、浮舟の心情を察しての発言で、「だに…給はゞ」に右近の意が籠もり、匂宮に決めることも致し方ないと言っている。「ものないたく嘆かせ給ひそ。痩せ衰へさせ給ふも、いと益なし」は、御決意なさって物事を思い詰めなさいますな。痩せ衰えなさいますのは、何の益もないのですから。浮舟への右近の忠告。「上の思ひいたつきゝこえさせ給ふ」は、母の中将の君が、浮舟のことを大変心配しておられたこと。「まゝがこの御急ぎに心を入れて、惑ひゐて侍る」の「まゝ」

は浮舟の乳母。浮舟の乳母が、薫に引き取られるための支度を熱心にやっている様子である。浮舟が匂宮に決めることに対する、右近のためらいを表明した言葉。「それよりこなたにと聞こえさせ給ふ御こと」は、匂宮が薫の迎えに来る予定日より先に、自分の用意した家に来るようにと、言ってこられたこと。「いと苦しくいとほしけれ」は、浮舟の苦しい心の内を思うと、お労しいことと、右近はいう。浮舟のことを、何もかも承知している右近ではあるが、同情は寄せるものの、解決策を示すことは出来ないのである。

三　**今一人、「うたて、恐ろしきまでな聞こえさせ給ひそ…宮をいみじく愛できこゆる心なれば、ひたみちに言ふ**

「今一人」は侍従。「うたて、恐ろしきまで」は、右近の姉の常陸に言い寄った男が相手の男を殺害したという、恐ろしい例話。「何ごとも御宿世にこそあらめ」は、浮舟が匂宮と結ばれたことを一般論に託して、浮舟と匂宮のことを宿世と言いなしたもの。右近も、同様に「かう逃れざりける御宿世にこそありけれ」（浮舟一一）と見ていたのと同意見である。「たゞ、御心の内に少し思し靡かむ方を、さるべきに思しならせ給へ」は、侍従はあれこれ言わず、お心の傾く方にお決めなさいませと、明快である。「いでや」は、右近の発言に反対するための発話。「いとかたじけなくいみじき御気色なりしかば」は、匂宮の方が、熱心なご様子だったので。「人のかく思し急ぐめりし方」は、薫がこのように浮舟を迎えるために準備されておられること。「しばしは隠ろへても、御思ひのまさらせ給はむに寄らせ給ひね」は、しばらくは、薫から隠れてでも、愛情のまさる方にお決めなさいませ。「宮をいみじく愛できこゆる心なれば」は、侍従自身が、「まろならば、かばかりの御思ひを見る〳〵、えかくてあらじ。后の宮にも参りて、常に見たてまつりてむ」（同一三）と言っていたほど、匂宮に心惹かれている心情であるので、侍従の発言は、匂宮に決めるようにと勧奨する発言である。

三三　右近、身辺厳重な警固の様を語り、浮舟は死を思う

右近「一いさや。右近は、とてもかくても事(こと)なく過(す)ぐさせ給(たま)へと、初瀬(はつせ)、石山(いしやま)などに願(ぐわん)をなむ立(た)て侍(はべ)る。この大将殿の御荘(さう)の人々(ひとびと)といふ者(もの)は、いみじき不道(ふだう)の者(物)どもにて、一類(ひとるい)この里(さと)に満(み)ちて侍るなり。大方(おほかた)、この山城(しろ)、大和(やまと)に、[1]殿(との)の領(両)じ給(たま)ふ所々(ゞ)の人なむ、皆(みな)この内舎人(うどねり)[2]といふ者(物)のゆかりかけつゝ侍なる。それが婿(むこ)の右近大夫(右近のたいう)といふ者(物)を本(もと)[3]として、よろづのことを掟(おき)て仰(おほ)せられたるなゝり。よき人の御仲(中)どちは、情(なさ)けなきことし出(い)でよと思(おぼ)さずとも、もの(物)の心得(え)ぬ田舎人(ゐ中)どもの、宿直人(とのゐ)にて代(か)はりゞ候(さぶら)へば、おの(を)が番(ばん)に当(あ)たりて、いさゝかなることもあらせじなど、過(あやま)ちもし侍りなむ。ありし夜(よ)の御歩(あり)きは、いとこそむくつけく思う給(おもふたま)へられしか。宮は、わりなくつゝませ給(たま)ふとて、御供(とも)の人も率(ゐ)ておはしまさず、やつれてのみおはしますを、さる者(物)の見(み)つけたてまつりたらむは、いといみじくなむ」と言(い)ひ続(つゞ)くるを、君(きみ)、なほ(を)、我(われ)を、宮に心寄(よ)せたてまつりたると思ひて、この人々(ゞ)の言(い)ふ、いと恥(は)づかしく、心地(ち)にはいづれとも思(おも)はず、たゞ夢(ゆめ)のやうに、あきれていみじく焦(い)られ給(たま)ふをば[4]、などかくしもとばかり思(おも)へど、頼(たの)みきこえて年頃(としごろ)になりぬる人を、今(いま)[5]はとても離(はな)れむと思(おも)はぬによりこそ、かくいみじともの(物)も思ひ乱(思みだ)るれ、げに、よからぬことも出(い)で来(き)たらむ時と、つくゞと思(おも)ひゐたり。

二まろはいかで死(し)なばや、世(よ)づかず心憂(う)かりける身かな、かく憂(う)きことあるためしは、下衆(げす)などの中にだに多(おほ)くやは

あなる、とてうつ伏（ぶ）し〳〵給（たま）へば、右近「かくな思（おぼ）しめしそ。やすらかに思（おぼ）しなせとてこそ聞（き）こえさせ侍れ。思（おぼ）しぬべきことをも、さらぬ顔（かお）にのみのどかに見（み）えさせ給（たま）へるを、この御ことの後（ゝち）、いみじく心焦（い）られをせさせ給へば、いとあやしくなむ見たてまつる」と、三心知（し）りたる限（かぎ）りは、皆（みな）かく思（おも）ひ乱（みだ）れ騒（さわ）ぐに、乳母（めのと）、6お（お）のが心を遣（や）りて、物染（そ）め営（いとな）みゐたり。今参（いまゝい）り童（わらは）などのめやすきを呼（よ）び取（と）りつゝ、乳母「かゝる人御覧（らむ）ぜよ。あやしくてのみ臥（ふ）させ給へるは、物の怪（け）などの妨（さまた）げきこえさせせんとするにこそ」と嘆（なげ）く。

【傍書】　1領　2侍也　3素ノコト　4匂コトヨリ心イラ〳〵シト也　5薫　6ナニモシラヌ也

【注釈】

一　**いさや。右近は、とてもかくても事なく過ぐさせ給へと…よからぬことも出で来たらむ時と、つく〴〵と思ひゐたり**　「いさや」は、侍従のいう、暗に匂宮との関係の方に決めるようにという意見に、従いかねる右近の発語。「とてもかくても事なく過ぐさせ給へと」は、二人の男に愛されて破滅した右近の姉常陸の例に似ている点が頭をよぎり、侍従のように単純に匂宮に積極的にはなれず、どちらを選ぶにしても事件沙汰にならないように慎重にと願う、右近の気持を表出。「初瀬、石山などに願をなむ立て侍る」の「初瀬」については、右近が匂宮を薫と勘違いして浮舟の許に通した翌日、「初瀬の観音、けふ事なくて暮らし給へ」（浮舟一二）と「大願」を立て、祈願していたこと。「大将殿の御荘の人々といふ者」は、薫の配下の荘園の人のことで、既述（早蕨六）。「御荘園など仕うまつる人々」（椎本二四）「そのわたりいと近き御荘の人の家」（総角一五）として見られたが、そうした人々が「いみじき不道の者」であるとは、ここに初出。「不道の者」は、「又諸ノ盗及殺レシ人ヲ犯二スル不道一ヲ者ハ、百姓ノ所二疾苦一スル也」（漢書巻七八蕭望之伝第四八）とあるように、盗みや殺人をするような暴力的な人々。「一類この里に満ちて侍るなり」は、盗みや人殺しをする「不道の者」の一族がそろって、宇治の里にいっぱいである。右近のこの話は、今にも薫のために、匂宮殺しをやりそうな剣幕の者たちがいるとして、浮舟の心に響いて聞こえる。「内舎人」は、中務省に属し帯刀して、宿衛、雑役、行幸の供奉警護を務める。「風容閑雅、挙止詳審」と称賛される藤原良縄が、「昔為二内舎人一リシ時、諸内舎人皆是豪家ノ年少シ。奢侈放縦ニシテ。無レ所二拘束一スル。唯見二良縄一テハ悉ク俯二ム法度一ヲ」（三代実録巻一五清和天皇貞観一〇年二月一八日）と記録されるように、内舎人達は皆奢侈放縦であった様子である。「右近の大夫」は、既述（篝火三）。右近衛将監（正六位相当）で、特に五位に叙せられた者のこと。ここは薫の家人。「それが婿の右近大夫といふ者を本として」は、内舎人の婿の右近大夫が指揮をして。「よろづのことを掟て仰せられたるなゝり」は、薫が、万事を任せてやらせておられるということですの意。「よき人の御仲どち」は、薫や匂宮という高貴な人の間では。「情けなきことし出でよと思さずとも」は、相手を暴力でひどい目に遭わそうとは思われなくても。「ものの心得ぬ田舎人ども」は、配下の、物事の道理を弁えない田舎人達。「いさゝかなることもあらせじなど、過ちもし侍りなむ」は、わずかな落ち度もないようにと気を張って、相手に危害を与えることもありましょう。「ありし夜の御歩き」は、先日の匂宮の夜の出歩きは。「さる者の見つけたてまつりたらむは、いといみじくなむ」は、宿直人が匂宮を見つけたなら、粗末な身なりをしておられるので、匂宮とは気付かず、捕まえて暴力沙汰になるに違いないであろうの意。「君、なほ、我を、宮に心寄せたてまつりたると思ひて、この人々の言ふ、いと恥づかしく」は、右近と侍従の話しから、浮舟は、自分が、やはり匂宮の方に心を寄せていると思って、こんな話をすると思うと、気恥ずかしいのである。「心地にはいづれとも思はず」は、浮舟の気持は、どちらの方という気持ではない。「たゞ夢のやうに、あきれていみじく焦られ給ふをば」は、匂宮の常規を逸した性急な振る舞いへの、浮舟の批判の気持を含意する。これまでの匂宮の浮舟に対する行動については、初回の二条院での「恐ろしき夢の覚めたる心地」（東屋二八）、宇治において、薫に似せて忍び込んだ時にも「夢の心地するに」（浮舟一〇）と、「夢の心地」に喩えられていたが、浮舟の匂宮への批判の気持は見られなかった。「などかくしもとばかり思へど」は、なぜ、匂宮が、これほど真剣になられるのかとぐらいには思うが。「頼みきこえて年頃になりぬる人」は薫。薫とは、昨年の九月以来で、足かけ二年になるので、「年頃」という。「よからぬことも出で来たらむ時と」は、薫の配下の者が、みすぼらしくしている匂宮を見つけて、危害を与えるようなことが起こった時にはどうしようと。「つく〴〵と思ひゐたり」は、浮舟が、心配になり困惑して思案に暮れている。

二　**まろはいかで死なばや、世づかず心憂かりける身かな…いとあやしくなむ見たてまつる**」と　「まろはいかで死なばや、世づかず心憂かりける身かな、かく憂きことあるためしは、下衆などの中にだに多くやはあなる」は、浮舟の死を願う心中。自分は、世間並みに生きられない身の上であったのだ、自分ほど辛い運命の人は、下衆の中にさえ多くはないであろう。「まろはいかで死なばや」は、何とかして死にたい、との浮舟の死への決意を明確にした心中表現。これまでに浮舟は、「ながらへてあるまじきことぞと」（同二四）「なほ、わが身を失ひてばや」（同二七）と、死への願望はあったが、右近の話は、浮舟の死への決意を、更に一層駆り立てた。「かくな思しめしそ」は、恥ずかしさのために、心の中で死にたいと思っている浮舟の様子。「とて、うつ伏し〳〵給へば」は、浮舟の、何も言わず、うつぶして辛そうな様子を、ただ事ではないと見た、右近の言葉。ただし右近は、浮舟が死にたいと思うほど深刻に悩んでいることには気付いていない。「やすらかに思しなせとてこそ聞こえさせ侍れ」は、見当外れな右近の発言である。東国の荒くれ男達の三角関係の話題は、三角関係に悩んでいる浮舟の心情を、更に一層恐ろしい気分と追い打ちをかけるものである。浮舟の秘密を掌握しており、最も浮舟の苦しみを分かるはずの右近なのに、浮舟が、物笑いになって、恥じて生きる姿を人前に晒したくないと思う苦しい心中が、右近には理解できていないのである。「この御ことの後、いみじく心焦られをせさせ給へば」は、匂宮のお忍びがあるようになってから以降、浮舟がひどく心がいらいらして食事もおあがりになられない様子になられたこと。

三　**心知りたる限りは、皆かく思ひ乱れ騒ぐに…物の怪などの妨げきこえさせせんとするにこそ」と嘆く**　「心知りたる限り」は、匂宮の忍び込みの実情を知っている者だけ、すなわち右近と侍従だけ。「皆かく思ひ乱れ騒ぐに」は、このような浮舟をどのようにしてお助けしてよいのか手の施しようがなく、心配して取り乱している様子。「乳母、おのが心を遣りて、物染め営みゐたり」は、匂宮の忍び込みを知らされていない乳母は、浮舟の苦しい胸の内が分からず、浮舟が薫の愛人として京に引き取られる段取りのために、満足して染め物に精を出している。乳母は一人超然として、乳母としての心念を貫き振る舞っているのみで、落ち込んでいる浮舟の心を救う力からはほど遠い。「かゝる人」は、「今参り童など」で、地方の教養のない新参の女房や女童を指す。「かゝる人御覧ぜよ。あやしくてのみ臥させ給へるは、物の怪などの妨げきこえさせせんとするにこそ」は、新参の者達でも「めやすき」者たちを相手に気晴らしをしなさいませという、乳母の言葉である。「今参りはとゞめ給へ」（浮舟二七）と、京には一緒に連れて行かせないように言っていた、母中将の君の発言とは、かけ離れた発言をする乳母である。浮舟を気づかう母中将の君と乳母との発言も、このようにくい違っている。ただし、浮舟の衰弱の様子を、乳母からの報告として聞いたときに、母中将の君は、「あやしきことかな、物の怪などにやあらむ」（同二六）と疑っていた。事情を知らない乳母と中将の君は、浮舟の衰弱は物の怪のためであると見る点は一致している。乳母は、折角薫の愛人としての幸運を摑む矢先に、物の怪がついて妨害を受けていると見ているのである。

三四　内舎人、警備の強化を、右近に報告する

一 殿よりは、かのありし返りごとをだにのたまはで、日頃経ぬ。このおどしゝ内舎人といふ者ぞ来たる。げに、いと荒々しくふつゝかなるさましたる翁の、声かれ、さすがに気色ある、内舎人「女房にもの取り申さん」と言はせたれば、右近しも会ひたり。内舎人「殿に召し侍りしかば、今朝参り侍りて、たゞ今なんまかり帰り侍りつる。雑事ども仰せられつるついでに、かくておはします程に、夜中、暁のことも、なにがしらかくてはと思ほして、宿直人、わざと指したてまつらせ給ふこともなきを、この頃聞こしめせば、女房の御もとに、知らぬ所の人々通ふやうになん聞こしめすことある、薫『たい〳〵しきことなり、宿直には者どもは、その案内聞きたらん、知らではいかゞ候ふべき』と問はせ給ひつるに、承らぬことなれば、内舎人『なにがしは、身の病重く侍りて、宿直仕うまつることは、月頃怠りて侍れば、案内もえ知り侍らず、さるべき男どもは、懈怠なく催し候はせ侍るを、さのごとき非常のことの候はむをば、いかでか承らぬやうは侍らん』となん申させ侍りつる。薫『用意して候へ、便なきこともあらば、重く勘当せしめ給ふべき』よしなん仰せ言侍りつれば、いかなる仰せ言にかと恐れ申し侍る」と言ふを聞くに、ふくろうの鳴かんよりも、いともの恐ろし。いらへもやらで、右近「さりや。聞こえさせしにたがはぬ事どもを聞こしめせ。ものの気色御覧じたるなめり。御消息も侍らぬよ」と嘆く。乳母は、ほのうち聞きて、乳母

「いとうれしく仰(おほ)せられたり。盗人(ぬす)多(おほ)かんなるわたりに、宿直人(とのゐ)も初(はじ)めのやうにもあらず、皆(みな)、[6]身の[イ]代はりにと言(い)ひつゝ、あやしき下衆(す)をのみ参(まい)らすれば、[7]夜行(やぎやうお)をだに、えせぬに」と喜(よろこ)ぶ。

【校異】

ア　**いらへも**――「いても(らへ)」青（明）「いらえも」別（伝宗）「いらへも」青（池・横・大正・肖・徹一・陵・保・榊・伏・三・平・徹二・穂・紹・幽）河（尾・御・静・前・大・鳳・兼・岩・飯）別（陽・宮・国・麦・阿・蓬）、河（七）は落丁。なお『大成』は「いらへも」、『全書』『大系』『玉上評釈』『全集』『集成』『完訳』『新大系』『新全集』も「いら（答(いら)）へも」。底本の本行本文「いても」は、底本のみの独自本文で、「いてもやらて」では、文意が通らない。底本は、

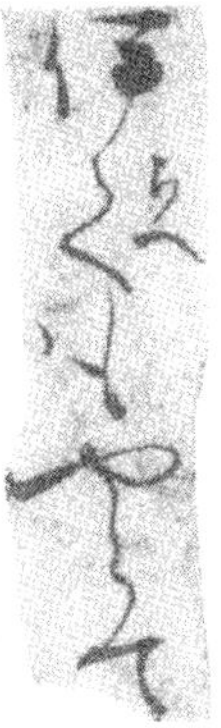

（六九丁ウ五行）

とあり、傍書の「らへ」は、一一段【校異】イの底本の補入文字「いはんも」や、一九段【校異】アの底本の補入文字「いて」のような筆蹟ではなく、九段【校異】ウの補入文字「き」や、二九段【校異】アの補入文字「つい」と同筆のようで、「いても」の「て」（天）は、「らへ」とよく似たの誤写であることを本行書写者が傍書して修正したものと見て、傍書の「いらへも」を物語本文として採択する。

イ　**代はりにと**――「かはりと」河（大）別（陽）「かはりそと」青（池・横・徹一・榊・伏・三・平・徹二・穂）河（尾・御・静・前・鳳・兼・岩・飯）別（宮・国・麦・蓬・伝宗）「かはりにと」青（明・大正・肖・陵・保・紹・幽）別（阿）、河（七）は落丁。なお『大成』は「かはりそと」、『全書』『玉上評釈』『全集』『集成』『完訳』『新全集』も「かは（代(かは)・代）りぞ（そ）と」であるのに対して、『大系』『新大系』は「代(かは)り（代(か)はり）に（に）と」。「代はりにと」か「代りそと」かの違いである。「に」（耳）が「そ」（曽）の字体と相似しているために、「そ」の本文が派生したものと考え、底本の校訂は控える。

【傍書】　1タ　2ハ　3非常　4ふ　5は　6代官コト　7キ

【注釈】

一　殿よりは、かのありし返りごとをだにのたまはで…知らではいかゞ候ふべき』と問はせ給ひつるに　「殿よりは」は薫からは。「かのありし返りごと」は、薫から「波越ゆる頃とも知らず」（浮舟三一）と詰問してきたことへ、浮舟が「所違へのやうに見え侍ればなむ」（同三一）として返した返事への返事。「このおどしゝ内舎人といふ者」は、「大将殿の御荘の人々といふ者は、いみじき不道の者どもにて、一類この里に満ちて侍る」（前段）と紹介された人。「ふつゝかなる」は、〈ふつ・つか（束）〉で、既述（帚木三三）。太くどっしりとして繊細さに欠ける様。「声かれ、さすがに気色ある」は、内舎人の不気味なしわがれ声の様子。なにがしの院で、夕顔が物に襲われ急死したときの、「気色ある鳥のから声に鳴きたる」（夕顔一八）場面を連想させる。「殿に召し侍りしかば、今朝参り侍りて、たゞ今なんまかり帰り侍りつる」は、薫からお召しがありましたので、今朝参上致して、ただいま帰参致しましたという報告。「かくておはします程に」は、浮舟が宇治に滞在される間は。「夜中、暁のこと」は、身辺の警護をする宿直人の仕事。「なにがしら」の「なにがし」は、内舎人自身のこと。「ら」は複数形で、内舎人の卑下する心情を表わす。「女房の御もとに、知らぬ所の人々通ふやうになん聞こしめすことある」は、内舎人には行き来のない、別世界の（都からの）人々が出入りしていることがあると、薫がお聞きになられたことがあるの意。薫の随身が、「艶なる文」（浮舟二八）を届けさせた匂宮からの使者が宇治に来たところを捕まえて詰問したとき、使者が「まことは、この守の君の御文、女房に奉り給ふ」（同二八）、と随身に辻褄合わせの返答をしたことを受ける。そのときのことは、随身から薫に通報され、薫から内舎人に、警備の不手際を指摘されていたことになる。「たいゞしきことなり」は、警備人への怠慢を叱責した、薫の直接話法で述べた言葉。「その案内聞きたらん、知らではいかゞ候ふべき」は、薫の内舎人に対する警告の言葉の続きを直接話法で述べたもの。「艶なる」恋文を誰が届けさせたのか、その実情を知らないとは言わせない、知らないようでは、何を警備していたのか、警備していなかったのではないかの意。「問はせ給ひつるに」

は、薫が内舎人に尋ねられたのだが。

二　**承らぬことなれば、『なにがしは…いかなる仰せ言にかと恐れ申し侍る』と言ふを聞くに**　「承らぬことなればゞ」は、内舎人には知らされていなかったので。「なにがしは」は、内舎人本人は。前頁にもある。「身の病重く侍りて、宿直仕うまつることは、月頃怠りて侍れば、案内もえ知り侍らず」は、薫から詰問された内舎人の、薫への弁明の言葉。自分は病気が重く、警備をしていなかったので、どういう事情なのかをよく弁えていない旨の言い訳。「さるべき男どもは、懈怠なく催し候はせ侍る」は、内舎人の配下の者たちに、怠けることのないようにと命令し警備させていました。「懈怠なく」は、「なにがし」という表現とともに女房言葉ではなく、奢侈放縦と見られていた内舎人らしい、漢文調の語。「さのごとき非常のことの候はむをば、いかでか承らぬやうは侍らん」の「さのごとき」「非常」も同じく、内舎人が薫に答えた言葉を、直接話法で再現した、漢文調の語。畏まって薫に返答している内舎人の緊張した口調である。「用意して候へ」は、薫の内舎人への命令文で、直接話法。直接話法であると、薫の厳しい口調がそのまま響くので、薫のなまなましい怒りの様子を直に伝える。「便なきこともあらば、重く勘当せしめ給ふべきよしなん仰せ言侍りつれば」は、内舎人へ発した薫の話し言葉で、この最終部分の表現のみは、間接話法によって、きつい言い回しを和らげている。「いかなる仰せ言にかと恐れ申し侍る」は、内舎人には、薫が何を怒っておられたのか分からないので、浮舟のお世話をしている右近に実情をぶちまけたもの。

三　**ふくろうの鳴かんよりも、いともの恐ろし…夜行をだに、えせぬに」と喜ぶ**　「ふくろうの鳴かんよりも」は、「から声に鳴きたる」（夕顔一八）梟の鳴き声のこと。「ふくろう」は、「梟鳴（ハキ）二松桂ノ枝一　狐蔵（ハカクレ）二蘭菊ノ叢一　蒼苔黄葉ノ地　日暮レテ多（シ）二旋風一」（白氏文集巻二諷諭一0004「凶宅」）と詠まれ、荒廃した凶宅に住む鳥として恐れられていた。右近には、内舎人の怒りの口調が、恐ろしい梟の鳴き声を連想させ、今にも浮舟を捕まえて殺してしまいそうに響き、恐ろしく聞こえるのである。「いらへもやらで」は、怒っている内舎人を取りなすようには応答出来ていない右近の様子。どんな危急に際しても、ご主人の立場を有利にするように振る舞うのが、遣り手の女房であろうのに、右近は、内舎人の機嫌をとるように振る舞うことを忘れている。「さりや。聞こえさせしにたがはぬ事どもを聞こしめせ。もののの気色御覧じたるなめり。御消息も侍らぬよ」は、とっさに動揺した心そのままに、浮舟に、思いを隠せずぶつける軽率な右近の言葉。内舎人の脅迫の言葉に対して、右近の言葉がさらに浮舟に対する脅迫の圧力になるのに、右近はそのことまで気が回らないのである。「さりや」は、右近が先に浮舟に、「よき人の御仲どちは、情けなきことし出でよと思さずとも、ものの心得ぬ田舎人どもの、宿直人にて代はり〴〵候へば、おのが番に当たりて、いさゝかなることもあらせじなど、過ちもし侍りなむ」（浮舟三三）と述べたことを受ける。「ものの気色御覧じたるなめり」は、薫が、浮舟と匂宮との関係を察知されたのであろうの意。右近の女房としての主人に対する配慮に欠けた言葉である。浮舟として、一番恥ずかしく顔向けできないと思っていることを、無遠慮に指摘されたのでは、浮舟にとっては決定的な、死の鞭になる。「乳母は、ほのうち聞きて」は、匂宮のお忍びを知らされていない乳母が、警備を強化するという内舎人の話を、遠くから薄々聞いたもの。「宿直人も初めのやうにもあらず、皆、身の代はりにと言ひつゝ、あやしき下衆をのみ参らすれば、夜行をだに、えせぬに」は、浮舟が、今は死ぬ以外に、この危急を逃れられないと悩んでいるのに、無頓着で軽薄な乳母の、警固の強化を単純に喜ぶ言葉。「夜行」は、既述（東屋三九）。宿直人の夜回りのこと。

三五　浮舟、死を決意し、匂宮関連の手紙などを処分する

一　君（きみ）は、げに、たゞ今（いま）、いと悪（あ）しくなりぬべき身なめりと思（おぼ）すに、宮よりは、匂宮「いかに〳〵」と、苔（こけ）の乱（みだ）るゝわ

りなさをのたまふ、いとわづらはしくてなん、とてもかくても、一方〳〵につけて、いとうたてあることは出で来なん、わが身一つの亡くなりなんのみこそ目やすからめ、昔は、懸想する人のありさまの、いづれとなきに思ひわづらひてだにこそ、身を投ぐるためしもありけれ、二 ながらへば、必ず憂きこと見えぬべき身の、亡くならんは何か惜しかるべき、親も、しばしこそ嘆き惑ひ給はめ、あまたの子ども扱ひに、おのづから忘れ草摘みてん、ありながらもて損なひ、人わらひなるさまにてさすらへむは、まさるもの思ひなるべしなど思ひなる。児めきおほどかに、たを〳〵と見ゆれど、気高う、世のありさまをも知る方少なくて生[1]ほしたてたる人なしあれば、少したずかる[2]べきことを思ひよるなりけむかし。

三 むつかしきほくなど破りて、おどろ〳〵しく一度にもしたゝめず、灯台の火に焼き、水に投げ入れさせなどやう〳〵失ふ。心知らぬ御達は、物へ渡り給ふべければ、つれ〳〵なる月日を経て、はかなく[3]し集め給へる手習ひなどを破り給ふなめりと思ふ。侍従などぞ、見つくる時に、侍従「など、かくはせさせ給ふ。あはれなる御仲に、心とゞめて書き交はし給へる文は、人にこそ見せさせ給はざらめ、物の底に置かせ給ひて御覧ずるなん、程々につけてはいとあはれに侍る。さばかりめでたき御紙遣ひ、かたじけなき御言の葉を尽くさせ給へるを、かくのみ破らせ給ふ、情けなきこと」と言ふ。四 浮舟「何か。むつかしく。長かるまじき身にこそあめれ。落ちとゞまりて、人の御ためもいとほ(を)しからむ。さかしらにこれを取(おと)り置(を)きけるよ、など漏(も)り聞き給(きゝたま)はんこそ恥(は)づかしけれ」などのたまふ(給)。心細(ぼそ)きことを思ひもてゆくには、また(又)、え思(おも)ひ立(た)つまじきわざなりけり。親(おや)を置(こ)きて亡(な)くなる人は、いと罪深か(つみふかゝ)なるもの(物)をなど、さすがに、ほの聞(きゝ)きたることをも思ふ(思)。

【傍書】　1生　2ヲソロシキコト　3ナ

【注釈】

一　**君は、げに、たゞ今、いと悪しくなりぬべき身…いづれとなきに思ひわづらひてだにこそ、身を投ぐるためしもありけれ**　「げに、たゞ今、いと悪しくなりぬべき身なめりと思す」は、本当に、現時点では最悪になってしまうに違いない身とお思いになる。「つひにわが身はけしからずあやしくなりぬべきなめり」（浮舟三一）と思った心情に同じ。薫に、匂宮のことが知られてしまっていると、浮舟は判断したのである。「苔の乱るゝわりなさ」は、「逢ふことをいつかその日と松の木の苔の乱れて恋ふるこの頃」（古今六帖六こけ・読人知らず）により、何時逢えるのかと訴える、匂宮からの手紙。「いとわづらはしくてなん」は、匂宮のお気持ちは、全く面倒で厭わしいことと思う浮舟の心。「たゞ夢のやうに、あきれて…焦られ給ふ」（浮舟三二）という批判以上に、嫌悪に近い気持ちになっている。「とてもかくても、一方〳〵につけて、いとうたてあることは出で来なん」は、浮舟が匂宮か薫かどちらか一方に従うように決めると、嘆かわしいどうしようもない事件が出来するであろう。右近の姉の常陸の話を想起している浮舟の心情。「わが身一つの亡くなりなんのみこそ目やすからめ」は、「まろはいかで死なばや、世づかず心憂かりける身かな、かく憂きことあるためしは、下衆などの中にだに多くやはあなる」（同三三）と決意した、浮舟の気持の再確認。浮舟は、死んでしまうことだけが「目やすし」と捉えて、「人笑へ」（同二七・二八）を避けるただ一つの道と自らを追い詰めて行く。「昔は、懸想ずる人のありさまの、いづれとなきに思ひわづらひてだにこそ、身を投ぐるためしもありけれ」は、「年よはひ、顔、容貌、人の程、ただ同じばかり」（大和物語一四七段）の二人の男から愛情を告白された女が、甲乙どちらの男と結婚すべきか決めかねて、男達の争いを終わらせるために、「すみわびぬわが身投げてん津の国の生田の川は名のみなりけり」と詠んで、生田川に身投げした伝承を踏まえる。程度の軽いものを挙げ、それ以上の重いものを類推させる副助詞「だに」によった表現である。生田川の女は、まるで同じ程の愛情を見せる、甲乙区別できないような男から結婚を迫られたが、どちらの男と結婚するかは女自身の判断に任せられていたという、その程度の理由で、生田川に身投げした女の例である。それに対して、浮舟は、薫と匂宮という最高の身分の男に既に身を任せてしまった後であり、その結果、このままいくと薫と匂宮が浮舟の奪い合いをすることになりそうであることは避けられないと浮舟は考え、生田川の女以上の切迫した状況認識をしたのである。

二　ながらへば、必ず憂きこと見えぬべき身の…少しおずかるべきことを思ひよるなりけむかし　「ながらへば、必ず憂きこと見えぬべき身」は、死を決意した浮舟で、「ながらへて人笑へに憂きこともあらむ」（浮舟二七）という認識をしていた。「忘れ草摘みてん」は、「忘れ草我が身に摘まんと思ひしは人の心に生ふるなりけり」（小町集）などと詠まれる歌語。「ありながらもて損なひ、人わらへなるさまにてさすらへむは、まさるもの思ひなるべし」は、浮舟の「人笑へ」をおそれる意識で、既述（浮舟二六）。浮舟のこの意識は、母中将の君譲りで、母中将の君の「人笑へ」に対する嫌悪感は既述（東屋三二）。「児めき」は、子供っぽいあどけなさ。中の君が大君より「今少し児めき」（総角四一）と語られていたのと同じ形容である。「おほどかに、たを〳〵と見ゆれど」は、「おほどかなるあてさ」（東屋三〇）とあった浮舟像に一致する。「気高う、世のありさまをも知る方少なくて生ほしたてたる人にしあれば」は、東国育ちで、高貴な上品さを知ることが少ない育ちであるので。「おずかるべきこと」の「おずかる」は〈おず・し〉。「ものづゝみせずはやりかにおぞき人」（東屋二六）「かの乳母こそおぞましかりけれ」（同二七）と紹介された乳母の性格に似る浮舟の、上流貴婦人らしくない、強烈で強情な性格の意。「おずかる」は、「おぞき」「おぞましかり」と同根の形容詞と見るべきで、「おぞ」は「恐ろし」の語幹の有声化した語（帚木一三参照）。

三　**むつかしきほごなど破りて、おどろ〳〵しく…かくのみ破らせ給ふ、情けなきこと」と言ふ**　「むつかしきほごなど破りて」の「ほご」は「反故」。死後人に見られたくもない、面倒な匂宮からの手紙を破り捨てる浮舟である。手紙が後に残り、薫に見られるのをおそれたもの。「おどろ〳〵しく一度にもしたゝめず」は、目立つように一度に捨てることはしない。「心知らぬ御達」は、匂宮のお忍びを察知している右近や侍従などの女房以外の、年配の、何も事情を知らない女房。「など、かくはせさせ給ふ。あはれなる御仲に、心とゞめて書き交はし給へる文は、人にこそ見せさせ給はざらめ、物の底に置かせ給ひて御覧ずるなん、程々につけてはいとあはれに侍る」は、匂宮からの手紙を浮舟が捨てるのを見て、薫に連れられて京へ行くつもりの浮舟であると勘違いした、侍従の忠告の言葉。「人にこそ」の「人」は、薫。薫には見られないようにと、道具の底に隠して、時々独りでご覧になられるならば、懐かしいというものですの意。浮舟が匂宮に惹かれているのに、匂宮を捨てて、薫の所へ引き取られるつもりであると、侍従は見たもの。「さばかりめでたき御紙遣ひ」「かたじけなき御言の葉を尽くさせ給へる」は、匂宮からの「艶なる」手紙、匂宮の情熱的な愛情の言葉が書かれているのを、破り捨てるのは惜しいと思う、若い侍従の思いである。

四　**何か。むつかしく。長かるまじき身にこそあめれ…いと罪深かなるものをなど、さすがに、ほの聞きたることをも思ふ**　「何か。むつかしく」は、何が惜しいことですか、惜しくはありません。あってはならない手紙です。女房の誤解を解こうとして本音で応答する浮舟である。「長かるまじき身にこそあめれ」は、私の命はそう長くはないでしょうから。「落ちとゞまりて、人の御ためもいとほしからむ」は、私が死んだ後に、匂宮からの手紙が残されていることが分かると、匂宮の秘密が暴露され、匂宮のためにも不名誉なことになりましょうと、浮舟は侍従に本音で話すが、侍従には浮舟の真意が通じない。「さかしらにこれを取り置きけるよ」は、この手紙が中の君の目に触れた場合を想定して、おそれている浮舟の心情である。浮舟が匂宮の愛人であったことが暴露されるような匂宮の手紙を、生意気にも残して置いた浮舟であるよと、中の君が思われるであろうこと。これは、死を覚悟した浮舟の行動であり、侍従への腹を割った会話であるのに、それに気付かず、主人の言葉を聞き流している鈍感な侍従である。「心細きことを思ひもてゆく」は、いよいよ死ぬのだと、そのつもりになっていく浮舟の様子。「え思ひ立つまじきわざなりけり」は、そのつもりにはなっても、すぐさま入水の決断をするのは、躊躇する気持になるものであった。「親を置きて亡くなる人は、いと罪深かなるものを」は、親より先に死ぬ逆縁の罪で、既述（柏木一）。「ほの聞きたること」は、辺鄙な東国育ちではあるが、仏教的な教養を、少しは聞きかじっていた浮舟である。

三六　浮舟、匂宮に返信せず、匂宮、宇治に乗り込む

一　二十日余（はつかあま）りにもなりぬ。かの家（いゑ）あるじ、二十八日（廿）に下（くだ）るべし。宮は、匂宮「その夜（よ）、必（かなら）ず迎（むか）へむ。下人（しも）などによく気色（けしき）見ゆまじき心遣（づか）ひし給へ。こなたざまよりは、ゆめにも聞（き）こえあるまじ。疑（うたが）ひ給（給）ふな」などのたま（給）ふ。さて、あるまじきさまにておはしたらむに、今一度（いまひとたび物）ものをもえ聞（き）こえず、おぼつかなくて帰（かへ）したてまつらむことよ、また（又）、時の間（ま）にても、いかでか、こゝには寄（よ）せたてまつらむとする、かひなく恨（うら）みて帰（かへ）り給はんさまなどを思ひやるに、例（れい）の、面影離（おもかげはな）れず、堪（たえ）へず悲（かな）しくて、この御文（ふみおかほ）を顔に押（を）し当（あ）てて、しばしはつゝめども、いといみじく泣（な）き給（給）ふ。

二 右近、右近「あが君(きみ)、かゝる御気色(けしき)、つひ(ゐ)に、人見たてまつりつべし。やう〱、あやしなど思ふ人侍る(思人侍)べかめり。かうかゝづらひ思(おも)ほさで、さるべきさまに聞(き)こえさせ給(給)ひてよ。右近侍らば、おほけなきこともたばかり出(い)だし侍らば、かばかり小(ちゐ)さき御身一(ひと)つは、空(そら)より率(ゐ)てたてまつらせ給(給)ひなむ」と言ふ。1とばかりためらひて、三 浮舟「かくのみ言(い)ふこそいと心憂(う)けれ。さもありぬべきことゝ思(おも)ひかけばこそあらめ、あるまじきことゝ皆思(みなおも)ひ取(と)るに、わりなく、かくのみ頼(たの)みたるやうにのたま(給)へば、いかなることをし出(い)で給(たま)はむとするにかなど思(おも)ふにつけて、身(み)のいと心憂(う)きなり」とて、返りごと(返事)も聞(き)こえ給はずなりぬ。

四 宮、かくのみ、なほ(猶)うけひく気色(けしき)もなくて、返(かへ)りごとさへ絶(た)え〲になるは、2かの人(ひと)の、あるべきさまに言(い)ひしたゝめて、少(すこ)し心やすかるべき方(かた)に思(おも)ひ定(さだ)まりぬるなめり、ことわ(は)りと思(おぼ)ゆ(す)ヒもの(物)から、五 いとくちを(お)しくねたく、さりとも、我(われお)をばあはれと3思ひたりしもの(物)を、あひ見ぬとだえに、人々(〲)の言(い)ひ知(し)らする方(かた)に寄(よ)るならむかし、など眺(なが)め給(給)ふに、行(ゆ)く方知(かたし)らず、むなしき空(そら)に満(み)ちぬる心地(ち)し給へば、例(れい)のいみじく思(おぼ)したちておはしましぬ。

六 葦垣(あしがき)の方(かた)を見るに、例(れい)ならず、男「あれは、誰(た)そ」といふ声々(こゑ〲)、いざとげなり。立(た)ち退(の)きて、心知(し)りの男(をのこ)を入(い)れたれば、それをさへ問(と)ふ。先々(さき〲)の気配(けはひ)にも似(に)ず、わづらはしくて、男「京より、とみの御文(ふみ)あるなり」と言(い)ふ。ア右近が従者(ずさ)の名(な)を呼(よ)びて会(あ)ひたり。いとわづらはしく、いとゞおぼゆ。右近「さらに、今宵(こよひ)は不用(ふよう)なり。いみじくかたじけなきこと」と言はせたり。宮、などかくもて離るらむと思すに、わりなくて、匂宮「まづ、時方入りて、侍従に会ひて、さるべきさまにたばかれ」とて遣はす。かど〳〵しき人にて、とかく言ひ構へて、尋ねて会ひたり。侍従「七いかなるにかあらむ、かの殿のゝたまはすることありとて、宿直にある者どものさかしがりだちたる頃にて、いとわりなきなり。4御前にも、ものをのみいみじく思したるめるは。かゝる御ことの5かたじけなきを思し乱るゝにこそと、心苦しくなむ見たてまつる。さらに、今宵は。人気色見侍りなば、なか〳〵にいと悪しかりなん。やがて、さ6も御心遣ひせさせ給ひつべからむ夜、こゝ（こ（「と」の上に「こ」）ヒ）にも人知れず思ひ構へてなむ、聞こえさすべかめる」。乳母のいざときことなども語る。大夫、時方「おはします道のおぼろけならず、あながちなる御気色に、あへなく聞こえさせむなむたい〳〵しき。さらばいざ給へ。ともにくはしく聞こえさせ給へ」と誘ふ。侍従「いとわりなからむ」と言ひしろふ程に、夜もいたく更けゆく。

【校異】

ア　**右近が**――「右近は」カ 青（明）「右近か」青（池・横・大正・肖・徹一・陵・保・榊・三・平・徹二・穂・紹・幽）河（尾・静・前・大・鳳・兼・岩・飯）別（宮・麦・阿・伝宗）「うこんか」青（伏）河（御）別（陽・国・蓬）、河（七）は落丁。なお『大成』は「右近か」、『全書』『大系』『玉上評釈』『全集』『集成』『完訳』『新全集』も「右近が」であるのに対して、『新大系』は「右近は」。底本の本行本文のみに「右近は」とあり、底本が独自となる例である。『新大系』は、補注解説において、訂正印のない『明』の異文表記である点を重視し、『明』の本行本文「右近は」を採択している。そして「は」の場合の解釈を、『明』が「訂正印を施さなかったのも、単なる異文参照ではなく、両様に読める可能性を次世代に託した」かとする。しかし諸伝本を調査した結果、「右近は」の「は」は、「か」と誤読されそうに似ている例がある（『池』『飯』など）。よって、書写したもとの本文の「か」を「は」と誤読して書き写したのが、今残されている『明』の姿であろう。『明』において、

（七三丁オ二行）

の如く、訂正印「ヒ」がなく異文を傍書したのは、「は」と似ているが「か」であり、間違えないようにという後筆の注意書きであろう。以上の如く勘案し、本書では、物語本文としては「右近が」を採択する。

【傍書】 1浮詞　2薫　3は　4浮コト　5難ノ心　6匂方ヘ浮ヲ向ヘントコト

【注釈】

一　**二十日余りにもなりぬ。かの家あるじ…しばしはつゝめども、いといみじく泣き給ふ**　「二十日余りにもなりぬ」は、三月二十日過ぎ。「四月の十日」（浮舟二六）に薫が迎えに来ることを決めており、そのことを承知の匂宮が、「この月（三月）の晦日方」（同二五）浮舟を宇治から盗みだす段取りであるとしていた。時々刻々とその日が近づいてくる。「かの家あるじ」は、匂宮の乳母の夫で、匂宮が浮舟を住まわせる予定の家の主。「二十八日に下るべし」は、「この月（三月）の晦日方に下るべければ、やがてその日渡さむと思し構ふ」（同二五）とあったが、二十八日と決定し、さらに切迫した状況である。「その夜」は三月二十八日の夜。「下人などによく気色見ゆまじき心遣ひし給へ」は、匂宮のお越しを、浮舟の下人などに見られないように用心しなさい。「さて、あるまじきさまにておはしたらむに」は、匂宮のお手紙のように、到底匂宮らしくないみすぼらしい様子で、無理にお越しになられたとしても。「今一度ものをもえ聞こえず、おぼつかなくて帰したてまつらむことよ、また、時の間にても、いかでか、こゝには寄せたてまつらむとする、かひなく恨みて帰り給はんさまなど思ひやるに」は、匂宮が到着される前に、入水する覚

悟の浮舟の心中である。匂宮が到着されても、もう二度と匂宮に自分はお話も出来ず、浮舟が見つからずに不安な状態でお帰りになられることよ、また、少しの間でも、匂宮がどうして私の許に近づきなさることが出来ようかと、匂宮が甲斐もなく恨めしく思って帰られる様子などを、浮舟は想像する。「例の、面影離れず、堪へず悲しくて」は、理性では「むつかしき」匂宮の手紙と思いながら、浮舟の心の中には何時ものように匂宮の面影が浮かんで来て、耐えられなく悲しい浮舟である。「この御文」は、「むつかしき」と思う匂宮の手紙。

二　**右近、「あが君、かゝる御気色、つひに…空より率てたてまつらせ給ひなむ」と言ふ。とばかりためらひて**

「かゝる御気色」は、匂宮の手紙を顔に押し当てて、我慢しきれず泣いている浮舟の様子。「つひに、人見たてまつりつべし」は、隠していてもしまいには、きっと他の女房も、浮舟の状態をただの物の怪ではなく、恋煩いではないかと判断してしまいましょうの意。「やう〳〵、あやしなど思ふ人侍るべかめり」は、今も既に、だんだん、不審に思う女房がいるようでございますの意。浮舟の秘密を知る女房として、右近、侍従以外にも、後出の「右近が従者」がいることの伏線である。「かうかゝづらひ思ほさで、さるべきさまに聞こえさせ給ひてよ」の「かゝづらひ思す」は、ある事柄に拘って悩むこと。「給ひてよ」は「給ひつ」の命令形。匂宮からの愛情を振り払うことができないなら、このように一人で悩んでおられないで、ご自分のお考えのようにお決めになられて、匂宮からのお迎えをお待ちするというようにお話しなさいませよ。右近の考えは、「宮も、御心ざしまさりて、まめやかにだに聞こえさせ給はゞ、そなたざまにも靡かせ給ひて、ものないたく嘆かせ給ひそ」（浮舟三二）と伝えていた。「おほけなきこともたばかり出だし侍らば」は、恐れ多くも外へお連れ申しますような大胆な工夫を致しますならばの意。これまでの右近の、匂宮を忍び込ませるための働きぶりから、匂宮のお迎えに従うように右近も手助け致しましょうの意を含意する。「空より率てたてまつらせ給ひなむ」は、道中に見張り番がいて見つかるようならば、匂宮は空からでも隠して京へお連れなさいましょう。「とばかりためらひて」は、右近の話を聞き、しばらく話そうかどうしようか迷う浮舟の様子である。

三　**「かくのみ言ふこそいと心憂けれ。さもありぬべきことゝ…身のいと心憂きなり」とて、返りごとも聞こえ給はずなりぬ**　「かくのみ言ふこそいと心憂けれ」は、浮舟が匂宮に心惹かれていると見て、匂宮に従いなさいと勧める、侍従や右近に対して、浮舟が、初めて、自分は匂宮には従いたくないという本心を述べて、思い切って反論した言葉。「さもありぬべきことゝ思ひかけばこそあらめ、あるまじきことゝ皆思ひ取るに、わりなく、かくのみ頼みたるやうにのたまへば、いかなることをし出で給はむとするにかなど思ふにつけて、身のいと心憂きなり」は、私が宮に従うのが相応しいと思っているならば、宮のおっしゃる言葉に従いましょうが、私は、宮には従うのはあってはならないことと、全て分かっていますのに、宮は理不尽にも、いかにも私がお願いしたかのように仰ってこられますので、この先宮は、私を連れ出してどのようになさるおつもりであるのかと思いますと、私自身の運命が本当に情けなくなってしまいますの意。控えめであった浮舟の本心を無視して、侍従や右近が切り回してきたこれまでのお世話の仕方に対して、初めての浮舟からの自己主張である。「返りごと」は、浮舟から匂宮への返事。

四　**宮、かくのみ、なほうけひく気色もなくて…方に思ひ定まりぬるなめり、ことわりと思すものから**　「かくのみ、なほうけひく気色もなくて」は、二十八日と決定して、匂宮が迎えに行くと連絡してもなお、浮舟からの承知したという返事が、匂宮には来ないこと。「返りごとさへ絶え〴〵になる」は、匂宮に迎えられることを望んでいない、死を決意している浮舟なので、もう浮舟は匂宮に返事も途絶えがちである。「かの人の、あるべきさまに言ひしたゝめて、少し心やすかるべき方に思ひ定まりぬるなめり」の「かの人」は薫。薫が、これからの浮舟の有り様を言い含めて、浮舟が、匂宮より少し安心できるはずと思う薫の方に決断したのであろうの意。匂宮の浮舟恋慕は、競争相手の薫を意識して、一層思いを募らせるという、「負けじ魂」のもたらすものである。匂宮の「負けじ魂」は、「さしも御心に入るまじきことを、かやうの方に少し進み給へる御本性に、聞こえそめ給ひけむ負けじ魂にや」（総角二）と、薫から評されていた。「ことわりと思すものから」は、もともと、浮舟は、薫が宇治に据えた女であるので、薫に従うという浮舟の方針は、尤もなことであると匂宮は思われるが。

五　**いとくちをしくねたく、さりとも、我をば…例のいみじく思したちておはしましぬ**　「いとくちをしくねたく」は、薫に負けたくないという競争心が引き金となって、残念で、妬ましく思う匂宮の気持である。「さりとも、我をばあはれと思ひたりしものを、あひ見ぬとだえに、人々の言ひ知らする方に寄るならむかし」は、浮舟から返事がないけれども、自分は浮舟に気に入られていたはずなのに、浮舟に逢わないでいるうちに、女房たちが浮舟に薫に従うように言い含めて、その結果、浮舟が薫に従うつもりになったのであろうの意。「行く方知らず、むなしき空に満ちぬる心地」は、「我が恋はむなしき空に満ちぬらし思ひやれども行く方もなし」（古今集巻一一恋一・読人知らず）により、匂宮が、浮舟を慕わしく思う思いが大空に充満して、どうしようもない状態の意。競争相手の薫に奪われると思うと、「負けじ魂」が押さえられなくなる匂宮である。亡き大君をせつなく思う薫が、浮舟を宇治に連れてきて、大君の形代として据えたが、それでもなお、「行く方なき悲しさは、むなしき空に満ちぬべかめり」（東屋四一）と、大君恋慕の薫の心情が大空に満ちあふれるようであった。この薫の大君恋慕の心情に匹敵する、浮舟を恋慕する匂宮の心情である。「例のいみじく思したちておはしましぬ」は、浮舟からの返事も来ないというのは、ただ事ではないと思った匂宮が、前回の、「あさましうたばかりて」（浮舟二〇）宇治へ来たのと同じように、また今回も、大変な決意をして、匂宮は宇治へおいでになられた。

六　**葦垣の方を見るに、例ならず…とかく言ひ構へて、尋ねて会ひたり**　「葦垣」は催馬楽による。既述（浮舟八）。

匂宮の浮舟を訪問する方法は、「宿直人ある方には寄らで、葦垣し込めたる西面をやをら少しこぼちて入りぬ」（浮舟八）であった。「葦垣を見るに」は、匂宮のお供の時方が、前にも忍び込んだ葦垣から忍び込もうとして、葦垣の方を見たところ。「例ならず」は、何時もは宿直人のいない葦垣のところに、夜回りの番人がいた。「あれは、誰そ」は、「葦垣真垣　真垣かきわけ　てふ越すと　追ひ越すと　誰てふ越すと　誰か　誰か　この事を　親に　まうよこし申しし…」（催馬楽、呂歌・葦垣）の「誰てふ越すと　誰か　誰か」を響かす、番人の尋問の言葉。「いざとげなり」は、五条の后恋慕の業平が「人しれぬわが通ひぢの関守はよひよひごとにうちも寝ななむ」（古今集巻一三恋三・在原業平）を踏まえる。「関守」（見張り番）は眠っていてほしいのに、めざめやすい様子。「立ち退きて」は、時方が、引き下がったこと。「心知りの男」は、匂宮の従者時方の配下の男で、薫の随身に匂宮への女の恋文を見られてしまい、気の利かない「劣りの下衆」（浮舟二八）と言われた男のこと。「心知り」とあるので、その男は、浮舟の女房の右近の召使いと懇意になっていて、浮舟方に通じていた男であることになる。その男に、懇意の女に私信を届けさせるようにして行かせた。「それをさへ問ふ」は、時方の配下の、身分の低い「心知りの男」まで、見張り番は尋問する、厳しい検閲の仕方である。「京より、とみの御文あるなり」は、京の母中将の君からの、急用の手紙である。「わづらはしくて」は、時方の配下の「心知りの男」が、番人に不審がられて面倒なことと思って。「右近が従者の名を呼びて会ひたり」は、時方の配下の「心知りの」男が、右近の召使いを呼んで右近に取り次がせて、右近に会った。ということは、「心知りの男」の懇意の女は、右近の侍女で、浮舟の秘密を知っているということ。「やう〳〵、あやしなど思ふ人侍るべかめり」（前掲）と、右近が述べたことに呼応する。「いとわづらはしく、いとゞおぼゆ」は、右近も、時方の配下の「心知りの男」に会うのは、大変なことになると面倒に思って。「さらに、今宵は不用なり。いみじくかたじけなきこと」は、右近の断りの言葉。今晩は、絶対にお逢い出来ない、大変恐縮ではございますがの意。

厳しい見張り番の様子から、匂宮を忍び込ませることは到底出来ないと、右近が判断したことによる。「言はせたり」は、右近が「心知りの男」を使って時方に伝言させている。「宮、などかくもて離るらむと思すに、わりなくて」の「わりなくて」は、匂宮が浮舟に会いたくて、どうしようもないと思っておられる心情。宮は、どうしてこんなに全く取り合ってもらえないのだろうかと思うと、どうしようもないほど辛くての意。「まづ、時方入りて、侍従に会ひて、さるべきさまにたばかれ」は、匂宮の時方への命令で、匂宮が浮舟に逢えないならば、まず、時方が入って侍従に会い、匂宮が忍びこめるようにうまく工作せよ。「かど〳〵しき人にて」は、「かど〳〵しき者」（浮舟二八）と称賛されていた薫の随身に引けを取らない、才覚の働く、「御乳母子の、蔵人より冠得たる若き人」（同八）の時方。「尋ねて会ひたり」は、時方が侍従を探して、侍従に会った。

七　いかなるにかあらむ、かの殿のゝたまはすること…いとわりなからむ」と言ひしろふ程に、夜もいたく更けゆく

「かの殿」は薫。「いとわりなきなり」は、匂宮にお入りいただくのは、到底無理でございます。「御前にも、ものをのみいみじく思したむる」は、浮舟は、何かひどく悩んでおられるご様子です。「かゝる御ことのかたじけなきを思し乱るゝにこそ」は、今回のように折角匂宮がお越しになられても、お目にかかれずお帰りいただくのが恐縮なので、浮舟はあれこれ思い悩んでおられるのですよと、取り次ぐ侍従の独自判断を述べた言葉。死を決意している浮舟は、匂宮に逢うつもりではないことが伝わらず、まるで見当はずれな侍従の取り次ぎである。「さらに、今宵は」は、見張り番が厳しいので、特に、今晩は、お目にかかれません。「人気色見侍りなば、なか〳〵にいと悪しかりなん」は、見張り番に見つかると、かえって大事になりましょう。「さも御心遣ひせさせ給ひつべからむ夜」は、匂宮がお越しになられるご予定の、三月二十八日の夜を指す。「こゝにも人知れず思ひ構へてなむ、聞こえさすべかめる」は、匂宮のお越しをお受け出来るように、右近も私も、工夫して準備してさしあげましょうの意。確かに右近は、浮舟に、「右近侍らば、おほけなきこともたばかり出だし侍らば、かばかり小さき御身一つは、空より率てたてまつらせ給ひなむ」と、浮舟に断言していて、右近と侍従はそのつもりである。「乳母のいざときこと」は、番人だけではなく、乳母も年寄りなのですぐに目覚める様子であること。「おはします道のおぼろけならず」は、木幡山を越える、宇治への道中の恐ろしさを指し、そのことは既述（椎本一六）。「あながちなる御気色」は、強引で、どうしても思いを遂げたいという、匂宮の浮舟への執心のご様子で、「あながちなりし人の御ありさま」（浮舟一七）「あながちなる人の御こと」（同二二）として繰り返されている。「あへなく聞こえさせむなむたい〴〵しき」は、お断りという、はりあいのないことをお伝えするのは、従者として怠慢のそしりを免れないので出来ない。「さらばいざ給へ」は、お断りならば、私と一緒にあなたが、匂宮のところへ来て下さい。「いとわりなからむ」は、夜なのに、侍従がお屋敷を出るのは出来ないでしょう。

三七　匂宮、浮舟に逢えず帰京する

一 宮は、御馬(むま)にて少し(すこ)遠く(とを)立ち(た)給へ(たま)るに、里(さと)びたる声(こゑ)したる犬(いぬ)どもの、出(い)で来(き)てのゝしるもいと恐(おそ)ろしく、人少(ひとずく)なに、いとあやしき御歩(あり)きなれば、すゞろならむもの(物)の走(はし)り出(い)で来(き)たらむもいかさまにと、候(さぶら)ふ限(かぎ)り心をぞ惑(まど)はしける。時方「なほ(猶)疾(と)く〳〵参(まい)りなむ」と言(い)ひ騒(さわ)がして、この侍従(じゞう)を率(ゐ)て参(まい)る。二 髪(かみ)、脇(わき)より掻(か)いたして、様体(やうたい)いとをかし(お)き人なり。馬(むま)に乗(の)せむとすれど、さらに聞(き)かねば、衣(きぬ)の裾(すそ)をとりて立(た)ち添(そ)ひて行(ゆ)く。わが沓(くつ)を履(は)かせて、みづからは供(とも)なる人のあやしき物を履(は)きたり。参(まい)りて、かくなんと聞(き)こゆれば、語(かた)らひ給(たま)ふべきやうだになければ、山がつの垣根(かきね)のおどろ葎(むぐら)の蔭(かげ)に、障泥(あふり)といふ物を敷(し)きて下(お)ろしたてまつる。三わが御心地(ち)にも、あやしきありさまかな、かゝる道(みち)に損(そこ)なはれて、はか〲しくはえあるまじき身なめり、と思(おぼ)し続(つゞ)くるに、泣(な)き給(給)ふこと限(かぎ)りなし。心弱(よは)き人は、まして、いといみじく悲(かな)しと見(み)たてまつる。いみじき仇(あだ)を鬼(おに)に作(つく)りたりとも、おろかに見捨(みす)つまじき人の御ありさまなり。ためらひ給(給)ひて、匂宮「たゞ一言(ひとこと)1も、え聞(き)こえさすまじきか。いかなれば、今(いま)さらにかゝるぞ。なほ(を)人々(〲)の言(い)ひなしたるやうあるべし」とのたまふ(給)。四ありさまくはしく聞(き)こえて、侍従「やがて、さ思(おぼ)しめさむ日を、かねては散(ち)るまじきさまにたばからせ給(たま)へ。かくかたじけなきことゞもを見たてまつり侍れば、身を捨(す)てゝも思(おもふたま)へたばかり侍らむ」と聞(き)こゆ。我も人目(め)をいみじく思(おぼ)せば、一方(ひとかた)に恨(うら)み給(たま)はむやうもなし。

夜(よ)はいたく更(ふ)けゆくに、五このもの咎(物とが)めする犬(いぬ)の声絶(こゑた)えず、人々(〲)追(を)ひ避(さ)けなどするに、弓引(ゆみひ)き鳴(な)らし、あやしき男(をのこ)どもの声(こゑ)どもして、「火危(あや)ふ(う)し」など言(い)ふも、いと心あわたゝしければ、帰(かへ)り給(たま)ふ程(ほど)、言(い)へばさらなり。

匂宮「いづくにか身(み)をば捨(す)てむとしら雲(くも)のかゝらぬ山もなく〲ぞ行(ゆ)く

さらばはや」とて、この人を帰(かへ)し給(給)ふ。御気色(けしき)なまめかしくあはれに、夜深(ふか)き露(つゆ)にしめりたる御香(か)ほの香(かう)ばしさなど、たとへむ方(かた)なし。泣(な)く〲ぞ帰(かへ)り来(き)たる。

【傍書】 1一言

【注釈】

一　**宮は、御馬にて少し遠く立ち給へるに…なほ疾く〳〵参りなむ」と言ひ騒がして、この侍従を率て参る**　「宮は、御馬にて」は、匂宮は、馬に乗ったままで。「少し遠く立ち給へる」は、見張り番の警備している、浮舟の宇治のお屋敷から少し離れて立っておられた。「里びたる声したる犬どもの、出で来てのゝしる」は、後で匂宮が、「山がつの垣根のおどろ葎の蔭に、障泥といふ物を敷きて」馬から下りたとあるので、この時匂宮は、山仕事をする人の住居の、いばらや葎の生えている垣根の側にいたといえる。その荒れ果てた住居に住む「山がつ」の飼っていた犬が何匹か出てきて、見かけない匂宮を見咎めて鳴き立てた。「里びたる」は「里なれたる心なり」（『花鳥』）。「人少なに」は、もともとごくごくお忍びの外出であり、その上、時方と「心知りの男」が、その場を離れているので、匂宮につき従っている人は少ないはずで、この犬の鳴き声は、匂宮を恐ろしさにふるいあがらせる様子。「いとあやしき御歩きなれば」は、「あやしきさまのやつれ姿して、御馬にておはする」（浮舟八）匂宮の忍び歩きの様子。「すゞろならむもの」は、匂宮一行とは知らない、近辺の住人。「候ふ限り」は、時方と「心知りの男」以外の、その場に、匂宮に従っている者達は皆。「心をぞ惑はしける」は、不安のために、はらはらしながら、時方の帰って来るのを待っている。「言ひ騒がして」は、時方は、匂宮が返事を待っておられて、人少なで、恐ろしがっておられるであろうことを心配して、連れ出した侍従を、ひどくせきたてて歩かせる様。

二　**髪、脇より掻いこして、様体いとをかしき人なり…障泥といふ物を敷きて下ろしたてまつる**　「髪、脇より掻いこして、様体いとをかしき人」の「掻いこして」は、「掻い越して」。長い髪の毛を、脇から前に回して手で支えるほどの、侍従のまことに美しい髪の様子。侍従の主人の浮舟の美しさを、一層想像させる、侍従の美しさである。「馬に乗せむとすれど」は、早く匂宮の所へ行きたい時方が、素早く歩けない侍従を、自分の乗ってきた馬に乗せようとしたが。「さらに聞かねば」は、乗馬経験のない侍従で、馬に乗ることを、拒否した。「衣の裾をとりて立ち添ひて行く」は、時方が侍従の着ている着物の裾を手に持って、侍従と一緒に歩いて行く。「わが沓を履かせて、みづからは供なる人のあやしき物を履きたり」は、時方の履き物を侍従に履かせ、時方自身は、配下の「心知りの男」のみすぼらしい履き物を履いた。ということは、配下の「心知りの男」には裸足で歩かせた。主人の意に添おうとする、時方や「心知りの男」の真剣な様が、滑稽さを浮上させる。「語らひ給ふべきやうだになければ」は、馬に乗ったままでは、女房との話が出来ないので。「障泥（あふり）といふ物を敷きて下ろしたてまつる」の「障泥（あふり）」は、馬具の一種で、乗馬の際の、大型の皮製の泥よけ。障泥を敷物にして、その上に匂宮を下ろし申し上げる。この場面は、『うつほ物語』の兼雅が、北野の行幸に出かけたとき、琴の音に引き込まれてうつほの前で俊蔭娘母子に巡り会い、「行縢（むかばき）を解きて苔の上に敷き、『こち』とて据ゑ、われもゐ給ひて、ことのよしを問ひ給ふ」（俊蔭）とある表現を思わせる。「行縢」の代わりに「障泥（あふり）」を敷いたのである。

三　**わが御心地にも、あやしきありさまかな…なほ人〴〵の言ひなしたるやうあるべし」とのたまふ**　「わが御心地」は、匂宮の心地で、自敬語。「あやしきありさまかな」は、馬具を敷物代わりにして、匂宮はその上に座り、浮舟の代わりに侍従を座らせ、様子を聞こうとする自分自身の行動を、自分ながらも滑稽で、「あやしきさまのやつれ姿」（浮舟八）だと思った匂宮である。「かゝる道」は、恋の道。「はか〴〵しくはえあるまじき身なめり」は、女とのことで失敗して、まともに面目を施して生きることが出来ないもののようであると、気弱になった匂宮である。「心弱き人」は、夜中に、連れ出され、恐ろしく気弱になっている侍従。「いみじき仇を鬼に作りたりとも、おろかに見捨つまじき人の御ありさま」は、匂宮に惚れ込んでいる侍従の捕らえた、匂宮像。幼少時の源氏が「いみじき武士・仇敵なりとも、見てはうち笑まれぬべき様」（桐壺一八）であった様子に準じる。「ためらひ給ひて」は、匂宮が侍従に、聞こうかどうしようかためらわれて。匂宮は、侍従に話しても、侍従がどのように返事をするかがおそれられて、躊躇するのである。「たゞ一言も、え聞こえさすまじきか」は、匂宮としては、危ない思いをして浮舟の近くまで来たのに、ただの一言だけでも、逢って話が出来ないかという、必死の願いの言葉。「たゞ一言」は、永遠の別れになる、最期の別れの言葉を暗示する。「今さらにかゝるぞ」は、浮舟とは既に親しい間柄になったのに、今になって、返事もしないように何故態度を変えたのか。匂宮に手紙の返事もしないような浮舟では、二十八日に自分が迎えに来ても、連れ出せないであろうという、匂宮の心配である。「なほ人々の言ひなしたるやうあるべし」は、浮舟が返事をしないというのは、浮舟の考えではなく、女房達がそのようにさせているのであろうの意。匂宮は以前にも、「あひ見ぬとだえに、人々の言ひ知らする方に寄るならむかし」（浮舟三六）と疑っていた。何故、浮舟が匂宮に返事も書かない事にしたのか、その理由は、浮舟が死をまで覚悟して匂宮には従わないつもりになったからであるのに、侍従は、そこまでの浮舟の心情を分かっていなかったので、匂宮の質問には答えることが出来ないのである。

四　**ありさまくはしく聞こえて…我も人目をいみじく思せば、一方に恨み給はむやうもなし**　「ありさまくはしく聞こえて」は、浮舟の心の中が分かっていない侍従の、詳しくお伝えする言葉である。屋敷の周辺は、厳しい見張り番がいて、匂宮を忍び込ませることは出来ないことと、部屋の中の浮舟は、お食事も取られず、体調を崩しておられるという情勢を詳しくお知らせ申し上げるだけで、浮舟が、死ぬつもりであることまでは、侍従は承知していないので、匂宮には伝わらない。「やがて、さ思しめさむ日」は、匂宮が浮舟を連れ出そうとお考えの日。「かねては散るまじきさまに」は、前もって、他に知られることのないように。「かくかたじけなきことゞもを見たてまつり侍れば、身を捨てゝも思う給へたばかり侍らむ」は、侍従が、本当に真剣な匂宮の恋心を知ったので、自分の身を捨てても、匂宮のご意向に沿うようにすると強調した。時方が右近に、「誰も〳〵身を捨てゝなむ」（同一一）と強調した、同じ心情である。侍従は、浮舟の女房でありながら、浮舟の心情を理解しないまま、時方にも、「さも御心遣ひせさせ給ひつべからむ夜、ここにも人知れず思ひ構へてなむ、聞こえさすべかめる」（浮舟三六）と伝えていた。そして今、侍従は、直接匂宮にお会いし、全く匂宮に同感であると一人で口約束し、完全に匂宮の言うがままである。「我も人目をいみじく思せば、一方に恨み給はむやうもなし」は、匂宮としても、人目が心配であり、何時までも一方的に侍従に怨み言を言っている余裕はない。

五　**このもの咎めする犬の声絶えず、人々追ひ避けなどするに…たとへむ方なし。泣く〳〵ぞ帰り来たる**　「人々追ひ避けなどする」は、何時までも吠えている犬を、匂宮の従者達が追い払うようにする。「弓引き鳴らし」は、鳴弦のことで、既述（夕顔一六）。警備員が、魔除けのため、矢をつがえず、弓の弦を引いてならすこと。「あやしき男どもの声どもして、『火危うし』など言ふ」は、内舎人の配下の男達が、「火危うし」と言って、声を立てて夜回りしている様子。源氏が夕顔を連れて廃院で襲われたとき、随身に「弦打ちして、絶えず声づくれ」と命令し、随身は「弓弦いとつきづきしくうち鳴らして、『火危ふし』と言ふ」（同一六）と警備した場面を連想させる。「火危うし」は「夜行するこゑなり」（『花鳥』）。「帰り給ふ程、言へばさらなり」は、匂宮が、侍従に会っただけで、浮舟に会うことは無論手紙も得られぬまま、不安な状態で帰られるがっかりした様子は、言いようもないことである。「いづくにか身をば捨てむとしら雲のかゝらぬ山もなく〳〵ぞ行く」の「しら雲」は、「知ら（ず）」と「白（雲）」、「なく」は、「無く」と「泣く」の懸詞。「いづくとも所定めぬしら雲のかからぬ山はあらじとぞ思ふ」（拾遺集巻一九雑恋・読人知らず）を踏まえる。「いづくにか身をば捨てむと」は、侍従が「身を捨てゝも思う給へたばかり侍らむ」といったのを受ける。侍従は、時方が「おろかならぬ御気色を見たてまつれば、誰も〳〵身を捨てゝなむ」（浮舟一一）と述べたのと同じく、献身的な意に用いたのであるが、匂宮詠は、生きていく気力もなく、どこで身投げしたらよいのかという、奇しくも、身投げしようとする浮舟の心情に近い意に、切り替えた詠みである。どこもかしこも白雲のかかっている道を、何処で身を捨てようかと泣きながら帰って行くと詠んだ、匂宮の独詠。侍従は、この匂宮の歌を、浮舟に伝えたことが推測される。「御気色なまめかしくあはれに、夜深き露にしめりたる御香の香ばしさ」は、侍従が捕らえた匂宮の「なまめかし」美で、宇治の中の君や女房達の視点からも、匂宮は「いともなまめかしくきよらにて、にほひおはしたる」（総角二三）「限りなくなまめかしくきよらにて」（同二四）のように捕らえられていた、薫に次いで「なまめかし」美の男性であった。「泣く〳〵ぞ帰り来たる」は、匂宮の詠の下句「かゝらぬ山もなく〳〵ぞ行く」を踏まえた描出。匂宮が泣きながら帰って行かれるのと同様に、侍従も、泣きながら帰ってきている。

三八　浮舟、絶望し、川に身投げしようとする

一　右近は、言(い)ひ切(き)りつるよし言(い)ひゐたるに、君(きみ)は、いよ〳〵思(おも)ひ乱(みだ)るゝこと多(おほ)くて臥(ふ)し給(たま)へるに、[1]入(い)り来(き)てありつるさま語(かた)るに、答(いら)へ[2]もせねど、枕(まくら)のやう〳〵浮(う)きぬるを、かつはいかに見(み)るらむとつゝまし。つとめても、あやしからむまみを思(おも)へば、無期(むご)に臥(ふ)したり。もの(物)はかなげに[ア]帯などして経読(よ)む。親(おや)に先立(さきだ)ちなむ罪失(つみうしな)ひ給(たま)へとのみ思(おも)ふ。

二　ありし絵(ゑ)を取(と)り出(い)でゝ見(み)て、描(か)き給(給)ひし手(て)つき、顔(かほ)の匂(にほ)ひなどの、向(む)かひきこえたらむやうに思(おぼ)ゆれば、昨夜(よべ)、一(ひと)言(こと)をだに聞(き)こえずなりにしは、なほ今一重(猶いまひとへ)まさりて、いみじと思(おも)ふ。[3]かの、心のどかなるさまにて見(み)むと、行く末(ゆくすゑ)遠(とを)かるべきことをのたまひ(給)わたる人(ひと)も、いかゞ思(おぼ)さむといとほし(を)。憂(う)きさまに言(い)ひなす人もあらむこそ、思(おも)ひやり恥(は)づかしけれど、心浅(あさ)くけしからず人笑(ひとわら)へならんを聞(き)かれたてまつらむよりは、など[4]思ひつゞけて、

三

浮舟　嘆(なげ)きわび身(み)をば捨(す)つとも亡(な)き影(かげ)にうき名流(なゝが)さむことをこそ思(おも)へ

親(おや)もいと恋(こひ)しく、例(れい)はことに思(おも)ひ出(い)でぬはらからの、醜(みにく)やかなるも恋(こひ)し。宮の上(うへ)を思ひ出(い)できこゆるにも、すべて、今一度(いまひとたび)ゆかしき人多(おほ)かり。人は、皆(みな)、おの／＼もの染(物そ)め急(いそ)ぎ、何(なに)やかやと言(い)へど、耳(みゝ)にも入(い)らず。夜(よる)となれば、人(ひと)に見つけられず出(い)で行(ゆ)くべき方を思ひ設(思まう)けつゝ、寝(ね)られぬまゝに、心地(ち)も悪(あ)しく皆違(みなたが)ひにたり。明(あ)け立(た)てば川(かは)の方(かた)を見やりつゝ、羊(ひつじ)の歩(あゆ)みよりも程(ほど)なき心地(ち)す。

【校異】

ア　帯――「をひうちかけ」青（肖）別（陽）「おひうちかけ」青（紹）別（阿）「おひ●(うちかけイ)」青（三）「おひ○(うちかけイ)」青（明・幽）「を○(うちかけ)」青（徹二）「帯○(うちかけ)」阿（兼）「おもひ」別（伝宗）「おひ」青（池・横・陵・平）河（尾・御・静・前・大・鳳・岩・飯）別（宮・国）「をひ」青（大正・徹一・保・榊・伏・穂）別（麦・蓬）、河（七）は落丁。なお『大成』は「おひ」、『全書』『大系』『玉上評釈』『全集』『集成』『完訳』『新全集』も「帯(おび)（帯）」であるのに対して、『新大系』は「をびうちかけ」。底本は補入印「○」を付した補入で、

（七六丁オ二行）

のようにあり、五段【校異】イ、一一段【校異】イの例と同様、後筆の書風である。『明』の本行本文、「物はかなげに帯などして経読む」とあっても、文脈上不自然ではなく、「うちかけ」の本文が入ると、読解を助ける表現効果があるとはいえる。諸伝本においては、後出伝文になると表現を追加して解釈する傾向になるという、本文転化の様を見せる。以上の如く勘案し、諸伝本の状況から、『明』の補入しなかった元の形こそ、物語の本来の姿と考えて、底本の本行本文を採択する。

【傍書】　1侍従也　2無期　3薫コト　4薫ハ、ツカシト也　5中君

【注釈】

一　**右近は、言ひ切りつるよし言ひゐたるに…親に先立ちなむ罪失ひ給へとのみ思ふ**　「右近は、言ひ切りつるよし」は、右近が「心知りの男」を使って、「さらに、今宵は不用なり。いみじくかたじけなきこと」(浮舟三六)、と時方に伝言させたこと。「いよ〱思ひ乱るゝこと多くて臥し給へる」は、匂宮が、こんなに厳重な見張り番のいる中にあって、どんなに危険な状態かが分かり、匂宮のことが一層心配になり横たわっておられた浮舟の様子。「枕のやう〱浮きぬる」は、浮舟は枕が浮くばかりに涙があふれてしまっていること。「ひとりねのとこにたまれる涙には石の枕も浮きぬべらなり」(古今六帖五まくら・読人知らず)などと詠まれる和歌的表現。「かつはいかに見るらむとつゝまし」は、浮舟が泣きながら、一方では、右近や侍従はどう見ているだろうかと気が引けて。泣いている浮舟を、右近や侍従は、浮舟が匂宮を慕っていると誤解しているので、せっかく近くへ来られた匂宮に逢いたくて泣いていると見るであろうと、浮舟はきまりが悪く不本意に思っているのである。「あやしからむまみ」は、夜通し泣き明かしたことが分かる、真っ赤な眼。「帯」は、誦経の際に用いた掛け帯のことで、既述(椎本二七)。「ものはかなげに帯などして経読む」は、死ぬつもりの浮舟の、読経する姿である。「親に先立ちなむ罪」は、親に先だって子が死ぬ、逆縁の罪で、既述(柏木一)。「親を置きて亡くなる人は、いと罪深かなるものを」(浮舟三五)と、浮舟は気遣いしていた。

二　**ありし絵を取り出でゝ見て、描き給ひし手つき…人笑へならんを聞かれたてまつらむよりは、など思ひつゞけて**　「ありし絵」は、対岸の別荘で匂宮と過ごした時、匂宮が「絵などを見所多く」(同一三)描かれ、浮舟がその「宮の描き給へりし絵を、時々見て」、(同二四)思い出して泣いて見ていた絵。「描き給ひし手つき、顔の匂ひなどの、向かひきこえたらむやうに思ゆれば」は、絵を見る時の浮舟の心情で、絵を見ると、そのときの匂宮の優しさが思い出され、匂宮に心が引かれてしまうのである。「昨夜、一言をだに聞こえずなりにし」は、匂宮が侍従に「たゞ一言も、え聞こえさすまじきか」と、頼んだことに照応する。死ぬつもりの浮舟が、昨夜は、最期の別れの言葉一言さえも申し上げなかったこと。「なほ今一重まさりて、いみじと思ふ」は、浮舟の匂宮に対する、残念な悲しい気持。「今一重まさり」は、会わなかった以上に一言の言葉さえ申し上げなかったことが一層。浮舟としては、匂宮を嫌って別れたのではなく、逢えない状況に追い込まれた結果の別れであるので、心底辛いと思う心情である。「かの、心のどかなるさまにて見むと、行く末遠かるべきことをのたまひわたる人」は、「かの人は、たとしへなくのどかに思しおきてゝ、待ち遠なりと思ふらむと、心苦しうのみ思ひやり」（浮舟二）「かの人の、のどかなるべき所思ひ設けたりと、昨日ものたまへりし」（同一八）と、浮舟に対して、将来を見据えておっとりと構えて約束されていた薫。しかし薫が宇治を訪問することは、頻繁ではなかったであろうことは、既述（同六）。「いかゞ思さむといとほし」は、浮舟の死去を聞いて、薫がどう思われるかと思うと、申し訳ない意。匂宮への悲しくて辛い気持とは、一線を画している。「憂きさまに言ひなす人もあらむ」は、弁の尼が川に身投げしていたならばと詠んだ歌に対して、薫が、「いと罪深かなることにこそ」（早蕨七）と、言っていたことを受ける。「心浅くけしからず人笑へならん」の「人笑へ」は、浮舟が不実をしたと世間から非難される嘲笑で既述（浮舟二八）。この「人笑へ」への危惧こそが、浮舟に入水を思い立たせた、根本の理由であった。

三　**嘆きわび身をば捨つとも亡き影に…羊の歩みよりも程なき心地す**　「嘆きわび身をば捨つとも亡き影にうき名流さむことをこそ思へ」は、浮舟が失踪後、侍従が硯の下から発見した、浮舟の独泳歌。匂宮の「いづくにか」の独詠を侍従から手渡されて、その詠歌への返歌のつもりで、物に書き付けておいた、浮舟の辞世の歌のつもりであった（蜻蛉四参照）。「身をば捨つ」は、匂宮詠歌の「いづくにか身をば捨てむと」（同三七）を受ける。「うき名」の「うき」

は、「憂き」と「浮き」を懸ける。余りの悲嘆のために、川に身投げしても、死後に罪深い女だと非難され、何時までも、いかがわしい女だと語られ、辱めを受けることが辛いことです。「親もいと恋しく」は、何も話していなかった、母中将の君に対する、別れがたく思う浮舟の心情。「はらからの、醜やかなる」は、異父妹弟の醜い容貌。「宮の上」は、中の君。「すべて、今一度ゆかしき人多かり」は、死ぬ前に、その他にもう一度お目にかかりたいと思う人は多かったが、それらの人達へは、お別れの挨拶もせず、独り孤立した浮舟の心情である。「人は、皆、おの／＼もの染め急ぎ」は、侍女達が皆、それぞれ、染色をしてお引越しのために、急いで準備している様子。「何やかやと言へど」は、侍女達が準備しながら、あれこれと浮舟に話しかける。「皆違ひにたり」は、目に入るものが、何もかも違ってしまっている。浮舟はもはや、尋常ではなくなってしまっている。「川の方を見やりつゝ」は、宇治川に身投げしようと思う気持ちから、浮舟は川の方へ視線を向けている。「羊の歩み」は、時々刻々死に近づくことの喩え。『涅槃経』第三八「如二囚趣一レ市歩歩近レ死　如下牽二牛羊一詣中於屠所上」（大正新脩大蔵経一二巻589頁）などによる常套表現。「今日も又午の貝こそ吹きつなれ羊の歩み近づきぬらん」（千載集巻一八雑下雑体誹諧歌・赤染衛門）などと詠まれる。

三九　浮舟、匂宮と母中将の君に、告別の歌を詠む

1 宮は、いみじきことゞもをのたまへり。今さらに人や見むと思へば、この御返りごとをだに、思ふまゝにも書かず。

浮舟 2「からをだに憂き世の中にとゞめずはいづこをはかと君も恨みむ」

とのみ書きて出だしつ。かの殿にも、今はの気色見せたてまつらまほしけれど、所々に書きおきて、離れぬ御仲

なれば、つひに聞きあはせ給はんこと、いと憂かるべし。すべて、いかになりけむと、誰にもおぼつかなくてやみなんと○思ひ返す。

京より、母の御文持て来たり。

二

中将の君「[3]寝ぬる夜の夢に、いと騒がしくて見給ひつれば、ア 誦経、所々せさせなどし侍るを、やがて、その夢の後寝られざりつるけにや、たゞ今昼寝して侍る夢に、人の[4]忌むといふことなん見え給ひつれば、驚きながら奉る。よくつゝしませ給へ。人離れたる御住まひにて、[5]時々立ち寄らせ給ふ人の御[6]ゆかりもいと恐ろしく、なやましげにものせさせ給ふ折しも、夢のかゝるを、よろづになむ思う給ふる。参り来まほしきを、[7]少将の方の、なほいと心もとなげに、物の怪だちて悩み侍れば、片時も立ち去ることゝいみじく言はれ[8]侍りてなむ。その近き寺にも御誦経せさせ給へ」

三

とて、その料の物、文など書き添へて持て来たり。限りと思ふ命の程を知らで、かく言ひつゞけ給へるも、いと悲しと思ふ。

寺へ人遣りたる程、返りごと書く。言はまほしきこと多かれど、つゝましくて、たゞ、

浮舟「[9]後にまたあひ見むことを思はなむこの世の夢に心惑はで」

誦経の、鐘の風につけて聞こえ来るを、つくづくと聞き臥し給へり。イ

10 浮舟「鐘(かね)の音(おと)の絶(た)ゆる響(ひゞ)きに音(ね)を添(そ)へてわが世つきぬと君(きみ)に伝(つた)へよ」

11ウ 持て来(き)たるに書(か)きつけて、使者「今宵(こよひ)は、え帰(かへ)るまじ」と言(い)へば、物の枝に結(ゆ)ひつけて置(を)きつ。四 乳母(めのと)、乳母「あやしく

12 心走(ばし)りのするかな。夢(ゆめ)も騒(さは)がしとのたま(給)はせたりつ。宿直人(とのゐ)、よく候(さぶら)へ」と言(い)はするを、苦(くる)しと聞(き)き臥(ふ)し給へり。

13 乳母「もの(物)聞(き)こしめさぬ、いとあ●(や)し。御湯漬(ゆづ)け」などよろづに言(い)ふを、さかしがるめれど、いと醜(みにく)く老(お)いなりて、我(われ)なくは、いづくにかあらむと思(おも)ひやり給(たま)ふも、いとあはれなり。世の中にえあり果(は)つまじきさまを、ほのめかして言(い)はむなど思(おぼ)すに、まづ驚(おどろ)かされて先立(さきだ)つ涙(なみだ)をつゝみ給(給)ひて、もの(物)も言(い)はれず。右近、程近(ほどちか)く臥(ふ)すとて、五 右近「かくのみもの(物)を思(おも)ほせば、もの思(物おも)ふ人の魂(たましゐ)はあくがるなるものなれば、夢(ゆめ)も騒(さは)がしきならむかし。いづ方(かた)と思(おぼ)し定(さだ)まりて、いかにも〱おはしまさなむ」とうち嘆(なげ)く。萎(なへ)えたる衣(きぬ)を顔(かほ)に押(を)し当(あ)てゝ臥(ふ)し給(たま)へりとなむ。

【校異】

ア **見給ひつれば**――「みえつれは」河（兼）「みえ侍つれは」河（大・岩）「みえ給へれは」青（横）河（前）「見え給へれは」青（伏）「みえたまへれは」別（宮）「みへ給つれは」別（伝宗）「みえ給つれは」青（池・榊）河（尾・御・静・鳳）別（国）「見え給つれは」青（陵）河（飯）別（陽・麦）「みえたまひつれは」青（三）別（蓬）「見え給ひつれは」青（徹二）「みたまひつれは」青（明・平）「み給つれは」青（肖・穂・紹）「見給つれは」青（大正・徹一・保・幽）別（阿）、河（七）は落丁。なお『大成』は「みえ給つれは」、『全書』『大系』『玉上評釈』『全集』『集成』『完訳』『新全集』も「見え給（たま）ひつれば」であるのに対して、『新大系』は「見(み)〔え〕たまひつれば」。〈見（他動詞）・給ひ・つれ・ば〉と〈見え（自動詞）・給ひ・つれ・ば〉との違いによる対立である。底本を重んじ、めったなことでは校訂しない『新大系』までも「え」を補い、自動詞に変えている。しかし、『新全集』の頭注に、「見たまひつれば」とする本も多いと指摘するように、「見たまひつれは」は底本独自ではない。

「見たまひつれは」は、同系統の青表紙本の半数、『平』『肖』『穂』『紹』『大正』『徹一』『保』『幽』、及び別本の『阿』にも支持されている点は無視できない。当該の一文を底本によって示すと、母中将の君の浮舟への手紙文を記した、直接話法の文体なので、他動詞「見る」であっても、「寝ぬる夜の夢に、いと騒がしくて見給ひつれば、」となり、昨夜の夢で、ひどく落ち込んでいる様子のあなたを見申し上げましたがという文脈として解釈できる。以上の理由によって、底本の校訂は控える。

イ　**給へり**――「給」青（明）「給る（り）」青（肖）「給えり」別（陽）「給へり」青（池・横・大正・徹一・陵・保・榊・伏・平・徹二・幽）河（御・飯）別（宮・国・麦・阿・蓬・伝宗）「たまへり」青（三・穂・紹）河（尾・静・前・大・鳳・兼・岩）、河（七）は落丁。なお『大成』は「給へ（ヒ）り」、『大系』『集成』も「給（たま）へり」であるのに対して、『全書』『玉上評釈』『全集』『完訳』『新大系』『新全集』は「給（たま）ふ（給（たまふ））」。底本のみ「給」とあり独自本文である。当該の「給」は、浮舟の歌の前の行の行末で最下段のつまった位置に書かれている。このことから、底本において、「へり」が脱落して書写されたものであり、底本を書写したもとの本は、他の諸本と同様に「給へり」であったものと見て底本を校訂する。

ウ　**持て**――「くわんしゆはもて」別（国）「くわんすもて」青（池）河（尾・御・静・前・大・鳳・兼・岩・飯）別（陽）「巻数もて」（くわんすイ）青（徹二・紹）別（阿）「巻すもて」別（蓬）「●（巻数）もて」青（明）「○（巻数）もて」青（幽）別（伝宗）「くわんす（シュ）もて」青（肖）「○もて」青（三）「くわんしゆもて」別（宮）「とくはんすもて」別（麦）「もて」青（横・大正・徹一・陵・保・榊・伏・平・穂）、河（七）は落丁。なお『大成』は「くわんすもて」、『全書』『玉上評釈』『集成』『新大系』も「巻数（くわんず）（くわんず・巻数）持（も）て」、『大系』も「（巻数）（くわんじゆ）、もて」であるのに対して、『全集』『完訳』『新全集』は「持（も）て」。「巻数」の有無による異同である。底本の補入は、

（七八丁オ七行）

のように、補入の「○」印なしの傍書であり、三九段四行目の、補入の「○」印をした補入「誰にもおほつかなくてやみなんと」、

（七七丁ゥ四行）

とは異なる。底本と同系統の青表紙系統本の中で、「くわんす（巻数）」を本行本文に持つのは、『池』『徹二』『紹』のみである。母中将の君が、夢の中で浮舟の異変に気づき、宇治の阿闍梨にも祈禱を読誦するようにと遣わされた使者が、阿闍梨の寺へ行き、誦経をあげて、寺から戻って来た時に持ち帰ったものに、浮舟が、歌を書きつけた場面である。河内本・別本のように、「くわんす（巻数）」が本行本文に入れれば、使者が寺から何を持ち帰ったかを明示するので解り易い。しかし、ここはとくに「巻数」が明示されなくても、文意は通る場面である。底本は、説明的解釈を施した「巻数」が傍書されたもので、本来の物語本文は「もて」であったと見て、底本の本行本文を採用する。

【傍書】　1匂（朱）　2浮　3文　4葬礼　5薫也　6女二ノ御念モアラント也　7難産ト也　8り　9浮　10同　11巻数　12胸ハシリ等ノ心　13浮心

【注釈】

一　**宮は、いみじきことゞもをのたまへり…京より、母の御文持て来たり**　「いみじきことゞも」は、匂宮からの、浮舟へのいつもの情熱的な手紙。「今さらに人や見むと思へば」は、もう死ぬ間際になって、警備の者に見つかってはよくないと浮舟は思う。「この御返りごとをだに、思ふまゝにも書かず」は、最期に匂宮に逢わなかっただけではなく、匂宮からのお手紙の返事も、思うようには書けない浮舟である。「からをだに憂き世の中にとゞめずはいづこをはかと君も恨みむ」の「から」は、亡骸。「はか」は目当ての意の「はか」と「墓」を懸ける。「いづこをはかと」は、「今日過ぎば死なましものを夢にてもいづこをはかと君が問はまし」（後撰集巻一〇恋二・中将更衣）による。浮舟の匂宮への入水告白の詠である。匂宮の情熱は、浮舟が「八重立つ山に籠るとも、必ず尋ねて」（浮舟二六）しまわれるであろうと思われる程であった。それ程の匂宮でも、浮舟が亡骸も後に残さず、墓もなく、この憂き世から消えてしまったなら、匂宮は、何を目印にして私をお怨みになられるでしょうの意。亡くなった大君の亡骸を見て、薫は、「かくながら虫の殻のやうにても見るわざならましかば」（総角四〇）と悲しんだが、それに反して浮舟の場合は、匂宮に何のよすがも残せないと慨嘆する心情である。「いづこをはかと君も恨みむ」は、入水して、亡骸を後に残さない意で、浮舟の入水する決意表明であるのに、蜻蛉巻になって、匂宮には、浮舟が薫に隠されて、匂宮に姿を見せない意向のように思わせてしまうのである。「今はの気色」は、辞世の歌。「見せたてまつらまほしけれど、所々に書きおきて、離れぬ御仲なれば、つひに聞きあはせ給はんこと、いと憂かるべし」は、匂宮には、辞世歌を残しながら、薫には同じようには書かなかった、浮舟の言い分を述べたもの。匂宮と薫が親しい間柄なので、自分からの歌を見せ合わせられたとき、表現の違いにまで目をとめて、嫉妬されるのではないかと思うと、浮舟は大変辛い。「すべて、いかになりけむと、だれにもおぼつかなくてやみなんと、思ひ返す」は、匂宮以外の人は誰にも、お別れの辞世歌を残さず、自分がどうなったかは分からないようにしようと考え直し、手紙を書くことは止めた浮舟である。

二　**「寝ぬる夜の夢に、いと騒がしくて見給ひつれば…その近き寺にも御誦経せさせ給へ」**　「寝ぬる夜の夢に、いと騒がしくて見給ひつれば」は、夜寝たときに、不吉な娘の夢を見たという、母の手紙の文面である。「夢見騒がしかりつ」（浮舟一二）という理由で、右近が石山寺参詣を中止したときには、不吉な夢は、匂宮を宇治に逗留させるための右近の口実であったが、今回の母からの手紙は、娘のことを心配する母の霊感が捕らえた娘の真実の姿を伝える夢である。娘のことを案じる母の愛情は、娘とともにいる乳母よりも、娘の身を取り巻く死の影を敏感に感じとっている。「もの思ふ人（浮舟）」の魂が浮舟の心から遊離して、その衰弱した姿が母の夢枕に現れたもので、当巻最終部の「もの思ふ人の魂はあくがるなるもの」に照応する。「誦経、所々せさせなどし侍る」は、不吉な夢であるので、母は早速、寺社へあちこち誦経をさせたこと。「やがて、その夢の後寝られざりつるけにや、たゞ今昼寝して侍る夢に、人の忌むといふことなん見え給ひつれば」は、不吉な夢の後、よく眠れなかったからか、ただ今昼寝しました時、忌まわしい夢として、「解レ夢書曰、夢見ニ病人一必死」（『河海』）とされている、死を予告させる病人の姿で、浮舟が夢に現れなさったので。「驚きながら奉る」は、母中将の君が「昼寝から目覚めてすぐに、宇治の浮舟にこの手紙を差し上げます」といって手紙が来た。「よくつゝしませ給へ」は、不吉な夢を見たので、浮舟の体調を用心なさいませ、という、母の愛情あふれた思いやりの言葉。「人離れたる御住まひにて、時々立ち寄らせ給ふ人」は、京から離れた辺鄙な田舎の宇治まで、頻繁ではないが時々そちらへお立ち寄りの方、薫。「御ゆかり」は、薫の正室女二の宮。「御ゆかりもいと恐ろしく」は、母はこの夢の正体を、女二の宮の物の怪ではないかと思い恐ろしいのである。娘が薫の思い人になろうとすることを怨む、正夫人の嫉妬が怨霊になるという、世間的な常識によって物事を考える、母の思考による。「なやましげにものせさせ給ふ折しも、夢のかゝるを、よろづになむ思う給ふる」は、「はかなき物も聞こしめさず、なやましげにせさせ給ふ」と乳母から報告を受けた時に既に、母は、「あやしきことかな、物の怪などにやあらむ」（浮舟二六）と、物の怪を疑っていた。浮舟の体調がすぐれないのは、物の怪のしわざかと思われる折りに、母が不吉な夢を見たことが重なり、これはただ事ではないと不安になり、すぐにでも浮舟の所へ飛んで行きたい、母の心情である。「少将の方」は、浮舟の異父妹。「なほいと心もとなげに、物の怪だちて悩み侍れば、片時も立ち去ることゝいみじく言はれ侍り」は、左近少将の妻のお産も近いのに、母中将の君が、浮舟のことにかかりきりであることへの、夫常陸介の不満で、「少将のあつかひを、守は、またなきものに思ひ急ぎて、もろ心にさま悪しく営まずと怨ずる」（東屋三三）とあったことに照応。「いみじく言はれ侍りてなむ」は、夫常陸介から、きつく面倒を見るように云われているので、浮舟の方へ行けないの意。「その近き寺」は、「宇治山に、聖だちたる阿闍梨」（橋姫六）が住んでいた阿闍梨の寺。「その近き寺にも御誦経せさせ給へ」は、阿闍梨の寺に、病気平癒のために御誦経を御依頼しなさい。大君が衰弱して、死期が迫った時にも、八の宮が阿闍梨の夢枕にお立ちになられ、薫は八の宮がおられた阿闍梨の「御寺にも御誦経せさせ給ふ」（総角三八）とあった如く、母中将の君が、浮舟の様態を重篤と捕らえた結果の処置である。母が看病出来ないから、遠くにあって、母は精一杯の愛情の証しを示した。

三　**とて、その料の物、文など書き添へて持て来たり…と言へば、物の枝に結ひつけて置きつ**　「その料の物、文など書き添へて持て来たり」は、母から、御誦経のためのお布施の品を、お願いの手紙とともに届けて来た、浮舟を思う母の愛情あふれる、丁寧な挨拶である。「限りと思ふ命の程を知らで、かく言ひつゞけ給へる」は、母からの贈り物を受けた、浮舟の悲しい心情。浮舟のただ事ではない危険な状態は察知した母も、まさか娘が、命を断つ決意をしているとまでは知らないで、御誦経をあげて病気平癒を祈るようにと言い続けておられる。母と娘との心は、互いに理解しあえていない状態である。「寺へ人遣りたる程」は、中将の君からの布施を持参した使者を、阿闍梨の寺に届けさせた間に。「後にまたあひ見むことを思はなむこの世の夢に心惑はで」は、母の手紙に対する、浮舟の返事である。「後にまた」は、薫に引き取られた後で又の意と後の世、あの世で又の意を、「この世の夢」は、「子の世の夢」を懸ける。「人の親の心は闇にあらねども子を思ふ道にまどひぬるかな」（後撰集巻一五雑一・藤原兼輔）と歌われる、親の子を思う心情に惑わされて、この世での、子を思う心情に流されて悩まないで、またあの世でお目にかかれると思って下さいの意を籠める。「誦経の、鐘の音につけて」は、お寺の読経の声が、鐘の響きとともに、浮舟のいるところにまで聞こえて来た。「鐘の音の絶ゆる響きに音を添へてわが世つきぬと君に伝へよ」は、母に宛てた、浮舟の辞世歌。「鐘の音」は、「娘の息災を祈る母の心を伝える」（『新全集』）鐘の響きで、「つきぬ」は「尽きぬ」と「撞く」を懸ける。鐘の響きが消えていく、そのように、私の命も尽きてしまったのだということを、鐘の音よ、私の泣き声とともに伝えて下さいの意。「持て来たるに書きつけて」の「持て来たる」は巻数のこと。ここを受けて

「かの巻数に書き付け給へりし」（蜻蛉一三）とある。「巻数」は、阿闍梨の寺で、浮舟の延命祈禱のために読んだ経巻などの名目と度数を書いて、持ってきた目録のこと。それに、母宛の辞世の歌を書き付けた。「物の枝に結ひつけて置きつ」は、巻数を、辞世の歌を書いた手紙であることが分かるように、木の枝に結びつけて手紙風にし置いた。

四　**乳母、「あやしく心走りのするかな。夢も騒がしと…涙をつゝみ給ひて、ものも言はれず**　「心走り」は、「胸走り」の「胸」を「心」に置き換えた表現か。物語中に一例のみ。心配なことが起こりそうで、胸騒ぎがする意として、「つれなく大殿籠りぬれば、胸走りて、いかで取りてしがなと」（夕霧一四）の例文が一例あり、「胸走り」は、「人に逢はむ月のなきよは思ひをきて胸走り火に心やけおり」（古今集巻一九雑体・小野小町）による。「夢も騒がしきとのたまはせたりつ」は、母の手紙の文面に「寝ぬる夜の夢に、いと騒がしくて見え給ひつれ」と言ってきたことを受ける。乳母自身が、心配して胸騒ぎしているのではない。乳母は、浮舟の側におりながら、何も気付かず、母からの手紙によって、「心走り」がするという、鈍感さである。「宿直人、よく候へ」は、ただ浮舟の警備に気を遣うだけの、浮舟が誰かに略奪されないようにという命令である。乳母は「おのが心を遣りて、物染め営みゐたり」（浮舟三三）のようであり、浮舟の悩ましい心からかけ離れて振る舞っている。「苦しと聞き臥し給へり」は、乳母の命令は、こっそり入水するために、部屋から抜け出そうと考えている浮舟には、不都合で、警備の者に見つかっては困ると思ったもの。「御湯漬け」は、既述（総角三六）。強飯に熱い湯をそそぎかけたもの。乳母の心からのいたわりの振る舞いである。「さかしがるめれど、いと醜く老いなりて、我なくは、いづくにかあらむ」は、浮舟の世話を頑張っている乳母の老後を思いやり、自分が死んだら、この老女はどこへいくのだろうかと思う、浮舟の思いやりの心。「世の中にえあり果つまじきさまを、ほのめかして言はむなど思すに、まづ驚かされて先立つ涙をつゝみ給ひて、ものも言はれず」は、匂宮との秘密について、乳母に話していなかった浮舟が、事情を話し、この世に生きて行けない心境であることを、ほのめかして話そうかと思われたが、浮舟は話の内容が余りのことなので、胸がいっぱいになり涙があふれて、言葉にならない、話せないのである。

五　**かくのみものを思ほせば、もの思ふ人の魂は…萎えたる衣を顔に押し当てゝ臥し給へりとなむ**　「もの思ふ人の魂はあくがるなるものなれば、夢も騒がしきならむかし」は、「もの思へば沢の螢も我が身よりあくがれ出づる魂かとぞ見る」（後拾遺集巻二〇雑六・和泉式部）とも詠まれ、魂が身から「あくがる」遊離魂という考え方。右近は、最期まで、浮舟の物思いは、匂宮と薫との両方に心引かれて悩んでいるためであると誤解したままである。母から、「寝ぬる夜の夢に、いと騒がしくて見給ひつれ」と言って来たのは、浮舟がそのような物思いをしているからであろうと右近はいう。「いづ方と思し定まりて、いかにも〳〵おはしまさなむ」は、浮舟の状態を全て知り尽くした侍女の右近なのに、浮舟の心の中まで思い知ることはなく、ただ一方的に、どちらか一方の人に決めなさいと自身の考えを強要するだけである。「萎えたる衣を顔に押し当てゝ臥し給へり」は、生き続けられない心情を、乳母にも右近にも、誰にも話せず、放心、孤絶して、死の淵に立ち憂悶する浮舟の泣き崩れる姿。これによって、巻は終わる。「となむ」は、「とぞ」（帚木三五）などとともに、物語の区切りに付けられる、語りの伝聞形式で、夢浮橋（一四）参照。

蜻蛉（かげろふ）

蜻蛉系図

一、本巻の登場人物をまとめた系図である。
一、記号は、それぞれ以下のことを示す。
　＝夫婦の関係
　―血縁関係
　△故人
一、（　）内は、この巻での、その人を指し示す一般的呼び名を表す。

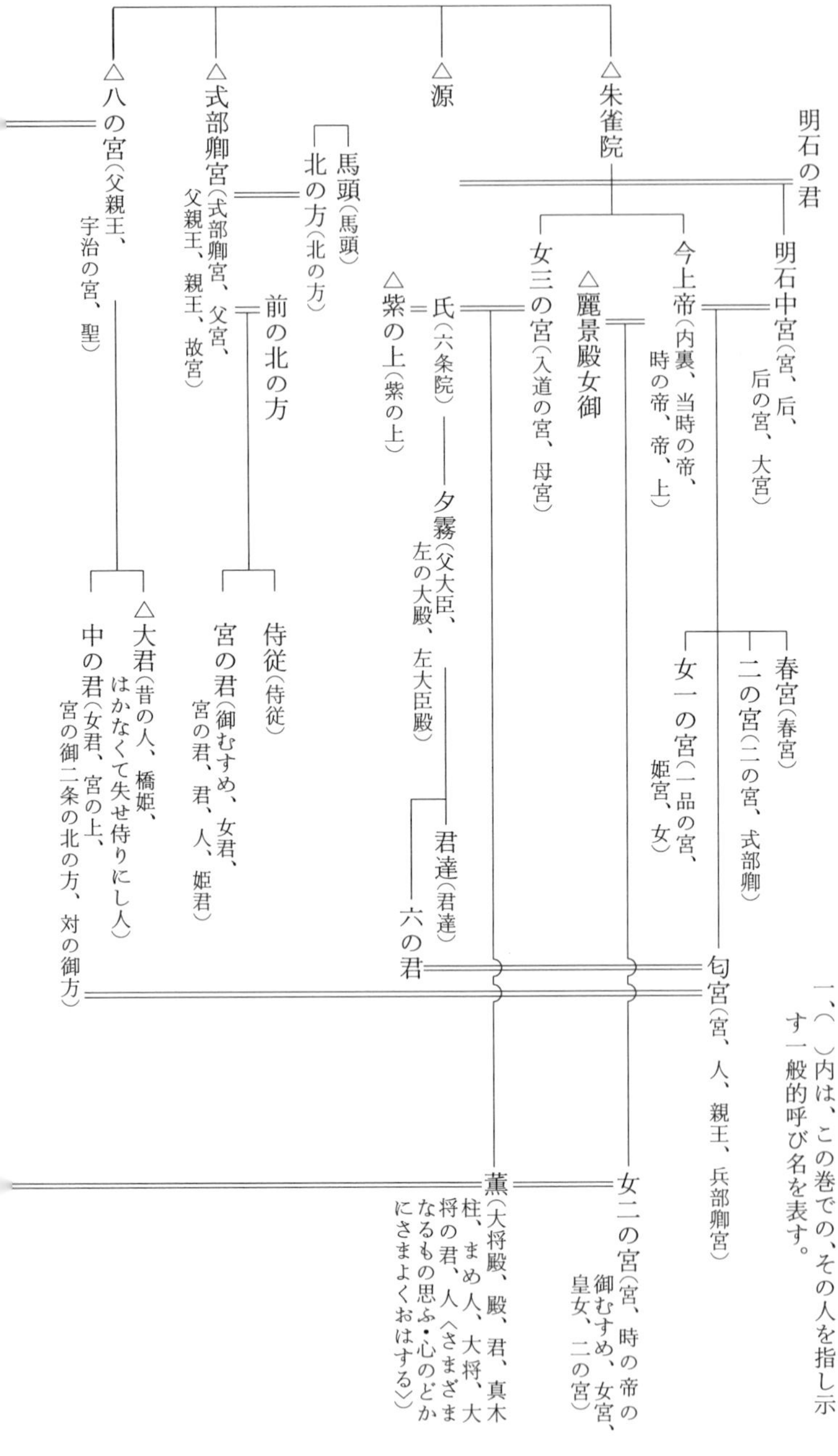

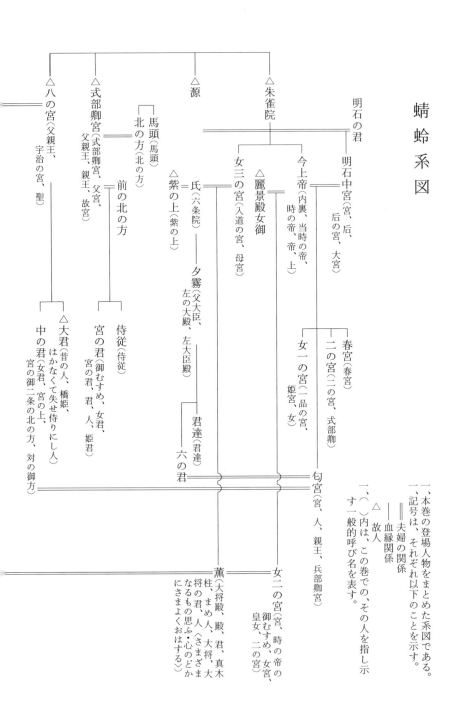

中将の君（御母、母君、親、母、筑波山、常陸前守なにがしが妻）
＝常陸介（守、常陸守、常陸前守）
　├女＝左近少将（少将）
　│　└子
　└子達

出雲権守時方（時方、大夫）
大蔵大輔（大蔵大輔）
宇治山の阿闍梨（阿闍梨、律師）
浮舟乳母（乳母）――大徳（大徳）
叔父の阿闍梨（阿闍梨）
左近大夫（大夫）
内舎人（内舎人）――女＝左近大夫

浮舟（上、君、守のむすめ、女君、女、人〈見えざりつる・失せ給ひけむ・亡くなり給へる・いと気高くおはせし・さ思しぬべかりし・同じゆかりなる・心やすくらうたしと思ひ給へつる・言少なにおほどかなりし・いとめでたかりし・昔の・見し・大将の亡くなし給ひてし・あさましくて亡せにし・心やすくらうたき語らひ・恋しき・はかなしや軽々しやなど思ひなす〉）

小宰相の君（小宰相の君、宰相の君、宰相、人〈心ばせある方の・一夜の心ざしの〉）
大弐（大弐）
大納言の君（大納言の君）
弁のおもと（弁のおもと）
中将の君（中将の君、中将のおもと、障子に後ろしたる人）
大輔の君――右近（右近）
弁の尼（尼君）
侍従の君（侍従、侍従の君）

〔巻名の由来〕 巻末、薫が宇治の八の宮ゆかりの姫君たちとの「あやしうつらかりける契りども」を、「蜻蛉のものはかなげに飛びちがふを、ありと見て手には取られず見ればまた行く方も知らず消えし蜻蛉　あるかなきかの」と一人感慨に耽った事による。

〔年齢〕 薫二十七歳。匂宮二十八歳。

〔梗概〕 前巻末を受けて、浮舟失踪の翌朝の騒動から始まる。浮舟の母は不吉な夢見に、昨夜の文使（浮舟三九）に続いて再度の使者を、匂宮も浮舟の例ならぬ文に不審を抱き使者を遣わした。浮舟失踪に浮舟の「心知れるどち」である右近と侍従は、入水を懸念していたが、浮舟の、母へ宛てた遺書めいた返書を見て入水を確信する。不安を募らせた浮舟の母は、雨を押して宇治に到着。

前半は浮舟失踪騒動の顛末を、浮舟の侍女右近と侍従、母中将の君、匂宮、そして薫と、それぞれの驚愕と動顚、惑乱と悲嘆、疑心の諸相を描く。薫は、匂宮の身も世もない悲傷の様に接して、漸く浮舟の真価を知り、やがて喪った者への愛執、取り返す術のない寂寞の中、彼女の供養へと心を注ぐ。

浮舟七七日法要の後は、女一の宮周辺に舞台を移し、新しい恋に癒やしを求める匂宮と、憧憬の人女一の宮への思慕を募らせるも、近付き難い現実にもがく薫とが語られる。また、浮舟失踪と同じ頃に式部卿宮が薨じ、その姫君が女一の宮の許に出仕する。薫は、かつて父宮が、東宮妃に、また、自分に、と願っていた姫君の没落の様に接し、女の宿運のはかり難さを観る。思いは、自ずと宇治の姫君達の上に及び、大君、中の君の類い希な何一つ難のない様に思い到る。軽率と思った浮舟も、ふと見る様は大変魅力的であったとも思う。薫は、大君亡き後も形代を求め続けた愛が、「かげろふ」の如く確と手には出来ていない。癒されることのなかった愛、叶わぬ恋の思いに薫は、無念の悲しみをいだき人生の摂理を鑑て詠歎するのであった。

蜻蛉

一　浮舟失踪、入水か

1一　かしこには、人々、おはせぬを求め騒げど、かひなし。2物語の姫君の人に盗まれたらむ朝のやうなれば、くはしくも言ひ続けず。

3京より、ありし使の帰らずなりにしかば、おぼつかなしとて、また人おこせたり。中将の君の使者「まだ、鳥の鳴くになむ、出だし立てさせ給へる」と使の言ふに、いかに聞こえんと、乳母よりはじめて、あわてまどふこと限りなし。4思ひやる方なくてたゞ騒ぎあへるを、かの心知れるどちなん、5いみじくものを思ひ給へりしさまを思ひ出づるに、身を投げ給へるかとは思ひよりける。泣く〳〵この文を開けたれば、中将の君「6二いとおぼつかなさにまどろまれ侍らぬけにや、今宵は、夢にだにうち解けても見えず、7ものにおそはれつゝ、心地も例ならずうたて侍るを、なほいと恐ろしく、ものへ渡らせ給はんことは近くなれど、その程、こゝに迎へたてまつりてむ。今日は、雨降り侍りぬべければ」などあり。

8三　昨夜の御返りをも開けて見て、右近いみじう泣く。さればよ、心細きことは聞こえ給ひけり、我に、などか、いさゝかのたま（給）ふことのなかりけむ、幼（をさな）かりし程より、つゆ心お（を）かれたてまつること（事）なく、塵（ちり）ばかり隔（へだ）てなくて馴（な）らひたるに、今（いま）は限（かぎ）りの道（みち）にしも我（われ）を後（おく）らかし、気色（けしき）をだに見せ給（たま）はざりけるがつらきこと（事）、と思（おも）ふに、足（あし）ずりといふこと（事）をして泣（な）くさま、若（わか）き子（こ）どものやうなり。いみじく思（おぼ）したる御気色（けしき）は見たてまつりわたれど、かけても、かくなべてならずおどろ〳〵しきこと思（おぼ）しよらむものとは見えざりつる人の御心ざまを、なほ（猶）、いかにしつること（事）にかと、おぼつかなくいみじ。乳母（めのと）はなか（中）〳〵もの（物）もおぼえで、たゞ、（乳母）[9]「いかさまにせむ、いかさまにせん」とぞ言（い）はれける。

【傍書】　1うき舟の巻の末姫君の我身をうしなはんと思給ふ事は見えたり　2住吉物語に姫君の母のめのとのすみのえにありけるか本へうせていきける事をいふにや　3母君の使なりさきの巻に見えたり　4得也五音通也　5友ナリ　6母君のふみのこと葉なり　7恋しさを何につけてかなくさめん夢にたに見すぬるよなけれは　8母君方への返事歌二首侍りうき舟の巻に見えたり　9わすれなんとおもふも物のかなしきはいかさまにしていかさまにせん

【注釈】

一　**かしこには、人々おはせぬを…身を投げ給へるかとは思ひよりける**　「かしこには、人々、おはせぬを求め騒げど」は、浮舟巻末で浮舟の自死決意が示唆された宵の、翌朝の事で、既に浮舟失踪が判明した邸内の大混乱の様を述べる。「物語の姫君の人に盗まれたらむ朝のやうなれば」は、浮舟の行方不明が判明した朝の大騒動の様を物語に仮託して、話形化された情景を想起させることで、具体的な事件実態の描写を省いた語り。『住吉物語』『浜松中納言物語』などにその類の朝の大混乱の話はあるが、姫君略奪譚は『伊勢物語』（六・一二・異二）『大和物語』（一五四・

一五五）などにもある。「京より、ありし使」は、前巻末（三九）で、浮舟母が不吉な夢を見て京から浮舟を案じて使わした使者のことで、そのまま宇治に泊まっていた。「まだ、鳥の鳴くになむ、出だし立てさせ給へる」は、一番鶏は夜明け前に鳴くので、浮舟母が極めて早朝に更なる使を出立させたこと。後述の手紙には、心配が不安となり微睡むこともできなかったせいか、「今宵は、夢にだにうち解けても見え」なかった、さらに昨日、浮舟の身を案じて遣わした者が帰参しなかったので、早朝再び使者を遣した、とある。「思ひやる方なくてたゞ騒ぎあへる」は、乳母を始めとする人々は、浮舟がいなくなった事情に全く心当たりがなく、突然の事態に茫然自失し、ただ動顚している様。「かの心知れるどち」は、浮舟の最近の状態から失踪理由に思い当たる者たちのことで、右近と侍従を指す。「いみじくものを思ひ給へりしさま」は、浮舟が、薫と匂宮の二人から京への転居を迫られ、進退窮まる状況にあり、どう決断すべきかとひどく迷う様子だったこと。浮舟巻末（三九）では、浮舟は身を亡き者にする外に道はないと、極限まで思い詰めていた。しかし、右近は浮舟の傍らに臥しながら、それ程深い懊悩とは気付かず、どちらかお一方にお決めになれば良い、と安易な慰めの助言をしていた。「身を投げ給へるかとは思ひよりける」は、右近や侍従が、浮舟の思い詰めた様子から、姿が見えなくなったのは入水自殺を図ったか、と思い当たったのであった。但し浮舟の入水への示唆は、匂宮への「嘆きわび身をば捨つとも亡き影に…」（浮舟三八）「からをだに憂き世の中にとどめずば…」（同三九）の歌にあり、また母親に宛てた辞世の歌二首（同三九）にもあったが、浮舟が右近、侍従の二人にそれを仄めかしたことはない。語り手は、全く予期せぬ事件の出来に戸惑い騒ぐ人々と対比して、内実に心当たりのある二人に目を向け、今、彼女達は浮舟入水自殺の確信に到ったことを語る。なお、宇治川は「涙の川に身を投げば」「身を投げむ涙の川に」（早蕨七）「身をうぢ川に投げてましかば」（同九）と、弁の尼、薫、大輔の君に詠われたように、人を呑み込む大河である。

二　いとおぼつかなさにまどろまれ侍らぬけにや…今日は、雨降り侍りぬべければ」などあり　「いとおぼつかなさにまどろまれ侍らぬけにや」は、前巻（二七）で、浮舟は、妹（左近少将妻）の出産間近なので帰宅を急ぐ母親を引き留め、母親が側に居なくなる不安を「心地の悪し」と訴え、また母との同行を求めていた（浮舟二七）。浮舟母は今になって、浮舟のそうした不安げな様子も思い出し、一昨夜来の夢見の悪さに加え、昨夜は浮舟の返事を待って眠れなかった所為で、不安が増したとしたもの。「今宵は、夢にだにうち解けても見えず」は、「恋しさを何につけてか慰まんぬるよなければ夢にだに見ず」（金玉集・源順。【傍書】7）に拠る表現。「だに」で、夢以上に悪く安心出来ない現実を類推させる。前巻末で母は「寝ぬる夜の夢に…その夢の後…ただ今昼寝して侍る夢に…夢のかゝるを…」と、浮舟が悪夢に何度も現れたので、浮舟の身を案じて手紙を寄越していた。今夜は更にそれ以上の悪状況を暗示するように、夢の中でも浮舟は安心できるような様子に見えなかったこと。「ものにおそはれつゝ」の「もの」は、ここでは怨霊など畏怖の対象となるもののこと。浮舟母は、「やむごとなき御仲らひは…よからぬ仲となりぬる辺りは、わづらはしきこともありぬべし」（浮舟二七）と、薫の北の方である女二の宮側からの妨害を危惧していたので、それを示唆し、繰り返し「もの」に襲われ続けたとする。後に薫も、浮舟母中将の君が「わがゆかり〔女二の宮〕にいかなることのありけるならむとぞ思ふなるらむかしと」「いとほしく」（蜻蛉一七）思っているとある。「ものへ渡らせ給はん」は、薫が浮舟のために用意している京の新居に四月十日には移転する（浮舟二六）ことが決まっていたことを指す。「こゝに迎へたてまつりてむ」は、浮舟母が、不吉な夢を立て続けに見たことにより、浮舟の身を案じて、新居移転までの間、京の自分の手許に置くことを決意したこと。「近くなれど」は、その移転が目前であるにもかかわらず、悪夢が危機を予兆させる非常な切迫感を伴って母親を突き動かしたことの謂。浮舟が進退窮まって母の側で心を休めたいと望んだ時（同二七）には、妹の出産で、手狭な自邸に迎え置くことを拒んでいた。浮舟と母は緊密な親娘関係でありながら、浮舟の人生の一大事が出来した時（東屋二五（匂宮に言い寄られる）・同四〇（薫に宇治へ連れ去られる）・浮舟一〇（薫を騙った匂宮に襲われる）・同一二（翌日母娘の石山詣叶わず）・同二〇（匂宮二度目訪問、対岸の小家に伴われる）・同三九（自死の決意））には、常に浮舟の側には母親は不在で、浮舟の苦悩の因から遠く離れて置かれていた。「今日は、雨降り侍りぬべければ」は、雨が上がれば直ぐにでも迎えに行く意を言外とする。この日は、浮舟が失踪後、宇治院の「森かと見ゆる木の下」で横川の僧都に発見された時に重なる。「雨いたく降りぬべし」（手習三）とある。

三　昨夜の御返りをも開けて見て、右近いみじう泣く…「いかさまにせむ、いかさまにせん」とぞ言はれける

「昨夜の御返り」は、昨夜浮舟が出奔前に「後にまたあひ見むことを思はなむこの世の夢に心惑はで／鐘の音の絶ゆる響きに音を添へてわが世尽きぬと君に伝へよ」と詠んで「物の枝に結ひつけ」た母親への遺言の手紙（浮舟三九）を指す。「さればよ」は、母君に宛てたこの二首の歌により、右近が浮舟の死を確信したこと。右近は浮舟の心情を、匂宮と薫との間に心が揺れ動くものと察していたが、最も身近にいながら、その心底を十全には理会出来ず、命を賭す程の懊悩と迄は気付かなかった。昨夜も浮舟の傍に臥せりながら、「かくのみものを思ほせば…夢も騒がしきならむかし。いづ方と思し定まりて、いかにも〳〵おはしまさなむ」（同三九）と助言するのみであった。浮舟の意志を忖度するようでありながら、寧ろ側近としては独りよがりで、配慮に欠ける対応が散見していたことは既述（特に（同三〇）以下）。朝一番の浮舟失踪発覚後は、「身を投げ」たかと危惧し、母君宛の返書を見ることによって、その死を確信的に捉えたのである。「幼かりし程より、つゆ心おかれたてまつることなく、塵ばかり隔てなくて馴らひたる」は、右近と浮舟とが幼少期から今日まで隔心のない関係で過ごしてきたとする叙述。親近感を持つ右近にも、浮舟が、死を選ぶ程進退窮まり絶望的心情にあったとまでは理会の外だったことを示す。当該と（蜻蛉三一）の記述は、右近が浮舟の縁者を示唆するが、東屋・浮舟両巻に登場する乳母の子ではないことは既述（浮舟四）。「今は限りの道にしも我を後らかし、気色をだに見せ給はざりけるがつらきこと」は、浮舟の自死の決意を全く想定外だったとする右近の悔しさを滲ませた言葉。「しも」の強調は、人生の終焉という一生最大の決断決行なのに、素振りにさえ見せず、他ならぬ私を置き去りになさったことが辛い、という右近の無念さを強調したもの。前巻における浮舟の内心に添って絶望的に語られた自死決意に至る道程は、段階的に重圧が増すように叙述されていた。しかし、悩みを共有できていると考えていた側近中の側近である右近にも、苦悩する様の浮舟に心を痛め労りながらも、浮舟の内心を十全に知ることはできなかった（浮舟三六等）ことを示す。主人を突然喪った側近の動顚悲嘆の様は、夕顔の乳母子その名も右近が夕顔の頓死に遭って歎く様を彷彿させる（夕顔二二）。「足ずり」は、既述（総角四〇）、取り返しの付かない事態に遭遇し、激しい怒りや、悲しみに嘆いたり、怒ったりする時の、地団駄を踏むなどの動作にいう。「立ち走り、叫び袖振り、反側(こいまろ)び、足受利(あしずり)しつゝ」（万葉集巻九雑歌）と歌にも詠まれる動作である。浮舟の失踪を、後述の「鬼神」「鬼」（蜻蛉四）や「鬼や食ひつらむ」（同五）と考える発想は、芥川まで盗み率て来た女を鬼に食われた話、「率て来し女もなし。足ずりをして泣けどもかひなし」（伊勢物語六）を想起させる。「かくなべてならずおどろ〳〵しきこと」は、自死という尋常ではない手段を指す。上文の「かけても」は、「見えざりつる」に掛かり、このような非常な手段を採る様子には全く見えなかった意。「なほ、いかにしつることにかと、おぼつかなくいみじ」は、右近にはやはり、浮舟が一体何故このような、人の考えも及ばない非常な手段に及んだかが分からず、唯々悲しい意。「乳母はなか〳〵ものもおぼえで、たゞ、『いかさまにせむ、いかさまにせん』とぞ言はれける」は、事情の分かる右近に対し、浮舟の悩みを知る由もなかった乳母の度を失った困惑の様。『花鳥』も【傍書】9の歌をこの語の参照として挙げるが、出典不詳。同様の語を重ねた歌は「わするれどかくわするれどわすられずいかさまにしていかさまにせん」（義孝集一九）がある。

二　匂宮、浮舟の死に疑念を抱き使者を遣わす

一 宮にも、いと例(れい)ならぬ気色(けしき)ありし御返(かへ)り、いかに思（思）ふならん、我をさすがにあひ思（思）ひたるさまながら、あだなる心なりとのみ深(ふか)く疑(うたが)ひたれば、ほかへ行(い)き隠(かく)れんとにやあらむとア思し騒ぎて、御使(つかひ)あり。ある限(かぎ)り泣(な)きまどふ程に来(き)て、御文(ふみ)もえ奉(たてまつ)らず。使者「いかなるぞ」と下衆(げす)女に問(と)へば、女「1上(うへ)の、今宵(こよひ)、にはかに失(う)せ給（給）ひにければ、もの（物）もおぼえ給はず。頼(たの)もしき人もおはしまさぬ折(をり)なれば、さぶらひ給（給）ふ人々(〴〵)は、たゞ物(もの)に当(あた)りてなむまどひ給（給）ふ」と言(い)ふ。心も深(ふか)く知(し)らぬ男(をのこ)にて、イくはしうも問(と)はで参(まい)りぬ。

二 かくなんと申させたるに、2夢とおぼえて、いとあやし、いたくわづらふとも聞(き)かず、日頃(ひごろ)なやましとのみありしかど、昨日(きのふ)の返(かへ)りごとはさりげもなくて、常(つね)よりもをかしげなりしもの（物）を、と思(おぼ)しやる方(かた)なければ、匂宮「時方(ときかた)、行(い)きて気色見(けしきみ)、3たしかなる事問(と)ひ聞(き)け」とのたま（給）へば、時方「4かの大将殿、いかなることか、聞(き)き給（給）ふ事侍（侍）りけん、宿直(とのゐ)する者(ものを)おろかなりなど戒(いまし)め仰(おほ)せらるゝとて、下人のまかり出(い)づるをも見とり(が)ヒ（朱）め問(と)ひ侍(はべ)るなれば、言(こと)つくることなくて、とり(き)ヒ（朱）方(かた)まかりたらんを、ものゝ聞(き)こえ侍らば、思(おぼ)し合(あ)はすることなどや侍らむ。さて、にはかに人の亡(う)せ給へらん所は、論なう騒(さは)がしう人しげく侍らむを」と聞(き)こゆ。匂宮「5さりとては、いとおぼつかなくてやあらむ。なほ（猶）、とかくさるべきさまに構(かま)へて、例(れい)の、心知(し)れる侍従(じゝう)などに会(あ)ひて、いかなることをかく言(い)ふぞと案内(あない)せよ。下衆(げす)はひ

が言も言ふなり」とのたまへば、6いとほしき御気色もかたじけなくて、夕つ方行く。

三　かやすき人は、疾く行き着きぬ。雨少し降りやみたれど、わりなき道に、やつれて下衆のさまにて来たれば、人多く立ち騒ぎて、浮舟方の下人「今宵、やがて、納めたてまつるなり」など言ふを聞く心地も、あさましくおぼゆ。右近に消息したれども、え会はず、右近「7たゞ今ものおぼえず、起き上がらん心地もせでなむ。さるは、今宵ばかりこウそ、かくも立ち寄り給はめ、え聞こえぬこと」と言はせたり。時方「8さりとて、かくおぼつかなくては、いかゞ帰り参り侍らむ。今一所だに」と切に言ひたれば、侍従ぞ会ひたりける。侍従「五エいとあさまし。思しもあへぬさまにて亡せ給ひにたれば、いみじと言ふにも飽かず、夢のやうにて、誰も〳〵まどひ侍るよしを申させ給へ。少しも心地のどめ侍りてなむ、日頃ものの思したりつるさま、一夜、いと9心苦しと思ひきこえさせ給へりしありさまなども、聞こえさせ侍るべき。このけがらひなど、人の忌み侍る程過ぐして、今一度立ち寄り給へ」と言ひて、泣くこといといみじ。

【校異】

ア　思し騒ぎて――「おほしさはき」青（大・肖）「おほしさわきて」河（尾）別（陽）「おほしさはきて」青（明・陵・伝宗・幽・穂・大正・三・徹一・池・横・徹二・紹）河（御・七・前・大・鳳・伏・飯）別（八・宮・保・国・麦・阿）。なお、『大成』は「おほしさはき」、『新大系』も「おぼしさはぎ」であるのに対して、『全書』『大系』『玉上評釈』『全集』『集成』『完訳』『新全集』は「思（思・おぼ）し騒（騒）ぎて」。諸本の状況は、調査諸本中『大』『肖』のみの異文である。諸本が「て」を挿入したと見るより、誤脱する方が可能性は高いと見て、底本を「おほしさはきて」に校訂する。

イ　くはしうも――「くはしう」青（大）「くはしくも」青（穂・大正・三・徹一・池・横・徹二・紹）河（尾・御・七・前・

大・鳳・伏・飯）別（陽・保・国・阿）「く□しくも」別（麦）「くはしうも《く》」青（幽）「くはしうも」青（明・陵・伝宗・肖）別（ハ・宮）。なお、『大成』は「くはしう」、『玉上評釈』『新大系』も「くはし《ヒ》う」であるのに対して、『全書』『全集』『集成』『完訳』『新全集』は「くはしくも」、『大系』は「くはしうも」。音便形の問題と助詞「も」の有無である。「くはしくも」を「くはしうも」と音便表記したか、その逆かは、何れとも決め難い。これ迄の他の例から勘案し、『幽』のミセケチ前の表記が元の形を伝えているので、当該は音便形が本来の形であったと推定する。浮舟急逝の報を不審視した匂宮が遣わした使者が、当然事情を詳しく訊ね出すべきなのに、使者は、浮舟と匂宮の関係や事情を知らないので、主の急逝に大混乱の浮舟邸の様に接して、詳しくは聞き出せなかったという場面である。係助詞「も」を加えれば、全面的な否定となり、宮の期待感を裏切った御使「心も深く知らぬ男」が強調される。調査諸本中『大』のみが独白にこれを欠くので、「も」は誤脱したものと見て校訂する。

ウ　**こそ**――「こそは」青（穂・三・池・横・徹二・肖・紹）河（尾・御・七・前・大・鳳・伏・飯）別（宮・麦・阿）「しそは」青（大正）「こそ○《は》」青（幽）「う《こ》《ヒ(朱)》そ」青（大）「こそ」青（明・陵・伝宗・徹一）別（ハ・陽・保・国）。なお、『大成』は「こそ」、『大系』『玉上評釈』『新大系』も「こそ」であるのに対して、『全書』『全集』『集成』『完訳』『新全集』は「こそは」。係助詞「こそ」に、さらに「は」を加え、強調するか否かである。右近が、浮舟の突然の失踪に惑乱して、「ものおぼえず、起き上が」る気力もない中で、今夜が匂宮の使者時方来訪の最後機会となるであろうと思いながら、対応できない苦衷を伝える場面である。「は」があれば、今夜が最後の機会なのにお目に掛かれないとする右近の気持が殊更強調される。しかし、「は」はなくても、「こそ」のみでも強調表現なので、右近の気持は充分表出されている。「は」を追加する殊更の強調表現になったものと見て、校訂を控える。

エ　**いとあさまし**――「いと〳〵あさましく」青（徹一）「いとあさましう」別（ハ・宮・保・国）「いとあさましく」青（明・陵・伝宗・穂・大正・三・池・横・徹二・肖・紹）河（尾・御・七・前・大・鳳・伏・飯）別（陽・麦・阿）「いとあさまし」青（大・幽）。なお、『大成』は「いとあさまし」、『新大系』も「いとあさまし」であるのに対して、『全書』『大系』『玉上評釈』『全集』『集成』『完訳』『新全集』は「いと（、）あさ（浅《あさ》）ましく」。侍従が時方に語る言葉で、終止形「あさまし」で切ったものか、連用形「あさましく」で、下文「思しもあへぬ…」に続けるかの相違である。侍従は、下文の、「思しもあへぬさまにて」亡くなられた浮舟の様子を「いとあさましく」思っているので、「あさましく」の方が妥当な表現であるように見える。しかし、あまりの事態に惑乱して、時方を前に絶句した様を表現した意と採れば終止形は妥当な表現である。侍従はどちらかと言えば匂宮贔屓であり、匂宮が時方叔父の別荘で浮舟と逢瀬を交わしたおり、「この大夫とぞ物語して暮しける」（浮舟二一）仲であった。

時方に対する微妙な親近心理は、右近より強い。その仲で、どう話すべきかを躊躇う一瞬の繋ぎの間が、終止形には良く表現されている。他の伝本がその意図を解せず、「く」の誤脱と見て、下文に繋げるために「く」を挿入したものと思われる。よって、底本の校訂を控える。

【傍書】 1浮　2匂宮御心中御詞　3慥也　4時方詞　5匂宮御詞　6時方心中　7右近詞　8時方詞　9匂宮物などもえの給てむなしく侍従はかりにあひてかへらせ給し事上の巻に見えたり

【注釈】

一　**宮にも、いと例ならぬ気色ありし御返り…心も深く知らぬ男にて、くはしうも問はで参りぬ**　「いと例ならぬ気色ありし御返り」は、何時もとは何か様子が違っていた浮舟の返書の意。浮舟は、薫に匂宮との事が発覚し、また、匂宮薫双方から京に迎える旨を知らされて以来、身の処し方を考え、逡巡するも進退窮まり、我が身を亡き者にすることに思い到っていた（浮舟三五・三六参照）。二十八日夜には必ず迎えに行くと伝える匂宮に対して、返事もなく（同三六）、無理を押して宇治へ出掛けた匂宮は、浮舟に逢うことも叶わず、ただ「いづくにか身をば捨てむとしら雲のかゝらぬ山もなく〳〵ぞ行く」（同三七）と嘆きの歌を侍従に託すのみであった。そうした経緯の中で、浮舟からやっと匂宮に届いた「からをだに憂き世の中にとゞめずはいづこをはかと君も恨みむ」（同三九）の歌だけの文は、「から（亡骸）」「はか（墓）」を詠み込む不吉な匂いを感じさせるものであったが、浮舟が「我をさすがにあひ思ひたるさま」であると自負している匂宮には、「例ならぬ気色」は色恋が基準であり、浮舟が、まさか生死に関わる事態に身を追い詰めているとは気付かず、浮舟の辞世の歌とまでは読めなかった。「いかに思ふならん」は、匂宮の恋心を基準に、彼女は自分のことをどう思っているのだろうか、という匂宮の自問。「あだなる心なりとのみ深く疑ひたれば、ほかへ行き隠れんとにやあらむ」は、浮舟が自分[匂宮]を実のない浮気な心根であるとひどく疑っているので、自分を避けて、薫に引き取られてしまうつもりかと疑ったこと。「例ならぬ気色」に対する匂宮の思いと、これを今生の別れの歌として、心を傾けてくれた人に届けたい浮舟の真摯で切実な思いとの大きな落差である。「ほかへ行き隠れん」は、業平が心ざしを寄せていた二条后が、清和天皇妃になったことを「ほかに隠れにけり」（伊勢物語四）と記す表現を踏まえる。「思し騒ぎて」は、浮舟が、薫の用意した京の邸宅に引き取られてしまうのではないかと、匂宮は胸騒ぎがしたのである。「ある限り泣きまどふ程に来て」は、浮舟の失踪発覚直後の大混乱で邸中の人々が取り乱し泣き騒いでいる最中に匂宮の使が到着した。「例ならぬ気色」を直ぐさま不吉な状況であると捉えて急使を遣わしたのは薫ではなく匂宮である。このことは、二人の感性の違いを示し、匂宮の、恋に猛進するひたむきな純粋さを示す。「上」は主人の意で、浮舟のこと。「頼もしき人」は、肉親を言うので浮舟の母親。「我が頼もしき人（道綱母の父倫寧）、陸奥国へ出で立ちぬ」（蜻蛉日記上）。「たゞ物に当りてなむまどひ」は、動顚したさまのこと。「物にぞ当る」（葵一七）参照。「心も深く知らぬ男」は匂宮の使者のことで、浮舟と匂宮の関係や薫とのことなどを熟知していない男の意だが、思慮の浅さや情の細やかさまで不足していることを示唆する。

二　**かくなむと申させたるに、夢とおぼえて…いとほしき御気色もかたじけなくて、夕つ方行く**　「いとあやし」以下は、浮舟の失踪が現実とは信じられない程衝撃を受けた匂宮の心情。「あやし」は、理会を越えて不思議なものに対しての驚きや畏怖の感情が混じった気持をいうのが原義。当該は、まさか、浮舟が死ぬかもしれないとは、匂宮の胸裏にはなく、理会し難く、合点がゆかず、さらにはその奇異なことへの不審や不安の意。「日頃なやましとのみありしかど」については、浮舟母や薫には、浮舟が「心地悪し」（浮舟二六・二七）、「なやまし」（同二八）と知らされており、殊に母は浮舟が「なやましげにて痩せ給へるを」（同二七）危惧して、「さるべき御祈禱など」（同二七）を乳母に命じていた。匂宮が、浮舟の不例を知らされた事実は物語中には見えないが、「日頃なやましとのみあり」と、匂宮への返書も途絶えがちであったことを、補筆したもの。「昨日の返りごとはさりげもなくて、常よりもをかしげなりしものを」は、先の「からをだに憂き世の中に…」(浮舟三九)の返書を、匂宮は、浮舟が匂宮に逢えない悲しみのための哀切な心情を詠んだものとして、何時もよりいかにも情の籠もった趣のある文であったと誤解したこと。「いかなることか、聞き給ふ事侍りけん」は、時方が匂宮に、浮舟の許へ出入りすることを薫に気付かれていると思われると語ったもの。「宿直する者おろかなりなど戒め仰せらるゝ」は、浮舟巻の「おどしゝ内舎人」の言葉(同三四)に照応。この時以来、彼らの警固が厳しくなって浮舟は追い詰められ、匂宮も浮舟に逢えずに帰る仕儀(同三七)となっていた。「下人のまかり出づるをも見とがめ問ひはべる」は、薫の随身と、匂宮の使者の「事の心をも深う知らざりけ」る時方の「劣りの下衆」が、鉢合わせして、不審を問われたこと(同二八)があり、その後浮舟邸の警固は厳しくなった(同三四)。また、訪れた時方らが葦垣に近付くと「あれは、誰そ」と咎められ、代わりに浮舟侍女を「心知りの男を入れ」ても「それをさへ問ふ」(同三六)程であったことに照応。「言つくることなく」は、訪問の口実を用意しないで、の意。「ものゝ聞こえ侍らば、思し合はすることなどや侍らむ」は、噂が立ったら、薫があれこれ考え合わせ、浮舟と匂宮との関係を悟るであろうこと。時方は、宇治の警戒が急に厳重になったので、「薫が宮と浮舟の関係に気づいていたとはまだ知らない」(『新全集』)のではなく、薄々気付いていると感じている。「さりとては」は、匂宮が、時方の宇治へ事実関係を確かめに行くのは難しいとの進言に納得しながら、反論する語。「いとおぼつかなくてやあらむ」は、浮舟が死んだとは思えず、薫によって隠されたかと思っている匂宮には、「心も深く知らぬ」使者の報告では事態がはっきりせず摑みどころがなく納得できないのである。「とかくさるべきさまに構へて」は、方策を時方に一任した言い方。「いとほしき御気色もかたじけなくて」は、時方が宇治へ出向く理由で、宇治での匂宮の期待通りの聞き取りは難しいと知りながら、いかにも気の毒で可哀相な匂宮の御様子に同情し、それを畏れ多いとも思ったもの。

三　かやすき人は、疾く行き着きぬ…と言ひて、泣くこといといみじ　「かやすき人」は、身軽な時方のことで、「疾く行き着きぬ」は、匂宮を伴わない場合の宇治への道程をいう。「雨少し降りやみたれど」は、浮舟母の手紙には「今日は雨降り侍りぬべければ」（前段）とあり、浮舟が横川僧都に発見された時は「雨いたく降りぬべし」（手習三）とあるので、その後、雨が小降りになった頃にやって来たのである。「やつれて下衆のさまにて来たれば」は、時方が匂宮に「とかくさるべきさまに構へて」行け、と命ぜられ、匂宮の使者と気付かれないように、目立たない工夫をした姿でやって来たこと。「今宵、やがて、納めたてまつるなり」は、浮舟邸から、今夜、すぐさま葬送なさるようだ、と時方に聞こえて来た言葉。通常は死後陰陽師に日取りを占わせて行う。即日の葬送は、紫の上の逝去後に「やがてその日、とかく納めたてまつる」（御法七）と見られた。葬送については後述（蜻蛉五【注釈】一）参照。「今宵ばかりこそ、かくも立ち寄り給はめ、え聞こえぬこと」は、右近が、時方に会う機会は今夜限りで、このように匂宮の使として自分の許にお立ち寄り下さることはもう二度とあるまいに、起き上がって申し上げられないとは、との右近の人を介した言葉。「さりとて、かくおぼつかなくては、いかゞ帰り参り侍らむ」は、匂宮が時方に、「さりとては、いとおぼつかなくてやあらむ…いかなることをかく言ふぞと案内せよ」と、命じた言葉を受ける。邸内の泣き喚き騒ぐ様や、「やがて、納めたてまつる…」などの声、また右近の伝言により、時方は浮舟死亡が確実と悟るが、なお、詳細を確認しようとした。「今一所だに」は、「だに」で切望を期待される最小限の「一所」が、後文から侍従を指すと分かる。「侍従ぞ会ひたりける」は、（期待通り）侍従は会ったのでしたよ。匂宮が「心知れる侍従などに会ひて」と命じていたのに呼応。「思しもあへぬさま」の「思ひあ[敢]ふ」は、思い切る、思い及ぶ意。係助詞「も」が挿入され「あへぬ」と否定を伴うので全否定となり、思い及ぶことも出来ないお姿で、の意。普通の病死ではない様子を暗示させる。「思す」「給ふ」の敬意は浮舟に対するもの。浮舟の死が間違いでないことを先ず告げている。「夢のやうにて」は、匂宮も浮舟の死の報を「夢とおぼえて」と言っていたが、浮舟の死が現実感のないことの謂。「日頃ものの思したりつるさま」は、浮舟が、匂宮との逢瀬の後、思い悩む様子が繰り返し語られていた（浮舟一六）以下を指す。「一夜」は、宇治を訪ねた匂宮が、薫の命じた厳しい警固に阻まれ、浮舟に逢えず仕舞いに帰った夜（同三六〜）のこと。「いと心苦しと思ひきこえさせ給へりしありさま」は、同夜、かろうじて「山がつの垣根のおどろ葎の蔭に、障泥といふものを敷て」（同三七）、侍従が匂宮に対応した後、浮舟の許に「入り来てありつるさま語るに、答へもせねど、枕のやう〳〵浮きぬるを、かつはいかに見るらむとつゝまし。つとめても、あやしからむまみを思へば、無期に臥したり」（同三八）、と描写された浮舟の悲嘆の様を指す。「日頃もの思したりつるさま…聞こえさせ侍るべき」は、侍従が匂宮に、浮舟が死を選ぶまでの苦悩の日々をお話し申し上げるべきだと思っていること。右近は時方に浮舟亡き今後は会うこともあるまいと、「今宵ばかりこそ、かくも立ち寄り給はめ、え聞こえぬこと」と伝えていた。右近のこの姿勢は後も変わらず、直接事情を聞きたいとする匂宮の迎えも断る（蜻蛉一一）のに対して、侍従は「このけがらひなど、人の忌み侍る程過ぐして、今一度立ち寄り給へ」と話し、この後右近に代わり匂宮の許へ出向く（同一三）ことに繋がる。二人の異なる対応は、自ずと匂宮に対する意識の相違ともなっている。やがて匂宮は侍従から、薫は右近から（同一四）事情を聞くことになる。

三　時方、惑乱の宇治邸で、ようやく侍従に事の次第を聞く

一
内(うち)にも、泣(な)く声々(こゑ〴〵)のみして、乳母(めのと)なるべし、乳母「あが君(きみ)や、いづ方(かた)にかおはしましぬる。帰(かへ)り給へ。むなしき
1 骸(から)をだに見(み)たてまつらぬが、かひなく悲(かな)しくもあるかな。明(あ)け暮(く)れ見たてまつりても飽(あ)かずおぼえ給ひ、いつしかか

ひある御さまを見たてまつらむと、朝夕べに頼みきこえつるにこそ、命も延び侍りつれ、うち捨て給ひて、かく行く方も知らせ給はぬこと。鬼神も、あが君をばえ領じたてまつらじ。人のいみじく惜しむ人をば、2帝釈も返し給ふなり。あが君を取りたてまつりたらむ、3人にまれ鬼にまれ、返したてまつれ。亡き御骸をも見たてまつらん」と言ひ続くるが、4心得ぬことゞも交じるをあやしと思ひて、時方「なほのたまへ。もし、人の隠しきこえ給へるか。たしかに聞こしめさんと、御身の代はりに出だし立てさせ給へる御使なり。今は、とてもかくてもかひなきことなれど、後にも聞こしめし合はすることの侍らんに、違ふこと交じらば、参りたらむ御使のア罪なるべし。また、さりともと頼ませ給ひて、匂宮『君たちに対面せよ』と仰せられつる御心ばへも、かたじけなしとは思されずや。女の道にまどひ給ふことは、5ひとの朝廷にも古き例どもありけれど、まだ、イかゝること、この世にはあらじとなん見たてまつる」と言ふに、6ニげにいとあはれなる御使にこそあれ、7隠すとすとも、かくて例ならぬことのさま、おのづから聞こえなむと思ひて、侍従「などか、いさゝかにても、人や隠いたてまつり給ふらんと思ひよるべきことあらむには、かくしもある限りまどひ侍らむ。日頃、いといみじくものを思し入るめりしかば、8かの殿の、わづらはしげにほのめかし聞こえ給ふことなどもありき。御はら9にものし給ふ人も、かくのゝしる乳母なども、初めより知りそめたりし方に渡り給はんとなん急ぎ立ちて、この御事をば、人知れぬさまにのみ、かたじけなくあはれとウ思ひきこえさせ給へりしに、御心乱(みだ)れけるなるべし。あさましう、心と身(み)を亡(な)くなし給へるやうなれば、かく、心のまどひにひが〳〵しく言(い)ひ続(つゞ)けらるゝなめり」と、[10]さすがにまほならずほのめかす。

三　心得難(えがた)くおぼえて、エ　時方「さらば、のどかに参(まい)らむ。立(た)ちながら侍(侍)るも、いとことそぎたるやうなり。今(いま)、御みづからもおはしましなん」と言(い)へば、侍従「[11]あなかたじけな。オ今さら、人の知(し)りきこえさせむも、亡(な)き御ためは、なか(中)〳〵めでたき御宿世(すくせ)見ゆべきこと(事)なれど、忍(しの)び給(給)ひしことなれば、また漏(も)らさせ給はでやませ給はむなん、御心ざ[12]しに侍(侍)るべき」、[13]こゝには、かく世(よ)ろ(づ(朱))ヒかず失(う)せ給へるよしを、人に聞(き)かせじと、よろづに紛(まぎ)らはすを、自然(じねん)に事(こと)し(ど(墨))ヒ(朱)もの気色(けしき)もこそ見ゆれと思(おも)へば、かくそゝのかしやりつ。

【校異】

ア　**罪なるべし**――「とかに□り(なる(なぞり書き))へし」別（陽）「つみにもなるへし」青（横）「罪になるへし」青（徹二）「つみになるへし」青（穂・大正・三・徹一・池・肖・紹）河（尾・御・七・前・大・鳳・伏・飯）別（ハ・保・麦・阿）「つみ○(に)なるへし」青（幽）別（国）「つみ成へし」別（宮）「つみなるへし」青（大・明・陵・伝宗）。なお、『大成』は「つみなるへし」、『大系』『全集』『新大系』も「罪(つみ)（罪）なるべし」であるのに対して、『全書』『玉上評釈』『集成』『完訳』『新全集』は「罪(つみ)（罪）になるべし」。当該は格助詞「に」の有無による異同である。『玉上評釈』が「に　底本なし。諸本による」と校訂しているように、「に」はある方が「罪」を示す文意がより明確にはなる。しかし、「罪なり」ならば、薫が大君に、「何の罪なる御心地にか」（総角三六）と述べる例もあるように、指定の助動詞「なり」が機能している文意となる。書写の上では、「に」は誤脱の可能性もあるが、『幽』が示すように、後出伝本が「に」を挿入して意味の明確化を図る可能性の方が高いと見て、底本の校訂を控える。

イ　**こと、この世には**――「ことはこの世に」青（池・紹）「ことはこのよに」青（横・肖）別（ハ）「事はこのよに」青（穂・三）別（宮）「事は此世に」青（大正）「事は此よに」別（麦）「事はこの世に」青（徹二）別（国）「事はこのよには」河（御・

七・前・大・鳳）「ことはこのよには」別（保）「ことはこの世には」河（尾・飯）「事はこの世には」河（伏）「事は此世には」別（阿）。「ことはよも」別（陽）「こと○(は)この世には」青（幽）「ことこ(ヒ)のよには」青（大・明・陵）「こと此世には」青（徹一）「事この世には」青（伝宗）。なお、『大成』は「ことこのよには」、『大系』『新大系』も「事(こと)（こと）、この世(よ)には」であるのに対して、『全書』『玉上評釈』は「こと、この世に」、『全集』『集成』『完訳』『新全集』は「ことはこの世に」。当該は係助詞「は」の位置の問題で、「こと」「この世に」のどちらに「は」が付いていたかの相違による異文である。時方が、浮舟邸の人々の様子から浮舟急逝に疑念を抱き、隠匿したのではないかと疑って、事の次第を侍従に詰問する場面である。男が「女の道にまどふ」ことを「かかること」とするか「かかることは」とするかでは、「は」がある方が文意は強調され明確になる。しかし、続く言葉において、匂宮の浮舟への格別の執心を、「この世に」例がないとするか、「この世には」と、〈格助詞「に」・係助詞「は」〉で「この世」を取り立てて強調するかの相違がある。時方が強調したいのは、宮のこの世では滅多に見られない浮舟への気持である。時方は、異朝の古い例を引き合いにして、匂宮の浮舟への執心が、全く「この世」にはこれまで例を見ない程格別であると、侍従に必死で伝えて、事の真相の吐露を促しているのであるから、「この世には」と強調する方が時方の心情に添う。以上の点を鑑み、他の伝本が『幽』の如く、「は」の位置を変えて意味の明確化を図ったために諸本間に異同が生じたのであろうと見て、底本の校訂を控える。

ウ　**きこえさせ**――「きえさせ」青（大）別（国）「きこえさせ」青（明・陵・伝宗・幽・穂・三・池・横・肖・徹二）河（尾・御・七・前・大・鳳・伏・飯）別（ハ・陽・宮・保・阿）「聞えさせ」青（徹一・大正・紹）別（麦）。なお、『大成』は「きえさせ」であるのに対して、『全書』『大系』『玉上評釈』『全集』『集成』『完訳』『新全集』は「きこ（聞(きこ)）えさせ」、『新大系』も「き［こ］えさせ」。当該は『大』の独自異文であり、侍従の匂宮に対する最高敬意「思ひきこえさせ」とあるべきところで、『大』は「こ」を誤脱したと見て、「きこえさせ」に校訂する。

エ　**おぼえて**――「思て」青（大正・徹一・池・横）別（陽・麦・阿）「思ひて」青（徹二）河（尾・伏・飯）別（ハ・宮・国）「おもひて」青（穂・三・肖・紹）河（御・七・前・大・鳳）別（保）「覚(おもひ)えて」青（幽）「おほえて」青（大・明・陵・伝宗）。なお、『大成』は「おほえて」、『大系』『玉上評釈』『新大系』も「おぼえて」であるのに対して、『全書』『全集』『集成』『完訳』『新全集』は「思ひて」。侍従の説明を時方が納得し難く思った場面で、「おぼゆ」か「おもふ」かの相違である。どちらもあり得る語法だが、侍従の話を聞きながら、時方の心に自然に浮かぶ矛盾点に考えが及び、次の発言を引き出す表現であるので、「おぼえて」の方が妥当な表現か。「おもひて」とする諸本にあって、「思て」を「おもひて」に読んだ可能性もあるかと考え、

「おほえて」が本来の表現であったと見て、底本の校訂を控える。

オ　**今さら**――「今さらに」青（紹）別（麦・阿）「いまさらに」青（穂・大正・三・徹一・池・横・徹二・肖）河（尾・御・七・前・大・鳳・伏・飯）別（ハ・宮・保）「さらに」別（陽）「いまに」別（国）「今さら○に」青（幽）「いまさら」青（大・明・陵）「今さら」青（伝宗）。なお、『大成』は「いまさら」、『大系』『新大系』も「今更〈いまさら〉（いまさら）」であるのに対して、『全書』『玉上評釈』『全集』『集成』『完訳』『新全集』は「今更〈いまさら〉（今さら）に」。「に」の有無による相違である。「に」があれば、浮舟が生きていらっしゃった時ならまだしも、今になって「人の知りきこえさせむも」との危惧を含んだ気持をより強調する効果を持つ。『玉上評釈』は「底本「いまさら」。諸本による。」として、「今さらに」に校訂している。たしかに物語中の「いまさら」（一九例）は全て「いまさらに」である。しかし、『幽』において、「今さら」に「に」を補入して「今さらに」に訂正しており、『明』『陵』『伝宗』も「に」はない。「に」を追加して、ふさわしい表現にするのは後出伝本の特徴であると見て、本来は「に」はなかったものと判断し、底本の校訂は控える。

【傍書】　1空蟬はからを見つゝも　2梵天帝釈は人間をつかさとる天也帝尺は功利天の王也死せるを返したる本縁あるへし　3人ニモアレヲニにもあれといふ詞也姫君のめのとあつま人なれはしたゝ□〈ミ〉○〈テ〉いへる詞なりおもしろくかき侍るものなり　4時方心中　5漢武帝李夫人又玄宗貴妃　6侍従詞　7隠　8かほる事　9匂宮御事　10時方心中詞　11侍従詞　12むなしきからのあるよしにて後の事をいとなむ事也（朱二本線で消す）　13むなしきからのあるよしにて後の事をいとなむ事也

【注釈】

一　**内にも、泣く声々のみして…この世にはあらじとなん見たてまつる**　「あが君や」以下「亡き御骸をも見たてまつらん」迄は、時方に聞こえてくる邸内の悲嘆の声。「乳母なるべし」は、語り手の言葉なので時方には誰とは特定出来ない。後の侍従の時方への言葉に「かくのゝしる乳母なども」とあるので乳母と知れる。この泣き声から、侍従の「いとあさましく、思しもあへぬさまにて亡せ」たと言う、浮舟の死の内実が、時方に具体化して捉えられてゆく。「人のいみじく惜しむ人をば、帝釈も返し給ふなり」の「帝釈」は帝釈天のことで、元インドの古聖典「リグ・ベーダ」に現れるインドラ神（雷神）が、仏教に取り入れられ梵天と並び称され、十二天の筆頭、八方天の一つとして東方を守護。万民の善行を喜び、悪行をこらしめ、大きな威徳を持つといわれる（大島建彦他編『日本の神仏の辞典』大修館書店二〇〇一年参照）。諸注釈が指摘するように、この逸話は『三宝絵詞』上巻末にある話で、孝子が年老いて盲目になった両親の出家に付き添って孝養の限りを尽くすが、狩の矢に誤射されて死ぬ。両親はその遺体を抱いて号泣し、蘇ることを仏に祈願したところ帝釈天が下り来たって生き還らせたという。「もし、人の隠しきこえ給へるか」は、もしや、誰かが浮舟をお隠し申されたか。「きこえ給へる」の「きこゆ」は浮舟に対する謙譲語、「給ふ」は「隠す」主体への敬意であるので、薫を念頭に置く時方の質問である。「いづ方にかおはしましぬる」「むなしき骸をだに見たてまつらぬが」「かく行くへも知らせ給はぬこと」「あが君を取りたてまつりたらむ…返したてまつれ」「亡き御骸をも見たてまつらん」と、邸内から聞こえて来る取り乱した言葉により、疑念を抱いた時方の侍従への詰問。「とてもかくてもかひなきこと」は、浮舟が死んでしまったとしても、人に隠されたとしても、今となっては詮ないこと。言外にもしや薫が浮舟を隠したかとの疑念を持っている言葉である。「たしかに聞こしめさんと、御身の代はりに出だし立てさせ給へる御使なり」は、私は正確な情報をお聞きになりたいと、匂宮ご自身の御身代わりとして出立させられた御使［時方］の者である。敬語を多用し重々しく匂宮への敬意を表出することで、侍従に嘘を言わせまいとする威圧的な物言い。「後にも聞こしめし合はすることの侍らん」は、下文の「隠すとも…おのづから聞こえなむ」という考えを導く。後に、薫に対応した右近も、「つひに聞き合はせ給はんを、なか〳〵隠しても、こと違ひて聞こえんにそこなはれぬべし、…かくまめやかなる御気色にさし向かひきこえては…ありしさまのことゞもを聞こえつ」（蜻蛉一四）と考えるように、情報は隠し切れないことを、お互いに認識している。「違ふこと交じらば、参りたらむ御使の罪なるべし」も、もしや嘘の情報で誤魔化そうなら、それはこちらへ参上した宮の御使である自分［時方］の咎となるばかりだ。先の言葉に、時方自身が非難を浴びる当事者になるかも知れないとして加えられたもの。論理的に畳み掛けるような一連の発言は、暗黙の内に侍従を威圧する。「さりともと頼ませ給ひて」の「せ給ひて」は、最高敬語。「とてもかくても」とは言いながら、失踪していることはあっても、まさかお亡くなりになってはいまいと、それを頼みに思い申し上げていらっしゃいまして、の意。「御心ばへ」は、あなた方に会って真相を確かめて来いと仰せられた匂宮の真摯な御心遣いの意で、右近や侍従を重んじている口調で話すことによって、事の真相を聞き出そうとする、時方の懐柔的言葉。「女の道にまどひ給ふことは、ひとの朝廷にも古き例どもあり」は、『河海』の引く、武帝と李夫人、玄宗皇帝と楊貴妃の例で既述（桐壺一）。「まだ、かゝること、この世にはあらじとなん見たてまつる」は、浮舟が生きていることを前提に、「女の道にまど」うことは古今東西沢山あるが、その「古き例ども」を探しても、匂宮ほどひたむきな御心の人は前代未聞であるとして、侍従に隠し立てし難いと思わせる話法である。

二　**げにいとあはれなる御使にこそあれ…さすがにまほならずほのめかす**　「げにいとあはれなる御使にこそあれ」は、「違ふこと交じらば、参りたらむ御使の罪なるべし」と訴え、世に類のない匂宮の浮舟への思いを言葉を尽くして告げる時方の真剣さに感動したもの。「隠すとすとも、かくて例ならぬことのさま、おのづから聞こえなむ」は、時方の「後にも聞こしめし合はすることの侍らん」に照応。「などか」以下の侍従の言葉を導く。後に右近も薫に同様の思いを抱いて浮舟自死の顚末を語る（蜻蛉一五）。「などか、いさゝかにても…かくしもある限りまどひ侍らむ」の「などか」は、「まどひ侍らむ」に掛かる。ほんの少しでも、人がお隠し申しておられると思い当ることがございましたなら、どうして、こんな風に邸中の人という人が慌てふためき泣き惑っていますでしょうか。時方の「もし、人の隠しきこえ給へるか」に対して、「隠すとすとも…おのづから聞こえなむ」と思っている侍従の心底からの言葉。双方が「人」を薫を前提にして言っていることが「給ふ」の使用から分かる。「日頃、いといみじくものを思し入るめりし」の「思し入るめりし」は、（浮舟が）一途に思い詰めていらっしゃるようだった。浮舟巻で匂宮との逢瀬後

（浮舟二一・二二）、殊に薫と匂宮双方から京に移し据える旨が伝えられて以来、浮舟は自らの去就について命を賭する程に悩んでいた（浮舟三八・三九）。「日頃ものの思したりつる」（蜻蛉二）に照応。「かの殿の、わづらはしげにほのめかし聞こえ給ふこと」は、薫が、「波越ゆる頃とも知らず…／人に笑はせ給ふな」（浮舟三一）と書き寄越した手紙を指す。「初めより知りそめたりし方」は、薫のことで、最初から浮舟を愛人として交わり世話をしていた人の意。「しる」は「領る」の意も有するので、浮舟を隅々まで思うままに世話をし得る人と思っている意となる。「この御事」は、匂宮の事。「この御事をば、人知れぬさまにのみ…御心乱れけるなるべし」は、浮舟の悩む様子で、匂宮との宇治川対岸での逢瀬（同二一・二二）以来、人には言えない苦悩の種として浮舟の心情に則して物語られていた（同二三～参照）。「心と身を亡くなし給へるやう」の「心と」は副詞。自分から進んでの意。「かく、心のまどひにひが〳〵しく言ひ続けらるゝ」は、先の乳母の取り乱した泣き喚く声の事。「ひが〳〵し」は、いかにもまともな状態ではない意。浮舟の死が全く想定外のことで、乳母の理性を失わせた状態を言う。「さすがに、まほならずほのめかす」は、「隠すとすとも…おのづから聞こえなむ」とは思うものの、この場では、さすがにありのままに、失踪入水自死を伝えることは出来ず、事態の概要を仄めかすに留めたこと。

三　**心得難くおぼえて、「さらば…自然に事どもの気色もこそ見ゆれと思へば、かくそゝのかしやりつ**　「さらば」以下の時方の言葉は、侍従の話が曖昧で摑み所がなく、説明に納得出来ないので、事の真実を詳細に聞くために、改めて匂宮ご自身がおいでになる事になろう、としたもの。「のどかに参らむ」は、前段の侍従の「少しも心地のどめ侍りてなむ」を受ける。「立ちながら侍るも、いとことそぎたるやうなり」は、「のどか」の対局にある状況で、死の穢れを避けて立ちながらの話では、慌ただしく、匂宮が心底大切に思い申し上げた御方である死者に対して、全く軽々しい扱いのようである意。「あなかたじけな」から「御心ざしに侍るべき」は、時方の、子細を聞きに匂宮ご自身がこちら〔宇治〕に出向かれることになろう、という言葉を、侍従が、勿体ないことと受け止めながら、二人の仲を公表する結果になることの不都合を述べたもの。「人の知りきこえさせむも…中々めでたき御宿世見ゆべきことなれど」の「きこえさす」は、匂宮に対する謙譲。世間が、匂宮と浮舟との関係を、お知り申し上げますのも、亡き御方にとっては、却って素晴らしい御宿運と見えるはずのことでございますが。「忍び給ひしこと」は、浮舟が匂宮とのことをどなたにもお隠しになられていたこと。「また漏らさせ給はでやませ給はむなん、御心ざしに侍るべき」の「また」は、一方では、の意で、「御心ざし」は匂宮の浮舟を思う愛情、厚意。世間にお隠し頂いたままにしていただくのが、匂宮様の御心寄せと申すものでございましょう。「ここ」は、浮舟邸を指す。「かく世づかず失せ給へるよしを、人に聞かせじ」は、尋常ではない亡くなられ様、つまり亡骸の無い死亡のことを、世間に知らせまい。「自然に事どもの気色もこそ見ゆれと思へば」の「事どもの気色」は、浮舟の死の具体的実態や次第である入水や亡骸の無いこと。邸内の騒ぎから、時方にそのことが自然に分かるのではと危惧されるのである。「もこそ」に強い懸念が込められる。「かくそゝのかしやりつ」の「かく」は、侍従の言葉「あなかたじけな…御心ざしに侍るべき」を指す。このように匂宮の浮舟への情愛の深さを強調して、侍従が時方を急き立てるように帰したこと。時方の威圧的な侍従説得と対応させた侍従の情に訴える語り口でもある。

四　浮舟母、宇治へ到着。侍従ら、亡骸なき葬送を急ぐ

一　雨(あめ)のいみじかりつる紛(まぎ)れに、母(はゝ)君も渡(わた)り給(たま)へり。さらに言(い)はむ方(かた)もなく、中将の君「目(め)の前(まへ)に亡(な)くなしたらむ悲(かな)しさは、いみじうとも、世(よ)の常(つね)にてたぐひあることなり。これは、いかにしつること〔事〕ぞ」とまどふ。かゝること〔事〕どもの紛(まぎ)

れありて、いみじうもの思ひ給ふらんとも知らねば、身を投げ給へらんとも思ひも寄らず、鬼や食ひつらん、狐めくものや取り持ていぬらん、いと昔物語のあやしきものゝことのたとひにか、さやうなることも言ふなりしと思ひ出づ。さては、かの恐ろしと思ひきこゆる辺りに、心など悪しき御乳母やうの者や、かう迎へ給ふべしと聞きて、めざましがりてたばかりたる人もやあらむと、下衆などを疑ひ、中将の君「今参りの、心知らぬやある」と問へば、侍女「いと世離れたりとて、あり馴らはぬ人は、こゝにて、はかなきこともえせず、今疾く参らむと言ひてなむ、皆、その急ぐべき物どもなど取り具しつゝ、帰り出で侍りにし」とて、もとよりある人だにかたへはなくて、いと人少なゝる折になんありける。

二　侍従などこそ、日頃の御気色思ひ出で、浮舟「身を失ひてばや」など泣き入り給ひし折々のありさま、書きおき給へる文をも見るに、浮舟「亡き影に」と書きすさび給へるものゝ、硯の下にありけるを見つけて、川の方を見やりつゝ、響きのゝしる水の音を聞くにもことましく悲しと思ひつゝ、侍従・右近「さて失せ給ひけむ人を、とかく言ひ騒ぎて、いづくにも〳〵、いかなる方になり給ひにけむと思し疑はんも、いとほしきこと」と言ひ合はせて、

三　侍従・右近「忍びたることとても、御心より起こりてありしことならず。親にて、亡き後に聞き給へりとも、いとやさしき程ならぬを、ありのまゝに聞こえて、かくいみじくおぼつかなきことゞもをさへ、方々思ひまどひ給ふさまは、

少(すこ)し明(あき)らめさせたてまつらん。亡(な)くなり給へる人とても、骸(から)を置(を)きてもてあつかふこそ、世(よ)の常(つね)なれ、世(よ)づかぬ気色(けしき)にて日頃(ひごろ)も経(へ)ば、さらに隠(かく)れあらじ。なほ(猶き)聞こえて、今(いま)は世(よ)の聞(き)こえをだにつくろはむ」と語(かた)らひて、四忍(しの)びてありしさまを聞(き)こゆるに、言(い)ふ人も消(き)え入(い)り、え言(い)ひやらず、聞(き)く心地もまどひつゝ、さば、この、いとあらましと思(おも)ふ川(かは)に流(なが)れ失(う)せエ給ひにけりと思ふに、いとゞ我も落(お)ち入(い)りぬべき心地して、中将の君「おはしましにけむ方(かた)を尋(たづ)ねて、骸(から)をだに、はかぐ\しく納(をさ)めむ」とのたまへ(給)ど、侍従「さらに何(なに)のかひ侍らじ。行(ゆ)く方(行衛)も知(し)らぬ大海(おほうみ)の原(はら)にこそおはしましにけめ。さるものから、人の言(い)ひ伝(つた)へんこと(事)は、オいと聞(きゝ)にくし」と聞(き)こゆれば、とざまかくざまに思ふに、胸(むね)のせきのぼる心地して、いかにも/\すべき方(かた)もおぼえ給はぬを、この人々(ゝ、ふたり)二人して、車寄(よ)せさせて、御座(おまし)ども、気近(けぢか)う使(つか)ひ給(給)ひし御調度(てうど)ども、皆(みな)ながら脱(ぬ)ぎおき給へる御ふすまなどやうのもの(物)を取(と)り入(い)れて、乳母子(めのとご)のだいとこ(コイ(ヒ朱))く、それが叔父(をぢ)の阿闍梨(あざり)、その弟子(でし)の睦(むつ)ましきなど、もとより知(し)りたる老(お)い法師(ほうし)など、御忌(い)みに籠(こも)るべき限(かぎ)りして、人の亡(な)くなりたる気配(けはひ)にまねびて、出(い)だし立(た)つるを、乳母(めのと)、母君(はゝ)は、いといカみじくゆゝしと臥(ふ)しまろぶ。

【校異】

ア　**給へらんとも**――「ナシ」別（麦）「給つらんとも」青（陵・伝宗・池・横）河（尾・大）「給つらむとも」青（徹一）「たゝむとも」青（穂）「○(給つらむとも)」別（保）「給らむとも」青（紹）「○(…給へらんとも)」別（陽）「給へらんとも」青（大・明・幽・肖）河（七・前・鳳・飯）別（ハ・国・阿）「給へらむとも」青（大正）別（宮）「たまへらんとも」青（三・徹二）河（御）「給えらんとも」河（伏）。なお、『大成』は「給へらんとも」、『玉上評釈』『全集』『集成』『完訳』『新大系』『新全集』も「たま（給）へらむ（ん）とも」であるのに対して、『全書』『大系』は「給ひつらむ（ん）、（」）とも」。まず、「たまへらん」の「たまへ」

は、完了助動詞「り」で、「あり」が本動詞についたとき「/i/と/a/」が融合し/e/」となったものであり、「たまへらん」は〈給ひ・あら・む＝tamafiaramu→tamaferamu〉の「ia」が融合して「e」の形をとったものである（『岩波古』・熊倉千之『日本語の深層』筑摩選書二〇一一年参照）。〈給ひ（四段連用）・あら（助動「あり」未然）・む（助動）〉か〈給ひ（四段）・つ（助動）・らむ（助動）〉かの相違である。匂宮との件で浮舟がひどく物思いをしていたことを浮舟の母親は知らないので、とある上文に続く文脈で、上接文「給ふらんとも知らねば」に対置された下文である点を鑑みるに、「すでに完了したという判断を表す」（『文法大』）「つ」とするよりも、「行為・事象が行われて、その結果が一つの状態として存在（筆者注：結果の存続）する意を表す」（『文法大』）「り」とする方が、母親が身投げの事情を知らないことに合致する。「つ」「へ」の草書体が判別しにくい事による異文の発生とみて、底本の校訂を控える。

イ　**問へば**――「とひ給へと」別（陽）「ゝへど」青（肖）「ゝへと」青（池・横・徹二）河（尾・御・七・前・鳳）別（ハ・保・麦）「とへと」青（穂・大正・三・紹）河（飯）別（宮・国）「ゝへは」青（大・伝宗・徹一）河（大・伏）「とへは」青（明・陵・幽）「とへと」別（阿）。なお、『大成』は「とへは」、『全書』『大系』『玉上評釈』『新大系』も「問（問）へば」であるのに対して、『全集』『集成』『完訳』『新全集』は「問へど」。接続助詞「ど」「ば」の相違である。浮舟母の「今参りの、心知らぬやある」という質問の仕方が、「問へど」か「問へば」かの相違である。質問に対する侍女の応答の様は「ど」ならば、動詞「問ふ」の〈已然形〉を否定する文を導き、「ば」ならば「…ので」と順接の確定条件を表すことになるはず。浮舟失踪の原因が新参侍女ではないかと懸念する母親に対して、それは見当違いであると説明する侍女の発言が続く場面であるので、当該は「ば」が文意に適う表現である。よって底本の校訂を控える。

ウ　**言ひて**――「いひつゝ」青（穂・大正・三・徹一・池・横・徹二・肖・紹）河（尾・御・七・前・大・鳳・伏・飯）別（ハ・陽・宮・保・国・麦・阿）「いひて」青（幽）「いひて」（大・明・陵・伝宗）。なお、『大成』は「いひて」。『大系』『新大系』も「言（言）ひて」であるのに対して、『全書』『玉上評釈』『全集』『集成』『完訳』『新全集』は「言ひつつ（ゝ）」。前項【校異】イで問題にした浮舟母の問いに対する侍女の発言で、新参の侍女は宇治の世離れて荒涼とした寂しさに耐えきれず、この邸に「今疾く参らむ」と「言いつつ」里帰りしてしまうか、「言ひて」里帰りしてしまうかの相違である。『玉上評釈』が「底本「て」。諸本による。」として「つゝ」と校訂したように、諸注釈書の多くは、繰り返し直ぐに帰参すると言いながら（二度と戻ってこない）、とする叙述を諒としている。「つつ」ならば、同じ動作の繰り返しを強調し、厳密には「言ったり、言ったりして」の意で、主人浮舟の転居準備に人手が必要な中、それを見捨てて里へ急ぐ侍女の言動を形容する表現になる。しかし、続きの下接文は「皆、その急ぐべき物どもなど取り具しつゝ」とあるので、「つゝ」が重複する。仮名「て（天）」と「つゝ（川ゝ）」の相似による異同の可能性も視野に入れ、「いひつつ」と伝える諸本にあっては、『幽』がミセケチ訂正している如く、「て」を「つゝ」と読んでしまったかと見て、底本の校訂を控える。

エ　**給ひにけり**――「ナシ」別（麦）「給にける」青（穂・徹二・肖）「たまひにける」青（三）「給ひける」青（大正）「給ける」青（池・横・紹）河（尾・伏・飯）「たまひける」河（御・前・大・鳳）「給へるか」河（七）別（陽・宮）「たまへるか」別（国）「給こと」別（ハ）「給へるに」別（保）「給けり」青（徹一）「賜（ヒ）にけ（る）り」青（幽）「給ひにけり」青（明）「給にけり」青（大・陵・伝宗）別（阿）。なお、『大成』は「給にけり」、『大系』『全集』『完訳』『新大系』『新全集』も「給（たま）ひ（給〔たまひ〕）にけり」であるのに対して、『全書』『玉上評釈』『集成』は「給（たま）ひける」。当該は助動詞「ぬ」の連用形「に」の有無と、助動詞終止形「けり」か連体形「ける」かの相違である。第一に、「に」の有無については、「に」のない場合は浮舟が亡くなる一瞬を捉えた表現であるのに対し、「に（ぬ）」があれば、亡くなってしまった結果が存続している意を表出し、死を幾分時間の幅の中で捉える。浮舟の入水死は紛れもない事実であるが、侍従の話しを聞く浮舟母は、浮舟が「川に流れ失せ」た、つまり、一瞬で流れに消え失せたと捉えるより、入水の様子はどんなだったか、冷たく速い流れにどのように身を奪われたか、など極短時間でも脳裏に思い浮かべた意とする方が、母の心情に添う。よって、「に」はあるほうがよい。次には「けり」「ける」の相違は、「失せ給ひにけり」と思うか、「失せ給ひにけること」と思うかの違いである。「ける」は過去の事態の回想で、下接語は名詞で「こと」などが省略され、お亡くなりになってしまったんだということだの意。「けり」の場合は、浮舟が亡くなってしまった意。当該例は、終止形「けり」の形で捉えた方が、より母親の心理情況に敵う。「る（留）」「り（利）」の草書体が紛らわしいことから生じた異同で、「給ひにけり」が本来の姿かと見て、底本の校訂を控える。

オ　**いと**――「いとゝ」青（伝宗・大正・三・池・横・徹二）河（尾・御・七・前・大・鳳・飯）「いたう」別（麦・阿）「いと」青（大・明・陵・幽・穂・徹一・肖・紹）河（伏）別（ハ・陽・宮・保・国）。なお、『大成』は「いと」、『大系』『全集』『完訳』『新大系』『新全集』も「いと」であるのに対して、『全書』『玉上評釈』『集成』は「いとど（ゞ）」。人の噂に上る聞き苦しい程度が、「いと」か「いとゝ」かの相違である。「ゝ」を脱落させる可能性と挿入する可能性では、前者が大きい。しかし「いと」でも「いとゞ」でも甚だしく聞き苦しい意は変わらない。一層の強調表現は後出伝本の特徴であることを考え、「ゝ」は後筆において挿入されたものと見て、底本の校訂を控える。

カ　**いみじくゆゝし**――「ゆゆしくいみし」青（徹二）「ゆゝしくいみし」青（穂・三・池・横・肖）河（尾・御・七・前・大・

鳳・伏・飯）別（宮・国・麦・阿）「ゆゝしういみし」別（ハ・保）「ゆゝし」青（大正）別（陽）「いみしくゆるし」（明）「いみしくゆゝし○」青（幽）「いみしくゆゝし」青（大・陵・伝宗・徹一・紹）。なお、『大成』は「いみしくゆゝし」、『大系』『玉上評釈』『新大系』も「いみじく、（「、」ナシ）ゆゝし」であるのに対して、『全書』『全集』『集成』『完訳』『新全集』は「ゆゆしくいみじ」。浮舟の亡骸は無いまま僧侶によって葬儀が行われる場面で、「ゆゝし」「いみじ」の語順の相違である。「ゆゝしくいみじ」の場合は、「いみじ」は用言や体言を修飾し、その被修飾語である「臥しまろぶ」程度が並々でない意を表す。「いみじくゆゝし」の場合は、「人の亡くなりたる気配にまねびて」葬儀を挙行するという禁忌に触れるような儀式の不吉な程度の甚だしさを述べたものとなる。後者の方があり得る表現と見て底本の校訂を控える。

【傍書】 1江談 小松ノ帝 時仁和三年八月武徳殿松原有鬼食人是則天ナル佐也同廿六日帝崩御是其徴（朱）華山歟、又伊勢物語鬼はや一くちにくひたりと云　2女二宮の御めのとやうの人大将殿のむかへ給ふへしときゝてたいかりいたしてうしなひたるらんと思ふ也　3はりあふ事なと也　4ハツカシ　5古今 何として身ノいたつらに老ぬらん

【注釈】

一　**雨のいみじかりつる紛れに…いと人少なゝる折になんありける**　「雨のいみじかりつる紛れに、母君も渡り給へり」は、浮舟母から早朝届いた手紙には、「今日は雨降り侍りぬべければ（迎えに行くのは難しい）」とあり、宇治行きを躊躇っていたが、その後、あまりの悪夢に浮舟の身の上が案じられて、土砂降りの雨中、母君も（時方同様に）宇治にやって来られていること。「紛れに」とあるのは、土砂降りの中、夫である常陸介の目を盗んでやって来ていることを示す。浮舟が横川の僧都に発見された時は、「疾く夜も明け果てなん」（手習三）と夜明けが待たれる時刻で、「雨いたく降りぬべし」（同三）とあり、浮舟母の出立は「雨のいみじかりつる」とあるので、既に浮舟が宇治院で僧都等に発見された後のことになる。時方が京から走り来た道中は「雨少し降りやみたれど」とあり、雨の状況が時間の経過を示している。身軽な時方が「疾く行き着きぬ」のに較べ、女の一行では宇治到着までに時間を要したか、物語は時方の到着から語られ、浮舟母の驚嘆に繋ぐ。「さらに言はむ方もなく」は、案じていた以上の事態である浮舟

の失踪死を始めて聞いて、あまりの衝撃に言葉も出ないこと。「これは、いかにしつることぞ」の「これ」は前段の「かく世づかず亡せ給へる」ことを受ける。浮舟が死んだこと、それも亡骸もない行方不明死であることを知らされたことに対する、母親の驚愕の言葉。「かゝることどもの紛れ」から「たばかりたる人もやあらむ」までは、事情を知らない母には、浮舟の投身など思いも寄らず、考えつく限りの事態を想像する心中を叙述したもの。「かゝることどもの紛れ」は浮舟巻で語られた、匂宮が浮舟と逢うようになったことを指し、「ことども」は逢瀬や文通などの交流は度重なっていたことを示唆。「鬼や食ひつらん、狐めくものや取り持ていぬらん」は、浮舟が能動的に自死したとは考えられない母親が、鬼や狐といった具体的な物に置き換えて、魔性の物が浮舟に取り憑いて隠したかと思ったこと。鬼が人を喰う例は、例えば『伊勢物語』六段に女を「鬼はや一口に食ひてけり」（蜻蛉一参照）、それを同根とする『今昔物語集』巻二七第七・八話などがある。また、狐が女に化身して人を化かす例も、『日本霊異記』上巻第二や『今昔物語集』巻二七第三八・三九・四〇話などに見られる。「さては」は、鬼や狐の昔物語の例を受けて、それ以外の物も、つまり現実的に考えられるものに言及するための接続詞。「かの恐ろしと思ひきこゆる辺りに…たばかりたる人もやあらむと」は、浮舟母が以前から女二の宮方からの嫌がらせを懸念していたこと（浮舟二七・三九）からの推察。「迎へ給ふべし」は、薫が浮舟を京にお迎えになられることになっている意で、このことを耳にした女二の宮周辺の、「めざましがりてたばかりたる人」即ち、気にくわないと思って奸計を巡らす者が、浮舟を何処かへ隠蔽したに相違ない、との疑いである。妻妾間には多くの確執のため、嫌がらせや陰湿な争いがあったことは既述（桐壺一・夕顔二四・葵五など）。「下衆などを疑ひ」は、女二の宮方から指図されて、浮舟方に最近仕え始めた「今参り」の「下衆」が、浮舟を隠したかとの疑い。「今参りの、心知らぬやある」は、母親の「今参り」への不信感で、浮舟の侍女選びにも、「今参りはとゞめ給へ」（浮舟二七）と忠告していた。「帰り出で侍りにし」は、新参者が理由を付けて実家へ逃げ帰っていた過去の実態を強調したもの。

二　**侍従などこそ、日頃の御気色思ひ出で…いとほしきこと」と言ひ合はせて**　「身を失ひてばや」は、浮舟が追い詰められた思いを表明したとする語だが、浮舟（二七）にあった「我が身を失ひてばや」は、侍従が直接聞いたものではない。しかし、同様の思いは浮舟（三五・三九）に語られていた。「書きおき給へる文」は、浮舟が昨夜母君宛てに認めた手紙で、今朝、失踪かと危ぶんだ右近がこれを開けて入水を確信したもの（蜻蛉一）。「亡き影に」と書きすさび給へるもの」は、浮舟が書き残した「嘆きわび身をば捨つとも…」（浮舟三八）の歌を指す。「川の方を見やりつゝ」は、入水を示唆する歌により、川の方を見ては、視線を残された「すさび」書きに落とし、また川を眺めては書き残したものを見るといった動作を繰り返すこと。側近くに居ながら幾つもの決意の前兆を見逃してしまったことに動揺し、過失の大きさを反芻する侍従や右近の動作を形容。「響きのゝしる水の音を聞くにもうとましく悲し」は、「恨めしと言ふ人もありける里の名」（椎本一）を持つ地を流れる川の、轟き渡るその水音を聞くのも見るのも疎ましく悲しい意。「うとまし」は嫌悪する対象に対し縁を断ちたいと思う気持ちを表す。宇治は昔から象徴的観念的に「身をうし」「世をうし」を連想させ、歌にも詠まれてきた。この地に流れる川も水音も、また「憂し」を呼び起こす響きに聞こえて、疎ましく悲しい感情を惹起する。宇治が物語の舞台に登場した橋姫巻では「耳かしがましき川」（橋姫六・一一）ではあったが、楽の音を「水の音ももてはやし」（椎本二）、「川づら涼し」（同二七）とも形容されていた。それが、八の宮逝去の後は、薫や大君、中の君姉妹には「川風も…いとはしたなくもの悲しく」（総角一）、「もののみ悲しくて、水の音に流れ添ふ心地」（同五）、「いとゞしき水の音に目も覚めて」（同一六）、「水の音なひなつかしからず」（同二四）、「心すごくあらましげなる水の音のみ宿守りにて」（宿木四〇）と、捉えられていた宇治川である。そうした川音を、宇治に据えられた浮舟は、「この水の音の恐ろしげに響きて行く」（浮舟二七）と捉え、浮舟母は「かゝらぬ流れもありかし。世に似ず荒ましき所」（浮舟二七）と語り、侍女達も、「昔よりこの川の早く恐ろしきことを言ひ」（同）、「すべて、いたづらになる人多かる水に侍り」（同）とも話していた。このように、宇治に集う人々の心情を反映して聞こえてくる宇治川の水音である。「さて」は、既に浮舟が亡くなった事を状態として受けて、それによって生ずるその後の事態叙述の説明を修飾する語で、そうなった後に、の意。「とかく言ひ騒ぎて」は、「鬼や食ひつらむ、狐めくものや取り持ていぬらん」や「かの恐ろしと思ひきこゆる辺りに、心など悪しき御乳母やうの者」などの仕業か、と犯人を特定して騒ぐこと。「いとほしきこと」は、失踪や死の原因追及は、浮舟が気の毒で痛々しいので止めようということ。

三　**「忍びたることとても…今は世の聞こえをだにつくろはむ」と語らひて**　「忍びたることとても、御心より起こりてありしことならず」は、匂宮との秘事を指し、浮舟自身が「わが心もてありそめしことならねども」（同三二）と思っていたのに照応。このことを浮舟は「心憂き宿世かな」と捉えていたが、右近も侍従も同様の思いである。第一番に母親に話そうとして挙げた理由でもある。「いとやさしき程ならぬ」の「やさし」は「痩す」から生じた形容詞で、身が細るほど恥ずかしい、肩身が狭い意。秘事とはいえ相手が当帝鍾愛の三の宮なので、世間に知られても恥ずかしくはないこと。これは侍従が時方に、「今さら、人の知りきこえさせむも、亡き御ためは、なか〳〵めでたき御宿世見ゆべきこと」（蜻蛉三）と言っていたのに照応。時方には侍従は、「忍び給ひしことなれば、また漏らさせ給はでやませ給はむなん…」（同）と口止めしていたが、母親に打ち明けようとした二点目の理由である。「かくいみじくおぼつかなきことゞもをさへ、方々思ひまどひ給ふさまは、少し明らめさせたてまつらん」は、（匂宮との秘事の実態をおよそ話して、）このように何が何だかはっきり分からない不安までが加わって、あれやこれや途方に暮れていらっしゃる母君に事情をお知らせして差し上げましょう。「おぼつかなきこと」は、浮舟の死の実態がぼんやりしていて摑み所がなく不安であること。「方々」は、「鬼や…狐めくものや…恐ろしと思ひきこゆる辺り」など、浮舟に危害を加えたのではないかと母親が口走る諸々を指す。「明らめさす」は、死の事情を明らかにさせる意。「少し」とあるので、匂宮と関わって生じた、死に至った事情の詳細を語ろうと言うのではない。「亡くなり給へる人とても…今は世の聞こえをだにつくろはむ」は、直前の二点を浮舟母に打ち明けることによって、亡骸の無い葬儀を挙行するための世間体を一緒に取り繕ってもらおうとするもの。「骸を置きてもてあつかふ」は、亡骸を安置して弔いをすること。「世づかぬ気色にて日頃も経ば、さらに隠れあらじ」は、尋常ではなく遺体もない状態で葬儀までの日数を重ねれば、自ずと人目に立って、失踪入水自殺を全く隠しようがなくなる意。「なほ聞こえて、今は世の聞こえをだにつくろはむ」は、やはり母に事実を申し上げて、今となってはせめて世間体だけでも取り繕いたい。真相を詮索する余裕を世間に与えないうちに葬儀をしてしまいたい、選択肢はこれ以外にないということを「だに」で強調する。そのために浮舟母に打ち明けるのである。夕顔の死を知った惟光が、何よりも人の知るところとならないように急ぎ策を講じたのを思わせる（夕顔一九・二一参照）。何れも側近の世間知に基づいた判断。

四　**忍びてありしさまを聞こゆるに、言ふ人も消え入り…いといみじくゆゝしと臥しまろぶ**　「言ふ人も消え入り…聞く心地もまどひつゝ」は、事実を伝える侍従や右近も自分たちの不行き届きを話すので、申し訳なさに消え入りたい程の思いで、はきはきと話すことも出来ず、聞く方の母親や乳母も全く意想外のひとつひとつを耳にし動揺しながら、の意。「あらましと思ふ川」は、「響きのゝしる水の音」を立てる宇治川で、浮舟が「この水の音の恐ろしげに響きて行く」（浮舟二七）と捉えていた。「さば…けり」は、身投げを事実として聞き、荒々しい宇治川に流れ亡くなったのだったと思う浮舟母の驚嘆した気付き。「さらに何のかひ侍らじ」の「さらに」は、一つの事実が決定的になった時点で、その事実への拒否や抵抗の感情が最早意味を失ったことを表すので、事改めて捜しても、何の甲斐もございません、の意。「さるものから」の「さ」は直前の「何のかひ侍らじ…大海の原にこそおはしましにけめ」を指し、「ものから」は、それだからこそ、と逆接で下文に続く。「人の言ひ伝へんこと」は、川浚えなどすれば人目に触れ、噂が立ち上るであろうこと。このことが侍従達が懸念する最大の危惧であり、それを回避するために、前の「今は世の聞こえをだにつくろはむ」と、亡骸無き葬儀の決意を固めて、浮舟母に匂宮との秘事、入水自殺を打ち明けたのである。この決意決行が、浮舟生存の余地を残して、手習巻への伏線となる。「とざまかくざまに思ふ」は、母の思いで、意想外の顛末を聞いただけでなく、世間体を憚って亡骸の無いまま葬儀をするという前代未聞の事態に、浮舟の失踪についてあらん限り心を惑わすこと。「胸のせきのぼる心地」は惑乱に胸がつかえてむせかえる気持ち。「せきのぼる」は物語中当該例のみ。なお「せきあぐ（げ）」は四例。「とざまかくざま」「いかにも〳〵」と、畳語を使って語ることによって、母の、為すべき術を失った戸惑いの様を表す。「車寄せさせて」は、いかにも浮舟の亡骸を葬儀のために運び出すように装って、浮舟の居所の軒先近くに車を寄せさせたこと。「御座ども…脱ぎおき給へる…ものを取り入れて」の「取り入れて」は、下文「人の亡くなりたる気配にまねびて、出だし立つる」に掛かる。敷物や小物から夜具に到るまで脱ぎ捨てて置かれた浮舟縁りの品々を亡骸に見立て車中に取り込んだのである。「乳母子のだいとく」は浮舟の乳母子で、初出。仏語「大徳」。「だいとく」が変化したものが「だいとこ」であるが、物語中には両方ある。「叔父の阿闍梨」も初出。「乳母子のだいとく、それが叔父の阿闍梨、その弟子の睦ましきなど、もとより知りたる老い法師など」は、事の真相が漏れ出る心配のない近親の僧侶達であることを示唆する。この人選は夕顔の葬儀を思わせる。夕顔は、「惟光が父の朝臣の乳母」尼（夕顔二〇）の山寺で、葬儀は「いと尊き老僧の（惟光が）あひ知りて侍る」者（同二一）、また、惟光は伴僧達に秘密がばれないように、身元も死因も「みな言ひなすさま異に」（同）非常な用心配慮をして葬儀を挙行した。「いといみじくゆゝしと臥しまろぶ」は、浮舟の亡骸は無いまま茶毘に付す真似をすることが、忌み憚られ畏れ多く不吉であると思って、転げ回るほど悲しむこと、【校異】カ参照。「いと」「いみじ」と重ねるところに、乳母や浮舟母の困惑と惑乱、悲嘆が表現されている。

五　右近、侍従、真相をひた隠し、葬儀を挙行

一大夫、内舎人など、おどしきこえし者どもゝ参りて、内舎人「御葬送の事は、殿に事のよしも申させ給ひて、日定められ、厳めしうこそ仕うまつらめ」など言ひけれど、右近「ことさら今宵過ぐすまじ。いと忍びてと思ふやうあればなん」とて、この車を、向かひの山の前なる原にやりて、人も近うも寄せず、この案内知りたる法師の限りして焼かす。二いとはかなくて煙は果てぬ。田舎人どもは、なか〳〵、かゝる事をこと〳〵しくしなし、言忌みなど深くするものなりければ、人々「いとあやしう。例の作法などあることゝも知らず、下衆〳〵しくあへなくてせられぬる事かな」とそしりければ、人々「かたへおはする人は、ことさらにかくなむ、京の人はし給ふ」などぞ、さまざまになんやすからず言ひける。

三かゝる人どもの言ひ思ふことだにつゝましきを、まして、ものゝ聞こえ隠れなき世の中に、大将殿わたりに、骸もなく亡せ給ひにけりと聞かせ給はゞ、必ず思ほし疑ふこともあらむを、宮、はた、同じ御仲らひにて、さる人のおはしおはせず、しばしこそ、忍ぶとも思さめ、つひには隠れあらじ、また、定めて宮をしも疑ひきこえ給はじ、い

かなる人か率て隠しけんなどぞ思し寄せむかし、生き給ひての御宿世はいと気高くおはせし人の、げに亡き影にいみじきことをや疑はれ給はん、と思へば、こゝの内なる下人どもにも、今朝のあわたゝしかりつるまどひに気色も見聞きつるには口がため、案内知らぬには聞かせじなどぞたばかりける。四ながらへては、誰にも、静やかにありしさまをも聞こえてん、たゞ今は、悲しさ覚めぬべきこと、ふと人伝てに聞こしめさむは、なほ、いと〳〵ほしかるべきことなるべしと、この人二人ぞ、深く心の鬼添ひたれば、もて隠しける。

【校異】

ア　**事のよしも**――「事のよし」青（明・伝宗・横）別（陽・宮）「ことのよし」青（大正・徹一・池・紹）河（尾・御・七・前・大・鳳・伏・飯）別（保・国）「ことのよしを」青（穂）「事のよしを」青（三・徹二）「此よし」別（麦・阿）「事はとのにあんない」別（ハ）「事のよしも」青（幽）「事のよしも」青（大・肖）「ことのよしも」青（陵）。『大成』は「事のよしも」、『大系』『玉上評釈』『全集』『集成』『完訳』『新大系』『新全集』も「事（こと・事）の由（よし）も」であるのに対して、『全書』は「事の由」。係助詞「も」の有無による相違である。意味上の大差はないが、「も」はある方が整った話し方で、薫の荘園の大夫などが、右近らに事の理非を進言する姿勢が伝わる。「よしを」とする本文は「も（毛）」を「を（遠）」に誤写したか。諸本は「も」を誤脱したか、「を」と誤写したと見て、底本の校訂を控える。

イ　**ことさら**――「ことさらに」青（伝宗・穂・大正・三・徹一・池・徹二・肖・紹）河（尾・御・七・前・大・鳳・伏・飯）別（ハ・陽・宮・保・国・麦・阿）「ことさら○」青（幽）「ことさら」（大・明・陵・横）。なお、『大成』は「ことさら」、『大系』『玉上評釈』『新大系』も「殊更（ことさら）」であるのに対して、『全書』『全集』『集成』『完訳』『新全集』は「ことさらに」。前項【校異】アを受けて右近が否定的に、副詞で「ことさら」薫に知らせなくても、と言うのか、形容動詞「ことさらなり」の連用形「ことさらに」を用いたかの相違である。「ことさらなり」は、殊更に、意図的に、の意で、「ことさら」は、わざわざ故意に、の意。両者は相似しているが、物語中には、「ことさら」は「ことさら幼く書きなし給へる」（若紫一九）「ことさらたどると見れば」（花散里二）「ことさら事削ぎて厳めしうも」（手習五）とある如く少数例ではあるが、わざと、故意に、の意としである。当該も、形容動詞の語幹を副詞として、連用形より強い表現にして、葬送を今夜のうちに済ませたいという意向を、右近が述べていると見て、本来は底本の如く「ことさら」であったと考え、底本の校訂は控える。

ウ　**ことゝも**――　「ことゝもゝ」青（明・伝宗・池・横）河（尾・飯）別（保・国）「こととも」青（穂・紹）「事共も」青（大正）「事ともも」青（徹一）別（麦）「事ともゝ」青（三・徹二）河（御・七・前・大・鳳）別（宮）「こともゝ」別（ハ）「ナシ」別（陽）「事とも○（も）」青（幽）「ことゝも」青（大・肖）河（伏）「こととも」青（陵）「事とも」別（阿）。なお、『大成』は「ことゝも」、『大系』『新大系』も「ことども」であるのに対して、『全書』『玉上評釈』『全集』『集成』『完訳』『新全集』は「こと（事）どもも」。係助詞「も」の繰り返し「ゝ」の有無による相違である。「ことゞもゝ」ならば、葬儀における、通例の葬儀の方法があることなども知らないで、の意となり、「も（ゝ）」があることにより文意が強調され、田舎人の不審がる様子が描出される。しかし、上文には「例の作法など」とあり、「など」で類例は示されているので、「どもゝ」によって更に類例を示唆するのは、くどい表現となる。「…あることゝも〈格助詞＋係助詞〉」と読めば「例の作法あること」の引用を表す。「もゝ」と続く文章の「ゝ」は誤脱する可能性も考えられるが、後出伝本において、「ゝ」を追加して、文意を強める表現に改編された可能性の方が高いであろうと見て、底本の校訂は控える。

エ　**知らず**――　「ナシ」別（陽）「し給はす」青（明・伝宗・大正・徹一・池・横・肖・紹）河（尾・伏・飯）別（ハ・宮・保・阿）「したまはす（し給はす）」青（穂・三・徹二）河（御・七・前・大・鳳）別（国）「しはらす」別（麦）「しらす」青（大）「しらす（給ハ）」青（陵）「しらす」青（幽）。なお『大成』は「しらす」、『新大系』も「知らず」であるのに対して、『全書』『大系』『玉上評釈』『全集』『集成』『完訳』『新全集』は「し給（たま）はず」。前項【校異】イに下接する語で、通例の葬儀作法を「知らず」か、「し給はず」かの相違である。当該は薫の配下の荘園の管理人の言葉なので、続きの言葉に「せられぬる」と敬語が用いられていることからも浮舟側への敬意の籠もった「し給はず」が妥当な言葉遣いと思われる。しかし、『陵』『幽』の訂正前の本文は、底本と同じ「しらす」である。仮名「ら」と「給」の誤写の可能性は考えられないので、『大』『陵』『幽』三本の祖本の段階で「しらす」であったと考えられる。それを用語の間違いと捉えた後出伝本が、『陵』『幽』の書き入れ訂正のように「し給はす」を派生させたかと考えられる。このことは、田舎人の発言を浮舟に対する敬意の有無と取ったことに起因する。葬儀は「人も近うも寄せず、この案内知りたる法師の限りして焼かす」とあり、秘密を最小限に止めるために、火葬の次第や収骨なども、極力人を排して行われた。亡骸もないので、当然手順は儀式の作法通りには行かない。「知らず」は、そうした葬儀に於ける作法を行うはずの者の動作に付いて発せられたものなので敬語はなく、下文の「せられぬる」は葬儀を行った母親らに対する敬意である。葬儀の様子が田舎人の目に全く慮外のこととして展開しているのを、葬儀の場で働く人達が、葬式の作法も知らないで（こんな事をして）、という意識を表出したものと見て底本の校訂は控える。

オ　**し給ふ」などぞ**——「し給ふなるなと」青（大正）「し給なるなと」青（徹一・池・横・肖）河（尾・伏・飯）別（麦・阿）「したまふなるなと」青（穂・三・徹二）河（御・七・前・大・鳳）「したまふなるなとそ」別（保）「○なと」青（紹）「し給ふなと」別（宮・国）「し給たると」別（陽）「し給なとなん」別（ハ）「し給な○とそ」青（幽）「し給なとそ」青（大・明）「し給ふなとそ」青（伝宗）「したまふなとそ」青（陵）。なお、『大成』は「し給なとそ」、『大系』『玉上評釈』『新大系』も「し給（たま）ふ（給）」（、）などぞ」であるのに対して、『全書』『全集』『集成』『完訳』『新全集』は「し給（たま）ふなる」など」とするか、「し給ふ。」などぞ」とするかの相違である。葬儀での京人の習慣に触れての田舎人の噂話しで、どこまでが田舎人の発言かで、「し給ふなる。」などぞ」とするかの相違である。発言者は京人の習慣を直接自分で見聞きしているわけではないので伝聞推定の「なり」は妥当な表現である。この場合、文末は連体止めで、この田舎人のやや強い言い切りとなり、「など」が続くことによって、他の人々の発言を示唆する表現となる。「し給ふなどぞ」の場合は、「し給ふ」までが田舎人の発言となり、さらに〈など・ぞ〉によって例示を強調し、そうした田舎人の穏やかならぬ批判に類する噂が、「さまざまに」にあることを強調する表現となる。どちらもあり得る表現であるが、「など、ぞ」と例示を強調するのは、田舎人の言葉を借りて、当該葬儀の異常さを強調しているので、場面状況の異常さにより適う語り表現である。『幽』の書き入れ修正のように、後出の伝本において、伝聞推定の「なり」が追加されたと見て、底本を諒とし校訂を控える。

カ　**給ひにけりと聞かせ給はゞ**——「給にたりときこしめさは」別（陽）「たまへりときこしめさは」河（御・七・前・大・鳳・伏）「給へりときこしめさは」青（穂・大正・三・徹一・池・横・肖・紹）河（尾・飯）別（ハ・宮・麦・阿）「給へりときこしめさはさは」別（国）「たまひにけりときしめさは」別（保）「給ひにけりときかせ給はゝ」青（幽）「給にけりときかせ給はゝ」青（大・明・陵・伝宗・徹二）。なお、『大成』は「給にけりときかせ給はゝ」、『大系』『玉上評釈』『新大系』も「給（たま）ひ（給）にけり』（、・ナシ）と、（ナシ）聞（聞）かせ給（たま）はゞ（ば・ば）」であるのに対して、『全書』『全集』『集成』『完訳』『新全集』「給（たま）へり、（ナシ）と聞（聞こ）し召（め）さば」。当該は、「骸もなく亡せ」に続く文で、「給にけりときかせ給はゝ」か、「たまへりと聞こしめさは」かの相違である。「聞かせ給はゞ」は、使役＋尊敬、つまり、田舎人の噂話しさえ憚られるのに、まして、（浮舟が亡骸も無く）お亡くなりになってしまわれたと大将辺りの耳に誰かがお入れ申したならば、か、（浮舟が亡骸も無く）亡くなられていると大将辺りがお聞きあそばされたらば、かの違いになる。また、「けり」を持つ表現は、告げる者の脳裏に浮舟が亡くなった過去の事象が浮かんでいる表現であり、現実感が増し真実味をもたらす。そうしたことを人から伝え聞けば、必ず薫が不信感を抱くであろうことが、右近らに一層不安感を生じさせる表現。その意味で「けり」は有効である。『幽』のミセケチ前の本文と『大』等の本文が同じである点を鑑みて、本来は『幽』の本例本文と同じく、『大』等の本文が原型であったと推定し、底本の校訂を控える。

【傍書】 1右近事也内舎人カムコ也 2入棺拾骨ナトノ事 3かたおやある人は京人のならひかくとりあへすのちの事をするとゐ中人にいひきかするなり 4かほるのきゝ給ひて我身ともをかこち給はゝかなしさはつきになるへきと也

【注釈】

一 **大夫、内舎人など…この案内知りたる法師の限りして焼かす** 「大夫、内舎人」は、薫の御庄の管理を任された者で、右近大夫の岳父が内舎人（浮舟三三）。「おどしきこえし者ども」は、「このおどしゝ内舎人といふ者」（同三四）に照応。匂宮が密かに浮舟に通っていると知った薫が警固に当たらせた者達で、浮舟方に厳しく警告を与えていた（同）。「御葬送の事は…日定められ、厳めしうこそ仕うまつらめ」は、御葬送の儀については、殿［薫］に女君［浮舟］死去の次第も報告なさって、ご差配を仰ぎ日程をお決め戴いて、盛大に厳かに執り行うのがよろしかろう、という大夫、内舎人の進言。「日定め」は、葬儀の日取りを決めること。陰陽師に占わせて決めるのが通常。例えば、寛弘五年二月八日に崩御した花山法王の場合には十一日作棺の後入棺、十二日初七日御法会、十七日御葬送（権記等）、十八日「奉レ送二御骨事一」（小右記目録・二十一院宮凶事）。寛弘八年六月二十二日に崩御した一条天皇の場合は「定二御入棺事・山作事・御法事等事一、御入棺子時、造二初事巳時一、御沐浴事子時、御棺作所行事…自二陰陽寮一人来、申子三点由、即参上催行、引導…、…御入棺、…此日以…定二葬送所一、…御棺作初時剋巳四刻、定二御葬雑并御法事等雑行事等一、…而御葬送来月八日也、…八日…此日院御葬送、…九日、庚辰、御葬事卯時了、…法帝御骨…懸レ之、前大僧都院源供奉、…送納令レ見二御在所一」（御堂関白記・中）のように執り行われたとある。また、『栄花物語』には数々の葬送が語られるが、それには葬送の日時の吉凶を占わせ、入棺の儀の後、死者を何れかに安置し、後日火葬の運びとなったとある（栄花物語・巻二六「楚王のゆめ」万寿二年八月東宮敦成妃尚侍嬉子葬送、等参照）。これらの例は格別尊貴な葬送事例ではあるが、当時の貴族社会の大方の作法手順を窺い知ることができよう。「いと忍びてと思ふやうあればなん」の「なん」は、受ける語を省略して余情をあらわすので、内舎人などの制止に、「思ふやう」の委細を語らず聞かせず事を挙行する強い意志を表す。当然薫に報告されると分かっていながら、今は亡骸の無いことを周囲に悟られないように、一刻も早く葬送することが最優先である気持から出た表現。

二　**いとはかなくて煙は果てぬ…さま〴〵になんやすからず言ひける**　「はかなし」は「いとはかなき煙にて、はかなく上り給ひぬる」（御法七）、「夜もすがらいみじうののしりつる儀式なれど、いともはかなき御骨ばかりを御名残にて、暁深く帰り給ふ」（葵一八）、「長き夜といへど、はかなう明けぬれば、暁方に御骨など…取らせたまひて、事果てぬ…」（栄花物語・巻九いはかげ・寛弘八年六月二十五日一条天皇葬送）のように、火葬の場合の常套表現である。通常の葬送は、夜、火葬の場所に棺を運んで夜明けまで煙は消えることなく立ち昇り続ける。儀式は遺骨になるまで、かなり長時間に亘る。しかるに浮舟の場合は、遺体の無い火葬で瞬く間に燃え尽きて、立ち登る煙も果ててしまったこと。「田舎人どもは」は、内舎人や右近大夫を初めとする薫の御庄の人々を指す。「いとあやしう」は、浮舟死後の措置に関して理会し難く不審に思い、疑念を抱くもの。「例の作法などあることゝも知らず」は、死者を葬る儀式作法があることなども知らないで、と浮舟の周囲の者の無知を批判する言葉（**【校異】**ェ参照）。「下衆〴〵しく」は、浮舟の葬送が如何にも身分卑しい者を扱うように。「あへなくてす」は、前文の「はかなくて」消えた煙に呼応する語。あっけなく済ませる意。「かたへおはする人は…京の人はし給ふ」は、田舎人にとっては非常識な葬儀への、一つの解釈を提示したもの。「かたへおはする人」は、「かたへ［片］」が「ま［真］」の対義語、一組の片方のものの意で、「おはする」は尊敬語なので、傍らにいらっしゃる人の意。ここは、薫の御庄の人々の言葉であり、異父兄弟とするより、薫側の視点に立った、男［薫］に北の方がいらっしゃる人［浮舟］の意の方が相応しい。後に薫が「はは［母］のなほ〳〵しくて、はらからあるはなど、さやうの人は言ふことあんなるを思ひて、事削ぐなりけんかし」（蜻蛉九）と思うのは、薫に好都合の志向であり、田舎人の言葉と、薫の思考とは齟齬がある。「ことさらにかくなむ、京の人はし給ふ」は、浮舟は薫の愛人という立場であるので、京人は葬儀を殊更簡略になさる意。これが、田舎人のこの葬儀に対して出来た理会解釈である。「さま〴〵になんやすからず言ひける」は、内舎人や右近大夫達の常識からは理会出来ない事を、その外にも、様々に取り沙汰して、非難がましく話しているのだった。

三　**かゝる人どもの言ひ思ふことだにつゝましきを…案内知らぬには聞かせじなどぞたばかりける**　「かゝる人ども」は、先の田舎人達を指す。「言ひ思ふことだに」は、下文の「まして」以下と対比的に述べる。「つゝまし（き）」は、このことをあからさまに人に知られたくなく、包み隠して置きたい侍従と右近の気持で、田舎人が「言ひ思ふこと」さえ憚られること。「まして、ものゝ聞こえ隠れなき世の中」は、「かゝる人どもの言ひ思ふこと」を、「だに」で程度の軽いものとして取り上げ、況んやまして噂話は隠しようがない世の中であると類推されること。「大将殿わたりに…定めて宮をしも疑ひきこえ給はじ」は、薫に噂が届いた場合を想定し、薫が、亡骸の無い浮舟の死を当初は匂宮が隠蔽したと疑っても、間もなくそれは無いと判断するであろうと推断する意。「疑ふこともあらむを」の「を」は活用語の連体形を受ける接続助詞で、当該は逆接。下文に「宮」とあるので、隠蔽者を匂宮と疑うことを想定。「宮、はた、同じ御仲らひにて」の「はた」は、事柄と事柄を関連させて判断したり推量する時に用い、ともかくも。匂宮と薫は甥叔父の間柄で六条院で一緒に育った仲である。「さる人のおはしおはせず、しばしこそ、忍ぶとも思さめ、つひには隠れあらじ」の「さる人」は浮舟。「隠れ」は、人目に付かず、人に知られないでいること。そのような方が秘匿されておられるか否か、暫くの間こそは、隠しているとお思いになろうが、どこまでも人目に付かないでいることはない。ついには、匂宮の隠蔽はないと認識なさるだろう、を省略。宇治に隠し置かれた浮舟を匂宮は遂には捜し出した（浮舟六・九）。「また、定めて宮をしも疑ひきこえ給はじ」は、こうして思考を巡らしたとき、必ずしも、薫は匂宮だけを浮舟を秘匿したとお疑い申すことはあるまい。「いかなる人か率て隠しけんなどぞ思し寄せむかし」は、「思し寄す」が「思ひ寄す」の尊敬語で、あれこれ関連することを較べお考えになる意なので、匂宮が秘匿者である可能性が無いと判断した時に、では、どういう人が秘匿したかと、薫に生じる疑念。「いかなる人」には下賤の者が含まれよう。昔物語にはそうした例がある（蜻蛉一参照）。「生き給ひての御宿世はいと気高くおはせし人は、薫や匂宮という当代の最高貴公子二人に思われた浮舟の宿世の高さをいう。侍従が時方に匂宮との関係を、「亡き御ためは、なか〳〵めでたき御宿世見ゆべきこと」（同三）と言っていたのに照応。「げに亡き影にいみじきことや疑はれ給はん」の「げに」は浮舟の「嘆きわび身をば捨つとも亡き影にうき名流さむことをこそ思へ」（浮舟三八）を受ける。それ程高貴な宿運の持ち主である浮舟が「いかなる人か率て隠しけん」などと薫に疑われることを、亡き浮舟のために不名誉であるとすること。「と思へば…今朝の…見聞きつるには口かため、案内知らぬに聞かせじなどぞたばかりける」は、「と思へば」「口かため」「聞かせじ」「たばかり」と続くことから、右近と侍従にとって最大の懸念は、死して後の浮舟の不名誉を危惧する点にあるとする。浮舟の死が、入水自殺で亡骸も無いとの噂が広まらないように、とにかく一刻の猶予もなく葬儀を済ませたいのである。

四　**ながらへては、誰にも、静やかにありしさまをも聞こえてん…深く心の鬼添ひたれば、もて隠しける**　「ながらへては」は、時が経過してから。右近は「心より外の命侍らば」（蜻蛉一一）とも言っている。「誰にも、静やかに、ありしさまをも聞こえてん」の「誰にも」は、薫や匂宮を指す。「ふと人伝てに聞こしめさむは、なほ、いと〳〵ほしかるべきことなるべしと」は、浮舟の死の真相が亡骸も無い入水であったことを、一寸した切っ掛けで人伝てにお二人がお聞きになられるのは、やはり、浮舟にいかにも不名誉でお気の毒なことに相違ないと。そのようにさせてしまった右近と侍従の申し訳ない気持で、二人が、一刻も早く火葬したかった理由はここにある。「この人二人ぞ」は、右近と侍従の二人を特定して取り上げ、「もて隠す」決意の強さを「ぞ」によって示す。「心の鬼」は、良心の呵責で、物語中一五例程ある。浮舟と匂宮との一件は、浮舟の意志からではなく、元々右近の過失から出来し、それに侍従が荷担させられて生じた事態であった。即日の葬送は、その失態が露顕せぬようにという二人の保身の策でもある。浮舟が自死であると薫に分かれば、その原因は何か、と当然問われる。浮舟が、匂宮に逢って以来、二人の男の狭間で悩み続けていた姿を知りながら、側近として打つべき手を拱いてきた慚愧の思いは強くある。しかしながら、亡骸の無い入水死亡を周囲の者に悟られないように直隠しに隠したいのは、それぞれの心に薫だけでなく浮舟に対しても深い呵責を感じてのことであり、そのことを「もて隠しける」と詠嘆的に述べている。

六　薫、石山参籠中に、浮舟の訃報を聞く

一 大将殿は、入道の宮の悩み給ひければ、石山に籠り給ひて、騒ぎ給ふ頃なりけり。さて、いとゞアかしこをおぼつかなう思しけれど、はか〴〵しう、さなむと言ふ人はなかりければ、かゝるいみじきことにも、まづ御使のなきを、人目も心憂しと思ふに、御荘の人なん参りて、しか〴〵と申させければ、あさましき心地し給ひて、御使、そのまたの日、まだつとめて参りたり。二「いみじきことは、聞くまゝにみづからものすべきに、かくなやみ給ふ御こと

によりつゝしみて、かゝる所(ところ)に日を限(かぎ)りて籠(こも)りたればなむ。昨夜(よべ)のことは、などか、こゝに消息(せうそこ)して、日を延(の)べてもさる事はするもの(物)を、いと軽(かろ)らかなるさまにて急(いそ)ぎせられにける。とてもかくても同(おな)じ言(い)ふかひなさなれど、とぢめの事をしも、山賤(やまがつ)のそしりをさへ負(お)ふなむ、こゝのためもからき」など、かのむつましき大蔵大輔(おほくらの大輔)してのたまへ(給)り。御使(つかひ)の来(き)たるにつけても、いとゞいみじきに、聞(き)こえん方(かた)なきことゞもなれば、たゞ涙(なみだ)にイおぼゝれたるばかりをかごとにて、はか〴〵しうも答(いら)へやらずなりぬ。

三 殿(との)は、なほ(猶)、いとあへなくいみじと聞き給(きゝ給)ふにも、心憂(う)かりける所(ところ)かな、鬼(おに)などや住(す)むらむ、などて、今(いま)まで さる所(ところ)に据(す)ゑたりつらむ、思はずなる筋(すぢ)の紛(まぎ)れあるやうなりしも、かく放(はな)ちおきたるに心やすくて、人も言(い)ひ犯(をか)し給ふ(給)なりけむかし、と思ふ(思)にも、わがたゆく世(よ)づかぬ心のみ悔(くや)しく、御胸(むね)いたくおぼえ給(給)ふ。なやませ給ふ辺(給あた)りに、かゝること思し乱(事おぼ)(みだ)るゝもうたてあれば、京におはしぬ。

四 宮の御方(かた)にも渡(わた)り給はず、薫「こと〴〵しき程(ほど)にも侍らねど、ゆゝしきこと(事)を近(ちか)う聞き侍ればウ、心の乱(みだ)れ侍る程(侍ほど)もいまいましうて」エなど聞(き)こえ給(給)ひて、尽(つ)きせずはかなくいみじき世(よ)を嘆(なげ)き給(給)ふ。五 ありしさま容貌(かたち)、いと愛敬(あいぎやう)づき、をかしかりし気配(けはひ)などのいみじく恋しく悲(かな)しければ、現(うつゝ)の世には、など、かくしも思ひ入れずオ、のどかにて過(す)ぐしけむ、たゞ今(いま)は、さらに思ひしづめん方(かた)なきまゝに、悔(くや)しきことの数(かず)知らず、かゝる事(こと)の筋(すぢ)につけて、いみじうカものすべき宿世（すくせ）なりけり、さま異（こと）に心ざしたりし身の、思（思）ひの外（ほか）に、かく、例（れい）の人にてながらふるを、仏などの、憎（にく）しと見給（給）ふにや、人の心をおうさせむとて、仏（ほとけ）のし給（給）ふはうべむは、慈悲をも隠（かく）してかやうにこそはあなれ、と思（思つゞ）ひ続け給（給）ひつゝ、行（をこな）ひをのみし給（給）ふ。

【校異】

ア　**かしこを**――「かしこは」青（穂・徹二）別（陽）「かしこには」別（ハ・保）「かしこをは」青（陵・大正・徹一・池・横・肖・紹）河（尾・御・七・前・大・鳳・伏・飯）別（宮・国・麦・阿）「かしこをは」青（三）「かしこを○」青（幽）「かしこを」青（大・明・伝宗）。なお、『大成』は「かしこを」、『全集』『完訳』『新大系』『新全集』も「かしこを」であるのに対して、『全書』『大系』『玉上評釈』『集成』は「かしこをば」。当該は大きく分けて、「かしこを」「かしこをは」、「かしこは」と「かしこには」の四通りの伝本があるが、何れも文意が通らない。大別して「かしこを」「かしこをは」に分かれる。薫が浮舟を気掛かりに思う状態を述べる場面である。格助詞「を」に係助詞「は」を加えるのは、上文に「いとど」とあるのをさらに強調した表現になり、浮舟失踪死亡の事情を知らない薫の思考としては、少し行き過ぎの観がする。「かしこ」浮舟を取り立てて示す「かしこは」「かしこには」の場合は、更に不自然な表現となる。殊更の強調表現が後出伝本によってなされたものと見る観点から、「かしこを」が本来の表現と見て底本の校訂を控える。

イ　**おぼゝれたるばかりを**――「おほゝれたるを」青（三・池・横・肖）河（尾・御・七・前・鳳・飯）別（保・国）「おほれたるはかりを」別（阿）「おほれたるはかり」青（伝宗）「おほれたるはかり也」青（明）「おほれたるを」青（紹）河（大・伏）別（ハ・陽・宮・麦）「おほれたるをは」青（大正）「おほゝれたるはかりを」青（幽）「おほゝれたるはかりを」青（大・陵・穂）「おほゝれたる許を」青（徹一）「おほほれたるはかりを」青（徹二）。なお、『大成』は「おほゝれたるはかりを」、『大系』『玉上評釈』『全集』『完訳』『新大系』『新全集』も「溺（おぼ）ほ（おぼゝ・おぼほ）れたるばかりを」であるのに対して、『全書』『集成』は「おぼほれたるを」。まず、「おぼほる」「おぼる」の相違であるが、「おぼほる」は「おぼる」の古形であり、「〈オボル〉という短縮形は、中世から見られる」（大野晋編『古典基礎語辞典』角川学芸出版二〇一一年参照）。「おぼる」は、「ゝ」の誤脱により生じた異文であろう。次に「はかり」の有無による相違である。薫が、急報を聞いて大蔵大輔を遣わしてきたのに対して、浮舟の侍女たちは、すらすらと事の次第を話せないのを、涙の所為にしている場面である。事の真相を隠したい彼女達が必死に口をつぐむ手段は、只ひたすら泣きじゃくって話しが出来ない状況を作る以外にない。当該は〈ただ…ばかりを〉の構文と見るのが状況には適う。よって底本の校訂を控える。

ウ　**聞き侍れば**――「きゝつれは」青（大）「ナシ」別（麦）「きゝは○《ン》つ《へ》れは」青（肖）「きゝ侍らね《れ》は」別（宮）「きゝ侍は」青（大正）「きはへれは」青（徹二）「きゝはへれは」青（陵・穂）河（尾・伏）別（保）「きゝ侍れ《ヒ》は《ヒ》」青（明・伝宗・三・池・横・紹）河（御・七・前・大・鳳・飯）別（ハ・陽・国・阿）「聞はへれは」青（幽）「聞侍れは」青（徹一）。なお、『大成』は「きゝつれは」、『新大系』も「聞き《ゝ》つれば」であるのに対して、『全書』『大系』『玉上評釈』『全集』『集成』『完訳』『新全集』は「聞（聞《き》）き侍（侍《はべ》・はべ）れば」。「はへれは」と「つれは」の違いで、「はへれは」の「は」の有無による異同の発生と考えられる。女二の宮に最大の敬意を表して、申し上げる薫の語り口なので、「ゆゝしきことを近う聞きつれば」と述べるより、「ゆゝしきことを近う聞き侍れば」と遜る方が薫らしい口調となる。『大』の独自異文でもあり、『大』が「は」を誤脱し、「へ」を「つ」と誤写したと見て「聞き侍れば」に校訂する。

エ　**など**――「なむと」青（穂・徹一・肖）河（御・七・前）別（宮）「なんと」青（三・池・徹二・紹）河（尾・飯）別（陽・国・麦・阿）「な○《む》と」青（幽）「なと」青（大・明・陵・伝宗・大正・横）河（大・鳳・伏）別（ハ・保）。なお、『大成』は「なと」、『大系』『玉上評釈』『新大系』も「など」であるのに対して、『全書』『全集』『集成』『完訳』『新全集』は「なむ。（」）と」。薫の言葉を「…いまいましうて」迄として、それを受けて「など」とするか、「…いまいましうてなむ」迄として、それを「と」で受けるかの相違である。係助詞「なむ」までが薫の言葉の場合は、女二の宮へ、身近な者の不幸に心の乱れたままでは憚られまして…と、受ける語を省略して余情を示した表現となる。接続助詞「て」までが薫の言葉の場合は、薫の発言がそこで一旦切れるが、「など」で受けるので、儀礼を尽くした言葉や事情説明が続いたことを示す。似た表現だが、「尽きせずはかなくいみじき世を嘆き給ふ」と続く文があることを考慮すると、「など」の方が相応しい表現であろうか。ただ、書写の段階で、どこまでが薫の発言と明確に認識していた、というより、「なと」を、副詞「なと」が、「なにと」→「なんと」→「なむと」→「なと」のように表記変化したのと混同して、後出伝本が「なん（む）と」を本来の表記と思い「む」を追加したのかも知れない。以上を勘案して底本の校訂を控える。

オ　**思ひ入れず**――「思はれす」青（大・大正）河（大）別（麦・阿）「思ひ入す」河（伏）「思いられす」河（七）「思ひもいれす」青（紹）「おもひいれられす」別（保）「思いれす」青（明・伝宗・幽・横・肖）河（尾・飯）別（ハ）「おもひいれす」青

(陵・穂・三)河(御・前・鳳)別(陽・国)「思ひいれす」青(徹一・池・徹二)「思ひ入れす」別(宮)。なお、『大成』は「思はれず」、『新大系』も「思はれず」であるのに対して、『全書』『大系』『玉上評釈』『全集』『集成』『完訳』『新全集』は「思(思)(おも)ひ入(入)(い)れず」。「思はれず」か「思ひ入れず」かの相違である。浮舟が亡くなってしまった今になって、薫が、彼女の面影を愛しく恋しく思い出し、何故生きている時に「いみじく恋しくかなし」と思わなくて、或いは、深く思い込まずに、落ち着き払ってのんびりと過ごしてしまったのか、という心中を叙したものである。薫は浮舟が匂宮を通わせていることを知った時、二人の裏切りを激怒しながら、「いみじく恋しく悲し」と思い、浮舟を見捨てることは出来ず、見張りを厳重にするなどの手立てを講じた。その点からすると自発の意の「思はれず」より「思ひ入れず」の方が薫の心情に合う。また、下接文「たゞ今は、さらに思ひしづめむ方なきまゝに」とある表現と呼応するのは「思ひ入れず」であろう。「思いれす」の仮名表記「い」は「ハ」と読み違えた可能性があり、「思いれす」→「思入れず」→「思ハれす」、更には「思ひ入す」「思いられす」「おもひいられす」「思ひもいれす」などの異文が派生したであろう。『大』と元本を同じくすると見られる『幽』や『明』『横』『肖』『尾』『飯』『ハ』の表記を諒として底本を「思ひ入れず」に校訂する。

カ　**ものすべき**――「ものを思へき」青(横)「物を思ふへき」河(伏)「物思へき」青(明)「物思ふへき」青(伝宗)「もの思ふへき」青(徹一・肖)「もの思へき」青(池・徹二)河(尾・飯)「物おもふへき」青(大正)河(御・七・前・大・鳳)別(保・国・阿)「ものおもふへき」青(穂・三・紹)別(ハ・陽)「物思ふへき」別(宮・麦)「物す(おもふ)(ヒ)へき」青(幽)「ものすへき」青(大・陵)。なお、『大成』は「ものすへき」、『新大系』も「ものすべき」であるのに対して、『全書』『大系』『玉上評釈』『全集』『集成』『完訳』『新全集』は「もの(物)(もの)思ふべき」。前項【校異】オ同様の薫の心中思惟を叙す中の語で、「ものす」か「もの思ふ」かの相違である。「ものす」は極めて多様性を含んだ語で、動作、行為、状態そのものを具体的には示さず、汎用性をもって婉曲に表す語。ただし、「いみじうものすべき〜」とある表現は、物語中当該例のみ。「いみじうものすべき宿世」ならば、今回の浮舟の件から、薫が女性関係について自身の人生を、ひどいことになる宿運だったんだなあ、と認識したことになる。「いみじうもの思ふべき〜」ならば、大君の臨終に、必死で薫が「かくいみじうもの思ふべき身にやありけん」(総角四〇)と、ひどく悲しい物思いをすべき運命に生まれたのでしょうと、大君に語る例をはじめ、物語中に類例は四例見られる。したがって、「いみじうもの思ふべき宿世」の場合は、深刻に思い悩まなければならない宿運だったんだなあ、と薫が人生を捉えた意になる。下文には「かゝる事の筋につけて」味わう悲嘆を、「仏」が「人の心をおこさせ」ようとした「方便」なのかと薫が気付くとあり、この場合の薫自身の人生の捉え方は、悲しい物思いをしなければならない運命というより、ひどいことになる運命であったと気付く。則ち、「いみじうものすべき宿世」であったとする方が「行ひをのみし給ふ」薫の人生の行動に結びつき、薫の心中思惟に合致する。底本と同一本文は、『陵』『幽』のミセケチ前の本文の他、『公条本』（『大系』による）と少ないが、「物」を「物思」に修正して、一般的表現にしたものと見て、底本の校訂は控える。

キ　**仏などの**――「仏なとも」青（大正・徹一・池・紹）河（尾・御・飯）別（麦・阿）「ほとけなとも」青（横・肖）河（七・前・鳳・伏）別（ハ・保）「ほとけなとも」〔本無〕〔ヒヒ〕青（三）「ほとけも」青（穂）「仏も」青（徹二）「ほとけなとの」青（大・陵・幽）河（大）別（宮）「仏なとの」青（明・伝宗）別（陽・国）。なお、『大成』は「ほとけなとの」、『大系』『全集』『新大系』も「仏（ほとけ）（仏）などの」であるのに対して、『全書』『玉上評釈』『集成』『完訳』『新全集』は「仏なども」。大別して、「仏なとも」「仏なとの」の相違である。「仏なと」の「なと」を欠いた「仏も」は、副助詞「など」を他にも類例のある中から一例として仏を挙げた用法として捉え、「仏なども」では文意が不適切として「など」を削除したところから生じた異文であろう。この「など」は、仏を受けて漠然と指し、表現を和らげる副助詞で、係助詞「も」が続くと、仏以外の類例を暗示させることになる。「ほとけなどの」ならば、仏のする「方便」「慈悲」の文意として適切であり、底本以外の他の多くの伝本では、「の」を「も」に替えて、仏以外の類例を暗示させる強調表現にしたものと見て、底本の校訂は控える。

【傍書】　1かほる御事　2方便

【注釈】

一　**大将殿は、入道の宮の悩み給ひければ…そのまたの日、まだつとめて参りたり**　「大将殿は」は、右近や侍従の必死の決意を他所に、この大騒動の局外に居た薫に視点を移したことを示す。「入道の宮の悩み給ひければ」とあるが、薫の母女三の宮が病気であることは初出。「石山に籠り給ひて、騒ぎ給ふ」は、女三の宮の病気平癒祈願のために、薫が石山寺に参籠なさり、祈禱で取り込んでいらっしゃる最中であること。「籠り」は、期間を定めて祈禱や祈願をする意。「さて、いとゞかしこを」から「さなむと言ふ人はなかりければ」迄は、匂宮の件を察知して以来、浮舟に連絡もせずにいることを気掛かりに思いながら動けずに過ごしていた薫が、今は、母女三の宮の病平癒祈願のために、石山に参籠中であることを先ず述べて、浮舟の急逝に駆け付けなかった理由を、参籠の潔斎に遠慮して、浮舟の死が誰からも薫に知らされなかったためとしたもの。「さて、いとゞ…」の「さて」は、既に存在している事態をそのままのものとして提示し、そのような状態で、の意。「かしこをおぼつかなし」の「かしこを」については、遠称を使う点に、匂宮との嫌疑以来、浮舟に対して薫が心理的隔てを置いていることを表出している。しかし、「いとゞ…おぼつかなし」と、浮舟に対する不安や心配、気掛かりは、尋常ではないことも示す。「おぼつかなし」の原因は、浮舟を京に迎える予定の四月十日も近付いていて、大層気掛かりなのに、「波こゆるころとも知らず」の歌で詰問して以来、内舎人に浮舟の身辺警固を命じたまま音信していないことによる。自尊心を傷つけられた薫が真偽を確かめたく思いながら、そのままにしていて動けない優柔不断さがその因である。「さなむ」は、浮舟が突然死去したこと。「かゝるいみじきこと」は、浮舟の死去という大事。この語は薫が捉えた事態認識であると同時に、以下「人目も心憂し」まで、浮舟側の人々の心情にも掛かる。「まづ御使のなきを、人目も心憂しと思ふに」は、浮舟の葬儀という大事に、真っ先にあるべき薫からの弔問の使者がないのを、浮舟側の人々が薄情で辛い仕打ちと、宇治の人々の手前も辛く情けないと思っていること。浮舟の変事に先ず第一番に薫が動くべきはずであり、動いて欲しいと願う浮舟側近の心情に即した言葉。「御荘の人」は「大夫、内舎人など」（蜻蛉五）を指す。「そのまたの日、まだつとめて参りたり」は、浮舟の急逝を知らされた薫からの弔問の使者が、葬送の翌日早朝にあったこと。

二　**いみじきことは、聞くまゝにみづからものすべきに…はか〲しうも答へやらずなりぬ**　「いみじきこと」は、二行前の「かゝるいみじきこと」に呼応。「聞くまゝにみづからものすべき」は、聞いてすぐに自身〔薫〕が宇治へ行くべきである。「かくなやみ給ふ御ことによりつゝしみて」の「かく」は「入道の宮の悩み」を指し、母女三の宮のご病気による石山参籠中であることにより身を慎んでいるので。早速には出向けない薫の大義である。大君の死去に際しての手厚い薫の対応（総角三二～）との甚だしい差は、匂宮との疑念のみならず、彼のそもそもの浮舟に対する思い、愛情の類別や深度、浮舟の身分や大君の人形（ひとがた）であるとの些かの軽視を語るものであろう。後に横川僧都に、「もとよりわざと思ひしことにも侍らず。ものはかなくて見つけ」た、と語る言葉（夢浮橋四）にも通じる。「昨夜のこと」は、昨夜執り行われた浮舟の葬送。「などか」は、「急ぎせられにける」に掛かる。「こゝに消息して、日を延べてもさる事はするものを」の「こゝ」は、薫のこと。こちらに連絡して、日延べをしても、（私が出向いて行くのを待って）そうした葬儀はきちんとするべきなのに。前段で大夫や内舎人が「御葬送の事は、殿に事のよしも申させ給ひて、日定められ、厳めしうこそ仕うまつらめ」と進言していた言葉に呼応。「とてもかくても、同じ言ふかひなさなれど」は、葬儀を簡略にしようが手厚く送ろうが、どちらにしても亡くなった点では、今さら言っても甲斐のないことは同じだが。「とぢめの事をしも、山賤のそしりをさへ負ふなむ、こゝのためもからき」の「とぢめの事をしも」は、人生最後の儀式である葬送なのに、と浮舟側近の配慮不足を強く指弾したもの。〈を・し・も〉は、受ける語「とじめの事」を取り立てて強調する。「山賤のそしり」は、卑しい身分の者達の批判。浮舟の人生最後の儀式なのに、物事の理非も分からない田舎者達から、簡略過ぎて無慈悲だ、の批判までも蒙ることは、（その程度の女に関わったとして、浮舟はもとより）自分にとっても（体面を損ない）心外で辛いことである。薫の自己中心的保身意識。「御使の来たるにつけても、いとゞいみじきに」は、薫から何の音沙汰もない時は、何故かと不審がり薄情だと思い、使が来れば、亡骸もない浮舟の死の真相をつまびらかには出来ぬと、口を噤まざるを得ない、浮舟側の二律背反的心情。「いとゞいみじき」は、侍従と右近の、薫の使者を心細い思いで待っていた心情と、真相を隠しながらどう伝えたものかで揺れ動く感情の甚だしさを形容。「たゞ涙におぼゝれたるばかりをかごとにて、はか〳〵しうも答へやらずなりぬ」の「おぼゝる」は、〈オボ［朧］・ホレ［惚］〉で、感覚や判断力が利かず平常心や理性を失う意。「かごと」にしたのは、浮舟の入水自殺に言及しない、引いてはその原因と考えられる事態への釈明を避けるために、彼女達が採り得た尤も穏便な措置。

三　殿は、なほ、いとあへなくいみじと聞き給ふにも…かゝること思し乱るゝもうたてあれば、京におはしぬ

「なほ、いとあへなくいみじ」の「あへなし〔敢へ無し〕」は、死という、今となっては最早取り返しの付かない結果に対して、手の打ちようもなく、ひどく落胆した気持を表す。「なほ」とあるので、宇治という土地柄が物思いをもたらす「憂し」との認識に繋がる。「心憂かりける所かな」は宇治を指し、「憂」で「宇治」を導く。この地で、八の宮、大君に続いて浮舟と、次々に愛する人を亡くしたことにより、何と恨めしい処であったことよ、の意。終助詞「かな」に、その名も「恨めしと言ふ人もありける里の名」（椎本一）を持つ、辛く苦しい地であることよ、と宇治の地に対する悲壮感漂う詠嘆が籠もる（同参照）。「鬼などや住むらむ」は、浮舟の失踪を、浮舟母がまず最初に「鬼や食ひつらむ」（蜻蛉五）と疑ったのに照応。浮舟のあっけない突然の死を、人間の業を越えた魔物の仕業かと疑ったもの。薫が浮舟を三条の小家から宇治へ連れ出す朝、物売りの声を奇しくも「物戴きたる者の鬼のやうなるぞかしと聞き給ふ」（東屋四〇）ていた。その時の鬼は、今日の予兆であったか。「さる所」は、「鬼などや住むらむ」と思われる「心憂かりける所」である宇治の地を指す。「思はずなる筋の紛れ」の「筋」は、それと具体的に事態名を挙げずぼかして表現したもの。「紛れ」は、ある事につけ込んで、または事の勢いで何かを行うような機会や状態のこと。ここは、匂宮と浮舟との交情を指し、宇治に据え置いたからこその、思いもしなかった方面（男女間）の過ち。「思はずなる筋の紛れあるやうなりしも」の、「やうなり」は、匂宮が宇治に住む浮舟を訪れ関係を持つといった不測の事態を不確かな断定で表し、「しも」は強調。「人も言ひ犯し給ふなりけむかし」の「人」は、「給ふ」とあるので匂宮を暗示する。「今まで」から「なりけんかし」までは、「わがたゆく世づかぬ心のみ悔しく、御胸いたくおぼえ給ふ」とあるので、浮舟を宇治のような魔物でも棲みそうな地に放っておいたことが、過ちを出来させ、死に至らしめたそもそもの原因であったとした、薫の後悔の思惟。「たゆく世づかぬ心」の「たゆし」は、心の動きがのんきで気働きが鈍

い意。薫が自身の性情を世間並みの男女の情を解せない心であるとしたもの。自らを「あやしくたゆくおろかなる本性」（若菜下四五）とした柏木が、妻女二の宮（落葉の宮）に充分情愛を注ぐことなく、深い絆（きずな）を持てないまま逝くことを悔やみながら別れを告げる段に類同。「墮窳（タユシ）」（『河海』・若菜下四五**【傍書】**12）。「なやませ給ふ辺り」は、病気の女三の宮を指す。「なやませ給ふ辺りに、かゝること思し乱るゝもうたてあれば、京におはしぬ」は、石山へは、母宮の病気平癒祈願に参籠しているのであり、自分の愛人の事で取り乱していては、ご病気の母君に対して申し訳なく、また祈願している仏に対しても不謹慎なので、京へいらっしゃった。薫の浮舟の措置に対する逡巡は、直ぐさま宇治へ駆けつけるには余りに重く、大義を口実に一先ず帰京することを正当化する。

四　**宮の御方にも渡り給はず…尽きせずはかなくいみじき世を嘆き給ふ**　「宮の御方」は女二の宮のこと。「こと〳〵しき程にも侍らねど」は、下文の「ゆゝしきこと」を指し、「年へぬる人」（浮舟二五）浮舟の、死去並びにその措置の顛末を、それと具体的には言わず、大袈裟な関係ではない、としたもの。「心の乱れ侍る程もいまいましうて」の「いまいまし」は「忌む」から派生した語で、忌み慎むが原義。気持が混乱しておりますのも不吉で憚られますので。［浮舟］女の死のことで混乱していると直裁的な表現をしないのは、常套的だが、女二の宮への配慮でもあり、同時に薫自身が抱えた突然の事態が大き過ぎて、とても女二の宮に平然と対応しきれないためでもある。このことは、浮舟の死を知らされた薫が、早速には宇治へ出向けない程整理出来ない心情に陥ったのであり、母女三の宮の件で仏に不敬云々は口実に過ぎないことを表している。匂宮の反射的ともいえる直情型行動とは対照的である。「尽きせずはかなくいみじき世」は、浮舟との間柄を言う。「世」は浮舟との男女の仲だけでなく、人が営むこの世を際限もなく頼りない移ろいやすいものと捉え、それを更に程度の甚だしいものとした、薫の内心に添った語り手の叙述。薫の憂愁・無常観といえる。

五　**ありしさま容貌、いと愛敬づき…行ひをのみし給ふ**　「ありしさま容貌…をかしかりし気配」は、生きていた時の浮舟の姿形が、とても魅力的な優しさに溢れ、愛らしい様子であったこと。「現の世には、など、かくしも思ひ入れず、のどかにて過ぐしけむ」は、先の「わがたゆく世づかぬ心のみ悔しく」に呼応する。「現の世」は、浮舟が生存していた期間の意。薫は、当初、浮舟の処遇を「もの〳〵しげにて、かの宮に迎え据ゑむも、音聞き便なかるべし、さりとて、これかれある列にて、おほぞうに交じらはせんは本意なからむ、しばしこそこゝ［宇治］に隠して」（東屋四三）と思っていた。匂宮との秘事を知った時にも、怒りや嫉妬にも関わらず、「なほ、さるものにて置きたらむ、今はとて見ざらむ、はた、恋しかるべし…我すさまじく思ひなりて捨て置きたらば、必ずかの宮の呼び取り給ひてむ、人のため、後のいとほしさをも、ことにたどり給ふまじ、…いとほしくなど、なほ捨て難く」（浮舟三〇）と、浮舟を直ぐさま見捨てようとはしなかった。しかし、「波越ゆる」（同三一）の詰問の歌の文の後、この日まで浮舟を訪れることはなかった。浮舟や匂宮に対する嫉妬心から邪険に扱ったことが浮舟を追い詰めたとは気付かず、自らを「世づかぬ」とする。これは、人に勝れて理性的であると見られたい、また、見られていると、高く自らを矜持する、薫の常套的思考である。「たゞ今は」は、死別した今は、の意で、「現の世」に対応。「悔しきことの数知らず」は、薫にとって後悔されることが具体的に何を指すかは判然としないが、以下に「かゝる事の筋につけて」とあるので、大君との死別や中の君、浮舟など八の宮縁の人を含めた女性関係を指すのであろう。物語ではこれまで、薫にとって浮舟は、宇治に伴った当初から大君の形代、人形としてしか語られなかった。ここは、亡くなったと聞いて愛しく悲しい思いがこみ上げてくる自身の感情に、もっと深切に思い遣っていたら…との思いから、「のどかに」過ごして来た過去を反省する、薫の慚愧の心中思惟である。薫は、宇治へ移した浮舟に必ずしも熱心ではなかった。今やっと、匂宮とのことも、淋しい宇治に一人住まわせて浮舟の心情を理会しなかったことが原因ではなかったか、と自責の念に囚われている。浮舟を愛してはいたが、もっとより深く一途に思いやりもせず…、との気持に初めて気付いたのである。

「ものすべき宿世なりけり」は**【校異】**カ参照。「さま異に心ざしたりし身」は、薫の昔からの道心志向の、常人とは異なった身の上。「世の中を深くあぢきなきものに思ひ澄ましたる心」（匂兵部卿八）、「世の中をば、いとすさまじう思ひ知り…」（橋姫七）、「世の中に心をとゞめじと省き侍る身」（椎本七）として、俗聖と言われる八の宮を慕って出入りするようになっていた（橋姫一〇）。また、女二の宮との縁談に関しても「今さらに、聖の、世に還り出でん心地すべきこと」（宿木四）と感じており、これら以外にも、薫が「行ひ」に精進することは度々語られていた（同一四）。

「思ひのほかに、かく、例の人にてながらふる」は、昔から道心志向の自分［薫］が、思いも寄らず、このように現世の栄誉に浴して人生を送っていること。「仏などの、憎しと見給ふにや」は、本来の志を忘れ、現世肯定的とも見える人生を送っていることに対して、仏が、気に入らないと御覧になったのだろうか、の意。「人の心」は、人として持つべき道心のこと。「仏のし給ふはうべむ［方便］」は、今回の浮舟の死を、仏が薫の道心覚醒のために与えた試練の手段と捉えたもの。「慈悲」は仏教語。衆生をいつくしみ楽を与える慈と、衆生を哀れんで苦を除く悲で、喜びを与え苦しみを取り除くこと（『日国大』）。浮舟の死を、自らの道心に結びつけて考えようとしている点が、常々道心を志すことを矜持としている薫らしく、慟哭する程の思いを、最終的には「ものすべき宿世」と受け止めている。しかしこれは、彼の自尊心の自己保全に過ぎない点でもある。薫のこうした認識は、大君の死の直後の「世の中をことさらに厭ひ離れねと勧め給ふ仏などの、いとかくいみじきものは思はせ給ふにやあらむ」（総角四〇）に照応。また八の宮も自身を「たゞ、厭ひ離れよと、ことさらに仏などの勧めおもむけ給ふやう」（橋姫九）と捉えていたが、それに類同。「と、思ひ続け給ひつゝ、行ひをのみし給ふ」は、自らを納得させるために、薫は、何度も以上のことを繰り返し考え、仏の慈悲を思い、一心に勤行をしておられる。

七　匂宮は、悲しみに正気も失せ、籠り、薫は、苦衷のなか、匂宮を訪う

一[1]かの宮、はたまして、二三日はもの(物)もおぼえ給はず、うつし心もなきさまにて、いかなる御物の怪(気)ならんなど騒(さは)ぐに、やう〳〵涙尽(なみだつ)くし給(給)ひて、思(おぼ)し静(しづ)まるにしもぞ、ありしさまは恋しういみじく思ひ出(い)でられ給(給)ひける。人には、たゞ、御病(おほむやまい)の重(をも)きさまをのみ見(み)せて、かくすゞろなるいや目(め)の気色(けしき)知らせじと、かしこくもて隠(かく)すと思(おぼ)しけれど、おの(を)づからいとしるかりければ、人「いかなることにかく思(おぼ)しまどひ、御命(いのち)も危(あやう)ふきまで沈(しづ)み給(給)ふらん」と言(い)ふ人もありければ、かの殿(との)[2]にも、いとよくこの御気色(けしき)を聞き給(きゝ給)ふに、さればよ、なほ(を)、よその文通(ふみかよ)はしのみにはあらぬなりけり、見給(給)ひては必(かなら)ずさ思(おぼ)しぬべかりし人ぞかし、ながらへましかば、たゞなるよりぞ ア 我(我)がためにを(お)こなる事も出(い)で来(き)なまし、と思(おぼ)すになむ、焦(こが)るゝ胸も イ 少(すこ)しさむる心地(ち)し給(給)ひける。

二[3]宮の御とぶらひに、日々(ゝ)に参(まい)り給はぬ人なく、世(よ)の騒(さは)ぎとなれる頃(ころ)、こと〳〵しき際(きは)ならぬ思(思)ひに籠(こも)り居(ゐ)て、参(まい)らざらんもひがみたるべしと思(おぼ)して参(まい)り給(給)ふ。その頃(ころ)、[4]式部卿(式部卿宮)の宮と聞(き)こゆるも亡(う)せ給(給)ひにければ、御叔父(おほんをぢ)の服(ぶく)にて薄鈍(うすにび)なるも、心の内(うち)にあはれに思ひよそへられて、つきづきしく見ゆ。少(すこ)し面痩(おもや)せて、いとゞなまめかしきことまさり給へり。

人々(ゝ) ウ まかり出でゝ、しめやかなる夕暮(ゆふぐれ)なり。宮、[5] エ 臥し沈みてはなき御心地(ち)なれば、うとき人にこそ会(あ)ひ給はね、

御簾(みす)の内(うち)にも例入(れいい)り給(給)ふ人には、対面(たいめん)し給はずもあらず。見(み)え給はむも、あい(ひ)なくつゝまし。見給(み給)ふにつけても、いとゞ、涙(なみだ)のまづ堰(せ)きがたさを思(おぼ)せど、思(おも)ひ鎮(しづ)めて、匂宮「おどろ〳〵しき心地(ち)にも侍(はべ)らぬを、皆人、オつゝしむべき病(やまゐ)のさまなりとのみものすれば、内裏(うち)にも宮にも思(おぼ)し騒(さは)ぐが、いと苦(くる)しく、げに、世(よ)の中の常(つね)なきをも、心細(ぼそ)く思(おも)ひ侍(侍)る」とのたま(給)ひて、おし拭(のご)ひ紛(まぎ)らはし給(給)ふと思(おぼ)す涙の、やがてとゞこほらずふり落(お)つれば、いとはしたなけれど、必(かなら)ずしもいかでか心得(え)ん、6たゞ女々(めゝ)しく心弱(よは)きとや見ゆらんと思(おぼ)すも、三さりや、7たゞこの事をのみ思(おぼ)すなりけり、いつよりなりけむ、我をいかにを(お)かしともの笑(わら)ひし給(給)ふ心地に、月頃思(ごろおぼ)しわたりつらむ、と思(思)すに、この君は悲(かな)しさは忘(わす)れ給へるを、こよなくもおろ(を)かなるかな、ものゝ切(せち)におぼゆる時(とき)は、8いとかゝらぬこと(事)につけてだに、空飛(と)ぶ鳥(とり)の鳴(なき)きわたるにも、9催(もよを)されてこそ悲(かな)しけれ、わがかくすゞろに心弱(よは)きにつけても、カもし心得たらむに、さ言(い)ふばかり、ものゝあはれも知(し)らぬ人にもあらず、10世(よ)の中の常(つね)なきことを(事お)、しみて思(おも)へる人しもつれなき、とうらやましくも心憎(にくゝ)くも思(おぼ)さるゝもの(物)から、真木柱(まきばしら)はあはれなり。これに向(む)かひたらむさまも思(おぼ)しやるに、11キ形見ぞかしともちまもり給(たま)ふ。

【校異】

ア　よりぞ――「よりは」青（明・伝宗・穂・大正・三・徹一・池・横・徹二・肖・紹）河（尾・御・七・前・大・鳳・伏・飯）別（陽・宮・保・国・麦・阿）「より□て（水ニヨリ消ス）は」別（ハ）「よりそ(は)(ヒ)」青（幽）「よりそ」青（大・陵）。なお、『大成』は「よりそ」。『大系』『玉上評釈』『新大系』も「よりぞ」であるのに対して、『全書』『全集』『集成』『完訳』『新全集』は「よりは」。

「たゞなるよりは」か「たゞなるよりぞ」かの違いである。「ぞ」は係り結びによる強調表現であり、「は」でも「ただなる」を肯定的に確信して下文を説明する。どちらもあり得る表現だが、「さればよ」と思う薫の心中思惟は、匂宮に対する不信感と憤りなどの混ざり合った複雑な心情である。上文には「人ぞかし」とあり、匂宮を強く指して薫の猜疑心が非常に高まっている。「たゞなるよりぞ」と「ぞ」を重ねることによって浮舟が生き存えたなら、匂宮とは何事もない場合よりは、自分にとって不都合な事態が出来したかも知れないとする危惧感が、より強く示される。物語中には「ただなるよりは」五例、「ただなるよりぞ」は当該例のみであることから、大島本を底本にした諸注釈書も、「ぞ」では薫の思いが強められ過ぎるので、誤写として処理したのか、特示せず「ただなるよりは」に校訂してある。しかし、外面は冷静で思慮深い薫が、例えば、弁が柏木の話をした時に抱いた、大君、中の君を我が物にしなければ秘密が露見するかと思う（椎本一八）利己的判断、匂宮と六の君との結婚で悩む中の君に付け入り、匂宮が見捨てたら、世間体よくどう自分のものにすべきかと処遇を思い巡らす心根（宿木二八）、匂宮が浮舟に通っていることを耳にした時の怒り（浮舟三〇）など、人間らしい自己本位な一面を如実に鮮明に見せている。当該も、薫の内心の自我が此処に現れていることを、「ぞ」で示したと捉えることができよう。『大』『陵』『幽』共通の祖本は「ぞ」であったという観点から、「そ〈曽〉」が「は〈者〉」と誤写されたかと見て、底本の校訂を控える。

イ　**胸も**――「むねの」青（大正・三・徹一・池・横・肖・紹）河（尾・御・七・前・大・鳳・伏・飯）別（ハ・陽・保・麦・阿）「むねそ」別（宮・国）「むねも」青（幽）「むねも」青（大・明・陵・伝宗・穂・徹二）。なお、『大成』は「むねも」、『大系』『全集』『完訳』『新大系』『新全集』も「胸（胸）も」であるのに対して、『全書』『玉上評釈』『集成』は「胸の」。前項【校異】アを含む叙述を受けて、薫の浮舟を恋い焦がれる胸の内を言う「胸」に接続する助詞が、格助詞「の」か、係助詞「も」、「そ」かの、何れかという相違である。ここも薫の匂宮や浮舟に対する複雑な心中を表している。前文に「我がためにをこなる事も出で来なまし」と「も」があり、それに続く下文に「焦がるゝ胸も」と「も」がつづくので、底本以外の他の諸本は、「の」に替えたのではなかろうか。当該は「胸も」で、「焦がるる胸」以外の類例（不信感や憤り）を暗示する表現が原態であると見て、底本の校訂を控える。

ウ　**まかり出でゝ**――「まかてて」青（肖）河（伏）別（ハ）「まかてゝ」青（穂・大正・三・徹一・池・徹二・紹）河（尾・御・七・前・大・鳳・飯）別（陽・宮・保・国）「まうてゝ」青（横）「まかりてゝ」別（麦）「まかりいてゝ」青（明・伝宗）別（阿）「まかりいてゝ」青（大・陵）。なお、『大成』は「まかりいてゝ」、『大系』『玉上評釈』『新大系』も「まかり出（い）でゝ（て）」であるのに対して、『全書』『全集』『集成』『完訳』『新全集』は「まかでて」。「まかづ」は「まかりいづ」の転であり、「まかりいづ」の音変化した短縮形である。「和歌集の詞書きには正式なマカリイヅが使われて…マカヅは非常に少ない。…マカヅは正式の文章語ではなく、日常の口語であったと思われる。」（『古典基礎語辞典』）とあるように、本来は「まかりいづ」であったものを、後出伝本がより口語的に一般化している「まかでて」に修正したものと見て、底本の校訂を控える。

エ　**臥し沈みてはなき**――「ふししつみてのみはあらぬ」青（穂・大正・三・徹一・徹二）河（御・七・前・大・鳳・伏）別（麦・阿）「ふしゝつみてのみはあらぬ」青（池・横・紹）河（尾・飯）別（ハ）「ふししつみてのみあらぬ」青（肖）「ふしゝつみ給てのみはあらぬ」別（宮）「ふしゝつみ給てのみはあらぬ」別（国）「ふしゝつみたまひてのみはあらぬ」別（保）「ふしゝつみ給へらぬ」別（陽）「ふししつみてのみはなき」青（明・伝宗）「ふししつみてはかなき」青（陵）「ふししつみて○（のみはあらぬ）はなき」青（幽）「ふししつみてはなき」青（大）。なお、『大成』は「ふししつみてはなき」、『大系』『玉上評釈』『新大系』も「臥（臥）し沈（沈）みてはなき」であるのに対して、『全書』『全集』『集成』『完訳』『新全集』は「臥（臥）し沈（しづ）みてのみはあらぬ」。右は、匂宮の不例の状態を宮自身の立場で述べている文体で、「沈み給て」の「給」は、「御心地」に敬意を入れた追加と見て、考慮から除く。また、「のみ」を入れて強調するか否かであるが、「臥し沈みてはなき御心地」なら、寝込むほどではない御気分の意、「…のみはなき…」「…のみはあらぬ…」なら、寝込んでばかりの御気分（状態）ではない意となる。当初は「二三日はものもおぼえ給はず、うつし心もなきさま」であった宮が、「やう〳〵涙尽くし給ひて、思し静まる」とあるので、時間の経過と共に情況は沈静化している場面である。それを「…のみは…」と強調するのは、情況や程度の強調を追加する後出伝本の特徴と考えられる。「ふししつみてはなき」→「ふししつみてのみはなき」→「ふししつみてのみはあらぬ」「ふししつみたまひてのみはあらぬ」のように、変化した過程が推定される。以上の観点から、底本の校訂を控える。

オ　**皆人**――「みな人は」青（穂・大正・三・池・横・徹二・肖・紹）河（尾・御・七・前・大・鳳・伏・飯）別（ハ・麦・阿）「みる人は」別（陽・宮・保）「見る人は」別（国）「みな人○（は）」青（幽）「みな人」青（大・明・陵・伝宗・徹一）。なお、『大成』は「みな人」、『大系』『玉上評釈』『新大系』も「皆（みな）人」であるのに対して、『全書』『全集』『集成』『完訳』『新全集』は「皆人（皆人）は」。提題の助詞「は」の有無による相違である。「は」があれば、主述がはっきりしてより整った叙述になる。物語中の他の二例（花宴八・早蕨八）も「皆人は」。しかし、「は」がない場合は、匂宮の周囲の皆が皆と強調されて、「つゝしむべき病のさまなりとのみものす」に掛かる。そのことによって「内裏にも宮にも思し騒ぐ」ので辛い、と続くことを考えると、「は」はない方が匂宮の心情に適う。『幽』が「は」を補入しているように、「みなひと」→「みなひとは」と、変化した過程が推定されるので、底本の校訂を控える。

カ　**心得たらむ**――「心をえたらん」青（明・穂・大正・三・横・徹二）河（尾・伏）別（ハ・阿）「心をえたらむ」青（伝宗・徹一・池）河（御・七・前・大・鳳）「心を（なぞり書き）えたらん」別（麦）「心をミたらん」河（飯）「心を見たらん」青（肖・紹）「こゝろをえたらむ」別（陽）「心え（やえ）（なぞり書き）たらん」別（保）「心えたらむ」別（宮）「心えたらん」別（国）「心○（をみイ）えたらむ」青（幽）「心えたらん」青（大）「心得たらむ」青（陵）。なお、『大成』は「心えたらん」、『大系』『新大系』も「心え（ヒ）（得（え））たらむ」であるのに対して、『全書』『玉上評釈』『全集』『集成』『完訳』『新全集』は「心を得（え）（得・え）たらむ」。「を」の有無による「こころえ」か「こころをえ」かの相違である。「心得たらむに」と「心を得たらむに」に意味上の大差はない。物語中には、「得」を「心」（考えや認識）の目的格とした「…心を得…」は三例（行幸九・若菜上四〇・橋姫一〇）あるが、当該と同様の意味合いの例では無い。『幽』が補訂しているように、「を」格の助詞は後世において追加され、意味が強調されるという観点に立ち、「を」は後出伝本において、追加されることの方があり得ると見て、当該は校訂を控える。

キ　**形見ぞかしとも**――「かたみそかしと」青（穂・大正・三・池・横・徹二・紹）河（尾・御・七・前・大・鳳・伏・飯）別（ハ・陽・宮・保・国・麦・阿）「かたみそかしとも」青（幽）「かたみそかしとも」青（大・明・陵・徹一・肖）「かたみぞかしとも」青（伝宗）。なお、『大成』は「かたみそかし（ヒ）とも」、『大系』『玉上評釈』『新大系』も「形見（かたみ）（形見）ぞかし」（、・ナシ）とも」であるのに対して、『全書』『全集』『集成』『完訳』『新全集』は「形見（かたみ）（形見）ぞかし、（ナシ）と」。係助詞「も」の有無による相違である。「も」は、あることによって、平静に見える薫を羨ましく思いながら、この薫を、薫に向きあっていた浮舟の形見とまで思う、匂宮の極度に力を落とした気持を表す。しかし、「も」はなければ、文章はすっきり整えられる。当該は、『幽』がミセケチしているように、後出伝本において「も」が落とされ、表現が整えられた可能性の方が高いと見て、底本の校訂を控える。

【傍書】　1匂宮御事　2かほる心中　3女三　4桐壺御門御子蜻蛉式部卿宮の御事也かほるのをちにあたりて軽服き給ふ也　5匂宮御事　6こめかしく又めにたつ心なり　7かほる心中　8古今　いとせめて　9穴増病（アヤニク）　鵲（ヤマメカラス）　半夜驚人　幽仙屈　10匂宮の御心に　我せこかきては立よる槇柱そもむつましや形見と思へは　11薫を浮―の形見とまもる心也

【注釈】

一　**かの宮、はたまして、二三日はものもおぼえ給はず…焦がるゝ胸も少しさむる心地し給ひける**　「かの宮、はたまして」は、匂宮は、薫の惑乱と悲嘆同様、またそれ以上に、の意で、「はた」と、先行の人［薫］と類似の人［匂宮］を挙げて、思ったとおりとして、「まして」で、薫以上に惑乱や悲嘆の態の匂宮の描写に移る。「二三日はものもおぼえ給はず、うつし心もなきさま」の「うつし心」は「現し心」で、現実的な理性のある心の意。数日間心神喪失状態で、虚けたような様であること。前段の薫が、自らの気持ちを鎮めるために取り合えず石山から京の自邸に戻り、事態や自分の気持ちを理性的に捉えようと心掛け、分析的整理を図るのとは対照的に、直情的な匂宮の様を描写。「やう〳〵涙尽くし給ひて、思し静まるにしもぞ」は、〈し（副助詞）・も（係助詞）〉で、「思し静まる」を特示強調し、更に係助詞「ぞ」で強調しているので、当初の「うつし心もなきさま」である御様子が、やっと涙が出尽くし御心がお静まりなさると、却って尚更、の意となる。前段の薫の気持ち「さらに思ひしづめん方なき」に呼応。「ありしさまは恋しういみじく思ひ出でられ給ひける」は、当初の無我夢中状態から、少し余裕が出て来て、生きていた時の姿をあれもこれも恋しく堪らなくお思い出しなさること。薫が「ありしさま容貌、いと愛敬づき、をかしかりし気配などのいみじく恋しく悲しければ」（蜻蛉六）と浮舟を思い出していたのと同様の、匂宮の思い。「人には、たゞ、御病の重きさまをのみ見せて」は、匂宮の愁嘆の様で、（夕顔二三）の源氏に通う。「かくすぞろなるいや目の気色」の「かく」は先の「ものもおぼえ給はず、うつし心もなきさま」を指し、病かと周囲に思わせる、これという確かな原因も分からない、捉えどころのない症状の匂宮の様子をいう。当巻には「すぞろ」「すゞろ」は七例あり、底本では四例が「すそろ」、三例が「すゝろ」である。諸本の中には「すゞろ」の母音交換「そゞろ」もある。「すぞろ」「すゞろ」「そゞろ」は同意で、「これという確かな根拠も原因もない、捉えどころのない状態。人の気分や物事の事情にもいう。」（『岩波古』）。「すずろ」は帚木（一六）に初出、物語中六四例程を数える。底本では「蜻蛉」と「手習」（三例）の両巻に「すそろ」が見られる。同意であるので、底本の表記を尊重する。「いや目」は、既述（早蕨二・東屋四一）。

涙ぐんだ、悲しそうな目つきのこと。「おのづからいとしるかり」は、匂宮は「すぞろなるいや目の気色」を隠しているつもりでも、人が見て自然に恋の病と判る程の愁嘆ぶりであること。「さればよ、なほ、よその文通はし…焦がるゝ胸も少しさむる心地し給ひける」は、匂宮の病が「御命も危ふきまで沈み給ふらん」と聞いて、その様子の詳細を確認した上での「さればよ」で、薫がかねて推察した浮舟との関係を、案の定だ、と確信したところから生じた心中思惟。以下その判断の根拠になる匂宮の性情に考え及び、浮舟が生き続けていたなら不測の事態が出来したかも知れないと思い至り、前段の激しく恋い焦がれる気持が幾分薄らいでしまったとする。「よその文通はしのみにはあらぬなりけり」は、匂宮と浮舟は情交のない文通だけではなかったのだったよ。「けり」は、疑心が確信に変わった薫の気付き。「よそ」は、自分とは無関係な物事や人、また、その対象に対して抱く心情や、それに対して採る態度などを表す。当該は、「よそにても心ざし侍りしを、今はましてなん」(落窪物語四)、「なつかしからむ情けもいとあひなし。よその御返りなどはうち絶えで」(朝顔一〇)の場合のように、恋愛感情や男女の関係がない意。「見給ひては必ずさ思しぬべかりし人ぞかし」の「さ」は「よその文通はし…」を、「人」は浮舟を指し、匂宮が浮舟を御覧になれば必ず気に入り執心するに違いない美貌の女であると、薫がこの推定を強く確認する気持。「ながらへましかば、たゞなるよりぞ、我がためにをこなる事も出で来なまし」は、反実仮想の構文で、浮舟が生き存えたなら、他の男との恋愛問題以上に、親しんで来た匂宮との三角関係となり自分にとって馬鹿げた事態も出来したであろう。死んでしまったから面目を潰されずに済んだとの安堵感を言外に置く。「焦がるゝ胸も少しさむる心地し給ひける」は、そう考えた時、「ありしさま容貌…いみじく恋しく悲し…思ひしづめむ方なきまゝに、悔しきことの数知らず」(蜻蛉六)と、恋い焦がれて悲嘆にくれていた浮舟への思いが、少し醒めてしまう気がなさること。

二　宮の御とぶらひに、日々に参り給はぬ人なく…たゞ女々しく心弱きとや見ゆらんと思す　「宮の御とぶらひ」

は、匂宮の不例に対する御見舞。匂宮は、宇治で初めて浮舟に逢った時にも、帰京後は「御心地もたがひたるやうにて」参内せず、「上達部などあまた参り給へど、御簾の内に暮らし給ふ」（浮舟一五）ていたが、その時も薫は何も知らず見舞いに訪れていた。「こと〳〵しき際ならぬ思ひに籠り居て」は、薫が、大した身分ではない浮舟の死を悼んで引き籠もっていて。世間の目を憚れさせ、自尊心を萎えさせていたと思われる薫の意識である。「浮舟の事はさしておもてだたぬ事なれば也」（『湖月』）。「式部卿の宮」は既出（東屋一一）、【傍書】4参照、その娘を薫にと望んでいた。「御叔父の服にて薄鈍」とあるように叔父の服喪は三月の軽服である。『令集解』「喪葬令廿六」に「凡服紀者。…曽祖父母。外祖父母。伯叔姑。妻。兄弟姉妹。夫之父母。嫡子。三月。…」（律令）。「心の内にあはれに思ひよそへられて」は、浮舟は薫の妻妾として公表しておらず、世に認知されていない愛人なので、薫は正式には喪に服さないが、叔父のための薄鈍の喪服を、心の中で彼女のためのようにかこつけて、浮舟への弔意を籠めた。「つきづきしく見ゆ」は、如何にも似つかわしく見えること。「…この軽服の事出来ぬるさまを、書き出しぬる物語の作りざま殊勝也。古来の称美也。」（『細流』）、「宇治にては、ここが紫式部の粉骨の第一也」（『孟津』）、これらの注は、薫が喪服を着る必然性を自然な形で物語の運びに組み込んだことを評価したもの。「少し面痩せて、いとゞなまめかしきことまさり給へり」は、薫がこの度の浮舟の死による心労から、少し窶れて一層瑞々しい優美さが加わりなさっていること。匂兵部卿巻以降では「なまめかし」と形容されるのは、薫一一例に対し匂宮四例、中の君三例、浮舟一例（「なまめく」を除く）である。薫は、第三部随一の「なまめかし」美を備えた人物として造形されているが、その美が「少し面痩せ」て一層増している点に語り手の美意識が反映されている。「なまめかし」については、梅野きみ子『えんとその周辺―平安文学の美的語彙の研究』（笠間書院一九七九年）第三章参照。「見え給はむも、あいなくつゝまし。見給ふにつけても」は、「見え給はむも」「見給ふにつけても」と相反する動作、作用を上げて、薫の目に匂宮がお映りになる場合も、匂宮が薫を御覧になる場合につけても、何れの場合も気が引けて気恥ずかしく思う匂宮の心情を言ったもの。浮舟に逢った初会の、「（薫とは）あやしきまで昔より睦ましき中に、かゝる心の隔ての知られたらむ時、恥づかしう」（浮舟一四）に照応。疚しく臆する面目ないとする心情は、匂宮の最低限の良心であろう。「いとゞ、涙のまづ堰きがたさを思せど」は、薫にお会いするのも、薫が浮舟の思い人と思うと、一層浮舟への感情が煽られ、いよいよ涙を留め難く思うこと。「思ひ鎮めて」は、涙を見せて浮舟との密事を悟られてはならぬとする匂宮の内心の切迫した情況。「内裏にも宮にも思し騒ぐ」は、匂宮の病を、帝や中宮がご心配あそばし慌て立ち騒ぐこと。匂宮は帝、中宮から寵愛されており（匂兵部卿二・椎本一・総角二七）、東宮候補（同三〇・宿木五）としても度々語られてきた。ここもまた、源氏が夕顔の死後重病を患った時の「内裏［桐壺帝］にも聞こしめし嘆くこと限りなし。御祈り方々に隙なくののしる。祭祓修法など…世にたぐひなくゆゆしき御有様なれば…天の下の人の騒ぎなり」（夕顔二三）を彷彿とさせる。「必ずしもいかでか心得ん」は、おし拭い紛らわそうと思う涙が、そのまま止めどなく流れるのを、薫が見ても、必ずしも浮舟の事で涙を流しているとはどうして思おうか、分かるまいと、匂宮は浮舟との秘事を薫に隠し了せていると思っている。

三　**さりや、たゞこの事をのみ思すなりけり…形見ぞかしともうちまもり給ふ**　「さりや」の「さ」は、「おし拭ひ…ふり落つれば」を指し、この様子から、匂宮と浮舟とのことはやっぱり思った通りだったとする薫の心中での発語。匂宮が浮舟との件は、薫の知るところではないと思い込んでいるのに対して、薫は匂宮の惑溺した涙を見て、疑いが確信に変わった。匂宮と薫が共に、浮舟の死による悲嘆の中にあることを隠しながら、互いに相手を疑心する心中のみを交互に描写する劇的な展開である。「たゞこの事をのみ思すなりけり」は、余事ではない、浮舟の死んだことだけをお思いでありましたよ。「我をいかにをかしともの笑ひし給ふ心地に、月頃思しわたりつらむ、と思すに」

は、匂宮はどんなに私を愚かしい男と嘲笑なさり、数ヶ月来そうお思い続けて来られたことか、と薫が自嘲的に捉えた語。「と思すに」については、「と思ふに」と読む伝本並びに注釈書が多い。しかし「思ふ」の場合は敬意を含まないので、「と（引用）」は、本人［薫］が思う、薫の心中となる。「とおぼすに」なら、上文の「思しわたりつらむ」を「と」で受け、語りの文となる。底本表記は「思」であり、諸本には、「おほす」の仮名表記が多く「おほすに」と表記する伝本は『保』のみで、「思に」表記は『明』『池』『飯』『徹二』『肖』『尾』『ハ』『宮』、「思ふに」表記は『幽』『大正』『徹一』『紹』『伏』『麦』『阿』、「おもふに」は『陵』『伝宗』『穂』『三』『御』『陽』『国』である。漢字「思」をどう読んだかだが、通例では「思」一字の場合は「おもふ」と読むことが多い。ここから生じた誤読と見て、「思に」を「おぼすに」と読み、「と思すに、この君は」を地の文と解し、匂宮の心内語は「悲しさは忘れ給へるを」の、直ぐ下文の、「こよなく」からとする（『全書』『大系』『新全集』『新大系』『集成』）。匂宮には薫が浮舟の死の悲しさを忘れていらっしゃることまでは分からないので、事実を述べる「悲しさは忘れ給へる」と言えるのは語り手以外にはない点を考慮した表現である。「こよなくもおろかなるかな」の詠嘆の終助詞「かな」は、匂宮の強い思い。「おろか」は、〈オロ［疎］・カ（接尾語。状態、様子の意）〉で、程度の不十分不完全なことから、至らない間抜けなさま、馬鹿馬鹿しいさまの謂。なんと（薫は）まったく情の欠けた馬鹿者よ、の意。二人の関係を、たった今確信し興ざめた思いでいる薫の衝撃に気付かない匂宮が、薫を悲しみの表情も無い非人情のうつけ者と断じたもの。薫に弁明出来ない内緒事だけに、誰にも悲嘆の原因を打ち明ける術が無く、宮自身がどうしようもない程の悲しみに打ち拉がれている心情と較べ、余りに冷静に見える薫を目の前に、殊更自己本位の見方をしたもの。「ものゝ切に…かゝらぬことにつけてだに」は、このような愛人の死の場合でなくてさえも、一般的に、何かがしきりに強く思われ感興が胸に迫るような時には、の意。「切におぼゆる時」に、自分［匂宮］がこんなに浮舟を思って惑乱、悲嘆している時を重ねている。「空飛ぶ鳥の…悲しけれ」は、何時もは見過ごす自然の景物からも哀感をそそられ悲しいものだ、と感じる匂宮には、薫がいかにも薄情に思われる。「聖だつといひながら、こよなかりける山伏心かな」「我〔薫〕はまめ人ともてなし名のり給ふをねたがり」（浮舟一六）に照応。「もし心得たらむに、さ言ふばかり、もの丶あはれも知らぬ人にもあらず」は、匂宮が認識している薫の本質で、もし薫が、自分〔匂宮〕が浮舟のことでこのように取り乱している事情を理会しているなら、私が今そう思っている程、薫は人間らしい情感を持ち合わせない人でもない意。「世の中の常なきことを、しみて思へる人しもつれなき」は、世の無常を、殊に深く知っている人は、却って世俗の人情に冷淡であること。匂宮は、波立つ薫の心は見えていないので、薫の冷静さの原因理由を、幼くに父六条院を、近時では八の宮や大君を喪って、此の世の無常を誰よりも早く深く知っている道心深い人なので、浮舟の死にも動ぜず冷静でいられるのかと、捉えたもの。「うらやましくも心憎くも思さる丶」は、匂宮は一見して、「悲しさ忘れ給へる」薫を、常人では持ち得ない深い道心から導かれた態度、考え方であると見て、羨ましく感じ、自分には到底理会も真似も出来ないが、妬ましいほど素晴らしく立派だと思う。「真木柱はあはれなり」の真木柱は、既述（須磨一七・真木柱一二）。「わぎもこがきてはよりたつ真木柱そもむつましやゆかりと思へば」（出典不詳『源氏釈』・【傍書】10）に依るとされる。愛しい浮舟が頼りにして寄りかかっていた真木柱である薫を暗示。「真木柱太き心はありしかどこの我が心鎮めかねつも」（万葉巻二）「真木柱作る杣人いささめに仮廬のためと作りけめやも」（万葉巻七）と詠まれて、檜や杉の柱で太く堅固な頼りがいのあるものの喩えとしても用いられる。「これに向かひたらむさまも思しやるに、形見ぞかしともうちまもり給ふ」は、匂宮が薫をじっと見つめながら抱く思惟で、浮舟が堅牢で太く立派な柱のような薫に寄りかかっていたかと思いを馳せると、薫が「うらやましくも心憎くも」思われ、あの浮舟の形見でもあることよと、薫をじっと見詰められること。

八　薫、浮舟のことを匂宮に語る

一 やう〳〵世の物語聞こえ給ふに、いと1籠めてしもはあらじと思して、薫「昔より、ア心に籠めてしばしも聞こえさせぬこと残し侍る限りは、いといぶせくのみ思ひ給へられしを、今は、イなか〳〵上2臈になりにて侍り、まして、御暇なき御ありさまにて、心のどかにおはします折も侍らねば、宿直などに、その事となくてはえさぶらはず、そこはかとなくて過ぐし侍るをなん。二昔御覧ぜし山里に、はかなくて失せ侍りにし3人の、4同じゆかりなる人、おぼえぬ所に侍りと聞きつけ侍りて、時々さて見つべくやと思ひ給へしに、あいなく人のそしりも侍りぬべかりし折なりしかば、このあやしき所に置きて侍りしを、をさ〳〵まかりて見ることもなく、また、かれも、なにがし5一人をあひ頼む心もことになくてやありけむとは見給へつれど、やむごとなくもの〳〵しき筋に思ひ給へばこそあらめ、見るに、はた、ことなる咎も侍らずなどして、心やすくらうたしと思ひ給へつる人の、いとはかなくて亡くなり侍りにける。なべて世のありさまを思ひ給へ続け侍るに、悲しくなん。聞こしめすやうも侍るらむかし」とて、今ぞ泣き給ふ。6これも、いとかうは見えたてまつらじ、をこなりと思ひつれど、こぼれそめてはいとゞめ難し。

7三 気色のいさゝか乱り顔なるを、あやしくいとほしと思せど、8つれなくて、匂宮「いとあはれなることにこそ。昨日ほのかに聞き侍りき。いかにとも聞こゆべく思ひ侍りながら、ウわざと人に聞かせ給はぬ事と聞き侍りしかばなむ」と、つれなくのたま(給)へど、いとたへ難(がた)ければ、言少(ことすく)なにておはします。薫「9さる方(かた)にても御覧(らむ)ぜさせばやと思(思)ひ給へりしエ人になん。おのづからさもや侍(侍)りけむ、宮にも参(まい)り通(かよ)ふべきゆゑ侍(へ侍)りしかば」など、少(すこ)しづゝ気色(けしき)ばみて、薫「御心地例(ちれい)ならぬ程(ほど)は、すゞろなる世(よ)のこと聞(き)こしめし入(い)れ、御耳驚(みゝおどろ)くも、あいなきことになむオ。よくつゝしませおはしませ」など聞(き)こえおき(を)て出(い)で給(給)ひぬ。

【校異】

ア　**心に籠めてしばしも**――「心にしはしもこめて」青（大正・三・池・横・徹二・肖）河（尾・御・前・大・鳳・飯）別（宮・保・国・麦・阿）「心にしはしもこ（と判読）めて」別（八）「こゝろにしはしもこめて」青（穂）河（伏）「心にしはしこめて」河（七）「心にしはしも」別（陽）「心にこめてはしはしも」青（徹一）「心に○（しはしも）こめてしばしも」青（幽）「心にこめてしはしも○（こめて）」青（明）「心にこめてしはしも」青（大・陵・伝宗・紹）。なお、『大成』は「心にこめてしはしも」、『大系』『玉上評釈』『新大系』も「心に籠（こ）め（籠）めて、しばしも」であるのに対して、『全書』『全集』『集成』『完訳』『新全集』は「心にしばしも籠（こ）めて」。当該は「しばし」「こめて」の語順の相違である。薫が匂宮に、浮舟のことを話す言葉で、内緒事をしばらくでも心の内に留めて話さずにいることか、心の秘密を話さずしばらくでも黙っていることか、の違いで、意味内容としては殆ど差違はない。ただし、会話の前の地の文に、「いと籠めてしもはあらじと思して」とある表現に準じるならば、「心に籠めてしばしも聞こえさせぬこと」の方が薫の心情に近い。『幽』『明』の補訂はミセケチや挿入をして「こめて」「しはし」を移動させた跡といえる。このようにして後出伝文において修正され語順が入れ替えられたものと見て、底本の校訂を控える。

イ　**なかく**――「中〳〵の」青（明・伝宗・穂・大正・池・横・徹二・肖・紹）河（尾・七・前・鳳・飯）別（八）「なかなかの」別（保）「なか〳〵の」青（三）河（伏）「中〳〵○（の）」青（幽）「中〳〵」青（大・陵・徹一）河（大）別（宮）「中々」別（国・麦・阿）「なか〳〵」河（御）別（陽）。なお、『大成』は「中〳〵」、『大系』『新大系』も「中〳〵」であるのに対して、『全書』『玉上評釈』『全集』『集成』『完訳』『新全集』は「なかなか（〳〵）の」。格助詞「の」の有無による相違である。物語中には、〈なかなか＋の〉は、若紫（六）明石（一九）にあるのみ。当該も、『幽』の書き入れに注目し、「の」は、後出伝本において追加されて「中〳〵の」の本文が派生したものと見て、底本の校訂を控える。

ウ　**思ひ侍りながら**――「思給へなから」青（大正・徹一）河（尾・御・前・鳳・飯）別（陽・宮）「思たまへなから」青（横）「おもひたまへなから」青（穂・三）「思ひ給へなから」青（徹二）「おもひ給へなから」青（肖）別（八）「思給えなから」河（伏）「思給なから」別（麦）「おもふ給へなから」青（紹）別（保）「おもひたまひなから」河（大）「思なから」河（七）「み給へなから」青（池）「思○（ふ給へ）侍なから」青（幽）「思侍なから」青（大）別（国・阿）「思侍りなから」青（明・伝宗）「おもひ侍なから」青（陵）。なお、『大成』は「思侍なから」、『大系』『新大系』も「思（おも）ひ侍り（思侍（おもひはべり））ながら」、『玉上評釈』は「思うはべりながら」であるのに対して、『全書』『集成』は「思う給（たま）へながら」、『全集』『完訳』『新全集』は「思ひたまへながら」。謙譲の補助動詞「給へ」か、話し相手に対する畏まりの気持を表明する補助動詞「侍り」かの相違である。薫の取り乱した態度から、とっさに秘密を薫に察知されたかと気付いた匂宮が、畏まって丁重に「ほの聞き侍りき」と述べた言葉に続く文で、「聞き侍りしかばなむ」と結ばれる会話文中の用例である。匂宮が薫に対して、畏まって鄭重に「侍り」を用いた会話文で一貫しているもので、他の伝文が「侍り」を「給へ」に変えたことによる異文と見て、底本の校訂は控える。

エ　**給へりし**――「たまへし」青（穂・三・徹二）別（八）「給へし」青（大正・徹一・池・横・肖）河（尾・御・七・前・鳳・伏・飯）別（陽・宮・保・国）「給し」別（麦）「たまひし」河（大）「給へりし」青（幽）「給へりし」青（大・明・陵・伝宗・紹）別（阿）。なお、『大成』は「給へりし」、『大系』『玉上評釈』『新大系』も「給（たま）へりし」であるのに対して、『全書』『全集』『集成』『完訳』『新全集』は「給（たま）へし」。当該は、「給ふ」に結果の存続を表す助動詞「り」が下接するか否かの相違である。（蜻蛉四）【校異】ア段で述べたように、「たまへりし」の場合は〈たまひ（尊敬の補助動詞四段連用）・アり・し〉が〈たまへり・し〉と表記されたもの。「たまへし」は〈たまへ（謙譲の補助動詞下二段連用）・し〉。あなた様（匂宮）に「御覧ぜさせばや」、とお思い申し上げておりました（匂宮への敬意）人とするか、…と思いました人、これはつまり、…とお思い申し上げました（薫が匂宮に謙譲）人でございます、とするかの相違である。匂宮に紹介する人であるから薫の匂宮への敬意はあった方がよいと見て、当該も『幽』が「り」をミセケチして落したように、他の伝本において「り」を削除したと見て、底本の校訂を控える。

オ　**こと**――「わさ」青（伝宗・穂・大正・三・徹一・池・横・徹二・肖・紹）河（尾・御・七・前・大・鳳・伏・飯）別（八・陽・宮・保・国・麦・阿）「こと」青（大・明・陵）「事（わさ）」青（幽）。なお、『大成』は「こと」、『大系』『玉上評釈』『新大系』も「こと」であるのに対して、『全書』『全集』『集成』『完訳』『新全集』は「わざ」。「あいなきわざ」か「あいなきこと」かの相違である。「わざ」は深い意味や重大な意図を持つ行為や行事に対して使われるので、意識的な仕業の意。薫の浮舟に関する話しを指して述べる弁明だが、「こと」よりも、「わざ」とすれば、この話しは余程根深いものであることを言外に示すことになる。匂宮への憤懣やるかたない思いを底流に潜めた、薫の皮肉を交えての話しであることから、ここも、『幽』のミセケチ修正のように、後出伝本によって、より深い意味を持つ「わざ」に改変されたのではないかと見て、底本の校訂を控える。

【傍書】　1かほる心中詞　2位たかくなれハ人よもさい／＼によりあハぬ事をいふ　3姉君事　4うき舟君　5匂宮事ふくませ侍り　6匂宮御事　7かほる心中　8匂宮御事　9かほる詞

【注釈】

一　**やう〳〵世の物語聞こえ給ふに…そこはかとなくて過ぐし侍るをなん**　「やう／＼世の物語〔薫〕聞こえ給ふに、いと籠めてしもはあらじと思して」は、薫のこと。内心を秘めて頑なな気持で匂宮を見舞い、匂宮が自分に隠そうとしても隠しきれず浮舟の死を純粋に手放しで嘆く様子を見て、薫は葛藤する心で世間話に努めている内に、矜持を支えていたものが変化し、浮舟の事をどこまでも隠している必要はないと思い到ったこと。「籠めてしもはあらじ」の「籠む」は深くしまうこと。「昔より…そこはかとなくて過ぐし侍るをなん」は、匂宮との幼少の頃からの兄弟のような親密で秘密のない交わりから語り出し、高官に昇り多忙になった現在は、匂宮の不寝番にも中々伺候出来なくなり、話したくても話す機会がなかったとして、次の浮舟の素性、出会いから死までの打ち明け話に繋ぐ弁。二人は「昔より、隔てなくて、あやしきまでしるべして率て歩きたてまつりし身」（浮舟三〇）とあった。「心に籠めてしばしも聞こえさせぬこと残し侍る限り」は、内緒事を打ち明けず暫くの間も心に秘めて申し上げずにおります間は。「いぶせし」の「せし」は、「狭し」で、本来出口のない閉塞した状態をいうことから、気が晴れないこと。「なか／＼上臈になりにて侍り」は、薫は現在、権大納言兼右大将（宿木四八）。「御暇なき御ありさま」は、匂宮が高貴な宮として多忙な様。「暇なし」には宇治への出歩きなども含める皮肉があろう。「宿直などに、その事となくてはえさぶらはず」は、「宿直」は匂宮を宿直する意で、権大納言右大将の身では、格別の用向きが無くては宿直を務められないこと。ここまでが本題に入る前置き。

二　**昔御覧ぜし山里に…こぼれそめてはいとゝめ難し**　「はかなくて失せ侍りにし人の、同じゆかりなる人」は、はかなく亡くなってしまわれた大君の、異母妹に当たる人〔浮舟〕。「おぼえぬ所に侍り」は、浮舟が、思いがけない処で、常陸介に妻の連れ子として養われていたこと。中の君から異母妹の存在を聞いたのは（宿木三八）。「時々さて見つべくやと思ひ給へしに」は、亡き大君の形代として時々愛人としてきちんと逢うべき（他人のものにはしない、自分のものにすべき）か、と思っておりましたが。「見るべくや」ではなく「見つべくや」は、〈動詞＋つ（完了）〉で、確実に（自分の愛人に）するべきの意が表出され、独り占めしてしまう、と言うことを強調。副詞「さて」は既にある事態や状態を受けて、そのような状態で、の意なので、愛人として「見つべくや」と思ったこと。「あいなく人のそしりも侍りぬべかりし折なりしかば」は、けしからぬと世間の批判もきっと浴びかねなかったような時期でしたので。女二の宮の降嫁間近の頃を指す。薫が、浮舟の話を聞いたのは二年前二十五歳の八月、既に女二の宮との縁組みは決定（同六）していて、翌年二月女二の宮は薫に降嫁（同五〇）したので、薫の身辺が慌ただしかった頃に重なったことの謂。「このあやしき所に置きて」の「この」は「昔御覧ぜし山里」宇治を指し、そこに住まわせたこと。指示語「この」は、八の宮、大君そして浮舟を失った宇治の山里が、聞き手である匂宮からはやや遠く、薫には空間的にも心理的にも近い場所であることを示す。薫が浮舟を宇治へ据えたのは二十六歳の九月十三日（東屋四二）だった。それから翌年三月二十日過ぎの浮舟失踪までは半年余りである。「をさ〳〵まかりて見ることもなく」は、滅多に宇治へ行って逢うこともなく。実際、九月に宇治へ伴って二日を共にして以降、翌年二月の訪問（浮舟一七）に「例の、忍びておはしたり」と書かれるまで、物語には訪問の記述はなく、その後は匂宮との疑惑から厳重な警戒を敷くも訪問はしなかった。「かれも、なにがし一人をあひ頼む心もことになくてやありけむ」は、浮舟も、私だけを頼り人とする気持も格別にはなかったのでしょうよ。匂宮との関係を知っていたことを皮肉を込めて仄めかした物言い。その時「らうたげにおほどかなりとは見えながら、色めきたる方は添ひたる人ぞかし」（浮舟三〇）と断じていた。「やむごとなくもの〳〵しき筋」は、身分高く手軽にあしらえない筋合いの意で、歴とした正妻扱いの出来る育ちのこと。「見るに…」は、愛人として世話をする意。前の「時々さて見つべくやと思ひ給へし」に呼応。「心やすくらうたしと思ひ給へつる人」は、「見るに…」の延長上に捉えた浮舟像で、気が張らず可愛らしいと思っておりました人。「らうたげにおほどかなりとは見え」（同三〇）とあったのに照応。匂宮と浮舟の関係に疑念を抱いた時、薫は、「この宮の御具にては…思ひも譲りつべく退く心地し給へど…なほ、さるものにておきたらむ」「我…捨て置きたらば、必ずかの宮の呼び取り給ひてむ…」（同三〇）と嘆き憤りながら、手放すことは考えず、「憎しとはえ思しはてぬ」（同三一）と思っていた。浮舟は客観的には「こと〴〵しき際ならぬ」（蜻蛉七）者と薫に言われる程度の、薫から然るべき扱いを受けるには不足の身分ではある。しかし、「やむごとなくもの〳〵しき筋」の者ではないが、と敢えて言葉にしながら、「心やすくらうたし」と言う薫の心情には、匂宮に対する皮肉や虚勢が窺われる。ここに、薫の複雑な拘りの心理があり、徐々に浮舟に対する痛切な哀惜の情を呼び起こして行く様を反映してゆく。「なべて世のありさまを思ひ給へ続け侍るに、悲しくなん」は、浮舟の死を、おしなべて人の世の無常として嘆いたもの。これは匂宮が「世の中の常なきことを、しみて思へる人しもつれなき」（蜻蛉七）と感じていた薫らしい発言。薫は浮舟の死を「かゝる事の筋につけて、いみじうものすべき宿世なりけり…仏などの…人の心をおこさせむとて、仏のし給ふはうべ〔方便〕む」（同六）と捉えていた。その同じ思考から生じた言葉である。「聞こしめすやうも侍るらむかし」は、匂宮への皮肉を含意。「今ぞ泣き給ふ」は、疑心と憤りの中で、匂宮から「…つれなき、とうらやましくも心憎くも思」（同七）われる程冷静でいた薫が、「籠めてしもはあらじと思して」話している内に、抑圧していた気持が徐々に抑えきれなくなり、匂宮への皮肉を仄めかしながら、浮舟への思いが溢れ出したもの。「これも」は、薫も。「いとかうは見えたてまつらじ」は、こんな泣き顔はお見せ申したくない、との薫の思い。「をこなりと思ひつれど、こぼれそめてはいとゞめ難し」は、馬鹿げていると思ったけれど、堰を切ったように流れる涙を自分の意志では止めようがない意。浮舟ごとき者の死に心を乱していてはなるまい、と自己規制し、ようやく訪れた二条院である。匂宮の不実の確証を握ることが目的の一つであったはずなのに、溢れ出る涙は薫自身不測の事態であった。浮舟の死を断腸の思いで嘆いているると判る匂宮を前にして、薫の抑制していた浮舟への思いが触発され、人聞きを慮って誇り高く持してきた理性が弾けた、自分でも思いがけない感情の昂ぶりであった。

三　**気色のいさゝか乱り顔なるを…など聞こえおきて出で給ひぬ**　「あやしくいとほしと思せど、つれなくて」は、何時も冷静な薫が、浮舟の死を話すうちに、取り乱して泣くのを、匂宮は薫らしくなく意外なことだと気の毒に思った。しかし、薫が仄めかした皮肉によって、既に自分と浮舟との事を薫が知っていると悟っただけでなく、浮舟が中の君の異母妹であることも初めて知った匂宮だが、衝撃や動揺を隠し、ことさらにさりげなく、浮舟の死には無関心を装って対応した態度が「つれなくて」である。下文の匂宮の言葉を挟んで「と、つれなくのたまへど」と「つれなし」が重ねられることによって、匂宮の素知らぬ振りを装う態度を強調している。「いとあはれなることにこそ」は、薫から浮舟の話を告白された匂宮の、衝撃の心を封じ込めた一言。「と、つれなくのたまへど、いとたへ難ければ、言少なにて」は、浮舟が中の君の異母妹であったことを明かした薫の言葉に、匂宮は重く耐え難いほどの衝撃を受けている心中をひた隠しにし、崩れそうな気持を何とか保ちながら平静を装った対応故に、言葉も少なくて、との語り手の言葉。「さる方にても御覧ぜさせばやと思ひ給へりし人になん」は、先の「かれも、なにがし一人をあひ頼む心もことになくてやありけむ」に呼応。この言い方も、浮舟が、匂宮と共有しても構わないような身分の女である、と殊更言いなしたもので、これも匂宮に対する当てこすり。薫の根底にあった身分意識でもある。「宮にも参り通ふべきゆゑ侍りしかば」の「宮」は二条院の中の君のこと。浮舟は二条院にも参上すべき縁故がありますので（当然お見知りでございましたでしょう）。これも皮肉。「少しづゝ気色ばみて」は、薫が抑えていた憤りの気持を段々抑えきれなくなって。「御心地例ならぬ…よくつゝしませおはしませ」は、これも匂宮への皮肉で、先の「かれも、…」を皮切りに、ここまで数度に渡る。薫の皮肉は段々と厳しくなり、浮舟の急死故の「御心地例ならぬ」匂宮であることを知っていると言わんばかりにして、敢えて「すぞろなる世のこと聞こしめし入れ」と、くだらない男女の話をお耳に入れてしまったことを詫びたこの言葉は、当然、浮舟故の病のあなた〔匂宮〕に、私〔薫〕と浮舟とのことを配慮なくお耳にお入れ申し上げ、申し訳ない、である。いつも冷静な薫には珍しく、感情を露わにした痛烈な皮肉の投げ掛けである。確信を持ちながら互いに腹の探り合いのような二人の遣り取りは、柏木の遺言（柏木一三）に疑念を抱いていた夕霧が、事の真意を確かめるために、柏木遺愛の笛を持って源氏を訪ねた場面にあった（横笛七）。夕霧は、初めて幼い薫を見て、柏木の遺児であることを確信し、柏木の遺言の真意を理会する。そして、臨終の間際託された柏木の、六条院への取り成しを（同一三）を伝えるが、源氏は、夕霧が事の顛末を知っていると確信しながら、気付かない振りをしていた（同七）。当該はその遣り取りの場面をも想起できよう。

九　人、木石にあらざれば、みな情けあり

一[1] いみじくも思（おぼ）したりつるかな、いとはかなかりけれど、さすがに高（たか）き人の宿世（すくせ）なりけり、当時（たうじ）の帝（みかど）、后（きさき）の、さばかりかしづきたてまつり給ふ親王（みこ）〔給〕、顔容貌（かほかたち）よりはじめて、たゞ今（いま）の世（よ）にはたぐひおはせざめり、見（み）給ふ人とても

なのめならず、さま〴〵につけて限(かぎ)りなき人をおきて(こ)、[2]これに御心を尽(つく)し、世(よ)の人たち騒(さは)ぎて、修法(ずほう)、読(ど)ら経(朱・墨)ヒ(朱)、まへり(つ(朱)ヒ)、祓(はら)へと、道(みち〳〵)々に騒(さは)ぐは、[3]この人を思(おぼ)すゆかりの御心地のあやまりにこそはありけれ、[4]二我(われ)も、かばかりの身にて、時の帝(みかど)の[5]御むすめを持(も)ちたてまつりながら、[6]この人のらうたくおぼゆる方(かた)は劣(をと)りやはしつる、まして、今(いま)はとおぼゆるには、心をのどめん方(かた)なくもあるかな、さるは、をこ(お)なり、かゝらじ、と思ひ忍(思しの)ぶれど、さま〴〵に思ひ乱(みだ)れて、[7]薫「人、木石にあらざれば、みな情(なさ)けあり」とうち誦(ずう)じて臥(ふ)し給へり。

三後(のち)のしたゝめなども、いとはかなくしてけるを、宮にもいかゞ聞(きゝ給)き給ふらむと、いとほ(お)しくあへなく、はら(は(朱)ヒ)のなほ(を)〳〵しくて、はらからあるはなど、さやうの人は言(い)ふこと(事)あんなるを思(思)ひて、事削(ことそ)[8][9]ぐなりけんかしなど心づきなく思(おぼ)す。おぼつかなさも限(かぎ)りなきを、ありけむさまもみづから聞(き)かまほしと思(おぼ)せど、長籠(ながごも)りし給はむも便(びん)[10]なし、行(い)きと行(い)きて立(た)ち返(かへ)らむも心苦(ぐる)しなど思(おぼ)しわづらふ。

【傍書】　1かほるの我方へかへり給ひてのたまふこと葉也　2うき舟　3浮―　4薫　5女二　6浮―　7ホク　8長　9三十日穢にふるゝ事也　10無便也

【注釈】

一　**いみじくも思したりつるかな…御心地のあやまりにこそはありけれ**　「いみじくも思したりつるかな」から「さるは、をこなり、かゝらじ」迄は薫の心中。「いみじくも思したりつるかな」は、匂宮は浮舟の事を、大層にも思し召しになられたものよ、との感嘆。浮舟の二心を知った薫の、自尊心を傷つけられた激しい怒りと嫉妬と蔑視と侮蔑に較べて、外聞も憚らず正気も失せたかと周囲の者を困惑させる程、惑乱悲嘆し、涙にくれている匂宮のさまを見ての感嘆。「いとはかなかりけれど、さすがに高き人の宿世なりけり」は、大層薄命であったが、そうはいうものの高貴の宿運を持った人［浮舟］だったんだなあ、との薫の気付き。「当時の帝、后の、…限りなき人をおきて」と、匂宮の高貴さを具体的に叙述し、そのような当代きっての高貴な身分の方に思われる浮舟の宿運の高さをいう。侍従と右近も、薫と匂宮に愛されたことを「生き給ひての御宿世はいと気高くおはせし人」（蜻蛉五）と言っていた。「さばかりかしづきたてまつり給ふ親王」は、「内裏にも宮にも思し騒ぐ」（同七）とあり、既述。「見給ふ人」は、匂宮の妻妾を指す。「これに御心を尽し」は、「さばかりめでたき人（源氏）の、ねむごろに御心を尽くし聞こえ給」（朝顔一〇）と類同。「修法、読経、まつり、祓へと、道々に騒ぐ」の「修法、読経」は仏前で行うもの、加持祈禱、経読み。「まつり、祓へ」は、陰陽師による神事、神や祖霊への祈願、祓叙。ともに、あらゆる道の験者を召して、病気平癒の祈りをさせる騒ぎであること。「この人を思すゆかりの御心地のあやまりにこそはありけれ」は、人々が大騒ぎする匂宮の病況は、浮舟を亡くした故の悲嘆の症状だったのだよ。

二　**我も、かばかりの身にて…誦じて臥したまへり**　「我も」は、匂宮に比肩する者としての「我」を意識。以下は、匂宮を写し鏡として、匂宮が浮舟を純粋に愛惜する様を見て、薫も恥や名誉を慮って抑えていた浮舟への思いが解放され変化して行く様。「かばかりの身にて、時の帝の御むすめを持ちたてまつり」は、「かばかりの身にて」と卑下しながら、今上の御愛娘を妻に持ち申し上げる、と匂宮に対比される世の寵児と自負したもの。宿木巻でも匂宮の六の君との婚儀の折に、匂宮と比較して「我がおぼえのくちをしくはあらぬなめりな」（宿木二二）と自負していた。「この人のらうたくおぼゆる方は劣りやはしつる」の「この人」は浮舟。浮舟を可憐で愛しい人と思う気持は匂宮に劣ってはいない。薫は後に中宮に浮舟のことを、「いみじうあはれと思ひ」（手習四七）とも話している。浮舟も中の君も、匂宮、薫双方から「らうたし・らうたげ」と形容される女性で、薫が浮舟を初めて見た時も大君に似て「らうたげ」と捉えており、匂宮が薫を装って浮舟の寝所に闖入したときにもそのように捉えていた（浮舟一〇）。浮舟を特徴づける語である。匂宮の純粋で人目を憚らない悲しみように接して、薫は今やっと心中で、匂宮と自分とを較べて、素直に浮舟への思いの深さを確認している。浮舟への思いも匂宮の評価なしでは自信が持てなかった。物語を通して薫は常に、匂宮を写し鏡にして鬩ぎ合いながら、自己評価に結び付けている。「まして」は、上接の係助詞〈や・は〉の反語を受けて、通常でも「らうたく」思うのにまして一層、現在はもう亡くなったと思うのだから、の意。「心をのどむ方なく」は心を鎮め、落ち着かせる方途がない。「さるは、をこなり」は、薫は浮舟を心の中では、常陸介の継娘風情の女と蔑んでいた。だからこそなお、匂宮と浮舟との関係にひどく憤った。しかし、浮舟の突然の死を受け止めかねて惑乱し、悲嘆する匂宮の純粋な愛に接して、浮舟が初めて薫の大切な掌中の玉だったことに気付かされた。それ故に、浮舟の死に心を乱す薫自身を捉え、愛執などという世俗の塵にまみれないことを矜持としている自分が、俗塵にまみえてしまうことを相応しくない、馬鹿げている、と思うこと。それが薫の「をこなり」である。「かゝらじ、と思ひ忍ぶれど」は、こうはありたくはない、浮舟を思い、嫉妬する、こんなことに心惑わす自分ではない、と自身の心を抑えようとするが、の意。こうした嫉妬や愛執は道心を旨とする薫の人生の指針にそぐわない。それなのに理性に勝てない薫の浮舟への愛執である、と認識したことが「李夫人」の詩を呼び起こす。「人、木石にあらざれば、みな情けあり」は、『白氏文集』巻四諷喩四0160「李夫人」の末尾「生(キテモ)亦惑(フ)、死(テモ)亦惑(フ)、尤物(いうぶつ)惑(ハシメテ)レ人(ヲ)忘(ルルコト)不レ得、人非(ズ)ニ木石(ニ)ニ皆有(リ)レ情、不レ如(カ)不レ遇(ハザランニハ)ニ傾城(ノ)色(ニ)ニ」による。この詩句は（東屋二一）にも、また詩は（総角三四）にも引かれている。道心を志し、唱え続けて来た自分なのに、浮舟は生きていた時も死後もまたこのように人（自分や匂宮）を惑わし続け、忘れられないとは、何と彼女は「尤物」であろうか、傾城の人には逢わないにこしたことはないな、という薫らしい吟唱。今の思い掛けない動揺を不覚と捉える、薫の思いである。

三　**後のしたゝめなども、いとはかなくしてけるを…立ち返らむも心苦しなど思しわづらふ**　「後のしたゝめ」は死後の儀式のこと。「宮にもいかゞ聞き給ふらむ」は、粗略な葬儀のことを、浮舟に対して「いとほし」と思い遣るより先に、匂宮がどう聞かれたかを先ず思い浮かべる心情で、薫の自尊心が傷つけられる懸念の現れである。匂宮に劣ることはない浮舟への思いと確信している薫は、せめぎ合う匂宮に、浮舟への思いが劣っていると思われはしないかと危惧し、宮にどう見られたかが第一番に気になる。「宮」を中の君とは取らない。「いとほしくあへなく」は、死後の儀式なども、簡略にしてしまったことが、浮舟にとって気の毒で、自分にとっては張り合いがないこと。「なほ〳〵し」は、平凡で、何の取り柄もないこと。「はは［母］のなほ〳〵しくて、はらからあるはなど、さやうの人は言ふことあんなるを思ひて、事削ぐなりけんかし」は、浮舟葬送時に田舎人が、「かたへおはする人は、ことさらにかくなむ、京の人はし給ふ」（蜻蛉五【注釈】二参照）と話していたのとは齟齬するが、薫の認識は一般論から導き出されたものであり、宇治の田舎人の話を実際に聞いたものではない。「おぼつかなさも限りなき」は、浮舟が急死したこと、即日に葬送してしまったこと、何もかもはっきりしないことこの上ない意。「長籠りし給はむも便なし」は、薫自身の目で浮舟の死の事実関係を糾しに行きたいが、それは死の穢れに触れることで、その場合の忌み籠もりは長く不都合であること。「行きと行きて」の格助詞「と」は、「ありとある」「吹きと吹きぬる」などと同様同じ動詞を重ねる時に、その間に置いて意味を強調する。「行きと行きて立ち返らむも心苦し」は、行ったは行ったで（穢れに触れないように）すぐ折り返して帰るのも気の毒だ。薫は、匂宮の浮舟への深甚な思いに触発されて、自身の浮舟への思いに素直になり、「尤けき物」浮舟と認識し直してもなお、宇治へ出掛けることには躊躇がある。

一〇　薫、橘の香に触発されて匂宮と歌を詠み交わす

一 月立(た)ちて、今日(けふ)ぞ渡(わた)らましと思し出で[ア]給ふ日の夕暮、いとものあはれなり。[1]御前近(おまへちか)き橘(たちばな)の香(か)のなつかしきに、[2]郭公(ほとゝぎす)の二声(ふたこゑ)ばかり鳴(な)きて渡(わた)る。「宿(やど)に通(かよ)はゞ」と独(ひと)りう(ご(朱))ち給(給)ふも飽(あ)かねば、[3]北(きた)の宮に、こゝに渡(わた)り給(給)ふ日なりければ、橘(立花)を折(お)らせて聞(き)こえ給(賜)ふ。

[4]二 薫「忍(しの)び音(ね)や君も泣(な)くらむかひもなきしで[5]のたを(お)さに心通(かよ)はゞ

三 宮は、[6]女君の御さまのいとよく似(に)たるを、[イ]あはれと思(おぼ)して、二(ふた)ところながめの(給(朱))折(おり)なりけり。気色(けしき)ある文かなと見給(み給)ひて、

匂宮[7]「橘(たちばな)の香(かほ)る辺(あた)りは郭公心してこそ鳴(な)くべかりけれ

わづらはし」と書(か)き給(給)ふ。

四[8] 女君、このことの気色(けしき)は、みな見知(みし)り給(給)ひてけり。あはれにあさましきはかなさの、さま〲につけて心深(ふか)き中(なか)に、我一人(われひとり)もの思ひ知(思し)らねば今(いまゝ)までながらふるにや、それもいつまでと、心細(ほそ)く思(おぼ)す。[9]宮も、隠(かく)れなきものから、隔(へだ)て[ウ]給ふもいと心苦(ぐる)しければ、ありしさまなど、少(す)しは取(と)り直(なを)しつゝ語(かた)り聞(き)こえ給(給)ふ。匂宮[10]「隠(かく)し給(給)ひしがつらかりし」など、泣(な)きみ笑(わら)ひみ聞(き)こえ給(給)ふにも、他人(こと)よりは睦(むつ)ましくあはれなり。[11]こと〲しくうるはしくて、例(れい)ならぬ御事の

さまも驚（おどろ）きまどひ給（給）ふ所にては、御とぶらひの人しげく、父大臣（ち、おとど）、兄弟（せうと）の君たち隙（ひま）なきもいとうるさきに、こゝはいと心やすくて、なつかしくぞ思（おぼ）されける。

【校異】

ア　**思し出で給ふ日の**――「おもひいて給」別（ハ）「おもひいて給日の」青（穂・三・肖）「思いて給ふ日の」河（七・前・大・鳳）「思いて給日の」青（大正・池・横）河（尾・飯）別（陽）「思ひ出給日の」青（徹一・徹二）「思ひいて給日の」青（紹）「思出たまふ日の」別（宮）「思いてたまふひの」河（御）「思いて給ひの」河（伏）「おもひ出給ふ日の」別（国）「おほしいつる日の」別（保）「おほし出る日も」青（明）「思出給日も」別（麦・阿）「おほし出給日も」青（伝宗）「おほしいてたまふ日の」青（陵）「おほしいて給日の」青（幽）「おほしいて給日の」青（大）。なお、『大成』は「おほしいて給ふ日の」、『玉上評釈』『新大系』も「思（おぼ）しい（出）でたまふ（給）日の」であるのに対して、『全書』『全集』『集成』『完訳』『新全集』は「思ひ出で給（たま）ふ日の」、『大系』は「おぼし出で給ふ日も」。当該は大別して、「思ひ出づ」か、その尊敬語の「思し出づ」かの相違である。漢字「思」は「おもふ」「おぼす」と両用に読めるので、「おぼし出で給ふ」「おもひ出で給ふ」の両表現が派生したものであろう。「思いで給ふ」は、浮舟のことを思い出す薫の様子で、「おぼし出で（敬語）・給ふ（敬語）」は語り手の薫への敬意が重なる。『幽』のミセケチによる修正は、このような敬語の重出を不自然と見た改更と思われる。その逆の場合の「おぼしいで」を訂正して「おもひいで」とした本文は見当たず、したがって、本文の派生の順は、「おぼしいで」→「おもひいで」のようであったと見て、底本の校訂を控える。

イ　**あはれと**――「あはれに」青（穂・大正）河（伏）別（陽）「いとあはれに」青（三・徹一・池・横・徹二・肖・紹）河（尾・御・七・前・鳳・伏・飯）別（ハ・麦）「いと哀に」別（阿）「いとあはれと」河（大）「いみしうあはれに」別（宮・保）「いみしう哀に」別（国）「○哀と」青（幽）「あはれと」青（大・陵）「哀と」青（明・伝宗）。なお、『大成』は「あはれと」、『大系』『新大系』も「あはれ」（ナシ）と」であるのに対して、『全書』『玉上評釈』『全集』『集成』『完訳』『新全集』は「いとあはれに」。「いと」の有無と、格助詞「と」か「に」かの相違である。「いと」は上接文に「いとよく似たるを」とあり、続いて「いとあはれ」では「いと」を重ねた表現となるので、後筆による強調表現の追加と判断される。次に、「と」「に」の違いは、「と」は指定、指示を意図的にするが、「に」は事柄を自然の成り行きとして扱い、結果と融和する気持がある。物語中には両用ある。

どちらも匂宮の心情には合致するが、『幽』の補訂に見られるように、「あはれと」を「あはれに」に直した本文は見られるが、その逆の「あはれに」を「あはれと」に直した跡を残す本文は見られない。「に（尓）」と「と（止）」が紛れ易いこともあり、当該も後出伝本が「あはれと」を、より自然な表現として「あはれに」に改めたものと見て、底本の校訂を控える。

ウ　**給ふも**――「たまへるも」河（尾・御・七・前・大・鳳・飯）別（保）「給へるも」青（穂・大正・三・池・横・徹二）河（伏）別（陽・宮・国・麦・阿）「給つるも」青（徹一・肖・紹）別（八）「給○（へる）も」青（幽）「給も」青（大・陵）「給ふも」青（明・伝宗）。なお、『大成』は「給も」、『大系』『新大系』も「給ふ（給（たまふ））も」であるのに対して、『全書』『玉上評釈』『全集』『集成』『完訳』『新全集』は「給（たま）へるも」。元々は漢字「給」の読みから生じた異同であろう。「給ふ」「給へる」「給ひつる」の相違のうち、「給ひつる」は仮名「へ」「つ」の読み違えにより生じた異同と思われるので除外する。「給ふも」「給へるも」は、「り」の有無による異同である。「給へる」ならば、「り」によって、結果の存続の意が表出されるので、浮舟との関係について、中の君は全て知ったのに、匂宮が（ずっと）お隠し立てをし（続け）ておられるのも、となる。「隔て給ふ」なら、単純に今、お隠しになるのも、の意。もう、中の君はすっかり事情を知ったのだった、を受けて「宮も」とあるので、存続の「り」は無くても良い。当該も『幽』の補入のように、後出伝本が「り」を挿入したと考え、底本の校訂を控える。

【傍書】　1古今　から衣日も夕くれになる時ハ　2古今　なき人のやとにかよはゝ郭公かけてねにのみなくとつけなん　3二条院　4大将　5拾―　しての山こえてきつらん郭公恋しき人のうへかたらなん　6中―　7宮　8中君御事也　9匂ニ宮渡給時也　10中君詞　11六の君の御方にてハ人しけくうるさき事のおほきをの給ふ也　宮御心中御詞

【注釈】

一　**月立ちて、今日ぞ渡らましと…橘を折らせて聞こえ給ふ**　「月立ちて」は浮舟の失踪した三月二十日過ぎから、四月になったこと。「今日ぞ渡らましと思し出で給ふ日の夕暮れ、いとものあはれなり」は、浮舟の移居を薫は「四月の十日」（浮舟二六）と決めていた、その日が到来したことを強く意識した言葉。薫には、浮舟が渡る時刻の「夕暮」が意識され、その「あはれ」が、「橘の香」や「郭公」の鳴き声で具体化される。「橘の香のなつかしき」は、「五月まつ花橘の香をかげば昔の人の袖の香ぞする」（伊勢物語六〇）による感興。常に「まめ」を心懸けて生きてきた薫が皮肉にも、『伊勢物語』六〇段の「宮仕へいそがしく、こころもまめならざりける」男に、自身を重ねながら、橘の香りに昔の人浮舟を思い、懐かしむと同時に、取り返す術のない過去を無念の思いで紡いでいる。また、同物語では女は二心を恥じて、「尼になりて山に入りてぞありける」と語られており、後の浮舟の小野での出家（手習三〇）をも視野に入れた語りか。「郭公の二声ばかり鳴きて渡る」は、花橘から郭公へ繋いだもの。「ものあはれ」な夕暮れ「橘の香」に誘われる郭公の「二声ばかり」の「二声」の意味は大きい。亡き人の悲しい叫びのような鳴き声が薫の頭上を渡って行く。初夏に飛来する渡り鳥である郭公は「時つ鳥、恋し鳥、いもせ鳥」の異名も持つ。女房詞といわれる「いもせ鳥」の名を生み出した背景は、昼夜を問わず鳴く声が人に呼び掛ける声のようにも聞こえることから、既に早くから人々に「いもせ」を感じさせるものがあったのであろう。郭公は他にも多くの異名を持つが、「死出の田長・魂迎え鳥」等の和名や、「催帰、不如帰、蜀魂、帝魂」等の宛漢字は、霊や冥途と往来する鳥などの伝説口碑を生んだ。歌材として『万葉集』では、あやめ、卯の花、橘の花を愛で散らすとも詠まれ、郭公が「和歌にあらわれる場合は、すべて風雅的な意識に裏打ちされている」（大久保正『万葉集の伝統』塙書房一九五七年）。こうした視点は『古今集』になっても変わらず、初夏の風趣として捉えられ懐旧の抒情を醸し出す鳥と親しまれるが、橘の香と結びつけて詠まれるのは『伊勢物語』歌辺りが初めのようである。他には、「たがそでに思ひよそへて郭公花橘の枝になくらん」（拾遺集巻二夏・読人知らず）がある。郭公の鳴き声は、「郭公今朝鳴く声におどろけば君に別れし時にぞありける」（古今集巻一六哀傷・紀貫之）などの歌を薫の脳裏に呼び起させ、「しでのたをさ〔死出の田長〕」とも聞こえる鳴き声に、冥途からの浮舟のメッセージを準える。故に「二声ばかり」が薫の心を捉える。「五月まつ花橘の…」歌は、物語では既に（花散里三・幻一〇）に、花橘と郭公が、源氏や夕霧を回想の過去へ運ぶ叙情として引かれ、他にも、（少女三四・胡蝶・一二・若菜下一四・早蕨六）等に引かれている。ここも、「今日ぞ渡らまし」と思う故に、初夏を彩る風物のみならず、橘、郭公が薫の傷心に響き渡り、追懐の情を激しく誘う。「宿に通はゞ」は、「なき人の屋戸に通はば郭公かけて音にのみ鳴くと告げなむ」（古今集巻一六哀傷・読人知らず）を口遊んだもの。あの人のいる冥途に通うなら、郭公よ、私があの人を想い泣いてばかりいると伝えておくれ。「北の宮」は二条院のこと、既述（宿木九）。「こゝに渡り給ふ日なりければ」は、匂宮が二条院の中の君の許にお渡りなさる日であったことを薫が承知していた語り口。「橘を折らせて聞こえ給ふ」は、匂宮に、昔の人［浮舟］の袖の香がしませんか、と問うたもの。わざわざ意味深長な歌に橘の枝を添えて贈ったことは、匂宮に対する当て擦りといえる。

二　**忍び音や君も泣くらむかひもなきしでのたをさに心通はゞ**　歌意は、郭公の忍び音が聞こえます、その啼き声を聞いて、あなたも私同様、亡き人を偲び、泣いていらっしゃることでしょう、最早泣いても甲斐もないのに、冥途からの使いである郭公［しでのたをさ］に想う心が届くならば。「かひもなき」の「かひ」は、「かひを作る」が口を蛤のようにへの字にしてべそをかく意（『古語大』）なので、甲斐と貝（べそ、泣き顔）は掛詞。「しでのたをさ」は物語中当該例のみだが、「…「ほととぎす汝が泣く里のあまたあればなほうとまれぬ思ふものから」といへり。この女、けしきとりて、「名のみ立つしでの田をさはけさぞ鳴くいほりあまたとうとまれぬれば」時は五月になむありける。男、返し、「いほり多きしでの田をさはなほ頼むわがすむ里に声し絶えずば」」（伊勢物語四三）の、二心ある女の話を踏まえたと思われる。

歌語「しでのたをさ」について、煩雑になるが歌学書の言及を辿る。「郭公を…しでのたをさとも」（『能因歌枕』）「しでのたをさとはほとゝぎすを申す」（『俊頼髄脳』）「ほとゝぎすはしでの山をすぐる鳥」「時鳥の一名をばしでの田をさと云ふ」（『奥義抄』）がある。その後の『袖中抄』では、『古今集』の敏行の歌「いくばくの田を作ればか郭公しでの田長を朝な朝な呼ぶ」（巻一九誹諧歌）を挙げ、「しでのたをさとはしづのたをさと云也。ほとゝぎすは勧農の鳥とて、過時不熟と鳴とは、ときすぎばみのらじと云義也。それが郭公と鳴とは聞ゆると云り。たをさとは田を作る者也。しづとはしづのを也。…しでとしづと同五音也。而を世の人しでのたをさとは郭公を云也。しでの山より来て農をすゝむれば云也と云り。」と説くが、「郭公をしでのたをさ」と呼ぶのは誤りとする。しかし続文では『綺語抄』の「或書…無名抄、奥義抄、童蒙抄等、同く郭公をしでのたをさと云…匡房卿歌云、いとゞしく入あひのかねのかなしきにしでのたをさのこゑきこゆなり　是も同心歟」の見解も紹介している（『袖中抄』一一）。後者の見解は、『色葉和難集』九にも受け継がれ、右の敏行歌を挙げ同類の説明に加えて、「密伝云、郭公はしでの山にて田をつくるなり。さて作果てゝ、此国に来りて田おそしと催すなり。或云、本文云、早作レ田、過レ時不レ熟となくと云々。」と説く。また、『古今余材抄』も同敏行歌の注に「顕注にして田長とは、郭公の一名なりと、…ほとゝきすは、しての山より来りて、農をすゝむる故に、してのたをさといへり」とある。以上から、「たをさ」は「田長」と捉えられ、「して」は「賤」の義との解もあるが、「死出」と結びつけられ冥途の死出山から飛来して農を勧める解釈が行われて、鳴き声も「シデタオサ」と啼く（『古今集正義』）と解されるようになったことが理会される。また、伊勢の「生み奉りたりける親王の亡くなりての又の年、郭公を聞きて／しでの山越えて来つらん郭公恋しき人の上語らなん」（拾遺集巻二十哀傷）には死者が冥途へ行く時に越えて行く「死出山」が反映されている。当該も「死出の田長」と解した。『大系』補注参照。「「しでのたをさ」が「冥途の鳥」として意識されて読まれた歌の中で、薫の（当該）歌は尤も早い例になるか」（浅井ちひろ「蜻蛉巻四月十日の薫の歌「しでのたをさ」をめぐって」和歌文学研究第八四号二〇〇二年六月）との指摘があるが、「肱笠の　雨もや降らなむ　しで田長　雨やどり　笠やどり　宿りて　まからむ　しで田をさ」（催馬楽「妹が門」）、や『伊勢物語』歌、『古今集』敏行歌に「冥途の鳥」の意はない。しかし、「宿に通はゞ」の歌に伊勢の歌を重ねれば、今聞こえている郭公の鳴き声は「しでのたをさ」と聞こえ、浮舟の冥途からの呼び声のように薫には響く。故に、匂宮も同様であろうと詠み掛け、この歌を橘に添えて贈ったのである。これは匂宮への痛烈な皮肉となる。当然伊勢の歌「しでの山越えて来つらん…」が意識された匂宮への贈歌である。また、郭公は四月の間は忍び声で鳴くので、「忍び音は苦しいもの…」、の意と、この伊勢歌を響かせ、亡き人について語り合いたいと、匂宮に呼びかけたといえる。物語中には、「橘」は一八例、うち「橘の香」は二例（花散里三・当該）。これに「郭公」を加え、「しでの田長を朝な〳〵呼ぶ」とした抒情は、浮舟を迎えるはずであった夏になって、なお一層、浮舟を追憶する薫を浮かび上がらせる。

三　**宮は、女君の御さまのいとよく似たるを…わづらはし」と書き給ふ**　「宮は、女君の御さまのいとよく似たるを、あはれと思して」は、薫から浮舟が中の君の異母妹と聞かされて、似通う面影が一層強く感じられる感慨。浮舟は中の君より大君によく似ているとされていた（宿木三八・五五・五七）が、匂宮は大君を直接には知らない。しかし、大君と中の君を峻別していた薫が大君亡き後、中の君を「声なども、わざと似［大君に］給へりともおぼえざりしかど、あやしきまでただそれとのみおぼゆる」（同一一）と感じていたことからも、匂宮が中の君に浮舟の面影を見るのは自然なことであろう。「二ところながめ給ふ折なりけり」は、匂宮が中の君に浮舟の面影を見て追慕する傍らでそっと、中の君の方でも異母妹の急逝をしみじみ不憫に思う深い感慨を懐き、匂宮に寄り添っている、そのような二人が一緒に居る折であったとする草子地。「気色ある文」の「気色」は、薫から橘と「忍び音や」の歌で、浮舟との仲を皮肉られた文の様をいう。「橘の香るあたりは郭公心してこそ鳴くべかりけれ」は、「五月まつ」の歌のように、花橘の香に、浮舟への追懐の物思いを尽くしておられますあなたの御邸あたりでは、郭公も充分に気配りして鳴くべきでしたのに。「わづらはし」は、そんな風にあなたと同じ思いでいると、浮舟との仲を、疑われるのは難儀なことです、と薫の邪推をきっぱりと否定する語。しかし、匂宮が「橘の香るあたり」と詠んだのは、浮舟との贈答歌「橘の小島」（浮舟二〇）を意識したものであろう。二カ月前の季節違いの同じ「十日の程」であった。その時匂宮は、「常磐奈須（なす）…此橋乎（この橘を）　等伎自久能（時じくの）　可久能木実等（かくの木の実と）」（万葉集巻一八・大伴家持）の歌のように、緑深く繁った小島の常磐木〔時じくの木〕を変わらぬ愛の証しに見立てて、浮舟に「千年」を契り約した。同じ景色を語り手は、浮舟は「遙かならむ岸にしも漕ぎ離れたらむやうに心細くおぼえて」（浮舟二〇）いたと、彼岸への道を暗示しているように伝えていた。さらに浮舟が「このうき舟ぞ行方へ知られぬ」（同二〇）、「中空にてぞ我は消ぬべき」（同二一）と詠ったのは、自らのその後を暗示していたように響く。当該の薫と匂宮との贈答歌は、早蕨（二）の場面を反転させた再現でもある。あの時は、大君亡き後の傷心を癒やすように匂宮の許を訪れた薫に、「色には出でず」「下に匂へる」様で中の君を恋い慕っているのであろうと、匂宮が揶揄して「折る人の心に通ふ花…」と詠み掛けたのに対して、薫は「心してこそ折るべかりけれ」と切り返し、「かこと寄せ」を「わづらはし」と切り返していた。立場を逆にした当該贈答場面は、この時のことを意識の俎上に載せていたか。また、幻巻の源氏と夕霧の「郭公」と「花橘」を題材に交わした贈答歌の場面「待たれつるほとゝぎすのほのかにうち鳴きたるも、『いかに知りてか』と…亡き人を偲ぶる宵の村雨に濡れてや来つる山ほとゝぎす…大将、ほとゝぎす君に伝てなんふるさとの花橘は今ぞ盛りと」（幻一〇）とも対比される。それぞれの死者への想いの差違をも意識して、場面は構成されたかと思われる。当該贈答歌については、高橋亨『物語文芸の表現史』（名古屋大学出版会一九八七年）、阿部好臣「蜻蛉巻の橘―和歌引用と表現構造―」（『むらさき』第三五輯、一九九八年一二月）等参照。

四　**女君、このことの気色は…こゝはいと心やすくて、なつかしくぞ思されける**　「女君」は、匂宮の歌の前にも「女君」とあったが、傷心の匂宮が慰めを求め得る「女」である意。「このことの気色は、みな見知り給ひてけり」は、〈知り（たまひ）・て（完了「つ」連用）・けり〉。中の君は、匂宮と浮舟との事の次第を、すべて知ってしまわれたのでした。中の君が、この薫と匂宮との歌の遣り取りの場に居合わせたことを切っ掛けに、薫と匂宮と浮舟との三角関係を全て理会したこと。「あはれにあさましきはかなさ」は、不憫で心を揺さぶられる驚くばかりあっけない人生の意。前文を受け、生い立ちから成人まで、殊に中の君が知って以来の短い期間に、めまぐるしく変転した女性としての、中の君に実感される浮舟の短い人生の形容である。同時に、「さま〴〵につけて心深きなかに、我一人、もの思ひ知らねば」と、中の君が「我一人」と捉えているのであるから、父八の宮に相次いで苦悶のうちに早世した姉大君の死に到る迄の物思いも重ねる。「…心深きなかに」は、「心深き」の後に名詞「こと、人々など」が省略されている。「に」は動作、作用の状態を指し表す格助詞で、「心深」きは、浮舟が薫の思い人でありながら、匂宮に関わった故に生じたであろう「さま〴〵」の深い苦悩。それは、薫が負い、浮舟母が負い、はたまた匂宮が負い、浮舟の周りの者たちが、それぞれ背負った苦悩に対する浮舟の情愛や深い思いの数々であり、同様に大君の、薫に想われながら人の世の無常を観じ続け、妹である自分の身の行く末を案じて苦悩の末に逝った思いでもあろう。悲しく意外なほどあっけなく逝った姉妹の生き様を、全てを見知って来た中の君が、「あはれにあさましきはかなさの、さま〴〵につけて心深き中に」と捉え思い遣った、語り手の真意はここにある。「我一人もの思ひ知らねば今までながらふるにや」は、縁者として心を寄せ頼ってきた妹母子に出来したであろう事を、匂宮の妻でありながら、また、薫に大君の形代として浮舟を紹介しながら、この薫と匂宮の郭公の歌の遣り取りの場に居合わせるまで何も知らず、その浮舟の深い苦悩を知らず、思い遣らず、自分一人が、局外者として過ごして来て思い悩むことなどなかった故の、中の君の慚愧の思い。「少しは取り直しつゝ語り聞こえ給ふ」は、匂宮が、幾分かは自分に都合良く脚色しいしい申し上げなさる意。「隠し給ひしがつらかりし」は、匂宮が浮舟の行方を繰り返し訊ねても、中の君が教えなかったこと（浮舟一）に対する哀訴の言葉。「泣きみ笑ひみ聞こえ給ふにも、他人よりは睦ましくあはれなり」は、脚色しながらとは言え、浮舟を失った心の痛手を泣きつつ笑いつつ、中の君に洗いざらい話すにつけ、悲嘆は薄紙を剝ぐように氷解してゆく実感があるのであろう。ここには、匂宮の惑乱を静かに受け止め包み込んで耳を傾ける中の君が、誰よりも親しみやすく信頼できる人として匂宮の前に居る。「泣きみ笑ひみ聞こえ給ふ」は、前述の早蕨（二）に続く、薫が匂宮とする「細やかなる御物語」（早蕨三）で、亡き大君や中の君との出会いからを「あはれにもをかしくも、泣きみ笑いみとかいふらむやうに聞こえ出で給ふ」（同三）とあった場面を想起すれば、匂宮は当時の薫と同位置にある。しかし今、匂宮の「心に余ること」の「細やかなる御物語」（同二・三）の相手は薫ではなく、中の君である。中の君は、匂宮の人生を揺るがすような悲しい胸懐を受け止め得る妻になり得ている。「他人よりは睦ましくあはれなり」は、「宮は、女君の御さまのいとよく似たるを、あはれと思して」とあったのに呼応。匂宮には、浮舟と中の君は異母姉妹で似通っているので、他の人よりは親しみが感じられる意。言外に、月日が匂宮と中の君とを強い絆で結ばれた夫婦に仕上げたことを物語っている。「こと〳〵しくうるはしくて、例ならぬ御事のさまも驚きまどひ給ふ所」の「例ならぬ御事」は、匂宮の御加減が悪い今回のような折の意で、仰々しく壮麗で、匂宮の御不例の様には驚き大騒ぎする六条院の六の君の処のこと。「こゝはいと心やすくて、なつかしくぞ思されける」は、格式張った六条院では、訪問客も多く、また夕霧始め六の君の兄弟にも気を遣わねばならず堅苦しいが、それに較べ、二条院は中の君の人柄や住まい方が格式ばらず、匂宮にとっては、気楽で、慕わしく離れ難く思われる処であったこと。

一一　匂宮、右近を迎えに時方を遣わすが、右近動かず

[1]いと夢のやうにのみ、なほ（猶）、いかでいとにはかなりけることにかはとのみいぶせければ、例（れい）の人々[2]召（め）して、右近を

迎へに遣はす。母君も、さらにこの水の音、気配を聞くに、我もまろび入りぬべく、悲しく心憂きことのどまるべくもあらねば、いとわびしうて帰り給ひにけり。3 念仏の僧どもを頼もしき者にて、いとかすかなるに、入り来たれば、こと〳〵しくにはかに立ち巡りし宿直人どもゝ、見咎めず。あやにくに、4 限りのたびしも入れたてまつらずなりにしよ、と思ひ出づるもいとほし。さるまじきことを思ほし焦がるゝことゝ、見苦しく見たてまつれど、こゝに来ては、おはしましゝ夜な〳〵のありさま、抱かれたてまつり給ひて舟に乗り給ひし気配のあてにうつくしかりしことなどを思ひ出づるに、い強き人なくあはれなり。右近、会ひていみじう泣くもことわりなり。時方ニ「かくのたまはせて、御使になむ参りつるア」と言へば、5 右近「今さらに、人もあやしと言ひ思はむもつゝましく、参りても、はか〳〵しく聞こしめしあきらむばかりもの聞こえさすべき心地もし侍らず。この御忌み果てゝイあからさまにものになんと、人に 6 言ひなさんも、少し似つかはしかりぬべき程になしてこそ、心より外の命侍らば、いさゝか思ひしづまらむ折になん、仰せ言なくとも参りて、げにいと夢のやうなりしことゞも、語りきこえまほしきウ」と言ひて、今日は動くべくもあらず。

【校異】

ア　**参りつると**――「まいりきつると」青（明・伝宗・穂・大正・三・徹一・池・横・徹二・肖・紹）河（尾・御・七・前・大・鳳・飯）別（ハ・陽・宮・国）「まひりきつると」河（伏）「まいりきつなと」別（麦・阿）「まいり○つると」青（幽）別（保）「まいりつると」青（大・陵）。なお、『大成』は「まいりつると」、『大系』『新大系』も「まゐ（い）りつる」と」であるのに対して、『全書』『玉上評釈』『全集』『集成』『完訳』『新全集』は「参り来つる」（〱）と」。匂宮の使者として時方が右近を迎えに来た時の言葉で、「き」の有無による相違である。「き」があれば、宇治まで京からやって来たことを明示した表現となるが、「まいりつる」でも、参上した、の意であり、文意は通る。当該も、『幽』『保』に見られるように、「き」を補入して、意味の明確化をはかったのであろうと見て、底本の校訂を控える。

イ　**あからさまにものになんと、人に**――「あからさまにもなんと人に」青（大）「あからさまにものへなと人」青（大正）「あからさまにものへなむなとも人に」別（保）「あからさまになと人に」別（麦・阿）「あからさまにものになと」河（御・七・前・鳳・飯）別（陽）「あからさまにものになんと」河（尾）「あからさまにものになんと」河（大）「あからさまにもものになん」別（ハ）「あからさまに物まうてなと」別（宮・国）「あからさまに物になと人」河（伏）「あからさまに物になと人に」青（徹一）「あからさまにものにな○と人に」青（幽）「あからさまに物になんと人に」青（明・紹）「あからさまにものになんと人に」青（陵・穂・三・横・徹二）「あからさまにものになむと人に」青（肖）「あからさまにものになむとひとに」青（池）「あからさまに物になむと人に」青（伝宗）。なお、『大成』は「あからさまにもなんと人に」、『新大系』も「あからさまにもなんと人に」であるのに対して、『全書』『大系』『玉上評釈』『全集』『集成』『完訳』『新全集』は「あからさまに（〱）もの（物・物）になむ（ん）、（」・ナシ）と、（ナシ）人に」。当該は、「あからさまにものに…」の「のに」の有無により生じた異文と思われる。右近の言葉である点を考慮すると、底本の「あからさまにもなんと人に」は、御忌が終わってから、一寸行ってきますとでも同僚の侍女に（言い紛らしても）、の意となり、文意は通るが、底本の独自異文である。一方、「あからさまにものになんと人に」の場合は、御忌が終わってから、ちょっと所用に行って来ます、と同僚の侍女に（言い紛らしても）、の意となり、「ものに」があることにより、具体的ではないが、右近の、説明の言葉が具体性を帯びた言いまわしになる。調査諸本中他に「のに」のない本文は『麦』『阿』以外に伝わらず、底本と近い関係に立つ『明』『陵』『幽』『伝宗』などにも「のに」はある。以上により、当該は、底本が「あからさまにものに」の「に」から「に」へ目移りした誤脱の可能性が高いと見て、底本を「あからさまにものになんと、人に」に校訂する。

ウ　**きこえまほしき**――「きこえさせはへらまほしき」青（穂・池）河（尾・伏・飯）「きこえさせ侍らまほしき」青（三・徹一・横・肖）「聞えさせ侍らまほしき」青（幽・紹）別（麦・阿）「聞えさせはへらまほしき」青（徹二）「きこえさせ侍まほしき」河（御・前・鳳）「聞○させ侍らまほしき」河（七）「聞えさせ侍らましき」青（大正）「きこえさせ侍へき」河（大）「きこへさせまほしき」別（陽）「きこえさせまほしき」別（保）「きこえまほしき」青（大・明・陵・伝宗）別（ハ・宮・国）。なお、『大成』は「きこえまほしき」、『大系』『玉上評釈』『新大系』も「聞（きこ）えまほしき」であるのに対して、『全書』『全集』『集成』『完訳』『新全集』は「きこえさせ侍（はべ）らまほしき」。当該は「きこゆ」と「きこえさす」の違い、更に「侍る」の有無による相違である。右近の言葉の続きで、「きこえまほしき」ならば、御忌果てて後、匂宮の許に参上して、夢のようだった浮舟のことをお話し申しあげたい、意である。「きこえさせはべらまほしき」ならば、〈きこえさせ・はべり〉なので、動作の対象を敬う気持の謙譲の意が強く、更に「侍り」を用いて丁寧にし、この右近の会話は、匂宮に対して最高に敬って謙譲する気持を表す言葉となる。しかし、このような意味の強調などは、後出伝本の特徴であるので、底本の表現が本来のものと見て、校訂を控える。

【傍書】　1匂宮御心中　2左衛門大夫なと也　3匂宮の御使心中詞　4行騰敷シ時ノ事　5右近詞　6物詣にかこつけてと也

【注釈】

一　**いと夢のやうにのみ、なほ…右近、会ひていみじう泣くも、ことわりなり**　「夢のやうにのみ」は、浮舟の死が、未だに現実感を伴わない匂宮の心情。「いかでいとにはかなりけることにかはとのみいぶせければ」は、何故急死してしまったのかということばかりが気掛かりなので。急死の理由が訝しく、信じ難い気持の匂宮である。「例の人々」は、何時も宇治へ遣わしていた時方等。「母君も」以下は、宇治の邸の様子を描写。係助詞「も」は、匂宮が「いと夢のやうにのみ…いぶせければ」と思ったと同様に、浮舟母が浮舟の死を受け入れ難い心情を示す。「この水の音、気配を聞くに…いとわびしうて帰り給ひにけり」は、浮舟の葬送に当たる日、「雨のいみじかりつる紛れに、母君も渡り給へり」（蜻蛉四）とあった。浮舟の自死に至る実情を聞かされた母親は、宇治川に身を投げ浚われたのなら、「我も落ち入りぬべき心地」（同四）を抱いていた。それ以来、耳近く宇治川の水音を聞き、川辺の気配を感じると、自分もこの川へ転げ入ってしまいそうになり、悲しく辛い思いの鎮まる術もないので、切なくやりきれなくて、現実から逃避するように京へお帰りになってしまわれた。「念仏の僧ども」は、浮舟の成仏を念じて忌み籠りする浮舟縁の僧侶たちで、既述（同）。「念仏の僧どもを頼もしき者にて、いとかすかなるに」は、忌み籠りの念仏僧を頼りに出来る者とする以外頼る者とて居ない、浮舟亡き後の人気も少なく物寂しい邸内をいう。「入り来たれば」は、匂宮の使者の来訪。浮舟亡き後の、ひっそりとした邸内の沈痛な空気を、打ち破る響きがある。「こと〳〵しくにはかに立ち巡りし宿直人どもゝ、見咎めず」は、匂宮の使者の到着は大層目立つが、浮舟生前には匂宮方の来訪を警戒して厳重に警固を固めていた（浮舟三三参照）薫の配下の者達も、最早見咎めない。「あやにくに、限りのたびしも入れたてまつらずなりにしよ」は、生憎なことに、浮舟に逢える最後の機会だったのに、その時に限って、厳しい警戒で邸内に匂宮をお導きすることが出来ず仕舞いになったことよ。浮舟（三六・三七）のこと。以下「例の人々」の視点からの語りなので時方の思い。「思ひ出づるもいとほし」は、浮舟が亡くなった今、警戒が解かれ、咎め立てする者もいない浮舟邸の様子に、時方は、今思えば最後の機会となった浮舟への訪問時（同三六・三七）に限って、従者としての役割を果たせなかったことを思い出し、匂宮に気の毒だったと、同情的に思い到っている。「さるまじきこと」は、匂宮が薫の愛人浮舟を、恋慕すべきではない意。「見苦しく見たてまつれ」は、時方が、匂宮の浮舟に恋い焦がれる様を見苦しく見申し上げること。このことは、匂宮が二度目の訪問時に「時方が叔父の因幡守」別荘に浮舟を伴った時、従者は「いと見苦しく、何人をかくもて騒ぎ給ふらむと見たてまつる」（同二〇）と見申し上げていた、その時のことを指す。「こゝに来ては」以下は、その思いが今は覆って、浮舟と匂宮の希有な逢瀬を感動的に思い出す。「こゝ」は宇治の浮舟邸。「おはしましゝ夜な〳〵のありさま」は、物語では二度（同一〇～一四・二〇～二二）語られていたが、いずれも時方が陪従していた。「抱かれたてまつり給ひて舟に乗り給ひし気配のあてにうつくしかりしこと」は、右の匂宮の二度目の浮舟訪問時で、「橘の小島」を見ながら歌を詠み交わし、対岸の別荘まで舟で渡った時のこと。匂宮は浮舟を「人に抱かせ給はむはいと心苦しければ、抱き給ひて、助けられつゝ入り給ふ」（同二〇）とあった。側近の時方が介添者と思われるので、その時の印象をいう。「右近、会ひていみじう泣くもことわりなり」は、右近は浮舟の死の真偽を確認に来た時方に「…今宵ばかりこそは、かくも立ち寄り給はめ、え聞こえぬこと」（蜻蛉二）と伝えさせたので、その時方が匂宮の使として来ることはあるまいと考えていた。その人が再来したことにより、右近も浮舟の生前を強く思い出し、また、死を思い涙するのである。

二　**かくのたまはせて、御使になむ参りつる…と言ひて、今日は動くべくもあらず**　「かくのたまはせて」は、当段の始めに「右近を迎へに遣はす」とあったのを受ける。「今さらに、人もあやしと言ひ思はむもつゝましく」は、匂宮と浮舟との交情は秘事として隠し了せていたのに、この期に及んで匂宮の許へ右近が参上することは、今になって侍女達をはじめ周囲の者達に不審を抱かせ、彼らの口の端に上り、真相が露顕する危惧があるので遠慮されること。このことを指して「今さらに」と言う。「参りても」は「右近を迎へに」とあった言葉に対応。「参りても、はか〴〵しく聞こしめしあきらむばかりもの聞こえさすべき」は、私が参上しても、宮が、お聞きあそばして事の次第や理由を明らかにするようにてきぱきとお話し出来そうもありません。「この御忌み果てゝ」は、三十日の忌み籠りの期間が過ぎましてから。以下は、より具体的に訪問可能な時期を示して、今はその時でないことを述べる。「似つかはしかりぬべき程」は、右近が宇治を離れて京へ出掛けて行くに相応しく周囲が不審に思わなくなった頃。「心より外の命侍らば」は、右近は浮舟の後を追い死にたいと思っているが、その気持とは裏腹に不本意に命永らえましたならば。「心より外の命」は、「命だに心にかなふものならばなにか別れの悲しからまし」（古今集巻八離別・白女）のように、人の命は思い通りにはならず、運命であるとされることによる表現。「心より外」は物語中に二十五例程数えるが、「命」との熟語は、柏木が自らの寿命を「心より外なる命」（柏木一二）と表現しているのと当該の二例のみ。「今日は動くべくもあらず」は、右近が匂宮の求めには応じられないとする決意の固さを表す。

一二　時方、侍従を伴って帰参する

大夫も泣きて、時方「さらに、この御仲のこと、こまかに知りきこえさせ侍らず。ものの心も知り侍らずながら、たぐひなき御心ざしを見たてまつり侍りしかば、君たちをも、何かは急ぎてしも聞こえ承らむ、つひには仕うまつるべき辺りにこそと思ひ給へしを、言ふかひなく悲しき御事の後は、私の御心ざしも、なか〳〵深さまさりてなむ」と語らふ。時方「わざと御車など思しめぐらして奉れ給へるを、むなしくてはいと〳〵ほしうなむ。今一所にても、参り給へ」と言へば、侍従の君呼び出でゝ、右近「さは、参り給へ」と言へば、侍従「まして、何ごとをかは聞こえさせむ。さても、なほ、この御忌の程には、いかでか。忌ませ給はぬか」と言へば、時方「なやませ給ふ御響きに、さま〳〵の御つゝしみども侍めれど、忌みあへさせ給ふまじき御気色になん。また、かく深き御契りにては、籠らせ給ひてもこそおはしまさめ、残りの日いくばくならず、なほ一所参り給へ」と責むれば、侍従ぞ、ありし御さまもいと恋しう思ひきこゆるに、いかならむ世にかは見たてまつらむ、かゝる折にと思ひなして参りける。

黒き衣ども着て、ひきつくろひたる容貌もいときよげなり。裳は、たゞ今我より上なる人なきにうちたゆみて、色も変へざりければ、薄色なるを持たせて参る。おはせましかば、この道にぞ忍びて出で給はまし、人知れず心寄せきこえしものを、など思ふにもあはれなり。道すがら、泣く〳〵なむ来ける。

【校異】

ア　ものの心も――「ナシ」青（陵）河（七）「物の心」青（大）別（宮・国）「○（物の心も）」青（幽「物の心もしりはべらす」補入）「ものゝ心も」青（明・穂・大正・三・池・横・徹二）河（尾・伏・飯）別（八）「物の心も」青（徹一・肖・紹）河（御・前・大・鳳）別（麦・阿）「物のこゝろも」青（伝宗）「物ゝ心も」別（陽・保）。なお、『大成』は「物の心」、『新大系』も「物の心」であるのに対して、『全書』『玉上評釈』『全集』『集成』『完訳』『新全集』は「もの（物）の（ゝ）心（心）も」、『大系』「（物の心も…）」。まず、『幽』『陵』は「はへらす」から「はへらす」への目移りによる誤脱と思われるので考察から除外する。係助詞「も」の有無による相違である。時方が、自身は物の道理を弁えない者であるとの表明をする言葉である。「も」があれば、助詞を伴った整った文となり、下接語「知りはべらず」は、全否定で、「全く物の道理が分からない」の意になる。「も」がない場合は、助詞を省略することによって「物の心」を特筆強調する意図が伺え、どちらもあり得る表現ではある。当該の場合は別本の『宮』『国』が『大』と同じであるが、『大』と近い伝本『陵』『幽』において、たまたま欠文なので、『大』の本文が元の本文であると主張出来ない。底本が「も」を誤脱させたものと見る方が可能性は高かろうと見て、諸本により「ものの心も」に校訂する。

イ　何ごとをかは――「なに事をか」青（穂・徹一・横）河（尾・御・七・前・大・鳳・飯）別（陽）「なにことをか」青（池・肖・紹）「何事をか」青（大正・三・徹二）「なに事をかは」青（幽）「なに事をかは」青（大・陵・伝宗）別（宮・保・国）「何事をかは」青（明）別（麦・阿）「なにことをかは」河（伏）別（八）。なお、『大成』は「なに事をかは」、『全書』『大系』『玉上評釈』『新大系』も「なにごと（何事）をかは」であるのに対して、『全集』『集成』『完訳』『新全集』は「何ごとをか」。当該は、強調・感動の係助詞「は」を脱落したか、挿入したかによる相違である。「か」「かは」は共に疑問反語の意の係助詞である。ここは、右近に匂宮邸への同行を頑強に拒絶された時方が、泣きながらせめて「今一所」と懇願して、その結果、右近が侍従に「さは参り給へ」と促したのを受けて、困惑し強く拒絶する侍従の言葉である。従って、「か」よりもより強調した「かは」の方が、拒絶の度合いが強く、この場の侍従の言葉として相応しい。加えて『幽』がミセケチ修正して「は」を削ったようにして異文が発生したと見て、校訂は控える。

【傍書】　1御使の時方事也　2右近かよひいたしたる也　3侍従詞　4時方詞

【注釈】

一　**大夫も泣きて、「さらに、この御仲のこと…侍従の君呼び出でゝ、「さは、参り給へ」**「大夫」は左衛門大夫時方。「さらに」以下は、右近の翻意を促すための情緒に訴えた時方の熱弁。「この御仲のこと」は、匂宮と浮舟との関係。「こまかに知りきこえさせ侍らず」は、「さらに」とあるので、側近の自分も全く詳細は知り申し上げてはいない、としたもの。匂宮が浮舟を重々しく扱っている傍証とした弁。「たぐひなき御心ざし」は、比類のない匂宮の浮舟への御執心のこと。薫を騙っての訪問や、「橘の小島」の贈答の折などだけでなく、浮舟を引き取るとした、「わが御乳母の遠き受領の妻にて下る家」（浮舟二五）への交渉や浮舟移居の準備に関しても、最側近の時方は、乳母子として奔走したことからの判断と思われる。「君たち」は、右近や侍従を指す。「何かは急ぎてしも聞こえ承らむ、つひには仕うまつるべき辺り」は、近習同士なので、何も急いでお近付きにならずとも、いづれはお仕えし、お近づきになる方々。匂宮が浮舟を京に迎えたら、浮舟にもお仕えしご用を勤めるので、いずれは右近や侍従とも懇意になるはずと思っていたこと。「言ふかひなく悲しき御事」は、浮舟の死去のこと。「私の御心ざしも、なか〳〵深さまさりてなむ」は、私自身のあなた方に対する心寄せも、却って一層深くなりましたので。時方は右近に、匂宮の浮舟に対する情愛の深さを語ると共に、そのために個人的にも右近や侍従に親近感を抱いていて、やがて役立つ存在になるはずだったことを話し、右近を軟化させ匂宮の許へ同行しようとする。「わざと御車など思しめぐらして奉れ給へる」は、前の時方の「私の御心ざし」に加え、匂宮はわざわざ御車などをご用意なさいましたと、匂宮の熱意や配慮を語り、更に同行を促す。「むなしくてはいと〳〵ほしうなむ」は、それなのにお連れできないでは、宮に誠にお気の毒で、と窮状を訴え、同情を誘って、次の案へと繋ぐ。「今一所にても、参り給へ」は、時方が前回の訪問時に、右近に面会を拒まれて、「さりとて、…いかゞ帰り参り侍らむ。今一所だに」（蜻蛉二）と、侍従でも、と願っていたのと同じで、強い願い。「侍従の君呼び出でゝ、「さは、参り給へ」と言へば」も、同じ時の「…今一所だに」と切に言ひたれば、侍従ぞ会ひたりける」（蜻蛉二）に照応。この時も、右近の面会拒否の意志は固かったので、侍従が会っている。右近と侍従は共に浮舟の側近中の側近で、浮舟が自死を決意する経緯を知る只二人だが、その資質や、役割、対応等の人物造形は異なり、夫々の個性は一貫している。（千野祐子「浮舟物語と正編世界―女房「侍従」「右近」から―」・『物語研究』第十四号、物語研究会二〇一四年三月）参照。

二　**まして、何ごとをかは聞こえさせむ…かゝる折にと思ひなして参りける**　「まして」は、右近以上に、として時方への応諾拒否に繋ぐ。「さても」も、右近の言葉「さは…」と同様、時方の「今一所…参り給へ」を受ける。「なほ、この御忌の程には、いかでか」は、右近も「この御忌み果てゝ…少し似つかはしかりぬべき程になして」（前段）と言っていたのと、共通の認識である。「忌ませ給はぬか」は、死の穢れで忌籠中の私が、匂宮の許に参上すると同じ穢れに触れることになるが、匂宮はお厭いになられませんか。「なやませたまふ御響き」は、「いかなる御物の怪ならんなど騒ぐ」（蜻蛉七）、「宮の御とぶらひに…世の騒ぎとなれる」（同）、「つゝしむべき病のさまなりと…内裏にも宮にも思し騒ぐ」（同）とあった。そのため「世の人たち騒ぎて、修法、読経、まつり、祓へと、道々に騒ぐ」（同九）、「さま〴〵の御つゝしみども侍めれ」（同一二）とあった病気平癒の祈願の数々のこと。これらは何より死の穢れを忌む。時方は侍従の問いに、確かに匂宮は忌むべき状況下にあるが、と述べて、その上でなお且つと言葉を繋いでゆく。「忌みあへさせ給ふまじき」〈敢ふ（「合ふ」と同根）下二連用形〉は、浮舟への服喪ではなく、病気平癒のための「さま〴〵の御つゝしみ」である匂宮の（物）忌、潔斎を遵守あそばすことは出来そうにもない御様子。「また、かく深き御契りにては」の「また」は、上述の状態の他に、もう一つ別の対立する状態があり得ることを認める気持を表す、他方、さらに、の意。よって、匂宮が服喪中の侍従に会うことは、侍従の言葉通り匂宮の触穢になり、当然匂宮の病気平癒のための忌みに服しきれないことになるが、一方では、このようにお二人は深い御宿運でありますれば、の意となり下文に続く。「籠らせ給ひてもこそおはしまさめ」は、匂宮は忌籠り中にあなた〔侍従〕に触穢して、そのために、（浮舟の）服喪までが加わり、重篤なお慎みのお籠もりとなられても構わない程のお気持ちのようでおられますのでしょうよ。「残りの日」は、忌明けまでの日数。「ありし御さまもいと恋し」の「ありし御さま」は、匂宮のことで、匂宮が浮舟と対岸の時方叔父の別荘に籠もった時（浮舟二〇）に侍従はお供し、匂宮の美しい容姿に心を奪われて、「殿の御容貌を、たぐひおはしまさじと見しかど、この御ありさまはいみじかりけり。…まろならば、…后の宮にも参りて、常に見たてまつりてむ」（同二三）と思っていた。また、匂宮の最後の訪問となった浮舟邸の警護の厳しい折にも、匂宮に面会している（同三六）。そのような折の匂宮の面影が、慕わしく懐かしいのである。「いかならむ世にかは見たてまつらむ、かゝる折にと思ひなして参りける」は、侍従の自分の情緒を優先した対応である。時方の情に訴える言葉に、すぐさま感応するのは侍従であった（蜻蛉三）。右近は、浮舟失踪直後の時方来訪時に「さるは、今宵ばかりこそ、かくも立ち寄り給はめ、え聞こえぬこと」（同二）と、取次に言わせていたが、面会しなかった。対照的な対応といえる。

三　**黒き衣ども着て…泣く〳〵なむ来ける**　「黒き衣ども着て」以下は、匂宮の処へ参上する侍従を描写。」「ひきつくろひたる容貌もいときよげなり」は、前にも「侍従もいとめやすき若人なりけり」（浮舟二一）、「侍従、色めかしき若人の心地」（同）、「この侍従…髪…様体いとをかしき人なり」（同三七）とあった侍従のこと。「裳は、たゞ今我より上なる人なきにうちたゆみて、色も変へざりければ」は、主人である浮舟が亡くなって、お仕えする御方〔主人〕はいないので、気が緩んで喪服用の裳を準備していなかったこと。「（定子中宮が）おはしまさねば、裳も着ず、袿姿にてゐたる」（枕草子「返る年の二月二十余日」）と類同。表着の上を唐衣と後ろ腰に裳を飾り付けるのが女房装束の正装。「薄色」は薄紫色の裳を、喪服の代用としたもの。「おはせましかば、この道にぞ忍びて出で給はまし」は、反実仮想の構文で、浮舟が生きておられたなら、此の道を忍んで出立するお供に従ったであろうとの侍従の感慨。匂宮は、薫より前に、三月二十八日夜には浮舟を匂宮の乳母の夫の家に移すはずだった（浮舟三六）。「人知れず心寄せきこえしものを」は、浮舟の思いではなく、内心では侍従は、薫よりも匂宮に傾倒し好意を寄せていたものを。

一三　侍従、匂宮の御前で、浮舟失踪の次第を語る

一　宮は、この人参（まい）れりと聞（き）こしめすもあはれなり。[1]女君には、あまりうたてあれば、聞（き）こえ給はず。寝殿（しむでん）におはしまして、渡殿（わたどの）[ア]に下ろし給へり。[2]ありけんさまなどくはしう問（と）はせ給（給）ふに、[3]日頃思（ひごろおぼ）し嘆（なげ）きしさま、その夜泣（よな）き給（給）ひしさま、侍従「あやしきまで言少（ことすく）なに、おぼおぼとのみものし給（給）ひて、いみじと思（おぼ）すことをも、人にうち出（い）で給ふこと（給事）は難（かた）く、ものづゝみをのみし給ひしけにや、のたま（給）ひお（を）くことも侍らず。夢にも、かく心強（づよ）きさまに思（おぼ）しかくらむとは思（おも）ひ給へずなむ侍（侍）りし」など、くはしう聞（き）こゆれば、[4]ましていといみじう、[イ]さるべきにて、ともかくもあらましよりも、いかばかりものを思ひたちて、さる水に溺（おぼ）れけんと思（おぼ）しやるに、これを見（み）つけて堰（せ）きとめたらましかばと、わき返（かへ）る心地し給へどかひなし。侍従「御文を焼（や）き失（うしな）ひ給（給）ひしなどに、など目（め）を立（た）て侍らざりけん」など夜（よ）一夜語（よかた）らひ給（給）ふに、聞（き）こえ明（あ）かす。かの巻数に書（か）きつけ給へりし、母（はゝ）君の返り言（返ごと）などを聞（き）こゆ。

二　何（なに）ばかりのものとも御覧（らん）ぜざりし人も、睦（むつ）ましくあはれに思（おぼ）さるれば、匂宮「わが（我）もとにあれかし。あなたもゝて離（はな）るべくやは」とのたま（給）へば、侍従「[5]さて候（さぶら）はんにつけても、もののみ悲（かな）しからんを思（思）ひ給へれば、今（いま）、この御果（は）て

など過ぐして」と聞こゆ。6匂宮「またも参れ」など、この人をさへ飽かず思す。暁、ウ帰るに、かの御料にとてまうけさせ給ひける櫛の箱一具、衣箱一具、贈り物にせさせ給ふ。さま〴〵にせさせ給ふことは多かりけれど、おどろ〳〵しかりぬべければ、たゞ、この人におほせたる程なりけり。7何心もなく参りて、かゝることどものあるを、人はいかゞ見ん、すゞろにむつかしきわざかなと思ひわぶれど、いかゞは聞こえ返さむ。右近と二人、忍びて見つゝ、つれ〴〵なるまゝに、こまかに今めかしうし集めたることどもを見ても、いみじう泣く。装束もいとうるはしうし集めたる物どもなれば、侍従と右近「かゝる御服に、これをばエいかでか隠さむ」などもてわづらひける。

【校異】

ア　**下ろし給へり**——「おろさせたまへり」青（穂・徹二）河（御・七・前・鳳）別（保）「おろさせ給へり」青（大正・三・徹一・池・肖・紹）河（尾・飯）別（ハ・陽・宮・国・麦・阿）「をろさせ給へり」青（横）「をろさせ給えり」河（伏）「おろさせたまへは」河（大）「おろし給へり」青（大・明・陵・伝宗・幽）。なお、『大成』は「おろし給へり」、『大系』『新大系』も「おろし給へり」であるのに対して、『全書』『玉上評釈』『全集』『集成』『完訳』『新全集』は「おろさせ給（たま）へり」。使役の助動詞「さす」の有無による異同である。「おろす」は他動詞なので、「させ」がない場合でも、侍従（この人）を渡殿に（車から）降ろす意であるが、使役「させ」があれば、（匂宮が供人に命じて）降ろさせなさる、と匂宮の指示が明示される。底本と『明』『陵』『伝宗』『幽』は「させ」はなく、当巻の校異に挙げた他の用例に鑑み、「させ」のある本文は、匂宮が命じたことが分かる表現に直した後出伝本であろうと見て、底本の校訂を控える。

イ　**さるべきにて**——「さるへきにても」青（大・池）「さるへきにて」青（明・陵・伝宗・幽・穂・大正・三・徹一・横・徹二・肖・紹）河（尾・御・七・前・大・鳳・伏・飯）別（ハ・陽・宮・保・国・麦・阿）。『大成』は「さるへきにても」、『新大系』も「さるべきにても」であるのに対して、『全書』『大系』『玉上評釈』『全集』『集成』『完訳』『新全集』は「さるべきにて」。係助詞「も」の有無である。当該の「さるべきにて」は然るべき前世からの因縁によって、の意。「も」が加われば、「さるべき」ことを不確実なものとして提示し、それについて「ともかくも」以下で説明する役割を担うが、意味上の相違は殆どない。『大』は調査諸本中『池』のみと同じだが、常に同一歩調を取ることの多い『明』『陵』『伝宗』『幽』などが、他の諸本と同一の「さるべきにて」であること、さらに底本の『大』においても、「さるへきにても」の用例は他に見られない点も考慮し、『大』の「も」は、後から挿入された可能性が高いと見て、底本を「さるへきにて」に校訂する。

ウ　**暁**――「暁に」青（大正）別（宮・阿）「あか月に」青（徹一・肖）河（尾・御・七・前・大・鳳・伏・飯）別（ハ・陽・保・国）「あかつきに」青（穂・三・横・紹）別（麦）「あか月○(に)」青（幽）「あか月」青（大・伝宗）「あかつき」青（明・陵・徹二）、青（池）は落丁。なお、『大成』は「あか月」、『大系』『新大系』も「あかつき（月(つき)）」であるのに対して、『全書』『玉上評釈』『全集』『集成』『完訳』『新全集』は「あかつき（暁(あかつき)・暁）に」。当該は格助詞「に」の有無である。格助詞「に」は省略されることが少ない助詞で、暁という時間的一点を指定する意を担う意「に」を欠く場合は、上接文「…飽かず思す」につながり、「暁」で一呼吸置くことによって、それを確認強調する意となろう。侍従を引き留めてもっと浮舟の事を聞きたい匂宮の心情なのに、無情にも帰るべき暁になった、との思いが体言止めとなる。『幽』において「に」を補入している如く、後出伝本が「に」を入れて表現を整えたものと見て、底本の校訂を控える。

エ　**いかでか**――「いかて」青（穂・大正・三・徹一・池・横・徹二・肖・紹）河（尾・御・七・前・大・鳳・伏・飯）別（ハ・宮・保・国・麦・阿）「いかてか(ヒ)」青（幽）「いかてか」青（大・明・陵・伝宗）別（陽）。なお、『大成』は「いかてか」、『全書』『大系』『玉上評釈』『新大系』も「いかでか」であるのに対して、『全集』『集成』『完訳』『新全集』は「いかで」。強調の助詞「か」の有無による相違である。周囲の侍女達の目から隠さねばならない見事な衣装を前にしての右近の言葉である。「いかでか」ならば、右近と侍従の困惑の程度は「いかで」よりも強く、どうして隠したものか、隠しようがないと述べた表現となる。状況としては「いかでか」の方が相応しく、「か」は挿入されるより誤脱する可能性の方が高く、本来は「いかてか」であったものと見て、底本の校訂を控える。

【傍書】　1中君御中　2匂宮御心中詞　3侍従返答　4匂宮御心中御詞　5侍従詞　6匂宮御詞　7侍従心中

【注釈】

一　**宮は、この人参れりと聞こしめすもあはれなり…母君の返り言などを聞こゆ**　「聞こしめすもあはれなり」は、匂宮が侍従の来訪を聞いて、浮舟への哀惜の思いが一層強く蘇り感慨無量となっている様。前段末の侍従の「…など思ふにもあはれなり」に呼応。「女君には、あまりうたてあれば、聞こえ給はず」の「あまりうたてあれば」は、あまりにも行き過ぎなので。前に中の君は、薫と匂宮の郭公の贈答歌（蜻蛉一〇）の場に居合わせて、匂宮と浮舟との件を知ってしまわれたので、「宮も、隠れなきものから」「ありしさまなど、…語り聞こえ給ふ」（同）ていたが、その態度は「少しは取り直しつゝ」（同）語っていた。中の君の前で、異母妹とはいえ愛人〔浮舟〕の急死の事情を、その侍女を呼び出してまで聞くのは、執着しているようで、中の君に対していかにも無神経で具合が悪かろうと思った。「ありけんさま」は、浮舟生前の、殊に匂宮の最後となった浮舟邸への訪問（浮舟三一）の頃から死去するまでのこと。「日頃思し嘆きしさま」は、薫、匂宮双方への対応に苦慮懊悩するようになった（同二三）こと。「その夜泣き給ひしさま」は、浮舟が入水を決行したと思われる夜の様子。「あやしきまで」以下の侍従の言葉は、その頃の浮舟の様子で、「言少な」で「おぼおぼ」しく、「人にうち出で給ふことは難」く、「ものづゝみ」し、「のたまひおくこと」もしない様であったこと。「おぼおぼ」は、態度、行動がはっきりせず、ぼんやりしている様。側近の右近や侍従の助言めいた言葉や話にも明確な主張を避けて、心の中だけで懊悩していた浮舟の姿は浮舟巻に詳しい。「かく心強きさまに思しかくらむとは思ひ給へずなむ侍りし」は、浮舟の日頃の態度からは、気丈に入水を決行なさるとは夢にもお思い致しませんでした。「ましていといみじう」は、入水の事実を侍従から初めて聞かされた匂宮が、侍従が入水など夢にも思わなかったという以上に驚き、強く嘆き悲しむ発語。以下「わき返る心地し給へどかひなし」迄は匂宮の心中に添った叙述。「さるべきにて、ともかくもあらましよりも」は、然るべき前世からの宿運で、どのようにでも病死などのように寿命が尽きて死んだのであったら、（まだ受け入れ易かったのに）あの女は、それよりもどの位物思いして、決心してあの水の中に…。「あらまし」は、動かし難い入水死という事実を心の中で拒否し、それが無かった場合の通常の病死などの寿命による死を想定して、その場合に生じるであろう気分や状況を心の中に描いて述べる。

「よりも」は、比較の規準を表し、体言または体言に準ずる語に付き、それが他の語にどんな関係で続くかを示すので、「あらまし」は体言格。「いかばかりものを思ひたちて、さる水に溺れけん」は、（入水死という非業の選択を浮舟は、）どれ程の決意をして、あの荒々しい流れの大河に身を投じ溺れたのだろうか。そう思うと心が震えるのが、「ましていといみじう」の指す匂宮の心中の慟哭である。「これを見つけて堰きとめたらましかば、わき返る心地し給へどかひなし」は、匂宮が、入水しようとする浮舟を見つけて、川の流れを堰き止めるように浮舟の入水を止められたなら、と滾（たぎ）るような激しい思いがなさるけれど、甲斐がない。反実仮想の「まし」「ましかば」が用いられることで、如何にも無念なという匂宮の「わき返る」激しい嘆きの思いが強調されている。「溺る」「堰く」「わき返る」は、宇治川を思わせる「水」の縁語表現。「御文を焼き失ひ給ひし」時に、侍従はそれを見て「あはれなる御仲に、心とゞめて書き交はし給へる文は」いつまでも手許に置いておくべきで、料紙もお言葉も最上の心尽くしを「かくのみ破らせ給ふ、情けなきこと」（浮舟三五）と言って制止していた。「などて目を立て侍らざりけん」の「目を立つ」は物語中他に二例「殿上人などは、目をたてて気色ばむ」（蛍七）、「御目立てゝ、この立文を見給へば」（浮舟五）で、気を付けてよく見る意。侍従の制止を、浮舟は、「何か。むつかしく。長かるまじき身にこそあめれ。落ちとゞまりて、人の御ためもいとほしからむ。さかしらにこれを取り置きけるよ、など漏り聞き給はんこそ恥づかしけれ」（同三五）と言って、文を焼き捨てていた。それなのに、何故よく注意して見申し上げていなかったのか。それを、鈍感なことに侍従は、自死の決意の身辺整理とは気付かず止めなかったという、侍従の慙愧と後悔の念が籠もる。「巻数」は既述（若菜上三五）。物語中二例のみ。僧侶が願主の依頼に応じて読経した経文、陀羅尼などの題名や度数を記して願主に送った文書。「かの巻数に書きつけ給へりし、母君の返り言」は、母君の使が「持て来たるに書きつけ」（同三九）た「後にまたあひ見むことを…／鐘の音の絶ゆる響きに…」の歌のことで、浮舟が母への辞世の和歌としたもの。

二　何ばかりのものとも御覧ぜざりし人も…「かゝる御服に、これをばいかでか隠さむ」などもてわづらひける　「睦ましくあはれ」は、匂宮が、浮舟のゆかりの侍女である侍従へ感じる親しみのしみじみとした気持。「わがもとにあれかし」は、我〔匂宮の〕が許で女房として仕えよ。「あれかし」は、聞き手である侍従に自分の許に仕えよと、念を押し強調したもの。「あなたもゝて離るべくやは」の「あなた」は、西の対に住む中の君を指す。中の君も浮舟の異母姉であり、侍従にも縁が全くないわけではないこと。侍従に会う直前まで一緒に居て、情緒を分かち合っていた中の君に対して遠称である「あなた」を用いているのは、今居る場所からの距離の隔たりのみではなく、侍従と浮舟の話をしている匂宮にとって心理的な遠さも意味する。「さて候はんにつけても…今、この御果てなど過ぐして」は、匂宮の誘いを断る侍従の言葉であるが、既に無意識のうちに将来匂宮に仕えたいとの返答になっている。侍従の匂宮に傾倒する気持の現れといえる。「この御果て」は、浮舟の忌明けのこと。「さま〴〵にせさせ給ふこと」は、匂宮が、浮舟が京に移居した時のためにご準備なさった物。「この人におほせたる程なりけり」の「おほす」は「負ふ」の使役「負はす」の転で、背負わせる意。下賜品は侍従に相応程度になさったのであったよ。「かゝることどものあるを、人はいかゞ見ん」は、忌中の身が邸を抜け出して、このような御下賜品（櫛の箱一具、衣箱一具）を持ち帰ることを、周りの同僚達がどう見るか、と懐疑的な批判的視線を気にしたもの。これは、右近も「今さらに、人も、あやしと言ひ思はむもつゝましく」（蜻蛉一一）と言っていたように、浮舟の死の真相が周囲の同僚等に露顕する危惧による。「聞こえ返す」は、覆し申し上げる、つまり、辞退申し上げる意。「右近と二人」以下は侍従が宇治に帰邸してからの場面。「つれ〴〵なるまゝに」は、仕えるべき主人亡き今は、侍女としての仕事はないことによる。「こまかに今めかしうし集めたることども」は、匂宮から下賜された、巧緻な細工が施され目新しく当世風に作られ集められた物ひとつひとつ。

一四　薫、ようやく宇治を訪い、右近に真相をただす

一大将殿もなほいとおぼつかなきに、思しあまりておはしたり。道の程より昔のことゞもかき集めつゝ、いかなる契りにて、この父親王の御もとに来そめけむ、アかゝる思ひかけぬ果てまで思ひあつかひ、このゆかりにつけてはものをのみ思ふよ、いと尊くおはせしあたりに、仏をしるべにて、後の世をのみ契りしに、心きたなき末の違ひ目に、思ひ知らするなめり、とぞおぼゆる。ニイ右近召し出でゝ、薫「ありけんさまも、はか〴〵しう聞かず、なほ、尽きせずあさましうはかなければ、忌の残りも少なくなりぬ、過ぐしてと思ひつれど、しづめあへずものしつるなり。いかなる心地にてか、はかなくなり給ひにし」と問ひ給ふに、1尼君なども、気色は見てければ、つひに聞き合はせ給はんを、なか〳〵隠しても、こと違ひて聞こえんにそこなはれぬべし、あやしき事の筋にこそ、虚言も思ひめぐらしつゝならひしか、かくまめやかなる御気色にさし向かひきこえては、かねて、と言はむかく言はむとまうけしウ言葉をも忘れ、わづらはしうおぼえければ、ありしさまのことゞもを聞こえつ。

【校異】

ア　かゝる――「ナシ」別（ハ・国）「かう」別（保）「かく」青（穂・大正・三・徹一・池・横・徹二・肖・紹）河（尾・御・七・前・大・鳳・伏・飯）別（陽・宮・麦・阿）「か○かる」青（幽）「かゝる」青（大・明・陵・伝宗）。なお、『大成』は「かゝる」、『大系』『新大系』も「かゝる」であるのに対して、『全書』『玉上評釈』『全集』『集成』『完訳』『新全集』は「かく」。薫が、浮舟の死という慮外の事態を観念的限定的に捉え、それを指示する副詞「かく」のみで表すか、「かくあり」の転「かゝる」で

表すかの相違である。「かゝる」なら連体修飾語なので、下接の体言格「思ひかけぬ果て」に掛かる。しかし、「かゝる」に下接する「思ひかけぬ」が用言なので、それに引かれて、「かゝる」が「かく」に改訂され、異文が発生したものと見て、底本の校訂を控える。

イ　**右近**――「右こんを」青（穂・三）「右近を」青（大正・徹二）河（尾・御・七・前・大・鳳・飯）別（麦・阿）「うこんを」河（伏）「右近」青（大・明・陵・伝宗・徹一・幽・池・横・肖・紹）別（ハ・宮・国）「うこん」別（陽・保）。『大成』は「右近」、『大系』『全集』『集成』『完訳』『新大系』『新全集』も「右近（、）」、であるのに対して『全書』『玉上評釈』は「右近を」。当該は格助詞「を」の有無である。対象を確認する格助詞「を」はある方がより整った文である。しかし、薫は漸く自分の目と耳で浮舟の死の真相を確かめるべく宇治へ赴いた。その道中の心中思惟が語られた後、右近を召し出して糾すという文であるので、「を」がない方が、右近を取り立てて強調した感がある。薫の強い決意の姿勢を示すために「を」は省略されたものと思われる。河内本を中心にして「を」があるのは、語りの表現のあうんの呼吸を理会せず、律儀に表現を整えた後人によるさかしらと見て、底本の校訂を控える。

ウ　**言葉をも**――「ことはも」青（穂・三・横・徹二）河（尾・飯）別（ハ・麦）「ことは○（も）」青（池）「こと葉も」青（大正）河（御・七・前・大・鳳・伏）別（宮・国）「詞も」青（徹一）「ことの葉も」青（紹）「ことのはも」青（肖）「こと・（の）はも」別（保）「事も」別（陽）「こと○（の）葉をも」青（幽）「ことはをも」青（大・明）別（阿）「ことばをも」青（伝宗）「こと葉をも」青（陵）。『大成』は「言葉をも」、『大系』『玉上評釈』『全集』『完訳』『新大系』『新全集』も「言葉（言葉（ことば））をも」であるのに対して、『全書』『集成』は「言葉も」。格助詞「を」の有無である。「をも」の係助詞「も」は、「を」を強調するもの。薫に面と向かって浮舟の件を問い糾された右近は、「と言はむかく言はむ」と予め準備していたにもかかわらず、なまじ隠し立てするような言葉もすっかり忘れてしまった、として「言葉をも」と強調する。見透かされて、後で薫が真相を知るようなことになれば「わづらはし」と思う右近の、薫に話す姿勢であり、「も」のみではなく「をも」と強調するのが右近の心理状態を語る叙述に適う。諸本の動向もそのことを示しているので、当該は校訂を控える。

【傍書】　1右近心中

【注釈】

一　**大将殿もなほいとおぼつかなきに…思ひ知らするなめり、とぞおぼゆる**　「大将殿も…思しあまりておはしたり」は、薫が匂宮同様、やはり浮舟の死について何とも摑みどころがなくはっきりしないので、気掛かりで思い悩んだ末に意を決して宇治へお出でになられたこと。薫は、「おぼつかなさも限りなきを、ありけむさまもみづから聞かまほしと思せど」（蜻蛉九）、「いと夢のやうにのみ、なほ、いかでいとにはかなりけることにかはとのみいぶせければ」（同一一）と逡巡するばかりであった。その薫が、「思しあまりて」やっと出掛けたのである。薫は、浮舟の死以前から、わだかまっていた匂宮と浮舟への疑念により、浮舟の訃報を聞いても心は硬直したままで、直ぐさま宇治へ出向けなかった。それが、匂宮のこれ以上はない程の悲嘆の様（同七・八）を見て、薫の心に変化が生じ（同九・一〇）、やっと宇治へ出向くのである。「思しあまりて」は、薫が浮舟の死を今も受け止め難く、思案に余り、恋しさに耐えきれなくなったさま。浮舟との関係に自信を持てないでいて、その死に冷静とも冷淡ともいう姿勢しか取り得なかった薫が、動くまでにはこれだけの時間と事情を要した。「昔のことゞもかき集めつゝ」は、宇治へ通い始めたそもそもの契機から、八の宮、大君、中の君、浮舟と関わり続けて来た数々を、あの時の事この時の事と繰り返し思い出しながら。「いかなる契りにて…思ひ知らするなめり」は、薫の心内語。「いかなる契りにて、この父親王の御もとに来そめけむ」は、そもそも八の宮の許に薫が通い始めた（橋姫一〇）のは、俗聖としての八の宮への敬愛と思慕からであり、八の宮は若い薫を「法の友」として親交を結んでくれた。その当初からのことを薫は前世からの宿命として捉えている。しかし、八の宮との出会いの始発からの思い出を反芻する薫の心中思惟で、「この父親王」と表現されているのは、法の師、法の友として通いはじめた目的「八の宮」が、今や薫の心の中では、主軸が無意識のうちにその娘たちに移っていたことを示している。「思ひかけぬ果てまで思ひあつかひ」の「果てまで」は、八の宮からの後見の依頼（椎本七）は大君、中の君だけであったが、その認知しなかった異母妹までもを示すので、予想もしなかった八の宮の血筋の末である浮舟まで大事に世話をし、の意。「このゆかりにつけてはものをのみ思ふよ」は、八の宮の遺児である、大君、中の君、浮舟それぞれが、自分〔薫〕に懊悩憂愁の思いを抱かせるものであることよ、とした慨嘆。「いと尊くおはせしあたりに、仏をしるべにて、後の世をのみ契りしに」は、薫が八の宮の処に出入りし始めたころ（橋姫一〇）の回想で、八の宮が俗聖として敬虔に仏に対座していたお側に、宮を法の道標として、後世だけを願い固く精進を約束していたのに。「心きたなき末の違ひ目に、思ひ知らするなめり」は、浅慮の果てに不本意な事態を招いたと、仏が私に思い知らせているようだ。今回の浮舟の死のみでなく、三姉妹によってもたらされた懊悩や深い悲しみを、自らの至らなさを知らしめるために、仏の示した「方便」と捉えるところがいかにも薫らしい思考といえる（総角四〇・蜻蛉六参照）。

二　**右近召し出でゝ、「ありけんさまも…ありしさまのことどもを聞こえつ**　「ありけんさま」は、浮舟の亡くなった時の様子。「あさましうはかなければ」は、浮舟との間柄を薫が、驚き呆れるばかりあっけなかったので、と捉えた表現で、「しづめあへずものしつるなり」に掛かり、当段冒頭の言葉「いとおぼつかなきに、思しあまりておはしたり」に照応する。「いかなる心地にてか、はかなくなり給ひにし」は、薫の最大の疑問であった浮舟の死去に到る事情を真っ先に尋ねる言葉。匂宮が「いかでいとにはかなりけることにかは」（蜻蛉一一）と思ったことに照応。「あやしき事の筋にこそ、虚言も思ひめぐらしつゝならひしか」は、匂宮との秘事に関しては、そもそもが右近の「心もなかりける夜の過ち」（浮舟一一）から生じたものだから、それを隠すため、人を欺く言葉も交えあれこれ思案を繰り返しながら（そのことに）慣れてきたこと。「かねて、と言はむかく言はむ…ありしさまのことゞもを聞こえつ」は、かねてから、大将殿にお目に掛かった時には、と準備していた言葉も、ご当人を目の前にしては、すっかりどこかに飛んでいってしまい、取り繕うことが面倒になったので、浮舟の死が入水であったことを申し上げたこと。匂宮の使で来た時方の要請には、二度に亘って面会を拒否した右近が、わざわざ出向いて来た薫には、秘めてきた浮舟の死に到った次第を隠し了せぬと判断したのである。浮舟の性格や儚い生涯、それを語る右近の造形は、夕顔巻の「らうたげ」で「おほどか」な夕顔の性格や、その死後、源氏に召し出され夕顔について語る乳母子右近（夕顔二四等）を思わせる。

一五　薫、浮舟の追い詰められた様を聞き、驚愕の真相を知る

[一][1]あさましう思(おぼ)しかけぬ筋(すぢ)なるに、もの(物)もとばかりのたま(給)はず。さらにあらじとおぼゆるかな、なべての人の思ひ言(思い)ふことをも、こよなく言少(ことすく)なにおほどかなりし人は、[ア]いかでか、さるおどろ〳〵しきことは思(思)ひたつべきぞ、いかなるさま(朱)[ヒ]に、この人々(ゝ)もてなして言ふにかと、[イ]御心も乱(みだ)れまさり給へど、[2]宮も思(おぼ)し嘆(なげ)きたる気色(けしき)いとしるし、[ウ]事のありさまも、しかつれなしづくりたらむ[3]気配(けはひ)は、お(を)のづから見えぬべきを、かくおはしましたるにつけても、悲(かな)しくいみじきことを、上下(かみしも)の人集(つど)ひて泣(な)き騒(さは)ぐを、と聞(きゝ)き給へば、薫「[二]御供(とも)に具(ぐ)して失(う)せたる人やある。[4]なほ(猶)、ありけんさまをたしかに言(い)へ。我(われ)をおろか(ゝ)に思(思)ひて背(そむ)き給(給)ふことはよもあらじとなむ思ふ。いかやうなる、たちまちに、言(い)ひ知(し)らぬことありてか、さるわざはし給はむ。我(われ)なむ、え信(しむ)ずまじき」とのたま(給)へば、[エ][三][5]いとゞしく、さればよ、とわづらはしくて、右近「お(を)のづから聞(き)こしめしけむ。もとより思(おぼ)すさまならで生(おいい)ひ出で給へりし人の、世離(よばな)れたる御住(す)まひ(い)の後(のち)は、いつとなくもの(物)をのみ思(おぼ)すめりしかど、たまさかにもかく渡(わた)りおはしますを待(ま)ちきこえさせ給(給)ふに、もとよりの御身の嘆(なげ)きをさへ慰(なぐさ)め給(給)ひつゝ、心のどかなるさまにて、時々(ときどき)も見(み)たてまつらせ給(給)ふべきやうに、[オ]いつしか

とのみ、言に出でゝはのたまはねど、思しわたるめりしを、その御本意かなふべきさまに承るることども侍りしに、かくてさぶらふ人どもゝ、うれしきことに思ひたまへ急ぎ、かの筑波山も、かくらうじて心ゆきたる気色にて、渡らせ給はんことを6営み思ひ給へしに、四心得ぬ御消息侍りけるに、このカ宿直仕うまつる者どもゝ、キ女房たちらうがはしかなりなど、いましめ仰せらるゝことなど申して、ものゝ心得ずク荒々しき田舎人どもの、あやしきさまにとりなしきこゆることども侍りしを、その後久しう御消息なども侍らざりしに、心憂き身なりとのみ、いはけなかりし程より思ひ知るを、人数にいかでケ見なさんとのみよろづにコ思ひあつかひ給ふ母君の、なか／＼なることの人笑はれにサなりては、いかにシ思ひ嘆かんなどおもむけてなん、常に嘆き給ひし。その筋よりほかに、何ごとをかと思ひ給へ寄るに、たへ侍らずなむ。ス鬼などの隠しきこゆとも、いさゝか残るところも侍るなるものを」とて泣くさまもいみじければ、7いかなることにか、と紛れつる御心も失せて、せきあへ給はず。

【校異】

ア　**いかでか**――「いかて」青（明・大正・池・横・徹二）河（尾・御・七・前・伏・飯）別（陽・宮・保・国・麦・阿）「い□」河（鳳）「いかてか」青（三）「いかてか」青（大・陵・幽・穂・徹一・肖・紹）河（大）別（八）「いかでか」青（伝宗）。なお、『大成』は「いかてか」、『大系』『玉上評釈』『全集』『完訳』『新大系』『新全集』も「いかでか」であるのに対して、『全書』『集成』は「いかで」。「いかで」に強意の助詞「か」を加えるか否かの相違である。浮舟は「こよなく言少なにおほどかなりし人」である、と認識している薫の心中思惟である。浮舟が入水自殺など思いつく筈がないと薫が強く思う文脈なので、一三段【校異】エと同様、より強い疑念を表す「か」は、有る方が薫の心情に添う。よって底本の校訂を控える。

イ　**言ふにかと**――「いふにかあらむ○と」青（陵）「いふにかあらん○と」青（肖）「いふにかあらんと」青（明・伝宗・穂・大正・三・徹二・紹）河（尾・御・七・前・大・鳳・伏・飯）別（ハ・宮・麦・阿）「いふにかあらむと」青（池・横・徹一）別（陽・国）「いふにかあらむと」別（保）「いふにか○（あらむと）と」青（幽）「いふにかと」青（大）。なお、『大成』は「いふにかと」、『玉上評釈』『新大系』も「言（言）ふにか、（ナシ）と」であるのに対して、『全書』『大系』『全集』『集成』『完訳』『新全集』は「言（い）ふにかあらむ、（｜）と」。「いふにか」の後に「あらむ」を省略するか否かの相違である。「御心も乱れまさり給へど」へ続く文を考慮すると、「言ふにかと」で、意味を取り違えることはない。こうした叙述の場合、係結「あらむ」は省略することもあり得る。しかし、調査諸本中、底本と『幽』のミセケチ前の本文のみ「あらむ」を欠くので、両本の親本の段階で「あらむ」が落とされたと見るよりも、後出伝本が係結の整った本文に校訂したと見る方が、諸伝本のこれまでのあり方から想定し穏当であると見て、底本の校訂を控える。

ウ　**事の**――「こゝの」青（明・陵・伝宗・穂・大正・三・横・徹二・肖・紹）別（麦・阿）「ことの」青（幽）「ことの」青（大・池）河（尾・御・七・前・大・鳳・伏・飯）別（ハ・保・国）「事の」青（徹一）別（陽・宮）。なお、『大成』は「ことの」、『新大系』も「事（こと）の」であるのに対して、『全書』『大系』『玉上評釈』『全集』『集成』『完訳』『新全集』は「ここ（ゝ）の」。「こゝ」と浮舟邸を指すか、「こと」と浮舟の死に関する件を指すかの相違である。前項【校異】ア・イ同様薫の心中思惟の続きである。続く下文には「しかつれなしづくりたらむ気配は、おのづから見えぬべき」とあり、薫を今捉えているのは、浮舟邸の様子ではなく、入水の原因はどのような事だったのか「ことのありさま」を右近に聞き出すことにある。よって当該は、「ことの」が「こゝの」に誤写されて異文が発生したものと見て、底本の校訂を控える。

エ　**いとゞしく、さればよ、と**――「さればよといとをしく」別（陽）「さればよといと〳〵をしく」別（保）「いと〳〵おしくされはよと」青（明・陵・徹一・池・横・紹）河（七・前・大・鳳）別（ハ・麦）「いと〳〵をしくされはよと」青（伝宗・穂・大正・三）河（尾・御・飯）「いといとおしくされはよと」青（肖）別（阿）「いと〳〵ほしくされはよと」青（徹二）「いと〳〵おしうされはよと」別（宮・国）「いとゝおしくされはよと」河（伏）「いとゝ（〳〵ほ）しくされはよと」青（幽）「いとゝしくされはよと」青（大）。なお、『大成』は「いとゝしくされはよと」、『玉上評釈』『新大系』も「いとゞしく、さればよ、（ナシ）と」であるのに対して、『全書』『大系』『全集』『集成』『完訳』『新全集』は「いと（ゝ）いとほしく、（｜）さればよ、（｜）と」。「いとゞしく」か「いと〳〵ほしく」かの相違である。「さればよと」を先にする文は後者「いと〳〵ほしく」から派生した本文であろうので考察から除く。繰り返し記号をどう表記したかによる相違であろう。右近は薫に真相を隠し果せる自信は無く、また薫と昵懇の弁の尼から耳に入ることもあろうと考え、匂宮との秘事は別にして、入水に関してはありのまま伝えた。それに対して薫の「なほ、ありけんさまをたしかに言へ。…いかやうなる、たちまちに、言ひ知らぬことありてか、さるわざはし給はむ。我なむ、え信ずまじき」の詰問に「さればよ」と感じた右近の反応である。「いと〳〵ほしく」なら、薫に対する右近の同情心で、非常に気の毒だ、可哀想だ、の意となり、「「いといとほしく」「さればよ、とわづらはしく」がともに、次の「て」でしめくくられて、述語を形成する」（『玉上評釈』）ので、「いとほし」と「わづらはし」という別個の心情が右近の中で同時に存在することになる。「いとゞしく」なら、ますますもって甚だしい、の意で、「わづらはしくて」に掛かり、真相を話せという薫の詰問を、右近が危惧した通りだとして、それを厄介に思う右近の率直な実感のみが表出される。右近は匂宮と浮舟の秘事については、更に薫の次の詰問「宮の御ことよ、…なほ言へ。我には、さらにな隠しそ」（当巻一六〇）を受けてから、薫に配慮しながら、且つ浮舟を守りながら漸く語っている。薫の「たしかに言へ」は、右近の話が、浮舟の入水死を納得するものでなく、しかし匂宮が隠蔽したとは思えない、話は信じられないとする心内語の後に発せられたものである。その薫の発言に対し右近が「いとほし」と思うなら、右近は匂宮との秘事を語らなかったことが薫に気の毒であると思ったことになる。しかし、それでは「さればよとわづらわしくて」最後まで事の真相は話さない右近の行動とが一貫しない叙述になる。故に、薫の追及を「いとゞしく」と受け止めるほうが、次ぎの右近の話に繋がり説得力を持つ。当該は、『大』と『幽』のミセケチ前の本文のみが「いとゞしく」であるが、元々「ゝ」であったものを「〳〵」に表記したことからの異文の発生を推定し、本来は「いとゝしく」であったものと見て、底本の校訂を控える。

オ　**やうに**――「やうには」（大）「やうに」青（明・陵・伝宗・幽・穂・大正・三・徹一・池・横・徹二・肖・紹）河（尾・御・七・前・大・鳳・伏・飯）別（ハ・陽・保・麦・阿）「様に」別（宮・国）。なお、『大成』は「やうには」、『新大系』も「やうには」であるのに対して、『全書』『大系』『玉上評釈』『全集』『集成』『完訳』『新全集』は「やうに」。当該は「時々も見たてまつらせ給ふべきやうに」に係助詞「は」を加えるか否かの相違である。「は」があれば、続く文「いつしかとのみ」以下を取り立てて示し、浮舟の薫を待ち望む心情をより強く示す。しかし調査書本中底本のみの独自異文であるので、『大』が薫の宇治への渡りが途絶えがちなのを、浮舟が「いつしかとのみ」待ち望んでいたことを強調するために「は」を挿入したものと見て、「やうに」に校訂する。

カ　**宿直**――「とのゐなと」青（穂・大正・三・徹一・池・横・徹二・肖）河（尾・御・七・前・大・鳳・飯）別（ハ・陽・宮・国）「殿ゐなと」青（伝宗・紹）別（麦・阿）「とのゐ人な（「人」の上に「な」）と」別（保）「とのゐ人なと」河（伏）「とのゐ」青（大・

陵）「殿居」青（明・幽）。なお、『大成』は「とのゐ」、『大系』『玉上評釈』『新大系』も「宿直（とのゐ）」であるのに対して、『全書』『全集』『集成』『完訳』『新全集』は「宿直など」。当該は副助詞「なと」の有無である。この場合の「など」は、他に同類のもののある中で一例を示すもので、仕事の領域を言うのであり、「など」はあっても文意は通る。しかし、右近はここでは、薫が内舎人に命じて、浮舟邸警備と称して男（匂宮）の出入りを監視する任に当たらせた者（浮舟三三・三四）のことを言っている。「など」がない場合、「とのゐ」は「夜半、暁」「女房の御もとに、知らぬ所の人々通ふ」（同三四）のを監視するのが第一義の役割であることを示す「宿直仕うまつる者ども」の意である。「宿直など」として、彼らの仕事内容が他にあることを示す表現にする必要はないであろう。後出伝本において「など」が追加されたものと見て底本の校訂を控える。

キ　**女房たち**――「女房」青（横・徹二）河（尾・御・七・前・大・鳳・飯）別（ハ・陽・宮・国・麦）「女はう」青（三・池・肖）別（保）「ねうはう」河（伏）「女はら」青（大正）「女はうたち」青（幽）「女はうたち」青（大・陵・穂・徹一）「女房たち」青（明・伝宗・紹）別（阿）。なお、『大成』は「女はうたち」、『全書』『大系』『玉上評釈』『全集』『完訳』『新大系』『新全集』も「女房達（女房達・女房たち・女房たち）」であるのに対して『集成』は「女房」。複数を表す接尾語「たち」の有無である。先に内舎人は薫の言葉として、「女房の御もとに、知らぬ所の人々通ふ」（同三四）と厳しく言っていた。薫は用心深く浮舟とは特定出来ない表現として複数形で、「女房たち」の不届きを注意せよ、と宿直の者に命じ、宿直の者は薫の命をそのまま右近等に伝えたと思われる。その薫の真意を解さない後出伝本が「女房」に変更したのであろう。『幽』の校訂前の本文は本来の姿「女はうたち」を伝えていると見て、底本の校訂を控える。

ク　**荒々しき**――「あら〳〵しきは」青（大・幽・徹一）「あら〳〵しき」青（明・陵・伝宗・穂・大正・三・池・横・徹二・肖・紹）河（尾・御・七・前・大・鳳・伏・飯）別（ハ・陽・宮・保・国・麦・阿）。なお、『大成』は「あら〳〵しきは」、『新大系』も「荒〳〵しきは」であるのに対して、『全書』『大系』『玉上評釈』『全集』『集成』『完訳』『新全集』は「あらあら（荒〳〵・あら〳〵・荒々）しき」。「は」の有無による相違である。「は」は、所謂提題の「は」とすると下文との続きが不具合となるので、終助詞と見れば、句点となる。薫から納得できない手紙が届いただけではなく、侍女達がふしだらであった、と（薫が）お叱りの御様子であるなど申して、宿直人たちが（薫の）代弁者として礼儀知らずの粗野なことを仰るとは、いったいどうしたことでしょうか、の意に解される。そもそも浮舟を追い詰めた原因は、薫の誤解による内舎人への指示だったとして、矛先を転化した右近の気持の発露表現であると言えるが、右近の薫への言葉としては強すぎるか。「は」がない場合は「ものゝ心得ず荒々しき田舎人ども」となり、田舎人の形容で、言葉の続き具合も不自然さがなくなる。なお、調査諸本には下接語「ゐ中人」の「ゐ」を「い」と表記した例は無い。当該も「荒々しき田舎人」と読み、底本を「荒々しき」に校訂する。

ケ　**見なさんとのみ**——「みなさんと」青（三・横・紹）河（尾・御・伏）別（陽・麦）「みなさむと」青（池）河（前・大・鳳）別（保・国）「見なさんと」青（大正）河（飯）「見なさむと」青（肖）別（宮）「みなむ」河（七）「みなさむとのみ」青（幽）「みなさんとのみ」青（大・伝宗）別（ハ）「みなさむとのみ」青（明・陵）「見なさむとのみ」青（徹一）「見なさんとのみ」青（穂・徹二）別（阿）。『大成』は「みなさんとのみ」、『大系』『玉上評釈』『全集』『完訳』『新大系』『新全集』も「み（見・見）なさむ（ん）』（ナシ・、）とのみ」であるのに対して、『全書』『集成』は「見なさむ、（ナシ）と」。「のみ」の有無による相違である。「のみ」があれば、浮舟母が、浮舟に何とか人並みの幸運を期待し見届けたい一心で、万事大切に思って世話をすることを、取り立てて強調する文脈になる。『幽』がミセケチして修正しているように、諸本が「のみ」を落としたことによる異文の発生と見て、底本の校訂を控える。

コ　**思ひあつかひ**——「あつかひ」青（穂・大正・三・池・横・徹二・肖・紹）河（尾・御・七・前・大・鳳・伏・飯）別（宮・保・国・麦）「○（あ（張紙））つかひ」別（ハ）「思ひあつかひ」青（幽）「思ひあつかひ」青（大・徹一）「思あつかひ」青（明・伝宗）別（阿）「おもひあつかひ」青（陵）別（陽）。なお、『大成』は「思ひあつかひ」、『大系』『新大系』も「思（思）ひあつかひ」であるのに対して、『全書』『玉上評釈』『全集』『集成』『完訳』『新全集』は「あつかひ」。浮舟母が浮舟を、「よろづにあつかひ」か「よろづに思ひあつかひ」かの相違である。浮舟母は、浮舟誕生以来八の宮の娘でありながら正当に扱われないことを不憫に思い、「いかでひきすぐれて面立たしき程にしなしても見えにしがな、と明け暮れこの母君は思ひあつかひける」（東屋二）とあった。この例文の如く当該例も、端で見ている右近にも、浮舟母は、浮舟を単に世話するのみではなく、大切に思って世話をするように感じられた、とするのが状況に合う。『幽』のミセケチが示唆しているように諸本が「おもひ」を脱落させたと見て底本の校訂を控える。

サ　**なりては**——「なりはては」青（明・伝宗・穂・大正・三・徹一・池・横・徹二）河（尾・御・大・鳳・伏・飯）別（ハ・保・国・麦・阿）「成はては」別（宮）「なりはてゝは」河（前）「なるはては」青（紹）「成○（は）ては」河（七）「なり○（は）ては」青（肖）「なりはては」別（陽）「なりては」青（大・陵・幽）。なお、『大成』は「なりては」、『大系』『玉上評釈』『新大系』も「なりてば（は）」であるのに対して、『全書』『全集』『集成』『完訳』『新全集』は「なりは（果）てば」。「人笑はれになりはてば」か「人笑はれになりては（ば）」かの相違である。薫が内舎人に命じ監視を開始した後、音信不通になり、そのことが浮舟を追い詰めた、と右近が懸命に訴えている場面で、薫に見出されたなまじいの幸いが、中途で見捨てられるような「人笑はれに」なっては、どんなに母君が嘆くことかと、浮舟が懼れていたとする文脈である。薫を目の前にしての発言であり、事態は決定的に「果て」てはいなかった。『大』『陵』『幽』及び『肖』『七』の補入を鑑案し、後出伝本が「はてば」に修正し、その危惧があったと訴える強調表現にしたものと見て底本の校訂は控える。

シ　**思ひ嘆かん**――「思ひなけかれむ」青（肖）「思なけかれん」青（池・横）河（尾・伏・飯）別（麦）「おもひなけかれん」青（徹一）河（御・七・前・鳳）別（阿）「思ひなけかれん」青（紹）別（保）「思ひなけか○（れ）む」青（幽）「思ひなけかん」青（大）河（大）「思なけかん」青（明・大正）別（国）「思なけかむ」青（陵・伝宗）別（宮）「思ひなけかむ」青（徹二）「おもひなけかむ」青（穂）「おもひなけかん」青（三）別（ハ・陽）。なお、『大成』は「思ひなけかん」、『大系』『玉上評釈』『全集』『完訳』『新大系』『新全集』も「思ひ嘆（なげ）（嘆）かむ（ん）」であるのに対して、『全書』『集成』は「思ひ嘆かれむ」。自発・尊敬の助動詞「る」の未然形「れ」の有無による相違である。「れ」があれば、母君が自ずとお嘆きになるであろうと多少の敬意がこもる。しかし当該は、薫へ話す右近の言葉であるので、「れ」はなくても良い。諸本の動向も『幽』に挿入されているように、他の伝本が意味の明確化を図り「れ」を挿入したものと見て、底本の校訂を控える。

ス　**などの**――「なとは」青（大正・三・徹一・池・横・徹二・肖）河（尾・御・七・前・大・鳳・伏・飯）別（ハ）「なと」別（宮・国）「なんと〻」別（保）「なとのとり」別（陽）「なんとの」別（阿）「なとの（は）」青（幽）「なとの」青（大・明・陵・伝宗・穂・紹）別（麦）。『大成』は「なとの」、『全書』『大系』『玉上評釈』『全集』『完訳（ヒ）』『新大系』『新全集』も「などの」であるのに対して、『集成』は「などは」。係助詞「は」か、格助詞「の」かの違いである。提題の助詞「は」ならば、鬼などというものは、隠したとしても幾分かは証拠を残す意となり、鬼の習性を右近が述べる表現になる。主格の格助詞「の」ならば、鬼が隠したとしてもの意である。右近が述べようとしたのは、鬼というものの習性ではない。「鬼などの」が妥当であろう見て、底本の校訂を控える。

【傍書】　1かほる　2か〻下の人の心中ありさま　3しらすかほなる心也　4かほる御詞　5右近心中　6かほる歌浪こゆる比ともしらす末の松まつらんとの〻思ひけるかなこの歌の事　7かほる大将御心中御詞

【注釈】

一　**あさましう思しかけぬ筋なるに…上下の人集ひて泣き騒ぐを、と聞き給へば**　「あさましう思しかけぬ筋」は、右近から聞かされた浮舟の死様のことで、「あさまし」は、あまりのことにあきれ、嫌悪し不快になる気持をいう。

自殺などは、貴族社会では考えられない暴挙であることによる。「ものもとばかりのたまはず」は、あまりの衝撃に暫く言葉を失った薫の様。「さらにあらじとおぼゆるかな」は、入水自殺なんて全くありえないことだ、との慨嘆。「なべての人の思ひ言ふことをも、こよなく言少なにおほどかなりし人」は、薫から見た浮舟のゆったりおっとりした性格で、薫が「さらにあらじ…」と全否定した根拠を述べたもの。侍従も匂宮に「あやしきまで言少なに、おぼおぼとのみものし給」ふ人（蜻蛉一三）と言っていた。「いかでか、さるおどろ〳〵しきことは思ひたつべきぞ」も、侍従が匂宮に「夢にも、かく心強きさまに思しかくらむとは思ひ給へずなむ侍りし」（同）と語り、匂宮も「いかばかりものを思ひたちて、さる水に溺れけんと思しや」（同一三）っていた。これらに照応する。「この人々もてなして言ふにかと」の「もてなす」は、意図的にある態度を採って見せかけること。下文から、浮舟が匂宮に隠されたかとの疑念を言い、浮舟の侍女達が薫を謀っているのか、の意と分かる。浮舟失踪直後の混乱時に匂宮の使で来た時方も「人の隠しきこえ給へるか」（同三）と疑っていた。「宮も思し嘆きたる気色いとしるし」は、自身で見た匂宮の様子から、「おし拭ひ紛らはし給ふと思す涙の、やがてとゞこほらずふり落つ」（同七）嘆きの様が、実にはっきりと顕れていた故に匂宮の隠蔽は考えられないこと。「事のありさまも」に付いては【校異】ウ参照。「しかつれなしづくりたらむ気配は、おのづから見えぬべきを」の「つれなしづくる」は、既述（若菜下三八）、素知らぬ振りをする意。物語中三例（葵五・若菜下三八・当該）。そんな風に浮舟を隠し、素知らぬ振りをしている様子は、隠しても自然に顕れるはずのものだから。「上下の人集ひて泣き騒ぐ」は、薫の耳目が捉えた、浮舟の死を非常に悲しむ邸中の者達が集まって泣き騒いでいる様子。以上の理由から、薫は、浮舟は誰かに隠されたのではなく、その死は確かであると思わざるを得ない。

二　**御供に具して失せたる人やある…我なむ、え信ずまじき**　「御供に具して失せたる人やある」は、浮舟が隠匿されたかの確認。「なほ、ありけんさまをたしかに言へ」は、匂宮が浮舟を隠蔽したのではないだろうとは思うが、薫にはまだ、浮舟が何故入水自殺したのか、或いは失踪したのかが、確と理会出来ないので、嘘は許さない、として真相を糾す威圧的な問い。浮舟失踪直後の騒動最中に来た（蜻蛉二）時方が、侍従に浮舟の変事の事情を訊ねた「なほ、のたまへ。もし人の隠し…」（同三）に照応。時方と薫とでは身分も立場も異なり、対座する侍女（侍従、右近）への威圧感も雲泥の差があるが、同類の心情といえる。「我をおろかに思ひて背き給ふことはよもあらじとなむ思ふ」は、薫には浮舟が、薫を冷淡で頼りに出来ない男だと思って離反するようなことはよもやあるまいと確信できると思う。「いかやうなる、たちまちに、言ひ知らぬことありてか、さるわざはし給はむ」は、入水自殺をするどのような事情が、急に出来したのか、言うに言えないどんな事があって、入水といった所行に及ばれたのであろうか。右近の説明は、浮舟が尋常の沙汰ではない入水死に及んだ原因を充分に納得させるものではなかった。「いかやうなる…」は、まず、浮舟が何処かに隠れたかを確認し、「我を…よもあらじ」との確信を持って、入水死が事実なら、何が原因かを詰問している。次段（一六）で右近の説明に充分に納得しない薫が、「宮の御ことよ」「なほ言へ。我にはさらにな隠しそ」と、遂に言葉にして詰問する場面がある。これを思い合わせるなら、入水死という異常事態にはまだ半信半疑で、隠匿もぼんやりと視野に、匂宮に原因の焦点を合わせているのであろう。しかし、右近の事情説明には匂宮に触れることは何もなく、また、他に納得できる説得力のある言及もなかった。「我なむ、え信ずまじき」は、今の右近の説明では、とても浮舟の入水自殺など信じられない、との薫の強い主張である。

三　**いとゞしく、さればよ、とわづらはしくて…渡らせ給はんことを営み思ひ給へしに**　「いとゞしく、さればよとわづらはしくて」は、前に右近が「なか〳〵隠しても、こと違ひて聞こえむにそこなはれぬべし」（蜻蛉一四）と思っていたことが、いよいよ以て予想通りだと、強く慨嘆した言葉。浮舟の入水自殺に到った真相の説明に、匂宮のことに触れざるを得なくなっていること。「わづらはしくて」は、前にも右近が「わづらはしうおぼえければ、ありしさまのことゞもを聞こえつ」（蜻蛉一四）とあったが、その時には入水自殺の真の原因である匂宮のことには触れていなかった。「もとより思すさまならで生ひ出で給へりし人」は、もともと周囲が大事にお思いになる状態でなくてお生まれになられた人。父親に望まれない誕生で、八の宮の御子でありながら認知されず、母親の連れ子として常陸介の許で成長した、浮舟の不本意な生育歴のことをいう。「世離れたる御住まひの後は…思しわたるめりし」は、右近の熱弁。こんな世間から隔離されたような山里住まいになってから、浮舟は「いつとなくものをのみ思すめりし」つまり、何時となく物思いばかりをしていらっしゃるようでした、とこれを一番先に述べることで、浮舟が思い詰めた原因を示す。その上で、薫の「たまさか」の来訪を心待ちし、それが、生来の身についた憂愁までも慰めるものとして待たれたこと。京に迎えられれば薫の訪れも増し、折にふれて逢えることになろうと、言葉にはお出しにならないが、その時の早いことを心待ちにしていたように見受けられた、と言葉を選びながらまず穏便に述べて、浮舟の物思いは常に薫の上に注がれており、薫を待ち続ける故のものであったと語る。「言に出でゝはのたまはねど、思しわたるめりし」は、薫が「なべての人の思ひ言ふことをも、こよなく言少なにおほどかなりし人」と思っていたのに照応。侍従も匂宮に「いみじと思すことをも、人にうち出で給ふことは難く」（同一三）と語っていた浮舟の内気な性格。「その御本意かなふべきさまに承ることども」は、薫が京に浮舟のための邸を造築する旨を浮舟に語り（浮舟一八）、転居の日取りを四月十日と告げていた（同二六）ことを指す。「かの筑波山」は、既述（東屋一）、浮舟母中将の君のこと。

四　**心得ぬ御消息侍りけるに…紛れつる御心も失せて、せきあへ給はず**　「心得ぬ御消息侍りける」は、薫が「波越ゆる頃とも知らず…」と歌のみの文を送ってきた（浮舟三一）ことを指す。「いましめ仰せらるゝこと」は、浮舟邸の警固を薫から命ぜられた内舎人が、「女房の御もとに、知らぬ所の人々通ふやうになん聞こしめすことある、たいだいしきことなり」（浮舟三四）と、薫から厳重注意があった旨を伝えたこと。「田舎人どもの、あやしきさまにとりなしきこゆる」は、粗野な者達が、薫に讒言申し上げたこと。「とりなす」は、実際とは違ったように受け取り、理解し、取り沙汰することで、薫に事実を歪曲して伝えた意。「その後久しう御消息なども侍らざりしに」の「に」は、そのことによって、の意。「殿よりは、かのありし返りごとをだにのたまはで、日頃経ぬ」（同三四）とあったのに照応。「心憂き身なりとのみ、いはけなかりし程より思ひ知る」は、右の「もとより思すさまならで生ひ出で給へりし人」「もとよりの御身の嘆き」に呼応。前述の浮舟の生育歴による憂愁を指す。「人数にいかで見なさんとのみよろづに思ひあつかひ給ふ母君」は、これまでにも「いかで（兄弟姉妹に）ひきすぐれて面立たしきほどにしなしても見えにしがな、と明け暮れこの母君は思ひあつかひける」（東屋二）、「いかで人と等しくとのみ思ひあつかはる」（同三四）と思ってきたことに照応。当該場面の右近の言葉にも「かの筑波山も、からうじて心ゆきたる気色にて、渡らせ給はんことを営み思ひ給へし」とある。「なか〳〵なることの人笑はれになり果てば、いかに思ひ嘆かん」は、親の、浮舟が「人笑はれ」になってしまうのを畏怖する意識。「その筋よりほかに、何ごとをかと思ひ給へ寄るに、たへ侍らずなむ」は、薫の詰問「なほ、ありけんさまを、たしかに言へ。…いかやうなる、たちまちに、言ひ知らぬことありてか、さるわざはし給はむ」に対する右近の返答で、薫の訪れの間遠なる故の物思い中に、警固の者の注進による誤解と思われる薫からの叱責を受け、その後の音信不通によって、薫の不興を買ったと浮舟が追い詰められたこと、娘の幸運を切望する母親が、薫に庇護される身でありながら、世間の物笑いになることを怖れていたこと、それ以外には理由は思い当たらないと言い切る。右近の弁明は、匂宮の訪問を許した自身の過失には触れず、浮舟の心情の哀切さのみを訴えたもの。「何ごとをかと思ひ給へ寄るに、たへ侍らずなむ」は、何が原因かと探り申してみるに、思いつかないのです。「たへは堪えにて、え思ひよらぬといふ意也」（『玉の小櫛』）。「いさゝか残るところも侍るなるものを」は、全く何の痕跡も残っていないので、宇治川に身を投げた以外には考えられないということ。「いかなることにか、と紛れつる御心も失せて」の「紛れつる御心」は、他のことに心が散ってしまって本来のことがうやむやになった情態。薫は、匂宮と浮舟の関係に疑念を抱き続けていた。浮舟死の報に接して以来、或いは匂宮やその関係者が隠匿したか、病死か、自死なら自死する程のどんなことがあったのか、と真相究明にのみ心を砕いて、その死を真摯に受け止め自身の問題として正面から見据え捉えることなく喪失の悲しみを誤魔化していた。ところが、浮舟の死の原因を縷々説明して号泣する右近の姿に接して、初めて浮舟の死が現実感を持ったものとなった。「せきあへ給はず」は、右近の涙に浮舟の死が紛れもない事実だと再認識した時に生じた、止めどもなく流れる薫の涙である。

一六　薫、右近に匂宮と浮舟の仲を問う

一 薫「我（われ）は、心（こゝろ）に身をもまかせず、顕証（けむせう）[1]なるさまにもてなされたるありさまなれば、おぼつかなしと思（おも）ふ折（おり）も、今（いま）近（ちか）くて、人の心お（を）くまじく目（め）やすきさまにもてなして、行（ゆ）く末長（すゑなが）くをと思（思）ひのどめつゝ過（す）ぐしつるを、おろ（を）かに見なしア給ひつらんこそ、なか（中）／＼分（わ）くる方（かた）ありけるとおぼゆれ。今（いま）はかくだに言（い）はじと思（おも）へど、また人の聞（き）かばこそあらめ、宮の御ことよ、いつよりありそめけん。さやうなるにつけてや、いとかたはに人の心をまどはし給（給）ふ宮なれば、常（つね）にあひ見たてまつらぬ嘆（なげ）きに身をも失（うしな）ひ給へるとなむ思（おも）ふ。なほ言（をい）へ。我（われ）には、さらにな隠（かく）しそ」とのたま（給）へば、

二[2] たしかにこそは聞（きゝ）給（給）ひてけれ、といと／＼ほ（お）しくて、右近イ「いと心憂きことを聞（き）こしめしけるにこそは侍（侍）るなれ。

右近もさぶらはぬ折(おり)は侍らぬものを」とながめやすらひて、右近「おの(を)づから聞(き)こしめしけん。この宮の上(うへ)の御方(かた)に、忍(しの)びて渡(わた)らせ給へりしを、あさましく思ひかけぬ程(ほど)に入り[ウ]おはしたりしかど、いみじきことを聞(き)こえさせ侍(侍)りて、出(い)でさせ給(給)ひにき。それに怖(お)ぢ給(給)ひて、かのあやしく侍(侍)りし所(ところ)[3]には渡(わた)らせ給へりしなり。その後(のち)、音(をと)にも聞(き)こえじと思(おぼ)してやみにしを、いかでか聞(き)かせ給(給)ひけん、たゞこの二月(きさらぎ)ばかりより、訪(をとづ)れきこえ[エ]給ふべし。御文(ふみ)はいと度々(たびたび)[オ]侍めりしかど、御覧(らん)じ入(い)るゝことも侍らざりき。いとかたじけなく、なか[カ]〳〵うたてあるやうになどぞ、右近など聞(き)こえさせしかば、一度二度(ひとたびふたゝび)や聞(き)こえさせ給(給)ひけむ。それよりほかのこと(事)は見(み)給へず」と聞こえさす。

【校異】

ア　**給ひつらん**――「給けん」青（穂・三・横・徹二・肖）河（尾・伏・飯）別（国・麦・阿）「給けむ」青（徹一・池）別（陽・宮）「給○(い)けん」青（伝宗）「給ひけん」青（大正）「たまひけん」河（御・七・前・鳳）別（保）「給覧」青（紹）「給はん」河（大）「給つ(けん)らん」青（幽）「給つらん」青（大・明・陵）別（ハ）。なお、『大成』は「給つらん」、『大系』『新大系』も「給ひ(給)(たまひ)つらん」であるのに対して、『全書』『玉上評釈』『全集』『集成』『完訳』『新全集』は「給（たま）ひけむ」。当該は〈たまひ・つ（完了）・らむ（推量）〉か〈たまひ・けむ（過去推量）〉かの、相違である。「おろかに見なし給ひけむ」は、「見なす」主体を浮舟と取り、薫が浮舟との関係を、末永くと思いのんきに過ごして来たことを、浮舟が愛情不足だと判断してしまわれたようだ、と過去の事態に関して理由の不確実な想像、推量をしたことになる。しかし、先の右近の陳述には、永い薫からの消息の途絶えも浮舟自身の「心憂き身」の嘆きとして捉え、薫に対して処遇の不満等を浮舟が感じていたとは伝えてはいない。実際の浮舟も薫に対する不満を持つような性格ではないので、薫がそのように判断するのは如何か。「おろかに見なし給ひつらん」の場合は、「らむ」が目の前に見えていない、完了した事態の理由原因を現在推量したものである。これは「見なす」主体は、ただ今の薫の対話相手である右近となるので、右近に向かって薫が（あなた方は私の）愛情不足だと判断してしまわれたようだ、の意に解される。書写の過程からすれば、「給けん」の「け（介）」の草書が「つら」と読み誤られ写され「つらん」となる可能性の方が、逆の場合より高いが、『幽』がミセケチ修正しているように、後出伝本において、主体を浮舟と取り違えたために、「つらむ」を「けむ」に替えたのであろうと判断する方が物語文意に添うと見て、底本の校訂を控える。

イ　**いと心憂きことを**――「いと心うきこと」青（横）河（伏）別（保・国）「いと心うき事」青（伝宗・穂・大正・三・池・徹二）河（尾・御・飯）別（陽・宮・麦・阿）「心うきこと」青（肖・紹）「いと心うきことを」青（幽）「いと心うきことを」青（大・陵）河（七・前・大・鳳）別（ハ）「いと心うき事を」青（明・徹一）。なお、『大成』は「いと心うきことを」、『大系』『全集』『完訳』『新大系』『新全集』も「いと、（ナシ）心憂（憂・う）（心憂）きことを」であるのに対して、『全書』『玉上評釈』『集成』は「いと心憂（心う・心憂）きこと」。副詞「いと」と、助詞「を」との有無である。薫が、匂宮との事を核心を突いて追及してきたのに対する右近の言葉であり、「いと心憂き」と「いと」はあるのが右近の心情に添う。また下接文は「聞こしめしけるにこそは侍るなれ」であるので、格助詞「を」は欠くことが出来ない助詞である。草仮名「こと」と「を」の字形が似ているので「を」が脱けやすいこともあり、『幽』のミセケチは『肖』などの伝本によったことを示唆する。以上のように勘案し、底本の校訂を控える。

ウ　**入りおはしたりしかど**――「いりおはしましたりしかと」青（陵・穂・三・徹一・池・横・徹二・紹）河（御・七・前・大・鳳・伏・飯）別（国）「いりをはしましたりしかと」青（大正）河（尾）別（ハ・宮・保）「入をはしましたりしを」別（陽）「いりおはしましにたりし事」別（麦）「いりおはし○たりしかと」青（肖）「いりおはしたりしかと」青（大・明・幽）別（阿）「いりおはしたりしかど」青（伝宗）。なお、『大成』は「いりおはしたりしかと」、『玉上評釈』『新大系』も「入（入）りおはしたりしかど」であるのに対して、『全書』『大系』『全集』『集成』『完訳』『新全集』は「入（入）りおはしましたりしかど」。当該は匂宮の押し入ったさまを「いりおはしたりし」とするか、より丁寧な「おはしましたりし」とするかの相違である。「おはしましたりし」の「し」の目移りによって「まし」が脱落した可能性も考えられるが、右近の薫への説明表現で、匂宮が全く不意に浮舟の部屋に押し入って来て、それを自分達（右近や乳母ら）が撃退した事を語る場面である。既に「おはす」によって、匂宮への敬意は込められており、薫への釈明であることを考慮すると、より丁寧に敬意を表すのは憚られる状況であるので、必要はなかろう。『肖』が補入しているように、後出伝本においてより丁寧な表現に替えられたものと見て底本の校訂を控える。

エ　**きこえ給ふべし**――「きこえさせ給し」青（穂・三・池・横・肖）河（尾・伏・飯）別（ハ）「聞えさせ給し」青（徹一）別（阿）「聞えさせ給ひし」青（大正）「きこえさせ給ひし」青（徹二）「きこえさせたまひし」河（御・七・前・大・鳳）「聞えさせ給にし」青（紹）「きこえさせ給しか」別（保）「きこえ給て」別（陽）「きこえさせ給へりし」別（宮・国）「きこえさせ給

へし」青（伝宗）「聞え給し」別（麦）「聞え○（させ）給えし」青（幽）「きこえ給へし」青（大・明・陵）。なお、『大成』は「きこえ給へし」、『新大系』も「きこえ給（たまふ）べし」であるのに対（ヒ）して、『全書』『玉上評釈』『全集』『集成』『完訳』『新全集』は「きこえさせ給（たま）ひし」、『大系』は「聞（きこ）え給ひし」。当該は一つには右近が、匂宮の宇治訪問を「きこえ」「たまふ」に「させ」を付け最高敬語で表現したか否か、二つ目は「たまひし」か「たまふべし」かの相違である。先述したように、薫の詰問に対して、右近が匂宮の宇治を訪れ始めた時期を話すくだりである。右近としては出来れば話したくなかったことを薫に直対して話すのであるから、匂宮の行動を最上級の敬語を使って話すことは心情的に憚られる。「給ふ」によって敬意は表しているのであるから、「させ」まではなくても匂宮軽視には当たらない。次には、過去の動作・作用の動作主を、右近が蘇らせて話している助動詞「き」の連体形「し」か、推量に使われる助動詞「べし」（終止形）かの違いである。「し」の場合は、連体形なので続く下接文「御文はいと度々侍りしかど…」には繋がらず、「こと」「もの」などの体言に準ずる語の省略を推定する文脈でもなく、疑問や反語を表す連体形止も不都合である。「べし」ならば、右近の推測を交えた穏やかな文脈となり、この場合に相応しい。以上を鑑みて底本「きこえ給ふべし」が本来の表現と見て、校訂を控える。

オ　**侍めりしかど**――「侍しかと」青（大・明・陵・伝宗）「侍りしかと」別（陽）「侍○（めり）しかと」青（幽）「侍めりしかと」青（大正・横・徹二・肖・紹）別（宮・国）「はへめりしかと」青（穂・三・池）河（尾・御・七・前・大・鳳・伏・飯）別（ハ・保）「侍るめりしかと」青（徹一）別（麦・阿）。なお、『大成』は「侍しかと」、『大系』『玉上評釈』『新大系』も「侍（はべ）り（侍（はべり））しかど」であるのに対して、『全書』『全集』『集成』『完訳』『新全集』は「侍（はべ）めりしかど」。助動詞（推量）「めり」の有無による相違である。「めり」は、用言、助動詞の終止形に付くか、ラ変形の活用語にはラ行の語尾を脱した形に付く。「めり」は視覚による助動詞なので、匂宮の手紙は度々届けられたように見えたが、の意となり、取りつぎをした右近の目が入って、信憑性を訴える力を持つ。右近は今、薫に、浮舟と匂宮との関係は心配無用だったと伝えたい場面である。度々届けられた匂宮からの手紙に、浮舟が心奪われるようなことはなかったが、右近自身が、匂宮に対して「かたじけなく」「うたてあるやうに」思い、浮舟に返事を促したので、一、二度はご返事を差し上げたように見えた、と説明しているのである。さらに、「右近もさぶらはぬ折は侍らぬものを」と、すべて右近の視野の中にあったと告げているのであり、従って、「めり」はある方が適切な表現と見て、底本のを訂する。

カ　**なか〳〵うたてあるやうになどぞ**――「中〳〵うたてあるやになむとそ」青（池）「なか〳〵うたてあるやうになとそ」青（穂）「中〳〵うたてあるやうになんとそ」青（横）「中〳〵うたてあるやうになむなとそ」青（徹一）「中〳〵うたてあるや

うになんなとそ」青（紹）河（尾・七・前・鳳・飯）「なか〳〵うたてあるやうになんなとそ」青（三）河（伏）「中〳〵うたてあるやうになむなとの」河（御）「なか〳〵うたてあるやうになと」別（陽）「中〳〵うたてある様になと」別（宮）「中々うたてある様になと」別（国）「なか〳〵うたてあるやうになとなん」別（保）「中々うたてあるやうになんなと」別（麦・阿）「中〳〵うたてあるやうになんなと」別（ハ）「○（中〳〵）うたてあるやうに○（なん）なとそ」青（幽）「み（う（朱））（ヒ）たてあるやうになとそ」青（大）「うたてあるやうになとそ」青（陵）「中〳〵うたてあるやうに○（なん）なとそ」河（大）「中〳〵うたてあるやうになとそ」青（明・大正・徹二・肖）「中〳〵うたてあるやうになどぞ」青（伝宗）。なお、『大成』は「うたてあるやうになとそ」、『大系』『新大系』も「うたてあるやうに」（ナシ）などぞ」であるのに対して、『全書』『玉上評釈』『全集』『集成』『完訳』『新全集』は「なかなからうたてあるやうになどぞ」。まず、副詞「なか〳〵」の有無による相違である。「なか〳〵」は、なまじっか、却っての意。「うたて」は「うたてあり」で、当該は、こちらの気持に構わずに進展する事態になっていたたまれなく嘆かわしい事。右近は、浮舟が匂宮からの度々の文を「御覧じ入るゝことも侍らざりき」と薫に伝えている。それを右近が、高貴な御方の度々の音信に対して返信をしないのは、畏れ多く事態を悪化させることになる、と進言したのである。副詞「なかなか」はある方が、浮舟の気持ちは匂宮には向かっていなかったのを（私が）促したとする右近の気持がより強く伝わる。底本は祖本の段階で既に「中々」は無かったようだが、「うたて」の「う」に訂正もあり、本文が乱れていることを考慮すると、誤脱したのであろうと考える。

次には、「なとそ」か「なむとそ」かの相違である。「なむなと」「なむなとそ」は「なむとそ」から生じた異文と推定されるので考察から除く。「なとそ」は、〈なと（例示する副助詞）・そ（係助詞）〉であるのに対して、「なむとそ」は〈なむ・と・そ〉で強調を図る係助詞「なむ」に「そ」を重ねた表現である。右近が浮舟に進言した言葉は他にもあったことを「なと」で例示していることは、事柄の内容からして順当であろう。以上の諸点を考慮して、底本を「なか〳〵うたてあるやうになどぞ」に校訂する。

【傍書】 1いなせともいひはなたれすうき物は身を心共せぬ世なりけり　2右近心中詞　3正月ニうつえうつちなんと中君の若君へ宇治よりたてまつらせ給しその時より匂宮はしり給へるなり

【注釈】

一　我は、心に身をもまかせず…なほ言へ。我には、さらにな隠しそ　「心に身をもまかせず、顕証なるさまにもてなされたるありさま」の「顕証」は既述（総角一一）、表にはっきり物事が現れている意で、身分柄行動が思い通り自由にならず、すぐ目立って世人の注目を集める状態のこと。匂宮も「心に身をもさらにえまかせず」（浮舟一三）と言っていた。高貴な故の窮屈さを表現した「心に身をもまかせず」は、物語中この二例のみ。他に薫は、匂宮の宿直も「上臈になり」出来なくなった（蜻蛉八）とも、また、後に浮舟の行方を問い質した横川僧都にも、「おのづから位などいふことも高くなり、身の掟ても心にかなひ難くなどして」（夢浮橋五）と、身分故の窮屈さを話している。「今近くて、人の心おくまじく目やすきさまにもてなして」の「人」は、浮舟のこと。新邸に迎えて、浮舟が気兼ねのないように世間体もよい様にもてなして。「思ひのどめつゝ過ぐしつるを」は、逢いたい心を和め落ち着かせようと努めて過ごしていたのに。大君を亡くした後の薫が、仏に「「まことに世の中を思ひ捨てはつるしるべならば、恐ろしげに憂きことの、悲しさも覚めぬべき節をだに見つけさせ給へ」と念じても、「思ひのどめむ方なく」（総角四〇）であった心情に対応。また、薫は浮舟母への手紙にも、浮舟の死を「世の常なさも、いとゞ思ひのどめむ方なくのみ侍るを」（蜻蛉一九）と記しているのに呼応。「おろかに見なし給ひつらん」は、**【校異】**ア参照。「なか〳〵分くる方ありける」は、逸る気持ちを抑えながら順を追って準備してきた私の気持ちを粗略に見なしたことが、却ってあなた方に分け隔てする気持があったのですよ。「今はかくだに言はじ」の「かく」は、後の「宮の御ことよ」以下を指す。浮舟の亡くなった今となっては、こんなことは言うまいと思っていたが、と前置きして、匂宮とは一体どうなっていたのかと、詰問の口火を切る。何より最初に問い糾したかった匂宮とのことを漸く言葉にする。浮舟の死が動かない事実であるとした右近の説明には、薫が一番聞きたい匂宮とのことは語られなかった。それでも、匂宮とのことを聞く前に、先ず自分の立場と行動の正当性を述べた上でなければ、心にわだかまる一事を口にはできない。劣等感と自尊心の間で揺れ動く薫らしい話の運び方である。「また人の聞かばこそあらめ」と、周囲に聞く人がいれば憚られるが、として問い詰める薫の心は、今さら確かめたところでどうなるものでもないと分かりながら、聞かずにはいられない心情で、自尊心との鬩（せめ）ぎ合いである。人の居ないところで聞くからこそ安心出来るのは薫の方でもある。「なほ言へ。我には、さらにな隠しそ」まで、逡巡し言葉を選びながら、事の真相の核心に迫り、嘘やごまかしを許さない気迫に満ちた言葉である。「さやうなるにつけてや」は、匂宮と浮舟との恋愛関係を指す。「かたはに人の心をまどはす」は、不体裁で見苦しいほど女を惑乱させる匂宮の性情の意。「いとかたはに人の心をまどはし給ふ宮なれば、常にあひ見たてまつらぬ嘆きに身をも失ひ給へるとなむ思ふ」は、薫が匂宮を見てきた実感である。薫は、匂宮の悲嘆の様を見て（蜻蛉七）、自分にはない熱狂的で一途な女への執着心を読み取り、匂宮のひたすらで情熱的な愛情表現が浮舟の心を捉え惑わし、常に逢えない愛執の苦しみのために浮舟が自殺なさったと、事の次第を確信した。「なほ言へ。我には、さらにな隠しそ」は、証拠に基づいて確信（浮舟二九）していることを、隠して言わない右近への強い詰問。知らなかった屈辱を跳ね返す威圧的な言葉である。匂宮が薫の恋敵であったことを隠すな、の命は、右近ばかりでなく薫自身へ突きつける言葉でもある。源氏が夕顔の乳母子右近に、頓死した夕顔の素性を糾す「なほくはしく語れ。今は何事を隠すべきぞ。七日七日に仏かかせても、誰がためとか心のうちにも思はん」（夕顔二四）は、夕顔の後生を思っての問いだった。同じように愛する人を突然喪った薫の詰問には浮舟の後生への思いは未だ無い。

二　**たしかにこそは聞き給ひてけれ、と…それよりほかのことは見給へず」と聞こえさす**　「たしかにこそは聞き給ひてけれ、といと〳〵ほしくて」は、薫の言葉から、匂宮との事を薫が正確に把握していると確信した右近の、薫に対する同情と、申し訳ない気持。「右近もさぶらはぬ折は侍らぬものを」は、薫の「さらにな隠しそ」を受けて、それでも、匂宮との関係の全てを話すわけにはいかない右近が、以上述べてきたこと、以下述べることが真実であるという薫への強い主張である。「ながめやすらひて」は、一呼吸おき、どう話すべきかを躊躇い、考えを巡らす意で、薫が全てを見抜いていると確信しながら、どう話すことが浮舟の名誉を損なわず彼女を守り果せるかを逡巡する右近の様。複合動詞「ながめやすらふ」は物語中当該例のみ。「この宮の上の御方に、忍びて渡らせ給へりし」は東屋（一五）でのことを指す。「宮の上［中の君］」の呼称は、同（一一）に初出。「あさましく思ひかけぬ程に入りおはしたりしかど、いみじきことを聞こえさせ侍りて、出でさせ給ひにき」も、同（二五〜二八）で出来した事件を指す。「それに怖ぢ給ひて、かのあやしく侍りし所には渡らせ給へりしなり」も、この件のために三条の小家に浮舟が移転させられたこと（同三二）。「二月ばかりより、訪れきこえ給ふべし」は、匂宮の宇治訪問［浮舟］の初回は、「賭弓、内宴など過ぐし」（浮舟七）た頃で、正月下旬に当たり、事実に反する。「事実をぼかして過少の言い方をしている」（『新全集』）。「御文はいと度々侍めりしかど、御覧じ入るゝことも侍らざりき」も、実際には、手紙より前に、匂宮が薫を騙って闖入（浮舟一〇）して逢瀬があり、二度目の訪問では、対岸の時方叔父の別邸に、浮舟を連れ出しての逢瀬であった（同二〇）。また、薫は、浮舟の匂宮への返信を、同（二九）で確信した。「それよりほかのことは見給へず」は、前の「右近もさぶらはぬ折は侍らぬものを」と併せ、以上のことが全てであり他には何もなかった、と、事実を過少に言い切った右近の言葉。

一七　薫、浮舟を独り宇治に置いたことを反省する

[一1]からぞ言はむかし、強ひて問はむもいとほしくて、つく〴〵とうち眺めつゝ、宮をめづらしくあはれと思ひきこえても、わが方をさすがに[ア]おろかに思はざりける程に、いとあきらむるところなく、はかなげなりし心にて、この水の近きをたよりにて、思ひ寄るなりけんかし、わがこゝにさし放ち据ゑざらましかば、いみじく憂き世に経とも、いか

でか必ず深き谷をも求め出でましと[2]、いみじう憂き水の契りかなと、この川の疎ましう思さるゝこといと深し。年頃、あはれと[イ]思ひそめたりし方にて、荒き山路を行き帰りしも、今はまた心憂くて、この里の名をだにえ聞くまじき心地し給ふ。

二 宮の上ののたまひはじめし、[3]人形とつけそめたりしさへゆゝしう、たゞ、わが過ちに失ひつる人なりと思ひもてゆくには、母のなほ軽びたる程にて、後の後見も、いとあやしく事削ぎてしなしけるなめりと心ゆかず思ひつるを、くはしう聞き給ふになむ、いかに思ふらむ、さばかりの人の子にては、いとめでたかりし人を、忍びたることは必ずしもえ知らで、わがゆかりに[ウ]いかなることのありけるならむとぞ思ふなるらむかし、などよろづにいとほしく思す。穢らひといふことはあるまじけれど、御供の人目もあれば、上り給はで、御車の榻を召して、妻戸の前に[エ]ゐ給ひけるも見苦しければ、いと繁き木の下に、苔を御座にて[4]とばかり居給へり。今は、こゝを来て見むことも心憂かるべしとのみ見○ぐらし給ひて、

薫 我もまた憂きふる里を荒れはてば誰宿り木のかげをしのばむ

【校異】

ア おろかに――「おろかには」青（穂・三・横）河（御・七・前・大・鳳・飯）別（ハ・保）「をろかには」青（大正・徹一・池・徹二・肖・紹）河（尾・伏）別（宮・国・麦・阿）「をろかに」青（大・明・陵・伝宗）「おろかに」青（幽）別（陽）。なお、『大成』は「をろかに」、『大系』『玉上評釈』『全集』『完訳』『新大系』『新全集』も「お（を）ろかに」であるのに対して、

『全書』『集成』は「おろかには」。係助詞「は」の有無による違いである。「は」はあれば、「おろか」を取り立ててより強調することになる。薫の心中思惟で、右近の、自分に対する配慮を知りながらも、彼女の話から、匂宮を素晴らしい方と心酔しても、自分（薫）のことを「おろかに」思わなかったかと推断している場面である。「おろかには」と強調する程、この結論に薫は自信をもっているのではあるまい。下接の文意を考慮しても「おろかに思はざりける」が、薫の心情に添い穏当であると見て、底本の校訂を控える。

イ　**思ひそめたりし**――「思ひそめてし」青（徹一・徹二・紹）「思そめてし」青（池・横・肖）河（尾・伏・飯）別（麦・阿）「おもひそめてし」青（穂・大正・三）河（御・七・前・大・鳳）「おもひそめにし」別（陽）「思そめし」別（宮・国）「おもひそめし」別（ハ・保）「思ひそめたり《て》し」青（幽）「思そめたりし」青（大・明・伝宗）「おもひそめたりし」青（陵）。なお、『大成』は「思そめたりし」、『全書』《ヒ》『大系』《ヒ》『玉上評釈』『新大系』も「思《おも》（思）ひ（思《おもひ》）そめたりし」であるのに対して、『全集』『集成』『完訳』『新全集』は「思ひそめてし」。当該は〈おもひそめ・て・し〉か〈おもひそめ・たり・し〉かの違いで、助動詞「て（ツ）」か「たり」かの相違である。「たり」は〈テ・アリ〉なので、相違点は「アリ」の有無になる。「アリ」は、動詞の動作が実現した後にその結果が存続していることを意味付ける。薫の心中思惟の続きで、薫が八の宮を法の師と仰ぎ訪れ始め、大君、中の君、浮舟と巡り会い、それぞれを「荒き山路を行き帰りしも」と思い出している脳裏には、その折々の情景が浮かんでいると見てよいと思われる。よって「思そめたりし」を諒として底本の校訂を控える。

ウ　**いかなる**――「いかなりける」青（大正・徹一・池・横・肖・紹）河（尾・御・七・前・大・鳳・伏・飯）別（麦・阿）「いかなる《りける》」青（幽）「いかなる」青（大・明・陵・伝宗・穂・三・徹二）別（ハ・陽・宮・保・国）。『大成』は「いかなる」、『全書』『大系』《ヒ》『玉上評釈』『全集』『完訳』『新大系』『新全集』も「いかなる」であるのに対して、『集成』は「いかなりける」。下接文まで示すと、「いかなりけることのありける」か、「いかなることのありける」かの相違である。後者の場合は、今回の浮舟自死事件に直接の要因となった「こと」を意味する。前者の「けり」の繰り返しは「雪の降りけるを詠みける」の場合と同じで、前からあったことが原因で今回のことがあった意を表す。従って（浮舟と）女二の宮との間にどういうことがあったか、そこで何があ（起こ）ったか、の意。女二の宮による迫害等があったのが原因で、今回の事件が起きたとするなら、「いかなりけることのありける」と「けり」を繰り返し表現するのが適切になる。しかし、物語中に女二の宮側の浮舟への迫害や嫌がらせに触れるものはなく、薫は女二の宮の大らかな対応（浮舟二五）に接しているので、過去にそのような事態があったから浮舟が死んだとは思っていないので、それを前提に考えるはずはない。薫は、事実を知らない浮舟母の思いを忖度しているのであり、実際にはあり得ないと思っている女二の宮からの浮舟への妨害が、浮舟生前にあったとした思惟表現はあり得ない。浮舟母が「いかなることのありけるならむ」つまり、女二の宮との間にどんなことがあったんだろうと、薫が思う心理があればよい。後出伝本が薫の心中思惟であることを忖度せず、女二の宮の妨害が過去にあったことが原因で浮舟が死んでしまった意を表す「けり」を補ったと見て、底本の校訂を控える。

エ　**ゐ給ひけるも**――「ゐたまへりけるも」青（穂・三）河（御・前・大・鳳）別（陽）「ゐ給へりけるも」青（徹一・横・徹二・肖・紹）河（尾・伏・飯）別（宮・保・国・麦・阿）「いたまへりけるも」別（ハ）「ゐたまへりけるを」河（七）「ゐ給へりける」青（大正）「ひ《居》給《ヒ》けるも」青（明）「居たまひ《へり》けるも」青（幽）「ゐ給ひけるも」青（大・陵・伝宗）、青（池）は落丁。なお、『大成』は「ゐ給ひけるも」、『大系』『全集』『完訳』『新大系』『新全集』も「居《ゐ》（ゐ）給（ゐたま）ひけるも」であるのに対して、『全書』『玉上評釈』『集成』は「居給《ゐ》（ゐたま）へりけるも」。共通部分を除くと「給ひ」か、「給へり」かの相違であり、当該の「たまへり」も、蜻蛉（四【注釈】ア）同様、動作が実現完了した後の結果の存続を表す助動詞「り」の有無による相違である。穢れの最中の浮舟邸で、薫が野外で車を止める場所について述べる文である。「ゐ給へりける」ならば、妻戸の前に薫が座られたが、そのままそこに座っておられるのも見苦しいのでの意。「ゐ給ひけるも」ならば、妻戸の前に座っておられたが、それは見苦しいのでの意。後出伝本において「り」を加えて、薫が妻戸の前に座っておられた結果の存続の意を強めたと見て、底本の校訂を控える。

【傍書】　1かほる心中詞　2古今　世中のうきたひこ○《ト》に身をなけはふかき谷こそあさくなりなめ　3（擦消上に）人形ハ水になかす物なり　4み吉野もあをねか峯の苔莚誰かおりけんたてぬきなしに

【注釈】

一　**かうぞ言はむかし、しひて問はむもいとほしくて…この里の名をだにえ聞くまじき心地し給ふ**　「かうぞ言はむかし」は、薫の思いで、必ずこのように言うはずだ、と右近が浮舟を庇って、匂宮との実事はなく、手紙の遣り取りのみであったと主張する心情を、案の定こう言うほかはあるまい、と理会したもの。「強ひて問はむもいとほしくて」は、右近が「たしかにこそは聞き給ひてけれ、といと〳〵ほしくて」話したのと対遇表現。以下の薫の心情描写に続く。「つく〴〵とうち眺めつゝ」は、右近の話から、これ以上の追及を不憫と感じ、話の中の真実の部分を嗅ぎ取りながら、じっと心の整理をする薫のさま。「宮をめづらしくあはれと思ひきこえても」は、浮舟が、匂宮を素晴らしい御方とすっかり心を奪われたとしても。右近の説明がどうであれ、匂宮と浮舟の逢瀬や、浮舟が匂宮に心を奪われたことは間違いない事実であろうと確信した上での、薫の思惟である。「わが方をさすがにおろかに思はざりける程に」は、自分〔薫〕をさすがに粗略には思ってはいなかったので。この点に関しては薫の憶測であるが、右近の話から、こう思えたことが薫の気持ちを理性化させた。「いとあきらむるところなく、はかなげなりし心」は、薫が認識している浮舟像で、理性的思考の欠如した弱者として捉え、匂宮と自分との間に挟まれて悩み、心身喪失情態になったとする。「この水の近きをたよりにて、思ひ寄るなりけんかし」は、この宇治川の側に住んでいたためにこれをよすがとして、入水を考えついたのであろうよ。「宮をめづらしく」からここまでの、薫の、浮舟が入水に到った心情の把握は、浮舟巻で語られたことに大方違わない。匂宮と浮舟の関係が事実であったと苦い確信をしても、自分をないがしろには出来ず、入水の道を選んだ浮舟の心情を薫に好都合に汲むことによって、彼自身の自尊心を立て直せた。「わがこゝにさし放ち据ゑざらましかば」は、「いかでか必ず深き谷をも求め出でまし」で結ぶ反実仮想の構文。薫が、自らの措置を取り返しの付かない過ちと悔いたもの。「深き谷」は、「世の中の憂きたびごとに身を投げば深き谷こそ浅くなりなめ」（古今集巻一九雑躰歌・俳諧歌・読人知らず）による。「いみじう憂き水の契りかなと、この川の疎ましう思さるゝこといと深し」は、「憂し・疎まし」が宇治の、「憂き水・川・深し」が宇治川の縁で構成され、「憂き」は「浮き」であり、浮舟に通じる。まさに「恨めしと言ふ人のありける里の名」（椎本一）どおりの宇治の地、宇治川のもたらす憂き宿世として、「底の水屑となりはてて…瀬々に流れ」（拾遺集・巻一四恋四・源順）行く浮舟を重ね、心底から厭わしい宿世であったと思う気持を宇治川に則して表す。中の君が京へ移居する折、宇治に残る弁の尼が、大君の死より先に宇治川に身を投げていたなら、と「後れぬ命」の歎きを薫に詠み掛けたとき、今日（こんにち）あることを夢想もせず薫は、弁を諭しながら、「身をなげむ涙の川に沈みても恋しき瀬々に忘れしもせじ　いかならむ世に、少しも思ひ慰むることありなむ」（早蕨七）と大君追慕の「はてもなき心地」に虚けていた。今また「はてなき心地」に捕らわれ、「この里の名をだにえ聞くまじき心地」と厭う。それにしても浮舟の宇治川への投身は、浮舟登場以前に準備されていたのであった。橋姫巻以降の物語に於いて、薫の八の宮、大君、中の君に関わって生じた憂愁が、大君の形代として登場した異母妹との邂逅により、より大きく一層の濃さを増し、さらにこの人の入水死により、宇治川に纏わる究極の憂愁となった。ここに宇治の物語が追及する主題が、ある種の完成形を提示したといえる、そうした背景を考えさせる。「年頃、あはれと思ひそめたりし方」は、【校異】イ参照。「荒き山路を行き帰りしも、今はまた心憂くて、この里の名をだにえ聞くまじき心地」は、そもそもの宇治通いから思い起こし、荒々しい山道を難儀しながらも心弾む通い路だった往時が、今は、それもまた辛く情けなくて、この宇治の里の名を聞きたくない気持であること。浮舟が手習に詠んだ「里の名をわが身に知れば山城の宇治のわたりぞいとゞ住み憂き」（浮舟二四）に、また、「恨めしと言ふ人のありける里」（椎本一）に照応。

二　**宮の上ののたまひはじめし、人形と…誰宿り木のかげをしのばむ**　「宮の上ののたまひはじめし、人形とつけそめたりしさへゆゝしう」は、「人形とつけそめた」のはそもそも薫が、「昔おぼゆる人形をも作り、絵にも描きとりて」（宿木三七）と願ったことが始まりであった。その時、中の君が異母妹を「昔の人の御気配に通いたりし」と伝え、薫が「人形の願いばかりには、などかは山里の本尊にも思ひはべらざらん」（同三八）と求めた、その始めの経緯を言う。「人形とつけそめたりしさへゆゝしう」は、「人形」が、身体を撫で拭い災難や穢れをこれに移し、水に流すので、大君の形代などという怪しからぬ下心から浮舟を「人形」と名付けたことさえ、今日あることを予言し、不吉であったこと。「言霊」を意識した思いでもある。「わが過ちに失ひつる人なり」は、「わがここにさし放ち据ゑざらましかば」の悔いの繰り返し。そのような浮薄な名付けこそが、自らの過ちで浮舟を喪ってしまったと断定した思い。「後の後見」は、死後の葬儀のこと。「いかに思ふらむ…とぞ思ふなるらむかし」は、当初は浮舟の葬儀等扱いの拙劣さを、母親の身分故の卑下無知かと考えていた薫が、右近から真相を聞いたことにより、あらためて浮舟母の心情を思い遣ったもの。「忍びたることは必ずしもえ知らで」は、浮舟母は、匂宮との密事は必ずしも深くは知らないで。「わがゆかりにいかなることのありけるならむ」の「わがゆかり」は薫の正夫人女二の宮を指す。女二の宮方からどのような嫌がらせがあったか、との疑念を抱いているであろうとの薫の推断。浮舟母は「やむごとなき御仲らひは…わづらはしきこともありぬべし」（浮舟二七）、「時々立ち寄らせ給ふ人の御ゆかりもいと恐ろしく」（同三九）と心配していた。また、浮舟の死を知った直後も「かの恐ろしと思ひきこゆる辺りに、心など悪しき御乳母やうの者や…めざましがりてたばかりたる人もやあらむ」（蜻蛉四）ともあった。「穢らひといふことはあるまじけれど」は、浮舟はこの邸で亡くなったのではないので、触穢には当たらないこと。「いと繁き木の下」は、今はもう緑陰の頃で、浮舟の死から季節が移っている時間経過も示す。薫は触穢にはならないが、邸内には上がらず、木陰で車の榻に腰掛けて右近と対座している。「今は、こゝを来て見むことも心憂かるべしとのみ見めぐらし」は、「今はまた心憂くて、この里の名をだにえ聞くまじき心地」の繰り返し。「我もまた憂きふる里を荒れはてば誰宿り木のかげをしのばむ」の「憂きふる里」は「その名も〈憂〉し」という宇治の山里のこと。「恨めしと言ふ人のありける里」（椎本一）であり、浮舟も「里の名をわが身に知れば山城の宇治のわたりぞいとゞ住み憂き」（浮舟二四）と詠んだ。歌意は、自分までもが、この心憂き里である宇治を見捨て去ってしまったら、一体誰がすっかり荒れはててゆくこの宿に宿ったことを思い出し、亡き人々の面影を偲ぶのであろうか。なお、中川正美『源氏物語文体攷　形容詞語彙から』和泉書院一九九九年）は、「歌ことばの「うし」には景物と結びつき掛詞となって恋の嘆きや官途の不遇を訴える場合と、「世」「身」

と結びついて厭世の想いを表出する場合とがある…「浮き草」や水鳥の「憂き寝」は心ならずも翻弄され流されていく不安や恐怖を表し、『拾遺集』の頃から…「世・身」と結びついた「うし」の語法も、「世をうし」「身をうし」の述語格に加えて、修飾格の「うき世」「うき身」が盛んに用いられるようになった、とする。宇治川にそくして表現される「うし」もこのような背景を持った表現類型であるといえよう。かって薫は、大君追慕の中、せめて大君の形代を得たい思いで、弁の尼から浮舟の生い立ちを聞いた（宿木四二）。その折、「宿りきと思ひ出でずはこのもとの旅寝もいかにさびしからまし」（同四四）と詠じて、八の宮、大君を惜しんだ。弁の尼はそれに「荒れはつる朽ち木のもとを宿りきと思ひおきける程の悲しさ」（同）と和した。浮舟が物語に具体的に登場した初めである。また、東屋巻末では、浮舟を三条の小家から宇治に伴って来た後、弁の尼は「宿木は色変わりぬる秋なれど昔おぼえてすめる月かな」（東屋四五）と詠んで、薫も「里の名もむかしながらに見し人…」（同）と大君を偲んでいる。浮舟が宇治に移された初めである。「宿り木」は、いずれも亡き大君を思い出させる形象であり、薫にとっても弁の尼にとっても、亡き人［大君］への悲痛な愛惜の情を呼び起こす象徴であったが、その詠まれ初めから、浮舟が登場する意味は重い。いつの間にか、かって薫が「宿り木」とした宇治の邸、大君から、［元木］大君の形代浮舟の謂いに替わっている。その寄生していた宿り木［浮舟］も元木［大君］同様亡せてしまった。

一八　薫、浮舟の法事のことを律師に命ず

一ア 阿闍梨、今（いま）は律師（りし）なりけり。召（め）して、この法事のこと掟（をき）てさせ給ふ（給）。念仏僧（そう）の数添（かずそ）へなどせさせ給ふ（給）。つ（朱）ヒみいと深（ふかゝ）かなるわざと思（おぼ）せば、軽（かろ）むべきこ（朱）○とをぞすべき、七日〱に、経、仏供養（くやう）ずべきよしなど、こまかにのたまひ（給）

て、いと暗うなりぬるに帰り給ふも、あらましかば今宵帰らましやはとのみなん。
[1]尼君に消息せさせ給へれど、弁の尼「いとも〳〵[2]ゆゝしき身をのみ思ひ給へ沈みて、いとゞものも思ひ給へられず[3]ほれ侍りてなむ、うつぶし臥して侍る」と聞こえて出で来ねば、しひても立ち寄り給はず。道すがら、とく迎へとり給はずなりにけること悔しう、水の音の聞こゆるかぎりは心のみ騒ぎ[4]給ひて、骸をだに尋ねず、あさましくてもやみぬるかな、いかなるさまにて、いづれの底の[5]うつせに交じりけむ[イ]など、やる方なく思す。

【校異】

ア　**阿闍梨**――「阿闍梨は」河（尾・飯）「あさりは」青（大正・三・徹一・横・肖・紹）河（御・七・前・鳳・伏）別（ハ・陽・宮・国・麦）「あさりは」別（阿）「あざり○」青（幽）「あさり」青（大・明・陵・穂・徹二）河（大）別（保）「あざり」青（伝宗）、青（池）は落丁。なお、『大成』は「あさり」、『大系』『玉上評釈』『全集』『完訳』『新大系』『新全集』も「阿闍梨（あざり）」であるのに対して、『全書』『集成』は「阿闍梨は」。係助詞「は」の有無による相違である。「は」は、ある方がより整った文である。しかし、下接文は「今は律師なりけり」で、（あの阿闍梨が）今は律師なのでしたよ。助詞「は」を省き体言で下文に繋ぐことで過去の事実を鮮明に示す。「阿闍梨は」と取り立てて示す必要はない。文意を明確化し、より整えるために後出伝本において、「は」は挿入されたものと見て、底本の校訂を控える。

イ　**交じりけむ**――「ましりにけむ」青（大正・徹一・池・横）河（御・七・前・鳳）別（宮・保・国）「ましりにけん」青（穂・三・肖・紹）河（尾・伏・飯）別（ハ・陽）「ましり○けん」青（幽）「ましり○けん」青（徹二）「ましりけん」青（明）別（麦・阿）「ましりけむ」青（大・陵・伝宗）河（大）。なお、『大成』は「ましりけむ」、『全書』『大系』『玉上評釈』『新大系』も「まじりけむ（ん）」であるのに対して、『全集』『集成』『完訳』『新全集』は「まじりにけむ」。「に」の有無による相違である。右近の話を聞き、宇治を後にする薫が、宇治川の水音を聞きながら、早く浮舟を引き取らなかった後悔に囚われて、どこの水底の貝殻に混ったろうか、または混ってしまっただろうかと思う心中描写である。「に」は、完了助動詞「ぬ」の連用形で、「つ」と異なり、完了した動作・状態が今も続いていること、結果が残っているのを表す。「に」があれば浮舟の抜け殻が水中の貝殻に完璧に同化してしまったか、の意となる。しかし、薫は、四十九日になっても「いかなりけんことにかはと思せば」（当巻二二）と思っているので、そこまでを念頭に思惟したとは思われない。『幽』『徹二』の元の本文には「に」はないように、後出伝本が「に」を入れて、意味の明確化をはかったものと見て、底本の校訂を控える。

【傍書】 1弁尼　2弁尼君詞　3古今　世をいとひこの本ことに立よれはうつふし染（ソメ）のあさ衣かな　4かほる御事　5うつせ貝也河海説おほつかなし

【注釈】

一　**阿闍梨、今は律師なりけり…いづれの底のうつせに交じりけむなど、やる方なく思す**　「阿闍梨」は、宇治山の僧のことで、蜻蛉（四）の阿闍梨とは別人。「律師」は僧正、僧都に次ぐ僧官、五位に準ずる。「この法事のこと掟てさせ給ふ」は、浮舟の法要を律師に御命じになられること。「念仏僧の数添へ」は、元々葬儀の折から「乳母子のだいとく、それが叔父の阿闍梨」（蜻蛉四）など近親者の法師達が奉仕していたのに、読経の僧侶を加えたこと。「つみいと深かなるわざ」は、自殺したことの罪の重さをいう。「…自殺者殺生之随一也云々　此故歟　観経玄義」（『河海』）「入水自害も人をころす事なれば罪障也観経ノ文アリ」（『孟津』）。「七日」については、手習（三〇）【注釈】一参照。「今宵帰らましやはとのみなん」には、「あらましかば」（反実仮想）を、〈やは・と・のみ・なん〉で結んでいる点に、夕暮れに空しく帰京する薫が、過往の宇治の女君への通い路を思い、今は帰らぬ人への愛しさが蘇り、全てを喪ったいかにも非情な無念さが籠もっている。「年頃、あはれと思ひそめたりし方にて、荒き山路を行き帰りし」（蜻蛉一七）宇治への通い路は、八の宮亡き後は、女君達への思いによるものであり、日帰りはなかった。「尼君」は弁の尼。「ほれ侍り」の「ほる」は、惚る、恍る、放る、で、心が朦朧となり思考力判断力を失うこと。弁の尼に言及される最後の場面である。弁にとって薫は、柏木の遺児であることを告げてからは、非力ながら全霊を傾けて助力したい人であった。また、この邸の片隅での出家生活の援助者でもあった。故に懇願されたとはいえ出家の身でありながら、薫の意に添い、浮舟を強引に宇治へ伴う手引きもした。その浮舟が亡くなった。八の宮、大君を喪い、出家して中の君を京の二条院に見送った。寂寞とした宇治に非情な手段で迎えた浮舟が、今また世を去った。出家者として忌まわしい我身を責める外に、会って薫を慰めるどんな言葉があろう。以下は、宇治を離れ帰途に向かう薫の心象風景を叙す。「道の程より」（蜻蛉一四）と起筆されたここ宇治への往路の薫の心象風景に呼応。「水の音の聞こゆるかぎりは心のみ騒ぎ」は、帰って行く道すがら、闇の向こうに宇治川の荒々しい水音が聞こえて来る間中、取り返しの付かない思いに心を乱す薫の様。前の「いみじう憂き水の契りかなと、この川の疎ましう思さるゝこといと深し」（同一七）に照応。「骸をだに尋ねず、あさましくてもやみぬるかな」は、浮舟の亡骸への未練をかたどる。薫の大君の「殻（人形）」に執する気持（宿木三七）に準ずる。「骸」を尋ねなかったのは、捜すことで浮舟の名誉が損なわれ、噂を立てられることを危惧した右近と侍従の判断だった。「人の言ひ伝へんことは、いと聞きにくし」（蜻蛉四）参照。「いづれの底のうつせに交じりけむ」の「うつせ」は、うつせ貝のことで、身が抜けて空になった貝の殻の意。「う」は「憂」に通い、「うつ（空・鬱・虚）世」でもある。和歌では「実なし・むなし・あわず・われる」などの序詞を構成する。「涙河底の水屑となりはてて恋しき瀬々に流れこそすれ」（拾遺集巻一四恋四・源順）の歌のように、投身して水底に沈んだと思われる浮舟の亡骸が、川底のうつせ貝に混じって漂っている様を思い描いての慨嘆。

一九　薫、中将の君に弔問の消息をする

一　かの母君(はゝ)は、京に子生(こう)むべきむすめのことによりつゝしみ騒(さは)げば、例(れい)の家(いゑ)にもえ行(い)かず、すゞろなる旅居(たびゐ)のみして、思ひ慰(なぐさ)む折(おり)もなきに、またこれもいかならむと思(おも)へど、たひらかに産(う)みてけり。ゆゝしければ[1]え寄(よ)らず、残(のこ)りの

人々の上もおぼえずほれまどひて過ぐすに、大将殿より、御使忍びてあり。[2]ものおぼえぬ心地にも、いとうれしくあはれなり。

薫[3]「あさましきことは、まづ聞こえむと思ひ給へしを、心ものどまらず、目もくらき心地して、まいていかなる闇にかまどはれ給ふらんと、その程を過ぐしつるに、はかなくて日頃も経にけることをなん。世の常なさも、いとゞ思ひのどめむ方なくのみ侍るを、思ひの外にもながらへば、過ぎにし名残とは、必ず、さるべきことにも尋ね給へ」などこまかに書き給ひて、御使には、かの大蔵大輔をぞ賜へりける。大蔵大輔口上「心のどかによろづを思ひつゝ、年頃にさへなりにける程、必ずしも、心ざしあるやうには見給はざりけむ。されど、今より後、何ごとにつけても必ず忘れきこえじ。また、さやうにを、人知れず思ひおき給へ。幼き人どもゝあなるを、朝廷に仕うまつらむにも、必ず後見思ふべくなむ」など、言はるものたまへり。

[4]ニいたくしも忌むまじき穢らひなれば、浮舟母「[ア]深うも触れ侍らず」など言ひなして、[5]せめて呼び[6]据ゑたり。[7]御返り、泣く〳〵書く。

浮舟母「いみじきことに死なれ侍らぬ命を、心憂く思う給へ嘆き侍るに、かゝる仰せ言見侍るべかりけるにやとなん。年頃は、心細きありさまを見給へながら、それは数ならぬ身の怠りに思ひ給へなしつゝ、かたじけなき御一言（こと）を、行（ゆ）く末（すゑ）ながら頼（たの）みきこえイ侍（侍）りしに、言（い）ふかひなく見（み）給へはてゝは、8里（さと）の契（ちぎ）りも、いと心憂（う）く悲（かな）しくなん。さま〴〵にうれしき仰（おほ）せ言（ごと）に命延（いのちの）び侍りて、今（いま）しばしながらへ侍らば、なほ（を）、頼（たの）みウきこえ侍（侍）るべきにこそと思（思）ひ給ふるにつけても、目（め）の前（まへ）の涙（なみだ）にくれて、エえ聞（き）こえさせやらずなむ」など書（か）きたり。三9御使（つかひ）に、なべての禄（ろく）などは見苦（ぐる）しき程（ほど）なり、飽（あ）かぬ心地（ち）もすべければ、かの君に奉（たてまつ）らむと心ざして持（も）たりけるよき斑犀（はむざい）の帯（おび）、太刀（たち）のをかしきなど袋（ふくろ）に入（い）れて、車に乗（の）る程（ほど）、浮舟母「これは、昔（むかし）の人の御心ざしなり」とて贈（をく）らせてけり。

【校異】

ア　**深うも**――「に（ふ上書き）かくも」別（ハ）「こゝにもいたうも」別（保）「ふかうしも」青（大）「ふかくも」別（陽・宮・国・麦・阿）「ふかうも」青（明・陵・伝宗・幽・穂・大正・三・徹一・池・横・徹二・肖・紹）河（尾・御・七・前・大・鳳・伏・飯）。なお、『大成』は「ふかうしも」、『新大系』も「深（ふか）うしも」であるのに対して、『全書』『大系』『玉上評釈』『全集』『集成』『完訳』『新全集』は「深（ふか）うも」。副助詞「し」の有無による相違である。「し」は元々、判断を強調するものではなく、不確実・不明であるとする話し手の判断を表明する語で、話し手の遠慮、卑下、謙退する気持ちを婉曲に表明する。不確実の意を表す係助詞「も」との複合によっても、卑下・謙退・譲歩の気持を表していたが、平安時代になると「しも」は次第に単純な強調も表すようになった（『岩波古』）。係助詞「も」は、「侍らず」とあり、全く深い穢れには当たらない、と全否定している。そこには母親の謙退の気持は含まれない。従って文意としては底本の表記が適う。しかし、調査諸本中『大』のみの独自異文である。『大』が文意を勘案して「し」を補ったものと見て、底本を「深うも」に校訂する。

イ　**きこえ（侍り）**――「きこえさせ」青（穂・三・徹一・池・横・徹二・肖）河（尾・御・七・前・大・鳳・伏・飯）別（ハ・陽・保・阿）「聞えさせ」青（大正・紹）別（麦）「聞え○（させ）」青（幽）「きこえ」青（大・明・陵・伝宗）別（宮・国）。なお、『大成』は「きこえ」、『大系』『新大系』も「聞（きこ）え」であるのに対して、『全書』『玉上評釈』『全集』『集成』『完訳』『新全集』は「きこえさせ」。当該は「きこえ（はべり）」か「きこえさせ（はべり）」かの相違で、使役の助動詞「さす」を付け謙譲の意を強めるか否かである。次項**【校異】**ウも同様の例だが、浮舟母の薫に対する手紙文である。高い謙譲は書き方としてあり得る。しかし、手紙の最末文には「え聞こえさせやらずなむ」とあり、母として、自身の書いた手紙が文意を尽くせないことを、薫に対する謙譲語で充分に遜って述べている。当該は母親の文面中であり、「きこえ侍り」で謙譲の意は表明され得る。諸本の状態、殊に『幽』の補入前の本文が底本等と同じであるところから思うに、後出伝本が「させ」を挿入して薫への謙譲の意を一層を強める表現にしたものと見て、底本の校訂を控える。

ウ　**きこえ（侍る）**――「きこえさせ」青（穂・三・池・横・肖・紹）河（尾・御・七・前・大・鳳・伏・飯）別（ハ・宮・保・国）「聞えさせ」青（徹一・大正・徹二）別（麦・阿）「ナシ」別（陽）「聞え○させ」青（幽）「きこえ」青（大・明・陵・伝宗）。なお、『大成』は「きこえ」、『大系』『新大系』も「聞（きこ）え」であるのに対して、『全書』『玉上評釈』『全集』『集成』『完訳』『新全集』は「きこえさせ」。前項【校異】イと同様の理由で校訂を控える。

エ　**くれて**――「くれはへりて」青（穂・池・徹二）河（尾・伏・飯）別（保）「くれ侍て」青（伝宗・大正・徹一・肖・紹）河（御・七・前・大・鳳）別（陽・宮・国・麦・阿）「くれ侍りて」青（横・三）別（ハ）「くれ○侍て」青（幽）「くれて」青（大・明・陵）。なお、『大成』は「くれて」、『大系』『玉上評釈』『新大系』も「暮（く）れて」であるのに対して、『全書』『全集』『集成』『完訳』『新全集』は「くれ侍（はべ）りて」。当該は丁寧語「侍る（り）」の有無による相違である。前項【校異】イ・ウと同様に浮舟母の手紙の文面中である。後出伝本が「侍り」を挿入して、薫への遜りの心情を強める母自身の手紙文にしたものと見て、底本の校訂は控える。

【傍書】　1産所へ　2母君事　3文のこと葉なり　4母君詞　5使者　6居　7母君　8里の名うらめしき心なり　9斑犀帯四位五位ノ人常用之忌服者烏犀帯謹園トハ斑犀をさす也

【注釈】

一　**かの母君は、京に子生むべきむすめのことにより…など、言葉にものたまへり**　「京に子生むべきむすめ」のことは既述（浮舟二六）、左近少将の妻になった浮舟の異父妹。「つゝしみ騒げば」は、出産を控えているので、浮舟の死穢に触れた身は不吉であることによる。「例の家にもえ行かず」は、常の居所である常陸介邸にも、触穢の身を憚り帰らないこと。「すゞろなる旅居」は、「方違へ所」（東屋三二）の三条の小家か。浮舟が匂宮を避けて中の君の許から移り、薫に宇治へ伴われるまで住んでいた（同三二～四〇）。「またこれもいかならむ」の「これ」は、「子生むべきむすめ」のことで、浮舟の不慮の自死の後なので、出産時に変事が生じないかと危惧する気持。「ゆゝしければえ寄らず」は、出産は無事に済んだが、浮舟の葬儀から帰って来た身なので産婦らの触穢を慎んだもの。「残りの人々の上もおぼえずほれまどひて過ぐす」は、浮舟の異父弟妹や夫常陸介のことも思い遣れず、ぼんやりと途方に暮れて過ごしていること。「大将殿より、御使忍びてあり」は、薫と浮舟との関係が表立ったものでないため。後述の御使大蔵大輔仲信が浮舟母に口頭で伝える「人知れず思ひおき給へ」や、浮舟母が薫への伝言に「人に何ゆゑなどは知らせ侍らで」（蜻蛉二〇）とするのに呼応。漸く薫らしい気配りを浮舟の母親に向けたもの。匂宮の世間知らずな直情的行動とは異なり、宇治の人々への経済的な支援等の細やかな配慮を怠らない世俗的観点を備えた薫像はこれまでにも屢々見られた（総角二〇・同二七・早蕨四・宿木三二など）。「ものおぼえぬ心地にも、いとうれしくあはれなり」は、掌中の玉を亡くし呆然と時を過ごしている浮舟母にとって、薫からの御使は、晴れ晴れしく感動的で心が動かされることである。おそらく初めての薫から浮舟母への御使で、浮舟の死と引き換えに手にした感動でもある。「あさましきことは…さるべきことにも尋ね給へ」は、薫の手紙。「心ものどまらず、目もくらき心地して」は、心も張り裂け、暗闇に突き落とされたような衝撃の薫自身の情態を表す。「まいていかなる闇にかまどはれ給ふらん」は、「人の親の心は闇にあらねども子を思ふ道にまどひぬるかな」（後撰集巻一五雑一・藤原兼輔）を引き、〔薫〕自分の悲嘆に較べ、母であるあなたはましてどんなにか子を思う闇の中を迷妄なさっておられますことか、と思い遣ったもの。「世の常なさ」は、この世の中が無常であることだが、母君への当座の弔いを怠っている中に、「はかなくて日頃も経にける」と、悲嘆の中にあっても、あっけなくも日数だけは過ぎてしまったことの喩。「過ぎにし名残とは」の「とは」〈格助詞＋係助詞〉は、「と」で、母親との共通認識「過ぎにし名残」を意識的に取り立て、「は」で、提示した「名残」だから、「さるべきにも尋ね給へ」と説く役割を担う。「大蔵大輔」は既述（浮舟二五）、浮舟の情報を探り漏らした匂宮邸出入りの大内記式部少輔道定（浮舟二九）の舅仲信。「かの」とあり、わざわざ大蔵大輔を使にするのは、思い遣り深い薫の浮舟母への配慮を、匂宮へ間接的に知らせる意図もあるか。「心のどかに…必ず後見思ふべくなむ」までは、大蔵大輔に言付けた薫の浮舟母への口上。「心のどかによろづを思ひつゝ」は、薫が自身の姿勢を述べた語だが、浮舟も「かの、心のどかなるさまにて見むと、行く末遠かるべきことをのたまひわたる人」（同三八）と薫を捉え、右近も「心のどかなるさまにて、時々も見たてまつらせ給ふべきやうに」（蜻蛉一五）と言っていた。薫の心静かで落ち着いたさまは、如何にも周囲の者に安心感を与える。

二　**いたくしも忌むまじき穢らひなれば…目の前の涙にくれて、え聞こえさせやらずなむ**　「いたくしも忌むまじき穢らひ」は、次ぎに「深うも触れ侍らず」とあるので、亡骸の無い死で、死穢に直接触れていないこと。薫も「穢らひといふことはあるまじけれど」（同一七）と思っていた。「言ひなして」と、敢えてそう言ったのは、薫の特別の配慮の文と、口上で伝えられた浮舟の異父弟達への今後の後見の約束に感応したためである。「いみじきことに死なれ侍らぬ命」は、自分の娘の自死という極限の悲嘆にも、死ぬことができない浮舟母自身の命のこと。その故は薫の「かゝる仰せ言見侍るべかりけるにや」を聞くためであったとする。「数ならぬ身の怠りに思ひ給へなしつゝ」は、母中将の君の「数ならぬ身」意識は東屋巻頭以来繰り返し語られており、不運を納得しようと自らを宥めつつ過ごしてきた。「かたじけなき御一言」は、浮舟を京に迎えると薫が約束した言葉。浮舟の為の京の邸造営のことは、浮舟（二二）に初めてあり、そのことを浮舟に告げる場面は同（一八）に、また日程は「四月の十日」（同二六）と知らされていた。「里の契り」は、「憂し」の名を持つ宇治という地で生起した宿命的繫がり（蜻蛉一七参照）の意で、次の「心憂く悲し」を導く。「うれしき仰せ言に命延び侍りて…」は、「いみじきことに死なれ侍らぬ命…」に照応。「今しばしながらへ侍らば」は、薫の言葉「思ひのほかにもながらへば」に呼応。

三　**御使に、なべての禄などは…「これは、昔の人の御心ざしなり」とて贈らせてけり**　「なべての禄などは見苦しき程なり」は、「程」とあるので、喪中の今は、並み一通りの禄などは相応しくない時期であること。「かの君に奉らむと心ざして持たりけるよき斑犀の帯」の「かの君」は、あの御方、薫。「浮舟にまゐらせて、大将殿へ奉らんとこころざしたる帯也」（『細流』）のように「浮舟にまゐらせて」を補い解釈する。「かの君」を『集成』『完訳』『新全集』は浮舟とし、『全書』『玉上』『大系』『全集』『新大系』は薫と取る。『鑑賞』は、口語訳では浮舟、語句解釈では薫とする。物語では、「かの大将殿」（蜻蛉二）「かの母君」と「かの」を付けた草子地の呼称は、その話題にしている人物に用いられる。ここは、母中将の君が薫の御使へ禄を渡すのを語る草子地であり、浮舟を「昔の人」と語らせている。その同一場面で、草子地が浮舟を「かの君」として語っていると見るのは不自然である。また、浮舟母が浮舟に対し「奉る」を使用した例は、浮舟（三九）の浮舟への手紙文中に一例あるが、草子地で浮舟に「奉る」を用いた例は無い。喪中ゆえ普通の贈り物は不似合いだが、「斑犀帯四位五位の人常に用之公卿服者烏犀帯諒闇には斑犀をさすなり」（『花鳥』）の如く、斑犀帯なら、元々浮舟に持たせ薫に差し上げ、御下賜品用にと思っていたものだから、今日の御使（大蔵大輔正五位下相当）の禄に相応しい、と解するのが文章理会としては自然である。『西宮記』巻五臨時「人々装束帯」に「烏犀ハ帝王以下、無位以上通用ス。斑犀ハ四位五位用レ之ヲ」とあり、身分柄薫用には不向きではあるが、『細流』のように解釈すれば、当然薫から身分に相応しい者への禄として下賜されることが前提だから、問題はない。「斑犀」は、斑な紋のある犀の角を石の代わりにつけた石帯、黒いものを上品とする。「斑犀帯ハンサイ」（色葉字類抄黒川本）。

二〇　浮舟母の返書に接しての、薫の思い

一　殿に御覧ぜさすれば、薫「いとすぞろなるわざかな」とのたまふ。[1]言葉には、大蔵大輔「みづから会ひ侍りたうびて、いみじく泣く〳〵よろづのことのたまひて、中将の君『幼き者どものことまで仰せられたるがいともかしこきに、また数ならぬ程は、なか〳〵[ア]いと恥づかしう、人に何ゆゑなどは知らせ侍らで、あやしきさまどもをも、皆参らせ侍りて候はせん』となむものし侍りつる」と聞こゆ。[2]げにことなることなきゆかり睦びにぞあるべけれど、帝にも、さばかりの人のむすめ奉らずやはある、それに、さるべきにて、時めかし思さんは、人[イ]のそしるべきことかは、たゞ人、はた、あやしき女、世に古りにたるなどを持ちゐるたぐひ多かり、かの守のむすめなりけりと、人の言ひなさんにも、わがもてなしの、それに穢るべくありそめたらばこそあらめ、一人の子をいたづらになして思ふらん親の心に、なほこのゆかりこそ面立たしかりけれと思ひ知るばかり、用意は必ず見すべきことゝ思す。

【校異】

ア　いと恥づかしう――「はつかしくなん」河（伏）「はつかしくなん」別（陽）「はつかしくなむ」別（麦・阿）「いとはつかしうなむ」別（宮・保）「いとはつかしうなん」青（横・肖・紹）別（国）「いとはつかしくなむ」青（大正・池・徹一）河（御・七・前・大・鳳・飯）「いとはつかしくなん」青（穂・三・徹二）河（尾）別（八）「いとはつかしう○（なん）」青（幽）「いとはつかしう」青（大・明・陵・伝宗）。なお、『大成』は「いとはつかしう」、『大系』『玉上評釈』『新大系』も「いと、（ナシ）恥（は）づかしう」であるのに対して、『全書』『全集』『集成』『完訳』『新全集』は「いとは（恥）づかしう（く）なむ」。係助詞「なむ」の有無による相違である。「なむ」があれば、浮舟母の気持ちを丁寧に強めた表現となるが、ウ音便表現「いとはづかしう」でも、副詞「いと」があるので、柔らかい響きの丁寧さは伝わる。「なむ」は『幽』が補入したようにして、後出伝本において、追加して、意をより強めた表現にしたものと見て底本の校訂を控える。

イ　**思さんは**――「ナシ」河（飯）別（陽）「おほさんを」別（ハ）「おほさんをは」青（明・陵・幽・穂・三・徹二・紹）河（尾・御・七・前・大・鳳・伏）別（宮・国・麦・阿）「おほさむをは」青（伝宗・大正・徹一・池・横・肖）「おほさんは」青（大）「おほさむは」別（保）。なお、『大成』は「おほさんは」、『玉上評釈』『新大系』も「思（おぼ）さむ（ん）は」であるのに対して、『全書』『大系』『全集』『集成』『完訳』『新全集』は「思（思）さむ（ん）をば」。当該は提題の格助詞「は」か、格助詞「を」か、格助詞「を」の機能を一層明確に示す連語「をば」かの相違である。帝の場合も、浮舟程度の身分の女を寵愛する例もあるので、帝が寵愛する女を、人がとやかく謗るべきではないと思う薫の心中を述べている文である。上文に「さばかりの人のむすめ奉らずやはある」、下文に「人のそしるべきことかは」と強調された叙述があり、薫の行動の正当性の裏付けをするための思惟が続いている。間にある当該文で、「をば」を用いるのは、提題の「は」より、更に強い表現を加えたことになる。しかし、こうした意味の強調明確化は後出伝本の特徴である。薫の浮舟への思いの強さを忖度した後出伝本が、「を」を挿入した可能性は高い。これにより、帝の例を安心材料にしたいとする薫の意がより強められる。本例は調査諸本中『大』『保』のみが提題の「は」であり、より穏やかな表現であるが、それを後出伝本が強調明確化したと見て、底本の校訂を控える。

【傍書】　1母君詞　2かほる御心中

【注釈】

一　**殿に御覧ぜさすれば…用意は必ず見すべきことゝ思す**　「いとすぞろなるわざかな」は、浮舟母が、使に斑犀の帯を持たせた配慮を、全く意に反して余計な配慮だと言いなしたもの。「みづから会ひ侍りたうびて」は、使者大蔵大輔が大切に扱われたことを報告したもの。「侍りたうぶ」は、〈侍り・たう（給）ぶ（尊敬の補助動詞）〉で、物語中三例（少女四・常夏一一・当該）ある。「幼き者ども」は、浮舟の弟達。「人に何ゆゑなどは知らせ侍らで」は、他人には薫とどのような縁故があるのかなどは知らせないで。浮舟との関係は、帝の婿という慮りなどから、未だ公表されていなかったことによる、浮舟母の身分を弁えた謙りで、薫の言伝て「人知れず思ひおき給へ」に呼応。「身分違いの恋愛の場合…男性の側からの認知（社会的に公開）がないと、女性の側から相手に断り無しに公開することは、強いタブーがあった…子供の父親に対する名乗りについても同じことが言えるであろう」（後藤祥子「『和泉式部日記』前史

―為尊親王伝の虚実―」佐藤道生他編『これからの国文学研究のために―池田利夫追悼論集』笠間書院二〇一四年）とした考えからの配慮であろう。「あやしきさまども」は、前の「幼き者ども」を指す。「げに」は、浮舟母の「人に何ゆゑなどは知らせ侍らで」の申し出を、納得した薫の心中思惟へ繋ぐ言葉。「ことなることなきゆかり睦び」は、浮舟との関わりから生じた常陸介家との縁を、まともでないものとして歓迎しない薫の評価。「帝にも、さばかりの人のむすめ奉らずやはある」は、帝にも、浮舟同様受領風情の娘を奉らないことがあろうか、あるはずだ。浮舟由来の「ゆかりむつび」から反転して、帝を対比し、薫が自らの正当性を強く確認したもの。これも劣等感と自尊心との鬩ぎ合いから生じた心情で、帝と比較して、臣下の身分であれば当然許されるはずだと納得したい気持の現れ。「世に古りにたる」は、結婚経験のある女の意。「かの守のむすめなりけりと、人の言ひなさんにも」は、実際は浮舟が八の宮の娘であることを強く意識したもので、事実ではないが常陸介風情の娘と世間が強いて噂しても、と表現したもの。「わがもてなしの、それに穢るべくありそめたらばこそあらめ」は、自分の扱いが、それによって我が不名誉となるような状態で正式の結婚をして始まったのならともかく、そうではないのだから。薫の浮舟の身分に対する拘りである。「一人の子をいたづらになして思ふらん親の心」は、薫が浮舟母に認めた文面にも、「まいていかなる闇にかまどはれ給ふらん」（蜻蛉一九）に、浮舟母を思い遣る言葉があった。「なほこのゆかりこそ面立たしかりけれ…用意は必ず見すべきこと〻思す」は、やはり浮舟の縁こそが名誉あることだったと、浮舟母が身に滲みて思い当たる程の、浮舟の弟達に対して深い心遣いは必ず見せるべきだとお思いになること。薫は、浮舟を亡くした悲しみから、世間の目を、供養を、意識し、子を亡くした母の心情を思い遣り、あれこれ考え巡らして、浮舟の遺族への手厚い処遇に思い至る。

二一　常陸介、初めて薫と浮舟のことを聞き、浮舟を悼む

一[1]かしこには、常陸守立ちながら来て、常陸介「折しもかくてゐ給へることなむ」ア と腹立つ。年頃、いづくになむお[2]はするなど、ありのまゝにも知らせざりければ、はかなきさまにておはすらむと思ひ言ひけるを、[3]京になど迎へイ給ひて後、浮舟母「面目ありて」など知らせむと思ひける程に、かゝれば、今は隠さんもあひなくて、ありしさま泣く泣く語る。大将殿の御文も取り出でゝ見すれば、[4]よき人かしこくして、鄙びもの愛でする人にて、驚き臆して、うち返し返し、常陸介「いとめでたき御幸ひを捨て○ゝ□せ給ひにける人かな。おのれも殿人にて参り仕うまつれども、近くウ召し使ふこともなく、いと気高くエおはする殿なり。若き者どものこと仰せられたるは頼もしきことになん」など、[5]よろこぶを見るにも、まして、おはせましかばと思ふに、臥しまろびて泣かる。[6]守も今なんうち泣きける。

二　さるは、おはせし世には、なかなか、かゝるたぐひの人しも、尋ね給ふべきにしもあらずかし。わが過ちにて失ひつるもいとほし、慰めむと思すよりなむ、人のそしりねんごろに尋ねじと思しける。

【校異】

ア　なむ」と――「なと」青（穂・大正・三・徹一・池・横・紹）河（尾・御・七・前・大・鳳・伏・飯）別（ハ・陽・宮・保・国・麦・阿）「なむと」青（大・陵・伝宗）「なんと」青（明・幽・徹二・肖）。「なと」は「なむ（ん）と」の「む（ん）」無表記もあり得る。なお、『大成』は「なむと」、『大系』『玉上評釈』『全集』『完訳』『新大系』『新全集』も「なむ」（、）と」であるのに対して、『全書』『集成』は「など」。当該は常陸介がやって来て、浮舟母が「京に子生むべきむすめのことによりつゝし

み騒げば、例の家にもえ行かず、すゞろなる旅居のみして」（蜻蛉一九）いる状況を、「折しもかくてゐ給へることなど」と腹を立てている状態を叙述しているとするか、彼の言葉として「「折しもかくてゐ給へること」など」か、「「折しもかくてゐ給へることなむ」と」と捉えるかの相違である。「など」ならば、常陸介の腹立ちが、浮舟母が「旅居」のここに居ること以外にも何かあることを示唆する。「…なむ」で止めるのは田舎者の常陸介らしくない、とも考えられるが、ここは、浮舟母を強く非難した場面なので、直接話法で「折しもかくてゐ給へることなむ」と係助詞「なむ」とする表現の方が、常陸介の腹立つ様子を直に伝える。以上の観点から、底本の校訂を控える。

イ　**迎へ給ひて**――「ナシ」別（陽）「むかへたまひてむ」青（穂）「むかへたまひてん」青（三）河（御・七・前・鳳）「むかへ給てん」青（大正・徹一・紹）河（尾・伏・飯）「むかへ給ひてん」青（徹二）「むかへ給ひてむ」青（横）「むかへ給てむ」青（池）「んかへ給てむとて」別（保）「むかへ給はん」別（宮・国）「むかひたまひてん」河（大）「むかひ給て」別（麦・阿）「むかへ給て○《ん》」青（幽）「《ヒ》むかへ給て」青（大・明・陵・伝宗・肖）別（ハ）。なお、『大成』は「むかへ給て」、『大系』『玉上評釈』『新大系』も「むか（迎・迎《むか》）へ給（たま）ひ（給《たまひ》）て」であるのに対して、『全書』『全集』『集成』『完訳』『新全集』は「迎へ給（たま）ひてむ」。「てむ」か「て」（接続助詞）かの相違である。「薫に浮舟が正式に京に迎えられた後、常陸介に「面目ありて」などと事の次第を知らせようと、浮舟母が思っていたことを叙述する文である。「てむ」ならば、て」は完了強意の助動詞「つ」の未然形で、主体の強い意志や決意を表すので、薫が「京になど迎へ給ひ」を強める表現となり、「て」ならば接続助詞で、薫が浮舟を京に迎えられて後の意と解される。諸本の状況から、後出伝本において、「てむ」として意味を強める表現にしたものと見て底本の校訂を控える。

ウ　**召し使ふ**――「めしつかひ給」青（穂・徹一・池・徹二・横・紹）河（尾・御・七・前・大・鳳・伏・飯）別（ハ・宮・国・麦）「めしつかひ給ふ」青（大正・肖）別（阿）「めしつかひたまふ」青（三）別（保）「めしつか○《ひ給》ふ」青（幽）「めしつかふ」青（大・明・陵・伝宗）「めしつかう」別（陽）。なお『大成』は「めしつかふ」、『大系』『新大系』も「《ヒ》召《め》し使《つか》ふ」であるのに対して、『全書』『玉上評釈』『全集』『集成』『完訳』『新全集』は「召し使ひ給（たま）ふ」。「給ふ」の有無によるの相違となる。諸本の状況から、後出伝本が「たまふ」を挿入して、薫に対する敬意をより表す表現に修正したものと見て、底本の校訂を控える。

エ　**おはする**――「おもはする」青（大）「おもはする」青（肖）「おはする」青（明・陵・伝宗・幽・穂・徹一・池・横・徹二・紹）河（尾・御・七・前・大・鳳・伏・飯）別《ヒ》（ハ・陽・宮・保・国・麦・阿）「をはする」青（大正・三）。『大成』は「おもはする」、『新大系』も「思(おも)はする」であるのに対して、『全書』『大系』『玉上評釈』『全集』『集成』『完訳』『新全集』は「おはする」。「も」の有無による相違で、薫が「気高くおはする殿」か「気高くおもはする殿」かの違いとなる。薫の気高さは、人から見てそのように感じられるだけではなく、生来気高い資質を持っているのであるから、「おはする」が妥当な表現である。本例では「おもはする」とあるのは底本とミセケチ前の『肖』のみである。底本は「も」を誤入させて、「おもはする」にしたものと見て、底本を「おはする」に校訂する。

【傍書】　1母君のもとの事也　2うき船の事也　3母君心中詞　4ひたちのかみの心中詞　5母君心中　6常陸守也

【注釈】

一　**かしこには、常陸守立ちながら来て…守も今なんうち泣きける**　「かしこ」は、浮舟母が忌み籠もりしている処（蜻蛉一九）。「折しもかくてゐ給へることとなむ」は、中将の君が大事な娘の出産の折なのに、浮舟の死穢に触れたことを理由に、家に戻らずこんな処に居ることを常陸介が憤る言葉。常陸介を守・常陸守と呼称することについては既述（東屋二）。「「面目ありて」など知らせむ」は、浮舟が薫から京に迎えられたら、それを、名誉なことで、と常陸介に知らせようと目論んでいたこと。「よき人かしこくして、鄙び、もの愛でする人」は、常陸介のことで、田舎びていて、高貴な人を畏れ尊び、少し秀でたものには何でもひどく感動して誉める人、東屋（七・一二）等参照。「いとめでたき御幸ひ…頼もしきことになん」は、常陸介が浮舟の死よりも、自らは薫へ奉公出仕していても歯牙にも掛けてもらえない分際であるのに、薫の浮舟の弟達への「後見」約束（蜻蛉一九）を伝え聞いて、随喜したもの。常陸介の心量の狭小さを言った言葉で、浮舟母も「うれしき仰せ言に命延び侍りて」（同）と手紙を書いており、同類である。

二　**さるは、おはせし世には…人のそしりねんごろに尋ねじと思しける**　「さるは、おはせし世には…尋ね給ふべきにしもあらずかし」の「さるは」は、常陸介の感激した様子や、「おはせましかば」と思う浮舟を喪失した嘆きを受け、そうは言うものの、とした批判的な語り手の発語。しかしながら、浮舟が生きておいでになられたなら、却って常陸介程度の一族を、薫が御心に掛けておかれるはずもないであろうこと。「わが過ちにて失ひつるもいとほし、慰めむと思すよりなむ」は、薫は自分の過失によって浮舟を死に追いやったのが不憫で、母親を慰めてやらねばならぬと思っているから、親切にこうした配慮をするのだ。「人のそしりねんごろに尋ねじと思しける」は、浮舟の縁者の後見をすることへの世間の批判にあれこれ心を労さずかまわずにおこうと思われるのだった、と薫の決意の様を述べる。薫が常陸介一族の支援をする理由が分からない者達からの批判を念頭に、それに屈することなく、面倒を見てやることが、浮舟への供養であり、浮舟母への慰めであり、はたまた自らの償いでもあるとした、薫の処生観。

二二　薫、浮舟の四十九日法事を、宇治の寺で営ませる

一 四十九日のわざなどせさせ給(給)ふにも、いかなりけんことにかはと思(おぼ)せば、とてもかくても罪得(つみう)まじきことなれば、いと忍(しの)びて、かの律師(りし)ア の寺にてせさせ給(給)ひける。六十僧(そう)の布施(ふせ)など、大(おほ)きに掟(をき)てられたり。母君(はゝ)も来(き)ゐて、事(こと)ども添(そ)へたり。宮よりは、右近がもとに、白銀(しろかね)の壺(つぼ)に黄金入(こがねい)れて賜(給)へり。人見咎(みとが)むばかり大(おほ)きなるわざはえし給(たま)はず、右近が心ざしにてしたりければ、心知(し)らぬ人は、侍女「いかで、かくなむ」など言(い)ひける。二 殿(とのゝ)人ども、睦(むつ)ましき限(かぎ)りあまた賜(給)へり。人「あやしく、音(をと)もせざりつる人の果(は)てを、かく扱(あつ)はせ給(給)ふ、誰(たれ)ならむ」と、今驚(いまおどろ)く人のみ多(おほ)かるに、常陸守来(ひたちのかみき)て、イ あるじがりをるなん、あやしと人々(ゝ)見ける。少将の子生(こう)ませて、厳(いか)めしきことせさせむとまどひ、家(いゑ)の内(うち)になき物(もの)は少(すく)なく、唐土(もろこし)、新羅(しらぎ)の飾(かざ)りをもしつべきに、限(かぎ)りあれば、いとあやしかりけり。この御法事(ほうじ)の、忍(しの)

びたるやうに思したれど、気配こよなきを見るに、生きたらましかば、わが身を並ぶべくもあらぬ人の御宿世なりけりと思ふ。宮の上も誦経し給ひ、七僧の前のことせさせ給ひけり。今なむ、かゝる人持たまへりけりと、帝までも聞こしめして、おろかにもあらざりける人を、宮にかしこまりきこえて隠しおき給ひたりける、いとほしと思しける。

二人の人の御心の内、古りず悲しく、あやにくなりし御思ひの盛りにかき絶えては、いといみじけれど、あだなる御心は、慰むやなど試み給ふことも、やう〳〵ありけり。かの殿は、かくとりもちて、何やかやと思して、残りの人を育ませ給ひても、なほ、言ふかひなきことを忘れ難く思す。

【校異】

ア　**寺にて**――「寺にてなむ」青（大正・徹一）「てらにてなむ」青（池・肖）河（御・七・前・大・鳳）別（保）「てらにてなん」青（穂・三・横・紹）河（尾・伏・飯）別（麦）「寺にてなん」別（阿）青（徹二）「寺にて○(なん)」青（伝宗）「てらになん」別（陽）「てらにてなん(上書)」別（ハ）「てらにて○(なん)」青（幽）「てらにて」青（大）「寺にて」青（明・陵）別（宮・国）。なお、『大成』は「てらにて」、『玉上評釈』『新大系』も「寺にて」であるのに対して、『全書』『全集』『集成』『完訳』『新全集』は「寺にてなむ（ん）」、『大系』は「寺にて（なん）」。当該は「なむ」の有無による相違である。薫が、浮舟の四十九日の法要を宇治の律師（昔の阿闍梨）の寺でおさせになる、とする文である。「律師の寺にてなむ」ならば、係助詞「なむ」により、律師の寺を殊に強く取り立てて示す意になる。しかし、宇治で亡くなった浮舟の諸事情と薫との関係からすれば、法要は宇治の律師の寺以外に、薫が「いと忍びて」依頼できる寺はなく、当然の選択である。「なむ」を挿入して、殊更に律師の寺を強調する表現にしたのは、後出伝本であろうと見て、底本の校訂を控える。

イ　**あるじがりをる**――「こゝろもとなくあるしかりおる」青（横）「心もとなくあるしかりをる」青（池）「心もとなくあるしかりおる」別（保）「心もなくあるしかりおる」青（大正・肖・紹）「心もなくあるしかりをる」青（三・徹一・徹二）河（尾・御・伏・飯）別（ハ・国）「こゝろもなくあるしかりをる」青（穂）「心もなくあるしかりおる」河（七・前・大・鳳）「こゝろも

なくあるしかるを」別(陽)「心もなくあるしかるを」別(宮)「心もなくあるし(り)はかりをる」青(伝宗)「心もなくあるしかりける」別(麦・阿)「○(心もなく)あるしかりをる」青(幽)「あるしかりおる」青(大・陵)「あるしかりをる」青(明)。なお、『大成』は「あるしかりおる」、『玉上評釈』『全集』『完訳』『新大系』『新全集』も「あるじ(主(あるじ))がりを(お(を))る」であるのに対して、『全書』『集成』は「心もなくあるじがり居(を)(を)る」、『大系』は「(心もなく)あるじがり居(を)る」。当該は「心もとなく」や「心もなく」の有無による相違と見られる。浮舟の四十九日の法要に、今まで冷淡であった浮舟の養父常陸介が、浮舟と薫との関係を知った今になって、いかにも主人顔で采配を振るう様を、「心もなく」や「心もとなく」と形容するか否かの違いである。常陸介が、思慮もなくや、むやみやたらに振る舞う、とするのは、主人面をする常陸介を殊更に強調した表現となる。『幽』が補入をして修正するように、後出伝本によって書き加えられた可能性を示唆すると見て、底本の校訂を控える。

ウ　**わが身を**——「わか身も」青(肖)「我身も」青(紹)「我身を(に)」青(伝宗)「我身に」青(横・徹二)河(尾・御・前・大・鳳・飯)「わか身に」青(穂・大正・三)河(伏)別(麦・阿)「わかみに」青(池)「わか身(こ)」河(七)「我子に」別(国)「わかこに」別(陽・保)「我こに」別(宮)「我こには」別(ハ)「わか身を(ヒ)(も)」青(幽)「わか身を」青(大・陵)「我身を」青(明・徹一)。なお、『大成』は「わか身を」、『大系』『全集』『完訳』『新大系』『新全集』も「わが、(ナシ)身を」であるのに対して、『全書』『玉上評釈』『集成』は「わか身に」。当該は、薫の「いと忍びて」行う浮舟の法要が余りに立派なので、常陸介が、浮舟がもし生きていたなら、自分が浮舟と比肩すべくもない程の宿運高い娘だったのだ、と思う心中を叙述する。「わが子に」は、すぐ前の「少将の子生ませ」た自分の娘を思っていることから生じた異文であろうと見て考察から外す。「わが身」と比較して、馬鹿にして来た浮舟はとんでもない宿運の持ち主であったことよ、とする方が、場面状況に合う。「わが身を」か「わが身に」かの相違については、『伝宗』『幽』の修正を重視して、後出伝本が「に」に替えたと見て底本の校訂を控える。

エ　**こと**——「ことも」青(大正・池・紹)河(伏)別(保・国)「事も」青(穂・三・横・徹二・肖)河(尾・御・七・前・大・鳳・飯)別(ハ・宮)「ことゝも」別(陽)「事とも」別(麦・阿)「事○(も)」青(幽)「事」青(大・陵・徹一)「こと」青(明・伝宗)。なお、『大成』は「事」、『大系』『玉上評釈』『新大系』も「事(こと)」であるのに対して、『全書』『全集』『集成』『完訳』『新全集』は「こと(事)も」。「も」の有無による異同である。当該は、中の君が施した供養を述べているところである。上接文に「宮の上(中の君)も誦経し給ひ」とあるので、それに加えてて、七僧の食膳の「ことも」行った、と強調表現したか否かの問題である。自分を頼って来た異母妹であることや、浮舟の薫との関係、仄聞した匂宮との関係経緯などから、中の君が浮舟の四十九日法要に誦経料や七僧への饗応は当然の配慮であろう。『幽』の補入が示すように後出伝本がわざわざ係助詞「も」

を挿入して強調したものと見て、底本の校訂を控える。

オ　**帝までも**――「御かとまて」青（明）河（伏）「みかとまて」青（穂・大正・三・池・徹二・肖・横）河（尾・御・七・前・大・鳳）別（ハ・陽・宮・保・国・麦・阿）「御門まて」青（伝宗）河（飯）「御かとまても」青（幽）「御門までも」青（紹）「みかとまても」青（大・陵・徹一）。なお、『大成』は「みかとまても」、『大系』『玉上評釈』『新大系』も「帝（みかど）（みかど）までも」であるのに対して、『全書』『全集』『集成』『完訳』『新全集』は「帝（みかど）（帝）まで」。今になって、薫の大切な思い人の四十九日法要のことを聞き及んだ世間や帝に関しての表現で、「帝まで」か、「帝までも」かの相違である。係助詞「も」があれば、この度の法要が世間の噂になり、今になって、薫にそんなに大事な思い人が居たのかと人々の同情を買ったのは勿論のこと、「帝までも」お聞きあそばされて…と、噂をお聞きになられた帝の薫への格別の同情へ繋げる。「も」のある本文の方が帝の「おろかにも…いとほしと思しける」と、薫に深く同情する気持が生じたことを自然の成り行きと思わせる表現となり、帝の薫への並々ならぬ思いを強調することは、薫の官僚としての評価を一層高める。強調表現の追加は後出伝本の特徴であるが、当該は、『幽』が修正しているように、後出伝本が「も」を落としたと見て、底本の校訂を控える。

カ　**給ひたりける**――「ナシ」河（大）「給ける」青（明・伝宗）別（阿）「たまへりけるを」青（穂・大正・三）河（御・七・前・鳳）「給へりけるを」青（徹一・池・徹二・肖・紹）河（尾・飯）別（ハ・陽・宮・国・麦）「給えりけるを」河（伏）「○（給へりけ）るを」青（横）「たまひ（へり）（ヒ（「ひ」の上から「へり」））けることゝ」別（保）「給（へ）たりける○（を）」青（幽）「給たりける」青（大・陵）。なお、『大成』は「給たりける」、『大系』『玉上評釈』『新大系』も「給（たま）ひ（ヒ）（給）（たまひ）たりける」であるのに対して、『全書』『全集』『集成』『完訳』『新全集』は「給（たま）へりけるを」。「隠しおき」に下接して「給ひける」「給へりける」「給ひたりける」の相違である。帝が薫の心中を思い遣って、女二の宮に畏れ多いことと遠慮申されて浮舟の事を隠しおいた、と気の毒に思う心中を述べる文である。本動詞「隠しおく」には持続の意が含まれるので、「給ひける」で、文表現は適切である。これを諒として「たり」や「り」を加えない伝本が『明』『伝宗』『阿』である。しかし、諸注釈がこの本文を採らなかったのは後出伝本と見なしたのであろう。他方、「給へりける」は、（蜻蛉四）【校異】アと同じく、「り」によって、薫が浮舟のことを隠しおいていたことが存続していたのを意味付ける。「給ひたりける」〈たまひ・たり（テ＋アリ）・ける〉なら、更に、完了「つ」の意味が加わり、隠し続けていた意が強められる。当該は、帝の気持ちを忖度するなら、薫が隠しおいた時間の持続を示す「り」や、隠し続けた行為を意味的に更に強く表す「たり」で完了「つ」の意味合いが感じられる時間の存続が強調されてもよい。帝は、薫が女二宮に畏れ多いと遠慮して、ずっと今日まで浮舟の事を隠しおき続けてきたその気持ちを殊勝、不憫と感じているのであるから、底本の表記はその気持ちにより適っている。本来は、帝のそうした心情をより強く感じさせる本文であったものを、後出伝本が表現を和らげて変化させたと思われる。また、格助詞「を」の有無に付いては、『大』『明』『陵』『伝宗』と、『幽』の元の本文は助詞「を」を欠く。ここは「おろかにもあらざりける人を、」「いとほしと思しける」で、「宮にかしこまりきこえて」は挿入句になる。後出諸本は、上接文が「を」格で示されていることを念頭に入れず、「宮に…隠しおき給ひたりける、いとほしと思しける」のみを一文と見て、「を」を挿入して文意の明確化を図ったものと思われる。以上により、底本の校訂を控える。

キ　**いみじけれど**――「いみしけれは」青（大）「いみしされと」別（宮・国）「いみしかりしかと」別（麦・阿）「いみしけれと」青（明・陵・幽・穂・大正・三・徹一・池・横・徹二・肖・紹）河（尾・御・七・前・大・鳳・伏・飯）別（ハ・陽・保）「いみしけれど」青（伝宗）。なお、『大成』は「いみしけれは」、『新大系』も「いみじければ」であるのに対して、『全書』『大系』『玉上評釈』『全集』『集成』『完訳』『新全集』は「いみじけれど」。浮舟への恋の燃え盛る最中に恋人を亡くした匂宮の心情を、「いみしけれは」とするか、「いみしけれと」とするかの相違である。下接文は「あだなる御心は、慰むやなど試み給ふことも、やう〳〵ありけり」と続くので「いみじけれど」ならば、好色の匂宮の形容として相応しい。「いみじければ」は底本のみの独自異文なので、底本は「と」を「は」と誤写したものと見て「いみじけれど」に校訂する。

【傍書】　1中君御事　2食　3匂宮かほる也　4匂宮を申也

【注釈】

一　**四十九日のわざなどせさせ給ふにも…心知らぬ人は、「いかで、かくなむ」など言ひける**　「いかなりけんことにかはと思せば、とてもかくても罪得まじきこと」は、浮舟は亡骸も上がらないで、いったいどうなってしまったのだろうかと思うと、どういう死に方をしたにしろ、法要をすることは、死者の罪障消滅のためだから、とにかく法要をしよう。「罪得まじきこと」は、法事はその人の罪障を取り除くことになり、罪にはならないこと。六十僧の布施など、大きに掟てられたり」の「六十僧」は、六十人の僧侶による法要。六十僧が七七日の法要に参集したが、薫がその布施を大々的にお命じになられていた。「母君も来ゐて、事ども添へたり」は、今まで夫常陸介に遠慮しながら隠密裏に浮舟の世話をしてきた浮舟母が、薫との件を夫に話した（蜻蛉二一）ことにより、浮舟の存在感が増し、気兼ねなく、この追善法要に供養を添えることができた意を示す。「人見咎むばかり大きなるわざはえし給はず、右近が心ざしにてしたりければ」は、匂宮は人が見て気付き怪しむ程の大袈裟な布施はようなさらず、右近の志として供養をしたので。右近風情の布施としては過分なので、事情を知らない人は不審を口にする。秘密は自ずと漏れ出る（蜻蛉二九参照）ことになる。

二　**殿の人ども、睦ましき限りあまた賜へり…隠しおき給ひたりける、いとほしと思しける**　「殿の人ども、睦ましき限りあまた賜へり」は、薫の家臣の、親しい者達を大勢法要に奉仕させたこと。「音もせざりつる人」は、薫の愛人として噂にも上らなかった人。「今驚く人のみ多かる」は、浮舟と薫との関係を全く知らず、この大々的な法要で二人の関係を初めて知った人が多いことをいう。「あるじがりをる」は、**【校異】**イ参照。「限りあれば、いとあやしかりけり」は、常陸介が左近少将の妻になった娘の出産に、あらん限りの意を注いだことと比較して、ここでは、薫との身分の隔たりの大きさを実感したもの。以下「御宿世なりけりと思ふ」まで、常陸介の心中で、初めて事実を知った驚嘆が、自ずと聞き手に浮舟と左近少将との縁談の経緯を想起させる。「宮の上も誦経し給ひ」は、中の君も、浮舟供養の誦経の依頼の布施をしたこと。「七僧の前のことせさせ給ひけり」の「七僧」については既述（鈴虫三）。講師・呪願師・三礼（らい）師・読師・唄（ばい）師・散花師・堂建僧の膳部を中の君が賄った。『花鳥』は『三代実録』を引用し「皆大般若経転読のためなり又御中陰の仏事に六十僧請せらるゝ事定例也七僧も六十僧の中にあるへきなり」と説く。但し、『鑑賞』が指摘するように、『小右記』は、個別の使命のある七僧と六十僧は別構成員としている。「かゝる人持たまへりけり」は、全く知らなかったが、薫がこのように盛大に追善供養を行う程の思い人をお持ちだったのであったよ、と世間の人々が気付いたこと。その驚きが帝にも伝わったのが、「帝までも」の「も」表現である。**【校異】**ア参照。「おろかにもあらざりける人を、宮にかしこまりきこえて…いとほしと思しける」は、帝の心中を語り手が示したものだが、薫が浮舟をいい加減な思いで関わった人ではなかったのに、と帝までもが認識し同情したことを敢えて示したことは、浮舟は死んで世間に面目を施したことになろう。そのように大事な人を、帝の皇女である正妻女二の宮にご遠慮申し上げて、人の噂にも上らぬ隠れた扱いに終始した女二の宮への薫の配慮を殊勝として、帝が薫に憐憫の情を催されたこと。既に薫は、浮舟（二五）で女二の宮に、浮舟を京に迎える許諾を得るために、「ありと人にも知らせざりし人［浮舟］」の存在を打ち明け、帝に「あしざまに聞こし召さする人や侍らむ」と懸念し、「それ［浮舟］は数にだに侍るまじ」き人であると言い做して、手堅く手順は踏んでいた。浮舟とのことは世間が全く知らなかったと繰り返すことで、薫の用意深さを際立たせ、薫が常に世評を気にして自己の行動を規制して来たことが、ここでも効を奏し、評価され、帝を始め世間の同情を集めたことを示す。しかし、浮舟が生きていて評判が立てば、世間からの批判も帝の不興も免れなかったであろう。

三　**二人の人の御心の内、古りず悲しく…なほ、言ふかひなきことを忘れ難く思す**　「二人」は薫と匂宮。「あやにくなりし御思ひの盛り…慰むやなど試み給ふことも、やう／＼ありけり」は、匂宮の恋が燃え盛る最中に突然終わったので、一向に沈静化することのない浮舟への思いだが、あだ心から、紛れることもあろうかと、試みに他の女に言い寄ることも段々あるのだった。「あだなる御心」は匂宮の「あだなる御本性」（浮舟三）のことで既述（同一）。「かの殿は」は、薫。匂宮の直情的な感情の整理に対して、匂宮側に立った視点から「かの」と対比的に取り上げた表現。「かくとりもちて、何やかやと思して、残りの人を育ませ給ひて」は、浮舟の法要への配慮や、あれこれ思い遣って遺族の世話をなさること。そのような対処によって亡き人への募る思いや、喪失感を埋めている。遺族には薫に関わった果報と思われる。「なほ、言ふかひなきことを忘れ難く思す」は、今もやはり、悔やんでも悔やみきれない浮舟の死を忘れ難く何時までも深く心を留めていること。亡き人の面影を追い、思いを募らせる薫の「心長さ」を肯定し、好意的に捉えた語り。薫自身は生真面目で不器用と思っているが、常に外面を重んじ周囲に気配りを怠らず、理性的対応と現実的対処とを注意深く心懸けているので、誰からも非難めいた視線を浴びることはない。如才なく処世に長けた、これ以上形容のしようがない官僚薫の面目は、浮舟の死という過去に囚われることによって発揮されているといえよう。この限りでは、匂宮より薫の人間性の優位や信頼度の高さを、主人公に相応しく一刻み上等としているような語り口である。しかし、やがて女一の宮の姿に深く囚われる薫（当巻二四以降）の内心の有り様は、匂宮のそれと大差があろうか、と思われる。

匂宮、薫の二人を対比的に語りながら、浮舟への止むことのない愛執の思いを、それぞれの形で表して、浮舟の死による衝撃の顚末を一旦語り終えることになる。

二三　薫、ものあはれなる夕暮に、小宰相の君を訪ねる

[1]后(きさい)の宮の御軽服(きやうぶく)の程(ほど)は、なほかくておはしますに、[2]二の宮なむ式部卿(しきぶきやう)になり給(給)ひにける。重々(をも/\)しうて、常(つね)にしも参(まい)り給はず。[3]この宮は、さう/\しくものあはれなるまゝに、[4]一品の宮の御方(かた)を慰(なぐさ)め所(どころ)にし給(給)ふ。よき人の容貌(かたち)をもえまほに見(み)給はぬ、残(のこ)り多(おほ)かり。大将殿の、からうじていと忍(しの)びて語らはせ[ア]給ふ小宰相(給こさい将)[5]の君といふ人の、容貌(かたち)などもきよげなり、心ばせある方(かた)の人、と思(おぼ)されたり、同(おな)じ琴(こと)を掻(か)き鳴(な)らす爪音(つまをと)、撥音(ばちをと)も、人にはまさり、文(ふみ)を書(か)きものうち言(い)ひたるも、よしあるふしをなむ添(そ)へたりける。[6][ニ]この宮も、年頃(としごろ)いといたきもの(物)にし給(給)ひて、例(れい)の言(い)ひ破(やぶ)り給へど、などかさしもめづらしげなくはあらむと、心強(づよ)(く)き[ヒ]ねたきさまなるを、[7]まめ人は、少(すこ)し人よりことなりと思(おぼ)すに

なんありける。[8]かくもの思(おぼ)したるも[9]見知(し)りければ、忍(しの)びあまりて聞(き)こえたり。

小宰相の君「[10]あはれ知(し)る心(こゝろ)は人に後(をく)れねど数(かず)ならぬ身に消(き)えつゝぞ経(ふ)る

かへたらば」と、ゆゑ(へ)ある紙(かみ)に書(か)きたり。ものあはれなる夕暮(ゆふ)、しめやかなる程(ほど)を、いとよく推(を)しはかりて言(い)ひたるも、憎(にく)からず。

薫「[11]常(つね)なしとこゝら世(よ)を見(み)る憂(う)き身だに人の知(し)るまで嘆(なげ)きやはする

[12]この喜(よろこ)び、あはれなりし折(をり)からもいとゞなむ」など言(い)ひに立(た)ち寄(よ)り給(たま)へり。三[13]いと恥(は)づかしげにもの〳〵しげにて、なべてかやうになども馴(な)らし給はぬ、人柄(がら)もやむごとなきに、いとものはかなき住(す)まひ(ゐ)なりかし、局(つぼね)などいひて狭(せば)く程(ほど)なき遣戸口(やりどぐち)に寄(よ)りゐ給へる、かたはらいたくおぼゆれど、さすがにあまり卑下(ひげ)してもあらで、いとよき程(ほど)にものなども聞(き)こゆ。[14イ]見し人よりも、これは心にくき気(け)そひてもあるかな、などてかく出(い)で立(た)ちけん、さるものにて、我も[15]置(お)いたらましものをと思(おぼ)す。人知(し)れぬ筋(すぢ)は、かけても見(み)せ給はず。

【校異】

ア　**語らはせ**――「かたらひ」青（幽・穂・大正・三・徹一・横・徹二・肖・紹）河（尾・御・七・前・大・鳳・伏・飯）別（ハ・陽・宮・保・国・麦・阿）「かたらせ」青（池）「かたらはせ」青（大・明・陵・伝宗）。なお『大成』は「かたらはせ」、『大系』『新大系』も「語(かた)らはせ」であるのに対して、『全書』『玉上評釈』『全集』『集成』『完訳』『新全集』は「語らひ」。「かたらふ」のみとするか、「かたらふ」＋使役の助動詞「す」とするか、の相違である。後者の用例は、物語中に一例「独り寝もまめやかにものわびしうて、入道にも折々語らはせ給ふ」（明石一四）があり、源氏がつれづれをわびて入道に話相手をおさせになる場面である。「語らふ」は親しく語り合う意であるが、これに「す」が付けば薫が浮舟喪失の傷心を癒やすべく、近寄りがたい女一の宮の周りを気遣いつつ、小宰相に相手をさせる意味合いが出る。以上のごとく勘案し、当該は尊敬というよりは使役の「す」を持つ底本の校訂を控える。

イ　**見し**――「みえし」青（大）「みし」青（明・穂・徹一・池・横・肖）河（尾・飯）別（ハ・宮・保・国・麦）「見し」青（陵・伝宗・幽・大正・三・徹二・紹）河（御・七・前・大・鳳・伏）別（陽・阿）。なお『大成』は「みえし」、であるのに対して、『全書』『大系』『玉上評釈』『全集』『集成』『完訳』『新大系』『新全集』は「見（み）（み・見）し」。過去の助動詞「き」の連体形「し」の上接語が、「見る」（上一）か「見ゆ」（下二）かの相違である。下接の「人」は浮舟のこと。薫は自らの意志で浮舟に関わったので、「見る」であり、自然の成り行きを表す「見ゆ」ではない。底本の独自異文であることも考慮し、底本が「し」を「えし」と誤写したと見て、「見し」に校訂する。

【傍書】　1明石中君も式部卿の御事に軽服になり給ふ也　2匂宮の御（御）こ（こ）のかみ也　3匂宮　4女二姉匂妹　5一品の宮めしつかふ人也　6匂君御事也　7かほる事也　8うき舟の御事をなけき給ふこと（消し）　9小宰（サイ）相み（ミ）し（シ）り（リ）て（テ）きこえ侍となん（ヒヒヒヒ）　10小宰相　11かほる　12小宰相訪哥事　13小宰相事　14うき舟の事　15我もとにをくへか（カ）り（リ）しと也（ヒヒ）

【注釈】

一　**后の宮の御軽服の程は…よしあるふしをなむ添へたりける**　「后の宮の御軽服の程は、なほかくておはします」は、明石中宮が、春に薨去した叔父式部卿宮（蜻蛉七）の服喪中は、引き続き六条院に里下がりしておられる。「軽（きやう）服（ぶく）」は、重服（ぢうぶく）（父母の喪）の対で、近親者の服喪をいう。叔父の服喪は三ケ月（同七【注釈】二参照）。「二の宮」は、明石中宮腹の第二皇子。同腹の匂宮のすぐ上の兄。「次の坊がねにて、いとおぼえことに重々しう、人柄もすくよかになんものし給ひける」（匂兵部卿二）「重々しうて、常にしも参り給はず」は、大叔父のあとを継ぎ式部卿になった二の宮が、その社会的地位の高さ故、日常的に母宮を訪ねるわけにいかなくなったこと。「この宮は、さう〴〵しくものあはれなるまゝに、一品の宮の御方を慰め所にし給ふ」は、匂宮は浮舟がいなくなり何かにつけて寂しく切ない状況なので、同腹の姉、女一の宮の御座所を辛い気持ちの慰め所にしておられる。「よき人の容貌をもえまほに見給はぬ、残り多かり」は、一品の宮にお仕えする美人の女房達をじっくりご覧になっていないのが、匂宮は心残りが多いこと。前段に、「あだなる御心は、慰むや」とあった匂宮の好き心が、動き始めようとしている。「からうじて」は、やっとのことで、ようやくの意。「忍びて語らはせ給ふ」は、匂宮が姉宮に仕える女房達を「慰め所」にしているのと対照される。「小宰相の君」は、女一の宮の女房の一人。蜻蛉巻手習巻に登場する薫に思いを寄せていた女房。「心ばせある方の人」は、機転を利かせた心遣いのある人。「思されたり」は、小宰相の君を評価している薫の眼の意。「琴(こと)」は、琴(きん)・箏(そう)・和琴(わごん)・琵琶などの絃楽器の総称。「爪音」は、箏の琴の音であろう。「撥音」は琵琶の音。「よしあるふし」は、諸芸に通じている様子。「同じ琴を掻き鳴らす爪音、撥音も、人にはまさり、文を書きものうち言ひたるも、よしあるふしをなむ添へたりける」の「ける」は、次の「少し人よりことなりと思すになんありける。かくもの思したるも見知りければ」を併せれば、この小宰相の君を、薫は以前から諸芸に秀でて文才も備えた人物と思っていたのであり、薫が思い人として「忍びて語らはせ給ふ」人に相応しい相手であることを明示する。匂宮が「慰むや」と思って、突然関わったような関係の人ではないことを言外に示す。

二　**この宮も、年頃いといたきものに…など言ひに立ち寄り給へり**　「この宮も、年頃いといたきものにし給ひて」は、匂宮も小宰相の君を年来非常に良い女房と思っておられて、「例の言ひ破り給」の「言ひ破る」は物語中当該例のみ。人の悪口を言い放つ意。小宰相の君をめぐって、匂宮がいつものように薫を恋敵として、中傷なさること。（浮舟二一）参照。「などかさしもめずらしげなくはあらむ」は、小宰相の君が、どうして匂宮の誘いにほだされる、ありふれた女達のようでいられようか、とした態度でいること。「心強くねたきさま」は、小宰相の君の、つれなくいまいましい様子。相手にされない匂宮がいだく感情であり、次にくる「まめ人」薫の観察眼でもある。「すこし人よりことなりと思すになんありける」は、薫がそうした小宰相の君の様を少し他の女とは違っていると認識していたこと。「かくもの思したるも見知りければ、忍びあまりて聞こえたり」は、薫が浮舟を亡くして悲しみに沈んでおられることを、小宰相の君がよく見ていてわかっていたので、お察しする気持ちを抑えきれずに自分の方から歌を贈り申し上げている。薫と小宰相の関わりが突然生じたのではなく（既述【注釈】一）、以前からのものであったことを「けり」によって示し、唐突かと思われるような小宰相の君と薫との贈答歌の不自然さの解消を図る。「あはれ知る」詠は、あなた様の辛さをお察しする心は誰にもひけをとりませんが、人数にも入らない我が身につけても、身も世もない思いで過ごしております、の意。女からの贈歌であることを謙りつつ、内に秘めた薫への思いを伝える。「後れねど」に、自分は人に先立たれてはいないが、の意を重ねる。小宰相の君は、浮舟の内実（出自や、匂宮を通わしていたこと、身投げしたこと）を実家から聞き及んでいると推定される（蜻蛉二九参照）。「かへたらば」は、「草枕紅葉むしろにかへたらば心をくだくものならましや」（後撰集巻一九羈旅・亭子院）による。もしも亡くなられた方を私に（〔浮舟を私〕紅葉を莚に）代えたなら、今程あなたは御心を砕いて悲しんだでしょうか、それはないでしょうね、という意。「私ならあなたを苦しめる事は無い」という自負心と嫉妬を含んだ意が響いてくる。贈歌と併せた時に『新全集』は「暗に、浮舟にも劣らぬ己が恋情が薫からは顧みられないとほのめかす」とするが、それ以上に、単に真心からの同情心ばかりではない、小宰相の君の「私なら」との主張が見られる。また、「よはにふく風にわが身をかへたらば神もあはれとえしもしのばじ」（山田法師集）によれば、この歌の場合は、下句により小宰相の君の「あはれ知る心」を強調し、「忍びあまりて」女の方から贈歌した旨を伝えた意が明確になる。小宰相の君は、薫に「容貌などもきよげなり、心ばせある方の人」と、また、後文には「見し人よりも、これは心にくき気そひてもある」と認められている。薫の相手として決して浮舟に後れることはない自負を自ずから持ち得ている女性であり、「忍びあまりて」私こそ「あはれ知る心」を持っていると強調する歌意である。『細流』は「引哥無也」としながらも、次の挿話を記す。「正徹室町殿にて此物語を講釈の時引哥なきよしを申せしに慈照院殿の仰に云後撰の哥に　草枕紅葉むしろにかへたらはといへる哥しかるへきかとあり招月尤可然之由申之云々」。「憎からず」は、小宰相の君の時宜にかなった心遣いを、悪くないと思う薫の心中。「心ばせある方の人、と思されたり」（前節）とある。「常なしと」詠は、人の世は無常なものと（この目で見）知っている辛いことの多い身の上の私でさえ、よそ目にわかるほど歎いてはいないつもりですよ。「常なしと」は、「うつせみの世は常なしとしるものを秋風さむみしのびつるかも」（万葉集巻三挽歌・大伴家持）を響かせる。「憂き身」は贈歌の「数ならぬ身」を受ける表現。女君に比して男君が「憂き身」等を用いる数少ない例の一つで、それは、「相手に向かってこれをかこつ場合」（佐藤勢紀子『源氏物語の女性たち　宿世の思想』ぺりかん社一九九五年）である。「だに…やは」で、あなたが言うほどに自分は悲しむ姿を見せていないはずだ、と切り返す。「この喜び、あはれなりし折からもいとゞなむ」の「喜び」は、心中を察してくれた小宰相の君への感謝の気持ち。

三　**いと恥づかしげにもの〳〵しげにて…人知れぬ筋は、かけても見せ給はず**　「なべてかやうになども馴らし給はぬ、人柄もやむごとなきに」の「馴らす」は馴れ親しませる意。総じて、薫はこうして女房の局に立ち寄るなど馴れ馴れしくなさらない方で、人柄も格別でいらっしゃるのに。「いとものはかなき住まひなりかし」は、小宰相の君の局が、薫を迎えるには何かにつけて十分でない住まいであること。「住まひなり」と語り終えた文に〈かし〉と付け、聞き手に薫を迎えるに不似合いな局の手狭さを強調する草子地。「局などいひて狭く程なき遣戸口に寄りゐ給へる、かたはらいたくおぼゆれど」は、小宰相の君の恐縮する心情。局などと言って狭く充分な広さもない部屋の引き戸の出入り口に薫が寄りかかっておられるのが、小宰相としてはいたたまれないと思われるけれど。式部卿の宮の軽服を心では浮舟のために着ている薫が、その喪失の寂寥を埋めるための人物は、匂宮が「さう〴〵しくものあはれなるまゝに」「慰め所」とする人とは異質の、格別の人物であることを具体的に語っている。「見し人よりも、これは心にくき気そひてもあるかな」の「見し人」は亡き浮舟。浮舟よりも小宰相の君は、心遣いが優れていてすばらしいと認めた感慨。浮舟が薫の心内で明確に相対化されている。「などてかく出で立ちけん、さるものにて、我も置いたらましものを」は、「見し人」より優れたこれ程の器量の小宰相の君が、何故宮仕えをして来たのであろうか、宮仕え人でなかったなら、然るべき妻妾の一人として据え置きたいものよ、との薫の思い。「置いたらまし」は、自分は浮舟を然るべく据え置く積もりであったが、浮舟も匂宮に任せたら、何れ飽きられて、女一の宮の許に出仕させられるのが落ちであろうと思っていた（浮舟三〇）ことに繋げ、女の宿運の図りがたさを見据えたもの。宮の君の出仕（蜻蛉三七）にも繋がる。「姫君と女房達たちとの格差が溶解し、さらには逆転しているともみえるような状況」（陣野英則『源氏物語論　女房・書かれた言葉・引用』第四章「主人格の女性と女房たちとの間」勉誠出版二〇一六年）。「人知れぬ筋は、かけても見せ給はず」の「人知れぬ筋」は「我も置いたらましものを」の思いを指す。薫は小宰相の君を宮仕え女房にさせておくのは惜しい女だと考えていることを、表立っては少しもお見せにならない。

二四　薫、明石の中宮の御八講に参加

一　蓮（はちす）の花の盛（さか）りに、御八講（はかう）1せらる。六条院の御ため、紫（むらさき）の上（うへ）など皆思（みなおぼ）し分（わ）けつゝ、御経仏など供養（くやう）ぜさせ給（給）ひて、いかめしく尊（たうと）くなんありける。五巻の日などは、いみじき見物（もの）なりければ、こなたかなた、女房（ばう）アにつきて参（まい）りて、物見（ものみ）る人多（おほ）かりけり。

二　五日（いつか）といふ朝座（あさざ）に果（は）てゝ、御堂（みだう）の飾（かざ）り取（と）りさけ、御しつらひ改（あらた）むるに、北（きた）の廂（ひさし）も障子（さうじ）ども放（はな）ちたりしかば、皆入（みない）

り立(た)ちてつくろふ程(ほど)、西(にし)の渡殿(わた)に姫宮(ひめ)[2]おはしましけり。物聞(ものき)こうじ[3]て、女房(ばう)もおの〳〵局(つぼね)にありつゝ、御前(まへ)はいと人少(ずく)なゝる夕暮(ゆふ)に、三 大将殿直衣(なをしき)着かへて、今日(けふ)まかづるそ○(う(朱))の中に、必(かなら)ずのたまふ(給)べきことあるにより、釣殿(つりどの)の方(かた)におはしたるに、皆(みな)まかでぬれば、池(ゐけ)の方(かた)に涼(すゞ)み給ひて(給)、人少(ずく)なゝるに、かく言(い)ふ宰相(さい将)の君など、かりそめに几帳(き丁)などばかり立(た)てゝ、うち休(やす)む上局(うへつぼね)にしたり。こゝにやあらむ、人の衣(きぬ)の音(をと)すと思(おぼ)して、馬道(めだう)の方(かた)の障子(さうじ)の細(ほそ)く開(あ)きたるより、やをら見(み)給へば、例(れい)、さやうの人のゐたる気配(けはひ)には似(に)ず、晴(は)れ〴〵しくしつらひたれば、なか〳〵(中)、几帳(き丁)どもの立(た)てちがへたるあはひより見通(みとを)されて、あらはなり。

【校異】

ア **つきて**――「つけつゝ」河（七）別（宮・国）「つきつゝ」青（穂・大正・三・徹一・池・徹二・肖・紹）河（尾・御・前・大・鳳・伏・飯）別（ハ・保・麦・阿）「つきて(つゝヒ)」青（幽）「つきて」青（大・明・陵・伝宗・横）別（陽）。なお『大成』は「つきて」、『大系』『新大系』も「つきて」であるのに対して、『全書』『玉上評釈』『全集』『集成』『完訳』『新全集』は「つきつつ（ゝ）」。中宮が催行なさる御八講は六条院のためと紫の上のためとそれぞれ特別に取り分けて同時に供養をなさった状況を受けての表現である。その中でも五巻の日は見甲斐ある催しの日であったので、六条院や紫の上の縁りの人々も、女房に付き従って参上して見物するのである。当該は「て」と「つゝ」の異同で、「て」を「つゝ」に読み取り「つきつゝ」を派生させたのではないかと考え、底本の校訂を控える。

【傍書】 1中宮御八講也　2一品の宮の御事也　3困也こんのコヘヲこうといふ物にきゝくたひれたる心也

【注釈】

一 **蓮の花の盛りに、御八講せらる…つきて参りて、物見る人多かりけり** 「蓮の花の盛りに、御八講せらる」は、式部卿宮の服喪の間、中宮は「生ける仏の御国」（初音二）と言われた六条院東南の町への里下がりを続けておられて、その折に父光源氏と養母紫の上供養の法華八講を主催なさること。中宮の里下がりはなかなか難しく、服喪は里下がりの機会ともなる。「蓮の花の盛り」は夏の頃で、紫の上が危篤を脱したあと、「池はいと涼しげにて、蓮の花の咲きわたれるに」（若菜下三二）、源氏と二人で、庭の池を眺める場面を想わせる。その後、いよいよ衰弱した紫の上を源氏は、「後の世には同じ蓮の座をも分けん」（御法一）と契りを交わし、「秋待ちつけて」（御法四）紫の上は亡くなったが、その翌年、源氏は「いと暑き頃、涼しき方にてながめ給ふに、池の蓮の盛りなるを見給ふ」（幻一一）につけても、紫の上を想い哀しみの涙で、偲び暮らしていた。当該の「蓮の花」は、夏に咲く蓮の台であり、極楽往生した源氏と紫の上が浄土で共に座す所を示唆する。「阿弥陀仏」「極楽」「蓮の座」の使用は、ほぼ藤壺と紫の上に限られている（御法一**【注釈】**三参照）。「御八講」は、既述（匂兵部卿四**【注釈】**三）。『法華経』八巻の二十八品を、順次、朝と夕に講ずる。主催者は、物語中、藤壺（賢木三〇）、源氏（澪標一・蓬生七）、女三の宮（匂兵部卿四）と、当該の明石中宮である。「いかめしく尊く」は、荘厳で格式の高い法会が催行される様子。藤壺が出家する前に主催した法華八講は「いみじう尊し」（賢木三〇）であったが、今回の明石中宮主催は「いかめしく尊く」とあり、荘厳で尊い様。「五巻の日」は、『法華経』の五巻目第十二品から第十五品までを講ずる日。三日目で、四巻五巻に該当する日だが、五巻を中心に催行したと考えられる。第十二品は提婆達多品で、八歳の龍女の成仏や、釈尊の弟子提婆達多の成仏を説く。その日には、「法華経をわが得しことは薪こり菜摘み水汲み仕へてぞ得し」（拾遺集巻二〇哀傷・行基）の歌を唱いながら薪（たきぎ）の行道（ぎょうどう）が行われる道長主催の法華八講が、「五巻の日は御遊あるべう、船の楽など」（松村博司『栄花物語全注釈』二はつはな語釈、三あさみどり）と、管絃の遊びや船楽などの場面もあり、「いみじき見物」として重視される日。「こなたかなた」は、散々になっている六条院や紫の上に仕えていた縁の人々のこと。「女房につきて参りて」は、見物のため縁故のある女房に付き従って参上すること。

二　**五日といふ朝座に果てゝ、御堂の飾り…御前はいと人少なゝる夕暮に**　「五日といふ朝座に果てゝ」は、御八講が五日めの朝の講座で終了したこと。「五日は結願の日なり」（『花鳥』）。「普通朝夕二座に行じて四日で終る」（『角川古』）が、当該は、第一日めの夕座から始まった。「御堂」は、六条院の東南の町の寝殿を法会の場としたもの。「北の廂」は、寝殿の北側の廂の間。一段高い母屋との区切りの襖障子も取り払って、御八講の場を広くしていた様子。「西の渡殿に姫宮おはしましけり」の「西の渡殿」は、寝殿と西の対の間をつなぐ渡殿。

この渡殿は南側の透渡殿と北側の壁渡殿のどちらであろうか。以下、紫式部もよく承知している土御門殿の想定図（『集成　紫式部日記　紫式部集』による）を参考にしながら考えてみる。

まず、根拠となる本文をあげる。

①大将殿…釣殿の方におはしたるに…池の方に涼み給ひて、人少なゝるに（蜻蛉二四）。

②（宰相の君は）こゝにやあらむ、人の衣の音すと思して、馬道の方の障子の細く開きたるより、やをら見給へば…晴れ〴〵しくしつらひたれば、なか〳〵、几帳どもの立てちがへたるあはひより見通されて、あらはなり（同二四）。

③こなた（西）の対の北面に住みける下臈女房の、この障子は…開けながら下りにけるを思ひ出でゝ…この直衣姿を見つくるに…簀子よりたゞ来に来れば、（薫は）ふと立ち去りて…隠れ給ひぬ（同二五）。

次に、法会の翌々日の記事。

④立ち出でゝ、一夜の心ざしの人に逢はん、ありし渡殿も慰めに見むかしと思して、（中宮の）御前を歩み渡りて西ざまにおはするを、御簾の内の人は心ことに用意す。…渡殿の方は、左の大殿の君たちなどゐて、もの言ふ気配すれば、妻戸の前にゐ給ひて（同二八）。

その後何日かして、

⑤例の西の渡殿を、ありしにならひて、わざとおはしたるもあやし。…人々月見るとて、この渡殿にうち解けて物語りする程なりけり。…（中将のおもと）少し上げたる簾うち下ろしなどもせず（蜻蛉三六）。

右の、①〜⑤の本文によって考えると、

①法会が終り、直衣に着替えた薫は、釣殿に控えている知人の僧を探すが、もう居なかったので、人気のない西の対の簀子で涼んでいる（図　A→B→C→D）。これは小宰相の君が上局にしている西の渡殿（南側）の気配を探ろうという下心もあったと思われる（寝殿と西対の通路は、この日は、北の渡殿）。

②予想通り衣ずれの音がする方に近付くと、障子が細めに開いている（図　E）。「晴れ〴〵しくしつらひたれば」（同二四）から、調度も置かず、明かるい場所であることがわかる。

③下臈女房が、渡殿の障子を開けたままにしてきたのを思い出して閉めに来ると、直衣姿が見えた。「簀子よりたゞ来に来れば」（同二五）は、北廂から出て来た女房があわててやって来る様（図　ア→イ→ウ）。一定の距離感が読み取れるので、南渡殿へ向かってくるのであろう。薫は馬道へ隠れる（図　F）。

④翌々日、中宮の御前を退った薫は、先日の渡殿を見ようと思うが、左大臣家の君達がいるので、妻戸（西南）の前に居て、女一の宮の女房に声をかける（図　G→H→I）。

⑤その後も未練のある薫はまた西渡殿に行くが、月見をする女房達がいる。中将のおもとは、上げた簾を下ろしもせず薫に返事をする。月見をするのは、池も見える南の渡殿、御簾や几帳で外から見えないようにしていることがわかる。

以上、寝殿から西の対への渡殿は二ヶ所あって、①〜⑤のいずれからみても、女一の宮のいたのは、南側の透渡殿であろう。この「西の渡殿」へ、法会の後片付けの喧噪を避けるために女一の宮が移っていた。

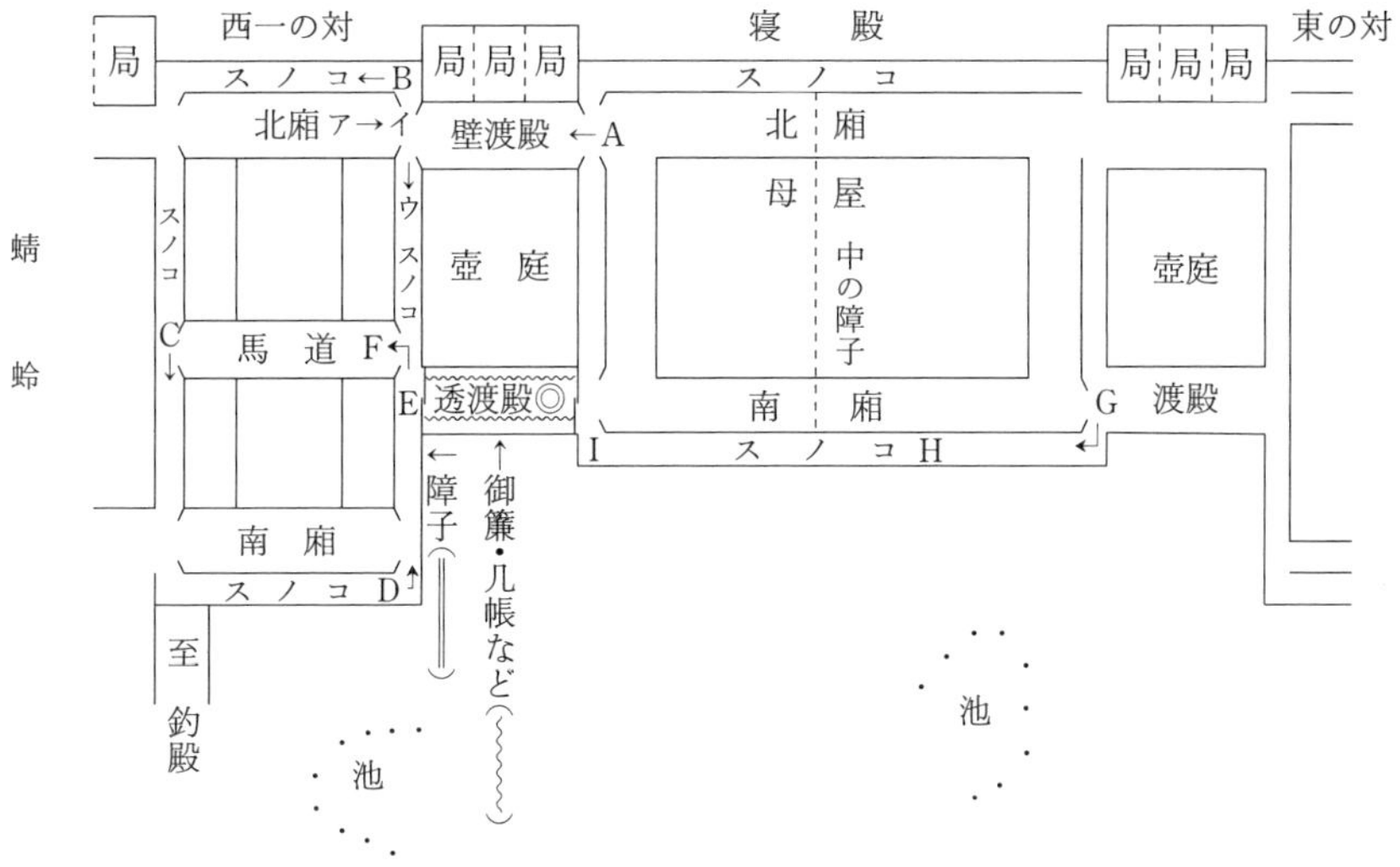

ヽ丿又は丿ヽは、妻戸、外開き

薫の経路
1、御八講当日（二四・二五段）
A→B→C→D→E→F
（E垣間見）
2、翌々日（二八段）
G→H→I
◎女一の宮（透渡殿）
▽下臈女房　ア→イ→ウ
▽六条院の西の対は、「若が衆参りし西の放出に…そなたの一、二の対、渡殿かけて」（若菜上一三）とあり、西に二の対があることが知られる。

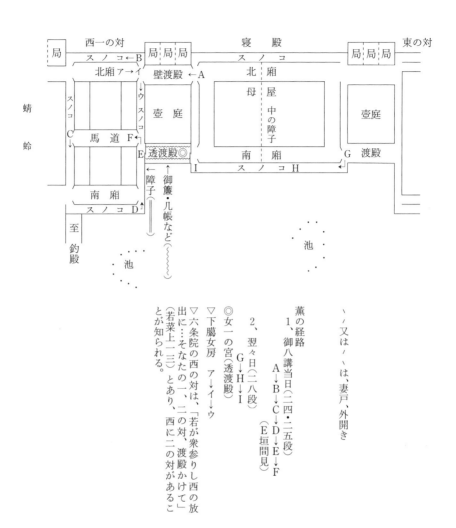

六条院　東南の町　西の渡殿図　二四・二五・二八段

＊『集成』の『紫式部日記　紫式部集』にある土御門殿を参考にした。

「物聞きこうじて」は、五日にわたった受講のため、ひどく疲れていること。「こうず」はサ変動詞。「困」（『新全集』）でなく、「極」をあてる（『岩波古』参照）。「御前」は、女一の宮のおそばである「西の渡殿」。「いと人少なゝる夕暮」は、寝殿全体が後片付けの喧噪の中にあり、姫宮のおそばは女房達も少なく、しかも夕暮時になり、人の姿も紛れやすい時分である。

三　**大将殿直衣着かへて、今日まかづる…あはひより見通されて、あらはなり**　「大将殿直衣着かへて」は、薫が法会用の正装束帯を、平常着の直衣に着かえて。衣音を立てず女一の宮を垣間見する機会に恵まれることの伏線。「必ずのたまふべき」とあるのは、薫にとって大切な用件と思われる。薫が浮舟の四十九日の法要を命じた「律師」（蜻蛉一八）も、御八講に参加していたことを推測させる。「阿闍梨…をさ〳〵公事にも出で仕へず籠もりゐたる」（橋姫六）「この阿闍梨は、冷泉院にも親しくさぶらひて、御経など教へきこゆる人なりけり」（橋姫七）と物語に導入されたが、以後薫とも親しく交わり、「阿闍梨、今は律師なりけり」（蜻蛉一八）とあった。「釣殿」は、「池を海と想定して釣りを行うために設けられた場」（大津直子「六条院の〈釣殿〉」『源氏物語の淵源』おうふう二〇一三年）。「屋根を四方に葺き下ろし、柱ばかりで壁のない建物」（『角川古』）。六条院東南の町には東西二箇所にあり、当該は、西の対から南へのびる廊の先にある、西の釣殿。法会に伺候する僧たちの控え所であった模様。「皆まかでぬれば」は、既に僧達が退出していたので。退出する僧侶達と薫がすれ違う機会がなかったことになるが、それは、「僧侶たちは西門から退出したことになる。…中略…北の六条坊門小路に抜ける中の廊を設けておけば、この問題は解決する」（池浩三「六条院想定平面図」『源氏物語の地理』角田文衞　加納重文　思文閣出版一九九九年）。「池の方に涼み給ひて」は、西の対へ来た薫が、西の釣殿に僧達のいないことを見てとって、（或は、僧たちがもう退出したことを予期していたかも知れないが）そのまま池に面した所で涼んでおられる様。前掲の図参照。「人少なゝる」は、西の対の南側の簀子付近に女房達があまりいないこと。この表現が重出するのは、不測の事態が導入されることを示唆。「かく言ふ宰相の君」は、前に話題にした小宰相の君。「上局」は、御前近くに設けられた控えの間。女一の宮に仕える小宰相の君が、臨時に西の南渡殿を几帳で区切って局にしていた。「こゝにやあらむ、人の衣の音す」は、小宰相の君を探す薫が西の南渡殿の中に人の気配を察したこと。この時、女一の宮は御八講片付けの喧噪を避けて、寝殿から西の南渡殿に移っておられたのであろう。「いと暑さの堪へがたき日」（蜻蛉二五）であり、透渡殿の両側には御簾が掛けられているので、少しでも涼しげな池の傍の南渡殿が選ばれている。「馬道の方の障子の細く開きたるより、やをら見給へば」は、薫が馬道のある方の襖障子が細く開いているのを発見し、そっとのぞいて御覧になると。「馬道」は、「平安時代の住宅建築において、殿舎の中央部を梁行きの方向に貫通して設けた通路。殿舎内のものは板敷」（『角川古』）。東西と南北の二様ある。また、「常には厚板を架け渡して廊のごとく通行し、必要のある時はこれを取りはずして馬を引き入れる切馬道」（池浩三　同）とも。当該は西の対の東西に走る通路か。「障子」は、渡殿の入り口に立てられた襖障子。「襖障子は板戸で左右引きちがいになり、多くはかけがねがかかる」（『岩波古』）。「例、さやうの人のゐたる気配には似ず…あらはなり」は、女房の局が通常は道具類で立て込んでいるのにひきかえ、この時は女一の宮の臨時の間として広やかに調えられているので、几帳を交互に立ててある間からかえって見通しが効き、奥まで見えてしまうこと。

二五　氷を手に笑む女一の宮を、薫垣間見る

1 氷(ひ)を物の蓋(もののふた)に置(を)きて割(わ)るとて、もて騒(さは)ぐ人々(ゞ)、大人(おとな)三人ばかり、童(わらは)ゐ(い)たり。唐衣(からぎぬ)も汗衫(かざみ)も着(き)ず、皆(みな)うち解(と)けたれば、御前(おまへ)とは見(み)給はぬに、白(しろ)き薄物(うすものゝ)の御衣(ぞ)ア着給へる2人の、手(て)に氷(ひ)を持(も)ちながら、かく争(あらそ)ふを少(すこ)し笑(ゑ)み給へる御顔(かほ)、

言(い)はむ方(かた)なくうつくしげなり。いと暑(あつ)さの堪(た)へがたき日なれば、こちたき御髪(ぐし)の、苦(くる)しう思(おぼ)さるゝにやあらむ、少(すこ)しこなたになびかして引(ひ)かれたる程(ほど)、たとへんものなし。こゝらよき人を見集(あつ)むれど、似(に)るべくもあらざりけり、とおぼゆ。御前(まへ)なる人は、3まことに土(つち)などの心地(ち)ぞするを、思ひしづめて見(み)れば、黄(き)なる生絹(すずし)の単衣(ひとへ)、薄色(うすいろ)なる裳着(もき)たる人の、扇(あふぎ)うち使(つか)ひたるなど、用意(ようい)あらむはや、とふと見(み)えて、小宰相の君「なか〳〵、4ものあつかひに、いと苦(くる)しげなり。たゞさながら見(み)給へかし」とて笑(わら)ひたるまみ、愛敬(あひ行)づきたり。声(こゑ)聞くにぞ、この心ざしの人とは知(し)りぬる。

二心強(つよ)く割(わ)りて、手ごとに持(も)たり。頭(かしら)にうち置(を)き、胸(むね)にさし当(あ)てなど、さま悪(あ)しうする人もあるべし。異人(こと)は紙(かみ)につゝみて、御前(まへ)にもかくて参(まい)らせたれど、いとうつくしき御手(て)をさしやり給(給)ひて、拭(のご)はせ給(給)ふ。女一の宮「否(いな)。持(も)たらじ。雫(しづく)むつかし」とのたま(給)ふ御声(こゑ)5、いとほのかに聞(き)くも、イ限りもなくうれし。三まだいと小(ちい)さくおはしましゝ程(ほど)に、我(われ)も、ものゝ心も知(し)らで見(み)たてまつりし時(とき)、めでたの児(ちご)の御さまや、と見たてまつりし、その後(ゝち)、絶(た)えてこの御気配(けはひ)をだに聞(き)かざりつるものを、いかなる神仏の、かゝる折見(おりみ)せ給へるならむ、例(れい)の、安(やす)からずもの思(おも)はせむとするにやあらむ、とかつは静心(しづ)なくて守(まも)り立(た)ちたる程(ほど)に、四こなたの対(たい)の北面(きたおもて)に住(す)みける下臈(げらう)女房(ばう)の、このヒ御障子(さうじ)は、と6みのことにて、開(あ)けながら下(お)りにけるを思(おも)ひ出(い)でゝ、人もこそ見つけて騒(さは)がるれ、と思(おも)ひければ、惑(まど)ひ入(い)る。この直衣姿(なをしすがた)を見つくるに、誰(たれ)ならんと心騒(さは)ぎて、おのがさま見えんことも知(し)らず、簀子(すのこ)よりたゞ来(き)にけれ(くヒ)ば、ふと立(た)ち去（さ）りて、誰（たれ）とも見（み）えじ、すき〳〵しきやうなり、と思（おも）ひて隠（かく）れ給ひぬ。

【校異】

ア　**着**――「き○（かへ）」青（大）「き」青（明・陵・伝宗・幽・穂・大正・三・徹一・池・横・徹二・肖・紹）河（尾・御・七・前・大・鳳・伏・飯）別（ハ・陽・宮・保・国・麦・阿）。なお『大成』は「きかへ」、『玉上評釈』『新大系』も「著（着）かへ」であるのに対して、『全書』『大系』『全集』『集成』『完訳』『新全集』は「著（着・着）」。この時、偶然にも薫の目に入ったのが、白い薄衣をまとった女一の宮である。「『着』給へる」は、薫が驚きの瞬間に見極めた宮の姿である。初めての女一の宮垣間見であり、それ以前の宮の姿との比較はありえず、着替えたかどうかの判断がつけられる場面ではない。底本の補入「かへ」は、独自異文であり、少し前の「大将殿直衣着かへて」に引かれて、後に追加されたかと見て、補入前の元の本文のままとする。

イ　**限りもなく**――「あちきなく」河（伏）「限なく」青（徹二）「かきりなく」青（伝宗・穂・大正・三・徹一・池・横・紹）河（尾・御・七・前・大・鳳・飯）別（ハ・陽・宮・保・国・麦・阿）「かきりもなく」青（幽）「かきりもなく」青（大・明・陵・肖）。なお『大成』は「かきりもなく」、『大系』『新大系』も「限（かぎ）りもなく」であるのに対して、『全書』『玉上評釈』『全集』『集成』『完訳』『新全集』は「かぎ（限・限）りなく」。「限りなく」か「限りもなく」か、係助詞「も」の有無による違いである。物語中に「限りなし」は一五〇例以上あるが、「限りもなし」は、『新全集』に十例、『新大系』に一二例である。二例の差については、「人わろくさびしきこと限りもなし」（蓬生七）と「限りもなくられし」（蜻蛉二五）において、底本（大島本）の「かきりもなし」を『新全集』が「かきりなし」に校訂しているからである。『幽』はこの二例を「も」（ミセケチ）としている。当該例は薫が女一の宮の声を聞く場面で、「も」が入ると、「なし」の否定形を強め、女一の宮を垣間見たばかりか、声さえ耳にできた薫の、魂が浮遊するような喜びがより強く伝わる表現となる。関連して、声を聞く場面は物語中に、「御几帳ばかり隔てゝ、［匂宮の声が］御物語聞こえ給ふ。限［女一の宮の声が］りもなくあてにけ高きものから」（総角三一）、「もののたまふ御声も聞こゆ。いとあてに限りもなく聞こえて」（東屋二九）の二例ある。以上を鑑みて底本の校訂を控える。

【傍書】　1氷物もとむ司よりたてまつる也　2一品の宮御事也　3長恨　顧ニ左右前後ニ粉色必土　4氷をわる人に小宰相の君のいふ詞也　5薫心中ノ　6かほるの事

【注釈】

一　**氷を物の蓋に置きて割るとて…この心ざしの人とは知りぬる**　「氷を物の蓋に置きて割るとて、もて騒ぐ人々」の「氷」は、朝廷の主水司（もんどのつかさ）から中宮へ献じた氷。主水司は「毛比止里乃豆加佐（もひとりのつかさ）」（『和名抄』）とも言い、宮内省に所属して、水、粥、氷室などの事をつかさどった。「氷物は六七月のあつき時は加増してもとん（もんと）司よりこれをたてまつるなり」（『花鳥』）。暑気払いに手で弄んだりする「氷（ひ）」は初出。「物の蓋」は硯箱の蓋など。菓子（くだもの）などをのせたりもする。暑さの盛りに人の手にのせて楽しむ夏の「氷」であり、明石中宮が里下がりしている六条院ならではの華やかな情景である。「唐衣も汗衫も着ず、皆うち解けたれば、御前とは見給はぬに」は、女房や童が唐衣も汗衫も着用せず、皆寛いでいるので、薫は女一の宮の御前とは御覧にならなかったのであるが、の意。「白き薄物の御衣」は、絽や紗など夏用の透けて見える織物の、白色のお召し物。ここは生絹か。「白」は「御衣」の色であるとともに、透けて見えるからだつきや「御顔」も含めて女一の宮の印象を包括する。大君の着衣が、喪服を除けば常に白一色で描かれていたことを連想させる。「こちたき御髪」の「こちたし」は〈コト（事・言）・イタシ（甚）〉で、美しく豊かな髪の形容。葵の上の「御髪のいと長うこちたきを引き結ひてうち添へたる」（葵一三）や、浮舟の「髪は五重の扇を広げたるやうにこちたき末つきなり」（手習三六）の豊かな髪に類同。「少しこなたになびかして引かれたる程」は、豊かな黒髪が透けるような白い薄物の上に、少し薫の方に向けて長く引かれている、喩えようもなく美しい様子。「御前なる人は、まことに土などの心地ぞする」の「御前なる」は、予想外にも女一の宮がいらっしゃることを、薫が確信したことを表す語り。「土などの心地」は、女一の宮の前にいる女房を土塊などに譬える。物語中に当該例のみ。『白氏文集』巻一二 感傷四 596「長恨歌伝」（陳鴻作）の「上ノ心油然トシテ恍きやうタルコト若シレ有ルガレ遇ヘルコト、顧ミルニ左右前後ヲ、粉色土ノ如シ」による。「思ひしづめて見れば」は、初めて楊貴妃を見た玄宗が周囲に居並ぶ化粧した美人后妃を「土」塊としか感じられなかったように、薫もこれが女一の宮と認識した時、目に映った高貴な美しい姿に楊貴妃の美しさを連想してはっと心を奪われた。「思ひしづめて」は、目を凝らして、忘我のような思いを鎮めて、冷静さを取り戻した意。「黄なる生絹の単衣」は、黄味を帯びた練らない絹の、裏を付けずに仕立てた夏の袿。「黄なる生絹の単衣…用意あらむはや」は、黄色の生絹の袿に、薄紫色の裳を身につけた人が、扇を優雅に動かしている姿などが、いかにも深い心づかいであるなあ。「ものあつかひ」は、氷割りのこと。「さながら」は、割らないでそのまま。「声聞くにぞ、この心ざしの人とは知りぬる」の「この心ざしの人」は、薫が心ひかれている思い人小宰相の君。「思ひしづめて」見た女房が、「ものうち言ひたるも、よしあるふしをなむ添へたりける」（蜻蛉二三）心ばせある方の人、小宰相であったと、声を聞いて初めてわかったこと。

二　**心強く割りて、手ごとに持たり…ほのかに聞くも、限りもなくうれし**　「心強く割りて、手ごとに持たり」は、女房達が諦めずに氷を割って各自手に持っている。「限りもなくうれし」は、期せずして女一の宮の美しい黒髪だけではなく、差し出された「うつくしき御手」を見、さらには「御声」まで「いとほのかに聞く」ことができた薫の心情。かつて薫は明石中宮に対面した折、「女一の宮も、かくぞおはしますべかめる、いかならむ折に、かばかりにてもの近く御声をだに聞きたてまつらむと、あはれとおぼゆ」（総角二二）と思うことがあり、いつか見たいと想っていた女一の宮を初めて垣間見できた喜び。

三　**まだいと小さくおはしましゝ程に…静心なくてまもり立ちたる程に**　「まだいと小さくおはしましゝ程」は、女一の宮がまだ大層幼くておられた頃で、紫の上が大切にお育てしていた頃（若菜下九）。「我も、ものゝ心も知らで見たてまつりし時、めでたの児の御さまや、と見たてまつりし」は、女一の宮がまだ幼い頃に生まれた薫が（柏木六）、幼くて分別もないままに女一の宮を六条院でお見掛けした時、すばらしいご様子であることよとお見受けした。「その後、絶えてこの御気配をだに聞かざりつるものを」は、幼い時の垣間見のみで、その後は、全く女一の宮の気配すら耳にしなかったのに、の意。源氏は薫の乳母らに、「女［女一の宮］宮ものし給ふめる辺りに、かゝる人生ひ出でゝ心苦しきこと、誰がためにもありなむかし」（横笛三）と危惧をもらしており、薫が女一の宮に接近しないように、細心の注意を払って養育していたので、薫は女一の宮のあり様を見ることも聞くことも出来なかった。したがって、薫は宇治の姫君たちを垣間見した折にも、中の君を見て、「女一の宮もかうざまにぞおはすべき」（椎本二七）と、成人した女一の宮の姿を空想し憧れていた。「いかなる神仏の、かゝる折見せ給へる」は、あたかも啓示のように、女一の宮の「御声」まで届けてくれたのではないかとの、薫の感動の強さの反映。「例の、安からずもの思はせむとするにやあらむ」の「例の」は、仏に帰依する道を求めている自分に、辛いもの思いをさせてお試しになるのではないかと考えるいつもの道心的な薫の発想。阿闍梨が「仏の御方便にてなん」（宿木四一）と薫に語り、また薫自身も「人の心をおこさせむとて、仏のし給ふはうべん」（蜻蛉六）「仏のしるべにて、後の世をのみ契りしに、心きたなき末の違ひ目に、思ひ知らするなめり」（同一四）など考えている。「方便」は梵語で、既述（螢九・宿木四一）。「かつは静心なくてまもり立ちたる」の「かつは」は、神仏から仏の方便まで持ち出していながら、一方では自制する事も出来ず、落ち着かない気持ちのまま一心に見入って立っている、薫の二律背反的行動を形容。

四　**こなたの対の北面に住みける下臈女房の…と思ひて隠れ給ひぬ**　「こなたの対の北面に住みける下臈女房の」は、西の対の北廂に局をしていた下級の女房が。「この直衣姿」は薫。「おのがさま見えんことも知らず、簀子よりたゞ来にくれば」は、「女房は簾中を出ない」（玉上琢彌「光る源氏の六条院復元図「第二案」」『歴史文化研究・1・源氏物語と平安京』おうふう一九九四年）もの、であるのに、自分の姿が見えるであろうことも忘れて、慌てて簀子を通ってまっしぐらに薫の方に走って来る意。（二四段の図参照）。「誰とも見えじ、すき〳〵しきやうなり」は、自分が立っていたことを知られたくない、好色な振る舞いである、という薫の気持ち。「隠れ給ひぬ」は、薫が馬道に隠れなさった。

二六　女一の宮に憧れる薫

一 このおもとは、いみじきわざかな、御几帳をさへあらはに引きなしてけるよ、左の大殿の君たちならん、うとき人、はた、こゝまで来べきにもあらず、ものゝ聞こえあらば、誰か障子開けたりし、と必ず出で来なん、単衣も袴も、生絹なめりと見えつる人の御姿なれば、え人も聞きつけ給はぬならんかし、と思ひこうじてをり。かの人は、やう〳〵聖になりし心を、一節違へそめて、さま〴〵なるもの思ふ人ともなるかな、そのかみ世を背きなましかば、今は深き山に住みはてゝ、かく心乱れましやは、など思し続くるも、安からず、などて、年頃、見たてまつらばやと思ひつらん、なか〳〵苦しう、かひなかるべきわざにこそと思ふ。

二 つとめて、起き給へる女宮の御容貌、いとをかしげなめるは、これより必ずまさるべきことかは、と見えながら、さらに似給はずこそありけれ、あさましきまであてに、えも言はざりし御さまかな、かたへは思ひなしか、折からかと思して、薫「いと暑しや。これより薄き御衣奉れ。女は、例ならぬ物着たるこそ、時々につけてをかしけれ」とて、薫「あなたに参りて、大にゝ、『薄物の単衣の御衣縫ひて参れ』と言へ」とのたまふ。御前なる人は、この御容貌のいみじき盛りにおはしますを、もてはやしきこえ給ふ、とをかしう思へり。

三 例の、念誦し給ふわが御方におはしましなどして、昼つ方渡り給へれば、のたまひつる御衣、御几帳にうち掛けたり。薫「何ぞ、こは奉らぬ。人多く見る時なむ、透きたる物着るはばうぞく[4]におぼゆる。たゞ今はあへ侍りなん[5]」とて、手づから着せたてまつり給ふ。御袴も、昨日の同じ紅なり。オ御髪の多さ、裾などは劣り給はねど、なほ、さまぐ\なるにや、似るべくもあらず。氷召して、人々[6]に割らせ給ふ。取りて一つ奉りなどし給ふ心の内も、をかし。絵に描きて、恋しき人見る人は、なくやはありける、まして、これは、慰めむに似げなからぬ御程ぞかし、と思へど、四昨日かやうにて、我交じりゐ、心にまかせて見たてまつらましかば、とおぼゆるに、心にもあらずうち嘆かれぬ。薫「一品の宮に、御文は奉り給ふや」と聞こえ給へば、女二の宮「内裏[7]にありし時、上の、さのたまひしかば、聞こえしかど、久しうさもあらず」とのたまふ。薫「たゞ人[8]にならせ給ひにたりとて、かれよりも聞こえさせ給はぬにこそは、心憂かなれ。今、[9]大宮の御前にて、恨みきこえさせ給ふと啓せん」とのたまふ。女二の宮「いかゞ[10]恨みきこえん。うたて」とのたまへば、薫「下衆になりにたりとて、思し落とすなめりと見れば、驚かしきこえぬ、とこそは聞こえめ」とのたまふ。

【校異】

ア　左――「右」青（大正・池・横）河（尾・御・七・前・大・鳳・伏・飯）別（ハ・宮・保・国）「左□[右]」青（大）「右[左]」青（陵・三）「左」青（明・伝宗・幽・穂・徹一・徹二・肖・紹）別（陽・麦・阿）。なお『大成』は「左右（右）」、『全書』『玉上評釈』『全集』『集成』『完訳』『新大系』『新全集』も「右（右）」であるのに対して、『大系』は「左」。底本は、「左」の文字の下段に「右」を書き、さらにその「左右」を縦に墨で抹消し、その「左」の右側に「右」の文字を書いている。夕霧は竹河（三二）で左大臣に昇進した記述があり、それを受けて「総角」にも左大臣とある。『大』の修正前の「左」が本来の表現であると見て、「左」に校訂する。なお、夕霧の官名による「左」と「右」に関する考察は、既述（竹河三二）。

イ　**障子**――「しやうしは」別（八）「さうしは」青（穂・大正・三・徹一・池・横・徹二・肖・紹）河（尾・御・七・前・大・鳳・伏・飯）別（陽・宮・保・国・麦・阿）「さうし○（は）」青（幽）「さう〱（し（朱）ヒ（朱））」青（大）「さうし」青（明・陵・伝宗）。なお『大成』は「さうし」、『大系』『新大系』も「障子（さうじ）」であるのに対して、『全書』『玉上評釈』『全集』『集成』『完訳』『新全集』は「障子（さうじ）（障子）は」。青（大）のミセケチ訂正「し」は、表記の似た繰り返し記号を訂正したもの。係助詞「は」の有無による違いである。自分の落ち度失態に気づいた下臈女房が慌てて戻ってきた場面である。女房は障子を閉め忘れていただけでなく、「御几帳をさへ」丸見えに寄せていたことを思い出し、せめて外側の障子を閉めていれば、垣間見の心配を避けられたのにと、非難追及を危惧している。「御几帳をさへ」に対応する「誰か障子を」の「を」が記されない表現であったものが、『幽』の補入に見られるように、後出伝本において、取り立ての係助詞「は」を付加したものと見て、底本の校訂を控える。

ウ　**心乱れましやは**――「心をやふらましや」別（陽）「心みたらしましやは」別（宮・保・国）「心みたらましやは」青（明・伝宗・徹一・紹）河（大）別（八・麦）「こゝろみたらましやは」別（阿）「心をみたらましやは」青（穂）「心みたらましや○（はイ）」青（徹二）「心みたらましや」青（大正・三・池・横・肖）河（尾・御・七・前・鳳・伏・飯）「心みたれましやは」青（大・陵・幽）。なお『大成』は「心みたれましやは」、『大系』『新大系』も「心乱れましやは」であるのに対して、『全集』は「心乱らましやは」『全書』『玉上評釈』『集成』『完訳』『新全集』は「心（心）乱（乱・みだ）らましや（〳〵）」。女一の宮を垣間見た時の薫の心中思惟である。まず①「心乱れ」〈下二（自）・心が乱れる。保たれるべき心の秩序が失われる意、あれこれと思い悩む〉か「心乱ら」〈四段（他）・心を乱す。心の中の秩序を混乱させる意〉か、自動詞か他動詞かの違いである。前段では、「いかなる神仏の、かゝる折見せ給へるならむ、例の、やすからずもの思はせむとするにやあらむ」と神仏に感謝しつつも、落ち着かない気持ちになっており、続く当段は、出家の意志を貫けなかった薫の心が、ゆくりなくも揺れてしまう自動詞と見てよい。次に②「ましや」と「ましやは」の違いである。「やは」は反語。奈良時代の「やも」に代わって、平安時代になると「やは」が使われるようになった（『岩波古』参照）。『古今集』にも見られ、物語中には六例（歌3会話1心内2）。『新全集』が五例であるのは当該例が「や」に校訂されているからである。出家の意志を貫けなかった薫が、もしも決断実行していたならば心が乱れることもなかったであろうに、と省みるところである。①②を併せて考慮し、底本の校訂を控える。

エ　**あてに**――「かほり」青（横）「あてにかほる」河（飯）「あてにかほり」青（陵・穂・大正・徹一・池・肖・紹）河（伏）別（八・陽・宮・国・麦・阿）「あてにかおり」青（三）「あてにかをり」河（尾・御・七・前・大・鳳）別（保）「○（あてにイ）かほり」

青（徹二）「あてに○（かほり）」青（幽）「あてに」青（大・明・伝宗）。なお『大成』は「あてに」、『玉上評釈』『新大系』も「あてに」であるのに対して、『全書』『大系』『全集』『集成』『完訳』『新全集』は「あてにかをり（薫（かを）り）」。垣間見た女一の宮の姿を、薫が翌朝に想起する心中思惟である。女一の宮の姿を「あてに」とするか「あてにかをり」とするかの違いである。「かをる」を用いて人物が描写されるその代表は、薫である。ここは女一の宮の美質を格別であるとする所であり、曖昧な表現を必要としない女一の宮生来の高貴さそのものを「あて」としたもの。物語の表現は、後出本文になるにつれ、強調語が追加される傾向にあり、後出伝本は、「かをり」が加わる方がより勝れた美質であると誤った判断をしたものである。本来は「あてに」であったものと見て、底本の校訂を控える。

オ　**同じ紅**――「をなしくれなゐ」青（穂）「おなしくれない」別（ハ）「おなし紅」青（徹一・紹）河（伏）別（宮）「おなしくれなゐ」青（大・明・陵・伝宗・幽・大正・三・池・横・徹二・肖）河（尾・御・七・前・大・鳳・飯）別（陽・保・国・麦・阿）。なお『大成』は「おなしくれなゐ」、『全書』『大系』『玉上評釈』『集成』『新大系』も「おなじ紅（くれなゐ）」であるのに対して、『全集』『完訳』『新全集』は「同じく紅（くれなゐ）」。ちなみに『鑑賞』も「同じく紅（くれなゐ）」である。「おなじ」か「同じく」かの相違である。全ての校異諸本が「お（を）なし」であり、「おなしくゝれなゐ」といった踊り字「ゝ」は書写において確認できないので、「同じく」の可能性はない。「連体修飾する場合、上代では…終止形と同形の「おなじ」と、…連体形「おなじき」の両形を用いたが、平安時代以後には前者が圧倒的に優勢になり、…」（『角川古』）とあるが、『源氏物語』もその例である。校異諸本全てが「お（を）なし」であることを考慮し、校訂を控える。

【傍書】　1かほる　2かほるのなをしはかまの生なるをいへり　3薫ルの御預の女二宮の御事也　4傍側也物〳〵シカラぬをすかたを云　5敢侍也　6一品の宮に小宰相君の氷ヲたてまつりし事と思出かほるのまねひ給ふなり　7女二宮返答　8薫御詞　9明　10女二宮の御詞

【注釈】

一　**このおもとは、いみじきわざかな…かひなかるべきわざにこそと思ふ**　「おもと」は「おもとびと」の略で、貴人の側に仕える者。前段の下臈女房のこと。「御几帳をさへあらはに引きなしてける」は、「几帳どもの立てちがへたるあはひより見通されて、あらはなり」（蜻蛉二四）に照応。「左の大殿の君たちならん」は、夕霧の大殿のご子息が来ているのではないかと臆測する「おもと」の危惧。「単衣も袴も、生絹なめり」は、おもとの目でとらえた薫のお召し物の様。「直衣着かへて」（蜻蛉二四）いた。「生絹」は砧で打っていない絹布で、薄くて軽い。「すゝしなれはをともせさる也」（『細流』）。薫は、「こゝにやあらむ、人の衣の音す」（同二四）と人の気配を察して、垣間見の機会を得たが、自らは「生絹」なので、衣擦れの音もさせないほど忍びやかであった。薫は宇治で初瀬詣での帰途、中宿りする浮舟を初めて垣間見した折にも、「障子の穴より覗き給ふ。御衣の鳴れば、脱ぎ置きて、直衣、指貫の限りを着てぞおはする」（宿木五五）とあったほどの用心深さなので、音の立たない「生絹」の着用は、このような垣間見を容易にする。「思ひこうじてをり」は、心中困りきっているおもと。「かの人」は薫。語り手が薫に距離を置いた表現であるが、薫も自らを「さま〴〵なるもの思ふ人」と客観視する思惟である。「一節違へそめ」は、女に迷い、心奪われること。「そめ」は「初め・染め」の掛詞。「さま〴〵なるもの思ふ人ともなるかな」は、宇治の八の宮に師事し、しだいに仏の道に沿うところに近づいていた自分の心なのに、大君をはじめとして、その後の、中の君、浮舟に心惹かれ、さまざまの女に迷う自身を省みる薫の心。「かく心乱れましやは」の「かく」は、上文「さま〴〵なるもの思ふ人」を指す。「そのかみ世を背きなましかば、今は深き山に住みはてゝ」とあるので、大君を亡くした折に、世を捨てて、仏道に帰依していたならば、形代を求め、浮舟を自死させることもなく、またこのように女一の宮へ憧れるといった、女の事で様々に心を乱すようなこともなくて、今頃は深山で修行に没頭していたであろうにという薫の反実仮想の思念。薫は「かく世のいと心憂くおぼゆるついでに、本意遂げん」（総角四一）と出家を考えたが、母女三の宮と中の君のことを考えて思いとどまっていた。「などて、年頃、見たてまつらばやと思ひつらん、なか〳〵苦しう、かひなかるべきわざにこそ」は、幼少時以来会う機会のなかった女一の宮への憧憬を省みる薫の心内。女一の宮は到底恋人には出来ない方であり、思いを寄せてもかえって辛く、甲斐がないにちがいないと思う。

二　**つとめて、起き給へる女宮の…もてはやしきこえ給ふ、とをかしう思へり**　「つとめて、起き給へる女宮の御容貌」の「女宮」は妻である女二の宮。薫は女一の宮の姿が忘れられず、三条宮で寝起きの女二の宮と、心象中の昨日垣間見た女一の宮とを比較する。「あさましきまであてに、えも言はざりし御さまかな」は、薫のとらえた女一の宮の姿で、驚き呆れるほど気品高く、言葉に表しようのない程の美貌であったことよ。匂宮が初めて向き合った折の浮舟を、「あさましきまであてにをかしき人かな」（東屋二六）と見ていたが、女一の宮は、浮舟の高貴な美しさに類同するにしても、『新全集』等の本文にある「あてにかをり」ではない。「かをり（る）」は男君（成人）では、源氏と薫に用いられる語であるが、女君には、玉鬘（常夏六）紫の上（若菜上二〇）明石の君（若菜下一四）大君（総角四）浮舟（東屋三〇）の美質に用いられる。いずれも、都から離れた世界で成長した女君たち（紫の上は源氏が北山で見出した（若紫四）のでこれに入れる）であり、人生に苦悩する中で育まれたその人自身の優れた資質が自ずと輝き漂い出る魅力が「かほり（る）」で表現されている。しかし、最高貴な帝の第一皇女である一品の宮の美質は生来の「あて」そのもので「あてにかをる（り）」ではない。女一の宮の美質について、実弟匂宮も、「限りもなくあてにけ高きものから、なよびかにをかしき御気配」（総角三一）の方であると、その高貴性を称えている。「かたへは思ひなしか、折からかと思して」は、感嘆する一方では、自分の気のせいか、それとも感興を引き立てるに相応しい状況時だからかとお思いになって。「折からか」は、当巻二五段での、暑気払いに氷を弄ぶ女房を垣間見する特殊な状況を指す。「あなたに参りて、大弐に、『薄物の単衣の御衣縫ひて参れ』と言へ」は、母宮方の女房大弐に、薄物のお召し物を調えて持って来るよう伝えよ、という薫の指示。「御前なる人は…もてはやしきこえ給ふ、とをかしう思へり」は、妻に女一の宮と同じ「薄物の単衣の御衣」を着せて、自分の心象を確かめようとする薫に対して、御前にお仕えする女房は、薫が女二の宮の御容貌が女盛りでいらっしゃるので、映えるように引き立て申し上げなさると、好感をいだいたこと。女房達は薫の目論見を知らないのである。

三　**例の、念誦し給ふわが御方に…とおぼゆるに、心にもあらずうち嘆かれぬ**　「例の、念誦し給ふわが御方」は、薫が、いつものように念誦をなさる自分のお部屋。「朝の勤行は、道心深い薫の日課の趣」（『集成』）。「のたまひつる御衣、御几帳にうち掛けたり」は、薫が指示しておいた御衣が着用されることなく御几帳にそのまま掛けられていたこと。薄物であり、透けて見えることに女二の宮が躊躇したためと思われる。「ばうぞく」は、「《放俗の意か》たしなみのないこと。ぶしつけ」（『岩波古』）。物語中、他に一例「胸あらはに、ばうぞくなるもてなしなり」（空蝉三）。「御袴も、昨日の同じ紅なり」は、「も」により、昨日垣間見た女一の宮のお召物が紅の袴であったことを補足する。「なほ、さま〴〵なるにや、似るべくもあらず」は、やはり、ひとり一人の違いであろうか、女二の宮は、女一の宮に似ていそうもないこと。「こゝらよき人を見集むれど、似るべくもあらざりけり」（蜻蛉二五）と思った薫の記憶の再現が秘かになされ、あてが外れたのである。「つとめて」の「さらに似給はずこそありけれ」から続く「昼つ方」の「似るべくもあらず」の失望である。実父柏木が女二の宮〔落葉の宮〕に女三の宮の代わりを求めて失望した気持ち（若菜下二五）をなぞるかのごとくである。源氏は藤壺に憧れて思いを果たし、夕霧は長年の思いを貫き雲居雁と結婚、柏木は見初めた女三の宮を我がものとした。薫の場合は、幼少時から女一の宮へ憧れる気持ちを抱いてはいたが、これら三者ほど深刻な思いではない。浮舟の自死の責任を感じて憂愁をかかえる薫に、ほっと一息つかせる女一の宮崇拝の一場面である。「取りて一つ奉りなどし給ふ心の内も、をかし」は、自分の手から女二の宮に氷をさし上げ、もしも女一の宮にこうできていたらよかったのに、と夢想する薫の心の内も興味のあるところであると評する草子地。「も」は女一の宮と同じ装いをさせる薫の心情も併せて、批評の対象とする。「絵に描きて、恋しき人見る人は、なくやはありける」は、漢の武帝が、李夫人の死後その姿を絵に描かせた故事「甘泉殿ノ裏、令レ写（サシム）レ真ヲ」（白氏文集巻四風諭四160「李夫人」）による。また、「わが妻もゐにかきとらむいつまもか旅行く吾は見つつしのはむ」（万葉集巻第二〇・物部古麿）とも詠まれ、絵は不在の人を偲ぶものであった。絵の意を表す語に「かた」があり、「人形」（ひとかた）に通じる。大君追慕のため、薫が「昔おぼゆる人形をも作り、絵にも描きとりて、行ひ侍らむ」（宿木三七）、と思った意識に照応。「まして、これは、慰めむに似げなからぬ御程ぞかし」は、女二の宮を「さらに似給はずこそ」「似るべくもあらず」と否定的に見なしているが、身分においては女一の宮と同様に皇女であり、同じ血の父を持つ異母姉妹の間柄であると思い、薫は心を慰めようとすること。浮舟が大君に似ていて形代に出来ると見た薫の意識に照応する。「ぞかし」は、そのように納得しようとする自分を強く肯定したい気持ち。「昨日かやうにて、我交じりゐ、心にまかせて見たてまつらましかば、とおぼゆるに、心にもあらずうち嘆かれぬ」の文脈は、反実仮想の「ましかば」によって、逡巡を繰り返す薫の体質を浮上させる。一歩踏み出す激情は匂宮により体現し、薫は理性が勝る主人公として物語られる。

四　**「一品の宮に、御文は奉り給ふや」…とこそは聞こえめ」とのたまふ**　「一品の宮に、御文は奉り給ふや」の「一品の宮」は女一の宮。女一の宮に接近するための手立てを考えての問い掛け。「上の、さのたまひしかば」は、降嫁する前は、父帝が異母姉妹同士の交流をするようにと言われたので。「久しうさもあらず」は、降嫁して以来ずっと文通をしていないこと。「たゞ人にならせ給ひにたりとて…恨みきこえさせ給ふと啓せん」の薫の言葉は、女一の宮に接近したい気持ちを伏せて、いかにも「ただ人」になったので、女一の宮が見限って文を通わさないように言いなして、女二の宮の不満のように言上しようとの薫の企み。「啓す」は、皇后・春宮・院などに申し上げる意であるが、薫がわざわざ強く卑下して仰々しい物言いにしたもの。「いかが恨みきこえん。うたて」は、女二の宮の意志表示。お恨み申し上げてはいないので、そのように申し上げるのは嫌です。「下衆になりにたりとて、思し落とすなめりと見れば、驚かしきこえぬ、とこそは聞こえめ」は、それでは、お恨み申し上げているとは言わず、臣下の者になってしまっていると言って、お見下げしておられるようだと推察するので、こちらからお便りをさし上げないのです、とは申し上げましょう。「思し落とす」は、心の中で見くびる意。「驚かしきこゆ」は、手紙などを出して、相手が忘れていたことを注意喚起すること。薫は「ただ人」や「啓せん」に加えて、「下衆」「思し落とす」などの言葉を重ねて、さらに大げさな口調で自分の目論見を果たそうとする。柏木が女三の宮の愛猫を預かった執念（若菜下三）を思わせる。

二七　薫、明石中宮に女一の宮からの文を所望する

一 その日は暮して、またの朝に大宮に参り給ふ。[1]例の、宮もおはしけり。丁子に深く染めたる薄物の単衣を、こまやかなる直衣に着給へる、いと好ましげなり。[ア]女の御身なりのめでたかりしにも劣らず、白くきよらにて、なほ、ありしよりは面痩せ給へる、いと見るかひあり。おぼえ給へりと見るにも、まづ恋しきを、いとあるまじきことゝしづむるぞ、たゞなりしよりは苦しき。絵をいと多く持たせて参り給へりける、[2]女房してあなたに参らせ給ひて、[イ]我も[3]渡らせ給ひぬ。

二 大将も近く参り寄り給ひて、御八講の尊く侍りしこと、いにしへの御こと、少し聞こえつゝ、残りたる絵見給ふついでに、薫「[4]この里にものし給ふ皇女の、雲の上離れて思ひ屈し給へるこそ、いとほしう見給ふれ。姫宮の御方よ

り御消息(せうそこ)も侍らぬを、かく品定(しなさだ)まり給へるに思(おぼ)し捨(す)てさせ給へるやうに思(おも)ひて、心ゆかぬ気色(けしき)のみ侍るを、5 かやうの物(もの)、時(とき)〴〵ものせさせ給ウはなむ。なにがしが下(お)ろして持(も)てまからん、はた、見(み)るかひも侍らじかし」とのたまへエば、中宮「6 イあやしく。などてか捨(す)てきこえ給はむ。内裏(うち)にては、近(ちか)かりしにつきて、時オ々も聞カこキえ通ひ給(給)ふめりしを、所(ところ)〴〵になり給(給)ひし折(をり)に、クと絶え給へるにこそあらめ。今(いま)、そゝのかしきこえん。それよりも、などかは」と聞(き)こえ給(給)ふ。薫「かれよりは、いかでかは。もとより数(かず)まへ○(させ)給はざらむをも、かく親(した)しくてさぶらふべきゆかりに寄(よ)せて、ケ思しめし数(かず)ま(朱)さ(ヒ)へさせ給はんをこコそ、うれしくは侍(侍)るべけれ。7 まして、さも聞(き)こえ馴(な)れ給(給)ひにけむを、今捨(います)てさせ給はんは、からきことに侍り」と啓サせさせ給(給)ふを、好(す)きばみたる気色(けしき)あるかとは思(おぼ)しかけざりけり。

【校異】

ア　好ましげなり――「このましけなる」青（大・肖・紹）「このもしけなり」河（尾・御・七・前・大・鳳・伏・飯）別（保）「このましけ也」青（明・大正・三・徹一）「このましけなり」青（陵・伝宗・幽・穂・池・横・徹二）別（ハ・陽・宮・国・麦・阿）。なお『大成』は「このましけなる」、『新大系』も「このましげなる」であるのに対して、『全書』『大系』『玉上評釈』『全集』『集成』『完訳』『新全集』は「この（好(この)）ましげなり」。「このもし」は「このまし」の転であるので、当該は「なり」で文を終止するか、「なる」で下へ修飾するかの違いである。連体形「る」の場合は「女の御身…」を修飾するので、「このましげ」は女一の宮のことになる。しかし、「女の御身なりのめでたかりしにも劣らず」を、一昨日薫が垣間見た女一の宮のからだつきがすばらしかったことを、目前の匂宮の「好ましげな」姿に重ねて見る薫の心情と読む方が、薫が匂宮の姿に惹きつけられるまなざしがより的確に表される。女一の宮ではなく匂宮への形容故に「好まし」ではなく、接尾語「げ」なのであろう。まず匂宮の姿に惹きつけられたことを言い、次にそのわけが女一の宮に似ているからであると明かす展開である。当該の「なる」と「なり」の「る」と「り」のくずし字は、判別し難い場合があり、誤写を生む可能性も考慮して、底本を「好ましげなり」に校訂する。

イ　**我も渡らせ**――「わたらせ」青（大）「われもわたり」別（陽・保）「●（我）もわたらせ」青（陵）「我○（も）わたらせ」青（明）「われもわたらせ」青（穂・大正・三・池・横・肖）河（尾・御・七・前・大・鳳・伏・飯）別（ハ・麦）「我もわたらせ」青（伝宗・幽・徹一・徹二・紹）別（宮・国・阿）。なお『大成』は「わたらせ」、『新大系』も「渡（わた）らせ」であるのに対して、『全書』『大系』『玉上評釈』『全集』『集成』『完訳』『新全集』は「我（われ）も渡（わた）らせ」。「われ（我）も」の有無による相違である。青（明）は「我も」が本行本文に記されており、補入印「○」も入れ込んである。青（明）の親本で、脇に補入とされていた「我も」を、書写者が必要と認識した際に、そのまま本行に書写してしまい、補入印も本行に書き入れたのではないかと推定する。青（陵）は「我」のみ本行本文の右外に記され、補入印「○」はない。本行本文は「もわたらせ」と記されている。これは「我」を書き落とした後で追記したものと思われる。以上のように「われ」は本来あったものであろう。底本は独自異文であり、また「わ」から「わ」への目移りによる誤脱の可能性もあると見て、校訂する。

ウ　**させ給は**――「させは」青（大）「させ給」別（麦）「させ給へ」別（阿）「させたまは」河（御・七・前・鳳）別（保）「させ給は」青（明・陵・伝宗・幽・穂・大正・三・徹一・池・横・徹二・肖・紹）河（尾・大・伏・飯）別（ハ・陽・宮・国）。なお『大成』は「させは」であるのに対して、『新大系』は「せさせ［給］は」（脚注：諸本により補う）、『全書』『大系』『玉上評釈』『全集』『集成』『完訳』『新全集』は「させ給（たま）は」。「させは」は底本の独自異文である。女一の宮から女二の宮への文を、薫が明石中宮に所望する場面で、中宮への敬意が表現されるべき所である。『大成』の校異に記述はないが、底本には「させは」の「せ」と「は」の間の右に「給イ」とする摺消しの傍書が見える。底本が「給」を誤脱したものと見て、「させ給は」に校訂する。

エ　**のたまへば**――「きこえ給えは」河（大）「きこえたまへは」青（穂）「きこえ給へは」青（三・池・横・徹二）河（尾・御・七・前・鳳・伏・飯）別（ハ・陽・宮・保・国）「聞え給へは」青（徹一・肖・紹）別（麦・阿）「の給●（へ）は」青（陵）「の給へは」青（大・明・伝宗・幽・大正）。なお『大成』は「の給へば」、『大系』『新大系』も「の給へば」であるのに対して、『全書』『玉上評釈』『全集』『集成』『完訳』『新全集』は「聞こ（聞）え給（たま）へば」。「のたまへば」か「聞こえ給へば」かの違いである。前文の「大将も…少し聞こえつゝ」の「聞こえ」で中宮への謙譲表現があり、続いて薫の言上を受けて「とのたまへば」と薫への尊敬が示される方が、語り手の敬意表現としては、この「聞こえ」と「のたまへ」とで一組になり整合性を持つ。さらに、中宮の返事を受けて「聞こえ給ふ」で、「大将…」からの会話を含む文脈がまとまりを見せる。薫と中宮は姉弟であるが、当場面は薫が臣下の姿勢で会話がなされているので、後出の諸本では、それを意識して、「聞こえ給へば」に変えたのであろうと見て、底本の校訂を控える。

オ　**につきて**――「ナシ」別（陽）「につけても」河（伏）「につけて」青（穂・大正・三・徹一・池・横・徹二・紹）河（尾・御・七・前・大・鳳・飯）別（ハ・宮・保・国・麦・阿）「につきて」青（幽）「につきて」青（大・明・陵・伝宗・肖）。なお『大成』は「につきて」、『大系』『全集』『新大系』も「につきて」であるのに対して、『全書』『玉上評釈』『集成』『完訳』『新全集』は「につけて」。「つき」（自動詞四段連用）か「つけ」（他動詞下二段連用）かの違いである。仮名「き（幾）」と「け（遣）」が紛わしいことから生じた相違の可能性もあるが、「つき」は、「一体化する結果に主点を置く語」（『岩波古』）で、「につきて」の形で「…に関して」の意。「つけ」は「つき」の他動詞形であり、「につけて」は「…に関連して」の意。「ある動作・状態の起る場合にいつも付随して別の何かが起る意」（『岩波古』）であり、近隣という関係性が強くなる。微妙なニュアンスの違いであるが、薫の真意を知らない中宮が、近隣であった関係性をことさらに強調する必要はなく、互いの付き合い方も、住まいの遠近により自然と変化したのであり、「につきて」で作為はないという中宮の真意は十分伝わる。『幽』の校訂前の本文が『大』と同じであることも鑑みて、底本の校訂を控える。

カ　**時々も**――「ナシ」河（大）「時ヽとき〱」河（御）「とき〱」青（池・肖）河（尾・七・前・鳳・伏・飯）別（ハ・麦）「時〱」青（大正・三・徹一・横）「時々」青（穂・徹二）別（宮・保・国・阿）「時ヽも」青（明・伝宗）「時々も」青（紹）「とき〱も」青（大・陵・幽）別（陽）。なお『大成』は「とき〱も」、『大系』玉上評釈』『全集』『新大系』も「時（時）々（〱・〲）も」であるのに対して、『全書』『集成』『完訳』『新全集』は「時々」。「時々」と「時々も」の相違で、「も」の有無による違いである。中宮が、無沙汰は住まいの遠近の変化により自然に起きたことで、作為はないことを薫に伝える場面である。女二の宮がたとえ腹違いの宮であったとしても、また臣下の者に降嫁しても、今までの厚誼に変わりはないことを言外ににおわした表現である。「時々も」と「も」がある方が、中宮の好意あふれる含蓄的表現として相応しいので、底本の校訂を控える。

キ　**聞こえ通ひ**――「きこえ」青（大）別（ハ）「聞え」青（大正）「きこえかはし」別（陽）「きこえかよはし」別（宮・国）「きこえかよひ」青（明・陵・伝宗・幽・穂・三・徹一・池・横・徹二・肖・紹）河（尾・御・七・前・大・鳳・伏・飯）別（保）「聞えかよひ」別（麦・阿）。なお『大成』は「きこえ」、『新大系』も「聞こえ」であるのに対して、『全書』『大系』『玉上評釈』『全集』『集成』『完訳』『新全集』は「聞（聞）え（こえ）通（通）ひ」。「聞こえ」と「聞こえかよひ」との違いである。「かよ

「ひ」があれば、女宮たちの間で以前から文が交わされていたことになる。「かよひ」が無ければ、ともかく女一の宮の方からは文をお届けしていたようです、の意となり、直前の「などてか捨てきこえ給はむ」に続く、中宮から薫への切り返しとなる。薫の目論見を知らない中宮が、女一の宮の方から疎遠にしているわけではないことを、繰り返し伝えようとする言葉である。前段（二六）で、女二の宮が「内裏にありし時、上の、さのたまひしかば、聞こえしかど」と薫に答えているので、双方の交流もあったことを考慮して、「聞こえ通ひ」に校訂する。

ク　**と絶え**――「ナシ」河（飯）「とたへそめにし」別（陽）「とたへそめ」河（御・七・前・大・鳳）別（ハ・国）「とたえそめ」青（伝宗・穂・大正・三・徹一・池・横・徹二・肖・紹）河（尾・伏）別（宮・保・麦・阿）「とたえ○（そめ）」青（幽）「とたえ」青（大・明・陵）。なお『大成』は「とたえ」、『大系』『玉上評釈』『新大系』も「とだえ」であるのに対して、『全書』『全集』『集成』『完訳』『新全集』は「とだえそめ」。「そめ」が付くか否かの違いである。中宮が、文通がと絶えた「をり」は、住まいが離れたための自然のなりゆきであることを重ねて伝える場面である。『幽』が「そめ」を補入しているように、後出本文において、より明確な表現にしようとして「そめ」を追加したものと見て、底本の校訂は控える。

ケ　**思しめし**――「ナシ」別（麦）「おほし」青（大正・三・徹一・池・横・徹二・肖）河（尾・御・七・前・大・鳳・伏・飯）別（ハ・陽・宮・保・国）「おほしめし」青（大・明・陵・伝宗・幽・穂・紹）別（阿）。なお『大成』は「おほしめし」、『大系』『玉上評釈』『全集』『完訳』『新大系』『新全集』も「おぼ（思・思）しめ（召）し」であるのに対して、『全書』『集成』は「思（おぼ）し」。「思し」か「思しめし」かの相違である。「おほしめし」の「し」の目移りにより「めし」が脱落した可能性もあろう。薫が女一の宮への思惑を抱いて中宮と対話する場面である。「思す」よりさらに強い敬語の「思しめす」を用いて、意を通そうとする薫の話術であることを考慮し、底本の校訂を控える。

コ　**給はんをこそ**――「給○（へ）らんこそ」河（尾・大）「給へらんこそ」河（御・七・前・鳳・伏・飯）「たまはんこそは」別（陽）「たまはんこそ」青（大正）「給はむこそ」青（徹一・池・横）別（宮）「給はんこそ」青（穂・三・徹二・肖・紹）別（ハ・保・国・麦・阿）「給はんをこそ」青（大・明・陵・伝宗・幽）。なお『大成』は「給はんをこそ」、『大系』『新大系』も「給はんをこそ」であるのに対して、『全書』『玉上評釈』『全集』『集成』『完訳』『新全集』は「給（たま）はん（はむ）こそ」。主として「を」の有無による違いで〈こそ…べけれ〉か〈をこそ…べけれ〉かの違いである。当該は、薫が、この機会にご厚誼を、とさらに一押しする場面なので、「こそ」よりも「をこそ」の方が、強調の「こそ」をさらに強めるので薫の心情として、よりふさわしい。「を」が脱落して、〈こそ…べけれ〉の表現になったのではないかと見て、底本の校訂を控える。

サ　**啓せさせ**――「けいし」青（穂・大正・三・池・横・徹二・肖）河（尾・御・七・前・大・鳳・伏・飯）別（ハ・陽・宮・保・国・麦・阿）「けいせさせ」青（幽）「けいせさせ」青（明）「けいせさせ」青（大・陵・伝宗・徹一・紹）。なお『大成』は「けいせさせ」、『大系』『玉上評釈』『新大系』は「啓（啓）せさせ」であるのに対して、『全書』『全集』『集成』『完訳』『新全集』は「啓（啓）し」。「啓す」はサ変動詞で、皇后・春宮・院などに対する最高敬語。「啓し」とするか、尊敬の助動詞を付加して「啓せさせ」とするかの違いである。薫と中宮の通常のやりとりは、両者とも「聞こえ給ふ」で語られるが、ここは中宮に対して薫が最後の一押しをしようと気合いを入れている所。魂胆のある薫は、女二の宮への会話の中でも、「今、大宮［中宮］の御前にて、恨みきこえさせ給ふと啓せん」（蜻蛉二六）のように、中宮に対して「啓す」を用いていた。当該は、薫の内心を知らない中宮を相手に、薫が奮闘する底意を忖度した語りで、諧謔をさえ感じさせる薫の、最高敬語表現と見て底本の校訂を控える。

【傍書】　1匂宮の御事　2中宮　3中宮　4女二宮の御事也　5絵なとを云　6中宮御返答　7一品の宮をかほるのおもひかけたてまつると人しり給はぬ也

【注釈】

一　**その日は暮らして、またの朝に…あなたに参らせ給ひて、我も渡らせ給ひぬ**　「例の、宮もおはしけり」は、薫が大宮を訪ねると、そこにはいつものように匂宮も来ておられたこと。「…けり」は、薫の動きと目に沿って描く語り。以下「…いと見るかひあり」まで、匂宮を観察する薫の目が語りと重なる。「丁子に深く染めたる薄物の単衣を、こまやかなる直衣に着給へる、いと好ましげなり」の「丁子」は、黄色がかった薄紅色。「こまやかなる直衣」は、色の濃い縹の直衣。縹は薄い藍色。これに似た襲の姿が、六条院の灌仏会に列席する夕霧にある。「少し色深き御直衣に、丁子染の焦がるるまで染める、白き綾のなつかしきを着給へる」（藤裏葉八）。匂宮の「こまやかなる直衣」は、「青味ある薄墨色。また、やや黒味のある縹色ともいう」（『岩波古』）喪服の青鈍に通じる色合いであり、浮舟を偲ぶ深い情愛をも意味する。表立って弔意を示せない匂宮が、ひそかに浮舟を悼む襲の姿とも思われ、叔父式部卿宮の服喪の薄鈍に浮舟への弔意を「心の内にあはれに思ひよそへ」（蜻蛉七）た薫に類同する心情で、両者は重なる。「なつの直衣こき花田に染たる心にや」（『花鳥』）。「女の御身なりのめでたかりしにも劣らず、白くきよらにて」は、薫が白い薄物の御衣に透かし見た女一の宮のからだ付きのすばらしさを「あさましきまであてに」（同二六）と記憶していたが、それに劣らないほど目の前の匂宮が色白で美しい様であること。「身なり」の「ナリは生まれつきの形」（『岩波古』）。「身なり」は物語中に他一例のみ、「手つきのつぶつぶと肥え給へる〔玉鬘〕、身なり、肌つきのこまやかにうつくしげなるに」（胡蝶一二）。「なほ、ありしよりは面痩せ給へる」は、浮舟を失った悲しみのために面やつれして見える匂宮の様。「面痩せ」は、男君としては光源氏（五例）薫（一例）匂宮（一例）に見られる。源氏の内一例は葵の上死後の服喪姿で、桐壺院が「いといたう面痩せにけり」（葵二五）と言葉をかける場面で、「無紋の表の御衣に鈍色の御下襲、纓巻き給へるやつれ姿、はなやかなる御装ひよりもなまめかしさまさり給へり」（同）とあった。薫の一例は叔父式部卿宮の喪に服する薄鈍姿で、「少し面痩せて、いとゞなまめかしきことまさり給へり」（蜻蛉七）。源氏と薫はともに「面痩せ」た「なまめかし」い服喪姿が魅力的であると捉えられている。「面痩せ」た匂宮は、平常着ではあるが、その襲の色により、源氏や薫の服喪の姿に通う美がある。当該は、薫の目から見た匂宮の姿であるが、匂宮の目から見た、大君を亡くして悲しみに「顔変り」した薫の「泣く姿態美」（梅野きみ子『王朝の美的語彙 えんとその周辺 続』新典社一九九五年）、「顔変りのしたるも見苦しくはあらで、いよ〳〵ものきよげになまめいたるを、女ならば必ず心移りなむ」（総角四四）もあり、類同する。「おぼえ給へりと見るにも、まづ恋しきを、いとあるまじきことゝしづむるぞ」は、薫が、匂宮の姿に女一の宮の面影を重ねて似ておられると見るにつけても、真っ先に女一の宮が恋しくなるのを、あってはならないことと思い、心を落ち着かせようとすることは。「たゞなりしよりは」は、薫が女一の宮を見ることがなかった時よりは。「絵」は匂宮が持参した物語絵。女房を通して女一の宮にさしあげなさった。「我も」の「我」は反射指示語。匂宮自身も。

二　**大将も近く参り寄り給ひて…見るかひも侍らじかし」とのたまへば**　「いにしへの御こと」は、大宮と薫に共通する思い出話。「残りたる絵」は、匂宮が女一の宮にさしあげて残っていた絵。「この里にものし給ふ皇女の、雲の上離れて思ひ屈し給へるこそ、いとほしう見給ふれ」の「この里」は、薫の邸である三条宮を謙って言う。薫邸でお暮らしの皇女女二の宮が、宮中を離れて気がふさいでおられるのがお気の毒にお見受けする、の意。「姫宮の御方より御消息も侍らぬを、かく品定まり給へるに思し捨てさせ給へるやうに思ひて、心ゆかぬ気色のみ侍るを」は、女一の宮の方からお便りもございませんのを、女二の宮がこのように（私に降嫁して）臣下の身分に納まっておられるのでお見捨てなさっているように思って、気が晴れない様子でばかりおりますので。「かやうの物」は、前の「残りたる絵」のこと。薫はこれを手懸かりにして、「時々ものせさせ給はなむ」とせがむ。「ものす」は、具体的にはその動作行為を表現しないで示す語で、続く語から絵をせがんでいることを婉曲に言ったもの。「なにがしが下ろして持てまからん、はた、見るかひも侍らじかし」は、自分がお下がりをいただいて持ち帰っては、やはり女二の宮にとって見る甲斐もございますまいに。女一の宮から直接に贈っていただきたいことを、女二の宮の心情を楯にして仄めかす。

三　**「あやしく。などてか捨てきこえ…気色あるかとは思しかけざりけり**　「あやしく」は、薫が殊更身分差を意識したように謙って、女二の宮を「思し捨てさせ給へる」としたもの言いに対して、中宮の不審に感じた気持ち。「などてか捨てきこえ給はむ」は、薫の「思し捨てさせ給へる」に応ずる中宮の反撥。「内裏にては、近かりしにつきて」は、宮中ではお互いに近かったので。女二の宮の母は藤壺女御であった。「その頃、藤壺と聞こゆる」（宿木一）。「所々になり給ひし折に」は、女二の宮が薫に降嫁し三条宮に移られた折に。中宮は、無沙汰は住まいが離れればなれになったからであり、それ以外に意図はないことを強調（**【校異】**オ参照）。「それよりも、などかは」は、女二の宮からもどうしてお便りがないのですか、と中宮の問い返し。薫は前日に女二の宮から「内裏にありし時、上の、さのたまひしかば、聞こえしかど」（蜻蛉二六）と聞いていたが、そのことには触れない。「かれよりは、いかでかは」は、女二の宮の方からは（遠慮があるので、）どうしてお便り申し上げられましょうか。「もとより数まへさせ給はざらむをも…うれしくは侍るべけれ」は、「数まへさせ給」の語を否定と肯定で繰り返して使い謙り、「かく親しくてさぶらふべきゆかり」で、大宮と薫の姉弟関係を持ち出して、皇女姉妹の内にお加えくだされればうれしいことでございましょうと願う。「さも聞こえ馴れ給ひにけむを…からきことに侍り」は、三行前の中宮の言葉「内裏にては、近かりしにつきて、時々も聞こえ通ひ給ふめりし」を盾に、交誼の願いをさらに押し出す所。薫は姉と弟の縁をあげながら、徹底した謙りぶりを示す。語り手は、それを「啓せさせ給ふ」と大仰な敬語で表す。「好きばみたる気色あるかとは思しかけざりけり」は、女一の宮の手紙を得たいという好き心が薫にあることなど、中宮は予想もなさらなかったのでした。目論む薫と戸惑う中宮を対照して「…けり」で納める。語り手の揶揄が感じられる描写である。

二八　薫、垣間見を思い出し、西の渡殿へ

一
立(た)ち出(い)でゝ、一夜(ひとよ)の心ざしの人に[1]逢(あ)はん、ありし渡殿(わたどの)も慰(なぐさ)めに見(み)むかしと思(おぼ)して、御前(まへ)を歩(あゆ)み渡(わた)りて西(にし)ざまにおはするを、御簾(みす)の内(うち)の人は心ことに用意(ようい)す。げにいとさまよく限(かぎ)りなきもてなしにて、渡殿(わたどの)の方(かた)は、[ア]左の大殿(おほとの)の君たちなどゐ(い)て、もの言(い)ふ気配(けはひ)すれば、妻戸(つまど)の前(まへ)にゐ給(給)ひて、薫「大方(おほかた)には参(まゐ)りながら、この御方(かた)の見参(げざむ)に入(い)ることの難(かた)く侍れば、いとおぼえなく翁(おきな)びはてにたる心地(ち)し侍(侍)るを、今(いま)よりはと思(おも)ひ起(お)こし侍(侍)りてなん。[イ]ありつかず、若(わか)き

人どもぞ思ふらんかし」と、[2]おりひの君達の方を見やり給ふ。女房「今よりならはせ給ふこそ、げに若くならせ給ふならめ」など、はかなきことを言ふ人々の気配も、あやしう雅びかにをかしき御方のありさまにぞある。そのことなけれど、世の中の物語などしつゝ、しめやかに、例よりはゐ給へり。

[3]二　姫宮は、あなたに渡らせ給ひにけり。大宮、「大将のそなたに参りつるは」と問ひ給ふ。御供に参りたる大納言[4]の[5]君、「[6]小宰相の君に、ものゝたまはんとにこそは侍めりつれ」と聞こゆれば、ウ中宮「まめ人の、さすがに、人に心とゞめて物語するにそ、心地後れたらむ人は苦しけれ。心の程も見ゆらんかし。こさ○相などは、いとうしろやすし」とのたまひて、[7]御はらからなれど、この君をばなほ恥づかしく、人も用意なくて見えざらむかし、と思いたり。大納言の君「三人よりは[8]心寄せ給ひて、局などに立ち寄り給ふべし。物語細やかにし給ひて、夜更けて出で給ふ折々エも侍れど、例の、目馴れたる筋には侍らぬにや。[9]宮をこそ、いと情けなくおはしますと思ひて、御答へをだに聞こえず侍めれ。かたじけなきこと」と言ひて笑へば、[10]宮も笑はせ給ひて、中宮「いと見苦しき御さまを思ひ知るこそをかしけれ。いかでかゝる御癖やめたてまつらん。恥づかしや、この人々も」とのたまふ。

【校異】

ア　左――「ナシ」河（飯）「うち」別（ハ）「みき」青（池）河（尾・御・七・前・大・鳳）別（宮・国）「右」青（大正・三・横・徹二）河（伏）別（保）「みき」青（陵）「右」青（幽）「ひたり」青（大）「左」青（明・伝宗・穂・徹一・肖・紹）別（陽・麦・阿）。なお『大成』は「ひたり」、『大系』『玉上評釈』『全集』『完訳』『新大系』『新全集』も「左（左）」であるのに対して、

『全書』『集成』は「右（右）」。蜻蛉二六段の校異アで述べたのと同様の理由で、「左」が本来の表現であると見て、底本の校訂は控える。なお、夕霧の官名による「左」と「右」に関する考察は、既述（竹河三二）。

イ　**ありつかず**――「ありつるかす」河（七）「ありつかすと」青（陵・幽・穂・大正・三・徹一・横・徹二・肖・紹）河（尾・御・前・大・鳳・伏）別（ハ・陽・宮・保・国・麦・阿）「ありつかす」青（大・明・伝宗）、青（池）河（飯）は落丁。なお『大成』は「ありつかす」、『玉上評釈』『新大系』も「ありつかず」であるのに対して、『全書』『大系』『全集』『集成』『完訳』『新全集』は「ありつかずと」。助詞「と」が下接するか否かの相違である。「ありつかず」は、助動詞「ず」が連用形なら、薫が場違いであることを謙る意になり、終止形なら薫に対する若者達の心情を薫が推測する表現となり「と」を下接する。「と」がなくても、「翁びはてにたる」気持を奮い起こしてやって来た薫が、何か取りざたしている雰囲気を慮りつつ、その場に似合わない老いた自分であると謙って話しかけ、女房を口説く場面として読める。後出伝本において、「と」が付加され、明解な表現にしたものと見て、底本の校訂を控える。

ウ　**聞こゆれば**――「きこゆるにれい」青（大）「聞ゆれは」青（大正）別（麦・阿）「きこゆれは」青（明・陵・伝宗・幽・穂・三・徹一・横・徹二・肖・紹）河（尾・御・七・前・大・鳳・伏）別（ハ・陽・宮・保・国）、青（池）河（飯）は落丁。なお『大成』は「きこゆるにれい」、『新大系』も「聞こゆるに、例」（脚注あり）であるのに対して、『玉上評釈』は「聞ゆるに」、『全書』『大系』『全集』『集成』『完訳』『新全集』は「聞（聞こ）ゆれば」。底本は独自異文で「るに」は底本の誤入と思われる。又、「れは」の「は（ハ）」は「い（以）」に誤りやすい。諸本も併せて考慮し、底本は「るに」を誤入し、「れは」を「れい」と誤写したものと見て、「きこゆれは」に校訂する。

エ　**出で給ふ**――「いて給なとし給」別（麦・阿）「いてなむとし給」河（御・七）「出なんとし給」青（徹二）「いてなとしたまふ」青（穂・三）別（保）「出なとし給」青（明・徹一）「いてなとし給」青（伝宗・大正・横・肖・紹）河（尾・前・大・伏・飯）別（ハ・陽・宮・国）「いて○給」青（幽）「いて□たまふ」河（鳳）「ゐて給」青（大）「いて給」青（陵）、青（池）は落丁。なお『大成』は「ゐて給」、『大系』『玉上評釈』『新大系』も「出（出・ゐ）で給（給ふ・たまふ）」であるのに対して、『全書』『全集』『集成』『完訳』『新全集』は「出でなどし給（たま）ふ」。「出で給」か「出でなどし給」かの相違である。「出でなどし給」の「など」はありふれた関係を類想させ、薫と小宰相の君が、よくある恋人同士であることを暗示する。しかし、「出で給ふ」ならば、匂宮をも拒んだ程の小宰相の君と「まめ人」薫との付き合いなので、夜、薫は小宰相と話し込んだだけでそのまま帰ってゆくこともあるという、真面目な薫を強調した、大納言の君の仄めかしとなる。以上を考慮して後出伝本において

「なと」が付加されたものと見て、底本の校訂を控える。

【傍書】　1小宰相君の事　2夕霧左大臣君たち也　3一品の宮は中宮の御かたへわたらせ給ふ也　4女房　5ノ詞　6一品宮の女房　7中宮とかほる大将と兄弟のことを云　8小宰相のこと也　9匂宮の御事なさけなくおほしますとおもひて小宰相おほんいらへを申さぬと也　10中宮御事

【注釈】

一　**立ち出でゝ、一夜の心ざしの人に…しめやかに、例よりはゐ給へり**　「一夜の心ざしの人」は、「この心ざしの人」（蜻蛉二五）ともあり、薫が「心にくき気そひてもあるかな」（同二三）と思いをかけている人、小宰相の君のこと。「一夜」は、薫が当巻（二三）で彼女の局で逢った時を指す。また、御八講五日目の「夕暮」（同二五）にも垣間見ている。「ありし渡殿も慰めに見むかし」は、先だっての西の南側の渡殿も、女一の宮に逢えない心を静めるために、確と見よう。「渡殿も」の係助詞「も」は、薫の「心ざしの人」と「渡殿」が、共に女一の宮の代役として並立することを示す。「御前を歩み渡りて西ざまにおはする」は、薫が、寝殿の東面にある中宮の御座所から、南面の簀子を通り、西面にある女一の宮の御座所の方へ行くこと。以下薫の経路は二四段の図参照。「御簾の内の人は心ことに用意す」は、寝殿西南の廂の間の御簾の内に控えている女一の宮の女房達は、目の前を通り過ぎる薫の姿を透かし見ながら、薫に見られたり、話しかけられたりした時の対処法を前もって考えて構えていること。夕霧の子息達が渡殿の方の女房達と話しているのと同様の事態が出来することを、予想した女房達の心構えである。「げにいとさまよく限りなきもてなし」は、女房達の目を通して語られる、薫の立派な風采と秀抜な身のこなし。「渡殿の方は、左の大殿の君たちなどゐて、もの言ふ気配すれば」は、西の渡殿のあたりは、左大臣夕霧の子息たちなどがいて、女房と何か話している様子がするので。「妻戸の前」は、「寝殿西南角の妻戸。西向きに開いている」（『集成』）。「見参に入る」は、貴人に拝謁に参る、貴人の前に出てお目にまみえること。自動詞。強い謙譲語。「いとおぼえなく翁びはてにたる心地」は、浮舟の死によってさらに宇治の世界に囚われていた薫が、六条院の華やかな世界に触れて感じた、戸惑いの心情から出た語。表向きは、「左の大殿の君たち」を意識した謙りで、心情としては、夕顔を失った衝撃で寝込んだ源氏が、やっと回復に向かい参内した時の心情、「我にもあらずあらぬ世によみがへりたるやうに」（夕顔二三）に通う。「ありつかず」は、薫が、六条院の華やかな世界に似合わない意。「若き人ども」は、「甥の君達」で、左大臣夕霧の子息たち。特定はできないが、薫が三歳の時に、夕霧には既に雲居雁に四男三女（夕霧四四）があり、その一人に竹河巻に登場した夕霧の子息蔵人少将がいる（竹河四）と推定される。その時薫は十四、五歳（同五）であったので、夕霧の子息達の多くが薫より年長と思われる。「おひ［甥］の君達の方を見やり給ふ」は、そのように年長の甥たちを「若き人ども」と言い、年下の自分を「翁びはて」と言って、事実に反する表現をすることで、逆に自身の若さを強調し、優雅な女房たちに取り入ろうとする様。「今よりならはせ給ふこそ、げに若くならせ給ふならめ」は、今から（こうして御前に、ご自分を）慣れさせなさるのこそ、いかにもお若くおなりになるでしょうよ。若さを強調する薫の呼びかけに応えた女房が、薫の「今よりはと」を受けて「今より」と応じ、「ならはせ」「ならせ」同音の語を続けて軽妙で洒脱な対応をしたもの。「人々の気配も、あやしう雅びかにをかしき御方のありさまにぞある」は、女一の宮にお仕えする女房達の雰囲気も、不思議と優雅で魅力的な御前の様子であること。

二　**姫宮は、あなたに渡らせ給ひにけり…見えざらむかし、と思いたり**　「姫宮は、あなたに渡らせ給ひにけり」の「あなた」は、西の渡殿に移ってきた薫の位置から見ての表現。女一の宮はすでに寝殿の東側にある中宮の御座所に移ってしまわれていたのであった。「ありし渡殿も慰めに見むかし」（前節）と女一の宮の面影を求めてやって来た薫には、肩すかしをくった感じである。「大将のそなたに参りつるは」は、中宮が、薫大将が女一の宮の御座所の方へ参ったのは何の御用でしたか、とお訊ねになられたこと。「御供に参りたる大納言の君」は、女一の宮のお供で中宮の方に参った上臈女房。「まめ人」は、実直な薫のことで、既述（竹河七【注釈】三）。「さすがに」は、薫は「まめ人」で、我が子匂宮のように女房達を好き心から追い掛けるような人物ではないが、そうはいうものの、そのような人が。「心地後れたらむ人は苦しけれ」は、才覚の無い人では見苦しいでしょう。薫の相手には趣味教養の広い人でないとふさわしくないこと。「心の程も見ゆらんかし」は、話していると心の程度、有様が見えるものです。「小宰相などは、いとうしろやすし」は、中宮の評価で、薫が小宰相の君を「心ばせある人」「心にくき気」（蜻蛉二三）の人としていた認識の確かさが、中宮によって裏付けされている。「御はらからなれど、この君をばなほ恥づかしく」は、中宮が弟の薫を評価する気持ち。中宮の諫めを振り切り宇治の中の君の元へ行ってしまった匂宮のことを、薫に愚痴る場面（総角二二）や、浮舟生存の情報を薫へ伝えさせる思いやり（手習四二）など、中宮の薫への信頼は篤い。「人も用意なくて見えざらむかし、と思いたり」は、小宰相の君も深い心づかいを持たずに薫に逢うことはないであろうよ、と中宮が思い安心しておられたこと。

三　**「人よりは心寄せ給ひて…恥づかしや、この人々も」とのたまふ**　「夜更けて出で給ふ折々も侍れど、例の、目馴れたる筋には侍らぬにや」は、薫と小宰相の君の関係は、世間でよく見かける男女のつき合いとは異なっているのではないか、と見定める大納言の君の言葉。その裏付けとして、大納言は、「宮をこそ…御答へをだに聞こえず侍めれ」と、匂宮に対する小宰相の君のつれない態度をあげる。薫もその小宰相の君の人柄を承知していた。「などかさしもめづらしげなくはあらむと、心強くねたきさまなるを、まめ人は、少し人よりことなりと思す」（蜻蛉二三）。「「…かたじけなきこと」と言ひて笑へば」は、匂宮への批判に繋がる小宰相の君の振る舞いを、畏れ多いことと述べて、御前を憚り苦笑したもの。大納言の君の忌憚のないもの言いで、中宮の信頼を受けた側近と分かる。「いと見苦しき御さまを思ひ知るこそをかしけれ」は、小宰相の君がよく見抜いているのは興味深いことですね。「御癖」は、匂宮の浮気な性行。匂宮の性行は知れ渡っており、今までも中宮は、帝の心配に託して「…上もうしろめたげに思しのたまふ」（総角二一）と注意し、匂宮の宇治通いに帝から禁足令が出されたこと（同三〇）もあった。「この人々も」は、女房たちへの手前も憂慮する中宮の言葉。

二九　中宮、浮舟入水の真相を聞く

一 大納言の君「[1]いとあやしきことをこそ聞き侍りしか。この大将の亡くなし給ひてし人は、宮の御二条の北の方の御おとうとなりけり。異腹なるべし、常陸前守なにがしが妻は、をばとも[2]母とも言ひ侍なるは、いかなるにか。その女君に、宮こそ、いと忍びておはしましけれ。大将殿や聞きつけ給ひたりけむ、にはかに迎へ給はんとて、守り目添へなど、こと／＼しくし給ひける程に、宮も、いと忍びておはしましながら、え入らせ給はず、あやしきさまに御馬ながら立たせ給ひつゝぞ、帰らせ給ひける。女も宮を思ひきこえさせけるにや、にはかに消え失せにけるを、身投げたるなめりとてこそ、乳母などやうの人どもは、泣き惑ひ侍りけれ」と聞こゆ。

二[3] 宮も、いとあさましと思して、中宮「誰かさることは言ふとよ。[ア]いとほしく心憂きことかな。さばかりめづらかならむことは、おのづから聞こえありぬべきを。大将も、さやうには言はで、世の中のはかなくいみじきこと、かく宇治の宮の族[4]の命短かりけることをこそ、いみじう悲しと思ひてのたまひしか」とのたまふ。大納言の君「[5]いさや、下衆(げす)は、たしかならぬことをも言(い)ひ侍(侍)るものをと思(おも)ひ侍れど、かしこに侍(侍)りける下童(しもわらは)の、たゞこの頃(ころ)、宰相(さい将)が里(さと)に出(い)で参(ま)うで来(き)て、たしかなるやうにこそ言(い)ひ侍(侍)りけれ。かくあやしうて失(う)せ給へること、人に聞(き)かせじ、おどろ〳〵しくおぞ(を)きやうなりとて、いみじく隠(かく)しける事どもとやイ。さてくか(は(朱))ヒしくは聞(き)かせたてまつらぬにやありけん」と聞(き)こゆれば、中宮6「さらに、かゝることまた(又)まねぶな、と言(い)はせよ。かゝる筋(すぢ)に、御身をもて損(そこ)なひ、人に、軽(かる)く心づきなきもの(物)ウに思はれ給ふべきなめり」といみじう思(おぼ)いたり。

【校異】

ア　いとほしく――「いと〳〵おしう」別（ハ・国・麦）「いと〳〵おしく」青（徹一・池・徹二・紹）河（伏・飯）「いといとおしう」別（阿）「いといとおしく」青（肖）「いと〳〵をしう」別（保）「いと〳〵をしく」青（伝宗・穂・大正・横）河（尾）「いといとをしう」別（宮）「いといとをしく」青（三）河（御・七・前・大・鳳）「いとおしく」青（大・明・陵・幽）「いとをしく」別（陽）。なお『大成』は「いとおしく」、『大系』『玉上評釈』『新大系』も「いとほ（お(ほ)）しく」であるのに対して、『全書』『全集』『集成』『完訳』『新全集』は「いといとほしく」。副詞「いと」の有無による違いである。「いとほしく」は、「いと〳〵ほしく」「いといとほしく」の目移り脱落の可能性もあるが、浮舟入水の真相を知った明石中宮の驚きと気の毒に思う心情を指す。「いといとほし」になると、「いとほし」の「いと」に「いと」が重ねられ、明石中宮の心情をさらに強める。こうした強調表現を追加することは後出伝本のあり方と見て、底本の校訂を控える。

イ　事どもとや――「こともとやとて」別（麦）「こともや」別（ハ・陽）「事ともとて」青（大）「ことゝもとて」青（明）「事ともとや(て)ヒ」青（陵）「ことゝもとや」青（大正・池・横）河（御・七・前・大・鳳）別（保・国）「こととももとや」青（穂）「事ともとや」青（伝宗・幽・三・徹一・徹二・肖・紹）河（尾・伏・飯）別（宮・阿）。なお『大成』は「事ともとて」、『大系』『玉上評釈』『新大系』も「こと（事）どもとて」であるのに対して、『全書』『全集』『集成』『完訳』『新全集』は「ことどもとや」。主として、「とて」か「とや」かの違いである。「とて」は、〈格助詞「と」＋接続助詞「て」〉の連語で、原因・理由を表す（『岩波古』）。直前の「おぞきやうなりとて」の「とて」は、「…と思って」の意。大納言の君が語る驚くべき事情を、中宮が、そんなはずはない、「大将も、さやうには言」わなかった、と否定したのに対して、大納言の君が、言いよどみつつ、確証のある話である理由を述べる場面である。「事どもとて」の「とて」の場合は、「かくあやしう…隠しける」を受け、それら諸事情を、薫が極秘にした理由であると推定して、…と言って、と言いさしたもの。「とや」の場合は、〈格助詞「と」＋係助詞「や」〉の連語で、「…とやいふ」の略で、…というのでしょうか、と不確かな意を籠めながら、中宮の言葉をやんわりと否定して、薫が、そんなことで詳細を申し上げなかったのでしょうか、と薫の気持ちも、中宮への配慮もした表現で終止となる。「さて」と起こされる文に続くには「とや」と終止した文に続く方が穏やかで自然な表現となろう。底本は上文の「おぞきやうなりとて」に引かれて「隠しけることどもとて」に誤写したものと見て、「事どもとや」に校訂する。

ウ　**思はれ給ふべき**――「思はれぬへき」青（大・陵）「思はなれ（はれ給）ぬへき」青（幽）「思はれ給ぬへき」青（明・伝宗・徹一）「おもはれたまふへき」河（飯）「おもはれ給ふへき」青（大正）「おもはれ給へき」青（穂・三・横・徹二・紹）河（御・七・前・大・鳳・伏）別（ハ・陽・宮・保・国）「思はれたまふへき」河（尾）「思はれ給へき」青（池・肖）別（麦・阿）。なお『大成』は『思はれぬへき」、『大系』『玉上評釈』『新大系』も「思はれぬべき」であるのに対して、『全書』『全集』『集成』『完訳』『新全集』は「思はれ給（たま）ふべき」。「思はれ」に続くのが、「ぬべき」と「給ぬべき」と「給べき」の違いである。匂宮への敬語「給」は必要である。底本および書陵部本の本文は「給」を「ぬ」に誤写したものと見て底本を校訂する。

【傍書】　1小さい将ことは　2うき舟の君の祖母又母とも人の云也　3中宮を申　4族　5小宰相詞　6中宮御詞也

【注釈】

一　**「いとあやしきことをこそ聞き侍りしか…泣き惑ひ侍りけれ」と聞こゆ**　「あやしきこと」は異常なこと、聞き苦しいことの意。「こそ聞き侍りしか」の「しか」は「こそ」と呼応して「…だったそうであると耳にしました…」と言いよどむ口ぶりを示す。しかし大納言の君が伝聞した件は鮮明に記憶されていることを表す。「この大将の亡くなし給ひてし人は」以下「…乳母などやうの人どもは、泣き惑ひ侍りけれ」までの大納言の君が語る事情は、浮舟巻（一〇）から蜻蛉巻冒頭辺りまでの物語で語られていた事柄に大方違わない。「守目」は、浮舟の見張り番。荘園の男たちに薫が警固させていた（浮舟三三～）。当該の大納言の君の言上は、「けり」が重なり、聞き知った浮舟の過去の事が大納言の君の脳裏に浮んで、事件が確かなものであるとする。「異腹なるべし」の「べし」は、情報源の確かさを表すものであろう。

二　**宮も、いとあさましと思して、…思はれ給ひぬべきなめり」といみじう思いたり**　「宮も、いとあさましと思して」は、大納言の君の話に中宮も驚愕なさる様。「さばかりめづらかならむことは、おのづから聞こえありぬべきを」は、身投げといった前代未聞の話ならば自然と耳に入るに違いないのに。「大将も、さやうには言はで…いみじう悲しと思ひてのたまひしか」は、薫がお話になった内容とは齟齬があるとの中宮の思い。「大将も」の「も」は驚愕の事態の噂なのに耳に入って来なかった不思議と並ぶ、薫の話も、の意。今、大納言の君から聞いた話がとても信じられない中宮の気持。薫は、人の世の無常なこと、宇治一族の短命だったことを、ひどく悲しいと言っておられたのに、として、自死のことも匂宮との事も話には上らなかったのに、との思い。「宇治の宮の族の命短かりけること」は、中の君も「命短き族なれば」（宿木二〇）と、短命の一族であると判断しており、薫の報告と照応する。「下衆は、たしかならぬことをも言ひ侍るものを」は、中宮の「誰かさることは言ふとよ」という不審の言葉を受けて、大納言の君が「下衆」の噂と言いなした。しかし、下文「かしこに侍りける下童の…たしかなるやうにこそ言ひ侍りけれ」で、宇治邸で雑事に召使われていた下童の話として、噂の確かなる出所を語り、間違いの無い事実である意を伝えている。「かしこ」は、「宇治の宮」を指す。「言ひ侍りけれ」の「けれ」は、上接文「たしかなるやうにこそ」の「こそ」によって「たしかなる」を強めた結びである。知らなかった事実を伝聞として述べる意を表し、情報が下童から小宰相の君を通じて大納言の君に伝わった経緯を示す。「かくあやしうて失せ給へること、人に聞かせじ、おどろ〳〵しくおぞきやうなりとて、いみじく隠しける事どもや」は、宇治の者たちが、女君の身投げを「あやし」「人に聞かせじ」「おどろ〳〵し」「おぞき」と思って、ひた隠しにしたのではないでしょうか、と大納言の君が問いかける話形にして推測したことばである。「さてくはしくは聞かせたてまつらぬにやありけん」は、そうした事情があって薫の耳にも届かなくて、中宮に詳しくお聞かせ申し上げないのではなかったのでしょうか、の意。薫は事情を知りながら中宮に申し上げなかったわけではない意だが、薫が中宮に浮舟の事を語るのは、四十九日の法要で世間に薫と浮舟とのことが喧伝されたためで、八の宮の縁をもつ浮舟との仲を概ね話したにしても、私事に渡る不都合なことを、中宮に詳細に語るはずはない。大納言の君はそうした薫の考えまでは承知していない。「さらに、かゝることまたまねぶな、と言はせよ」は、大納言の君が「下衆」の噂と言いなしたにもかかわらず、薫が匂宮との事まで話さなかった真意を解した中宮の言葉。薫と匂宮に関わる醜聞に対する危惧に基づく。これ以上見聞きしたことを再び人に伝えるな、と言わせなさい、の意。「まねぶ」は、見聞きしたことをそのまま人に伝える意。「かゝる筋に、御身をももて損なひ、人に、軽く心づきなきものに思はれ給ふべきなめり」は、匂宮が女のことで身を損ない、浮き名を流して、世間の笑い者になられるに違いないようです。「かゝること」「かゝる筋」と重ねて浮舟の件を指し、母としての憂慮、危機感を表す。「思はれ給ふべき」は【校異】ウ参照。「いみじう思いたり」の「思し」は「顔つきをなさる」(『岩波古』)の意があり、中宮の心痛が顔の表情に隠せないほど強いものであったことを表す。

三〇　薫、女一の宮の文に触発され、別れた女君たちを偲ぶ

一　その後（のち）、姫宮（ひめ）[1]の御方（かた）より、二の宮に御消息（せうそこ）ありけり。御手（て）などのいみじううつくしげなるを見る（み）にもいとうれしく、かくてこそとく見る（み）べかりけれ、と思す（おぼ）。あまたをかしき（お）絵（ゑ）ども多く（おほ）、大宮も奉（たてまつ）らせ給へり。大将殿、うちまさりてをかしき（お）ども集め（あつ）て、参ら（まい）せ給ふ（給）。芹川（せりかは）の大将の、[2]とを君の女一[3]の宮思（思）ひかけたる秋の夕暮（ゆふ）に、思（思）ひわびて出（い）

で丶行(い)きたるかたを(お)かしう描(か)きたるを、いとよくア思ひよせらるかし。かばかり思(おぼ)しなびく人のあらましかば、と思ふ身ぞくちを(お)しき。

二4 薫 荻の葉に露吹(ふ)き結(むす)ぶ秋風も夕(ゆふ)べぞわきて身にはしみける

と書(か)きても添(そ)へまほしく思(おぼ)せど、さやうなるつゆ(露)ばかりの気色(しき)にても漏(も)りたらば、いとわづらはしげなる世(よ)なれば、はかなきことも、えほのめかし出(い)づまじ、かくよろづに何(なに)やかやとものイの思ひの果ては、昔の人ものし給はましかば、いかにも〳〵外(ほか)ざまにエ心分(わ)けましや、時(とき)の帝(みかど)の御むすめを賜(給)ふとも、得(え)たてまつらざらまし、ウ5さ(ま朱)た、さ思(思)ふ人ありと聞(き)こしめしながらは、かゝることもなからましを、なほ心(を)憂(う)く、わが心乱(みだ)り給(給)ひける橋姫(はしひめ)かな、と思ひあまりては、また(又)、宮(みや)の上(うへ)に取(と)りかゝりて、恋(こひ)しうもつらくも、わりなきことぞ、を(お)こがましきまで悔(くや)しき。

三 これに思(思)ひわびてさしつぎには、6あさましくて亡(う)せにし人の、いと心幼(をさな)く、とゞこほるところなか(か朱)りける軽々(かろ〴〵)しさをば思(おも)ひながら、さすがにいみじとものを思(おも)ひ入(い)りけん程(ほど)、わが気色例(けしきれい)ならずと、心の鬼(おにゝ)に嘆(なげ)き沈(しづ)みてゐたりけんありさまを聞き給(きゝ給)ひしも、思(おも)ひ出(い)でられつゝ、重(をも)りかなる方(かた)ならで、たゞ心やすくらうたき語(かた)らひ人にてあらせむと思ひしには、いとらうたかりし人を、思(おも)ひもていけば、7宮をも思(おも)ひきこえじ、8女をも憂(う)しと思(おも)はじ、たゞわがありさまの世(よ)づかぬ怠(をこた)りぞ、などながめ入(い)り給ふ時々多(給とき〴〵おほ)かり。

【校異】

ア　**思ひよせらるかし。かばかり**――「思よらせるしか」別（麦）「おもひにせらるしかはかり」別（宮・国）「思よせたるしかはかり」青（横）「思よらるしかはかり」青（大正）「おもひよせらるしかはかり」青（穂・三）別（陽）「思よせらるしかはかり」青（明・陵）別（阿）「思ひよせらるしかはかり」青（徹一・徹二）「思にせらるるかしかはかり」河（七・大）「おもひにせらるかしかはかりも」別（保）「思にせらるかしかはかり」河（尾・前・鳳・伏・飯）「思ひよそえらるかしかはかり」別（八）「思よせらるゝかしかはかり」青（肖）「おもひよせらるゝかしかはかり」青（紹）「思ひよせらる○しかはかり青」（幽）「思よせらる●しかはかり」青（伝宗）「思よせらる○しかはかり」青（大）「おもひよせらるかしかはかり」河（御）、青（池）は「落丁」。なお『大成』は「思よせらる○しかはかり」、『玉上評釈』『全集』『集成』『完訳』『新大系』『新全集』も「思ひ（思）寄（よ）せらるかし（、）（。）かばかり」であるのに対して、『全書』『大系』は「思ひ寄（寄）せらる。（「）しかばかり」。「しかばかり」は物語中に他に用例が見られないのみならず、平安朝の物語散文に用例がなく、『万葉集』以来歌で用いられる語である。副詞であるので、大局的に見て、「よせらるかし。かばかり」として、強めの助詞「かし」における「か」の有無による相違と考えられる。自発の助動詞「らる」に「かし」が続くならば、薫が物語の主人公のように、思いに任せて逢いに行くわけにはいかないので、昔物語の絵を見て、思わず女一の宮への思いが揺すぶられる心中思惟を強める表現となる。大島本の補入に従い「思ひよせらるかし。かばかり」と読む。

イ　**もの思ひの果ては**――「物をもひ〳〵ては」別（陽）「思をおもひ〳〵ては」別（八）「ものをおもひ〳〵ては」別（保）「物をおもふ思のはては」別（麦・阿）「物を思○てのはては」青（明）「物を思ひ〳〵てのはては」青（徹二）「ものをおもひ〳〵てのはては」青（穂）「物をおもひおもひのはては」青（伝宗）「物を思●てのはては」青（三）「物を思ひ〳〵のはては」青（徹一）「物を思ひのはては」別（宮）「物を思のはては」別（国）「ものを思のはては」青（紹）「もの思してのはては」青（肖）「物を思ひ○のはては」青（大）「物思ひしてのはては」青（幽）「ものを思のはては」河（尾）「物おもひのはては」河（御・七・前・大・鳳）「物思のはては」河（伏）「もの思のはては」青（陵・大正）河（飯）「ものをもひのはては」青（横）、青（池）は落丁。なお『大成』は「ものを思のはては」、『全集』『完訳』『新大系』『新全集』も「ものを思ひ（思）のはては」であるのに対して、『全書』『大系』『玉上評釈』『集成』は「もの（物）思ひのは（果・果）ては」。「ものを思ひ」とするか「もの思ひ」とするか、「を」が入るか否かの相違である。物語中に「ものを思ひ」とする表現が他に見られない。「おもひ〳〵」と繰り返されるのは、別本だけの追加表現と見られ、当該は、「ものをおもひ」の「を」「お」を衍字したもの見て、底本を「もの思ひ」に校訂する。

ウ　**昔の人**――「むかしの人も」青（肖・紹）「むかしの人○(も)」青（幽）「むかしの人の」青（大）別（国）「むかしの人の」別（宮）「むかしの人」青（明・伝宗・穂・大正・三・横・徹二）河（尾・御・七・前・大・鳳・伏・飯）別（八・陽・阿）「(ヒ)むかしのひと」別（保）「昔の人」青（陵・徹一）別（麦）、青（池）は落丁。なお『大成』は「むかしの人の」、『全書』『玉上評釈』『新大系』も「昔(むかし)（昔・むかし）の人の」であるのに対して、『大系』『全集』『集成』『完訳』『新全集』は「昔の人」。「昔の人」か、これに格助詞「の」が下接して「昔の人の」となるかの相違である。「昔の人」は亡き大君のこと。類例は、八の宮が亡き北の方のことを「昔の人ものし給はましかば」（橋姫六）妹尼が、亡き娘を、「昔の人あらましかば」（手習四一）と思い出す例がある。下接する格助詞「の」はあれば繰り返し回帰する大君への薫の意識を、焦点化するが、無しでも文意は通る。底本は独自異文に近いので、底本が「の」を追加したものと見て、「昔の人」と校訂する。

エ　**心**――「こゝろを」青（穂・横）河（尾・飯）「心を」青（大正・三・徹一・徹二・肖・紹）河（御・七・前・大・鳳・伏）別（八・宮・国）「心○(を)」青（幽）「こゝろ」青（明）別（陽）「心」青（大・陵・伝宗）別（保・麦・阿）、青（池）は落丁。なお『大成』は「心」、『大系』『新大系』も「心」であるのに対して、『全書』『玉上評釈』『全集』『集成』『完訳』『新全集』は「心を」。「心」に格助詞「を」が付くか否かの違いである。「本来の日本語は目的格には助詞を要しなかった」（『岩波古』）。「心」に「を」が付かなくとも表現は成立する。下接語「分く」は下二段活用の動詞であるが、古形は四段活用である。「宮城野の小萩がもとゝ知らませば露も心を分かずぞあらまし」（東屋三三）は歌の語調を整えるために「心を」であるが、「げに、川風も心分かぬさまに」（椎本四）の地の文では「を」が付かない。後出伝本になるに従って表現が追加される傾向があることを考慮して、底本の校訂を控える。

【傍書】　1今上女一　2遠　3かほる大将のいま女一宮おもひかけたてまつれるによそへていへり　4かほる　5上巻の君事　6これよりはうき舟の事　7匂　8浮一

【注釈】

一　**その後、姫宮の御方より、二の宮に御消息…と思ふ身ぞくちをしき**　「御手などのいみじううつくしげなる」は、女一の宮から届いた念願の御手紙の美しい御筆跡や料紙など。「あまたをかしき絵ども多く、大宮も奉らせ給へり」は、薫が中宮に「かやうの物、時々ものせさせ給はなむ」（蜻蛉二七）とねだっていたのに応じて、非常に興味深い絵などを沢山、中宮も差し上げられたこと。「大将殿、うちまさりてをかしきども集めて、参らせ給ふ」は、薫が、贈られた物以上に趣向を凝らした数々の作品を集めて、返礼申し上げなさった。先の匂宮（同二七）に張り合うというより、薫が女一の宮への最大限の好意と謝意を籠めたもの。「芹川の大将の、とを君の女一の宮思ひかけたる」の「芹川」「とを君」は、「とほ君、月待つをんな…」（枕草子・堺本系統一九五）とあり、「源氏の五十余巻…ざい中将、とをきみ、せり河、しらゝ、あさうづなどいふものがたりども」（『更級日記』）とある、散佚物語名のこと（『玉上評釈』参照）。『とを君』物語の女一の宮に、『芹川』物語の芹川の大将が思いをかけたという二つの物語を合成した絵を、薫が女一の宮に贈ったのである。物語名としては、「とをきみ」と「せり河」という二つの物語があったと推定されるが、これ以降、『物語二百番歌合（後百番歌合）』九番には当該歌を番わせ「芹川の大将のとほ君の秋のゆふべに…」と詞書きしているのは、『源氏物語』本文を引き誤ったと解したい。「とを君の女一の宮思ひかけたる秋の夕暮に、思ひわびて出でゝ行きたるかたをかしう描きたる」の「思ひわび」は、どうしてよいか分からないほど思い悩むこと。『芹川』物語の芹川の大将が、『とを君』物語の女一の宮を恋い慕っており、秋の夕暮れに、恋しさを抑えきれずに、女一の宮の許に出掛けて行った場面を素晴らしい風情で描いている絵の贈り物、の意。薫の女一の宮への慕情を託したもの。「女一の宮思ひかけたる秋の夕暮」は、「いつとても恋しからずはあらねども秋のゆふべはあやしかりけり」（古今集巻一一恋一・読人知らず）が響く。「いとよく思ひよせらるかし」は、この物語の絵が、今の薫の心情にぴったりだと、結びつけて考えさせられるよ。「絵に描きて、恋しき人見る」（蜻蛉二六）では、恋しい人が絵の中に居て、薫は外から眺める場合であったが、当該では薫が物語絵の大将に自身を重ね、絵の中に入り込んでいる心情であり、しかも物語の相手の名は女一の宮である。「かばかり思しなびく人のあらましかば、と思ふ身ぞくちをしき」の「思しなびく」は、私が愛しんで心を寄せる意。ここに描かれる絵ほどに思いをこめて心を寄せる人があれば、どんなに嬉しいことか、と思う我が身の上が実に情けない。物語の大将は女一の宮に心を寄せ、思いが成就するのであろうと思うと、自分もそのようになれたらどんなに幸せなことかと、仮想するのである。「絵」は、薫の期待がこめられた夢の世界でしかなく、心情にぴったりではあっても、現実ではない。蜻蛉（二六）の「つとめて」の失望、「昼つ方」の「うち嘆かれぬ」、そして当段の「秋の夕暮」での情けない思い。この思いは女二の宮へではなく、仮想の世界に期待を寄せる薫自身へ向けられる無念さである。

二　**荻の葉に露吹き結ぶ秋風も…わりなきことぞ、をこがましきまで悔しき**　「荻の葉に露吹き結ぶ秋風も夕べぞわきて身にはしみける」の「露」は涙の喩。「露吹き結ぶ」は秋風が身にしみて悲しく涙がこぼれる薫の心情。「芹川の大将の、とを君の女一の宮思ひかけたる秋の夕暮に、思ひわびて出でゝ行きたるかた」（前節）とある「秋の夕暮」を重ねている。「夕べぞ」は、恋しい人の風の便りを待ちわびて叶わない薫の心情にぴたりと重なる絵の中の「秋の夕暮」に、女一の宮への密かな想いを重ねて詠み上げたもの。薫の絶望的な想いが籠もる歌で、定家も『物語二百番歌合』にこの歌を採り上げている。「さやうなるつゆばかりの気色」以下「…もの思ひの果ては」までは、薫の際限なく続く心中思惟に重ねる草子地。「蓮の花の盛りに」（蜻蛉二四）から、当段の冒頭に「その後」とあり、「秋の夕暮」「秋風」に言及し、後段に「涼しくなりぬ」（同三三）と続くので、氷を弄ぶ夏の盛りから、季節は初秋に移り、薫の気持ちはすっかり絵の中の「秋の夕暮」にある。「さらでだにあやしきほどの夕暮れに荻吹く風の音ぞ聞こゆる」（後拾遺集巻四秋上・斎宮女御）が響く。「はかなきことも、えほのめかし出づまじ」の薫の心情は、藤壺亡き後の、源氏が斎宮女御を訪れて、誰にも口外できない哀しみを秘めて詠みかけた歌「君もさはあはれをかはせ人知れずわが身にしむる秋の夕風」（薄雲二一）に通う。「もの思ひの果て」は、**【校異】**イ参照。女一宮への憧憬は、結局大君が生きていたなら、との回帰となる。「昔の人」は、大君。「昔」は「いにしへ」と違って、今につながる過去を言う（早蕨一三【注釈】二既述）ので、大君は今も薫の心の中心に存在する。「昔の人ものし給はましかば…心分けましや、…得たてまつらざらまし、…かゝることもなからましを」は、薫が、反実仮想「ましかば…ましや、まし、ましを」と繰り返すことで、大君が生きておられた場合を切実に仮想する、大君への愛執、哀切な思慕の心中思惟。「ものし給はましかば」は、大君が生きておられたら、とする切実な薫の反実の思念だが、仮想は「外ざまに心分けましや、時の帝の御むすめを賜ふとも、得たてまつらざらまし」「かゝることもなからましを」と続き、何れも、女二の宮の降嫁を承ることはなかったとの薫の強い思い。「なほ心憂く、わが心乱り給ひける橋姫かな」の「橋姫」は、大君の喩。「橋姫かな」の詠歎は、我が心を混乱させなさった大君の死を嘆く心情に回帰する。「思ひあまりては、また、宮の上に取りかゝりて」は、大君恋しさに堪えきれなくなった思いに触発され、さらに「宮の上」である中の君執着へと及んでいく薫の心情。「恋しうもつらくも、わりなきことぞ、をこがましきまで悔しき」は、単なる「恋し」「つらし」ではない。中の君を恋しいと思えば思うほど叶わぬ思いに辛くなり、それでもどうしようもなく、みっともないまでに、匂宮への橋渡しなどしなければよかったと後悔すること。「をこがましきまで悔しき」は、中の君を匂宮に取り持った（総角一五）愚かさを自省してなお、悔やみ切れない、匂宮への癪に障る心情。

三　**これに思ひわびてさしつぎには…ながめ入り給ふ時々多かり**　「これに思ひわびて」の「これ」は、中の君。「橋姫」の妹である中の君への取り返す術のない「をこがましきまで悔しき」（前節）思いにあぐねて。「さしつぎには」は、中の君の直ぐ後には浮舟を呼び起こしたこと。「あさましくて亡せにし人」は、あまりのことに驚くような状況で死んでしまった浮舟。「いと心幼く、とゞこほるところなかりける軽々しさをば思ひながら」は、入水した浮舟の、思慮が浅く無分別で、慎重さに欠けた行為の軽率さを思うものの。「いみじとものを思ひ入りけん程、わが気色例ならずと、心の鬼に嘆き沈みてゐたりけんありさま」は、後文に「聞き給ひしも、思ひ出でられつゝ」と続くので、右近から聞いた失踪前の浮舟の様子（蜻蛉一五）を思い出しながら続く薫の心中思惟。「わが気色例ならず」は、薫が「波越ゆる頃とも知らず末の松待つらむとのみ思ひけるかな／人に笑はせ給ふな」（浮舟三二）と書き送り、その後、御荘の「内舎人」等に命じて浮舟の警固を強化し、人の出入りを監視させた（同三四）ことを指す。浮舟は、薫の文を「まほならねど、ほのめかし給へる気色」（同三一）と感じ、薫が何時もと異なり、ただならぬ気配であると受け止めていた。その事情を右近も薫に伝えていた（蜻蛉一五）ことによる薫の判断。「心の鬼に嘆き沈みてゐたりけんありさま」は、浮舟が自責の念に駆られ嘆いて深く思い沈んでいた有様の意で、浮舟巻（三一～）に詳述。「心の鬼」は、薫を裏切ったという思いにより浮舟が抱いたであろう不安や恐れを、薫が捉えた表現。「重りかなる方ならで、たゞ心やすくらうたき語らひ人にてあらせむと思ひし」は、薫が浮舟を、重々しい身分の人（妻妾）としての扱いではなく、ただ心の安まるかわいらしい話し相手にしておきたいと思った、の意。薫にとっての浮舟は、執着を断ち切れば、あくまで「らうたかりし人」であり、大君の形代であり、「なほ心憂く、わが心乱り給ひける橋姫かな」（前節）と愛執する大君への思いを載せて流す人形であった。「思ひもていけば、宮をも思ひきこえじ、女をも憂しと思はじ」の「宮」は匂宮、「女」は浮舟を指す。「宮」を「女一の宮」とする説もあるが、女一の宮は、「女宮」「若宮」「姫宮」「一品の宮」等と呼称され、一例ある「かの宮」（手習三〇）は、夜居の僧都の会話における呼称であり、薫が女一の宮を「宮」と呼ぶ例はない。また「思ひきこえじ」の「思ひ」は、「恨」別（宮）「うらみ」河（御・七・前・大・伏・飯）別（陽・保・国）「おもひ（うらみ）（ヒヒヒ）」河（尾）「おもひ」青（大・陵・穂・横・徹二・肖・紹）河（鳳）「思ひ」青（幽・三・徹一）別（ハ）「思」青（明・伝宗・大正・池）別（麦・阿）。尾州家河内本「おもひ（うらみ）（ヒヒヒ）」のミセケチが示すように、後出の本文において「うらみ」への改変を誘発させたと思われる。「女をも憂しと思はじ」は、浮舟を無情だ、ひどいと思う気持ちを自制する心情であるが、追いつめられていった浮舟の「心憂き身なり」（蜻蛉一五）という思いは想起されてはいない。「宮をも思ひきこえじ」と対になった表現であり、「たゞわがありさまの世づかぬ怠りぞ」という思念に行きつく。「世づかぬ怠りぞ」の「世づかぬ」は、男女の仲を知らない意。「怠り」は、「（気配り・思慮などの）手抜かり」（『岩波古』）を意味する。源氏が紫の上に対面しつつ、女三の宮降嫁を承けたことを悔いる心中思惟に「我が怠りにかゝることとも出で来るぞかし」（若菜上一四）とあった。源氏の場合は「我が怠り」を「世づかぬ怠り」とは捉えていないが、薫は、浮舟入水の要因についても、自分の「たゆく世づかぬ心のみ悔しく」（蜻蛉六）と後悔し、常に自身を「世づかぬ」と位置づけている。実際には大君はじめ多くの女性に執着しているように見えるにもかかわらず、薫は心底から自分を「世づかぬ」と思っている。一見倒錯するかのような思考は、他者との比較の中で自負心を維持する、薫の自己認識のありようが伺える。しかし、多くの女性に惹かれているように見えているのは、実は表面的現象であって、薫の心は何時までも、常に大君だけを求めている。大君が亡くなって、その面影を求めて中の君に想いが及ぶのも、もっと直接的に大君の人形浮舟にと心が及ぶのも、心の穴を埋めるように女一の宮へのはかない夢を追うのも、薫の中では一貫した大君思慕であり、「世づかぬ」所以といえる。当該は、薫が、匂宮の好色を承知していながら、自分の手抜かりによって、大切な大君の形代浮舟の入水が起きてしまったと嘆いているのである。「ながめ入り給ふ時々多かり」は、「もの思ひの果て」（前節）である薫の思念は際限がなく、どこまでも繰り返されること。これは、薫の物語中最初の、しかも独詠歌である「おぼつかな誰に問はましいかにして始めも果ても知らぬ我が身ぞ」（匂兵部卿五）に照応する。

三一　侍従、匂宮に請われて中宮に出仕

一心のどかにさまよくおはする人だに、かゝる筋（すぢ）には、身も苦（くる）しき事おのづから交（ま）じるを、宮はまして、ア慰めかねつゝ、かの形見（かたみ）に、飽（あ）かぬかなしさをものたまひ（給）出（い）づべき人さへなきを、対（たい）の御方（かた）ばかりこそは、中の君「あはれ」などのたまへ（給）ど、深（ふか）くも見馴（な）れ給はざりけるうちつけの睦（むつ）びなれば、いと深（ふか）くしもいかでかはあらむ、また、思（おぼ）すまゝに、恋（こひ）しや、○（いみじや（朱））などのたまはん（給）には、かたはらいたければ、かしこにありし侍従（じゞう）1をぞ、例（れい）の、迎（むか）へさせ給（給）ひける。

二皆（みな）人どもは行（い）き散（ち）りて、乳母（めのとゝ）とこの人二人（ふたり）なん、取（と）り分（わ）きて思（おぼ）したりしも忘（わす）れ難（がた）くて、侍従（じゞう）はよそ人なれど、なほ語（をかた）らひてあり経（ふ）るに、世（よ）づかぬ川（かは）の音（をと）も、うれしき瀬（せ）もやある、と頼（たの）みし程（ほど）こそ慰（なぐさ）めけれ、心憂（う）くいみじくもの恐（おそ）ろしくのみおぼえて、京になん、あやしき所（ところ）にこの頃来（ごろき）てゐたりける。イ尋ね出で給ひて、匂宮「かくてさぶらへ」ウとのたまへど、御心はさるものにて、人々（ゝ）の言（い）はむことも、さる筋（すぢ）の事交（ま）じりぬる辺（あた）りは聞（き）きにくきこともあらむ、と思（おも）へば、承（う）2け引（ひ）きゝこえず、后3（きさい）の宮に参（まい）らむとなんおもむけたれば、匂宮「いとよかなり。さて、人知（し）れず思（おぼ）しつかはん」とのたまは（給）せけり。三心細（ほそ）くよるべなきも慰（なぐさ）むやとて、知（し）るたより求めて参（まい）りぬ。エ汚（きたな）げなくてよろしき下臈（げらう）なりと許（ゆる）して、人もそしらず。大将殿（どの）も常（つね）に参（まい）り給（給）ふを、見る度（たび）ごとに、ものゝみあはれなり。いとやむごとなきも

の〻姫君のみ参り[オ]集ひたる宮、と人も言ふを、やう〳〵目とゞめて見[カ]れどなほ、見たてまつりし人に似たるはなかりけり、と思ひありく。

【校異】

ア　**慰めかね**――「さめかね給」別（国）「なくさみかね給」青（大正）「なくさめかねたまひ」青（横）「なくさめかね給」青（明・陵・伝宗・幽・穂・三・徹一・徹二・肖・紹）別（ハ・陽・宮・保・麦・阿）「なくさめかね○給」青（池）「なくさめかね」青（大）河（尾・御・七・前・大・鳳・伏・飯）。なお『大成』は「なくさめかね」、『玉上評釈』『新大系』も「なぐさめかね」であるのに対して、『全書』『大系』『全集』『集成』『完訳』『新全集』は「なぐさ（慰・慰）めかねたま（給）ひ」。「給」の有無による違いである。「人（薫）だに」は「交じる」に、「宮はまして」は「慰めかねつゝ」に対応している。どちらも敬語が用いられずに続く地の文である。後出伝本において、薫や匂宮への敬語が必要と考えて、「給」を追加したものと見て、底本の校訂を控える。

イ　**尋ね出で**――「たつね」青（大）「たつねいて」青（陵・穂・三・池・横・肖・紹）河（尾・御・七・前・大・鳳・伏・飯）別（ハ・陽・宮・保・国）「たつね出」青（明）別（阿）「尋いて」青（幽）「尋ね出」青（徹一）「尋ねいて」青（大正）「尋出」青（伝宗・徹二）別（麦）。なお『大成』は「たつね」、『新大系』も「尋ね」であるのに対して、『全書』『大系』『玉上評釈』『全集』『集成』『完訳』『新全集』は「たづ（尋・尋）ね出（い・出）で」。侍従は「あやしき所にこの頃来てゐたりける」とあり、自らの判断で京の荒屋に移り住んで来ていた様子。底本のみ「いて」がない独自異文であり、底本は「いて」を誤脱したと見て校訂する。

ウ　**のたまへど**――「の給へは」青（大）「の給けれと」別（陽）「のたまへと」青（三・横）河（飯）別（ハ）「の給へと」青（明・陵・伝宗・幽・穂・大正・徹一・池・徹二・肖・紹）河（尾・御・七・前・大・鳳・伏）別（宮・保・国・麦・阿）。なお『大成』は「の給へは」、『新大系』も「の給へば」であるのに対して、『全書』『大系』『玉上評釈』『全集』『集成』『完訳』『新全集』は「の（宣）たま（給）へど」。当該は、続く下文の「承け引きゝこえず」に掛かる確定条件の「ば」なら、匂宮がお勧めになるので、なったところの意となる。逆接条件「ど」なら、匂宮の勧めはあるが侍従の気持ちは承り難い心情なので引き受けない意に、より沿う表現となる。「の給へは」は、底本の独自異文であり、底本では「と」を「は」に誤写したものと見て

「のたまへと」に校訂する。

エ　**求めて**――　「もとめ」青（大）「もとめて」青（明・陵・伝宗・幽・穂・大正・三・徹一・池・横・徹二・肖・紹）河（尾・御・七・前・大・鳳・伏・飯）別（ハ・陽・宮・保・国・麦・阿）。なお『大成』は「もとめ」、『新大系』も「求め」であるのに対して、『全書』『大系』『玉上評釈』『全集』『集成』『完訳』『新全集』は「もと（求・求）めて」。底本のみ「て」を欠く。「求め参りぬ」では、縁故を求めるために参上したと解されるきらいがある。当該は、中宮方に縁故を得ることができた上で参上したという段取りが相応しい。底本が「て」を誤脱したものと見て、「求めて」に校訂する。

オ　**参り集ひ**――　「あまたまいり」別（陽）「をほくまいりつとひ」別（保）「おほくまいりつとひ」青（穂・大正・三・徹一・横・徹二・肖・紹）河（尾・七・前・大・鳳・伏・飯）別（ハ・宮・国・麦・阿）「○まいりつとひ」青（幽）「まいりつとひ」青（大・明・陵・伝宗）河（御）、青（池）は落丁。なお『大成』は「まいりつとひ」、『大系』『玉上評釈』『新大系』も「参（参・まい（ゐ））りつどひ」であるのに対して、『全書』『全集』『集成』『完訳』『新全集』は「多く参りつど（集）ひ」。「多く」の有無による違いである。ここは限定された身分の者「いとやむごとなきもの〻姫君」だけがお仕えする場であることを「のみ」で強調する文であり、人数の多さを言うのではない。「おほく」は後世の解釈が加わった表現と見て、底本の校訂を控える。

カ　**見れどなほ**――　「みれと」青（大・陵）「みれはなを」別（陽・国）「見れはなを」別（阿）「みれとなを」青（伝宗・幽・穂・徹一・横）河（尾・御・七・前・大・鳳・伏・飯）別（ハ・麦）「みれと猶」青（明・大正・三・徹二・肖・紹）別（保）「見れと猶」別（宮）、青（池）は落丁。なお『大成』は「みれと」、『大系』『新大系』も「見れど」であるのに対して、『全書』『玉上評釈』『全集』『集成』『完訳』『新全集』は「見（見）れど、なほ」。「なほ」の有無による違いである。「なほ」は、良家の姫君ばかりと圧倒されていた侍従が、段々慣れて来て周囲に目を凝らして見るがそれでもやはり浮舟に並ぶほどの人は居ないのだったと気付いた、一種の驚きの確認表現である。「なほ」を欠くのは、底本と『陵』のみで独自異文に近く、「猶」一文字は脱落の可能性があると見て、「見れどなほ」に校訂する。

【傍書】　1浮女房　2承諾　3侍従は中宮へまいりなんと申侍る也

【注釈】

一　**心のどかにさまよくおはする人だに…例の、迎へさせ給ひける**　「心のどかにさまよくおはする人」は、薫。「あやしきまで心のどかに、もの深うおはする君」（東屋三九）、「心ばへののどかにもの深くものし給ふ」（総角二五）、

「心のどかなる人」（同二六）とも語られる。「かゝる筋」は、女のこと。「宮はまして」は、「だに」を受ける「まして」の構文により、薫と匂宮を対比する。浮舟の死に端を発した女一の宮への傾倒も、薫には実在感のない絵のようなものであり、大君さえ生きておられたらの思いを蘇らせ、形代浮舟へと回帰した愛執の思念だが、その気持さえ、「心のどかにさまよく」持す薫に較べ、「まして」で匂宮の浮舟に対する深い思いを語る。「かの形見に」は、浮舟を思い出すよりどころとして。匂宮が捉える「形見」は、「真木柱あはれなり。これに向かひたらむさまも思しやるに、形見ぞかしとうちまもり給ふ」（蜻蛉七）ともあった。薫が思う「人形」や「形代」に対比される、匂宮の一途さを形象する「形見」の語である。「飽かぬかなしさをものたまひ出づべき人さへなきを」は、匂宮にとって浮舟の死の悲嘆を共有する人もいないとの認識であり、「形見」の人が欲しい、という一途な思いに繋がる。「対の御方」は中の君。「うちつけの睦び」は、中の君にとって浮舟との出会いが思いがけないものであり、大君同様の姉妹としての親愛感を持つに到らず、匂宮の傷心の思いを斟酌できる間柄ではなかったこと。「また、思すまゝに、恋しや、いみじやなどのたまはんには、かたはらいたければ」は、妻である中の君を前にして、愛人であった人を、思いのままに、恋しいなあ辛くて悲しいなあなど内心を吐露なさるについては、気が咎めるので。「例の、迎へさせ給ひける」は、侍従は前にも匂宮に呼ばれていたが、今回も侍従を、悲しみを語り合う相手として迎えさせなさった。「侍従ぞ、ありし御さまもいと恋しう思ひきこゆるに、いかならむ世にかは見たてまつらむ、かゝる折にと思ひなして参りける」（同一二）。

二　**皆人どもは行き散りて…人知れず思しつかはん」とのたまはせけり**　「この人二人」は、右近と侍従。「侍従はよそ人なれど」は、他人で、縁戚関係のない人だが、の意。それに対して、右近は乳母子と同類の人、ここでは親戚縁者を意味する。右近の母大輔の君と中将の君は縁続きにあり、右近も浮舟の幼少時からの馴染みであったことにより、浮舟の宇治での不案内な生活の手助けを任された（蜻蛉一参照）。しかし、侍従は、薫が浮舟を三条の小家から強引に宇治へ移した折に、浮舟に付き添い（東屋四〇）、以後も側近として親身に立ち働いた侍女であった。「語らひてあり経る」は、匂宮が二度目に浮舟を訪れた折以来、侍従は右近から匂宮との事の次第を打ち明けられ、秘密を分かち合って二人で対処していた（浮舟二〇）。「世づかぬ川の音」は、世間の人々には馴染めない（おぞましい）宇治川の音。侍従が「響きのゝしる水の音を聞くにもうとましく悲し」（蜻蛉四）と、浮舟母が「いとあらましと思ふ川」（同）と、そして、薫も「いみじう憂き水の契りかなと、この川の疎ましう思さるゝこといと深し」（同一七）と感じていた。浮舟もこの山里の生活を、「世離れたる御住まひの後は、いつとなくものをのみ思すめりしかど」（同一五）、と右近から薫に報告されていた。「うれしき瀬もやある」の「うれしき瀬」は、既述（早蕨九【注釈】二）。おぞましい宇治川の音も何時か浮舟が京に迎えられたら快い瀬音として思い出すこともあろう。中の君が宇治を離れ、京の匂宮の所へ向かう折、お供の大輔の君が、「あり経ればうれしき瀬にも会ひけるを身をうぢ川に投げてましかば」（同）と詠んだ折は、喜びの歌であった。しかし当該は、「と頼みし程こそ慰めけれ」と続き、浮舟が生きておられればこそ、何時かはと、望みを持ち気を紛らわせていたのに、という失望を拭いがたい侍従の心情である。「心憂くいみじくもの恐ろしくのみおぼえて」は、人里離れた宇治川の川音も侍従には、つくづく嫌になり、ただもう何かにつけて不気味なばかりに思われて。「尋ね出で」は、匂宮にとって侍従は唯一人「かの形見に、飽かぬかなしさをものたまひ出づべき人」（前節）であるので、行方を捜し出されたのである。「人々の言はむことも、さる筋の事交じりぬる辺りは聞きにくきこともあらむ」の「人々」は二条院の女房達。「さる筋の事」は、侍従が仕えていた浮舟が、中の君の異母妹で、薫の思い人でありながら、匂宮と関わるという秘事を持った人であったことを指す。「后の宮に参らむとなんおもむけたれ」は、侍従が、明石中宮へ出仕したいと申し出たこと。

三　心細くよるべなきも慰むや…人に似たるはなかりけり、と思ひありく　「知るたより求めて参りぬ」は、侍従が中宮方につてを求めて出仕したこと。匂宮の口添えは伏せた模様である。「汚げなくてよろしき下臈なり」は、侍従がこぎれいな侍女であったことは、既述（浮舟二〇・二一）。「見る度ごとに、もの丶みあはれなり」は、薫の姿を目の当たりにするたびに、浮舟の衝撃的結末が思い起され切なくなる侍従の心情。「もの丶みあはれなり」は、「のみ」が加わり、「ものあはれなり」の強調。「ものあはれ」ではなく、「のみ」によって「もの」を強調する表現。薫の姿を目撃するたびに悲しく衝撃を感じる気持ち。「いとやむごとなきもの丶姫君のみ参り集ひたる宮…見たてまつりし人に似たるはなかりけり」は、宇治とは別世界である都の中心でお仕えしてからの、侍従の気付き。高貴な家の姫君ばかりが参集している宮と人も言うが、次第に慣れてよく見てみると、侍従がお仕え申し上げていた御方［浮舟］ほどの人はいないのであった。

三二　宮の君出仕、匂宮は懸想し、薫は憂慮する

一　この春亡せ給ひぬる式部卿[1]宮の御むすめを、継母の北の方、ことにあひ思はで、兄弟の馬頭にて人柄もことなることなき心かけたるを、いとほしうなども思ひたらで、さるべきさまになん契る、と聞こしめす便りありて、中宮「いとほしう、父宮のいみじくかしづき給ひける女君を、いたづらなるやうにもてなさんこと」などのたまはせければ[2]、いと心細くのみ思ひ嘆き給ふありさまにて、侍従「なつかしう、かく尋ねのたまはするを」など、御兄弟の侍従も言ひて、[3]この頃迎へ取らせ給ひてけり。姫宮の御具[4]にて、いとこよなからぬ御程の人なれば、やむごとなく心こと

にてさぶらひ給(給)ふ。限(かぎ)りあれば、宮の君などうち言(い)ひて、裳(も)ばかり引(ひ)き掛(か)け給(給)ふぞ、いとあはれなりける。

二 兵部卿宮、この君ばかりや、恋(こひ)しき人に思(思)ひよそへつべきさましたらむ、5父親王(ちゝみこ)はからからぞかしなど、例(れい)の御心は、人を恋(こ)ひ給(給)ふにつけても、人ゆかしき御癖(くせ)やまで、いつしかと御心かけ給(給)ひてけり。大将、もどかしきまでもあるわざかな、6昨日今日(きのふけふ)といふばかり、春宮にやなど思(おぼ)し、我にも気色(しき)ばませ給(給)ひきかし、かくはかなき世(よ)の衰(おとろ)へを見るには、7水の底(そこ)に身を沈(しづ)めても、もどかしからぬわざにこそ、など思(おも)ひつゝ、人よりは心寄(よ)せきこえ給へり。

三 8この院におはしますをば、内裏(うち)よりも広(ひろ)くおもしろく住(す)みよきものにして、常(つね)にしもさぶらはぬ人ども[ア]ゝ、皆(みな)うち解(と)け住(す)みつゝ、遙々(はるばる)と多(おほ)かる対(たい)ども、廊(らう)、渡殿(わたどの)に満(み)ちたり。左大臣殿(どの)[イ]、昔(むかし)の御気配(けはひ)にも劣(おと)らず、すべて限(かぎ)りもなく営(いとな)み仕(つか)うまつり給(給)ふ。厳(いか)めしうなりにたる[ウ]御族(ぞう)なれば、なか〱、いにしへよりも、今(いま)めかしきことはまさりてさへなむありける。9この宮、例(れい)の御心(こころ)ならば、月頃(ごろ)の程(ほど)に、いかなる好(す)きごとゞもをし出(い)で給はまし、こよなくしづまり給(給)ひて、人目[エ]に少(すこ)し生(おいなを)ひ直り給ふかな[オ]、と見(み)ゆるを、この頃(ごろ)ぞ、また(又)、宮の君にほ[ヒ]性(本(朱)(上))あらはれてかゝづらひ歩(あり)き給(給)ひける。

【校異】

ア　**人どもゝ**――「・ともゝ」(人イ)青(大)「人も」別(陽・保)「人々も」別(宮・国)「人とも」別(阿)「人とも○(も)」青(幽)「人ともゝ」青(明・陵・伝宗・穂・大正・三・徹一・池・横・徹二・肖・紹)河(尾・御・七・前・大・鳳・伏・飯)別(ハ・麦)。なお『大成』は「ともゝ」、『新大系』も「どもも」であるのに対して、『全書』『大系』『玉上評釈』『全集』『集成』『完訳』

『新全集』は「人どもも（ゝ）」。底本のみ「人」が無い独自異文である。誤脱したものと見て「人どもゝ」に校訂する。

イ　**左**――「右」青（大正・池・横）河（尾・御・七・前・大・鳳・伏・飯）別（ハ・宮・保・国・麦）「右《左》」青（陵）「右《左イ》」別（阿）「左《右本》」青（三）「左」青（大・明・伝宗・幽・穂・徹一・徹二・肖・紹）別（陽）。なお『大成』は「左」、『大系』『全集』『完訳』『新大系』『新全集』も「左」であるのに対して、『全書』『玉上評釈』『集成』は「右《みぎ》（右）」。蜻蛉二六段の校異アで述べたのと同様の理由で、「左」が本来の表現であると見て、底本の校訂は控える。なお、夕霧の官名による「左」と「右」に関する考察は、既述（竹河三二）。

ウ　**なりにたる**――「ナシ」別（保）「なりわたる」別（阿）「なりたる」青（大）「なりにける」河（前）「成にたる」青（徹一）「なりにたる」青（明・陵・伝宗・幽・穂・大正・三・池・横・徹二・肖・紹）河（尾・御・七・大・鳳・伏・飯）別（ハ・陽・宮・国・麦）。なお『大成』は「なりたる」、『玉上評釈』『新大系』も「なりたる」であるのに対して、『全書』『大系』『全集』『集成』『完訳』『新全集』は「なりにたる」。完了の助動詞「ぬ」の連用形「に」の有無による違いである。夕霧一族は、源氏の時代以上に繁栄し、今や六条院で栄華を極めていることを述べる地の文である。底本に、「に」がないのは誤脱したものと見て、「なりにたる」に校訂する。

エ　**人目に**――「人めは」別（陽）「ひとめには」青（池）別（保）「人めには」青（陵・穂・大正・三・徹一・横・徹二・肖・紹）河（尾・御・七・前・大・鳳・伏・飯）別（ハ・宮・国・麦・阿）「ひとめに○《は》」青（幽）「人めに」青（大・明・伝宗）。なお『大成』は「人めに」、『玉上評釈』『新大系』も「人目《め》（目）に」であるのに対して、『全書』『大系』『全集』『集成』『完訳』『新全集』は「人目《め》（目）には」。「人目に」か「人目には」かの相違である。「は」はとりたての助詞。「は」があれば、匂宮の好色性が下火になったのは一時的なものであって、「本性」は変わらないことを、よりとりたてた表現となる。『幽』が「は」を補入しているように「は」は、後の補筆と見て、底本の校訂を控える。

オ　**給ふ**――「したまえる」河（大）「したまふ」青（横）河（御・七・前・鳳）「し給ふ」青（大正・三）「し給」青（穂・徹一・池・徹二・肖・紹）河（尾・伏・飯）別（ハ・宮・保・国・麦・阿）「○《し》給《（たまふ）》」青（幽）「給」青（大・明・陵・伝宗）別（陽）。なお『大成』は「給」、『全書』『玉上評釈』『新大系』も「「給ふ（たまふ・給）」」であるのに対して、『大系』は「（し）給ふ」、『全集』『集成』『完訳』『新全集』は「したまふ」。上接語の「生ひ直り」は物語中に名詞一例（末摘花二〇）があり、他は当該例のみである。この語を名詞と見て、サ変動詞連用形「し」が付いた「し給ふ」とするか、四段動詞と見て「給ふ」に直結するかの違いである。サ変動詞「す」は「意志をもって事を行う」（『岩波古』）意をもつが、匂宮はその意志で自粛したわけではない。周囲の目にそう見えていたということである。『幽』に見られるように「し」は後の補筆であろうと見て、底本の校訂を控える。

【傍書】1蜻―　2宮君兄　3御―　一品宮へ　4具　5八宮式部卿　6宮の君をは東宮かかほるかにとちゝ宮のおもひ給し事也　7匂宮の御心のおほき事をいへりうき舟の君の事におもひ出し給へる也　8六条―　9匂宮の御事也

【注釈】

一　**この春亡せ給ひぬる式部卿宮の…裳ばかり引き掛け給ふぞ、いとあはれなりける**　「この春亡せ給ひぬる式部卿宮」は、源氏の異母弟で、その薨去については既述（蜻蛉七【注釈】二）。「式部卿宮の御むすめ」は、薫との結婚を「いとねんごろにほのめかし給ひけれ」（東屋一一）とあった姫君。「継母の北の方、ことにあひ思はで」は、継母の北の方がこの姫君を格別大切にも思わないで。「さるべきさまになん契る」は、継母の兄弟の馬寮の長官（従五位上相当）に姫君を縁づける約束をしたこと。「御兄弟の侍従」は、宮の君の同腹兄弟の侍従。侍従は帝に近侍する名門出身者の宮人。「この頃迎へ取らせ給ひてけり」は、この頃中宮方の女房としてこの姫君をお引き取りあそばした。「姫宮の御具にて、いとこよなからぬ御程の人」は、女一の宮のお相手として、ふさわしいご身分の人。宮の君は女一の宮の又従姉妹にあたり、中宮とは従姉妹である。「限りあれば、宮の君などうち言ひて」は、高貴なご身分の方として格別重々しいお扱いであるとしても、出仕の身であるからには限界があるので、宮の君という女房名で呼ぶこと。「裳ばかり引き掛け給ふ」は、「裳」は御前に仕える女房の正装である、裳、唐衣のうち、唐衣を略した装いで、裳だけはお着けになっていらっしゃる。「父宮さしもてあつかひ給し物をと也」（『細流』）。物語が作られた時代前後には、後見人を失った高貴な家の姫君が出仕した例が多い。『栄花物語』には「…世の中のあはれぞまづ知られける…この御参りをばさるものにて、帥殿の姫君の御参り、あはれなる事ぞかし」（巻十四あさみどり）と、藤原道兼女が後一条院中宮威子の女房となった哀話や、また「小一条院の左の大殿の御腹の姫君も参らせ給へり。今の人は宮仕し給はぬなければ、これぞいとあさまし」（巻三十六根あはせ）と、小一条院の姫君が皇后宮寛子に出仕したことを驚くべき話として取りあげている。

二　**兵部卿宮、この君ばかりや…人よりは心寄せきこえ給へり**　「この君ばかりや、恋しき人に思ひよそへつべきさましたらむ」の「この君」は宮の君。「ばかり」は血筋の範囲程度の見当を言う。「思ひよそふ」は具体的感覚的に相通じる者の双方を関係づけて考える意。〈や…む〉〈つべき〉（当然性必然性を推量）と重ねて、匂宮は宮の君が「恋しき人」浮舟に匹敵するかと期待する。「父親王ははらからぞかし」は、宮の君の父式部卿宮と浮舟の父八の宮が兄弟であることを根拠に、推量からくる期待を〈ぞ・かし〉で、確信あるものと強調した。「例の御心」は、匂宮の色恋沙汰についての変わらぬ御性分のこと。「もどかしきまでもあるわざかな」は、宮の君出仕の話を聞いた、薫の承服しがたく歯がゆい気持ち。「昨日今日といふばかり、春宮にやなど思し、我にも気色ばませ給ひきかし」は、亡き式部卿宮が、つい先頃まで、娘を春宮妃にと志し、また自分［薫］にも縁談を仄めかされたことだった、と薫の慨嘆する気持ち。薫は宮仕えまでせずともと憂慮している。「かくはかなき世の衰へを見るには、水の底に身を沈めても、もどかしからぬわざにこそ、など思ひつゝ、人よりは心寄せきこえ給へり」は、父親王の薨去により、こんな宮の君の零落ぶりを見るにつけては、浮舟が水の底に身を沈めても、非難すべきではない行為であるよ、など考えながら、薫は、他の人よりは宮の君に好意をお寄せ申し上げている。「かくはかなき世の衰へ」は、女房に出仕した宮の君の零落ぶりで、無常の世の現実。それを見て薫は、宮の君の暗転した人生と出仕の現実を憂慮する。「もどかしからぬわざにこそ」は、浮舟への屈折した心情と、宮の君への、妥協しない道はなかったものかという薫の思いである。「人よりは心寄せきこえ給へり」は、薫の宮の君への好意であり、好色な匂宮の「いつしかと御心かけ給ひてけり」とは対照的である。

三　**この院におはしますをば…本性あらはれてかゝづらひ歩き給ひける**　「この院におはします」は、「后の宮の御軽服の程は、なほかくておはします」（蜻蛉二三）とあり、中宮が六条院に退出していらっしゃること。「常にしもさぶらはぬ人どもゝ」は、常時は出仕していない女房達も。「左大臣殿、昔の御気配にも劣らず…いにしへよりも、今めかしきことはまさりてさへなむありける」は、中宮の里下がりを迎えている左大臣夕霧は、光源氏の時代に劣るどころか、全て行き届きお仕え申し上げておられ、威勢盛んになっている御一族であるので、かえって当世風の華やかさは増してさえいた様子。夕霧を「左大臣」とする本文を是とする理由を示す例文である。「月頃の程」は、中宮が故式部卿宮の軽服のために六条院に滞在した四月頃以降数ヶ月たち、今七月下旬頃か。経過をたどると、薫が、浮舟の死直後の惑乱した匂宮を見舞いに参上したのが三月下旬から四月直前で、「その頃、式部卿宮と聞こゆるも亡せ給ひ」（同七）とあり、直後に「月立ちて（四月のこと）」（同一〇）とあったのち、薫が「荻の葉に露ふき結ぶ秋風も」（同三〇）を詠い、「涼しくなりぬ」（同三二）へと続く。中宮は「秋の盛り、紅葉の頃」（同三三）を見たいと言う女房達と共になお滞在していた。「こよなくしづまり給ひて」は、匂宮の「例の御心」（好き事）が、浮舟を亡くした衝撃や、お目付の中宮が六条院にいることにより、外見は下火になっていたこと。「この頃ぞ、また、宮の君に本性あらはれてかゝづらひ歩き給ひける」は、宮の君登場で、再び匂宮が「本性」を発動し始めたことを、「ぞ…ける」で強調。「かゝづらひ歩き給ひける」は、宮の君に絶えず付きまといなさった。当段二節冒頭「兵部卿宮、この君ばかりや」と語り出された匂宮の性癖は、薫の世なれぬ真面目さや思慮深さを際立たせる。しかし、形代浮舟亡き寂寥を抱え、女一の宮、宮の君への関心、現実的な小宰相の君との仲などからは、一見、薫が持つ匂宮との同質性をも、また紡いでいるように見える。

三三　匂宮と薫、中宮の御前に集う

一 涼しくなりぬとて、宮、内裏に参らせ給ひなんとすれば、女房「秋の盛り、紅葉の頃を見ざらんこそ」など、若き人々はくちをしがりて、皆参り集ひたる頃なり。水に馴れ月を愛でて御遊び絶えず、常よりも今めかしければ、この宮ぞ、かゝる筋はいとこよなくもてはやし給ふ。朝夕目馴れても、なほ今見む初花のさまし給へるに、大将の君は、いとさしも入り立ちなどし給はぬ程にて、恥づかしう心ゆるびなきものに、皆思ひたり。二 例の、二所参り給ひて御前におはする程に、かの侍従は、1 物より覗きたてまつるに、いづ方にも／＼よりて、めでたき御宿世見えたるさまにて、世にぞおはせましかし、あさましくはかなく心憂かりける御心かな、など、人には、そのわたりの事かけて知り顔にも言はぬことなれば、心一つに飽かず胸痛く思ふ。宮は、内裏の御物語などこまやかに聞こえさせ給へば、2 今一所は立ち出で給ふ。見つけられたてまつらじ、しばし、御果てをも過ぐさず心浅しと見えたてまつらじ、と思へば、隠れぬ。

三 東の渡殿に、開きあひたる戸口に人々あまたゐて、物語などア する所におはして、薫 3「なにがしをぞ、女房はイ 睦ましと思ウ すべきや。女だに、かく心やすくはよもあらじかし。エ さすがに、さるべからんこと教へきこえぬべくもあり。やう／＼見知り給ふべかめれば、いとなんうれしき」とのたまへば、いと答へにくゝのみ思ふ中に、弁のおもとゝて馴(な)れたる大人(おとな)、弁のおもと「そも睦(むつ)ましく思(思)ひきこゆべきゆゑ(へ)なき人の、恥(は)ぢきこえオ侍らぬにや。ものはさこそは、なかく(〱)カ侍るめれ。必(かなら)ずそのゆゑ(へ)尋(たづ)ねて、うち解(と)け御覧(らん)ぜらるゝにしも侍らねど、かばかり4面(おも)なく作(つく)りそめてける身(み)に負はざらんも、かたはらいたくてなむ」と聞(き)こゆれば、薫「恥(は)づべきゆゑ(へ)あらじ、と思(思)ひ定(さだ)め給(給)ひてけるこそ5キくちをしけれ」など、のたまひ(給)つゝ見(み)れば、唐衣(からぎぬ)は脱(ぬ)ぎすべし押(を)しやり、うち解(と)けて手習しけるなるべし、硯(すゞり)の蓋(ふた)に据(す)ゑ(へ)て、心もとなきク花(はな)の末手折りて、もてあそびけりと見ゆ。

【校異】

ア　する――「したまふ(のひやか)にする」別（陽）「忍ひやかにする」青（明・伝宗）別（麦・阿）「忍やかにする」青（徹一・徹二）別（宮）「しのひやかにする(ヒヒヒ)」青（陵・穂・大正・三・池・横・肖・紹）河（尾・御・七・前・大・鳳・伏・飯）別（保・国）「○(しのひやかに)する」青（幽）「する」青（大）別（ハ）。なお『大成』は「する」『新大系』も「する」であるのに対して、『全書』『大系』『玉上評釈』『全集』『集成』『完訳』『新全集』は「しの（忍）びやかにする」。「忍びやかに」の有無による違いである。匂宮と薫が寝殿の東面におられる中宮を訪問していることを、女房達は当然承知しており、特に薫に対しては緊張感がある様子。戸口を開けた場所で女房達が静かに集い語らうことは、通常のあり方である。静かで上品な女房達であることは前提であり、ことさらに「忍びやかに」の語を用いなくともよいと思われる。『幽』と別本の『陽』が修正しているように、「しのひやかに」のない『大』『ハ』が元の形で、後出伝本が「しのびやかに」を加え、より躾の行き届いた中宮女房たちを際立たせたのであろうと見て、底本の校訂は控える。

イ　睦ましと――「むつかしく」河（七）「むつかしう(ま)」別（ハ）「むつましう」別（宮・保・国）「むつましく」青（穂・大正・三・徹一・池・横・徹二・紹）河（尾・御・前・大・鳳・伏・飯）別（陽・麦・阿）。「むつましと(く)」青（幽）「むつましと」青（大・明・陵・伝宗・肖）。なお『大成』は「むつましと」、『大系』『玉上評釈』『新大系』も「むつま(ヒ)し（じ）と」であるのに対して、『全書』『全集』『集成』『完訳』『新全集』は「むつ（睦(むつ)・睦）まし（じ）く」。形容詞「むつまし」（終止形）＋助詞「と」か、「むつましく」（連用形）かの相違である。格助詞「と」は、「指示や指定において常に意識的・意図的であり」（『岩波古』）、

「むつまし」は強調される。「むつましく」の場合は連用形なので「むつまし」と思った瞬間の事象を捉えた表現である。当該は、薫が女房達に話しかける言葉であり、この場面においては、「睦ましと」が状況に相応しい表現である。『大』『明』『陵』『伝宗』『肖』の諸本は「むつましと」であり、『幽』も「むつましと」が改変前の本文であることも考慮し、「く（久）」は「と（止）」を誤写したものと見て、底本の校訂を控える。

ウ　思すべきや――「おほすへき」青（大）河（大）別（陽）。「おほすへきや」青（明・陵・伝宗・幽・穂・大正・三・徹一・池・横・徹二・肖・紹）河（尾・御・七・前・鳳・伏・飯）別（ハ・宮・保・国・麦・阿）。なお『大成』は「おほすへき」、『玉上評釈』『新大系』も「思（おぼ）すべき」であるのに対して、『全書』『大系』『全集』『集成』『完訳』『新全集』は「思（思）すべきや」。前項イに続く表現である。助動詞「べし」の連体形「べき」＋助詞「や」。「べき」は係り助詞「ぞ」の結び、「や」は詠歎の終助詞。「…そうなものよ。…はずだなあ」（『日国大』）の意。同様の思いを表す「べきや」の用法は、「まことに心ばせあらむ人は、わが方にぞ寄るべきや」（蜻蛉三五）の薫の心中思惟にもあり、ここでは諸本全てが「べきや」である。当該例の薫が最初に女房たちに語りかけることばには、相手に質問し、問いかける気持を表す詠嘆の終助詞「や」は、ある方が自然な語り口と考える。青表紙系諸本の中で『大』のみに「や」を欠く。底本は「や」を誤脱したものと見て校訂する。

エ　よもあらじかし――「○[あらしかし]」青（肖）「あらし」別（麦）「あらし○[かし]」青（穂）「あらしかし」青（大正・三・徹一・池・横・徹二・紹）河（尾・御・七・前・大・鳳・伏・飯）別（ハ・陽・宮・保・国）「よもあらしかし」青（幽）「よもあらしかし」青（大・明・陵・伝宗）別（阿）。なお『大成』は「よもあらしかし」、『大系』『玉上評釈』『新大系』も「よもあらじかし」であるのに対して、『全書』『全集』『集成』『完訳』『新全集』は「あらじかし」。「よも」の有無による違いである。「あらじ」よりも「よもあらじ」とある方が、「あまた」の女房たちを相手に薫の切り込む言葉として、より臨場感がある。『大』『明』『陵』『伝宗』と、『幽』の書き込み前の本文も「よもあらしかし」であるので、校訂を控える。

オ　侍らぬにや――「はへらぬ」河（伏）「はへらぬや○[は]」青（横）「侍らぬやは」青（明・伝宗・穂）別（阿）「はへらぬや」青（池）「侍ぬや」青（大正）「侍らぬや」青（三・肖）河（尾・御・七・前・大・鳳・飯）別（陽・宮・国・麦）「侍らぬ○[にイ]や」青（徹二）「侍らぬにや○[は]」青（幽）「侍らぬにや○[は]」青（陵）「はへらぬにや」別（ハ）「侍らぬにや」青（大・徹一・紹）別（保）。なお『大成』は「侍らぬにや」、『全集』『新大系』も「侍（はべ）らぬにや」であるのに対して、『大系』は「侍らぬにやは」、『全書』『玉上評釈』『集成』『完訳』『新全集』は「侍（はべ）らぬや」。「や」か「にや」か「にやは」かの相違である。薫が女房たちに、自分を慕わしい人と思ってもらえるかどうかと、戯れ言をしかけた時に、弁のおもとが応酬したことばである。

何れも意味上の大差はないが、「や」は「…と思われますがどうですか」と相手に問いかける気持ちを表現する係助詞。「にや」は、〈接続助詞または形容動詞連用形＋係助詞〉で「に」は状況を説明し、判断や断定するので、「…と思われるのですがどうですか」の意。「にやは」は、さらに係助詞「は」が付加されて、相手の応諾を期待する気持ちを込めた反語表現。下文は「ものはさこそは、なかなかはべるめれ」と、自分にはそのように見（思）える、と言っているので、上文で強いて説明や判断を示す必要はなく、「恥きこえはべらぬや」がよいか。『新全集』が当該を『全集』から校訂変更している理由かと思われるが、『新全集』の頭注は「に」のある意で説明している。しかし、書写の過程で異文の発生する様子は、「侍らぬにや」の「に」が誤脱することと、「侍らぬにやは」の「は」が加わる可能性とが高い。その点を考慮して、年嵩の弁のおもとが年若い薫の戯れ言に応じた言葉であることも鑑みて、底本の校訂を控える。

カ　**侍るめれ**――「侍れ」別（陽）「はへけれ」河（大）「はへりけれ」青（穂・池・徹二）河（尾・伏）別（ハ・保）「侍りけれ」青（大正・三）河（御・前・鳳・飯）「侍けれ」青（徹一・横・肖・紹）河（七）別（宮・国・麦）「侍りめれ」青（幽）「侍めれ」青（大・明・陵・伝宗）別（阿）。なお『大成』は「侍めれ」、『大系』『玉上評釈』『全集』『完訳』『新大系』『新全集』も「はべる（侍る・侍）めれ」であるのに対して、『全書』『集成』は「はべ（侍）りけれ」。助動詞「めり」と「けり」の相違である。若い女房達に気負いを見せる薫に、年配の女房弁のおもとが応対する場面である。「めれ」ならば「ものはさこそは」という物事のあり方を説く口調を「めれ」で和らげ、薫に対して婉曲なもの言いを気遣う表現となる。「けれ」ならば自分は気が付いていたと押し返す意となる。「必ずそのゆゑ尋ねて…」と続けて、理屈に陥らないよう更に配慮する表現が続くので、ここは婉曲なもの言い「めり」が相応しいと見て、諸本の状況も併せて考慮し、底本の校訂を控える。

キ　**負はざらん**――「おはさむ」別（国）「おはささらん」青（大）「おはさゝらん」河（尾）「をいさらん」河（御）「おはさらむ」青（徹一・池）別（宮）「おはさらん」青（明・陵・伝宗・幽・横・肖・紹）河（飯）別（ハ・麦）「をはさらん」青（穂・大正・三・徹二）河（七・前・大・鳳・伏）別（陽・保・阿）。なお『大成』は「おはささらん」、『新大系』も「負（お）はざらん」であるのに対して、『全書』『大系』『玉上評釈』『全集』『集成』『完訳』『新全集』は「負（お）はざらん（む）」。「おはさざらん」か「おはざらん」かの違いである。河（尾）の「おはさゝらん」は、「おはさ」の「さ」に下接する「ら」が「ゝら」に誤写されて、その結果ミセケチ修正されたか。底本の『大』は、「おはさ」で改行されており、その際に「さ」の衍字がおきたものと見て、「おはざらん」に校訂する。

ク　**末手折りて**――「すゑ／＼をおりて」別（陽）「すゑすゑおりて」青（横）「すゑ／＼おりて」青（大正・徹一・池・肖・

紹）河（尾・御・七・前・鳳・飯）別（宮・保・麦・阿）「すゑ〱をり」河（大・伏）「すゑ〱おりて」別（八）「すへ〱おりて」別（国）「すゑ〱たをり○」青（三）「すゑすゑたおりて」青（穂）「すゑすゑたをりて」青（徹二）「すゑ〱○おりて」青（陵）「すゑたをりて」青（幽）「すゑたおりて」青（大・伝宗）「すゑたをりて」青（明）。なお『大成』は「すゑたおりて」、『玉上評釈』『新大系』も「末（末）たお（を）りて」であるのに対して、『集成』は「末末折りて」、『全書』『大系』『全集』『完訳』『新全集』は「末々（〱・々）手折（手折）りて」。まず、「すゑ〱」と「すゑ」の相違である。物語中で「末すゑ」は七例（大島本）で、行く末、子孫、年下の兄弟等の意で用いられる。「末」は「末の世」「末つ方」等とともに、行く末、晩年、子孫の意が多く、他に「末つき」（髪の裾、常夏・手習）「山の末」（山奥、若菜上・幻）と「紅梅の末」（梢、若菜上）がある。当該は「紅梅の末」に類した用例と考えられる。次に、「たをりて」と「をりて」の相違である。物語中に、「折る」は七例（うち蜻蛉一例）であるが、「手折る」は当該一例のみである。ここでは「もてあそびけり」へと続く文であるので、「折りて」よりも「手折りて」が相応しい表現と考えられる。『幽』に見られるごとく、「たおりて」の「た（多）」のくずし字が、繰り返しの「〱」と見誤られ異文を生じさせた可能性も考え併せて、底本の校訂を控える。

【傍書】　1匂宮かほる大将二所を見たてまつりてうき舟のうたてしく侍りけるすくせの事をおもひ出し侍り　2薫　3かほる詞　4面強悪也　5恥モ似合ト云心也

【注釈】

一　**涼しくなりぬとて、宮、内裏に…心ゆるびなきものに、皆思ひたり**　「涼しくなりぬ」は、「槐花雨潤新秋地　桐葉風翻欲夜天」（白氏文集巻五五律詩2529「秘省後庁」・和漢朗詠集巻上秋「早秋」、「翻ヘス」が「涼シ」）「秋風は〔冷成奴〕涼しくなりぬ馬並めていざ野に行かな萩の花見に」（万葉集巻一〇秋雑）「秋きぬと目にはさやかにみえねども風の音にぞおどろかれぬる」（古今集巻四秋上・藤原敏行）などの、風の涼しさに季節の移ろいを感じて詠まれた季節感を響かせる表現。「宮、内裏に参らせ給ひなんとすれば」は、式部卿宮の服喪が明けたので、中宮が宮中に参上なさろうとするので。「秋の盛り、紅葉の頃を見ざらんこそ」の「頃」は紅葉の盛りのおよその時を限定して指す。秋の盛りの六条院で紅葉を賞翫しないのは残念、という若い女房達の気持ち。「水に馴れ月を愛でて御遊び絶えず、常よりも今めかしければ」は、明石中宮滞在により六条院東南の町で御前の池の風情になじみ、月を愛でて、管絃の遊びが続き、普段よりも現代的で華やかな雰囲気であるので。六条院春の町での舟楽、舞楽、紫の上と秋好中宮の春秋論争（胡蝶一〜五）等、源氏の頃の華やかな情景が重なる。「この宮ぞ、かゝる筋はいとこよなくもてはやし給ふ」は、匂宮が、管絃など風情のある遊びは格別に重んじなさる。「舟にて上り下り、おもしろく遊び給ふも聞こゆ」（総角二八）。「朝夕目馴れても、なほ今見む初花のさまし給へる」は、匂宮は中宮の女房たちの朝夕の目に馴染んでいるが、それでもさらに見たいと思う初秋の初花のような美しい姿をしておられる。「初花」は、その草木またはその季節に初めて咲いた花で、歌語。「大将の君は」は、「この宮ぞ」に対する表現。「いとさしも入り立ちなどし給はぬ程にて」の「さ」は、「朝夕目馴れ」を指す。薫は、女房たちが見馴れている匂宮ほど親しくおつき合いはなさらない間柄であること。「恥づかしう心ゆるびなきもの」は、目馴れない薫に気後れして、女房達の緊張がとけない存在。

二　**例の、二所参り給ひて…見えたてまつらじ、と思へば、隠れぬ**　「例の、二所参り給ひて御前におはする」は、女房の緊張がとけない雰囲気の所へ、いつものように、匂宮と薫の二人が参上なさって中宮の御前に居られること。「例の」によって、最近の二人は仲むつまじそうであることを示す。「かの侍従」は、浮舟に仕えていた侍女で、「知るたより求めて参りぬ」（蜻蛉三一）とあった。「いづ方にも…世にぞおはせましかし」は、匂宮と薫のどちらと結ばれても、結構な運命が開かれている人として、この世に生きておられたであろうよ。のぞき見ている侍従には、浮舟が得られたかもしれない「めでたき御宿世」が眼前に想像される。「あさましくはかなく心憂かりける御心かな」は、入水を決行した浮舟の御心を、嘆かわしく思う侍従の心。浮舟が入水するほど悩んでいた心中を、侍従は理解していない。「心一つに飽かず胸痛く思ふ」は、恨み言を打ち明けて話せる人がおらず、自分だけで心を痛めること。「今一所」は、薫。「隠れぬ」は、侍従が、「御果て」（浮舟の一周忌）も過ぎないうちに出仕などして浅はかだ、と見られ申したくないと思うので、薫に見つけられないように隠れたこと。

三　東の渡殿に、開きあひたる…花の末手折りて、もてあそびけりと見ゆ　「東の渡殿に」は、薫が、寝殿の東面にある中宮の御前から、東の対への渡殿に向かったこと。「人々あまた」は、女房達大勢。「なにがしをぞ、女房は睦ましと思すべきや…見知り給ふべかめれば、いとなんうれしき」は、薫の匂宮への対抗心が強く滲み出た言葉。「なにがしをぞ、女房は睦ましと思すべきや」は、私のことを女房は親しい者とお思いになるはずですがどうですか。

【校異】イ参照。「睦まし」は親密で慕わしい意から、男女関係がある、血縁関係にある等も示唆する。「女だに、かく心やすくはよもあらじかし」は、女よりも安心とは言っても、やはり男だから、当然相応の役立つことをお教えできないはずはないですよ。「いと答へにくゝのみ思ふ」は、薫自身の安心感を売り込もうとした表現。「さすがに、さるべからんこと教へきこえぬべくもあり」は、女よりも安心とは言っても、やはり男だから、当然相応の役立つことをお教えできないはずはないですよ。「いと答へにくゝのみ思ふ」は、常日頃薫のことを「恥づかしう心ゆるびなきものに」（前節一）思っている女房達が、珍しく話しかけられた冗談とも本気ともつかぬ薫の不器用さが滲み出た言葉に、応対に困惑したこと。「馴れたる大人」は、世馴れた年配の女房。以下は女房達を代表して弁のおもとが、薫に取りなす。「そも睦ましく思ひきこゆべきゆゑなき人の、恥ぢきこえ侍らぬにや」は、薫の言葉を「そも」で受け、薫の「睦ましと思すべきや」に対して切り返したもの。親密に思い申し上げるべき理由のない者は、かえって気がねなく振る舞えるのではございませんか。「ものはさこそは、なか〳〵侍るめれ」は、物事とはそういうもので、かえってそうしたものでございましょう。「必ずそのゆゑ尋ねて、うち解け御覧ぜらるゝにしも侍らねど」の「そのゆゑ」は、「睦まし」とする理由。私は必ずしもその深い理由を考えて、あなた様に親しくお目もじいただいているわけではございませんが。こう述べた上で、弁のおもとは出しゃばって薫に応対している理由をあげていく。「かばかり面なく作りそめてける身に負はざらんも、かたはらいたくてなむ」の「面なく」は、弁のおもとが自分の行動に対して恥ずかしく面映ゆいと感じている意。これほどに厚かましい性分になってしまっている私が、応対の役目を引き受けないのも、みっともないと存じまして。「恥づべきゆゑあらじ、と思ひ定め給ひてけるこそくちをしけれ」は、恥じらう理由もあるまいと決めてしまっておられるのは心外です、と薫が反駁したもの。薫は、弁のおもとの「恥ぢきこえ侍らぬ」を、「恋の相手にならない」（『集成』）ととって、そう決めてかかるのが残念だ、と押し返した。「のたまひつゝ見れば」は、薫が声を掛けながら弁のおもとの装いを改めてよく見て気づいたこと。「唐衣は脱ぎすべし押しやり」は、中宮の御前を離れて、正装せずにゆったりと過ごしている弁のおもとの様。前の「うち解け御覧ぜらるゝ」と言ったことにも照応する。「硯の蓋に据ゑて」は、手習の紙などを硯の蓋に置いて。「心もとなき花の末手折りて」は、少しばかりの花の枝先を手折って。

三四　薫、中宮の女房たちと歌をかわす

一　かたへは几帳のあるにすべり隠れ、あるはうち背き、押し開けたる戸の方に紛らはしつゝゐたる、頭つきどもゝをかしと見わたし給ひて、硯引き寄せて、

薫　[1]「女郎花乱るゝ野辺に交じるとも露のあだ名を我にかけめや

心やすくは思さで」と、たゞこの障子に後ろしたる人に見せ給へば、うち身じろきなどもせず、のどやかにいとゝく、

中将のおもと　花と言へば名こそあだなれ女郎花なべての露に乱れやはする

と書きたる手、たゞ片そばなれど、よしづきておほかた目安ければ、誰ならむと見給ふ。今参上りける道に、[2]塞げら

れてとゞこほりゐ(い)たるなるべしと見(み)ゆ。二[3]弁のおもと(を)は、「いとけざやかなる翁言(おきなごと)[4]、憎(にく)く侍り」とて、

弁のおもと「旅寝(ね)[5]してなほ(猶心)試みよ女郎花盛(をみなへしさか)りの色に移(うつ)り移(うつ)らず

さて後定(のちさだ)めきこえさせん」と言(い)へば、

薫 宿[6]貸(か)さば一夜(ひとよ)は寝(ね)なん大方の花に移(うつ)らぬ心(こゝろ)なりとも

とあれば、弁のおもと「何(なに)[7]か、辱(はづかし)めさせ給(給)ふ。大方(おほかた)の野辺(のべ)のさかしらをこそ聞(き)こえさすれ」と言(い)ふ。はかなきことをたゞ少(すこ)しのたまふも、人は残(のこ)り聞(き)かまほしくのみ思(思)ひきこえたり。薫「心[8]なし。道開(みちあ)け侍(はべ)りなんよ。わきても、かの御もの恥(は)ぢのゆゑ(へ)、必(かなら)ず(朱)○ありぬべき折(おり)にぞあめる」とて立(た)ち出(い)で給へば、おしなべてかく残(のこ)りなからむ、と思ひやり給(給)ふこそ心憂(う)けれ、と思(おも)へる人もあり。

【傍書】 1かほる　2薫に　3としよりのことにてはゝからぬをにくゝおもひ給ふへけれともとて此うたをよめる也　4言　詞
(消し跡)　5弁をもと　6かほる　7弁のおもとの返答也　8かほる

【注釈】

一　**かたへは几帳のあるにすべり隠れ…とゞこほりゐたるなるべしと見ゆ**　「ゐたる、頭つきども〻をかしと見わたし給ひて」は、座っている女房達の、姿、髪かたち等も洗練されていて見事である、と薫の目が捉えたもの。前段より薫の目を通して寛いだ女房達の様子が語られる。「女郎花乱る〻野辺に」詠は、女房達を秋の野に咲き乱れる「女郎花」に見立てて、美しい方々がおられる所に私が立ち入っていても、わずかの浮き名を私に負わせることがで

きるだろうか、それはないでしょうよ、の意。「女郎花」は女の喩で既述、匂宮と薫が、大君と中の君を準えて詠んだ（総角一四）。「露の」は、「女郎花」の縁語で、「つゆ程の」の「つゆ」の意をかける。「女郎花おほかる野辺に宿りせばあやなくあだの名をや立ちなむ」（古今集巻四秋上・小野美材）を否定的に踏まえる。「心やすくは思さで」は、誰も気楽に私の相手になってくださらないというぼやき。「うち身じろきなどもせず、のどやかにいとゝく」は、薫の歌を見せられた女房が、落ち着いてすばやく返歌を書いたこと。「花と言へば名こそあだなれ」詠は、花の中でも女郎花は、浮気者のような名ですが、どんな露にでも濡れて乱れるのではありませんよ、の意。「なべて」は「並べて」で、「靡べて（靡かせる）」を響かせる。「たゞ片そばなれど」は、前の「たゞこの障子に後ろしたる人」の「たゞ」に呼応する。「よしづきておほかた目安ければ、誰ならむと見給ふ」は、薫の即興の詠み掛けに、直ぐさま応じる女房の歌も書き様も、風情があり機転が利いていて見目良い対応なので、一体誰だろう、と興味を抱いて御覧になること。「今参上りける道に、塞げられてとゞこほりゐたるなるべしと見ゆ」の「今参上りける道」は、ちょうど中宮の御前に参上するところだった女房の通り道。直ぐさま歌を返してきた女房は、戸口に立った薫に道を塞がれる形になっていたようだと、ようやく薫は気付いた。

二　**弁のおもとは、「いとけざやかなる翁言…心憂けれ、と思へる人もあり**　「いとけざやかなる翁言、憎く侍り」の「翁言」は、薫の歌を指す。華やかな女房達の集う場に居るからと言って、実に際だった年寄り言葉ですこと、愛想なしでございますね、と揶揄したもの。薫は「翁びはてにたる心地」（蜻蛉二八）と女房達に話しかけたことがあった。「旅寝して」詠は、やはり泊まって試してみてください、女たちの美しい盛りの色香に、お心が染まるか染まらないかを、の意。「さて後定めきこえさせん」は、先に引いた『古今集』の「女郎花おほかる野辺に宿りせばあやなくあだの名をや立ちなむ」の歌も響かせ、試みにここにお泊まり頂いて、「女郎花［女房達］」に心が移るか移らないか試してみては如何でしょう、その後で判定は致しましょう、きっと花に心が移るはずですよ、の意。「宿貸さば」詠は、あなたが宿を貸してくださるのなら、ひと晩は泊まりましょう、大抵の花には誘惑されない私の心ですが。「何か、辱めさせ給ふ」は、薫が生真面目に、宿を貸してくれても「花に移らぬ心」だと詠ったのに対して、不面目な思いをさせなさるとする抗議。「大方の野辺のさかしら」の「さかしら」は、さし出た心。薫の「女郎花」詠の引歌（小野美材・前節既述）を念頭にして、薫の「宿貸さば」詠を承け、「大方の野辺の」「旅寝」を、さし出がましく申し上げただけであると謙りつつ切り返した。「人は残り聞かまほしくのみ思ひきこえたり」は、歌の贈答が次々に展開する中で、女房達は薫の一言をもっと聞きたいとばかり思い申しあげていること。その様子に手応えを感じながら、薫は、「よしづきておほかた目安けれ」（前節）と見た女房に、もう一度「心なし。道開け侍りなんよ。わきても、かの御もの恥ぢのゆゑ、必ずありぬべき折にぞあめる」と声をかける。「心なし」は、思いやりがないことに不粋の意を重ねる。薫が戸口を塞いでいたお詫びと、その場の女房達全体への声かけでもある。「かの御もの恥ぢのゆゑ」の「かの」は、「かたへは几帳のあるに…紛らはしつゝゐたる」（前節）女房達の様子を指す。私［薫］を見て、女房達が姿を見せないように身を隠した理由。「必ずありぬべき折にぞあめる」は、きっとその理由がある折でしょうに、気の利かないことでした。弁のおもとが最初に応じた「そも睦ましく思ひきこゆべきゆゑなき人の…」（前段）の言葉を承けて、女房達が薫に気兼ねして身を隠そうとした真の理由に言及したもの。匂宮をほのめかす。「おしなべてかく残りなからむ、と思ひやり給ふこそ心憂けれ」は、この場にいる女房皆が皆、弁のおもとのように慎みがないのであろうと薫が推察なさるのが情けない。無遠慮な弁のおもとの印象が、自分たち女房全体の印象になることを危惧する女房もいたこと。その場を立ち去る薫の脳裏には、「女郎花」に大君と中の君を準えて張り合い、匂宮と歌を交わした六条院での秋（総角一四）が思い起こされていたのではないか。

三五　秋の夕暮にもの思う薫

一 東(ひんがし)の高欄(かうらむ)に押(お)し掛(か)ゝりて、夕影(ゆふかげ)になるまゝに、花のひもとく御前(おまへ)の草(くさ)むらを見わたし給ふ（給）。ものゝみあはれなるに、薫「中(なか)に就(つ)いて腸(はらわた)ゝ断ゆるは秋の天」1 といふこと（事）を、いと忍(しの)びやかに誦(ずん)じつゝゐ給へり。ありつる衣(きぬ)の音(をと)なひしるき気配(けはひ)して、母屋(もや)の御障子(さうじ)より通(とほ)りて、あなたに入(い)るなり。宮の歩(あゆ)みお(を)はして、匂宮「これよりあなたに参(まい)りつるは誰(た)そ」と問(と)ひ給へば、女房「かの御方(かた)の2中将の君」と聞(き)こゆなり。なほ(を)、あやしのわざや、誰(たれ)にかと、かりそめにもうち思ふ人に、やがてかくゆかしげなく聞(き)こゆる名(な)ざしよ、といとほ(お)しく、この宮には、皆目馴(みなめな)れてのみおぼえたてまつるべかめるもくちを(お)し。二 下(お)り立(た)ちてあながちなる御もてなしに、女は、さもこそ負(ま)けたてまつらめ、わが、3さもくちを(お)しう、4この御ゆかりにはねたく心憂(う)くのみあるかな、いかで、このわたりにもめづらしからむ人の、5例(れい)の心入(い)れて騒(さは)ぎ給はんを語(かた)らひ取(と)りて、わが思ひしやうに、安(やす)からずとだにも思はせたてまつらん、まことに心ばせあらむ人は、6わが方(かた)にぞ寄(よ)るべきや、されど7難(かた)いものかな、人の心は、と思ふにつけて、対(たい)8の御方(かた)の、かの御ありさまをば、ふさはしからぬものに思ひきこえ（思）て、9いと便(びん)なき睦(むつ)びアになりゆく大方(おほかた)のおぼえをば、苦(くる)しと思ひ（思）ながら、なほ（猶）さし放(はな)ち難(がた)きものに思(おぼ)し知(し)りたるぞ、あり難(がた)くあはれなりける、さやうなる心ばせある人、イこゝらの中にあらむや、入(い)り立(た)ちて深(ふか)く見ねば知(し)らぬぞかし、寝覚(ねざ)めがちにつれづれなるを、少(すこ)しは好(す)きも習(なら)はばや、など思ふに、今(いま)はなほ(を)つきなし。

【校異】

ア　**なりゆく**――「なりゆくか」青（大）「なりゆき」青（明）別（八）「なり行」青（幽・徹一・徹二）河（伏）別（国）「成ゆく」青（大正・肖）「なりゆく」青（陵・伝宗・穂・三・池・横・紹）河（尾・御・七・前・大・鳳・飯）別（陽・宮・保・麦・阿）。なお『大成』は「なりゆくか」。『新大系』が「なりゆくが」であるのに対して、『全書』『大系』『玉上評釈』『全集』『集成』『完訳』『新全集』は「なりゆ（行）く」。底本のみ「か」が付く独自異文である。底本『大』は、「が」を追加したのであろう。『明』『八』は下接を考慮した表現と思われる。「なりゆく」ならば、連体形で、下接の「大方のおぼえ」を修飾する。当段は、半ば過ぎから薫の心中思惟が続き、当該もその流れにあるので、「なりゆく」が本来の表現であると見て、底本を「なりゆく」に校訂する。

イ　**こゝらの**――「心ちの」別（八）「こゝらのの」青（大）「こゝらの」青（明・陵・伝宗・幽・穂・大正・三・徹一・池・横・徹二・肖・紹）河（尾・御・七・前・大・鳳・伏・飯）別（陽・宮・保・国・麦・阿）。なお『大成』は「こゝらの」、『全書』『大系』『玉上評釈』『全集』『集成』『完訳』『新大系』『新全集』も「ここ（ゝ）らの」。『大成』及び現代の注釈書は、全て「ここ（ゝ）らの」である。『大成』に校異はなく、現代の注釈書にも言及はない。『八』の「心ちの」を除けば、調査諸本はすべて「こゝらの」である。底本の、重なる「の」に意味はないので衍字と見て、底本を「こゝらの」に校訂する。

【傍書】　1大底四時心惣苦就中傷断是秋天　楽天　2一品の宮の女房達なり　3サモワ対なり　4一品宮の御事にかほるのうと〳〵しき事をみつからの給へり　5匂宮御事　6かほる事　7論語曰難哉有恒矣　8宇治中宮御事　9かほるのわか事也

【注釈】

一　**東の高欄に押し掛かりて…おぼえたてまつるべかめるもくちをし**　「東の高欄」は、寝殿の東南の簀子につけられた端の反った欄干。「夕影になるまゝに、花のひもとく御前の草むらを見わたし給ふ」は、夕方の光りになるにつれて、高欄に寄りかかっている薫の姿が浮かび上がる情景。「ももくさの花のひもとく秋の野に思ひたはれむ人なとがめそ」（古今集巻四秋上・読人知らず）。「花のひもとく」は、花がほころびること。先の女郎花を題材に詠み交わした「花」を意識し、「ひもとく」女性達を重ねたもの。「初秋風涼しき〔須受之伎〕夕解かむとぞ紐はむすびし妹に逢はむため」（万葉集巻二〇七夕歌・大伴家持）。「下紐が自然に解けるのは、思う人に逢える前兆」（『岩波古』）ともされた。当該は、二条院に里下がりしている斎宮女御を訪れた源氏の様、「「前栽〔秋の草花〕どもこそ残りなく紐（ママ）とき侍りにけれ。いとものすさまじき年なるを、心やりて時知り顔なるもあはれにこそ」とて、柱に寄りゐ給へる夕映え〔源氏の姿〕いとめでたし」（薄雲一九）に照応する。春の暮以来亡き藤壺の喪に服する傷心の源氏は、秋を迎えて一層「あはれ」に沈んでいた。これは「ものゝみあはれなる」薫の心情に通う。「ものゝみあはれなるに」は、「つねよりもものおもふことのまさるかなむべも言ひけり秋の夕暮」（『元真集』）を響かせる。物語中「ものゝみあはれなり」は三例あり、蜻蛉（三一・三五）の他、出家後の藤壺が寂寥の新年を迎えて感慨を深める場面、「年もかはりぬれば、内裏わたりはなやかに、内宴、踏歌など聞き給ふも、もののみあはれにて」（賢木三三）がある。桐壺院の世を回想しつつ、厳然としてある今を受容する、藤壺の思いが語られる地の文である。「中に就いて腸断ゆるは秋の天」は、『白氏文集』巻一四律詩二790「暮立」の第四句からで、『和漢朗詠集』（巻上秋・秋興）にも採られており、既述（宿木一二【注釈】一）。その心は、「いつはとは時はわかねど秋の夜ぞ物思ふことのかぎりなりける」（古今集巻四秋上・読人知らず）に類似する。浮舟を亡くした断腸の思いの独誦であり、大君を亡くした後の薫が、その悲しみを「秋の空は、今少し眺めのみまさり侍り」（宿木一二）と述べた時の悲哀の心に重ねる。「暮立」の第一句「黄昏独リ立ツ仏堂ノ前」（白氏文集巻一四律詩二790）の如く、立ち尽くすしかない薫の心情である。「ありつる衣の音なひしるき気配して、母屋の御障子より通りて、あなたに入るなり」の「ありつる衣の音なひ」は、先ほど「花と言へば」の歌を薫に返した（蜻蛉三四）中将のおもとの衣擦れの音。「しるき気配して」は、御簾の外の簀子にいる薫が耳をすましてしていることを示す。「母屋の御障子」は、「寝殿の東面と西面を分つ母屋の中仕切りの襖であろう」（『集成』）。「あなたに入るなり」は、衣摺れの音によって、中仕切りみおはして」は、中宮の御前で話していた匂宮が、寝殿の東廂まで来られたこと。「宮の歩の御障子を通りあちらの部屋へ入って行く動きを察すること。「あなた」は寝殿の西面の女一の宮の御前。「宮の歩みおはして」は、中宮の御前で話していた匂宮が、寝殿の東廂まで来られたこと。匂宮は御簾の内にいる。「かの御方の中将の君」は、女一の宮にお仕えする中将の君です、と匂宮の問いに答える女房の声。「なほ、あやしのわざや」は、匂宮が、「あなたに参」った女房は誰かと尋ねた時に、すぐに名を教える挙動を聞いての薫の判断。「いとほしく」は、すぐに名を教える女房の対応は困ったものであるという気持ちと、早速匂宮に名前を知らされてしまった中将の君を気の毒にも思う薫の心情。名前を知ることはその女を手にする第一歩であり、浮舟を襲った匂宮は、浮舟に「誰ぞ。名のりこそゆかしけれ」（東屋二五）「誰と聞かざらむ程は許さじ」（同二六）と迫っている。当該ではゆくりなくも、薫も前に女郎花の歌を交わした女房の名を知ることができたのである。「この宮には、皆目馴れてのみおぼえたてまつるべかめるもくちをし」の「くちをし」は、匂宮が人の名を訊ねると女房達が直ぐに応えていて、匂宮には気軽に接している様子を妬ましく思う薫の心情。

二　**下り立ちてあながちなる御もてなしに…今はなほつきなし**　「下り立ちてあながちなる御もてなしに」は、匂宮が、なりふり構わず一途に対象に迫っていくこと。「女は、さもこそ負けたてまつらめ」は、女は匂宮のそういう一途な性癖に押し負かされ申すのであろう。浮舟もこの一途さに負けたのであろう、と思うところがある。「わが、さもくちをしう」は、上接の「女は、さも…」と対（**【傍書】**3参照）をなし、自分も同様に負かされているという薫の不本意な思い。「この御ゆかりにはねたく心憂くのみあるかな」の「この御ゆかり」は、匂宮と女一の宮のこと。「ねたく心憂く」は、対をなし、「ねたく」は、浮舟の一件で苦い思いをさせられた匂宮への癪な思い、「心憂く」は、匂宮の同母姉である女一の宮に憧れ、匂宮のもとにいる中の君を思い切れない自分が情けないという気持ち。「いかで、このわたりにも…安からずとだにも思はせたてまつらん」は、匂宮への癪な思いと自分の情けなさが渦巻く薫が、思いついた仕返しの方法。「まことに心ばせあらむ人は、わが方にぞ寄るべきや」は、薫の自負で、本当に人柄の良い気骨のある人は、自分の方にこそ心を寄せるべきだよ。薫は「心ばせある方の人」（蜻蛉二三）と見ている小宰相の君などを思い浮かべている。今までも、世評の高さにおいては肩を並べるはずの自分が負けてしまうのは、「いとあまり世づかず古めきたる」（宿木二二）からだと、かえって自負していた。「されど難いものかな、人の心は」は、浮舟との事を体験した薫には、人の心の捉え難さが身に滲みる心情。「難いものかな」はそうした気持の詠歎。「されど」を支点にして巡る薫の思考は続き、二条院の中の君に及ぶ。「対の御方の、かの御ありさまをば、ふさはしからぬものに思ひきこえて、いと便なき睦びになりゆく」は、中の君が、匂宮の浮気な振る舞いを折り合えないものにお思い申して、自分〔薫〕との付合が大変不適切なことになって行くこと。「大方のおぼえをば、苦しと思ひながら、なほさし放ち難きものに思し知りたるぞ、あり難くあはれなりける」の「大方のおぼえ」は、中の君と薫との仲を世間の人が疑うこと。そういう世評を辛いと思いながらも、やはり薫を遠ざけ難いものとわかっておられるのは、またとなくすばらしい方であるよ。「さやうなる心ばせある人、こゝらの中にあらむや」の「さやうなる」は、「大方のおぼえ…思し知りたる」迄を指し、中の君ほど心の行き届いた人が、多くの女性達の中にいるだろうか。「入り立ちて深く見ねば知らぬぞかし」は、多くの女達と親しく交際したわけではないので、自分には分からないことであるよ。薫は「世づかぬ」（蜻蛉三〇）自分を再確認する。「寝覚めがちにつれづれなるを」は、薫の憂愁の思いで、当段の始めの「中に就いて腸断ゆるは秋の天」と独誦する姿に既述。「少しは好きも習はばや、など思ふに、今はなほつきなし」は、「僕（ヤツカリ）」が「十姫（シフチヤウ）」に心ひかれ、「歴（アマネ）ク風流（フウリウ）のオモシロキを訪（トブラ）ヒテ（て）遍ク天（アメ）ノ下（シタ）に遊（アソ）ビキ」（遊仙窟4オ、『遊仙窟』については次段参照）とある振る舞いをも、ちょっとばかり真似てみたい、など思うのだが、今の薫にはやはり色めいた振る舞いはふさわしくない、の意。様々に思いを巡らした末の薫の自重する心である。薫にとって、「心ばせ静かによしある方」（橋姫二）であった大君は今は亡く、中の君こそが、めったにいないと思われる「心ばせある人」であり、小宰相の君は「心ばせある方の人」（蜻蛉二三）とは思っても、「心ばせある人」ではない。

三六　薫、女一の宮に想いをはせて、和琴をつま弾く

一　例の西の渡殿[1]を、ありしにならひて、わざとおはしたるもあやし。姫宮[2]、夜[3]はあなたに渡らせ給ひければ、人々月見るとて、この渡殿にうち解けて物語する程なりけり。箏の琴いとなつかしう弾きすさむ爪音、をかしう聞こゆ。思ひかけぬに寄りおはして、薫「など[4]、かくねたまし顔に掻き鳴らし給ふ」とのたまふに、皆驚かるア べかめれど、少し上げたる簾うち下ろしなどもせず、起き上がりて、「似るべき兄[5]やは侍るべき」と答ふる声、中将のおもとゝか言ひつるなりけり。薫「まろこそ[6]御母方の叔父なれ」と、はかなきことをのたまひて、薫「例の、あなたにおはしますべかめりな。何わざをか、この御里住みの程にせさせ給ふ」など、あぢきなく問ひ給ふ。中将のおもと 二「いづくにても、何ごとをかは。たゞかやうにてこそは過ぐさせ給ふめれ」と言ふに、をかしの御身の程やと思ふに、すゞろなる嘆きのうち忘れてしつるも、あやしと思ひ寄る人もこそと紛らはしに、さし出でたる和琴を、たゞさながら掻き鳴らし給ふ。律の調べは、あやしく折に合ふイ と聞く声なれば、聞きにくゝもあらねど、弾きはて給はぬを、なか〳〵なり、と心入れたる人は消えかへり思ふ。わが母宮も劣り[7]給ふべき人かは、后腹と聞こゆばかりの隔てこそあれ、

帝々(みかど／＼)の思(おぼ)しかしづきたるさま、異(こと)ごとならざりけるを、なほ(猶)、この御辺(あた)りはいとことなりけるこそあやしけれ、明石(あかし)の浦(うら)は心にくかりける所かな、など思(おも)ひ続(つづ)くる事どもに、わが宿世(すくせ)はいとやむごとなしかし、まして、8並(なら)べて持(も)ちたてまつらばと思ふぞ、いと難(かた)きや。

【校異】

ア　**べかめれど**――「へけれと」青(大)「めれと」青(明)「へかめるに(れと)」河(大)「へかめれと」青(陵・伝宗・幽・穂・大正・三・徹一・池・横・徹二・肖・紹)河(尾・御・七・前・鳳・伏・飯)別(ハ・陽・宮・保・国・麦・阿)。なお『大成』は「へけれと」、『新大系』も「べけれど」であるのに対して、『全書』『大系』『玉上評釈』『全集』『集成』『完訳』『新全集』は「べかめれど」。婉曲表現「めり」の有無による相違である。御簾を少し上げ月見の宴をして寛いでいる女房たちの前に、思いがけなく薫が登場したが、御簾を下ろして隠れたりせず、中でも中将のおもとが悠揚迫らず応酬する様を描く場面である。薫の観察眼も重なる「めり」は寛いだこの場面に相応しい表現である。底本『大』のみに「めり」を欠くのは誤脱と見て、底本を「べかめれど」に校訂する。

イ　**聞く**――「聞ゆる」青(大正)別(麦・阿)「きこゆる」青(穂・三・徹一・横・徹二・肖・紹)河(尾・御・七・前・大・鳳・伏・飯)別(ハ・陽・宮・保・国)「きく(こゆる)」青(幽)「きく」青(大・明・陵・伝宗)、青(池)は落丁。なお『大成』は「きく」、『大系』『玉上評釈』『新大系』も「聞(き)(聞)く」であるのに対して、『全書』『全集』『集成』『完訳』『新全集』は「聞(聞こ)ゆる」。「聞く」と「聞こゆる」との違いである。「聞く」は他動詞で、聴覚で音や声を感じとる意。「聞こゆ」は自動詞で、自然に耳に入る意。差し出された和琴を、薫が調律もせずに弾くと、不思議なことに秋の季節によく合っていた。その音色は女房達が待ち構えて聞き取ったものであり、自然と耳に入ったわけではない。また、薫が自分の心の声を聞く意でもある。「きこゆる」は、『幽』が修正したごとく、後筆によるものと見て、底本の校訂を控える。

【傍書】　1女一宮を見たてまつりし時の事也　2女―　3明―　4遊仙屈に女ノ琴ひくを聞て思ふ也　5遊仙屈ノ詞也一品宮は女二宮ノ御このかみ也　6遊仙屈ノ心をとりてかけりかほるは明石中宮の御おとゝなれは一品宮ノはゝかたノおちにあたり侍る也　7入道宮は源氏宮ノ御母也一品宮は明石ノ中宮ノ御母也　8女一宮女二宮をならへてもちたてまつらんことはありかたから

んとかほるのおもひ給へる也

【注釈】

一　**例の西の渡殿を、ありしにならひて…など、あぢきなく問ひ給ふ**　「例の西の渡殿を、ありしにならひて、わざとおはしたるもあやし」の「例の西の渡殿」は、以前女一の宮を垣間見した「西の渡殿」（蜻蛉二四）と同じ。「ありしにならひて、わざとおはしたる」は、「花のひもとく」（前段）を深層で希求する薫に、もしやまた女一の宮に会えはしまいかという期待があるので、女一の宮を垣間見して以来、習慣のようにわざわざこの西の渡殿にいらっしゃること。「あやし」は、西の渡殿にしばしば行く薫の行動を不審とする草子地。「好き」は自分にふさわしくないと憂える薫（前段末）が、ここでは「西の渡殿」へしばしば足を向けることの矛盾を語る。「姫宮、夜はあなたに渡らせ給ひければ」の「姫宮」は女一の宮。昼は寝殿の西側で過ごし、夜は母中宮のおられる東側で就寝なさる。「箏の琴いとなつかしう弾きすさむ爪音、をかしう聞こゆ」の「箏の琴」は十三絃の琴。薫は、ご主人女一の宮のいない夜に寛いでいる女房達の弾く琴の音に「いとなつかし」と心惹かれ、「をかし」と興味をもった。「など、かくねたまし顔に掻き鳴らし給ふ」は、『源氏釈』に「遊仙窟のことは」によるとする。『遊仙窟』は、唐代の張文成の作品で、作者と思われる「僕」なる男が深山に迷い込んだ体験談である。それによると、仙女十姫が弾く箏の音を聞く一節に、「故々ニネタマシカホニシテ、繊カナル手を将テ時々ニ小キ絃ヽ弄ラス、耳に聞（ク）ニタモ猶気ノ絶ヘヌヘキモノヲ、眼に見ムトキに若為か怜カラン」（3オ）（築島裕監修『醍醐寺藏本遊仙窟總索引』汲古書院一九九五年〈康永三年書写加点本〉）とある。当該は、後半の「眼に見ムトキに若為か怜カラン」を仄めかしたもの。「世づかぬ」薫が『遊仙窟』を引いた声かけは、「少しは好きも習はばや」（前段既述）という薫の色好みを装った振る舞いである。「似るべき兄やは侍るべき」は、薫の声掛けが『遊仙窟』によるととらえた中将の君が、同じく『和漢朗詠集』（巻下妓女・張文成）にも引く『遊仙窟』によって応えた言葉。場面は、「僕（ヤツカリ）」が出会った洗濯女に、女主人十姫（シフチヤウ）の素性を尋ねる所で、女の返答は、「容貌（ヨウハウ）の（カホ）ハセハ舅（シウト）に似（ニ）（タ）リ、潘安仁（ハンアンシン）之外甥（カハカタノメイ）ナレハ、気調（キテウ）のイキサシは兄（クエイ）の如（コト）シ、崔季珪（サイキケイ）之小妹（カヲトイモウト）ナレハ」（2ウ）（築島裕『醍醐寺蔵本遊仙窟總索引』）である。当該は、薫の本心は女一の宮への関心にあるが、露顕するような言動は憚られるので、表向きのご挨拶と受け取れるような声かけをしたのに対し、中将の君が、「かの崔季珪がやうなる兄は侍るべきかは」（『玉』）と、自身のこととして切り返したもの。「答ふる声、中将のおもとゝか言ひつるなりけり」は、声を聞いて初めて、相手が「花と言へば」の歌を交わし（蜻蛉三四）、先ほど女房が匂宮に教えた「かの御方の中将の君」（同三五）であると分かったこと。「まろこそ御母方の叔父なれ」も『遊仙窟』の前掲例洗濯女の返答の前半を踏まえて、薫が、「私は母［明石中宮］方から辿れば女一の宮の叔父である」と切り返したもの。薫は、女一の宮を思う本心を隠しながら、女房相手に戯れる振る舞いを、人に非難されないよう注意を払って、話題を女一の宮に引き寄せた。「例の、あなた」の「あなた」は、当段冒頭の「姫宮、夜はあなたに渡らせ給ひければ」の、明石中宮の部屋。「あぢきなく問ひ給ふ」は、女一の宮の不在を確認した失望を抱えて、女一の宮の様子を尋ねた。『遊仙窟』の引用が重なる場面。「僕（ヤツカリ）」なる男が別世界に迷い込み、二人の神女に出逢った話は、女一の宮を求めやがて宮の君へと繋ぐ伏線であり、また、薫が大君と中の君に出会った宇治での月日をも思わせる。加えて素性をめぐる応答は、自らの出自を問う薫の心の深層を刺激し、次節「わが母宮も…」の思いを引き出していく。

二　**「いづくにても、何ごとをかは…持ちたてまつらばと思ふぞ、いと難きや」**　「たゞかやうにてこそは過ぐさせ給ふめれ」は、今女房達がしているように、女一の宮は琴を楽しむなどして過ごしておられるようです、の意。「すゞろなる嘆きのうち忘れてしつる」は、わけもない溜息が思わずもれ出てしまったこと。「すゞろなる嘆き」は無自覚の嘆息。何事にも用心深い薫が宮の興趣に富んだ暮らしぶりを聞くことができ、溜息をもらしたことは、女一の宮への薫の憧れの表れである。「あやしと思ひ寄る人もこそと紛らはしに」は、薫の心中を怪しいと思いあたる人があってはいけないと気をそらすために。「さし出でたる和琴を、たゞさながら掻き鳴らし給ふ」は、御簾の中から差し出された和琴を、薫が調律もせずにそのまま掻き鳴らしなさること。不用意な溜息を誤魔化し、女房達に警戒心を持たれないためのあわてた行為。「和琴」は日本古来の六絃の琴、既出（常夏四【注釈】一等）。「律の調べは、あやしく折に合ふと聞く声なれば」は、短調に近い音律の楽曲は、不思議と秋の季節にふさわしいと思って聞く音色［声］なので。「律は秋也又女にとれは也」（『細流』）。「秋風にかきなす琴のこゑにさへはかなく人の恋しかるらむ」（古今集巻一二恋二・壬生忠岑）と同類の心情が響く。「なか〳〵なり、と心入れたる人は消えかへり思ふ」は、身を入れて聞く女房達は、薫が弾奏を中断したので、最後までお弾きにならないことをひどく残念がる。「わが母宮も劣り給ふべき人かは、后腹と聞こゆばかりの隔てこそあれ、帝々の思しかしづきたるさま、異ごとならざりけるを」は、薫の母女三の宮が朱雀院の女御腹で、女一の宮が今上の「后腹」であるという差異を除けば、帝のご鍾愛など遜色ないはずなのにとの薫の思い。「この御辺りはいとことなりけるこそあやしけれ」は、この女一の宮の御方は、格別勝れた御威勢であるのは不思議であることよ、の意。血縁、血筋、出自というものに向ける薫の心情である。「明石の浦は心にくかりける所かな」の「明石の浦」は、源氏が北山の聖を訪ねた折、山頂で京の方を見わたした場面で、良清が伝えた明石の入道の娘の話、「播磨の明石の浦こそなほことに侍れ…あやしく他所に似ず」（若紫三）に照応。明石一族の栄達を見れば、心ひかれ気になっていた所であるよ、との思い。「心にくかりける所かな」の「心にくし」は、対象の動きや状態が思うように明らかにならず、もっとはっきりしたい、もっと知りたい、と関心を持ち続ける意（『岩波古』）。明石の浦は深く知りたいと思う妬ましい程の所だったよ、明石一族の栄達の所以をもっと知りたいと思う、妬ましい程の宿運であったことよ、の意。夕霧が薫の出生の秘密を、予測承知している（横笛七）ことを全く知らない故に、薫は、「まろこそ御母方の叔父なれ」（前節）と自負し、帝の御娘も賜ったとして、己の出自を亡き源氏を中心に規定しているが、それでも薫は六条院において身の置き所のなさを感じている様子。「わが宿世はいとやむごとなしかし」は、「宿世の程くちをしからざりけりと、心おごりせらるゝ」（宿木五四）ともあり、己の宿運は第一流で、明石中宮一族に劣らないはずであるとする薫の自負心。「まして、並べて持ちたてまつらばと思ふぞ、いと難きや」は、女二の宮とさらに女一の宮までを「並べて持ちたてまつらば（めでたからまし）」と仮定する薫の想念は、いかに宿運の高い薫でも、非現実的で不可能であるよという草子地。一品の宮である女一の宮の存在は貴公子たちの憧れの的であるが、「ただ人」（蜻蛉二五）である薫には手の届くはずもない。

三七　薫、宮の君を訪ね、人生の流転を思う

[一]宮の君はこの西の対（たい）にぞ御方（かた）したりける。若（わか）き人々（ゞ）の気配（けはひ）あまたして、月愛（め）であへり。いであはれ、これもまた同（おな）じ人ぞかし、と思ひ（思い）出できこえて、親王（みこ）[1]の昔（むかし）心寄（よ）せ給（たま）ひしものを、と言（い）ひなして、そなたへおはしぬ。童（わらは）のをか（お）しき宿直姿（とのゐすがた）にて、二三人出（い）でゝ歩（あり）きなどしけり。見（み）つけて入るさまども[ア]ゝ、かゝやかし。これぞ世（よ）の常（つね）と思（思）ふ。南（みなみ）面（おもて）の隅（すみ）の間（ま）に寄（よ）りてうち声作（こわづく）り給へば、少（すこ）し大人（をとな）びたる人出（い）で来（き）たり。薫「[二]人知（し）れぬ心寄（よ）せなど聞（き）こえさせ侍れば、なか（中）〳〵、皆人（みな）[2]聞（き）こえさせ古（ふる）しつらむことを、初（うひ）〳〵しきさまにて、まねぶやう[3]になり侍り。まめやかになむ、言（こと）よ[4]り外（ほか）を求（もと）められ侍（侍）る」とのたま（給）へば、君にも言（い）ひ伝（つた）へ[5]ずさかしだちて、女房「いと思（おも）ほしかけざりし御ありさまにつけても、故（こ）[6]宮の思（思）ひきこえさせ給へりしことなど、思（思）ひ給へ出（い）でられてなむ。かくのみ折々（をり〳〵き）聞こえさせ給ふなる御[イ][7]

後言をも、喜びきこえ給ふめる」と言ふ。[8]三 並々の人めきて心地なのさまや、ともの憂ければ、薫「もとより思し捨つまじき筋よりも、今はまして、さるべきことにつけても、思ほし尋ねんなんうれしかるべき。うとうとしう、人づてなどにてもてなさせ給はゞ、えこそ」とのたまふに、げに[9]と思ひ騒ぎて、君を引き揺るがすめれば[ウ]、宮の君「まつも昔のとのみながめらるゝにも、もとよりなどのたまふ筋は、まめやかに[10]頼もしうこそは[エ]」と、人づてともなく○なし給へる声、いと若やかに愛敬づき、やさしきところ添ひたり。四 たゞなべてのかゝる[11]住みかの人と思はゞ、いとをかしかるべきを、たゞ今は、いかでかばかりも、人に声聞かすべきものとならひ給ひけん、となまうしろめたし。容貌もいとなまめかしからむかし、と見まほしき気配のしたるを、この人ぞ[12]、また例の、かの御心乱るべきつまなめる、とをかしうもあり難の世や[オ]、と思ひ○給へり。

【校異】

ア　**入るさまどもゝ**――「いるさまとも」青（大）河（鳳）「入さまも」別（陽）「いる様も」別（宮）「いるさまも」別（保・国）「いるさまなとも」青（徹二）「いるさま○もゝ」青（横）「いるさまともも」青（幽・徹一）河（伏）「いるさまとも」青（明・陵・伝宗・穂・大正・三・池・肖・紹）河（尾・御・七・前・大・飯）別（ハ・麦・阿）。なお『大成』は「いるさまとも」、『新大系』も「入るさまども」であるのに対して、『全書』『大系』『玉上評釈』『全集』『集成』『完訳』『新全集』は「入（入）るさま（様）どもも（ゝ）」。主に、「入るさま」に下接するのが、「ども」か「どもゝ」かの違いである。「ともゝ」の「ゝ」が直ぐ下に続く「かゝやかし」の「か」（可）の第一画に惑わされて誤脱したのではないか。底本『大』の誤脱と見て、「入るさまどもゝ」に校訂する。

イ　**給ふなる**――「ナシ」別（陽）「給ふなり」青（大）「給なり」青（幽）「給なる」青（明・陵・伝宗・穂・大正・三・徹一・

横・徹二・肖・紹）河（尾・御・七・前・大・鳳・伏・飯）別（ハ・宮・保・国・麦・阿）、青（池）は落丁。なお『大成』は「給なり」、『玉上評釈』『新大系』も「たまふ（給（たまふ））なり」であるのに対して、『全書』『大系』『全集』『集成』『完訳』『新全集』は「たま（給）ふなる」。「給ふなり」と「給ふなる」の違いである。当該は連体形「なる」で「御後言」に掛からなければ発言の意図が不明瞭になる。「給ふなり」の「り」と「る」は、判別し難い場合があり、底本『大』が「る」を「り」に誤写したものと見て、「給ふなる」に校訂する。

ウ　**めれば**――「へけれは」青（大正・徹一・池・横・紹）河（尾・御・前・大・鳳・伏・飯）別（ハ）「へかめり」別（麦）「へかめれとは」河（七）「へかめれは」青（穂・三）別（宮・保・国）「○（へかイ）めれは」青（徹二）「○（へけ）めれは」青「幽」「へけ（め）れは」青（陵）「め（ヒ）れは」青（大・明・伝宗・肖）別（陽・阿）。なお『大成』は「めれは」、『大系』『全集（ヒ）』『完訳』『新大系（ヒ）（ヒ）』『新全集』も「めれば」であるのに対して、『全書』『玉上評釈』『集成』は「べければ」。主に推量の助動詞の、「めり」か「べし」かの違いである。「めり」は元々視覚による推量を表す助動詞であるが、当該は一般的推量をも表すようになった平安中期の用法である。この時、宮の君は御簾の奥にいて、薫からは見えない。直接話したいと言った薫の言葉に、応対していた女房は慌てて奥にいる宮の君を促す。「めり」ならば、その様子を薫が御簾越しに気配で察する心情を婉曲に表す意であり、「べし」ならば、確率性の高い推量をして言い切る意。「めり」の方が、薫の気持ちに添う婉曲な表現となる。諸本の状況も、底本独自ではなく、『明』『伝宗』『肖』および別本の『陽』『阿』も『大』と一致し「めれは」であり、さらに『幽』も、「めり」から「へし」に加筆修正されたかと思われる。以上を鑑みて底本の校訂を控える。

エ　**こそは」と**――「こそはなと」河（七）「こそと」別（陽）「こそいと」青（大）「こそはと」青（明・陵・伝宗・幽・穂・大正・三・徹一・池・横・徹二・肖・紹）河（尾・御・前・大・鳳・伏・飯）別（ハ・宮・保・国・麦・阿）。なお『大成』は「こそいと」であるのに対して、『玉上評釈』は「こそは、と」、『全書』『大系』『全集』『集成』『完訳』『新大系』『新全集』は「こそは」と」。「こそいと」と「こそはと」の違いである。「こそいと」では文意が通じない。底本の「こそいと」は独自異文であり、「は（ハ）」が「い（以）」に誤写されたものと見て、底本を校訂する。

オ　**世や、と**――「ナシ」別（陽）「世中とも」河（前）「よやとも」青（穂・三・池・横・徹二・肖）別（ハ・保）「世やとも」青（明・伝宗・紹）河（尾・御・七・大・鳳・伏・飯）別（麦・阿）「世やと○（も）」青（幽）「世やと」青（大正）別（宮）「よやと」青（大・陵・徹一）別（国）。なお『大成』は「よやと」、『新大系』も「世（よ）や、と」であるのに対して、『大系』は「世（よ）や」と（も）」、『全書』『玉上評釈』『全集』『集成』『完訳』『新全集』は「世（世（よ））や（、）とも」。「世やと」と「世やとも」の違いである。上接する「をかしうも」の「も」は係助詞で、「逆接的な条件になる事柄をそれとなく控えめに表す」（『角川古』）意を添える。皇女であった宮の君に対する無意識な期待があり、直接声を聞かせたふるまいが軽率と感じられて興味関心が少し冷めた時、薫は、この宮の君の今の様子が匂宮の好き心を呼び起こすのではないかと別の興味を抱く。その心情が「をかしうも」である。そう考えつつも、薫の思惟は男女の仲のあり方へと及んでいき、すぐれた女は得難い世であると思う場面である。下接の「あり難の世や」は「をかしうも」と並列させる語ではなく、薫の憂愁を表象するものであるが、後の伝本において「をかしうも」の「も」に引かれて、「よやとも」のように「も」が追加されたものと見て、底本の校訂を控える。

【傍書】　1故式部卿宮のかほるに心さしありしこと也　2故宮の御心むけたれ〳〵もきゝふるし給ふらんをことあたらしくまねひ給ふと也　3六おもふてふことよりほかに又もかな君はかりをはわきてしのはん　4則（字線が細い）右哥ノ詞をとりておもふてふと云心也又心の中は詞にもいはぬゆへにことより外をもとむるといへるにや　5そはより返事したる也　6蜻　7宮のこゝろことにの給ふことをかたる也　8かほるのおもひ給ふこと也　9女房ノ心にかほるの事わりをきこえ給ふ〇ヲけにとおもひわけて宮君に比よし聞えて心ひきうこかしたると也　10宮君返事也　11宮つかへなともなくてひとりすみなとおもひ給ふ人ならむおかしかるへきなり　12匂宮ノ□（虫喰）事也

【注釈】

一　**宮の君はこの西の対にぞ御方したりける…大人びたる人出で来たり**　「宮の君はこの西の対にぞ御方したりける」は、薫が「もどかしきまでもあるわざかな」（蜻蛉三二）と思っていた故式部卿の姫君は、一品の宮の居所のこの西の対を御局にしていたのでした。語りなので気付ではなく、薫の心情に重なる。「いであはれ、これもまた同じ人ぞかし」は、なんともお気の毒な、宮の君もまた女一の宮や自分〔薫〕と同じ皇族の血脈をもつ人であるよと、薫が宮の君の事を思い出した感慨。前段の、明石一族を「心にくし」と思い、薫自身の宿世を「いとやむごとなしかし」と考えた想念に続く。「親王の昔心寄せ給ひしものを、と言ひなして、そなたへおはしぬ」は、式部卿宮が生前、薫を婿にと好意をお寄せになった（東屋一一）のだからと言いつくろって、薫は西の対へいらっしゃった。「我にも気色ばませ給ひきかし」（蜻蛉三二）。「童」は、宮の君に仕える女の童。「見つけて入るさまども、かゝやかし」は、童たちが薫の姿を見つけて御簾の内に引っ込む姿を、きまり悪そうであると見る薫の目と、語りとが重なったもの。「これぞ世の常と思ふ」は、恥ずかしがって隠れた童たちの振る舞いが初々しく、これが世間並みであると思う。前の女房達の世慣れた対応を「かくゆかしげなく聞こゆる名ざしよ」（蜻蛉三五）、「少し上げたる簾うち下ろしなどもせず」（蜻蛉三六）如何にも宮仕え馴れした態度と、気になっていた。「南面の隅の間に寄りてうち声作り給へば」は、薫が西の対の南廂の東側の間（ま）に寄って、咳払いをして来訪を告げなさると、の意。「間（ま）」は柱と柱の間を几帳などで仕切って使う女房の局。

二　**「人知れぬ心寄せなど聞こえさせ侍れば…喜びきこえ給ふめる」と言ふ**　「人知れぬ心寄せなど…まねぶやうになり侍り」は、あなたにひそかな好意ある言葉などを申しあげますならば、かえって誰もが申し上げ古してしまったようなことを、初心者らしくきまりが悪い体で、そのまま言うようなことになるのです。薫の謙った、好色心の欠片もない真面目な訪問とする挨拶の口上である。「まめやかになむ、言より外を求められ侍る」は、「思ふてふ言よりほかにまたもがな君ひとりをばわきてしのばむ」（古今六帖第五・わきて思ふ）による。あなたへの思いを真剣に伝えるために、皆さんが聞き古した言葉ではなく、何か適切な言葉はないものかと探しております、の意。「君にも言ひ伝へずさかしだちて」は、出てきた少し年配の女房が、宮の君にも取り次がず、わかったふうな応対をする様。「故宮の思ひきこえさせ給へりしこと」は、故宮が薫を宮の君と結婚させたいとお望み申し上げなさったこと。「かくのみ折々聞こえさせ給ふなる御後う言」の「御後言」は、陰ながらのお言葉。薫は宮の君訪問が度重なっていると予想される。

三　**並々の人めきて心地なのさまや…やさしきところ添ひたり**　「並々の人めきて心地なのさまや」は、薫の「言より外を求められ侍る」と言った真意を女房が解さず、自分が並の懸想人のように扱われたことに落胆し、自尊心も損なわれる思い。「もとより思し捨つまじき筋」は、宮の君とは、元々お見捨てになれない、いとこ同士という血筋。「うと／＼しう、人づてなどにてもてなさせ給はば、えこそ」は、他人行儀に間に人を立てるなどの待遇をなさるならば、とても（今までの好意をお寄せ申し上げますことは難しいでしょう）の意。「えこそ」は、〈え（副詞）・こそ（係助詞）〉で、副詞「え」は打消・反語を伴って、とても…できぬ、よく…せぬ意。係助詞「こそ」の結びの已然形が省略されており、「聞こえさせはべらね」等の表現が想定できる。薫は挨拶の始めに「人知れぬ心寄せなど」と述べたのに、出て来た「少し大人びたる人」が取次もせずやりとりを続けることに対して抗議を仄めかしたもの。「君を引き揺るがすめれば」は、慌てた女房が、宮の君を揺すぶるように薫への直接の対応を促したらしいので。主人を「引き揺るがす」女房の行為は、如何にも落ちぶれた宮家の今を象徴する。こうした行為そのものが、庇護者を失い急速に落ちぶれた高貴な姫君の実態を語っている（蜻蛉三二【注釈】一参照）。さらに『栄花物語』には、伊周の遺言「ゆめ／＼麿がなからん世の面伏、麿を人にいひ笑はせ給ふなよ」（巻八はつはな）がありながら、その懸念どおり伊周の中の君が、中宮彰子から出仕を催促されることになった例がある。「まつも昔のとのみながめらるゝにも、もとよりなどのたまふ筋は、まめやかに頼もしうこそは」の「まつも昔の」は、「誰をかも知る人にせむ高砂の松も昔の友ならなくに」（古今集巻一七雑上・藤原興風、和漢朗詠集巻下交友・同）による。孤独な物思いにばかり沈み込んでしまうにつけても、「もとより思し捨つまじき筋」などとおっしゃる血筋の縁は心底頼もしく思われます、という宮の君の返事。「まめやかに」は、前節の薫の言葉「まめやかに」に応ずるもの。薫の同情が宮の君に伝わっている様子である。「人づてともなくいひなし給へる声」は、薫が「人づてなどにてもてなさせ給はば、えこそ」と抗議したことを受けて、宮の君が直接自分で返答された声。

四　**たゞなべてのかゝる住みかの人と　…をかしうもあり難の世や、と思ひゐ給へり**　「たゞなべてのかゝる住みかの人」は、ただの普通の宮仕え女房。「たゞ今は、いかでかばかりも、人に声聞かすべきものとならひ給ひけん」は、ほかでもない今、どうしてこれ程にも、男に声を聞かせねばならない女房というものにお馴れになったのであろうか。「たゞ今は」は、宮の君の身の上に同情の思いを寄せているので、声を聞いた今を特示強調。「ならひ給ひけん、となまうしろめたし」の「ならふ」は、「習・馴・慣・倣」で、学習する、慣れる意。今、薫にするように男に声を聞かせるような宮仕え女房の対応を学び、馴れてしまったのかと、薫は何となく行く末を気掛かりに思う。「宮の君の御身のほとにてはいまちとかろ〳〵しきと也」（『細流』）。薫は宮の君の直接の対応を求めながら、その声を耳にすると、反発もし、心配もする。「容貌もいとなまめかしからむかし、と見まほしき気配のしたるを」は、「声」から感じられる姿の美しさを「いとなまめかしからむかし」と想像し、見たいと思う薫でもある。「この人ぞ、また例の、かの御心乱るべきつまなめる」は、宮の君が、また例によって、あの性癖を持つ匂宮の御心をかき乱すに違いない端緒になるようだ、という薫の予想。「この頃ぞ、また、宮の君に本性あらはれてかゝづらひ歩き給ひける」（蜻蛉三二）に照応する。「をかしうもあり難の世や、と思ひゐ給へり」は、宮の君を心配する薫の気持ちが、「なまうしろめたし」であって「うしろめたし」ではないように、その関心は「をかし」であって「あはれ」ではなく、薫が宮の君に心から寄り添ってはいないことを表わしている。浮舟の法要を営んだ後、薫は心の拠り所を求めて六条院の女君たちを巡り歩く。垣間見た女一の宮に心おどらせ、幼時からの憧憬が改めて浮き彫りにされるが、女二の宮と並べて女一の宮をも妻にできるはずはなく、宮の君は、今後の成り行きに興味もあるが、自分の希求する女性ではない。巡り歩いた薫は、「あり難の世や」の結論に至る。「まことに心ばせあらむ人」（同三五）はめったにいない世の中であるよ、とずっと思い続けておられる。

三八　薫、宇治のゆかりを偲び、現世のはかなさを嘆く

一　これこそは、限りなき人のかしづき生ほし立て給へる姫君、また、かばかりぞ多くはあるべき、あやしかりけることは、さる[1]聖の御辺りに、山のふところより出で来たる人々の、かたほなるはなかりけるこそ、この、はかなしや[2]、軽々しやなど思ひなす人も、かやうのうち見る気色はいみじうこそをかしかりしか、と何ごとにつけても、たゞかの一つゆかりをぞ思ひ出で給ひける。あやしうつらかりける契りどもを、つく〲と思ひ続けながめ給ふ夕暮、蜻蛉のものはかなげに飛びちがふを、

薫　「[3][4]ありと見て手には取られず見ればまた行く方[5]も知らず消えし蜻蛉

[6]あるかなきかの[7]」と、例の、独りごち給ふとかや。

【傍書】　1うはそくの宮の御むすめ共事をいへり　2うき舟の事　3かほる　4後撰　あはれともうしともいはしかけろふのあるかなきかにけぬる世なれは　5ありと見てたのみそかたきかけろふのいつともしらぬ身とはしる〱　6かけろふに二儀あり　7一は陽焔をいふ一は蜻蛉といふ虫也これは秋の時分なれは猶虫の心にや

【注釈】

一　**これこそは、限りなき人のかしづき…例の、独りごち給ふとかや**　「これこそは、限りなき人のかしづき生ほし立て給へる姫君」は、この宮の君こそは、この上ない身分の父君式部卿宮が、春宮妃にと望んだり（蜻蛉三二）、薫を婿にと望んだりする（同）ほど大切にお育て申し上げた姫君である。「また、かばかりぞ多くはあるべき」は、ま

た、この程度の女性なら他にも多くいるであろう、の意。宮の君を一般女性たちの範疇に入れ、以下、宮の君を比較の基とし、薫が「あやし」と思うことをあげてゆく。「さる聖の御辺りに、山のふところより出で来たる人々」は、あの聖の八の宮のもとで、宇治の山奥に育った大君と中の君を指す。「かたほなるはなかりけるこそ」は、宇治の大君と中の君は聖の傍で、不如意な山育ちなのに、何の欠点もなく優れていること。宮の君も宇治の女君達も、ともに桐壺院の親王の姫君なのに、の思い。薫は、理想に叶う女は「難いものかな」（蜻蛉三五）と思うにつけても、中の君を「あり難くあはれなりける」（同）と思い到っていた。ここでも、宮の君を理想の人には程遠いと見て、「あり難の世や」（蜻蛉三七）と現実認識をし、宇治の女君への思いに回帰している。「この、はかなしや、軽々しやなど思ひなす人」は、八の宮の娘としては頼りないなあ、軽率だなあと思ってしまう浮舟。「かやうのうち見る気色はいみじうこそをかしかりしか」は、「軽々しやなど思ひなす人」浮舟も、ちょっと見る様は大層魅力的であったよ。「何ごとにつけても、たゞかの一つゆかりをぞ思ひ出で給ひける」は、何事につけても、八の宮の血筋の三姉妹のことばかりを薫は思い出されるのであった。「あやしうつらかりける契りどもを、つく〴〵と思ひ続けながめ給ふ夕暮」は、薫の八の宮の娘との「契り」意識で、「いかなる契りにて、この父親王の御もとに来そめけむ」（蜻蛉一四）と思い、どう考えても不思議で耐え難い結果になった宇治の三姉妹との縁を、回想し思い続けなさる夕暮れ。「蜻蛉のものはかなげに飛びちがふ」は、その夕暮れに、つくづくともの思いに沈む薫の心情を重ねて見ている眼前の情景。「かげろふ」は、「蜻蛉、陽炎、蜉蝣」とも漢字表記され、「カギロヒの転。ちらちらと光るものの意が原義。あるかなきかの、はかないものの比喩に多く使う」（『岩波古』）常套表現。「なほ、ものはかなきを思へば、あるかなきかの心地する、かげろふの日記といふべし」（蜻蛉日記上跋文）の、ものはかない身の上を記した「かげろふ」の実体は「陽炎」であるのに対して、当該では「《羽根がきらきら光るところから》トンボの一種」（『岩波古』）と考えられる。「蜉蝣（ひおむし）に争ふ心」（橋姫二〇）は、自分を「はかない人間である」（同【注釈】一）ととらえる薫の言葉であり、当該場面とも響き合う。「世の中と思ひしものをかげろふのあるかなきかの世にこそありけれ」（古今六帖第一かげろふ）「あはれともうしとも言はじかげろふのあるかなきかに消ぬる世なれば」（後撰集巻一六雑二・読人知らず）などとして詠まれる歌語。「ありと見て手には取られず見ればまた行く方も知らず消えし蜻蛉」は、巻名の由来ともなった歌。この歌は、貫之の「手にむすぶ水にやどれる月かげのあるかなきかの世にこそありけれ」（貫之集第九、和漢朗詠集巻下無常・同）の「月かげ」を「かげろふ」に詠み替え、人の世のはかなさを、「あるかなきかの世」と捉えられた詠。「世づかぬ」（蜻蛉六・三〇）薫が「ありと見て」追い求めた人［大君］を手に取ることも出来ず、遂に契りを結ぶこともなく、残された人［中の君］は匂宮の妻となり、捉えたと思った人［浮舟］もするりと手から抜け落ち逝ってしまった、無念の悲しみを詠歎したもの。はかない縁であった宇治の姉妹とのことが、薫の回想の中で巡り続ける思いを蜻蛉に象った独詠歌。「例の、独りごち給ふ」の「独りごち」は、独詠歌を詠む意。「例の」とあるのは、薫が浮舟を宇治へ連れて行く道中、「故姫君」を思い出し涙ぐみつつ、「形見ぞと見るにつけては…と、心にもあらず独りごち給ふ」（東屋四一）て、つぶやくように詠んだ歌に呼応する。今もまた、薫の心の深奥に潜む、大君への思いが表白されている。「とかや」は、物語を閉じるときの語りの伝聞形式。他巻末にも「とや」「となむ」など頻出する（夢浮橋一四参照）が、「とかや」は物語中当巻のみ。薫の心中思惟に添い続けた語り手が、独自の姿を見せる表現で、救われようのない薫の喪失感を余韻として、巻は閉じられる。

手習（てならひ）

手習系図

一、本巻の登場人物をまとめた系図である。
一、記号は、それぞれ以下のことを示す。
　＝ 夫婦の関係　── 血縁関係　△ 故人
一、（ ）内は、この巻での、その人を指し示す一般的呼び名を表す。

△一条御息所（夕霧の御息所）

△朱雀院（故朱雀院）

△源　氏（故院）

△八の宮（故八の宮、親と聞こえけん人、故宮、聖の親王、聖）

中将の君（親、母君、母、まことの親）

常陸介（常陸）

△麗景殿女御

今上帝

明石の中宮（后の宮、御前、宮、大宮）

夕霧（左の大殿、左大臣殿）

女一の宮（一品の宮、かの宮、姫宮）

匂宮（兵部卿の宮、宮、かの宮、人〈「君にぞ惑ふ」とのたまひし・袖ふれし〉）

△大君（宮の御娘、故宮の御娘、はじめの）

中の君（うれし頼もしと思ひきこえしはらから、姉君、兵部卿宮の北の方）

浮舟（若ううつくしげなる女、故八の宮の御娘、この御方、この君、姫君、御前、女人、世を背きける君、御妹、大将殿の御後、かの女、御前、正身、人〈ありつる・物にけどられにける・知らぬ・かく久しくわづらふ・初瀬の観音の賜へる・夢のやうなる・形見にも思ひよそへつべからむ・おぼえぬ・言ふかひなき・なべてのさまにはあるまじかりつる・髪いと長くをかしげなる・初瀬に…見出でたる・月頃見給ふ・人に似ぬ・心苦しきさまに…聞き侍りし・あはれと思すべき・物思ひ給ふらん・若き人・あらぬ・もの怖じはさもし給ふべき・物思ふ・情けなかるまじき・知りきこえ給ふべき・このおはせし・失せにし女子の代はり・心地よげなる人・言ふかひなき人・かの、あやしくて失せたる人・いみじく思ふさまなりける・かゝるさましたらむ・かばかりのさましたる・見し・ことに深き心もなげなるかやうの・うつし・失ひ侍りぬと思ひ給へし・思ひわたり侍る〉）

四位少将（四位の少将）

蔵人右近将監（常陸の子ども、蔵人、御司の将監）

小君（常陸の子ども、童、せうとの童）

女二の宮（姫宮）

薫（右大将、大将殿、大将、かのわたり、この殿、我、人〈忍びやかにおはせし・さる方に思ひ定め給ひし・薄きながらものどやかにものし給ひし・恥づかしげなる〉）

母尼君（母、母の尼君、親、尼君、主、大尼君、嫗、人〈老い給へる・老い・いびきの〉）

- 横川の僧都（なにがし僧都、僧都、僧都の御坊、無慚の法師、碁聖大徳になりて、棋聖、僧都の君、なにがし、おはしたる人）
- △◯
  - 紀伊守（大尼君の孫の紀伊守、人〈かのわたりの親しき・深き心もなげなるかやうの・かの〉）
  - 常陸の北の方（常陸の北の方、常陸）＝常陸介
- 妹尼（妹、妹の尼君、尼君、娘の尼君、上達部の北の方、娘尼君 尼上、東の御方、上、故衛門督の妻に侍りし尼、人〈さだ過ぎにける・心ばせある・早うは今めきたる・老い・頼もし人に思ふ・世を背き給へる・物詣での・見る〉）＝△衛門督（上達部、故衛門督）
  - △女子（わが恋ひ悲しむ娘、娘、娘の君、故姫君、昔人、忘られぬ昔、昔、失せにし女子、人〈かなしと思ふ・恋ひわたる・言ふかひなくなりにし・時の間も忘れず…思ひつる・恋しき・過ぎにし・昔の〉）＝中将

◯（親、許い給ふまじき人々）

- 中将（君達、尼君の昔の婿の君、中将、あてやかに入り来る男、君、中将殿、客人、男君、心の深くありける人、恨みわびし中将、心かけ給はん男）
- ◯（はらからの君たち）
- 禅師の君（禅師の君）

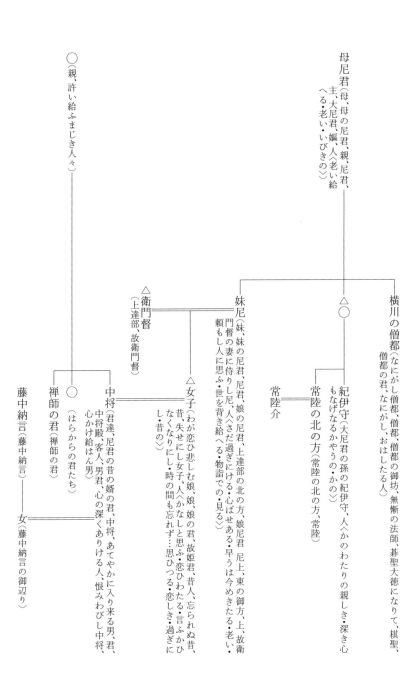

藤中納言（藤中納言）
- 女（藤中納言の御辺り）＝中将

【僧都の弟子、大徳たち】

阿闍梨（弟子の阿闍梨・阿闍梨・験者の阿闍梨・はじめより祈らせし阿闍梨・老い法師・この阿闍梨）

物怖じせぬ法師、この大徳、兄人の阿闍梨、大徳たち、火灯したる大徳

下臈法師（弟子ども、下衆下衆しき法師ばら）

下衆ども（下衆ども）

宇治近辺の下衆（下衆、穢らひたる人）

物の怪（行ひせし法師、憑きたる人）

少将の尼（少将の尼君、少将、少将の尼、例の尼、さだ過ぎたる尼　人〈少将と言ひし・仕うまつり馴れにし・老い衰へたる〉）

尼家の女房（老い人ども、我が人にしたりける二人、年経にける尼七八人、［尼達の］娘・孫、昔見し人々、古体の人ども、くそたち、とのもりのくそ、この人々、うちすがひたる尼ども、下の尼）

侍従（侍従）

こもき（こもき、はかなき頼もし人、供にて渡るべき人）

左衛門（左衛門）

浮舟乳母（乳母）

大輔の君――右近（右近）

┌小宰相の姉（姉君）

└小宰相の君（大将殿の語らひ給ふ宰相の君、小宰相、君）

宇治の院守（院守）

家あるじ（家あるじ）

宇治の院の宿守の翁（宿守の翁、翁、宿守の男）

宇治山の阿闍梨（律師）

〔巻名の由来〕僧都によって命を救われ、小野の里に移された浮舟が、巻中で、鬱積する思いを手習に託して詠む場面が度々描かれる事による。浮舟を手習の君と称する所以ともなっている。

〔年齢〕薫二十七歳春から二十八歳夏。浮舟二十三、四歳から二十四、五歳。一年目の秋までが蜻蛉巻に重なる。

〔梗概〕その頃、比叡山横川になにがしの僧都という高徳の僧がいた。その僧都の母の老尼が、僧都の妹尼とともに詣でた初瀬の帰途に発病し、山籠りをしていた僧都も下山する。母尼に加持祈禱を行うため、一行は宇治の院に泊まることになるが、院の庭で、大木の根元に倒れている狐か何かの変化とおぼしき若い女が発見され、僧都によって助けられた。僧都の妹尼は、素性も知れぬこの女を、亡き娘の身代わりに初瀬の観音が授けて下さったものと喜んで手厚く看病し、母尼とともに住む小野に連れ帰る。この女こそ、宇治で失踪した浮舟であった。

五月も過ぎ、助けられてから二ヶ月経っても浮舟は正気に戻らず、一向に回復しないが、妹尼のたっての願いで下山してきた僧都の加持によって、ようやく意識を取り戻した。しかし浮舟は、出家の願いを口にするだけで、決して素性を明かそうとはしない。

秋になり、浮舟は、鬱々たる思いを手習に託し、かろうじて日々を過ごしていた。そのような折、妹尼の亡き娘の婿であった中将が久しぶりに小野を訪れ、垣間見た浮舟の姿に心惹かれる。中将はたびたび小野を訪れて浮舟への想いを伝え、妹尼たちも二人の結婚に期待を募らせるが、浮舟には、そうした周囲の思惑が厭わしいだけであった。

九月、初瀬詣に出かけた妹尼の留守中に、三たび訪れた中将から執拗に迫られ、浮舟は母尼の部屋に逃げ込んで一夜を明かすこととなった。老醜をさらす母尼たちの姿に、地獄の恐ろしさを重ね見た浮舟は、眠れぬままに出家への思いを強くする。次の日、一品の宮の加持のために都へ向かう途中で小野に立ち寄った僧都に懇願して、浮舟はついに出家を遂げた。初瀬から戻ってそのことを知った妹尼は、悲嘆に暮れる。

新春を迎え、仏道に精進する浮舟は、小野を訪れた妹尼の甥、紀伊守の語る薫のその後や自分の一周忌を営む話などを耳にし、複雑な心境である。一方、浮舟の消息は、一品の宮の加持祈禱の際に夜居を勤めた横川の僧都から明石中宮の耳に入り、やがて薫の知るところとなる。驚いた薫は、外聞を恐れて逡巡しつつも、比叡山参詣の折に横川に立ち寄り、僧都に会って事の真相を確かめようと、浮舟の弟を伴って出かけるのであった。

手習

一　横川僧都の母、初瀬詣の帰途、急病

一 その頃(ころ)、横川(よかは)に、[1]なにがし僧都(そうづ)とかいひて、いと尊(たうと)き人住(す)みけり。八十余(やそぢあま)りの母(はゝ)、[2]五十ばかりの妹(いもうと)[3]ありけり。古(ふる)き願(ぐわん)[4]ありて、初瀬(はつせ)に詣(まう)でたりけり。むつましうやむごとなく思(おも)ふ[5]弟子(でし)の[6]阿闍梨(あざり)を添(そ)へて、仏経供養(くやう)ずること行(をこな)ひけり。二 事(ことゞ)も多(おほ)くして帰(かへ)る道(みち)に、奈良坂(ならさか)といふ山越(こ)えける程より、この母(はゝ)の尼君(あま)心地悪(ちあ)しうしければ、母尼同行者「かくてはいかでか残(のこ)りの道(みち)をもおはし着(つ)かむ」と、もて騒(さは)ぎて、宇治(うぢ)のわたりに知(し)りたりける人の家(いゑ)ありけるにとゞめて、今日(けふ)ばかり休(やす)めたてまつるに、なほ(を)いたうわづらへば、横川(よかは)に消息(せうそこ)したり。山籠(ごも)[7]りの本意深(ほいふか)く、今年(ことし)は出(い)でじと思(思)ひけれど、限(かぎ)りのさまなる親(おや)の、道(みち)の空(そら)にて亡(な)くやならむと驚(おどろ)きて、急(いそ)ぎもの(物)し給へり。

三 惜(お)しむべくもあらぬ人(人)のさまを、みづから(身)も弟子(でし)の中(なか)にも験(げむ)あるして加持(かぢ)し騒(さは)ぐを、家(いゑ)あるじ聞(きゝ)きて、家主「[8]御嶽(みたけ)精進(さうじ)しけるを、いたう老(お)い給へる人の重(をも)くなやみ給ふはいかゞ」と、後(うし)ろめたげに思ひ(い)て言(い)ひければ、さも言(い)ふべきア ことゝいとほ(お)しう思(思)ひて、いと狭(せば)くむつかしうもあれば、やう〳〵率(い)てたてまつるべきに、中神塞(なかゞみふた)がりて、[9]例住(れいす)み給(給)ふイ方はウ忌むべかりければ、[10]故朱雀院の御領(両)にて宇治(うぢ)の院といひし所、このわたりならむと思ひ出(思い)でゝ、院守(もり)、

僧都知り給へりければ、一二日宿らんと言ひに遣り給へりければ、院守「初瀬になん、昨日、皆エ参りにける」とて、いとあやしき宿守の翁を呼びて、率て来たり。使者「11おはしまさば、はや。いたづらなる院の寝殿にこそ侍めれ。物詣での人は常にぞ宿り給ふ」と言へば、僧都「いとよかなり。公所なれど、人もなく心やすきを」とて、見せに遣り給ふ。この翁、例も、かく宿る人を見馴らひたりければ、おろそかなるしつらひなどして来たり。

【校異】

ア　**ことゝ**――「ことそ」青（大）「事と」青（榊・二・徹一・徹二・紹）別（宮・阿・池）「こと○と」別（国）「ことゝ」青（大正・明・肖・陵・三・穂・飯・幽）・河（尾・御・伏・七・平・前・大・鳳・兼・岩）・別（陽・伝宗・保・民）。なお『大成』は「ことそ」、『新大系』も「ことぞ」であるのに対して、『全書』『大系』『玉上評釈』『全集』『集成』『完訳』『新全集』は「こと」。当該は、「ことゝ」と「ことそ」の相違である。「ことゝ」（ことゝ）は「そ（曽）」と見誤る可能性がある。底本は、単独異文でもあり、「こと」と書いた後で、「ゝ」を「そ」と見誤って「ことそ」と誤写したかと考えて、校訂する。

イ　**方は**――「ナシ（所御本イ）」青（飯）河（伏）「所は」青（明・肖・徹一）別（阿）「ところは」青（榊・二・三・徹二・穂・紹）「かたも」別（保）「方（ヒ）は」青（幽）「かたは」河（尾・御）別（宮・陽・国・池・伝宗・民）「方は」青（大・大正・陵）河（七・平・前・大・鳳・兼・岩）。なお、『大成』は「方は」、『大系』『玉上評釈』『新大系』も「方（かた）は」であるのに対して『全書』『全集』『集成』『完訳』『新全集』は「所は」。当該は、「方」と「所」の相違である。ここは方忌みに関する記述であるので「方」が適当と考えられる。よって、校訂を控える。

ウ　**忌むべかりければ**――「いむへかりけるを」青（明・肖・榊・二・三・徹一・徹二・穂・紹）別（阿）「けれは」青（飯）河（伏）「いむへけれは」別（池・伝宗・民）「いむへかりけれは」青（幽）「いむへかりけ（ヒ）れ（る）は（ヒ）（を）」青（大・大正・陵）河（尾・御・七・平・前・大・鳳・兼・岩）別（宮・陽・国・保）。なお『大成』は「いむへかりけれは」、『全書』『大系』『玉上評釈』『新大系』も「忌むべかりければ」であるのに対して『全集』『集成』『完訳』『新全集』は「忌むべかりけるを」。当該は、「べかりければ」と「べかりけるを」の相異である。解釈上は大差ないが、『大正』『陵』『幽』の元の本文その他を勘案し、校訂を控える。

エ　**参りにける**――「まうてける」青（肖）別（池・伝宗）「まうてにけり」青（明）「まふてにける」別（阿）「まうてにけ

る」青（榊・二・三・徹一・徹二・穂・飯・紹）河（尾・御・伏・七・平・前・大・鳳・兼・岩）別（宮・陽・国・保・民）「ま（ま・ヒ）い（う・ヒ）り（て・ヒ）に（御本）ける」青（幽）「まいりにける」青（大・大正・陵）。なお『大成』は「まいりにける」、『大系』『玉上評釈』『全集』『新大系』も「参（詣・まい）りにける」であるのに対して、『全書』『集成』『完訳』『新全集』は「詣でにける」。当該は、「参り」か「詣で」かの相違である。「まうづ」は「まゐり」に「いづ」が付いた語であるので、両方の語意に大きな差はないが、行先が初瀬であるため、参詣することの連想から「まいり」が「まうで」になったと思われる。逆に「まうで」から「まいり」になる可能性は小さいであろう。故に、原型は「まいり」の可能性が大きいと考えて、校訂を控える。

【傍書】　1源信僧都に思なそらへていへり　2イソチ　3安養の尼にたとへり小野尼とて手習の君をやしなひし人也　4源信僧都をは母の長谷寺の観音に祈請してまふけたる人也ふるき願ありてといへるはさ様事にや　5弟子　6阿闍梨　7山籠事僧都伝に見え侍り　8金峰山精進には後夜於庭前礼拝金峰山百度すと云々　9尼里小野事　10朱―は寛平法皇を申也それを此物語の朱―にかきなせる也 天慶八年十月十八日宇治院萱原庄被レ留ニ後院一云々平等院已前号宇治院　11翁カ詞

【注釈】

一　**その頃、横川に…仏経供養ずること行ひけり**　「その頃」は、前の巻をそのまま引き継がず、漠然とした時から新しい物語を語り始める、冒頭の表現。実際には浮舟巻を承け、蜻蛉巻と並行する。紅梅・橋姫・宿木の冒頭も同様。（橋姫一）参照。「横川」は比叡山の北端に位置し、東塔、西塔と合わせて、三塔と呼ばれる。横川が開かれたのは東塔、西塔より遅く、慈覚大師円仁（七九四―八六四）が、首楞厳院を建て、修行したのに始まる。「なにがし」は、人や事物の名について省略する言い方。ここでは周知のことをわざとぼかして言っている。「なにがし僧都」は、源信をモデルとすると言われる。源信は天慶五（九四二）年大和国葛城郡当麻郷に生まれ、寛仁元（一〇一七）年七十六歳で没。父は占部氏、母は清原氏。母は葛城下郡高尾寺に男子を得たいと願を掛け、夢告を受け、願が叶って生まれた男子が源信であったという。母は一男四女を産むが、その中の一男三女はいずれも出家入道した。三女にあたる『河海』に「恵心僧都事歟遁世之後隠居ニ横川谷一、仍号ニ横川僧都一、母事妹安養尼事相似たり」とあるように、恵心僧都妹は願証（天慶七（九五三）—長元七（一〇三四））、安養尼公と呼ばれ、八十二歳で没。源信は横川の良源（延喜一二（九一二）—永観三（九八五））に師事。『往生要集』の他、著書多数。内供奉十禅師。寛弘元（一〇〇四）年権少僧都となるが、翌年十二月に辞任。職に従わず、横川恵心院に隠居して、浄土思想の普及に努めた。書写山性空上人、慶滋保胤らと親交があった。人々は居所にちなんで恵心僧都と呼んだ。（速水侑『源信』吉川弘文館・人物叢書による）。物語の宇治十帖が書かれたのが、寛弘七（一〇一〇）年頃とすれば、源信六十九歳、安養尼五十八歳。手習巻頭の「八十余りの母、五十ばかりの妹」や、手習（四）の僧都の「六十にあまる歳」に近い年齢である。『今昔物語集』（以下『今昔』と表記）巻一二第三〇・三二話、巻一五第三九話などに源信僧都とその母や姉のことが語られ、他にも源信に触れている話が巻一二第二四・三八話、巻一四第三九話、巻一九第四・一八話、巻二〇第二三話などにあり、源信が当時から高名な僧であったことが分かる。「古き願」は、以前に掛けた願のこと。『河海』に「伝記曰（略）彼母令ムルレ祈二請セ子息ヲ於観音ニ一（長谷寺）云々之処夢中ニ僧来リ令ムトレ与ヘ二一珠ヲ一見畢、不シテレ久シカラ懐妊生ム二男子ヲ一即チ恵心僧都是也」とあり、その後の古注もこれを引く。手習冒頭の、余り体調のよくない八十余りの母を伴ったということは、母尼が、昔、長谷寺の観音に願を掛け、その願が叶ったための御礼詣であったことになろう。手習（二四）の再度の初瀬詣には、母尼を伴わず、妹尼だけが出掛けているからである。実際には、源信僧都の母が葛城下郡高尾寺に男子出生の願を掛けたという記事が『首楞厳院廿五三昧結縁過去帳』の源信伝にあり（清水侑『源信』）、『今昔』巻一二第三二話にも高尾寺に祈った、とあり、『河海』の言うように長谷寺ではない。紫式部がその話を利用して、長谷寺に願を掛けたように書いた可能性はあると思われる。「初瀬」は、奈良県磯城郡初瀬町にある長谷寺。本尊は十一面観音。清水寺、石山寺と並び、厚く信仰されていた。「阿闍梨」は、1、師たるべき僧。2、天台、真言宗で僧の学位、また、それを得た僧。「やむごとなく思ふ」とあるので、僧都の弟子の中でも、学識の高さを評価されている人であろう。

二　**奈良坂といふ山…急ぎものし給へり**　「奈良坂」は、奈良市にある。奈良市街の北方、山城国と大和国の境にある奈良山の奈良側の坂。「山籠り」は、ここでは、比叡山に籠って修行すること。モデルと目される源信僧都も、内供奉十禅師や権少僧都に任じられたが、殆ど出仕せず、職を辞して、ひたすら浄土の業に専念したという。『今昔』巻第一五源信僧都母尼往生語第三九に「不告(つげ)ザラム限リハ不可来(きたるべから)ズ」と母に言われた源信僧都が、山に籠ること九年、母の臨終に辛うじて間に合った話がある。また、『河海』には、『古事談』第三にも収められている、妹の安養尼の話を引き、僧都が千日山籠の修行をしていたとある。当該の「山籠り」は、期限を切ったものではなさそうで、手習（三三）にも、朝廷の命により、一品の宮の物の怪調伏のため下山する記述がある。手習（一〜六・八〜一〇）でも、母尼と浮舟を救うために下山しているが、この場合は、麓の西坂本までしか下山していない。「道の空」は、旅の途中のこと。

三　**惜しむべくもあらぬ人のさまを…しつらひなどして来たり**　「惜しむべくもあらぬ人のさま」は、母尼がすでに八十歳を超えていて、寿命を考えても、惜しむほどの年齢ではないことをいう。「加持」は真言宗などで行う祈禱の儀式。「御嶽」は吉野の金峯山のこと。参詣の前に、三七日、五十日、百日などの精進潔斎をするのが「御嶽精進」である。家主は、折角精進潔斎しているのに、旅人の母尼が死亡したりして穢れたら困ると不安がるのである。「中神」は天一神のこと。陰陽道で尊重する神で、戦闘を司り、吉凶を支配するとされる。天から地上に降り、四方にいること各五日、四角にいること各六日、合計四十四日で八方を巡行し、天に昇り、天にあること十六日で再び地上に降りるといわれる。天一神が居る（＝塞(ふたが)る）方角へ向かって行くのを避け（＝方忌み）、主に前夜の中に別の方角へ行き、そこから目的地に出発することによって方角を変えた（＝方違え）。「例住み給ふ方は忌むべかりければ」というのは、宇治から住居のある小野の方角へ向かうのは、天一神のいる方角にあたり、忌まねばならぬので、方違えではなく、天一神の巡行するのを待つため、暫く宇治に留まったのである。「故朱雀院の御領にて宇治の院といひし所」の「故朱雀院」は、①紅葉賀巻頭に登場する「朱雀院」②物語中の光源氏の兄にあたる「朱雀院」③史実の「朱雀院」④史実の宇多上皇の四つの可能性がある。①は桐壺院の先帝（父カ）であり、桐壺院の準拠を醍醐天皇とすれば、その父にあたる朱雀院の準拠は④の宇多上皇（亭子院）ということになる。③は、②の準拠と考えられる。『花鳥』は『李部王記』天暦元（九四七）年十一月三日、天慶八（九四五）年十月十八日などの宇治院へ出御して遊猟を行ったという記事を引いて「今案朱雀院は寛平法皇を申なり」とするが、『大日本史料』に記載される天慶九（九四六）年十二月三日の行幸・天暦元年十一月三日・同二（九四八）年十一月十一日の宇治院御幸は何れも朱雀上皇のものである。物語の中に実在の人名などを持ち込む準拠という手法は、とくに第一部で多用されるが、第三部では余り見られない。③は②の準拠、④は①の準拠であり、紛らわしいので、当面、除外して考えると、①も②も、共に、物語中で「朱雀院」と呼ばれていて、どちらでもよいとも考えられる。強いて言えば、「朱雀院」は、本来は後院の名称であり、正式に諡号として呼ばれる③とは違うので、①は「さきの朱雀院」とでも呼んで区別されるべきであろう。当該は、宿木（五一）にも「故朱雀院」と呼ばれる、②を採ることにする。「宇治の院」の位置について。八宮の邸は、「川のこなたなれば、舟などもわづらはで」（橋姫一一）とあり、現在の平等院の対岸にあった。「宇治の院」は、旧八宮邸から失踪した浮舟が発見される場所であるから、八宮邸とは、宇治川の同じ側にあった筈である。一方、「六条院より伝はりて、右大殿しり給ふ所は、川よりをちに」（椎本一）とある、夕霧の別荘は、「かの聖の宮にもたゞさし渡る程なれば」（同二）ともあり、八宮邸の対岸にあり、現在の平等院のあたりであろう。『河海』に「平等院建立以前有ル二宇治院ノ号一歟、可シ二引テ勘フ一」とあるのは、この邸のことか（椎本一に既述）。しかし、「宇治院」というのは、特定の固有名詞ではないであろう。例えば『蜻蛉日記』の記事によると、安和元（九六八）年九月の初瀬詣には、往路、復路とも兼家の「宇治の院」（平等院の対岸）に寄り、復路には、対岸（平等院側）の師氏（兼家の叔父）所有の別荘に、兼家や家来が寄っている。また天禄二（九七一）年七月に、父倫寧と共に初瀬詣に出かけ、前年に死去した師氏の別荘に一泊するが、この邸のことを「按察使大納言（師氏）の領じたまひし宇治の院」と呼んでいる。宇治には貴族の別荘がいくつもあり、実在の朱雀院所有の「宇治院」もあったことであろうし、いずれも（○○所有ノ）「宇治院」と呼ばれていたのであろう。「いたづらなる」は、今は使用していないこと。「公所」は故朱雀院の所領なので、朝廷が管理していることをいう。「おろそかなるしつらひ」は、簡単な宿泊の準備のこと。

二　僧都、宇治院に宿ろうとして、怪しいものを発見

まづ、僧都渡り給ふ。いといたく荒れて、恐ろしげなる所かなと見給ひて、（僧都）「大徳たち、経読め」などのたまふ。この初瀬に添ひたりし阿闍梨と、同じやうなるいま一人、何ごとのあるにか、つき〴〵しき程の下臈法師に[1]火灯させて、人も寄らぬ後ろの方に行きたり。森かと見ゆる木の下を、疎ましげのわたりやと見入れたるに、白き物の広ごりたるぞ見ゆる。（僧）「かれは何ぞ」と立ち止まりて、[2]火を明かくなして見れば、物のゐたる姿なり。（僧）「[3]狐の[4]変化したる。憎し。見あらはさむ」とて、一人は今少し歩み寄る。いま一人は、（僧）「あな用な。よからぬ物ならむ」と言ひて、さやうの[5]物退くべき[6]印を作りつゝ、さすがに、なほまもる。[7]頭の髪あらば太りぬべき心地するに、この[8]火灯したる大徳、憚りもなく、あふなきさまにて近く寄りてそのさまを見れば、髪は長く艶々として、大きな

ウ る木の根のいと荒々しきに寄りゐて、いみじう泣く。僧「めづらしきことにも侍るかな。僧都の御坊に御覧ぜさせたてまつらばや」と言へば、僧「げに、あやしきことなり」とて、一人は参うでゝ、かゝることなむと申す。僧都「狐の人に変化するとは、昔より聞けど、まだ見ぬものなり」とて、わざと下りておはす。

【校異】

ア　**見給ひて**――「見給」青（大）別（伝宗）「み給」別（池）「見給て」青（肖・陵・三・徹二・飯）別（宮・阿）「見給ひて」青（幽）「見たまひて」青（大正）河（御・七・平・前・大・鳳・兼・岩）「み給て」青（明・榊・二・徹一・紹）河（伏）別（国・保）「みたまひて」青（穂）河（尾）別（陽・民）。なお『大成』は「み給」、『新大系』も「見給」であるのに対して、『全書』『大系』『玉上評釈』『全集』『集成』『完訳』『新全集』は「見（み）給（たま）ひて」。底本は青表紙本河内本の中では単独異文であり、「て」が脱落したと考えて、校訂する。

イ　**同じやうなるいま一人**――「おなしやうなる」青（大・榊・二・徹一・穂）別（陽）「おなしやうなる大とこ」別（阿）「おなしやうなるそうの」別（伝宗）「おなじやうなりそうの」別（池）「おなしやうなる○（いまひとり）」青（陵・三・幽）「おなしやうなる○（いまひとりイ）」青（徹二）「おなし様なるいまひとり」別（宮）「をなしやうなるいまひとり」別（保）「おなしやうなるいまひとり」青（大正・明・肖・飯・紹）河（尾・御・伏・七・平・前・大・鳳・兼・岩）別（国・民）。なお『大成』は「おなしやうなる」、『全書』『玉上評釈』『全集』『集成』『完訳』『新大系』『新全集』も「同（おな）じやうなる」であるのに対して、『大系』は「おなじやうなる、今ひとり」。「いまひとり」が脱落したか、補足されたかの相異である。下文に「一人は」「今一人は」とあり、二人の法師が怪しい物に近づいたことが分かるのであるが、当該個所は、「いま一人」がないと、一人か二人かがはっきりしない。書写の際に下文の「今一人」を後から拾い出して補足したとも思われないので、「いまひとり」が脱落したかと考えて、校訂する。

ウ　**木の根の**――「木の」青（大）別（伝宗）「きの」別（池）「木のね」青（幽）河（七）「木の○（ねの）」河（尾・鳳）「木のねの」青（大正・肖・陵・徹二・穂・飯・紹）河（御・伏・前・大・兼・岩）別（宮・国）「木の根の」青（徹一）別（阿）「このねの」青（明）「きのねの」青（榊・二・三）別（陽・保・民）「落丁」河（平）。なお『大成』は「木の」、『新大系』も「木の」

であるのに対して、『全書』『大系』『玉上評釈』『全集』『集成』『完訳』『新全集』は「木の根の」。底本は「木の根の」の「の」の目移りによって「根の」が脱落したと考えて、校訂する。

【傍書】 1火　2火　3狐　4変化　5退　6印を結ふをいへり　7楽府の古塚〇狐の詞に頭ハ変ニ雲髪ヲ面変レ粧大尾曳テ作ニ長キ紅ノ裳トいへり　8火

【注釈】

一　**いといたく荒れて、恐ろしげなる所かなと…狐の変化したる。憎し。見あらはさむ**　「いといたく荒れて、恐ろしげなる所かな」は、宇治院を見た僧都の第一印象。何か怪異が起こりそうな予感を示す。「大徳」は①有徳の僧②僧侶の通称ないしは敬称。ここでは②。「経読め」は、「いといたく荒れて、恐ろしげなる所」なので、怪しい物を近付けないために、経を読ませたのである。「狐の変化したる」の例としては、『日本霊異記』上第二話に、「狐ヲ妻（め）トシテ子ヲ生マシムル縁」があり、美濃国大野郡の人が、狐の化けた女を妻として、生まれた子の姓（かばね）は「狐直（あたひ）」と呼ばれたという。また、『今昔』には、巻一六第一七話、巻二七巻三七～四一話、その他にも狐の話がある。多くは、狐が女に化け、化けの皮がはがされると臭い尿を掛けて「コウコウ」と鳴き、正体をあらわして逃げる話である。宿守が「狐は、さこそは人を脅かせど、事にもあらぬ奴」（手習三）と言うように、狐は、鬼などと違い、人々の身近にいて、大して悪いこともしない獣と思われていたようである。『白氏文集』巻四に「古塚狐」という詩があり、「古塚ノ狐妖シテ且老タリ、化シテ為ニ婦人ト顔色好シ　頭ハ変ジテ雲鬟ニ面ハ変ズ粧ニ　大尾曳テ作ニ長キ紅ノ裳ト（後略）」（『白氏文集』巻四新楽府44諷諭四169「古塚狐」）のように、中国でも、老狐は美女に化けるとされていたようである。

二　**あな用な。よからぬ物ならむ…いみじう泣く**　「用な」は「用なし」（無用デアル）の語幹。強調表現。「印」は、仏・菩薩などの悟りや誓願を、手の指でいろいろな形を結んで表すこと。ここでは、悪魔退散や変化（へんげ）退治のために、不動の印を結び、尊勝陀羅尼などをよむ。尊勝陀羅尼の本尊は尊勝仏頂で一切の煩悩業障を除くとされる。「頭の髪あらば太りぬべき心地」は、頭の毛が逆立つ、ほどの意。『今昔』にも散見する表現。例えば「頭・身ノ毛太ル様ニ思エケレバ」（巻二七第一三話）「頭ノ毛太リテ心地モ悪ク思エケレバ」（同第一六話）「頭ノ毛太リテ怖シケレバ」（同第二〇話）など。僧侶は髪の毛がないので、「あらば」は諧謔。「あふなきさま」の「あふなし」は、大島本で調べてみると物語中、行幸巻の「あふなけに」を含めて、真木柱1、東屋2、浮舟3、手習2の九例すべて「あふなし」系の表記である。また、当該の箇所を写真・複製本など写本の状況がわかる限りで調べると、青（大・大正・明・肖・陵・榊・三・徹一・徹二・穂・飯・紹・幽）河（尾・御・伏）別（宮・陽・池・伝宗・保・民）の二二本すべて「あふなき」である。この語は、大体「思慮が足りない、軽率な様子」のような意で解されている。そのため「奥なし」と、「奥」の字を宛てることが多くなり、「奥」の音（オウ・アウ）から、「あうなし」と書いて「オウナシ」と読むことになったようである。念のため、この部分は『大成』と『新大系』は「あふなき」、『全書』『大系』『全集』『完訳』『新全集』『鑑賞』は「奥(あう)なき」、『集成』は「奥(あふ)なき」となっている。当該は、調べた限りですべての写本が「あふなき」と書かれているので、「あふなき」と表記する。

三　僧都、若い女と知り、救おうとする

かの渡(わた)り給はんとすること(事)によりて、下衆(げす)ども、皆(みな)はかゞしきは、みづゝ(し(朱))所など、あるべかしきことゞもを、かゝるわたりには急(いそ)ぐもの(物)なりければ、ゐしづまりなどしたるに、たゞ四五人してこゝなる物を見るに、変(かは)ることもなし。あやしうて、時の移(うつ)るまで見る。疾(と)く夜も明(あ)けはてなん、人か何(なに)ぞと見(み)あらは○(さ)むと、心にさるべき真言(しんごむ)を読(よ)

み、印(いん)を作(つく)りて試(心)みるに、しるくや思(思)ふらん、僧都「[1]これは人なり。さらに、[2]非常(ひざう)のけしからぬ物にあらず。寄(よ)りて問(と)へ。亡(な)くなりたる人にはあらぬにこそあめれ。もし[ア]死にたりける人を捨(す)てたりけるが、よみがへりたるか」と言(い)ふ。僧「何(なに)のさる人をか、この院の内(うち)に捨(す)て侍らむ。たとひ、まことに人なりとも、狐(きつね)、[3]木霊(こだま)やうの物の、[4]欺(あざむ)きて取(と)り持(も)て来(き)たるにこそ[イ]侍らめ」僧「いと不便(ふびん)にも侍(侍)りけるかな。穢(けが)らひあるべき所にこそ侍(侍べ)めれ」と言(い)ひて、ありつる宿守(やどもり)の男(をのこ)を呼(よ)ぶ。[5]山彦(びこ)の答(こた)ふるも、いと恐(おそ)ろし。[二]あやしのさまに額押(ひたいお)し上(あ)げて出(い)で来(き)たり。僧「こゝには、若(わか)き女などや住(す)み給(給)ふ。かゝることなんある」とて見(み)すれば、宿守「狐(きつね)の仕(つか)うまつるなり。この木のもとになん、時々(ゞ)あやしきわざ[ウ]し侍(侍)る。一昨年(をとゝし)の秋も、こゝに侍(侍)る人の子(こ)の、二(二)つばかりに侍(はべ)しを取(と)りて参(ま)うで来(き)たりしかど、見驚(をどろ)かず[エ]侍りき」僧「さて、その児(其ちご)は死(し)にやしにし」と言(い)へば、宿守「生(い)きて侍り。狐(きつね)は、さこそは[オ]人を脅(をびや)かせど、事(こと)にもあらぬ奴(やつ)」と言(い)ふさま、いと馴(な)れたり。かの夜深(よふか)き参(まい)り物(ものゝ)の所に、心を寄(よ)せたるなるべし。僧都(そうづ)、僧都「さらば、さやうの物のしたるわざか、なほ(猶)よく見(み)よ」とて、この物怖(此ものを)ぢせぬ法師(し)を寄(よ)せたれば、僧「[三]鬼(おに)か、神か、狐(きつね)か、木霊(こだま)か。かばかりの天(あめ)の下(した)の験者(げんざ)のおはしますには、え隠(かく)れたてまつらじ。名(な)のり給へ、〳〵」と、衣(きぬ)を取(と)りて引(ひ)けば、顔(かほ)を引(ひ)き入(い)れて、いよ〳〵泣(な)く。僧「いで、あなさがなの[6]木霊(こだま)の鬼(おに)や。まさに隠(かく)れなんや」と言(い)ひつゝ、顔(かほ)を見んとするに、昔ありけむ[7]目(め)も鼻(はな)[カ]もなかりける女鬼(めおにゝ)にやあらんとむくつけきを、頼(たの)もしう[8]いかきさまを人に見せむと思(思)ひて、衣を引き脱がせんとすれば、うつぶして、声立つばかり泣く。何にまれ、かくあやしきこと、なべて世にあらじとて、見はてんと思ふに、僧「雨いたく降りぬべし。かくて置いたらば、死に果て侍りぬべし。垣のもとにこそ出ださめ」と言ふ。僧都、僧都「まことの人のかたちなり。四その命絶えぬを見る／＼捨てんこと、キいみじきことなり。池に泳ぐ魚、山に鳴く鹿をだに、人にとらへられて死なむとするを見て助けざらむは、クいとかなしかるべし。人の命久しかるまじきものなれど、残りの命一二日をも惜しまずはあるべからず。鬼にも神にも[9]領ぜられ、人に追はれ、人には[10]かりごたれても、これ、横さまの死にをすべきものケにこそあんめれ、仏の必ず救ひ給ふべき際なり。なほ、試みに、しばし湯を飲ませなどして助け試みむ。つひに死なば、言ふ限りにあらず」とのたまひて、この大徳して抱き入れさせ給ふを、[11]弟子ども、僧「たい／＼しきわざかな。いたうわづらひ給ふ人の御辺りに、よからぬものを取り入れて、穢らひ、必ず出で来なんとす」ともどくもあり。また、僧「物の変化にもあれ、目に[12]見す／＼生ける人を、かゝる雨にうち失はせんはいみじきことなれば」など、心々に言ふ。下衆などは、いと騒がしく、物をうたて言ひなすものなれば、人騒がしからぬ隠れの方になん臥せたりける。

【校異】

ア　**死にたりける**――「しにたる」青（徹二・穂・紹）別（阿・池・伝宗）「ゝにたる」青（榊・二・三）別（民）「ゝりたりける」別（陽）「しにたりける」青（大・大正・明・肖・陵・徹一・飯・幽）河（尾・御・伏・七・前・大・鳳・兼・岩）別（宮・国・保）「落丁」河（平）。なお『大成』は「しにたりける」、『全書』『大系』『玉上評釈』『全集』『新大系』も「死にたりける」

であるのに対して『集成』『完訳』『新全集』は「死にたる」。当該は、「たる」か「たりける」かの相異である。「死にたりける人を捨てたりける」と、「たりける」が重なるので、後出伝本において、「死にたりける」を「死にたる」に変えたとみて、校訂を控える。

イ　**侍らめ」「いと**――「あらめいと」別（民）「侍めれ」別（陽）「はへめれいと」別（保）「侍らめと」青（大）「侍らめといと」青（二）「侍らめい○（と（朱））」河（尾）「侍らめいと」青（大正・明・肖・陵・榊・徹一・徹二・穂・幽）河（御・七・前・大・鳳・兼・岩）別（宮・阿・国）「はへらめいと」青（三・飯・紹）河（伏）別（池）「はんへらめいと」別（伝宗）「落丁」河（平）。なお『大成』は「侍らめと」、『新大系』も「侍らめ、と」であるのに対して、『全書』『大系』『玉上評釈』『全集』『集成』『完訳』『新全集』は「侍（はべ）らめ。いと」である。当該は、「と（又はど）」か「いと」かの相違である。底本は単独異文でもあり、「いと」の「い」が脱落する可能性も高いので、校訂する。

ウ　**わざ**――「わさとも」別（保）「わさなむ」青（大・大正・陵・徹一）「わさなむ（ヒヒ）」青（幽）「わさ」青（明・肖・榊・二・三・徹二・穂・飯・紹）河（尾・御・伏・七・平・前・大・鳳・兼・岩）別（宮・陽・阿・国・池・伝宗・民）。なお『大成』は「わさなむ」、『大系』『新大系』も「わざなむ」であるのに対して、『全書』『玉上評釈』『全集』『集成』『完訳』『新全集』は「わざ」。「なむ」の有無の相異である。底本に近い『大正』『陵』も「なむ」があるが、文末の「侍る」（連体形）に引かれて入ったもので、本来の係助詞は「木のもとになん」であろう。当該個所の「なむ」は後補とみて校訂する。

エ　**侍りき」「さて、その児は死にやしにし」と言へば、「生きて侍り。狐は**――この箇所は、「侍（はへり・はんへり）きつねは」青（榊・二・徹一）別（池・伝宗）「侍○（きイ）きつねは」青（三）「はべりき○（き）つねは」河（鳳）「侍り○（き）きつねは」河（尾）「侍りききつねは」青（穂・飯）河（御・伏）「はべりききつねは」河（七・平・前・大・兼・岩）「侍りききつねには」別（陽）「はへりきつねには」別（宮・国）などのグループと、「侍（「はへり」別（保））きなと（「と」別（保））なたらかにいへはさてそのちこはしにやしにしとといへはいきて侍（「はへ」別（保））めりきつねは」青（陵）別（保）「なたらかにいふさてそのちこはしにやしにしとゝへはさもはんへらすきつねは」別（民）「侍き○（さてそのちこはしにやしにしととへはいきて侍りき御本）つねは」青（幽）「はへり（侍・侍り）きさて其（その）ちこはしにやしにしといへはいきて侍りきつねは」青（大・大正・明・肖・徹二・紹）「侍りきさてそのちこはしにやしにしといへはいきてはへるめりきつねは」別（阿）のように、その間に会話が入るグループとがある。なお『大成』は「はへりきさて其ちこはしにやしにしといへはいきて侍りきつねは」、『全書』『玉上評釈』『全集』『完訳』『新大系』『新全集』は「侍（はべ）りき」『さてその（其）児（ちご）は死にやしにし』と言（い）へば、『生きて侍（はべ）り。狐は」、『大系』は「侍りき」など、なだらかに言へば、『さて、その児は、死にやしにし』と、言へば、『生きて侍るめり。狐は」であるのに対して、『集成』は「はべり。狐は」。当該は「侍りきさてその…侍りきつねは」とあり、中間部を欠く諸本は「侍りき」の目移りによってほぼ一行分が脱落したと考えられるので、校訂を控える。

オ　**人を**――「人は」青（肖・榊・二・三・徹二・飯・紹）河（尾・御・伏・平・前・大・鳳・兼・岩）別（宮・陽・国・伝宗）「ひとは」青（明）別（池）「人を（はヒ）」青（幽）「人を」青（大・大正・陵・徹一・穂）河（七）別（阿・保・民）。なお『大成』は「人を」、『大系』『玉上評釈』『新大系』も「人を」であるのに対して『全書』『集成』『全集』『完訳』『新全集』は「人は」。「人を」と「人は」の相違である。動作の対象を示す「を」に対して、「は」は、他の事柄と区別し、取立て指示し強調する働きがある。当該個所は、狐の脅やかす対象としての「人」について述べているだけで、他と区別するわけではない。底本と近い『大正』『陵』、『幽』の元の本文などを勘案して、校訂を控える。

カ　**なかりける**――「なき」別（陽）「なくひたをもてにありけむ」別（民）「なかりけむ（ん）」青（明・肖・榊・二・三・徹一・徹二・飯・紹）河（尾・御・伏・七・平・前・大・鳳・兼・岩）別（宮・阿・国・池・伝宗・保）「なかりける（んヒ）」青（幽）「なかりける」青（大・大正・陵・穂）。なお『大成』は「なかりける」、『全書』『大系』『玉上評釈』『新大系』も「なかりける」であるのに対して、『全集』『集成』『完訳』『新全集』は「なかりけん（む）」。「ける」と「けむ」の相異である。女の顔を見ようとした法師は「昔ありけむ（伝聞）」―昔いたという―「目も鼻もなかりける（過去）」―目も鼻もなかった―「女鬼」を連想したのである。法師の認識としては「目も鼻もない（或いはなかった）女鬼」であり、「けむ」のような推測の余地はないと考える。『大正』『陵』、『幽』の元の本文なども勘案して、校訂を控える。

キ　**いみじき**――「つみいみしき」別（宮・国）「いといみしき」青（大）「いみしき」青（大正・明・肖・陵・榊・二・三・徹一・徹二・穂・飯・紹・幽）河（尾・御・伏・七・平・前・大・鳳・兼・岩）別（陽・阿・池・伝宗・保・民）。なお『大成』は「いといみしき」、『玉上評釈』『新大系』も「いといみじき」であるのに対して、『全書』『大系』『全集』『集成』『完訳』『新全集』は「いみじき」。「いと」の有無による相異である。底本は単独異文であり、不注意に「いと」を加えたとみて、校訂する。

ク　**見て**――「見つけては」別（阿）「みすてゝ」別（民）「みつゝ」青（明・榊・二・三・徹一・穂・飯）河（尾・御・伏・七・平・前・大・鳳・兼・岩）別（宮・陽・国）「見つゝ」青（肖・徹二・紹）別（池・伝宗）「みて（つヒ）」青（幽）「みて」青（大・陵）別（保）「見て」青（大正）。なお『大成』は「みて」、『大系』『玉上評釈』『新大系』も「見て」であるのに対して、『全書』『全集』『集成』『完訳』『新全集』は「見つつ」。当該は、「見て」か「見つゝ」かの相異である。「て」と「つゝ」は書写の段階では区別するのが難しいが、『大正』『陵』、『幽』の元の本文も勘案して、校訂を控える。

ケ　**こそあんめれ**――「あめれ」別（国）（こそはあめれ」青（明・肖・榊・二・三・徹二・紹）河（尾・平・前・大・鳳・兼・岩）別（宮・阿・池・伝宗）「こそ○あめれ」青（幽）「こそあめれ」青（大正・陵・徹一・飯）河（御・伏・七）別（陽・保・民）「こそあんめれ」青（大・穂）。なお『大成』は「こそあんめれ」、『大系』『新大系』も「こそあ（ん）めれ」であるのに対して、『全書』『玉上評釈』『全集』『集成』『完訳』『新全集』は「こそはあ（ん）めれ」。「は」の有無による相異である。「は」の脱落した可能性も否定できないが、『大正』『陵』、及び『幽』の元の本文も勘案して校訂を控える。

【傍書】　1僧都詞　2非生　3木魂又空谷マ大日経　4欺又詐　5六　つれもなき人をこふとて山ひこのこたへするまでなげきつる哉　6大木ノ下ニゐたるゆへに木玉の鬼ととりあへすいへり　7朱の盤と云絵物かたりあり文殊楼の目なし鬼の事をいへり山法師なるによりて聞付たる事をいへる也　8いか〳〵しキトいうかことしたけき心なり　9領　10たハかられたる心也　11弟子　12見る〳〵なりつねにこと葉なり

【注釈】

一　**下衆ども、皆はか〴〵しきは…山彦の答ふるも、いと恐ろし**　「みづし所」は御厨子所。内膳司に属し、宮中で食事をととのえる所。ここでは『花鳥』に「食物を調ずる所なり。公私ともに称する名なり」と言うように、台所の意。「あるべかしき」は「あるべかり」を形容詞化したもの。「かゝるわたり」は、前文の「かの渡り給はんとすること」からみて、宿泊先を移動すること。「ゐしづまり」は（役に立つ下人たちが）それぞれの居るべき場所に落ち着くこと。「時の移るまで見る」は、一時は約二時間であるから、長時間観察していたことになる。「真言」は、ここでは呪文。梵語の短句を翻訳しないで原語のまま読みあげるもの。種々の功徳があると考えられた。「印」は手習二【注釈】二参照。「しるくや思ふらん」は、心に真言を唱え印を結んでも何も起きないので、狐などではなく、人間だとはっきりわかったことを言う。「非常」は、ここでは普通でないこと。「何のさる人をか、この院の内に捨て侍らむ」は、当時、死人が出た場合に穢れをおそれて、死体を外に放置する風習があった、この院は公領であるから、そんなことはないだろうの意。「木霊」は、樹木の精霊。人気のない荒廃した所に出没して人間に危害を与えると考えられていた。「山彦」も木霊が応えると考えられていた。

二　**あやしのさまに額押し上げて出で来たり…心を寄せたるなるべし**　「額押し上げて」は宿守の様子。忙しく働いていたので、烏帽子をあみだに冠っているのに気づかない。「見驚かず侍りき」は、宿守たちが、狐のしわざを見ても、そんなに驚きもしなかった、ということ。『今昔』巻二七第三二話に狐の化けた女の許に我子を残した女が探しに行くと、その子は独りで草原の中で泣いていた、という話がある。狐のせいだから子供が助かった、と言う。鬼に比べると狐はひどい悪業はしないと思われていた。下文に「いと馴れたり」というように、何か変わったことがあれば、狐のしわざと解釈していたのであろう（前段【注釈】一参照）。「夜深き参り物の所に、心を寄せたるなるべし」は、夜遅くなったが、食事を差し上げなければならないので、台所を気にして、話を早く切り上げようとしている様子。

三　**鬼か、神か、狐か、木霊か…垣のもとにこそ出だされめ」と言ふ**　「鬼」は『和名抄』巻二に「鬼物隠而不レ欲レ顕レ形、故俗呼曰レ隠也。人死魂神也」と言うように、本来形を見せない恐ろしい異形の存在のこと（手習二【注釈】・夕顔一五参照）。「神」は、すべてにおいて強力で人力を超越した存在であるが、「鬼」のような邪悪さは感じられない。「天の下の験者」は、師の横川の僧都のこと。当時高名な僧として知られた、源信を彷彿させる（手習一【注釈】一参照）。「名のり給へ」は、物の怪への呼びかけ。物の怪などがとり憑いている時は、加持、祈禱によって、まず名のらせ、とり憑いた理由を語らせ、追い払うのである。「昔ありけむ目も鼻もなかりける女鬼」は、『河海』に「文殊楼目無鬼事歟旧記に目鬼と号す」、『花鳥』に「朱の盤といふ絵物かたりあり文殊楼の目なし鬼のことをかける」とある。「目鬼」か「女鬼」かは不明。今言う、のっぺらぼうのような物か。文殊楼は比叡山東塔に現存するが、「朱の盤」は散逸した絵巻か。「いかきさま」は、ここでは荒々しい様子。「かくて置いたらば…垣のもとにこそ出ださめ」の「垣」は邸宅・山荘などの外部の囲い。「この人をこのまま放置するならば、死んでしまうだろう。邸宅の中で死人が出ると院の内が穢れるので（死なない中に）垣の外に出そう」と言うのは、病気の母尼を抱えていることもあり、母尼を気遣って死の穢れを恐れる弟子の僧の発言である。

四　**その命絶えぬを見る〳〵捨てんこと…人騒がしからぬ隠れの方になん臥せたりける**　「その命絶えぬを…仏の必ず救ひ給ふべき際なり」は、僧都の慈悲がよく表れている所である。命あるものは魚、獣でも救おうとし、かりに一日二日しか残っていない人の命も惜しむべきだと言い、鬼や神にとりつかれ、人に追われ、人に騙されても、横死する運命の者でも、仏が必ずお救いになる対象である、と言う。その考え方からすれば、不審な女に対する、死にそうだから垣の所に出しておこう、という、弟子たちの対応は、認められるものではなかった。弟子たちに非難されながらも、女を助けてみようと家の中に抱き入れさせる僧都は、当時には珍しい慈悲深い人であったろう。その人間味溢れる姿は、『今昔』巻一五第三九話の、源信僧都が母尼の臨終に辛うじて間に合う話などにも窺われる。また、どんな人でも仏に救われる、という考え方は、『往生要集』の各所に見られる。例えば下巻大文第七の第五では、観無量寿経を引き、下品上生でも中生でも下生でも臨終のときに仏名を称すれば罪を除いて往生できる、とか、第六では憍慢邪見にして正法を信じない者でも、南無仏と称えることによって救われる例、第七では摩竭（まかつ）大魚（鯨）ですら、仏の名号を聞いて人を食うのを止め、仏の音声を聞いて人に生まれ、後に出家して阿羅漢を得た話、さらに、第八では、観無量寿経を引いて、「極重の悪人は、他の方便なし。ただ仏を称念して、極楽に生ずることを得」という、後に法然、親鸞などに大きな影響を与えた語、等々。「湯」は薬湯。「たい〳〵し（怠々し）」は、行為や考えが道理にはずれて不都合なこと。「隠れの方」は、隠れて人目につかない所。

四　妹の尼君、亡き娘の身代わりと思って女を介抱

御車寄せて下り給ふ程、いたう苦しがり給ふとてのゝしる。少ししづまりて、僧都、僧都「ありつる人は、いかゞなりぬる」と問ひ給ふ。僧「なよ〳〵として、物も言はず、息もし侍らず。何か、物にけどられにける人にこそ」と言ふを、妹の尼君聞き給ひて、妹尼「何ごとぞ」と問ふ。僧都「しか〳〵のことなむ。六十にあまる歳、めづらかなる物を見給へつる」とのたまふ。うち聞くまゝに、妹尼「おのが寺にて見し夢ありき。いかやうなる人ぞ。まづ、そのさま見ん」と、泣きてのたまふ。僧都「たゞこの東の遣戸になん侍る。はや御覧ぜよ」と言へば、急ぎ行きて見るに、人も寄りつかでぞ捨て置きたりける。いと若ううつくしげなる女の、白き綾の衣一襲、紅の袴ぞ着たる、香はいみじう香ばしくて、あてなる気配限りなし。

妹尼「たゞ、わが恋ひ悲しむ娘の帰りおはしたるなめり」とて、泣く〳〵御達を出だして、抱き入れさす。いかなりつらむとも、ありさま見ぬ人は、恐ろしがらで抱き入れつ。生けるやうにもあらで、さすがに目をほのかに見開けたるに、妹尼「物のたまへや。いかなる人か、かくてはものし給へる」と言へど、物おぼえぬさまなり。湯取りて、手づからすくひ入れなどするに、たゞ弱りに絶え入るやうなりければ、妹尼「なか〳〵いみじきわざかな」とて、妹尼「この人亡くなりぬべし。加持し給へ」と、験者の阿闍梨に言ふ。僧「さればこそ。あやしき御物あつかひなり」

とは〇、神などのために、経読みつゝ祈る。

僧都もさし覗きて、僧都「いかにぞ。何のしわざぞと、よく調じて問へ」とのたまへど、いと弱げに消えもていくやうなれば、僧たち「え生き侍らじ」「すぞろなる穢らひに籠りて、わづらふべきこと」「さすがに、いとやむごとなき人にこそ侍めれ。死に果つとも、たゞにやは捨てさせ給はん。見苦しきわざかな」と言ひあへり。妹尼「あなかま。人に聞かすな。わづらはしきこともぞある」など口固めつゝ、尼君は、親のわづらひ給ふよりも、この人を生けはてゝ見まほしう惜しみて、うちつけに添ひゐたり。知らぬ人なれど、見目のこよなうをかしければ、いたづらになさじと、見る限り扱ひ騒ぎけり。さすがに、時々目見開けなどしつゝ、涙の尽きせず流るゝを、妹尼「あな心憂や。いみじくかなしと思ふ人の代はりに、仏の導き給へると思ひきこゆるを、かひなくなり給はゞ、なか／＼なることをや思はん。さるべき契りにてこそ、かく見たてまつるらめ。なほ、いさゝか物のたまへ」と言ひ続くれど、からうじて、浮舟「生き出でたりとも、あやしき不用の人なり。人に見せで、夜、この川に落とし入れ給ひてよ」と、息の下に言ふ。妹尼「まれ／＼物のたまふをうれしと思ふに、あないみじや。いかなればかくはのたまふぞ。いかにしてさる所にはおはしつるぞ」と問へども、物も言はずなりぬ。身にもし疵などやあらん、とて見れど、こゝはと見ゆる所なくうつくしければ、あさましくかなしく、まことに、人の心まどはさむとて出で来たる仮の物にや、と疑ふ。

【校異】

ア　**ありつる人は**——「ありつる人」青（大）「在つるひとは」青（明）「有つる人は」青（徹一）別（阿）「ありつる人は」青（大正・肖・陵・榊・二・三・徹二・穂・飯・紹・幽）河（尾・御・伏・七・平・前・大・鳳・兼・岩）別（宮・陽・国・池・伝宗・保・民）。なお『大成』は「ありつる人」、『新大系』も「ありつる人」であるのに対して、『全書』『大系』『玉上評釈』『全集』『集成』『完訳』『新全集』は「ありつる人は」。「は」の有無による相異である。『大』『大正』以外は「は」があることを勘案して、当該個所は、底本が「は」を脱落させたとみて校訂する。

イ　**物も言はず**——「物いはす」青（大）「ものいはす」青（明）「ものもいわす」河（伏）「物もいはす」青（大正・肖・陵・徹一・徹二・飯・紹）河（尾）別（宮・阿・国）「ものもいはす」青（榊・二・三・穂・幽）河（御・七・平・前・大・鳳・兼・岩）別（陽・池・伝宗・保・民）。なお『大成』は「物いはす」、『玉上評釈』『新大系』も「物い（言）はず」であるのに対して、『全書』『大系』『全集』『集成』『完訳』『新全集』は「物（もの）も言はず」。「も」の有無による相異である。続く文に「息もし侍らず」とあり、『大』『明』以外の諸本は「も」があるので、当該個所は底本が「も」を脱落させたとみて校訂する。

ウ　**こと**——「ことを」青（大正・明・陵・三・飯・紹・幽）別（宮・陽・国・池・伝宗）「事を」青（榊・二・徹一・徹二・穂）河（尾・御・伏・七・平・前・大・鳳・兼・岩）別（阿）「こと」青（大・肖）別（保・民）。なお、『大成』は「こと」、『玉上評釈』『新大系』も「事（こと）」であるのに対して、『全書』『大系』『全集』『集成』『完訳』『新全集』は「事（こと）を」。「を」の有無による相異である。「何ごとぞ」という妹尼君に対する返答としては「しか〱のことなむ（ある）」と応ずる表現がふさわしい。「しか〱のことをなむ……見給へつる」では係と結が離れてしまう。よって諸本の分布に拘らず、当該個所の校訂は控える。

エ　**御物あつかひなり**——「御ものあつかひ」青（大）「御ものあつかひなる」青（陵）「ものあつかひなゝり」別（民）「御ものあつかひかなり」青（徹一）別（陽）「御物あつかゐなり」河（伏）「御物あつかいなり」別（伝宗）「御ものあつかひなり」青（大正・榊・二・三・紹）河（尾・御・七・平・前・大・鳳・兼・岩）別（宮・国・池・保）「御物あつかひなり」青（明・肖・徹二・穂・飯・幽）別（阿）。なお、『大成』は「御ものあつかひ」、『新大系』も「御ものあつかひ」であるのに対して、『全書』『玉上評釈』『全集』『集成』『完訳』『新全集』は「御物（もの）あつかひなり」『大系』は「御物あつかひなる」。当該は、「なり」の有無による相異である。「なり」がないのは底本だけであり、底本は「なり」を脱落させたとみて、校訂する。

オ　**ために**——「御たゝりのために」別（保）「御ために」青（肖・陵・榊・二・三・徹一・徹二・穂・飯・紹）河（尾・御・

伏・七・平・前・大・鳳・兼・岩）別（阿・池・伝宗・民）「○《御》ために」青（幽）「ために」青（大・大正・明）別（宮・陽・国）。なお『大成』は、「ために」、『新大系』も「ために」であるのに対して、『全書』『大系』『玉上評釈』『全集』『集成』『完訳』『新全集』は「御ために」。当該は、「御」の有無による相異である。前段（三）に「鬼か、神か、狐か、木霊か。」「鬼にも神にも領ぜられ」とあるように、「神」は、当時は必ずしも尊崇の対象ではなく、人間に危害を加えるかもしれないものであった。後出本文に於て「神」に対する敬意によって「御」が付加されたとみて、校訂は控える。

カ　**すぞろなる**――「そゝろなる」青（榊）河（大）別（伝宗）「すゝろなる」青（大正・明・肖・二・三・徹一・徹二・穂・飯・紹・幽）河（尾・御・伏・七・前・鳳・兼・岩）別（宮・陽・阿・国・池・保・民）「すそろなる」青（大・陵）河（平）。なお『大成』は「すそろなる」、『大系』『新大系』も「すぞろなる」であるのに対して『全書』『玉上評釈』『全集』『集成』『完訳』『新全集』は「すず（ゞ）ろなる」。「すぞろ」か「すずろ」かの相異である。この語はこの巻ではすべて「すぞろなり（る）」と表記されており、書写者の特別なこだわりがあると考えられるので、以下の用例も含めて、この語は校訂を控える。「すぞろ」については既述（蜻蛉七）。

キ　**をかしければ**――「うつくしけなれは」青（飯）河（伏）「おかしなれは」別（国）「おかしけなれは」青（大）河（七・平・前・大・鳳・兼・岩）別（池・伝宗）「をかしけなれは」河（尾）別（宮・陽・保）「をかしけなれは」青（榊）「おかしければ」青（大正・肖・陵・二・徹一・徹二・穂・紹）河（御）別（阿・民）「をかしけれは」青（明・三《ヒ》・幽）。なお『大成』は「おかしけなれは」、『全書』『玉上評釈』『新大系』も「お（を）かしげなれば」であるのに対して、『大系』『全集』『集成』『完訳』『新全集』は「をかしければ」。「をかし」か「をかしげなり」かの相異である。浮舟の見目が「をかしげなれば」であれば、「こよなう」に続く称賛の表現として相応しくない。「をかしければ」を「をかしげなれば」に誤ったものと考えられる。『大正』『陵』『幽』など諸本の分布からも、「をかしければ」が元の本文であろうと見て、「をかしければ」と校訂する。

ク　**見たてまつるらめ**――「み奉らめ」青（明）「見奉らめ」別（阿）「みたてまつらめ」青（大・榊・紹）別（民）「見たてまつらめ」青（徹二）「みたてまつるならめ」河（兼）「見たてまつ○《る》らめ」青（陵）「見奉○《る》らめ」青（幽）「見たてまつるらめ」青（大正・肖）河（伏）別（宮・池・伝宗）「みたてまつるらめ」青（二・三・徹一・穂・飯）河（尾・御・七・平・前・大・鳳・岩）別（陽・国・保）。なお『大成』は「みたてまつらめ」、『新大系』も「見たてまつらめ」であるのに対して、『全書』『大系』『玉上評釈』『全集』『集成』『完訳』『新全集』は「見たてまつるらめ」。「見たてまつる」に「む」がつくか「らむ」がつくかの相異である。妹尼の「さるべき契りにてこそ」という言葉に続くので、目に見えない因縁を推量する文意からすれば、単純な推量の「む」より原因推量の「らむ」がよい。「見たてまつらめ」という本文は「見たてまつるらめ」の「る」を脱落させたとみて校訂する。

【傍書】　1尼君これまてハいまた宇治院ニうつり侍らぬ也　2僧都詞　3妹尼君詞也　4参籠の中ニ夢想アリシナリ　5僧都の詞　6妹尼君　7香なり　8中将といふ人の妻にてありし我むすめに似たる也　9以前木の下にありし時の事也　10阿闍梨　11目を見上也又見開也　12手習君詞　13尼君　14若なり　15仮（カレル）色ノ迷（ス）レ人猶若（カクノ）レ是　真（マコトノ）色（ノ）迷（ス）レ人応（ヘシ）レ過（スク）レ比白　古塚狐

【注釈】

一　**いたう苦しがり給ふとてのゝしる…香はいみじう香ばしくて、あてなる気配限りなし**　「いたう苦しがり給ふ」の主語は母尼。「ありつる人」は浮舟のこと。「物にけどられにける」は、物の怪などにとりつかれた、の意。「うち聞くまゝに」は、聞くやいなや、聞くとすぐに、の意。「夢」は初瀬の観音の夢告のこと。早世した娘についての夢であろう。妹尼は、思い当たることがあるのである。「白き綾の衣一襲、紅の袴ぞ着たる…あてなる気配限りなし」は浮舟の様子。小袿、表着、五衣、単衣などを着ていないのは、さまよっている間に失ったものか。しかし、着ているものの布地の材質や香の香りが上等なので、「あてなる」―身分のある―女と推測させる雰囲気を持っているのである。「綾」は斜線模様を織り出した上等の絹織物。

二　**たゞ、わが恋ひ悲しむ娘の帰りおはしたるなめり…神などのために、経読みつゝ祈る**　「たゞ、わが恋ひ悲しむ娘の帰りおはしたるなめり」は、妹尼の直感。妹尼は一人娘に婿を迎えて大切に世話をしていたが、その娘を亡くしたために出家した。妹尼の言葉の「めり」は、長谷寺で見た夢が正夢であったことを、実際に女の姿を見て確信する、妹尼の気持ちを表している。「ありさま見ぬ人」は、大木の根元で泣いていた（手習二参照）女の気味悪い姿を知らない人の意。「なか〳〵いみじきわざかな」は、この女を助けようとして家の中に連れ込んだだけに、具合が悪くなっては、かえって大変なことになる、の意。「さればこそ。あやしき御物あつかひなり」は、そら、ごらんなさい。

変なお世話をやくからです、の意。もともと阿闍梨はこの正体不明の女にかかわることには気が進まなかったのである。「神などのために、経読みつゝ祈る」は、神分（しんぶん）のこと。加持の前にその土地の神を勧請するために般若心経を読む。悪魔邪鬼を除き、善神の加護を請うためという。

三　**何のしわざぞと、よく調じて問へ…生けはてゝ見まほしう惜しみて、うちつけに添ひゐたり**　「何のしわざぞと、よく調じて問へ」は、手習三【注釈】三の「名のり給へ」に述べたように、物の怪を退散させる手続き。「すぞろなる穢らひに籠りて」の「すぞろなる」の表記については【校異】カ参照。関わりのない女の死穢に触れたらここに籠もることになって、の意。「たゞにやは捨てさせ給はん」は、何でもないようなふりをしてお捨てになることはできまい、の意。この女が身分のありそうな女だからである。「うちつけに」は、俄に。今まで母尼の世話をしていたのに、この女を生かしたくて、現金に女に寄り添うのである。「いたづらになさじ」は、死なせまい、の意。

四　**いみじくかなしと思ふ人の代はりに…人の心まどはさむとて出で来たる仮の物にや、と疑ふ**　「いみじくかなしと思ふ人の代はりに、仏の導き給へる」は、妹尼の、私がとてもいとしく思う亡き娘の代わりに、観音様がこの人をお連れになった、という確信を表す言葉であるが、同時にこの言葉は、浮舟が、薫にとって大君の形代であったように、妹尼にとって亡き娘の身代りでしかないことを示すものである。「かひなくなり給はゞ、なか／＼なることをや思はん」は、亡くなっておしまいになったら、なまじお救いしない方がよかったとかえって悲しみが深まるだろう、ということ。「さるべき契り」は、前世から決まっている因縁。妹尼にとって、この女との出会いは、仏縁による運命的な出会いと考えられている。「不用の人」は、役に立たない人。生きている価値のない人。「仮の物」は、仮に人の姿をしているが、本来は妖怪などの変化（へんげ）のもの、のこと。

五　下人、浮舟の葬送について語る

一 二日ばかり籠りゐて、二人の人を祈り、加持する声絶えず、あやしきことを思ひ騒ぐ。そのわたりの下衆などの僧都に仕まつりける、かくておはしますなりとて訪ひ出で来るも、物語などして言ふを聞けば、下人「故八の宮の御娘、右大将殿の通ひ給ひし、ことになやみ給ふこともなくてにはかに隠れ給へりとて騒ぎ侍り。その御葬送1の雑事2ども仕うまつり侍りアとて、昨日はえ参り侍らざりし」と言ふ。さやう3の人の魂4を、鬼の取り持て来たるにやと思ふにも、かつ見る／＼、あるものともおぼえず、危ふく恐ろしと思す。人々、女房「昨夜見やられし火は、しかこと／＼しき気色も見えざりしを」と言ふ。下人「ことさら○削ぎて、いかめしうも侍らざりし」と言ふ。穢らひたる人とて、立ちながら追ひ返しつ。女房「二 大将殿は、宮5の御娘持ち給へりしは、失せ給ひて年ごろになりぬるものを、誰を言ふにかあらん。姫宮6をきたてまつり給ひて、よに異心おはせじ」など言ふ。

【校異】

ア　侍り――「ナシ」別（保・民）「はへる」青（大正）別（池）「侍る」青（明）別（陽）「侍」青（肖・陵・榊・三・徹一・徹二・穂・飯・紹・幽）河（伏・七・兼）別（宮・阿・国・伝宗）「侍り」青（大・二）河（尾・御・平・前・大・岩）「焼失」河（鳳）。なお『大成』は「侍り」、『玉上評釈』『新大系』も「侍（はべ）り」であるのに対して、『全書』『全集』『集成』『完訳』『新全集』は「侍（はべ）る」、『大系』は「侍（る）」。当該は、「侍り」か「侍る」かの相異である。過半数の写本は「侍」であり、終止形か連体形かの区別は形式的には不可能である。しかし、「侍る」であれば、「る」を送るのが穏当であろう。「侍」は「侍り」であろうと考えて、底本の校訂を控える。

【傍書】　1葬送　2雑事　3皆思合する心也　4魂　5あね君の事　6これハ女二宮の事

【注釈】

一　**二人の人を祈り、加持する声絶えず…穢らひたる人とて、立ちながら追ひ返しつ**　「二人の人」は母尼と浮舟のこと。「あやしきこと」は、素性の知れない女の出現のしかたとか、その後の様子が、異常なこと。「故八の宮の御娘…昨日はえ参り侍らざりし」は、全く関係のない人々に救われたかに思われた浮舟が、実は、以前の生活の場とそんなに離れていない所にいることがわかってくる下衆の会話。以下、いつ女の身許が判明してしまうか、読者に緊張感を与える巧みな構成。「故八の宮の御娘」は浮舟、「右大将殿」は薫のこと。この下衆の話は、蜻蛉（一〜五）の浮舟の失踪と葬送の記述に相応する。「さやうの人の魂を、鬼の取り持て来たるにや…危ふく恐ろしと思す」は、下衆の話に対する僧都の感想。死んだばかりの人の魂を鬼が奪うという話があったか。これは、はからずも浮舟の失踪の真相を言い当てている。「昨夜見やられし火は、しかこと〴〵しき気色も見えざりしを」は、宇治院の人々も浮舟の形ばかりの葬送の火を見ていた、ということを示す。旧八の宮邸と宇治院は意外に近距離なのである。大した火には見えなかった、という人々の言葉は、下衆の「ことさら事削ぎて、いかめしうも侍らざりし」という説明で裏付けられる。「事削ぐ」は、質素にする、の意。「いかめし」は、立派なこと。蜻蛉（四）では、浮舟の「おまし（座布団）」や身近な「調度」や「ふすま（夜着）」などを車に積んで焼かせた、とある。「穢らひたる人」というのは、葬送に関わって死穢に触れているこの下衆たちのこと。「立ちながら」は、立ったままなら他人に穢れを広めないとされていた当時の風習。

二　**大将殿は、宮の御娘持ち給へり…異心おはせじ」など言ふ**　「大将殿」は薫のこと。「宮の御娘」は八の宮の姫君。ここでは大君を指す。女房たちは、浮舟が八の宮の娘で、薫の愛人であったことを知らない。「持ち給へりし」

は、妻として通っていらっしゃった、の意。この人達は、大君についても薫との詳しい関係は知らない。「姫宮」は、薫の正妻である女二の宮。女二の宮を差し置いて、他の女性を愛することは、まさか、ありますまい、と言う。

六　僧都・尼君ら、女を連れて小野に帰る。女依然として意識不明

一 尼君、よろしくなり給ひぬ。方もあきぬれば、かくうたてある所に久しうおはせんも便なしとて帰る。女房「この人は、なほいと弱げなり」「道の程も、いかゞものし給はん」「ア いと心苦しきこと」と言ひあへり。車二つして、老い人乗り給へるには、仕うまつる尼二人、次のにはこの人を臥せて、傍らに今一人乗り添ひて、道すがら行きもやらず、車とめて湯参りなどし給ふ。[1]比叡坂本に、[2]小野といふ所にぞ住み給ひける。そこにおはし着く程、いと[3]遠し。人々「中宿りを設くべかりける」など言ひて、夜更けておはし着きぬ。僧都は親を扱ひ、娘の尼君はこの知らぬ人を育みて、皆抱き下ろしつゝ休む。老いの病のいつともなきが、苦しと思ひ給ふべし、遠道の名残こそ、しばしわづらひ給ひけれ、やうやうよろしうなり給ひにければ、僧都は[4]上り給ひぬ。

かゝる人なん率て来たるなど、法師の辺りにはよからぬことなれば、見ざりし人にはまねばず。尼君も、皆口固めさせつゝ、二 もし尋ね来る人もやあると思ふも、静心なし。いかで、さる田舎人の住む辺りに、かゝる人落ちあぶれけん、物詣でなどしたりける人の、心地などわづらひけんを、継母などやうの人のたばかりて置かせたるにや、など

ぞ思ひ寄りける。浮舟「川に流してよ」と言ひし一言よりほかに、物もさらにのたまはねば、いとおぼつかなく思ひて、いつしか人にもなして見んと思ふに、つく〴〵として起き上がる世もなく、いとあやしうのみものし給へば、つひに生くまじき人にやと思ひながら、うち捨てむもいとほしういみじ。夢語りもし出でゝ、初めより祈らせし阿闍梨にも、忍びやかに[5]芥子焼くことせさせ給ふ。

【校異】

ア　いと心苦しき――「とみくるしき」別（民）「と心くるしき」青（大・幽）別（保）「○と心くるしき」青（陵）「いと心くるしき」青（大正・肖・榊・二・三・徹一・徹二・穂・飯・紹）河（尾・御・伏・七・平・前・大・鳳・兼・岩）別（宮・陽・阿・国・池・伝宗）「いとこゝろくるしき」青（明）。なお『大成』は「と心くるしき」、『新大系』も「と『心ぐるしき」であるのに対して、『全書』『大系』『玉上評釈』『全集』『集成』『完訳』『新全集』は「いと心苦しき」。「と」か「いと」かの相異である。当該個所の文脈は「この人は、なほ、いと弱げなり」「道のほども、いかゞものし給はん」「いと心苦しきこと」のように言い合っていると解すべきであろう。底本と『民』『幽』のみが「と」であり、諸本の分布からみても、底本は「い」が脱落したとみて「いと」と校訂する。

【傍書】　1比叡　2大二条関白ノ女親子尼ニ成テ大原ニ住時ノ人号ニ小野皇后一小野郷内ニ大原村アリ小野郷惟喬御子スミ給ふ所也　3遠也　4登山の事　5芥子

【注釈】

一　**尼君、よろしくなり給ひぬ…老いの病のいつともなきが、苦しと思ひ給ふべし**　「よろしくなり」は、旅ができる程度には、まずまず回復した、の意。全快ではない。「方もあきぬれば」は、手習一【注釈】三参照。天一神が他の方角へ巡行したので、今迄塞がっていた方角に進むことが可能になったのである。「この人」は浮舟のこと。「比叡坂本に、小野といふ所」の「坂本」は比叡山への登り口を言い、滋賀県側の登り口を東坂本、京都側の小野からの登り口を西坂本という。ここは西坂本であるので、「小野」は愛宕郡の「小野」で、今の一乗寺、修学院、高野から八瀬、大原までを含む。『河海』に『伊勢物語』八三段を引くように、惟喬親王隠棲の地として知られる。また、『うつほ物語』「忠こそ」に、橘千蔭の隠棲する所が「比叡の坂本、小野わたり、音羽川近くて、滝の音、水の声あはれに聞こゆるところ」とあり、「あて宮」にも「坂本に小野といふ家」とある。手習（一二）に「かの夕霧の御息所のおはせし山里よりは、今少し入りて」とあるので、夕霧（一）の、一条御息所の小野山荘が、現在の修学院離宮のあたりとすれば、それより北であろう。また、中将（妹尼のもと娘婿）が「横川に通ふ道の便りに寄せて」（手習一五）、この住居に立寄る記述があり、中将一行の下山する姿が見える所で、「山へ上る人なりとても、こなたの道には、通ふ人もいとたまさかなり。黒谷とかいふ方より歩く法師の跡のみ、まれ〳〵は見ゆるを」（手習三六）という記事がある。比叡山に登るには、普通は修学院あたりから雲母（きらら）坂を通って東塔へ出るのであるが、東塔から横川までは北へ約一里離れているので、横川に登るには黒谷経由の別の道があった。黒谷は、法然上人の住んだとされる所で、現在の京都市左京区の黒谷ではなく、『今昔』巻一三第二九話に「西塔ノ北谷ノ下ニ黒谷ト云フ別所有リ」とされる所である。現在、八瀬の北、左京区八瀬秋元町に「登山口」というバス停があり、そこから長谷出（はせだし）（走出とも）坂という急坂を登ると、黒谷・青龍寺経由で、西塔の少し北に出るとのことである。僧都の言葉に、「昔はこと〻もおぼえ給へざりしを、年のおうるま〻には堪へがたく侍りければ」（手習三〇）とあるのも、この急坂の道を通るからであろう。横川と小野の尼たちの住居との往来には便利ではあるが、余り人も通わない道のようである。母尼と妹尼の住居は、その道が見える所であるから、八瀬のやや北寄りの辺りであろうか。「おはし着く程、いと遠し」については、『鑑賞』（手習）に宇治から小野までは、25㎞～30㎞と注している。「中宿りを設くべかりける」は、途中で一泊する所を準備するとよかった、ということ。「苦しと思ひ給ふべし」の主語は僧都。

二　**もし尋ね来る人もやあると思ふも…忍びやかに芥子焼くことせさせ給ふ**　「もし尋ね来る人もやあると思ふも、静心なし」は妹尼の懸念。この素性の分からない女のことを、皆に口止めをしていても、誰かが尋ねて来て、女の素性が分かることを、妹尼はおそれる。身許が知れたらこの女を失うことになるからである。「落ちあぶれ」は、落ちぶれる、零落すること。「継母などやうの人のたばかりて置かせたるにや」は、『住吉物語』や『落窪物語』など、継母が継子を迫害する物語が多かったと思われるので、その連想。「人にもなして」は、普通の健康な人に回復させて、の意。「夢語り」は、手習（四）の、妹尼が長谷寺で見た夢のこと。この人は長谷寺の観音から授かったのだと阿闍梨に話したのであろう。「芥子焼くこと」は芥子の種を焼いて護摩を修すること。「芥子」は、けし科の越年草。五月頃、白色、紅色、紅紫色、紫色などの花が咲く。

七　僧都、尼君に乞われて女のために加持する

うちはへ、かく扱（あつか）ふ程（ほど）に、[一]四五月も過（す）ぎぬ。いとわびしうかひなきことを思（思）ひわびて、僧都（そうづ）の御もとに、妹尼「なほ（猶）下り給へ。この人助（たす）け給へ。さすがに今日（けふ）までもあるは、死（し）ぬまじかりける人を、憑（つ）きしみ領（両）じたる物の去（さ）らぬにこそあめれ。[1]あが仏、京に出（い）で給はゞ[ア]こそあらめ、こゝまではあへなん」など、いみじきことを書（か）き続（つゞ）けて奉れ[イ]給へれば、僧都「[2]いとあやしきことかな。かくま（朱）[ヒ]でもありける人の命を、やがてとり捨（す）[ウ]てゝましかば。さるべき契（契）りありてこそは、我（われ）しも見（み）つけゝめ。試（心）みに助（たす）けはてむかし。それにとゞ[エ]まらずは、[3]業尽（ごうつ）きにけりと思はん」とて下（お）り給ひ[オ]けり。

[4]喜び拝みて、月頃のありさまを語る。妹尼「[ニ]かく久しうわづらふ人は、むつかしきことおのづからあるべきを、いさゝか衰へず、いときよげに、ねぢけたる所なくのみものし給ひて、限りと見えながらも、かくて生きたるわざなりけり」など、おほな〳〵、泣く〳〵のたまへば、僧都「[5]見つけしより、めづらかなる人の御ありさまかな。いで」とて、さし覗きて見給ひて、僧都「げに、いと警策なりける人の[6]御容面かな。[7]功徳の[8]報いにこそ、かゝる容貌にも生ひ出で給ひけめ。いかなる違ひ目にて[カ]かく損なはれ給ひけん。もし、さにやと聞き合はせらるゝこともなしや」と問ひ給ふ。妹尼「[9]さらに聞こゆることもなし。何か、初瀬の観音の賜へる人なり」とのたまへば、僧都「[10]何か。それ、[11]縁に従ひてこそ導き[キ]給はめ。種なきことは、いかでか」[ク]などのたまひ、[ケ]あやしがり給ひて、修法始めたり。

【校異】

ア　**こそ**――「こそは」青（大）別（阿）「こそ」青（大正・明・肖・陵・榊・二・三・徹一・徹二・穂・飯・紹・幽）河（尾・御・伏・七・平・前・大・鳳・兼・岩）別（宮・陽・国・池・伝宗・保・民）。なお、『大成』は「こそは」、『全書』『新大系』も「こそは」であるのに対して、『大系』『玉上評釈』『全集』『集成』『完訳』『新全集』は「こそ」。当該は、「は」の有無による相異である。底本の「こそは」は青表紙本、河内本を通じて単独異文である。底本は「京に出で給はゞこそ、あらめ」という逆接の係り結びを、特に取り立てて強調するために「は」を付加してしまったとみて、校訂する。

イ　**奉れ**――「ナシ」別（国）「たてまつり」青（大）河（七）別（宮・陽・保）「奉り」別（阿）「たてまつれ」青（大正・肖・陵・榊・二・三・徹一・穂・飯・紹）河（尾・御・伏・平・前・大・鳳・兼・岩）別（池・伝宗・民）「奉れ」青（明・徹二・幽）。なお『大成』は「たてまつり」、『玉上評釈』『新大系』も「奉り」であるのに対して、『全書』『大系』『全集』『集成』『完訳』『新全集』は「奉（たてまつ）れ」。当該は、「奉り」と「奉れ」の相異である。両者は、四段活用と下二段活用の差はあるが、同じ「奉る」の連用形である。底本は、青表紙本、河内本を通じて単独異文でもあり、「宮に紅葉奉れ給へれば、男宮おはしましける程なりけり」（宿木四五）「わざと奉れさせ給へるしるしに何ごとをかは聞こえさせむ」（夢浮橋一三）と同じく、使役的意味を含む下二段動詞の「奉る」の方が適当かと考えて、底本を「奉れ」に校訂する。「奉る」は妹尼から僧都への敬語。

ウ　**とり捨てゝ**——「うちすて」青（明・三・徹二）別（阿）「うちすてゝ」青（肖・陵・榊・二・徹一・穂・幽）「とりすて」別（宮・国）「とりすてゝ」青（大・大正・飯）河（尾・御・伏・七・平・前・大・鳳・兼・岩）別（陽・池・伝宗・保・民）「とり(うちィ)すてゝ」青（紹）。なお、『大成』は「とりすてゝ」、『玉上評釈』『新大系』も「とり捨てて」であるのに対して、『全書』『大系』『全集』『集成』『完訳』『新全集』は「うち棄（捨）てて（ゝ）」。「やがてうちすて」は、そのまま放置する意。底本は半丁位前にも「うちすてむもいとおしう」とある。「やがてとりすて」は、そのまま捨てる意と考えられる。文脈からみてどちらでも大差はない。しかし、手習（三）の「垣のもとにこそ出ださめ」を承けて「あの時捨ててしまっていたら（生きるべき人を死なせてしまうところだった）。」（反実仮想）と読むべきであろう。諸本の分布の状況も勘案し、校訂を控える。

エ　**とゞまらずは**——「とまらすは」青（明・肖・二・三・徹二・穂・飯・紹）河（尾・御・伏・七・平・前・大・鳳・兼・岩）別（宮・陽・国・池・伝宗・保・民）「と(ヒ)ゝまらすは」青（幽）「とゝまらすは」青（大・大正・陵・榊・徹一）別（阿）。なお『大成』は「とゝまらすは」、『大系』『玉上評釈』『新大系』も「とゞ（止）まらずは（ば）」であるのに対して『全書』『全集』『集成』『完訳』『新全集』は「止（と）まらずは（ば）」。当該は、「とまる」か「とゞまる」かの相異である。「止まる」は動作の停止、「とどまる」は状態の停止を表わすという差異があり、底本の「ゝ」が脱落して「とまる」になったとみて、校訂を控える。

オ　**給ひけり**——「たまへひたり」別（民）「給へり」青（明・榊・二・三・徹一・徹二・穂・飯・紹）河（尾）別（宮・陽・国・阿・池・保）「たまへ(ヒ)り」河（御・伏・七・平・前・大・鳳・兼・岩）「給ひけり(たまへり)(ヒ)」青（幽）「給けり」青（大・大正・肖・陵）別（伝宗）。なお『大成』は「給けり」、『全書』『大系』『玉上評釈』『新大系』も「給（ひ）けり」であるのに対して、『全集』『集成』『完訳』『新全集』は「たまへり」。過去の助動詞「けり」か、完了・存続の助動詞「り」かの相異である。どちらでも解釈可能であるが、「けり」ならば、重態の浮舟を助けるために、妹尼の懇願を受けて、僧都が下山したことへの感動を表す場面であるので、より相応しい。『大正』『陵』、『幽』の元の本文なども「けり」であることを勘案して、校訂を控える。

カ　**かく損なはれ**——「そこなわれ」河（伏）「そこなはれ」青（大・飯）河（尾・御・七・平・前・大・鳳・兼・岩）別（池・伝宗）「○(かく)そこなはれ」青（幽）「かくそこなはれ」青（大正・明・肖・陵・榊・二・三・徹一・徹二・穂・紹）別（宮・陽・阿・

国・保・民)。なお『大成』は「そこなはれ」、『新大系』も「損はれ」であるのに対して、『全書』『大系』『玉上評釈』『全集』『集成』『完訳』『新全集』は「かくそこなはれ」。「かく」の有無による相異である。当該個所は、浮舟を見ている僧都の言葉であり、「かく」のある方がふさわしい。底本が「かく」を脱落させたと考えて、校訂する。

キ　**給はめ**――「給ならめ」別(国)「給らめ」青(榊・二・三・穂・飯)河(尾・御・伏・七・平・前・大・鳳・兼・岩)別(宮・陽・阿・池・伝宗・保)「たまふらめ」別(民)「給はめ」青(徹二)「給はめ」青(大・大正・明・肖・陵・徹一・紹)「たまはめ」青(幽)。なお『大成』は「給はめ」、『大系』『全集』『完訳』『新大系』『新全集』も「給(たま)はめ」であるのに対して、『全書』『玉上評釈』『集成』は「給(給ふ・たまふ)らめ」。「む」か「らむ」かの相異である。「む」は推量、「らむ」は現在推量か原因推量。「は(者)」と「ら(良)」は誤写の可能性もあるが、この文脈では「給はめ」でも「給らめ」でもどちらでもよい。青表紙諸本の状況も勘案して、当該個所は校訂を控える。

ク　**のたまひ**――「ナシ」別(宮・国・民)「の給か」青(大)「のたまふ」青(明・三・徹二・紹)別(陽)「の給」青(榊・二・徹一・穂・飯)河(伏)別(阿・池・伝宗・保)「の給ひ」青(幽)「の給て」河(七)「のたまひ」河(御・平・前・大・鳳・兼・岩)「の給ひ」青(大正・肖・陵)河(尾)。なお『大成』は「の給か」、『新大系』も「の給が」であるのに対して、『全書』『大系』『玉上評釈』『全集』『集成』『完訳』『新全集』は「宣(の)給(たま)ひ」。「の給」は連用形か終止形か区別がつかない。『大正』『陵』、『幽』の元の本文も勘案し、『底本』の「か(可)」は「ひ(日)」の見誤りの可能性もあるかと考えて「のたまひ」と校訂する。

ケ　**あやしがり給ひて**――「あやしかりつゝ」別(宮・国・保)「あやしかりて」青(明・肖・榊・二・三・徹二・穂・紹)別(阿・民)「あやしかり給て」青(幽)「あやしかり給て」青(大・大正・陵・徹一)河(尾・御・七・平・前・大・鳳・兼・岩)別(陽・池・伝宗)「あやしかりたまひて」青(飯)河(伏)。なお『大成』は「あやしかり給て」、『大系』『玉上評釈』『新大系』も「あやしがり給(たま)ひ(・)て」であるのに対して、『全書』『全集』『集成』『完訳』『新全集』は「あやしがりて」。「給ひ」の有無による相異である。『大正』『陵』、『幽』の元の本文などを勘案すると、本来は「あやしかり給て」であろう。「あやしがりて」は、「給」を脱落させたか、或は「の給ひあやしかりて」を連語と考えて「あやしかり給て」の「給」が余分であるとするか、どちらかの理由で「給」が脱落したと考えられる。故に校訂を控える。

【傍書】　1わか仏なり僧都をいふ京までの事こそあらめ坂本まてハなにかくるしかるへきとなり　2僧都心詞　3業　4尼公　5僧都詞　6そいかなイ(朱)　7功徳なり　8随喜功徳品云面目悉端厳為人所喜見云々　9尼君　10僧都　11法花経云仏種従

【注釈】

一　**四五月も過ぎぬ…業尽きにけりと思はん」とて下り給ひけり**　「四五月も過ぎぬ」は、浮舟が救われてから意識も回復しないまま過ぎた期間。浮舟巻末は三月下旬であったので、浮舟が救われたのも三月下旬、匂宮が迎えを寄越す予定の二八日夜（浮舟三六）より前の頃であった。「さすがに今日までもある」は、意識不明の死にそうな状態でありながら二ヶ月も生き続けていること。「死ぬまじかりける人」の「まじ」は、予定や運命を表す「べし」の打消の用法。死ぬ運命ではない人、の意。「憑きしみ領じたる物」は、取り憑いて深く支配している超自然的な力を持っているもの、の意。生きるべき運命の人が、二カ月も意識不明のままであるのは、強い物の怪が取り憑いているからだ、と妹尼は考えるのである。「あが仏」は、普通は「あが君」と言うところ。相手も自分も出家の身であるので、こう言った。親しい相手を崇めて言う語。「京に出で給はゞこそあらめ、こゝまではあへなん」の「こそあらめ」は係り結びで逆接。僧都は、「山籠りの本意深く、今年は出でじ」（手習一）とあった。「こゝ」は小野を指す。下山して都にお出になるのならともかく、小野までなら誓いを破ることにはならないでしょう、という妹尼の言葉は、『河海』の引く『古事談』第三の記事（既述、手習一）を思わせる。恵心僧都が妹尼に終焉の時に必ず会う約束をしたが、その知らせが来た時に僧都は千日参籠の最中であった。そこで妹尼に輿に乗って来れば西坂本で会おうと返事した。僧都は下り松（現在の左京区下り松町の辺りか）で待っていたが、輿が着いた時、尼は死んでいた。修学院の清義の読経と僧都の加持で、尼は蘇生した、という内容である。西坂本、下り松（さがりまつ）は小野である。小野は比叡山と都の中間、聖と俗の境界にある地であり、ここまでなら下山したことにならないと妹尼は考えているのである。「やがてとり捨てゝましかば」は【校異】ウ参照。反実仮想。あの時捨ててしまっていたら、の後には、生きるべき命を死なせてしまい、仏の教えに背くことになったであろう、などの気持が略されている。その気持が、「さるべき契りありてこそは、我しも見つけゝめ」につながり、僧都は、仏の導く前世からの宿縁によって、自分があの女を見つけたのであろう、と思い、女を助けるために最後まで力を尽くそうと思うのである。「業」は、身、口、意で起こす善悪の行為によって、来世にそれに相応する苦楽の果報を生ずること。業によってうけた寿命を業寿という。ここでは寿命のこと。

二　**かく久しうわづらふ人は、むつかしきことおのづからあるべきを…あやしがり給ひて、修法始めたり**　「むつかしきこと」は、不快であること、気味わるいこと。二カ月以上も病んでいると自然と容色も衰えるものであるが。「ねぢけたる」はねじれていること。ここでは普通でない、異常なこと。「限り」は死期が迫っていること。「おほな〳〵」は、気をもみながら、真剣に。この語は、大島本の全用例とも「おほな〳〵」と表記しているが、「あふなし」との関係を含め、不明。「警策なり」は馬にあてる策（むち）の意から、人を驚かせるほどすぐれている意。「容面」は「ようめん」の転。容貌のこと。僧都の言葉には漢語が多い。手習（三）にも「非常」があったが、「警策」「容面」も日常語ではない。仏語が多いのは当然であるが。「功徳の報いに…生ひ出で給ひけめ」の「功徳」は、仏語。現在または未来に幸福をもたらす善行。僧都は、前世の善行の果報としてすぐれた容貌に生まれた、と考えている。「いかなる違ひ目にてかく損なはれ給ひけん」の「違ひ目」は、ことの食い違い。「損なふ」は、物をこわす、人を傷つけること。僧都としては、前世からの果報を受けてこれほど美しい女が、どういう食い違いで不運に陥っているのかが不審なのである。「縁に従ひてこそ導き給はめ」の「縁」は前世からの因縁。「導き」の主語は初瀬の観音。「種」は、ここでは原因。結果には必ず原因があるという因果応報の考え方。

八　僧都の加持により、物の怪現れて去る

朝廷の召しにだに従はず、深く籠りたる山を出で給ひて、[一]すぞろにかゝる人のためになむ行ひ騒ぎ給ふと、物の聞こえあらん、いと聞きにくかるべし、と思し、弟子どもゝ言ひて、人に聞かせじと隠す。僧都、（僧都）「いで、あなかま、大徳たち。[1]我無慚の法師にて、忌むことの中に、破る戒は多からめど、女の[2]筋につけて、まだそしり取らず、過つことなし。[ア]齢六十に余りて、今さらに人のもどき負はむは、さるべきにこそはあらめ」とのたまへば、（弟子）[3]「よからぬ人の、物を便なく言ひなし侍る時には、仏法の疵となり侍ることなり」と、心よからず思ひて言ふ。（僧都）[4]「この修法の程に験見えずは」と、いみじきことゞもを誓ひ給ひて、夜一夜加持し給へる暁に、人に駆り移して、何やうのもの[イ]かく人を惑はしたるぞと、ありさまばかり言はせまほしうて、弟子の阿闍梨とり〴〵に加持し給ふ。[二]月頃いさゝかもあらはれざりつる物の怪、調ぜられて、（物の怪）[5]「おのれは、こゝまで参うで来て、かく調ぜられたてまつるべき身にもあらず。昔は、[6]行ひせし法師の、いさゝかなる世に恨みをとゞめて漂ひ歩きし程に、よき女のあまた[7]住み給ひし所に住みつきて、[8]かたへは失ひてしに、[9]この人は心と世を恨み給ひて、我いかで死なんといふことを、夜昼のたまひしに便りを得て、いと暗き夜、一人ものし給ひしを取りてしなり。されど、観音とざまかうざまに育み給ひければ、この僧都に負けたてまつりぬ。今はまかりなん」とのゝしる。（僧都）[10]「かく言ふは、何ぞ」と問へば、憑きたる人、ものはかなきけにや、はか〴〵しうも言はず。

【校異】

ア　齢六十――「六十」青（大）別（陽）「よはゐ六十」青（飯）河（伏）「よはい六十」別（池・伝宗）「よはひ六十」青（大正・明・肖・陵・榊・二・三・徹一・徹二・穂・紹・幽）河（尾・御・七・平・前・大・鳳・兼・岩）別（宮・阿・国・保・民）。なお『大成』は「六十」、『新大系』も「六十」であるのに対して、『全書』『大系』『玉上評釈』『全集』『集成』『完訳』『新全集』は「齢（よはひ）六十」。当該は、「齢」の有無による相異である。底本は青表紙本、河内本を通じて単独異文であり、「齢」を脱落させたとみて、校訂する。

イ　もの――「ものの」青（明）「ものゝ」青（肖・榊・二・三・飯・紹）河（尾・御・伏・七・平・前・大・鳳・兼・岩）別（阿・国・池・伝宗・保・民）「物の」青（徹一・徹二）別（宮）「物ゝ」青（穂）別（陽）「もの」青（大・大正・陵）「物（○の御本）ゝ」青（幽）。なお『大成』は「もの」、『大系』『新大系』も「もの」であるのに対して、『全書』『玉上評釈』『全集』『集成』『完訳』『新全集』は「ものの」。当該は、「の」の有無による相異である。諸本の多くは「ものの」であるが、『大正』『陵』、『幽』の元の本文を勘案して、「もの」に続く「か（可）」の第一画を、諸本は「ゝ」と見誤って「ものゝ」にしたかと考える。よって校訂は控える。

【傍書】　1唯識論曰云何無慙不顧ニ自法ヲ一軽ニ拒マスルヲ賢善ヲ一為レ性ト能障ニ礙スル慙ヲ一生長ス悪行ヲ為レ業〈右〉無慙〈左〉　2安楽行品云又菩薩摩訶薩不応於女人身取能生欲想相而為説法云々若為女人説法不露歯笑不現胸臆乃至為法猶不親近況復余事　3大徳たちのことは也　4僧都祈念之趣　5よりましの詞　6霊宇治ニアルヘシ　7うはそく（○宮）をいふなり　8あけまきの大君の事也　9うき舟　10加持スル人ノ詞

【注釈】

一　すぞろにかゝる人のためになむ行ひ騒ぎ給ふと…弟子の阿闍梨とりぐ〳〵に加持し給ふ　「すぞろに」は、僧都と何の関わりもない、たまたま出会っただけの女だから、こう言う。「いと聞きにくかるべし、と思し」の主語は、僧都では下文と矛盾するので、妹尼。「無慚の法師」の「慚」は恥じること。「無慚」は、無恥、悪事をして心に恥じないこと。僧都は、「僧として守るべき戒律を破ることは多々あるだろうが、」と言う。しかし、実際に破戒僧である訳はなく、厳しく戒律を守っている積もりでいても、無意識の中に戒を破っているかも知れない、という厳しく自己を律する生き方を示している。弟子たちは、知らない女に関わることを、世間に知れたらよくない、と細かい所で気にするが、僧都は、生きるべき命を救うのが仏の教えであると確信しているので動揺しないのである。「忌むこと」は僧の守るべき戒律。五戒、八戒、十戒、二十四戒、二百五十戒、五百戒などがある。「女の筋につけて」は、不邪淫戒を念頭に置いて言う。「齢六十に余りて」は手習（一）に既述。「今さらに人のもどき…こそはあらめ」は、六十を過ぎるような年齢になって、今さら女のことで人に非難されるとすれば、仏のお決めになった因縁によるものであろう、の意。私的な欲望による行為でないことをいう。「よからぬ人」は、物の道理の分からない人。「疵」は欠点。不祥事。「験見えずは」の後に略されている言葉は、かなり重大な内容なので、敢えて言うのを憚ったか。例えば命を懸ける、とか修法を二度と行わない、とか。「人に駆り移して」は、病人に憑いていた物の怪を憑坐（よりまし）に乗り移らせて。

二　**月頃いさゝかもあらはれざりつる物の怪…ものはかなきけにや、はかぐ〵しうも言はず**　「調ぜられて」は、調伏されて。「おのれは…行ひせし法師の」は、物の怪の正体。修行中の法師であったと言う。「いさゝかなる世に…取りてしなり」は物の怪の取り憑いた理由。この世に恨みを残して成仏できず、漂っている中に美しい女性が多く住んでいた、八の宮の邸に住みついたこと。一人（大君）の命を奪い、この女（浮舟）は、死にたいと夜も昼も言っていたのに付け込んで、暗い夜、一人でいたのを、取り憑いて、我が物にしたのだ、と。大君の亡くなったのも物の怪のしわざであったことになる。「されど、観音…今はまかりなん」は、物の怪の退散の弁。しかし、観音があれこれと庇護していらっしゃるので、この僧都の修法に負け申した、もうこれで退散しよう、と言う。もともと法師が物の怪となる場合は、修行を積んでいるだけに手強い。例えば『古事談』第三にある染殿后に紀僧正真済が天狗と化して取り憑き、相応和尚が大威徳明王の呪を以て縛した話。また、『今昔』巻二〇第七話にある、染殿后に愛欲の心を起こした聖人が、死して鬼と化し、后に取り憑いた話。この鬼に対して、為す術がなかった、とある。「観音とざまからざまに育み給ひければ」は、浮舟の母である中将の君が石山観音を信仰していて、浮舟を連れて石山詣を予定していた（浮舟一二）とか、また、浮舟に危機が訪れると、乳母は「初瀬の観音おはしませば」と慰め（東屋二八）、右近は「初瀬の観音、けふ事なくて暮らし給へ」（浮舟一二）とか、「とてもかくても事なく過ぐさせ給へと、初瀬、石山などに願をなむ立て」（同三三）とか描かれてきたことを指す。また、薫が初めて宇治で浮舟を垣間見たのも、彼女の初瀬詣の帰途のことであった。このようなことから、浮舟には観音の庇護があるので、僧都の修法に負けたと、物の怪は言ったのである。「かく言ふは、何ぞ」は、物の怪の正体を追及した言葉。「憑きたる人」は憑坐のこと。「ものはかなき」は頼りないこと。

九　浮舟、意識を回復、失踪前後のことを思い出す

1 正身(さうじみ)の心地(ち)はさはやかに、いさゝか物(もの)おぼえて2見まほ(は)(朱)ヒしたれば、一人(ひとり)見し人の顔(かほ)はなくて、皆老い(みなおい)法師(ほうし)、ゆがみ衰(おとろ)へたる者アのみ多(おほ)かれば、知(し)らぬ国(くに)に来(き)にける心地(ち)して、いとかなし。ありし世(よ)のこと思ひ出(思い)づれど、住(す)みけむ所、誰(たれ)といひし人とだに、確(たし)かにはかぐ〵しうもおぼえず。たゞ、我(われ)は限(かぎ)りとて身を投(な)げし人ぞかし、いづくに来(き)にたるにかとせめて思ひ出(思い)づれば、3いといみじと物(もの)を思ひ嘆(思なげ)きて、皆人(みな)の寝(ね)たりしに、妻戸(つまど)を放(はな)ちて出(い)でたりしに、風激しイう、川波(河浪)も荒(あらふき)う聞こえしを、一人(ひとり物おそ)もの恐ろしかりしかば、来(き)し方(かた)ウ行く先もおぼえで、4簀子(すのこ)の5端(はし)に6足(あし)をさし下(お)ろしながら、行(行)くべき方(かた)も惑(まど)はれて、帰(かへ)り入(い)らむも中空(なかぞら)にて、心強(つよ)く、この(此)世に失(う)せなんと思ひ立(思た)ちしを、をこ(お)がましうて

人に見つけられむよりは、鬼も何も食ひ失へと言ひつゝ、つく〴〵とゐたりしを、いときよげなる男の寄り来て、物の怪「いざ給へ、おのがもとへ」と言ひて抱く心地のせしを、宮と聞こえし人のしたま（ま〔朱〕）ふとおぼえし程より、心地惑ひにけるなめり、知らぬ所に据ゑおきて、この男は消え失せぬと見しを、つひに、かく、本意のこともせずなりぬると思ひつゝ、いみじう泣くと思ひし程に、その後のことは、絶えていかにも〳〵おぼえず。人の言ふを聞けば、多くの日頃も経にけり、いかに憂きさまを知らぬ人に扱はれ見えつらんと恥づかしう、つひにかくて生き返りぬるかと思ふもくちをしければ、いみじうおぼえて、なか〳〵、沈み給へる日頃はうつし心もなきさまにて、物いさゝか参ることもありつるを、露ばかりの湯をだに参らず。

【校異】

ア　**者のみ**――「ひとのみそ」別（保）「とものみ」別（民）「物とものみ」青（明・肖・徹二・穂・飯）河（尾・伏）別（宮）「もののとものみ」青（榊・二・三・紹）河（御・七・平・前・大・鳳・兼・岩）別（国・池・伝宗）「もの○（とも）ゝみ」青（幽）「物のみ」青（大・大正・陵・徹一）別（陽・阿）。なお『大成』は「物のみ」、『大系』『新大系』も「物（者）のみ」であるのに対して、『全書』『玉上評釈』『全集』『集成』『完訳』『新全集』は「者どものみ」。「ども」の有無による相異である。どちらでも解釈可能であるが、「ども」が加わると複数の意味を強める。『大正』『陵』、『幽』の元の本文を勘案し、後出伝本において、意味を強めるように修正された可能性が高いとみて、校訂を控える。

イ　**風激しう**――「かせのをとはゝけしくて」別（保）「かせはいとはけしくて」別（民）「風ははけしう」青（大）「かせはけしう」青（幽）「風はけしく」青（明・徹一・徹二・穂・飯・紹）河（尾・伏）別（阿・池・伝宗）「かせはけしく」青（榊・三）河（御・七・平・前・大・鳳・兼・岩）「かせはけしう」青（大正）別（陽）「風はけしう」青（肖・陵）別（宮・国）「落丁」青（二）。なお『大成』は「風ははけしう」、『玉上評釈』『全集』『完訳』『新大系』『新全集』も「風ははげしう」であるのに対して、『全書』『大系』は「風烈しう」、『集成』は「風はげしく」。「は」の有無による相異である。底本は単独異文であるので、「風はけしう」の「は」を「風は」と誤って二度読みしたものと考えて、校訂する。

ウ　**行く先も**――「ゆくすゑ」（保）「行末を」河（伏）「ゆく末も」青（明）「行すゑも」青（徹一）「ゆくすえも」別（陽）「ゆくすへも」別（国）「ゆくすゑも」青（三・徹二・穂・飯・紹）河（尾・御・七・平・前・大・鳳・兼・岩）別（宮・阿・池・伝宗）「ゆくさきも」青（肖）「ゆくさきも」青（榊）「ゆくさきも」青（幽）「ゆくさき」別（民）「ゆくさきも」青（大・大正・陵）「落丁」青（二）。なお『大成』は「ゆくさきも」、『大系』『玉上評釈』『新大系』も「行（ゆ）く先も」であるのに対して、『全書』『全集』『集成』『完訳』『新全集』は「行（ゆ）く末も」。「行く先」か「行く末」かの相異である。「行先」は空間的表現、「行く末」は時間的表現であり、当該箇所は、浮舟がどちらの方向へ行ったらよいのかが、わからないのであるから、『大』『大正』『陵』、『幽』の元の本文の如く、「行く先」であろう。他の諸本は「来し方行く末」という慣用句に影響されて誤ったとみて、校訂を控える。

エ　**食ひ失へ**――「くひうしなゐてむよ」河（伏）「くいうしなひてよ」青（大正・肖）「くいうしないてよ」青（飯）別（伝宗）「くひうしなひてよ」青（明・紹）河（尾・御・七・平・前・大・鳳・兼・岩）別（池・民）「くひうしないてよ」別（陽）「くひて○なひてよ」青（徹一）「くひてうしなひてよ」青（榊・三・徹二）別（宮・阿・国・保）「くひてうしないてよ」青（穂）「くいうしなへ」青（陵）「くいうしなへ○」青（幽）「くいうしなへ」青（大）。青（二）は「落丁」。なお、『大成』は「くいうしなへ」、『新大系』も「食い失へ」であるのに対して、『全書』『集成』『完訳』『新全集』は「食ひて失ひてよ」『大系』『玉上評釈』『全集』は「食（く）ひ失（うしな）ひてよ」。「食ひ」か「食ひて」か、「失へ」か「失ひてよ」かの相異である。まず、物語中の「食ひ失ふ」又は「食ひて失ふ」の用例はこの一例だけであるが、『大正』『陵』、『幽』の元の本文その他から勘案して、「食ひ失ふ」であろう。次に、「失へ」か「失ひてよ」かであるが、『陵』『幽』の元の本文からみて「くいうしなへ」というテキストがあったことは確かであろう。完了の助動詞「つ」の命令形「てよ」のついた方がより柔らかいという判断があって、「うしなへ」が「うしなひてよ」になる可能性は、「うしなひてよ」を「うしなへ」に変える可能性より高いであろう。故に、当該個所は、校訂を控える。

オ　**沈み給へる**――「しつみはへりつる」別（池）「しつみ侍りつる」別（伝宗）「しつみ給えりつる」青（穂）「しつみ給へりつる」青（肖・榊・二・三・徹一・徹二・紹）河（尾）別（宮・阿・国・保・民）「しつみたまへりつる」青（飯）河（御・伏・七・平・前・大・鳳・兼・岩）「しつみ給ひつる」青（大）「しつみ給つる」別（陽）「しつみたまつる」青（明）「しつみ給へる」

青（大正・陵）「しつみたまへる」青（幽）。なお、『大成』は「しつみ給ひつる」、『新大系』も「しづみ給ひつる」であるのに対して、『全書』『玉上評釈』『全集』『集成』『完訳』『新全集』は「沈（しづ）み給（たま）へりつる」、『大系』は「しづみ給へる」。「給へる」「給つる」と「給へりつる」の相異である。底本は単独異文であるが、通常は「しづみ給つる」と表記するであろう。「つ」と「へ」は区別し難いので「しづみ給へる」と近接した本文と言えよう。浮舟の病状の継続していることから言えば、「給へる」の方がふさわしい。『明』のように「給つる」と「給へる」と並記している場合、両方を合わせて「給へりつる」という後出本文の発生する可能性もありそうである。これらの事情及び『大』『大正』『陵』『幽』の元の本文などの諸本を勘案して、当該個所は「沈み給へる」と校訂する。

カ　**こと**――「おり」青（明・肖・三・徹一・穂・飯・紹）河（御・七・平・前・大・鳳・兼・岩）別（宮・阿・国・池）「をり」青（榊・二）河（尾・伏）別（陽・伝宗・保・民）「折」青（徹二）「こと」青（幽）「こと」青（大・大正・陵）。なお、『大成』は「こと」、『大系』『新大系』も「こと」であるのに対して、『全書』『玉上評釈』『全集』『集成』『完訳』『新全集』は「折（をり）」。「こと」か「をり」かの相異である。「こと」は、二字連続して「こ」の第二画を省略して「と」と書くことがあり、或は、これを「を」と読み誤り、「り」が脱落したとして「り」を補い、「をり」にした可能性も考えられる。また、意味を考えて、「こと」を「をり」に修正した場合もあるかもしれない。いずれにしても、「こと」から「をり」に変化した可能性が大とみて、校訂は控える。

【傍書】　1うき舟　2本性ニなるを云　3宇治ニテ身をなけんとせし事を思いたしたる也　4簀子　5端　6足　7如本意也身をなけんとせし事也

【注釈】

一　**正身の心地はさはやかに、いさゝか物おぼえて…鬼も何も食ひ失へと言ひつゝ、**　「正身」は浮舟のこと。「いさゝか物おぼえて」は、浮舟が意識を取り戻したことを言う。「ありし世のこと思ひ出づれど…いかにも〳〵おぼえず」は、浮舟が記憶を呼び起こし、反芻している内容。助動詞「き」が多用されていることによって示される。時間的には浮舟巻末と手習巻で浮舟が発見されるまでをつなぐ。「我は限りとて身を投げし人ぞかし」は、最初に取り戻した記憶。以下、次第にぼんやりとではあるが、具体的な記憶を取り戻して行く様子は、恐らく物語には前例のない描写であろう。「いといみじ」は、もう、どうしようもなく苦しい、ほどの意。「川波も荒う」は、宇治川の恐ろしい様子。「中空」は、どっちつかずで中途半端なこと。「鬼も何も食ひ失へ」という、この言葉が物の怪を呼び寄せた。

二　**いときよげなる男の寄り来て…露ばかりの湯をだに参らず**　「いときよげなる男」は、下文に「宮と聞こえし人」というように、匂宮の印象。「本意のこと」は身を投げて死ぬこと。「人の言ふを聞けば、多くの日頃も経にけり」は、浮舟自身は意識を失っていて知らなかったので、こう言う。実際には四、五月の二カ月以上が経っていた。「なか〳〵」は、なまじ、かえって。重病の状態の続いた頃は正気もなかったので、少しは何か召し上がることもあったのに、なまじ正気が戻ったばかりに、（恥ずかしいやら残念やらで）わずかな薬湯すら召し上がらない。

一〇　浮舟、快方に向かい、出家を望んで五戒を受ける

妹尼「いかなれ○ば、かく頼(たの)もしげなくのみはおはするぞ。一うちはへ[1]温(ぬる)みなどし給へることは冷(さ)め給(給)ひて、さはやかに見(み)え給へば、うれしう思(思)ひきこゆるを」と、泣(な)く〳〵、たゆむ折(おり)なく、添(そ)ひゐて扱(あつか)ひきこえ給(給)ふ。ある人々(〻)も、あたらしき御様容貌(さまかたち)を見れば、心を尽(つ)くしてぞ惜(お)しみ守(まも)りける。心には、なほ(猶)、いかで死(し)なんとぞ思(思)ひわたり給へど、さばかりにて生(い)きとまりたる人の命なれば、いと執念(しうね)くて、やう〳〵頭(かしら)もたげ給へば、物参(まい)りなどし給(給)ふにぞ、なか〳〵(中)面痩(おもや)せもていく。二いつしかとうれしう思(思)ひきこゆるに、浮舟「[2]尼(あま)になし給(給)ひてよ。さてのみなん生(い)くやうもあるべき」とのたま(給)へば、妹尼「[3]いとほ(お)しげなる御さまを、いかでかさはなしたてまつらむ」とて、たゞ頂(いたゞき許)ばかりを

削ぎ、五戒ばかりを受けさせたてまつる。心もとなけれど、もとよりおれ〳〵[4]しき人の心にて、えさかしくしひてものたまはず。僧都は、「今は、かばかりにていたはりやめたてまつり給へ」と言ひおきて、上り給ひぬ。

【傍書】　1温気也　2うき舟詞　3尼君　4ヲル、

【注釈】

一　**うちはへ温みなどし給へることは…物参りなどし給ふにぞ、なか〳〵面痩せもていく**　「うちはへ温みなどし給へることは冷め給ひて」は、ずっと高熱が続いていたが、熱もお下がりになって。「執念くて」は、ここでは生命力が強い意。死にたいという意思よりも自然な生命力の方が強いのである。「なか〳〵面痩せもていく」は、今迄は物の怪が憑いていたので、顔も腫れていたが、物の怪が退散すると、かえって自然のままの様子で腫れが引いて引き緊まっていく、ということ。

二　**いつしかとうれしう思ひきこゆるに…言ひおきて、上り給ひぬ**　「いつしか」は、早くよくなってほしい、ということ。「さてのみなん生くやうもあるべき」の「さて」は尼になること。当時は、病状が重くなると出家することがある。出家した功徳によって、病が回復するのを願うからである。尼になってこそ、生き延びるすべもあるかも知れない、と言われると、妹尼もむげに反対できない。助け出された時の浮舟は「生き出でたりとも、あやしき不用の人なり。人に見せで、夜、この川に落とし入れ給ひてよ」（手習四）と頼んでいたが、死ねないならば出家して生きる、という生き方は、女三の宮を思わせる。「いとほしげなる御さま」は、尼にするには申し訳ないほどの美しいご様子のこと。「頂ばかりを削ぎ、五戒ばかりを受けさせたてまつる」は、頭の頂の髪を少し削いで形式的に出家すること。「五戒」は、在家の信者の受ける戒で、不殺生、不偸盗、不邪淫、不妄語、不飲酒の五つの戒律。既述（若菜下三一）。「心もとなけれど」は、正式な出家でないのを頼りなく、覚束なく思っていることを言う。「おれ〳〵し」は、愚かしいこと。ここでは、おっとりしていてはっきり物を言えない、の意。「いたはりやめ」は、病気を治すこと。「いたはり」は、ここでは病気のこと。『大系』は『うつほ物語』吹上（下）の（宮あこ君の物の怪による病を）「この阿闍梨につけたてまつれば、かしこくていたはりやめつ」を例として引く。

一一　尼君問うも、浮舟素性を隠す

夢のやうなる人を見たてまつるかなと、尼君は喜びて、せめて起こし据ゑつゝ、[一]御髪手づから梳り給ふ。さばかりあさましう引き結ひてうち遣りたりつれど、いたうも乱れず、解きはてたれば、艶々とけうらなり。[1]一歳足らぬつくも髪多かる所にて、目もあやに、いみじき天人の天降れるを見たらむやうに思ふも、危ふき心地すれど、妹尼「などか、いと心憂く、かばかりいみじく思ひきこゆるに、御心を立てゝは見え給ふ。いづくに、誰と聞こえし人の、さる所にはいかでおはせしぞ」と、せめて問ふを、[2]いと恥づかしと思ひて、浮舟「[二]あやしかりし程に、皆忘れたるにやあらむ、ありけんさまなども、さらにおぼえ侍らず。たゞ、ほのかに思ひ出づることゝては、たゞ、いかでこの世にあらじと思ひつゝ、夕暮れごとに端近くて眺めし程に、前近く大きなる木のありし下より人の出で来て、率て行く心地なむせし。それよりほかのことは、我ながら誰ともえ思ひ出でられ侍らず」と、いとらうたげに言ひなして、浮舟「世の中になほありけりと、いかで人に知られじ。聞きつくる人もあらば、いといみじくこそ」とて泣い給ふ。

あまり問(と)ふをば、苦(くる)しと思(おぼ)したれば、え問(と)はず。[三][3]かくや姫(ひめ)を見つけたりけん竹取(たけとり)の翁(おきな)よりもめづらしき心地(ち)するに、いかなる物の隙(ひま)に消(き)え失(う)せんとすらむと、[4]静心(しづ)なくぞ思(おぼ)しける。

【傍書】 1 百とせに一とせたらぬつくもかみわれをこふらし面かけにみゆ老人ノ事をいへり　2うき舟心中詞　3上の詞に天人あまくたれるを見たらんやうにとかけるにあはせてかくや姫をはいひ出せる也　4しつか成る心なくなり

【注釈】

一　**御髪手づから梳り給ふ…御心を立てゝは見え給ふ**　「手づから」は、妹尼が自分の手で。浮舟をいとしく大切に思う気持ちを表す。「あさましう引き結ひてうち遣りたりつれど」は浮舟が病臥中であったので、髪を梳(くしけず)らず、情けない様子で束ねて放置してあったこと。「解きはてたれば、艶々とけうらなり」は、何ヶ月も放置してあったのに、浮舟の髪は艶やかに輝くように美しい、ということ。「一歳足らぬつくも髪」は、『伊勢物語』六三段の「百年に一年足らぬつくも髪我を恋ふらし面影に見ゆ」による。百に一画足りない「白」から老女の白髪を意味する。「九十九(つくも)」とも書く。「つくも」は江浦草。フトイ（水草の名）の異名。「目もあやに」は目も眩むほどで。「いみじき天人の天降れる」は、下文の『竹取物語』につながる連想。「危ふき心地」は、かぐや姫のように美しいこの女が、いつ手許から消え去ってしまうかを心配する気持ち。「御心を立てゝ」は意固地になって。妹尼は、浮舟の素性とか、出会った事情を知りたいのであるが、浮舟は、頑なに自分のことを語らない。

二　**あやしかりし程に、皆忘れたるにや…いといみじくこそ」とて泣い給ふ**　「あやしかりし程に…え思ひ出でられ侍らず」は、妹尼の問いに対する浮舟の答え。「あやしかりし程」は、自分でもよく分からない、意識を失っていた間。「ありけんさま」は、自分が以前生活していた様子。「いかでこの世にあらじ…率て行く心地なむせし」は、手習（九）参照。「いとらうたげに言ひなして」は、浮舟の可憐な様子。「言ひなし」に、妹尼の同情を誘う、浮舟の（無意識かも知れないが）意図が感じられる。この後も、浮舟はしなやかに自己の意思を通して行く生き方を次第に身につけて行く。「世の中になほありけりと、いかで人に知られじ」は、「いかでなほありと知らせじ高砂の松のおもはむこともはづかし」（古今六帖五）を引くか。

三　**かくや姫を見つけたりけん竹取の翁よりも…静心なくぞ思しける**　「かくや姫を見つけたりけん竹取の翁」は、過去の伝聞を表す助動詞「けん」によって、『竹取物語』によることを強く示唆する。「いかなる物の隙に消え失せんとすらむ」は、どんな隙にかぐや姫のように消え失せることになるのだろうか、という妹尼の不安。妹尼はこの女の素性や事情を知りたい一方で、この女を失うことになるのを危惧するのである。薫と匂宮との二人の男の愛に傷ついた浮舟を、結婚拒否を貫いたかぐや姫に準えた意味は何であったろうか。それは浮舟の結婚拒否の固い決意と夢浮橋巻末の物語の行方を暗示するものである。

一二　尼君たちの素性と小野の山里の風情

[1]この主（此あるじ）も、あてなる人なりけり。娘（むすめ）[2]の尼君（あま）は、上達部（かむだちめ）の北の方（かた）にてありけるが、その人亡（な）くなり給ひて（成給）後、娘（むすめ）たゞ一人（ひとり）をいみじくかしづきて、よき君達（きむだち）[3]を婿（むこ）にして思ひ扱ひ（思あつか）けるを、その娘（むすめ）の君の亡（な）くなりにければ、心憂（う）し、いみじと思ひ入り（思い）て、かたちをも変（か）へ、かゝる山里（ざと）には[ア]住み始めたるなり。世（夜）とゝもに恋（こ）ひわたる人の形見（かたみ）にも思ひ（思）よそへつべからむ人をだに見出[イ]でゝしがな、と、つれ〴〵も心細（ぼそ）きまゝに思ひ嘆き（思なげ）けるを、かく、おぼえぬ人の、

容貌(かたち)気配(はひ)もまさりざまなるを得(え)たれば、うつゝのことゝもおぼえず、あやしき心地(ち)しながら、うれしと思(思)ふ。ねびにたれど、いときよげによしありて、ありさま(有)も4あてはかなり。5二昔(むかし)の山里(ざと)よりは、水の音(をと)もなごやかなり。6造(つく)りざまゆゑ(へ)ある所の、ウ木立(こだち)おもしろく、エ前栽もを(お)かしく、ゆゑ(へ)を尽(つ)くしたり。秋になりゆけ(行)ば、オ空の気色もあはれなり。門田の稲刈(いねか)るとて、所につけたる物まねびしつゝ、若(わか)き女どもは歌歌(うたうた)ひ興(けう)じあへり。引板(ひたひ)引き鳴(な)らす音(をと)もをかしく、カ見し7東路(あづまぢ)のことなども思ひ出(い)でられて、8かの夕霧(ぎり)の御息所(宮す)のおはせし山里よりは、今少(すこ)し入(い)りて、山に片(かた)かけたる家なれば、キ松蔭しげく、風の音もいと心細(ぼそ)きに、つれ〴〵に行(をこな)ひをのみしつゝ、クいつともなくしめやかなり。

【校異】

ア　**住み始めたるなり**――「すみはしめけるなりけり」別（民）「すみはしめたりける也」青（大）「すみはしめたるなりけりと」青（明）「すみはしめたる也けり」青（肖）「すみはしめたる成けり」青（穂）「すみはしめたるなりけり」青（榊・二・三・徹二・飯・紹）河（尾・御・伏・七・平・前・大・鳳・兼・岩）別（宮・陽・阿・国・池・伝宗・保）「すみはしめたるなり〇(けり)」青（幽）「すみはしめたるなり」青（大正・陵）「すみ初めたるなり」青（徹一）。なお『大成』は「すみはしめたりける也」、『新大系』も「住みはじめたりける也」であるのに対して、『全書』『玉上評釈』『全集』『集成』『完訳』『新全集』は「住み始（はじ）めたるなりけり」、『大系』は「住み始めたるなり」。当該は、「たるなり」か「たりけるなり」か「たるなりけり」かの相異である。物語中の「たりけるなり」の用例はこの一例のみ。「たるなりけり」は四例あり、「けり」が文末につくのが一般的であろう。しかしこの場面は、妹尼がこの山里に住みはじめた状態を述べる文なので、「けり」がなくてもよい。底本は単独異文であるので除外し、或は『大正』『陵』『徹一』、『幽』の元の本文のように「たるなり」が原型ではなかろうか。底本は「すみはしめたりける」と書き誤って、文末に「也」をつけ、「すみはしめたりける也(ヒヒ)」のように見セ消チをつけるのを忘れた可能性がある。『大』『陵』『幽』の元の本文を勘案して、「住み始めたるなり」と校訂する。

イ　**見出でゝしがな、と**――「みてしかなと」別（民）「見いてし哉」青（飯）河（伏）「見いてゝしかな」青（大）河（御）「みいてゝしかな」青（榊・二）河（尾・平・前・大・鳳・兼・岩）「見出てしかな」青（徹一）「みいてしかなと」青（明）「見いててしかな○（とイ）」青（三）「見いてゝしかな○（と）」青（幽）「見いてゝしかなと」青（大正・肖・陵・徹二・紹）別（宮・阿・国・池）「みいてゝしかなと」青（穂）河（七）別（陽・伝宗・保）。なお『大成』は「みいてゝしかな」、『新大系』も「見出ててしかな」であるのに対して、『全書』『大系』『玉上評釈』『全集』『集成』『完訳』『新全集』は「見出（い）でて（ゝ）しがなと」。「しがな」か「しがな、と」か「しがなど」かの相異である。願望する文脈からみて、過去の「き」の已然形である「しか」は採らない。次に、「と」が加筆されたか脱落したかの問題であるが、脱落する可能性の方がやや高いと考える。「見出でゝしか、など」と読む可能性も否定できないが、「見出でゝしがな、と」と校訂する。

ウ　**所の**――「所」青（大）「所○（の）」青（幽）「所の」青（大正・明・肖・徹一・徹二・穂・飯）河（伏）別（宮・阿・伝宗）「ところの」青（陵・榊・二・三・紹）河（尾・御・七・平・前・大・鳳・兼・岩）別（陽・国・池・保・民）。なお『大成』は「所」『新大系』も「所」であるのに対して、『全書』『大系』『玉上評釈』『全集』『集成』『完訳』『新全集』は「所の」。当該は、同格の格助詞「の」の有無による相異である。底本は単独異文であり、「の」を脱落させたと考えて、「所の」と校訂する。

エ　**前栽も**――「ナシ」別（陽）「せむさいなとも」青（明）河（伏）「せんさいなとも」青（肖・榊・二・三・徹二・穂・紹）河（尾・御・七・平・前・大・鳳・兼・岩）別（宮・阿・国・池・伝宗）「せんさいなんとも」青（飯）「せさいなとも」別（民）「前栽なとも」青（徹一）「せんさいとも」別（保）「せんさい○（など）も」青（幽）「せむさいも」青（大・大正）「せんさいも」青（陵）。なお、『大成』は「せむさいも」、『大系』『新大系』も「前栽も」であるのに対して、『全書』『玉上評釈』『全集』『集成』『完訳』『新全集』は「前栽なども」。当該は、「も」と「なども」の相異である。ここでは造園の風趣について、木立・前栽と述べているので、「など」の有無はどちらでもよいが、追加される可能性の高い表現とみて、『大正』『陵』『幽』の元の本文も勘案し、校訂を控える。

オ　**気色もあはれなり**――「あはれなるに」別（陽）「けはひも哀也（なるを）（ヒ）」青（肖）「けはひもあはれなるを」青（紹）「けはひも哀なるを」別（阿）「けはひあはれなるを」青（榊・二・三・徹一・徹二）河（尾・御・伏・七・平・前・大・鳳・兼・岩）別（宮・国・伝宗）「けはひあはれなるに」青（穂）別（保・民）「けわひあはれなるを」別（池）「けわひあわれなるを」青（飯）「けしきもあはれなり（なるをイ）」青（陵）「気（けはひも御本）しきも哀なり（るを）」青（幽）「けしきもあはれなるを」青（明）「けしきもあはれなり」青（大）「気し

きもあはれなり（大正）。なお『大成』は「けしきもあはれなり」、『大系』『玉上評釈』『新大系』も「気色（けしき）もあはれなり」であるのに対して、『全書』『集成』は「けはひあはれなるを」、『全集』『完訳』『新全集』は「けしきもあはれなるを」。「けしき」か「けはひ」か、「あはれなり」か「あはれなるを」かの相異である。「けはひ」は「風のけはひ」（朝顔九）、「あてやかに住みなし給へるけはひ」（初音四）「住み給はぬ所のけはひは静かにて」（初音九）などの用例のように目に見えない雰囲気を表すのに対して、「気色」は「空の気色いとあはれなり」（夕顔二九）「空の気色もあはれ少なからぬに」（葵一八）「空のけしきもすごきに」（野分四）「空の気色もあはれに霧りわたりて」（夕霧四）のように、目に見える空の様子を言う。「空の気色」については、（葵一八）参照。当該個所は「気色」であろう。「あはれなり」か「あはれなるを」か、は『大正』『陵』『幽』の状況も勘案して、また「秋になりゆけば、空の気色もあはれなり」と言い切る方が印象的でもあり、底本の校訂は控える。

カ　**をかしく**――「ナシ」別（宮・国・保）「むかし」別（民）「おかし」青（肖・徹一・紹）河（御・七・平・前・大・鳳・兼・岩）別（阿・池）「をかし」青（榊・二・三・徹二・穂・飯）河（尾・伏）別（陽・伝宗）「をかしく」青（幽）「おかしく」青（大・大正・陵）「をかしく」青（明）。なお『大成』は「おかしく」、『大系』『玉上評釈』『全集』『新大系』も「を（お）かしく」であるのに対して、『全書』『集成』『完訳』『新全集』は「をかし」。「をかし」の終止形か連用形かの相異である。『大正』『陵』『幽』の元の本文などを勘案して、校訂を控える。

キ　**松蔭**――「まつはら」別（保・民）「松のかせ」別（阿）「まつかせ」青（大）別（陽）「まつかせ」河（岩）「まつかせ」河（御）「松かけ」青（大正・肖・徹二・穂・飯・紹・幽）河（伏）別（宮・国）「まつかけ」青（明・陵・榊・二・三）河（尾・七・平・前・大・鳳・兼）別（池）「松影」別（伝宗）「松陰」青（徹一）。なお『大成』は「まつかせ」、『新大系』も「松風」であるのに対して、『全書』『大系』『玉上評釈』『全集』『集成』『完訳』『新全集』は「松蔭（かげ）」。当該は、「松風」か「松蔭」かの相異である。底本は、「け（遣）」と、「せ（世）」の字体が似ているため、下文の「風の音」に引かれて、「松蔭」を「松風」と誤ったものであり、校訂する。

ク　**いつともなく**――「いつとなく」青（大・大正）河（伏）別（陽・保・民）「いつと○（も）なく」青（陵・幽）「いつともなく」青（明・肖・榊・二・三・徹一・徹二・穂・飯・紹）河（尾・御・七・平・前・大・鳳・兼・岩）別（宮・阿・国・池・伝宗）。なお、『大成』は「いつとなく」、『新大系』も「いつとなく」であるのに対して、『全書』『大系』『玉上評釈』『全集』『集成』『完訳』『新全集』は「いつともなく」。当該は、「いつとなく」か「いつともなく」かの相異である。『大正』『陵』『幽』の状態を勘案すると、これらの親本において、「も」が脱落していた可能性は大きく、逆に「も」を加筆する可能性の方が少ないと考えて、「いつともなく」と校訂する。

【傍書】　1作者詞　2右兵衛督といふ人の妻にてありしなり　3中将といはれし人の事　4あてかいはかなき也　5うき舟宇治事思ひ出給ふ　6和の字なり　7常陸国までの事也　8夕霧の巻にある事也

【注釈】

一　**この主も、あてなる人なりけり…いときよげによしありて、ありさまもあてはかなり**　「主」は、庵主。住居の主。母尼のこと。僧都と妹尼の母。「娘の尼君」は、妹尼のこと。「上達部の北の方」であったとあるのは「故衛門督の北の方」（夢浮橋三）のこと。夫と一人娘を亡くしてから出家して、小野に住むようになった。「かたちをも変へ」は出家すること。「世とゝもに」はいつもいつも。「恋ひわたる人」は、恋しく思い続ける亡き一人娘のこと。「形見にも思ひよそへつべからむ人」は、娘の形見と思って見ることのできるような人。大君の形見として薫に世話されていた浮舟は、今度も妹尼の娘の形見として大事に世話されるのである。「ねびにたれど…あてはかなり」は妹尼の様子。「あてはか」は品格のある美しさ。『日国大』によれば、「あてやか」より少し下位の品格美か。河内本系統の諸本は「あてやか」。

二　**昔の山里よりは、水の音もなごやかなり…いつともなくしめやかなり**　「昔の山里」は、宇治のこと。「水の音もなごやかなり」は、宇治川の恐ろしい水音に比べて、川の流れの音も穏やかだということ。尼君たちの住まいが八瀬の北とすると、黒谷川か。「も」（副助詞）があるので、水の音だけでなく、何もかも穏やかだ、ということ。「ゆゑを尽くしたり」は、趣向をこらしていること。庭の木立、前栽を見ると、この住まいの主の趣味のよさ、暮らしぶりの豊かさが感じとれるのである。「秋になりゆけば」以下は小野の山里の風景。夕霧（二三）とは趣を異にするが、どちらも稲田の風景が描かれる。「門田」は歌語。門の近くの田。「所につけたる物まねびしつゝ」は、この里らしいやり方を真似したりして。収穫しているのは、専業の農夫ではなく、この尼君の住居に仕えている男女か。門田もこの尼君の所領か。「引板」は、紐を張って二枚の板をつるし、その紐を引いて板のぶつかる音で雀などを追い払うもの。「見し東路のことなども思ひ出でられて」は、浮舟が、幸せだった少女時代を思い出している様子。浮舟は、継父が陸奥、常陸など（宿木四三）東国の国司に任じられる度に、母や乳母と共に東国に下っていた。稲刈り唄や引板の音を聞くこともあった。「かの夕霧の御息所のおはせし山里よりは、今少し入りて」は、手習（六）参照。「夕霧の御息所」は夕霧巻では「一条御息所」と呼ばれている。この呼称は、「夕霧」という巻名の成立が前提となる呼称である。「山に片かけたる家」は、家の片側が山の斜面に続いていて、もう一方は清水寺の舞台造りのように、柱組みがしてある家。ちなみに、『蜻蛉日記』下に、広幡中河の家を「山近う、河原片かけたるところに」と言っている所がある。「松蔭しげく」は、松の木が多いこと。従って、松風の音も寂しく聞こえる。

一三　尼君たちの生活と浮舟の述懐

尼君ぞ、月など明かき夜は、琴など弾き給ふ。少将の尼君などいふ人は、琵琶弾きなどしつゝ遊ぶ。妹尼「[1]かゝるわざはし給ふや。つれ〴〵なるに」など言ふ。[2]昔も、あやしかりける身にて、心のどかにさやうのことすべき程もなかりしかば、いさゝかをかしきさまならずも生ひ出でにけるかなと、[3]かくさだ過ぎにける人の、心を遣るめる折々につけては[ア]思ひ出づ。なほ、あさましくものはかなかりけると、我ながらくちをしければ、手習に、

浮舟 [4]身を投げし涙の川の早き瀬をしがらみかけて誰かとゞめし

思ひのほかに心憂ければ、行く末も後ろめたく、疎ましきまで思ひやらる。

月の明かき夜な〳〵、老い人どもは、艶に歌詠み、いにしへ思ひ出でつゝ、イさま〴〵の物語などするに、答ふべき方もなければ、つく〴〵とうち眺めて、

浮舟 5二 我かくて憂き世の中に巡るとも誰かは知らむ月の都に

今は限りウと思ひし程は、恋しき人多かりしかど、異人々はさしも思ひ出でられず、たゞ、親いかに惑ひ給ひけん、乳母、よろづに、いかで人並〳〵になさむと思ひ焦られしを、いかにあへなき心地しけん、いづくにあらむ、我、世にあるものとはいかでか知らむ、同じ心なる人もなかりしまゝに、よろづ隔つることなく語らひ見馴れたりし右近なども、折〳〵は思ひ出でらる。

【校異】

ア　**思ひ出づ。なほ**――「ナシ」別（民）「おもひゝづるを」別（伝宗）「思ひいつるを」青（大）「思いつるを」別（池）「思つゝなを」別（阿）「思いつるなを」別（国）「思いつ猶」青（大正・陵）「おもひいつなを」青（明・榊・二・三・徹二）河（御・七・平・前・大・鳳・兼・岩）別（陽）「思いつなを」青（肖・徹一・穂）河（伏）別（宮・保）「思ひいつなを」青（紹・幽）「おもひいつ猶」青（飯）河（尾）。なお、『大成』は「思ひいつるを」、『新大系』も「思ひ出づるを」であるのに対して、『全書』『大系』『玉上評釈』『全集』『集成』『完訳』『新全集』は「思ひ出（い）づ。猶（なほ）」。当該は、「る（留）」と「な（奈）」が、書き方によっては似ている所からくる相異で、「思ひ出づ」を終止形で句点とし、「なほ」で次の文を起すか、「思ひ出づるを」として、下文の「あさましくものはかなし」に続けるのか、の相異である。ここは前者の、句点で切って「なほあさましくものはかなかりける」と、我身を強く省みる表現であると見る方がよいと考えて、校訂する。

イ　さま〴〵の――「さま〳〵」青（大・大正・陵・徹一・紹）別（陽）「さま〳〵に」青（穂）「さま〳〵なる」別（民）「さま〳〵の」青（明・肖・榊・二・三・徹二・飯・幽）河（尾・御・伏・七・平・前・大・鳳・兼・岩）別（宮・阿・国・池・伝宗・保）。なお『大成』は「さま〳〵」、『大系』『新大系』も「さま〴〵」であるのに対して、『全書』『玉上評釈』『全集』『集成』『完訳』『新全集』は「さま〴〵（ざま）の」。当該は、「の」の有無による相異である。『幽』も勘案して、文脈としては「の」のある方がよいし、「の」が脱落したと考えて、校訂する。

ウ　思ひし――「おもひいてし」別（池）「思はてにし」別（宮）「おもひはてにし」別（国）「思ひはてゝし」別（陽）「思はてし」青（肖・榊・二・穂・飯）別（阿）「思ひはてし」青（徹一・徹二）「おもひはてし」青（三・紹）河（尾・御・伏・七・平・前・大・鳳・岩）別（保・民）「おもひい〔は〕てし」河（兼）「思〇〔ひ〕はてし」別（伝宗）「思ひ〇〔はて〕し」青（幽）「思し」青（大・陵）「おもひし」青（大正・明）。なお、『大成』は「思し」、『大系』『新大系』も「思（ひ）し」であるのに対して、『全書』『玉上評釈』『全集』『集成』『完訳』『新全集』は「思ひ果（は）てし」。当該は、「思ひ」か「思ひはて」かの相異である。すぐ前の「今は限り」という語に引かれて「思ひはつ」という表現になったと考え、また、底本と同系統と思われる『大正』『陵』、『幽』の元の本文などを勘案して、校訂を控える。

【傍書】　1尼君詞　2うき舟詞　3としよりたるをいふ　4うき舟　5うき舟

【注釈】

一　**少将の尼君などいふ人は…行く末も後ろめたく、疎ましきまで思ひやらる**　「少将の尼君」は初めて登場する。もとから妹尼と故姫君に女房として仕え、妹尼と同時に出家したと思われる。「昔も、あやしかりける身にて…生ひ出でにけるかな」は、浮舟の回想。「あやしかり」は卑しい意。「いさゝかをかしきさまならず」は、少しも趣のあるような風でなく、無趣味に。浮舟は、老いた尼達の合奏する姿を見て、自分の生い立ちが、そのような風流とは無縁だったと気づく。「なほ、あさましくものはかなかりける」は、やはり私はあきれる程取り柄のない生い立ちの女だったのだ、と気づくこと。「手習」は、ここでは、いわゆる「習字」ではなく、心に自然に思い浮かぶ歌などを、確たる目的もなく、心にまかせて書きすさぶこと。その歌は、かりに他人の詠であっても、自己の心情を代弁するものであり、人に見せることのない自己の心情、思索の過程を表出する自詠歌を導き出す働きを持つものである。贈答歌とは違って、他者を介在させずに書くことにより、自己の意識を再確認しつつより深く掘り下げていくことができるものであり、さらに、散文では語り尽くせない、というよりは語ってはならない部分を、歌が、露呈することになる（後藤祥子「手習いの歌」『講座　源氏物語の世界』有斐閣一九八四年第九集参照）といえよう。物語の中には「手習」は二二例ある。それぞれ状況が違うので一概には言えないが、例えば紫の上についての「手習などするにも、おのづから古言も、もの思はしき筋にのみ書かるゝを、さらば我が身には思ふ事ありけり、と身ながらぞ思し知らるゝ」（若菜上二〇）という記述や、その古歌に触発された手習歌、「身に近くあきやきぬらん見るまゝに青葉の山も移ろひにけり」（同二〇）などは、典型的なものであろう。手習巻の「手習」の用例五例は、すべて浮舟に関するもので、この故に、この巻の名も「手習巻」と呼ばれ、浮舟も「手習の君」と呼ばれることもあるのである。「身を投げし…誰かとゞめし」の歌意は、私が涙にくれて身を投げたあの川の早い瀬に、誰が柵（しがらみ）をかけて、私を引き留めてくれたのだろうか。「涙の川の早き瀬」は、涙が川のように早く流れる意と、宇治川の速い流れとを掛けている。「しがらみ」は、川に杭などを打ち並べてこれに竹や木を渡し、水流を塞きとめるものを言う。「川」「瀬」「しがらみ」は縁語。『河海』は、菅原道真の「流れゆく我はみくずとなりはてぬ君しがらみとなりてとどめよ」（『大鏡』）を引く。「思ひのほかに心憂ければ」は、救われたことが不本意で情けなくて。「疎ましきまで思ひやらる」は、将来のことが不安で、それを考えると我身まで嫌になってくる浮舟の心情。

二　**我かくて憂き世の中に巡るとも…折々は思ひ出でらる**　「我かくて…月の都に」の歌意は、私がこんなふうに流れ流れて辛い世の中に生き延びていようとは、同じ月に照らされた遠く離れた都では誰が知ろうか。「月の都」は手習（一二）の『竹取物語』からの連想。「巡る」「月」は縁語。「今は限りと思ひし程は、恋しき人多かりしかど」

は、もうこれが最後だと思ったときは、恋しく思う人が多かったという。匂宮、薫、中の君などが考えられる。しかし、今は、「異人々はさしも思ひ出でられず」である。「さしも」は、あの時に比べればそれ程は。浮舟の記憶は着実に戻っているのであるが、今は、母親、乳母、右近の他は思い出したくないのである。「たゞ」は、文末の「思ひ出でらる」にかかる。「いかで人並々になさむ」は、浮舟を何とかして人並に幸せにしたい、ということ。「同じ心なる人」は、気の合う女房。「右近」は、中の君付きの女房である大輔の娘。浮舟の信頼する女房であった（浮舟四・蜻蛉一参照）。

一四　浮舟の人目を忍ぶ生活

一 若(わか)き人の、かゝる山里に、今はと思(思)ひ絶(た)え籠(こも)るは、難(かた)きわざなりければ、たゞいたく年経(へ)にける尼(あま)七八人ぞ、常(つね)の人にてはありける。それらが娘(むすめ)、孫(むまご)やうの者(物)ども、京に宮仕(づか)へするも、異(こと)ざまにてあるも、時々(〳〵)ぞ来通(きかよ)ひける。かやうの人につけて、見(み)しわたりに行(い)き通(かよ)ひ、おのづから世(よ)にありけりと、誰(たれ)にも〳〵聞(き)かれたてまつらむこと、いみじく恥(は)づかしかるべし。いかなるさまにてさすらへけんなど、思(思)ひやり世(よ)づかずあやしかるべきを思へば、かゝる人々(ゝ)にかけても見(み)えず。二 たゞ、1侍従(じゞう)、2こもきとて、尼(あま)君のわが人にしたりけるア二人(ふたり)をのみぞ、この(此)御方(かた)イに言ひ分けたりける。見目(みめ)も心ざまも、昔(むかし)見し3都鳥(宮こどり)ウに似たるはなし。何(なに)ごとにつけても、4世(世)の中にあらぬ所エはこれにやあらんとぞ、かつは思(思)ひなされける。かくのみ、人に知(し)られじと忍(しの)び給へば、まことにわづらはしかるべきゆゑ(へ)ある人にもも（物）のし給（給）ふらんとて、くはしきこと、ある人々（ゝ）にも知（し）らせず。

【校異】

ア　**したりける**――「したる」青（明・肖・榊・二・三・徹一・徹二・穂・紹）別（阿）「したりけ（人にしたる御本イ）る」青（幽）「したりける」青（大・大正・陵・飯）河（尾・御・伏・七・平・前・大・鳳・兼・岩）別（宮・陽・国・池・伝宗・保・民）。なお『大成』は「したりける」、『大系』『玉上評釈』『新大系』も「したりける」であるのに対して、『全書』『全集』『集成』『完訳』『新全集』は「したる」。当該は、「けり」の有無による相異である。『大正』『陵』、『幽』の元の本文などを勘案し、また、「たりける」の「りけ」が脱落する可能性（その逆は余り考えられない）も考えて、校訂を控える。

イ　**言ひ分けたりける**――「いひはきたる（分けイ）」青（明）「いゝわきたる」別（伝宗）「いひわきたる」青（肖・榊・二・三・徹一・徹二・穂・飯・紹）河（尾・御・伏・七・平・前・大・鳳・兼・岩）別（宮・陽・国・池・保・民）「いひわけたりける」青（幽）「いひわけたりける」青（大・大正・陵）別（阿）。なお、『大成』は「いひわけたりける」、『大系』『玉上評釈』『新大系』も「言（い）ひ分（わ）けたりける」であるのに対して、『全書』『全集』『集成』『完訳』『新全集』は「言ひ分（わ）きたる」。当該は、「分く」は四段活用も下二段活用もあり、「け（遣）」と「き（幾）」とがよく似ているので生じた異文と考えられるが、下二段活用の方が穏当か。「たりける」か「たる」かの相異については、『大正』『陵』、『幽』の元の本文も勘案して、校訂を控える。

ウ　**似たるは**――「けること」別（陽）「にたること」青（肖）河（尾）別（宮・国・民）「ゝたること」青（飯）河（御・伏・七・平・前・大・鳳・兼・岩）「にたる事」青（榊・二・徹一・穂・紹）別（阿・池・伝宗）「ゝたる事」青（三）「にたる」青（大正）「にたるもは」青（明）「ゝたるも」別（保）「ゝたるは（事イ）」青（徹二）「にたるは」青（幽）「ゝたるは」青（大）「にたるは」青（陵）。なお、『大成』は「ゝたるは」、『大系』『玉上評釈』『新大系』も「似たるは」であるのに対して、『全書』『全集』『集成』『完訳』『新全集』は「似たること」。当該は、「こと」と「は」との相異である。解釈上の差がみられないので、青表紙系統の諸本を勘案した上で、校訂を控える。

エ　**これにやあらん**――「これにや」青（大）別（陽・民）「これにやあらん」青（大正・肖・陵・榊・二・徹二・穂・紹）河（尾・御・七・平・前・大・鳳・兼・岩）別（宮・阿・国・池・伝宗）「これにやあらむ」青（明・三・徹一・飯・幽）河（伏）別（保）。なお、『大成』は「これにや」、『玉上評釈』『新大系』も「これにや」であるのに対して、『全書』『大系』『全集』『集成』『完訳』『新全集』は「これにやあらむ（ん）」。当該は、「あらん」の有無による相異である。底本は単独異文に近く、係り結びの結びを省略してしまったと考えて、校訂する。

【傍書】 1小野尼女房　2童　3宮の人といはんとて都とりと詞をかされる也又心ねのおもしろさいはんかたなし　4拾イ　世の中にあらぬ所もえてしかな年すきにけるかたちかくさん　5委事不知也

【注釈】

一　**若き人の、かゝる山里に、今はと思ひ絶え籠るは…かゝる人々にかけても見えず**　「思ひ絶え籠る」は、普通の生活をあきらめて、山里などに引き籠ること。「いたく年経にける尼七八人ぞ、常の人にて」の「常の人」はいつも一緒に住んで、母尼や妹尼に仕えている人。この尼たちには娘や孫がいる。母尼や妹尼に仕える女房で、普通の生活をしていたのが、主人と同じ機会に出家したのであろう。妹尼は上達部の北の方（手習一二参照）とあり、教養ある人である。だから前述（同一三）のように、尼たちは、合奏をし、艶に歌を詠み、昔の思い出話などをする。この小野の住居は、厳しい修行をする寺とは違い、昔の風雅な暮らしの雰囲気を残しているのである。或いは、夕霧の巻にある一条御息所の山荘のように、この住居も母尼か僧都か妹尼の所領する山荘であった可能性が高い。「異ざまにてある」は、宮仕え以外の生活をしていること。「見しわたり」は、知った人のいるあたり。「聞かれたてまつらむ」は、謙譲語を使っているところから、薫、匂宮、中の君などに知られることか。「思ひやり世づかずあやしかるべき」は、浮舟の生存を知った人が、（どんな様子でさまよっていたことだろう、などと）とんでもない、みじめな姿を想像するだろう、ということ。「かゝる人々」は、京から通ってくる、尼君たちの縁者。この人々に「かけても見えず」は、浮舟の用心深い態度。

二　**たゞ、侍従、こもきとて…くはしきこと、ある人々にも知らせず**　「こもき」は、女童の呼び名。「わが人にしたりける」は、（妹尼が）自分付きにしていた、の意。「言ひ分け」は、命じて分けること。「昔見し都鳥」の「都鳥」は、都の人、の意。「昔見し」は、以前に（侍女として）見たことのある、の意。「名にし負はばいざ言問はん都鳥わが思ふ人はありやなしやと」（『伊勢物語』九、古今集巻九羇旅・業平）による。「世の中にあらぬ所はこれにやあらん」は、「世の中にあらぬ所も得てしがな年古りにたる形隠さむ」（拾遺集巻八雑上・読人知らず）を引く。またこの歌は、東屋（三五）の浮舟と母の中将の君との贈答歌にも引かれ、「世の中にあらぬ所」、即ち俗世間から隔絶された場所は、浮舟の憧れていた別世界であった。「まことにわづらはしかるべきゆゑある人にもものし給ふらん」は、本当に面倒な事情を抱えている人でいらっしゃるのだろう、という意。妹尼は、浮舟を手許に置いておきたくて、周囲の人にも詳しいことは知らせないのである。

一五　昔の婿君の中将来訪、尼君と対面

一

尼君(あま)の昔(むかし)の婿(むこ)の君、今は中将にてものし(物)給(給)ひける、弟(おとうと)の禅師(ぜんじ)の君、僧都(そうづ)の御もとにものし(物)給(給)ひける、山籠(ごも)りしたるを訪(とぶら)ひに、はらからの君(きみ)たち常(つね)に上(のぼ)りけり。横(よ)川に通(かよ)ふ道(みち)の便(たよ)りに寄(よ)せて、中将、こゝにおはしたり。前駆(さき)う1ち追(を)ひて、あてやかなる男(おとこ)の入(い)り来(く)るを見出(い)だして、ア忍びやかに2おはせし人の御さま、気配(はひ)ぞ、さやかに思(思い)ひ出でらるゝ。これもいと心細(ぼそ)き住(す)まひ(ゐ)のつれ〴〵なれど、住(す)みつきたる人々(ゝ)は、ものきよげ(物)にをかしうしなして、垣穂(かきほ)に植(う)ゑ(へ)たる撫子(なでしこ)もおもしろく、女郎花(をみなへし)、桔梗(き経)など咲(さ)き始(はじ)めたるに、色々(ゝ)の狩衣姿(かりぎぬすがた)の男(をのこ)どもの若(わか)き、あまたして、君も同(おな)じ装束(さうぞく)にて、南面(みなみをもて)に呼(よ)び据(すへ)ゑたれば、うち眺(なが)めてゐたり。歳(とし廿)二十七八の程にて、ねびとゝのひ、心地(ち)なからぬさまもてつけたり。

二

尼君、障子口に几帳立てゝ対面し給ふ。[3]まづうち泣きて、（妹尼）「年頃のイ積もりには、過ぎにし方、いとゞ気遠くのみなん侍るを、山里の光になほ待ちきこえさすることの、うち忘れずやみ侍らぬを、かつはあやしく思ひ給ふる」とのたまへば、（中将）[4]「心の内あはれに、過ぎにし方のことゞも、思ひ給へられぬ折なきを、あながちに住み離れ顔なる御ありさまに、怠りつゝなん。山籠りもうらやましう、常に出で立ち侍るを、同じくはなど、慕ひまとはさるゝ人々に、妨げらるゝやうに侍りてなん。今日は、皆省き捨て[5]ものし侍りつる」ウとのたまふ。（妹尼）「[6]山籠りの御うらやみは、なか〳〵、ひまやうだちたる御物まねびになむ。昔を思し忘れぬ御心ばへも、世に靡かせ給はざりけると、おろかならず思ひ給へらるゝ折多く」など言ふ。

三

人々に[7]水飯などやうの物食はせ、君にも[8]蓮の実などやうの物出だしたれば、馴れにし辺りにて、さやうのこともつゝみなき心地して、村雨の降り出づるにとめられて、エ物語しめやかにし給ふ。言ふかひなくなりにし[9]人よりも、[10]この君の御心ばへなどの、いと思ふやうなりしを、他所の物に思ひなしたるなん、いと悲しき、など、[11]忘れ形見をだにとゞめ給はずなりにけんと、恋ひしのぶ心なりければ、たまさかにかくものし給へるにつけても、めづらしくあはれにおぼゆべかめる問はず語りもし出でつべし。

【校異】

ア　忍びやかに――「むかし」別（保）「しのひやかにて」青（明・肖・榊・二・三・穂・飯・紹）河（尾・伏）別（陽・伝宗・

民）「忍やかにて」青（徹一）河（七・平・前・大・鳳・兼・岩）「忍ひやかにて」青（徹二）「しのひやかに」青（大・大正・陵）河（御）別（宮・阿・国・池）「忍ひやかに」青（幽）。なお『大成』は「しのひやかに」、『大系』『玉上評釈』『新大系』も「忍（しの）びやかに」であるのに対して、『全書』『全集』『集成』『完訳』『新全集』は「忍（しの）びやかにて」。当該は、「て」の有無による相異である。『大正』『陵』『幽』を勘案して校訂を控える。

イ　**積もり**――「つもる」青（大）別（保・民）「つもり」青（大正・明・肖・陵・榊・二・三・徹一・徹二・穂・飯・紹・幽）河（尾・御・伏・七・平・前・大・鳳・兼・岩）別（宮・陽・阿・国・池・伝宗）。なお『大成』は「つもる」、『新大系』も「積る」であるのに対して、『全書』『大系』『玉上評釈』『全集』『集成』『完訳』『新全集』は「つもり（積り・積もり）」。当該は、「り」と「る」の相異である。「り（利）」と「る（留）」は判別が難しいが、底本は単独異文に近く、「り」を「る」と見誤ったとみて校訂する。

ウ　**侍りつる**――「給へる」青（大）「給つる」青（榊）「つる」別（阿）「侍」青（穂）別（陽）「侍つる」青（大正・肖・陵・二・徹一・飯・幽）河（伏）別（宮・国）「侍りつる」青（明・紹）河（尾・御・七・平・前・大・鳳・兼・岩）「はへりつる」青（三・徹二）別（池・伝宗・保）「はんへりつる」別（民）。なお『大成』は「給へる」、『新大系』も「給へる」であるのに対して、『全書』『大系』『玉上評釈』『全集』『集成』『完訳』『新全集』は「侍（はべ）りつる」。当該は、「給へる」と「侍つる」の相異である。ここは、中将の妹尼に対する言葉なので、尊敬の「給へ（四段活用）・る（存続）」を使う筈がない。「給」と「侍」は、頻出する語であり、底本は無意識に「侍」を「給」に誤写したと思われる。また、「へ」と「つ」を区別するのは難しいが、「侍へる」とは書くまい。ここは「侍つる」であったと考えて「侍りつる」と校訂する。

エ　**とめられて**――「とゝめて」別（陽）「ととめられて」青（肖）「とゝめられて」青（明・榊・二・三・徹一・徹二・穂・飯・紹）河（尾・御・伏・七・平・前・大・鳳・兼・岩）別（宮・阿・国・池・伝宗・保・民）「と○められて」青（幽）「とめられて」青（大・大正・陵）。なお『大成』は「とめられて」、『大系』『玉上評釈』『新大系』も「止（と）められて」であるのに対して、『全書』『全集』『集成』『完訳』『新全集』は「とどめられて」。当該は、「とめられ」か「とゞめられ」の相異である。「と（止）」と「め（女）」の間に「ゝ」が加筆される可能性も「ゝ」が脱落する可能性も、どちらも否定できない。ここでは『大正』『陵』『幽』の元の本文を勘案して、校訂を控える。

【傍書】　1小随身召具　2匂かほるなとのこと　3尼君　4中将　5略省　6尼君詞　7水飯ひめの事也　8蓮実或盃名　9むすめ事　10中将事　11子なかりし事

【注釈】

一　**尼君の昔の婿の君、今は中将にて…心地なからぬさまもてつけたり**　「昔の婿の君、今は中将にてものし給ひける」は、新しい人物の登場である。妹尼の亡き娘の婿であった中将である。「弟の禅師の君」は、横川僧都のもとで山籠りの修行をしている中将の弟。「禅師」は①職名としては、宮中の内道場に奉仕する者をいう。内供奉十禅師。源信僧都も任じられたことのある職である。②普通の僧侶のこともいう。ここは②。「横川に通ふ道の便りに寄せて」の「横川に通ふ道」は長谷出（はせだし）から登る、黒谷経由の登山道（手習六参照）。妹尼の住居は、登山口の近く、八瀬の北あたりであったので、ついでに立ち寄るのである。「忍びやかにおはせし人」は、前文に「前駆うち追ひて」とあるし、（浮舟一七）にも、薫について「例の、忍びておはしたり」とあったので、薫のこと。「さやかに」は、はっきりと。浮舟は、中将の入って来る姿をみて、薫を思い出したのである。「これも」は、（宇治の邸も心細く手持無沙汰だったが）この住居も、という言い方。中将から薫を連想し、浮舟は一瞬、宇治の邸にいると錯覚したのである。「住みつきたる人々は」以下は、宇治とは違う、という浮舟の認識。住んでいる人々は、こざっぱりと趣味もよく住まいを整え、垣根の撫子も風情があり、女郎花、桔梗なども咲き始めている所へ、色とりどりの狩衣姿の若者が数多くやって来る…はっとする程の鮮やかな印象である。撫子、女郎花、桔梗は、秋の七草。「あな恋し今もみてしか山がつの垣ほにさけるやまとなでしこ」（古今集巻一四恋四・読人知らず）。「君」は中将。「南面に呼び据ゑたれば」は、妹尼の住む建物の南廂（おそらく客間であろう）に通されて、特別に親しい扱いを受けていること。「歳二十七八の程にて」は、薫と同年代。「ねびとゝのひ、心地なからぬさまもてつけたり」は、大人びた整った容姿で、分別のある様子。

二　**尼君、障子口に几帳立てゝ…思ひ給へらるゝ折多く」など言ふ**　「障子口」は、母屋と南廂の間の襖。そこを開けて、几帳を立てた。尼君は母屋にいる。「過ぎにし方、いとゞ気遠くのみ」は、娘の姫君の許に中将が婿として通っていた頃のことがますます遠い昔のことのように思われるばかり、という気持ち。「山里の光」は、中将の来訪が妹尼にとって山里の暮らしの光栄と思われていることを示す。「かつはあやしく」は、故姫君の許に中将が通って来た頃のことはずっと昔のことのように思われるのに、その一方で、まだ、中将の訪れを、生きがいとして待つことが忘れられないのを不思議だと思う、妹尼の気持ち。浮舟を故姫君の形代と考える無意識の期待がある。「あながちに住み離れ顔なる御ありさま」は、ひたすら俗世間を離れたようなお住まいの御様子。妹尼の暮らしを言う。「山籠りもうらやましう、常に出で立ち侍るを」は、弟の禅師の君の修行中の暮らしをうらやましく思って、いつも訪れていますの意。「皆省き捨てゝものし侍りつる」は一緒について来たがる人々を皆振り捨てて来ましたので、ここに立ち寄れました。「いまやうだちたる御物まねびになむ」は、弟の仏道修行をうらやましがる中将に対して、妹尼が、最近の流行(はやり)の物真似のようでいらっしゃいますね、と揶揄したもの。「昔」は妹尼の亡くなった娘、さらには婿として通った日々を指す。「世に靡かせ給はざりける」は、近頃の軽薄な風潮に染まらないでいらっしゃった、ということ。手習(一七)に中将が藤中納言家に婿として通う話はあるが、気に入らない様子であるという噂は、妹尼も知っているのである。「おろかならず」は並々ならぬ好意のこと。

三　**人々に水飯などやうの物食はせ…問はず語りもし出でつべし**　「水飯」は、飯に水を注いだもの。夏の食事(常夏一参照)。『今昔』巻二八第二三話に、肥えた男に対して「冬ハ湯漬、夏ハ水漬ニテ御飯ヲ可食キ也」と言っている。「蓮の実」について。物語の用例はこの一例のみ。『今昔』巻一九第三三話に、東三条の戌亥の角の神が僧に恩を報ずるのに、高い木に登らせ、蓮の実を食べさせたという。珍しい食物であったか。なお「はちす」と読む例は、大島本に一九例あるが、経典など、仏教に関するものが一八例。「池の蓮の盛りなるを見給ふに」(幻一一)も、源氏が紫の上を追慕する場面であり、実用的な食べ物の場合に「はす」と言うか。「つゝみなき心地」は、「慎みなし」

で、遠慮のいらない、気兼ねのいらない気持ちのこと。「言ふかひなくなりにし人」は、今更言っても戻らない人。妹尼の娘。「めづらしくあはれにおぼゆべかめる」は、妹尼が娘の身代わりとも思う浮舟のこと。中将が聞いたら珍しく思って共感するに違いないこと。「問はず語り」は、聞かれもしないのに、自分から進んでする話。この場合、妹尼が話したくて仕方がないことは、浮舟のことである。「し出でつべし」の「べし」は確度の高い推量。「問はず語り」を口にしてしまいそうである、口にしてしまうに違いない、ほどの意。妹尼が浮舟のことを隠すのは、手許から奪われるのを惧れるからである。しかし、妹尼にとって、中将は、身内のように思われる相手である。浮舟にとって、煩わしいことになりそうな予感を与える書きぶりである。

一六　浮舟の美貌、中将その姿を見かけ、関心を抱く

[1]姫君は、我は我と思ひ出づる方多くて、眺め出だし給へるさま、いとうつくし。白き単衣の、いと情けなくあざや[2]ぎたるに、袴も[3]檜皮色に馴らひたるにや、光も見えず黒きを着せたてまつりたれば、かゝることゞもゝ、見しには変はりてあやしうもあるかな、と思ひつゝ、強々しういらゝぎたる物ども着給へるしも、いとをかしき姿なり。御前なる人々、尼女房たち「故姫君の[ア]おはしたる心地のみ[イ]し侍るに、中将殿をさへ見たてまつれば、いとあはれにこそ」「同じくは、昔のさまにておはしまさせばや」「いとよき御あはひならむかし」と言ひあへるを、[4]あないみじや、世にありて、いかにもいかにも人に見えんこそ、それにつけてぞ、昔のこと思ひ出でらるべき、さやうの筋は思ひ絶えて忘れなんと思ふ。

尼君、入り給へる間に、客人、雨の気色を見わづらひて、少将といひし人の声○を(朱)聞き知りて、呼び寄せ給へり。中将5「昔見し人々は、皆こゝにものせらるらんやと思ひながらも、かう参り来ることも難くなりにたるを、心浅きにや、誰も誰も見なし給ふらん」などのたまふ。仕うまつり馴れにし人にて、あはれなりし昔のことゞも思ひ出でたるついでに、中将「かの廊の端入りつる程、風の騒がしかりつる紛れに、簾の隙より、なべてのさまにはあるまじかりつる人の、うち垂れ髪の見えつるは、世を背き給へる辺りに、誰ぞとなん見驚かれつる」とのたまふ。

三6 姫君のウ立ち出で給へりつる後ろ手を、見給へりけるなめりと思ひて、エまして、こまかに見せたらば、心とまり給ひなんかし、昔人は、いとこよなう劣り給へりしをだに、まだ忘れ難くし給ふめるをと、心一つに思ひて、少将尼7「過ぎにし御ことを忘れ難く、慰めかね給ふめりし程に、おぼえぬ人を得たてまつり給ひて、明け暮れの見物に思ひきこえ給ふめるを、うち解け給へる御ありさまを、オいかで御覧じつらん」と言ふ。8かゝることこそはありけれとをかしくて、何人ならむ、げに、いとをかしかりつと、ほのかなりつるを、なか〳〵思ひ出づ。こまかに問へど、9そのまゝにも言はず、少将尼「おのづから聞こし召してん」とのみ言へば、10うちつけに問ひ尋ねむもさま悪しき心地し○て(朱)、「雨もやみみヒ(朱)ぬ。日も暮れぬべし」と言ふにそゝのかされて出で給ふ。

【校異】

ア　**おはしたる**――「をはします」別（保）「おはしまいたる」青（明・肖・三・徹一・徹二・穂・紹）「おはしましたる」別

(宮・国)「おはしまひたる」別(阿)「をはしまいたる」青(榊・二)「おはし○（まし御本イ）（まい）たる」青(幽)「おはしたる」青(大・大正・陵・飯)河(尾・御・七・平・前・大・鳳・兼・岩)別(池・伝宗)「をはしたる」河(伏)別(陽・民)。なお、『大成』は「おはしたる」、『大系』『玉上評釈』『新大系』も「おはしたる」であるのに対して、『全書』『全集』『集成』『完訳』『新全集』は「おはしまいたる」。当該は、「おはす」か「おはします」かの相異である。「おはす」より「おはします」の方が尊敬の念が強い。「おはす」が「おはします」に変えられる可能性と、逆に「おはします」が「おはす」に変えられる可能性を比べると、前者の方が敬意を増幅する方向である。故姫君に対する敬語としては「おはす」で不都合はないのに、後出伝本において、敬意を増幅する方向に変えられたのであろう。よって、『大正』『陵』、『幽』の元の本文が本来の表現であったと勘案して、校訂を控える。

イ　**し侍るに**――「し給に」青(大正・陵・幽)「したるに」河(伏)「し侍つるに」青(大)「しはへるを」別(保・民)「し侍に」青(明・肖・榊・二・三・徹二・穂・飯)別(国)「し侍るに」青(徹一・紹)河(尾・御・七・平・前・大・鳳・兼・岩)別(宮・陽・阿)「しはへるに」別(池・伝宗)。なお、『大成』は「し侍つるに」、『玉上評釈』『新大系』も「し侍(はべり)つるに」であるのに対して、『全書』『大系』『全集』『集成』『完訳』『新全集』は「し侍(はべ)るに」。当該は、『大正』『陵』『幽』は錯誤により「侍」と「給」を間違えたものであろうと見て除外する。底本は単独異文であり、これも除外する。結果的に、当該箇所は、「し侍るに」と校訂する。

ウ　**立ち出で給へりつる**――「たちていり給ふ」別(民)「たちていり給つる」別(保)「たちいて給へる」青(大)「たちいて給つる」河(七)「立出給につる」別(池)「たちいて給へるつる」青(飯)「たち○（いて）給へりつる」河(兼)「立出給へりつる」別(阿)「たち出給へりつる」青(徹一)「たちいてたまえりつる」別(陽)「たちいて給えりつる」別(伝宗)「たちゐ（い）て給へりつる」別(国)「たち出たまへりつる」青(明)「たちいてたまへりつる」青(三)「たちいて給へりつる」青(大正・肖・陵・榊・二・徹二・穂・紹・幽)河(尾・御・伏・平・前・大・鳳・岩)別(宮)。なお、『大成』は「たちいて給へる」、『新大系』も「立ち出で給へる」であるのに対して、『全書』『大系』『玉上評釈』『全集』『集成』『完訳』『新全集』は「立ち出で給(たま)へりつる」。当該は、「給へる」と「給へりつる」の相異である。底本は単独異文であり、改行する時に「りつ」が脱落したと考えて、校訂する。

エ　**思ひて**――「思ふ」別(国)「おもひいてゝ」青(大)「思ひて」青(大正・徹二・紹・幽)別(陽・伝宗)「思て」青(肖・陵・榊・二・徹一・穂・飯)河(伏)別(宮・阿・池)「おもひて」青(明・三)河(尾・御・七・平・前・大・鳳・兼・岩)別(保・民)。なお、『大成』は「おもひいてゝ」、『新大系』も「思ひ出でて」であるのに対して、『全書』『大系』『玉上評釈』『全集』『集成』『完訳』『新全集』は「思ひて」。当該は、「思ひ出でて」と「思ひて」の相異である。底本は単独異文であり、「思ひて」の「ひ」の字母が「悲」である時に「出」と誤るかも知れないと考えて、校訂する。

オ　いかで――「いかてか」青（明・肖・榊・二・三・徹一・徹二・穂）別（民）「いかて」青（大・大正・陵・飯・紹・幽）河（尾・御・伏・七・平・前・大・鳳・兼・岩）別（宮・陽・阿・国・池・伝宗・保）。なお『大成』は「いかでか」。当該は、「か」の有無による相異である。書写の過程としては、「か」が付け加えられる場合も脱落する場合も、あり得るが、『大正』『陵』『幽』などを勘案し、後出伝本において意味を強調するために「か」がつけ加えられたとみて、校訂を控える。

【傍書】　1浮―　2はりたるを云　3檜皮色ハおもて蘇芳ニくろみなりうら花田を云也　4うき舟　5中将詞　6少将心中　7少将詞　8中将　9少将　10中将

【注釈】

一　姫君は、我は我と思ひ出づる方多くて…さやうの筋は思ひ絶えて忘れなんと思ふ　「姫君」は、浮舟。浮舟を「姫君」と呼ぶのは初めて。物語中の主要な人物で「姫君」と呼ばれるのは、葵の上・朝顔の姫君・末摘花・紫の上・秋好中宮・雲居雁・明石中宮・玉鬘・真木柱・鬚黒の大君と中君・宇治の大君と中君・夕霧の六の君などである。普通は未婚の場合は「姫君」、結婚すると「女君」或いは「女御」など、地位に応じた呼称、夫と共住みすると「御方」「上」などと呼ばれることが多いが、例外もある。葵の上は結婚後も「姫君」、死去の後も「故姫君」と呼ばれる。結婚生活が、未婚の時と同様に実家で続けられたからであろう。その中で明石の君は、未婚の時も「姫君」と呼ばれず、結婚後も「上」と呼ばれることはない。これは、出自による差別であろう。浮舟も、未婚の時に「姫君」と呼ばれることはない。東屋（二）で、母の中将の君が「わが姫君」と呼ぶのは、例外と見るべきであろう。結婚後も宇治の中君のように「御方」と呼ばれることもなく、浮舟は、「女君」としか呼ばれない。これも、出自による差別である。その浮舟が、ここで「姫君」と呼ばれるのは、出自が不明であるにも拘わらず、身分ありげな様子であることと、中将のような貴公子の結婚の対象として相応しい印象を与える必要があることによる。なお、夢浮橋（三）で、薫から事情を聞いた横川僧都は、「（薫の相手なのだから）思ふに、高き家の子にこそものし給ひけめ」と言い、その後、妹尼への手紙に「姫君に聞こえ給へ」（夢浮橋九）と書き、浮舟への手紙の表書きにも「入道の姫君の御方に」（同一〇）と書く。浮舟の出自を「高き家の子」だろうと思って、呼称を丁寧に改めたのである。「我は我」は、妹尼と同じ母屋にいる浮舟が、妹尼の華やいだ様子とは別に、中将の一行の訪問をきっかけにして、以前の宇治の邸での生活をいろいろと思い出している様子。「我は我」は澪標（七）・松風（一六）に用例があり、それぞれが異なることを考えていることを言う。「情けなくあざやぎたる」は、風情がなく、さっぱりしていること。「檜皮色」は蘇芳の黒ずんだ色。出家した人の着ける袴の色。「強々しういらゝぎたる」は、ごわごわして角張（かどば）ること。肌ざわりの悪いこと。「着給へるしも、いとをかしき」は、浮舟の若々しい美しさが、似合わない着物を着ていることによって一層強調されていること。「しも」は強調する副助詞。「故姫君のおはしたる心地のみし侍るに、中将殿をさへ見たてまつれば…」は、女房或いは尼たちの気持ち。久し振りに若い美しい浮舟を見ていると、故姫君を思い出してばかりいるところへ（「のみ」は限定を表わす副助詞）、その上（「さへ」は添加を表す副助詞）、中将様まで拝見しているとしみじみなつかしい、いっそのこと、昔のように通ってきていただきたい、とてもお似合いでしょうよ…の意。彼女たちは、浮舟によって、昔の生活を取り戻したいのである。「あないみじや」は、まぁ、とんでもない、ほどの意。以下、浮舟の心情。「世」は俗世間。「人に見えんこそ」は、結婚することなんて。「さやうの筋」は、そのような、昔を思い出すようなこと。「思ひ絶えて忘れなんと思ふ」は、きれいさっぱり忘れたいということ。

二　**客人、雨の気色を見わづらひて…見驚かれつる」とのたまふ**　「客人」は中将のこと。ここで改めて「客人」と呼ぶのは、浮舟を「姫君」と呼ぶのに対応して求婚者としての中将を期待する気持ち。「少将といひし人の声を聞き知りて」から、少将の尼は、中将が婿として通っていた時からの馴染みの女房であったことがわかる。手習（一三）に、琵琶を弾くとあった人。「昔見し人々」も同様に、昔馴染みの女房を言う。「かの廊の端入りつる程」は、妹尼の居る建物の南廂に通じる廊を通って、妻戸から入るときに。「うち垂れ髪」は、長い髪を後ろに垂らした姿。尼削ぎ姿ではない、出家していない女性の姿。

三　**姫君の立ち出で給へりつる…そゝのかされて出で給ふ**　「立ち出で」は、奥から端近に出ること。前に「眺め出だし」とあった。「後ろ手」は後ろ姿。「まして」は、後ろ姿を見ただけでも、「なべてのさまにはあるまじ」と思うのだから、まして、の意。下文の「…劣り給へりしをだに…」と呼応する。「昔人」は故姫君。浮舟に比べれば格段に器量が劣っておられた、と少将の尼は思っている。浮舟のことは、「いみじき天人の天降れるを見たらむやうに」（同一一）「容貌気配もまさりざまなる」（同一二）と書かれていた。「心一つに思ひて」は、少将の尼が、中将に浮舟の姿をよく見せたなら、きっと心惹かれなさるだろうと独りで思案して。「過ぎにし御こと」は、故姫君のこと。「おぼえぬ人」は、思いがけない人。「明け暮れの見物」は、明け暮れ見て楽しみにする人。「かゝること」は、こんな風に思いがけない出会いがあること。「ほのかなりつるを、なか／＼思ひ出づ」は、ちらっと見ただけの浮舟の姿をかえって鮮やかに思い出すこと。「そのまゝにも言はず」は、少将の尼が、浮舟の素性も分からないし、身許が知れても困るので、ありのままの事情を言うのを憚ったのである。

一七　妹尼たち、中将を懐かしむ、浮舟、素性を語らず

一　前近(まへちか)き女郎花(をみなへし)を折(お)りて、中将「何匂(なににほ)ふらん」と口(くち)すさびて、独(ひと)りごち立(た)てり。尼女房「人の物言(い)ひを、さすがに思(おぼ)し

咎むるこそ」など、古体の人どもは、物愛でをしあへり。妹尼「いときよげに、あらまほしくもねびまさり給ひにけるかな、同じくは、昔のやうにても見たてまつらばや」とて、妹尼「藤中納言[1]の御辺りには、絶えず通ひ給ふやうなれど、[2]心もとゞめ給はず、親の殿がちになんものし給ふとこそ言ふなれ」と、尼君ものたまひて、妹尼「ニ[3]心憂く、物をのみ思し隔てたるなむ、いとつらき。今は、なほ、さるべきなめりと思しなして、晴れ〲しくもてなし給へ。この五年六年、時の間も忘れず、恋しくかなしと思ひつる人の上も、かく見たてまつりて後よりは、こよなく思ひ忘れにて侍り。思ひきこえ給ふべき人々世におはすとも、今は、世になきものにこそ、やう〱思しなりぬらめ。よろづのこと、さし当りたるやうには、えしもあらぬわざになむ」と言ふ○につけても、いとゞ[4]涙ぐみて、浮舟「隔てきこゆる心[ア]は侍らねど、あやしくて生き返りける程に、よろづのこと夢のやうにたどられて[イ]、あらぬ世に生まれたらん人は、かゝる心地やすらんとおぼえ侍れば、今は知るべき人世にあらんとも思ひ出でず、ひたみちにこそむつましく思ひきこゆれ」とのたまふさまも、げに、何心なくうつくしく、うち笑みてぞまもりゐ給へる。

【校異】

ア　**心は**――「事も」別（阿）「ことも」別（民）「心も」青（明・榊・二・三・徹一・徹二・穂・飯・紹）河（尾・御・伏・七・平・前・大・鳳・兼・岩）別（宮・陽・国・池・伝宗・保）「心はヒも」青（幽）「心は」青（大・大正・肖・陵）。なお、『大成』は「心は」、『大系』『玉上評釈』『新大系』も「心は」であるのに対して、『全書』『全集』『集成』『完訳』『新全集』は「心も」。当該は、「は」と「も」の相異である。「は（者）」と「も（毛）」は、似ているので誤りやすい。どちらでも解釈はできるが、強いて言えば「心は」の方が、浮舟の意思をはっきり示すか。『大正』『陵』、『幽』の元の本文などを勘案して、校訂を控える。

イ　**夢のやうに**――「夢の世に」青（大）「夢のやうに」青（大正・明・肖・陵・徹一・徹二・飯・紹・幽）別（阿・国・池）「夢の様に」別（宮）「ゆめのやうに」青（榊・二・三・穂）河（尾・御・伏・七・平・前・大・鳳・兼・岩）別（陽・伝宗・保・民）。なお『大成』は「夢の世に」、『新大系』も「夢の世に」であるのに対して、『全書』『大系』『玉上評釈』『全集』『集成』『完訳』『新全集』は「夢のやうに」。当該は、「世に」と「やうに」の相異である。底本は「やうに」の「や（也）」を「世」と見誤ったところから発生した単独異文と考えられる。故に「夢のやうに」と校訂する。

【傍書】　1中将ノ今ノシウト鬢子歟　2御イ　3尼君ノうき舟ニかたり給ふ詞也　4うき舟

【注釈】

一　**前近き女郎花を折りて…ものし給ふとこそ言ふなれ**　「何匂ふらん」は、「こゝにしも何にほふらんをみなへし人の物いひさがにくき世に」（拾遺集巻一七雑秋・遍昭）を引く。「人の物言ひを、さすがに思し咎むるこそ」は、古風な尼たちが、前掲の歌の下句の意を取って、中将が尼たちのいる所を訪問したことが、世間の人の噂になるかとやはり気にしていらっしゃるのですね、と揶揄したもの。しかし、これは尼たちの取り違いである。中将が女郎花を手折ってこの歌を口ずさんだのは、こんな尼たちの住まいに、どうしてあでやかな女性がいるのか、と、上句の意をとって言ったのだからである。女郎花は、歌では、一般に女性を指すが、ここでは浮舟のことを言う。「古体」は「古代」とも当てる。古風なこと。「ねびまさり」は、年齢にふさわしく風采や態度が立派になること。「藤中納言の…ものし給ふ」は、妹尼の聞き知る、姫君が亡くなった後の中将の生活。中将は再婚して藤中納言の邸に通ってはいらっしゃるようだが、気に入らず、実家に暮らしがちでいらっしゃる、という。「絶えず」は、仲が切れてしまうことはないこと。中将が故姫君のことを忘れないでいてくれるのだから、妹尼にとっては快い内容である。藤中納言は初出。竹河巻に登場する鬚黒の子息も中納言ではあったが、同一人とする必要もない。

二　**心憂く、物をのみ思し隔てたる…うち笑みてぞまもりゐ給へる**　「心憂く…さし当りたるやうには、えしもあらぬわざになむ」は、妹尼の浮舟に対する説得。「心憂く…いとつらき」は、浮舟が心を開かないことを、情けなくつらいと、恨む。「物をのみ思し隔て」は、何についても心を隔ててばかりいること。身許も事情も打ち明けないからである。「さるべきなめりと思しなして」は、かういふ運命なのだらうと思ふことにして。「さるべき」は、とくに女性の結婚についてよく使われる常套的な表現。結果的には自分の意思を通すことなく成り行きに身を任せ、それが運命だと考えて自分を納得させる考え方。「晴れ〲しくもてなし給へ」は、浮舟と中将との仲の進展を願ふ妹尼の気持ちを表す。「この五年六年、…こよなく思ひ忘れにて侍り」は妹尼が、自分を例として、人はいつ迄も同じ気持ちでは居られないことを言ふ。この五六年、片時も忘れず恋しい悲しいと思ってきた亡き娘のことも、あなたをお世話申しあげるようになってからは、きれいさっぱり忘れてしまいました、と。「思ひきこえ給ふべき人々…思しなりぬらめ」は、浮舟の場合も同様だ、と言ふ。あなたのことを心配申し上げていらっしゃるに違いない人々がいらっしゃるとしても、今となってはもう亡き者と、次第に思ふようになっていらっしゃることでしょう、と。「よろづのこと…えしもあらぬわざになむ」は、結論。何ごとも時間がたてば、はじめの時のままでは居られないものです。——諸行無常ですよ、ということを言ふ。妹尼は、浮舟に対して、昔のことは忘れ、この暮らしに馴染んで楽しく暮らせ、と言っているのである。「いとゞ涙ぐみて」は、妹尼の言葉によって、母親のことを思い出し、その母親も今は自分が死んでしまったと思っているだろうと思い、一層悲しくなる浮舟の様子。「隔てきこゆる心は侍らねど…むつましく思ひきこゆれ」は、尼君の言葉をやさしく受け止めつつも、穏やかに受け流す浮舟の返事。「あやしくて生き返りける程に、よろづのこと夢のやうにたどられて」は、手習（九）参照。「あらぬ世に生まれたらん人は、かゝる心地やすらん」は、別世界に生まれ変わったとしたら、その人はこんな気分になるのだろうか、という浮舟の感想。ここは別世界だから、私を知っているような人がこの世にいるだろうとは思われず、ただただあなた様を親しくお思い申し上げております、と続く。「げに、何心なくうつくしく、うち笑みてぞまもりゐ給へる」は、浮舟が、無心に可憐に見えるので、妹尼も満足して見ておりそれ以上何も言えないこと。

一八　中将、禅師の君に浮舟について語る

一 中将は、山におはし着きて、僧都もめづらしがりて、世の中の物語し給ふ。その夜はとまりて、声尊き人々ア に経など読ませて、夜一夜遊び給ふ。1禅師の君こまかなる物語などするついでに、中将「2小野に立ち寄りて、ものあはれにもありしかな。世を捨てたれど、なほ、さばかりの心ばせある人は、難うこそ」などイあるついでに、中将「風の吹き上げたりつる隙より、髪いと長く、をかしげなる人こそ見えつれ。あらはなりとや思ひつらん、立ちてあなたに入りつる後ろ手、なべての人とは見えざりつ。さやうの所に、よき女は置きたるまじきものにこそあめれ。明け暮れ見るものは、法師なり。おのづから目馴れておぼゆらん。不便ウなることぞかし」とのたまふ。禅師の君、「3この春、初瀬に詣でゝ、あやしくて見出でたる人となむ聞き侍りし」とて、見ぬことなれば、こまかには言はず。中将「4あはれなりけることかな。いかなる人にかあらむ。世の中を、憂しとてぞ、さる所には隠れゐけむかし。昔物語の心地もするかな」とのたまふ。

【校異】

ア　人々に――「ナシ」―河（伏）「人に」青（大）「人〻に」青（大正・肖・徹二・穂・飯・紹・幽）別（阿・国）「ひと〱

に」青（明）「人〳〵に」青（陵・榊・二・三・徹一）河（尾・御・七・平・前・大・鳳・兼・岩）別（宮・陽・池・伝宗・保・民）。なお、『大成』は「人に」、『新大系』も「人に」であるのに対して、『全書』『大系』『玉上評釈』『全集』『集成』『完訳』『新全集』は「人々（〳〵・人）に」。「人」か「人々」の相異である。底本は単独異文でもあり、「ゝ」を脱落させたと考えて、「人々に」と校訂する。

イ　**ある**——「のたまう」青（明）「の給ふ」青（肖・徹二）「の給」青（榊・二・徹一・穂・飯）河（尾）別（宮・阿・池・伝宗・保・民）「のたまふ」青（三・紹）河（御・伏・七・平・前・大・鳳・兼・岩）別（陽・国）「ある〔ヒヒ〕〔のたまふ〕」青（幽）「ある」青（大・大正・陵）。なお『大成』は「ある」、『大系』『玉上評釈』『新大系』も「ある」であるのに対して、『全書』『全集』『集成』『完訳』『新全集』は「のたまふ」。当該は、「ある」と「のたまふ」の相異である。禅師の君に中将が語るのを、「などある」と表現するか「などのたまふ」と表現するか、の差である。後出本文に於いて、中将に対する敬語が必要と感じて「ある」を「のたまふ」にしたのであろう。逆に「のたまふ」→「ある」は考えられない。『大正』『陵』、『幽』の元の本文を勘案して、校訂を控える。

ウ　**なることぞかし**——「なりかし」青（明）「なる事なりかし」青（肖・榊・二・三・徹一・徹二・紹）「なる事成かし」青（穂）「なる事なることそかし」別（阿）「なる事そかし」青（陵・幽）河（尾・御）別（宮・池・保）「なることそかし」青（大・大正・飯）河（伏・七・平・前・大・鳳・兼・岩）別（陽・国・伝宗・民）。なお『大成』は、「なることそかし」、『大系』『玉上評釈』『全集』『新大系』も「なること（事）ぞかし」であるのに対して、『全書』『集成』『完訳』『新全集』は「なることなりかし」。当該は、「ぞ」か「なり」かの相異である。「ぞ（曽）」の下半分を「り」と誤読して「なり」とする可能性はないとは言えない。『大正』『陵』『幽』を勘案して校訂を控える。

【傍書】　1禅師　2中将詞　3返答　4中将詞

【注釈】

一　**中将は、山におはし着きて…昔物語の心地もするかな」とのたまふ**　「山」は比叡山。ここでは横川。中将の弟の禅師の君は、横川僧都のもとで修行している。手習（一五）参照。「夜一夜遊び給ふ」は、一晩中管弦の遊びをなさること。前に「声尊き人々に経など読ませ」とあるので、或いは声明か。「こまかなる物語」は、（兄弟なので）

こまごまと親しい話をすること。「さばかりの心ばせある人」は、あれほどのすぐれた心づかいのできる人。妹尼のこと。「風の吹きあげたりつる隙より…なべての人とは見えざりつ」は、手習（一六）参照。「さやうの所」は、出家した老人ばかりのいる所。小野の妹尼の住まいを言う。「よき女」は、身分のある美しい女。中将は、浮舟を高く評価する。「不便なることぞかし」は、よき女が法師を見馴れてしまうのは不都合なことであるよ。「昔物語の心地もするかな」は「世の中を、憂しとてぞ、さる所には隠れゐけむかし」という中将の言葉から、継子苛めを連想して、「住吉物語なとを思へるにや」（『細流』）と記す古注もある。「昔物語」は、普通には懐古談という意味もあるが、ここでは、「かやうの所にこそは、昔物語にもあはれなる事どももありけれ」（末摘花三）のように、昔の世にあったことを語り伝える物語の意。中将は、思いがけない所で魅力的な女性に出会う、という意味で、昔物語みたいだ、というのである。「憂し」という中将の語に「宇治」が掛かっているとすれば、禅師の君は、浮舟について、もう少し詳しく話しているかも知れない。

一九　中将、帰途小野に立ち寄り、浮舟に贈歌

1 また（又）の日帰（かへ）り給（給）ふにも、中将「過（す）ぎ難（がた）くなむ」とておはしたり。さるべき心遣（づか）ひしたりければ、昔思（おも）ひ出（い）でたる御賄（まかな）ひの少将の尼（あま）なども、袖口（ぐち）さま異（こと）なれどもをかし（お）。いとゞいやめに、尼君（あま）はもの（物）し給（給）ふ。物語（がたり）のつい（ゐ）でに、中将 2「忍（しの）びたるさまにもの（物）し給（給）ふらんは、誰（たれ）にか」と問（と）ひ給（給）ふ。3 わづらはしけれど、ほのかにも見付け給ひてけるを、ア 隠（かく）し顔（がほ）ならむもあやしとて、妹尼「忘（わす）れわび侍（侍）りて、いとゞ罪深（つみふか）うのみおぼえ侍（侍）りつる慰（なぐさ）めに、この月頃（ごろ）見給ふる人に

なむ。いかなるにか、いと物思ひしげきさまにて、世にありと人に知られんことを、苦しげに思ひてものせらるれば、かゝる谷[4]の底[5]には、誰かは尋ね聞かんと思ひつゝ侍るを、いかでかは聞きあらはさせ給へらん」と答ふ。中将「うち[6]つけ心ありて参り来むにだに、山深き道のかことは聞こえつべし。まして、思しよそふらん方につけては、異ごとに隔て給ふまじきことにこそは。いかなる筋に世を恨み給ふ人にか。慰めきこえばや」など、ゆかしげにのたまふ。

出で給ふとて、畳紙に、

二[7] 中将 あだし野の風に靡くな女郎花我しめ結はん道遠くとも

と書きて、少将の尼して入れたり。尼君も見給ひて、妹尼「この御返し書かせ給へ。いと心憎き気つき給へる人なれば、後ろめたくもあらじ」とそゝのかせば、浮舟[8]「いとあやしき手をば、いかでか」とて、さらに聞き給はねば、妹尼「はしたなきことなり」とて、尼君、妹尼「聞こえさせつるやうに、世づかず、人に似ぬ人にてなむ。

[9]移し植ゑて思ひ乱れぬ女郎花憂き世を背く草の庵に」

とあり。こたみはさもありぬべしと思ひ許して帰りぬ。

【校異】

ア **見付け給ひて**――「見つけて」青（大）「見つけ給」別（阿）「見つけ給ひて」青（大正・肖・陵）「みつけ給て」青（明・榊・二・三・穂・紹・幽）別（陽・国・池・保・民）「見つけ給て」青（徹一・徹二・飯）河（伏）別（宮・伝宗）「みつけたまひて」河（尾）「見つけたまひて」河（御・七・平・前・大・鳳・兼・岩）。なお『大成』は「みつけて」、『新大系』も「見つけて」であるのに対して、『全書』『大系』『玉上評釈』『全集』『集成』『完訳』『新全集』は「見つけ給（たま）ひ（う）て」。当該は、「給ひ」の有無による相異である。当該は妹尼の心内語であり、妹尼は中将の動作に対しては敬語を用いている。さらに、底本は単独異文であり、「給ひ」を脱落させたと考えて、「見つけ給ひて」と校訂する。

イ　**聞かん**――「きこえむ」青（明・徹一）「きこえん」青（肖・榊・二・三・徹二・穂・紹）「きこゑん」別（民）「聞えん」別（阿）「きん」河（兼）「きこ○（え）む」青（陵）「きか（こえ）（ヒ）む」青（幽）「きかん」青（大・飯）河（尾・御・七・平・前・大・鳳・岩）別（宮・陽・国・池・伝宗）「きかむ」青（大正）河（伏）別（保）。なお『大成』は「きかん」、『玉上評釈』『新大系』も「聞（き）かむ（ん）」であるのに対して、『全書』『大系』『全集』『集成』『完訳』『新全集』は「きこ（聞・聞こ）えむ（ん）」。当該は、「（尋ね）聞く」か「（尋ね）きこゆ」かの相異である。妹尼君が浮舟について語る言葉であり、「尋ね聞かん」で差し支えないのであるが、書写の際に浮舟に対する謙譲の意識が加わって「尋ね聞えん」になったものか。また、「聞かん」の「か（可）」が誤って「え（衣）」と読まれる可能性に比べて、その逆の可能性は少ないと考えられる。諸本の状況も勘案し、校訂は控える。

【傍書】　1作者詞　2中将　3尼君心中詞　4谷　5底　6中将詞　直の心也　7中将　8うき舟　9尼君返し

【注釈】

一　**「過ぎ難くなむ」とておはしたり…ゆかしげにのたまふ**　「過ぎ難くなむ」は、中将の口実。素通りもできないので、と言って、浮舟に近付こうとする。「さるべき心遣ひしたりければ」は、小野では、中将が帰途も立寄ると予想して食事などの準備がしてあったこと。「御賄ひ」はお給仕役。「袖口さま異なれども」は、昔の女房姿と今の尼姿では少将の尼の袖口の色も変わっているが。「いとゞいやめに」は妹尼の様子。「いやめ」は涙ぐんだ目。妹尼は、少将の尼が御賄いをして中将が食事をする姿を見ると、ますます故姫君の生きていた昔を思い出すのである。「わづらはしけれど」は、都の人に知れると厄介だと思う妹尼の気持ち。しかし、妹尼は、見つけられてしまったのに隠すのもいかがなものか、と思って、中将には説明しはじめる。「忘れわび侍りて、いとゞ罪深うのみおぼえ侍りつる慰めに」は、出家しているのに、娘のことを忘れかねましてますます執着の罪が深いとばかり思っております、その心を慰めるために。「見給ふる」は、お世話申し上げている。「ものせらるれば」は、妹尼の浮舟に対する軽い敬意。「谷の底」は、比叡山の麓の山奥なのでこう言った。『鑑賞』は、「春や来る花や咲くとも知らざりき谷の底なる埋もれ木なれば」（和泉式部集）を参考歌として引く。「うちつけ心」は、出来心の好奇心。「かこと」は、不平、恨み言。「思しよそふらん方」は、故姫君同様に思っておいでの方。ここは「だに…まして」の構文。かりに出来心で参上しただけとしても、こんな山奥まで来たことの恨み言ぐらいは申し上げましょう。まして、故姫君同様にお考えの方ということなら、私と関係ないと、よそよそしくなさるべきではありません。…中将の好奇心はますます盛んになる。

二　**あだし野の風に靡くな…思ひ許して帰りぬ**　「あだし野の…道遠くとも」の「あだし野」の「あだ」は「他の」と「浮気な」の両意を掛ける。「しめ結ふ」は、（自分の所有物であることを示すために）標縄を張ること。歌意は、よその浮気男の誘いに乗らないで下さい。京からの道は遠くても、あなたをはっきりと私の物にしたいのです。「少将の尼して入れたり」は、歌を浮舟に見せるために少将の尼に取り次がせたこと。「この御返し書かせ給へ」は妹尼が浮舟に言う。「心憎き気つき給へる人」は奥ゆかしいところのおありになる方。中将のことを言う。「後ろめたくもあらじ」は、中将は、返歌をしたからといって、急に何かの行動に出るような信用ならない方ではない、ということ。「あやしき手」は、見苦しい筆跡。だから、どうしてお返事など書けましょうか、という。「はしたなきことなり」は、（中将にきまりの悪い思いをさせて）失礼ですよ、と妹尼が浮舟に言う言葉。「聞こえさせつるやうに」は、先程申し上げましたように。妹尼は、中将に失礼にならないように、取りなすのである。「世づかず」は、男性とのお付き合いに馴れていない、の意。「世」は男女の仲。「移し植ゑて…草の庵に」は、妹尼が代わりに詠んだ歌。歌意は、こちらに引取りましてから、この人は思い乱れております。俗世間から離れたこの粗末な庵で。女郎花は浮舟をさす。

「思ひ乱れぬ」の主語を妹尼とする説はとらない。「こたみ」は、この度(たび)。

二〇　八月、中将三たび来訪、中将贈歌するも浮舟は返歌せず

[1]文(ふみ)などわざと遣(や)らんは、さすがに初(うひ)〳〵しう、ほのかに見しさまは忘(忘)れず、物思ふらん筋(すぢ)、何(なに)ごとゝ知(し)らねどあはれなれば、八月十余日の程(ほど)に、[2]小鷹狩(こたかがり)のついでにおはしたり。例の尼呼(あまよ)び出(い)でゝ、中将「[3]一目(ひとめ)見しより、静心(しづ)なくてなむ」とのたま(給)へり。答(いら)へ給(給)ふべくもあらねば、尼君(あま)、「[ア4]待乳の山の、となん見給ふる」と言(い)ひ出(い)だし給(給)ふ。対面(たいめん)し給へるにも、中将「[5]心苦(くる)しきさまにてもの(物)し給(給)ふと聞(き)き侍(ゝ侍)りし人の御上(うへ)なん、残(のこ)りゆかしく侍る。[イ]何(なに)ごとも心にかなはぬ心地(ち)のみし侍れば、山住(ず)みもし侍らまほしき心ありながら、許(ゆる)い給(給)ふまじき人々(ゞ)に、思(おも)ひ障(さは)りてなむ過(す)ぐし侍(侍)る。よに心地(ち)よげなる人の上(うへ)は、[6]かく屈(くん)じたる人の心からにや、ふさはしからずなん。物思ひ給(思給)ふらん人に、思(思)ふことを聞(き)こえばや」など、いと心とゞめたるさまに語(かた)らひ給(給)ふ。妹尼「[ニ7]心地(ち)よげならぬ御願(ねが)ひは、聞(き)こえ交(か)はし給はんに、つきなからぬさまになむ見え侍れど、例の人にては[ウ8]あらじと、いと[9]うたゝあるまで世を恨(うら)み給ふめれば、[エ]残(のこ)り少(すく)なき齢[オ]どもだに、今はと背(そむ)き侍(はべ)る時は、いともの(物)心細(ぼそ)くおぼえ侍(侍)りしもの(物)を、[10]世を籠(こ)めたる盛りにては、[カ]つひにい(ゐ)かゞとなん見給へ侍(侍)る」と、親(おや)がりて言(い)ふ。

入(い)りても、妹尼「情(なさ)けなし。なほ(猶)、いさゝかにても聞(き)こえ給へ。かゝる御住(す)まひは、すゞろなることも、あはれ知(し)

るこそ世の常のことなれ」など、こしらへても言へど、「[11]人に物聞こゆらん方も知らず、何ごとも言ふかひなくのみこそ」と、いとつれなくて臥し給へり。

（中将）まら[ヒ]うどは、（中将）「いづら。あな心憂。[三]秋を契れるは、すかし給ふにこそありけれ」など、恨みつゝ、

（中将）[12]松虫の声を尋ねて来つれどもまた[キ]荻原の露に惑ひぬ

（妹尼）「あないとほし。[ク]これをだに」など責むれば、[13]さやうに世づいたらむこと言ひ出でんもいと心憂く、また、言ひそめては、かやうの折々に責められむもむつかしうおぼゆれば、答へをだにし給はねば、あまり言ふかひなく思ひあへり。尼君、[14]早うは今めきたる人にぞありける名残なるべし、

（妹尼）「[15]秋の野ゝ露分けきたる狩衣葎しげれる宿にかこつな

となん、わづらはしがりきこえ給ふめる」と言ふを、内にも、なほ、かく、心よりほかに、世にありと知られ始むるを、いと苦しと思す心の内をば知らで、男君をも飽かず思ひ出でつゝ恋ひわたる人々なれば、（尼女房たち）「かくはかなきついでにも、うち語らひきこえ給はんに、[ケ]心よりほかに、よに後ろめたくは見え給はぬものを」「世の常なる筋[コ]には思しかけずとも、情けなからぬ程に、御答へばかりは聞こえ給へかし」など、引き動かしつべく言ふ。

【校異】

ア　**待乳の山の**――「まつみちのついてに」別（陽）「まつち山」河（兼）「○（待つちの山）」青（明）「まつちの山」青（大・飯・紹）

河（尾・伏・七・平・前・大・鳳・岩）別（宮・阿・国・池・伝宗）「まつちのやま」河（御）別（保）「まつちの山の」青（大正・肖・陵・徹一・徹二・穂・幽）「まつちのやまの」青（榊・二・三）別（民）。なお『大成』は「まつちの山」、『玉上評釈』『新大系』も「待乳（まつち）の山」であるのに対して、『全書』『大系』『全集』『集成』『完訳』『新全集』は「待乳の山の」。当該は、引歌の「待乳の山の」の「の」が脱落したものと考えられる。『大正』『陵』『幽』などを勘案して「待乳の山の」と校訂する。

イ　**侍る**――「侍つる」青（大）「侍」青（大正・肖・陵・榊・二・穂・幽）別（池）「侍る」青（明・三・徹一・紹）河（尾・御・七・平・前・大・鳳・兼・岩）別（陽・阿）「はへる」青（徹二・飯）河（伏）別（宮・国・伝宗・保・民）。なお『大成』は「侍つる」、『新大系』も「侍つる」であるのに対して、『全書』『大系』『玉上評釈』『全集』『集成』『完訳』『新全集』は「侍（はべ）る」。当該は、完了の助動詞「つ」の有無による相異である。ここは中将の現在の心情を述べる文脈であるので「侍り・つる（完了）」では、文意を損なう。底本は単独異文。『御』は「る（留）」が「つる（留―る）」と読めなくもないが、「侍る」であろう。底本の「侍つる」はこの『御』のように「る（留）」の書き方によっては「つる」と紛らわしいところから発生した異文と考えて、「侍る」と校訂する。

ウ　**人にては**――「人さまにて」別（保）「人のさまにて」別（民）「人にて」青（明・榊・二・三・徹二・穂・飯・紹）河（尾・御・伏・七・平・前・大・鳳・兼・岩）別（宮・阿・国・池・伝宗）「ひとにて」別（陽）「人にて（ヒ）は」青（肖）「人にては」青（大・大正・陵・徹一・幽）。なお『大成』は「人にては」、『全書』『大系』『玉上評釈』『新大系』も「人にては」であるのに対して、『全集』『集成』『完訳』『新全集』は「人にて」。当該は、「は」の有無による相異である。「人にては」の「は」が脱落する場合と、「人にて」に「は」がつけ加えられる場合とを比較すると、前者の可能性の方が大きいと考えられる。さらに『大正』『陵』『幽』などを勘案して校訂を控える。

エ　**給ふめれば**――「めれは」青（肖）「侍るめれは」青（榊・二）「はへめれは」青（三・紹）別（保・民）「侍めれは」青（徹一・穂・飯）河（尾・御・伏・七・平・前・大・鳳・兼・岩）別（宮・陽・国・池・伝宗）「給（ヒ）（はへ）めれは」青（幽）「○（給）めれは」青（明）「給めれは」青（大・大正・陵・徹二）別（阿）。なお『大成』は「給めれは」、『全書』『玉上評釈』『全集』『完訳』『新大系』『新全集』も「たまふ（給・給ふ）めれば」であるのに対して、『大系』『集成』は「侍（はべ）るめれば」。当該は、「侍」か「給」かの相異である。この二語は頻出する語であり、錯誤による誤写もないとは言えない。妹尼君は浮舟について「親がりて言ふ」とはあるが、基本的には「給」を用いている。ここも『大正』『陵』、『幽』の元の本文を勘案して校訂せず、「給めれば」とする。

オ　**齢ども**――「よはひの人」青（大正・肖・陵・榊・二・三・徹一・徹二・穂・紹・幽）別（宮・阿・国・保）「よはひのひと」青（明）「よはひども」別（伝宗）「よはひとも」青（大・飯）河（尾・御・伏・七・平・前・大・鳳・兼・岩）別（陽・池・民）。なお『大成』は「よはひとも」、『玉上評釈』『新大系』も「よはひ（齢）ども」であるのに対して、『全書』『大系』『全集』『集成』『完訳』『新全集』は「齢の人」。当該は、妹尼君が、自分の出家の体験について語っていると考えられる。下文に「いともの心細くおぼえ侍りし」と、出家時の記憶を呼び起こして助動詞「き」を使っているからである。とすればここでは、諸本の分布の状況に拘わらず、「齢ども」を採るべきであろう。「ども」には一人称の代名詞又は身内の語について謙譲の意を表す用法があるので、「齢の人」という第三者的な表現よりは「齢ども」の方がふさわしい。故に、ここでは校訂を控える。

カ　**盛りにては**――「はかりにて」別（保・民）「さかりには」青（大）「さかりにて○は」青（三）「さかりに○ては」青（幽）「さかりにては」青（大正・明・肖・陵・榊・二・徹一・徹二・穂・飯・紹）河（尾・御・伏・七・平・前・大・鳳・兼・岩）別（宮・陽・阿・国・池・伝宗）。なお『大成』は「さかりには」、『新大系』も「盛りには」であるのに対して、『全書』『大系』『玉上評釈』『全集』『集成』『完訳』『新全集』は「盛（さか）りにては」。当該は、「て」の有無による相異である。底本は単独異文であり、「て」が脱落したと考えて校訂する。

キ　**荻原**――「萩はら」青（大）「萩原」別（阿・国）「萩（ヒ荻）はら」青（幽）「をきのは」別（民）「荻原」青（大正・徹二）「おきはら」青（明・三）河（尾・御・七・平・前・大・鳳・兼・岩）別（陽）「荻はら」青（肖・陵・徹一・紹）別（宮）「をきはら」青（榊・二・穂）別（池・保）「をきわら」青（飯）「をき原」河（伏）「おき原」別（伝宗）。なお『大成』は「萩はら」、『玉上評釈』『新大系』も「はぎ（萩）原」であるのに対して、『全書』『大系』『全集』『集成』『完訳』『新全集』は「荻（をぎ）原（はら）」。当該は、「萩」か「荻」かの相異である。この二字はしば〳〵混同される字である。大島本の「萩原」と「荻原」の用例は、当該例（萩原）と、夕霧（七）の「荻原や軒端の露にそぼちつゝ八重立つ霧を分けぞゆくべき」の各一例しかない。一般的には「荻の上風　萩の下露」と言われるように、荻と風、萩と露の取り合わせが多い。例えば、「いとゞしく物思ふ宿の荻の葉に秋とつげつる風のわびしさ」（後撰集巻五秋上・読人しらず）「荻の葉のそよぐ音こそ秋かぜの人にしらるゝはじめなりけれ」（拾遺集巻三秋・紀貫之）「さらでだにあやしきほどの夕暮に荻ふく風の音ぞ聞ゆる」（後拾遺集巻四秋上・斎宮女御）「萩が花ちるらんをのゝ露じもにぬれてをゆかんさよはふくとも」（古今集巻四秋上・読人しらず）「露けくて我ころも手はぬれぬともおりてをゆかん秋萩の花」（拾遺集巻三秋・凡河内躬恒）「うつろはん事だに惜しき秋はぎにおれぬばかりもをける露哉」（同・伊勢」。しかし、物語中に「荻の葉に露吹き結ぶ秋風も夕べぞわきて身にはしみける」（蜻蛉三〇。薫の詠歌）という歌もある。実際に、「荻原」を分けて行くことは可能でも、枝の広がる「萩原」を分けて行くことは難しいかもしれない。諸本の状況を勘案して、底本を「荻原」と校訂する。

ク　**これをだに」など**――「これをたに」別（民）「これをだにと」別（伝宗）「これをたにと」青（明・肖・榊・二・三・徹二・穂・飯・紹）河（尾・御・伏・七・平・前・大・鳳・兼・岩）別（宮・陽・国・池・保）「これをたになと」青（幽）「これをたになと」青（大・大正・陵・徹一）別（阿）。なお、『大成』は「これをたになと」、『全書』『大系』『玉上評釈』『新大系』も「これをだに』など」であるのに対して、『全集』『集成』『完訳』『新全集』は「これをだにと」。当該は、「と」か「など」かの相異である。「など」の「な」が脱落して「と」と誤写される可能性が高いこと、及び、『大正』『陵』、『幽』の元の本文などを勘案して、校訂を控える。

ケ　**給はんに**――「たらんに」別（民）「たまらんに」青（飯）「給らんに」河（兼）別（伝宗）「給ふらんに」別（阿）「給へらんに」青（明・肖・榊・二・徹二・穂）河（前・大・鳳・岩）別（宮・国）「給へらむに」青（徹一・紹）別（池）「たまへらむに」青（三）「給たらんに」河（七）「給つらんに」河（尾・御・平）「給は（ヒへら）む（ヒん）に」青（幽）「給はむに」青（大正・陵）別（保）「給はんに」青（大）河（伏）別（陽）。なお『大成』は「給はんに」、『大系』『玉上評釈』『新大系』も「給（たま）はむ（ん）に」であるのに対して、『全書』『全集』『集成』『完訳』『新全集』は「給（たま）へらむに」。完了の助動詞「り」の有無による相異である。当該箇所は「給はんに」（「ん」は婉曲か仮定）で適切な表現と思われる。「給はんに」の「は（者）」が「ら（良）」と誤写され、「給らんに」を、活用語尾をさかしらに補って「給へらん」とした、そこから更に「給つらんに」という異文が発生したというような経過が考えられる。逆に「給へらんに」の「へ」が脱落し、「給らんに」から「給はんに」となる可能性も全くないとは言えないが、『大正』『陵』、『幽』の元の本文などを勘案して、校訂を控える。

コ　**筋には**――「すちに」青（明・肖・榊・二・三・徹二・穂・紹）別（国）「すちに（ヒは）」青（幽）「すちには」青（大・大正・陵・徹一・飯）河（尾・御・伏・七・平・前・大・鳳・兼・岩）別（宮・陽・阿・池・伝宗・保・民）。なお『大成』は「すちには」、『大系』『玉上評釈』『新大系』も「筋（すぢ）には」であるのに対して、『全書』『全集』『集成』『完訳』『新全集』は「筋に」。「は」の有無による相異である。当該箇所は「筋には」の「は」が脱落したと考えられる。『大正』『陵』、『幽』の元の本文なども勘案して、校訂を控える。

【傍書】　1中将心中　2万　いわせ（ヒ（朱））小野ゝ秋萩しのき駒なへてこ鷹狩たにせてやわかれん〈右〉　秋のゝに狩そくれぬる女郎花

今夜はかりの宿ハかさなん貫之〈左〉　3中将詞　4誰をかもまつちの山の女郎花秋をちきれる人そあるらし小野　5中将心中詞　6苦也　7尼君返答　8似テ　9転　余ナル河海ウタテ　10世こもれるとおなし　11うき舟　12中将　13うきふね心中　14むかしの事也　15尼君

【注釈】

一　**八月十余日の程に、小鷹狩のついでに…心とゞめたるさまに語らひ給ふ**　「小鷹狩」は、冬の大鷹狩に対して、秋に隼・兄鷂（このり）・鷂（はしたか）などの小形の鷹類を放って鶉、雲雀などの小鳥を捕らえる狩を言う。「答へ給ふべくもあらねば」の主語は浮舟。「待乳の山の」は、「誰をかもまつちの山のをみなへし秋とちぎれる人ぞ有るらし」（小町集一）を引く。待乳山は歌枕。奈良県と和歌山県の県境にある山で、現在も奈良県五条市に待乳、和歌山県橋本市に真土の地名がある。歌意は、待乳山の女郎花は誰を待っているのでしょうか、秋になったらと、誰か約束している人がいるらしい（秋まで待ってほしい、の意を含む）。「言ひ出だし」は、妹尼が、浮舟の代わりに、少将の尼を取り次ぎにして、答えたもの。「心苦しきさまにて…残りゆかしく侍る」は、中将が、浮舟について、「人に知られんことを、苦しげに思ひてものせらるれば」（手習一九）と妹尼から聞いた、先日の話の続きを聞きたいと言う。「何ごとも心にかなはぬ心地…過ぐし侍る」は、中将が、自分は何ごとも思い通りに行かなくて、出家して山住みでもしたいと思うが、それを許して下さりそうにない親たちに憚って過ごしている、と現状を語る。この中将の心境は、若い妻を亡くしたための厭世観のようで、道心志向の薫ほどではない。「よに心地よげなる人の上は、…聞こえばや」は、さらに、中将が女性の好みを語る。楽しそうな人のことは、こんなふうにふさぎこんでいる性格のせいか、私には似合いません。悩みごとのおありらしい方に、私の気持ちをお話ししたい。…似合わないというのは藤中納言の姫君のこと。これが本心であるかどうか定かではないが、妹尼が「いと物思ひしげきさまにて、世にありと人に知られんことを、苦しげに思ひて」（手習一九）と、浮舟について語ったのに合わせた物言い。薫も、大君と初対面の時には、「世の常の好き〴〵しき筋」とは違って、「つれ〴〵とのみ過ぐし侍る世の物語」を聞いていただいたり「世離れてながめさせ給ふらん御心の紛らはし」にお手紙をいただいたりしたら、どんなにうれしいか、と女に合わせた物言いをしている（橋姫一四）。

二　**心地よげならぬ御願ひは…いとつれなくて臥し給へり**　「心地よげならぬ御願ひ」は、楽しそうでない人と話したいという御希望。「例の人にてはあらじ」は、俗世間の普通の人ではいたくない、出家したい、ということ。「うたゝ」は程度が余りに甚だしいさまを言う。「うたて」と同じ。「残り少なき齢どもだに…」は、妹尼が、私のように先の短い年寄りですら、いざ出家するという時は、とても心細い気がしましたのに、と言う。「だに…まして（省略）」の構文。**【校異】**オ参照。「世を籠めたる盛り」は、これから先のある女盛り。「つひにいかゞ」は、最後にどうなることか、ということ。「親がりて」は妹尼の態度。いかにも保護者らしく、浮舟の出家願望を危ぶむ。「かゝる御住まひは、すゞろなることも、あはれ知るこそ世の常のことなれ」の「かゝる御住まひ」は、こんな寂しいお住まい。「すゞろなること」は、自分とは関係ないと思うようなつまらないこと。「あはれ知る」は、他人の気持ちがわかること。他人の気持ちに共感すること。妹尼は、少しでも中将の気持ちを汲んで返事をしてほしいのだが、浮舟は、「いとつれなくて」―全く知らぬふりである。

三　**いづら。あな心憂。秋を契れるは…引き動かしつべく言ふ**　「いづら」は、返事を催促する語。さぁさぁ。どうしたのですか。「秋を契れるは、すかし給ふにこそありけれ」は中将の恨み言。妹尼が「待乳の山の」の歌を引いたので、中将はその歌の下句の「秋とちぎれる人ぞ有るらし」を引いて、秋になったら逢おうと約束したのは、おだましになられたのか、と恨んでみせる。「松虫の…露に惑ひぬ」の歌意は、私を待っているかと思って、松虫の声を頼りに訪ねて来たけれど、荻原に置いている露に濡れて道に迷い、私は途方に暮れています。「松」は「待つ」と掛詞。「松虫」は現在の鈴虫のことと言う。同趣の歌としては、「秋の〻に道もまどひぬ松虫のこゑするかたに宿やからまし」（古今集巻四秋上・読人知らず）など。「荻原」と「萩原」については【校異】キ参照。「これをだに」は、せめてこの歌の返事だけでも（しなさい）。「世づいたらむこと」は、色恋めいた歌。「言ひそめては、かやうの折々に責められむもむつかしう」は、浮舟の心中。一度でも返事をすれば、またこういう時に責めたてられるのも面倒だ、と思う。色恋沙汰は懲り懲りなのである。「今めきたる人」は、新しい考えの人。ここでは恋愛に積極的な人。「秋の野〻…かこつな」の歌意は、露の置いた秋の野を踏み分けておいでになって、狩衣が濡れたのを、むぐらが茂っているこの荒れた家のせいで濡れたとおっしゃらないで下さい。妹尼が、浮舟の気持ちを代弁するかたちで返歌をした。「内にも」は、御簾の内側にいる人々も。彼女たちは、不本意ながらもこの世に生きていることを知られかけて困惑している浮舟の気持ちを知らない。「男君をも」は、故姫君だけでなく、婿の君も。彼女たちは、いつ迄も故姫君夫妻のいないことを寂しく思い、恋しく思い続けている人たちなのである。「心よりほかに、よに後ろめたくは見え給はぬものを」は、あなた（浮舟）の気持を無視して、安心できない方とは、決して思われませんのに。「世の常なる筋」は、世間並みの色恋めいたこと。「引き動かしつべく」は、浮舟に対する、尼たち、女房たちの、じれったくて何とかしたい気持を表している。彼女たちは、中将が昔のように通って来てくれることを切望していて、その鍵を握るのは浮舟だと思っているからである。

二一　尼君、帰ろうとする中将を引きとめて合奏する

一1 さすがに、かゝる古体（こたい）の心どもにはありつかず今（いま）めきつゝ腰折（こしお）れ歌好（この）ましげに若（わか）やぐ気色（けしき）どもは、いと後（うし）ろめたう

おぼゆ。限(かぎ)りなく憂(う)き身なりけりと見(み)はてゝし命さへ、あさましう長(なが)くて、いかなるさまにさすらふべきならむ、ひたぶるに亡(な)きもの(物)と、人に見聞き捨(きゝす)てられてもやみなばやと思ひ臥(ふ)し給へるに、中将は、大方(かた)物思はしきことのあるにやと、ヒ(朱)いといたううち嘆きつゝ、ア忍(しの)びやかに笛(ふゑ)を吹(ふ)き鳴(な)らして、中将「2鹿(しか)の鳴(な)く音(ね)に」など独(ひと)りごつ気配(はひ)、まことに心地(ち)なくはあるまじ。中将「過(す)ぎにし方の思ひ出(思い)でらるゝにも、なか(中)〳〵心づくしに、今初(はじ)めて、あはれと思(おぼ)すべき人、はた、難(かた)げなれば、3見えぬ山路(ぢ)にも、え思(思)ひなすまじうなん」と、恨(うら)めしげにてイ出でなむとするに、尼(あま)君、妹尼「など、4あたら夜(よ)を御覧(らん)じさしつる」とてゐざり出(い)で給へり。中将「ニ何(なに)か。5をちなる里(さと)も、試(心)み侍ればウ」など言(い)ひすさみて、いたう好(す)きがましからんも、さすがに便(びん)なし、いとほのかに見えしさまの、目(め)とまりしばかり、つれ〴〵なる心慰(なぐさ)めに思(思)ひ出づるを、あまりもて離(はな)れ、奥深(おくふか)なる気配(はひ)も、所のさまに合(あ)はずすさまじと思へば、帰(かへ)りなむとするを、笛(ふえ)の音(ね)さへ飽(あ)かず、いとゞおぼえて、

妹尼　6深(ふか)き夜の月をあはれと見ぬ人や山の端近(はちか)き宿(やど)にとまらぬ

と、なまかたはなる(る(朱・墨))ヒ(朱)言(こと)を、妹尼「かくなん聞(き)こえ給ふ」と言(い)ふに、心ときめきして、

中将　7山の端(は)に入(入)るまで月を眺(なが)め見ん閨(ねや)の板間(ま)もしるしありやと

など言(い)ふに、この8大尼君(おほあま)、笛(ふえ)の音(ね)をほのかに聞(きゝ)きつけたりければ、さすがに愛(め)でゝ出(い)で来(き)ヒたり。

三 こゝかしこうち咳き、あさましきわなゝき声にて、なか／＼昔のことなどもかけて言はず。誰とも思ひ分かぬなるべし。母大尼「いで、その琴の琴弾き給へ。横笛は、月にはいとをかしきものぞかし。[9]いづら、くそたち、[エ]琴取りて参れ」と言ふに、[オ]それなめりと推し量りに聞けど、いかなる所に、かゝる人いかで籠りゐたらむ、定めなき世ぞ、これにつけてあはれなる。盤渉調をいとをかしう吹きて、中将「いづら。さしば」とのたまふ。娘尼君、これもよき程の好き者にて、妹尼「昔聞き侍りしよりも、こよなくおぼえ侍るは、山風をのみ聞き馴れ侍りにける耳からにや」とて、妹尼「いでや、[カ]これはひが言になりて侍らむ」と言ひながら弾く。[10]今様は、をさ／＼、なべての人の今は好まずなりゆくものなれば、なか／＼めづらしくあはれに聞こゆ。松風も、いとよくもてはやす。[キ]吹き合はせたる笛の音に、月も通ひて澄める心地すれば、[11]いよ／＼愛でられて、宵まどひもせず起きゐたり。

【校異】

ア **うち嘆きつゝ**――「打なけき」青（大）「なけきつゝ」青（明）「ゝちなけきて」別（民）「うちなきつゝ」河（七）別（国）「うちなけきつゝ」青（大正・肖・陵・榊・二・三・徹一・徹二・飯・紹・幽）河（尾・御・伏・平・前・大・鳳・兼・岩）別（宮・陽・阿・池・伝宗・保）「ゝちなけきつゝ」青（穂）。なお『大成』は「打なけき」、『新大系』も「打嘆き」であるのに対して、『全書』『大系』『玉上評釈』『全集』『集成』『完訳』『新全集』は「うち歎（嘆）きつつ（ゝ）」。当該は、「つゝ」の有無による相異である。底本は単独異文であり、「つゝ」を脱落させたものを考えて「うち歎きつゝ」と校訂する。

イ **出でなむと**――「いて給なと」河（七）「いて給いなと」河（伏）「出給なむと」青（明）「出給ふなんと」別（伝宗）「出給なんと」青（徹二）別（阿）「いて給なんと」青（榊・二・三・穂）河（尾・御・平・前・大・鳳・兼・岩）別（宮・陽・国・池・保・民）「いて給なむと」青（飯）「○給なんと」青（紹）「いて○なむと」青（幽）「いてなむと」青（大・大正）「いてなん

と」青（消・陵）「出なんと」青（徹一）。なお『大成』は「いてなむと」、『全書』『大系』『玉上評釈』『新大系』も「出でなん（む）と」であるのに対して、『全集』『集成』『完訳』『新全集』は「出でたまひなむと」。当該は、「たまひ」の有無による相異である。当該箇所は中将の動作であり、妹尼君の面前での中将の動作に対する敬語は不必要である。『大正』『消』『陵』、『幽』の元の本文なども勘案して、校訂を控える。

ウ　**侍れば」など**――「はへりぬれはとて」別（民）「侍りぬれはと」青（明・紹）「侍ぬれはと」青（消・榊・二・穂）河（尾・御・七・平・前・大・鳳・兼・岩）別（宮・陽・阿・国・池・伝宗）「はへりぬれはと」青（三・徹二・飯）河（伏）別（保）「侍○れはなと」青（幽）「侍ぬれはなと」青（徹一）「侍れはなと」青（大・大正・陵）。なお『大成』は「侍れはなと」、『大系』『玉上評釈』『新大系』も「侍（はべ）ればなど」であるのに対して、『全書』『全集』『集成』『完訳』『新全集』は「侍（はべ）りぬればと」。当該は、「ぬ」の有無による相異と「と」か「など」かによる相異である。ここでは「侍ぬればなど」から「ぬ」が脱落する可能性、或いは「な」が脱落する可能性も否定できないのではあるが、後出伝本において、今迄の対応で浮舟の気持ちも分かった、とする意に解釈して、「ぬ（完了）」を挿入したと考え、『大正』『陵』、『幽』の元の本文などが底本と一致することも勘案して、校訂を控える。

エ　**くそたち**――「こたち」青（大・穂）別（陽・池）「こたち」別（伝宗）「くちたち」河（伏）「くそたち」別（保）「くちたる」青（飯）「くぞたち」青（紹）「くぞたち」青（幽）「くそたち如何そたち」河（前）「くぞたち」青（明）「くそたち」青（大正・消・陵・榊・二・三・徹一・徹二）河（尾・御・七・平・大・鳳・兼・岩）別（宮・阿・国・民）。なお『大成』は「こたち」、『新大系』も「御達」であるのに対して、『全書』『大系』『玉上評釈』『全集』『集成』『完訳』『新全集』は「くそたち」。当該は、「ごたち」か「くそたち」かの相異である。『日国大』によれば「御達」は、上級女房への敬語、「くそたち」は親愛、尊敬の念をこめた対称である。ここは対称であるから、「くそたち」が適当であろう。書写の際に「くそたち」に違和感を覚えて、意図的に「ごたち」と改変したと考えて、「くそたち」と校訂する。

オ　**それなめり**――「それなり」別（陽）「ゝれなゝり」別（池）「それなゝり」青（明・榊・二・三・徹一・徹二・飯・紹）河（尾・御・伏・七・平・前・大・鳳・兼・岩）別（宮・阿・国・伝宗・保・民）「それなんなり」青（穂）「それなめり」青（幽）「それなめり」青（大・大正・消・陵）。なお『大成』は「それなめり」、『全書』『大系』『玉上評釈』『新大系』も「それなめり」であるのに対して、『全集』『集成』『完訳』『新全集』は「それななり」。当該は、「めり」か「なり」かの相異である。基本的には「めり」は視覚判断、「なり」は聴覚判断を表すと言われるが、必ずしもそうとは限らない。ここでは「推し量りに聞けど」

とあるので聴覚判断ではあるが、「なめり」と「なゝり」が簡単には誤写されないこと、及び『大正』『陵』、『幽』の元の本文も勘案して、校訂を控える。

カ　**これは**――「これも」青（大）「これは」青（大正・明・肖・陵・榊・二・三・徹一・徹二・穂・飯・紹・幽）河（尾・御・伏・七・平・前・大・鳳・兼・岩）別（宮・陽・阿・国・池・伝宗・保・民）。なお『大成』は「これも」、『新大系』も「これも」であるのに対して、『全書』『大系』『玉上評釈』『全集』『集成』『完訳』『新全集』は「これは」。当該は、「も」か「は」かの相異である。底本は単独異文であり、「は（者）」と「も（毛）」は誤る可能性が高いので、底本の誤写とみて、「これは」と校訂する。

キ　**吹き合はせ**――「ふきてあはせ」青（大）「ふきあはせ」青（大正・肖・陵・榊・二・三・徹一・穂・飯・紹）河（尾・御・七・平・前・大・鳳・兼・岩）別（宮・陽・阿・国・池・保・民）「ふきあわせ」河（伏）「吹あはせ」青（徹二・幽）「吹あわせ」別（伝宗）「○（ふきあはせ）」青（明）。なお『大成』は「ふきてあはせ」、『新大系』も「吹きて合はせ」であるのに対して、『全書』『大系』『玉上評釈』『全集』『集成』『完訳』『新全集』は「吹（ふ）きあはせ（合せ・合はせ）」。当該は、「て」の有無による相異である。底本は単独異文であるので、本来は複合動詞の「吹き合はせ」であろうと考えて、校訂する。

【傍書】　1うき舟心中事　2古今　山里ハ秋こそことにわひしけれ　3古今　世のうきめみえぬ山ちに　4万葉ニ恪夜又新夜トカケリ　5いその上ふるの山里いかならんをちの里人霞へたてゝ　6尼君　7中将　8僧都母也　9うつほの物語にも此詞あり京くそたつともいへり童女の通称なるへし〈右〉　屎コソ也〈左〉　10中将●の思ふ心也　11大尼君事也

【注釈】

一　**さすがに、かゝる古体の心どもには…とてゐざり出で給へり**　「かゝる」は、「気色ども」に掛かる。「古体の心どもにはありつかず今めきつゝ」の「ありつかず」は、ここでは落ち着かず、の意。この尼たちは出家生活にふさわしい古風な気持に落ち着かず、昔のままに華やかに振る舞っている。「腰折れ歌」は、和歌の第三句（腰という）と第四句がうまく続かない所から、拙劣な歌、首尾の整わない歌を言う。「いと後ろめたうおぼゆ」は、浮舟の心中。この様子では、この人たちは何を仕出かすか分からない、という安心ならない気持。「限りなく憂き身なりけり…人に見聞き捨てられてもやみなばや」は浮舟の心中。この上なく情けない身の上なのだと自分で見限った命まで、思いがけず生き永らえて、これから私はどのように流浪することになるのだろう、いっそ、全く死んだ者として人から見捨てられ、忘れられて終わりたい、と思うのである。「鹿の鳴く音に」は、「山里は秋こそことにわびしけれしかのなくねにめをさましつゝ」（古今集巻四秋上・壬生忠岑）による。「まことに心地なくはあるまじ」は、浮舟の、中将への冷めた批評。「心地なし」は、思慮分別がないこと。手習（一九）で妹尼は、浮舟に、中将を「いと心憎き気つき給へる人」と言っている。「過ぎにし方の思ひ出でらるゝにも、なか〳〵心づくしに」は、故姫君のことが思い出されるにつけても、こちらへ伺うとかえって心が痛みます、という。「今初めて、あはれと思すべき人、はた、難げなれば」は、今から新たに私に思いを寄せて下さりそうな方も、これまた、いらっしゃりそうにないので。これは、浮舟のことを指している。「見えぬ山路にも、え思ひなすまじう」は、「よのうきめ見えぬ山路へいらんには思ふ人こそほだし成けれ」（古今集巻一八雑下・もののべのよしな）を引いて、この山里を世の辛さのない山奥と思ってみる訳にもいきませんので（もうこれで失礼します）、の意。「あたら夜を」は、「あたらよの月と花とをおなじくはあはれしれらん人にみせばや」（後撰集巻三春下・源信明）を引く。今の季節は秋なので「花」はないが、今夜も月は出ている。引歌の「あはれしれらん人」—趣のわかる人—は、中将を指す。妹尼は、こんなに月が美しいのに、それを見ないでどうして途中でお帰りになるのですか、と「ゐざり出で」て中将を引き止める。

二　**何か。をちなる里も、試み侍れば…さすがに愛でゝ出で来たり**　「をち」は、物語中に、薫の浮舟への贈歌「水増さるをちの里人いかならむ晴れぬながめにかきくらす頃」（浮舟二四）、八の宮の薫への贈歌「山風に霞吹きとく声はあれど隔てて見ゆるをちの白波」（椎本三）がある。この二首に見える「をち」は地名で、宇治橋東詰にある「宇治彼方（をちかた）神社」の辺りの町名を、今も「乙方」と言い、八の宮邸の位置にも適合する。この二首の「をち」は地名と「遠」を掛けたものである（椎本三参照）。しかし、当該の「をちなる里」は、地名では解せない。小野は宇治ではないからである。「をちなる里も、試み侍れば」は、妹尼が引き止めたにも拘わらず、中将が「いや、もう、あちらの方のお気持ちもわかりますので」と捨て台詞を言うところと解され、「をちなる里」は浮舟のことを指すと考えざるを得ない。とすれば、「水増さるをちの里人」（浮舟二四）の薫の詠歌が無意識のうちに中将の詠歌と混同され、筆者の念頭にあったか。中将と薫とは共通した点も多く、小野へ訪れることのできない薫に代わって、薫をやや小振りにした中将が登場したのであった。皮肉なことに、中将は浮舟の出家の意思を強固にさせる役割を果たすのである。

「いたう好きがましからんも…すさまじ」は、中将の心中。中将としては、ちらりと見えた女の姿が目にとまっただけのことで、所在ない心の慰めと思ったのに、女のあまりにもよそよそしく引込んだままの様子も（高貴な姫君のようで）「艶に歌詠み、いにしへ思ひ出でつゝ、さま〴〵の物語などする」（手習一三）この山里の気風に似合わず、面白くないのである。「笛の音さへ飽かず、いとゞおぼえて」は、中将が帰ろうとするのが物足りず、笛の音も、もっと聞きたい妹尼の気持ち。「深き夜の…とまらぬ」は、妹尼が中将を引き止めようと、浮舟のふりをして詠んだ歌。歌意は、夜更けの月の風情がわからない方なのでしょうか。月の沈む山の端近くにあるこの宿にお泊まりにならないのは。「なまかたはなる」は、なんだかできそこないの、へたくそな。「かくなん聞こえ給ふ」は、妹尼が、代作した歌を、浮舟の歌の振りをして取り次ぐ。中将は、浮舟が引き止めてくれたと思って「心ときめき」する。「山の端に…しるしありやと」の歌意は、誘ってくださるなら、月が山の端に沈むまで眺めていましょう。あなたの寝室の板葺きの屋根の隙間から月光が射し込むように、私もあなたのお姿を見ることができるでしょうか。「山の端」「月」「閨の板間」は縁語。この山の端の月を詠んだ贈答歌の参考歌として、「ここに又わがあかぬ月を山の端のをちの里には遅しとや待つ」（古今六帖一）が筆者の念頭にあったとすれば、前出の「をちの里」は、必ずしも宇治の地名でなくともよいか。「大尼君」は、僧都と妹尼の母。

三　こゝかしこうち咳き、あさましきわなゝき声にて…宵まどひもせず起きゐたり　「こゝかしこ」は、話の途中で。「なか〳〵昔のことなどもかけても言はず」は、皆が故姫君の事を話しても、母尼はかえって昔話など全く口にしない。「誰とも思ひ分かぬなるべし」は惚けているので、中将のことも誰ともわからないであろうほどの老醜への皮肉。「琴の琴弾き給へ」の「琴」は、中国渡来の七弦琴。下文に「今様は、をさ〳〵…今は好まずなりゆくものなれば」というように、一条天皇の頃には一般には余り演奏されなくなったらしい。衰微した理由は、奏法が複雑なことと、音が小さくて他の楽器と調和しないこと、が考えられる（林田孝和他編『源氏物語事典』大和書房二〇〇二年）。光源氏は、琴の名手として知られるが、八の宮も「御琴の音の名高き」（橋姫一二）と語られ、東屋（四四）で、薫が浮舟に、八の宮の琴の音が「いとをかしくあはれ」であったこと、あなたもこの邸でお育ちになっていれば、もう少し恋しさもまさるでしょうに、と語る場面がある。「尼君ぞ、月など明かき夜は、琴など弾き給ふ」（手習一三）とあり、妹尼は琴を弾く人であった。「くそたち」については【校異】エ参照。「琴取りて参れ」は琴を取ってきて妹尼に差し上げよ、の意。「それなめり」は、【校異】オ参照。母尼君であるようだ、と中将が推測する。「定めなき世ぞ、これにつけてあはれなる」は、年老いた母尼が生きていることにつけても、故姫君のことを思うと、老少不定の世だとしみじみ身にしみる、の意。「盤渉調」は、雅楽の六調子の一。冬の調子といわれる。管弦の合奏をする時には、まず管楽器で調子を整えるので、中将がまず笛を吹いたのである。「いづら、さらば」は、さぁ、どうぞ、の意。「娘尼君」は、母尼が同席しているので、こう呼ぶ。「よき程の好き者」は相当な風流人、の意。妹尼は衛門督の北の方であり、それ相応の教養を身につけた文化人である。「昔聞き侍りしよりも…耳からにや」の「昔」は、中将が故姫君の婿として通っていた頃のこと。「こよなく」は格別に上手に。「山風をのみ聞き馴れ」は、小野に引き籠もってからの五、六年のこと。手習（一七）に「この五年六年」とあった。「ひが言」は、間違い。「言」に「琴」を掛けて、調子はずれ、の意。「今様は、をさ〲、なべての人の今は好まずなりゆくものなれば」は、「嗟々俗人ノ耳、好ミレ今ヲ不レ好マレ古ヲ、所以ノ緑窓琴、日々生ズニ塵土ヲ一」（白氏文集巻二諷諭二0082秦中吟「五絃」）と詠まれる如く、「今を好みて古を好まない」一般の風潮に反して、古風な琴を弾く妹尼の、風流人らしさを印象づける（以上の解釈は、『河海』、丸山キヨ子『源氏物語と白氏文集』（東京女子大学研究資料叢書一九六四年）、中西進『源氏物語と白楽天』（岩波書店一九五七年）参照）。「松風も、いとよくもてはやす」は「ことのねにみねの松かぜかよふらしいづれのをよりしらべそめけん」（拾遺集巻八雑上・斎宮女御）も同趣。「宵まどひ」は、夜、早いうちから眠くなること。

二二　大尼君、和琴を得意気に奏で、座が白ける

母大尼「[一]嫗は、[ア]昔は、東琴をこそは、こともなく弾きはべりつ○しかど、今の世には変はりにたるにやあらむ、この僧都の、『聞きにくし、念仏よりほかのあだわざ、なせそ』とはしたなめられしかば、何かはとて弾き侍らぬなり。さるは、いとよく鳴る琴も侍り」と言ひ続けて、いと○かまほしと思ひたれば、いと忍びやかにうち笑ひて、中将「[1]いとあやしきこと●も制しきこえ給ひける僧都かな。極楽といふなる所には、菩薩なども皆かゝることをして、天人なども舞ひ遊ぶこそ尊かなれ。行ひ紛れ、罪得べきことかは。今宵聞き侍らばや」とすかせば、いとよしと思ひて、母大尼「いで、[2]とのもりのくそ。[3]あづま取りて」と言ふにも咳は絶えず、人々は見苦しと思へど、僧都をさへ恨めしげに愁へて言ひ聞かすれば、いとほしくてまかせたり。取り寄せて、たゞ今の笛の音をも尋ねず、たゞお

のが心を遣(や)りて、あづまの調(しら)べを爪(つま)さはやかに調(しら)ぶ。二皆異物(みなこと)は声イやめつるを、これをウのみ愛(め)でたると思(思)ひて、母大尼4「たけふ、ちゝり〳〵、たりたんな」など、掻(か)き返(かへ)し逸(はや)りかに弾(ひ)きたる、言葉(ことば)どもわりなく古(ふる)めきたり。中将5「いとを(お)かしう、今の世に聞(き)こえぬ言葉(ことば)こそは弾(ひ)き給(給)ひけれ」とほむれば、耳(みゝ)ほの〴〵しく、傍(かたは)らなる人に問(と)ひ聞(きゝ)きて、母大尼6「今様(いまやう)の若(わか)き人は、かやうなることをぞ好(この)まれざりける。こゝに月頃(ごろ)もの(物)し給(給)ふめる姫君、容貌エいとけうらにもの(物)し給(給)ふめれど、もはら、かゝオるあだわざなどし給はず、埋(う)もれてなんもの(物)し給(給)ふめる」と、我かしこにうちあざ笑(わら)ひて語(かた)るを、尼君(あま)などは、かたはらいたしと思(おぼ)す。これに事皆冷(ことみなさ)めて帰(かへ)り給(給)ふ程も、山おろし吹(吹)きて、聞(き)こえ来(く)る笛(ふえ)の音(ね)いとを(お)かしう聞(き)こえて、起(お)き明(あ)かしたる。

【校異】

ア　**昔は**——「むかし」青（大正・明・榊・二・三・徹二・穂・飯・紹）河（尾・御・伏・七・平・前・大・鳳・兼・岩）別（宮・陽・阿・国・池・伝宗・民）「むかしは」青（肖・陵・幽）「むかしは」青（大）別（保）「昔は」青（徹一）。なお『大成』は「むかしは」。『玉上評釈』『新大系』も「昔（むかし）は」であるのに対して、『全書』『大系』『全集』『集成』『完訳』『新全集』は「昔」。当該は、「は」の有無による相異である。『肖』『陵』『幽』を勘案すると、本来「むかしは」であったが、他本で「は」が脱落したと考えられる。故に校訂を控える。

イ　**声**——「こゑを」青（大・明・肖）別（阿）「こゑ」青（大正・陵・榊・二・三・徹一・徹二・穂・飯・紹・幽）河（尾・御・伏・七・平・前・大・鳳・兼・岩）別（宮・国・池・伝宗・保・民）「こえ」別（陽）。なお『大成』は「こゑを」、『新大系』も「声を」であるのに対して、『全書』『大系』『玉上評釈』『全集』『集成』『完訳』『新全集』は「声」。当該は、「を」の有無による相異である。格助詞「を」がなくても、意味に変わりはない。底本は意味を確認するために「を」を書き加えた可能性もあり、『大正』『陵』『幽』なども勘案し、「声」と校訂する。

ウ　**これを**――「これ」別（民）「これに」青（明・肖・榊・二・三・徹二・穂・飯・紹）河（尾・御・伏・七・平・前・大・鳳・兼・岩）別（宮・陽・阿・国・池・伝宗・保）「これを」青（大・大正・陵・徹一・幽）。なお『大成』は「これを」、『大系』『新大系』も「これを」であるのに対して、『全書』『玉上評釈』『全集』『集成』『完訳』『新全集』は「これに」。当該は、「を」か「に」かの相異である。大島本で、「めづ」の上に対象語が来るとき、「…をめづ」が圧倒的に多く、「…にめづ」は、「香」（匂兵部卿七）「こゑ」（紅梅七）か「いろ」（椎本八）などしかなく、「これをのみめで」という底本を校訂する必然性は認められないので、校訂を控える。

エ　**容貌**――「かたちは」青（明・肖・榊・二・三・徹一・徹二・穂・紹）別（宮・阿・国・保・民）「かたち○は」青（幽）「かたち」青（大・大正・陵・飯）河（尾・御・伏・七・平・前・大・鳳・兼・岩）別（陽・池・伝宗）。なお『大成』は「かたち」、『大系』『玉上評釈』『新大系』も「かたち（容貌）」であるのに対して、『全書』『全集』『集成』『完訳』『新全集』は「容貌は」。当該は、「は」の有無による相異である。大尼君の浮舟に対する評価は「容貌は美しいが、風流を解さない」、ということであり、「容貌は」と特にとり上げて区別する語調になりやすいところから「は」が入ったと考えられる。『大正』『陵』、『幽』の元の本文も勘案して、校訂を控える。

オ　**かゝる**――「ナシ」別（宮・陽・国・保）「かやうなる」青（大）「かる」青（飯）「かゝる」青（大正・明・肖・陵・榊・二・三・徹一・徹二・穂・紹・幽）河（尾・御・伏・七・平・前・大・鳳・兼・岩）別（阿・池・伝宗・民）。なお『大成』は「かやうなる」、『新大系』も「かやうなる」であるのに対して、『全書』『大系』『玉上評釈』『全集』『集成』『完訳』『新全集』は「かか（ゝ）る」。底本は単独異文でもあり、「かゝる」と校訂する。

【傍書】　1中将詞　2主殿　3屎　4笛の音の声おもしろくきこゆるハ　5中将詞　6大尼君詞

【注釈】

一　**嫗は、昔は、東琴をこそは…あづまの調べを爪さはやかに調ぶ**　「東琴」は、和琴のこと、六弦、撥（ばち）で弾く。「あづま」「やまとごと」「わごん」とも。「今の世には、変りにたるにや」は、今の世には奏法が変わったのかの意。「『聞きにくし、念仏よりほかのあだわざ、なせそ』とはしたなめられしかば」は、『往生要集』巻中・大文第五、助念の方法の「無余修」に、「往生礼讃偈」をひいて「専らかの仏名を称し、かの仏及び一切の聖衆等を、専ら念じ、専ら想ひ、専ら礼し、専ら讃へて、余の業を雑（まじ）へざれ」とある。『僧尼令』に「凡僧尼作二音楽一及博戯者百日苦使。碁琴不レ在二制限一」とある。妹尼が弾いたのは琴であるが、母尼は和琴を弾くので、いけないのである。『令義解』によれば、双六もいけないとある。「あだわざ」は、無駄なこと。「はしたなむ」は、たしなめること。「さるは、いとよく鳴る琴も侍り」は、母尼の弾きたがる気持を示す。「よく鳴る和琴を」（帚木一六）、「よく鳴る琴をあづまに調べて」（花散里二）、「をかしげなる和琴の…音（ね）もいとよく鳴れば」（常夏四）など、「よく鳴る」という表現は和琴に用いられた。「いと忍びやかにうち笑ひて」は中将の押さえかねた忍び笑い。「極楽といふなる所には…尊かなれ」は、『往生要集』巻上・欣求浄土・第四に「衆宝の国土の一々の界（さかい）の上には、五百億の七宝より成るところの宮殿・楼閣あり。（中略）殿の裏（うち）、楼の上にはもろ〱の天人ありて、常に伎楽を作し、如来を歌詠したてまつる」とあり、『観無量寿経』の浄土を観想する方法の第六観にも、「衆宝国土、一一界上、有テ二五百億宝楼閣一、其楼閣中、有二無量諸天一、作二天伎楽一。又有二楽器一、懸二處虚空一、如二天宝幢一、不レ鼓自鳴」とあること。『往生要集』のこの記事は、『観無量寿経』を出典としているのであろう。橋姫巻で、阿闍梨が冷泉院に八の宮の姫君たちの合奏について、「極楽思ひやられ侍るや」（同七）と語るのも、このような知識が基礎にあるのであろう。「かゝること」は音楽の遊び。「行ひ紛れ、罪得べきことかは」は、音楽を楽しんでも、修行が疎かになって罪になることがありましょうか、の意。「すかす」はおだてること。「とのもりのくそ」は女房の呼び名。家族が主殿寮の役人であったか、本人が主殿司に仕えていたかの理由でそう呼ばれているのであろう。「くそ」は前段（二一）【校異】エ参照。主殿寮、主殿司は宮中の清掃、乗り物、湯浴み、燈火、燃料などのことを司る役所。女官は主殿司に仕える。「ただ今の笛の音をも尋ねず」は、前段【注釈】三参照。合奏の前に笛の音を聞いて調子を整えることもしないで、勝手に弾くのである。「爪さはやかに」は、母尼の久しぶりに弾くうれしい気持を表す。

二　**皆異物は声やめつるを…笛の音いとをかしう聞こえて、起き明かしたる**　「皆異物は声やめつるを」は、母尼の独りよがりの和琴のおかげで合奏にならず、皆、演奏を止めたのである。母尼は気づかず、皆、自分の演奏に感心していると思う。「たけふ、ち〻り〳〵、たりたんな」について。諸本の異同が甚だしい上に、異文が傍書してあるが、書き込みを無視して大雑把に並べてみると、次のようになる。

1　たけふち〻り〳〵たりたんな〻と　青（大）
2　たけふち〻（ち）り〳〵（ちり）たりたな〻（な）と　青（大正・肖・陵・榊・二・三・徹一・徹二・紹・幽の元の本文）
3　たけふち〻りちり〳〵たりたな〻と　青（明）
4　たけふち〻り〳〵たりたなと　別（池・伝宗）
5　たけふち〻りきりたりたな〻と　青（穂）
6　たなちり〳〵たり〳〵たな〻と　別（宮）
7　たなちり〳〵おり〳〵なと　別（国）
8　たけふちちり〳〵な〻なと　別（陽）
9　たけふちちり〳〵たるちりたる　別（阿）
10　たけふちちりたりたんなちり〳〵たりたんな〻と　河（岩）
11　たかうちたりたんなちり〳〵たりたな〻と　河（七）
12　たかふちたり〳〵たなちたりちり〳〵なと　別（民）
13　たりたん（・）なちり〳〵たりたな〻と　青（飯）河（尾・御・平・前・大・鳳・兼）
14　たりなんなちり〳〵たりたな〻と　河（伏）

15　たりたなちりたなと　　別（保）

「たけ（介）ふ（不）」を6・7のように「たな（奈）」と、「た（太）り」を7のように「お（於）り」と読み誤る可能性はあるが、あとは不明である。「たけふ」は、催馬楽「道の口」の「道の口　武生の国府に　我はありと　親に申したべ　心あひの風や　さきむだちや」の「武生」か。武生は越前の国府。現在の福井県武生市。紫式部も父の越前守在任中に滞在したことがある。浮舟の母中将の君の「武生の国府に移ろひ給ふとも、忍びては参り来なむを」（浮舟二七）という言葉もある。「ちゝり〳〵たりたんな」については『花鳥』が「これは笛の音のかくきこゆるなりそれを和琴に尼公の引きたるなり唱歌なとにおなじ」として「笛のねの春おもしろくきこゆるは花ちりたりとふけば也けり」（後拾遺集巻二〇俳諧歌・読人しらず）を引く。『玉上評釈』も「ちり」「たり」が笛の譜であるという。『楽家録』巻十一の第廿六「篳篥唱歌法」に楽譜の右側に仮名がつけてあるものがある。例えば、「丁丁一工リ（乳留利良呂）。丁一丁リ（良利）。丁リ⊥⊥（利留利）。（後略）」のように仮名を振っている場合もあり、これは「チルリラロ、ラリ、リルリ」と読むのであろう（〈丁、一、工、⊥〉は孔の位置を示した譜）。また、同書巻十二第十六「笛唱哥之法」にも「干五⊥夕中六丁（多多乳乳止乳止）」のように仮名をつけてある。「タタチチトチト」と読むのであろう（〈干、五、⊥、夕、中、六、丁〉は孔の位置を示した譜）。これを見ると『花鳥』の引く「花ちりたりとふけば也けり」は、篳篥や横笛の吹き方を示す語（「散りたり」と掛詞）で、母尼の唄う「ちゝり」「たり」と共通するものがありそうである。老いた母尼ではあるが、若い時に聞き覚えた笛の唱歌を歌っていると解してよいか。「搔き返し」は、琴爪の裏ではじく奏法。これは、今でも「チリチリ」とか「ツル」という。これも母尼の唱歌に含まれているか。「耳ほの〴〵しく」は、耳が遠いこと。「こゝに月頃ものし給ふめる姫君」は、浮舟のこと。「もはら、かゝるあだわざなどはし給はず」の「かゝるあだわざ」は音楽の遊びなどを指す。東屋（四四）でも、薫に和琴は弾けるかと問われて、浮舟は弾けないと答えている。「もはら…（打消）」は、まったく…ない。「埋もれて」は引込みがちであること。「かたはらいたし」は、母尼の老醜ぶりをはらはらする気持と、浮舟に対する皮肉を中将がどう思って聞くかとはらはらする、妹尼の気持ち。「これに事皆冷めて」は、中将は母尼の行動で、何もかも興ざめになって。「聞こえくる笛の音」は、中将の吹く笛の音。「起き明かしたる」は、尼君たち。この語は連体形でもあり、次段の「つとめて」を修飾するが、段落を分けるために、ここで切った。

二三　中将と尼君の贈答、浮舟経を習い読む

[一]つとめて、中将「昨夜は方々心乱れ侍りしかば、急ぎまかで侍りし。

[2]忘られぬ昔のことも笛竹のつらき節にも音ぞ泣かれける

なほ、少し思し知るばかり教へなさせ給へ。忍ばれぬべくは、好き好きしきまでも、何かは」とあるを、いとゞわびたるは、涙とゞめ難げなる気色にて、書き給ふ。

妹尼「[3]笛の音に昔のことも偲ばれて帰りし程も袖ぞ濡れにし

あやしう、物思ひ知らぬにやとまで見侍るありさまは、老い人の問はず語りに聞こし召しけむかし」とあり。めづらしからぬも見所なき心地して、うち置かれけんかし。[ア]

[4][二]荻の葉に劣らぬ程々に訪れわたる、いとむつかしうもあるかな、人の心はあながちなるものなりけりと見知りにし折々も、やうやう思ひ出づるまゝに、浮舟「なほ、かゝる筋のこと、人にも思ひ放たすべきさまに、疾くなし

給ひてよ」とて、経習ひて読み給ふ心の内にも念じ給へり。かく、よろづにつけて世の中を思ひ捨つれば、若き人とてをかしやかなることもことになく、結ぼゝれたる本性なめりと思ふ。容貌の見るかひありうつくしきに、よろづの咎見許して、明け暮れの見物にしたり。少しうち笑ひ給ふ折は、めづらしくめでたきものに思へり。

【校異】

ア　**けんかし**――「けん」青（大）「けむかし」青（大正・徹一・穂・幽）河（伏）「けんかし」青（明・肖・陵・榊・二・三・徹二・飯・紹）河（尾・御・七・平・前・大・鳳・兼・岩）別（宮・陽・阿・国・池・伝宗・保・民）。なお『大成』は「けん」、『新大系』も「けん」であるのに対して、『全書』『大系』『玉上評釈』『全集』『集成』『完訳』『新全集』は「けむ（ん）かし」。当該は、「かし」の有無による相異である。底本は単独異文でもあり、「かし」が脱落したと考えて、「けんかし」と校訂する。

【傍書】　1中将●文ノことは也　2中将　3尼君　4うき舟ノ君ノ心をいへり〈右〉　後拾　荻のはに吹過て行秋風の又誰か里をおとろかすらん〈左〉

【注釈】

一　**つとめて…見所なき心地して、うち置かれけんかし**　「つとめて」は前段を承けて、その翌朝、の意。「方々心乱れ」は、故姫君の思い出と浮舟の冷たい態度のために、あれこれと心が乱れて。「忘られぬ昔のことも…音ぞ泣かれける」の歌意は、忘れられない昔の琴の音―亡くなった妻の思い出―につけても、笛の悲しい音色―浮舟の冷たい態度―につけても、私は声をあげて泣かずには居られませんでした。「こと（琴）」と「事」、「（笛竹の）節」と「（つらき）ふし」、「音」と「根」が掛詞。「思し知るばかり教へなさせ給へ」は、私の気持ちがわかるように、浮舟にお言い聞かせ下さいませ。「忍ばれぬべくは、好き〳〵しきまでも、何かは」は、この私の思いを我慢できるようなら、どうして、こんな好色めいたことまで申しましょうか、の意。「いとゞわびたる」は、妹尼のますます困惑する気持。「笛の音に…袖ぞ濡れにし」は、あなた様の笛の音を聞いて、亡き娘のことが思い出され、あなたのお帰りになった後も涙で袖が濡れたことでした、の意。「あやしう、物思ひ知らぬにやとまで見侍るありさま」は、浮舟の態度についての妹尼の弁解。「老い人の問はず語り」は、前段の母尼の言葉。「こゝに、月頃ものし給ふめる姫君…埋もれてなんものし給ふめる」を指す。「うち置かれけんかし」は、草子地。中将の落胆した様子を表す。例えば末摘花の返書を見た源氏の「見るかひなううち置き給ふ」（末摘花一二）など。

二　**荻の葉に劣らぬ…めでたきものに思へり**　「荻の葉に劣らぬ程々に訪れわたる」は、秋風に荻が葉ずれの音を立てる、そのような折々には、いつも中将から便りがあること。「訪れ」と「音ずれ」が掛詞。「あき風のふくにつけてもとはぬかなおぎのはならば音はしてまし」（後撰集巻一二恋四・中務）が参考になるか。「程々（ほど〳〵）」は青（大）の全二一例のうち、当該以外はすべて「程々につけて」（身分々々に応じて）の意である。当該はそのような折々にの意。「訪れわたる」はずっと続けて便りがあること。「人の心はあながちなるものなりけりと見知りにし折々」は、男心は一途に無理を通すものだとよくわかった折々。匂宮との経験を思い出すと、中将の執拗な手紙も、面倒なことになったと気が重いのである。「かゝる筋のこと」は、色恋に関すること。「思ひ放たすべきさま」は、あきらめさせられるような姿。尼姿のこと。「結ぼゝれたる本性」は、生まれつきの陰気な性質。尼たちは、浮舟の過去や現在の心境を知らないので、中将に対する冷たい態度も、生まれつき陰気な性質だからだと思っている。

二四　尼君、初瀬詣に出発、浮舟は同行せず

九月になりて、この尼君（此あま）、初瀬（はつせ）に詣（まう）づ。年頃（としごろ）、いと心細（ぼそ）き身に、恋（こひ）しき人の上（うへ）も思（思）ひやまれざりしを、かくあらぬ

人ともおぼえ給はぬ慰めを得たれば、観音の御験うれしとて、返り申しだちて詣で給ふなりけり。妹尼「[1]いざ給へ。人やは知らむとする。同じ仏なれど、さやうの所に行ひたるなむ験ありてよき例多かる」と言ひて、そゝのかしたつれど、[2]昔、母君、乳母などのかやうに言ひ知らせつゝ、度々詣でさせしを、かひなきにこそあめれ、[3]命さへ心にかなはず、たぐひなきいみじき目を見るはと、いと心憂き内にも、知らぬ人に具して、さる道の歩きをしたらんよと、そら恐ろしくおぼゆ。

心強きさまには言ひもなさで、浮舟「心地のいと悪しうのみ侍れば、さやうならん道の程にもいかゞなど、つゝましうなむ」とのたまふ。[4]もの怖ぢは、さもし給ふべき人ぞかしと思ひて、しひてもいざなはず。

浮舟 [5]二 はかなくて世にふる川のうき瀬には尋ねも行かじ二本の杉

と、手習に交じりたるを、尼君見つけて、妹尼「二本は、またもあひきこえんと思ひ給ふ人あるべし」と、戯れ言を言ひ当てたるに、胸つぶれて、面[ア]赤め給へるも、いと愛敬づきうつくしげなり。

妹尼 [6]古川の杉の本立ち知らねども過ぎにし人によそへてぞ見る

ことなることなき答へを、口疾く言ふ。忍びてと言へど、皆人慕ひつゝ、こゝには人少なにておはせんを心苦しがりて、心ばせある少将の尼、左衛門とてあるおとなしき人、童ばかりぞ、とゞめたりける。

【校異】

ア　赤め給へるも――「ナシ」別（池）「あかみ給へる」別（阿）「あかめ給へる」青（大・明）「あかめ給へるに」別（伝宗）「あかみたまへるも」河（大）「あかみ給つるも」別（民）「あかみ給へるも」青（徹一）別（宮・国・保）「あかめ給えるも」青（穂）別（陽）「あかめ給へるも」青（大正・肖・陵・榊・二・徹二・紹・幽）「あかめたまへるも」青（三・飯）河（尾・御・伏・七・平・前・鳳・兼・岩）。なお『大成』は「あかめ給へる」、『新大系』も「赤め給へる」であるのに対して、『全書』『大系』『玉上評釈』『全集』『集成』『完訳』『新全集』は「赤（あか）め給（たま）へるも」。当該は、主に「も」の有無による相異である。浮舟はもともと「愛敬づきうつくしげ」であるのだが、顔を赤くする様子もまた「愛敬づきうつくしげ」であると読むべきであろう。さらに、「も」の脱落の可能性はかなり高いと考えて、校訂する。

【傍書】　1尼君詞　2うき舟心中詞　3命たに心にかなふ物ならハ何か別のかなしからまし　4尼君心中　5うき舟　6尼君

【注釈】

一　**年頃、いと心細き身に…しひてもいざなはず**　「恋しき人の上」は、恋しく思う故姫君のこと。「あらぬ人ともおぼえ給はぬ慰め」は浮舟のこと。故姫君と別人とも思われなさらない慰めになる人。「観音の御験」は手習（四）参照。妹尼は、長谷寺で見た夢告により浮舟と出会ったと思っている。「返り申しだちて」は、願を掛けていた訳ではないが、お礼詣りのようなつもりで。「さやうの所」は、霊験あらたかと評判のある寺のこと。観音でいえば、清水、石山、初瀬など。「験ありてよき例」は、御利益があって幸運に恵まれる例。「昔、母君、乳母などのかやうに言ひ知らせつゝ、度々詣でさせしを」は、浮舟が初瀬詣をする場面はないが、宿木（五五）に四月下旬、初瀬詣の帰途の浮舟を、宇治で薫が垣間見する場面がある。侍女の会話によれば、二月にも初瀬へ詣でたらしい（宿木五六）。浮舟（一二）では石山詣での予定があって母君が迎えに来るはずであったが、匂宮の突然の侵入によって中止になった。これらによって、母君、乳母などが、度々石山や初瀬に参詣させていたことは確かである。しかし、浮舟は、「かひなきにこそあめれ」と思う。命さえ思い通りにならず、比べようもないひどい目にあったではないか。それを思うととても辛い。その上に、ここに着くまでの記憶もなくて、知らない人に連れられてそんな道をやって来たのだ、と思うとそら恐ろしく思われる。浮舟の心に母や乳母の信心への疑念が兆す。しかし、本当に信心は無駄だったのだろうか。浮舟は知らないが、手習（八）には、物の怪の「観音とざまかうざまに育み給ひければ、この僧都に負けたてまつりぬ」という言葉がある。浮舟は観音に護られていたから、僧都に救われたのではないか。「心強きさまには言ひもなさで」は強情な感じを与えないように気をつけて。浮舟は穏やかに自分の意思を通す分別を身につけてきている。「もの怖ぢは、さもし給ふべき人ぞかし」は、浮舟が見つけられた時のことを考えれば、何かを怖れているのは当然だ、と妹尼が思うこと。

二　**はかなくて世にふる川の…とゞめたりける**　「はかなくて…二本の杉」の歌意は、私は頼りない様子で、この世に生きているのだから、辛い思いをして初瀬川の二本の杉を尋ねてゆくつもりはありません。「ふる」は「経る」と「古（川）」の掛詞。「ふる川」は初瀬川のこと。「はつせ川ふるかはのへにふたもとあるすぎ年をへて又もあひ見ん二もとあるすぎ」（古今集巻一九雑体・読人しらず）。「手習」については手習（一三）参照。「二本は、またもあひきこえんと思ひ給ふ人あるべし」は、前の歌の言葉を引き、また会いたいと思う人は二人あるのでしょう、と言う。「戯れ言を言ひ当てたるに」は、冗談を言って、それが当たっているので。浮舟の意識の深層にある薫と匂宮のこと。「古川の杉の本立ち…よそへてぞ見る」の歌意は、あなたの生い立ちは知りませんが、私は、あなたを亡き娘だと思って見ているのです。妹尼は、浮舟の気持ちを言い当てたことにも気付かない。「忍びて」は、大がかりではなくこっそり出かけよう、ということ。「皆人慕ひつゝ」は、家中の人が初瀬詣について行きたがって。「心ばせある少将の尼」の「心ばせ」は心づかいや気だてのこと。少将の尼は故姫君づきの女房であったので、中将が尋ねてきても対応できるからである。

二五　浮舟、少将の尼と碁を打つ

皆出で立ちけるを眺め出でゝ、あさましきことを思ひながらも、今はいかゞはせむと、頼もし人に思ふ人一人ものし給はぬは、心細くもあるかなと、いとつれ〲なるに、中将の御文あり。少将尼「御覧ぜよ」と言へど、聞きも入れ給はず。いとゞ人も見えず、つれ〲と来し方行く先を思ひ屈じ給ふ。少将尼「苦しきさまでも眺めさせ給ふかな。御碁を打たせ給へ」と言ふ。浮舟「いとあやしうこそはありしか」とはのたまへど、打たむと思したれば、盤取りにやりて、我はと思ひて先ぜさせたてまつりたるに、いとこよなければ、また、手直して打つ。少将尼「尼上、疾う帰らせ給はなん。この御碁見せたてまつらむ。かの御碁ぞ、いと強かりし。僧都の君、早うよりいみじう好ませ給ひて、けしうはあらずと思したりしを、いと碁聖大徳になりて、僧都『さし出でゝこそ打たざらめ、御碁には負けじかし』と聞こえ給ひしに、つひに、僧都なん、二つ負け給ひし。碁聖が碁にはまさらせ給ふべきなめり。あないみじ」と興ずれば、さだ過ぎたる尼額の見つかぬに、物好みするに、むつかしきこともしそめてけるかなと思ひて、心地悪しとて臥し給ひぬ。少将尼「時々、晴れ〲しうもてなしておはしませ。あたら御身を、いみじう沈みてもてなさせ給ふこそくちをしう、玉に瑕あらん心地し侍れ」と言ふ。夕暮れの風の音もあはれなるに、思ひ出づることも多くて、

浮舟11 心には秋の夕（夕）べを分（わ）かねども眺（なが）むる袖に露ぞ乱（みだ）るゝ

【校異】

ア　**出で立ちける**――「いそきたちぬる」別（陽）「出立ぬる」青（明）「いてたちぬる」青（肖・榊・二・三・徹一・徹二・穂・飯・紹）河（尾・御・伏・七・平・前・大・鳳・兼・岩）別（宮・阿・国・池・伝宗・保・民）「いてたちける（ヒぬ）」青（幽）「いてたちける」青（大・大正・陵）。なお『大成』は「いてたちける」、『大系』『新大系』も「い（出）で立ちける」であるのに対して、『全書』『玉上評釈』『全集』『集成』『完訳』『新全集』は「出（い）で立（た）ちぬる」。当該は、完了の「ぬ」か過去の「けり」かの相異である。即ち「ぬる（皆立ち去ってしまって誰も居ない状態〈がそこにある〉を捉えている）」か「ける（立ち去った動作主体を浮舟が蘇らせている）」かの相異である。「ぬる」が「ける」に改変される場合と「ける」が「ぬる」に改変される場合の可能性を考えると、ここは皆が出かけたのを見送った後の我にかえった浮舟の心情を述べる文脈でもあり、後者の方が可能性が高いであろう。即ち、本来は「ける」であった可能性が高いと考えられる。『大正』『陵』、『幽』の元の本文も勘案して校訂を控える。

イ　**いかゞは**――「いかゝ」青（大・明・穂）別（阿・民）「いかゝ○（は）」河（岩）「いかゝは」青（大正・肖・陵・榊・二・三・徹一・徹二・飯・紹・幽）河（尾・御・伏・七・平・前・大・鳳・兼）別（宮・陽・国・池・伝宗・保）。なお『大成』は「いかゝ」、『新大系』も「いかゞ」であるのに対して、『全書』『大系』『玉上評釈』『全集』『集成』『完訳』『新全集』は「いかが（ゞ）は」。当該は、「は」の有無による相異である。底本が「は」を脱落させたとみて、校訂する。

ウ　**ことも**――「こと」青（大正・明・三・飯・紹）河（尾・伏）別（阿・保・民）「事」青（榊・二・徹二・穂）河（御・七・平・前・大・鳳・兼・岩）別（陽・池・伝宗）「事も（ヒ）」青（陵）「ことども」別（国）「事とも」別（宮）「ことも」青（大・肖・徹一・幽）。なお『大成』は「ことも」、『新大系』も「ことも」であるのに対して、『全書』『大系』『玉上評釈』『全集』『集成』『完訳』『新全集』は「事（こと）」。当該は、「も」の有無による相異である。「も」の脱落する可能性は高いと考えられ、校訂を控える。

【傍書】　1うき舟　2少将尼詞　3向　4少将尼うき舟ニせんせさせ給ひて碁ヲ打也まけにしかはやかてなをし侍り　5碁　6碁聖大徳ニハ寛蓮法師をいへり上手なる故也　延喜十三年五月三日碁聖奉勅作碁式献之云々　7二也　8うき舟心中　9中将尼詞　10玷テン　11うき舟

【注釈】

一　**あさましきことを思ひながらも…また、手直して打つ**　「あさましきこと」は、思いがけない情けない身の上。「頼もし人に思ふ人」は、妹尼のこと。「いとゞ人も見えず」は、いつもより家の中が人少ななこと。「いとあやしうこそはありしか」は、自己流でとても下手でした。浮舟は、碁を打ったことはあるのである。「我はと思ひて」は、少将の尼が自分は強いと思って。「先せさせ」は、浮舟に先手をさせること。碁では弱い方が先手を取る。「こよなし」は、浮舟の方が段違いに強いこと。「手直して」は、少将の尼の方が先手を取って。

二　**かの御碁ぞ、いと強かりし…心地悪しとて臥し給ひぬ**　「かの」は妹尼の。「けしうはあらず」は、それ程弱くはない、の意。「碁聖大徳になりて」は比喩で、碁聖大徳のように碁が強いつもりになって。「碁聖大徳」は、『花鳥』に「備前掾橘ノ良利肥前国藤津郡大村ノ人也。出家シテ名ヅク二寛蓮ト一為ル二亭子院殿上法師ト一（中略）碁の上手なるによりて碁聖といへり延喜十三年五月三日碁聖奉リレ勅作二碁式ヲ一献ズレ之ヲ云々」とある。この碁聖大徳の碁の強かった話は『今昔』巻二四第六話、『古事談』巻六にも見える。「さし出でゝ」は、自分から進んで。「碁聖が碁にはまさらせ給ふべきなめり」は、碁聖（僧都）の碁より、あなた（浮舟）の方がお強いに違いありません、の意。「さだ過ぎたる尼額の見つかぬに」は、年取った尼の尼削ぎの額髪が見馴れないのに。「物好みする」は、特に熱心に碁を好むこと。

三　**時々、晴れぐ〵しう…眺むる袖に露ぞ乱るゝ**　「玉に瑕あらん心地」は、完璧な物事の中に僅かな欠点があること。ここでは、浮舟の、たぐい稀な美貌であるのに、陰気な性質であることを言う。「心には秋の夕べを…露ぞ乱るゝ」の歌意は、私には秋の夕べの情趣はわからないけれど、ぼんやり物思いをしていると、心乱れて、私の袖には露のように涙がこぼれ落ちる。

二六　中将の来訪、浮舟は大尼君の所に隠れる

月さし出でゝをかしき程に、昼文ありつる中将おはしたり。あなうたて、こはなにぞとおぼえ給へば、奥深く入り給ふを、〔少将尼〕「さも、あまりにもおはしますものかな。御心ざしの程も、あはれまさる折にこそ侍めれ。ほのかにも、聞こえ給はんことも聞かせ給へ。染みつかんことのやうに思し召したるこそ」など言ふに、いとはしたなくおぼゆ。おはせぬよしを言へど、昼の使の、一所など問ひ聞きたるなるべし。いと言多く恨みて、〔中将〕「御声も聞き侍らじ。たゞ、気近くて聞こえんことを、聞きにくしともいかにとも思しことわれ」と、よろづに言ひわびて、〔中将〕「いと心憂く。所につけてこそ、物のあはれもまされ。あまり、かゝるは」などあはめつゝ、

〔中将〕「山里の秋の夜深きあはれをも物思ふ人は思ひこそ知れ

おのづから、御心も通ひぬべきを」などあれば、〔少将尼〕「尼君おはせで、紛らはしきこゆべき人も侍らず。いと世づかぬやうならむ」と責むれば、

〔浮舟〕憂きものと思ひも知らで過ぐす身を物思ふ人と人は知りけり

わざと答へともなきを、聞きて伝へきこゆれば、いとあはれと思ひて、〔中将〕「なほ、たゞ、いさゝか出で給へと聞こえ動かせ」と、この人々をわりなきまで恨み給ふ。〔少将尼〕「あやしきまでつれなくぞ見え給ふや」とて、入りて見

れば、例は、[6]かりそめにもさし覗(のぞ)き給はぬ老(老)い人の御方(かた)に入(い)り給(給)ひにけり。あさましう思(思)ひて、[7]かくなんと○(きこゆれば)、中将「[二8]かゝる所に眺(なが)め給(給)ふらん心の内(うち)のあはれに、おほかたのありさまなども情(なさ)けなかるまじき人の、いとあまり思(思し)ひ知らぬ人よりも、けにもてなし給(給)ふめるこそ。[カ]それも、物懲(ご)りし給へるか。なほ(猶)、いかなるさまに世を恨(うら)みて、いつまでおはすべき人ぞ」など、ありさま問(と)ひて、いとゆかしげにのみ思(おぼ)いたれど、[9]こまかなることは、いかでかは言(い)ひ聞(き)かせん。たゞ、少将尼「知(し)りきこえ給(給)ふべき人の、年頃(とし比)は疎々(うと〳〵)しきやうにて過(す)ぐし給(給)ひしを、初瀬(せ)に詣(まう)で合(あ)ひ給(給)ひて、尋(尋)ねきこえ給へ[キ]る」とぞ言(い)ふ。

【校異】

ア **なにぞ**――「なぞ」別(伝宗)「なそ」青(明・榊・二・三・徹一・徹二・穂・飯・紹・幽)河(尾・御・伏・七・平・前・大・鳳・兼・岩)別(宮・陽・国・池・保)「なにそ」青(大・大正・肖・陵)別(阿・民)。なお『大成』は「なにそ」、『大系』『玉上評釈』『新大系』も「何(なに)(なに)ぞ」であるのに対して、『全書』『全集』『集成』『完訳』『新全集』は「何(な)(な)ぞ」。当該は、もともと「何ぞ」と書いて「なぞ」とも「なにぞ」とも読むので、両者の読みが発生したのであろう。この二者の区別は難しく、「なにぞ」の「に」が脱落する可能性と「なそ」が「なにそ」と補われる可能性を比べると前者の可能性の方が高いと考えられる。したがって、当該も校訂を控える。

イ **ものかな**――「哉」青(明)「かな」青(榊・二・三・徹二・穂・飯・紹)河(尾・御・伏・七・平・前・大・鳳・兼・岩)別(宮・陽・阿・国・池・伝宗・保・民)「物かな」青(肖・幽)「○(物)(ヒ)かな」青(徹一)「物哉」青(大正)「物かな」青(大・陵)。なお『大成』は「物かな」、『全書』『大系』『玉上評釈』『新大系』も「もの(物)かな」であるのに対して、『全集』『集成』『完訳』『新全集』は「かな」。当該は、「もの」の有無による相異である。「物かな」の「物」が脱落する可能性と「かな」に「物」が加えられる可能性を比較すると、前者の可能性が大きく、原型は「物かな」であったと思われる。『大正』『陵』、『幽』の元の本文なども勘案して、校訂を控える。

ウ　**はしたなく**――「うしろめたく」青（明・肖・榊・二・三・徹一・徹二・飯・紹）河（尾・御・伏・七・平・前・大・鳳・兼・岩）別（陽・阿・池・伝宗・保）「うしろめたう」青（穂）別（宮・国・民）「はしたなく（うしろめたくイ）」青（幽）「はしたなく」青（大・大正・陵）。なお『大成』は「はしたなく」、『大系』『新大系』も「はしたなく」であるのに対して、『全書』『玉上評釈』『全集』『集成』『完訳』『新全集』は「うしろめたく」。当該は、「はしたなく」か「うしろめたく」かの相異である。この相異は誤写によるものではなく、解釈によって発生したものであろう。「はしたなし」であれば、少将尼の「中将の言葉ぐらいは聞いたらどうか。聞いたからといって、深い仲になるように思うのはいかがなものか」という言葉に対して、浮舟がきまり悪く迷惑だと思う気持をあらわしている。「うしろめたし」では、少将尼が中将を導き入れはしないかと不安に思う浮舟の気持ちをあらわしている。この方が分かりやすいうえに、「はしたなし」では浮舟の気持ちがよく分からないので、後出本文に於いて、「うしろめたし」に改めて、分かりやすくしたという過程が推測される。『大正』『陵』、『幽』の元の本文なども勘案し、校訂を控える。

エ　**聞きにくしともいかにとも**――「きゝにくし」別（国）「にくしとも」別（民）「きゝにくしとも」青（大正・明・肖・陵・榊・三・徹一・穂・飯）河（尾・御・伏・平・前・大・鳳・兼・岩）別（宮・陽・阿・池・伝宗）「ききにくしとも」青（二）「聞にくしとも」青（徹二・紹）「聞にくしともいかにとも」青（幽）「にくしともいかにも」別（保）「きし（き）にくしともいかにとも」青（大）河（七）。なお『大成』は「ききにくしともいかにとも」、『玉上評釈』『新大系』も「聞きにくしともいかにとも」であるのに対して、『全書』『大系』『全集』『集成』『完訳』『新全集』は「聞きにくしとも」。当該は、「いかにとも」の有無による相異である。青（大）によれば、中将が「私の言葉を聞きづらいとでも、どういうふうにでも判断して下さい」と言っている。「いかにとも」がないと、浮舟に対して、判断の選択肢を示していないことになる。底本は殆ど単独異文ではあるが、『幽』の元の本文も勘案して、他の諸本は「とも」の目移りによる「いかにとも」の脱落と考えて、校訂を控える。

オ　**答へ**――「いゝて」別（伝宗）「いふ」青（大正・肖・陵・榊・二・三・徹一・徹二・穂・紹・幽）別（阿）「云」青（明）「いらへ」青（大・飯）河（尾・御・伏・七・平・前・大・鳳・兼・岩）別（宮・陽・国・池・保・民）。なお『大成』は「いらへ」、『玉上評釈』『新大系』も「いらへ」であるのに対して、『全書』『大系』『全集』『集成』『完訳』『新全集』は「言（い）ふ」。当該は、「いらへ」か「いふ」かの相異である。「ら（良）」と「へ（部）」が近接して書かれたときに「ふ（不）」と紛らわしい字に見えるが、逆に「ふ（不）」が「ら」＋「へ」と読まれる場合は、考え難い。本来は「いらへ」であろうとみて、校訂を控える。

カ　**それも**――「ナシ」青（穂）「これも」青（飯）河（尾・御・伏・七・平・前・大・鳳・兼）別（池・伝宗）「かれも」別

（陽）「それも又」別（国）「それもまた」別（宮）「それ」青（大）河（岩）「ゝれしも」別（民）「ゝれも」別（保）「それも」青（大正・明・肖・陵・榊・二・三・徹一・徹二・紹・幽）別（阿）。なお『大成』は「それ」、『新大系』も「それ」であるのに対して、『全書』『大系』『玉上評釈』『全集』『集成』『完訳』『新全集』は「それも」。当該は、主に「も」の有無による相異である。底本は殆ど単独異文でもあり、次に続く文が「物（もの）こりし」であるため「それもゝのこりし」の「ゝ」が脱落し「それ、ものこりし」となったと考えられ、「それも」と校訂する。

キ　給へる――「給つる」青（大）河（平）別（陽・民）「給える」河（伏）別（伝宗）「給へる」青（大正・肖・陵・榊・二・三・徹一・徹二・穂・紹・幽）河（尾・御・七・前・大・鳳・兼・岩）別（宮・阿・国・池・保）「たまへる」青（明・飯）。なお『大成』は「給つる」、『新大系』も「給つる」であるのに対して、『全書』『大系』『玉上評釈』『全集』『集成』『完訳』『新全集』は「給（たま）へる」。当該は、「つ」か「へ」かの相異である。もともとこの二字は写本では混同されやすく、どちらが先かは簡単には決めかねる。底本は殆ど単独異文でもあり、当該も「給へる」の解釈の方が穏当でもあり、「へ」を「つ」と誤ったとみて、「給へる」と校訂する。

【傍書】　1古今　さゝのはにをく初霜ノ夜をさむみしみハつくとも色にいてめや　2中将　3中将尼詞　4うき舟　5中将　6うき舟有さま　7中将尼詞　8中将詞　9少将尼心中詞

【注釈】

一　**あなうたて、こはなにぞとおぼえ給へば…この人々をわりなきまで恨み給ふ**　「あなうたて」は、人少なな時をねらってやってきた中将に、浮舟は危険を感じて、嫌だと思ったのである。「奥深く」は、いつもいる場所よりもっと奥に。浮舟は母尼の部屋の方に逃げ込んでいる。「御心ざしの程」は、中将の浮舟への御熱意。「あはれまさる折」は、こんな秋の夕べは一段と（中将のお気持ちも）しみじみと感じられる折だということ。「聞こえ給はんことも聞かせ給へ」は、中将の申し上げなさることも、あなたもお聞き下さいませ。「染みつかんことのやうに思し召したるこそ」は、話を聞くだけで深い仲になるかのようにお思いになるなんて。東屋（三九）にも「若き御どもの聞こえ給はんは、ふとしも染みつくべくもあらぬを」という弁の尼の言葉がある。しかし、それがきっかけになり、浮舟は薫と契ることになってしまった。今また少将の尼の同様な言葉を聞いて、浮舟はきまり悪く迷惑だと思うのである。

【校異】ウ参照。「おはせぬよし」は、浮舟も妹尼に同行して留守であるということ。「一所」は、浮舟が一人で残っていること。「聞きにくしともいかにとも思しことわれ」は、聞き辛いとでもどうでもいいから、聞いて判断して下さい。要するに、聞いてほしいということ。「所につけてこそ、物のあはれもまされ」は、こんな山里という場所柄によって、しみじみとした情趣も深まるものですのに。「こそ…まされ」は逆接の係り結び。「山里の…思ひこそ知れ」の歌意は、山里の秋の夜更けの情趣も、物思いをする人ならおわかりでしょうに。（あなたは分からないふりをしているのでしょう。）「こそ知れ」も逆接の係り結び。「あまり、かゝるは」は、余りにも情趣を理解しないのは尋常ではありません。「おのづから、御心も通ひぬべきを」は、お互いに物思いのある者同志、自然とお気持ちも通じ合えるでしょうに。手習（二〇）にも「物思ひ給ふらん人に、思ふことを聞こえばや」という、妹尼への中将の言葉があった。「世づかぬ」は、世間知らず。「憂きものと…人は知りけり」の歌意は、この世が辛いものだということもわからず過ごしている私を、あなたは物思う人とおわかりなのですね。「わざと答へともなき」は、ことさらに返歌をするというのでもない浮舟の歌。しかし、歌の内容は、中将の歌に対する皮肉ではある。（私ですら自分のことがよく分からないのに、あなたは私が「物思う人」であると、よくお分かりですこと。）初めて浮舟から返歌を得た中将は、ますます強引に、少将の尼に、出て来るようにお勧めせよ、など無茶な恨み言を言う始末。この強引さは妹尼の不在による気楽さから来るものである。

二　**かゝる所に眺め給ふらん…尋ねきこえ給へる」とぞ言ふ**　「かゝる所に…物懲りし給へるか」は、中将の疑問。このような山里に引き籠って物思いをしておいでの方のお気持ちはしみじみわかるように思いますし、大体のご様子も人の気持ちが分からぬはずもない方が、何も訳のわからない人よりももっとひどいお扱いをなさるなんて。（どういうことなのだろう?)もしかして、もう男は懲り懲りだというようなひどい目にお遭いになったのか。—中将はますます浮舟に関心を持つが、少将の尼は浮舟について何も知らないので余計な事は話さない。「知りきこえ給ふべき人」は、妹尼がお世話申し上げなければならない人。「初瀬に詣で合ひ給ひて、尋ねきこえ給へる」は、初瀬詣の時にお会いになってお見つけ申し上げたのです。少将の尼の説明は都合よく辻褄を合わせたものである。

二七　浮舟、大尼君たちのいびきに眠れず、わが身の非運を思う

一姫君は、[1]いとむつかしとのみ聞く老い人の辺りにうつ伏し臥して、寝も寝られず。宵惑ひは、えもいはずおどろ〳〵しきいびきしつゝ、前にも、[2]うちすがひたる尼ども二人臥して、劣らじといびき合はせたり。いと恐ろしう、今宵、この人々にや食はれなんと思ふも、惜しからぬ身なれど、例の心弱さは、[3]一つ橋危ふがりて帰り来たりけん者のやうに、わびしくおぼゆ。[4]こもき、供に率ておはしつれど、色めきて、このめづらしき男の艶だちゐたる方に帰り往にけり。今や来る、今や来ると待ち給へれど、いとはかなき頼もし人なりや。

中将、○わづらひて帰りにければ、少将尼「いと情けなく、埋もれてもおはしますかな。あたら御容貌を」などそしりて、皆一所に寝ぬ。

夜中ばかりにやなりぬらんと思ふ程に、尼君咳きおぼゝれて起きにたり。二灯影に、頭つきはいと白きに、黒き物を被きて、この君の臥し給へるを、イあやしがりて、鼬とかいふなる物がさるわざする、額に手を当てゝ、母大尼

「あやし。これは誰(たれ)ぞ」と、執念(しふね)げなる声(こゑ)にて見(み)おこせたる。さらに、たゞ今食(いまく)ひてむとするとぞおぼゆる。鬼(おに)の取(と)り持(も)て来(き)けん程(ほど)は、ウ物のおぼえざりければ、なか〳〵(中)心やすし、いかさまにせんとおぼゆるむつかしさにも、いみじきさまにて生(い)き返(かへ)り、人になりて、また(又)、ありし色々(〳〵)の憂(う)きことを思ひ乱(みだ)れ、むつかしとも恐(おそ)ろしとも、物を思(おも)ふよ、死(し)なましかば、これよりも恐(おそ)ろしげなる物の中にこそはあらましか、と思ひ(思)やらる。

三 昔よりのことを、まどろまれぬまゝに、常(つね)よりも思ひ続(思つゞ)くるに、いと心憂(う)く、親(おや)と聞(き)こえけん人の御容貌(かたち)も見たてまつらず、遥(はる)かなる東(あづま)を返(かへ)る〳〵年月を行(ゆ)きて、たまさかに尋ね寄(尋よ)りて、うれし頼(たの)もしと思ひ(思)きこえしはらからのエ御辺りも、思(おも)はずにて絶(た)え過(す)ぎ、さる方(かた)に思ひ定(思さだ)め給ひしオ人につけて、やう〳〵身の憂(う)さをも慰(なぐさ)めつべき際目(ゝはめ)に、あさましうもて損(そこ)なひたる身を思ひ(思)もてゆけば、宮を、少(すこ)しも、あはれと思(おも)ひきこえけん心ぞ、いとけしからぬ、たゞこの人の御ゆかりにさすらへぬるぞ、と思(おも)へば、5小島(こじま)の色をためしに契り給(契給)ひしを、などてをかし(お)と思ひ(思)きこえけんと、こよなく飽(あ)きにたる心地(ち)す。6はじめより、7薄(うす)きながらものどやかにもの(物)し給(給)ひし人は、この折(をり)かの折(をり)など思ひ出(い)づるぞ、こよなかりける。かくてこそありけれと聞(きゝ)きつけられたてまつらむ恥(は)づかしさは、人よりまさりぬべし。さすがに、この世には、ありし御さまを他所(よそ)ながらだにカいつかは見んずるとうち思(思)ふ、なほ(猶)、悪(わろ)の心や、かくだに思(おも)はじ、など心一(ひと)つを返(かへ)さふ。

【校異】

ア　ゐたる――「たる」別（宮・国）「給える」別（伝宗）「ゐ給える」青（穂）「い給へる」河（伏）「ゐたまへる」青（明）別（民）「ゐ給へる」青（肖・榊・二・三・徹一・徹二・飯・紹）河（尾・御・七・平・前・大・鳳・兼・岩）別（陽・阿・池・保）「ゐたる（給へる）（ヒヒ）」青（幽）「ゐたる」青（大・大正・陵）。なお『大成』は「ゐたる」、『大系』『新大系』も「居（ゐ）たる」であるのに対して、『全書』『玉上評釈』『全集』『集成』『完訳』『新全集』は「居（ゐ）給（たま）へる」。当該は、「たる」か「給へる」かの相異である。中将に対する敬語はない場合も多いのであるが、ここでは後出伝本において、敬語のないことに違和感を覚えて「給へる」を追加したと考えられる。『大正』『陵』、『幽』の元の本文などを勘案して、校訂を控える。

イ　臥し給へるを――「ふし給へる」青（大・肖）「ふし給へる○（を）」青（陵）「ふし給つるを」別（民）「ふし給えるを」青（穂）河（伏）別（伝宗）「ふしたまえるを」別（陽）「ふし給へるを」青（大正・榊・二・三・徹一・徹二・紹・幽）別（宮・阿・国・池・保）「ふしたまへるを」青（明・飯）河（尾・御・七・平・前・大・鳳・兼・岩）。なお『大成』は「ふし給へる」、『新大系』も「臥し給へる」であるのに対して、『全書』『大系』『玉上評釈』『全集』『集成』『完訳』『新全集』は「臥し給（たま）へるを」。当該は、「を」の有無による相異である。ここでは、底本と『肖』のみに「を」がない。底本は「を」を脱落させたと考えて校訂する。

ウ　物の――「物」青（明・肖・徹二・穂・飯・紹）別（阿・池）「もの」青（榊・二・三）河（尾・御・七・平・前・大・鳳・兼・岩）別（伝宗）「物も」河（伏）別（宮・国）「物の（ヒ）」青（幽）「物の」青（大・徹一）「ものゝ」青（大正・陵）別（陽・保・民）。なお『大成』は「物の」、『大系』『新大系』も「物の」であるのに対して、『全書』『玉上評釈』『全集』『集成』『完訳』『新全集』は「もの」。当該は、「の」の有無による相異である。書写の過程としては、「ものゝ」の「ゝ」が脱落して「もの」となったと考えられる。「もの」＋「おぼゆ」の用例は「もの」「も」「おぼえず」が圧倒的に多く、「もの」「おぼえず」は四例（明石・藤裏葉・総角・蜻蛉の各一例）、「ものゝおぼえざりければ」はこの一例のみである。『大正』『陵』、『幽』の元の本文も勘案し、用例は少ないが、校訂を控える。

エ　御辺りも――「御あたりをも」青（大・穂）別（民）「御あたりにも」河（兼）「御あたりも」青（大正・明・肖・陵・榊・二・三・徹一・徹二・飯・紹・幽）河（尾・御・伏・七・平・前・大・鳳・岩）別（宮・陽・阿・国・池・伝宗・保））。なお『大成』は「御あたりをも」、『新大系』も「御あたりをも」であるのに対して、『全書』『大系』『玉上評釈』『全集』『集成』『完訳』『新全集』は「御あたりも」。当該は、「をも」か「も」かの相異である。「をも」とある場合「を（遠）」と「も（毛）」が似ている場合は、どちらかが脱落する可能性もあるが、底本は、ほぼ単独異文に近いので、「御辺りも」に「を」を追加して強調表現にしたとみて、「御辺りも」と校訂する。

オ　**給ひし**――「給へりし」青（肖・榊・二・三・徹一・徹二・飯・紹）河（伏）別（宮・陽・阿・国・池・保・民）「○（給ヘリシ）」青（明）「給えりし」青（穂）別（伝宗）「たまへりし」河（尾・御・七・平・前・大・鳳・兼・岩）「給○（へり）し」青（幽）「給し」青（大・大正・陵）。なお『大成』は「給し」、『大系』『新大系』も「給ひ（給）し」であるのに対して、『全書』『玉上評釈』『全集』『集成』『完訳』『新全集』は「給（たま）へりし」。当該は、助動詞「り」の有無による相異である。「さる方に思ひ定め」は、薫が浮舟を然るべき地位の妻妾として扱うことを決める、ということであるから、浮舟が今「あさましうもて損ひたる」と回想する時点では、特に「り」は必要ないように思われる。また、「給へりし」の「へり」を脱落させて「給し」とする可能性と、「給し」を「給へりし」と読んでしまう可能性を比較すると、後者の可能性が高いと推測される。『大正』『陵』、『幽』の元の本文も勘案して校訂を控える。

カ　**いつかは**――「いかてかは」別（保・民）「いつか」青（大・徹一）別（宮・国）「いつかは」青（大正・明・肖・陵・榊・二・三・徹二・穂・飯・紹・幽）河（尾・御・伏・七・平・前・大・鳳・兼・岩）別（陽・阿・池・伝宗）。なお『大成』は「いつか」、『新大系』も「いつか」であるのに対して、『全書』『大系』『玉上評釈』『全集』『集成』『完訳』『新全集』は「いつかは」。当該は、「は」の有無による相異である。底本など「いつか」とする諸本は「いつかは」の「は」が脱落して「いつか」になったと考えられるので、底本を「いつかは」に校訂する。

【傍書】　1うき舟心中　2ヲツスカウツカウ心ナリ　3独梁（ヒトツハシ）　此事ノ○（緑）未勘得云々□　4ひめ君ノともにゐたるわらはの名也　5匂宮哥としふともかはらぬ（む）物かたち花の小嶋のさきにちきる心ハ　6是ハかほるの事也　7拾遺　夏衣うすきなからそたのまるゝ一重なからも身ニちかけれは

【注釈】

一　**姫君は、いとむつかしとのみ聞く…いとはかなき頼もし人なりや**　「むつかし」は気味悪いこと。「宵惑ひ」は、宵のうちから眠たがっていた人。「うちすがひたる」は、よく似ていること。ここでは、同じ位の歳の。「今宵、この人々にや食はれなん」は、老尼たちに馴れていない浮舟の恐怖を表す。この後にも、母尼の姿を鼬（いたち）に譬えたり、鬼のことを思い出しているので、余程怖い一晩であったのであろう。「一つ橋危ふがりて帰り来たりけん者」の「一つ橋」は、丸太が一本渡してあるだけの橋。渡りかけて途中で怖くなって戻ってしまった人のこと。『弄花抄』の師説に「身を投げんとおもひとりて行人の道に一はしの有をあやうかりて帰りしと云う事有（後略）」とある。「こもき」は、手習（一四）で、妹尼から浮舟に付くよう命じられた女童。手習（二四）で、小野に留守番を命じられている。「色めきて」は、年頃になって男性が気になって。「今や来る、今や来る」は、浮舟の心細い気持を表す。「はかなき頼もし人」は、こもきのこと。頼りない浮舟の付き人である。ここは草子地。「皆一所に寝ぬ」は、少将の尼や左衛門やこもきが、中将が帰った後、浮舟の蔭口を言いながら、浮舟を迎えにも行かず、そこでそのまま寝てしまったこと。

二　**灯影に、頭つきはいと白きに…思ひやらる**　「灯影に…食ひてむとするとぞおぼゆる」は、大尼君の姿。「灯影」といっても薄暗い中、白髪に黒っぽいものを頭からかぶり、「鼬のまかげ」（東屋三一）のような手付でこちらを見るだけでも気味悪いのに、「怪しい。誰かが居る」と疑い深そうに言われたら、浮舟でなくても取って食われるかと怖いであろう。「鬼の取り持て来けん…心やすし」は、鬼（物の怪）にさらわれて来た時は、気を失っていたからかえって気楽であった、ということ。「いかさまにせんとおぼゆるむつかしさにも」は、今、どうしようかと思われるような気味悪い目にあっているにつけても。「いみじきさま…ものを思ふよ」の「いみじきさま」は、みじめな様子。「人になりて」は、普通の人のように回復したばかりに。そのおかげで又、昔のいろいろな辛いことを思い出して心乱れ、面倒なことだとも恐ろしいことだとも物思いをするのだ。「むつかし」は中将のこと。「恐ろし」は、今見ている母尼の姿。「死なましかば、これよりも恐ろしげなる物の中にこそはあらましか」は、あの時死んでいたならば、今頃自分は地獄に墜ちて、これよりももっと恐ろしい様子の鬼たちの中にいたことだろう、と思うこと。反実仮想。浮舟は、生きても死んでも、出家する以外には自分の救われる道はないと痛感する。

三　**昔よりのことを、まどろまれぬまゝに…かくだに思はじ、など心一つを返さふ**　「昔よりのことを…常よりも思ひ続くるに」は、一人だけ眠れない浮舟が、いつにもまして、昔からのことを、次々と思い出していること。「親と聞こえけん人…かくだに思はじ」は、途切れ途切れではあるが、浮舟の回想。「親と聞こえけん人」は、八の宮のこと。浮舟は八の宮に娘と認められなかった。「遥かなる東を返る〳〵年月を行きて」は、母の夫が陸奥守の次には常陸介に任じられている（宿木四三参照）ので、浮舟も母に連れられて、遠い東国まで行ったり来たりして年月を過したこと。「たまさかに尋ね寄りて、うれし頼もしと思ひきこえしはらから」は、中の君のこと。「はらから」は、同母でなくても言う。「思はずにて絶え過ぎ」は、思いがけないことで御無沙汰のままになり。匂宮の事件（東屋二五・二六）の所為である。「さる方に思ひ定め給ひし人」は、正妻ではないにせよ、それなりに待遇しようと思って下さった人。薫のことである。「やう〳〵身の憂さをも慰めつべき際目に」は、薫のおかげで、次第に我が身の辛さも慰めることができそうな、その間際になって。薫は、女二の宮の了解を得て、浮舟を宇治から京へ迎えようとしていた。母も乳母も大喜びであった（浮舟二六・二七）。「あさましうもて損なひたる」は、あきれるような情けないことで台無しにしてしまったこと。「たゞこの人の御ゆかりにさすらへぬるぞ」は、全く、この方（匂宮）と関わりを持ったおかげで、今こんな所に流れ流れて来てしまったのだ。「小島の色をためしに契り給ひし」は、橘の小島での匂宮を指す（浮舟二〇参照）。「こよなく飽きにたる心地す」は、今思うと、この上なく熱が冷めたような気がする。「はじめより、薄きながらものどやかにものし給ひし人」は薫のこと。薫の愛情は、淡泊で穏やかであった。『完訳』は「夏衣うすきながらぞたのまるゝひとへなるしも身にちかければ」（拾遺集巻一三恋三・読人しらず）を引く。「さすがに…いつかは見んずるとうち思ふ」は、生きていると薫に知られるのは、誰に知られるよりも恥ずかしいのだが、それでも、あの、以前のお姿を、せめて他所ながらだけでもいいから、この世でいつか見ることがあるだろうか、いや、もうあるまい、と思う浮舟の薫への恋情である。「見んずる」の「むず」は、「むとす」が変化したもの。清少納言は『枕草子』に「なに事をいひても、『そのことさせんとす、いはんとす、なにとせんとす』といふ『と』文字を失ひて、たゞ『いはむずる、里へいでんずる』などいへば、やがていとわろし。まいて文に書いてはいふべきにもあらず。」(「ふと心おとりとかするものは」『新大系』一八六段)と書いている。青(大)には「むず」の用例は当該以外には夕顔巻と常夏巻各一例しかない。「いかてかよに侍らんすらん」(夕顔二五・右近の詞)は、『大成』によれば、青(大)と河(七・宮・尾・大・鳳)以外はすべて「侍らんとす覧(らん)」である。「いつか女御とのにはまいり侍らんする」(常夏一一・近江の君の詞)は、『大成』によれば、青(大・横・為・池・肖・三)と別(陽)は「侍らんする」であるが、その他は「侍らん」青(佐)別(保)「侍へからむ」河(御・宮・尾・富・平・鳳・大)別(国)となっている。当該は、影印本・複写本などで確認出来る限りで調べると、「見(み)む(ん)する」青(大・大正・明・陵・榊・徹一・穂)別(宮・池・伝宗)「見(み)ん○(とイ)する」青(三・徹二)「みむ○(と)する」青(幽)「見(み)む(ん)とする」青(肖・飯・紹)河(尾・御・伏)別(陽・保・民)となっていて、本来は「見(み)む(ん)する」であろう。これは、「むとす」と「むず」の間に、初めは微妙なニュアンスの違いがあって(後者は粗野な感じがする等)、「むず」は、浮舟の田舎育ちを表わす用法であろうが、その違いが次第に気にならなくなり、後出本文において、「と」が挿入されたもののようである。「なほ、悪の心や、かくだに思はじ」は、自分の中に薫への恋情があるのに気づいた浮舟が、それを、やはりよくない考えだ、こういうふうに思うこともしたくない、と反省する心。「心一つを返さふ」の「ふ」は反復・継続の意を表す接尾語。浮舟は、自分の心をじっと見つめ直し続ける。「昔よりのことを」以下は、一睡もできないままに浮舟が、自分の半生を初めて回想した部分。今になってみると、匂宮と薫との違いがわかるのである。

二八　僧都下山の知らせに、浮舟、出家を決意

一　からうじて鶏[1]の鳴くを聞きて、いとうれし。母の御声を聞きたらむは、ましていかならむと思ひ明かして、心地もいと悪し。供[2]にて渡るべき人もとみに来ねば、なほ臥し給へるにア、いびきの人は、いと疾く起きて、粥[3]などむつかしきことどもをもてはやして、母大尼「御前に、疾く聞こし召せ」など寄り来て言へど、まかなひもイいと心づきなく、うたて見知らぬ心地して、浮舟「なやましくなん」と、ことなしび給ふを、しひて言ふもいとこちなし。

[4]二　下衆／＼しき法師ばらなどあまた来て、下衆僧「[5]僧都、今日下りさせ給ふべし」。少将尼「[6]など、にはかには」と問ふなれば、下衆僧「[7]一品の宮の御物の怪になやませ給ひける、山の座主御修法仕まつらせ給へど、なほ僧都参らせ給はウでは験なしとて、昨日二度なん召し侍りしエ。左大臣殿の四位の少将、オ昨夜、夜更けてなん上りおはしまして、后の宮の御文など侍りければ、下りさせ給ふなり」など、いとはなやかに言ひなすカ。[8]恥づかしうとも、会ひて、尼になし給ひてよと言はん、さかしら人少なくてよき折にこそと思へば、起きて、浮舟「心地のいと悪しうのみ侍るを、僧都の下りさせ給へらんに、忌むこと受け侍らんとなむ思ひ侍るを、さやうに聞こえ給へ」と語らひ給へば、ほけ／＼しキうちうなづく。

三　例の方におはして、髪は尼君のみ梳り給ふを、異人に手触れさせせんもうたておぼゆるに、手づから、はた、えせぬ

ことなれば、たゞ少(すこ)し解(と)き下(くだ)して、親(おや)に今一度(たび)かうながらのさまを見(み)えずなりなむこそ、人遣(や)りならずいとかなしけれ。いたうわづらひしけにや、髪(かみ)も少(すこ)し落(お)ちク細りたる心地(ち)すれど、何(なに)ばかりも衰(おとろ)へず、いと多(おほ)くて、六尺ばかりなる末(すゑ)などぞ、ケいとうつくしかりける。筋(すぢ)なども、いとこまかにうつくしげなり。浮舟9「かゝれとてしも」と独(ひと)りごちゐ給へり。

【校異】

ア **給へるに**――「給つるに」青（大・徹一）「給へるを」別（保）「給へるに」青（大正・肖・陵・榊・二・三・徹二・飯・紹・幽）河（伏）別（宮・阿・国・池）「たまへるに」青（明）河（尾・御・七・平・前・大・鳳・兼・岩）別（民）「給えるに」青（穂）別（陽・伝宗）。なお『大成』は「給つるに」、『新大系』も「給つるに」であるのに対して、『全書』『大系』『玉上評釈』『全集』『集成』『完訳』『新全集』は「給（たま）へるに」。当該は、「つ」と「へ」の相異である。この二字は区別するのが難しいが、「なほ臥し」に続く文脈では「へ」が相応しいであろう。「給つるに」は二本だけでもあり、底本は「へ」を「つ」に誤ったとみて、「給へるに」と校訂する。

イ **いと**――「いとゝ」青（大）「いと」青（大正・明・肖・陵・榊・二・三・徹一・徹二・穂・飯・紹・幽）河（尾・御・伏・七・平・前・大・鳳・兼・岩）別（宮・陽・阿・国・池・伝宗・保・民）。なお『大成』は「いとゝ」、『新大系』も「いとゞ」であるのに対して、『全書』『大系』『玉上評釈』『全集』『集成』『完訳』『新全集』は「いと」。当該は、「ゝ」の有無による相異である。底本は単独異文でもあるし、直後の「心づきなく」が平仮名で書かれていた場合に「いとこゝろ」の「こ（己）」の第一画を「ゝ」と見誤る可能性もある。故に「いと」と校訂する。

ウ **参らせ**――「まいり」青（明・肖・榊・二・三・徹二・穂・飯・紹）河（尾・御・伏・七・平・前・大・鳳・兼・岩）別（宮・陽・阿・国・伝宗）「参」別（池）「まいらせ」青（大・大正・陵・徹一・幽）別（保・民）。なお『大成』は「まいらせ」、『全書』『大系』『玉上評釈』『新大系』も「参（まい）らせ」であるのに対して、『全集』『集成』『完訳』『新全集』は「参り」。当該は、尊敬の助動詞「す」の有無による相異である。僧都に仕える法師の言葉であるので、「まいらせ」の方が、尊敬の念が十分に表れていて適当か。『大正』『陵』『幽』なども勘案して、校訂を控える。

エ　**召し**――「宣旨」青（飯）河（伏）「せんし」河（尾・御・七・平・前・大・鳳・兼・岩）別（保・民）「めし」青（大・大正・明・肖・陵・榊・二・三・徹一・徹二・穂・紹・幽）別（宮・陽・阿・国・池・伝宗）。なお『大成』は「めし」、『全書』『大系』『玉上評釈』『全集』『集成』『完訳』『新大系』『新全集』もすべて「召し」。当該は、「宣旨」か「召し」かの相異である。ここは「め（免）し」の「免」を「せん」と読み誤ったもので、「めし」が正しい。故に校訂を控える。

オ　**左大臣殿**――「右大将」別（陽）「右大臣殿」青（大・榊・二・三・穂）河（尾・御・七・平・前・大・鳳・兼・岩（右イ））別（宮・阿・国）「右大臣との」青（飯）河（伏）別（池・伝宗）「右大いとの」別（保）「みきのおほゐとの」別（民）「左大臣殿」青（徹二）「左大臣殿」青（大正・肖・陵・徹一・幽）「左大臣との」青（明・紹）。なお『大成』は「右大臣殿」、『全書』『玉上評釈』『全集』『集成』『完訳』『新大系』『新全集』も「右大臣殿」であるのに対して、『大系』は「左大臣殿」。当該は、「右大臣」か「左大臣」かの相異であるが、夕霧はこの巻では「左大臣殿」と校訂する。詳しくは（竹河三二）【注釈】一を参照。

カ　**はなやかに**――「はなかやかに」青（大）「なかやかに」別（陽）「はやりかに」青（徹一）「花やかに」青（明）「はなやかに」青（大正・肖・陵・榊・二・三・徹二・穂・飯・紹・幽）河（尾・御・伏・七・平・前・大・鳳・兼・岩）別（宮・阿・国・池・伝宗・保・民）。なお『大成』は「はなやかに」、『全書』『大系』『玉上評釈』『全集』『集成』『完訳』『新大系』『新全集』も、すべて「はな（花）やかに」。底本は単独異文でもあり、誤写によるものとみて、底本を「はなやかに」と校訂する。

キ　**うちうなづく**――「うなつき給へは」別（民）「うなつく」青（肖・榊・二・三・徹一・穂・飯）河（尾・御・伏・七・平・前・大・鳳・兼・岩）別（宮・陽・国・池・伝宗）「う（ム）なつく」別（保）「うち（ヒ）う（ヒ）なつく」青（幽）「うちうなつく」青（大正・明・徹二・紹）別（阿）「打うなつく」青（大・陵）。なお『大成』は「打うなつく」、『全書』『大系』『玉上評釈』『全集』『新大系』も「打（打ち・うち）うなづ（肯）く」であるのに対して、『集成』『完訳』『新全集』は「うなづく」。当該は、「うち」の有無による相異である。「うちうなつく」の「う」の目移りのために「うち」が脱落する場合と、「うなつく」を「うちうなつく」と誤る場合とを比べれば、前者の可能性が大きいと思われるので、校訂を控える。

ク　**細りたる**――「ほそりにたれと」別（民）「ほそりにたる」青（二・三・徹一・徹二・飯・紹）河（尾・御・伏・七・平・前・大・鳳・兼・岩）別（陽・池・伝宗・保）「○（ほ）そほ（ヒ）りにたる」青（明）「ほそり○（に）たる」青（陵・榊・幽）「ほそりたる」青（大・大正・肖・穂）別（宮・阿・国）。なお『大成』は「ほそりたる」、『玉上評釈』『全集』『新大系』も「細りたる」であるのに対して、『全書』『大系』『集成』『完訳』『新全集』は「細りにたる」。当該は、完了の助動詞「ぬ」の連用形「に」の有無による相異である。「細りにたる」の「に」が脱落して「細りたる」となったか、逆に「細りたる」に完了の助動詞「ぬ」が付け加えられて「細りにたる」となったか、容易には定め難いが、「細りたる」ならば、細くなって今ある状態。「細りにたる」ならば、完了の「ぬ」によって、浮舟の髪が細くなったのは過去で、その完了した状態が今も続いていること。それ迄の経緯を含む表現なら「にたる」でもよい。ただし、浮舟は自分の髪に常に触れていた訳ではなく、いよいよ出家する事態になって、惜別の思いを込めながら髪に触れて、今実感した、ということなら「ぬ」はなくてもよい。『大正』『陵』『幽』の元の本文などを勘案して、後出伝本において、「に」を追加して「細くなってしまった」と強調する表現にしたものとみて、校訂を控える。

ケ　**いとうつくしかりける**――「ナシ」別（保）「うつくしかりけり」別（伝宗）「うつくしけなりける」別（陽）「うつくしかりける」青（明・肖・二・三・徹一・徹二・穂・飯）河（尾・御・伏・七・平・前・大・鳳・兼・岩）別（宮・国・池・民）「いとうつくしかりける」青（幽）「いとうつくしかりける」青（大・大正・陵・榊・紹）別（阿）。なお『大成』は「いとうつくしかり（ヒヒ）ける」、『全書』『大系』『玉上評釈』『全集』『新大系』も「いとうつくしかりける」であるのに対して、『集成』『完訳』『新全集』は「うつくしかりける」。当該は、「いと」の有無による相異である。この箇所の前後には「いと」が続く。前に「いと多くて」、後に「いと細かにうつくしげなり」とある。書写の際に、諸本には、「いと」が続くので脱落したかと考えられる。逆に、前後に「いと」が続くのに、ここは「いと」がないからといって、「いと」を付け加えることはないであろう。故に、当初から「いと」があったと考えて、校訂を控える。

【傍書】1行基歌　山鳥のほろ（ロ）〳〵となくこへきけはちゝかとそおもふはゝかとそおもふ　夜のあくるかうれしきヲ云　2こもきヲいふ　3粥　4山ヨリクタル法師はら也　5法師詞　6返答　7法師詞　8うき舟の心中　9たらちねハかゝれとてしもうは玉の我くろかみをなてすや有けん

【注釈】

一　**からうじて鶏の鳴くを…しひて言ふもいとこちなし**　「鶏の鳴くを聞きて」は、夜明けを告げる一番鶏の声を聞いて。浮舟は、その声から、母の声を連想する。「山鳥のほろ〳〵と鳴く声聞けば父かとぞ思ふ母かとぞ思ふ」（玉葉集巻一九釈教・行基）による。「母の御声を聞きたらむは」の「む」は仮定の用法。「ましていかならむ」は、鶏の声だけでもこんなにうれしいのに、これが母の声であったら、ましてどんなにうれしかろうという気持ち。半生を回想したところなので、切実に母を懐かしむのである。「供にて渡るべき人」は、こもき。昨夜出て行ったまま、浮舟のところに戻って来ていないのである。「いびきの人」は母尼。「むつかしき」は、（浮舟の気持としては）見たくもない。「もてはやして」は、御馳走であるかのように大騒ぎして。「まかなひ」は給仕役。老尼がするのであろう。「ことなしび給ふを、しひて言ふもいとこちなし」は、浮舟が、気に入らない気持を隠して、「気分が悪くて（食べられない）」とさりげなく断っているのに、母尼が無理に勧めるのも、気がきかない。

二　下衆〳〵しき法師ばら…ほけ〳〵しうちうなづく　「『などにはかにはか』と問ふなれば」の「なれ」は、この邸の誰か、多分少将の尼が下衆僧に尋ねる声を、浮舟が聞いていることが想定される用法。「一品の宮」は明石中宮腹の長女にあたる内親王。「山の座主」は比叡山延暦寺の天台座主。最高位である座主が修法を行ってもやはり横川の僧都でなければ験がない、というのは、横川の僧都に対して、余程、信頼が厚いということであろう。「昨日二度なん召し侍りし」は、一日に二度も使いがあること。これでは、山籠り中で容易に下山しない僧都でも、伺候しないわけには行くまい。「二度」は、あるいは、二度目、か。「左大臣殿の四位の少将」は、夕霧の子息。椎本（一）に夕霧の子息達として、右大弁、侍従宰相、権中将、頭少将、蔵人の兵衛佐などが「皆さぶら」ったとある。また宿木（一五・二一）に「頭中将」が登場する。ここは頭少将か蔵人兵衛佐かとは思われるが、誰と一致するかは確証がない。「はなやかに言ひなす」は、わざわざ高らかな声で言うこと。僧都が明石中宮に信頼されているのが、この下衆僧は得意なのである。この声は、母尼の居室にいる浮舟にも十分聞こえている。「恥づかしうとも…よき折にこそ」は、浮舟の心中。「さかしら人少なくてよき折」の「さかしら人」は、妹尼など浮舟の出家に反対しそうな人。初瀬詣で人少ななので、出家するにはいい機会だと、浮舟は気づく。「忌むこと受け」は受戒、即ち出家すること。浮舟は、その理由を「心地のいと悪しうのみ侍る」と病気の重いせいにしている。「語らひ給へば」は、母尼に浮舟が相談すること。「語らふ」は、単に「言ふ」のとは違って、じっくり相談すること。母尼は多少惚けているが、完全に惚けてしまったのではないので、うん、うん、と肯くのである。いくら惚けていても僧都の母である尼に取り次いでもらおう、というのは、浮舟の思慮深さである。自分一人だけでは、取り合ってもらえないかもしれない、と思うのである。

三　**例の方におはして…独りごちゐ給へり**　「例の方におはして」は、母尼の居室から、いつもの自分の居室に戻って。「髪は尼君のみ梳り給ふを」は、（尼君が）「御髪手づから梳り給ふ」（手習一一）とあった。「手づから…たゞ少し解き下して」の「はた、えせぬことなれば」は挿入句。長い髪なので、自分だけで梳き下すことはできないので。「解き下して」の後に、「鏡など見給」別（宮・国）、「鏡など見給こよなく衰へにたりかし」青（飯）河（尾・御・伏・七・平・前・大・鳳・兼・岩）別（保・民―けりかし）（青（幽）は「鏡など…たりかし」を挿入後すべて見セ消チ）のような異文が存在する。「解き下して」に続く文がやや整わないので、補う異文が発生したのであろう。「親に今一度…いとかなしけれ」は、出家を知らない母親の悲しみを想うと共に、美しい黒髪への愛惜の念を示す。「いと多くて、六尺ばかりなる末などぞ、いとうつくしかりける。筋なども、いとこまかにうつくしげなり」は、その髪の美しさの描写。「筋」は一本一本の毛の筋のこと。「かゝれとてしも」は、遍昭の出家の際の詠歌「たらちめはかゝれとてしもむば玉のわが黒髪をなでずやありけん」（後撰集巻一七雑三）による。「たらちめ」は母のこと。

二九　僧都来訪、浮舟、出家を懇願する

━暮れ方（くれがた）に、僧都（そうづ）ものし給へり。南面（みなみおもて）払（はら）ひしつらひて、1まろなる頭ア つき行き（ゆ）違（ちが）ひ騒（さは）ぎたるも、例に変（か）はりていと恐（おそ）ろしき心地（ち）す。2母（はゝ）の御方（かた）に参（まい）り給（給）ひて、僧都「3いかにぞ、月頃（比）は」など言（い）ふ。僧都「東（ひんがし）の御方は物詣（まう）でし給（給）ひにきと

か。[4]このおはせし人は、なほ(を)ものし給(給)ふや」など問(と)ひ給(給)ふ。母大尼「しか。[5]こゝにとまりてなん。心地(ちあ)悪しとこそものし(物)給ひ(給)て、忌(い)むこと受(う)けたてまつらんとのたま(給)ひつる」と語(かた)る。

[6]二 立(た)ちてこなたにいまして、僧都「こゝにやおはします」とて、几帳(き丁)のもとに突(つ)いゐ給へば、つゝましけれどゐざり寄(よ)りて答(いら)へし給(給)ふ。僧都「不意(ふい)にて[7]見たてまつりそめてしも、さるべき昔の契(契)りありけるにこそと思(思)ひ給へて、御祈(いの)りなどもねんごろに仕(つか)うまつりしを、法師(ほうし)は、その事となくて御文聞(ふみき)こえうけたま(給)はらむも便(びん)なければ、自然(じねん)になんおろ(を)かなるやうになり侍(侍)りぬる。いとあやしきさまに、世(よ)を背(そむ)き給へる人の御辺りに、イいかでおはしますらん」とのたま(給)ふ。浮舟[8]三「世の中(世中)に侍らじと思ひ立(思た)ち侍(侍)りし身の、いとあやしくて、今(いまゝ)まで侍るを、ウ心憂(う)しと思ひ侍るもの(思侍物)から、エよろづにものせさせ給(給)ひける御心ばへ(え)をなむ、言(い)ふかひなき心地(ち)にも思(思)ひ給へ知(し)らるゝを、なほ世(猶よ)づかずのみ、つひ(ゐ)にえとまるまじく思(思)ひ給へらるゝを、[9]尼(あま)になさせ給(給)ひてよ。世の中(世中)に侍(侍)りとも、例の人にて長(なが)らふべくも侍らぬ身になむ」と聞(き)こえ給(給)ふ。

僧都 四「[10]まだいと行(ゆ)く先遠(さきとを)げなる御程に、いかでか、ひたみちに、しかは思(おぼ)し立(た)たむ。かへりて罪(つみ)あることなり(事也)。思ひ立(思立)ちて、心を起(お)こし給ふ程(給ほど)は強(つよ)く思(おぼ)せど、年月経(ふ)れば、女の御身といふもの(物)、いとたい〴〵しきもの(物)になん」とのたまへば、浮舟[11]「幼(をさな)く侍(侍)りし程(ほど)より、物をのみ思(思)ふべきあり(有)さまにて、親(おや)など（も、『あまになしてやみまし』など(朱)）○なむ思(思)ひのたまひし。まして、少し物思ひ知りて後は、[オ]例の人ざまならで、後の世をだにと思ふ心深かりしを、[カ]亡くなるべき程のやう〳〵近くなり侍るにや、心地のいと弱くのみなり侍るを、なほ、いかで」とて、うち泣きつゝのたまふ。

【校異】

ア　**頭つき**——「かしら」別（宮・国）「かしらともの」別（保・民）「かしらつきとも」青（明・榊・二・三・徹一・徹二・穂・飯・紹）河（尾・御・伏・七・平・前・大・鳳・兼・岩）別（陽・阿・池・伝宗）「かしらつき○（とも）」青（肖）「かしらつき」青（大・大正・陵・幽）。なお『大成』は「かしらつき」、『大系』『新大系』も「頭つき」であるのに対して、『全書』『玉上評釈』『全集』『集成』『完訳』『新全集』は「頭（かしら）つきども」。当該は、「ども」の有無による相異である。「行き違ひ騒ぎたる」とあり、多くの法師たちがいることがわかるので、理詰めで言えば、複数の表現の方がよさそうである。しかし、「まろなる頭つき」で、剃髪した頭の様子を言うとき、誰もがその姿であれば、単数・複数にこだわらず、総体として表現する場合もあろう。『大』『大正』『陵』『幽』も勘案して、「とも」を追加するのは、さかしらの修正とみて、校訂を控え、「頭つき」のままとする。

イ　**御辺りに**——「御ありさまに」別（民）「御あたり」青（大・榊・二・徹一）「御あたり○（に）」青（幽）「あたりに」別（保）「御あたりに」青（大正・明・肖・陵・三・徹二・穂・飯・紹）河（尾・御・伏・七・平・前・大・鳳・兼・岩）別（宮・陽・阿・国・池・伝宗）。なお『大成』は「御あたり」、『集成』『新大系』も「御あたり」であるのに対して、『全書』『大系』『玉上評釈』『全集』『完訳』『新全集』は「御あたりに」。当該は、「に」の有無による相異である。文脈から言えば「御あたりに」とあるべきであろう。底本などの諸本は「に」が脱落したものと考え、「御辺りに」と校訂する。

ウ　**侍るを**——「侍つるを」青（大）「侍を」青（大正・明・肖・陵・穂）別（宮・阿・国・池）「侍るを」青（榊・二・三・徹一・紹・幽）河（伏）別（陽・伝宗）「はへるを」青（徹二・飯）河（尾・御・七・平・前・大・鳳・兼・岩）別（保・民）。なお『大成』は「侍つるを」、『新大系』も「侍つるを」であるのに対して、『全書』『大系』『玉上評釈』『全集』『集成』『完訳』『新全集』は「侍（はべ）るを」。当該は、完了の助動詞「つ」の連体形「つる」の有無による相異である。底本の「侍つるを」は単独異文であるが、「侍るを」が「侍（は）へるを」と書かれ、「へ」が「つ」に誤られたところから発生した異文と考えられる。故に、底本を「侍るを」と校訂する。

エ　**ものせさせ**——「ものさせせ」河（岩）「○（物イ）せさせ」青（大）「物をせさせ」別（阿）「物せさせ」青（大正・明・紹）別

（宮・国）「ものせさせ」青（肖・陵・榊・二・三・徹一・徹二・穂・飯・幽）河（尾・御・伏・七・平・前・大・鳳・兼）別（陽・池・伝宗・保・民）。なお『大成』は「せさせ」、『新大系』も「せさせ」であるのに対して、『全書』『大系』『玉上評釈』『全集』『集成』『完訳』『新全集』は「物（もの）せさせ」。当該は、「物」の有無による相異である。底本は単独異文であるが、「よろつに物イせさせ」とあり、底本の上位の写本で「物」が脱落していたことを推測させる。故に「ものせさせ」と校訂する。

オ　**物思ひ知りて**――「ものゝ心しりて」別（保）「ものゝこゝろしりて」別（民）「物おもひしり侍りて」青（明）河（尾・御・七・平・前・大・鳳・兼・岩）「ものおもひしり侍りて」青（肖）「もの思しり侍て」青（榊・二）「もの思しりはへりて」青（三）「物思しり侍て」青（徹一）河（伏）別（宮・阿・国・池・伝宗）「物おもひしりはへりて」青（徹二）「物おもひしり侍て」青（穂）「物をもひしり侍て」青（飯）「物思ひしり侍りて」青（紹）「もの思ひ知侍て」青（幽）「もの思ひしり侍りて」別（陽）「もの思しりて」青（大・大正・陵）。なお『大成』は「もの思しりて」、『大系』『新大系』も「物（もの）思ひ（思）知りて」であるのに対して、『全書』『玉上評釈』『全集』『集成』『完訳』『新全集』は「もの思ひ知り侍（はべ）りて」。「侍り」の有無による相異である。当該箇所は、浮舟が我が身をふり返って語るところであり、「侍り」の有無に拘わらず、文意は通ずる。『大正』『陵』も勘案し、本来は「もの思しりて」であったが、後出伝本において、丁寧な感じにするため、「侍り」が付け加えられたと考えて、校訂を控える。

カ　**深かりし**――「ふかくはへる」別（保）「ふかくおもふこゝろはへりし」別（民）「ふかく侍りし」青（明・肖・徹二・紹）河（尾・御・七・平・前・大・鳳・兼・岩）別（陽）「ふかく侍し」青（榊・二・徹一・穂）別（宮・阿・国・池・伝宗）「ふかくはへりし」青（三・飯）河（伏）「ふかゝりし」青（幽）「ふかゝりし」青（大・大正・陵）。なお『大成』は「ふかゝりし」、『大系』『新大系』も「深かりし」であるのに対して、『全書』『玉上評釈』『全集』『集成』『完訳』『新全集』は「深く侍（はべ）りし」。当該は、「侍り」の有無による相異である。『大正』『陵』、『幽』の元の本文を勘案し、本来の「ふかゝりし」の「ゝ」を「く」と誤読し、「侍り」があれば、浮舟の物言いが丁寧に感じられることもあって、「侍」が脱落したとみて補ったところから異文が発生したと考え、校訂を控える。

【傍書】　1円頂とハ法師をいふ　2僧都　3僧都詞　4うき舟ノ事　5大尼君詞　6僧都　7僧都詞　8うき舟返答　9尼　10僧都詞　11うき舟詞

【注釈】

一　**暮れ方に、僧都ものし給へり…のたまひつる」と語る**　「暮れ方に」は、僧都が横川から下山する途中で小野に寄ったことを示す。「うち休みて内裏には参らんと思ひ侍るを」（手習三〇）とある。「南面払ひしつらひて」は、中将が訪れた時も「南面に呼び据ゑ」（同一五）た、とある。ここも同じ南面を片付けて、僧都の一行を迎えたのである。「まろなる頭つき…いと恐ろしき心地す」は、いつも女ばかりの住まいに、しかも妹尼たちの留守中に、剃髪した僧侶たちの姿が見えるのが、浮舟には恐ろしく思われたのである。「恐ろしき心地」というからには、同じ屋根の下で、母屋と南廂という位置関係か。「東の御方」は妹尼のこと。母尼は西側に住んでいる。

ところで、尼たちの、住居に関わる記述をまとめると、

①（一二）「水の音もなごやか」「木立おもしろく、前栽もをかしく」「門田」「山に片かけたる家」「松蔭しげく」

②（一五）南面に中将を通し、妹尼は障子口に几帳を立てて対面。

③（一六）中将は、廊の端を入る時に簾の隙から浮舟の後ろ姿を見る。

④（二六）中将の来訪に、浮舟は奥深く「かりそめにもさし覗き給はぬ老い人の御方」に入ってしまう。

⑤（二七）老尼たちの部屋で、浮舟は独り眠れず。

⑥（二八）「供にて渡るべき人もとみに来ねば、なほ臥し給へる」。僧都の下山することを聞く。母尼に出家の件を僧都に話すよう依頼。「例の方」に戻る。

⑦（二九）僧都の一行を南面に迎える。浮舟は「いと恐ろしき心地す」。「東の御方」は妹尼のこと。

⑧（三〇）少将の尼は「下」にいる。

のようになる。①住居は、山の斜面に一部が掛かっていて西、或いは南が舞台造りになっているので、平坦な敷地はそんなに広くはない。谷川の流れの音が聞こえ、門田があり、松林もあるが、それは周囲の様子であり、庭は、木立、

前栽の趣味はよいが、池があるほど広くはない。全体として山荘の雰囲気。⑦妹尼は東側に、母尼は西側に、と住み分けている。②⑦から、客がある時は、妹尼と浮舟が住んでいる所の南面に迎える。来客用の使っていない建物があるのではない。⑦で、浮舟は、同じ建物の南面に僧侶が何人かいるのを「恐ろしき心地」と感じている。⑥で、少将の尼と下衆の僧の会話の声を、浮舟は母尼の部屋にいて、聞いている。⑦から、少将の尼は「東側」に居る。浮舟は「西側」に居る。声が聞こえるので、「東側」と「西側」は、別の建物ではなく、仕切って分けてあるだけであることがわかる。だから④で浮舟は仕切りの奥の老尼たちの部屋に逃げ込めたのだが、⑥にあるように、供のこもきがいないと勝手がわからない。⑤で、母尼や他の尼達の鼾がやかましい様子から、西側の部屋は、そんなに広くはないようである。③⑧から、妹尼の住む東側から他の建物に渡る廊があって、他にも使用人用の建物とか、雑舎があったことがわかる。要するに、小野の尼たちの住まいは、寝殿一棟を中心にして、その他に付属的建物があり、寝殿の東側と西側を仕切って妹尼と母尼が住み分けていたようである。「このおはせし人」は浮舟のこと。

二　**立ちてこなたにいまして…いかでおはしますらん」とのたまふ**　「こなた」は、浮舟の視点。「几帳のもとに突いゐ給へば」は、僧都の、浮舟と親しく話そうとする態度。「つゝましけれどゐざり寄りて答へし給ふ」は、浮舟の、僧都に出家のことを自ら依頼しようという決意を示す態度。「不意にて…昔の契りありけるにこそ」は、僧都が母尼から浮舟に出家の意志があることを聞いた上での発言。思いがけないことで初めて出会ったことからして、この人との深い縁があったのだと考えて、丁寧に話しかけている。「法師は…おろかなるやうになり侍りぬる」は、法師というものは、女人に対しては、用事がなくては手紙のやり取りも不都合なものですから、自然とご無沙汰してしまいました、とこれも丁寧な挨拶。そう言えば、僧都は前にも「女の筋につけて、まだそしり取らず、過つことなし」（手習八）と言ったことがある。「いとあやしきさまに…いかでおはしますらん」の「いとあやしきさまに」は、諸注の多くが「世を背き給へる」を修飾するとして、母尼の見苦しく惚けた様を言う、とするが、「とても不似合いと思われますのに」と訳して、「いかでおはしますらん」へと続くとする、『集成』の解に従いたい。僧都は「私にはとても不思議に思われるのですが、世捨人でいらっしゃる尼たちのお側で、どうしてお過ごしでいらっしゃるのでしょうか」と、浮舟に尋ねる。僧都は、浮舟が話を切り出しやすくするために尋ねているのであり、それは、出家を志す人に対する配慮を示す態度である。

三　**「世の中に侍らじと思ひ立ち侍りし身の…長らふべくも侍らぬ身になむ」と聞こえ給ふ**　「世の中に侍らじと思ひ立ち侍りし身」は、この世に生きていたくないと決心致しました私。「いとあやしくて…心憂しと思ひ侍るものから」は、まことに不思議なりゆきで、今迄生きておりますことを、情けなく思っておりますものの。「よろづにものせさせ…思ひ給へ知らるゝを」は、万事お世話下さいました御厚情を、ふがいない私も思い知っておりますが。「なほ世づかずのみ…思ひ給へらるゝを」は、やはり私は俗人として生きていけないと思うことばかりで、どうせ生きてはいけないと思われますので。浮舟は、一度は死のうと思った身が、不本意にも助けられ、そのことに感謝はするものの、どうしても普通の人としては生きられないと、切々と訴える。「尼になさせ給ひてよ」の一言を言うために、浮舟は筋道立てて懸命に話すのである。「世の中に侍りとも…身になむ」は、このまま俗世間におりましても、普通の女として生きて行けるとは思えない身の上です。—これは駄目押し。

四　**まだいと行く先遠げなる御程に…うち泣きつゝのたまふ**　「行く先遠げなる御程」は、将来が長いお年頃。「ひたみちに」は一途に。「かへりて罪あることなり」は、早まった出家は、かえって罪になることです。その理由は以下に語られる。発心なさる時は強い気持ちでも、年月が経つと、女の御身というものは、なかなか不都合なものでして。長い間には過ちを犯すかもしれない。出家したことを後悔するかもしれない。それではかえって出家しないより罪が深いというものである。浮舟の訴えを聞いても、僧都は非常に慎重である。浮舟が若くて美しいから将来を危ぶむのである。ただでさえ、女は修行するのに五障―煩悩・業・生・法・所知―があるという。しかし、浮舟は必死である。この機会を逸しては、もう次の機会はないかもしれない。「幼く侍りし程より…思ひのたまひし」は、幼い時から物思いばかりしなければいけない有様で、母などは「尼にしてみようかしら」とおっしゃったものでした。「まして、少し物思ひ知りて後は…深かりしを」は、まして少し物心ついてからは、俗人の生活を捨てて、せめて来世だけでも安らかに、と本気で思っておりました。「亡くなるべき程の…いと弱くのみなり侍るを」は、死期が次第に迫ってきたのか、気が弱くなるばかりですので。これは、もう筋道だった話ではなく、なりふり構わぬ哀訴である。そして、「なほ、いかで」―やはり、何とかして出家させて下さい―と泣く。

三〇　浮舟、ついに出家する

[1]あやしく、かゝる容貌ありさまを、などて身を厭はしく思ひはじめ給ひけん、物の怪も、さこそ言ふなりしかと思ひ合はするに、[ア]さるやうこそあらめ、今までも生きたるべき人かは、悪しき物の見つけそめたるに、いと恐ろしく危ふきことなりと思して、僧都「とまれかくまれ、思し立ちてのたまふを、三宝のいとかしこくほめ給ふことなり、法師にて聞こえ返すべきことにあらず。御忌むことは、いとやすく授けたてまつるべきを、[イ]急なることにてまかん出たれば。今宵、かの宮に参るべく侍り。明日よりや御修法はじまるべく侍らん。七日はてゝまかでむに仕まつらむ」とのたまへば、[2]かの尼君おはしなば、必ず言ひ妨げてんといとくちをしくて、浮舟「乱り心地の悪しかりし程に[ウ]似

たるやうにて、いと苦(くる)しう侍れば、重(をも)くならば、忌(い)むことかひなくや侍らん。なほ(猶)、今日(けふ)はうれしき折(おり)とこそ思ひ侍エれ」とて、いみじう泣(な)き給へば、聖(ひじり)[3]心にいと〳〵ほ(お)しく思(思)ひて、僧都「夜(よ)や更(ふ)け侍(侍)りぬらん。山より下(お)り侍(侍)ること、昔はことゝもおぼえ給へざりしを、オ年のおうるまゝには堪(た)へがたく侍(侍)りければ、うち休(やす)みて内裏(うち)には参(まい)らんと思(思)ひ侍(侍)るを、しか思(おぼ)し急(いそ)ぐことなれば、今日(けふ)仕うまつりてん」とのたまふ(給)に、いとうれしくなりぬ。[4]

二 [5]鋏(はさみ)取りて、櫛(くし)の箱(はこ)の蓋(ふた)さし出(い)でたれば、僧都「いづら、[6]大徳(とこ)たち。こゝに」と呼(よ)ぶ。はじめ見つけたてまつりし、[7]二人(ふたり)ながら、供(とも)にありければ、呼(よ)び入(い)れて、僧都「御髪下(ぐしお)ろしたてまつれ」[8]と言(い)ふ。げに、いみじかりし人の御あり(有)さまなれば、うつし人にては、世(よ)におはせんもうたてこそあらめと、この阿闍梨(あざり)もことわりに思(思)ふに、几帳(き丁)の帷子(かたびら)の綻(ほころ)びより、御髪(かみ)を掻(か)き出(い)だし給ひ(給)つるが、いとあたらしくをかしげなるになむ、しばし鋏(はさみ)を持(も)てやすらひける。

三 かゝる程(ほど)、少将の尼(あま)は、兄人(せうと)の阿闍梨(あざり)の来(き)たるに会(あ)ひて、下(しも)にゐたり。左衛門(さゑもん)は、この私(わたくし)の知(し)りたる人にあひ(い)しらふとて、かゝる所につけては、カ皆(みな)、とり〳〵に、心寄(よ)せの人々(ゝ)、めづらしうて出(い)で来(き)たるにはかなきこと(事)しける、見入(みい)れなどしける程(ほど)に、こもき、一人(独)して、かゝることなんと、少将の尼(あま)に告(つ)げたりければ、惑(まど)ひて来(き)て見(み)るに、わ[9]が御上(うへ)の衣(きぬ)、袈裟(けさ)などを、ことさらばかり(許)とて着(き)せたてまつりて、僧都「親(おや)の御方拝(かたおが)[10]みたてまつり給へ」と言(い)ふに、いづ方(かた)とも知(し)らぬ程(ほど)なむ、え忍(しの)びあへ給はで泣(な)き給ひ(給)にける。少将尼[11]「あなあさましや。など、かくあふなきわざはせさせ給ふ。上、キ帰りおはしましては、いかなることをのたまはせむ」と言へど、かばかりにしそめつるを、言ひ乱るものしと思ひて、僧都諫め給へば、寄りてもえ妨げず。四「流転三界中」など言ふにも、12断ちはてゝしものをと思ひ出づるも、さすがなりけり。御髪も削ぎわづらひて、僧都「のどやかに、尼君たちして直させ給へ」と言ふ。額は、僧都ぞ13削ぎ給ふ。僧都「かゝる御容貌やつし給ひて、悔い給ふな」など、14尊きことゞも説き聞かせ給ふ。と15みにせさすべくもあらず、ク皆言ひ知らせ給へることを、うれしくもしつるかなと、これのみぞ、ケ生けるしるしありておぼえ給ひける。

五皆人々出でしづまりぬ。夜の風の音に、16この人々は、少将尼達「心細き御住まひも、しばしのことぞ。今いとめでたくなり給ひなんと頼みきこえつる御身を、かくしなさせ給ひて、残り多かる御世の末を、いかにせさせ給はんとするぞ。○衰へたる人だに、今は限りと思ひはてられて、いとかなしきわざに侍る」と言ひ知らすれど、17なほ、たゞ今は、心やすくうれし、世に経べきものとは思ひかけずなりぬるこそは、いとめでたきことなれと、胸の開きたコる心地ぞし給ひける。

【校異】

ア　**こそ**——「こそは」青（大・榊）別（宮・陽・保・民）「こそ」青（大正・明・肖・陵・二・三・徹一・徹二・穂・飯・紹・幽）河（尾・御・伏・七・平・前・大・鳳・兼・岩）別（阿・国・池・伝宗）。なお『大成』は「こそは」、『全書』『玉上評釈』『新大系』も「こそは」であるのに対して、『大系』『全集』『集成』『完訳』『新全集』は「こそ」。当該は、「は」の有無による相異である。「こそは」は青表紙諸本の中では二本だけであり、これは、「さるやうこそあらめ」という係り結びの文に、特に取り上げて強調する「は」を安易に補った本文であると考えられる。逆に「こそは」の「は」が脱落した場合も考えられるが、諸本の分布を勘案し、「は」が後から追加された可能性の方が大きいとみて、底本を「こそ」と校訂する。

イ　**ことにて**――「せんしにて」青（飯）河（御・伏・七・平・前・大・鳳・兼・岩）別（阿・保・民）「せむしにて」河（尾）「ことに」青（大）別（陽・池）「事に」別（伝宗）「ことにて[せんし御本イ]」青（幽）「ことにて」青（大正・明・肖・陵・穂）別（国）「事にて」青（榊・二・三・徹一・徹二・紹）別（宮）。なお『大成』は「ことに」、『玉上評釈』『新大系』も「事（こと）に」であるのに対して、『全書』『大系』『全集』『集成』『完訳』『新全集』は「事（こと）にて」。当該は、「て」の有無による相異である。底本は青表紙諸本の中で単独異文であり、文脈から見ても「ことにて」とあるべきところである。底本は「て」が脱落したと考えられ、「ことにて」に校訂する。

ウ　**似たる**――「ナシ」河（伏）別（陽）「みたる」青（大）河（七）「なりにたる」青（大正・明・陵・徹二）「し[なり]たる」河（兼）「したる」青（肖・三・紹）河（御・前・鳳・岩）別（阿・民）「ゝ[ヒし]たる」青（幽）「くたる」青（榊）「にたる」青（二・徹一・穂・飯）別（宮）「（に）ゝたる」河（尾・平・大）別（国・池・伝宗・保）。なお『大成』は「みたる」、『全集』『完訳』『新大系』『新全集』も「乱る」であるのに対して、『全書』は「したる」、『大系』は「なりにたる」、『玉上評釈』『集成』は「似たる」。当該は、「みたる」「したる」「くたる」「にたる」の相異である。直前の「ほとに」に続く「ゝ（に）たる」が本来の形であろう。「ゝ」が、意味がよく分からず、「み（三）」「し（之）」「く（久）」などの異文が発生したと思われる。故に、底本の「みたる」は「ゝたる」（似たる）と校訂する。

エ　**侍れ**――「給へれ」青（榊・飯）別（陽・阿）「給つれ」河（伏）別（伝宗）「たまひつれ」別（池）「たまふつれ」「侍[給へつ][ヒ]」河（大）「たまへつれ」青（明・三・徹二）別（保）「給へつれ」青（肖・二・穂・紹）河（尾・御・七・平・前・鳳・兼・岩）「侍れ」青（幽）「たまふれ」別（民）「侍つれ」青（徹一）別（宮・国）「侍れ」青（大・大正・陵）。なお『大成』は「侍れ」、『大系』『新大系』も「侍れ」であるのに対して、『全書』『玉上評釈』『全集』『集成』『完訳』『新全集』は「給（たま）へつれ」。当該は、「給ふ（四段活用）」か「給ふ（下二段活用）」か「侍り」かの相異、完了の助動詞「つ」の有無による相異である。ここは「今日はうれしき折とこそ思ひ□」という文であり、□は尊敬ではあり得ない。本来は「侍れ」であったものを、「給れ」と書き誤り、下二段活用の「給ふれ」か、「給へ」＋「つれ」（完了）かで意味が矛盾しないようにしたものか。「侍」と「給」はどちらも頻出する語であり、無意識に誤つ例もないことはない。なお、「侍れ」か「侍つれ」で言えば、「今日は」に続く語であるから、「侍れ」がよい。故に校訂を控える。

オ　**おぼえ給へざりし**――　「思侍らさりし」別（陽）「おほえはへらさりし」別（民）「思給えれさりし」別（伝宗）「思給へれさりし」別（阿）「思給へられさりし」青（榊・二・穂）河（七・岩）別（池）「思ふ給へられさりし」青（三）河（尾・御・平・前・大・鳳）「おもふ給へられさりし」青（徹二・飯）河（伏）「おもふたまひはへられさりし」青（明）「思ふたまへられ侍らさりし」河（兼）「おほえ給へられさりし」青（紹）「おもふたまへさりし」青（大・大正・陵・徹一）「おもふ給へさりし」別（宮・国）「おもふたまへさりし」別（保）。なお『大成』は「おほえ給はさりし」、『新大系』も「おぼえ給はざりし」であるのに対して、『全書』『玉上評釈』『全集』『集成』『完訳』『新全集』は「思（思う・思ひ）給（たま）へられざりし」。『大系』は「思（おぼ）え給へざりし」（校訂本文）である。当該は、「給はざりし」か「給へられざりし」かの相異である。しかし、僧都が自分のことを語るのであるから「給はざりし」は誤りである。『大正』『陵』『徹一』、『幽』の元の本文は「おぼえ給はざりし」であるが、これは、「おぼえ給（へ）ざりし」を「給（は）」と誤った可能性が高く、本来は「おぼえ給へざりし」ではなかったかと考え、底本を『大系』と同じく、「おぼえ給へざりし」と校訂する。

カ　**つけては**――　「とりては」青（大）「つけては」青（大正・明・肖・陵・榊・二・三・徹一・徹二・穂・飯・紹・幽）河（尾・御・伏・七・平・前・大・鳳・兼・岩）別（宮・陽・阿・国・池・伝宗・保・民）。なお『大成』は「とりては」、『新大系』も「とりては」であるのに対して、『全書』『大系』『玉上評釈』『全集』『集成』『完訳』『新全集』は「つけては」。底本は単独異文であり、「つけては」と校訂する。

キ　**帰りおはしましては**――　「かへらせ給て」別（阿）「かへりおはしては」青（大・大正・陵・徹一・幽）別（民）「かへりおはしまして」別（陽・池・伝宗）「かへりをはしまして」別（保）「かへりおはしましては」青（明・肖・徹二・穂・飯・紹）河（尾・御・七・平・前・大・鳳・兼・岩）別（宮・国）「かへりをはしましては」青（榊・二・三）河（伏）。なお『大成』は「かへりおはしては」、『大系』『新大系』も「帰（かへ）りおはしては（ば）」であるのに対して、『全書』『玉上評釈』『全集』『集成』『完訳』『新全集』は「帰りおはしましては」。当該は、「おはす」か「おはします」かの相異である。「おはしましては」の「し」の目移りで「まし」が脱落したかと考えて、「帰りおはしましては」に校訂する。

ク　**べくもあらず**――　「へくもなく」青（肖・榊・二・三・徹二・穂）別（阿）「○（へくも）なく」青（明）「○（へくもなく）」青（紹）「へくもあらぬことを」別（陽）「へくもあらさりつる」別（保）「へくもあらす（なく）」青（幽）「へくもあらす」青（大・大正・陵・徹一・飯）河（尾・御・伏・七・平・前・大・鳳・兼・岩）別（宮・国・池・伝宗・民）。なお『大成』は「へくもあらす」、『大系』『玉上評釈』『新大系』も「べくもあらず」であるのに対して、『全書』『全集』『集成』『完訳』『新全集』は「べくもなく」。当該は、「あらず」か「なく」かの相異である。意味は変わらないので、青（大正・陵）、青（幽）の元の本文などを勘案して、校訂を控える。

ケ　**生けるしるしありて**――「ほとけはしるしありて」別（保・民）「ほとけはいけるしるしありと」別（陽）「ほとけはいけるしるしありて」河（尾・御）「仏はいけるしるしありて」河（伏・七・平・前・鳳・兼・岩）別（宮・国）「仏もいけるしるしありて」別（池・伝宗）「○（仏はイ）いけるしるしありて」青（徹二）「仏はいけるしるしありてと」青（大）「ほとけはいけるしるしありとて」青（飯）「仏はいひけるしるしありて」河（大）「いけるほとけはしるしありて」青（大正・陵）「いける仏はしるしありて」青（明・紹）「いける仏はしるし有て」青（徹一）「いけるほとけはしるしありて」青（幽）「いけるしるしありて」青（肖・榊・二・三・穂）「いけるしるし有て」別（阿）。なお『大成』は「仏はいけるしるしありてと」、『新大系』も「仏は生けるしるしありてと」、『大系』『玉上評釈』も「仏は、い（生）けるしるしありて」であるのに対して、『全書』『全集』『集成』『完訳』『新全集』は「生ける験（しるし）ありて」。当該は、主に「仏は」の有無と、「と」「とて」の有無による相異である。青表紙諸本では、「仏は」の位置が「いける」の上であったり、下であったり、不安定である。これは、傍注が本行に紛れ込んだことによる異文であろう。本来は「いけるしるしありて」であったが、傍注が本行に紛れ込んだことにより、難解になった。そのため、『保』『民』は、「いける」を脱落させることになった。上記のような過程を考え、また、格助詞の「と」「とて」は、青（大正・陵・幽）その他の諸本を勘案して、当初はなかったと考えて、底本の「仏はいけるしるしありてと」を「いけるしるしありて」と校訂する。

コ　**心地ぞ**――「心ち」青（肖・榊・二・三・穂・紹）別（阿・国）「心地」別（宮・保）「心ちそ」青（大・大正・陵・徹一・徹二・幽）河（御・伏・七・平・前・大・鳳・兼・岩）別（陽・池・伝宗・民）「心地そ」青（飯）河（尾）「こゝちそ」青（明）。なお『大成』は「心ちそ」、『大系』『玉上評釈』『新大系』も「心（こゝ）地（ち）ぞ」であるのに対して、『全書』『全集』『集成』『完訳』『新全集』は「心地（ここち）」。当該は、「ぞ」の有無による相異である。下に「し給ひける」と続くので、係助詞の「ぞ」があるのが普通であり、「ぞ」が脱落して「心地」という異文が発生したと考えられる。『大正』『陵』『幽』なども勘案して、校訂を控える。

【傍書】　1僧都心中詞　2うき舟心中詞　3僧都心中詞　4うき舟　5鏰　6僧都召也　7宇治にての事　8僧都詞　9僧都の10出家作法有之　11少将尼　12恩愛の道ヲいへり心詞あわれニおかしく侍り　13戒師の作法也　14三帰五戒十戒なとさつくるも

のなり　15うき舟心中　16少将尼なと姫君ニ申詞也　17うき舟心中

【注釈】

一　あやしく、かゝる容貌ありさまを…とのたまふに、いとうれしくなりぬ　「あやしく…言ふなりしか」は、僧都の心に浮かぶ疑問。「かゝる容貌ありさま」は、浮舟の美しさを言う。「物の怪も、さこそ言ふなりしか」は手習（八）参照。「この人は心と世を恨み給ひて、我いかで死なんといふことを、夜昼のたまひし」と調伏された物の怪が語ったことを指す。「さるやうこそあらめ、…危ふきことなり」は、僧都の判断。「さるやうこそあらめ」は、浮舟を見つけた時から、今に至るまでの経過を考えて、僧都が、この人と自分の間には仏に導かれた縁があると考えるようになること。「今までも生きたるべき人かは」は、今迄も、仏の御加護がなければ生きることのできなかった人である、ということ。「悪しき物の見つけそめたるに、いと恐ろしく危ふきことなり」は、一旦物の怪にとりつかれた人であるから、仏の御加護を受けずに中途半端な状態で置くのは危険である、ということ。「とまれかくまれ…聞こえ返すべきことにあらず」は、僧都の承諾の返事。「思し立ちて」は浮舟が出家を決意されて。「三宝」は、仏・法・僧のことであるが、ここでは仏のこと。「法師にて聞こえ返すべきことにあらず」は、私は法師という立場であるから、出家したいという人に対して反対すべきではない。出家者としての自覚を鮮やかに示す言葉である。「かの宮」は一品の宮のこと。「七日はてゝまかでむに仕まつらむ」の「七日」は、日本における仏教では一区切りにあたる日数。参籠する際にも七日とか三七日とかの期限を切った。現代でも、死後、忌明けまでには、初七日、二七日、三七日…七七日というように七日ごとに法事を行っている。僧都は、一品の宮のために七日間の修法を行う予定なので、「七日はてゝ」と言うのである。「かの尼君おはしなば、必ず言ひ妨げてん」は、七日後では、初瀬詣の妹尼が帰ってきたならば、必ず出家を妨げるであろうの意。浮舟にとっては、今しか機会はない。「乱り心地の悪しかりし程」は、具合が悪かった時。「似たるやうにて」は、見付けられて後の生死をさまよっていた時と似たような具合だ、ということ。「似たる」は【校異】ウ参照。「重くならば、忌むことかひなくや侍らん」は、重態になったとき、出家すれば、その功徳で延命出来ると考えられていたので、浮舟は前にも五戒だけは受けているが（手習一〇参照）、これ以上重態になれば、出家してもその効験もなく、命を失うことになるでしょう、の意。「今日はうれしき折とこそ思ひ侍れ」は、出家を許していただいて、今日は本当にうれしい日だと思いましたのに、その願いが叶わないなんて…。七日後では、今以上に重態になって、出家もできなくなります。「こそ…侍れ」は逆接の係り結び。浮舟は必死に僧都に迫る。浮舟は、さまざまな手段で自己の意志を通すすべをいつの間にか身につけている。「聖心」は、常識人ではなく徳の高い僧侶の気持ちとして。「夜や更け侍りぬらん」は、このままこうしていては夜も更けてしまうでしょう。九月、暮れ方に到着した僧都は、今日中に参内する積りであるので、時間がない。僧都は浮舟の様子を見て、今、出家させようと決意する。「山より下り侍ること…堪へがたく侍りければ」は、横川から小野へ下山するのは、急坂で（手習六参照）年をとるにつれて堪えられなくなった、というのである。「年のおうるまゝに」の「おうる」は、「ふる」青（徹一・飯）河（尾・御・伏・七・平・前・大・鳳・兼・岩）「おうふる」青（陵）「をふる」青（榊）別（国・保・民）「おふる」青（明・肖・三・徹二・穂・紹・幽）別（宮・陽・阿）「おうる」青（大・大正・二）別（池・伝宗）のような異文がある。『大成』は「おうる」、『新大系』も「生うる」であるのに対して、『全書』は「経る」、『大系』『玉上評釈』は「老ゆる」、『全集』『集成』『完訳』『新全集』は「おふる」と活字本も異同が多い。意味は「老ゆる」であろうが、そのように記されている本文はない。ヤ行の活用がア行又はハ行と混用されたものと考え、校訂を控える。「うち休みて内裏には参らんと思ひ侍るを」は、疲れたので一休みしてから参内しようと思っていたが、それを止めて今出家させよう、というのである。

二　**鋏取りて、櫛の箱の蓋さし出でたれば…しばし鋏を持てやすらひける**　「櫛の箱の蓋」は、切った髪を入れるために出した。「いづら」は呼びかけの語。「さぁ」とか「おい」にあたる。「はじめ見つけたてまつりし、二人ながら」は、手習（二）参照。僧都は浮舟に縁のある二人の僧を選んだ。「いみじかりし人の御ありさまなれば」の「いみじかりし」は「（人の）御ありさま」を修飾する。二人の大徳たちは、あの時の浮舟の、大変だった異様な御様子を知っているので。「うつし人」は俗人のこと。「この阿闍梨」は、二人の大徳の一人。鋏を持って髪を下ろそうとする僧。「几帳の帷子の綻びより、…いとあたらしくをかしげなるに」の「綻び」は帷子の隙間。僧都と浮舟は几帳を隔てて対面している。浮舟の姿は直接見えないが、それだけに、手で束ねて掻き出された髪の豊かさ・美しさが圧倒的に強調される。阿闍梨も鋏を持ったまま、しばし躊躇するのである。

三　**かゝる程、少将の尼は…僧都諫め給へば、寄りてもえ妨げず**　「かゝる程」は、こうしている間。この大事なときに、少将の尼や左衛門はどうしていたか。「下にゐたり」は、別棟の雑舎にいたか、或いは離れた所にある自分の局にいた。「私の知りたる人」は個人的な知り合い。「かゝる所につけては」は、こんな寂しい山里なりに。「はかなきこと」は、ちょっとした食事、もてなし、など。「見入れなどしける程に」は、気をつけていたりしたところで。客の応対にかまけていたのである。「こもき」は浮舟付きの女童。「かゝることなん」は、浮舟が出家しようとしていること。「わが御上の衣、袈裟など」は、僧都自身の表衣、袈裟など。「ことさらばかり」は、形式だけを整えて。正式な準備がしてないので、僧都は自分の衣、袈裟を代用して浮舟に着けさせる。「親の御方拝みたてまつり給へ」について。『法苑珠林』第二二・剃髪部第三（『大正新修大蔵経』五十三巻所収）によれば、「拝辞父母尊親等」とある。「いづ方とも知らぬ」は、母親の住む方向が分からないこと。だから、浮舟は我慢できずに泣く。「あふなきわざ」は、軽率なこと。「あふなし」の表記については、手習（二）参照。少将の尼にすれば、次文に「上、帰りおはしましては、いかなることをのたまはせむ」とあるように、妹尼にどんなことを言われるか、自分の監督責任を追及されるのがおそろしくて、浮舟の行動を責めるのである。「かばかりにしそめつるを、言ひ乱るものし」は、僧都の心中。ここまで儀式を始めてしまったのに、あれこれ言って邪魔をするのはよろしくない。

四　**「流転三界中」など言ふにも…生けるしるしありておぼえ給ひける**　「流転三界中」は、前掲の『法苑珠林』に、「流転三界中、恩愛不レ能レ脱、棄レ恩入ニ無為一、真実報恩者」とある。第二句は『法苑珠林』では「恩愛不能脱」であるが、「恩愛不能断」の方が一般的か。「三界」は仏教の世界観。衆生が生まれて死に輪廻する領域としての俗界・色界・無色界の三つの世界。「恩愛」は父母・妻子などへの恩愛の情。「無為」は、悟りの世界、真理。「断ちはてゝしものを」は浮舟の孤絶した心中。私は、出家する前からすでに恩愛の情は断ち切ってしまったのに、の意。「さすがなりけり」は、もう恩愛の情は断ち切ってしまったつもりの浮舟なのに、さすがに思い出すと悲しいのであった。「御髪も削ぎわづらひて」は、浮舟の髪の豊かさを示す。「額は、僧都ぞ削ぎ給ふ」の「額」は額髪。仕上げは僧都が行う。「尊きことゞも」は、出家者の心構え。「とみにせさすべくもあらず、皆言ひ知らせ給へることを、うれしくもしつるかな」は、浮舟の心中。すぐには出家できそうもないと、皆が言い聞かせなさったことを、嬉しいことに、私は出家したのだ。「これのみぞ、生けるしるしありて」は、浮舟には今迄生きていてよかったと思うようなことは何もなかったが、この出家だけは、生きていたかいがあったと思うのである。

五　**皆人々出でしづまりぬ…心地ぞし給ひける**　「皆人々出でしづまりぬ」は、僧都の一行が出かけて静かになったこと。「夜の風の音に」は、静かになった所へ松を吹く風の音が一層寂しさを感じさせること。「今いとめでたくなり給ひなん」は、今にとてもお幸せにおなりになるだろう、と尼たちが浮舟に期待していたこと。その結果、私たちも昔のように賑やかに暮らせるだろう、とも期待していたのに。「かくしなさせ給ひて」は、こんな尼姿にご自分からおなりなさって。「残り多かる御世の末を、いかにせさせ給はんとするぞ」は、あなたは若いから、まだ先の長いご生涯をどうやってお過ごしになるおつもりか。「おひ（老い）衰へたる人だに、今は限りと思ひはてられて、いとかなしきわざに侍る」は、自分たちのような年寄りでさえ、出家する時には、もうこれで俗人の暮らしは最後だと悲しく思ったものです。「たゞ今は」は、出家直後の今のところは、という微妙な表現。今後どうなるかは分からないが、という含みのある表現。「世に経べきものとは思ひかけずなりぬる」は、俗世間に俗人として生きなければならない、とは思わなくてもよくなったこと。「胸の開きたる心地」は、心が明るくなったこと。とりあえず、俗人としての重圧はなくなったのである。

三一　浮舟は手習に心を託す。中将と贈答

一つとめては、さすがに人の許（ゆる）さぬことなれば、変（か）はりたらむさま見えんもいと恥（は）づかしく、髪（かみ）の裾（すそ）のにはかにおぼ[1]とれたるやうに、しどけなくさへ削（そ）がれたるを、むつかしきことゞも言（い）はで繕（つくろ）はん人もがなと、何事につけてもつゝましくて、[2]くらうしなしておはす。○思ふ事を人に言（い）ひ続（つゞ）けん言（こと）の葉（はゝ）は、もとよりだにはかぐしからぬ身を、まいて、なつかしうことわ（は）るべき人さへなければ、たゞ硯（すゞり）に向（む）かひて、思ひ余（思あま）る[ア]折には、手習（てならひ）をのみたけきことゝ[イ]は書きつけ給（給）ふ。

[3]二　浮舟「亡（な）きものに身をも人をも思（思）ひつゝ捨（捨）てゝし世をぞさらに捨（す）てつる

今は、かくて限（かぎ）りつるぞかし」

と書きても、なほ、みづから、いとあはれと見給ふ。

4 限りぞと思ひなりにし世の中を返す〳〵も背きぬるかな

同じ筋のことをとかく書きすさびゐ給へるに、中将の御文あり。三 もの騒がしうあきれたる心地しあへる程にて、かゝることなど言ひてけり。いとあへなしと思ひて、かゝる心の深くありける人なりけれは、はかなき答へをもしそめじと思ひ離るゝなりけり、さてもあへなきわざかな、いとをかしく見えし髪の程を、確かに見せよと、一夜も語らひしかば、さるべからむ折にと言ひしものを、と、いとくちをしうて、立ち返り、中将「聞こえん方なきは、

5四 岸遠く漕ぎ離るらむあま舟にのり後れじと急がるゝかな」

6 例ならず取りて見給ふ。もののあはれなる折に、今は、と思ふもあはれなるものから、いかゞ思さるらん、いとはかなき物の端に、

浮舟 7五 心こそ憂き世の岸を離るれど行くへも知らぬあまの浮き木を

と、例の手習にし給へるを、包みて奉る。浮舟「書き写してだにこそ」とのたまへど、少将尼「なか〳〵書き損なひ侍りなん」とて遣りつ。8 めづらしきにも、言ふ方なくかなしうなむおぼえける。

【校異】

ア **折には**――「をり〳〵は」別（保・民）「折は」青（明）別（阿）「おりは」青（肖・三・徹二・飯・紹）河（尾・御・七・

平・前・大・鳳・兼・岩）別（陽・国）「をりは」青（榊・二・穂）河（伏）別（宮・池・伝宗）「おりには」青（幽）「おりには」青（大・大正・陵・徹一）。なお『大成』は「おりには」、『大系』『玉上評釈』『新大系』も「折（おり・をり）には」であるのに対して、『全書』『全集』『集成』『完訳』『新全集』は「折（をり）は」。「に」の有無による相異である。当該箇所は「折には」の「に」が脱落して、「折は」という異文が発生したと考え、校訂を控える。

イ　ゝは――「に」別（民）「には」別（陽）「にて」青（肖・榊・二・三・徹一・徹二・穂・飯・紹）河（尾・御・伏・七・平・前・大・鳳・兼・岩）別（宮・阿・国・池・伝宗・保）「ゝは」青（幽）「ゝは」青（大・明・陵）「とは」青（大正）。なお『大成』は「ゝは」、『大系』『新大系』も「とは」であるのに対して、『全書』『玉上評釈』『全集』『集成』『完訳』『新全集』は「にて」。当該は、「とは」と「にて」との相異である。「たけきことゝは」と書くときに、「ゝは（盤）」は「[illegible]」→「にて」と誤りやすい。逆に「に（尓）て（天）」は「は（盤）」と誤る可能性はあるが、「と（ゝ）は」にはならない。「たけきことゝは」から「たけきことにて」という異文が発生したと考えられるので、校訂を控える。

【傍書】　1乱体　2おくふかくして人にみえぬ心なり　3うき舟　4同　5中将　6うき舟　7浮舟　8中将

【注釈】

一　**つとめては、さすがに人の許さぬことなれば…書きつけ給ふ**　「つとめて」は、浮舟が出家を遂げた翌朝。「人の許さぬこと」は、妹尼や少将の尼をはじめ、周囲の人々が出家を許していないことをいう。「変はりたらむ」の「む」は推量。浮舟自身は出家した姿を鏡に映して見てはいないのである。「おぼとれ」は、大島本では「おほどれ」と「と」に朱の濁点を付しているが、「おほどれ」では意味をなさない。ここは「おほと（蓬）る」とし、切りそろえた髪の裾が腰のあたりで乱れ広がっているさまと解する。清濁については、『観智院本名義抄』「蓬頭」の項に「オボトレガシラ」とあるのに拠った。「しどけなくさへ削がれたる」は、剃髪した際、僧都が「御髪も削ぎわづらひ」て、「のどやかに、尼君たちして直させ給へ」と言った（手習三〇）ことをふまえている。だから、乱れ広がっている上に不揃いに削がれている髪を「むつかしきことゞも言はで繕はん人もがな」と思っているのである。「思ふ事を人に言ひ続けん言の葉は、もとよりだにはか〴〵しからぬ身」とは、浮舟の、元来寡黙で心の内に思うことをすらすらと人に話せない性格のことで、「おいらかにあまりおほどき過ぎたる」（東屋四一）「もとよりおれ〳〵しき人の心にて、えさかしくしひてものたまはず」（手習一〇）などと語られていることと照応する。まして母や乳母など、近くに心許せる人もいない今は、ひたすら手習に思いを託して過ごすのである。「手習」については、（手習一三）【注釈】一参照。

二　**亡きものに身をも人をも思ひつゝ…書きすさびゐ給へるに**　「亡きものに身をも人をも思ひつゝ…」の歌の、「身」は浮舟自身を、「人」は薫・匂宮・母など、浮舟にとって身近な人を指す。歌意は、自分自身も身近な人をも亡きものと思い、この世への執着をすべて断ち切って身を投げたこの身が、出家してさらにこの世を捨てたことよ。「かくて限りつる」は、「出家」という形で自分の人生にけりをつけたこと。浮舟の心情は、次の「限りぞと」の歌に続いていく。「同じ筋のこと」は、二首の歌が、どちらも出家して俗世を捨ててしまった浮舟の深い感慨であることを示している。これらの歌が手習歌であることから、浮舟は歌を詠むことによって、已れと已れの人生を見つめ直し、心の整理をつけて行ったと考えられる。

三　**もの騒がしうあきれたる心地しあへる程にて…さるべからむ折にと言ひしものを**　「もの騒がしうあきれたる心地しあへる程にて、かゝることなど言ひてけり」は、浮舟剃髪の騒動で女房たちの気も動転している時だったため、中将に、返事ではなく、浮舟が出家してしまったことを伝えたのである。「いとあへなし」は、浮舟の出家に落胆した中将の心情。「かゝる心」は、浮舟の出家願望。「いとをかしく見えし髪の程を、確かに見せよと、一夜も語らひしかば、さるべからむ折にと言ひしものを」は、一昨日訪れた際、中将が少将の尼に浮舟の部屋への手引を頼み、尼もこれを承知していたらしいことを示すが、本文には記されていない。

四　**岸遠く漕ぎ離るらむ…今は、と思ふもあはれなるものから**　「岸遠く…急がるゝかな」の歌意は、尼となって今は俗世間から遠く離れてお行きになるであろうあなたに、私も遅れを取らないようにと急がれることです。「岸」「漕ぎ離る」「あま（海人）」「舟」「のり（乗り）」が縁語。「あま」に「尼」を、「のり」に「法」を掛ける。浮舟同様、自分も出家を志している意である。中将は、「山籠りもうらやましう」（手習一五）、「山住みもし侍らまほしき心ありながら」（同二〇）など、以前にも出家の希望を述べているが、妹尼に「山籠りの御うらやみは、なか〳〵、いまやうだちたる御物まねびになむ」（同一五）と指摘されるように、当時流行の物言い程度のことであり、浮舟に好かれんがためのものでもあった。「例ならず取りて見給ふ」は、出家した安堵感から、浮舟が初めて中将の文を手に取ったことを表す。「もののあはれなる折」は、ようやく出家の思いを遂げた、という心の高ぶりを覚えている折から。「今は、と思ふもあはれなるものから」は浮舟の心情。出家した今となっては、男女の色恋のこともう終わったことなのだ、と思うにつけて感慨深いものの。

五　**心こそ憂き世の…言ふ方なくかなしうなむおぼえける**　「心こそ」の歌は、「憂き」に「浮き」を、「あま（海人）」に「尼」を掛ける。「憂（浮）き」「岸」「あま（海人）」「浮き木」は縁語。「浮き木」は、ここでは槎（いかだ）の意。「行くへも知らぬあまの浮き木」は、将来に対する不安を表す。「うき木に乗りてわれ帰るらん」（松風八【注釈】四）参照。念願の出家は遂げたものの、浮舟の思いは定まらず、行く末への不安に揺れる心を「浮き木」によそえて詠んだもの。「例の手習にし給へる」は、浮舟がいつものように手習に書きつけたもの。それを少将の尼が中将への返歌として送ったのである。「書き写してだにこそ」は、自分の筆跡を見られたくない浮舟が、少将の尼に、せめてあなたが書き写してお渡しなさい、と言ったもの。「めづらしきにも、…かなしうなむおぼえける」は、この文を受け取った中将の心情。

三二　尼君、悲嘆の中に浮舟の法衣を調える

一物詣(まう)での人帰(かへ)1り給(給)ひて、思(思さは)ひ騒ぎ給(給)ふこと限(かぎ)りなし。妹尼「かゝる身にては、勧(すゝ)めきこえんこそはと思(思)ひなし侍れど、残(のこ)り多(おほ)かる御身を、いかで経(へたま)給はむとすらむ。おのれ(を)は、世(よ)に侍らんこと、今日明日(けふあす)とも知(し)り難(がた)きに、いかで後(うし)ろやすく見おきたてまつらむアと、よろづに思(思)ひ給へてこそ、仏にも祈(祈)りきこえつれ」と、臥(ふ)しまろびつゝ、いといみじげに思(思)ひ給へるに、二2まことの親(おや)の、やがて骸(から)もなきもの(物)と思ひ惑(思まど)ひ給(給)ひけん程(ほど)イ推しはからるゝぞ、まづいとかなしかりける。例の、答(いら)へもせで背(そむ)きゐ給へるさま、いと若(わか)くうつくしげなれば、いともの(物)はかなくぞおはしける御心なれと、泣(な)く〳〵御衣(ぞ)のことなど急(いそ)ぎ給(給)ふ。3鈍色(にび)は手馴(てな)れにしことなれば、小袿(こうちき)、袈裟(けさ)などしたり。ある人々(ゝ)も、かゝる色を縫(ぬ)ひ着(き)せたてまつるにつけても、妹尼「いとおぼえず、うれしき山里の光(ひかり)と、明(あ)け暮(く)れ見たてまつりつるもの(物)を、くちを(口お)しきわざかな」と、あたらしがりつゝ、僧都を恨(うら)みそしりけり。

【校異】

ア　**見おきたてまつらむ**――「見たてまつらむ」青（大）「みたてまつらん」別（陽）「みたてまつりをくこともかな」別（保）「みたてまつりおくわさもかな」別（民）「見をきたてまつらん」青（大正・陵・紹）河（御・七・平・前・大・鳳・兼・岩）別（宮）「見をきたてまつらむ」青（三・徹一・飯）「みをきたてまつらん」青（肖・榊・二・穂）河（尾・伏）「みおきたてまつらん」別（国）「見おきたてまつらん」別（池・伝宗）「みを○(き)奉らん」青（明）「見をき奉らん」青（徹二）別（阿）「見をき奉らむ」青（幽）。なお『大成』は「みたてまつらむ」、『新大系』も「見たてまつらむ」であるのに対して、『全書』『大系』『玉上評釈』『全集』『集成』『完訳』『新全集』は「見置（お）きたてまつらむ（ん）」。当該は、「見」か「見おき」かの相異である。

『大』は青表紙本、河内本を通じて単独異文であり、「おき」が脱落して「見たてまつらむ」になったと考えられる。故に、底本を「見おきたてまつらむ」と校訂する。

イ　**推しはからるゝ**――「おしはかる」青（大正・肖・陵・榊・二・穂・幽）別（池・伝宗）「をしはかる」青（明・三・徹一・徹二・紹）河（鳳）別（宮・阿・国・保・民）「をしはか○(ら)る○(る)」河（尾）「おしはからるゝ」青（大・飯）河（伏・七・平・前・大・兼・岩）「をしはからるゝ」河（御）別（陽）。なお『大成』は「おしはからるゝ」、『玉上評釈』『新大系』も「お（推）しはからるゝ」であるのに対して、『全書』『大系』『全集』『集成』『完訳』『新全集』は「推（お）し量（はか）る」。当該は、自発の助動詞「る」の有無による相異である。青（大）で「おしはかる」に自発の助動詞「る」が付く用例は九五例の中で二七例あり、「おしはかる」は用例が少ない訳ではない。「おしはからるゝ」から「ら」と「る」が脱落して「おしはかる」が派生したものと考え、校訂を控える。

【傍書】　1尼君　2うき舟心中　3尼の衣服の事

【注釈】

一　**物詣での人帰り給ひて…祈りきこえつれ」と、臥しまろびつゝ**　「物詣での人」は妹尼。「かゝる身にては、勧めきこえんこそは」は、出家者の妹尼の立場としては、浮舟に出家をお勧め申し上げるのが当然である、ということ。「残り多かる御身」は、わが身（妹尼）に比べて生い先長い浮舟の御身の上。「いかで後ろやすく見おきたてまつらむ」は、妹尼の何とか中将と娶せて浮舟の行く末を安堵したいという気持ち。「仏にも祈りきこえつれ」から、初瀬に参詣した目的の一つもそのことであったことがわかる。「臥しまろびつゝ」は、悲嘆にくれて取り乱すさまを表す常套表現。「源宰相、驚きて泣き惑ひ、臥しまろびたまへどかひなし」（『うつほ物語』「菊の宴」）「ここちせむかた知らず苦しきままに、臥しまろびぞ泣かるる」（『蜻蛉日記』中巻）、「宮は臥しまろび給へど、かひなし」（夕霧二〇）、「いといみじくゆゝしと臥しまろぶ」（蜻蛉四）など。

二　**まことの親の、やがて骸もなきものと…明け暮れ見たてまつりつるものを**　「まことの親の、やがて骸もなきものと…いとかなしかりける」は、妹尼が浮舟の出家を知って嘆き悲しみ取り乱している様子を見るにつけ、実の母は、自分の亡骸も見つからないことをさぞ嘆き悲しんでおられることだろうと、妹尼の嘆きを通して実母の悲嘆するさまを想像するのである。「答へもせで背きゐ給へるさま」は、妹尼の気持ちは十分わかっているのに、その期待に応えることなく出家し、返答のしようもない浮舟が、背を向けたまま黙って座っている様子。「鈍色」は、尼僧の着る濃いねずみ色の法衣。【傍書】3および若紫（二八）【注釈】一六参照。「山里」は、妹尼たちの暮らす小野をさす。「うれしき山里の光と、明け暮れ見たてまつりつる」は、亡き娘の許に中将が来訪していたことを、妹尼が「山里の光になほ待ちきこえさすることの、うち忘れずやみ侍らぬ」（手習一五）と語って、訪れを期待していたのと同じ表現。

三三　僧都、一品の宮の御なやみにより、中宮に参上

一 一品の宮の御なやみ、げに、かの弟子の言ひしもしるく、いちじるきことゞもありて、怠らせ給ひにければ、いよ／＼いと尊きものに言ひのゝしる。名残も恐ろしとて、御修法延べさせ給へば、とみにもえ帰り入らで候ひ給ふに、雨など降りてしめやかなる夜、召して、夜居に候はせ給ふ。二 日頃いたう候ひ困じたる人は皆休みなどして、御前に人少なにて、近く起きたる人少なき折に、1 同じ御帳におはしまして、中宮「昔より頼ま[ヒ]せ給ふ中にも、この度なん、いよ／＼、後の世もかくこそはと頼もしきことまさりぬる」などのたまはす。僧都「2 世の中に久しう侍るまじきさまに、仏なども教へ給へることゞも侍る内に、3 今年来年過ぐし難きやうになむ[ア]侍りければ、仏を紛れなく念じ勤め侍らんとて、深く籠り侍るを、かゝる仰せ言にてまかり出で侍りにし」など啓し給ふ。

【校異】

ア　**侍りければ**――「侍れは」青（大）「侍けれは」青（大正・肖・陵・榊・二・徹一・穂・幽）河（伏）別（宮・陽・阿・国・民）「侍りけれは」青（明・飯・紹）河（尾・御・七・平・前・大・鳳・兼・岩）別（伝宗）「はへりけれは」青（三・徹二）別（池・保）。なお『大成』は「侍れは」、『新大系』も「侍れば」であるのに対して、『全書』『大系』『玉上評釈』『全集』『集成』『完訳』『新全集』は「侍（はべ）りければ」。『大』は単独異文なので、「侍けれは」の「け」が脱落したと考えて、底本を「侍りければ」と校訂する。

【傍書】　1明―大宮も女一　2僧都詞　3今年 来年

【注釈】

一　**一品の宮の御なやみ…召して、夜居に候はせ給ふ**　「一品の宮」は、今上帝の女一の宮。明石中宮腹。「かの弟子の言ひし」は、「山の座主御修法仕まつらせ給へど、なほ僧都参らせ給はでは験なし」（手習二八）と述べたことをふまえる。「召して」の主語は、明石中宮。そのまま女一の宮のための夜居の僧として伺候させるのである。

二　**日頃いたう候ひ困じたる人は…まかり出で侍りにし」など啓し給ふ**　「日頃いたう候ひ困じたる人」は、女一の宮の病のため、数日間看病を続けて疲れきった女房たち。「同じ御帳におはしまし」たのは、娘の様子を見に来た明石中宮。「頼ませ給ふ」の「せ給ふ」は二重敬語であるため、主語は帝。中宮が、昔から帝が僧都のことを信頼していらっしゃる、というのである。「後の世もかくこそは」は、来世もこのように極楽往生へと導いて下さる、の意。「世の中に久しう侍るまじきさまに、仏なども教へ給へることども侍る内に」は、僧都の寿命もそう長くないことを、仏などがお示しになっていることが幾たびかあった、さらにその上に。「今年来年過ぐし難きやうになむ侍りければ」は、それに加えて、そのような内容の夢告などがあったか。「かゝる仰せ言」は、手習（二八）において、明石中宮から加持祈禱を要請する文が届けられたことが記されている。「啓し」は、皇后、皇太子などに言上すること。ここは、僧都の明石中宮に対する敬意を表す。

三四　僧都、中宮の御前で浮舟について語る。中宮・小宰相、浮舟でないかと疑う

一御物の怪の執念きことを、さま〴〵に名のるが恐ろしきことなどのたまふついでに、僧都[1]「いとあやしう、希有のことをなん見給へし。この三月に、歳老いて侍る母の、願ありて、初瀬に詣でゝ侍りし帰さの中宿りに、宇治の院といひ侍る所にまかり宿りしを、かくのごと、人住まで年経ぬる大きなる所は、よからぬ物必ず通ひ住みて、重き病者のため悪しきことどもやと思ひ給へしもしるく」とて、かの見つけたりしことゞもを語り聞こえ給ふ。中宮[2]「げに、いとめづらかなることかな」とて、近く候ふ人々皆寝入りたるを、恐ろしく思されて、驚かさせ給ふ。二大将の語らひ給ふ宰相の君しも、このことを聞きけり。驚かさせ給ふ人々は、何とも聞かず。僧都、怖ぢさせ給へる御気色を、心もなきこと啓してけりと思ひて、くはしくも、その程のことをば言ひさしつ。僧都「その女人、この度まかり出で侍りつる便りに、小野に侍りつる尼どもあひ訪ひ侍らんとてまかり寄りたりしに、泣く〳〵、出家の心ざし深きよし、ねんごろに語らひ侍りしかば、頭下ろし侍りにき。三なにがしが妹、故衛門督の妻に侍りし尼なん、失せにし女子の代はりにと思ひ喜び侍りて、[3]四随分にいたはりかしづき侍りけるを、かくなりにたれば、恨み侍るなり。げにぞ、容貌はいとうるはしくけうらにて、行ひやつれんもいとほしげになむ侍りし。何人にか侍りけん」と、物よ

く言(い)ふ僧都(そうづ)にて、語(かた)り続(つゞ)けまうし(申)給へば、小宰相「五カ4いかでさる所に、よき人をしも取(と)り持(も)て行(い)きけん。さりとも、今は知(し)られぬらむ」など、この宰相(さい)の君ぞ問(と)ふ。僧都「5知(し)らず。六さもや語(かた)らひ侍らん。キまことにやむごとなき人ならば、何(なに)か、隠(かく)れも侍らじをや。田舎(ゐ中)人の娘(むすめ)も、さるさましたるこそ○は(朱)侍らめ。6龍(りう)の中より仏生(む)まれ給はずはこそ侍らめ、たゞ人にては、いと罪軽(つみかろ)きさまの人になん侍り(給)ける」など聞(き)こえ給(給)ふ。

七その頃(ころ)、7かのわたりに消(き)え失(う)せにけむ人を思(おぼ)し出(い)づ。8この御前(おまへ)なる人も、姉君(あねの君)の伝(つた)へに、あやしくて失(う)せたる人とは聞(き、を)きおきたれば、それにやあらんとは思ひ(思)けれど、定めなきことなり(也)、僧都(そうづ)も、僧都「クかゝる人世にあるもの(物)とも知(し)られじと、よくもあらぬ9敵(かたき)だちたる人もあるやうにおもむけて、隠(かく)し忍(しの)び侍る(侍)を、事(こと)のさまのあやしければ、啓(けい)し侍なり」と、なま隠(かく)す気色(けしき)なれば、人にも語(かた)らず。宮は、中宮「それにもこそあれ。大将に聞(き)かせばや」と、この(此)人にそのたまは(給)すれど、いづ方(かた)にも隠(かく)すべきことを、定(さだ)めてさならむとも知(し)らずながら、恥(は)づかしげなる人に、うち出(い)でのたまは(給)せむもつゝましく思(おぼ)して、やみにけり。

【校異】

ア　**ことを**――「ことなと」別（保）「を」別（民）「こと」青（大正・明・肖・飯）河（尾・御・伏・七・平・前・大・鳳・兼・岩）別（国・伝宗）「事」青（陵・榊・二・三・徹二・穂・紹）別（宮・陽・阿・池）「事を」青（幽）「ことを」青（大・徹一）。なお『大成』は「ことを」、『新大系』も「ことを」であるのに対して、『全書』『大系』『玉上評釈』『全集』『集成』『完訳』『新全集』は「事（こと）」。当該は、「を」の有無による相異である。文脈としては、「御物の気の執念きことを(ヒ)」…「のたまふ」であり、その例として、「さま〳〵に名告るが恐ろしきことなど」、を挙げている、と解釈できる。「執念きこと」と「恐ろしき

「こと」とが同列に並んでいるのではない。以上を勘案して校訂を控える。

イ　**ことどもや**――「事とも」青（大）「事とや」河（兼）「事もや」青（穂）別（池）「こともや」別（陽・伝宗）「こともやはへらむ」別（保）「こともや侍らん」別（民）「ことゝもゝや」河（尾・御・七・平・前・岩）別（宮）「こととももや」別（国）「ことゝもや」青（大正・飯）河（伏・大・鳳）「こととももや」青（明）「事ともや」青（肖・陵・榊・二・三・徹一・徹二・紹・幽）別（阿）。なお『大成』は「事とも」、『新大系』も「事ども」であるのに対して、『全書』『大系』『玉上評釈』『全集』『集成』『完訳』『新全集』は「事（こと）どもや」。当該は、おもに「や」の有無による相異である。『大』は単独異文であり、「や」が脱落したと考えて、「ことどもや」と校訂する。

ウ　**驚かさせ給ふ**――「おとろかせたまひける」河（兼）「驚かせ給ける」別（池）「おとろかせ給ける」別（伝宗）「おとろかさせ給つる」河（伏）「おとろかさせ給へる」別（民）「をとろかさせ給へる」別（保）「おとろかさせ給ひける」青（紹）「おとろかさせたまひける」青（明・三）河（御・七・平・前・大・鳳・岩）「おとろかさせ給ける」青（肖・徹一・徹二・飯）河（尾）別（宮・陽・国）「をとろかさせ給ける」青（榊・二）「おとろかさせ給○[ひける]」青（幽）「おとろかさせ給」青（大・大正・陵）別（阿）「をとろかさせ給」青（穂）。なお『大成』は「おとろかさせ給」、『大系』『新大系』も「驚（おどろ）かさせ給（給ふ）」であるのに対して、『全書』『玉上評釈』『全集』『集成』『完訳』『新全集』は「おどろかさせ給（たま）ひける」。当該は、おもに「けり」の有無による相異である。どちらでも意味は通ずるが、『大正』『陵』、『幽』の元の本文などを勘案し、校訂を控える。

エ　**心ざし**――「ほい」青（明・肖・榊・二・三・徹一・徹二・穂・飯・紹）河（尾・御・伏・七・平・前・大・鳳・兼・岩）別（宮・陽・阿・国・池・保・民）「ほひ」別（伝宗）「心さし[ほい イ御本]」青（幽）「心さし」青（大・大正・陵）。なお『大成』は「心さし」、『大系』『新大系』も「心ざし」であるのに対して、『全書』『玉上評釈』『全集』『集成』『完訳』『新全集』は「本意（ほい）」。「心ざし」か「本意」かの相異である。大島本の用例を調べると、「出家の心ざし」は当該例の他に橋姫巻（七）に一例（阿闍梨の言葉）、「出家のほい」の用例は見当たらない。僧都の言葉としては、「出家の心ざし」という語は、やや固いが、適切であろう。「ほい」という語は、出家以外のことにも日常的に用いられる語なので、後出伝本において注記が混入したか、平易に書き替えられたかして発生した異文と考えられる。『大正』『陵』、『幽』の元の本文なども勘案し、校訂を控える。

オ　**なりにたれば**――「なりたれは」青（大・穂・幽）別（陽・民）「なりにたれは」青（大正・肖・陵・榊・二・三・徹二・飯・紹）河（尾・御・伏・七・平・前・大・鳳・兼・岩）別（宮・阿・国・池・伝宗・保）「成にたれは」青（明・徹一）。なお『大成』は「なりたれは」、『全集』『新大系』も「なりたれば」であるのに対して、『全書』『大系』『玉上評釈』『集成』『完訳』

『新全集』は「なりにたれば」。当該は、完了の助動詞「ぬ」の連用形「に」の有無による相異である。浮舟を出家させてしまったことを妹尼が恨んでいることを語る文脈なので、「に」のある表現が相応しい。底本は「に」が脱落したものと考えて、「なりにたれば」と校訂する。

カ　**いかで**――「いかてか」青（明・榊・二・三・徹一・徹二・紹）河（兼）別（阿）「いかて○(か)」青（陵・幽）「○(いかて)」青（飯）「いかて」青（大・大正・肖・穂）河（尾・御・伏・七・平・前・大・鳳・岩）別（宮・陽・国・池・伝宗・保・民）。なお『大成』は「いかて」、『全書』『玉上評釈』『全集』『新大系』も「いかで」であるのに対して、『大系』『集成』『完訳』『新全集』は「いかでか」。当該は、係助詞「か」の有無による相異である。ここは、僧都の話に、小宰相の君が疑問を示すところであり、反語ではない。「いかでか」とする諸本は、安易に「か」を付け加えたと考えられる。『大正』、『陵』『幽』の元の本文なども勘案し、校訂を控える。

キ　**侍らん**――「給らん」青（大）「あらむ」別（池）「あらん」別（伝宗）「侍りけん」別（陽）「はへるらん」青（飯）別（民）「侍らむ」青（大正・徹一・幽）「侍らん（覧）」青（明・肖・陵・榊・二・穂・紹）河（尾・伏・七・平・前・大・鳳・兼・岩）別（宮・阿・国）「はへらむ」青（三）別（保）「はへらん」青（徹二）「はへ覧」河（御）。なお『大成』は「給らん」、『新大系』も「給らん」であるのに対して、『全書』『大系』『玉上評釈』『全集』『集成』『完訳』『新全集』は「侍（はべ）らむ（ん）」。当該は、「給らん」か「侍らん」かの相異である。この一連の会話で、僧都は、浮舟に対して、「侍り」を用いているが、「給ふ」は用いていない。浮舟を「やんごとなき人」と考えていないからである。手習（一六）【校異】ウでも触れたように、「給」と「侍」は、意識せずに書き誤ることがあるし、或いは、ここでは底本の筆写者が、浮舟に対して、無意識に尊敬語を用いたかもしれない。底本は単独異文でもあり、「給らん」を「侍らん」と校訂する。

ク　**かゝる人**――「かの人」青（肖・榊・二・三・徹一・飯）河（尾・御・伏・七・平・前・大・鳳・兼・岩）別（宮・陽・阿・国・池・保・民）「かのひと」青（穂）「彼人」青（徹二）「かの○(人)」青（紹）別（伝宗）「かゝる(かの)人」青（幽）「かゝる人」青（大・大正・明・陵）。なお『大成』は「かゝる人」、『新大系』も「かゝる人」であるのに対して、『全書』『大系』『玉上評釈』『全集』『集成』『完訳』『新全集』は「かの人」。当該は、「かゝる」か「かの」かの相異である。「かゝる人世にあるものとも知られじと」と「かの人、世にあるものとも知られじと…隠し忍び侍るを」とを比較すると、前者は「こんな人がこの世に生きていると知られたくない、と」（述語は「ある」）、後者は「その人は、この世に生きていると知られたくないと…（自分の存在を）ひた隠しにしておりますが」（述語は「隠し忍び侍る」）の違いはあるが、どちらでも解釈可能ではある。『大正』『陵』、『幽』の元の本文などを勘案して、校訂を控える。

【傍書】 1僧都詞　2人々の在さま　3随分　4宰相君詞　5僧都詞　6龍女成仏事也　7宇治の事　8宰相君ヲ云　9かたきのやうなる人也

【注釈】

一　**御物の怪の執念きことを…かの見つけたりしことゞもを語り聞こえ給ふ**　女一の宮に取り憑いた物の怪の執念深さについて語ったことをきっかけに、「いとあやしう」以降、僧都の口から「かの見つけたりしことゞも」、すなわち浮舟発見の経緯が語られていく。「希有」の語は物語中本例のみ。ほかにも「病者」「女人」「随分」等の漢語を多用し、「かくのごと」のような漢文訓読調の表現を用いた、法師らしい語り口となっている（手習七【注釈】二参照）。「よからぬ物」は、狐、木霊、鬼など、人に取り憑いたりして害をなすもの。浮舟発見の際、お供の僧の一人が述べた「いたうわづらひ給ふ人の御辺りに、よからぬものを取り入れて、穢らひ、必ず出で来なんとす」という言葉（手習三）に照応する。「重き病者」は、僧都の母尼を指す。「しるく」は、「あらかじめ言った事や思った事の通りの結果がはっきりあらわれる」（『日国大』）こと。思った通り。

二　**大将の語らひ給ふ宰相の君しも…その程のことをば言ひさしつ**　「大将の語らひ給ふ」は、薫が通い所としている意。「宰相の君」は、蜻蛉（二三）に「大将殿の、からうじていと忍びて語らはせ給ふ小宰相の君といふ人」とあり、「小宰相の君」の呼称で初めて登場する。女一の宮に仕える女房の一人で、美しい容貌と心配りの行き届いた人であることが語られている。「しも」の語は強意。ちょうど、よりによって、の意を含ませ、この後、浮舟生存の話がこの女房から薫に伝えられることを読者に予想させる。「何とも聞かず」は、特段の興味を示さないこと。「くはしくも」は「言ひさしつ」にかかる。僧都は、中宮が恐ろしがっていらっしゃるのを拝見し、詳しい話を途中で止めてしまったのである。「その程のこと」は、浮舟を発見した当時のこと。

三　**なにがしが妹、故衛門督の妻に侍りし尼なん…かくなりにたれば、恨み侍るなり**　「衛門督」は、衛門府の長官で、従四位下相当。初出に「娘の尼君は、上達部の北の方にてありける」（手習一二）とあるが、従四位下は上達部には当たらない。衛門督は「中納言、参議で兼任することが多い」（『日国大』）ことから、ここも中納言あるいは参議を兼ねていたか。「随分」は、「分限に応じていること。身分相応なこと」（『日国大』）。「かくなりにたれば」は、出家してしまったことをさす。「恨み侍るなり」は、妹尼が浮舟を出家させてしまった僧都を恨んでいること。前に「僧都を恨みそしりけり」（手習三二）とあるため、妹尼らが僧都を恨んでいることは事実であるが、僧都は浮舟を出家させてから妹尼らに会っておらず、直接恨みごとを言われたわけではない。「なり」は伝聞で、「恨んでおりますらしい」くらいの意か。僧都は使いの者から妹尼のことを聞いたと思われる。

四　**行ひやつれんもいとほしげになむ…物よく言ふ僧都にて**　「行ひやつれ」は、仏道修行のため、若い女らしくもない鈍色の衣を着て身をやつす意。「物よく言ふ」は、思わず聞き入ってしまうほど話し上手であることをいう。

五　**いかでさる所に、よき人をしも…侍りける」など聞こえ給ふ**　前に僧都が「何人にか侍りけん」と、素性がわからないことを述べているにもかかわらず、小宰相の君は「よき人（身分のある人）」という語を使い、「今は知られぬらむ」と探りを入れている。小宰相の君は、初登場の時点で「かくもの思したるも見知りければ」（蜻蛉二三）とあるように浮舟失踪のことを既に知っており、この女性こそが浮舟ではないかと疑い始めているのである。

六　**さもや語らひ侍らん。まことに…侍りける」など聞こえ給ふ**　「語らふ」は、「心に思っていることを、口に出して相手に伝える」（『日国大』）意。「さもや語らひ侍らん」は、今頃はすでに妹尼に素性を打ち明けているかも知れないということ。「まことにやむごとなき人ならば、何か、隠れも侍らじをや」は、「本当にあなたの言うように身分高い人であれば、どうして素性を隠したままでいられましょう、いずれ明らかになるでしょう」の意。「さるさま」は、先に浮舟を「容貌はいとうるはしくけうらにて」と評したことをさす。「龍の中より仏生まれ給はずはこそ侍らめ」は、『法華経』巻五「提婆達多品」第十二にみえる竜女成仏の話をふまえる。ここは、田舎者の娘の中にも美しく気品ある人がいることを、竜の中から仏が生まれることに喩えたもの。「たゞ人にては、いと罪軽きさまの人になん侍りける」は、身分の高低や容姿の美醜は前世での行いによるとする当時の仏教的価値観に基づいた言葉。僧都が浮舟のために加持祈禱を行った際に述べた「いと警策なりける人の御容面かな。功徳の報いにこそ、かゝる容貌にも生ひ出で給ひけめ」（手習七）にも照応。

七　**その頃、かのわたりに消え失せにけむ人を…つゝましく思して、やみにけり**　「かのわたりに消え失せにけむ人」は、宇治のあたりで失踪してしまったとかいう浮舟のこと。「思し出づ」の敬語から、思い出したのは明石中宮である。中宮は、浮舟の一件について既に聞き及んでいる（蜻蛉二九）。「この御前なる人」は、中宮のお側に仕える小宰相の君。「姉君」は小宰相の姉君。『新大系』は、浮舟の姉にあたる中の君とするが、「かしこに侍りける下童の、たゞこの頃、宰相が里に出で参うで来て、確かなるやうにこそ言ひ侍りけれ」（同）とあるように、この話は宇治の邸で下仕えをしていた童が小宰相の実家にやって来て話したことになっているため、小宰相は、自分の姉からこの話を伝え聞いたものと思われる。「定めなきことなり」は、僧都の語った女性が浮舟のことかどうか定かではないという意。「おもむけて」は、ほのめかす意。僧都は浮舟が「よくもあらぬ敵だちたる人もあるやうに」ほのめかしていると言う。手習（二九）の、出家を懇願する浮舟の言葉から、余程の事情があるのだろうと察してはいるが、この場でそれを語る積りはない。「なま隠す気色」は、僧都が何となく隠そうとしている様子。「人にも語らず」は、僧都の気持ちを察して小宰相が誰にも話さない意。「それにもこそあれ。大将に聞かせばや」は、小宰相とは逆に、中宮はあの人のことかもしれない、薫に聞かせたい、と言うのである。「恥づかしげなる人」は薫。「うち出でのたまはせむもつゝましく思して、やみにけり」は、中宮から薫に打ち明けなさるのも憚られて、そのままになってしまった、という意。

三五　僧都、帰途小野へ立寄り、教えを説く

一 姫(ひめ)宮(朱)ヒ（「君」を胡粉で消してその上に「宮」と書き、それを朱で消して「宮」（朱）と書く。）怠(をこた)りはてさせ給(給)ひて、僧(そう)都(づ)も上[ア]りぬ。[1]かしこに寄(よ)り給へれば、いみじう恨(うら)みて、妹尼「なか(中)〳〵、かゝる御ありさまにて、罪(つみ)も得(え)ぬべきことを、のたま(給)ひも合(あ)はせずなりにけることをなむ。いとあやしき」などのたま(給)へど、かひもなし。[2]「今は、たゞ、御行(をこな)ひをし給へ。老(お)いたる若(わか)き、定(さだ)めなき世(よ)なり。はかなきもの(物)に思(おぼ)し取(と)りたるも、ことわ(は)りなる御身をや」とのたま(給)ふにも、いと恥(は)づかしうなむおぼえける。僧都「御法服新(ほうふくあたら)しくし給へ」とて、綾(あや)、薄(うす)物、絹(きぬ)などいふ物奉(たてまつ)り置(を)き給(給)ふ。僧都「[ニイ]なにがしが侍らん限(かぎ)りは、仕(つか)うまつりなん。何(なに)か思(おぼ)しわづらふべき。常(つね)の世(よ)に生(おい)ひ出でゝ、世間(せけん)の栄華(ゑいぐわ)に願(ねが)ひまつはるゝ限(かぎ)りなん、所狭(せ)く捨(す)て難(がた)く、我(われ)も人も思すべ[ウ]かめることなめる。かゝる林の中に行(をこな)ひ勤(つと)め給はん身は、何(なに)ごとかは恨(うら)めしくも恥(は)づかしくも思(おぼ)すべき。[3]このあらん命は葉[3]の薄(うす)きがごとし」と言(い)ひ知(し)らせて、僧都「[4]松門に暁到(いた)りて月徘徊す」と、法師(ほうし)なれど、いとよし〳〵しく恥(は)づかしげなるさまにてのたま(給)ふことゞもを、思(思)ふやうにも言(い)ひ聞(き)かせ給(給)ふかなと聞(き)ゝゐたり。

【校異】

ア　**上りぬ**――「のほりたまひぬ」青（明）「のほり給ぬ」青（肖・榊・二・三・徹一・徹二・穂・紹）別（阿）「のほり○給ぬ」青（幽）「のほりぬ」青（大・大正・陵・飯）河（尾・御・伏・七・平・前・大・鳳・兼・岩）別（宮・陽・国・池・伝宗・保・民）。なお『大成』は「のほりぬ」、『大系』『玉上評釈』『新大系』も「上（登・のぼ）りぬ」であるのに対して、『全書』『全集』『集成』『完訳』『新全集』は「上（登）り給（たま）ひぬ」。当該は、「給ひ」の有無による相異である。ここは「姫宮」との対比でいえば「上りぬ」がよい。意識せずに、僧都に対する尊敬の念が書写者に働いて、「上り給ひぬ」という異文が発生したと考えられる。『大正』『陵』、『幽』の元の本文などを勘案して、校訂を控える。

イ　**なにがしが**――「なにしか」河（前）「なにかし」青（明・肖・榊・三・徹二・穂・飯・紹）別（保・民）「なにかしか」青（幽）「なにかしか」青（大・大正・陵・二・徹一）河（尾・御・伏・七・平・大・鳳・兼・岩）別（宮・陽・阿・国・池・伝宗）。なお『大成』は「なにかしか」、『全書』『大系』『玉上評釈』『集成』『新大系』も「なにがしが」であるのに対して、『全集』『完訳』『新全集』は「なにがし」。当該は、格助詞「が」の有無による相異である。「が」の有無に拘わらず、文意は変わらない。『大正』『陵』、『幽』の元の本文などを勘案すると、「なにかし」とする諸本は、「が」が脱落したものと考えられる。故に、当該箇所は校訂を控える。

ウ　**思すべかめることなめる**――「おほことなんきえ」別（民）「おほすへかめる」青（明・肖・二・三・徹二・紹）別（宮・陽・阿・国・保）「おほすへかんめる」青（榊）「おほすへかむめる」青（穂）「おほすへかめることなめる」青（幽）「おほすかめることなめる」（飯）「おほすへかめることなめる」青（大・大正・陵）河（尾・御・伏・七・平・前・大・鳳・兼・岩）別（池・伝宗）「おほすへかめる事なめる」青（徹一）。なお『大成』は「おほすへかめることなめる」、『大系』『玉上評釈』『新大系』も「思（おぼ）すべかめる事（こと）なめる」であるのに対して、『全書』『全集』『集成』『完訳』『新全集』は「思（おぼ）すべかめる」。「ことなめる」の有無による相異である。当該箇所は、「思すべかめることなめる」の「める」の目移りによって、「思すべかめる」という異文が発生したと考えられる。また、「常の世に生ひ出でゝ世間の栄華に願ひまつはるゝ限りなん、所狭く捨て難く、我も人も思すべかめることなめる」は、僧都の推測で、「…ことなめる」は、僧都が他の事象から類推していることを表す。世俗を断っている僧都は、世俗の人の認識を直接推量するより、他から見聞して、人とはそのようなものであるらしいことのようだ、と類推する方が穏当であろう。故に校訂を控える。

【傍書】　1小野の事　2僧都詞　3顔色シ如花ニ命如シ葉薄カ　4松門ニ到暁月徘徊栢城尽日蕭瑟タリ

【注釈】

一　**姫宮怠りはてさせ給ひて…絹などいふ物奉り置き給ふ**　「姫宮」は女一の宮。「怠りはて」は全快したこと。「上りぬ」は、僧都が横川に上ったこと。「かしこ」は小野のこと。「恨みて」の主語は妹尼。「なか〳〵」は「罪も得ぬべき」を修飾する。軽率に出家させて、本人が後悔するようなことになっては、かえって罪作りである、と妹尼は言う。これは僧都も「かへりて罪あることなり。思ひ立ちて、心を起こし給ふ程は強く思せど、年月経れば、女の御身といふもの、いとたい〳〵しきものになん」（手習二九）と危ぶんでいたことである。「のたまひも合はせずなりにける」は、（私と）相談もしないままになってしまったこと。「いとあやしき」は、僧都ともあろう方が、なぜ自分に相談もなく出家させたのか、合点がいかない妹尼の心情。「今は、たゞ、御行ひをし給へ」は、僧都の浮舟に対する教え。出家をしたからには、他事に気をとられず、ひたすら修行だけをせよと、と言う。「念仏よりほかのあだわざ、なせそ」（同二二）と僧都が母尼に忠告したことに照応。「老いたる若き、定めなき世なり」は、老少不定の現世のこと。「はかなきものに思し取りたるも、ことわりなる御身をや」は、出家を望んで浮舟の訴えたこと（手習二九参照）など、浮舟の不幸な境遇を指して言う僧都の言葉。「思し取りたる」の目的語は現世。「いと恥づかしうなむおぼえける」は、浮舟の気持ち。浮舟としては、宇治で救われた時、どんなに見苦しかっただろうかと思うと、とても恥ずかしいのである。「御法服」は、僧や尼の正式な衣服。「綾、薄物、絹などいふ物」は、一品の宮のための修法で、僧都に布施として与えられた物であろう。いずれも高級な布地。『今昔』巻十五第三九話にも、三条大后宮の御八講に召された源信が捧物を賜わり、母に贈る記事がある。

二　**なにがしが侍らん限りは…言ひ聞かせ給ふかなと聞きゐたり**　「なにがしが侍らん限りは…何か思しわづらふべき」は、私が生きております限りはお世話申し上げましょう、何も御心配は要りません、と、僧都は、出家しても何も心配ないと浮舟を安心させる。「常の世に生ひ出で〻…我も人も思すべかめることなめる」は、次の「か〻る林の中に行ひ勤め…恥づかしくも思すべき」と対になる言い方。「常の世」は俗世のこと。「まつはる」（ラ行下二段）は執着すること。「所狭く捨て難く」は、俗世の栄華に束縛され、それを捨てられないと思うこと。「か〻る林の中」は、小野の住まいのこと。手習（一二）に、奥まった山里で、山裾で、松林の中にある、とあった。「何ごとかは恨めしくも恥づかしくも思すべき」は、前の文に続き、「何か」「何ごとかは」と、反語を続けて、強い口調で浮舟を励ます。ここで勤行していらっしゃれば、恨めしいとか恥ずかしいとか、何も思わなくてよいのです。「このあらん命は葉の薄きがごとし」は、「陵園妾　顔色如レ花　命如レ葉　命如二葉薄一将奈何　」（白氏文集巻四・諷諭・新楽府
161「陵園妾」）を翻案した表現。私たちの命は草木の葉が薄いのと同様にはかないのですの意。「松門に暁到りて月徘徊す」は、前注と同じく「陵園妾」の「松門到レ暁　月徘徊」による。次段冒頭の「ひねもすに吹く風の音もいと心細きに」も、「陵園妾」の次の句「柏城尽日風蕭瑟」を承ける。この二句は対句になっていて、夜になるまで月を眺め、昼は一日中淋しい風の音を聞くのみの、陵園に幽閉されて生涯を送った美女を彷彿させ、世俗を離れた別天地で過ごすことになる浮舟のこれからの生活の比喩となっている。「法師なれど、いとよし〳〵しく恥づかしげなるさまにて」は、僧都の様子。一般的に僧侶は無骨で人間味に欠けるように描かれるが、この僧都は教養もあり、こちらが気おくれするような上品な様子であるという。母尼を「あてなる人」（手習一二）と言い、妹尼を「故衛門督の妻」（同三四）と言っている所からみて、僧都も地位ある豊かな家に育ち、教養も豊かであったと思われる。「思ふやうにも言ひ聞かせ給ふかな」は、浮舟の感想。はかない俗世を捨てて、余計な事を考えずに、ひたすら修行せよ、何も心配は要ら

ない、という僧都の励ましの言葉に、浮舟は確信を得て感動するのである。

三六　中将来訪し、尼姿の浮舟を垣間見(み)る

一 今日(けふ)は、ひねもすに吹(ふ)く風の音もいと心細(ぼそ)きに、おはしたる人も、僧都「あはれ、山臥(ぶし)は、かゝる日にぞ音(ね)は泣(な)かるなるかし」と言(い)ふを聞(き)きて、我も今は山臥(ぶし)ぞかし、ことわ(は)りにとまらぬ涙なりけりと思(思)ひつゝ、端(はし)の方(かた)に立(立)ち出(い)でゝ見れば、遙(はる)かなる軒端(ば)より、狩衣姿(かりぎぬすがた)色々(〻)に立(立)ちまじりて見(み)ゆ。山へ上(のぼ)る人なりとても、こなたの道(みち)には、通(かよ)ふ人もいとたまさかなり。黒谷(くろだに)とかいふ方より歩(あり)くかよふ法師(ほうし)の跡(あと)のみ、まれ〳〵は見ゆるを、例の姿(すがた)見つけたるは、あひなくめづらしきに、この恨(うら)みわびし中将なりけり。かひなきことも言(い)はむとてもの(物)したりけるを、紅葉の○いと(朱)おもしろく、ほかの紅(くれなゐ)に染(そ)めましたる色々(〻)なれば、入(い)り来(く)るよりぞもの(物)あはれなりける。こゝに、いと心地(ち)よげなる人を見つけたらば、あやしくぞおぼゆべきなど思(思)ひて、中将「暇(いとま)ありて、つれ〴〵なる心地(ち)し侍(侍)るに、紅葉(もみぢ)もいかにと思(思)ひ給へてなむ。なほ(猶)、ア立ち返り旅寝(たびね)もしつべき木(こ)のもとにこそ」とて見出(い)だし給へり。尼(あま)君、例の、涙もろにて、

妹尼 1 木枯の吹(吹)きにし山の麓(ふもと)にはイ立ち隠るべき蔭(かげ)だにぞなき

とのたまへ(給)ば、

二 中将 2 待つ人もあらじと思ふ山里の梢を見つゝなほぞ過ぎ憂き

言ふかひなき人の御ことを、なほ尽きせずのたまひて、中将「さま変はり給へらんさまを、いさゝか見せよ」と、少将の尼にのたまふ。中将「それをだに、契りしるしにせよ」と責め給へば、入りて見るに、ウことさら人にも見せまほしきさましてぞおはする。薄き鈍色の綾、中には萱草など澄みたる色を着て、いとさゝやかに、様体をかしく、今めきたる容貌に、3 髪は五重の扇を広げたるやうにこちたき末つきなり。三 細かにうつくしき面様の、化粧をいみじくしたらむやうに、赤く匂ひたり。行ひなどをし給ふも、なほ数珠は近き几帳にうち掛けて、経に心を入れて読み給へるさま、絵にも描かまほし。うち見るごとに涙のとめがたき心地するを、まいて、心かけ給はん男は、いかに見たてまつり給はんと思ひて、さるべき折にやありけむ、障子の掛け金のもとにあきたる穴を教へて、紛るべき几帳などエ押しやりたり。四 いとかくは思はずこそありしか、いみじく思ふさまなりける人をと、我がしたらむ過ちのやうに、惜しく悔しうかなしければ、つゝみもあへず、オもの狂はしきまで気配も聞こえぬべければ、退きぬ。

【校異】

ア **立ち返り**――「たちかへ（脱文）」別（民）「立かへりて」青（大）「たちかへり」青（大正・肖・陵・榊・二・三・徹一・徹二・飯・紹・幽）河（尾・御・伏・七・平・前・大・鳳・兼・岩）別（宮・国・池・伝宗・保）「立帰り」青（明）「たち帰」青（穂）「たち返」別（陽）「立かへり」別（阿）。なお『大成』は「立かへりて」、『新大系』も「立かへりて」であるのに対して、『全書』『大系』『玉上評釈』『全集』『集成』『完訳』『新全集』は「立（た）ち返（かへ）り」。当該は、「て」の有無による相異である。底本は単独異文でもあり、「立ち返り」に、安易に「て」がつけ加わったと考えられる。故に、「立ち返り」と校訂する。

イ　**立ち隠る**――「(脱文)る」別(民)「立かくす」青(大)「たちかくる」青(大正・肖・榊・二・三・徹一・徹二・穂・飯・紹・幽)河(尾・御・伏・七・平・前・大・鳳・兼・岩)別(宮・陽・国・池・保)「立かくる」青(陵)別(阿)「立かへる」青(明)「たちかへる」別(伝宗)。なお『大成』は「立かくす」、『新大系』も「立かくす」であるのに対して、『全書』『大系』『玉上評釈』『全集』『集成』『完訳』『新全集』は「立(た)ち隠る」。「隠る」か「隠す」かの相異である。底本は単独異文でもあり、「立ち隠る」の方が歌の内容に適合するので、「立ち隠る」に校訂する。

ウ　**ことさら人にも**――「いとさらにも人に」河(前)「ことさらにもひとに」青(明)別(保)「ことさらにも人に」青(肖・二・三・徹二・飯・紹)河(尾・御・伏・七・平・大・鳳・兼・岩)別(陽)「ことさらに○人に」青(榊)「ことさらに人にも」青(徹一)別(阿)「ことさらにひとに」別(宮)「ことさらに人に」別(国・池・伝宗・民)「ことさら人に」青(穂)「ことさら○人にも」青(幽)「ことさら人にも」青(大・大正・陵)。なお『大成』は「ことさら人にも」、『大系』『新大系』も「殊更(ことさら)人にも」であるのに対して、『全書』『玉上評釈』『集成』『完訳』『新全集』は「ことさらにも人に」、『全集』は「ことさらに人にも」。当該は、「にも」の位置による相異である。『大正』『陵』、『幽』の元の本文なども勘案し、「にも」の位置で解釈が変わる訳ではないので、底本のままでもよいと考えて、校訂を控える。

エ　**押しやり**――「ひきやり」青(肖・榊・二・三・徹二・穂・紹)河(尾・御・七・平・前・大・鳳・岩)別(宮・陽・阿・国・池・伝宗・保)「ひきや○」青(明)「をしやり」青(徹一・飯)河(伏)別(民)「おしやり」青(幽)「おしやり」青(大・大正・陵)河(兼)。なお『大成』は「おしやり」、『大系』『新大系』も「押しやり」であるのに対して、『全書』『玉上評釈』『全集』『集成』『完訳』『新全集』は「引(ひ)きやり」。当該は、「押し」か「引き」かの相異である。大島本の用例を調べると、几帳について、「押しやる」「引きやる」は六例ずつあり、甲乙つけ難い。どちらの表現もあり得るので、書き誤る可能性もありそうである。ここでは、『大正』『陵』、『幽』などを勘案して、本来は底本の如く「おしやり」であったものと考えて校訂を控える。

オ　**もの狂はしき**――「ナシ」別(民)「物くるしき」青(明)「物くるをしき」青(肖・徹二)別(陽・阿)「物くるはしき」青(幽)「ものくるをしき」青(榊・二・三)別(池・保)「物くるおしき」青(徹一)河(尾・御・七・平・前・大・鳳・兼・岩)別(宮・国)「ものくるおしき」青(紹)「ものぐるおしき」別(伝宗)「物くるはしき」青(大・大正・陵・穂・飯)河(伏)。なお『大成』は「物くるはしき」、『大系』『新大系』も「物狂(ぐる)はしき」であるのに対して、『全書』『玉上評釈』

『全集』『集成』『完訳』『新全集』は「物（もの）狂（ぐる）ほしき」。当該は、「狂はし」か「狂ほし」かの相異である。「狂ほし」は「狂はし」から転じた語であり、意味上の差はない。『大正』『陵』、『幽』の元の本文などを勘案して、本来は「物くるはしき」であったものとみて、底本の校訂は控える。

【傍書】　1尼君　2中将　3さけ尼のかみのふさ〳〵としたる扇をひろけたるやう也

【注釈】

一　**今日は、ひねもすに吹く風の音もいと心細きに…梢を見つゝなほぞ過ぎ憂き**　「ひねもすに吹く風の音もいと心細きに」は、前段注二参照。「おはしたる人」は、僧都。「山臥」は、山で起き伏しする人の意で、僧都の卑下した自称。「かゝる日にぞ音は泣かるなる」は、恥ずかしがる浮舟に「何ごとかは恨めしくも恥づかしくも思すべき」（手習三五）と言って世の無常を説きながらも、僧都は、小野の山荘でこれから暮らすことになる浮舟から、「陵園妾」を連想して、同情するのである。「なる」は伝聞。僧都の気持が婉曲に表現される。「ことわりにとまらぬ涙なりけり」は、人には語れない、これまでのいきさつから、出家することによって救われようとする自分自身を振り返って、僧都の言葉によって自分も「山臥」であることを再確認して、止めどなく流れる浮舟の涙に対する詠嘆である。「こなたの道」は、小野からの比叡山への道。「黒谷」は既述（同六）。「例の姿」は、法師の姿ではなく、俗界の人の狩衣姿。「あひなくめづらしき」は、この道には見かけない様子で、珍しいと、浮舟が目をとめた。「この恨みわびし中将なりけり」は、浮舟に思いを寄せて恨んでいた、中将の一行であった。「かひなきことも言はむ」は、もはや出家してしまったので、今更何を言っても甲斐がないが、それでも一言を浮舟に伝えようの意。「紅葉のいとおもしろく、ほかの紅に染めましたる色々なれば」は、他所の紅葉よりも深く染まった小野の紅葉のこと。美しい紅葉の、この寂しい所に、出家した浮舟が物思いをして暮らしていると思うと、しみじみと感慨無量の中将である。「なほ、立ち返り旅寝もしつべき木のもとにこそ」は、昔、中将が婿の君として訪問していたのと同じように、寝泊まりしてみたい風景ですの意。「見出だし給へり」は、いつものように通された南面から、庭の紅葉を眺めておられる、中将の様子。「木枯の吹きにし山の麓には立ち隠るべき蔭だにぞなき」は、妹尼の心情。木枯が吹き荒れて、紅葉を散らしてしまったように、浮舟が出家してしまったので、中将のいう「立ち返り旅寝もしつべき」木立もなく、もはや「立ち隠るべき蔭」もないの意。「待つ人もあらじと思ふ山里の梢を見つゝなほぞ過ぎ憂き」の「待つ人」は、浮舟と妹尼を指し、「あらじ」は「有らじ」と「嵐」を掛ける。「なほぞ過ぎ憂き」は、浮舟が出家した今も、素通りもできないという、中将の未練。中将は、まだ、浮舟をあきらめ切れない気持ちを抱いている。

二　**言ふかひなき人の御ことを、なほ尽きせず…髪は五重の扇を広げたるやうにこちたき末つきなり**　「言ふかひなき人」は、出家してしまった後なので、今更中将が何を言っても仕方のない、浮舟のこと。「契りしるし」は、浮舟の、「いとをかしく見えし髪の程を、確かに見せよ」（手習三一）と、中将が少将の尼に約束させていたこと。「入りて見る」は、少将の尼が、浮舟の部屋に入って浮舟を見ること。「ことさら人にも見せまほしきさま」は、尼姿でも、浮舟はその美しさが格別で、少将の尼は、見たがっている中将にも見せたい程である。匂宮の縁談を知った大君が、悲観して重体になり、「日頃に少し、青み給へるしも、なまめかしさまさりて」（総角三三）外を眺めている、「まみ額つきの」美しさは、「見知らん人に見せまほし」と語られていたが、「昔の人［大君］の御さまにあやしきまで」（東屋二〇）似ている浮舟を見た中の君も、「かの人［薫］形求め給ふ人に見せたてまつらばや」と思う程の美貌の浮舟であった。妹尼は、「容貌の見るかひありうつくしきに、よろづの咎見許して、明け暮れの見物に」（手習二三）していたが、少将の尼も、尼姿の美しい浮舟に見とれ、中将の願い通り、浮舟を見せたい心境になったのである。「萱草」は、喪服用の、黒みを帯びた黄色。「澄みたる色」は「くすみたる色の心也」（『岷江』）。「五重の扇を広げたるやうにこちたき末つき」は、すそを肩のあたりで短く切り揃え、尼そぎにした髪が、ふさふさと広がっている美しさの比喩表現。少女期の紫の上の髪の美しさが、「扇をひろげたるやうにゆらゆらとして」（若紫四）いたが、浮舟の場合は、「五重の扇」とあり、紫の上以上に髪の美しい人と言える。

三　**細かにうつくしき面様の、化粧をいみじく…紛るべき几帳など押しやりたり**　「赤く匂ひたり」は、「顔はいと赤くすりなして立てり」（若紫四）とあった紫の上の、紅花の粉を塗り赤く染めたように見えた無邪気さを連想させる、浮舟の顔の色つやの様子。「絵にも描かまほし」は、浮舟の美しさへの形容で、「ことさら人にも見せまほしきさま」に呼応する。源氏が女の顔を絵に描いて、鼻に「紅をつけて見給ふに、形に描きてもみまうきさま」（末摘花二一）と見たのとは、逆である。「心かけ給はん男」は、浮舟を見たがっている中将の君。「障子の掛け金のもとにあきたる穴」は、障子の掛け金のそばにある穴。男が垣間見をするのに好都合な穴である。「紛るべき几帳など押しやりたり」は、障子のそばに、部屋が丸見えにならないように立ててある几帳が、横に押し退けてあった。中将に浮舟の美しさを見せようと思った、少将の尼の裁量によるものと思われる。宇治を訪れた薫が、大君、中の君を障子の穴から垣間見した時、「こゝもとに几帳を添へ」（椎本二七）立ててあり、中はふさがれていて、薫はあきらめて帰ろうとしたが、そのとき、風が簾を吹き上げて、女房達が几帳を簾代わりに動かしたので、薫が中を見ることが出来た場面を踏まえる。浮舟の美しさに執着する中将は、薫の代役であろう。

四　**いとかくは思はずこそありしか、いみじく…もの狂はしきまで気配も聞こえぬべければ、退きぬ**　「いとかくは思はずこそありしか」は、少将の尼をして、「ことさら人にも見せまほしきさま」と思わせた程の、浮舟の尼姿の美しさを中将が初めて見た驚きである。元々、中将の浮舟への関心は、簾の隙からちらりと見た後姿（手習一六）から、端を発する。かくも美しいとは、中将は予想だにしていなかったのである。「我がしたらむ過ちのやうに、惜しく悔しうかなしければ」は、浮舟を出家させたのは、自分が油断していたからと、自責の念に駆られ、出家させてしまったことが残念で、悲しいので。「つゝみもあへず、もの狂はしきまで」は、中将が、我慢できずに、正気を失ったように泣く気配。

三七　中将、浮舟の素性について疑念、浮舟は仏道に精進する

かばかりのさましたる人を失ひて、尋ねぬ人ありけんや、また、その人かの人の娘なん行くへも知らず隠れにたる、もしは物怨じして世を背きにけるなど、おのづから隠れなかるべきをなど、[一]あやしう返す〳〵思ふ。尼なりとも、かゝるさましたらむ人は、うたてもおぼえじなど、なか〳〵見所まさりて心苦しかるべきを、忍びたるさまになほ語らひ取りてんと思へば、まめやかに語らふ。中将「世の常のさまには思し憚ることもありけんを、かゝるさまになり給ひにたるなん、心やすう聞こえつべく侍る。さやうに教へきこえ給へ。来し方の忘れ難くて、かやうに参り来るに、また、今一つ心ざしを添へてこそ」などのたまふ。妹尼[二]「いと行く末心細く、後ろめたきありさまに侍るめるに、[ア]まめやかなるさまに思し忘れず訪はせ給はん、いとうれしうこそ思ひ給へおかめ。侍らざらむ後なん、あはれに思ひ給へらるべき」とて泣き給ふに、[1]この尼君も離れぬ人なるべし、誰ならむと心得難し。中将[2]「行く末の御後見は、命も知り難く頼もしげなき身なれど、さ聞こえそめ侍り[イ]なば、さらに変り侍らじ。尋ねきこえ給ふべき人は、まことにものし給はぬか。さやうのことのおぼつかなきになん、憚るべきことには侍らねど、なほ隔てある心地し侍るべき」

とのたま(給)へば、妹尼「人に知ら(し)るべきさまにて世に経給(へたま)はゞ、さもや尋ね出(尋い)づる人も侍らん。今は、かゝる方に、思ウひ限りつるあり(有)さまになん。心のおもむけも、さのみ見え侍るをエ」など語(かた)らひ給(給)ふ。

三 こなたにも消息(せうそこ)し給へり。

中将 3大方(かた)の世を背(そむ)きける君なれど厭(いと)ふに寄(よ)せて身こそつらけれ

ねんごろ(比)に深(ふか)く聞(き)こえ給(給)ふことなど言ひ伝ふ。オ中将「はらからと思(おぼ)しなせ。はかなき世の物語(がたり)なども聞(き)こえて慰(なぐさ)めむ」など言(い)ひ続(つゞ)く。浮舟「心深(ふか)からむ御物語(がたり)など、聞き分(きゝわ)くべくもあらぬこそくち(口お)をしけれ」と答(いら)へて、この厭(いと)ふにつけたる答(いら)へはし給はず。

四 思ひ寄(思よ)らずあさましきこともありし身なれば、いと疎(うと)まし、すべて4朽(く)ち木などのやうにて、人に見捨(す)てられてやみなむともてなし給(給)ふ。されば、月頃(ごろ)、たゆみなく結(むす)ぼゝれ、物をのみ思(おぼ)したりしも、この本意(ほい)のこと(事)し給(給)ひて後より、カ少(すこ)し晴(は)れ〴〵しうなりて、尼君(あま)と、はかなく戯(たはぶ)れもし交(かは)し、碁打(五う)ちなどしてぞ、明(あ)かし暮(く)らし給(給)ふ。行(をこな)ひもいとよくして、法華経はさらなり(也)、異法文(ことほうもん)なども、いと多(おほ)く読(よ)み給(給)ふ。雪深く降(ふ)り積(つ)み、人目絶(めた)えたる頃(比)ぞ、げに、思(思)ひやる方(かた)なかりける。

【校異】

ア **侍るめるに**——「侍に」青(大)「はへるめるを」別(民)「はへめるを」別(保)「侍める」別(陽)「侍めるに」青(大

正・明・肖・陵・榊・二・徹一・穂・飯・紹・幽）河（尾・御・伏・七・平・前・鳳・兼）別（宮・阿・国・伝宗）「はへるめるに」青（三・徹二）別（池）「はへめるに」河（大）「侍めるを」河（岩）。なお『大成』は「侍に」、『新大系』も「侍に」であるのに対して、『全書』『大系』『玉上評釈』『全集』『集成』『完訳』『新全集』は「侍（はべ）るめるに」。当該は、「める」の有無による相異である。『大』は単独異文であるので、「める」が脱落したと考えられる。また、ここは、妹尼が浮舟の将来について「行末心細く、後ろめたきありさま」と語る場面である。妹尼が浮舟に出自などを尋ねたとき、浮舟は何も語らず、「我ながら誰ともえ思ひ出でられ侍らず」（手習一一）と答えていた。そうした言葉によって、浮舟が天涯孤独であると、妹尼が推測して判断しているので、「める」は必要であろう。故に、底本を「侍るめるに」と校訂する。

イ　**侍りなば**――「なは」青（穂）「はへりなんことは」別（民）「侍なれは」青（大）「侍れは」青（大正）「侍れは」青（幽）「侍は」青（徹一）「侍りなは」青（明・三・紹）河（伏）別（保）「侍なは」青（肖・陵・榊・二）別（宮・陽・阿・国・池・伝宗）「はへりなは」青（徹二・飯）河（尾・御・七・平・前・大・鳳・兼・岩）。なお『大成』は「侍なれは」、『新大系』も「侍なれば」であるのに対して、『全書』『大系』『玉上評釈』『全集』『集成』『完訳』『新全集』は「侍（はべ）りなば」。当該は、「侍なば」か「侍なれば」或いは「侍れば」かの相異である。「侍なれは」では意味不明瞭である。「な（那）」と「れ（礼）」は誤りやすいので、「侍なば」と「侍れば」を誤つ可能性も僅かにあるか。青（大）は単独異文であるので、「侍なは」を「侍なれは」と誤写したとみて、底本を「侍りなは」と校訂する。

ウ　**思ひ限り**――「思きり」青（大）別（阿）「おもひきり」別（池）「思ひきり」別（伝宗）「思かきり」青（大正・肖・陵・徹一・幽）河（伏）別（宮・国）「おもひかきり」青（明・榊・二・三・穂・飯・紹）河（尾・御・七・平・前・大・鳳・兼・岩）別（民）「思ひかきり」青（徹二）別（陽）「をもひかきり」別（保）。なお『大成』は「思きり」、『新大系』も「思きり」であるのに対して、『全書』『大系』『玉上評釈』『全集』『集成』『完訳』『新全集』は「思ひ限（かぎ）り」。「きり」か「かぎり」かの相異である。底本の「思きり」は青表紙本・河内本を通じて単独異文であるが、同時に「思かきり」もこの箇所以外に用例はない。「思ひ切る」は、見切りをつける、断念すること。「思ひ限る」はこれが限度だと思う、思切ること。ここでは、妹尼君が浮舟について、「今は、尼になると決めてしまった有様だ」と中将に語っているので、「思ひ限る」で適当か。「思ひ切る」で、「今は、尼になるということで、あきらめてしまった有様だ」と解せないこともないが、底本は「思かきり」の「か」が脱落したものと考えて、「思かきり」と校訂する。

エ　**見え侍るを**――「侍へかめるを」別（陽）「見え侍つるを」青（大）「見え侍れは」青（穂）「みえはへる」別（保）「みえ

侍」別（民）「見え侍を」青（大正・徹一・紹）別（宮・阿・伝宗）「みえ侍を」青（肖・陵・二・幽）別（国）「ゝえ侍を」青（榊）「みえ侍るを」青（明）河（尾）「みえはへるを」青（三・飯）別（池）「見え侍るを」青（徹二）河（御・七・平・前・大・鳳・兼・岩）「見えはへるを」河（伏）。なお『大成』は「みえ侍つるを」、『新大系』も「見え侍つるを」であるのに対して、『全書』『大系』『玉上評釈』『全集』『集成』『完訳』『新全集』は「見え侍（はべ）るを」。完了の助動詞「つ」の有無による相異である。『大』は「見え侍へるを」とあった「へ」を「つ」と見誤った可能性が大きい。妹尼は浮舟を見ていて、「今は…さのみ見え侍るを」と浮舟の状況を言っているので、完了の「つ」は不要。底本は単独異文でもあり、「見え侍るを」に校訂する。

オ　**言ひ伝ふ**――「おほくいふつたふ」河（大）「おゝくいゝつたふ」別（伝宗）「おほくいひつたふ」青（明・肖・榊・二・三・徹一・徹二・穂・飯・紹）河（尾・御・伏・七・平・前・鳳・兼・岩）別（宮・陽・阿・国・池・保）「○（おほく）いひつたふ」青（幽）「いひつたふ」青（大・大正・陵）別（民）。なお『大成』は「いひつたふ」、『大系』『新大系』も「言ひ伝ふ」であるのに対して、『全書』『玉上評釈』『全集』『集成』『完訳』『新全集』は「多く言（い）ひ伝ふ」。「多く」の有無による相異である。『大』『大正』『陵』、『幽』の元の本文は「いひつたふ」であるが、そこへ後出伝本において、「おほく」をつけ加えた可能性も高い。中将が、浮舟に対して、あれやこれやと言い寄る様子が「おほく」という語で表されたのである。以上の如く勘案し、底本の校訂を控える。

カ　**後より**――「よりのち」青（大）「のちは」別（民）「のち○（より）は」別（陽）「のちよりは」別（保）「のちより」青（大正・明・陵・榊・二・三・徹二・飯・幽）河（尾・御・伏・七・平・前・大・鳳・兼・岩）別（宮・阿・国・伝宗）。「後より」青（肖・徹一・穂・紹）別（池）。なお『大成』は「よりのち」、『新大系』も「よりのち」であるのに対して、『全書』『大系』『玉上評釈』『全集』『集成』『完訳』『新全集』は「後（のち）より」。「より」と「のち」の順序による相異である。どちらも殆ど意味の差はないが、『大』は単独異文であり、改行の時に「より」と「のち」の順序を誤ったとみて、正しくは「のちより」であろうと考えて、底本を「後より」と校訂する。

【傍書】　1姫君と尼君トヨソナラヌ人トミエタルヲ中将アヤシク思也　2中将詞　3中将　4古今　カタチコソ深山かくれ

【注釈】

一　**あやしう返す〳〵思ふ。尼なりとも、かゝる…今一つ心ざしを添へてこそ」などのたまふ**　「あやしう返す〳〵思ふ」は、これほどの美人が、何故素性がわからないのか、どう考えても中将には腑に落ちないのである。「まめやかに語らふ」は、好色心を抜きにした、真面目な語り口をいう。中将のこの真面目人間ぶりは、「まめやかにあはれなる御心ばへ」（宿木二六）の人として定評のある（浮舟二三に既述）薫の人間像を引き継ぐ。「尼なりとも、かゝるさましたらむ人は…なほ語らひ取りてん」は、中将の思惑。中将は、これほど美しい人なので、出家していても尼姿がかえって魅力的な浮舟をこのままにしてしまうのは、後悔するに違いないので、こっそり自分が引き取り世話をしようと思ったのである。「世の常のさまには思し憚ることもありけんを、かゝるさまになり給ひにたるなん、心やすう聞こえつべく侍る」は、浮舟が「かゝるさま」（尼姿）になって、男を警戒する必要もない状況になったので、心やすくお話が出来る、つまり、浮舟を恋人にしようと思っていない、という意。「来し方の忘れ難くて、かやうに参り来るに、また、今一つ心ざしを添へてこそ」は、「来し方」（亡き妻）が忘れられないので、妹尼君を訪問する「心ざし」に、今一つ、出家した浮舟に逢えるという「心ざし」が加わりました、というのである。浮舟を恋人にしたいという下心を隠した、「まめやか」な中将のもの言いである。

二　**いと行く末心細く、後ろめたきありさまに侍るめるに…さのみ見え侍るを」など語らひ給ふ**　「いと行く末心細く、後ろめたきありさまに侍るめる」は、老い先の短い妹尼が死ねば、浮舟の将来が不安な状況であること。妹尼は、中将を婿の君とする心づもりがあった。「まめやかなるさまに思し忘れず訪はせ給はん」は、浮舟は出家してしまったが、好色心抜きに、中将が浮舟をお尋ね下さるならば、ということ。「ん」は仮定。「侍らざらむ後」は、浮舟を助けた僧都や妹尼が亡くなった後。「この尼君も離れぬ人なるべし」は、中将が、妹尼と浮舟との関係を知らない様子であることを示す。「心得難し」は、中将の疑問。尼君もこの人と縁戚であるらしいのに、どうして自分の死後の心配をするのだろうか、この人は、本当に天涯孤独なのだろうか、など。「さ聞こえそめ侍りなば」は、「今一つ心ざしを添へてこそ」と言ったこと。「尋ねきこえ給ふべき人」は、浮舟を捜しているに違いない人、浮舟の親族を暗示する。「憚るべきことには侍らねど」は、親族が現れたからといって、どうということはないのではあるがの意。浮舟への関心を隠している中将の口調である。「なほ隔てある心地し侍るべき」は、浮舟の身元を妹尼が隠していると見ている、中将のもの言いである。「人に知らるべきさま」は、俗世間に、普通の人として暮らしていることの意。「かゝる方に、思ひ限りつるありさま」は、出家して、心を決めてしまった様子。「心のおもむけも、さのみ見え侍る」は、浮舟の心も、仏道に心ひかれているように見えますの意。このような生活をしている限り、親族が浮舟を捜し出すことはないだろうと、妹尼は言う。

三　**こなたにも消息し給へり…この厭ふにつけたる答へはし給はず**　「こなた」は浮舟。「大方の世を背きける君なれど厭ふに寄せて身こそつらけれ」の「厭ふ」は、出家の意と、浮舟が中将を嫌がる意を掛ける。歌意は、世間を捨てて出家したあなたですが、私を嫌がって出家したかと思うと、とても辛いことです。「ねんごろに深く聞こえ給ふこと」は、「はらからと思しなせ」以下の、中将の物言いの内容を指す。「はらからと思しなせ」は、異性を近づけたがらない女に近づくための、男の方便である。浮舟の身元引き受け人になって後見したいと、妹尼に申し出て、了解を得た中将は、そのつもりで懇切な物言いをする。この中将の発言は、薫が大君に執着する気持を、弁の尼に、「世の常になよびかなる筋にもあらずや。たゞかやうに物隔てゝ、言残いたるさまならず、さし向かひて、とにかくに定めなき世の物語を隔てなく聞こえて、つゝみ給ふ御心の隈残らずもてなし給はむなん。はらからなどのさやうにむつましき程なるもなくて、いとさう〴〵しくなん」(総角三)と述べる場面に似る。浮舟に近づく中将の様子は、薫を彷彿させる。「この厭ふにつけたる答へ」は、中将の「大方の」詠の、下句「厭ふに寄せて身こそつらけれ」についての返歌。

四　**思ひ寄らずあさましきこともありし身なれば…人目絶えたる頃ぞ、げに、思ひやる方なかりける**　「思ひ寄らずあさましきこと」は、「匂宮などの、不意に忍びより給ひし事也」（『岷江』）。「いと疎まし」は、中将への嫌悪感だけではなく、男一般への、浮舟の嫌悪感である。「朽ち木」は、「深山隠れの朽ち木」の意。「春秋に逢へど匂ひはなきものを深山隠れの朽ち木なるらん」（貫之集九）などによる。物語では、弁の君が、自身のことを「えさし出で侍らで、深山隠れの朽ち木になりにて侍るなり」（橋姫二二）と薫に言い、薫と「荒れはつる朽ち木のもとを宿りきと思ひおきける程の悲しさ」（宿木四四）と詠じた歌では、自身を「朽ち木」と呼称し、「例の、朽ち木のもとを見給へ過ぎんがなほあはれなれば」（同五五）などのやうに、「朽ち木」と通称された、弁の尼のような存在。「人に見捨てられてやみなむ」は、出家して、男から見捨てられて、人生を終わろうの意。「この本意のこと」は本来の念願である出家のこと。「少し晴れ〴〵しうなりて、尼君と、はかなく戯れもし交はし、碁打ちなどしてぞ、明かし暮らし給ふ」は、出家したことにより、男を警戒するわだかまりがなくなった、浮舟の心情。俗聖としての八の宮も、「御念誦の暇々には」、姫君たちに「琴習はし、碁打ち、偏つぎなど」（橋姫三）をして過ごしていた。「雪深く降り積み、人目絶えたる頃」は、業平が「雪ふみわけて」惟喬親王に会いに行ったような（『伊勢物語』八三段）、人の訪れのない頃。

三八　新年の浮舟の詠歌

一　年も返（かへ）りぬ。春のしるしも見えず、凍（こほ）りわたれる水の音せぬさへ心細（ぼそ）くて、（匂宮）1「君にぞまどふ」とのたまひ（給）し人は、心憂（こゝろう）しと思ひ（思）はてにたれど、なほ（猶）、その折（おり）などのことは忘（わす）れず、

（浮舟）2かきくらす野山の雪を眺（なが）めてもふりにしことぞ今日（けふ）もかなしき

など、例の慰（なぐさ）めの手習を、行（ゝこな）ひの隙（ひま）にはし給（給）ふ。我（われ）世になくて年隔（へだゝ）りぬるを、思ひ出（思い）づる人もあらむかしなど

思ひ出(思出)づる時も多(おほ)かり。3若菜(わかな)をおろそかなる籠(こ)に入(い)れて、人の持(も)て来(き)たりけるを、尼君(あま)見て、

妹尼 二 山里の雪間(ま)の若菜摘(わかなつ)みはやしなほ(猶)生ひ先(おいさき)の頼(たの)まるゝかな

とて、こなたに奉(たてまつ)れ給へりければ、

浮舟 4雪深(ふか)き野辺(べ)の若菜(わかな)も今よりは君がためにぞ年もつむべき

とあるを、5さぞ思(おぼ)すらんとあはれなるにも、妹尼「見るかひある(有)べき御さまと思はましかば」と、まめやかにうち泣(な)い給(給)ふ。

三 閨(ねや)のつま近き紅梅(こうばい)の色も香も変(か)はらぬを、「春や昔の」と、異花(こと)よりもこれに心寄(よ)せのあるは、6飽(あ)かざりし匂(にほ)ひの染(し)みにけるにや。7後夜(ごや)に閼伽奉(あかたてまつ)らせ給(給)ふ。下臈(げらう)の尼(あま)の少(すこ)し若(わか)きがある召(め)し出(い)でゝ、花折(お)らすれば、かことがましく散(ち)るに、いとゞ匂(にほ)ひ来(く)れば、

浮舟 8袖触(ふ)れし人こそ見えね花の香のそれかと匂(にほ)ふ春の曙(明ぼの)

【傍書】 1匂 峯の雪けの歌 2うき舟 3若菜 4うき舟 5尼君心中 6あかさりし君か匂の恋しさに梅の花をそ今日ハ折つる 7後夜 8うき舟

【注釈】

一 **年も返りぬ。春のしるしも見えず…若菜をおろそかなる籠に入れて** 「年も返りぬ」は、薫二十八歳、浮舟二十四、五歳。「春のしるしも見えず、凍りわたれる水の音せぬ」は、新年になり「空の気色うらゝかなるに、汀の氷

解けたる」（椎本二五）宇治の風景とは違い、正月を迎えても、「比叡の山のふもとなれば雪いとたかし」（『伊勢物語』八三段）という小野で、川の水も一面に凍って、水の流れる音もしない、春らしさが少しも感じられない、心細い様子。『君にぞまどふ』とのたまひし人」は、宇治の隠れ家で、浮舟に耽溺して「峰の雪汀の氷踏み分けて君にぞ惑ふ道は惑はず」（浮舟二一）と詠まれた匂宮。「かきくらす野山の雪を眺めてもふりにしことぞ今日もかなしき」は、小野の辺り一面に降り積もっている、野山の雪を眺めても、同じく雪の降り積もった宇治で、匂宮の「君にぞまどふ」と激しい思いを訴えられた時のことが、思い出されて悲しい意。「ふり」は「古り」と「降り」の掛詞。「我世になくて年隔たりぬるを」は、「浮舟の一周忌の仏事を薫のしたまへる事を、人の物語りすることあるを、書かんとての序也」（『岷江』「箋」注）。「思ひ出づる人」は、匂宮、薫、母の中将の君などのこと。「例の慰めの手習」の「手習」は既述（手習一三）、「思ひ余る折には、手習をのみたけきことゝは書きつけ給ふ」（同三一）という心情そのもの。「若菜」は既述（若菜上一二）。正月子の日に七種の若菜を食するという風習による。「おろそかなる籠に入れて」は、粗末な籠に入れて。玉鬘は、源氏の四十の賀の若菜の祝いに「なつかしく今めきたる」（若菜上一二）食器を用意して、趣向を見せた。それに対して、浮舟の粗末な籠は、尼としての質素な暮らしぶりを反映する。

二　**山里の雪間の若菜摘みはやしなほ生ひ先の…まめやかにうち泣い給ふ**　「山里の雪間の若菜摘みはやしなほ生ひ先の頼まるゝかな」の「摘みはやし」は、「積み」「映やし」を掛け、「雪」の縁語。「生ひ先」と「老い先」は掛詞。年老いてゆく私は、あなたを頼りにしていますよ、の意を含む。小野の山里の雪の間に生えた若菜を摘んで、長寿を祝うにつけても、中将に後見される浮舟の将来に期待したい心情です、の意を含めて、浮舟の元気を引き出そうとする意。「雪深き野辺の若菜も今よりは君がためにぞ年もつむべき」の「雪深き野辺の若菜」は、浮舟自身の喩え、「摘む」は「積む」を掛け、「君がため春の野に出でて若菜摘むわが衣手に雪は降りつつ」（古今集巻一・春上・光孝天皇）

を踏まえる。浮舟が、これからは尼君のために何年でも若菜を摘み、尼君の長寿を祝いましょうと詠んだ。「見るかひあるべき御さまと思はましかば」は、世話をする甲斐のある、出家以前の浮舟の様子だったらどんなに幸せだったことでしょう（反実仮想）。

三　**閨のつま近き紅梅の色も香も変はらぬを…花の香のそれかと匂ふ春の曙**　「紅梅」は、紫の上から匂宮が（二条院の）「紅梅と桜とは、花の折々に心とゞめてもてあそび給へ」（御法三）と遺言された形見の花であり、紅梅大納言も「軒近き紅梅のいとおもしろく匂ひたる」（紅梅五）から匂宮を思い出しており、匂宮の花として思い出される。「閨のつま近き紅梅の色も香も変はらぬを」は、「色よりも香こそあはれと思ほゆれ誰が袖触れし宿の梅ぞも」（古今集巻一春上・読人知らず）を踏まえる。『春や昔の』と、異花よりもこれに心寄せのあるは、飽かざりし匂ひの染みにけるにや」は、大君亡き後の新春の、薫と中の君の「御前近き紅梅の色も香もなつかしきに、鶯だに見過ぐし難げにうち鳴きて渡るめれば、『春や昔の』と、心をまどはし給ふどちの御物語に、折あはれなりかし」（早蕨六）と回想する場面を踏まえる。「春や昔の」は、「月やあらぬ春や昔の春ならぬわが身ひとつはもとの身にして」（『伊勢物語』四段・古今集巻一五恋五・在原業平）により、「飽かざりし匂ひ」は、当段冒頭に「『君にぞまどふ』とのたまひし人は、心憂しと思ひはてにたれど、なほ、その折などのことは忘れず」とあるので、匂宮を回想していると考えられる。「飽かざりし君が匂ひの恋しさに梅の花をぞ今朝は折りつる」（拾遺集巻一六雑春・中務卿具平親王）による。一文の大意は、閨近くの紅梅が、昨年と同じように咲き変わらないが、死を覚悟していた自分〔浮舟〕が、今出家して生きていると思うと、他の花よりも、紅梅に心惹かれるのは、飽き足りぬ思いで別れた人〔匂宮〕の匂いが花に染みこんでいるからであろうかの意。「後夜」は既述（柏木一一）。晨朝・日中・日没・初夜・中夜・後夜の六時に分けた、夜半から暁にかけての勤行。「閼伽」は、仏に供える水や花。「花折らすれば」は、紅梅の花を折らせたところ。「かことがましく散るに、いとゞ匂ひ来れば」は、折られたせいで散ると言わんばかりに散り、一層匂ってくるので。「袖触れし人こそ見えね花の香のそれかと匂ふ春の曙」は、私の袖に触れたあの方［匂宮］こそおられないけれども、あの方が愛しておられた紅梅の花の薫りが、あの方がおられるかと錯覚するほど匂っております、あの方とお別れした春の曙と同じこの頃なので。「袖触れし人」を、薫ととる説、薫・匂宮の「どちらであるか特定してはならない」（『鑑賞』）という説があるが、それらの説には従えない。浮舟に、初めて情熱的な愛を教えた匂宮が、浮舟の心に染みついているので、思い出されるのは匂宮の面影であるはず。「春の曙」は、朝、ほのかに明るくなって、恋人がせきたてられるようにして帰る時刻で、浮舟が匂宮と宇治の対岸の小家で最後に逢った時のこと、「夜深く率て帰り給ふ」（浮舟二二）を喩える。

三九　紀伊守、小野に来訪する

一大おほ尼君の孫1の紀伊守2なりけるがア、この頃上りて来たり。三十ばかりにて、容貌きよげに誇りかなるさましたり。紀伊守「何3ごとか、去年一昨年」など問ふに、ほけ〳〵しきさまなれば、こなたに来て、紀伊守「いとこよなくこそひがみ給ひにけれ。あはれにもはつるかな。4残りなき御さまを見たてまつること難くて、遠き程に、年月を過ぐし侍るよ。親たちものし給はで後は、一所をこそ御代はりに思ひきこえ侍りつれ。常陸の北の方は、5訪れきこえ給ふや」と言ふは、妹なるべし。妹尼「ニ年月に添へては、つれ〴〵にあはれなることのみまさりてなむ。常陸は、イ久しう訪れきこえ給はざめり。え待ちつけ給ふまじきさまになむ見え給ふ」とのたまふに、わが親の名と、あひなく耳とまれるに、6また言ふやう、紀伊守「まかり上りて日頃になり侍りぬるを、公事のいとしげくむつかしうのみ侍るにかゝづらひてなん。昨日も、候はんと思ひ給へしを、右大将殿の宇治におはせし御供に仕うまつりて。故八の宮の住み給ひし所におはして、日暮らし給ひし。故宮の御娘に通ひ給ひしを、まづ一所は、一年亡せ給ひにき。その御妹、また忍びて据ゑたてまつり給へりけるを、去年の春、また亡せ給ひにければ、その御果てのわざせさせ給はんこと、かの寺の律師になん、さるべきことのたまはせて、なにがしも、かの女の装束一領調じ侍るべきを、せさせ給ひてんや。織らすべきものは、急ぎせさせ侍りなん」と言ふを聞くに、三ウ いかでかあはれならざらむ。7人や、あやしと見むと、つゝましうて、奥に向かひてゐ給へり。尼君、「かの聖の親王の御娘は、二人と聞きしを、兵部卿の宮の北の方は、いづれぞ」とのたまへば、紀伊守 8「この大将殿の御後のは、劣り腹なるべし。こと〳〵しうもてなし給はざりけるを、いみじう悲しび給ふなり。はじめの、はた、いみじかりき。ほと〳〵出家もし給ひつべかりきかし」など語る。

【校異】

ア　**なりけるが**――「なるか」別（民）「なりける」青（大・三）別（池・伝宗）「成ける○かイ」青（徹二）「なりける○か」河（尾・鳳）「なりけるか」青（大正・明・肖・陵・榊・二・徹一・穂・飯・紹・幽）河（御・伏・七・平・前・大・兼・岩）別（宮・陽・阿・国・保）。なお『大成』は「なりける」、『玉上評釈』『新大系』も「なりける」であるのに対して、『全書』『大系』『全集』『集成』『完訳』『新全集』は「なりけるが」。当該は、「が」の有無による相異である。どちらでも大差はない。強いて言えば、「なりける」に「が」がつけ加えられるのと、「なりけるが」の「が」が脱落するのとでは、後者の方が確率が高いであろう。故に、底本「なりける」を「なりけるが」に校訂する。

イ　**久しう**――「いとひさしく」青（明・二・三・徹二・穂・飯・紹）河（尾・御・伏・七・平・前・大・鳳・兼・岩）別（陽・阿・池・伝宗・保）「いと久しく」青（肖・徹一）「いとひさしう」別（宮・国・民）「○（いと）ひさしく」青（陵・榊・幽）「ひさしう」青（大）「ひさしく」青（大正）。なお『大成』は「ひさしう」、『新大系』も「久しう」であるのに対して、『全書』『大系』『玉上評釈』『全集』『集成』『完訳』『新全集』は「いと久しく（う）」。当該は、「いと」の有無による相異である。「いと」があれば「久しう」が強調される。「いと」を欠く諸本は『大』『大正』の他に『陵』『榊』『幽』の補入前の本の五種、とすれば、その他の諸本が「久しう」に「いと」をつけ加えたとすれば、後出伝本の可能性が大きい。故に、ここでは、底本の校訂を控える。

ウ　**いかでか**――「いかてかは」青（明・肖・陵・二・三・徹二・穂・飯・紹）河（尾・御・伏・七・平・前・大・鳳・兼・岩）別（宮・国・池・民）「いかてか○（は）」青（榊）「いかてかは（ヒ）」別（阿）「いかゝ」別（保）「いかてか」青（大・大正・徹一・幽）別（陽・伝宗）。なお『大成』は「いかてか」、『玉上評釈』『新大系』も「いかでか」であるのに対して、『全書』『大系』『全集』『集成』『完訳』『新全集』は「いかでかは」。当該は、「は」の有無による相異である。浮舟が、自分の法事の話を聞くという、思いがけない展開に心を動かすのである。後出伝本において「は」を追加して最大限の強調表現にしたものとみて底本の校訂を控える。

【傍書】　1孫　2大将家人　3大尼君詞　4紀伊守詞　5それハ紀伊守か妹ナルヘシ　6紀伊守詞　7うき舟　8紀伊守返答

【注釈】

一　**大尼君の孫の紀伊守なりけるが、この頃上りて来たり…訪れきこえ給ふや」と言ふは、妹なるべし**　「大尼君の孫の紀伊守」は、ここに初出。妹尼の甥にあたる。「容貌きよげに誇りかなるさま」は、こぎれいで、有能な様子。「ほけほけしきさま」は、大尼君の、年をとって呆けた様子。「こなた」は、妹尼や浮舟のいる所。「ひがみ給ひにけれ」の「ひがみ」は、老耄のため記憶力の衰えた大尼君の様子。「親たちものし給はで後は、一所をこそ御代はりに思ひきこえ侍りつれ」は、紀伊守の両親は亡く、大尼君を親のつもりで頼っていたこと。「常陸の北の方は、訪れきこえ給ふや」の「常陸の北の方」は、浮舟の母の呼称と同じであるが、これは、今の常陸介の北の方で、紀伊守の妹のこと。紀伊守は、遠方に行ってしまった妹の消息を、伯母の妹尼に尋ねたのである。

二　年月に添へては、つれ〴〵にあはれなることのみまさりてなむ…急ぎせさせ侍りなん」と言ふを聞くに　「つれ〴〵にあはれなることのみまさりて」は、兄弟（又は姉妹）である紀伊守の親だけではなく、娘（中将の婚約者）もなくし、妹尼には悲しい事ばかりが多いの意。「常陸は、久しう訪れきこえ給はざめり」は、常陸の国に赴任している、常陸介の北の方は、その後、大尼君をお訪ねになっておられない様子。「え待ちつけ給ふまじきさま」は、常陸の北の方の夫の任期四年がすんで帰られるときまで、大尼君は生きながらえてお待ちできそうにない様子。「わが親の名」は、紀伊守と妹尼との会話の中に「常陸」とあった、浮舟の親の呼称。「あひなく耳とまれる」は、浮舟が、実際には自分とは関わりはなかったけれども、自分の母親と同じ「常陸の北の方」の話であるので、何気なく興味を持って、以下の会話を聞いてしまった。「まかり上りて日頃になり侍りぬる」は、紀伊守が、紀伊の国から上洛したが、小野の大尼君をすぐには訪れられなかった言い訳を以下に述べるのである。「公事のいとしげくむつかしうのみ侍るにかゝづらひてなん」は、紀伊守の公務に忙しい様子。「右大将殿」は薫。紀伊守の「常陸の北の方」の話題は、ただ、母親と同じ呼称であるという理由だけの関心に過ぎなかったが、「右大将殿」とは、忘れもしない薫その人の名前であり、浮舟は驚く。「宇治におはせし御供に仕うまつりて。故八の宮の住み給ひし所におはして、日暮らし給ひし」は、紀伊守が薫にお供して宇治へ行き、薫に付き従ったということ。薫の動静を掌握している人物だということになる。「故宮の御娘に通ひ給ひしを」は、薫が八の宮の娘［大君］を恋人として通っておられたがの意。「一所」は大君のこと。「一年亡せ給ひにき」は、一昨年、大君の死亡したこと。「御妹」は、今聞き耳を立てている、浮舟のことを指す。大君の妹には、中の君がいるが、その話題は省略している。紀伊守は、新しく尼となって加わっている浮舟の存在にはまるで目もくれない。「忍びて据ゑたてまつり給へりける」は、薫が宇治へ浮舟をこっそり住まわせたこと。「去年の春、また亡せ給ひにければ」は、去年の春、浮舟が死んだこと。浮舟が聞いているとも知らず、紀伊守が語ったのは、不正確な噂話であった。「その御果てのわざ」は、浮舟の一周忌。「かの寺の律師」は、八の宮の法の師であった宇治山の阿闍梨で、律師になったことは既述（蜻蛉一八）。「さるべきことのたまはせて」は、薫が律師に、浮舟の一周忌の法要を依頼なさったこと。「女の装束一領調じ侍るべきを、せさせ給ひてんや。織らすべきものは、急ぎせさせ侍りなん」は、女性用の装束一式を、急いで仕立てていただきたいと、母のいない紀伊守が、伯母の妹尼に依頼した。薫に仕える、有能な部下の手腕の見せ所である。

三　**いかでかあはれならざらむ。人や、あやしと見む…ほと〳〵出家もし給ひつべかりきかし」など語る**　「いかでかあはれならざらむ」は、浮舟が、自分の法要の準備をしている紀伊守の話を聞いて、衝撃を受けた心情。「人や、あやしと見むと、つゝましうて、奥に向かひてゐ給へり」は、浮舟が、紀伊守の話に驚き顔色が変わるのを人から見咎められないように、顔を奥の方に向けて坐っておられたのである。「かの聖の親王の御娘は、二人と聞きしを、兵部卿の宮の北の方は、いづれぞ」は、紀伊守に対する妹尼の質問。浮舟は八の宮に認知されず、娘として世間には知られていなかったので、紀伊守の話が理解出来なくて、妹尼が聞きただしたもの。「兵部卿の宮の北の方」は、中の君を指す。浮舟の死亡については、既に「この大将の亡くなし給ひてし人は、宮の御二条の北の方の御おとうとなりけり」（蜻蛉二九）と、中宮にまで報告されており、紀伊守の報告と照応する。「この大将殿の御後のは、劣り腹なるべし」は、薫の後の愛人が八の宮の正室の娘ではなく、「劣り腹」の娘であろうという、紀伊守の推測。「こと〳〵しうもゝてなし給はざりけるを、いみじう悲しび給ふなり」は、大将殿は、後の愛人を大切に扱われなかったのだが、大層悲しんでおられる、の意。「はじめの、はた、いみじかりき。ほと〳〵出家もし給ひつべかりきかし」は、初めの恋人、大君の亡き後、薫は、今にも出家してしまわれそうにひどく悲しまれた意。この話も、浮舟には初耳のことであった。この紀伊守の世間話によって、浮舟は、薫にとっての自分の位置づけを初めて理解する。

四〇　紀伊守、薫と浮舟のことを語る

一1 かのわたりの親しき人なりけりと見るにも、さすが恐ろし。紀伊守「2あやしく、やうのものと、かしこにてしも亡せ給ひけること。昨日も、いと不便に侍りしかな。川近き所にて、水を覗き給ひて、いみじう泣き給ひき。3上に上り給ひて、柱に書きつけ給ひし、

二4 薫 見し人は影もとまらぬ水の上に落ち添ふ涙いとゞせきあへず

となむ侍りし。言にあらはしてのたまふことは少なけれど、たゞ、気色には、いとあはれなる御さまになん見え給ひし。女は、いみじく愛でたてまつりぬべくなん。若く侍りし時より、優にアおはしますと見たてまつり染みにしかば、世の中の一5の所も、何とも思ひ侍らず、たゞこの殿を頼みイきこえてなん過ぐし侍りぬる」と語るに、ことに深き心もなげなるかやうの人だに、御ありさまは見知りにけりと思ふ。三 尼君、妹尼「光君と聞こえけん故院の御ありさまには、ウえ並び給はじとおぼゆるを、たゞ今の世に、この御族ぞ愛でられ給ふなる。エ6左の大殿と」とのたまへば、紀伊守「7それは、容貌もいとうるはしうけうらに、オ宿徳にて、際ことなるさまぞし給へる。兵部卿の宮ぞ、いといみじうおはするや。女にて馴れ仕うまつらばやとなんおぼえ侍る」など、8教へたらんやうに言ひ続く。あはれにもをかしくも聞くに、身の上も、この世のことゝもおぼえず。とゞこほることなく語りおきて出でぬ。

【校異】

ア　**おはします**――「おはす」青（肖・榊・二・穂・飯・紹）河（尾・御・伏・七・平・前・大・鳳・兼・岩）別（宮・陽・阿・国・池・伝宗）「をはす」青（三）別（保・民）「おま（ハか）します」青（明）「お○（は）はします」青（幽）「おはします（ヒヒヒ）」青（大・大正・陵・徹一・徹二）。なお『大成』は「おはします」、『大系』『新大系』も「おはします」であるのに対して、『全書』『玉上評釈』『全集』『集成』『完訳』『新全集』は「おはす」。当該は、「おはします」か「おはす」かの相異である。これは、紀伊守が薫を「優におはします」と評する語であり、「おはす」よりも敬意が強い「おはします」が相応しい。『大正』『陵』、『幽』も勘案して、ここは、校訂を控える。

イ　**きこえて**――「たてまつりて」別（保・民）「きこえさせて」青（明・榊・二・三・徹一・徹二・穂）河（尾・御・七・平・前・大・鳳・兼・岩）別（宮・国・池・伝宗）「きこへさせて」青（飯）河（伏）「聞えさせて」青（紹）別（阿）「きこえ○（させ）て」青（肖）「聞え○（させ）て」青（幽）「きこえて」青（大・大正・陵）「きこへて」別（陽）。なお『大成』は「きこえて」、『大系』『玉上評釈』『新大系』も「聞（きこ）えて」であるのに対して、『全書』『全集』『集成』『完訳』『新全集』は「きこえさせて」。当該は、「きこえ」か「きこえさせ」かの相異である。これは紀伊守が今まで薫を「頼みきこえて」過ぎてきた、と語るところで、「きこえ」よりは「きこえさす」の方が、薫に対する敬意が強い。『大正』『陵』、『肖』『幽』の元の本文なども勘案して、後出伝本において「させ」を追加して薫への謙譲の気持を強めたものとみて、校訂を控える。

ウ　**え並び給はじ**――「なすらへ給はし」別（民）「な○（す）らひたまはし」別（保）「ならひ給はし」青（大・幽）「ゐぞならひ給はし」別（伝宗）「えなすらひ給はし」河（尾・御・七・平・鳳）「えな○（す）らひ給はし」河（大）「○（え）ならひ給はし」青（陵）「えならひ給はし」青（大正・肖・榊・二・三・徹一・徹二・穂・飯・紹）河（前・兼・岩）別（宮・陽・阿・国・池）「えならひたまはし」青（明）「えならひ給わし」河（伏）。なお『大成』は「ならひ給はし」、『新大系』も「並び給はじ」であるのに対して、『全書』『大系』『玉上評釈』『全集』『集成』『完訳』『新全集』は「え並（なら）び給（たま）はじ」。当該は、主に「え」の有無による相異である。文意からみても、「え」があれば、薫が光源氏に並ぶことができないことがより明瞭となり、「え」はあるべき場面である。青表紙本、河内本を通じて「え」のないものは『大』『幽』の二本のみであるので、この二本は「え」が脱落したものと考えて、底本を「え並び給はじ」と校訂する。

エ　**左の大殿**――「左大将殿」別（陽）「大殿」別（民）「右の大殿」青（大）河（兼・岩）「右のおほい殿」青（榊・二）河（尾・御・七・平・前・大・鳳）「右の大○（い）殿」別（伝宗）「右大臣殿」青（三・徹二）別（阿）「右の大ゐ殿」青（穂）「右のをゝ

いとの」青（飯）河（伏）「右のおゝい殿」別（宮）「右のおほいとの」別（国）「みきのおほゐとの」別（池）「みきの大との」別（保）「左の大い殿」青（大正・肖・陵）「左大臣」青（明）「左の大いとの」青（徹一）「左大臣殿」青（紹）「右〔ヒ左〕の大い殿」青（幽）。なお『大成』は「右の大殿」、『全書』『玉上評釈』『全集』『集成』『完訳』『新大系』『新全集』も「右の大殿」であるのに対して、『大系』は「左の大い殿」。この手習巻の夕霧を右大臣とみるか左大臣とみるかについては、本注釈では「左大臣」とする（竹河二二【注釈】一参照。）故に、この箇所の底本は「左の大殿」と校訂する。

オ　けうらに――「こゝろ」別（民）「よき」別（宮・国）「きよけに」別（池）「清らに」青（徹二）「きよらに」青（大正・明・肖・陵・榊・二・三・徹一・穂・飯・紹・幽）河（尾・御・伏・七・平・前・大・鳳・兼・岩）別（陽・阿・伝宗・保）「けうらに」青（大）。なお、『大成』は「けうらに」、『全書』『玉上評釈』『新大系』も「けうらに」であるのに対して、『大系』『全集』『集成』『完訳』『新全集』は「清（きよ）らに」。当該は、「けうら」か「きよら」かの相異である。この二語の表す内容は殆ど差がないと思われるが、大島本源氏物語の用例は「きよら」が圧倒的に多い。「けうら」は全部で七例の用例のうち、真木柱一、夕霧一、御法一に対して、手習は四例、しかも「きよら」の用例は手習巻に一例もない。或いは書写者に、特定のこだわりがあるのかもしれないので、「けうら」と確認し得る用例として、底本は単独異文ではあるが、校訂を控えておく。

【傍書】　1うき舟心中　2あやしきさまの物と云心也様の字ヲハやうともさまともよむ也　3家―　4薫　5左大臣　6右大臣殿ト此殿トイツレソト云詞也　7紀伊守返答　8うき舟心中

【注釈】

一　**かのわたりの親しき人なりけりと見るにも…上に上り給ひて、柱に書きつけ給ひし**　「かのわたり」は、薫の周辺。「親しき人」は家司か。「さすが恐ろし」は、浮舟の生存が薫に知られると、薫が還俗を迫るであろうという心配のために、浮舟は、恐ろしいのである。「あやしく、やうのものと、かしこにてしも亡せ給ひけること」は、後から亡くなった妹も、姉と同じように宇治で亡くなったとは、不思議なことです。「昨日も、いと不便に侍りしかな」は、以下に述べる、昨日の薫の行動について、大変気の毒でしたという、紀伊守の報告。この報告も、妹尼へのものであるが、そばで聞いている浮舟の耳に残る内容である。「川近き所にて、水を覗き給ひて、いみじう泣き給ひき」

は、宇治川に入水したと思っている薫が、川の近くで、水を覗きながら悲しむ様子。聞いている浮舟には、薫の悲しむ様子がまざまざと浮かぶ。「上に上り給ひて、柱に書きつけ給ひし」は、部屋の中に入って、薫が柱に歌を書き付けられた。

二　**見し人は影もとまらぬ水の上に落ち添ふ涙…御ありさまは見知りにけりと思ふ**　「見し人は影もとまらぬ水の上に落ち添ふ涙いとゞせきあへず」の歌意は、浮舟は亡骸も残さず亡くなってしまい、宇治川の水の上に、私の流す涙だけが、止めどなく流れることです。「止まらぬ」と「留まらぬ」、「涙」と「波」は掛詞、「水」と「せ（堰）き」は縁語。「女は、いみじく愛でたてまつりぬべくなん」は、女性ならば、薫を素晴らしい方として称賛するに違いないの意。紀伊守のこの発言も、浮舟は聞き逃さなかった。浮舟自身は、薫と匂宮とを比べて、「大将殿を、いときよげに、またかゝる人あらむやと見しかど、こまやかににほひ、きよらなることはこよなくおはしけり」（浮舟一三）とある如く、匂宮の方を薫より美しい方と見ていたので、紀伊守の見解には賛同していないはずである。「若く侍りし時より、優におはしますと見たてまつり染みにしかば、世の中の一の所も、何とも思ひ侍らず、たゞこの殿を頼みきこえてなん過ぐし侍りぬる」は、紀伊守の薫評で、紀伊守には、薫は「優におはします」方で有能であり、「世の中の一の所」たる、夕霧と比べても、全く劣るとも思わず、心からお仕えしている方であると語る。そのように大切に思う薫が、愛する人の一周忌で悲しんでおられるので、紀伊守としては一大事で、御供養のために役に立ちたいのである。「ことに深き心もなげなるかやうの人だに、御ありさまは見知りにけりと思ふ」は、浮舟の見たところ、たいした考えもなさそうな紀伊守でさえ、薫を「優におはします」と称賛し、薫の人柄を正当に評価している、それに引き替え私は、薫を裏切り匂宮になびいたのだと、自身の軽率さを後悔する浮舟の心情がにじむ。

三　**尼君、「光君と聞こえけん故院の御ありさまには…この世のことゝもおぼえず。とゞこほることなく語りおき**

て出でぬ　「光君と聞こえけん故院の御ありさまには、え並び給はじとおぼゆるを」は、紀伊守が、薫が最高であると称賛したのに対して、それでも源氏程ではないと思われるが、と述べた妹尼の発言。「たゞ今の世に、この御族ぞ愛でられ給ふなる。左の大殿と」は、現在の時勢では、源氏の一族がもてはやされておられるということです。左大臣の夕霧と…と述べて、夕霧が薫とともに源氏の一族であるということを略した言い回し。「それは、容貌もいとうるはしうけうらに、宿徳にて、際ことなるさまぞし給へる」は、夕霧が、容貌も端正で美しく、威風堂々とした政治家としての貫禄がついておられる意。源氏の四十の賀を祝うときの太政大臣が「今さかりの宿徳とは見え給へる」（若菜上二三）とあった。「兵部卿の宮ぞ、いといみじうおはするや。女にて馴れ仕うまつらばやとなんおぼえ侍る」は、紀伊守が薫と夕霧とを褒めたついでに、匂宮についても、自分が女の立場で親しくお仕えしたいような、魅力的な宮様であると褒めた。「教へたらんやうに言ひ続く」は、紀伊守が、誰かが話す内容を教えたかのように、滞りなく次から次へと話した。「あはれにもをかしくも聞くに」は、自分が死んだと思って薫の悲しんでおられる様子についてはしみじみと感動して、また、夕霧や匂宮への批評については興味を持って、浮舟は聞いた。「身の上」は、紀伊守の話を聞いている、浮舟のわが身の上。「この世のことゝもおぼえず」は、別世界の話のように、浮舟には聞こえた。

四一　浮舟、自分の法要の準備に複雑な心境

一 忘(忘)れ給はぬにこそはと、ア あはれと思(思)ふにも、いとゞ母(はゝ)君の御心の内推(うちを)し量(はか)らるれど、なか(中)〳〵、言(い)ふかひなきさまを見え聞(き)こえたてまつらむは、なほ(猶)イつゝましくぞあり(有)ける。1 かの人の言(い)ひつけし事ウどもを、2 染(そ)め急(いそ)ぐを見るにつけて

も、あやしうめづらかなる心地(ち)すれど、かけても言(い)ひ出(い)でられず。裁(た)ち縫(ぬい)ひなどするを、妹尼「これ御覧(らん)じ入(い)れよ。物をいとうつくしう[3]捻(ひね)らせ給へば」とて、小袿(こうちぎ)の単衣奉(ひとへたてまつ)るを、うたておぼゆれば、心地悪(ちあ)しとて、手も触(ふ)れず臥(ふ)し給へり。尼君(あまぎみ)、急(いそ)ぐことをうち捨(す)てゝ、妹尼「いかゞ思(おぼ)さるゝ」など思ひ乱(思みだ)れ給(給)ふ。紅に桜の織(をり)物の袿重(うちぎかさ)ねて、女房「おま(ま(朱)ヒ)へには、かゝるをこそ奉(たてまつ)らすべけれ。あさましき墨染(すみぞめ)なりや」と言(い)ふ人あり。

浮舟[4]ニ尼(あま)衣変(かは)れる身にやありし世(よ)の形見(かたみ)に袖をかけてしのばん

と書(か)きて、いとほ(お)しく、亡(な)くもなりなん後に、物の隠(かく)れなきに(世(朱)ヒ)なりければ、聞き合(きゝあ)はせなどして、疎ましきまでエ隠(かく)しけるなどや思はんなど、さまオ〳〵思(思)ひつゝ、浮舟「過(過)ぎにし方のことは、絶(た)えて忘れ侍(侍)りにしを、かやうなることを思(おぼ)し急(いそ)ぐにつけてこそ、ほのかにあはれなれ」と、おほどかにのたまふ(給)。妹尼「さりとも、思(おぼ)し出(い)づることは多(おほ)からんを。尽(つ)きせず隔(へだ)てゝ給(給)ふ(ヒ(朱))こそ、心憂(う)けれ。カこゝには、かゝる世(よ)の常(つね)の色合(あ)ひなど、久(ひさ)しく忘れにければ、なほ(を)〳〵しく侍(侍)るにつけても、[5]昔の人あらましかばなど思ひ出(思出)で侍る。三しか扱(あつか)ひきこえ給(給)ひけん人、世(よ)キにおはすらんや。かく亡(な)くなして見侍(み侍)りしだに、なほ(猶)、いづこにあらむ、そことだに尋(尋き)ね聞かまほしくおぼえ侍(侍)るを、行(行ゑし)くへ知らで、思ひきこえ給(給)ふ人々(ゝ)侍らむかし」とのたまへ(給)ば、浮舟「[6]見し程までは、一人(ひとり)はもの(物)し給(給)ひき。この月頃(比う)失せやし給ひ(給)ぬらん」とて、涙の落(お)つるを紛(まぎ)らはして、浮舟「なか(中)〳〵、思ひ出(思出)づるにつけて、うたて侍ればこそ、え聞(き)こえ出(出)でね。隔(へだ)ては、何(なに)ごとにか残(のこ)し侍らむ」と、言少(ことすく)なにのたま(給)ひなしつ。

大将は、この果(は)て[7]のわざなどせさせ給(給)ひて、はかなくてもやみぬるかなと(哉)、[ク]あはれに思(おぼ)す。かの常陸(ひたち)の子(こ)どもは、[8]冠(かうぶり)したりしは、蔵人(くら)になし[ケ]、わが御司(つかさ)[9]の将監(ぞう)になしなど、いたはり給(給)ひけり。童(わらは)なるが、中にきよげなるをば、近(ちか)く使(つか)ひ馴(な)らさむとぞ思(おぼ)したりける。

【校異】

ア　**あはれと**――「ナシ」別（保・民）「あはれなりと」別（陽）「あはれにも」別（池）「あはれに」青（大・飯）河（尾・御・伏・七・平・前・大・鳳・兼・岩）別（宮・国・伝宗）「あはれと」青（大正・明・肖・陵・榊・二・三・徹一・徹二・穂・紹・幽）別（阿）。なお、『大成』は「あはれに」、『玉上評釈』『新大系』も「あはれに」であるのに対して、『全書』『大系』『全集』『集成』『完訳』『新全集』は「あはれと」。当該は、「と」と「に」の相異である。「あはれと」は薫の浮舟を忘れ得ない気持を、浮舟が「あはれ」と思うこと。形容動詞の語幹「あはれ」と格助詞・引用の「と」である。「あはれに」はその薫の気持ちに対して、浮舟が、しみ〴〵なつかしく感ずること。「あはれに」は形容動詞の連用形である。「あはれと」の方が、やや感動の気持が強いか。すぐ上に「忘れ給はぬにこそはと」とあり、「と」が続くので「あはれに」と書きかえたものか。ごく稀に「と（止）」を「に（尓）」と誤ることもあるかもしれない。しかし、逆に「に」を「と」と誤ることはない。上記のような理由で、底本を「あはれと」と校訂する。

イ　**つゝましく**――「いとつゝましう」青（明）別（民）「いとつゝましく」青（肖・榊・二・三・徹一・徹二・穂・飯）河（尾・御・伏・七・平・前・大・鳳・兼・岩）別（宮・陽・阿・国・池・伝宗）「○(いと)つゝましく」青（紹・幽）「つゝましく」青（大・大正・陵）別（保）。なお『大成』は「つゝましく」、『大系』『新大系』も「つゝましく」であるのに対して、『全書』『玉上評釈』『全集』『集成』『完訳』『新全集』は「いとつつ（ゝ）ましく」。当該は、「いと」の有無による相異である。『大正』『陵』、『幽』の元の本文も勘案して、「いと」が補充される可能性は、後出伝本の方が大きいであろうと考えて、底本の校訂を控える。

ウ　**事どもを**――「ものをなと」別（民）「ことなとを」別（阿）「ことなと」青（明・飯）河（尾・御・伏・七・平・前・大・鳳・兼・岩）別（宮・陽・国・池・伝宗）「事なと」青（肖・榊・二・三・徹一・徹二・穂）別（保）「事○(な)ともを」青（幽）「事

ともを」青（大・大正・陵・紹）。なお、『大成』は「事ともを」、『大系』『新大系』も「事どもを」であるのに対して、『全書』『玉上評釈』は「こと（事）などを」、『全集』『集成』『完訳』『新全集』は「ことなど」。当該は、おもに「どもを」か「など」かの相異である。「ども」は複数を表す接尾語、「など」は例示の副助詞であり、ここでは、紀伊守から言いつけられた仕立物が幾つもあるのを、大急ぎで染めるのであり、その他にもいろいろある、という表現ではないと思われる。『大正』『陵』などの諸本を勘案して、校訂を控える。

エ　**疎ましきまで**――「うとましきまても」別（民）「うとましきま（ま（朱））てに」青（大）「うとましきまて」青（大正・明・肖・陵・榊・二・三・徹一・徹二・穂・飯・紹・幽）河（尾・御・伏・七・ヒ平・前・大・鳳・兼・岩）別（宮・陽・阿・国・池・伝宗・保）。なお、『大成』は「うとましきまてに」、『新大系』も「うとましきまでに」であるのに対して、『全書』『大系』『玉上評釈』『全集』『集成』『完訳』『新全集』は「疎（うと）ましきまで」。底本は単独異文であり、不注意で「に」がつけ加えられたと考えて、「疎ましきまで」と校訂する。

オ　**などや**――「かなと」別（民）「やと」別（伝宗）「とや」青（明・肖・榊・二・三・徹二・穂・飯・紹）河（尾・御・伏・七・平・前・大・鳳・兼・岩）別（阿・池）「なとや」青（陵・幽）「なとや」青（大・大正・徹一）別（宮・陽・国）「ゝ（な）とや」別（保）。なお、『大成』は「なとや」、ヒ『新大系』も「などや」であるのに対して、『全書』『大系』『玉上評釈』『全集』『集成』『完訳』『新全集』は「とや」。当該は、「などや」と「とや」の相異である。底本『大』のように「かくしけるなとや」と書いてある場合、もともと「かくしけるとや」のように「な」が脱落しやすい文脈である上に、場合によっては「る（留）」と「な（奈）」が似通っていて「な」が脱落する可能性もある。『大正』『陵』『幽』などの諸本も勘案して、底本の校訂を控える。

カ　**こゝには**――「身には」青（大・大正・陵・徹一・飯）河（尾・御・伏・七・平・前・大・鳳・兼・岩）別（阿・池・伝宗）「みには」青（榊）「身（こゝィ）には」青（明）「身（こゝ）には」青（幽）。「こゝにも」別（宮・陽・国・保・民）「こゝには」青（肖・二・三・徹二・穂・紹）なお『大成』は「身には」、ヒ『玉上評釈』『新大系』も「身には」であるのに対して、『全書』『大系』『全集』『集成』『完訳』『新全集』は「ここ（ゝ）には」。当該は、おもに「身」か「ここ」かの相異である。自称の場合、「身」も「ここ」もどちらもあり得る。「身には、悲しくいみじと思ひきこゆとも、また見たてまつらざらまし」（浮舟二七）、「山賤のそしりをさへ負ふなむこゝのためもからき」（蜻蛉六）など。ちなみに当該の箇所で「身」と書かれているものを、影印本・写本などで確認すると、「み」とあるのは青（榊）のみで、字母は「美」。あとの諸本は、青（大・大正・陵・徹一・飯）河（尾・御・伏）別（池・伝宗）のすべてが「身」。書き込みのあるものは、青（明）が「身（こゝィ）」、青（幽）がヒ「身（ここ）」である。このように、元来が

「身」であったとすれば、平仮名で「み」と書くことは殆どなく、かりにあったとしても「美」を字母とする場合であり、紛らわしい「三」を字母とする場合は、まずあり得ない。要するに「身」→「こゝ」という誤写は発生しないと言ってよい。逆に「こゝ」を「ミ」(三)と見誤って「身」となる可能性は大きい。よって、青表紙本系・河内本系の信頼のおける諸本には反するが、当該は「こゝには」が本来の形とみて、「こゝには」と校訂する。

キ　**おはすらんや。かく**――「をはしけむを」別（民）「おはすらんやめのまへに」青（明）別（宮・国）「おはすらんや○（めのまへにイ）かく」青（徹二）「おはすらんやゝかて」河（御）「おはすらんややかて」河（尾・伏・七・平・前・大・鳳・兼・岩）「おはすらむやや○（か）く」別（伝宗）「をはすらむやゝかて」別（保）「をはすらんやゝかて」青（飯）「おはすらんやかて」青（大・穂）別（阿）「おはすらむやかて」青（徹一）「おはすらむやかて（ヒ・ヒ／か・く）」青（幽）「おはすらむやかく」青（大正）「おはすらんやかく」青（肖・陵・紹）別（陽・池）「をはすらんやかく」青（榊・二・三）。なお、『大成』は「おはすらんやかて」、『新大系』も「おはすらん。やがて」であるのに対して、『全書』『大系』『玉上評釈』『全集』『集成』『完訳』『新全集』は「おはすらむ（ん）や。（、）かく」。当該は、「やがて」とするか「や」「かく」とするかの相異である。この箇所は河内本の諸本のように、「や」が、上にも下にも付くように読めるところから、異文が発生したと思われる。「く（久）」と「て（天）」はよく似ているので、「や」の読み方によっては「やがて」とも「や。かく」とも読める。妹尼君の言葉で、娘のことを「やがて亡くして」と言うか「かく亡くして」と言うかでは、後者の方が適切であろう。とすれば、上の文は、妹尼君が浮舟に「しか扱ひきこえ給けん人、世におはすらんや」と尋ねていると解すべきであろう。故に底本は「く」を「て」と誤ったものとみて、「おはすらんや。かく」と校訂する。

ク　**はかなくても**――「はかなくて」青（大）別（阿）「はかなくも」別（宮・陽・国・池）「はかなくても」青（大正・明・肖・陵・榊・二・三・徹一・徹二・穂・飯・紹・幽）河（尾・御・伏・七・平・前・大・鳳・兼・岩）。別（伝宗・保・民）。なお、『大成』は「はかなくて」、『新大系』も「はかなくて」であるのに対して、『全書』『大系』『玉上評釈』『全集』『集成』『完訳』『新全集』は「はかなくても」。当該は、「て」か「ても」かの相異である。青表紙本・河内本を通じて「はかなくて」は『大』の単独異文。これは、諸本の「はかなくても」の「も」が脱落したと考えて、底本を「はかなくても」と校訂する。

ケ　**なし**――「なして」青（大・穂）「なし」青（大正・明・肖・陵・榊・二・三・徹一・徹二・飯・紹・幽）河（尾・御・伏・七・平・前・大・鳳・兼・岩）別（宮・陽・阿・国・池・伝宗・保・民）。なお、『大成』は「なして」、『新大系』も「なして」であるのに対して、『全書』『大系』『玉上評釈』『全集』『集成』『完訳』『新全集』は「なし」。当該は、「て」の有無による相異である。青表紙本・河内本・別本を通じて「なして」は『大』『穂』の二本のみであるので底本が文意を明確にするために「て」をつけ加えたと考えて、「なし」と校訂する。なお、蔵人も右近将監も六位相当なので、同一人と思われる。

【傍書】　1紀伊守事　2女装束したつるを云　3きぬのひとへのみゝをひねる事也　4うき舟　5尼君の女の事を思ひいたし侍る也　6うき舟詞　うき舟の君の母の事也　7うき舟の君ノ一周忌ノとふらひをし給ふかと也　8元服ノ事也　9将監

【注釈】

一　**忘れ給はぬにこそはと、あはれと思ふにも…あさましき墨染めなりや」と言ふ人あり**　「忘れ給はぬにこそはと、あはれと思ふ」は、紀伊守の話から、薫が自分のことを忘れてはおられないことを知り、感慨無量の浮舟である。「いとゞ母君の御心の内推し量らるれど」は、浮舟には、薫のこと以上に、母の悲しみは如何ばかりかと推測されるのである。薫に仕える紀伊守の報告は、薫の悲しむ様は述べるが、匂宮や母の悲しむ様は伝えていないからである。中でも浮舟が真っ先に思うのは、母の悲しむ様子であるが、紀伊守は語らないので心配である。一方、匂宮の悲しむ様子については、紀伊守は勿論語らないが、浮舟は気にしてはいない。「なか〳〵、言ふかひなきさまを見え聞こえたてまつらむは、なほつゝましくぞありける」は、浮舟は、自分が生きていて今尼になっている様を母に見せると、かえって、また母を悲しませることになると思うので、自分の生存を母に知られたくないのである。「かの人」は紀伊守。「うつくしう捻らせ給へば」は、浮舟がきれいに袖口や裾を折り曲げることがお出来になるので。「小袿の単衣奉る」は、妹尼が、浮舟に小袿用の単衣を手渡した。「うたておぼゆれば」は、自分の供養のために用意する仕立物だと思うと、浮舟は尼達の裁縫に参加する気になれない。「紅に桜の織物の袿重ねて」は、紅色の単衣に、桜の地模様を織り出した袿を重ねて。このあでやかな衣装は、柏木が垣間見した、女三の宮の「袿姿」（若菜上四〇）が紅梅襲で、上には桜襲の細長を着ていた、ひときわ注目される衣装の色目を想起させる。また、浮舟が宇治の対岸で、匂宮と二日間を過ごした時の、二日目に着替えた姿、「濃き衣に紅梅の織物」(浮舟二二)も彷彿させる、若い女性の華やかな衣装である。「おまへには、かゝるをこそ奉らすべけれ。あさましき墨染めなりや」は、出家した浮舟に対して、居合わせた女房が、あでやかな衣装を取り上げ、浮舟にはこのようなお召し物が似合われますのに、墨染めの尼衣とは、残念なことですと述べた。

二 **尼衣変れる身にやありし世の形見に袖を…昔の人あらましかばなど思ひ出で侍る** 「尼衣変れる身にやありし世の形見に袖をかけてしのばん、と書きて」は、浮舟に墨染めの衣装は残念だという言葉に心を打たれて浮舟の書いた、物語中最後の手習歌。「身にや」の「や」は反語、「かけて」は「袖をかけて」と、「かけてしのばん」を掛ける。「かけて」は打消を伴って「決して(…ない)」「さらさら(…ない)」の意の副詞。出家した我が身が、自分の供養のために用意する、形見とも言うべき袿の袖に手を通して、在俗の頃の我が身を思い出すようなことは、どうして出来ましょうか、決して出来ないことです、という、浮舟の心中。「さま〴〵思ひつゝ」は、妹尼の親切心に対して、自分の素性を隠したままでいるのを、申し訳なく思う浮舟の心情。「『過ぎにし方のことは、絶えて忘れ侍りにしを、かやうなることを思し急ぐにつけてこそ、ほのかにあはれなれ』と、おほどかにのたまふ」は、申し訳なさから出た浮舟の弁解の表現。「ほのかにあはれなり」の「ほの(仄)か」は、既述(桐壺二七)。在俗の頃のことは、すっかり忘れてしまったので、供養のための女房装束の仕立てを準備するとは、ほのぼのと心に響く心情ですと、浮舟はおっとりとした口調で、自身の心境を述べた。「尽きせず隔て給ふ」は、妹尼に打ち解けず、過去のことを忘れたことにして語らない浮舟への、妹尼の非難である。「こゝには、かゝる世の常の色合ひなど、久しく忘れにければ」は、自分は出家していて、女房装束の色合いなどは、長いこと忘れてしまいましたのでと応じる、妹尼の言葉。「なほ〳〵しく侍る」は、色合いが平凡な取合わせである意。「昔の人」は、妹尼の、亡き娘。「昔の人あらましかばなど思ひ出で侍る」は、妹尼が、娘が生きていればよかったのに、という意。母として亡き娘を恋しく思う心情を述べて、浮舟の心の中に入り込もうとする、妹尼の語りかけである。

三　**しか扱ひきこえ給ひけん人、世におはすらんや…近く使ひ馴らさむとぞ思したりける**　「しか扱ひきこえ給ひけん人、世におはすらんや」は、在俗の頃のことを語らない浮舟に、妹尼が、あなたのことを私のように心配するお身内は、この世に生きておられませんかと、控えめに問いかけた。「行くへ知らで、思ひきこえ給ふ人々侍らむかし」は、浮舟が、自分の過去について何も語らないので、妹尼は、浮舟を心配して捜している親姉妹がいるであろうと迫った。「見し程までは」は、私が俗世におりましたときまでは。「一人はものし給ひき」は、母が一人はおりました意を含む。薫や匂宮や姉の中の君がいたことについてまでは、浮舟は伏せていて言わない。「この月頃失せやし給ひぬらん」は、娘の自分が行方不明になったので、力を落とし、一周忌のこの月頃には死んでしまわれたであろうか、という、浮舟の推測による語り。「隔ては、何ごとにか残し侍らむ」は、妹尼の、「尽きせず隔て給ふ」への、浮舟の応酬。「言少なにのたまひなしつ」は、浮舟が、最小限のことを述べるようにして、薫や匂宮のことまで語らないように言い繕った。死ぬつもりであった浮舟は、薫や匂宮には、さらには母の中将の君にさえ、自分の生存が知られたくないからである。「大将」は薫。「果てのわざ」は、浮舟の一周忌の法要。「はかなくてもやみぬるかな」は、浮舟と薫とのあっけない縁であったことへの感慨。「かの常陸の子ども」は、浮舟の異父弟。「冠」は、元服の意。「蔵人になし、わが御司の将監になし」は、六位の蔵人に推挙し、大将の役所の右近衛府の将監に就かせた。薫が浮舟の異父兄弟までを推挙したこの配慮は、大宰大弐の娘の五節に心惹かれた源氏が、その兄も「蔵人になしかへりみ給ひし」（須磨二三）とある例以上の対応で、その懇切さは源氏を上回る。「いたはり給ひけり」は、中将の君を弔問した薫が、「幼き人どもゝあなるを、朝廷に仕うまつらむにも、必ず後見思ふべくなむ」（蜻蛉一九）と、約束したことに照応。「童なる」は、元服する前の、浮舟の異父弟。「近く使ひ馴らさむ」は、文使いなどをさせるための童として、薫は考えている。これは空蟬の弟の小君を想起させる。

四二　浮舟の一周忌後、薫、中宮に参上す

一 雨など降りてしめやかなる夜、后宮[1]に参り給へり。御前のどやかなる日にて、御物語など聞こえ給ふついでに、薫[2]「あやしき山里に、年頃まかり通ひ見給へしを、人のそしり侍りしも、さるべきとこそはあらめ、誰も心の寄る方のことは、さなむあると思ひ給へなしつゝ、なほ時々見給へしを、所のさが[3]にやと、心憂く思ひ給へなりにし後は、道も遥けき心地し侍りて、久しうものし侍らぬを、先つ頃、物の便りにまかりて、はかなき世のありさまとり重ねて思ひ給へしに、ことさらア道心を起こすべく造りおきたりける聖の住みかとなんおぼえ侍りし」と啓し給ふに、

二 かのこと思し出でゝいと／＼ほしければ、中宮「そこには、恐ろしき物や棲むらん。いかやうにてか、かの人は亡くなりにし」と問はせ給ふを、[4]なほ、イうち続きたるを思し寄るウ方と思ひて、薫「さも侍らん。さやうの人離れたる所は、よからぬ物なん、必ず住みつき侍るを。失せ侍りにしさまもなん、いとあやしく侍る」とて、くはしくは聞こえ給はず。[5]なほ、かく忍ぶる筋を聞きあらはしけりと思ひ給はんが、いとほしく思され、[6]宮の、物をのみ思して、その頃は病になり給ひしを思し合はするにも、さすがに心苦しうて、方々に口入れにくき人の上と思しとゞめつ。

三　小宰相（こさいしやう）に、忍（しの）びて、中宮「[7]大将、かの人のことを、いとあはれと思（思）ひてのたまひ（給）しに、いとほ（お）しうてうち出（い）でつべかりしかど、それにもあらざらむもの（物）ゆゑ（へ）とつゝましうてなん。君ぞ、こと〳〵聞き合（き、あ）はせける。かたはならむことは、取（と）り隠（かく）して、さることなんありけると、大方（おほかた）の物語のついでに、僧都（そうづ）の言（い）ひしこと[エ]語（かた）れ」とのたま（給）はす。小宰相「[8]御前（おまへ）にだにつゝませ給はむことを、まして、異人（こと）は、いかでか」と聞（き）こえさすれど、中宮「さま〳〵なることにこそ。[9]また（又）、まろはいとほ（お）しきことぞあるや」とのたま（給）はするも、心得（え）て、をか（お）しと見（み）たてまつる。

【校異】

ア　**道心を起こすべく**――「たうしむをもをこすへく」別（保）「たうしんをもおこすへく」別（民）「道心おくすへく」河（岩）「たうしんおこるへく」別（陽）「道心おこすへく」青（大）「たうしんをこすへき（く）」河（伏）「たうしんをこすへく」青（明・穂）「たうしんおこすへく」別（池）「道心○（を）おこすへく」青（幽）「道心をおこすへく」青（大正・肖・陵）「たうしんをゝこすへく」青（榊・三・紹）別（宮・国）別（伝宗）「たうしむをおこすへく」河（尾）「たうしんをおこすへく」青（二・徹二）河（御・七・平・前・大・鳳・兼）別（阿）「たうしんをこすへく」青（飯）。なお、『大成』は「道心おこすへく」、『新大系』も「道心おこすべく」であるのに対して、『全書』『大系』『玉上評釈』『全集』『集成』『完訳』『新全集』は「道心を起（起こ・おこ）すべく」。当該はおもに、「道心を」の「を」の有無によるの相異である。「道心（だうしん）をゝこすへく」という『榊』『三』『徹一』『紹』、『宮』『国』『伝宗』などの「を」の後の「ゝ」が、次の「こ」の第一画と紛らわしくて脱落したため、『大』『明』『穂』『池』のような「道心（たうしん）を（お）こすべく」という異文が発生したと思われる。「道心をおこす」のように「を」と「お」を書き分けるのは、脱落を防ぐためでもあろう。故に底本を「道心を起こすべく」と校訂する。

イ　**うち続きたるを**――「つゝき」別（陽）「つゝきお」青（榊）「つゝきを」青（大・二・徹一）別（池）「うちつゝきたるを」青（大正・明・肖・陵・三・徹二・穂・飯・紹）河（尾・御・伏・七・平・前・大・鳳・兼・岩）別（宮・阿・国・伝宗・保・民）「○（うち）つゝき○（たる）を」青（幽）。なお、『大成』は「つゝきを」、『新大系』も「つゞきを」であるのに対して、『全書』『大系』『玉上評釈』『全集』『集成』『完訳』『新全集』は「うち続（つゞ）きたるを」。当該は「つゝきを」か「うちつゝきたるを」かの相異である。ここは、宇治で、大君と浮舟との死亡が続いたことを指すと思われるが、「うち続きたるを」の前後が脱落して「続きを」という異文が発生したと考えられる。しかし、このような脱落は単純には発生しないようにも考えられる。或いは文意がよく分からず、単純に、後の接続だけを考えて「続きを思し寄る」と改変したか、とも考えられる。上記のどちらかの理由で発生した異文と考えて、底本を「うち続きたるを」と校訂する。

ウ　**方と**――「と」別（陽）「こと〳〵」青（穂）「かと」青（大正・陵・飯）河（御・伏・七・平・前・大）別（宮・阿・国・保・民）「かたと」河（尾・鳳）「方と」青（大・肖・二・徹一・幽）河（兼・岩）「かたと」青（明・榊・三・徹二・紹）別（池・伝宗）。なお、『大成』は「方と」、『全書』『全集』『完訳』『新大系』『新全集』も「方と」であるのに対して、『大系』『玉上評釈』『集成』は「かと」。当該は「方と」か「かと」かの相異である。「方と」は、ここでは、漠然とした情態・様子を指すのであろうが、多少分かり難いところがあるので、後出伝本が「かと」という平易な表現に改変したのではないか。逆に「思し寄るかと思ひて」であれば、「方と」という表現に改変されることはないと思われる。故に、本来は「方と」であったと考えて、底本の校訂を控える。

エ　**こと**――「と」別（民）「ことを」青（大）「こと」青（大正・明・肖・陵・三・穂・飯・紹・幽）河（尾・御・七・平・前・大・鳳・兼・岩）別（宮・阿・国・伝宗・保）「事」青（榊・二・徹一・徹二）河（伏）別（陽・池）。なお、『大成』は「ことを」、『新大系』も「ことを」であるのに対して、『全書』『大系』『玉上評釈』『全集』『集成』『完訳』『新全集』は「事（こと）」。当該は「を」の有無による相異である。どちらも解釈の差異はないが、底本は「と（ことの短縮した字形）」が「を（遠）」と似ているため、誤って「ことを」と読んだかもしれない。いずれにしても、底本は単独異文であり、「こと」と校訂する。

【傍書】　1大将ノ事也　2大将詞　3悪也　4大将心中詞　5中宮御心中　6匂宮　7中宮御詞　8小宰相詞　9この人をは匂宮もわりなく思給し人なるを宮にはかくし給て大将ニかたり給へはへたてたるやうなれハ中宮ハ打出かたく思召たる也小宰相もさ心えておかしとおもひたる也

【注釈】

一　**雨など降りてしめやかなる夜、后宮に参り給へり…造りおきたりける聖の住みかとなんおぼえ侍りし」と啓し給ふに**　「雨など降りてしめやかなる」は、しんみりと打明け話をするにふさわしい場面である。手習（三三）にも同様の場面があった。「后宮に参り給へり」は、薫が、宮中におられる明石中宮の所へ訪問したこと。薫が訪問した明石中宮の居所は、「宮中なのか六条院なのか不明」（『全集』『新全集』『鑑賞』）ではなく、宮中であろう。手習（三〇）で、下山した僧都が「かの宮に参るべく」とも「内裏には参らん」とも言っているので、もともと、その日の僧都の行先が宮中なのか六条院なのかは、はっきりしない。しかし、七日の予定の修法を延長した（手習三三）ことなどを考え合わせると、修法が行われたのは、宮中ではなく、六条院であろう。一品の宮が全快してから中宮も共に宮中に入ったと思われる。その間、季節は秋から春へと巡って、浮舟の一周忌も過ぎ、今は四月頃か。「のどやかなる日」は、宮中行事などがなく、人が少ない時。「あやしき山里に、年頃まかり通ひ見給へしを」の「あやしき山里」は宇治で、「年頃」とあるので、大君生存の頃からのことを指す。「人のそしり侍りし」は、薫が宇治へ行くのを人が非難していたこと。このことは、八の宮に、法の師を求めて訪問していた頃のことではなく、最近のこととして考えられる。それは薫が女二の宮に、浮舟のことを、「内裏になど、悪しざまに聞こしめさする人や侍らむ。世の人のもの言ひぞ、いとあぢきなくけしからず侍るや」（浮舟二五）と告白したときの、薫のもの言いから判断されるのである。「さるべきにこそはあらめ」は、薫が宇治を訪問するようになったことは、人から非難されても致し方ない、運命として受け入れるしかないという、思い詰めた心境。薫の大君への思いを指すか。「なほ時々見給へし」は、大君の死後、浮舟にも通っていたことを含む。「所のさがにやと、心憂く思ひ給へなりにし後」は、大君と浮舟まで亡くなった所としての「宇治」は、「憂し」から、隠遁者の棲む「わが庵は都のたつみしかぞ住む世をうぢ山と人はいふなり」（古今集巻一八雑下・喜撰法師）を連想させる土地柄だと思う、八の宮のような心境（橋姫六参照）になりましたの意。「はかなき世のありさまとり重ねて」は、大君と浮舟の二人を続けて亡くした薫の心境。「ことさら道心を起こすべく造りおきたりける聖の住みかとなんおぼえ侍りし」の「聖」は、八の宮を指す。八の宮が格別に道心を起こすようにと思って隠棲して棲んでいた、宇治の地であったと思われましたの意。宇治が、憂愁の意を響かせる地で、「恨めしと言ふ人もありける里の名」（椎本一）のようであったという薫の告白である。明石中宮は、その深刻さに気付き、聞き捨てに出来ないので、薫の相手をする場面である。

二　**かのこと思し出でゝいと〳〵ほしければ…方々に口入れにくき人の上と思しとゞめつ**　「かのこと」は、「物よく言ふ僧都」（手習三四）から、明石中宮が聞かされていた女（浮舟）のこと。明石中宮は、薫の打ち明けた恋人が、僧都の話から聞いた、浮舟ではないかと結びつけたのである。「いと〳〵ほしければ」は、薫に同情した明石中宮が、そのまま放置するのは薫に申し訳ないと思った。「そこには、恐ろしき物や棲むらん」は、八の宮邸の女性が続いて亡くなったということから、八の宮の邸宅には、恐ろしい物の怪が棲んでいるにちがいないという、明石中宮の推測。下山した僧都が、加持祈禱をして、物の怪を退散させて、瀕死の浮舟を蘇らせた経緯（手習七〜九参照）を知っている、明石中宮の推測である。「いかやうにてか、かの人は亡くなりにし」は、薫が、「先つ頃、物の便りにまかりて、はかなき世のありさまとり重ねて思ひ給へし」と報告したそのことを受ける。大君の後、薫が宇治に据えたという女性、浮舟が亡くなったと、明石中宮は理解したことを示す。僧都から聞いた、加持祈禱をして物の怪を退散させた女性のことではないかと思った上での、明石中宮の質問である。明石中宮は、まさか浮舟が入水して、亡骸が見つからない状態であろうとは、思ってもいない。「なほ、うち続きたるを思し寄る方と思ひて」は、明石中宮の対応が余りにも適切であるので、大君に続いて亡くなった浮舟のことを、物の怪が憑いたかと明石中宮が想像されたと、薫は思った。まさか、瀕死の浮舟を、僧都が加持祈禱をして助けた話を、明石中宮が知っておられる上での発言であろうとは、薫は思いも及ばない。「さも侍らん」は、薫は、僧都の話を知らされていないので、物の怪のために浮舟が死んだとは思っていないが、明石中宮の推測を、そのまま追認する薫の発言である。「よからぬ物」は、妖怪や狐などを指す。僧都が宇治院で、浮舟を発見したとき、「狐の変化したる」（手習二）と見たのと、同じ考えである。「失せ侍りにしさまもなん、いとあやしく侍る」は、浮舟の死に方が、変な死に方でございますの意。薫は浮舟の死に方が、入水ではないかと思っているが、そうとは言わず、「あやし」と言って口を濁したのである。「かく忍ぶる筋」は、薫が、中宮に浮舟が死んだ様子を詳しく伝えず、隠しているその様子のこと。「聞きあらはしけりと思ひ給はんが、いとほしく思され」は、薫が隠している浮舟の死の真相を、明石中宮が聞き知っていると薫に分かるのは、気の毒なことだと明石中宮が思われた。「宮の、物をのみ思して、その頃は病になり給ひしを思し合はするにも、さすがに心苦しうて」は、匂宮が物思いばかりして、浮舟の亡くなった頃は、病気になってしまわれたことを思い合わせると、母として、浮舟の生存を伝えると、匂宮がまたどのようになるかと心配で、の意。「方々に口入れにくき人の上」は、明石中宮は、薫にも、匂宮にも、浮舟の情報を、自分の口からは言い出しにくい心情である。

三　**小宰相に、忍びて、「大将、かの人のことを…とのたまはするも、心得て、をかしと見たてまつる**　「小宰相」は、「大将の語らひ給ふ宰相の君」（手習三四）とあった、女一の宮の女房で、薫の愛人。「かの人のこと」は、浮舟のこと。僧都の語った宇治院での浮舟のことは、小宰相は、明石中宮とともに聞いていた。「それにもあらざらむものゆゑとつゝましうてなん」は、その人ではないかもしれないと思って、僧都からこのように聞いていますと言うことは、言い出せませんでした。「君ぞ」は、あなた［小宰相］は。特に小宰相にそう言うのは、事情を知っているあなた以外に、浮舟のことを薫に告げるべき人はいない、という中宮の強い思いの呼び掛け。「こと〴〵聞き合はせける」は、僧都の話を聞いていた小宰相が、「かのわたりに消え失せにけむ人」は、姉君の話の「あやしくて失せたる人」（同）ではないかと思い出していたこと。「かたはならむことは、取り隠して」は、薫に全てを話すのではなく聞き苦しいことは省略して、の意。明石中宮は、薫の自尊心を傷つけないための配慮をしている。薫の知らないことまでを姉の明石中宮が既に知っていたと、薫に恥ずかしい思いをさせないためである。「さることなんありけると、大方の物語のついでに、僧都の言ひしこと語れ」は、宇治の院で僧都が浮舟を加持祈禱して助けたということだけを、世間話のついでに語れとの、明石中宮の小宰相への指示。「まろはいとほしきことぞあるや」は、浮舟が死のうとしたのは、息子の匂宮が薫の愛人である浮舟に横恋慕して、二人の間で身を処しかねたためであることを察しているので、薫に対して申し訳なく、明石中宮は、浮舟のことを口に出しづらいのである。「をかしと見たてまつる」は、小宰相の、薫と匂宮のどちらにも配慮できる明石中宮の人柄に対する称賛。

四三　小宰相、浮舟の出家について薫に語る

一立ち寄(よ)りて物語(ものがたり)など し給ふつい(ゐ)でに、言(い)ひ出(い)でたり。めづらかにあやしと、いかでか驚(おどろ)かれ給はざらむ。宮の問(と)はせ給ひ(い)しも、かゝることをほの思(おぼ)し寄(よ)りてなりけり、などかのたまはせ果(は)つまじきとつらけれど、我(われ)も、また(又)、はじめよりありしさまのこと聞(き)こえそめざりしかば、聞き(きゝ)て後もなほ(猶)をこがましき心地(ち)して、人にすべて漏(も)らさぬを、なか(中)〳〵、外には聞(き)こゆることもあらむかし、二うつゝの人々(ゝ)の中に忍(忍)ぶることだに隠(かく)れある世(よ)の中かは、など思(思い)ひ入りて、この(此)人にも、さなむありしなど明(あ)かし給はんことは、なほ(猶)、口重(くちをも)き心地(ち)して、薫「なほ(猶)、あやしと思(思)ひし人のことに、似(に)てもあり(有)ける人のありさまかな。[1]さて、その(其)人は、なほ(猶)あらんや」とのたま(給)へば、小宰相[2]「かの僧都(そうづ)の山より出(い)でし日なむ、尼(あま)になしつる。いみじうわづらひ(い)し程にも、[ア]見る人惜(お)しみてせさせざりしを、[3]正身(さうじみ)の

本意深きよしを言ひてなりぬるとこそ侍なりしか」と言ふ。

[4]三　所も変らず、その頃のありさまと思ひ合はするに、違ふ節なければ、まことに、それと尋ね出でたらん、いとあさましき心地もすべきかな、いかでかはたしかに聞くべき、下り立ちて尋ね歩かんも、かたくなしなどや人言ひなさん、[5]また、かの宮も、聞きつけ給へらんには、必ず思し出でゝ、思ひ入りにけん道も妨げ給ひてんかし、さて、さなのたまひそなど聞こえおき給ひければや、我には、[6]さることとなん聞きしと、さるめづらしきことを聞こし召しながら、のたまはせぬにやありけん、[7]宮もかゝづらひ給ふにては、いみじうあはれと思ひながらも、さらに、やがて失せにしものと思ひなしてをやみなん、[8]うつし人になりて、末の世には、[9]黄なる泉のほとりばかりを、おのづから語らひ寄る風の紛れもありなん、我がものに取り返し見ん[イ]の心はまたつかはじ、など思ひ乱れて、なほのたまはずやあらんとおぼゆれど、[ウ]御気色のゆかしければ、大宮に、さるべきついで[エ]作り出だしてぞ啓し給ふ。

【校異】

ア　**見る人**――「みなひと」青（明）「みな人」青（大正・肖・榊・徹一・徹二・紹・幽）別（陽）「みな人（るイ）」青（陵）「みる人ゝ」別（阿）「みる人」青（大・二・穂・飯）河（御・伏・七・平・前・大・鳳・兼・岩）別（宮・国・池・保・民）「見る人」青（三）河（尾）別（伝宗）。なお、『大成』は「みる人」、『全書』『玉上評釈』『全集』『集成』『完訳』『新大系』『新全集』も「見る人」であるのに対して、『大系』は「皆人」。当該は「見る人」か「皆人」かの相異である。「見る人」は「浮舟の姿を見る人」、「皆人」は「その場にいる人は皆」。どちらでも解釈可能であるし、「見る」の「る（留）」と「みな」の「な（奈）」は、場合によっては、よく似ているので、お互いに異文が発生しやすい。どちらかと言えば、「見る人」の方が相応しいと考えて、校訂を控える。

イ　**心は**――「心ち」青（大）「心は」青（幽）「心はへ」河（御）「心を」別（伝宗）「心は」青（大正・肖・陵・三・徹一・徹二・穂・飯・紹）河（尾・伏・七・平・前・大・鳳・兼・岩）別（宮・陽・阿・国・池・民）「こゝろは」青（明・榊・二）別（保）。なお、『大成』は「心ち」、『新大系』も「心ち」であるのに対して、『全書』『大系』『玉上評釈』『全集』『集成』『完訳』『新全集』は「心は」。当該は「心ち」か「心は」かの相異である。「は（者）」と「ち（知）」は、場合によっては見誤る可能性もあるが、ここでは「…の心はつかはじ」という構文であり、「心ち」では文意不明瞭である。「心ち」は底本のみの単独異文でもあり、「心は」に校訂する。

ウ　**おぼゆれど**――「ナシ」別（池）「おもへる」青（穂）「おもふ」別（宮・国）「おもへと」青（明・肖・三・飯・紹）河（尾・御・七・平・前・大・鳳・兼・岩）別（伝宗）「おもえと」河（伏）「をもへと」別（保・民）「思へと」青（榊・二・徹一・徹二）河（陽・阿）「おほゆれと」青（幽）「おほゆれと」青（大・大正・陵）。なお、『大成』は「おほゆれと」、『大系』『玉上評釈』『新大系』も「思（おぼ）ゆれど」であるのに対して、『全書』『全集』『集成』『完訳』『新全集』は「思へど」。当該は「おぼゆ」か「思ふ」かの相異である。薫が中宮の気持を「浮舟のことは匂宮におっしゃらないだろうか」と推測するのであるから、「おぼゆ」でも「思ふ」でもどちらでもよいのであるが、「思ふ」よりも、「おぼゆ」の方が自発の感じが強い。『大正』『陵』、『幽』の元の本文も勘案して、底本の校訂を控える。

エ　**作り出だして**――「つくり出て」青（明・徹一）別（阿）「つくりいてゝ」青（肖・榊・二・三・徹二・穂・飯・紹）河（尾・御・伏・七・平・前・大・鳳・兼・岩）別（宮・陽・国・池・伝宗・保・民）「つくりいたして」青（幽）「つくりいたして」青（大・大正・陵）。なお、『大成』は「つくりいたして」、『大系』『新大系』も「作（つく）り出だして」であるのに対して、『全書』『玉上評釈』『全集』『集成』『完訳』『新全集』は「作（つく）り出でて」。当該は「出だす」と「出づ」の相異である。「出」は「いづ」と「いだす」と両方の読みがあり、「つくりいづ」（下二段）と「つくりいだす」（四段）と両方の読みに別れる、どりらも他動詞であるが「つくりいづ」は和語系、「つくりいだす」は漢語系。当該は底本を採り、校訂を控える。

【傍書】　1大将詞　2小宰相詞　3うき舟ノ君事　4大将心中詞　5匂兵部卿事　6小宰相詞　7大将心中　8よのつねの人を云　9黄泉ハ日本記に伊弉冉尊ノよミつくにゝ入給へるを陽神ノとふらひ給ふ事あり其をかほるのうき舟の君の事ニおもひよせ侍り

【注釈】

一　立ち寄りて物語などし給ふついでに…外には聞こゆることもあらむかし　「立ち寄りて」は、後日、薫が女一の宮の女房の、小宰相の局に立ち寄った際。「めづらかにあやしと、いかでか驚かれ給はざらむ」は、小宰相から、浮舟の生存を知らされた薫が、余りにも予想に反したことなので、衝撃を受けた様子。「宮の問はせ給ひし」の「宮」は、中宮。中宮が「いかやうにてか、かの人は亡くなりにし」（手習四三）と質問されたこと。「などかのたまはせ果つまじき」は、明石中宮が、「そこには、恐ろしき物や棲むらん」（同）と、物の怪のことを暗に言われながら、僧都の話を終りまで何故話されなかったか。「我も、また、はじめよりありしさまのこと聞こえそめざりしかば」は、薫も、浮舟の死んだときのことを明確に言わず、「はかなき世のありさまとり重ねて」（同）、「失せ侍りにしさまもなん、いとあやしく侍る」のように、言葉を濁した言い方をしたこと。「なほをこがましき心地して」は、自らが、浮舟の死の真相を知らないでいた愚かさを、恥じ入る薫の心。薫は、これまでにも、「おぼつかなく思ひつゝ過ぐす心遅さの、あまりをこがましくもあるかな」（総角四）「よし、かくをこがましき身の上、また人にだに漏らし給ふな」（同一三）「とり返すものならねど、をこがましく、心ひとつに思ひ乱れ給ふ」（同三〇）「さすがにわが心ながらをこがましく胸うちつぶれて、『ものにもがなや』と返す〴〵独りごたれて」（早蕨一〇）「心から、悲しきことも、をこがましく悔しきもの思ひをも、かた〴〵にやすからず思ひ侍る」（宿木一一）「例のをこがましの心やと思へど」（同二八）「これはわが心のをこがましく悪しきぞかし」（同三二）「ゆめ、をこがましうひがわざすまじきを」（東屋三七）「また宮の上に取りかゝりて、恋しうもつらくも、わりなきことぞ、をこがましきまで悔しき」（蜻蛉三〇）の如く、しばしば愚かしい自己を自覚していた。

二　うつゝの人々の中に忍ぶることだに…正身の本意深きよしを言ひてなりぬるとこそ侍なりしか」と言ふ　「うつゝの人々の中に忍ぶることだに隠れある世の中かは」の「かは」は反語。現実の世の中の事は、隠していることですら、世の中には知られてしまうのだから、隠さないで話してしまえば、更に一層、尾ひれが付いて評判になるであろう、の意。「口重き心地して」は、何も話したくない薫の心情。浮舟の生存を知っている小宰相にも、薫の口からは話したくないのである。「なほ、あやしと思ひし人のこと」は、薫が浮舟のことを聞いて「めづらかにあやしと」驚いた気持を、そのまま用いて表現したもの。「似てもありける人のありさまかな」は、小宰相には、余計な事は話さないつもりであるので、浮舟に似ている様子ですねと、薫は口を濁した。驚いた感情を見せない、冷静なもの言いである。「さて、その人は、なほあらんや」は、その人は、今も生きていますか。僧都が助けたその人の生存を、薫はまず、聞いた。気持の整理が出来ない薫が、真っ先に知りたかったことは、浮舟の安否である。「いみじうわづらひし程にも、見る人惜しみてせさせざりしを、正身の本意深きよしを言ひてなりぬるとこそ侍りしか」は、物の怪の憑いたその人が、ひどく弱っていたとき、出家させて欲しいと頼んだけれども、世話をしていた妹尼が、余りに若く美しい女性なので出家させなかったが、当人の思いの深さを言い張って出家した、と聞きましたの意。

三　**所も変らず、その頃のありさまと思ひ合はするに…さるべきついで作り出だしてぞ啓し給ふ**　「所も変らず、その頃のありさまと思ひ合はするに、違ふ節なければ」は、小宰相のこの報告は、推測ではなく、浮舟の実情をそのまま伝えたもののように、薫には思われた。「まことに、それと尋ね出でたらん」以下、「我がものに取り返し見んの心はまたつかはじ」まで、薫の心中。「まことに、それと尋ね出でたらん、いとあさましき心地もすべきかな、いかでかはたしかに聞くべき、下り立ちて尋ね歩かんも、かたくなしなどや人言ひなさん」は、一周忌まで済ました愛人が生存していたとは、それを今まで知らないでいた自分自身が愚かしく、そのことを確かめるようなことは恥ずかしくて誰にも聞けず、そのことを調べ回るのも世間の人が見苦しいと噂するだろう。「また、かの宮も、…のたまはせぬにやありけん」は、匂宮が浮舟の近況を知っている、と仮定したところから始まる、薫の妄想。「必ず思し出で丶、思ひ入りにけん道も妨げ給ひてん」は、匂宮が、再び浮舟に執着して、浮舟が決意して入った仏の道を妨げなさるに違いないの意。「さて、さなのたまひそなど聞こえおき給ひければや」は、そういう訳で、匂宮は、中宮には、浮舟生存の事実を薫におっしゃらないようにと口止めなさっていたから。「さるめづらしきことを聞こし召しながら、のたまはせぬにやありけん」は、中宮は僧都から浮舟の生存しているという珍しい話をお聞きになられながら、私（薫）にお話しなさらなかったのであろう。「宮もかゝづらひ給ふにては……心はまたつかはじ」は、前述の妄想にもとづいた、匂宮が関わっている限り、現世では二度と浮舟に逢うまい、という薫の頑な決意。これは薫の本心ではない。「宮もかゝづらひ給ふにては、いみじうあはれと思ひながらも、さらに、やがて失せにしものと思ひなしてをやみなん」は、今回の件に匂宮もかかわりあっておられるならば、薫としては、どんなにいとしく思っていても、もはや浮舟は死んだものと思って諦めよう。このような薫の思考は、匂宮への対抗心を抱く故である。「うつし人」は俗人。ここは、一旦出家した浮舟が、匂宮によって還俗しての意。「末の世」は、ここでは来世のこと。「黄なる泉」は、冥土のこと。他の用例は、あて宮への恋に破れた実忠が、「黄なる泉に消えかへり、涙の川に浮き寝」（うつほ物語・あて宮）したと詠んだ長歌がある。「語らひ寄る」は親しく語らうようになる。「風の紛れ」は、ふとした機会。「うつし人になりて、末の世には、黄なる泉のほとりばかりを、おのづから語らひ寄る風の紛れもありなん」は、浮舟が匂宮のものになって還俗したならば、私には、来世になって、黄泉の辺りで、ちらっとでも言い寄るくらいの機会があるかもしれない意。黄泉の国で死者の魂が出会うということは、例えば、『史記』（巻四二・鄭世家一二）に引く荘公が、反乱を起こした母に、「不レバ至ラ二黄泉ニ一、毋カラン二相見ルコト一」と誓う例がある。「我がものに取り返し見んの心はまたつかはじ」は、匂宮がかかわっておられるとすれば、と考えている薫の、浮舟と完全に関係を絶とうとする決意。「なほのたまはずやあらんとおぼゆれど」は、今も中宮は、浮舟の消息についてはお話になられないであろう、と薫には思われるが。「御気色のゆかしければ」は、中宮のご様子を知りたくて。

四四　薫、中宮に浮舟のことを語る

薫「[一]あさましうて失ひ侍りぬと思ひ給へし人、世に落ちあぶれてあるやうに、人のまねび侍りしかな。いかでかさることは侍らんと思ひ給ふれど、心とおどろ／＼しうもて離るゝことは侍らずやと思ひわたり侍る[1]人のありさまに侍れば、人の語り侍し[ア]やうにては、さるやうもや侍らむと、似つかはしく思ひ給へらるゝ」とて、今少し聞こえ出で給ふ。[二][2]宮の御ことを、いと恥づかしげに、さすがに恨みたるさまには言ひなし給はで、薫「かのこと、また、さなんと聞きつけ給へらば、かたくなにすき／＼しうも思されぬべし。さらに、さても[ヒ(朱)]ありけりとも、知らず顔にて過ぐし侍りなん」と啓し給へば、中宮「[三]僧都の語りしに、いともの恐ろしかりし夜のことにて、耳もとゞめざりしことにこそ。宮は、いかでか聞き給はむ。聞こえん方なかりける御心の程かなと聞けば、まして聞きつけ給はんこそ、いと苦しかるべけれ。かゝる筋につけて、いと軽く憂きものにのみ世に知られ給ひぬめれば、[イ]心憂くなん」とのたまはす。[3]いと重き御心なれば、必ずしも、うちとけ世語りにても、人の忍びて啓しけんことを漏らさせ給はじなど思す。

【校異】

ア　侍し――「し」青（明）「侍へし」青（大）「侍し」青（大正・肖・陵・榊・二・徹二・穂・幽）河（尾・御・七・平・前・大・鳳・兼・岩）別（宮・陽・阿・国・池）「侍りし」青（徹一・紹）別（伝宗）「はへりし」青（三・飯）河（伏）別（保・

民）。なお、『大成』は「侍へし」、『新大系』も「侍べし」であるのに対して、『全書』『大系』『玉上評釈』『集成』『完訳』『新全集』は「侍（はべ）りし」、『全集』は「はべし」。これは異文というよりは音便による相異である。「侍りし」の促音便は「侍（はべっ）し」であるが、底本は「侍（は）べし」と書いてしまった。手習巻での同様の例は、四三段「侍りつれ」の箇所の三条西家本の「侍へれ」（「へ」は「つ」と紛らわしくない字形）に見られる。他にも「侍れ」という異文が多く、これは、「はんべれ」と読むのであろう。この部分は「侍し」または「はへし」と表記するのが適切である。

イ　**心憂くなん」と**――「心うくと」別（宮・国）「心うくなと」青（大・飯）河（尾・御・伏・七・平・前・大・鳳・兼・岩）別（伝宗）「こゝろうくなと」別（池・民）「心うくなむと」青（大正・肖・陵・三・徹一・紹・幽）「心うくなんと」青（明・榊・二・徹二・穂）別（陽・阿・保）。なお、『大成』は「心うくなと」、『玉上評釈』『新大系』も「心うく」（、）など」であるのに対して、『全書』『大系』『全集』『集成』『完訳』『新全集』は「心憂（う）くなむ」と」。当該は「なと」とするか「なん（む）と」とするかの相異である。「なん、と」の「ん」（撥音便）を表記しないと「なと」になるので、この二つを表記で区別することはできない。ここではとりあえず、校訂を控える。

【傍書】　1人のいふやうに物にけとられたる事はさもや侍つらんとかほるのおもひ給ふ也　2匂宮の御事也　3大宮の御心のおさ／＼しきをかほるの心に思ふこと也これより下ハみなかほるの心をいへり

【注釈】

一　**あさましうて失ひ侍りぬと思ひ給へし人…思ひ給へらるゝ」とて、今少し聞こえ出で給ふ**　「あさましうて失ひ侍りぬと思ひ給へし人」は、思いがけず失ってしまったと思っていた浮舟のこと。「世に落ちあぶれてあるやうに、人のまねび侍りしかな」は、落ちぶれてこの世に生きていると、人が教えてくれました、の意。「世に落ちあぶる」は、零落する意。具体的には、浮舟が出家したこと。「さること」は、死んだと思っていた女が、生きていたということ。「心とおどろ／＼しうもて離るゝこと」は、自分から入水したかと思われた、浮舟の死に方をいう。「かくなべてならずおどろ／＼しきこと思しよらむものとは見えざりつる人の御心ざま」（蜻蛉一）「いかでか、さるおどろ／＼しきことは思ひたつべきぞ」（蜻蛉一五）のように思われていたことに照応。「人の語り侍しやう」の内容は、浮舟が入水したのではなく、物の怪に拐かされたということ。「今少し聞こえ出で給ふ」は、薫が中宮に「あやしき山里に、年頃まかり通ひ見給へしを…」（手習四二）と話したときよりも、さらに、詳細にお話しになられる。

二　**宮の御ことを、いと恥づかしげに…過ぐし侍りなん」と啓し給へば**　「宮の御こと」は、匂宮が、薫の愛人、浮舟に夢中になってしまったことを、婉曲にいう。「いと恥づかしげに」は、中宮に対して薫が、こだわりの気持ちを隠して、立派な態度で話しかける様子。薫は中宮には「恥づかしげなる人」（手習三四）として振る舞っていた。「かのこと」は浮舟のこと。「また、さなんと聞きつけ給へらば」は、また、浮舟が生きておりましたと、匂宮がお聞きになられたならば、の意。薫は中宮に、浮舟の生存していることを匂宮が知っているのかどうか、中宮が僧都の話を薫に話さなかったのと同様に、匂宮に話していないのかどうかを遠回しに尋ねるのである。「かたくなにすきずきしうも思されぬべし」は、匂宮に、愚かな薫のことだから出家した浮舟にまで執着して近づこうとしている、と思われているに違いないという、薫の匂宮に対する皮肉。「さらに、さてもありけりとも、知らず顔にて過ぐし侍りなん」の「さてもありけり」は、浮舟が生存していて、出家していたこと。私は、このことを全く知らない振りをしていましょう、と明石中宮に述べた、薫のこの意図は、匂宮には知らせて欲しくないという気持ちを、中宮に婉曲に伝えたもの。

三　**僧都の語りしに、いともの恐ろしかりし夜のこと…人の忍びて啓しけんことを漏らさせ給はじなど思す**　「僧都の語りしに、いともの恐ろしかりし夜のことにて、耳もとゞめざりしことにこそ」は、僧都の話に、中宮は耳にも止めなかったという、対面を繕った会話で、事実に反する。中宮はしっかりと聞いたはずである。中宮は、浮舟のことを薫から打ち明けられた時に、僧都からの情報を伏せていて、薫に話さなかった（手習四二）手前、耳にも止めていなかったと弁解したもの。「聞こえん方なかりける御心の程かな…心憂くなん」は、匂宮の母として、薫に対して婉曲に詫びる中宮の言葉である。中宮は匂宮が薫の恋人を横取りしたことを知っていた（蜻蛉二九参照）。「いと苦しかるべけれ」は、匂宮が浮舟の生存を知れば、出家していても諦めきれない、好色な匂宮を承知している母として、大変困惑することになるでしょう、の意。「かゝる筋」は、匂宮の好色のこと。「必ずしも、うちとけ世語りにても、人の忍びて啓しけんことを漏らさせ給はじ」は、薫が平素実感している、中宮の慎重さをいう。僧都から聞いた浮舟の情報でさえも、薫には、ご自分からは話されない程の、中宮の口の堅さである。

四五　薫、僧都に会おうと横川に赴く

一　住むらん山里は、いづこにかあらむ ア、いかにしてさま悪しからず尋ね寄らむ、僧都に会ひてこそは、たしかなるありさまも聞き合はせなどして、ともかくも問ふべかめれなど、たゞ、このことを起き臥し思す。

二　月ごとの八日は、必ず尊きわざせさせ給へば、薬師仏に寄せたてまつるにもてなし給へる便り イ に、中堂 ウ に、時々参り給ひけり。それより、やがて横川におはせんと思して、かのせうとの童なる率ておはす。その人々には、とみに知らせじ、ありさまにぞ従はんと思せど、うち見む夢の心地にも、あはれをも加へむとにやありけん。さすがに、その人とは見つけながら、あやしきさまに、容貌異なる人の中にて、憂きことを聞きつけたらんこそいみじかるべけれと、よろづに道すがら思し乱れけるにや。

【校異】

ア　**いづこにか**――「いつこはかりにか」別（民）「いつくはかりにか」別（保）「いつこにかは」青（大）「いつたにか」別

（池）「いつくにか」別（陽）「いつこにか」青（大正・明・肖・陵・榊・二・三・徹一・徹二・穂・飯・紹・幽）河（尾・御・伏・七・平・前・大・鳳・兼・岩）別（宮・阿・国・伝宗）。なお、『大成』は「いつこにかは」、『新大系』も「いづこにかは」であるのに対して、『全書』『大系』『玉上評釈』『全集』『集成』『完訳』『新全集』は「いづこにか」。当該は「かは」か「か」かの相異である。底本は単独異文でもあり、「いつこにか」を不注意に強調したものと考えて、「いづこにか」と校訂する。

イ　**給へる**――「ナシ」青（穂）別（陽）「給つる」青（大・徹一）河（尾・七・平）別（阿）「たまつる」河（伏）「給へる」青（大正・肖・陵・榊・二・徹二・紹・幽）河（御・前・大・鳳・兼・岩）別（宮・国・池・民）。「たまへる」青（明・三・飯）別（保）「給える」別（伝宗）。なお、『大成』は「給つる」、『新大系』も「給つる」であるのに対して、『全書』『大系』『玉上評釈』『全集』『集成』『完訳』『新全集』は「給（たま）へる」。当該は「給へる」か「給つる」かの相異である。「へ」と「つ」はよく似ており、お互いに誤写する可能性がある。「薬師仏を毎月八日に供養していらっしゃった」ということなら、存続の助動詞「り」の方が相応しい。故に、手習（二六）の**【校異】**キ、と同様に底本が「へ」を「つ」と誤写したと見て、底本を「給へる」に校訂する。

ウ　**中堂に**――「中宮には」別（民）「うちのたうには」別（宮）「うち（ちうイ）のたうには」別（国）「中室には」青（紹）「中たうには」青（明・肖・榊・二・三・徹二・飯）河（尾・御・伏・七・平・前・大・鳳・兼・岩）別（池）「ちうたうには」青（穂）別（陽・保）「中堂には」別（阿・伝宗）「中たうに○（は）」青（幽）「中たうに」青（大・大正・陵）「中堂に」青（徹一）。なお、『大成』は「中たうに」、『大系』『新大系』も「中堂に」であるのに対して、『全書』『玉上評釈』『全集』『集成』『完訳』『新全集』は「中堂には」。当該は「に」か「には」かの相異である。薫は、根本中堂に参詣したついでに横川へ行こうとしているのであるから、後出伝本において、特に他と区別する係助詞「は」がある異文「中堂には」が発生したと考え、『大正』『陵』、『幽』の元の本文などを勘案して、校訂を控える。

【注釈】

一　**住むらん山里は、いづこにかあらむ…起き臥し思す**　「住むらん山里は…ともかくも問ふべかめれ」は、薫の思案。「らん」は現在推量。僧都が浮舟の話を中宮にしたとき、「小野」という地名を明かしてはいるが（手習三四）、中宮か小宰相がそのことを薫に打ち明けたかどうかは不明。「いかにしてさま悪しからず尋ね寄らむ」は、いかにも体面を重んじる薫らしい発想。「さま悪しからず」は、体裁悪くなくて。「起き臥し」は、寝ても覚めても。手習（四三）でも、「下り立ちて尋ね歩かんも、かたくなしなどや人言ひなさん」とか、匂宮が関わっているならば、あのまま死んだ人と思ってあきらめよう、などと、薫は浮舟のことをあきらめきれずに悩んでいる。

二　**月ごとの八日は、必ず尊きわざせさせ給へば…思し乱れけるにや**　「月ごとの八日」は、毎月八日に行う薬師如来の縁日。在家の男女信者が守るべき戒は五戒、八戒などがあり、その戒を保つ日を六斎日、十斎日などという。例えば『拾芥抄』下、「斎日月部第十三」によれば、一日は定光仏、八日は薬師如来、十四日は普賢菩薩、十五日は阿弥陀如来、十八日は観世音菩薩、二十三日は得大勢菩薩、廿四日は地蔵菩薩、廿八日は毗盧舎那仏、廿九日は薬王菩薩、卅日は釈迦如来の縁日。「薬師仏」は薬師瑠璃光如来。大医王仏ともいう。薬師の国土は東方浄瑠璃国。十二の誓願の第七願、衆生の衆病を除き、心身安楽にして無上菩提を証得せしむる願により、病を治す仏として信仰される。（若菜上二一参照）。「尊きわざ」は、仏事。「せさせ給へば」の「させ」は使役。薫が命ずるのである。「寄せたてまつるにもてなし給へる便りに」は、御布施を寄進申し上げるためにいろいろお取り計らいになるついでに。「中堂」は、比叡山延暦寺の東塔にある根本中堂。中心となる薬師堂に薬師如来像を安置する。「かのせうとの童なる」は、当巻に登場する常陸介の子で、浮舟の異父弟。「童なるが、中にきよげなるをば、近く使ひ馴らさむとぞ思したりける」（手習四一）とある。「その人々」は、常陸介の家族。「うち見む夢の心地にも、あはれをも加へむとにやありけん」は、作者が薫の心情を忖度する草子地。「うち見む」は、死んだと思っていた浮舟と再び逢ったときのこと。「あはれをも加へむとにやありけん」は、「かのせうとの童なる率ておはす」を受ける。浮舟のために、夢のような気がする上に、弟と再会する感動を加えようとでもいうのであったろうか、の意。「さすがに」は、「よろづに道すがら思し乱れけるにや」に続く。「その人」は浮舟本人。「あやしきさまに、容貌異なる人」は、みすぼらしい様子で、出家姿の人。「憂きこと」は、いやなこと。例えば異性関係の噂など。「道すがら思し乱れける」は、薫の中途半端で整理のつかない気持ちをいう。浮舟への執着はあるものの、薫にとっては自分の体面を保つことも重要なので、浮舟への対処のしかたを決めかねているのである。「にや。」は、巻末の常套的表現。おそらくこの後に「あらむ」「ありけむ」等の語が省略されているのであろう。「道中さまざまに思い乱れていらっしゃったことであろうか」程度の意。

夢浮橋

ゆめのうきはし

夢浮橋系図

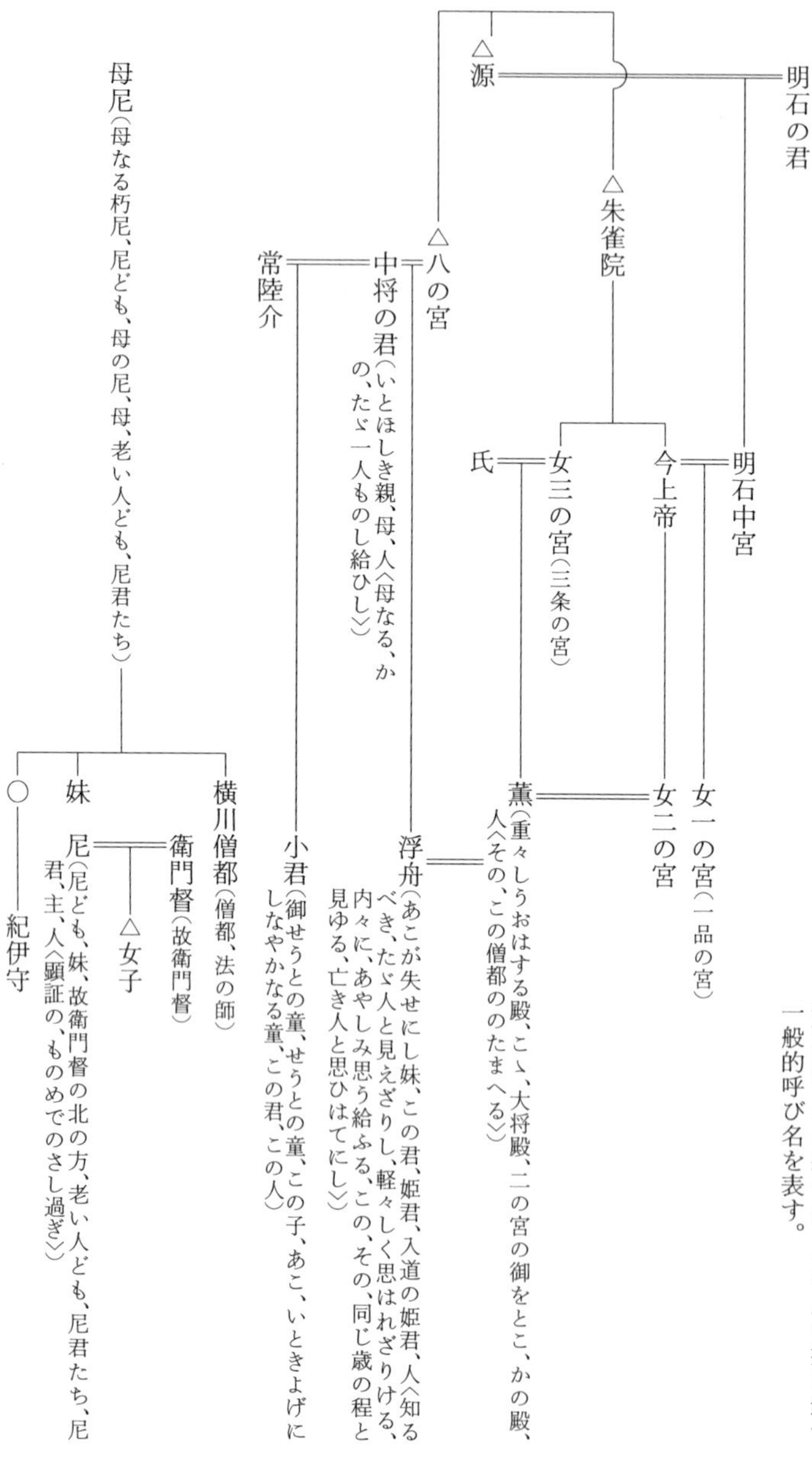

一、本巻の登場人物をまとめた系図である。
一、記号は、それぞれ以下のことを示す。
＝＝夫婦の関係　△故人　――血縁関係
（　）内は、この巻での、その人を指し示す一般的呼び名を表す。

〔巻名の由来〕本文中に「夢浮橋」の語は用いられていない。「夢」の語は、薫が横川僧都に「夢のやうなることゞも」、浮舟が妹尼に「いかなる夢にかとのみ」と語る際などに用いられ、舟などを繋げた「浮橋」は「あやふし」「絶ゆ」ものとして歌に多く詠まれている。そのような「夢」と「浮橋」を合成した、薄雲巻にも引かれる出典未詳歌「世の中は夢のわたりの浮橋かうちわたりつつものをこそ思へ」からの造語と考えられる。

〔年齢〕薫二十八歳、浮舟二十三歳ほど、夏。

〔梗概〕道心志向の薫は、四月比叡山への供養参詣の帰途、横川に横川僧都を訪ねる。浮舟の消息を尋ね、瀕死の浮舟が横川僧都らに宇治で発見され、以来小野の妹尼の許で快復し、今は僧都を師として出家していることを知る。僧都は薫が浮舟を深く想っていることを知り、出家させたことを後悔する。薫が僧都に浮舟との仲立ちを依頼すると、僧都は「罪得ぬべきしるべ」とならんことをためらいながらも、浮舟の弟小君に託す文を書く。

小野では、浮舟をはじめ妹尼達が、都に帰る薫一行の松明の灯りを見ていた。浮舟は宇治で聞き慣れた随身の声が交じって聞こえるにも、ひたすら阿弥陀仏にすがるのであった。

薫はすぐさま小野に小君を行かせたい思いを抑え、翌朝小野に遣わす。小君の来訪を驚く妹尼の許に横川僧都からの文も届くが、妹尼達には事情が飲み込めない。僧都の文を見た浮舟は、小君との対面を拒み、母にのみは会いたいが、「僧都ののたまへる人」(薫)には知られたくないので、かくまってくれるようにと妹尼に頼む。しかし、妹尼は小君を御簾の内に招じ入れ、小君は薫からの文を浮舟に差し出し、返事を請う。浮舟は薫の文を見ては、言う言葉もなく、ただ泣き伏すばかりであった。浮舟は薫の文の受け取りも拒み、小君は残念な思いでむなしく都に帰る。待ちかねていた薫は、成果を得られなかったことに拍子抜けし、浮舟は男に「隠し据ゑ」られているのではないかと疑う俗人ぶりであった。

夢浮橋

一　薫、横川に赴く

一1 山(やま)におはして、例(れい)せさせ給ふやうに、経仏など供養(くやう)ぜさせ給ふ(給)。二 またの日は、横川(よかは)におはしたれば、僧都(そうづ)、驚(おどろ)きかしこまりきこえ給ふ。年頃(としごろ)、御祈(いの)りなどつけ語(かた)らひ給ひけれど、ことにいと親(した)しきことはなかりけるを、このたび(此)、一品の宮の御心地(ち)の程にさぶらひ給へるに、すぐれ給へる験(げむ物)ものし給ひ(給)けりと見給(たま)ひてより、こよなう尊(たうと)び給ひ(給)て、今少(いますこ)し深(ふか)き契(契くは)り加へ給(朱)○てければ、重々(をも〳〵)しうおはする殿(とのゝ)の、かくわざとおはしましたることゝもて騒(さは)ぎきこえ給ふ。御物語(がたり)など細(こま)やかにしておはすれば、3ア 御湯漬(ゆづ)けなど参(まい)り給ふ。少(すこ)し人々静(ゝしづ)りまぬるに、薫 三2「小野(をのゝ)のわたりに知(し)り給へる宿(やど)りや侍る」と問(と)ひ給へば、僧都「しか侍り。いと異(こと)やうなる所になむ。なにがしが母(はゝ)なる朽尼(くちあま)の侍るを、京にはか〴〵しからぬ住(す)みかも侍らぬうちに、かくて籠(こも)り侍る間(あひだ)は、夜中、暁にもあひ訪(とぶら)はむと思ひ(思)給へ掟(をき)て侍る」など申(申)し給ふ。薫「そのわたりには、たゞ近(ちか)き頃(ころを)ほひまで、人多(おほ)う住(す)み侍り(侍)けるを、今(いま)は、いとかすかにこそなりゆくめれ」などのたまひ(給)て、四 今少(いますこ)し近(ちか)く居寄(ゐよ)りて、忍びやかに、薫「いと浮(う)きたる心地(ち)もし侍る(侍)、4 また、尋(たづ)ねきこえむにつけては、いかなりけることにかと心得(え)ず思(おぼ)されぬべきに、方々(かた〳〵)憚(はゞか)られ侍れど、かの山里(ざと)に、知(し)るべき人の、隠(かく)

ろへて侍るやうに聞(きゝ)き侍りしを、たしかにてこそは、いかなるさまにてなども漏(も)らしきこえめなど思(おも)ひ給(たま)ふる程(ほど)に、[5]御弟子(でし)になりて、忌(い)むことなど授(さづ)け給ひてけりと聞(きゝ)き侍るは、まことか。まだ年も若(わか)く、親(おや)などもありし人なれば、こゝに失(うしな)ひたるやうに、[6]かことかくる人(ひと)なん侍るを」などのたまふ。

【校異】

ア　**しか侍り**――「しか侍る」青（大・伝宗・徹一）別（麦・阿）「しか侍○(り)」青（幽）「しり侍り」青（飯）「しり(か)侍り」青（肖）「しか侍り(る)」青（紹）「しか侍」青（池・榊・横・陽・平・勝・陵・穂・大正）河（尾・前・大・鳳・岩）別（宮(ヒ)・国）「しか侍り」青（明・徹二）河（御・七）「しかはへり」青（三）河（伏）別（保）なお『大成』は「しか侍」、『全書』『大系』『玉上評釈』『集成』『完訳』『新全集』は「しか（ゝ）侍（はべ）り（(り)）」であるのに対し、『全集』『新大系』は「しかはべ（侍）る」。動詞「あり」の丁寧語「侍り」が終止形「侍り」か、連体形「侍る」かの相違である。ここは係助詞はないため、通常の文ならば終止形である。「しか」は、感動詞的に用いて、相手の言葉を肯定して相づちを打つ意を表す。「「ここは常陸の宮ぞかしな」「しか侍り」と聞こゆ」（蓬生一〇）例も諸本「侍」で、ここでも池田本をはじめ多くの写本は「侍」となっている。「侍り」が順当であり、底本などは「り」を「る」と誤写した可能性を考えて、「しか侍り」と校訂する。

【傍書】　1月の八日中堂にてかほる経供養し給ふ事手習巻にも見えたり　2かほる御詞　3僧都返答　4かほる心中　5かほる詞　6かこつ心也

【注釈】

一　**山におはして、例せさせ給ふやうに、経仏など供養ぜさせ給ふ**　「山におはして」は、手習巻巻末を受けている。「山」は比叡山。「月ごとの八日は、必ず尊きわざせさせ給へば、薬師仏に寄せたてまつるにもてなし給へる便りに、中堂には、時々参り給ひけり。それより、やがて横川におはせむと思して」（手習四五）とある。薫は、特に持戒してことを慎むべき六齋日の一つである八日には、毎月篤い供養をさせ、時々は自身も根本中堂に参詣していたので、そのついでに横川に立ち寄り、僧都から浮舟の真相を聞こうと心積もりをしていた。「例せさせ給ふやうに、経仏など供養ぜさせ給ふ」は、そのことを受けて、まず比叡山を訪れ、いつものように経典や仏の供養をなさること。この巻は三日間の出来事が描かれるが、一日目はこの一文で終わる。

二　**またの日は、横川におはしたれば、僧都…御湯漬けなど参り給ふ**　「またの日」は根本中堂を訪れた翌日。「横川におはしたれば、僧都、驚きかしこまり」は、薫の横川訪問に僧都が驚き恐縮する様子。「年頃、御祈りなどつけ語らひ給ひけれど」の「つけ語らふ」は、「御祈りなどを付け、語らふ」なのか、「御祈りなどにつけて語らふ」なのか、が考えられる。諸注は「依頼して懇意にしておられた」（『新大系』）、「つけ」は、付託する意（『集成』）と解釈している。下二段活用動詞「つく」は「目をしつけ」（空蝉三）「鼻に紅をつけて」（末摘花二一）「五葉の枝に付けて」（若紫一一）などの例がある。ここは「つけて」ではないことから、薫が年来横川僧都に祈禱などを委ねる・託す意。「ことにいと親しきことはなかりける」は、祈禱などを任せてはいたが、特別に大層親しいほどではなかったこと。「このたび、一品の宮の御心地の程にさぶらひ給へるに、すぐれ給へる験ものし給ひけり」は、今上帝の女一の宮（母は明石中宮、匂宮の姉）のための加持祈禱で僧都が優れた効験を示し、評判になったこと（手習二八・三三参照）。「重々しうおはする殿」は、薫が右大将という重々しい身分であることを言う。「もて騒ぎきこえ給ふ」の主語は僧都で、薫のわざわざの訪問に大騒ぎをしてもてなす様子。「湯漬け」は既述（総角三六）。

三　**「小野のわたりに知り給へる宿りや侍る」と問ひ給へば、「…いとかすかにこそなりゆくめれ」などのたまひて**　「小野のわたり」は既述（手習六）。現京都市左京区上高野小野町あたり一帯。母尼と妹尼は「比叡坂本に、小野といふ所にぞ住み給ひける」（同六）とあった。「いと異やうなる所」は、「よのつねならずみ見ぐるしきところと也」（『細流』）。「かの夕霧の御息所のおはせし山里よりは、今少し入りて、山に片かけたる家なれば、松蔭しげく、風の音もいと心細きに、…いつともなくしめやかなり」（手習一二）とあるので、かつて落葉の宮の母御息所が療養していた、小野の山荘より北側であろう。二つの「小野」については既述（夕霧一）。「御息所、物の怪にいたうわづらひ給ひて、小野といふわたりに山里持給へるに渡り給へり」（同一）。その山荘より更に奥に入り、ひっそりと静かな所であった。「朽尼」は年老いた尼のこと。尼が自身をへりくだり、もしくは他人が尼を軽蔑していう語（『古語大』）。物語にはこの一例のみ。ここは僧都が自身の母を謙遜したもの。「かくて籠り侍る間」は、僧都は「山籠りの本意深く、今年は出でじ」（手習一）、「朝廷の召しにだに従はず、深く籠りたる山」（同八）と照応。「そのわたりには、たゞ近き頃ほひまで、人多う住み侍りけるを」の「そのわたり」は小野を指す。「人多う住み侍りける」は、小野には、最近までは比叡山の僧侶は宮廷に招請されることも多く、権門貴顕と密接な関係にある貴族の別荘地でもあったので住む人も多かったこと。「かすかにこそなりゆくめれ」の「かすかに」は既述（柏木一九）。人気が少なく心細く見える様で、今は寂れていくようだの意。

四　**今少し近く居寄りて、忍びやかに…かことかくる人なん侍るを」などのたまふ**　「居寄りて」はにじり寄る意で、薫が僧都に近寄っていよいよ本題を切り出そうとする様子。物語中に三例ある（帚木一一、東屋七）。「いと浮きたる心地もし侍る」は、薫の、いかにも軽薄な浮わついた気持ちがする意。以下に述べる浮薄さの言い訳。僧都に、薫が女のことを切り出すためらいが、言葉の裏にある。「いかなりけることにかと心得ず思されぬべき」は、僧都にはどういうことかときっと不審に思われるに違いないと、確信する意。「方々憚られ侍れど」は、浮わついていると自ら思い、僧都には不審に思われるに違いないことなどを考慮し、話を切り出すことを躊躇する気持ち。「知るべき人」の「知る」は、ここでは世話をする、面倒を見る意。「べき」は、そうすることが当然であるという強い意を表し、薫が面倒を見るべき浮舟を指す。「たしかにてこそは、いかなるさまにてなども漏らしきこえめ」は、薫が聞き知ったことが確かであるなら、どういう事情があってということなども、密かに打ち明け申し上げようの意。「御弟子になりて、忌むことなど授け給ひてけり」は、薫が小宰相から聞いた、浮舟が僧都の仏弟子となって、僧都が浮舟を出家させなさってしまわれたこと。その時のことは手習三〇・四三参照。「まだ年も若く」は、浮舟の年齢ははっきりとは語られていないが、夢浮橋巻では二十三歳前後とみられる。「こゝに失ひたるやうに、かことかくる人なん侍るを」の「こゝ」は、「自称。話し手自身を指し示す」（『日国大』）ことから、薫を指す。「失ふ」は、〔失す（自動詞）・なふ〕による他動詞。「かことかくる」は言いがかりをつける意。私がその人（浮舟）を死なせてしまったように、言いがかりをつける人がいること。実際にいる訳ではないが、親などに文句を言われているように装ったもの。

二　僧都、ことのいきさつを語る（一）

一 僧都(そうづ)、されば[1]よ、たゞ人と見(み)えざりし人(ひと)のさまぞかし、かくまでのたまふ(給)は、軽(かろ)々しくは思(おぼ)されざりける人にこそあめれと思(おも)ふに、法師(ほうし)といひながら、心もなく、たちまちにかたちをやつしてけることゝ胸(むね)つぶれて、答(いら)へきこえむやう思(おも)ひまはさる。たしかに聞(き)き給へるにこそあめれ、かばかり心得給(えたま)ひてうかゞひ尋(たづ)ね給はむに、隠(かく)れあるべきことにもあらず、なか(中)〳〵あらがひ隠(かく)さむに、あいなかるべしなどゝばかり思(おも)ひ得(え)て、僧都「いかなることにか侍りけむ。この月頃(ごろ)、内(うち)々にあやしみ思う給(ふ)ふる人(ひと)の御ことにや」とて、二 僧都「かしこに侍る尼(あま)どもの、初瀬(はつせ)に願(ぐわん)侍りて詣(まう)でゝ帰(かへ)りける道(みち)に、宇治(うぢ)の院といふ所にとゞまりて侍りけるに、母(はゝ)の尼(あま)の労気(らうげ)にはかに起(お)こりて、いたくなむ患(わづら)ふと告(つ)げに、人(ひと)のまうで来(き)たりしかば、まかり向(む)かひたりしに、まづあやしきことなむ」とさゝめきて、僧都

「親(おや)の死(し)に返(かへ)るをばさしお(を)[2]きて、もてあつかひ嘆(なげ)きてなむ侍(を)りし。この人も、亡(な)くなり給へるさまながら、さすがに息(いき)は通(かよ)ひておはしければ、昔物語(むかしがたり)に、魂殿(たま)[3]に置(を)きたりけむ人(ひと)のたとひを思(おも)ひ出(い)でゝ、さやうなることにやとめづらしがり侍(侍)りて、弟子(でし)[4]ばらの中(なか)に験(げん)ある者(物)どもを呼(よ)び寄(よ)せつゝ、代(か)はり代(が)はりに加持(かぢ)せさせなどなむし侍(侍)りける。三なにがしは、惜(お)しむべき齢(よはひ)ならねど、母(はゝ)の旅(たび)の空にて病(やまひをも)重きを助けて、念仏をも心乱(みだ)れずせさせむと、仏を念(ねむ)じたてまつり思(おもふたま)う給へし程に、その人のありさまくはしうも見給(たま)へずなむ侍(はべ)りし。事(こと)の心推(を)し量(はか)り思(おもふたま)う給ふるに、[5]天狗(てんぐ)、木霊(こだま)などやうのものゝ、欺(あざむ)き率(い)てたてまつりたりけるにやとなむうけたま(給)ひ(はり)し。

【傍書】　1返答心中　2き　3入棺して火屋などにをきたる人のよみかへりたる事の有へきなり　4原　5天狗といふは星の名也本朝には天魔の類にいへり

【注釈】

一　**僧都、さればよ、たゞ人と見えざりし人…あいなかるべしなどゞばかり思ひ得て**　「さればよ、たゞ人と見えざりし人のさまぞかし」は、薫の言葉から、やはり並の身分には見えなかった人の様子であるよと、僧都が浮舟を再確認する心中思惟。手習巻で初めて人事不省の浮舟を発見した折にも「いと若ううつくしげなる女の、白き綾の衣一襲、紅の袴ぞ着たる、香はいみじう香ばしくて、あてなる気配限りなし」（手習四）とあった。「法師といひながら、心もなく、たちまちにかたちをやつしてけることゝ胸つぶれて」の「ながら」は逆接の接続助詞。僧都が自分は僧であるが、状況をきちんと把握しないで、本人の望むままにすぐさま浮舟を出家させてしまったことと、後悔で胸がつぶれる気持ち。「思ひまはさる」はどうしようかと思案をめぐらすこと。「なか〳〵あらがひ隠さむに、あいなかるべし」は、なまじ中途半端に薫の言うことを否定し隠し立てをすることは、不都合に違いないと判断する意。

二　**かしこに侍る尼どもの…加持せさせなどなむし侍りける**　「かしこ」は、前段で「小野のわたりに知り給へる宿り」と薫が言ったところ。「尼ども」は、僧都の母尼、妹尼を指す。以下、手習巻冒頭での浮舟発見から出家に至るまでの経緯が手習巻とは若干前後しながら語られる（手習一～三〇参照）。「母の尼の労気にはかに起こりて」の「労気」は、「らうけ」（『日国大』）とも「らうげ」（『日国大』『古語大』）とも。『河海』は「老気、老病也一云労気歟」とするが、「にはかに起こりて」とあるので、『細流』が「所労の儀しかるべし」とするように、旅の疲れによる所労（病気）ととるのがふさわしい。物語には当該のみ。「あやしきこと」は、思いがけず正体の分からない浮舟を発見したこと。「親の死に返るをばさしおきて、もてあつかひ嘆きてなむ侍りし」は、妹尼が死にそうな母親を後回しにして、この若い女（浮舟）を懸命に介抱し心配したこと。妹尼は「湯取りて、手づからすくひ入れなど」していた（手習四）。「この人も、亡くなり給へるさまながら、さすがに息は通ひておはしければ」は、助けた女が意識不明で死んだような様であるものの、そうはいっても、息はしている瀕死の容態であったこと。「昔物語に、魂殿に置きたりけむ人のたとひを思ひ出でゝ」は、昔からの伝承、逸話にある死人が生き返った話を思い出したこと。その話とは、「たま殿にをきたりけん人のたとひといふはたとへばひとの死せるをすでに入棺して火屋などにをきたるがけうにしてよみかへりたる事のあるべきなり其を心にかけてもとめみるべきなり」（『花鳥』）、「入棺したる人の蘇生したる事也」（『弄花』）など。「魂殿」は葬送の前にしばらく遺体を安置しておく場所。魂（霊）屋。定子崩御の折の記述に、「とりべ野の南の方に、二丁ばかりさりて、霊屋といふものを造りて」（栄花物語とりべ野）とある。「納言素不許火葬。仍於件寺垣西之外、造玉殿安之。」（権記・寛弘八年七月一一日条）のごとく、土葬の折に用いられたようである。「弟子ばらの中に験ある者どもを呼び寄せつゝ、代はり代はりに加持せさせなどなむし侍りける」

は、僧都の弟子の中で霊験のある阿闍梨などを小野に呼び寄せて、代わる代わる加持祈禱させたこと（手習四・五参照）。

三　**なにがしは、惜しむべき齢ならねど…率てたてまつりたりけるにやとなむうけたまはりし**　「なにがし」は、僧都が自らをへりくだった言い方。「助けて」以下に係る。「惜しむべき齢ならねど」は、僧都の母が命を惜しむような年齢ではなく、高齢であること。「八十余りの母」（同一）。「母の旅の空にて病重き」は、手習巻冒頭「限りのさまなる親の、道の空にて亡くやならむ」（同一）に照応。「念仏をも心乱れずせさせむ」は、母が亡くなる際には、心の迷いなく極楽往生を願い念仏をもさせようと思った僧都の思い。「仏を念じたてまつり思ふ給へし」は、僧都が自らも念仏し母の往生を助けようとしていたこと。「その人のありさまくはしうも見給へずなむ侍りし」は、僧都は母のために一心に仏を念じていたので、浮舟の様子をあまりはっきりとも見てはいなかったこと。後の「～となむうけたまはりし」と共に、母のために念仏をしていた僧都の事実でもあり、自己弁護とも取れる言葉。「天狗、木霊などやうのもの」は、手習巻では「狐、木霊やうの物」（三）とも、「鬼か、神か、狐か、木霊か」（同）とも疑われ、宿守の翁は、狐がよくこの木の元に人をさらってくることがあり、実際一昨年の秋に幼い子どもが被害にあったことを語っていた（同）。「天狗」は山に住む変化の一種。「山の神の霊異を母胎とし、怨霊、御霊など浮遊霊の信仰を合わせ、また、修験者に仮託して幻影を具体化したもの」（『日国大』）。

三　僧都、ことのいきさつを語る（二）

一　助（たす）けて京に率（ゐ）てたてまつりて後（のち）も、[1]三月ばかりは亡（な）き人にてなむものし給ひけるを、なにがしが妹（いもうと）、故衛門督（こゑもんのかみ）

の北の方にて侍りしが、尼になりて侍るなむ、一人持ちて侍りし女子を失ひて後、月日は多く隔て侍りしかど、悲しび絶えず嘆きア思ひ給へ侍るに、同じ歳の程と見ゆる人の、かく容貌いとうるはしきよらなるを見出でたてまつりて、観音の賜へると喜び思ひて、この人いたづらになしたてまつらじとまどひ焦られて、泣く泣くいみじきことゞもを申されしかば、二後になむ、かの2坂本にみづから下り侍りて、3護身など仕まつりしに、やう／＼生き出でゝ人となり給へりけれど、なほこの4領じたりけるものゝ身に離れぬ心地なむする、この悪しきものゝ妨げを逃れて、後の世を思はんなど、悲しげにのたまふこと○もの侍りしかば、法師にては、勧めも申しつべきことにこそはとて、まことに5出家せしめたてまつりて6イしに侍り。さらに、知ろしめすべきことゝは、ウいかでか空に悟り侍らん。めづらしきことのさまにもあるを、世語りにもし侍りぬべかりしかど、聞こえありてわづらはしかるべきことにもこそと、この老い人どものとかく申して、この月頃音なくて侍りつるになむ」と申し給へば、三7さてこそあなれとほの聞き給て、かくまでも問ひ出で給へることなれど、むげに亡き人と思ひはてにし人を、さは、まことにあるにこそはと思す程、8夢の心地してあさましければ、つゝみもあへず涙ぐまれ給ひぬるを、僧都の恥づかしげなるに、かくまで見ゆべきことかはと思ひ返して、つれなくもてなし給へど、9かく思しけることを、この世には亡き人と同じやうになしたることゝ、過ちしたる心地して罪深ければ、僧都「悪しきものに領ぜられ給ひけむも、さるべき前の世の契りなり。思ふに、高(たか)き家(いゑ)の子(こ)にこそものし給(給)ひけめ、いかなる誤(あやま)りにて、かくまではふれ給(給)ひけむにか」と問(と)ひ申(申)し給へば、

【校異】

ア　**思ひ給へ侍るに**――「おもひ給へるに」青（大）「おもひたまへる」河（御）「思給□」河（鳳）「おもふ給へりしに」青（伝宗）「おもふ給へ侍に」河（尾）「をもふ給へ侍しに」別（国）「をもふ給へりしに」別（保）「思給へ侍しに」別（宮）「思○(ふ)給○(へは)へるに」青（幽）「思たまへ侍に」青（穂）「思給へ侍に」青（榊・陽）河（七・前・大・岩）別（阿）「思給へ侍るに」青（徹一）「思給はへるに」河（伏）「思給侍に」別（麦）「思ひ給へ侍るに」青（明・飯）「おもひたまへ侍に」青（陵）「思ひたまへ侍に」青（肖）「おもひ給へ侍に」青（池・横・平・勝）「おもひたまへはへるに」青（大正）「おもひ給へ侍るに」青（三・徹二）「おもひたまへ侍るに」青（紹）。なお、『大成』は「おもひ給へ侍に」、『新大系』も「給へる」の「る」は「侍」の誤写と見て、「思ひ給へ侍(はべる)に」と補った本文としているのに対し、『全書』『大系』『玉上評釈』『全集』『集成』『完訳』『新全集』は「思(思)(おも)ひ給(給・たま)(たま)へ侍（はべ）るに」。①「思ふ」「思ひ」、②「給へる」「給へ侍る」、更に③助動詞「し」の有無の相違である。①動詞・助動詞に接続する場合、「思ふ」は連用形「思ひ」である。②「給へる」は〈尊敬の補助動詞「給ふ」の已然形＋完了の助動詞「り」の連体形〉となり、妹尼が娘を亡くして以来ずっと「嘆き思ふ」行為を敬語で語ることになり、薫との会話として不都合な語法である。「給へ侍る」は〈謙譲の補助動詞「給ふ」の連用形＋丁寧の補助動詞「侍り」の連体形〉で、妹尼が娘を亡くして悲しみ嘆き申し上げていますの意である。③過去の助動詞「し」の有無は、妹尼は今現在も嘆いているので無くてもよい。「し」がある本文は、上述の「北の方にて侍りしが」「持ちて侍りし」「隔て侍りしかど」と照応させるために付けたと考えられる。よって、当該は、底本が「侍」を誤脱したものと見て、明融本などにより「思ひ給へ侍るに」と校訂する。

イ　**てしに侍り**――「てしになむ侍る」青（大）「て侍」別（宮・国）「てしに侍り」河（尾・七・前・大・鳳・岩）「てしにはへり」河（伏）別（保）「てしに侍る」青（大正・飯・徹一）「てしに侍」青（池・榊・横・陽・平・勝・陵・穂・伝宗・肖・明・三・徹二・紹・幽）河（御）「てしに侍」別（麦・阿）。なお、『大成』は「てしに侍る」、『全書』『全集』『集成』は「てしに侍（はべ）る」、『大系』『完訳』『新全集』は「てしに侍（り）（はべり）」であるのに対し、『玉上評釈』『新大系』は「てしになむはべ（侍）る」。係助詞「なむ」の有無の相違である。「なむ」があれば、浮舟を出家させてしまいましたと取り立てて示す強調構文となる。ここは、底本の独自本文であるので、後筆本文の『大』が、「なむ」を加えて僧都が僧としての当然のことをしたまでだという強い気持ちを表す表現にしたものと見て、「てしに侍り」に校訂する。

ウ　**いかでか**――「いかてかは」青（池・横・伝宗・肖・明・飯・徹一・三・徹二・紹）別（保）「いかてか○は」青（勝）「いかてか」青（大・榊・陽・平・陵・穂・大正・幽）河（尾・御・七・前・大・鳳・伏・岩）別（宮・国・麦・阿）。なお、『大成』は「いかてかは」であるのに対し、『全書』『大系』『玉上評釈』『全集』『集成』『完訳』『新大系』『新全集』は「いかでか」。疑問の「か」か、反語の「かは」かの相違である。「いかでかは」ならば反語表現となり、その女が薫様の関係者だとは、どうして単なる推量で分かりましょうか、分からないはずですの意となる。薫への僧都の釈明の言葉として、強い否定の表現となろう。後出本文において「は」が追加されて、表現を強めたのであり、「いかてか」が本来の表現と見て、校訂を控える。

【傍書】1み　2恵心千日山篭時西坂下マテ下山事　3護身　4霊　5出家　6弟子　7かほる心中詞　8此巻の名これによれり　9僧都心中詞　10問

【注釈】

一　**助けて京に率てたてまつりて後も…いみじきことゞもを申されしかば**　「京」とするのは、宇治から見れば小野も「京」の内か。「三月ばかり」は、三ヶ月ほど。浮舟が入水をはかったのが、匂宮から三月二八日に迎えるという手紙を受け取った直後の三月末であり、それから「かく扱ふ程に、四五月も過ぎぬ」（手習七）と照応。「亡き人にてなむものし給ひける」は、死んだ人同然の様子であったこと。前段でも「この人も、亡くなり給へるさま」とあった。「観音の賜へると喜び思ひて、この人いたづらになしたてまつらじとまどひ焦られて」は、妹尼が同年齢程の浮舟を観音から賜った亡き娘の代わりと思い、この人を死なせまいと心を乱して必死に介抱していたこと。「初瀬の観音の賜へる人なり」（同七）、「なにがしが妹、故衛門督の妻に侍りし尼なん、失せにし女子の代はりにと思ひ喜び侍りて、随分にいたはりかしづき侍りけるを」（同三四）。「いみじきことゞもを申されしかば」は、妹尼から僧都に山を下りて助けて欲しいと懇願する手紙があったことを指す。「いみじきことを書き続けて奉れ給へれば」（同七）。

二　**後になむ、かの坂本にみづから下り侍りて…音なくて侍りつるになむ」と申し給へば**　「坂本」は、母尼や妹尼たちが住む所。「比叡坂本に、小野といふ所にぞ住み給ひける」（手習六）。「護身」は護身法のこと。もとは真言行者が身を守護して魔障を防ぐために心身を守護する印や真言を結ぶことを言うが、真言行者がこれを行って、他者を守護することにもいう。若紫巻（一〇）には北山の聖が源氏に施した例がある。「なほこの領じたりけるもの〻身に離れぬ心地なむする、この悪しきもの〻妨げを逃れて、後の世を思はん」は、浮舟が僧都に出家を願った言葉。「領ず」は、占有すること、とりつくことで、「領じたるもの」は、浮舟に取り憑いている物の怪。「鬼にも神にも領ぜられ」（手習四）。「後の世を思はん」は、死後の極楽往生を望む気持ち。「例の人ざまならで、後の世をだにと思ふ心深かりしを」（同二九）など参照。「法師にては、勧めも申しつべきことにこそは」は、僧侶としては、出家して物の怪から逃れ、後世の往生を願う浮舟の思いは寧ろ勧めるべきことと判断した意。前段で「法師といひながら、心もなく、たちまちにかたちをやつしてけること」と内心では後悔していたが、薫の前では浮舟を出家させた自分の行為を正当化したもの。「知ろしめすべきこと」は、薫が世話をしていたこと。「世語り」は既述（常夏二）。物語中に七例あるが、いずれも人の口に上ることへの警戒、あるいは噂になってしまったことに用いられ、ここのように話している本人が「世語りにす」という使われ方は珍しい。「世語りにもし侍りぬべかりしかど」は、きっと世間の噂話にもしてしまうに違いなかったことですけれども、の意。事実女一の宮の修法に宮中に参上し、明石中宮の御前での世間話に、僧都が宇治で「よからぬ物」（手習三四）に魅入られた女を発見した珍しい出来事として、話していた。「恐ろしきことなどのたまふついでに…とて、かの見つけたりしことゞもを語り聞こえ給ふ」（同三四）。「聞こえありてわづらはしかるべきことにもこそ」は、世間に噂が広まり面倒なことになっては大変だという気持ち。「老い人ども」は母尼、妹尼たち。「音なくて侍りつるになむ」は、母尼や妹尼たちが浮舟のことを人に知られないように隠しておりましたということ。係助詞「なむ」の下に「侍りし」が省略された。

三　**さてこそあなれとほの聞きて…かくまではふれ給ひけむにか」と問ひ申し給へば**　「さてこそあなれとほの聞きて」は、薫が小宰相から浮舟のことだろうと、それとなく聞いたことを指す。「かくまでも問ひ出で給へること」は、高貴で重々しい身分の薫が直々に山深い横川にまで足を運んで、僧都の口からはっきりと、浮舟を出家させた事情を尋ねて聞き出されたこと。「むげに亡き人と思ひはてにし人」は、薫が、すっかり亡くなってしまったものと思っていた人、浮舟のこと。「夢の心地してあさましければ」は、浮舟の生存を、蘇生させた僧都本人の口から知り得た薫の、夢のような惑乱する気持ち。「僧都の恥づかしげなるに」は、高徳の僧である立派な様。「かくまで見ゆべきことかは」の「かくまで」は、薫が取り乱して涙が目に浮かぶ様を指す。薫が「かくまで」を繰り返すのは、自らの行為が行きすぎているとの自覚を表す。「かく思しけること」は、薫が深く浮舟を愛していたこと。「この世には亡き人と同じやうになしたること〳〵、過ちしたる心地」は、浮舟の望むままに出家させてしまったことを、薫の激しい動揺にとまどい、後悔する僧都の気持ち。「この世には亡き人とおなじやうになしたる」は、出家は「世を背く」とも言われるように、俗世との縁を切ることであり、死んだ人同然にしてしまった意。「過ちしたる心地して罪深ければ」は、浮舟の事情を知った僧都が、出家させたのは、間違いであったと思い、仏罰を受けると考えたこと。「さるべき前の世の契り」は、しかるべき前世からの宿命。「思ふに、高き家の子にこそものし給ひけめ、いかなる誤りにて、かくまではふれ給ひけむにか」の「家の子」は既述（若菜下一〇）。「誤り」は、正しい筋目からはずれた行動をとること（紅葉賀九）。身分の高い家柄の娘であっただろうと思われる浮舟がどのような過失で、ここまで流離されなさったのかと尋ねる意。

四　僧都、ことのいきさつを語る（三）

薫「[一][1]なまわかむどほりなどいふべき筋にやありけん。[2]こゝにも、もとより、わざと思ひしことにも侍らず。ものはかなくて見つけそめてはア侍りしかど、また、いとかくまで落ちあぶるべき際イと思ひ給へざりしを、めづらかに跡もなく消え失せにしかば、身を投げたるにやなど、さま〲に疑ひ多くて、確かなることは、[二]え聞き侍らざりつるになむ。罪軽めてものすなれば、いとよしと心やすくなん、みづからは思ひ給へなりぬるを、母なる人なむ、いみじく恋ひ悲しぶなるを、かくなむ聞き出でたると告げ知らせまほしく侍れど、月頃隠させ給ひける本意違ふやうに、もの騒がしくや侍らん。親子の仲の思ひ絶えず、悲しびに堪へで、訪ひものしなどし侍りなんかし」などのたまひて、さて、薫「[三]いと便なきしるべとは思すとも、かの坂本に下り給へ。かばかり聞きて、なのめに思ひ過ぐすべくは思ひ侍らざりし人なるを、夢のやうなることどもも、今だに語り合はせんとなむ思ひ給ふる」とのたまふ気色、[3]いとあはれと思ひ給へれば、かたちを変へ、世を背きにきとおぼえたれど、髪鬚を剃りたる法師だに、あやしき心は失せぬもあなり。まして、女の御身はいかゞあらむ。いとほしう、罪得ぬべきわざにもあるべきかなと、あぢきなく心乱れぬ。

僧都「まかり下りむこと、今日明日は障り侍り。月立ちての程に、御消息を申させ侍らん」と申し給ふ。[4]いと心もとなけれど、なほ〱とうちつけに焦られむもさま悪しければ、さらばとて帰り給ふ。

【校異】

ア **そめては**——「そめて」青（池・陽・勝・肖・明・三・徹二）「そめ」河（前・岩）「そめて○」青（紹）「そめては」青（幽）

「そめては」青（大・榊・横・平・陵・穂・伝宗・大正・飯・徹一）河（尾・御・七・大・伏・鳳）別（宮・保・国・麦・阿）。なお、『大成』は「そめて」、『完訳』『新全集』も「そめて」であるのに対し、『全書』『大系』『玉上評釈』『全集』『集成』『新大系』は「そめては」。助詞「は」の有無の相違で、「は」が入ると論理的に述べることになる。池田本などは「侍り」と漢字表記に続くが、「そめてはゝへりし」と続く表現において、書写時に繰り返し記号「ゝ」が脱落したと見て、底本の校訂は控える。

イ　**際と**――　「きはとは」青（肖・飯・徹一・徹二・幽）別（国・阿）「ゝ（き）はとは」青（池・榊・横・陽・勝・穂・大正・明・三）河（尾・御・七・前・大・鳳・伏）別（宮・麦）「ゝ（き）わとむ」青（伝宗）「ゝ（き）わとも」別（保）「○とは」青（陵）「きはと」青（大・平・紹）河（岩）。なお、『大成』は「（き）ゝはとは」、『全書』『大系』『全集』『集成』『完訳』『新全集』も「際（際」・際）とは」であるのに対し、『玉上評釈』『新大系』は「きは（際）と」。「とりたて」（『文法大』）の助詞「は」の有無の相違である。前文に「ものはかなく見つけそめては侍りしかど」とあり、続く文中にまた「際とは」のように「は」があるのは、表現の論理に合わない。「見つけそめては侍りしかど～際と思ひ給へざりし」と続く表現を良と見て、校訂は控える。

【傍書】　1かほる御詞　2僧都詞　3僧都心中詞　4かほる　5いそかんもなり

【注釈】

一　**なまわかむどほりなどいふべき筋にやありけん…みづからは思ひ給へなりぬるを**　「なまわかむどほり」の「なま」は、中途半端の意を表す接頭語。「なまわかむどほり」では本例のみで、「わかむどほり」は皇室の血統の人、王族の系統の意（末摘花二既述）。物語中「わかむどほり」は、大輔命婦（末摘花二）、秋好中宮の女房（澪標一七）、雲居雁の母（少女一〇）に用いられ、いずれも皇室の血筋につながるという文脈であるが、真に皇族として高貴な人物に用いられることはない。ここでは前段で僧都が浮舟を「高き家の子にこそものし給ひけめ」と推測したことを受けて薫が答えたもの。「わかむどほり」の語を出すことで、薫が関係していた女が身分の卑しいものではないが、それほど高貴でもないことを示す。浮舟は故八の宮の遺児であるが、母は女房の中将の君であり、八の宮から認知もされなかった（宿木四三）。「なま」や推量の助動詞「けむ（ん）」は、薫がことばを曖昧に濁し、それ以上の追究を僧都にさせないように牽制した表現。「わざと思ひしことにも侍らず」の「わざと」は正式である意。「わざとの妻にもあらざなり」（落窪物語）。薫が正式な妻として処遇してはいなかったこと。「落ちあぶるべき際」の「落ちあぶる」は落ちぶれる意。宇治の姫君に一例（橋姫二〇）、浮舟に三例（他に手習六・四四）使われている。「身を投げたるにや」は薫の推測。「さま〴〵に疑ひ多くて」は、「身を投げ給へらんとも思ひも寄らず、鬼や食ひつらん、狐めくものや取り持ていぬらん、いと昔物語のあやしきものゝことのたとひにか、さやうなることも言ふなりしと思ひ出づ」（蜻蛉四）と、失踪時にいろいろ詮索したことに照応。「罪軽めてものす」は、浮舟が出家により現世での罪を軽くしていること。

二　**母なる人なむ、いみじく恋ひ悲しぶなるを…訪ひものしなどし侍りなんかし**　「母なる人」は浮舟の母、中将の君。浮舟失踪時の中将の君の悲嘆は、「目の前に亡くなしたらむ悲しさは、いみじうとも、世の常にてたぐひあることなり。これは、いかにしつることぞ」（蜻蛉四）とあった。「かくなむ」の「かく」は、浮舟が生存していて小野で出家して尼になっていること。「月頃隠させ給ひける本意違ふ」は、妹尼が「あなかま。人に聞かすな。わづらはしきこともぞある」（手習四）、「かゝる人なん率て来たるなど、法師の辺りにはよからぬことなれば、見ざりし人にはまねばず。尼君も、皆口固めさせつゝ」（同六）と、この出来事を口外することを固く制止していた本来の希望とは、違うこと。「親子の仲の思ひ絶えず、悲しびに耐へで、訪ひものしなどし侍りなんかし」は、母親の娘を思う気持ちが消えず、悲しさに我慢できず、きっと訪ねて来たりするでしょうよ、と薫は自分の心情とは言わず、母親の心として語る。

三　**いと便なきしるべとは思すとも…さま悪しければ、さらばとて帰り給ふ**　「便なきしるべ」は不都合な案内役。僧都が出家の身でありながら、男女の仲を取り持つことへの懸念を表す薫の発言。「かの坂本に下り給へ」は、小野の里に下りて、浮舟との取り持ちを依頼すること。「なのめに思ひ過ぐすべくは思ひ侍らざりし人なる」は、薫が決して いい加減には思っていなかった人であること。「夢のやうなることゞも」は、浮舟失踪以来の、現実とは思えないさまざまな出来事。「髪鬢を剃りたる法師だに、あやしき心は失せぬもあなり」の「あやしき心」は愛欲の心。「まして、女の御身はいかゞあらむ」は、〔Aだに、〜。まして、Bは〜〕の構文により、女性である浮舟の身のありようを一層心配する僧都の心。「いとほしう、罪得ぬべきわざにもあるべきかな」の「罪得ぬべき」の主語は浮舟。男性である法師でも愛欲の類いに迷うこともあるのに、まして罪深い女の身である浮舟は出家した身でありながら、薫の接近に心を惑わせ、気の毒にも破戒の罪を犯すことになりかねないことだなあの意。「僧である自分が」（『新全集』）のように主語を「僧都」とする説も多い（『玉上評釈』『大系』『全集』『鑑賞』など）。その場合は出家させた師僧である自分が浮舟を破戒者にするという罪作りなことをする、の意になる。ここでは「まして」の意を生かして、浮舟が罪を負う意と解したい。「あぢきなく心乱れぬ」は、自分の浮舟への対応に過誤はないと思うものの、容易ではない事態にどうしたものかと困惑する僧都の心中。「月立ちての程に、御消息を申させ侍らん」は、月が改まり来月になって、薫へのご案内を申し上げさせましょうの意。僧都は難題に時間を稼ごうとしたものか。「いと心もとなけれど」は、今日はまだ九日であるのに、僧都がずいぶん先を提示したことに対する、薫のいかにももどかしい気持ち。「なほ〳〵とうちつけに焦られむもさま悪しければ」は、少しでも早く浮舟のことを確かめたいと一途に焦ることは、権大納言兼右大将である立場上みっともないと自制すること。

五　薫、手紙を依頼

一 1ア かの御せうとの童（わらは）、御供（とも）に率（い）ておはしたりけり。ことはらからどもよりは、容貌（かたち）もきよげなるを呼（よ）び出（い）で給（給）ひて、薫「2これなむ、その人の近(ちか)きゆかりなるを、これを、かつ〴〵ものせん。御文一行(ふみひとくだり)賜(たま)へ。その人とはなくて、たゞ、尋(たづ)ねきこゆる人なむあるとばかりの心を知(し)らせ給へ」とのたま(給)へば、僧都「3なにがし、このしるべにて、必(かなら)ず罪得(つみえ)侍(侍)りなん。事(こと)のありさまはくはしく取(と)り申(申)しつ。今(いま)は、御みづから立(た)ち寄(よ)らせ給ひて、あるべからむことはものせ(物)させ給はむに、何(なに)の咎(とがゝはべ)か侍らむ」と申(申)し給へば、二4うち笑(わら)ひて、薫「罪得(つみえ)ぬべきしるべと思(おも)ひなし給(たま)ふらんこそ、恥(は)づかしけれ。こゝには、俗(ぞく)のかたちにて今(いまゝ)まで過(す)ぐすなむ、いとあやしき。いはけなかりしより、思(おも)ふ心ざし深(ふか)く侍るを、三条の宮の心細(ぼそ)げにて、頼(たの)もしげなき身一(ひと)つをよすがに思(おぼ)したるが、避(さ)りがたき絆(ほだし)におぼえ侍りて、かゝづらひ侍(侍)りつる程に、おのづから位(くらゐ)などいふことも高(たか)くなり、身の掟(をき)ても心にかなひ難(がた)くなどして、思(おも)ひながら過(す)ぎ侍るには、また(又)え避(さ)らぬことも数(かず)のみ添(そ)ひつゝは過(す)ぐせど、公(おほやけ)私(わたくし)に逃(のが)れ難(がた)きことにつけてこそ、さも侍らめ、三さらでは、仏(ほとけ)の制(せい)し給ふ方(かた)のことを、わづかにもイ聞き及ばむは、いかで過(あやま)たじとつゝしみて、心の内(うち)は聖(ひじり)に劣(おと)り侍らぬものを、まして、いとはかなきことにつけてしも、重(をも)き罪得(つみう)べきことは、などてか思(おも)ひ給(たま)へむ。さらにあるまじきことに侍り。疑(うたが)ひ思(おぼ)すまじ。たゞ、いとほしき親(おや)の思(おも)ひなどを、聞き明(きゝあき)らめ侍らんばかりなむ、うれしう心(こゝろ)やすかるべき」など、昔(むかし)より深(ふかゝ)かりし方(かた)のウ心を語(かた)り給ふ。

【校異】

ア　御せうと――「こせうと」（御 ヒ）青（肖）「せうと」青（池・榊・陽・陵・大正・徹二）河（七）別（宮・国・麦・阿）「御せう

と」青（大・横・平・勝・穂・伝宗・明・飯・徹一・三・紹・幽）河（尾・御・前・大・鳳・伏・岩）別（保）。なお、『大成』は「せうと」、『全書』『大系』も「せうと」であるのに対して、『玉上評釈』『全集』『集成』『完訳』『新大系』『新全集』は「御せうと（兄弟）」。敬語の「御」の有無である。浮舟の弟小君に対しては、他に「かのせうとのわらはなるゐておはす」（手習四九）、「このせうとの童を、僧都、目とめてほめ給ふ」（夢浮橋六）が用いられている。上記二例には「御」の付く異文はない。手習巻例と同様、ここも薫が小君を供に連れていらっしゃる場面であるのに、ここにのみ「御」が付くかどうかの問題である。当該については、青表紙・河内本系統の写本の多くの伝本に「御」があるので、本来は「御せうと」であったが、後出伝本にあって、「御」が必要ではないと見て落とされたのであろうと見て、底本の校訂は控える。続く文中に「容貌もきよげなる」と賞賛する心情につられて、ここのみ「御せうと」と呼称される表現が本来のものであったと考えられる。

イ　**聞き及ばむは**――ナシ（徹一）「きゝおよはんかきりは」青（伝宗）別（国）「きゝおよはむかきりは」別（保）「きゝをよはんかきりは」別（宮）「きゝをきはん事は」青（飯）「きゝをよはむ事は」河（尾）「きゝをよはん事は」青（明）別（阿）「きゝおよはん事は」河（御・伏）「きゝおよはむことは」青（三）別（麦）「きゝをよはんことは」青（池・横・陽・平・勝・肖）河（前・大・鳳・岩）「きゝをよはむことは」青（榊・紹・穂）「聞をよはん事は」青（徹二）「聞をよはむことは」青（幽）「きゝをよはむ事」河（七）「きゝをよはむは」青（大・平・陵・大正）。なお、『大成』は「きゝをよはむことは」、『全書』『玉上評釈』『全集』『集成』『完訳』『新全集』も「聞き及（およ）ばむ（ん）ことは」であるのに対して、『大系』『新大系』は「聞き（聞き）及（をよ）ばむは」。「及ばむ」に接続する語が「こと」「かぎり」或いはナシの相違と、助詞「は」の有無である。後者の「は」については、河（七）以外にはあるため、有ったものと判断する。前者の下接語の相違については、薫が仏の制止する方面のことに対して、①少しでも聞き及んでいるような「こと」は、何とかして間違えまいと考えていた、事柄として述べるのか、②「かぎり」で、すべてと限定的に取り出すのか、③「聞き及ばむ」で体言相当語として把握するのかの違いである。写本や現代諸注釈書は「聞き及ばむこと」と、事柄として明確化するものが多いが、底本の連体形により体言相当語とする「聞き及ばむ」の形で意味は通る。「こと」或いは「かぎり」を追加して表現の明確化をはかることは、後の本文の書写によるものと見て、底本の校訂を控える。

ウ　**心を**――「心はえを」青（池・陽・勝・穂・三）「心はへを」青（榊・飯・徹一）「心はへ」青（幽）「心を○を」青（陵）「こころ○」青（平）「心をきてを」青（徹二）「心をきて」青（大正）「心をきてを」青（肖・明）「こゝろをきてを」青（紹）「こゝろを」河（尾・御・七・前・大・鳳・岩）別（保）「心を」青（大・横・伝宗）河（伏）別（宮・国・麦・阿）。なお、『大成』は「心はえを」、『全書』は「心」、『大系』は「心掟て」、『全集』『集成』『完訳』『新全集』は「心ばへを」、『玉上評釈』『新大系』は「心を」。「心」「心ばへ」「心おきて」の相違と、格助詞「を」の有無である。ここは、薫が僧都に自分の「昔より深かりし方」について語る場面であり、具体的には直前の会話での「いはけなかりしより、思ふ心ざし深く侍る」こと、つまり、幼い頃から仏道を深く志向していたことや、「心の内は聖に劣り侍らぬ」ことを言う。心構えやかねてからの意向である「心掟て」か、雰囲気や様子を通して推察される人の性質・本性や心構えを言う（桐壺一）の「心ばへ」か、思慮、判断としての「心」かというところである。「心ばへ（心ばえ）」は青表紙本、「こゝろ（心）」は河内本、別本、青表紙本の一部が採る本文である。対象語格表示の格助詞「を」については、多くの諸本が持ち、あれば文意が明確になる。薫が自らの古くからの考えなりを表す当該場面では、推察される「心ばへ」はふさわしくない。「心ばへ」は多く他者に「見ゆ」ものである。また、出家に関し何らかの具体的な考えをかねてから示していた訳でもないため、底本の「心を」が本来の表現と見て、校訂を控える。

【傍書】　1うき舟の連枝也たねは別也　2かほる御詞　3僧都詞　4かほる心中詞

【注釈】

一　**かの御せうとの童、御供に…何の咎か侍らむ」と申し給へば**　前段落で「さらばとて帰り給ふ」とあったが、六段での「この子は、心も得ねど、文取りて、御供に出づ」までは、未だ僧都の許での話である。帰り際の様子を遡及する形で述べたもの。「御せうとの童」は、浮舟の異父弟小君。「御供に率ておはしたりけり」は、「やがて横川におはせんと思して、かのせうとの童なる率ておはす」（手習四五）と照応。薫は浮舟の母中将の君を弔問の折、幼い兄弟たちの朝廷出仕の際の引き立てを約束し（蜻蛉一九）、「かの常陸の子どもは、冠したりしは、蔵人になし、わが御司の将監になしなど、いたはり給ひけり」（手習四一）と配慮していたが、中でもこの子（小君）は「童なるが、中にきよげなるをば、近く使ひ馴らさむとぞ思したりける」（同）と自分のそば近く使っていた。「容貌もきよげなる」は、小君のさっぱりとした美しい容貌。前述文とも照応。「かつ〳〵ものせん」は、とりあえず小君を小野へ使いに出そうの意。「御文一行賜へ」は、僧都はすぐさま動きそうもないことから、僧都の手紙を小君に持たせて浮舟方との接触を図るため、ほんの短い手紙を書いて下さいと頼むこと。「その人とはなくて」は、薫だとは明らかにしないで、の意。「このしるべ」は、前段の「便なきしるべ」に同じ。ここの「罪得侍りなん」は、僧侶が男女の仲を取り持つことによって、僧都が仏罰を受けること。「今は、御みづから…何の咎か侍らむ」は、今後薫様自らが小野に行き、しかるべく行動されることに、何の非難されることがございましょうか、の意。

二　うち笑ひて、「罪得ぬべきしるべと…公私に逃れ難きことにつけてこそ、さも侍らめ　「罪得ぬべきしるべ」は、「必ず罪得侍りなん」（当段）「便なきしるべ」（前段）と照応。「思ひなし給ふらん」は、僧都が意識的にそう思いなさっているだろうと薫が推測する意。「こゝ」は薫自身のこと。「思ふ心ざし」は出家の意志。「三条の宮」は薫の母、女三の宮を指す。源氏薨去後、六条院を離れ、父朱雀院から伝領し源氏が改修した三条宮に住んでいた（匂兵部卿三）。「頼もしげなき身」は、薫が自らを謙遜した言い方。「頼もしげなき身一つをよすがに思したる」は、母が頼りにもなりそうにない私一人を頼れる身内だと思っていること。「この君の出で入り給ふを、かへりて親のやうに頼もしき蔭に思したれば」（同四）。「避りがたき絆」は、逃れられない、俗世に留める束縛のこと。「身の掟て」の「掟て」は構え、処置などの意で、ここでは身の処し方を言う。「思ひながら過ぎ侍る」は、出家を願いながらも、できないままに時が過ぎていること。「え避らぬことも数のみ添ひつゝ」は、回避できないことが次々に身に加わることで、今上帝の女二の宮を正妻に迎えたことなどを指す。「公私に逃れ難きこと」の「公」は、「おのづから位などいふことも高くなり、身の掟ても心にかなひ難く」なったこと。「私」は「三条の宮の心細げにて、頼もしげなき身一つをよすがに思したる」という母親のことだけではなく、帝の愛娘を妻にもっていること。「さも侍らめ」は、上記のような理由で出家できないことは、なるほどと納得できるが、の意。以下に逆接で繫がる。

三　さらでは、仏の制し給ふ方のことを…昔より深かりし方の心を語り給ふ　「さらでは」は前述のこと以外では、の意。「仏の制し給ふ方」は仏法で禁じている戒律。「心の内は聖に劣り侍らぬ」は、「心ばかりは聖」（橋姫三）、「俗ながら聖になり給ふ心の掟て」（同七）と評されていた八の宮の生き方を理想とする薫自らも、在俗の仏教修行者である聖に劣らない道心を内心持っていること。「まして、いとはかなきことにつけてしも、重き罪得べきこと」は、つまらないこと(恋愛沙汰）で、出家した浮舟に迫るという重い罪障を作ること。『往生要集』には「浄戒ノ尼ヲ汙セル者」が大焦熱地獄に堕ちると説く（『新全集』）。「まして」「しも」「さらに」は、薫が僧都の「疑ひ思す」懸念を払拭しようとする強調の表現。「たゞ、いとほしき親の思ひなどを…心やすかるべき」も、ただ可哀想な母親の気持ちなどに対して、真実を明らかにすることだけが、嬉しく安心できることだと、僧都の説得に努めること。「昔より深かりし方の心」は、直前に「いはけなかりしより、思ふ心ざし深く侍る」「心の内は聖に劣り侍らぬ」と語っていた、道心のこと。【校異】ウも参照。

六　僧都、手紙を書く

一 僧都も、「げに」とうなづきて、僧都「いとゞ尊きこと」など聞こえ給ふ程に、日も暮れぬれば、[1]中宿りもいとよかりぬべけれど、うはの空にてものしたらんこそなほ便なかるべけれ、と思ひわづらひて帰り給ふに、二 このせうとの童を、僧都、目とめてほめ給ふ。薫「[2]これにつけて、まづほのめかし給へ」と聞こえ給へば、[3]文書きて取らせ給ふ。僧都「[4]時々は、山におはして遊び給へよ」と、僧都「すゞろなるやうには思すまじきゆゑもありけり」とうち語らひ給ふ。この子は、心も得ねど、文取りて、御供に出づ。坂本になれば、御前の人々少し立ち[5]あかれて、薫「忍びや

かにを」とのたまふ。(給)

【傍書】　1かほる　2かほる詞　3僧都　4童に僧都物語し給ふなり　5別也

【注釈】

一　**僧都も、「げに」とうなづきて…と思ひわづらひて帰り給ふに**　「いとゞ尊きこと」は、薫が自らの道心について述べたことに対し、僧都が「それはいよいよご殊勝なことで」(『新全集』)と解釈する諸注釈(『全書』『玉上評釈』『大系』『全集』『集成』も)と、「僧都かほるの心中を領納していよ〳〵仏法などいひきかせ申也」(『岷江』)説を受けて、『鑑賞』は「薫に仏法を語ってその反応をみることによって、僧都はある程度の見通しを得たという時間の経緯を、ここの文脈から読みとりたいのである」とがある。しかし当該は、「僧都も、『げに』とうなづきて」とあることから、薫が前段での幼い頃からの仏道への深い志を述べたことについて、仏道者である僧都も、その通りだと賛同し、薫の道心を尊いことだと褒めたものと解したい。「中宿り」は、帰京の途中に小野に寄ること。「うはの空にてものしたらんこそなほ便なかるべけれ」は、不確かな状態、つまり僧都の案内などもなく訪ねることはやはり具合が悪いに違いないと思われる意。

二　**このせうとの童を、僧都、目とめて…「忍びやかにを」とのたまふ**　「このせうとの童を、僧都、目とめてほめ給ふ」は、前段に「容貌もきよげなる」と形容されていた童に僧都が関心を示す様。「これにつけて、まづほのめかし給へ」は、まずはこの子に手紙を持たせて、それとなく小野に伝えてほしい意。僧都が童に「時々は、山におはして遊び給へよ」、「すゞろなるやうには思すまじきゆゑもありけり」と声をかけるのを導く。「山」は比叡山。「すゞろなるやうには思すまじきゆゑもありけり」の「すゞろなる」は、ここでは根拠や関係のない様。僧都は、自分が浮舟を出家させた師僧であることから、浮舟が自分を無関係なように思うはずはない理由があるのだったと説く。「この子は、心も得ねど」は、小君はまだ浮舟の生存を知らない故、僧都の言葉を理解しがたいこと。「坂本になれば」は、比叡山を下りて都に帰る途中、坂本を通る時に、「忍びやかにを」は、お供の者たちを制する薫の言葉。高官である薫の移動には多くの従者が従っており、次段に「御前など、いと多くこそ見ゆれ」ともある。今回の横川訪問は、月毎の薬師如来の供養のために時々訪れていた比叡山参詣（手習四五）にかこつけたもので、隠密の行動ではない。

七　浮舟、薫一行を見る

一 [1]小野(をの)には、いと深(ふか)く繁(しげ)りたる青(あを)葉の山に向(む)かひて、紛(まぎ)るゝことなく、遣(やり)水の螢(ほたる)ばかりを、昔(むかし)おぼゆる慰(なぐさ)めにて眺(なが)めゐ給(たま)へるに、例(れい)の、遙(はる)かに見(み)やらるゝ谷[2]の軒端(ば)より、前駆(さき)心ことに追(を)ひて、いと多(おほ)う灯(とも)したる火の、のどかならぬ光(ひかり)を見(み)るとて、尼(あま)君たちも端(はし)に出(い)でゐたり。尼「誰(た)がおはするにかあらん。御前(ぜん)など、いと多(おほ)くこそ見(み)ゆれ」妹尼

二 「昼(ひる)、あなたにひき[3]干(ぼ)したてまつれたりつる返(かへ)りごとに、大将殿おはしまして、御饗(あるじ)のことにはかにするを、いとよき折(おり)なりとこそありつれ」尼「大将殿とは、この女二の宮(女二宮)の御(お)をとこにやおはしつらん」など言(い)ふも、いとこの[4]世遠(よとを)く、田舎(ゐ中)びにたりや、まことに、さにやあらん、時々(どど)かゝる山路分(ぢわ)けおはせし時、いとしるかりし[5]随身(ずいじん)の声(こゑ)も、うちつけに交(ま)じりて聞(き)こゆ、月日の過(過)ぎゆくまゝに、昔(むかし)のことの、かく思(おも)ひ忘(わす)れぬも、今(いま)は何(なに)にすべきことぞと心憂(う)

ければ、阿弥陀(あみだ)仏に思(おも)ひ紛(まぎ)らはして、いとゞもの(物)も言(い)はでゐたり。横川(よかは)に通(かよ)ふ人のみなむ、このわたりには近(ちか)き便(たよ)りなりける。

【傍書】　1後のありさま　2谷にある家よりむかひの山をくたる人の軒のはつれより見ゆるなるへし　3海草　4尼君達の物語をうき舟きゝ給ふて心中におかしくおもひ給ふなり　5うき舟君の聞知給ふ心也

【注釈】

一　**小野には、いと深く繁りたる青葉の山に…尼君たちも端に出でゐたり**　「小野には」は、小野の浮舟の視点で語られはじめる。「青葉の山」は、今は新緑も深い四月九日で、夏の景物である。「名所にはあらず。夏木立なるべし」（『細流』）のごとく青々と葉が茂った山のこと。女三の宮に対面して、源氏の心のうつろいを、「身に近くあきやきぬらん見るまゝに青葉の山も移ろひにけり」（若菜上二〇）と手習いをした、紫の上の物思いの心情に通じる、「紛るゝこと」のない浮舟の物思いを暗示する。「遣水の螢ばかりを、昔おぼゆる慰め」の「螢」は、「ものおもへば沢の螢を(も)わが身よりあくがれにける(いつる)魂かとぞみる」（後拾遺集第二〇雑六神祇・和泉式部）も、浮舟の物思う魂を象徴する表現として参照できる。「昔おぼゆる」は、懐旧の情を呼び起こすものとして当時の引歌の常套表現である「花橘」ではなく、夏の景物で、〈物思ひの火に我が身を焦がす〉とされる螢に浮舟の心情を託したもの。なお、螢と昔を偲ぶよすがになる橘を一緒に詠じた歌に、後世「つつみけむ昔やしのぶ橘の匂ふか袖にくるほたるかな」（壬二集）がある。「遙かに見やらるゝ谷の軒端より」は、遙か遠くに谷が眺められる軒の下よりの意。以前中将の訪問時の「端の方に立ち出でゝ見れば、遙かなる軒端より、狩衣姿色々に立ちまじりて見ゆ」（手習三六）と照応。「前駆心ことに追ひて」は、前駆が特に注意を払って声を発していること。「いと多う灯したる火の、のどかならぬ光」は、下山する薫一行の数多くともした松明が、のんびりとではなく、いかにも慌ただしい様子。

二　昼、あなたにひき干したてまつれたりつる…このわたりには近き便りなりける　「あなた」は横川の僧都の所。「ひき干し」は、海草を日光で乾燥させたもの。「海松の引干の短くおしきりたるを結ひ集めて、木の枝に担ひかへさせて」(蜻蛉日記上・安和元年十二月条)。「大将殿おはしまして、御饗のことにはかにするを、いとよき折なり」の「大将殿」は薫。横川では、薫の訪問で急に接待が必要になったため、ひき干しの到来をよい機会だと喜んだこと。「かくわざとおはしましたることゝもて騒ぎきこえ給ふ」(夢浮橋一)に照応。「大将殿とは、この女二の宮の御をとこにやおはしつらん」は、大将殿とは今上帝の第二皇女のお婿さんでいらっしゃるのしょうか、の意。「いとこの世遠く、田舎びにたりや」は、薫の噂をする尼たちの会話を聞いた浮舟の心中。「この世」は世間、社会の意だが、ここでは都の貴族社会を指し、いかにも世間離れして田舎びていることだと思う意。「まことに、さにやあらん」は、多くの前駆を伴って下山しているのは本当に薫一行なのだろうと推測すること。「かゝる山路分けおはせし時」は、かつて薫が浮舟の元を訪れた時に治訪問時のこと。「いとしるかりし随身の声も、うちつけに交じりて聞こゆ」は、かつて薫の宇同行していた随身で、いかにも聞き覚えのある声も、はっきりと交じって聞こえること。浮舟のもとによく薫の使者として出入りしていた随身を指すか(浮舟二八〜三〇)。「昔のことの、かく思ひ忘れぬも、今は何にすべきことぞと心憂ければ」は、入水しようと思い詰め、あげくに出家までした身ながら、それでも昔を忘れられないことに対しても、今はどうしようもないことだと、つらい浮舟の心中。「阿弥陀仏に思ひ紛らはして」は、出家した浮舟が阿弥陀仏を念じて思いを紛らわせること。「いとゞものも言はでゐたり」は、昔の思い出を持て余す浮舟がいつも以上にものも言わないで坐っている様子。「近きたより」の「近き」は、俗世とのつながりの近さを言う。

八　薫、小君を遣わす

一かの殿(との)は、[1]この子をやがて遣(や)らんと思(おぼ)しけれど、人目多(めおほ)くて便(びん)なければ、殿に帰(かへ)り給(給)ひて、またの日、ことさらにぞ出(い)だし立(た)て給(給)ふ。睦(むつ)ましく思(おぼ)す人の、こと〳〵しからぬ二三人送(をく)りにて、昔(むかし)も常(つね)に遣(つか)はしゝ随身添(ずいじんそ)へ給へり。人聞(ひとき)かぬ間(ま)に呼(よ)び寄(よ)せ給(給)ひて、二薫[2]「あこが失(う)せにし妹(いもうと)の顔(かほ)はおぼゆや。今(いま)は世(よ)に亡(な)き人と思(おも)ひはてにしを、いとたしかにこそものし給(給)ふなれ。疎(うと)き人には聞(き)かせじと思(おも)ふを、行(い)きて尋(たづ)ねよ。母(はゝ)に、いまだしきに言(い)ふな。なか(中)〳〵驚(おどろ)き騒(さは)がむ程(ほど)に、知(し)るまじき人も知(し)りなむ。その親(おや)の御思(みおも)ひのいとほ(お)しさにこそ、かくも尋(たづ)ぬれ」と、まだきにいと口固(くちがた)め給(給)ふを、[3]幼(をさな)き心地(ち)にも、[4]はらからは多(おほ)かれど、この君の容貌(かたち)をば似(に)るもの(物)なしと思(おも)ひしみたりしに、失(う)せ給ひにけりと聞(きゝ)きて、いと悲(かな)しと思(おも)ひわたるに、かくのたま(給)へば、[5]うれしきにも涙(なみだ)の落(お)つるを、恥(は)づかしと思(主)ひて、小君[6]「をゝ」と、荒(あらゝ)らかに聞(き)こえゐたり。

【傍書】　1童事　2かほる御詞　3童心中　4連枝也　5なくへき事になかるゝもはつかしキ物なり　6領掌の心なり唯也

【注釈】

一　**かの殿は、この子をやがて遣らんと…常に遣はしゝ随身添へ給へり**　「かの殿は」により、前段での浮舟に対し、あちらの薫は、と語りの視点が変わる。「この子をやがて遣らんと思しけれど」は、薫が下山の途中にそのまま小野の浮舟の元に僧都の手紙を持った小君を遣わそうと思ったけれど、の意。「人目多くて便なければ」は、この時薫は薬師如来供養のための参詣ということで、多くの側近を伴っていたため、私的に動くことは都合が悪いこと。「またの日」は、翌四月一〇日。「睦ましく思す人」は、薫が親しく思っている従者。「昔も常に遣はしゝ随身」は、前段で浮舟が「時々かゝる山路分けおはせし時、いとしるかりし随身の声」と気づいた随身で、宇治への使者として度々登場していた。

二　**あこが失せにし妹の顔はおぼゆや。…荒らかに聞こえゐたり**　「あこ」は愛称、薫が小君を親しく呼ぶもの。源氏が空蝉の弟小君に対しても用いていた（帚木三三）。「妹」は、男性側から姉妹を呼ぶ語で、ここは姉浮舟のこと。「いとたしかにこそものし給ふなれ」は、すっかり亡くなったと思っている姉が確かに生きておられるらしいの意。「疎き人」は他人。「いまだしき」は時期尚早なこと。「知るまじき人」は、浮舟の生存を知ってはならない人。匂宮を念頭に置いた婉曲表現。「その親の御思ひのいとほしさ」は、浮舟を喪った母中将の君の思いに対する可哀想で気の毒な心情。中将の君は身分からすると薫より下であるが、小君の母であることに配慮して「御思ひ」と敬語をつけた。「まだきに」は、ある事態に対しそれと十分には達しない時期であることを表す副詞。「口固め給ふ」は、まだ浮舟を訪ねてもいないのに、薫が早々に口外を禁止すること。「この君の容貌をば似るものなし」は、姉浮舟の容貌は他に似るものがいないほどに優れて美しかったの意。「思ひしみたりし」の「思ひしむ」は、深く思うこと、心底思うこと。「かくのたまへば」は、薫が浮舟は生きていると語ったことを指す。「恥づかしと思ひて」は、小君がうれしさのあまり涙したことを気恥ずかしく思う意。「をゝ」は、「唯唯（をを）」で、「《感動詞ヲを重ねた形》（謹しんで）承ける声」（『岩波古』）。近江君の応答の声（行幸一七）にある。涙したことを恥ずかしく思う小君がわざと丁寧ではなく返事をした、「荒らかに聞こえゐたり」と照応。「をゝは唯也いらふる声也　涙のまぎらはしにをゝとあらかにいらへたるなり」（『花鳥』）。

九　早朝、妹尼の許に僧都の文が届き、使いが来る

一かしこには、まだ（又）つとめて、僧都（さうづ）の御もとより、〔僧都の文〕「昨夜（よべ）、1大将殿の御使（つかひ）にて、小君（こ）や参（ま）うで給（たま）へりし。『ことの心うけたま（給）はりしに、あぢきなく、かへりて臆（おく）し侍（侍）りてなむア』と姫（ひめ）君に聞（き）こえ給へ。みづから聞（き）こえさすべきことも多（おほ）かれど、今日明日（けふあす）過ぐしてさぶらふべし」と書（か）き給へり。これは何（なに）ごとぞと、尼（あま）君驚（おどろ）きて、二こなたへ持（も）て渡（わた）りて、見（み）せたてまつり給へば、2面（おもて）うち赤（あか）みて、ものゝ聞（き）こえのあるにやと苦（くる）しう、もの隠（物かく）ししけると、恨（うら）みられんを思（おも）ひ続（つゞ）くるに、答（いら）へむ方（かた）なくてゐ給へるに、〔妹尼〕3「なほ（猶）のたまはせよ。心憂（う）く思（おぼ）し隔（へだ）つること」と、いみじく恨（うら）みて、ことの心（こゝろ）を知（し）らねば、あわたゝ（は）しきまで思（おも）ひたる程に、4「山より僧都（そうづ）の御消息（せうそこ）にて参（まい）りたる人なむある」と言（い）ひ入（い）れたり。

【校異】

ア　**なむと**――「なと」青（池・榊・陽・平・穂・伝宗）別（保・麦・阿）「なむ」青（徹一）「なんと」青（横・勝・陵・大正・明・飯・三・徹二）河（尾・御・七・前・大・鳳・伏・岩）別（宮）「なむと」青（大・肖・紹・幽）別（国）。なお『大成』は「なと」であるのに対し、『全書』『大系』『玉上評釈』『全集』『集成』『完訳』『新大系』『新全集』は「なむ、（なん）・なむ）と」。「なむと」と「なと」の違いで、「む」の有無による。「なむ、と」であれば、僧都から妹尼への手紙に書かれていた浮舟への僧都の伝言の内容として、「臆し侍りてなむ」までが、格助詞「と」によって引用されたと考えられる。一方、「など」であれば、「臆し侍りて」までが、おおよそのところとしての引用であることを表す「なにと」の縮まった「など」によって示されていることになる。「など」であれば、浮舟に伝えて下さいと妹尼に託す内容がやや不鮮明になるが、底本の「臆し侍りてなむ」

の「なむ」の場合は、①〈完了の助動詞「ぬ」＋推量の助動詞「む」〉で、事態の必然的推移に対してそうせ（なら）ざるをえないだろうと観ずる心の表現（桐壺五）、或いは②係助詞「なむ」で、「侍る」などが省略されたものと解釈できる。ここは、僧津が薫から事の真相を聞いたことで、「あぢきなく、かへりて臆し侍る」と強く思っていることを浮舟に伝えて欲しいことを述べたものと解し、校訂は控える。

【傍書】　1小野へ状の詞也　2うき舟気色心中　3尼君詞気色　4昨日の僧都文童のもてきたる也

【注釈】

一　**かしこには、まだつとめて…これは何ごとぞと、尼君驚きて**　「かしこ」は、小野の尼君のもと。「つとめて」は、薫が僧都を訪ねた翌朝十日のこと。「大将殿の御使にて、小君や参うで給へりし」は、大将殿（薫）の御使者として、小君が参上なさいましたかの意。「ことの心」は、浮舟の今に至るいきさつの真実。「あぢきなく、かへりて臆し侍りてなむ」の「臆し」は、気後れがする意。僧都が薫から真実を聞き、浮舟を出家させてしまったことに対する、つまらないことをしてしまったと、却って気後れしている心情。小野には、小君の来訪より前に僧都の文が届いたことにより、妹尼は「これは何ごとぞ」と状況が分からず驚き戸惑っている。

二　**こなたへ持て渡りて…参りたる人なむある」と言ひ入れたり**　「こなた」は浮舟のもと。「ものゝ聞こえ」は、誰からと明確ではなく自然と耳に入ることで、世間の噂を言う。「苦しう」は浮舟の精神的、肉体的な苦痛を表す。「面うち赤みて…と、いみじく恨みて」は、妹尼の言葉から自分の身元が知られてしまったことを察した浮舟が、妹尼に隠していたことを責められると思い、答えようもなくて座っていることに対する、妹尼の不満な様。「山より僧都の御消息にて参りたる人なむある」は、山から僧都のお手紙を持って参上した者ですという、薫の従者の口上。

一〇　小君、僧都の文を携え来訪する　浮舟、小君を見て母を思う

一 あやしけれど、これこそは、さはたしかなる御消息(せうそこ)ならめとて、妹尼「こなたに」と言(い)はせたれば、いときよげに1しなやかなる童(わらは)の、えならず装束(そうぞ)きたるぞ歩(あゆ)み来(き)たる。わらうださし出(い)でたれば、簾(すだれ)のもとについゐて、小君「かやうにてはさぶらふまじくこそは、僧都(そうづ)はのたまひ(給)しか」と言(い)へば、尼(あま)君ぞ答(いら)へなどし給ふ。文取(と)り入(い)れて見(み)れば、2「入道の姫君(ひめぎみ)の御方(かた)に、山より」とて、名書(か)き給へり。浮舟3「あらじ」などあらがふべきやうもなし。いとはしたなくおぼえて、いよ〳〵ひき入(い)られて、人(ひと)に顔(かほ)も見合(みあ)はせず。妹尼「常(アニ)に誇(ほこ)りかならずものし給ふ人柄(給ひとがら)なれど、いとうたて心憂(こゝろう)し」など言(い)ひて、僧都(そうづ)の御文見(ふみみ)れば、僧都の文「今朝(けさ)こゝに大将殿のものし給ひ(給)て、御ありさま尋(たづ)ね問(と)ひ給ふに、はじめよりありしやうくはしく聞(き)こえ侍りぬ。御心ざし深(ふか)かりける御仲(中)を背(そむ)き給ひて、あやしき山がつの中に出家し給へること、かへりては4仏の責(せ)め添(そ)ふべきことなるをなむ、うけたまはり驚(おどろ)き侍る。いかゞはせむ。もとの御契(ちぎ)り誤(あやま)ち給はで、愛執(あいしふ)の罪(つみ)をはるか○(し(朱))きこえ給ひ(給)て、一日の出家の功徳(くどく)ははかりなきものなれば、なほ頼(をたの)ませ給へとなむ。5事々(ことごと)には、みづからさぶらひて申し侍ら(申)ん。かつ〴〵この小君(こ)聞(き)こえ給ひ(給)てん」と書(か)いたり。

三 6まがふべくもあらず書(か)き明(あき)らめ給(たま)へれど、こと人は心もえず。妹尼7「この君は誰(たれ)にかおはすらん。なほ(を)いと心憂(う)し。今(いま)さへかくあながちに隔(へだ)てさせ給ふ」と責(せ)められて、8少(すこ)し外(と)ざまに向(む)きて見(み)給へば、この子は、今(いま)はと世(よ)を思(おも)ひなり

し夕暮に、いと恋しと思(おも)ひし人なりけり。同(おな)じ所にて見(み)し程は、いとさがなくあやにくにおごりて憎(にく)かりしかど、母(はゝ)のいとかなしくして、宇治(うぢ)にも時々(〳〵)ゐておはせしかば、少(すこ)しおよすげしまゝに、かたみに思へりし童(わらは)心を思(おも)ひ出(い)づるにも、夢のやうなり。まづはらのありさまいと問(と)はまほしく、こと人々(〳〵)の上(うへ)は、おのづからやう〳〵きけど、親(おや)のおはすらむやうは、ほのかにもえ聞(き)かずかしと、なか〳〵(中〳〵)これを見(み)るにいと悲(かな)しくて、ほろ〳〵と泣(な)かれぬ。

【校異】

ア　**常に**――「つねも」青（伝宗・大正・肖・明・紹）別（保）「常も」青（徹二）「つねに」青（幽）「つねに」青（大・池・榊・横・陽・平・勝・陵・穂・飯・徹一・三）河（尾・御・七・前・大・鳳・伏・岩）別（宮・麦・阿）。なお『大成』は「つねに」、『大系』『集成』『完訳』『新大系』『新全集』も「常に」であるのに対して、『全書』『玉上評釈』『全集』は「常（つね・常）も」。「常」に下接する語が「に」か「も」の相違である。「常に」であれば、日常・いつもの意を表す副詞であるが、「常も」であれば、「常」についても、日常も、いつもの意。「常に」は『万葉集』から見られる形である。物語中、大島本では「つねは」「つねよりも」はあるが、「つねも」では例が見出せない。よって、校訂を控える。

イ　**夕暮に**――「ゆふくれにも」青（横・平・勝・陵・明・三）河（尾・御・七・前・大・鳳・岩）別（保）「夕くれにも」青（穂・伝宗・肖・飯・幽）河（伏）別（宮・国・麦・阿）「夕暮にも」青（大正・徹一・徹二・紹）「ゆふくれに」青（池・榊・陽）「夕暮に」青（大）。なお『大成』は「ゆふくれに」、『新大系』も「夕暮に」であるのに対して、『全書』『大系』『玉上評釈』『全集』『集成』『完訳』『新全集』は「夕ぐれ（夕暮・夕暮）にも」。助詞「も」の有無の相違である。「も」があれば、浮舟巻での浮舟が自殺を決意した夕暮れにもと含蓄的に回想し、浮舟の小君を愛おしむ気持ちをより明確に表す。異文の発生としては、欠落するよりは後に添加して含蓄的に意味を深める可能性がより高いだろうと見て、ここは底本のままとして、校訂は控える。

ウ　**思へりし**――「おもへり」青（大）「思えりし」青（陽）河（御・伏）「おもえりし」別（保）「思へりし」青（陵・大正・飯・徹一、幽）別（宮・麦・阿）「おもへりし」青（池・榊・横・平・勝・穂・伝宗・肖・明・三・徹二・紹）河（尾・七・前・大・鳳・岩）別（国）。なお『大成』は「おもへりし」、『全書』『大系』『玉上評釈』『全集』『集成』『完訳』『新全集』も「思へりし」であるのに対し、『新大系』は「思へり。」。「思へり」に下接する過去の助動詞「し」の有無の相違である。まず、「おもへり」は大島本独自異文であること、また文脈からも「かたみに思へりし」は「童心」に掛かっていると思われる。よって、ここは底本が「し」を誤脱したものと見て、池田本などにより「思へりし」と校訂する。

エ　**おのづからやう〳〵きけど**――「をのつからやう〳〵ときけと」青（大）「をのつからやう〳〵ときけと」青（平）「おのつからやう〳〵ときけと」青（陵）「をのつからきけと」青（池・榊）「おのつからきけと」青（陽）「やう〳〵をのつからきけと」青（大正）「やう〳〵をのつから○（やう〳〵）きけと」青（幽）「をのつから様々きけと」別（国）「おのつからやう〳〵きけと」青（穂）河（御・伏）「をのつからやう〳〵きけど」青（伝宗）「をのつからやう〳〵きけと」青（横・勝・肖・明・飯・徹一・三・徹二・紹）河（尾・七・前・大・鳳・岩）別（宮・保・麦・阿）。なお『大成』は「をのつからきけと」、『全書』『玉上評釈』『全集』『集成』『完訳』『新全集』は「おのづからやうやう（やう〳〵）聞けど」であるのに対し、『大系』『新大系』は「お（を）（お）のづから、やう〳〵と聞（き）けど」。「やう〳〵と」の「と」の有無の相違である。副詞「やうやう」は「自然に言ひ漏らしつつ、やうやう聞こえ出でくるを、かのさがな者の君聞きて」（行幸一六）などの例があるが、「やうやうと」の例はないことから、横山本などにより「おのづからやう〳〵きけど」と校訂する。

【傍書】　1老是　2かほるのふみのうはかきをいへり　3うき舟　4咫　5悉　6うき舟心中　7うき舟に尼君のたつね給ふ詞也　8うき舟気色心中

【注釈】

一　**あやしけれど、これこそは…いよ〳〵ひき入られて、人に顔も見合はせず**　「あやしけれど」は、未だ状況の摑めていない妹尼の不可解な思い。「こなた」は、妹尼の来ている浮舟のもと。「いときよげにしなやかなる童の、えならず装束きたる」は、小君がいかにもさっぱりとした美しいなよやかな童で、何とも言えず優雅に衣服を着こなしている様。「童の」の「の」は、同格の格助詞。「わらうだ」は「わらふだ（た）」とも言い、藁蓋・円座のこと。「ついゐ」は、「つき居る」の連用形のイ音便形、膝をついて座る意。「かやうにてはさぶらふまじくこそは、僧都はのたまひしか」は、小君が御簾の外に円座を準備されたことに対し、そのような疎遠な扱いを受けるはずはない、と僧都はおっしゃいましたと述べて、御簾の中に入れるはずだと異議を申し立てたこと。薫から小君を「その人の近きゆかり」（夢浮橋五）と紹介された僧都は、小君に「すゞろなるやうには思すまじきゆゑもありけり」（同六）と話していた。「入道の姫君」は、出家した浮舟への呼称。「山より」の「山」は、横川僧都のいる比叡山を指し、「名書き給へり」は、僧都の法名が書いてあること。「あらがふ」は、反論する意。「はしたなし」は、中途半端な状態で、きまりが悪く、引っ込みがつかない意。「ひき入られ」は〈ひき入ら・る〉。「ひき入る」は自動詞で、部屋などに引き退く意。「いよ〳〵引き入られて」は、前段で「答へむ方なくて」、当段でも「はしたなくおぼえて」とあるように、浮舟がいたたまれない気持ちで、奥に引っ込んでしまうこと。

二　**常に誇りかならずものし給ふ人柄なれど…聞こえ給ひてん」と書いたり**　「誇りか」は、「誇る」「誇らし」と同根の語。優れたものとして、人目につくように行動することを原義とし、意気揚々としている意。「常に誇りかならずものし給ふ人柄」は、日頃から物静かに引きこもっておられる浮舟の性分を言う。「いとうたて心憂し」は、浮舟の態度に対して、妹尼が客観的に判断して、いかにもなじめず嘆かわしい心情。「今朝」以下は僧都からの手紙の文面である。「今朝こゝに大将殿のものし給ひて、…くはしく聞こえ侍りぬ」は当巻一から三段落を参照。「御心ざし深かりける御仲」は、薫の愛情が深かった浮舟との仲。「出家し給へること、かへりては仏の責め添ふべきこと」は、薫の愛執を残したままに浮舟が出家したことは、それが却って、仏の意思に背き、当然咎めを負うはずだと客観的立場から判断されること。「仏の責め」を負うのは、通説では浮舟とするが、浮舟を出家させた僧都とするもの（『鑑賞』）もある。以前僧都は、「過ちしたる心地して罪深ければ」（夢浮橋三）「いとほしう、罪得ぬべきわざ」（同四）と語っていた。前者は僧都の、後者は浮舟の「罪」となるが、当該の「出家し給へること」は浮舟の行動として敬語があることから、浮舟が出家したことにより仏の咎めを受けることと解される。「いかゞはせむ」は、僧都が困惑し諦めのことばとして、浮舟の出家の事実はいかんともしがたい意。「もとの御契り」は、浮舟と薫との前世からの約束、宿命のこと（『対校』『全書』『大系』『集成』『新大系』『新全集』も）。他に、浮舟の前世からの宿縁（『全集』）、浮舟と仏の宿縁（『源氏物語新見』門前真一、門前真一教授退官記念会一九六五年）とする解釈もあるが、「もとの」は以前の意、「契り」は、男女、親子の人と人との前世からの約束を言うことが多い。よって、浮舟と薫が前世からの夫婦として約束されていた意に解した。「愛執の罪」の「愛執」は物語中当該のみ。愛情に執着するが故に受ける罪障を言い、薫の浮舟への愛の妄執を指す。「はるかし」は、「晴る」を語根とし、〈晴るく・す（為）〉で、晴れるようにする意のサ変動詞。「もとの御契り誤ち給はで、愛執の罪をはるかしきこえ給ひて」は、浮舟が薫との夫婦としての約束を間違えなさらずに、薫の愛の執着が晴れるようにし申し上げなさって、の意。還俗を勧める意となる。「一日の出家の功徳」は、一日出家をしたことで得られる善い果報。「一日一夜忌むことの験こそは、むなしからずは侍なれ」（御法五）ともあり、『観無量寿経』「中品中生」には、一日一夜でも生前に戒を受けることの有用性を説く（同五【注釈】三参照）。『河海抄』は、『心地観経』の「若シクハ善男子及ビ善女人、阿耨多羅三藐三菩提心ヲ発シ、一日一夜出家修道セバ、二百万劫悪趣ニ堕チズ…」を引き、『新全集』は「他の経典にも同趣の言葉が多い」と注している。「なほ頼ませ給へ」は、僧都が浮舟に、一日一夜の功徳を頼みとしてやはり仏を信心なさいませと言うものと、薫を頼みになさいの意に解釈する二解がある。ここでは、薫との夫婦関係を元に戻した上で、やはり仏を信心することを勧めたと解釈した。この手紙の文面をもって、僧都は浮舟に還俗を勧めたとする勧奨説と僧都として還俗の勧めはあり得ないとする非勧奨説が拮抗する。大朝雄二氏は、浮舟出家から半年を経た時点で薫に生存が知られ、僧都からの手紙が浮舟にもたらされる物語の構想から、浮舟の仏道への覚悟を確かめるのが、この文面の真意である、僧都は勧奨・非勧奨いずれとも勧めたのではないと述べている（『源氏物語続編の研究』桜楓社一九九一年）。「事々には」は、副詞「ことごと」と同根、一つ一つ、すべてについてはの意。詳細は会ってからお話しようと言うもの。浮舟が薫の「愛執の罪をはるか」すことは、還俗することになるだろうが、還俗した上で仏も信心されよと言い、詳細は会ってからとある文面からは、僧都は還俗を容認したと解するのが穏当ではないかと考えられる。「かつ〴〵」は、とりあえず・さしあたっての意。僧都自身が小野に行く前に、まずはという思い。「てん」は決意の表現（空蟬一）。

三　**まがふべくもあらず書き明らめ給へれど…ほろ〳〵と泣かれぬ**　「まがふべくもあらず書き明らめ」は、間違えようもなく、事の事情を明瞭に書き記していること。「書き明らむ」では物語中当該のみ。「こと人」は、浮舟以外の人。「今さへかくあながちに隔てさせ給ふ」は、心を開かない浮舟に対し、今となってもこのように全くうち解けなさらないという、妹尼の不満を表す。「今はと世を思ひなりし夕暮」は、浮舟が死を覚悟して「嘆きわび」の独詠歌を詠じた時を指し、その折、「例はことに思ひ出でぬはらからの、醜やかなるも恋し」（浮舟三八）と語られていた。「同じ所にて見し程」は、常陸介邸で一緒に暮らしていた頃。「いとさがなくあやにくにおごりて」は、当時の小君の性格を語るもので、「さがなし」は意地が悪い意。「あやにくにおごりて」は、憎らしいと思う程に思い上がって勝手な振る舞いをすること。小君は常陸の介の子であるため、中将の君の連れ子である異父姉浮舟に対し、わがままな振る舞いをしていた。「宇治にも時々ゐておはせしかば」は、浮舟が薫によって宇治に据えられていた頃、母が小君を時々連れて来ていたこと。しかし、「かたみに思へりし童心」も含めて、浮舟巻には小君との関わりについての叙述はない。「こと人々の上」は、母以外の、薫、匂宮、中の君などの身上。薫については、大尼君の孫である紀伊守が、浮舟の法要の衣を縫わせに訪れた際、薫の家人であったことから、浮舟の一周忌に宇治を訪れた薫の深い嘆きようを耳にしていた（手習三九・四〇）。「親」は母。「これ」は小君を指す。

一一　浮舟、小君との対面を拒み、小君は、返事を請う

一 いとをかしげにて、少しうちおぼえ給へる心地もすれば、妹尼「御はらからにこそおはすめれ。1 聞こえまほしく思すこともあらむ。内に入れたてまつらん」と言ふを、2 何か、今は世にあるものとも思はざらむに、あやしきさまに面変りして、ふと見えむも恥づかしと思へば、とばかりためらひて、浮舟 二「げに隔てありと思しなすらんが苦しさに、ものも言はれでなむ。あさましかりけんありさまは、めづらかなることゝ見給ひてけんを。ア うつし心も失せ、魂など言ふらむものもあらぬさまになりにけるにやあらん、いかにも〳〵過ぎにし方のことを、我ながらさらにえ思ひ出でぬに、3 紀伊守とかありし人の、世の物語すめりしなかになむ、見しあたりのことにやと、ほのかに思ひ出でらるゝことある心地せし。その後、とざまかうざまに思ひ続くれど、さらにはか〴〵しくもおぼえぬに、たゞ 4 一人ものし給ひし人の、いかでと、おろかならず思ひためりしを、まだや世におはすらんと、それはかりなむ心に離れず、悲しき折々侍るに、今日見れば、この童の顔は、小さくて見し心地するにも、いと忍びがたけれど、今さらにかゝる人にも、ありとは知られで止みなむとなん思ひ侍る。三 かの人もし世にものし給はゞ、それ一人になむ対面せまほしく思ひ侍る。この僧都ののたまへる 5 人などには、さらに知られたてまつらじとこそ思ひ イ 侍りつれ。かまへて、ひが言なりけりと聞こえなして、もて隠し給へ」とのたまへば、妹尼 6「いと難いことかな。僧都の御心は、聖と言ふ中

にも、あまり隈(くま)なくものし給へば、まさに残(のこ)いては、聞(き)こえ給ひてんや。後(のち)に隠(かく)れあらじ。なのめに軽(かろ〴〵)々しき御程にもおはしまさず」など、言(い)ひ騒(さは)ぎて、妹尼たち「よに知(し)らず、心強(こゝろづよ)くおはしますこそ」と、皆言(みない)ひ合(あ)はせて、母屋(もや)の際(きは)に几帳(木丁た)立てゝ入(い)れたり。

この子もさは聞(き)きつれど、幼(をさな)ければ、ふと言(い)ひ寄(よ)らむもつゝましけれど、小君「四[7][8]また侍る(又はべ)御文(ふみ)、いかで奉(たてまつ)らん。僧都(そうづ)の御しるべはたしかなるを、かくおぼつかなく侍る(侍)こそ」と、伏(ふ)し目(め)にて言(い)へば、妹尼「そゝや。[9]あなうつくし」など言(い)ひて、妹尼「御文(ふみ)御覧(らん)ずべき人は、こゝにものせさせ給(給)ふめり。[10]顕証(けそう)の人なむ、いかなることにかと心得難(えがた)く[11]侍るを、なほ(猶)のたま(給)はせよ。幼(をさな)き御程(ほど)なれど、かゝる御しるべに頼(たの)みきこえ給ふやうもあらむ」など言(い)へど、小君「思(おぼ)し隔(へだ)てゝ、おぼ〳〵しくもてなさせ給ふには、何(なに)ごとをか聞(き)こえ侍らん。うとく思(おぼ)しなりにければ、聞(き)こゆべきことも侍らず。たゞこの御文(ふみ)を、『人づてならで奉(たてまつ)れ』とて侍りつる。いかで奉(たてまつ)らむ」と言(い)へば、尼君「五[12]いとことわ(は)りなり。[13]なほ(を)いとかくうたてなおはせそ。さすがにむくつけき御心にこそ」と聞(き)こえ動(うご)かして、几帳(木丁)のもとに押[14](を)し寄(よ)せたてまつりたれば、あれにもあらでゐ給へる気配(けはひ)、こと人には似(に)ぬ心地(ち)すれば、そこもとに寄(よ)りて奉(たてまつ)りつ。小君「御返(かへ)りとく賜(給)はりて、参(まい)りなむ」と、かくうとうとしきを心憂(こゝろう)しと思(おも)ひて急(いそ)ぐ。

【校異】

ア **うつし心も**――「さてうつしころも」河（御）「さてうつしこゝろも」青（榊）河（尾）「さてうつし心も」（池・横・陽・

勝・穂・伝宗・肖・明・飯・徹一・三・徹二・紹・幽）河（御・七・前・大・鳳・伏・岩）「うつし心も」青（大・平・陵・大正）。なお『大成』は「さてうつし心も」、『新大系』は「うつし心も」であるのに対し、『全書』『大系』『玉上評釈』『全集』『集成』『完訳』は「さて（さて）現《うつ》し（現《うつし》・うつし）心《ごころ》（心）も」。副詞「さて」の有無の相違である。「さて」は「そのような状態で・事情で、そのままで」の意を表し、ここは、上述のわが身に起こった「あさましかりけん」「めづらかなる」こと、具体的には、宇治で瀕死の浮舟が妹尼君たち一行に助けられて、小野で二ヶ月程意識不明のままに過ごしたことを指す。生死の境をさまよったことによって、浮舟は「うつし心」（正気）もなくなり、「魂」（人間としての心）も人間ではない異様なものになってしまったのだろうかと思っている。当該は、浮舟が妹尼に語っていることばであるので、下で述べる事柄を明確にするためには、「さて」はあった方が理解しやすいと見た後筆によって追加されたものと見て、底本の校訂は控える。

イ　**侍りつれ**――「はへる」青（伝宗）「はへれ」青（池・榊・横・勝・明・三）別（保・麦・阿）「侍れ」青（陽・穂・肖・飯・徹二・幽）別（宮・国）「侍つれ」青（大・陵・大正）河（伏）「はへりつれ」河（尾）「侍りつれ」青（平・徹一・紹）河（御・七・前・大・鳳・岩）。なお『大成』は「はへれ」、『全書』『玉上評釈』『全集』『集成』『完訳』『新全集』も「侍（はべ）れ」であるのに対して、『大系』『新大系』は「侍り（侍《はべり》）つれ」。「侍り」に下接する助動詞「つ」の有無の相違である。今更弟などにも「ありとは知られで止みなむと思ひ侍る」、母一人にだけは「対面せまほしく思ひ侍る」と語っているのは、身内や母には「思ひ侍る」と現在の浮舟の思いである。ところが、僧都のおっしゃる人（薫）について「さらに知られたてまつらじとこそ思ひ侍りつれ」であれば、薫にはどのようなことがあっても知られたくないと思っていたことが、係助詞「こそ」と「主体の意志的・積極的関与による確認を表す」（帚木一四）確認の助動詞「つ」によって示される。積極的行為性の確認判断の助動詞「つ」があれば、浮舟が今までに薫にのみは知られたくないと意思的に思っていたことになる。薫について「かくてこそありけれと聞きつけられたてまつらむ恥づかしさは、人よりまさりぬべし。…かくだに思はじ」（手習二七）と思いを振り切ろうとしていたことと照応する。『池』『三』などの本文は、他の現在形「思ひ侍り」と符合させて発生したものと見て、校訂は控える。

【傍書】　1尼君達の詞　2うき舟心中詞尼君にかたり侍る也　3紀伊守浮母中将君ノ兄小野尼孫也　4母の事　5かほる事　6尼君返答　7童詞　8かほる御文なり　9尼公詞驚破《ソヽヤ》　10見證也　そはあたりの人をいふ　11童詞　12尼公返答　13尼公うき舟に申詞　14童をおしよせたるなり

【注釈】

一　**いとをかしげにて、少しうちおぼえ給へる心地もすれば…とばかりためらひて**　「いとをかしげにて、少しうちおぼえ給へる心地もすれば」は、妹尼君が、使いの童（小君）を見て、いかにも可愛い様子で、多少とも浮舟と似ている気もするのでの意。「内に入れたてまつらん」は、姉弟と判断したが故に、簀子から廂の間に入れようとすること。「何か、…恥づかし」は、浮舟が、死んだと思われている自分が生きて出家していることを恥ずかしく思い、小君との対面を躊躇する心中。「今は世にあるものとも思はざらむ」は、小君は、私がこの世に生きているとも思っていないだろうこと。「あやしきさまに面変りして」は、出家をし尼姿となっていること。

二　**げに隔てありと思しなすらんが苦しさに…ありとは知られで止みなむとなん思ひ侍る**　「げに隔てありと思しなすらん」は、前段妹尼の「今さへかくあながちに隔てさせ給ふ」を受ける。「あさましかりけんありさま」は、浮舟が薫と匂宮の間で懊悩し、自死の決意をしたものの、死にきれずに、妹尼達に助けられたことを回想し、何とひどい有様だったのだろうと心外に思い、自らを批判的に述べたもの。発見時、僧都達は「狐の変化したる」（手習二）、或いは木霊・鬼・神・物の怪など様々なものを疑い、正体不明の女人を恐れていた（同三）。小野に行ってからも、「憂きさまを知らぬ人に扱はれ見えつらんと恥づかしう」（同九）などとあった。「紀伊守とかありし人」は、紀伊守とか言った人。大尼君の孫で、薫に仕えている人物。「世の物語すめりしなかになむ、見しあたりのことにやと、ほのかに思ひ出でらるゝことある心地せし」は、紀伊守が薫主催の浮舟の法要の衣を託すために小野を訪れた際に話していた、「常陸の北の方」という名に「わが親の名」と耳を留めたり、薫の近況を聞いたことを指す（同三九）。「見しあたり」は、関わりのあった母や薫周辺。「たゞ一人ものし給ひし人」は、浮舟の母。「いかでと、おろかならず思ひためりし」の「いかで」は、何とか〜てほしいという強い意志・願望を表す。「いかで」と言い差した後には、母が浮舟のことを一方ならず心配して、何とか幸せになってほしいと願っていたなどの意を含む。「かゝる人」は、小君をはじめ、直前の心中に思い起こされる「見しあたり」として自覚される人々をも含めて指している。

三　**かの人もし世にものし給はゞ…母屋の際に几帳立てゝ入れたり**　「かの人」は母を限定して指す。「この僧都ののたまへる人」は薫。「さらに知られたてまつらじ」は、「さらにありと知られたてまつらじ」とする写本もある（青（御・伏・伝宗・大正・飯）、河、別）が、直前の「ありとは知られで止みなむ」と重複するため、ここは無くても意味が通り、むしろ無いことで簡潔な表現となる。「かまへて」は、よく心しての意。「構ふ」は、容易には崩れないように噛み合わせて組み立てる意が原義であるが、「かまへて」では物語中当該例のみである。「ひが言なりけりと聞こえなして、もて隠し給へ」は、浮舟が妹尼に、僧都には人違いだったと敢えて申し上げて、何とか取り繕ってほしいと頼むこと。「僧都の御心は…あまり限なくものし給へば」は、兄僧都のご性格は、聖というなかでも、あまりに隠すことがなく、何事にも行き届いていらっしゃるので、の意。「まさに残いては、聞こえ給ひてんや」の〈まさに〜ん（む）や〉の呼応は、断じて〜しようか（そんなことはあり得ない）の意（須磨二六）。僧都は断じて薫に言い残しては申し上げていらっしゃらないでしょう、何もかも正直に申し上げているだろうと思われること。「なのめに軽々しき御程にもおはしまさず」は、薫が平凡な気軽なご身分でもいらっしゃらない意。「よに知らず」の〈よに〜打消〉は、いかにも、本当にと強調する構文。「心強くおはします」は、浮舟が強情であること。

四　**また侍る御文、いかで奉らん…『人づてならで奉れ』とて侍りつる。いかで奉らむ**　「また侍る御文」は、薫から浮舟に宛てた手紙。「僧都の御しるべ」は、僧都のご案内の意。小君は、僧都の手引きを確かなこととして訪れたにも関わらず、意外な浮舟の態度に困惑し、「かくおぼつかなく侍るこそ」の下には「心得がたけれ」などの省略がある。「そゝや」は、〈感動詞「そそ」＋間投助詞「や」〉、相手の言葉に合点して言うもので、それそれなどの意。「あなうつくし」は、妹尼が小君の可愛さを賞賛することば。「顕証」は「見証」とも表記し、ケンショウの直音化ケソウの撥音無表記でケソウとなる（『岩波古』）。「けんせうなり」「けんぞ」「けんぞす」「けんそうなり」など、竹河巻以降に見られるが、「けさうの人」では当該のみである。露わなこと、目立つことを言うが、ここは妹尼が「いかなることにかと心得難く侍る」と語るように、妹尼達が第三者として傍観者であることをいう。「かゝる御しるべに頼みきこえ給ふやうもあらむ」は、薫が幼いながらも小君を頼りになる使いとしたのには、それなりの理由があろうと推測すること。「この御文」は薫のお手紙。「人づてならで奉れ」は薫からの仰せ言。

五　**いとことわりなり。なほいとかくうたて…心憂しと思ひて急ぐ**　「いとことわりなり」は、小君の言い分を、いかにももっともだと肯定すること。「なほいとかくうたてなおはせそ」は、やはりこのような嫌な態度はお取りなさいますな、と浮舟に言い聞かせる言葉。「さすがに」は、上述の表現を受けて、～ではないが、やはり～だと、矛盾する行動を取る時に用いる。従って、「さすがにむくつけき御心にこそ」は、こんなことは言いたくはないが、やはり妹尼には合点がいかず異様に思われてしまう浮舟のお考えであること。「几帳のもとに押し寄せたてまつりたれば」は、妹尼が浮舟を小君のいる几帳近くに押し寄せ申し上げたので。「あれにもあらで」は、浮舟が茫然自失の体でいる様。「こと人には似ぬ心地すれば」は、小君が姉に違いないと思うこと。「そこもとに寄りて」は、小君が押し寄せられてきた浮舟に近寄っての意。「奉りつ」は、薫からの手紙を浮舟にお渡ししたこと。「かくうとうとしきを心憂しと思ひて急ぐ」は、小君が浮舟の素っ気ない態度をつらいことだと思い、帰りを急ぐこと。

一二　浮舟、薫の文を見るも、返事を拒む

尼君（あま）、御文（ふみ）ひき解（と）きて見（み）せたてまつる。ありしながらの御手（て）にて、[1] 紙（かみ）の香など例（れい）の世（よ）づかぬまでしみたり。ほのか

に見て、例のものめでのさし過ぎ人、いとあり難くをかしと思ふべし。薫の文 2「さらに聞こえむ方なくさま〲に罪重き御心をば、僧都に思ひ許しきこえて、今は、いかであさましかりし世の夢語をだにと急がるゝ心の、我ながらもどかしきになん。まして、人目はいかに」と書きもやり給はず。

薫の文 3 二「法の師と尋ぬる道をしるべにて思はぬ山に踏みまどふかな

この人は、見や忘れ給ひぬらん。こゝには行く方なき御形見に見る者にてなん」などこまやかなり。かくつぶ〲と書き給へるさまの紛らはさむ方なきに、さりとて、その人にもあらぬさまを、思ひの外に見つけられきこえたらん程のはしたなさなどを思ひ乱れて、いとゞはれ〲しからぬ心は、言ひやるべき方もなし。さすがにうち泣きてひれ臥し給へれば、いと世づかぬ御ありさまかなと見わづらひぬ。

妹尼 4「いかゞ聞こえん」など責められて、浮舟 三「心地のかき乱るやうにし侍る程ためらひて、今聞こえむ。昔のこと思ひ出づれど、さらにおぼゆることなく、ア あやしう、いかなりける夢にかとのみ、心も得ずなむ。少ししづまりてや、この御文なども見知らるゝこともあらむ。今日はなほ持て参り給ひね。所違へにもあらんに、いとかたはらいたかるべし」とて、広げながら尼君にさしやり給へれば、妹尼 5「いと見苦しき御ことかな。あまりけしからぬは、見たてまつる人も、罪避りどころなかるべし」など言ひ騒ぐも、6 うたて聞きにくゝおぼゆれば、顔も引き入れて、臥し給へり。

【校異】

ア　ことなく――「こともなく」青（池・横・勝・穂・肖・明・紹）河（御・七・前・大・鳳・伏・岩）「事もなく」青（榊・陽・飯・徹一・三・徹二・幽）河（尾）「事もなし」別（宮・国・麦・阿）「こともなし」別（保）「事は（も）なし」青（伝宗）「ことなし（も）なく」河（御）「事なく」青（横・大正）「ことなく」（大・陵）。『大成』は「ことなく」、『全書』『大系』『玉上評釈』『集成』『新大系』も「ことなく」であるのに対し、『全集』『完訳』『新全集』は「こともなく」。助詞「も」の有無の相違である。「こともなく」であれば、「おぼゆることも」という含みが加えられる。ここは浮舟が薫からの手紙を強く拒む気持ちを語ることばであることから、含意を含まない表現がふさわしいと見て、校訂は控える。

【傍書】　1奥入　取かへす物にもかなや世の中を有しなからの我身とおもはん　2ふみの詞　3かほる　4返事を　5尼公詞　6うき舟

【注釈】

一　**ありしながらの御手にて…と書きもやり給はず**　「ありしながらの御手」は、以前と変わらない薫の筆跡。「紙の香など例の世づかぬまでしみたり」は、薫の手紙には薫香などが、例によって世間一般的ではない程に深く染みこんでいること。「例のものめでのさし過ぎ人」は、例によって、必要以上に褒めそやす、周りの尼を指す。「さらに聞こえむ方なくさま〴〵に罪重き御心」は、薫から捉えた浮舟の心。匂宮との裏切りや、突然失踪してしまったこと、親や薫にも知らせず出家してしまったことなどに対し、「罪」と言う。「罪」は既述（帚木八）。本来は、神聖なものを犯し秩序を破ること、行為の結果受ける罰をも言うが、ここは浮舟が分別や思慮を欠落していることによる欠点、至らなさを表す。「僧都に思ひ許しきこえて」は、薫が僧都の徳に免じて、浮舟のそれらの罪を許し申し上げること。「あさましかりし世の夢語」は、浮舟が突然宇治から姿を隠した、夢のようにあきれるほどの出来事の話。

「夢のやうなることどもも、今だに語り合はせん」（夢浮橋四）と照応。「もどかし」は〈もどく・し〉、「もどく」は、似て非だというところから誹謗し、非難する意。形容詞形は、非難がましく思われる様を表す（夕顔三）。「まして、人目はいかに」は、自らの早く浮舟と語り合いたいと逸る心を自制しつつも、それ以上に、世間の人目はいかばかりかと思う薫の心情。〔Aだに〜、ましてBは〜〕による構文（桐壺六）。「書きもやり給はず」は、体面を重んじる薫は、迷ったままで、自分の気持ちをすらすらとも書き進めることができないこと。

二　**法の師と尋ぬる道をしるべにて…御ありさまかなと見わづらひぬ**　「法の師」は「法師」の訓読語で、仏教の教えにより導いてくれる僧。物語中に三例ある。「法の師」を、八の宮、乃至は横川僧都とする二解がある。この歌は薫から浮舟への贈歌であること、「しるべ」は、薫が浮舟との仲立ちを僧都に依頼する際のキーワードであり、僧都の言う「しるべ」（夢浮橋五）に対し、薫が「罪得ぬべきしるべ」（同五）と言い改めていたことから、横川僧都を指すと捉えたい。「思はぬ山」は、思いもしなかった男女関係のこと。「尋ぬる道をしるべにて」「踏みまどふ」と詠む「道」「しるべ」「踏む」「まどふ」は縁語。一首は、本来なら仏道に導いてくれる「法の師」として訪問した横川僧都を道案内として、思いがけない男女の道に踏み迷い、途方に暮れることだなあの意。薫の最終詠であり、『源氏物語』全編の最終詠歌である。今井上氏は、「我が恋は知らぬ山路にあらなくに惑ふ心ぞわびしかりける」（古今集巻一二恋二紀貫之・伊達家旧蔵本は第四句「迷ふ」）が当歌と発想を同じくし、物語内の柏木詠「妹背山深き道をばたづねずて緒絶えの橋に踏み惑ひける」（藤袴七、本注釈書とは表記は異にするが大島本「まよひ」を同じく「まどひ」と校訂）と薫の「踏み惑ふ」「夢浮橋」が「響鳴」し、薫の惑いは実父「柏木同様の惑いを生き直すものでしかない」と言う（『日本文学』第68号、二〇〇一年一一月）。当時「まどふ」「まよふ」の用法は明確であり、『古今集』歌も「まどふ」が本来の形であろう。「この人」は小君を指す。「こゝ」は薫。「行く方なき御形見」は、突然失踪し行方知れずになった浮舟の形見としての小君を言う。「つぶ〳〵と」の「つぶ」は「粒」と同根、ここは文の内容が詳細であることを表す擬態語。「恨み給ふをことわりなるよしを、つぶ〳〵と聞こゆれば」(総角一一)。「その人にもあらぬさま」は、出家により俗世の頃とはすっかり変わっている浮舟の容貌・姿。「いとゞはれ〴〵しからぬ心」は、いかにもすっきりと心の晴れない浮舟の気持ち。「うち泣きてひれ臥し給へれば…見わづらひぬ」の「世づく」は世慣れる意、「見わづらふ」は対象を見て困惑する意。薫の歌を見た浮舟がひたすら泣いてぴったりと身を伏せているので、あまりに男女の情を解さない、世慣れぬ様だと、妹尼達が困惑してしまったこと。

三　**心地のかき乱るやうにし侍る程…顔もひき入れて、臥し給へり**　「心地のかき乱る」は、気持ちが激しく乱れることで、「ためらふ」は、その心を静める意。「さらにおぼゆることなく、あやしう、いかなりける夢にかとのみ、心も得ずなむ」は、薫の手紙の「あさましかりし世の夢語」を受けて、まったく身におぼえのない、不可解な、どのような夢だったのかと思うばかりで、合点もゆきませんと、答えたもの。「今日はなほ持て参り給ひね」は、今日はやはりこの手紙をお持ち帰り下さいな、の意。「所違へにもあらんに、いとかたはらいたかるべし」は、手紙の宛先が間違いでもありましたら、いかにもみっともないに違いないと強く述べたもの。浮舟は、浮舟巻でも薫からの「波こゆる…人に笑はせ給ふな」とあった文を、「所違へのやうに見え侍ればなむ」と送り返していた(浮舟三一)。その時と同様、ここも薫からの手紙を実際に送り返そうとする浮舟の凛とした口調である。。「罪避りどころ」は、罪を免れることのできる点。「〜ところ」は、上の語句を受け、全体を名詞と同じ働きにする語。「うたて」は、疎ましい事柄を拒否し、疎外したく思う心境を、単なる個人の主観的感情ではなく、社会通念に支えられた批判として表す。「顔も引き入れて」は、浮舟が顔を衣で隠すことで、薫との再会を強く拒否する仕草。

一三　妹尼、小君と対応し、小君、むなしく帰参する

一1 主(あるじ)ぞこの君に物語(がたりすこ)少し聞(き)こえて、妹尼「物(もの)の怪(ゝけ)にやおはすらん、例(れい)のさまに見(み)え給ふ折(をり)なくなやみわたり給(給)ひて、御容貌(かたち)も異(こと)になり給(たま)へるを、尋(たづ)ねきこえ給(給)ふ人あらば、いとわづらはしかるべきことゝ、見(み)たてまつり嘆(なげ)き侍(侍)りしもしるく、かくいとあはれ(哀)に心苦(ぐる)しきア御ことゞもの侍(侍)りけるを、今(いま)なむいとかたじけなく思(おも)ひ侍(はべ)る。日頃(ごろ)もうちはへなやませ給(給)ふめるを、いとゞかゝることゞもに思(おぼ)し乱(みだ)るゝにや。常(つね)よりもものおぼえさせ給はぬさまにてなむ」と聞(き)こゆ。二所(ところ)につけてをかし(お)き饗応(あるじ)などしたれど、幼(をさな)き心地(ち)はそこはかとなく、あわて(は)たる心地(ち)して、小君「わざと奉(たてまつ)れさせ給へるしるしに、何(なに)ごとをかは聞(き)こえさせむとすらん。たゞ一言(ひとこと)をのたま(給)はせよかし」など言(い)へば、妹尼「げに」など言(い)ひて、「かくなむ」と2移(うつ)し語(かた)れど、もの(物)のたま(給)はねば、かひなくて、妹尼「たゞかくおぼつかなき御ありさまを聞(き)こえさせ給(給)ふべきなめり。雲(くも)の遥(はる)かに3隔(へだゝ)たらぬ程(ほど)にも侍るめるを、山風吹(かぜふ)くとも、また(又)も必(かなら)ず立(た)ち寄(よ)らせ給(給)ひなむかし」と言(い)へば、三4すゞろにゐ暮(くら)さんもあやしかるべければ、帰(かへ)りなむとす。人知(し)れずゆかしき御ありさまをも、え見(み)ずなりぬるを、おぼつかなくくちをしくて、心ゆかずながら参(まい)りぬ。

【校異】

ア　**御ことゞもの**――「御ことゝも」青（大）「御事ともの」青（榊・伝宗・明・飯・徹一・三・徹二・幽）河（尾・御・伏）別（宮）「御ことゝもの」青（池・横・陽・平・勝・陵・穂・大正・肖・紹）河（七・前・大・鳳・岩）別（保・国・麦・阿）。

なお『大成』は「御こと〻もの」、『全書』『大系』『玉上評釈』『全集』『集成』『完訳』『新全集』も「御こと（事・事）どもの」であるのに対して、『新大系』は「御ことども」。主語を明示する格助詞「の」の有無の相違である。「の」は無くても意味は通じるが、無いのは大島本のみであり、書写時に「の」を書き落とした可能性が考えられる。また、「かくいとあはれに心苦しき御ことどもの侍りける」が体言相当のまとまりをなす上でも、「ける」と呼応する「の」はあるべきだろう。よって、池田本などにより校訂する。

【傍書】 1尼公の事　2尼公童の詞をうつしかたる也　3古今　逢事は雲井はるかになる神のをとにき〻つ〻恋やわたらん　4童気色心中

【注釈】

一　**主ぞこの君に物語り少し聞こえて…さまにてなむ」と聞こゆ**　「主」は、この庵の主人の妹尼。「物の怪にやおはすらん…日頃もうちはへなやませ給ふめる」は、妹尼が浮舟を発見してからの浮舟のあらましを小君に説明するもの。「物の怪にやおはすらん、…なやみわたり給ひて」は、快復しない浮舟の為に僧都を要請し、物の怪を調伏した（手習八）が、「なやみわたり」は、それ以降も物の怪によるらしい身体的不調が続くこと。「御容貌も異になり給へるを」は、浮舟は出家をしてお姿も変わられましたので、の意。「かくいとあはれに心苦しき御ことゞもの侍りける」は、浮舟に薫との可哀想ないたわしい出来事が多々あったことへの妹尼の感慨。「今なむいとかたじけなく思ひ侍る」は、浮舟が身分ある女君であることが判明し、今になっていかにも恐縮に思われますの意。「日頃もうちはへなやませ給ふめる」は、日頃からずっと身体の具合が悪いように見えること。「か〻ることゞも」は、僧都からの文によって、浮舟の身元が知られてしまったこと、弟の小君が薫の文を携えて小野にやって来たことなどを指し、「いとゞ」は「思し乱る〻」に掛かる。妹尼は、そのために浮舟が一層思い乱れているのだろうかと推測している。「常よりもものおぼえさせ給はぬさま」は、浮舟がいつも以上にはっきりと分別できない様子であること。

二　**所につけてをかしき饗応などしたれど…必ず立ち寄らせ給ひなむかし」と言へば**　「所につけてをかしき饗応」は、山里の小野らしい気の利いたもてなし。「わざと」は、特別にの意。「わざと奉れさせ給へるしるしに、何ごとをかは聞こえさせむとすらん」は、特別に自分を使いにお遣わしなさったことへの甲斐ある結果として、薫様に何を申し上げさせようとするのか、何も申し上げるべき成果が無いと不服げな小君の心情。「移し語る」は、小君のことばをそのままに妹尼が浮舟に語り伝えること。「もののたまはねば」は、無言であることによって、薫への返事を拒否する浮舟の様子。「たゞかくおぼつかなき御ありさまを聞こえさせ給ふべきなめり」は、小君は薫に浮舟のこのようなはっきりしないご様子を申し上げるしか仕方がないように見えるという妹尼のことば。「雲の遥かに隔たらぬ程」は、小野が都から、雲の遥かというほどには遠く隔たっていないこと。「山風吹くとも」とともに『新全集』は「引歌表現らしいが、未詳」とする。「山風吹く」を『大系』のみは「山深く」とする。写本では河内本が「山ふかく」であり、異文として揚げるものも多いが、青表紙本本来の形態は「山かぜ（風）ふく（吹）」である。比叡山のふもとの小野に吹き下ろす山風は「木枯の吹きにし山の麓には立ち隠るべき蔭だにぞなき」（手習三六）、「山風をのみ聞き馴れ侍りにける」（同二一）とある。「またも必ず立ち寄らせ給ひなむかし」は、再びきっと訪れなさって下さいますでしょうね、と確信のある推量として強くもちかけた。

三　**すゞろにゐ暮さんもあやしかるべければ…心ゆかずながら参りぬ**　「すゞろ」は、そわそわと落ち着かない様子。「帰りなむ」の「なむ」は、〈確認判断の助動詞「ぬ」・推量判断の助動詞「む」〉により、事態の必然的推移に対してそうせ（なら）ざるを得ないだろうと観ずる心を表す（桐壺五）。小君がこの状況では帰らざるを得ないだろうと判断すること。「人知れずゆかしき御ありさま」は、小君が密かに心の内で会いたいと思っていた、浮舟の御様子。「心ゆかず」は、浮舟に会うことができず、不満に思う小君の心情。

一四　薫、期待が外れ、困惑・邪推する

いつしかと、待ちおはするに、かくたど〳〵しくて帰り来たれば、すさまじく[1]なか〳〵なりと思すことさま〴〵に、人の隠し据ゑたるにやあらむと、わが御心の思ひ寄らぬ隈なく落とし[2]おき給へりしならひに、とぞ本に侍める。[ア]

【校異】

ア　**とぞ本に侍める**――「とそ」青（陽）河（尾・御・前・大・鳳・伏）別（保・麦・阿）「こそ侍るなれ」河（岩）「とそ本には●はへめ□」青（池）「とそ本に侍」別（国）「とそほんに侍る」青（伝宗）「とそ本に侍る」河（七）「とそと本にはへめる」青（飯）「とそ本にははへめれ」青（幽）「とそ本にはへめる」青（三）「とそ本にはへめる」青（徹二）「とそ本にはへるめる」青（横・平）「とそ本に侍める」青（榊・穂・大正）「とそ本にはへめる」青（大・勝・陵・肖・明・徹一・紹）別（宮）。なお『大成』は「とそ」、『大系』も「とぞ」であるのに対して、『全書』は「とぞ本に侍るめる」、『玉上評釈』『全集』『集成』『完訳』『新大系』『新全集』も「とぞ、（、とぞ）本（本）にはべめる」。「本に侍（る）める」の有無の相違である。文末も「侍る」とさらに推量の助動詞「めり」を下接するかの違いである。既述（総角四四）のように『源氏物語』巻末表現には、「とや」（朝顔・野分・藤袴・真木柱・藤裏葉・総角）「となむ」（桐壺・浮舟）「とぞ」（帚木・蓬生・薄雲・横笛・夕霧・幻・東屋）「とかや」（蜻蛉）などがあるが、「とぞ本に侍める」で終わるのは当巻のみ。物語の語り方について、①「ならひに」、または「とぞ」までで終わり、「とぞ本に侍（る）める」は、書写が終わった段階で、書写者により付け加えられたと捉える説と、②ここまでが本来の本文と捉える説がある。ここは底本をはじめ多くの伝本が「とぞ本に侍める」を持っているので、物語全巻の大団円がつげられる表現として、手本とした「本」にこうあるようですと述べたものまでが本来の物語表現と見て、校訂は控える。『うつほ物語』を手本とした終り方で、【注釈】を参照。「侍める」は、本来「はべるめる」が「はべんめる」となり、撥音便無表記と考えられる。

【傍書】　1かほる御心中　2かくしすへたる人におとされて返事をもし給はぬと我心ならひにおもひ給ふ也

【注釈】

一　**いつしかと、待ちおはするに…とぞ本に侍める**　待ちかねていた薫の反応を語ることによって、物語全体が閉じられる一文である。「すさまじ」は、肝心なものの欠落による不満、物足りなさの表現であることから、場違いで拍子抜けする気持ちを表す。さらに、寒々とした心、気持ちが冷め切って興ざめになる心を表す。ここでは「なか〳〵なり」に掛かり、小君から浮舟の様子を聞いた薫が、浮舟の反応を意外に感じ、拍子抜けし、むしろ使いをやらなければよかったと思うこと。「人の隠し据ゑたるにやあらむ」は、誰か男が浮舟を隠し置いているのだろうかと、疑う意。「わが御心の思ひ寄らぬ隈なく」は、薫のすべてに思いを巡らせ抜け目のない考えのこと。「落としおき給へりしならひに」の「ならひ」は、「慣らふ・習らふ」の名詞形。以前浮舟を密かに宇治に隠し据えていた自らの経験を踏まえて、「ならひに」と言い差したもの。まず浮舟の男関係を疑うという薫の反応である。

巻末表現については、【校異】アに挙げた①は、本来の本文は他の巻末同様「ならひに」乃至は「とぞ」で終わり、「とぞ本に侍める」「本に侍める」は、書写者が書写した段階で、書き写した親本にこうあったと付け加えたものと捉える説（『全書』・『全集』・『新全集』）、②は、物語が本来持っていた常套的文末表現だと捉える説（『集成』・『新大系』）とがある。前説の論拠は、地の文に「侍り」が用いられるのは鎌倉期以降であるという点にあるが、関屋巻にも「などぞ侍るめる」とあり、必ずしもこの説には従えない。一方後説は、『細流抄』が「紫式部此一部我身のかきたるといふをしらせしとて夢やなにやのやうにかきてさて本にかやうのことあるといへる心也」と述べたように、『集成』は、注記の形を装った、物語本来の本文と見ている。原田芳起氏なども作者自らが伝聞の「草子地の虚構、擬態」を取っただろう（『宇津保物語』角川文庫）と言う。

『源氏物語』の他の巻末表現は、「とや」朝顔・野分・藤袴・真木柱・藤裏葉・総角、「とぞ」帚木・蓬生・薄雲・横笛・夕霧・幻・東屋、「となむ」桐壺・浮舟、「とかや」蜻蛉、「にや」手習、「や」葵、「などぞ侍るめる」関屋、「とぞあめる」玉鬘とある。他に巻末表現は、「けり・めり・る・ぬ・なり・り・けむ・たり・かしなどの助詞・助動詞」「給ふ・難し・ありなどの動詞・形容詞・補助動詞」「言ひさがなき罪避り所なく・いとうれしきものから・摩訶毘盧遮那の・「神のます」など・とかく、つきづきしくの言い差し形」「和歌」で終わる形に分類できる。他の作品の末尾にも、『うつほ物語』（楼の上下）「と本にこそ侍るめれ」、『かげろふ日記』（下巻）「とぞ本に」、『和泉式部日記』「書きなしなめり、と本に」、『枕草子』「とぞほんに」（岩瀬文庫蔵本・三巻本。『大系』）、『かげろふ日記』上巻「かげろふの日記といふべし」「かげろふのにきの一のまきとぞ、なにごとも本に」の注記、『堤中納言物語』「二の巻にあるべし」・「本のも本のままとみゆ」などが見られる。元来昔物語は『竹取物語』の「とぞ、言ひ伝へたる」と伝聞で言い伝えを語り始め、『源氏物語』も桐壺巻巻末では、「高麗人のめで聞えてつけ奉りけるとぞ、言ひ伝へたるとなむ」という、語り手のことば（草子地）による「語りの伝聞形式」（桐壺二七）で結ばれていた。作り物語のみならず、日記（『和泉式部日記』は歌物語とも言われる）や『枕草子』にもこのような表現が見られるように、当時の書き物が伝聞の形を取ることは、作者の匿名性とも関わり、あり得る表現であったと考えられる。従って、当巻末においても『うつほ物語』全巻の終わりに、他の巻末には見られない表現、「と本にこそ侍るめれ」と、特別丁寧な伝聞形式で物語を終わらせた手法を受け継ぎ、「とぞ本に侍める」と、当初から表現されていたものと見ることができる。

なお、物語の巻末については、完結説と中断説がある。巻名「夢浮橋」については、本文中にこのままの表現は見られない。「浮橋」は舟などを繋げて橋としたもので、「あやふし」「絶ゆ」ものとして歌に詠まれるものであり、「夢」は、薫が横川僧都に語る「夢の心地してあさましければ」（夢浮橋三）「夢のやうなることども」（同四）、薫の文に「あさましかりし世の夢語」（同一二）、浮舟が妹尼に語る「いかなりける夢にかとのみ」（同一二）の、当巻中に「夢」四例、「夢語」一例が見られる。薄雲巻には、源氏が大井の明石の君を訪れてもすぐさま帰らなければならない、逢瀬のはかなさを嘆く思いを、「夢のわたりの浮橋か」（薄雲九）と詠じた類似表現があり、『奥入』は出典未詳の古歌「世の中は夢のわたりの浮橋からうち渡りつつものをこそ思へ」を挙げている。「夢浮橋」は、上記の古歌を踏まえた、「夢」と「浮橋」との「合成語」（清水婦久子『源氏物語の巻名と和歌―物語生成論へ―』和泉書院二〇一四年）と考えられ、いずれの観点からも、はかない男女の物語の終わりを告げる喩として捉えられる。源氏が藤壺との関わりを「結ぼほれつる夢」（朝顔一四）と詠じたように、『源氏物語』が繰り返しここまで語ってきた物語世界の到達点は、この世の男女の仲は、夢のようにはかないものであり、思い通りにはならないという、閉塞的鬱屈感に満ちたものであった。

内容から見ても、手習巻巻末でも浮舟が出家して生きていることを薫が聞いた際、「憂きことを聞きつけたらんこそいみじかるべけれ」（手習四五）と浮舟の男関係を疑うなど、「思はぬ山に踏みまどふ」（夢浮橋一二）薫像が語られていた。物語の最終巻において、重ねて道心を掲げたはずの薫が最後まで浮舟の対処に迷う薫の俗物性が揶揄されて、罪深いはずの浮舟は出家し、匂宮、薫を拒否する。迷いのない一途な尼として生きるであろう浮舟の、以後の展開を、読み手にゆだねる余韻を残して、物語は中断したのではなく、閉じられたものと考えられる。

大島本源氏物語についての考察

――若菜上・下巻を中心に、明融本と比較して――

はじめに

「一本を見つめる」[1]という基本姿勢に貫かれた『新大系』を前にして、我々は『源氏物語注釈　七　若菜上―下』（風間書房　二〇〇九年刊、『注釈』七と略称）の出版を継続して以来、今ここに終りを迎えようとしている。一方、『新全集』では、若菜上・下巻の底本を大島本（『大』と略称）から明融本（『明』と略称）に切り換えたのに、我々は両巻では『大』を底本とした。『注釈』七に取りかかった当初、角川学芸出版の『大島本源氏物語』DVD-ROM、二〇〇七年版が出たばかりであったので、『大』を復元する道を選んだわけである。実は当時、「青表紙原本の俤をとどめる」[2]とある『明』を、「定家本源氏物語」として復元することの困難さに警鐘が鳴らされた[3]直後でもあった。東海大学の影印本だけでは「定家本源氏物語」としてではなく、『明』の原本としても、復元は容易ではなく、そうかといって、貴重書の原本の閲覧は困難であると判断したからでもあった。しかし、少し言い方を変えれば、「定家自筆本系本文への不信」[4]を持つといわれる『新全集』が底本とした『明』を、そのまま信じてもよいかという、立ち止まりを示したかったからでもあった。それでいて、そのとき、『大』と『明』との関係について、何も触れることが出来ないでいたので、今、『注釈』全巻の刊行を終えるに当たって、若菜上・下巻を中心に、『大』を底本としたことの意味を、『大』と『明』を比較する観点から、一言ここに書き残したい。なお、本考察において、『源氏物語注釈』（風間書房刊）を『注釈』と略称し、『全書』『大系』『玉上評釈』『全集』『集成』『新大系』『新全集』等の略称、及び、『大』『明』以外の諸本の略称は、全て、『注釈』中の表現に従っている。そして、さらに、『注釈』中に掲げた本文、【校異】欄で述べた論述も踏まえていることを、始めにお断わりする。

一　若菜上巻について

若菜上巻には、『大』『明』の両者に、誤脱の補入、ミセケチが目立つ。とくに、『明』には、次頁に掲げる如く、大がかりな衍文がある。『明』は、その親本の定家本の忠実な臨摹本であるとするならば、定家本にも、『明』と同様の衍文があることになる。もしそうならば、そのような定家本は、信頼出来ない本文であるかとする印象を免れない。しかし、それでよいであろうか。

そこで、まず、長文補訂の目立つ若菜上巻の、『明』『大』の本文をつぶさに調べ、この巻における誤写・誤脱・衍字をはじめとする本文全体に注目して、源氏物語におけるこの巻での『大』の本文位置について、言及したい。

始めに、両者の本文の決定的な差違は、次に掲げる（『明』若菜上巻二二丁ウ）如く、『明』には上記の丁の前丁に書写されている長文の衍文があるが、『大』にはそれが見られないことである。それなのに、石田氏の解題には、そのことを「この衍文部分が原本に存在しなかったとすれば、この巻を忠実な臨摹本とする評価は崩れることになるが、原本になかったとする確実な根拠もない」と、臨摹本ではないとはっきり否定されず曖昧にされている。それでいて、『明』について、「大筋において、青表紙原本の俤をとどめるものと認定してよいと考えられる」とされる。

この巻の『明』が、定家筆本の忠実な臨摹本であると見ることが出来るならば、定家本にも、このような衍文は存

〳〵てゆつしてのあさら三人きむらんて
ほうしをもさてきけるかここのさはわれ路
やさらう次六きてはゆくれほうらう城こしうか
れ路つてこれを思道そうさきありうりうな
夕路そわかれるうくれそあられていかくてる
れんへれこあられらにわれろくにあり路そ山
のさすりそめてゆむしてのあさら三会う
ひてほうあさしてさけれ、のふれゝ
一ろううちうろをそれをうろうきねう

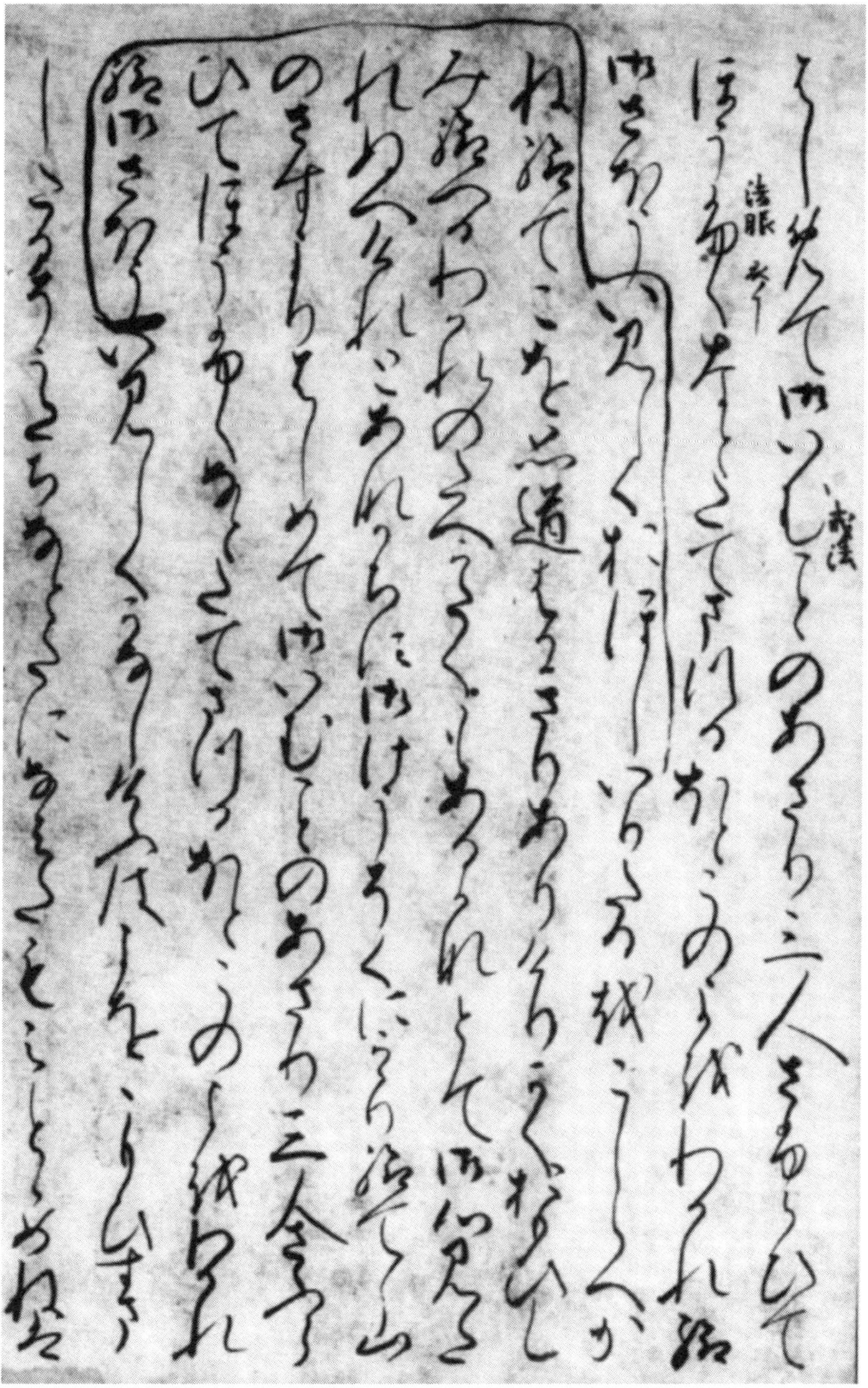

在したことになる。しかし、常識的に考えて、定家本に、このような大がかりな衍文があり、『明』がその衍文をそのまま臨摹したとは考えにくい。果たして、この衍文が、『明』の原本・定家筆本になかったとする確実な根拠がないのであろうか。この点を解決するために調査した一覧を、次の表一に示す。まず、『明』『大』の本文の、特に、補入・ミセケチ・訂正本文に注目して以下に取り出し、『明』と、それに対応する『大』とを比べ、他の諸本の動向をも参照する。

表一　『明』と『大』の誤写・誤脱・衍字

通番	『注釈』段・校異	『大』の本文	『大』の丁とオ・ウ	『明』の本文（『明』の丁とオ・ウ）	参照【校異】欄に掲げた他本（全書・大系・玉上評釈・全集・集成・新大系・新全集）	備考
1	一イ	きこえ（新大系）	二オ①	きこえ給（二オ②）	「聞（聞・きこ）え給（たま）ひ」（全書・大系・玉上評釈・全集・集成・新全集）	『大』、「給」の誤脱
2	一ウ	はかりおはす（全書・玉上評釈・全集・集成・新大系「ばかりおはす」）	二オ⑦	はかり○おはす（『尾』）（二丁オ⑧）〔○の傍に「に」〕	「ばかりにおはす」（大系・新全集）	『明』『大』、「に」の誤脱、『明』の「に」は後補
3	二ウ	しらせ給御うしろみ（新大系「知（し）らせ給（たまふ）。御後見（うしろみ）」）	三オ⑦〜⑧	し　ら　せ　給〔傍に「御年の程よりはいとよくおとなひさせ給て」、○〕	「知（知（し））らせ給（たま・させたま）ふ。御年（とし）の程（ほど）よりは、	『明』『大』の本行本文、

				御うしろみ（三オ⑦）	いとよく大人(おとな)（おとな）びさせ給（たま）ひて、御後見(うしろみ)」（全書・大系・玉上評釈・全集・集成・新全集）	「御年」から「御うしろみ」への誤脱
4	二	おとしめらるゝすくせあるなんいとくちおしく（全書・大系・玉上評釈・全集・集成・新大系・新全集「貶(おと)しめらるる（ゝ）宿世(すくせ)あるなむ（ん）、いと口惜(くちを)（口惜・くちを・くちお(を)しく」）	三ウ⑤～⑥	おと○[しめらるゝすくせあるなんいとくちお]しく（三ウ③～④）		『明』、「おとしめらるゝ」の「し」から改行して、「くちおしく」の「し」への、誤脱
5	三イ	御心よせ（新大系）	五ウ①	●[御]心よせ（五オ⑦）	「心よ（寄(よ)・寄）せ」（全書・大系・玉上評釈・全集・集成・新全集）	『明』、「御」の誤脱、本行本文書写者似の補入
6	三ウ	のたまはするにと（新大系）	八オ⑥	の給はするにと（七ウ①）	「宣は（のたまは・宣たまは）するにか、と（にか」と・にか、と・にかと）」（全書・大系・玉上評釈・全集・集成・新全集）	『明』『大』が一致、「か」を誤脱
7	六イ	ありさま〳〵（新大系「ありさま、さま」）	一七ウ④	ありさま〳〵(ヒ)（一四オ⑩）	「有様(ありさま)（有様・ありさま）」（全書・大系・玉上評釈・全集・集成・新全集）	『明』『大』の本行本文が一致、「〳〵」

8	七ウ	事なり（『御』）（新大系）	二一ウ⑥	こと〇な（ルヲヨクオホシメシメクラスヘキ事也）り（一七ウ⑨）	「事（こと）なるを。（、）よく（、）思（おぼ）（思・おぼ）し召（め）（め）しめぐらすべき事（こと）なり」（全書・大系・玉上評釈・全集・集成・新全集）	の衍字 『明』『大』の本行本文が一致、『明』、「ことな」から「事也」への目移り誤脱
9	九ア	御きちやう（新大系「御几帳」）	二四ウ①	御長（ヒヒ）御き丁（二〇オ⑦〜⑧）	「御（御）（み）帳（帳）（ちやう）（、）御（御）（み）几（几）（き）帳（帳）（ちやう）」（全書・大系・玉上評釈・全集・集成・新全集）	『明』、ミセケチは後筆
10	九ウ	六条院よりも（新大系「六（ろく）条院（でうのゐん）よりも、〔御とぶらひいとこちたし。送（おく）り物ども〕」）	二五オ⑧	六条院より〇（御トフラヒイトコチタシ送り物トモ）も（新大系）（二一オ③）	「六条（の）院よりも、御とぶらひいとこちたし、（。）贈（おくり・贈り）物ども」（全書・玉上評釈・全集・集成・新全集）、「六条院よりも、御とぶらひいとこちたし、おくり物ども」（大系）	『明』『大』、「よりも」の「も」から「物ども」の「も」への誤脱
11	九エ	けしうも（大系・新大系）	二六オ①	けしうは（二一ウ⑥）	「けしうは」（全書・玉上評釈・全集・集成・新全集）	『大』、「は」を「も」と誤写
12	九オ	思しつみ（新大系「思（おもひ）沈（しづ）み」）	二六ウ③〜④	おもひしみ（二二オ⑧）	「思（おも）（思・おも）ひ染（し）（し）み」（全書・大系・玉上評釈・全集・集成・新全集）	『大』、「つ」を挿入
13	一〇ア	いれたてまつり給へる（新	二七ウ⑨〜	いれたてまつり給〇（カハリタマ）へ	「入れ奉（たてまつ）り給（たま）ふ。	『明』『大』の

		大系「入（い）れたてまつり給へる」）	⑩	る（二三丁ウ⑧）	（ヽ）かは（変）り給（たま）へる」（全書・大系・玉上評釈・全集・集成・新全集）	本行本文が一致、「給」から「給へる」への目移りの誤脱
14	一〇オ	はつるを	三〇オ⑧	はへるを（二五ウ⑨〜⑩）	「侍（はべ）るを」（全書・大系・玉上評釈・全集・集成・新大系・新全集）	『大』、「へ」を「つ」と誤写
15	一〇カ	程（新大系）	三一オ⑥	ほとに（二六ウ⑤）	「程（ほど）に」（全書・大系・玉上評釈・全集・集成・新全集）	『大』、「に」の誤脱
16	一〇ク	たより（新大系）	三一オ⑩	たとり（二六ウ⑨）	「たどり」（全書・大系・玉上評釈・全集・集成・新全集）	『大』、「と」を「よ」と誤写
17	一一	あるより	三三ウ⑧	あるより（世に ヒヒ）（二九オ②）		『明』、後筆の修正
18	一二ア	御きしき（新大系「御儀式」）	三六ウ②〜③	●（御）きしき（三一オ⑦）	「儀式（儀式（ぎしき））」（全書・大系・玉上評釈・全集・集成・新全集）	『明』、「御」の誤脱、本行本文書写者似の補入
19	一二ウ	御覧せられし事と（大系・新大系「御覧ぜられじ（し）事と」）	三七ウ⑨	御覧せられしと（三二オ⑨）	「御覧ぜられじと」（全書・玉上評釈・全集・集成・新全集）	『大』、「事」を挿入

20	一二	なとはめさす御ふえなとおほきおとゝのそのかたは（全書・大系・玉上評釈・全集・集成・新大系・新全集「などは召（召《め》）さず。（、）御笛（笛《ふえ》）など、太政大臣《おほきおとど》（おほきおとゝ）の、その（かた）方《かた》は」）	三九ウ⑤〜⑥	な　と（めさす御ふえなとおほきおとゝのその○）は かたは（三三ウ⑩）		『明』、「なとは」から「そのかたは」の「かたは」への誤脱、本行本文書写者似の補入
21	一二	たまへは衛門督のかたくいなふるをせめ給へは（全書・大系・玉上評釈・全集・集成・新大系・新全集「給（給・たま《たま》）へば、衛門《ゑもん》の督（衛門の督《かみ》・衛門督・衛《ゑ》門《もん》のかみ）の（、）かたくいな（辞《いな》）ぶるを責（責《せ》）めたま（給）へば」）	四〇オ④〜⑤	給　へ（衛門のかみのかたくいなふるをせめたまへは○）は （三四オ⑦）		『明』、「給へは」から「せめたまへは」の「たまへは」への目移りの誤脱、本行本文書写者似の補入
22	一四ウ	かくこそ（全書・大系・玉上評釈・新大系）	四六オ③	かくにこそ（三九オ⑤）	「かくにこそ」（全集・集成・新全集）	『大』、「に」を誤脱
23	一四オ	むつひて（新大系「むつびて」）	四七オ⑦	むつひ（四〇オ⑤）	「むつ（睦《むつ》）び」（全書・大系・玉上評釈・全集・集成・新全集）	『大』、「て」を挿入
24	一六	む　ね　つ　ふ　れ　て	五一ウ⑩	むねつふれて御てのいと	「胸（むね）つぶれて、御手《て》（手）の	『大』、「て」

		御てのいとわかきをしはしみせたてまつらて（朱）○		わかきをしはしみせたてまつらて（四四オ⑥）	いと若（若《わか》）きを、しばし見（見《み》）せ奉（たてまつ）らで」（全書・大系・玉上評釈・全集・集成・新大系・新全集）	から「て」への誤脱、後筆の補入
25	一七イ	すちに（大系・全集・新大系「筋《すぢ》に」）	五三オ⑦	すち（四五ウ①）	「筋（すぢ）」（全書・玉上評釈・集成・新全集）	『大』、「に」を挿入
26	一八	さらなりわつらはしくいかにきく所やなとはゝかり給	五四オ⑧～⑨	さらなり（わつらはしくいかにきくところやなとはゝかり）かゝり（ヒヒヒ）給（四六オ⑩）	「さら（更《さら》）なり、わづらはしく、いかに聞（き）く所（ところ）やなど、憚《はばか》（はゞか）り給（たま）ふ」（全書・大系・玉上評釈・全集・集成・新大系・新全集）	『明』、「り」から「はゝかり」の「り」への誤脱、本行本文書写者似の修正
27	一九ウ	こゝろやすく（大系・新大系「『心（心《こゝろ》）やすく』」）	五七オ⑧	うしろやすく（四八ウ⑦）	『後安《うしろやす》（うしろやす）く』（全書・玉上評釈・全集・集成・新全集）	『大』、「うし」を「こゝ」と誤写
28	一九エ	なりけんかし（大系・全集・新大系）	六一オ⑩～六一ウ①	なりけりかし（五二オ⑥）	「なりけりかし」（全書・玉上評釈・集成・新全集）	『大』、「けり」を「けん」に改変
29	一九オ	給つらむ	六三ウ⑤	給へらむ（五四オ④）	「給（たま）へらむ（ん）」（全書・大系・玉上評釈・全集・集成・新大系・新全集）	『大』、「へ」を「つ」と誤写
30	二〇イ	もてなし給そ（新大系「もてなし給《たまひ》そ」）	六六ウ④	なもてなし給そ（五六ウ②）	「なもてなし給（たま）ひそ」（全書・大系・玉上評釈・全集・集成・新全集）	『大』、「な」の誤脱

31	二〇ウ	すちに（集成・新大系「筋（すぢ）に」）	六七オ⑤	すち●（に）（五七オ①）	「筋（筋（すぢ））」（全書・大系・玉上評釈・全集・集成・新全集）	『明』、「に」の誤脱、『明』の後補
32	二一イ	御事とも（大系・新大系「御事ども」）	七一ウ⑥	ことゝも（六一オ①）	「事（こと）ども」（全書・玉上評釈・全集・集成・新全集）	『大』、「御」を挿入
33	二一	給（ける、よゝのおほえ有さま、かたち、よういなと（朱）○）に も（「有」の右に「アリ」と傍書）	七三ウ①	給にけるよゝのおほえありさまかたち●（ようい）なとも（六二ウ③～④）	「給ひ（たまひ・給（たまひ））にける、世々（よゝ・世（よ）ゝ（よ））のおぼえ、ありさま（有様（ありさま）・有（あり）さま）容貌（かたち）（かたち）用意（ようい）（ようい・用意）なども」（全書・大系・玉上評釈・全集・集成・新大系・新全集）	『大』、一行分を誤脱
34	二一	あそふつるのけころもに思まかへらる御あそひはしまりて	七四オ②～③	あそふ（つるのけ衣に思まかへらる御あそひ○）はしまりて（六三オ⑤）	「あそ（遊）」ぶ鶴（つる）の毛（け）（毛）衣（ごろも）（ごろも）に思ひまがへらる、（。）御遊（あそび）（遊び・遊（あそ）び）はじまりて（全書・大系・玉上評釈・全集・集成・新大系・新全集）	『明』、「あそぶ」から「あそび」へ誤脱、本行本文書写者似の補入
35	二二ア	御す行の（新大系「御（み）ず行（ぎやう）の」）	七五オ⑥	みす（ヒ）行（経）（六四オ⑥）	「御（み）（御）誦経（ずきやう）（ずきやう）」（全書・大系・玉上評釈・全集・集成・新全集）	『大』、「の」を挿入
36	二三ア	はたことに（大系・新大系「はた、ことに」）	七七オ④	かたことに（六六ウ②）	「かたことに」（全書・玉上評釈・全集・集成・新全集）	『大』、「か」を「は」と誤写
37	二三	わたりまいり給へり	七七ウ②～	つかうまつらせ（わたりまいり）（ヒヒヒヒヒヒヒ）給へり	「渡（わた）り参（まゐ）（参・まゐ）り給	『明』、単独誤

			③	（六六オ⑨）	（たま）へり」（全書・大系・玉上評釈・全集・集成・新大系・新全集）	脱を、本行書写者似の修正
38	二五イ	まつ《ほ（朱）》《ヒ》り（大系・全集・新大系「まぼり」）	八一ウ⑨	まもり（七〇ウ①）	「まもり」（全書・玉上評釈・集成・新全集）	『大』、朱の訂正は後筆
39	二五ウ	たれも（新大系）	八二オ③〜④	たれも〱（七〇ウ⑤）	「誰も誰（〱）も」（全書・玉上評釈・全集・集成・新全集）「誰《たれ》〱も」（大系）	『大』、「〱」の誤脱
40	二五エ・オ	人をはまたなき物に思けち（新大系）	八二ウ④〜⑤	み《ひと》《ヒ》＊＊をはまたなき物におもひ《ヒ》てけち（七一丁オ⑤〜⑥）	「身をばまたなきもの（者）に思ひてこそ、宮仕《みやづかへ》（宮仕《づか》へ・宮仕へ）の程《ほど》（程・ほど）にも、かたへの人々をば思ひ消《け》ち」（全書・大系・玉上評釈・全集・集成・新全集）	『明』『大』、「おもひてこそ」の「おもひ」から「おもひけち」の「おもひ」への誤写
41	二五カ	ふるまふは（新大系）	八三ウ⑤	ふるまふ《ヒ》は《と》（七二丁オ⑤）	「ふるま（振舞《ふるま》）ふとは」（全書・大系・玉上評釈・全集・集成・新全集）	『明』『大』、「と」を誤脱、『明』の修正は後筆
42	二五キ	さまは（新大系）	八三ウ⑥〜⑦	さるは（七二オ⑦）	「さるは」（全書・大系・玉上評釈・全集・集成・新全集）	『大』、「る」を「ま」と誤写
43	二五	いとかはらかにあてなるさ	八三ウ⑧〜	いとかはらかに	「いとかはらかに、あてなるさまして、	『明』、「らか

		ましてめつやゝかに	⑨	あてなるさましてめつやゝかに○（七二オ⑨）	目艶(つや)（つや）や（ゝ）かに」（全書・大系・玉上評釈・全集・集成・新大系・新全集）	「に」から「ゝかに」へ誤脱、本行本文書写者似の修正
44	二六イ	おとこみこさへ（新大系「おとこ御子(みこ)［に］さへ」）	八五ウ⑤～⑥	おとこみこにさへ（七四ウ⑥）	「男御子(をとこみこ)にさへ」（全書・大系・玉上評釈・全集・集成・新全集）	『大』、「に」の誤脱
45	二七ア	おはすも（『肖』）（新大系）	八八オ⑦	おはするも（七六ウ⑥）	「おはするも」（全書・大系・玉上評釈・全集・集成・新全集）	『大』、「る」の誤脱
46	二八ア	なとのやうの（新大系「などのやうの」）	八八ウ⑦	なとやうの（七七オ⑤）	「などやうの」（全書・大系・玉上評釈・全集・集成・新全集）	『大』、「の」を挿入
47	二八	しんすへき（全書・大系・玉上評釈・全集・集成・新大系・新全集「信(しん)（信）ずべき」）	九〇ウ⑧	しんの心をすへき（七九オ⑥）		『明』、単独誤写、本行本文書写者似の修正
48	二八	おもふ給へかねて	九一オ①	おもむ(ふ)きたまへかねて（七九オ⑨）		『明』、誤写、本行本文書写者似の修正
49	二八	た　め　に　は（功徳をつくり給へこのよのたのしみに（朱）○）そへても	九二オ③～④	ためにはくとくをつくり給へこのよのたのしみにそへても（八〇ウ③～④）	「為（ため）には功徳(くどく)（功徳）をつく(作)（作）り給（給・たま）へ。この世(よ)（世）のたの（楽・楽）しみに添(そ)（そ・添）へても」（全書・大系・玉上評釈・全集・集成・新大系・新全集）	『大』、一行分を目移りして誤脱

50	二九ア	さふらひしか（大系「さぶらひしが」、新大系「さぶらひしか［ど］」）	九二ウ⑨～⑩	さふらひしかと（八一オ⑨）	「侍（さぶら）ひしかど」（全書・玉上評釈・全集・集成・新全集）	『大』、「と」の誤脱
51	三〇	御かたは（全書・大系・玉上評釈・全集・集成・新大系・新全集「御（御）方（方）は」）	九四オ①	御かた●ハ（八二ウ②）		『明』、「八」は後補
52	三〇	かよひあひ見給（大系・全集・集成・新大系・新全集「かよ（通・通）ひあひ見（見）たまふ（給）」）	九四オ④～⑤	かよひあひ給（八二ウ④～⑤）	「かよひあひ給（たま）ふ」（全書・玉上評釈）	『明』、「見」の誤脱
53	三〇ア	よの（新大系「世の」）	九四オ⑩	よ●その（八二ウ⑨）	「余所（よそ）の」（全書・大系・玉上評釈・全集・集成・新全集）	『明』、「そ」は後補
54	三〇イ	御ゆめかたり（新大系「御夢語り」）	九四ウ④	ゆめかたり（八三オ④）	「夢（夢）語（語・語り・語り）」（全書・大系・玉上評釈・全集・集成・新全集）	『大』、「御」を挿入
55	三〇ウ	さは（新大系「さは」、大系「さば」）	九四ウ⑤	さらは（八三オ⑤）	「さらば」（全書・玉上評釈・全集・集成・新全集）	『明』、「ら」を挿入
56	三一	をの〳〵は	九五ウ⑧	をの〳〵（八四オ⑥）	「お（を）のおの（〳〵）は」（全書・大系・玉上評釈・全集・集成・新大系・新全集）	『明』、「は」の誤脱
57	三一ア	おほしいてつゝ（新大系	九六ウ⑨～	おほしいてにつヽヒ	「おぼ（思）し出でつゝき（聞）こえ	『明』『大』、

		「おぼし出でつゝ」）	⑩	聞えさせ給める院もことのつゐでに○（八五オ⑦～⑧）	させ給（たま）ふめる、（。）院も、こと（事）のついでに」（全書・大系・玉上評釈・全集・集成・新全集）	「いてつゝ」から「ついてに」へ誤脱、『明』は後補
58	三一	かねことなれと（全書・大系・玉上評釈・全集・集成・新大系・新全集「予《かね》（かね）言《ごと》（こと）なれど」）	九六ウ⑩～九七オ①	かねこと（八五オ⑧～⑨）		『明』、「なれと」の誤脱
59	三四ア	きこえ給へと	一〇〇オ③	きこえ給○《つと》（八八ウ①）	「きこ（聞こ・聞）えたまひ（給・給ひ）つと」（全書・大系・玉上評釈・全集・集成・新大系・新全集）	『大』、「つ」を「へ」と誤写
60	三四	わたしたてまつり給こなたにわたりてこそ見たてまつり給はめと（全書・大系・玉上評釈・全集・集成・新大系・新全集「渡（わた・渡《わた》）し奉（たてまつ）り給ふ（たまふ・給《たまふ》）。こなたに渡（渡《わた》・わた）りてこそ見（見《み》）奉（たてまつ）り給（たま）はめ」と」）	一〇〇オ⑦～⑨	わたしたてまつり給○《こなたにわたりてこそ見たてまつりたま》はめと（八八ウ⑥）		『明』、「わたしたてまつり給」から改行して、「見たてまつりたまはめ」への誤脱
61	三五ア	ありさまそかし（新大系	一〇一ウ⑦	ありさまそかしとおほし	「ありさま（有様）ぞかしとおぼ（思）	『大』、「とお

		「ありさまぞかしと」）		て（九〇オ②～③）	して」（全書・大系・玉上評釈・全集・集成・新全集）	ほして」の誤脱
62	三五イ	としころの（新大系「年(とし)ごろの」）	一〇一ウ⑨	としころ（九〇オ④）	「年頃（年(とし)ごろ・年ごろ）」（全書・大系・玉上評釈・全集・集成・新全集）	『大』、「の」を挿入
63	三五ウ	うちなき給て（全書、新大系「うち泣(な)（泣）き給ひて（給(たまふ)。『手」）」	一〇三オ⑤	うちなけき給て○(より給て)（補入「よ(ヒ)」の右に「取(ヒ)イ」）（九一ウ③）	「うち（打ち）泣き給（たま）ふ。取（と）り給（たま）ひて」（大系・玉上評釈・全集・集成・新全集）	『明』『大』の本行本文が、「給て」から「給て」へ目移り誤脱、後筆による補入
64	三六イ	あらんと	一〇五オ①	あらむも（九三オ⑥）	「あらん（む）も」（全書・大系・玉上評釈・全集・集成・新大系・新全集）	『大』、「も」を「と」と誤写
65	三六エ	もの（大系・全集・新大系「物（もの）」）	一〇七オ③	ものゝ（九五オ⑥）	「物（もの）の」（全書・玉上評釈・集成・新全集）	『大』、「ゝ」の誤脱
66	三七ア	おかしけを	一一〇オ⑦	をかしきを（九八オ⑥）	「を（を(お)）かしきを」（全書・大系・玉上評釈・全集・集成・新大系・新全集）	『大』、「き」を「け」と誤写
67	三七	御けしきにしも（全書・大系・玉上評釈・全集・集成・新大系・新全集「御気色(けしき)（けしき）にしも」）	一一〇オ⑩～一一〇ウ①	御けしきしも（九八オ⑧）		『明』、「に」の誤脱

68	三九ア	みたれかはしき（大系・全集・新大系「みだ（乱・乱）れがはしき」）	一一二オ⑦	みたりかはしき（一〇〇オ②〜③）	「乱（乱）りがはしき」（全書・玉上評釈・集成・新全集）	『大』、「り」を「れ」に改変
69	三九	こなた（全書・大系・玉上評釈・全集・集成・新大系・新全集）	一一二ウ⑤	こなた●は（一〇〇オ⑨）		『明』、「は」は後補、独自
70	三九	はれて（全書・大系・玉上評釈・全集・集成・新大系・新全集）	一一二ウ⑥	は●なれて（一〇〇ウ①）		『明』、後補、独自（5）
71	三九	みはしのまにあたれるさくらのかけによりて人々花のうへも（全書・大系・玉上評釈・全集・集成・新大系・新全集「御階の間にあた（当た・当た）れる桜（桜）の蔭（かげ・蔭）によ（寄）りて、人々、（は、）花の上（うへ・上）も」）	一一四オ①〜③	みはしの○（まにあたれるさくらのかけによりて人〱花の）うへも（一〇一ウ④）		『明』、「みはしの」の「の」から改行して、「花の」の「の」への一行誤脱、本行本文書写者似の補入
72	四一	きよらなる○（を見たてまつるにもかゝる人にならひていかは（朱））かりの事	一一九ウ③	きよらなるをみたてまつるにもかゝる人にならひていかはかりの事（一〇六オ⑧〜⑩）	「清（きよ）らなるを（、）見（見）奉（たてまつ）るにも、かか（ゝ）る人に並（なら）び（ひ）て、いかばかりの事（こと）」（全書・大系・玉上評釈・	『大』の誤脱

					全集・集成・新大系・新全集）	
73	四二ア	きゝてもはへり（新大系「聞きてもはべり」）	一二〇ウ⑦	きゝてはへり（一〇七オ⑨）	「聞きて侍（はべ）り」（全書・大系・玉上評釈・全集・集成・新全集）	『大』、「も」を挿入
74	四三	あれと一日の（全書・大系・玉上評釈・全集・集成・新大系・新全集「あれど、一日（ひとひ）（一日・一日（ひとひ））の」）	一二二ウ③～④	あれと○（侍従は一日）の（一〇九オ②）		『明』、後補、「あれと侍従は一日の」（『肖』『三』）
75	四三イ	しらぬは（全書・玉上評釈・集成・新大系「知らぬは」）	一二三ウ④	しらぬ（ね）は（一〇九丁オ②～③）	「知らねば」（大系・全集・新全集）	『明』『大』、本行のみ一致、他本は「しらねは」、『明』の「ね」は後筆
76	四三	おほんさしらへ（全書・玉上評釈・全集・集成・新大系・新全集「御（御（おほん）・おほん・おほむ・御）さし答（ら）（ら）へ」）	一二三ウ③	おほむさし●（イ）らへ（一〇九ウ⑩）	「御（おほん）さしいらへ」（玉上評釈）	『明』、「イ」の後補

右表一の最下段の備考欄、『明』『大』と強調した例に注目したい。それらは、『明』『大』の本行本文が一致するという例で、その例が、2、3、6、7、8、10、13、40、41、57、63、75の一二例となる。また、表一には取り

入れなかったが、『注釈』若菜上巻【校異】欄の、一ア、一オ、二ア、二イ、三エ、五ア、八ア、八イ、八ウ、一〇イ、一〇ウ、一〇エ、一一ア、一四ア、一四エ、一七ア、一九イ、二〇ア、二〇エ、二一ア、二一ウ、二一オ、二一カ、二二ウ、二四ア、二五ア、二六ア、二八イ、三六ア、四一ア、以上の三〇例も、さらに、【校異】として取り上げなかった部分、―『明』の二丁ウ⑥・四丁オ②・六丁ア⑥・一〇丁オ③・二〇丁ウ④・六一丁オ①・六一丁オ⑤・六三丁ウ③・七一丁ウ⑨・八九丁オ⑩・一〇二丁オ⑩・一〇九丁オ④、以上の一三個所―からも、他の諸本の中で、『明』『大』の一致する表現と認められる例がある。これらのことから、『明』と『大』の本行本文とが近い関係にあることは、動かない事実であるといえる。[6] そのように、『明』に近い関係にある『大』には、冒頭に掲げた大がかりな衍文は存在しないのであるから、『明』の親本には、『大』と同様にこのような衍文は存在しなかったと見ることは出来るのではなかろうか。

(1)『明』の修正―本行本文書写者似（明融様）による―

角度を変えて、右の表一中の、補訂された文字の字体に注目したい。前掲表一の各例のうち、『明』の以下の九例、

A群補訂

4

20

21

26

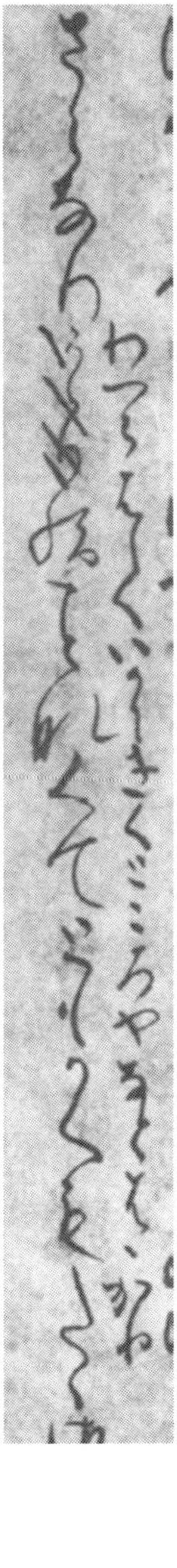

34

40

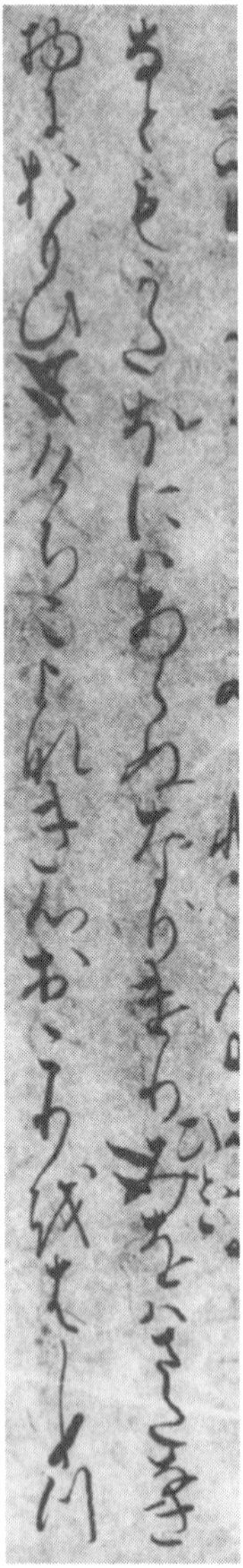

43

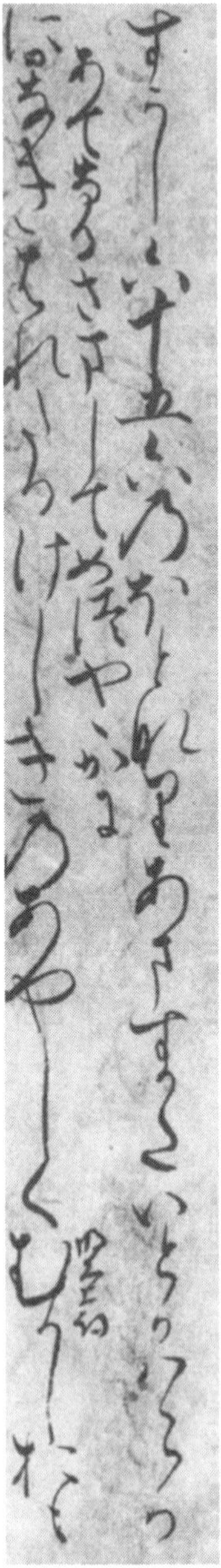

60

71

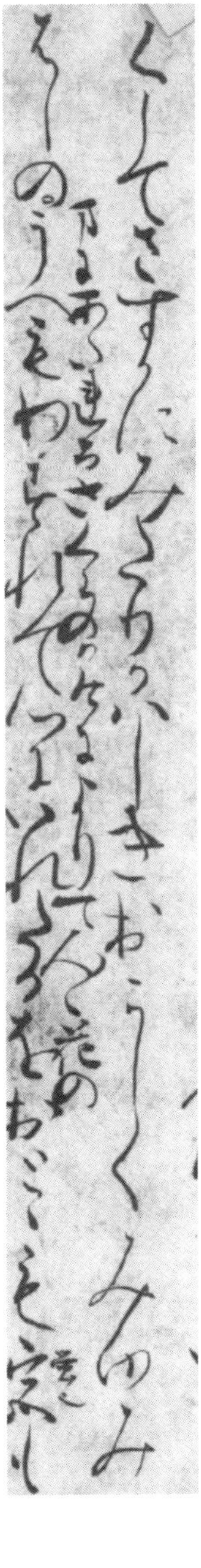

は、非常に雑な写しで、『明』を書写する際の目移りによる長文の誤脱があり、それを補入、ミセケチした例である。これらはそれぞれの該当する備考欄に述べた如く、本行本文書写者似（明融様書写者とする）によって、親本を見て修正した本文であると推定出来る。それは、「／／」を付したミセケチ修正、○を付した補入の字体が、おおらかな定家様の字体の本行本文と、似ているからである。ということは、右のA群の諸例（4、20、21、26、34、40、43、60、71）における、『明』の親本の姿は、修正された後の本文を含むものであったといえる。ところが注目すべきは、右の九例全てにおいて、それぞれ対応する部分の『大』の本文は、ミセケチ、補入ではなく、『明』の補訂後の本文に完全に一致している（表一参照）。『大』においては、『明』の如く、誤写、ミセケチ修正にはなっていないのである。このことにより、右の諸例においては、『明』の親本と『大』の本文とが、完全に一致していたと見てよい。これだけの長文の異同において、『明』の親本と『大』とが完全に一致している表現を持つのであるから、『大』と『明』の親本の本文は、非常に近い関係にある（同一本）と推定されるわけである。

明融様の補入修正は、右のほか、少異は頻出する（18以下他に五二例あり、略す）が、ミセケチも、

37

47

48

と、あげられる。右はいずれも、明融様のミセケチで、本行本文書写の誤りを、本行本文の書写者自身が（あるいは本行本文を明融配下の子女に書かせたと見るならば、下命者明融が誤りに）気づいて修正したものと考えられる。類例は他に九二例あり、さらに、誤ったミセケチ（一八丁オ②行目）も一例あり、それらを画像に掲げることは略す。

本行本文に見られる、以上の多くの修正から思うに、冒頭に掲げた『明』にのみ見られる衍字の修正の跡は、『明』を書写させた明融自身が、諸例の修正をしたのと同時点において、衍字に気付いて、修正の印を、大きく囲むように書き加えたものではなかろうか。したがって、少なくとも、このような大がかりな衍字や、多くの修正を持つ若菜上巻の『明』は、定家本の忠実な臨摹本と見ることは出来ない。失われている定家本の姿は、むしろ『大』と見比べることによって、より一層近づくことが出来ると思われるのである。

(2)　『明』の修正—後筆による—

同様に、補訂された文字の字体に注目して、以下考察する。表一中の、以下に掲げる次の『明』の例、

B群補訂

3

7

8

10
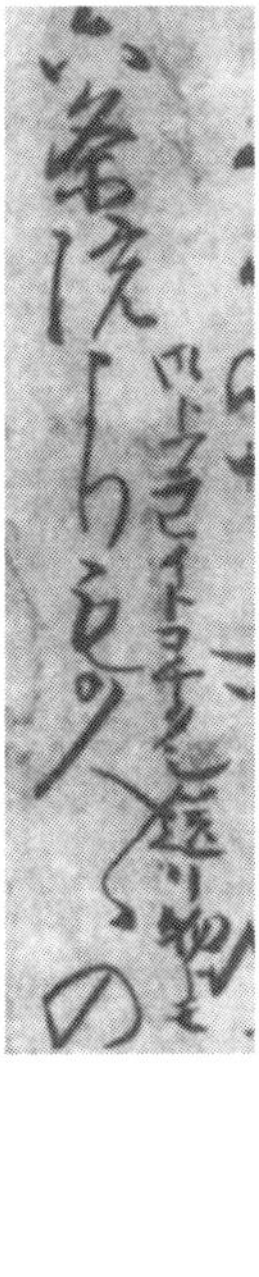

13
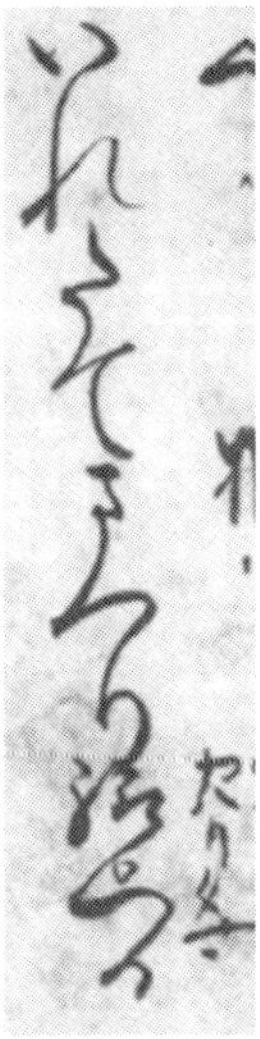

17
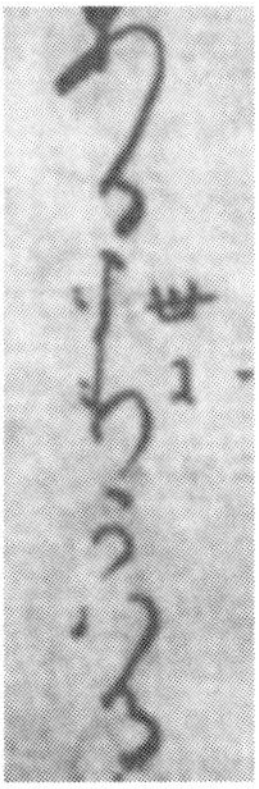

41

53
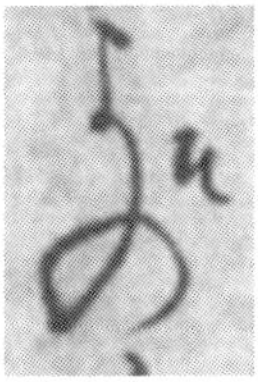

69

70
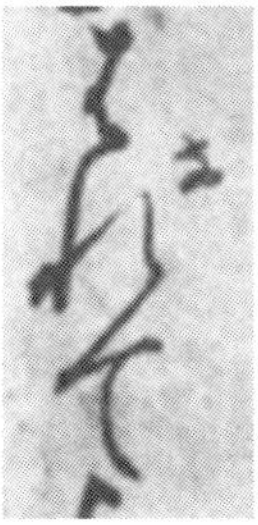

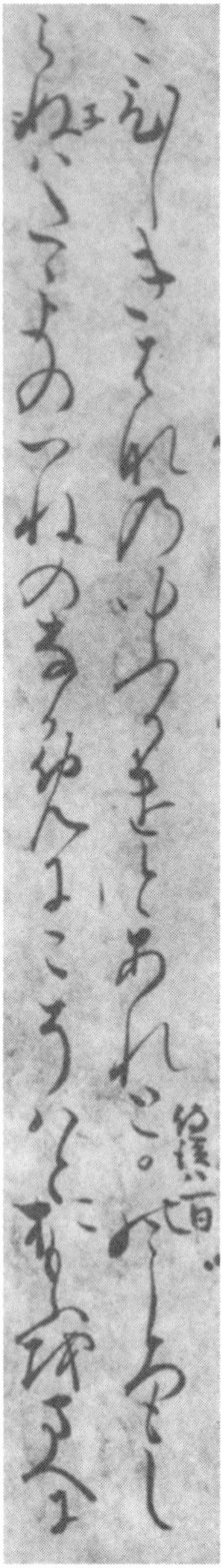

75

は、補入又はミセケチされている文字の字体が、A群の諸例とは異なる。明融様書写者の筆跡ではない。全般に補入文字が小ぶりであり、また片仮名交じりであったりして、後筆による書き加えと判断されよう。このB群においても、注目すべきは、右の一一例における、それぞれ対応する部分の『大』の本文との関係である。一一例の全てに於いて、該当する『大』の本文（表一参照）は、『明』の本行本文と一致しており（8のみは、「り人からよろしとて」の「り」をミセケチするのを忘れたものと考えられる）、『明』の修正後の本文とは一致していない。補入印については、それぞれの字体の違いまでは確認出来ないが、補入された文字の字体が本行本文の字体とは明らかに違う。ミセケチ印については、「＼」で消すのではなく、「ヒ」を付けるという違いが見られる。よって、B群の補入・ミセケチは、明融様書写者以外の後筆かと推定される。しかも、B群の本行本文は、『明』の親本の姿であるが、それらがすべて、『大』と一致しているのである。このことからも、『明』と『大』の本行本文との近さはさらに動かない。とくに、3について、『明』の本行本文と『大』との一致は、確心となる。このことは即ち、『明』『大』の親本にも、誤脱であったことを推定させうる。8、10の例についても同様である。さらに、別の例として、表一に掲げた6は、補訂を含まない本行本文ではあるが、『明』と『大』の両者のみが一致して、「か」を欠脱した表現になっている。

そしてさらに、次に掲げる二例は、明融様の定家様ミセケチと明融様以外の後筆の補入・ミセケチとが、同一文中に混在する例である。

まず『明』の、

57

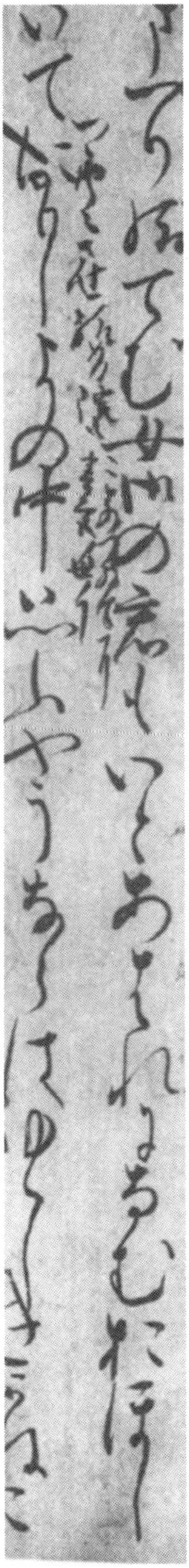

においては、「に」のミセケチ「╲」は定家様で、「つゝ」に修正し、さらに明融様以外の後筆で、補入の○印をつけ「聞えさせ給める院もことのつゐてに」を書き込んだものと思われる。

次に、

63

においても、「け」をミセケチした定家様の「╲╲」と、後筆の「て」のミセケチ「ヒ」と、さらに後筆による補入「とり給て」も取り込んでいる。この「とり給て」の「給て」は、B群冒頭3に掲げた補入文字の末尾「させ給て」の「給て」に酷似した字体である。さらにこの「給」は、57に掲げた補入文字「させ給める院も」の「給」とも似ている。このことから、B群の七九七頁に掲げる3と、57、63の補入は同筆の後筆であるといえる。

ここで、注目すべきは、63に対応する『大』の本文は、「うちなき給て」とある（表一参照）ことである。ということは、『明』の親本はこの『大』の如く、「うちなき給て」であったのに、『明』が「うちなけき給て」と誤写したため明融様書写者が、そのことに気付いて「け」をミセケチしたというのであろう。そしてさらにそれを、『明』の後筆が、「とり給（取イ）て」と補筆したのであろう。ところが、『明』では、「より給て」と読める補入をしてしまったことに気付いて「取イ」と傍書したのである。63では、明融様による定家様ミセケチと、後筆のミセケとの、二種類のミセケチが混在する例と見ることが出来る。

以上の、画像として掲げた以外にも、『明』には後筆の修正と判断される例として、誤脱した文字を補ったり（31・51、他に一四例）、補入して音便にしたり（二例）、ミセケチ修正したり（9、他に三六例、さらにミセケチの誤り二例）、不要な文字が本行本文として加っていたり（六例）、不要な文字を補入したり（2・74・76、他に四例）、そうかというと、必要な本行本文を誤脱したままであったり（52・56・58・67、他に一七例）している。

『明』の本文の、後筆による修正は、以上の如く、多く見られる。中でもB群補訂に掲げた如く、『明』の本行本文と『大』とが一致している例があることにより、『明』の親本と『大』との近さは歴然としているといえる。『明』の親本には、冒頭に掲げた長文の衍文は存在しなかったと推定されるのみばかりか、以上の如く『明』には、本行本文書写者似及び後筆の修正が多く見られるので、『明』について、ただ定家本を親とする本文とはいえるものの、「定家本の忠実な臨摹本」とする石田氏評価は当たらないと言わざるを得ない。そうした、『明』の本行本文と近い関係を指摘できるのが『大』の本行本文であるので、『大』の親本は、「尊経閣文庫本の定家本に近い四半本であろう」[7]と言われ、「目移り字数からして、青表紙本は一行一七字程度の親本から書写されたもの」[8]とも言われるように、『明』の親本と同様の、定家自筆本であるかどうかは不明であるが、それに近い本文であろうと推定される。

(3)　『大』の本文について

前節で述べた如く、若菜上巻の『大』は、確かに『明』と一致する部分を多く持ち、『明』と共通する親本（定家本）の存在が推定される。しかしながら、『大』の誤りと指摘出来る（『源氏物語注釈　七』において、校訂した）例は、表一に掲げた如く頻出する。[9] その中でも、

24

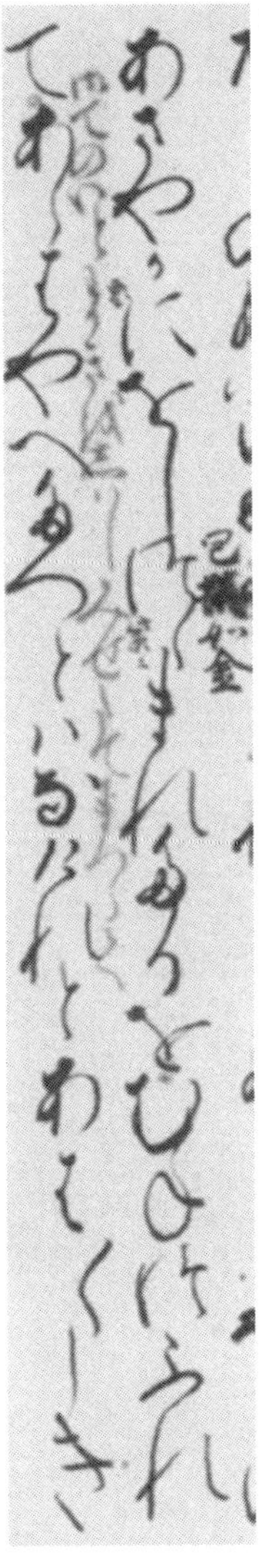

33

49

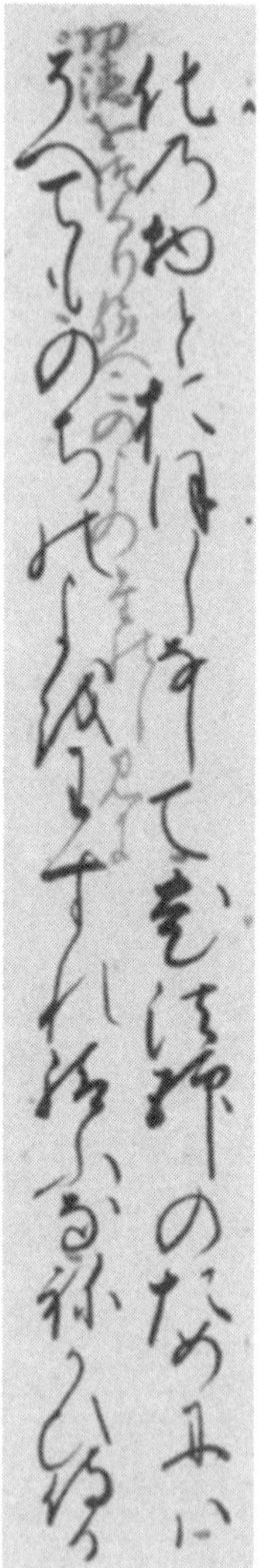

72

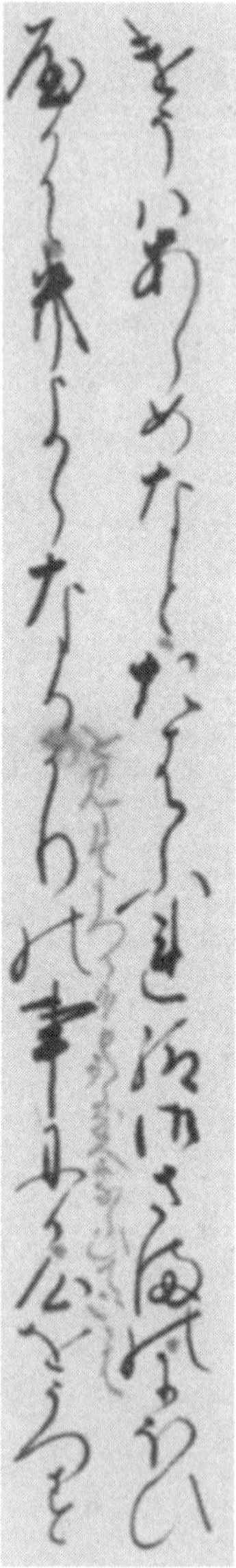

の四例は、誤脱を朱の長文で補入した例で、後人のものと判断される。

右の四例はともに、表中の備考欄に述べた如く、『大』のみの誤脱で、誤脱した文の長さは、それぞれほぼ一行分の長さである。中でも、49の例では、行頭に補入していることから明白であるように、『大』を書写するときに一行飛ばしてしまったものと思われる。一行飛ばしの書写ミスはあり得ることであり、前掲の『明』のA群の4も同様であろう。

ところで、右の四例の『大』の長文の誤脱は、朱で補訂されているが、『明』ではその部分は本行本文に存在し、補訂された本文ではない。従って、『明』の親本には、この表現は存在していたことになる。このことは、『大』が親本を誤脱して写していたと解釈出来る。このような、大がかりな『大』の誤脱例は、右に揚げた四例で、『明』の場合にも同様なことが見られた（(2)節に既述、3・8・10・57の四例）。

他に、『大』に見られる、朱による少異の補訂は、表には掲げていない。それらは、四五例あり、たとえば、33の例の、補入文の左行には、「すゝみ」の「く」を消して朱の「す」を傍書した例があり、また、次に掲げる九二オ①（若葉上【注釈】二八）も、誤脱の「め」を補った朱書きである。

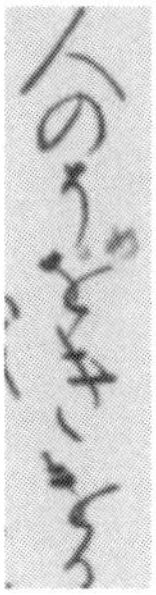

(4)　結び

以上によって、『明』『大』の本文について考察し、両本文の近さを述べた。その結果、『明』『大』とその親本との関係、言い換えれば、親本を書写する姿勢には、微妙に食い違いが認められる。そのことは、(1)(2)節において、『明』における長文の、A・Bの補入・ミセケチされている字体に注目することによって明らかとなった。『明』の長文の補入・ミセケチは、

Aの、4、20・21、26・34・40・43・60・71の九例

Bの、3、8、10・57の四例

があげられるのに対して、『大』の長文補訂は、24、33、49、72の四例で、長文という観点に立てば、『大』よりも『明』の方が、その頻度は高い。

一方、少数文字の誤写・誤脱または挿入の異同は、『大』のみの異同としては、「給」「は」「つ」「へ」「に」「と」「事」「て」（以下略）などで、表一からは、

1・11・12・14・15・16・19・22・23・25・27・28・29・30・32・35・36・38・39・42・44・45・46・50・54・

59・61・62・64・65・66・68・73
の三三例となり、他に、表に掲げていない、朱による少異の補訂が三四例である。一方、『明』のみに見られる、少数文字の、ミセケチ、補入などの異同は、表一からは、

2・5・7・9・17・31・41・47・48・51・52・53・55・56・58・63・67・69・70・74・75・76
の（二二例）で、他に、表に掲げられなかった例として、本行本文書写者似及び後筆のもの、合わせて五八例（前節八〇〇頁既述）、必要な文字・不要な文字の出入り二三例があり、こちらも『明』の方が頻度は高い。

以上の考察により、若菜上巻における『明』と『大』は、共通の親本を持つ近似した本文であるとはいえる。両本文は、少数文字の誤写、誤脱の修正頻度がよく似て高く、『明』の方がやや高い。さらに、『明』は『大』よりも、書写者明融様似及び後筆による長文の修正補訂が顕著であるといえる。このような両本文の特徴から見て、『大』の本文の写しは、『明』より時代は下るけれども、そして、少部分の文字の誤写・誤脱修正の頻度が高いけれども、それらは『大』が追加擦消して表現を勝手に変えるという姿勢ではなく、『明』にも見られる如く、他の諸本でも、書写の過程で多く見られる、誤写・誤脱などの修正と思われる。従って、『大』は、誤写・誤脱はあるけれども、定家本系統の親本を受け継ぐ、『明』を補う本文として重んじるべきであると考えたい。

二　若菜下巻について

若菜下巻の『明』について、石田氏は前掲解題〔注（2）参照〕においては、「筆跡その他から見て、原本の忠実な臨摹本であることに何等疑いをさしはさむ余地はない」とされている。しかし、若菜下巻の『明』にも、上巻と同様、修正した跡が認められるので、必ずしもそのように断言出来ないのではなかろうか。『注釈』で掲げた【校異】

欄を中心に精査したところ、臨摹本と言われている若菜下巻の『明』も、臨摹されたのは、『明』の巻頭一丁表のみであろう。それ以降の部分は、若菜上巻と同様に、定家筆本系統の親本を横に置いて見ながら書き写されたもの（それは『大』の写され方に近いが、『大』よりも原本に対してやや丁寧に書写されている）ではないかと思われる。以下において、そのように思われる根拠を述べたい。

若菜下巻も、若菜上巻と同様、『明』の本文がどのような本文であるかを調べるために、『明』に見られる補入・ミセケチ・衍字を中心に表二に掲げ、『明』と、それに対応する『大』とを比べ、他の青表紙諸本の動向をも参照させた一覧を次に示すことにする。

表二 『大』と『明』の誤写・誤脱・衍字

通番	『注釈』段・校異	『大』の本文	『大』の丁と、オ・ウ	『明』の本文（『明』の丁と、オ、ウ）	諸本参照 【校異】欄に掲げた他本（全書・大系・玉上評釈・全集・集成・新大系・新全集）	備考
1	一ア	つけても（全集・新大系）	一オ⑤	つけて（一オ④～⑤）	「つけて」（全書・大系・玉上評釈・集成・新全集）	『大』、「も」を追加
2	一イ	○（い）あてつへき（新大系「射（い）あてつべき」）	二オ⑤	あてつへき（二オ③）	「あ（当）てつべき」（全書・大系・玉上評釈・全集・集成・新全集）	『大』、別筆による加筆
3	三ア	あのことくきりつほ（新大系「案（あ）のごとく、桐壺（きりつぼ）」）	四オ⑨	きりつほ（四オ③）	「桐壺（きりつぼ）（桐壺）」（全書・大系・玉上評釈・全集・集成・新全集）	『大』、追加

4	三イ	おほゆるつゐに（新大系「おぼゆる。つゐ（ひ）に」）	五オ⑩	おほゆるに（四ウ⑫）	「覚（おぼ）（おぼ）ゆ。（、）つひに」（全書・大系・玉上評釈・全集・集成・新全集）	『大』、「る」を「つゐ」と誤写
5	四ア	給つれは（新大系「給（たまひ）つれば」）	六ウ②	給へれは（五ウ⑨）	「給（給・たま）へれば」（全書・大系・玉上評釈・全集・集成・新全集）	『大』、「へ」を「つ」と誤写
6	四イ	いまめかしくおかしく（新大系「いまめかしくお（を）かしく」）	七オ⑦	いまめかしく（六ウ①）	「今（今・いま）めかしく」（全書・大系・玉上評釈・全集・集成。新全集）	『大』、「おかしく」を追加
7	五	いひすへし（全書・大系・玉上評釈・全集・集成・新大系・新全集「言（言（い））ひすべし」）	八ウ④	いひすへ（く）（ヒ）し（七ウ⑨）		『明』、後筆の誤り、『明』『大』、本行本文一致、『明』の後筆、『横』『三』の「いひすくし」を採用
8	五ア	御心には（新大系）	九オ④	御心に（八オ⑦～⑧）	「御心に」（全書・大系・玉上評釈・全集・集成・新全集）	『大』、「は」を追加
9	五	ことになかりし（全書・大系・玉上評釈・全集・集成・新大系・新全集「こと	一〇ウ⑧	こと●（に）なかりし（一〇オ①）		『明』、誤脱、本行本文書写者似の修正

		（殊（こと））になかりし」）				
10	六ア	のどかにすきまほしく（全書・大系・玉上評釈・新大系「のどかに過（す）（過）ぎまほしく」）	一一オ⑨	のどかにすきまほしく（一〇オ⑪）	「のどかに過ぐさまほしく」（全集・集成・新全集）	『明』『大』、一致した誤写
11	六イ	かくかしこき（新大系）	一一ウ8	かしこき（一〇ウ⑧～⑨）	「かしこき」（全書・大系・玉上評釈・全集・集成・新全集）	『大』、「かく」を追加
12	六	たまつ（へ（朱）／ヒ）れと	一二オ⑤	給へれと（一一オ⑤）	「給（たま）へれど」（全書・大系・玉上評釈・全集・集成・新大系・新全集）	『大』、誤写、後筆の修正
13	六	なりたまひぬ（全書・玉上評釈・全集・集成・新大系・新全集「なり給（たま）ひぬ」）	一二オ⑨～⑩	なり〔給てれいの左に○かへり給ぬイ〕給ひぬ（一一オ⑩～⑨）	「なり給（たま）ひ（て・例（れい）の左（ひだり）にうつり給ひ）ぬ」（大系）	『明』の本行本文と『大』一致、後筆の補入は『肖』と一致
14	七	そきすてゝ	一五ウ⑦	そ○（き）すてゝ（一四オ⑩）		『明』、「き」を本行本文書写者似の補入
15	七ア	さる（新大系「さる〈は〉」）	一七オ①	「さるは」（一五ウ②）	「さるは」（全書・大系・玉上評釈・全集・集成・新全集）	『大』、「は」を誤脱
16	八ア	をとにのみも（新大系	一七ウ③	をとにのみ（一六オ④）	「音（おと）（おと・音）にのみ」（全書・大系・	『大』、「も」

		「を《お》とにのみも」）			玉上評釈・全集・集成・新全集）	を追加
17	八	ことに（大系・全集・新大系・新全集「琴《こと》に」）	一七ウ⑨	□《御》こと《琴》に《ヒ》（一六オ⑨）	「み《み》（御）琴《こと》に」（全書・玉上評釈・集成）	『明』、後筆の修正の誤り
18	八	なにせむにかは（全書・大系・玉上評釈・全集・集成・新大系・新全集「何《なに》（何）せむにかは」）	二〇ウ④	なにせむ●《に》かは（一九オ②）		『明』、「に」を誤脱、本行本文書写者似による修正
19	八ウ	とも（新大系「ども」）	二一オ①	ともの（一九オ⑧～⑨）	「どもの」（全書・大系・玉上評釈・全集・集成・新全集）	『大』、「の」を誤脱
20	九ア	するゑ〳〵に（新大系「末《すゑ》〳〵に」）	二四オ②	するゑに（二二オ⑧）	「末《すゑ》（末）に」（全書・大系・玉上評釈・全集・集成・新全集）	『大』、反復記号「〳〵」の追加
21	一〇ア	てうしてやなと（新大系「調《てう》じてや、など」）	二五ウ①	てうしてやと（二三ウ①～②）	「調《てう》（調）じてや（、）と」（全書・大系・玉上評釈・全集・集成・新全集）	『大』、「な」を追加
22	一〇	御まうけのしつらい（全書・大系・玉上評釈・全集・集成・新大系・新全集「御《おん》（御）設《まうけ》（設《まう》け・まうけ）のしつらひ《ひ》（い）」）	二五ウ②～③	御まうけ●《の》しつらひ（二三ウ③）		『明』、「の」を誤脱、本行本文書写者似による修正
23	一〇	おほしめくらす（全書・大系・玉上評釈・全集・集成・新大系・新全集「思《おぼ》（お	二五ウ⑤	おほしめくらす●《に》（二三ウ⑤）		『明』、後筆の追加の誤り、『三』は「お

		ぼ）しめぐらす」）				ほしめくらすに」
24	一一ア	給へらむ（全集・新大系「たま（給）へらむ」）	二六ウ③	給つらん（二四ウ①）	「給（たま）ひつらむ（ん）」（全書・大系・玉上評釈・全集・集成・新全集）	『大』、「つ」を「へ」と誤写
25	一一	よくなり給ひるは（全書・大系・玉上評釈・全集・集成・新大系・新全集「よくなり給ふ（給（たまふ））」）	二七ウ②	よくなり●（給）ひるは（二五オ⑧）		『明』、「給」を誤脱、本行本文書写者似の補筆
26	一一イ	十一月（全書・大系・玉上評釈・全集・新大系「十一月（十一月（しもつき））」）		十一日（二五ウ⑨）	「十一日」（集成・新全集）	『大』、「日」を「月」と誤写または改訂
27	一二	御あそび（全書・大系・玉上評釈・全集・集成・新大系・新全集「御あそ（遊・遊（あそ））び」）	二九オ②	●（御）あそひ（二六ウ⑤）		『明』、「御」を誤脱、後筆の修正
28	一二ア	つたへとも〻（新大系「伝（つた）へどもも（ゝ）」）	二九ウ②	つたへともをも（二七オ④）	「伝（つたへ）（伝へ・伝（つた）へ）どもをも」（全書・大系・玉上評釈・全集・集成・新全集）	『大』、「を」を誤脱
29	一二	あえかに（全書・大系・玉上評釈・全集・集成・新大系・新全集）	三〇オ③	あら（ヒ え）かに（二七ウ③）		『明』、後筆の修正
30	一三ア	なりゆき（全集・新大系）	三〇ウ②	なりゆく（二八オ②）	「なりゆく」（全書・玉上評釈・集成・	親本は、「な

					新全集）「なり行（く）」（大系）	り行」であったか
31	一三イ	御方には（新大系）	三二ウ①	御方に（二九ウ⑥）	「御方（御方）に」（全書・大系・玉上評釈・全集・集成・新全集）	『大』、「は」を追加
32	一三ウ	むらさきのうへには（新大系「紫の上には」）	三二ウ①	むらさきのうへに（二九ウ⑦）	「紫（紫）の上（上）に」（全書・大系・玉上評釈・全集・集成・新全集）	『大』、「は」を追加
33	一三エ	給つれは（新大系「給つれば」）	三三オ⑧	給へれは（三〇ウ②）	「給（たま）へれば」（全書・大系・玉上評釈・全集・集成・新全集）	『大』、「へ」を「つ」と誤写
34	一三	大将いといたく（全書・大系・玉上評釈・全集・集成・新大系・新全集）	三三ウ②～③	大将●いたく（三〇ウ⑥）		『明』、誤脱、本行本文書写者似の補筆
35	一三オ	ゆるらかに（大系・新大系）	三四オ①	ゆるゝかに（三一オ③）	「ゆるるかに」（全書・玉上評釈・全集・集成・新全集）	『大』、「ゝ」を「ら」と誤写
36	一三カ	はつのを（新大系「発の緒」）	三四オ⑩	はちのを（三一ウ③）	「発（はち）の緒（緒）」（全書・大系・玉上評釈・全集・集成・新全集）	『大』、「ち」を「つ」と母音交替
37	一三キ	御むまこ（新大系「御孫」）	三四ウ⑨	御まこ（三二オ①）	「御孫」（全書・大系・玉上評釈・全集・集成・新全集）	『大』、「むまこ」に統一か
38	一三ク	物の手とも（新大系「物の手ども」）	三五オ①	ものゝねとも（三二オ③）	「物（もの）の音（ね）ども」（全書・大系・玉上評釈・全集・集成・新全集）	『大』、「ね」を「手」と誤写

						写
39	一四ア	ゆるらかに（新大系）	三七ウ④〜⑤	ゆる丶かに（三四ウ②）	「ゆるる（丶）かに」（全書・大系・玉上評釈・全集・集成・新全集）	『大』、「丶」を「ら」と誤写
40	一四	たとへてもなを（全書・大系・玉上評釈・全集・集成・新全集・新大系「たとへても、（。）なほ（を(ほ)）」）	三七ウ⑦	たとへて●(も)猶（三四ウ⑤）		『明』、「も」を誤脱、本行本文書写者似の補筆
41	一四イ	ほそなかに（新大系「細長(ほそなが)に」）	三八オ③	ほそなか（三四ウ⑩）	「細長(ほそなが)（細長）」（全書・大系・玉上評釈・全集・集成・新全集）	『大』、「に」を追加
42	一四ウ	花たちはなの（大系・玉上評釈・新大系「花たち花(たちばな)（橘）の」）	三八ウ①	はなたちはな（三五オ⑧）	「花橘(はなたちばな)」（全書・集成・新全集）	『大』、「の」を挿入
43	一四エ	心ちなとは（玉上評釈・新大系「ここ（心(ここ)）ちなどは」）	三九オ⑨	心ちなとは（三六オ②）	「心などは」（全書・大系・全集・集成・新全集）	『明』『大』、一致、他本は「ち」を誤脱
44	一五ア	もの丶（大系・全集・新大系「物(もの)（もの）の（の丶）」）	三九ウ⑦	もの（三六オ⑨）	「もの」（全書・玉上評釈・集成・新全集）	『大』、「丶」を追加
45	一五イ	つゆに○(も(朱))（新大系「露(つゆ)にも」）	三九ウ⑩	露も（三六ウ①）	「露も」（全書・大系・玉上評釈・全集・集成・新全集）	『大』、「も」を「に」と誤写
46	一五	え○(あ)きらめ	四〇オ⑩	えあきらめ（三六ウ⑩）		『大』、誤脱、

47	一五ウ	いうそく（新大系「有識《いうそく》」）	四〇ウ③	いうそくの（三七オ③〜④）	「有識《いうそく》の」（全書・大系・玉上評釈・全集・集成・新全集）	後筆の修正 『大』、「の」を誤脱
48	一五	こゝにくちいるへき（全書・大系・玉上評釈・全集・集成・新大系・新全集「こゝ（ゝ）に口《くち》（口）入《い》（入）るべき」）	四二オ⑤	○《こゝに》くちいるへき（三八ウ②）		『明』、「こゝに」を誤脱、本行本文書写者似の補筆
49	一五	かこちなし（全書・大系・玉上評釈・全集・集成・新大系・新全集）	四二オ⑩	かこ《た・ヒ》ち《り・ヒ》なし（三八ウ⑦）		『明』、後筆による改訂の誤り
50	一六ア	すこし（大系・全集・新大系「過《す》（過）ごし」）	四三オ⑧	すくし（三九ウ③）	「す（過）ぐし」（全書・玉上評釈・集成・新全集）	『大』、「すこし」と改訂
51	一六	世のすゑなれはにや（全書・大系・玉上評釈・全集・集成・新大系・新全集「世の末《すゑ》（末）なればにや」）	四三ウ⑤	よのすゑなれは●《にや》（三九ウ⑩）		『明』、「にや」を誤脱、本行本文書写者似の補筆
52	一六	世にありとあり（全書・大系・玉上評釈・全集・集成・新大系・新全集）	四四ウ③〜④	世にありと○《あり》（四〇ウ⑤）		『明』、誤脱、本行本文書写者似の補筆
53	一六	二宮《三イ（水消し）》（全書・大系・玉上評釈・全集・新大系「二	四五オ⑤	三《二》宮（四一オ⑤）		『明』、傍書、後筆で、修正

		（二）宮（宮）」）				する
54	一六	涙くみて（全書・大系・玉上評釈・全集・集成・新大系・新全集）	四五オ⑦	な●（み）たくみて（四一オ⑦）		『明』、誤脱、本行本文書写者似の補筆
55	一七ア	あいきやうつきて（全書・大系・玉上評釈・全集・新大系「愛敬（あいぎやう）（あいぎやう・愛敬）づきて」）	四六オ①	あい行つきて（四一ウ⑨）	「愛敬づき」（新全集）	『明』・『大』一致
56	一九ア	こともの（大系・全集・新大系「子（こ）（子）どもの」）	四八オ⑥	ことも（四三ウ⑧）	「子ども」（全書・玉上評釈・集成・新全集）	『大』、「の」を挿入
57	二〇ア	宮にも（新大系）	四八ウ①	宮に（四四オ②）	「宮に」（全書・大系・玉上評釈・全集・集成・新全集）	『大』、「も」を挿入
58	二〇イ	ことゝも（全集・新大系「事（こと）ど（ど）も」）	五〇ウ①	ことゝもゝ（四五ウ⑥）	「事（こと）どもも」（全書・玉上評釈・集成・新全集）「ことも（大系）」	『大』、反復符号「ゝ」の誤脱
59	二一ア	あはれに（新大系）	五二ウ⑧	あはれと（四七ウ⑥）	「あはれと」（全書・大系・玉上評釈・全集・集成・新全集）	『大』、「と」を「に」と誤写
60	二二	内の御方の（全書・大系・玉上評釈・全集・集成・新大系・新全集「内裏（うち）（内裏（うち））・内）の御方（かた）（方）」）	五四ウ⑦	うちの○（御かたの）（四九オ⑪）		『明』、左側に、後筆の補入

		の」）			
61	二二	こゝらみれと（全書・大系・玉上評釈・全集・集成・新大系・新全集「ここ（ゝ）ら見（見《み》）れど」）	五五ウ⑥～⑧	こゝと《ヒ ら》みれと（五〇オ	『明』、後筆の修正
62	二三	ひゝとひそひおはして（全書・大系・玉上評釈・全集・集成・新大系・新全集「日《ひ》（日）一日《ひとひ》（一《ゝと》日《ひ》）添（そ・添《そ》）ひおはして」）	五七ウ⑥～⑦	ひゝとひひ《ヒ》そひおはして（五一ウ⑪～五二オ①）	『明』、本行本文書写者似の修正
63	二四ア	思て（新大系「給て《たまひ》」）	五八ウ⑩	給（五三オ①）「給（たま）ふ」（全書・大系・玉上評釈・全集・集成・新全集）	『大』、「て」を加筆
64	二四イ	御ことゝも（大系・全集）（新大系「御琴《こと、》ども」）	三九ウ⑤	御ことゝもゝ（五三ウ③）「御琴（琴《こと》）どもも」（全書・玉上評釈・集正・新全集）	『大』、反復符号「ゝ」を誤脱
65	二四	ゆるへるかた（全書・大系・玉上評釈・全集・集成・新大系・新全集「ゆるべる方《かた》（方・かた）」）	六〇ウ③～④	ゆ●《る》へるかた（五四オ⑩）	『明』、「る」を誤脱、本行本文書写者似の補筆
66	二四	つねならす（全書・大系・玉上評釈・全集・新大系・新全集「常（常《つね》）ならず」）	六〇ウ⑤	つねか《ヒ な》らす（五四オ⑪）「常からず《ママ》」（集成）	『明』、後筆の修正

67	二四ウ	そうなとも（新大系「僧などもども」）	六〇ウ⑩	そうなとは（五四ウ⑤）	「僧（僧）などは」（全書・大系・玉上評釈・全集・集成・新全集）	『大』、「は」を「も」と誤写
68	二五	くちこはさにえいひはて給はていまはよしすきにしかたをは（全書・大系・玉上評釈・全集・集成・新大系・新全集「い（言・言）ふかひなくはやりかなる口ごはさに、え言（言）ひはて（果）て給（たま）はで、『今（いま）はよし、過（過・す）ぎにし方（かた・方）をば」）	六四オ⑩～六四ウ①	くちこは［さにえいひはてたまはていまはよしすきにし］か○たをは（五七ウ②）		『明』誤脱、本行本文書写者似の補筆
69	二五	いてあなき〻にく	六四ウ⑩	いてあなき〻にくの［ヒ］（五七ウ⑩）		『明』、本行本文書写者似の修正
70	二五ア	仏神（全集・新大系「仏神」）	六六オ⑧	かみほとけにも（五九オ②～③）	「神・仏」（大系）「神仏（神仏）」（全書・玉上評釈・集成・新全集）	『大』、「神仏」を「仏神」にした
71	二六ア	わらへ（大系・全集・新大系「童（わら）べ（童）」）	六七ウ③	わらはへ（六〇オ④）	「童（わらは）べ」（全書・玉上評釈・新全集）、「童女」（集成）	『大』、「わらんへ」の撥音

72	二六イ	ひたふる（新大系）	六九ウ⑦	ひたふるなる（六二オ③）	「ひたぶるなる」（全書・大系・玉上評釈・全集・集成・新全集）	無表記 『大』、「なる」を誤脱
73	二六ウ	たてまつらむ事も（新大系）	六九ウ⑩〜七〇オ①	たてまつらむも（六二オ⑥〜⑦）	「奉（たてまつ）らむ（ん）も」（全書・大系・玉上評釈・全集・集成・新全集）	『大』、「事」を挿入
74	二七	ゆふへのこと（全書・大系・玉上評釈・全集・集成・新大系・新全集「夕（ゆうべ）（夕（ゆふ）べ）の」）	七一オ③	ゆふへ●（の）こと（六三オ⑧）		『明』、誤脱、本行本文書写者似の補筆
75	二七ア	なとは	七二オ②	など（ラ）（ヒ）は（六四オ⑥）	「ならば」（全書・大系・玉上評釈・全集・集成・新大系・新全集）	『明』『大』、誤り、後筆の修正
76	二七イ	ほのかにも（新大系）	七二オ⑧	ほのかに（六四ウ②）	「ほのかに」（全書・大系・玉上評釈・全集・集成・新全集）	『大』、「も」を挿入
77	二七ウ	おほせと（新大系「おほせど」）	七二ウ④	し給へと（六四ウ⑦）	「し給（たま）へど」（全書・大系・玉上評釈・全集・集成・新全集）	『大』、改訂
78	二八	身かな（全書・大系・玉上評釈・全集・集成・新全集）	七三ウ⑤	みかな（ヒ）き（六五ウ⑥）		『明』、本行本文書写者似の修正
79	二八	女の御ため（全書・玉上評釈・全集・集成・新大系・	七三ウ⑦	女のため（六五ウ⑧）	「女のため」（全書）	『明』、「御」の誤脱、修正

		新全集）				忘れ
80	二八ア	くるしくも（新大系「苦しくも」）	七四オ③	くるしく（六六オ③）	「苦（くる・苦）しく」（全書・大系・玉上評釈・全集・集成・新全集）	『大』、「も」を加筆
81	二八イ	うは（ハ（朱）・ヒ）へは（新大系「上へは」）	七四オ⑧	うへは（六六オ⑧）	「上（うへ）は」（全書・大系・玉上評釈・全集・集成・新全集）	『大』、誤写、朱の訂正の誤り
82	二八ウ	いとひさしく（新大系「いと久しく」）	七五オ③	ひさしく（六六ウ⑩）	「久（久）しく」（全書・大系・玉上評釈・全集・集成・新全集）	『大』、「いと」を挿入
83	二八エ	侍にこそ（全集・新大系「はべる（侍）にこそ」）	七五オ⑩	はへるそ（六七オ⑤）	「侍（侍・はべ）るぞ」（全書・大系・玉上評釈・集成・新全集）	『大』、「にこ」を挿入して改訂
84	二八	おほゆ（全書・玉上評釈・全集・集成・新大系・新全集「覚（思・おぼ）ゆ」）	七六オ⑨	おほゆ●る（六七ウ⑩～⑪）	「思ゆる」（大系）	『明』、本行本文書写者似の、補筆の誤り
85	二八オ	女房なとも（大系・全集・新大系「女房なども」）	七六ウ②～③	女房なと（六八オ③）	「女房など（全書・玉上評釈・集成・新全集「女房など」）」	『大』、「も」を挿入
86	二九ア	かきり（大系・新大系「限（かぎ）り」）	七七ウ③	かきりは（六八ウ⑧）	「限（かぎり・限り）りは」（全書・玉上評釈・全集・集成・新全集）	『大』、「は」を誤脱
87	二九イ	おほしはへる	七七ウ⑥	おほしはつる（六九オ①）	「思（おぼ・思）し果（は・果）つる」（全書・大系・玉上評釈・全集・集成・新大系・新全集）	『大』、「つ」を「へ」と誤写
88	二九ウ	○（か（朱））のむかし（新大系「か	七九オ⑩	むかし（七〇オ⑨）	「昔（むかし）」（全書・大系・玉上評	『大』、「○（か（朱））

		のむかし」）			釈・全集・集成・新全集）	の」を挿入
89	二九	たふれたるか（全書・大系・玉上評釈・全集・集成・新大系・新全集「たふ（ぶ）れたるが」）	七九ウ⑥	た○（は）ふれたるか（七〇ウ③）		『明』、後筆の補入の誤り
90	二九	御物かたりの（全書・大系・玉上評釈・全集・集成・新大系・新全集「御物（もの）（物）語（がたり）（語り・語（がた）り）の」）	八〇ウ③〜④	御もの○（かたりの）（七一オ⑧）		『明』、誤脱、本行本文書写者似の補筆
91	二九	ほのかになむき丶（全書・大系・玉上評釈・全集・集成・新大系・新全集「ほのかになむ聞（聞（き））き（き）」）	八一オ③	ほのかに○（なんき丶）（七一ウ⑥）		『明』、誤脱、本行本文書写者似の補筆
92	二九ェ	つみの（大系・新大系「罪（つみ）の」）	八一オ④	つみ（七一ウ⑥〜⑦）	「罪」（全書・玉上評釈・全集・集成・新全集）	『大』、「の」を挿入
93	二九オ	宮（御イ）つかへ（新大系「宮仕（づか）へ」）	八一オ⑨	御みやつかへ（七二オ①）	「御宮仕（みやづかへ）（宮仕（づか）へ・宮仕へ）」（全書・大系・玉上評釈・全集・集成・新全集）	『大』、「御」の誤脱
94	三〇	いみしきことにも（全書・大系・玉上評釈・全集・集成・新大系・新全集「いみ	八二オ①〜②	いみしくさ（ヒ ヒ）（き）ことにも（七二ウ②）		『明』、本行本文書写者似の修正

		じき事（こと）にも」）				
95	三一	さらにこのものゝけ（全書・玉上評釈・全集・集成・新大系・新全集「さら（更《さら》）にこの物怪《もののけ》（物《もの》の怪《け》・物の怪・ものゝけ）」）	八六オ③	さらに○《こ》のものゝけ（七六オ⑦〜⑧）		『明』、後筆の補入の修正
96	三二	たまさかなるを（大系・玉上評釈・全集・集成・新大系・新全集）	八七ウ③	たまさかになるを（七七ウ④）		『明』、誤写、修正忘れ
97	三二	うちつけに（全書・大系・玉上評釈・全集・集成・新大系・新全集）	八八オ⑨	うちつけ●《に》（七八オ⑦〜⑧）		『明』、修正、本行本文書写者似の補入
98	三二	いてたまふかたさまは（全書・大系・玉上評釈・全集・集成・新大系・新全集「出（い・出《い》）で給（たま）ふかた（方《かた》）ざまは」）	八九オ④〜⑤	いてた給《ヒ》かたさまは（七九オ①〜②）		『明』、衍字、本行本文書写者似の修正
99	三三	御ありさま（全書・大系・玉上評釈・全集・集成・新大系・新全集「御有様（有《あり》様《さま》・ありさま」）	八九ウ⑧	○《御》ありさま（七九ウ②）		『明』、誤脱、本行本文書写者似の補筆
100	三四	と《ヒ》もきこゆれは	九四オ⑤	ときこゆれは（八三オ	「と聞《きこ》（きこ・聞・聞こ・聞《き》こ）ゆれば」	『大』、本行本

				⑦）	（全書・大系・玉上評釈・全集・集成・新大系・新全集）	文書写者似の修正
101	三四	心のおにゝさり侍し（全書・大系・玉上評釈・全集・集成・新大系・新全集「心の鬼(おに)に（に）去(さ)（去・避(さ)）りはべ（侍り・侍(はべ)）しを」）	九四オ⑩	心のおにゝ●(さ)りはへし（八三ウ②）		『明』、誤脱、本行本文書写者似の補筆
102	三五	ほいかなひて（全書・大系・玉上評釈・全集・集成・新大系・新全集「本意(ほい)（ほい）かなひて」）	九五ウ⑨	ほいめ(か)(ヒ)なひて（八四ウ⑧）		『明』、誤写、後筆による修正
103	三五	さやかにはかく（大系・玉上評釈・集成・新大系・新全集「さやかには書(か)く（書く」）	九六オ①～②	さやかに●(ハ)かく（八四ウ⑩～八五オ①）	「さやかに書く」（全書・全集）	『明』、「は」を誤脱、後筆の補入
104	三五	ありしなから（全書・大系・玉上評釈・全集・集成・新大系・新全集）	九六ウ②	あ(ヒ)ありしなから（八五オ⑨～⑩）		『明』、行末の衍字、本行本文書写者似の修正
105	三七	うちませてかくなりぬると（全書・大系・玉上評釈・全集・集成・新大系・新全集）	一〇〇オ⑤～⑥	うちませてなりぬると（八八ウ⑥～⑦）		『明』、「かく」を誤脱、補筆忘れ

		「うち（打（ち））まぜてかくなりぬると」）				
106	三七	人よりは（全書・大系・玉上評釈・全集・集成・新大系・新全集）	一〇一オ①	人よか[り]は（八九ウ①）		『明』、誤写、後筆の修正傍書
107	三九ア	身ひとつ（新大系「身一（ひと）つ」）	一〇五ウ②	身ひとつに（九三ウ④）	「身ひとつに」（全書・玉上評釈・全集・集成・新全集）	『大』、「に」を誤脱
108	三九イ	たまへは（新大系「たまへば」）	一〇五ウ⑦	給へる（九三ウ⑨）	「たま（給）へる」（全書・大系・玉上評釈・全集・集成・新全集）	『大』、「る」を「は」と改訂
109	三九	見めもけうとかるへし（全書・玉上評釈・全集・集成・新大系「見（み）目（め）もけうとかるべし」）	一〇八オ④～⑤	見○[る]めもけうとかるへし（九六オ①）	「見（み）（見）る目（め）（目）もけうと（うと）（疎）かるべし」（大系・新全集）	『明』、後筆の補入の誤り、「みるめも」（『肖』『三』）
110	四〇	すくし○[給（墨）（朱）]宮も	一〇九オ③	すくし給○[宮]も（九六ウ⑥）	「過（す）（すぐ・過ぐ・過（す）ぐ）し給ふ（たまふ・給（たまふ））。宮も」（全書・大系・玉上評釈・全集・集成・新大系・新全集）	『大』、「給」を誤脱、『明』、後筆の補入
111	四〇	こひしとおもひきこえ（全書・大系・玉上評釈・全集・集成・新大系・新全集「恋（こひ）（恋）しと思（おも）（思）ひきこえ」）	一〇九ウ②～③	こひしと●[思]きこえ（九七オ⑤～⑥）		『明』、「思」を誤脱、本行本文書写者似の補筆

112	四〇	わさになむなとをしへ（全書・大系・全集・集成・新大系・新全集「わざになりむ。（、）など（、）教（をし）へ」）	一一〇ウ⑦〜⑧	わさになむ●（など）をしへ（九八オ⑦〜⑧）		『明』、「なと」を誤脱、本行本文書写者似の補筆
113	四〇ア	せうせこ	一一一オ③	せうそこ（九八ウ③）	「消息（せうそこ）（せうそこ）」（全書・大系・玉上評釈・全集・集成・新大系・新全集）	『大』、「そ」を「せ」と誤写
114	四一	女かたに（全書・大系・玉上評釈・全集・集成・新全集「女（をむな）（女）がた（がた）（方）に」）	一一二オ⑧	女●（かた）に（九九ウ⑥）		『明』、「かた」を誤脱、本行本文書写者似の補入
115	四一	身つからの心には	一一二オ⑨〜⑩	みつからの●（御）こゝろには（九九ウ⑦〜⑧）		『明』、後筆の補入、河内本・別本に「御」あり
116	四一	おほし（全書・玉上評釈・集成・新大系・新全集「おぼ（思）し」）	一一二オ⑩	おほ（もひ）し（九九ウ⑧）おほ（も・ヒ）し（ひ・ヒ）（『池』）	「思（おも）（思）ひ」（大系・全集）	『明』、解釈をした後筆の傍書、『池』と一致、『陽』『消』『三』は「おもひ」

117	四一	御なもりきこえて（全書・大系・玉上評釈・全集・集成・新大系・新全集「御（おん）（御）名（な）（名）漏（も）（も）り」）	一一三オ⑧	御な●（の）もりきこえて（一〇〇ウ④）		『明』、「の」を後補、『肖』『三』と一致する
118	四二	院にはた（全書・大系・玉上評釈・全集・集成・新大系・新全集）	一一五オ⑥	院に●（ハ）はた（一〇二オ⑩）		『明』、「ハ」を後補、『横』『池』『三』に「は」あり
119	四二	よりて（ヒ（朱））そへ（え）（ヒ）しづめ（新大系「よりぞ、えしづめ」）	一一五ウ⑤〜⑥	よりそ（て）えしつめ（一〇二ウ⑨）	「よりてぞ、えしづめ」（全書）「よりぞ、えしづめ」（大系・玉上評釈・全集・集成・新大系・新全集）	『明』、「て」は、本行本文書写者似の、補入のつもり、『大』、「て」の朱のミセケチは、誤り
120	四二	思ふ心のあるから（に（朱））（ヒ ヒ）やと	一一六ウ①〜②	思ふ心のあるにやと（一〇三ウ⑤）	「思ふ心のあるにや（、」）と」（全書・大系・玉上評釈・全集・集成・新大系・新全集）	『大』、誤写、「から」を、後筆が、「に」と修成
121	四二	そゝのかし（全書・大系・玉上評釈・全集・集成・新	一一六ウ⑦	そ○（そ）のかし（一〇三ウ⑨〜一〇四オ①）		『明』、「そ」を誤脱、本行

		大系・新全集「そそ（ゝ）のかし」）				本文書写者似の補入
122	四三ア	えきこえす（大系・玉上評釈・全集・新大系・新全集「え聞（聞・聞こ）えず」）	一一八オ⑧	きこえす（一〇五オ10）	「聞（聞こ）えず」（全集・集成）	『大』、「え」を挿入
123	四四	い○（へ（朱））の	一二一ウ⑧	いへの（一〇八ウ⑤）	「家（家）の」（全書・大系・玉上評釈・全集・新大系・新全集）	『大』、「へ」を誤脱
124	四四ア	御子のないしのすけはら（全書「御子典侍腹」、全集・集成・新大系「御子の典侍腹」）	一二一ウ⑩～一二二オ①	御（ヒ（朱））ないしのすけはら（一〇八ウ⑦）	「御典侍のすけ（内侍のすけ・典侍）腹（ばら）」（大系・玉上評釈・新全集）	『明』、後筆の朱の修正の誤り、『明』の「子の」または「子」の誤脱
125	四五	気の○（の（朱））ほり	一二三ウ⑦	けのゝほり（一一〇オ⑩）	「気（気）ののぼ（上）り」（全書・大系・玉上評釈・全集・集成・新大系・新全集）	『大』、「の」の誤脱の修正
126	四五ア	すくすへきひ比（全集・新大系「過ぐすべき日（日）ごろ（比）」）	一二四オ⑤	すくすへきひ（比ヒ）（一一〇ウ⑧）	「過（過）す月日」（全書・集成）、「過（す）ぐすべき日」（玉上評釈）「過（過）ぐすべきころ（頃）」（大系・新全集）	『明』、「比」の修正は、後筆のようである。
127	四五	かたし○（け（墨）（朱））なきを	一二四オ⑨～⑩	かたしけなきを（一一一オ③）	「かたじけなきを」（全書・大系・玉上評釈・全集・集成・新大系・新全集）	『大』、「け」を誤脱、後筆

128	四五	れ○いならす（○の傍に「い（朱）」）	一二五ウ③	れいならす（一一二オ⑤）		の修正 『大』、「い」を誤脱、後筆の修正
129	四五	又いとことはりなり	一二五ウ⑥〜⑦	又いとことわり（一一二オ⑧）	「また（又）（・）いと（、）ことわ（ことは(わ)）りなり」（全書・大系・玉上評釈・全集・集成・新大系・新全集）	『明』、「なり」を誤脱、補入し忘れ

13

まず、右の表二の最下段の備考欄に、『明』『大』のみの一致する表現として掲げた、7・10・13・43・55・75の六例は、若菜上巻と同様に、『明』と『大』の親本が同一であろうことを示唆する。さらに、右表を一覧して、『明』における長文の欠脱例は、上記の13と次頁の68の二例のみで、若菜上巻に比べて少ない。しかも、13は、字体から、判明するように、『明』の補入は、若菜上巻のB群に掲げたのと同様の後筆で書かれた、異本傍書の取り込みである。対応する場面の『大』の表現も、『明』の訂正前の表現と一致していて、『明』のこの後筆の補入は『肖』からの取入れと考えられる。従ってこの例も、『明』の親本と『大』とが一致しており、『明』の補入は誤りで、『明』『大』の親本が同一であろうことを示唆する例となる。

68
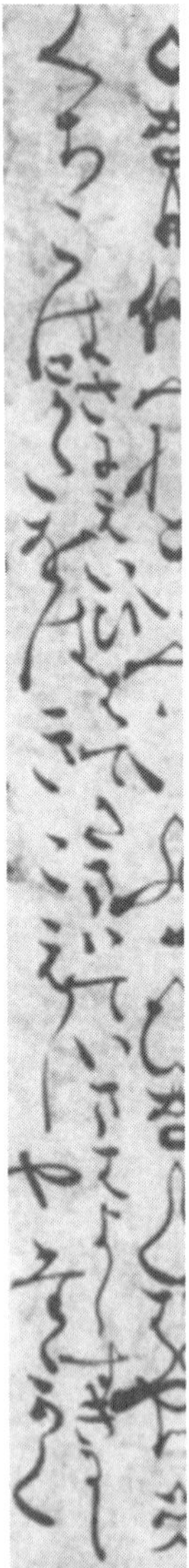

それに対して、右に掲げた68の『明』の補入は、若菜上巻A群として掲げた補入と同様の、おおらかな定家様の文字で、明らかに、本行本文の書写者似筆と考えられる。対応する『大』の本文には、本行本文として存在している表現である。従って、これは、若菜上巻の場合と同様に、『明』の一行分の誤脱を、本行本文書写者似が気付いて補入した例と考えられる。

右例以外には、若菜下巻においては、長文の欠脱を補修した例は見られない。しかし、本行本文書写者似と後筆の字体による小異は、右表に掲げた如く多く混在している。以下において、書き込まれた字体に注目してそのことを論じてみたい。

(1)『明』の修正―本行本文書写者似（明融様）と後筆と―

前項において、『明』『大』の親本が同じであろうと考えられることは、若菜上巻と同様であると述べたが、本節では、少異の例ではあるが、補訂された文字の字体に注目して、さらに考察をすすめたい。若菜下巻の『明』には、以下の如く、本行本文書写者似の補筆と後筆の補筆が認められる。

まず、「に」の補入に注目する。

9

18

97

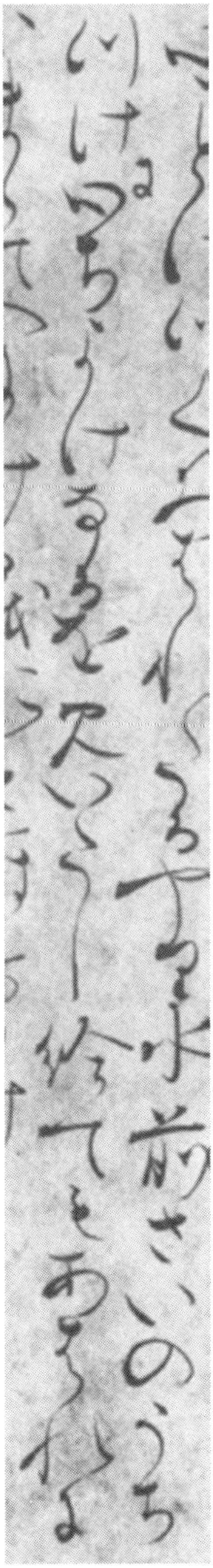

右の9、18、97の補入文字「に」は、『明』の本行本文書写者似が、誤脱したことに気付いて、補入印を書き込まず、補入のつもりで傍書したものと考えられる。なぜならば、本行本文の「ことなかりし」「なにせむかは」「うちつけ心ちよけなる」では、文として不具合となるからである。対応する『大』の本文は、「ことになかりし」「なにせむにかは」「うちつけに」とある。同様に、欠脱を補筆した例は頻出し、表中の、22・25・27・34・40・51・54・65・74・84・101・111・112・114・119があげられる（表以外五例あるが略す。考察は次節参照）。

一方、補入印を記入せずに、補入文字を傍書した、次頁の23の「に」は、筆勢を見比べて、明らかに後筆の字体と認められる。対応する『大』の本文には、

23
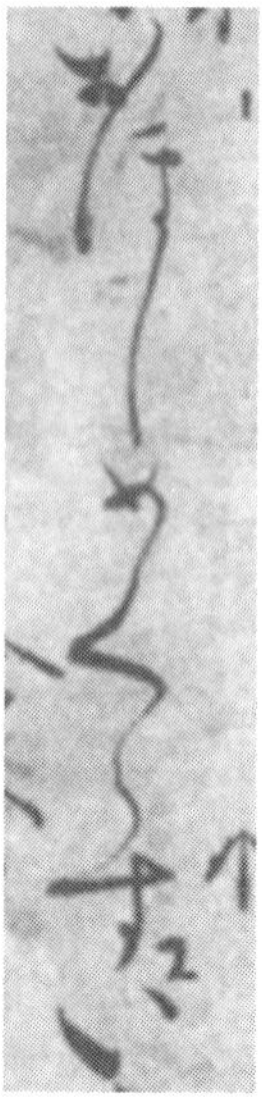

「に」はない。『明』の本行本文と『大』の本文とが一致して「おほしめくらす」である。この例も、『明』の本行本文と『大』とが一致する例となり、23の『明』の「に」は、後筆の誤りの補筆と解される。

22
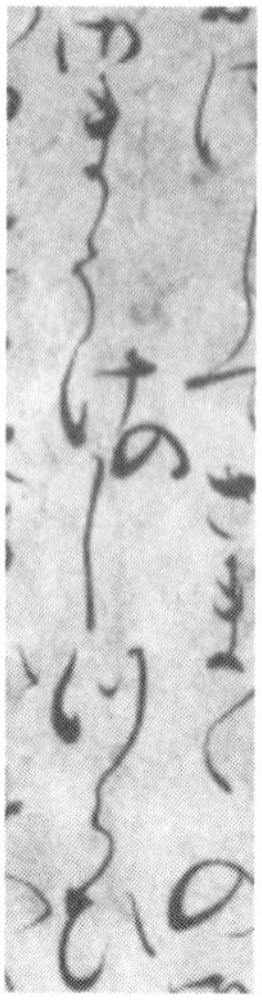

74

117
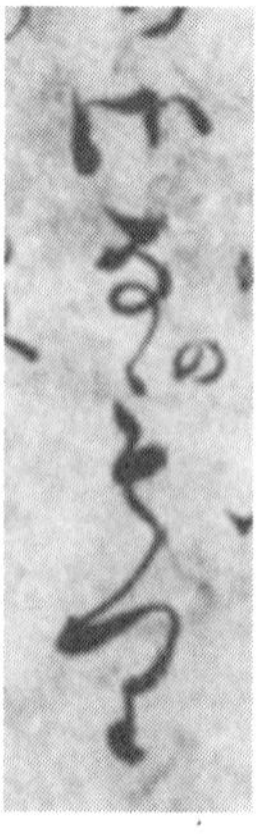

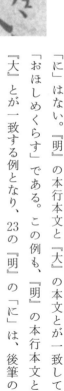

次に、補訂された文字「の」の字体についても、右の22、74の「の」には、文字にのびらかな勢いが有り、『明』の欠脱を、本行本文書写者似が気付いて修正補訂したものと考えられる。それに対して下段の117の「の」は、小ぶりで縮こまった筆勢で、後筆と判断される。対応する『大』の本文は、22は「御まうけのしつらひ」、74は「ゆふへのこと」であり、一方、117は「御なもりきこえて」である。従って、117の『明』の「の」も、後筆の補筆と解されよう。

このように後筆が、さかしらであるかどうかは、『大』の本文と見比べることによって判断出来るといえる。

たとえば、「御」について、

99

124
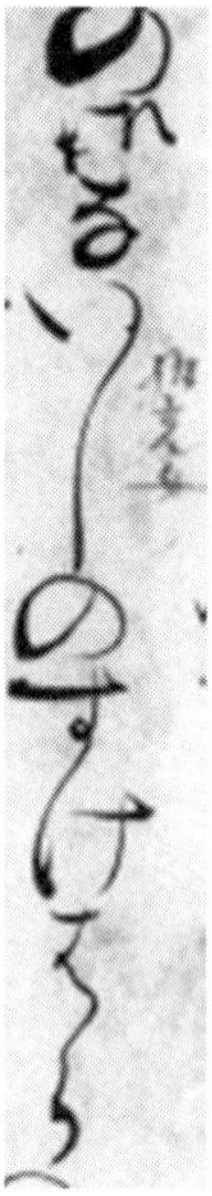

右の、99の補入「御」は、124の朱でミセケチされた本行本文の「御」と酷似しているので、本行本文書写者似の補訂であると判断されるが、

17

27

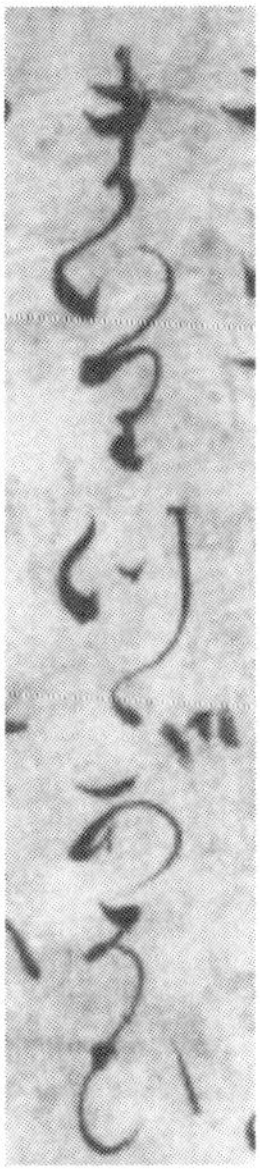

115

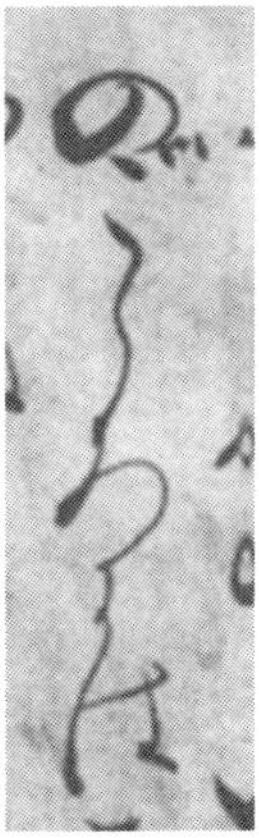

右の17、27、115において、27、115の「御」は、17の傍書の字体であり、後筆と見るべきであろう。27・115に対応する部分の『大』の本文を見ると、27は「御あそひ」であるが、115は「身づからのこころには」とある。27は、本行本文が、「御」を誤脱していて、それを後筆が正しく補入したものであるが、115の「御」は、河内本・別本による後筆の補入と解される。ここは、源氏が女三の宮への罪意識を明確に持たせようとして語りかける言葉であるので、敬語の「御」は付けるべき場面ではないからである。他の青表紙諸本には「御」は付いてはいない。

『明』には、このように、本行本文書写者似の補訂と、後筆の補訂とが混在する。その補訂の正否を見極めるためにも、同一親本の『大』と対比することは有効である。

(2) 『明』の補訂—本行本文書写者似による—

『明』には、補入の符号なしで本行本文補訂の例が、前節で掲げた、9・18・97・22・74以外に頻出し、以下の如くある（表に掲げた例を画像で示す）。まず、

25
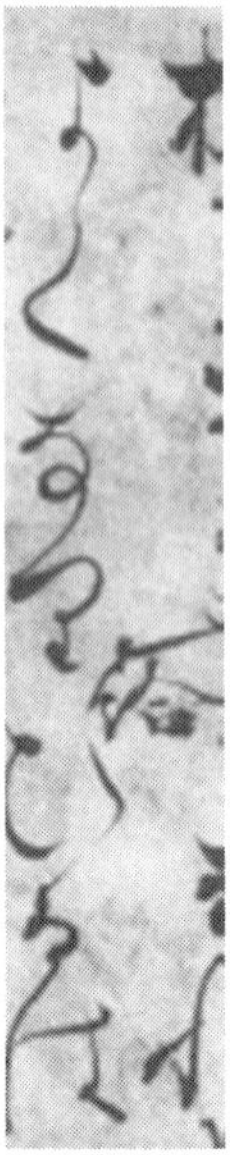

34
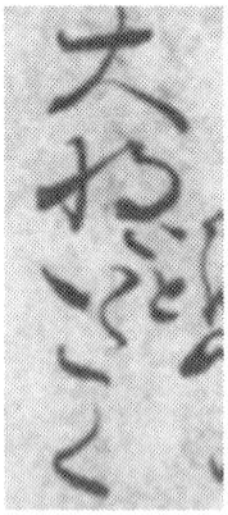

40
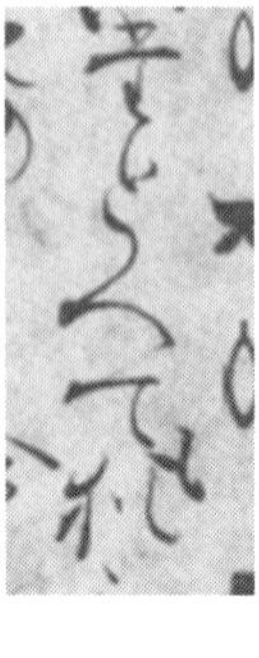

51
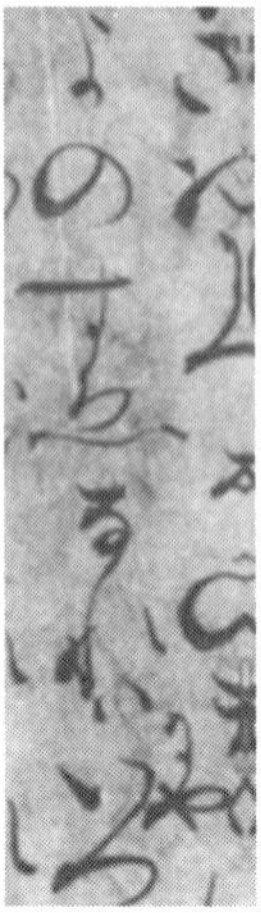

54

65
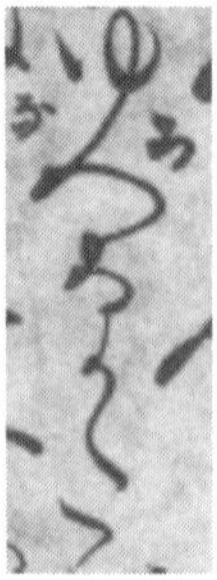

84

101
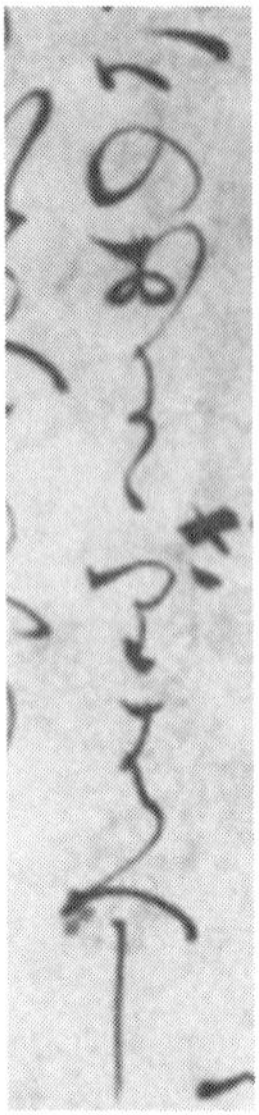

111

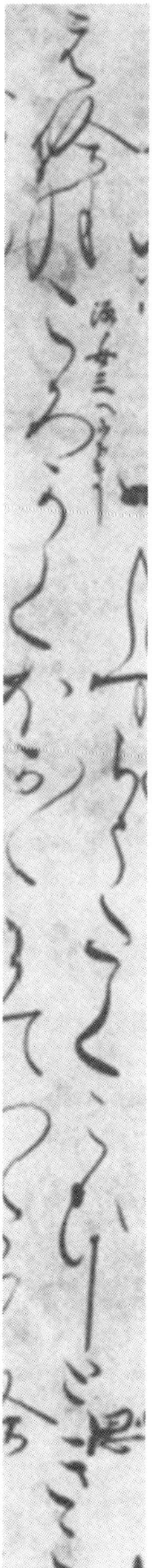

112

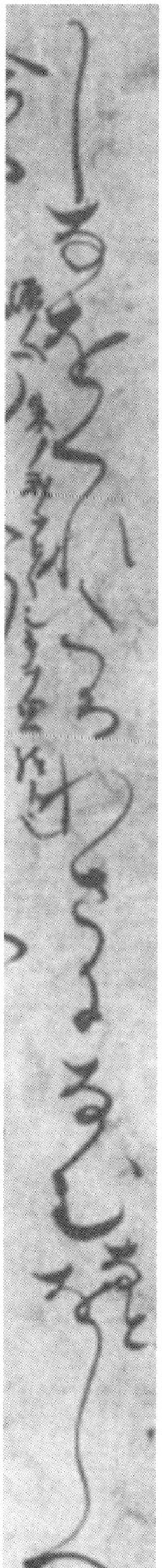

114

119

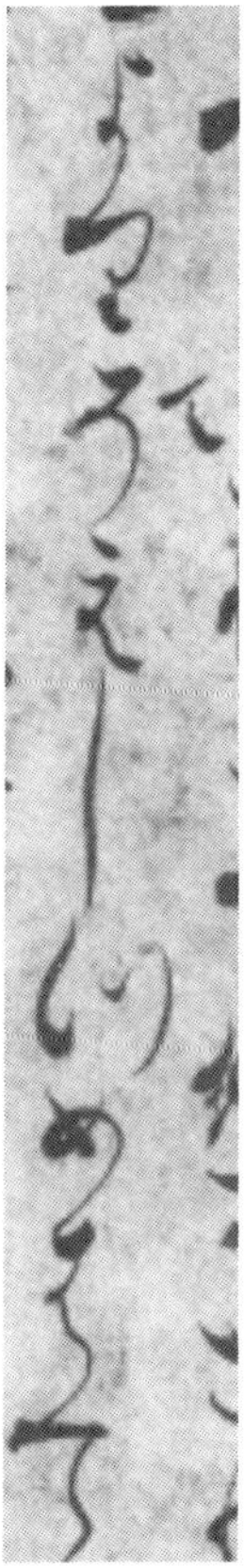

右の一二例について、25は「給」、34は「いと」、40は「も」、51は「にや」、54は「み」、65、84は「る」、101は「さ」、111は「思」、112は「なと」、114は「かた」、119は「て」の欠脱に、本行本文書写者か、書写させた明融自身が気付き、補入印なしで補入したものと判断される。

右のうち、119の「て」は、「そ」の右に書かれており、「そ」の傍書のようである。しかし、119に対応する『大』の本文は、次頁の如くなので、両者の親本は「よりてそえしつめ」であったかと推測される。従って、119の『明』の「て」

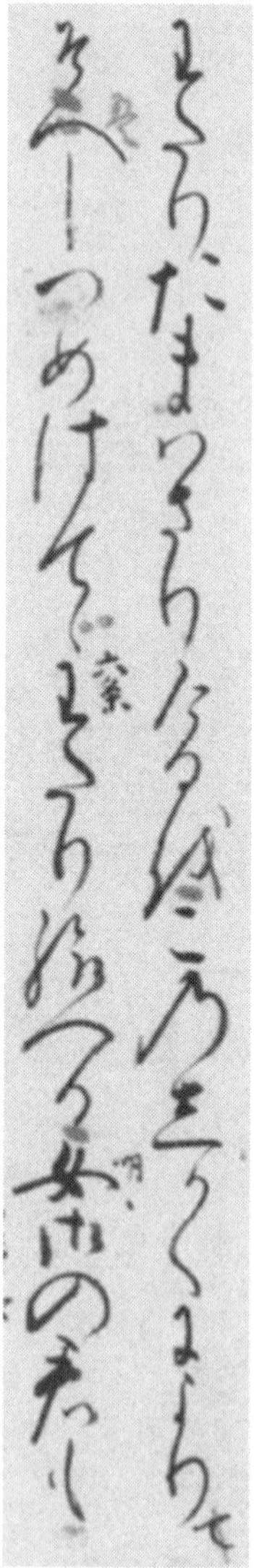
（『大』、一一五丁ウ⑤～⑥行目）

は、やや下に補入を書いた、書き損じであろう。

ところで、『明』に見られる、このような補入印なしの補入は、本行本文書写者か明融自身の気付きによる修正と考えられる。補入印なしで本行本文を補訂するという書写は、柏木巻『注釈』一二三【校異】カに論じた、『明』四三丁ウ⑨行目の、

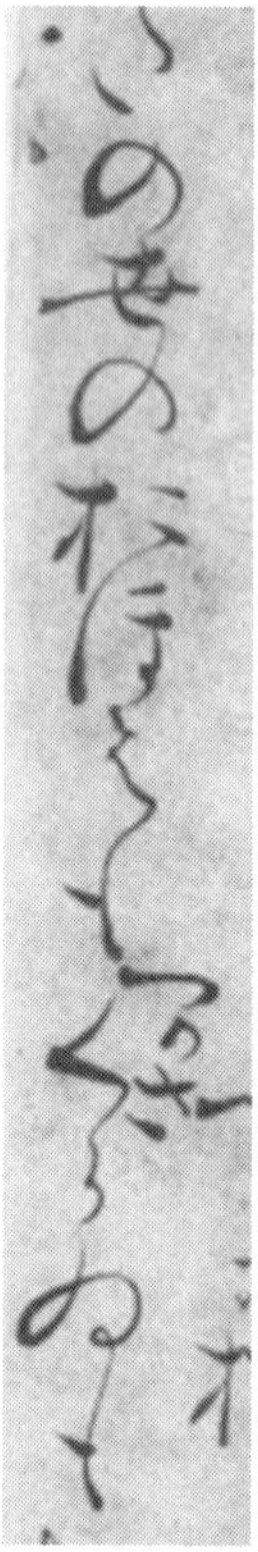

と同様で、若菜上下巻だけのことではない、『明』の補訂の仕方である。

一方、独特な補入印付きの補入も、若菜下巻には、次の七例がある。

14

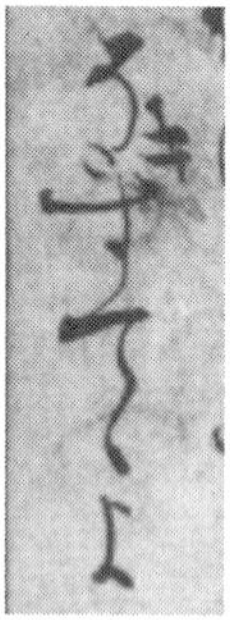

48

52

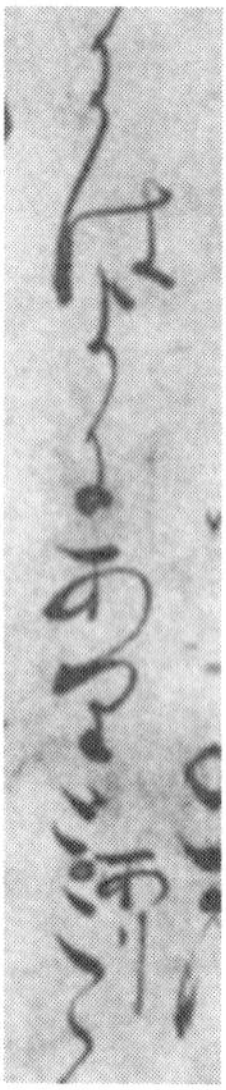

90

91

99

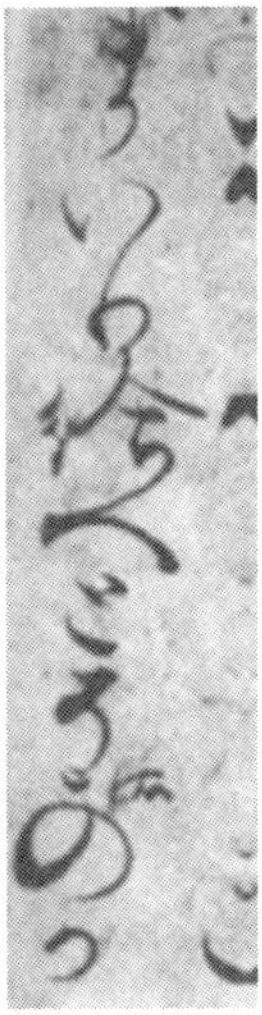
121

これらも、のびらかな定家様字体の傍書である。14の「き」、48の「こゝに」、52の「あり」、90の「かたりの」、91の「なんきゝ」、99の「御」（八二八頁にも画像掲出）、121の「そ」は、『明』の本行本文書写者か明融自身が、誤脱に気付いて補入印を書き込んで補入したもののようである。14の補入文字に対応する『大』の本文は、「そきすてゝ」とあり、48は「こゝにくちいるへき」、52は「世にありとあり」、90は「御物かたりのついてに」、91は「ほのかになむきゝ侍る」、99は「御ありさま」、121は「そゝのかし」とあるので、『明』が親本の「き」「こゝに」「あり」「かたりの」「なんきゝ」「御」「そ」を欠脱したことに気付いた補訂であることは明らかである。これらも、『大』と見比べることによって想定される。

次に、ミセケチに注目する。

以下は、本行本文書写者らしき定家様のミセケチである。

62

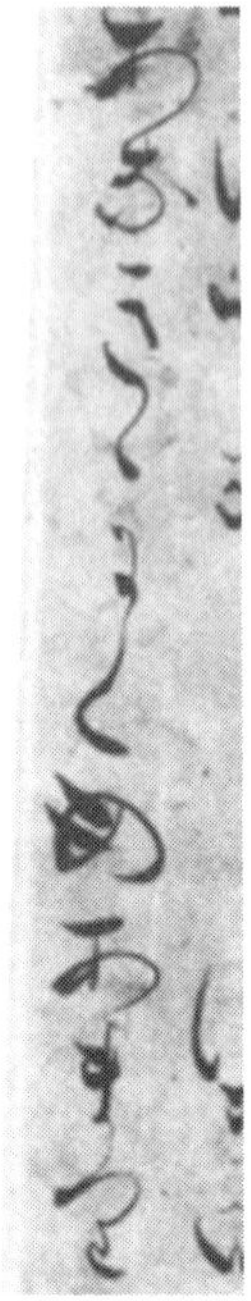
69

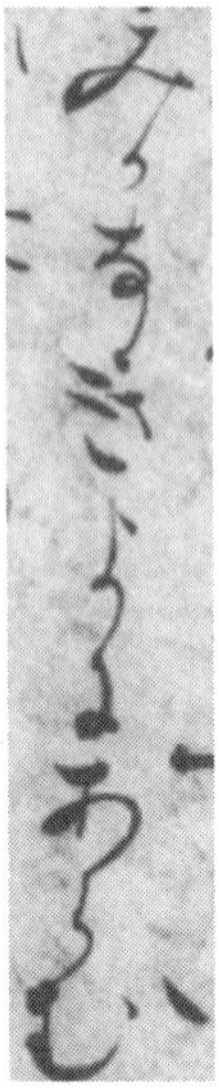
78

94

98

104

右は、若菜上巻の、A群に掲げた40のミセケチ印「／／」（七九四頁参照）と同様で、本行本文書写者の誤りを、大胆に大きくミセケチ修正したものである。62・69・78・94・98・104に対応する『大』の本文は、全て『明』の修正後に一致する。これらは、『明』の本行本文の書写者または明融自身が、『大』と同じ表現を持つ親本と見比べて、書写の誤りに気付き、修正した跡と考えられる。

同様のミセケチの例は、同じく明融臨摹本の橋姫巻にも、

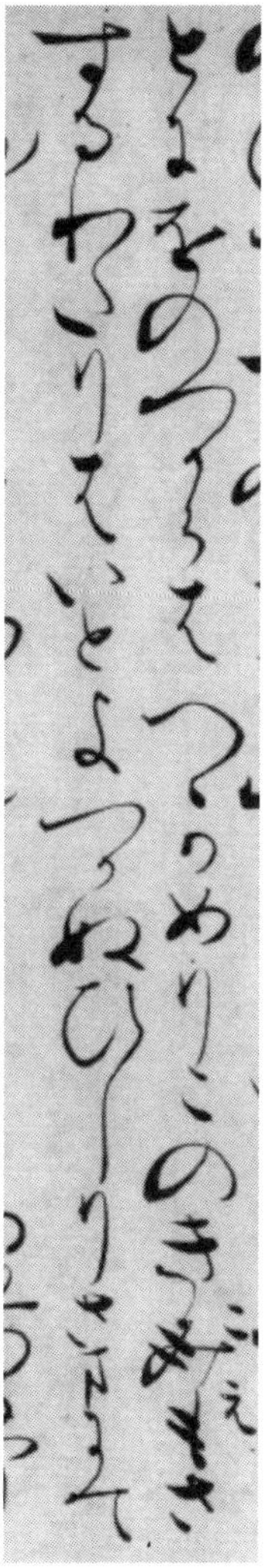

橋姫巻『注釈』一九段本文⑦、『明』（四〇丁ウ⑥）

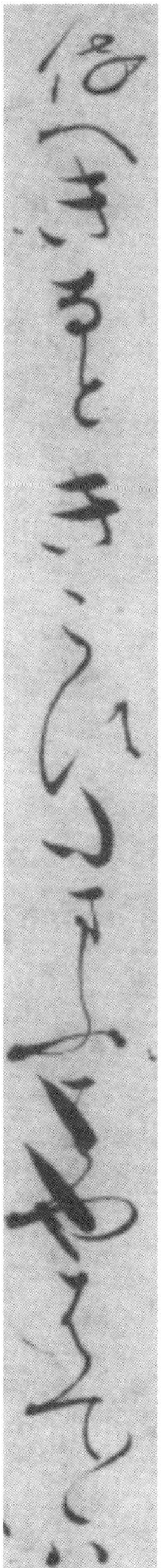

橋姫巻『注釈』一九段本文⑪、『明』（四一丁オ④）

とあり、右の橋姫巻の場合も、対応する『大』は、「とにをのつから侍へかめりこのきこえさするわたりはいとよつかぬひしりさまにて」（三六ウ③～⑤）「侍へきなときこえたまふはて〳〵は」（三六ウ⑩～三七オ①）とあり、『明』の修正後と完全に一致する。若菜下巻のミセケチも正にこれらと同質で、『明』が、『大』と一致する親本の表現を見て、書写の誤りに気付き修正したものと考えられる。

以上において、『明』『大』が、共通の親本を持つと見る観点は動かない。よって、『大』の本文は、『明』の欠陥をも正し得る本文といえる。そのことは、次節の、『明』に見られる、後筆の修正においてさらに歴然としている。

(3)『明』の補訂—後筆による—

若菜下巻にも、『明』の後筆の修正が、以下の如く見られる。

まず、『明』の修正前の本文と、『大』の本文とが一致する、下記の七例に注目する。

7

49
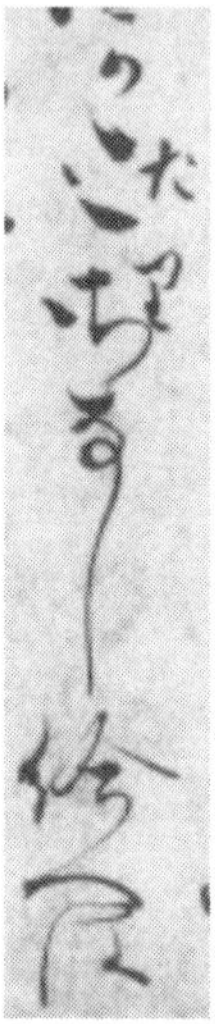

75
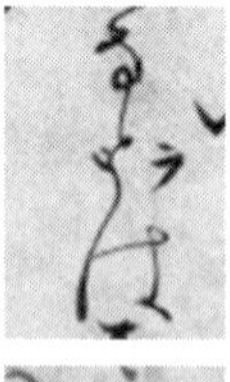

89
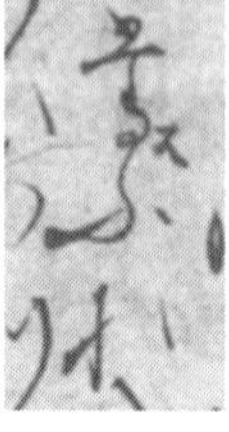

109

116
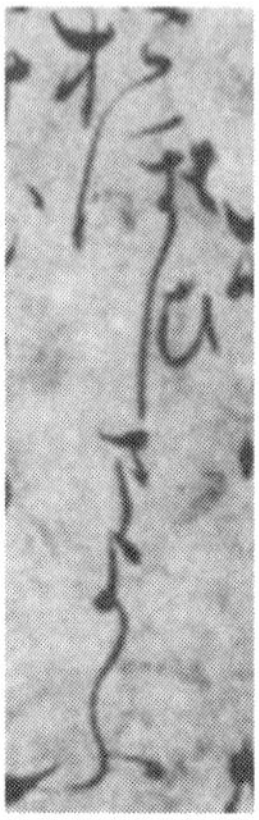

126
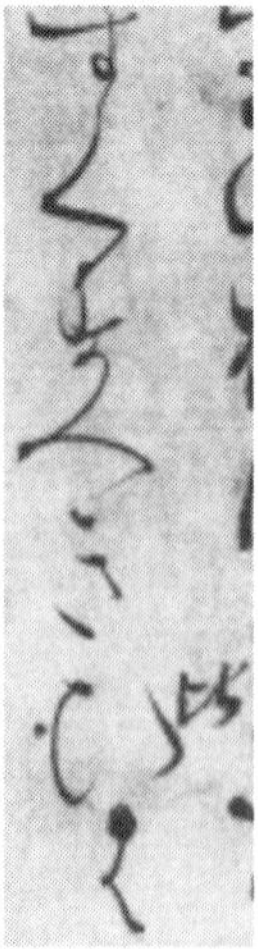

右の補訂の仕方は明融様の本行本文書写者似のものではなく、後筆と判断される。そのうち、75のみは、『明』『大』の親本の誤写の修正と考えられる。それ以外のうち、7の修正は「横」「三」の「いひすくし」と、109の修正は『肖』『三』の「みるめも」と、116の傍書は、『池』の修正を引きつぐ、『陽』『肖』『三』の「おもひ」と一致している。ま

118

た、上記（118）の補訂は、『横』『池』『三』の本文と一致した『明』の修正である。ということは、『明』は、7・109・116・118に共通する本文として、三条西家本系統の本文を見て補訂していることが推測される。(10) ただし、例外として、表中の115の補入『御』は、河内本・別本に一致している。右に掲げた残りの49・89は、修正後の本文が独自になるので、この『明』の修正は誤りとなる。いずれにしても、右の各例があるからとはいえ、『明』『大』が共通親本と認められるという観点には変わりはない。

他に、119（表、八三一頁画像参照）も、『明』『大』の修正前の本文は、同一表現「よりてそえしつめ」であろうことが推測される。このような、『明』の後筆の修正は、前田家蔵青表紙原本の存在する柏木巻の、

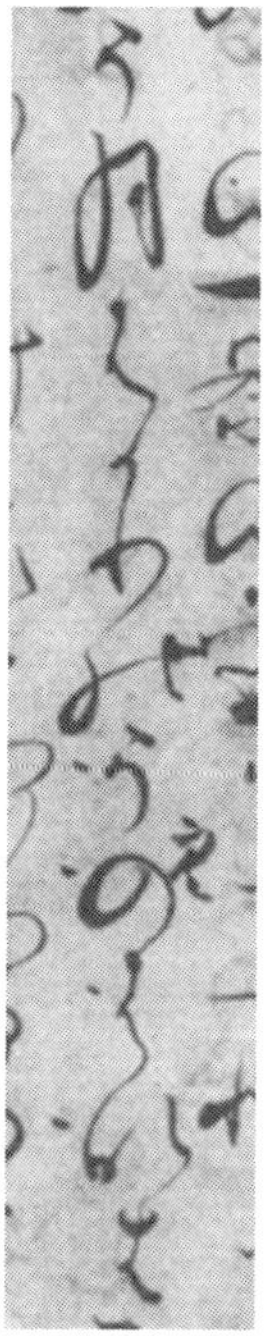
柏木巻二五【校異】ア『明』（四四丁ウ⑦）

にも、「うのはな」を「空」とミセケチ修正した例がある。『注釈』柏木巻二五の【校異】欄で述べたが、上記の「うのはな」については、定家本と『大』が一致して「うのはな」であり、『明』のミセケチの字体は後筆なので、これは定家本系の『定』『明』『大』以外の青表紙本・河内本・別本の「そら」を参照した修正と判断される。

次に、後筆が、『明』の誤りを正す例も、以下の如く見られる。

29
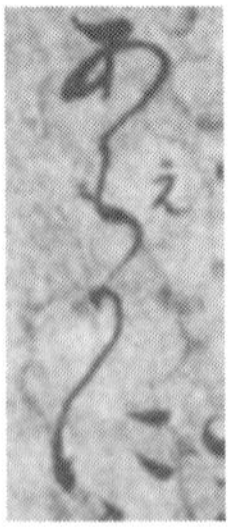
53

60

61

66
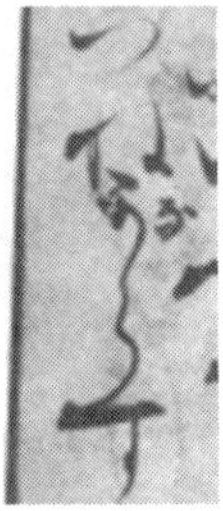
95
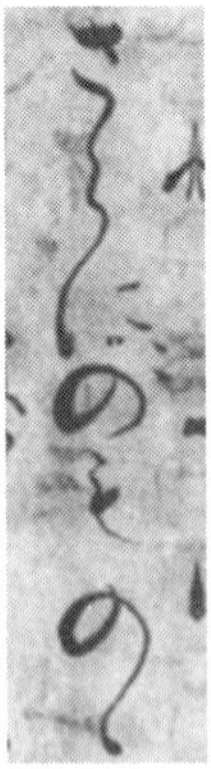
102
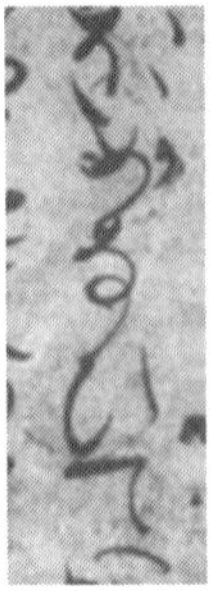
103

106
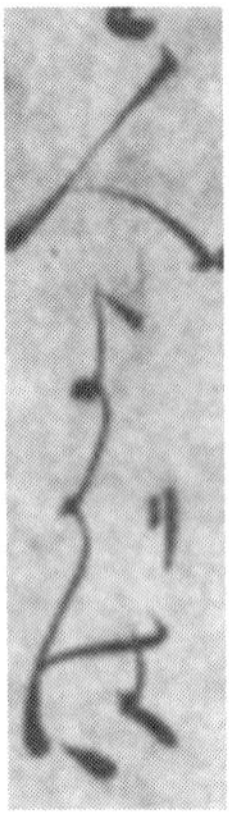
110
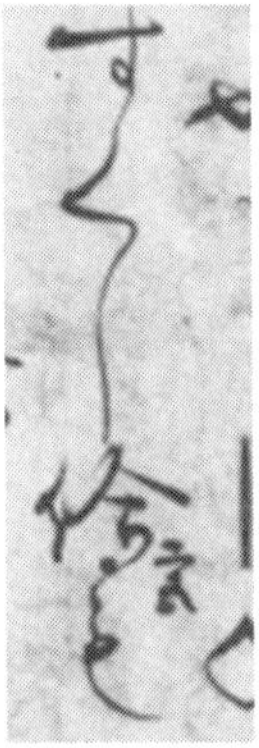

右の、一〇例に対応する『大』の本文は、「あえかに」「二宮」「内の御方の」「こゝらみれと」「つねならす」「さらにこのもの〻け」「ほいかなひて」「かくさやかにはかくへしや」「人よりは」「すくし給（墨）○朱宮も」であるので、右の

『明』の修正後の本文は『大』と一致しており、後筆が『明』の誤りを正していることになる。

ところが、『明』に見られる後筆は、必ずしも正しているとは限らないことがある。たとえば、後筆と判断される次の修正例は、「原本は全体が定家の自筆であったか」（注1参照）と論じられた橋姫巻にも見られる。

1、橋姫巻五【校異】ア『明』（一〇丁オ④）

2、橋姫巻九【校異】イ『明』（一六丁ウ⑨）

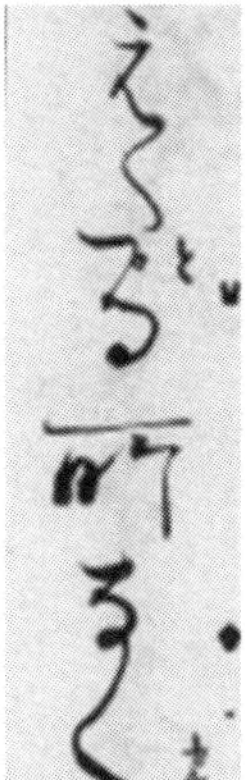

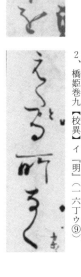

3、橋姫巻一三【校異】イ『明』（二五丁ウ②）

4、橋姫巻一六【校異】イ『明』（三一丁ウ⑧）

5、橋姫巻二〇【校異】イ『明』（四四丁オ⑧）

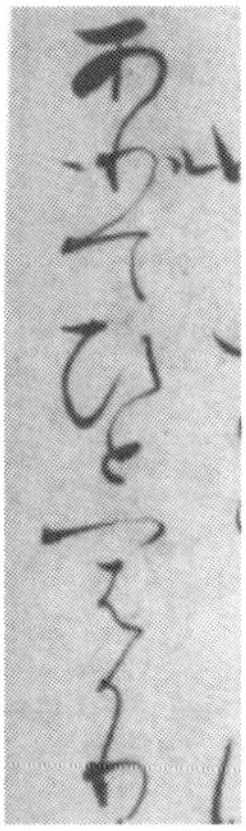

6、橋姫巻二〇【校異】エ『明』（四五丁オ③）

7、橋姫巻二一【校異】ア『明』（四六丁オ⑥）

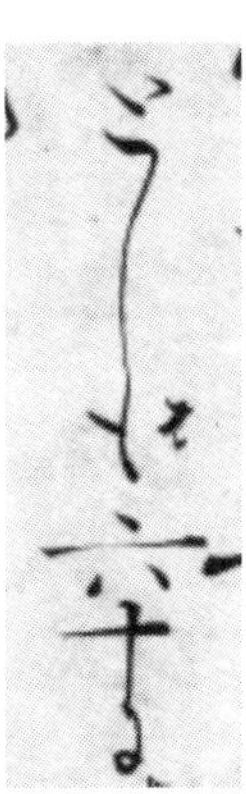

右の七例の修正の筆跡は、橋姫巻『注釈』の【校異】欄で述べた如く、いずれも『大』と一致している『明』の本行本文の方が相応しい物語本文であり、『明』の補訂が誤っていると判断された。即ち、右の各例については、『大』の本文と対比することによって、『明』の本行本文が親本を受ける本文であると認めることが出来たのである。

ところが、右の橋姫巻の各例のうち、3以外の、1〜7の各例を、現代の注釈書の中では、左記が、『明』の本行本文が『大』の本文に一致することを無視して、後筆の、『明』の修正に従った本文にしている。

1　『大系』『新全集』　　5　『全書』『大系』『玉上評釈』『全集』『集成』『新全集』
2　『全書』『大系』『全集』『新全集』　　6　『全書』『大系』『玉上評釈』
4　『大系』『玉上評釈』『全集』『新全集』　　7　『大系』『全集』『新全集』

右の中でも、『新全集』は、橋姫巻では、『明』を底本にしたといいながら、『大』を底本にした『全集』の本文のままで、『明』を底本にしたことが活かされていない。親本を受け継いでいる『明』の本行本文よりも、後筆の筆跡の補訂に従うという姿勢は、『明』を底本にした姿勢ではない。橋姫の巻の『大』の存在を軽視しているように映る。

前田家蔵青表紙原本と目される柏木の巻にも、後筆の書き込みかと見られる修正が認められるのであるから、右の橋姫巻の各例にも、『明』には後筆が取り込まれているとみることは否定のしようがない。ましてや、若菜下巻においても、後筆の修正が散在していることについては、前述した通りである。『明』における後筆の書き込みの正否を見極めるためには、『明』と『大』が、同じ親本を元にしていると認めることによって、比較対照がなされれば、可能となろう。

結　び

若菜下巻における、『明』と『大』との関係は以上の如くで、若菜上巻と同様、『明』には、本行本文の書写者似と後筆とによる修正が見られ、そのことは『大』と比較することによって浮上する。中でも、『明』の後筆による修正は、必ずしも本行本文の書写ミスを正すだけではなく、三条西家本のような他本を参照したり、または単独に改稿する場合も見られた。若菜下巻における『明』は、明融の臨摹本であるといわれるが、今回調査した結果、表二に掲げた如くの補訂が見られるので、親本をそっくりそのまま臨摹した写しではなさそうである。『明』は、『大』と同じく、定家本のような親本を横に置きながら写していて、書写者または書写下命者明融自身が書写ミスに気付き修正していて、それをまた後筆が補訂した本文であったと見るべきである。

おわりに

本稿は、若菜上下巻の『明』の親本が『大』と共通であろうことを主張した論である。しかしながら、そうであっても、その書写の方法は、『明』の方が確実に親本に忠実ではある。臨摹本と言われるのはそのためであろう。だが、しかし臨摹本といわれても、誤写があり、『明』はそれを、本行書写者または下命者明融自身や後筆が修正している本文である。そのような『明』の写され方を明かす本文として、『大』の存在は認められよう。

表一・二からも解る如く、『大』の方が、『明』よりも書写の誤りが多く、『大』は『明』ほど忠実な写しではないことは否定出来ない。しかしそうであるからとはいえ、三条西家本系統の流布本の方が、『源氏物語』の原本の姿を残しているかという観点に立つ、『新全集』のような『大』への不信感は再考されなければならない。そのような思いから、補訂の字体に着眼して、『明』を『大』と比較する見地からの考察を試みたが、『大』は『明』と親本を同じくし、『明』を補い支える存在として重んずべき伝本であるとするに至った。『注釈』の若菜上下巻において、重んずべき『大』を活かして『大』を底本に位置づけた理由である。

（梅野きみ子）

注

（1）室伏信助「一本を見つめるということ―源氏物語千年紀に思う―」（『むらさき』四五輯　二〇〇八年一二月）。

（2）石田穣二「明融本源氏物語」（東海大学桃園文庫影印叢書『源氏物語（明融本Ⅱ）所収、解題』（東海大学出版会　一九九〇年）。

（3）加藤洋介「定家本源氏物語の復元とその限界」（『国語と国文学』八二巻五号　二〇〇五年五月）。

（4）注（3）に同じ。

（5）『玉上評釈』は別本の阿里莫本が「はなれて」とあることを述べ、「意味のわからない人が手を入れたのだろう」とする。

（6）藤本孝一「定家本源氏物語『行幸』『早蕨』解題」において、「明融本は大島本と親本が同じである」とされる（藤本孝一編・解題『定家本源氏物語　行幸・早蕨』八木書店　二〇一八年）。

（7）藤本孝一「大島本源氏物語の親本考」（『古代文化』六二巻三号　二〇一〇年一二月）。

（8）加藤洋介「青表紙本源氏物語目移り攷」（『国語国文』二〇〇一年九月）。

（9）若菜上一五【校異】アの「給へれば」の【校異】について、『大』が「つ」を「へ」と誤写したものと見るべきであった。よって、「給ひつれば」に訂正したい。その結果、本例も、表一にかかげるべきであったので、補足する。

（10）『明』の後筆の補訂が、『三』によると見られる例としては、他に「きさらき●（に）とあり」（一丁オ⑨）の「に」、及び、表中の23の「おほしめぐらす●（に）」（一三丁ウ⑤）の「に」も挙げられる。

章段対照表

凡　例

本対照表は、『源氏物語注釈』（『注釈』と略称する）全巻の章段と、現代の諸注釈書（『全書』『大系』『玉上評釈』『集成』『全集』『新大系』『新全集』）の章段とを対照したものである。

1　『集成』の章段数は無表示なので、小見出しごとに、任意に順次番号を付して対照させた。

2　対照章段数の仕分け表示記号において、二段を連続して掲げる場合、「／」を付した。三段以上の場合、「～」として略した。

3　末摘花巻の『大系』最終段数が「5」と誤表記されていたが、「6」とした。真木柱巻の『全書』最終段数が「四二」と誤表記されていたが、「四三」とした。宿木巻の『新大系』は「6」の段数が欠番であるが、欠番のままにした。

通巻番号 巻名	『注釈』 巻	『注釈』 章段	『全書』 巻	『全書』 章段	『大系』 巻	『大系』 章段	『玉上評釈』 巻	『玉上評釈』 章段	『集成』番無 巻	『集成』番無 章段	『新大系』 巻	『新大系』 章段	『全集』『新全集』 巻	『全集』『新全集』 章段
一 桐壺	一	一	一	一	一	1	一	一／二	一	一／二	一	1	1	一
		二		二		2		三		三／四		2		二
		三		二		2		三		四		3		二
		四		三		2		四		五		3		三
		五		四		3		五		六		4		四
		六		四／五		3		五		六／七		5		四／五
		七		六		3		六		八		5		六
		八		七／八		3／4		七／八		九／一〇		6		七／八
		九		八		4		八		一〇		7		八
		一〇		八		4		八		一〇		8		八
		一一		八		4		八		一〇		8／9		八
		一二		八		4		八		一〇		9		八
		一三		八		4		八		一〇		10		八
		一四		九		4		九		一一		11		九
		一五		九		4		九		一一		12		九
		一六		九		4		九		一一		13		九
		一七		一〇		4／5		十		一二		14		一〇
		一八		一一		5		十		一三		14		一一
		一九		一二		5		十一		一四		15		一二
		二〇		一二		5		十一		一四		15		一二
		二一		一三		6		十二		一五		16		一三
		二二		一三		6		十二		一五		16		一三
		二三		一四		6		十三		一六		17		一四
		二四		一五		7		十三		一七		18		一五

通巻番号 巻名	『注釈』巻	『注釈』章段	『全書』巻	『全書』章段	『大系』巻	『大系』章段	『玉上評釈』巻	『玉上評釈』章段	『集成』番無 巻	『集成』番無 章段	『新大系』巻	『新大系』章段	『全集』『新全集』巻	『全集』『新全集』章段
一 桐壺	一	二五	一	一六	一	7	一	十三	一	一八	一	19	1	一五
		二六		一六／一七		7		十三／十四		一八／一九		20		一五／一六
		二七		一八		7／8		十五		一九		21		一七
二 帚木	一	一	一	一／二	一	1	一	一	一	一	一	1	1	一
		二		三		1		二		二		1／2		二
		三		四		1		二		三		2		二
		四		五		1／2		二		四～六		3		二
		五		六		3		三		七		4		三
		六		七		3		四		八		5		四
		七		八		3		五		九		6		五
		八		八		3		五		九～一二		6／7		五
		九		九		3		六		一三／一四		8／9		六
		一〇		九		3		六		一五		9		六／七
		一一		一〇		3		七		一六		10		七
		一二		一一		4		八		一七		11		八
		一三		一一		4		八		一七		12		八
		一四		一一		4		八		一七		13		八
		一五		一一		4		八		一七		14		八
		一六		一二		5		九		一八		15／16		九
		一七		一二		5		九		一八		16		九
		一八		一三		6		十		一九		17		一〇
		一九		一三		6		十		一九		18		一〇
		二〇		一三		6		十		一九		18		一〇
		二一		一四		6／7		十一		二〇		19		一一

	一	二二	一	一四	一	7	一	十一	一	二〇	一	20	1	一一
		二三		一五		8		十二		二一～二三		21		一二
		二四		一六		9		十三		二四		22		一三
		二五		一七		9		十四		二五		22／23		一四
		二六		一八		9		十四		二五		23／24		一四
		二七		一八／一九		9		十四		二五／二六		25		一四
		二八		二〇		10		十五		二七		26		一五
		二九		二一		10		十五		二八		27		一五
		三〇		二一		10		十五		二八		28		一五
		三一		二二／二三		10		十五／十六		二八／二九		29／30		一五
		三二		二三／二四		10		十六		二九／三〇		30／31		一六
		三三		二四		10		十六		三〇／三一		32		一六
		三四		二五		11		十七		三二		33		一七
		三五		二五		11		十七		三二		34		一七
三 空蟬	二	一	一	一／二	一	1	一	一／二	一	一～三	一	1／2	1	一
		二		二		1／2		二		三		2		二
		三		二		2		二		三		3／4		二
		四		三		2		三		三		4／5		三
		五		三		2／3		三		四		5／6		三
		六		四		3		三		五		6／7		三
		七		五		4		四		六		8		四
		八		六		5		五		七		9		五
		九		六		5		五		八		10		五
四 夕顔	二	一	一	一	一	1	一	一	一	一	一	1	1	一
		二		一		1		一		一		2		一
		三		一／二		1		二		一／二		3		二

通巻番号 巻名	『注釈』 巻	『注釈』 章段	『全書』 巻	『全書』 章段	『大系』 巻	『大系』 章段	『玉上評釈』 巻	『玉上評釈』 章段	『集成』番無 巻	『集成』番無 章段	『新大系』 巻	『新大系』 章段	『全集』『新全集』 巻	『全集』『新全集』 章段
四 夕顔	二	四	一	三	一	1/2	一	二	一	三	一	4/5	1	三
		五		四		2		二		三		5		四
		六		五		2		三		四		6		五
		七		六		3		四		五		7		六
		八		六		3		四		五		7		六
		九		七		4		五		五		8/9		七
		一〇		八		5		六		六		10/11		八
		一一		九		5		七		七		11		九
		一二		九		5		七		七		11/12		九
		一三		一〇		5		八		八		13/14		一〇
		一四		一一		5		八/九		九		15/16		一一
		一五		一二~一五		5		九		九		16~18		一一
		一六		一六		6		十		一〇		19/20		一二
		一七		一六		6		十		一〇		20/21		一二
		一八		一七		6		十		一〇		22		一二
		一九		一八		6/7		十一		一〇/一一		23/24		一三
		二〇		一九/二〇		7		十二		一二		25		一四
		二一		二一/二二		7		十三		一三		26/27		一五
		二二		二二~二四		7		十三		一三		28/29		一五
		二三		二五		7		十四		一四		30		一六
		二四		二六		8		十五		一五		31/32		一七
		二五		二七		8		十五		一五		32/33		一七
		二六		二八/二九		9		十六		一六		34/35		一八
		二七		三〇		10		十七		一七		36		一九

	二	一	一	一	一	一	1
	二八	三〇／三一	10	十七／十八	一八	36／37	一九／二〇
	二九	三二／三三	10	十九／二十	一九	38	二一
五 若紫	二	一	一	二	一	一	1
	一	一／二	1	一	一	1	一
	二	三	1	二	二	2	二
	三	四	1	三	三	2〜4	三
	四	五	1	四	四	5／6	四
	五	六	1／2	五	五	7	五
	六	七	2	五	五	8	六
	七	七	2	五	六	9	六
	八	八	3	五	七	10	七
	九	九	3	五	七	11／12	七
	一〇	一〇	3	五	八	12	八
	一一	一一	3	六	九／一〇	13／14	九
	一二	一二	3	六	一一	15	一〇
	一三	一三	4	七	一二／一三	16／17	一一
	一四	一四	4	八	一四	18／19	一一／一二
	一五	一五	5	九	一五	20	一三
	一六	一五／一六	5	九	一五／一六	21	一四
	一七	一六	5	九	一七／一八	22	一四
	一八	一七	6	十	一九	22〜24	一五
	一九	一八	6	十	二〇	25	一六
	二〇	一九	6	十一	二一	25／26	一七
	二一	二〇	6	十二	二二	26	一八
	二二	二〇	6	十二	二三	27／28	一八
	二三	二一	6	十二	二四	29	一九
	二四	二二	7	十三	二五	30	二〇

通巻番号 巻名	『注釈』巻	『注釈』章段	『全書』巻	『全書』章段	『大系』巻	『大系』章段	『玉上評釈』巻	『玉上評釈』章段	『集成』番無 巻	『集成』番無 章段	『新大系』巻	『新大系』章段	『全集』『新全集』巻	『全集』『新全集』章段
五 若紫	二	二五	一	二三	一	7	二	十四	一	二六	一	31	1	二一
		二六		二四		7		十五		二七		32		二二
		二七		二五		7／8		十五		二七		32／33		二二
		二八		二六		8		十六		二八		34／35		二三
		二九		二七		8		十六		二九		36		二四
		三〇		二八		8		十七		三〇		37		二五
		三一		二九		8		十八		三一		38		二六
六 末摘花	三	一	一	一	一	1	二	一	一	一	一	1／2	1	一
		二		二		1		二		二		3		二
		三		三		1		三		三		4		三
		四		三		1		三		三		5		三
		五		四		2		四		四		6		四
		六		五		2／3		五		五		7		五
		七		六		3		六		六		8		六
		八		七		3		七		七		9		七
		九		八		3		八		八		10		八
		一〇		八		3		八		八		10／11		八
		一一		九		3		九		九		12		九
		一二		一〇		3		十		一〇		13		一〇
		一三		一一		3／4		十一		一一		14		一一
		一四		一二		4		十二		一二		15		一二
		一五		一二／一三		4		十二／十三		一二／一三		16／17		一三
		一六		一四		4		十四		一四		18		一四
		一七		一五		4／5		十五		一五		19／20		一五

	三	一	一	二	一	一	1
	一八	一六	5	十六	一六	21／22	一六
	一九	一七／一八	5	十七	一六	23	一六
	二〇	一九	5	十八	一七	24	一七
	二一	二〇	6	十九	一八	25	一八
七 紅葉賀	三	一	一	二	二	一	1
	一	一	1	一	一	1／2	一
	二	二	1	二	二	3	二
	三	三	1	三	三／四	4	三
	四	四	2	四	五	5／6	四
	五	五	2	五	六	7	五
	六	六	2	六	七	8／9	六
	七	七	2	七／八	八	10〜12	七
	八	八	3	九	九	13	八
	九	八	3	九	九／一〇	14	八
	一〇	九	3	十	一一	15	九
	一一	一〇	3	十一	一二	16	一〇
	一二	一一	3	十二	一三	17	一一
	一三	一一	3	十二	一三	18	一一
	一四	一二	3	十三	一四	19	一二
	一五	一三	3／4	十四	一五	20	一三
	一六	一三	4	十四	一五	21	一三
	一七	一三／一四	4	十四／十五	一五／一六	22	一三／一四
	一八	一四	4	十五	一六	23	一四
	一九	一四	4	十五	一六	23	一四
	二〇	一五	4	十六	一七	24	一五
	二一	一五／一六	4	十六／十七	一七／一八	24／25	一五
	二二	一七	5	十八	一九	26	一六

通巻番号 巻名	『注釈』巻	『注釈』章段	『全書』巻	『全書』章段	『大系』巻	『大系』章段	『玉上評釈』巻	『玉上評釈』章段	『集成』番無 巻	『集成』番無 章段	『新大系』巻	『新大系』章段	『全集』『新全集』巻	『全集』『新全集』章段
七 紅葉賀	三	二三	一	一八	一	5	二	十九	二	二〇	一	27	1	一七
八 花宴	三	一	一	一	一	1	二	一	二	一	一	1	1	一
		二		一		1		一		一		1／2		一
		三		一／二		1／2		一／二		一／二		3／4		二
		四		二		2		二		二		4／5		二
		五		三		2		三		三		6		三
		六		四		3		四		四		7		四
		七		五		3		四		五		8		五
		八		六		4		五		六		9		六
		九		六		4		五		六		10		六
九 葵	三	一	二	一	一	1	二	一	二	一	一	1	2	一
		二		二／三		1		二／三		二		2／3		二
		三		四／五		1		四／五		三／四		4／5		三
		四		六／七		2		六／七		五		6／7		四
		五		八～一〇		2		八／九		六／七		8／9		五
		六		一一／一二		2		十		八／九		10／11		六
		七		一三		2		十一		一〇		12		七
		八		一四		3		十二		一一		13		八
		九		一五		3		十三		一二		14		九
		一〇		一六～一八		4		十四／十五		一三／一四		15／16		一〇／一一
		一一		一九／二〇		4		十六		一五		17／18		一二
		一二		二一／二二		4		十七		一六		19／20		一三
		一三		二三／二四		4		十八		一七／一八		21／22		一四
		一四		二五		4		十九		一九		23		一五

	三	二	一	二	二	一	2
	一五	二六／二七	4	二十	二〇／二一	24／25	一五
	一六	二八～三〇	4	二十一	二二	26／27	一六
	一七	三一／三二	4	二十二	二三／二四	28／29	一七
	一八	三三～三七	4／5	二十三／二十四	二四／二五	30～34	一七／一八
	一九	三八／三九	5	二十五	二六	34／35	一九
	二〇	四〇／四一	5	二十六	二七／二八	35～37	二〇
	二一	四二	5	二十七	二九	38	二一
	二二	四三	5	二十八	三〇	39	二二
	二三	四四／四五	5	二十九	三一／三二	40	二三
	二四	四六／四七	5	三十／三十一	三二／三三	41／42	二四
	二五	四八	5	三十二	三四	43	二五
	二六	四九～五一	6	三十三	三五	44／45	二六
	二七	五一～五三	6	三十四	三五／三六	46／47	二七
	二八	五四～五六	6	三十五	三七	48／49	二八
	二九	五七～五九	6	三十六～三十八	三八／三九	50～52	二九
	三〇	六〇／六一	6	三十九	四〇	53／54	三〇
一〇 賢木	一	一	1	一	一	1	一
	二	二／三	1	二／三	二	2／3	二
	三	四	1	四	三	4	二
	四	五／六	1	五／六	三／四	5／6	三
	五	七	1	七	五	7	四
	六	八	1	八	六	8	五
	七	九	1	九	七	9	六
	八	一〇	1	十	八	10	七
	九	一一	2	十一	九	11	八
	一〇	一二	2	十二	一〇	12	九

通巻番号 巻名	『注釈』巻	『注釈』章段	『全書』巻	『全書』章段	『大系』巻	『大系』章段	『玉上評釈』巻	『玉上評釈』章段	『集成』番無 巻	『集成』番無 章段	『新大系』巻	『新大系』章段	『全集』『新全集』巻	『全集』『新全集』章段
一〇 賢木	三	一一	二	一三〜一五	一	2	二	十三／十四	二	一一	一	13／14	2	一〇
		一二		一六		2		十五		一二		15		一〇
		一三		一七		2		十六		一三		16		一一
		一四		一八		2		十七／十八		一四		17		一二
		一五		一九		2		十八		一五／一六		18		一三
		一六		二〇		2		十九		一七		19		一四
		一七		二一		2		二十		一八		20		一四
		一八		二二〜二四		3		二十一／二十二		一九／二〇		21／22		一五
		一九		二五〜二九		3		二十三／二十四		二一〜二三		23〜26		一六
		二〇		三〇		3		二十五		二四／二五		27／28		一七
		二一		三〇／三一		3		二十六		二五／二六		28／29		一八
		二二		三二／三三		3		二十七		二七		30／31		一九
		二三		三四		3		二十八		二八		32		二〇
		二四		三五／三六		3		二十九／三十		二九／三〇		33		二一
		二五		三六		3		三十一		三〇		34		二二
		二六		三六〜三八		3		三十一〜三十三		三〇〜三二		34〜36		二二／二三
		二七		三八／三九		3		三十四		三二／三三		36／37		二三／二四
		二八		四〇		3		三十五		三四		38		二五
		二九		四一		4		三十六		三五		39		二六
		三〇		四二／四三		4		三十七／三十八		三六		40／41		二七
		三一		四四〜四六		4		三十八／三十九		三六／三七		41／42		二八
		三二		四七		4		四十		三八		43		二九
		三三		四八／四九		4		四十一		三九		44／45		三〇
		三四		五〇		4		四十二		四〇		46		三一

	三	二	一	二	二	一	2
	三五	五一／五二	4	四十三／四十四	四一／四二	47／48	三一／三二
	三六	五三／五四	4	四十五	四二	49／50	三二
	三七	五五～五七	5	四十六／四十七	四三	51／52	三三
	三八	五八	5	四十八	四四	53	三四
一一 花散里	三	二	一	二	二	一	2
	一	一	1	一	一	1／2	一
	二	二／三	2	二	二	3	二
	三	四／五	3	三	三	4	三
	四	六	3	四	四	5	四
一二 須磨	四	二	二	三	二	二	2
	一	一／二	1	一	一	1／2	一
	二	三	1	二	一	2／3	一
	三	四～六	2	三	二	4	二
	四	六～八	2	三	二	5／6	二
	五	九	2	四	三	7	三
	六	一〇／一一	2／3	四	四	8／9	三
	七	一二／一三	3	五	五	10	四
	八	一四	3	六	六	11	五
	九	一五	3	七	七	12	六
	一〇	一六	4	八	八	13	七
	一一	一七／一八	4	九／十	八	14／15	七
	一二	一九	4	十一	九	16	八
	一三	一九／二〇	4	十一／十二	九／一〇	17	八
	一四	二一／二二	4	十三／十四	一一／一二	18／19	九
	一五	二三	5	十五	一三	20	一〇
	一六	二四	5	十六	一四	21	一〇
	一七	二五	6	十七	一五	22	一一
	一八	二六～二八	6	十八～二十	一六／一七	23／24	一二

通巻番号 巻名	『注釈』巻	『注釈』章段	『全書』巻	『全書』章段	『大系』巻	『大系』章段	『玉上評釈』巻	『玉上評釈』章段	『集成』番無 巻	『集成』番無 章段	『新大系』巻	『新大系』章段	『全集』『新全集』巻	『全集』『新全集』章段
一二 須磨	四	一九	二	二九／三〇	二	7	三	二十一／二十二	二	一八／一九	二	25／26	2	一三
		二〇		三一		8		二十三		二〇		27		一四
		二一		三二／三三		9		二十四／二十五		二一		28		一五
		二二		三四／三五		9		二十六／二十七		二二／二三		29／30		一五
		二三		三六		10		二十八／二十九		二四		31		一六
		二四		三七／三八		10		三十／三十一		二五／二六		32		一七
		二五		三九／四〇		10		三十二／三十三		二七		33		一八
		二六		四一～四三		10		三十四		二八／二九		34		一九
		二七		四四／四五		10		三十五／三十六		三〇／三一		35		二〇
		二八		四五		10		三十六		三一		35		二〇
		二九		四六		10		三十七		三二		35		二〇
		三〇		四七～四九		11		三十八～四十		三三／三四		36		二一
一三 明石	四	一	二	一	二	1	三	一	二	一	二	1	2	一
		二		一		1		一		一		2		一
		三		二		1		二		二		3		二
		四		三／四		1／2		三		三／四		4／5		三
		五		五		2		四		五／六		6／7		四
		六		六／七		2		五		七		8		五
		七		八		2		六		八		9		六
		八		九		3		七		九		10		七
		九		一〇		4		八		一〇		11		八
		一〇		一〇		4		八		一〇／一一		12／13		八
		一一		一一		4		九		一二／一三		14／15		九
		一二		一二		5		十		一四		16／17		一〇

四	一三	一四	一五	一六	一七	一八	一九	二〇	二一	二二	二三	二四	二五
二	一三	一四	一五／一六	一七	一八	一九	一九	二〇	二一	二一	二二	二三／二四	二四
二	6	7	7	7	7	8	8	9	9／10	10	10	10	10
三	十一	十二	十三	十四	十五	十六	十六	十七	十八	十八	十九	二十	二十一
二	一五	一六	一七	一八	一九／二〇	二一／二二	二二	二三	二四／二五	二六	二七	二八	二九
二	18	19	20／21	22	23／24	25	26	27	27／28	29	30	31	32
2	一一	一二	一三	一四	一五	一六	一六	一七	一八	一八	一九	二〇	二一

	一四 澪標												
四	一	二	三	四	五	六	七	八	九	一〇	一一	一二	一三
二	一	二	三	四	五	六／七	八	九／一〇	一一／一二	一三／一四	一五	一五〜一七	一七／一八
二	1	1	2	3	3	3	4	4	5	5	6	6	6
三	一／二	三	四	五	六	六／七	八	九／十	十一／十二	十三／十四	十五	十五〜十七	十七／十八
三	一	二	三／四	五	六／七	八／九	一〇	一一	一二／一三	一四〜一六	一七／一八	一八〜二〇	二〇／二一
二	1	2	3／4	5	6	7	8	9	10／11	12／13	14／15	15〜17	17／18
2	一	二	三	四	五	六	七	八	九	一〇	一一	一一	一一

通巻番号 巻名	『注釈』巻	『注釈』章段	『全書』巻	『全書』章段	『大系』巻	『大系』章段	『玉上評釈』巻	『玉上評釈』章段	『集成』番無 巻	『集成』番無 章段	『新大系』巻	『新大系』章段	『全集』『新全集』巻	『全集』『新全集』章段
一四 澪標	四	一四	二	一九／二〇	二	7	三	十九／二十	三	二二／二三	二	19	2	一二
		一五		二〇		7		二十		二四		20／21		一二
		一六		二一／二二		7		二十一／二十二		二五／二六		21／22		一三
		一七		二二		7		二十二		二七		23		一三
		一八		二三		7		二十二		二七／二八		23／24		一四
		一九		二四／二五		7		二十三／二十四		二九／三〇		25／26		一五
一五 蓬生	四	一	二	一	二	1	三	一	三	一	二	1	2	一
		二		二		1		二		二		1		二
		三		三		1／2		三		三		2／3		三
		四		四		2		四		四		4		四
		五		五		3		五		五		5		五
		六		六		3		六		六～八		6／7		六
		七		七／八		3／4		七／八		九／一〇		8／9		七
		八		九		4		九		一一		10／11		七
		九		一〇		4／5		十		一二		11		八
		一〇		一一		5		十一		一三／一四		12／13		九
		一一		一二		5		十二		一四		14		一〇
		一二		一三		5		十三		一五		15		一一
		一三		一四		5		十四		一六／一七		16／17		一二
		一四		一五		6		十五		一八		18／19		一三
		一五		一六		6		十六		一九		20		一四
一六 関屋	四	一	二	一	二	1	三	一	三	一	二	1	2	一
		二		二		2		二		二／三		2／3		一
		三		三		3		三		四		4／5		二

	四	二	二	三	三	二	2
	四	四	4／5	四	五	6／7	三
一七 絵合	四	二	二	四	三	二	2
	一	一	1	一	一	1／2	一
	二	一	1	一	一	3	一
	三	二	1	二	二	4	二
	四	三	1	三	三	5	三
	五	四	1	四／五	四	6	四
	六	五	2	五	五	7	五
	七	五	2	五	五	8	五
	八	六	2	五	五	9	五
	九	七	2	六	六	10	六
	一〇	八	2	七	七	11	六
	一一	九	3	八	八	12	七
	一二	一〇	3	九	九／一〇	13／14	八
	一三	一一／一二	4	十／十一	一一	15／16	九
	一四	一三	4	十二	一一／一二	17／18	一〇
一八 松風	四	二	二	四	三	二	2
	一	一	1	一	一	1	一
	二	二	1	二	二	2	二
	三	二	1／2	二	三	3	二
	四	二	2	三	三	4	二
	五	三	3	四	四	5	三
	六	四	3	五	五	6	四
	七	四	3	六	五	7	四
	八	五／六	3／4	七／八	六	8／9	五
	九	七／八	4	九／十	六／七	10	六／七
	一〇	九	4	十一	八	11	八
	一一	一〇／一一	4	十二／十三	九／一〇	12	九

通巻番号 巻名	『注釈』巻	『注釈』章段	『全書』巻	『全書』章段	『大系』巻	『大系』章段	『玉上評釈』巻	『玉上評釈』章段	『集成』番無 巻	『集成』番無 章段	『新大系』巻	『新大系』章段	『全集』『新全集』巻	『全集』『新全集』章段
一八 松風	四	一二	二	一二	二	4	四	十四	三	一一	二	13	2	一〇
		一三		一二		4		十四		一二		14		一〇
		一四		一三		4		十五		一二／一三		15		一一
		一五		一三		4／5		十五		一三／一四		16		一一
		一六		一四／一五		5		十六／十七		一五／一六		17		一二
		一七		一五／一六		5		十七／十八		一六		18		一二
一九 薄雲	五	一	二	一	二	1	四	一	三	一	二	1／2	2	一
		二		二		1		二		二		2		二
		三		三～五		1		二／三		三～五		3～5		三／四
		四		六～九		1		三～五		五／六		5～8		五／六
		五		九～一一		1		五		六／七		9		六
		六		一二		1		五		八		10		七
		七		一三		1		六		九		11		八
		八		一四／一五		1		七		一〇		12／13		九
		九		一六／一七		1		八		一一		14／15		一〇
		一〇		一八／一九		2		九／十		一二／一三		16／17		一一／一二
		一一		二〇／二一		2		十一		一四		18／19		一二
		一二		二二		2		十一		一五		20		一三
		一三		二三／二四		2		十一		一六／一七		21／22		一四
		一四		二五		3		十二		一八		23		一五
		一五		二五		3		十二		一八		24		一五
		一六		二六～二八		3		十三		一九		24／25		一六
		一七		二九		3		十四		二〇		26		一七
		一八		三〇／三一		3		十五		二一／二二		27		一八

	五	二	二	四	三	二	2
	一九	三二	4	十六	二三	28／29	一九
	二〇	三三	4	十六	二四	29	一九
	二一	三四	4	十七	二五	30／31	二〇
	二二	三五／三六	4／5	十八／十九	二六	31／32	二〇
	二三	三七	5	二十	二七	33	二一
二〇 朝顔	五	三	二	四	三	二	2
	一	一／二	1	一／二	一／二	1／2	一
	二	二	1	二	二	2	一
	三	三／四	1／2	三	三	3／4	二
	四	五／六	2	四	四	5	三
	五	七／八	3	五／六	五	6／7	四
	六	九	4	七	六	8	五
	七	九／一〇	4	七／八	六／七	8／9	五／六
	八	一一	4	九	八	10	六
	九	一二	5	十	九	11	七
	一〇	一三	5	十一	一〇	12	七
	一一	一四	5	十二	一一	13	八
	一二	一五	6	十三	一二	14	九
	一三	一六	6	十四	一三〜一五	15	九
	一四	一七〜一九	6／7	十五〜十七	一五〜一七	16〜18	九／一〇
二一 少女	五	三	二	四	三	二	3
	一	一	1	一	一	1	一
	二	二	1	二	二	2	一
	三	三／四	2	三／四	三	3／4	二
	四	五	2	五	四	5	三
	五	六	2	六	五	6	四
	六	七／八	3	七	六	7／8	五
	七	九	3	八	七	9	六

通巻番号 巻名	『注釈』 巻	『注釈』 章段	『全書』 巻	『全書』 章段	『大系』 巻	『大系』 章段	『玉上評釈』 巻	『玉上評釈』 章段	『集成』番無 巻	『集成』番無 章段	『新大系』 巻	『新大系』 章段	『全集』『新全集』 巻	『全集』『新全集』 章段
二一 少女	五	八	三	一〇	二	3	四	九	三	八	二	10	3	七
		九		一一		4		十		九		11		八
		一〇		一二／一三		4		十一／十二		一〇		12		九
		一一		一四		4		十三		一一		13		一〇
		一二		一五／一六		4		十四		一二		14～16		一一
		一三		一七		4		十五		一三		16		一二
		一四		一八		5		十六		一四		17		一三
		一五		一九		5		十七		一五		18		一四
		一六		二〇		5		十八		一六		19		一五
		一七		二一／二二		5／6		十九		一七／一八		20／21		一五／一六
		一八		二三／二四		6		二十		一九		22／23		一七
		一九		二五		6		二十一		二〇		24		一八
		二〇		二五		6		二十一		二〇		24		一八
		二一		二六		6		二十一		二一		25		一九
		二二		二七		6		二十二		二二		26		二〇
		二三		二八～三〇		6		二十三／二十四		二三／二四		27～29		二一／二二
		二四		三一		7		二十五		二五		30		二三
		二五		三二		7		二十六		二六		31		二四
		二六		三三／三四		7		二十七／二十八		二七		32／33		二五
		二七		三五～三七		7		二十九～三十一		二七～二九		34～36		二六
		二八		三八／三九		7		三十二／三十三		三〇／三一		37／38		二七
		二九		四〇		7		三十四		三二		39		二八
		三〇		四一／四二		7／8		三十五／三十六		三三／三四		40／41		二九
		三一		四三／四四		8		三十七／三十八		三五		42／43		三〇

巻	五	三	二	五・四	三・四	二	3
（前巻続き）	五	三	二	四	三	二	3
	三二	四五	8	三十九	三六	44	三一
	三三	四六	9	四十	三七	45	三二
	三四	四七	9	四十一	三八	46	三三
	三五	四八〜五〇	9	四十二〜四十四	三九〜四一	47〜50	三四
二二 玉鬘	五	三	二	五	三	二	3
	一	一	1	一	一	1	一
	二	二〜五	1	二	二	2〜4	二
	三	六〜八	2	三／四	三	5〜7	三／四
	四	九〜一一	2	五	四／五	8	四
	五	一一〜一三	2	五／六	五	9／10	四
	六	一四／一五	2／3	七	六	11／12	四／五
	七	一六	3	七	六	13	五
	八	一七／一八	3	八／九	七	14／15	六
	九	一九／二〇	4	十／十一	八	16	七
	一〇	二一〜二五	4	十一〜十四	九	17〜21	七
	一一	二六〜二八	4	十四〜十六	一〇	22〜24	八
	一二	二九	4	十七	一一	25	九
	一三	三〇／三一	4	十八／十九	一一	26／27	一〇
	一四	三二	5	二十	一二	28／29	一一
	一五	三三／三四	5／6	二十一／二十二	一三	30〜33	一二
	一六	三五／三六	7	二十三／二十四	一四／一五	33／34	一三
	一七	三七	7	二十五／二十六	一六	35	一四
	一八	三八／三九	7	二十六／二十七	一七／一八	36／37	一五
	一九	四〇	7	二十八／二十九	一八／一九	38	一六
	二〇	四一	8	三十	二〇	39	一七
	二一	四二	8	三十一／三十二	二一／二二	40／41	一八
二三 初音	五	三	二	五	四	二	3
	一	一	1	一	一	1	一

通巻番号 巻名	『注釈』巻	『注釈』章段	『全書』巻	『全書』章段	『大系』巻	『大系』章段	『玉上評釈』巻	『玉上評釈』章段	『集成』番無 巻	『集成』番無 章段	『新大系』巻	『新大系』章段	『全集』『新全集』巻	『全集』『新全集』章段
二三 初音	五	二	三	二／三	二	1	五	二	四	二	二	2	3	二
		三		四		1		三		三		3		三
		四		五		1		四		四		4		三
		五		六		1		五		五		5		三
		六		七／八		1		六／七		六		6		三
		七		九		2		八		七		7		四
		八		一〇		2		九／十		八		8		五
		九		一一		2		十		八		9		五
		一〇		一二／一三		2		十一／十二		九		10／11		五
		一一		一四／一五		3		十三		一〇		12／13		六
		一二		一六		3		十四		一一		14		六
二四 胡蝶	五	一	三	一／二	二	1	五	一／二	四	一／二	二	1／2	3	一
		二		三／四		1		二／三		二		2／3		一
		三		五／六		1		四／五		三／四		4／5		一
		四		七／八		2		六		五		6		二
		五		八／九		2		六		五		7		二
		六		一〇		3		七		六		8		三
		七		一一〜一三		3		八〜十		七〜九		9		四
		八		一四		3		十一		一〇／一一		10		四
		九		一五		3		十二		一二		11		四
		一〇		一六		3		十三		一三		12		四
		一一		一七／一八		3／4		十四／十五		一四／一五		13		五／六
		一二		一八／一九		4		十五		一五		14／15		六
		一三		二〇／二一		4		十五／十六		一六／一七		16／17		六

	六	三	二	五	四	二	3
（前章）	一四	二二~二四	4	十七~十九	一八~二〇	18/19	六/七
二五 螢	一	一/二	1	一/二	一/二	1	一
	二	二	1	二	三	2	二
	三	三/四	1	三/四	四/五	3	三
	四	五	1	五	六	4	三
	五	六/七	1/2	六/七	七/八	5/6	四/五
	六	八	2	八	八	7	六
	七	九/一〇	2	九	八/九	8	七
	八	一一/一二	2	十/十一	一〇/一一	9	八
	九	一三~一五	3	十二/十三	一二	10	九
	一〇	一六	3	十四	一三	11	九
	一一	一七/一八	3	十五/十六	一四/一五	12	一〇
	一二	一九	4	十七	一六	13	一一
	一三	二〇/二一	4	十八/十九	一七	14	一二
	六	三	三	五	四	三	3
二六 常夏	一	一/二	1	一	一	1	一
	二	三	1	二	二	2	一
	三	三/四	1	二/三	三/四	3	一/二
	四	五	2	四	五	4	二
	五	六	2	五	六	5	二
	六	七	2	六	七	6	三
	七	八	3	七	八	7	四
	八	九	3	八	九	8	五
	九	一〇	4	九	一〇	9	六
	一〇	一一/一二	4	十	一一	10	七
	一一	一二/一三	4/5	十/十一	一一	11	七
	一二	一四~一六	5	十二/十三	一二~一四	12/13	八

通巻番号 巻名	『注釈』巻	『注釈』章段	『全書』巻	『全書』章段	『大系』巻	『大系』章段	『玉上評釈』巻	『玉上評釈』章段	『集成』番無 巻	『集成』番無 章段	『新大系』巻	『新大系』章段	『全集』『新全集』巻	『全集』『新全集』章段
二七 篝火	六	一	三	一	三	1	五	一	四	一	三	1	3	一
		二		二		1		一		一		1		一
		三		三		2		二		二		2		二
		四		四		2／3		二		二		2		二
		五		五		3		三		三		3		三
二八 野分	六	一	三	一／二	三	1	五	一	四	一	三	1／2	3	一
		二		三／四		1		二／三		二		3		二
		三		五～八		2		四～六		二～四		4		二／三
		四		九／一〇		3		七／八		五		5		四
		五		一〇／一一		3／4		八／九		六		5／6		五
		六		一二		4		十		七／八		7		五
		七		一三		5		十一		九		8		六
		八		一四／一五		5		十二／十三		一〇／一一		9／10		七
		九		一六		6		十四		一二		11		八
		一〇		一七／一八		6～8		十五／十六		一三／一四		12／13		九
		一一		一九		9		十七		一五		14		一〇
二九 行幸	六	一	三	一	三	1	六	一	四	一	三	1	3	一
		二		二～五		1／2		二～五		二～四		2～4		二
		三		六／七		2		六		五		5／6		三
		四		八		3		七		六		6		四
		五		九		3		八		七		7		五
		六		一〇		3		九		八		8		六
		七		一一		3		十		九／一〇		9		七
		八		一二		3		十一		一〇		10		八

巻	六	三	三	六	四	三	3
	九	一三～一五	4	十二～十四	一一～一三	11／12	九
	一〇	一六	4	十五／十六	一四／一五	13	一〇
	一一	一七	5	十六	一五	13	一一
	一二	一八	5	十七	一六	14	一二
	一三	一九	5	十八／十九	一七	15	一三
	一四	二〇	5	二十	一八	16	一四
	一五	二一／二二	5／6	二十／二十一	一八／一九	17	一五
	一六	二三	6	二十二	二〇	18	一六
	一七	二四	6	二十三	二〇	19	一七
三〇　藤袴	一	一	1	一	一	1	一
	二	二／三	2	一／二	二	2	二
	三	三／四	2	三／四	二／三	3／4	二
	四	五	2／3	四／五	四	4	三
	五	五	3	五	四	5	三
	六	六	4	六	五／六	5／6	四
	七	七／八	4	七	六	6／7	五
	八	九	5	八	七	8	六
	九	一〇～一三	5	九／十	八	9	七
三一　真木柱	一	一	1	一	一	1	一
	二	二／三	1	二／三	二	1／2	二
	三	四～六	1	四／五	三	2／3	三
	四	七	1	六	四	3	四
	五	八～一〇	2	七～九	五～七	4	五／六
	六	一一	2	十	八	5	七
	七	一二／一三	3	十一	九	6	八
	八	一四	3	十二	九	7	八

通巻番号 巻名	『注釈』巻	『注釈』章段	『全書』巻	『全書』章段	『大系』巻	『大系』章段	『玉上評釈』巻	『玉上評釈』章段	『集成』番無 巻	『集成』番無 章段	『新大系』巻	『新大系』章段	『全集』『新全集』巻	『全集』『新全集』章段
三一 真木柱	六	九	三	一五／一六	三	3／4	六	十三	四	一〇	三	7	3	九
		一〇		一七／一八		3		十四／十五		一一		8／9		一〇
		一一		一九		4		十六		一二		9／10		一一
		一二		二〇／二一		4		十七／十八		一三		10／11		一二
		一三		二二		4		十九		一四		12		一三
		一四		二三		5		二十		一五		12		一四
		一五		二四～二六		5		二十／二十一		一五／一六		13		一四／一五
		一六		二七／二八		6		二十二／二十三		一七／一八		14／15		一六／一七
		一七		二九～三一		6		二十四～二十六		一九～二一		15／16		一八／一九
		一八		三二		6		二十七		二二		17		二〇
		一九		三三／三四		6		二十八		二三／二四		18		二一
		二〇		三五～三八		7		二十九～三十一		二五～二八		19／20		二二／二三
		二一		三九／四〇		7		三十二／三十三		二九		21		二四
		二二		四一／四二		7／8		三十四／三十五		三〇／三一		22／23		二五／二六
		二三		四三		8		三十六		三二		24		二七
三二 梅枝	六	一	三	一／二	三	1	六	一／二	四	一	三	1	3	一
		二		三		1		三		二		2		二
		三		四／五		2		四		三		3		二
		四		六／七		2／3		五		三／四		4		三
		五		八		3		六		五		5		四
		六		九／一〇		4		七／八		六／七		6		五
		七		一一／一二		4		九		八／九		7／8		六
		八		一三／一四		4／5		十／十一		一〇／一一		8／9		七
		九		一五～一七		5		十一／十二		一一～一三		9／10		八

	六	三	三	六	四	三	3
	一〇	一八／一九	5	十三／十四	一四／一五	11	九／一〇
	一一	二〇〜二二	6	十五〜十七	一六〜一八	12〜14	一一
	一二	二三	6	十七	一八	14	一二
三三 藤裏葉	六	三	三	六	四	三	3
	一	一／二	1	一／二	一〜三	1	一／二
	二	二／三	1	二／三	三	2	二
	三	四／五	2	四／五	四／五	3	三
	四	六	2	六	六	3／4	四
	五	七	2	七	七	4	四
	六	八／九	2	八	八	4／5	四／五
	七	一〇／一一	2	九／十	八／九	5／6	五
	八	一二〜一四	2	十一〜十三	一〇〜一二	6／7	六
	九	一五	3	十四	一三	8	七
	一〇	一六	3	十五	一四	8	八
	一一	一七／一八	3	十六／十七	一五／一六	9	九／一〇
	一二	一八〜二一	3	十七〜二十	一六〜一九	9／10	一〇
	一三	二一	3	二十	一九	11	一一
	一四	二二〜二四	4	二十一〜二十三	二〇〜二二	11	一二／一三
	一五	二五／二六	4	二十四／二十五	二三／二四	12	一四
	一六	二七／二八	5	二十六	二五	13	一五
	一七	二八／二九	5	二十六／二十七	二五／二六	14	一五
	一八	三〇／三一	5	二十八／二十九	二六／二七	14	一六
三四 若菜上	七	四	三	七	五	三	4
	一	一〜三	1	一／二	一／二	1／2	一
	二	四〜六	1	三	三／四	3	二
	三	七〜一一	1	四〜六	五〜七	4〜7	三
	四	一二／一三	1	七／八	八	8	四
	五	一四	2	九	九	9	五

通巻番号 巻名	『注釈』巻	『注釈』章段	『全書』巻	『全書』章段	『大系』巻	『大系』章段	『玉上評釈』巻	『玉上評釈』章段	『集成』番無 巻	『集成』番無 章段	『新大系』巻	『新大系』章段	『全集』『新全集』巻	『全集』『新全集』章段
三四 若菜上	七	六	四	一五／一六	三	2	七	十／十一	五	九／一〇	三	10／11	4	六
		七		一七～二〇		2		十二／十三		一一／一二		12～14		七
		八		二一		2		十四		一三		15		八
		九		二二～二四		3		十五～十八		一四～一六		16～18		九
		一〇		二五～二七		3		十八～二十		一七／一八		19～21		一〇
		一一		二八～三〇		3		二十一～二十三		一九～二一		22～24		一一
		一二		三一～三七		4		二十四／二十五		二二／二三		25～30		一二
		一三		三八／三九		5		二十六		二四		31		一三
		一四		四〇～四三		5		二十七		二五～二七		32～34		一四
		一五		四四～四六		5		二十八／二十九		二八		35／36		一五／一六
		一六		四七／四八		5		二十九		二九		37		一六
		一七		四九		5		三十		三〇		38		一七
		一八		五〇／五一		6		三十一		三一		39		一八
		一九		五二～六〇		6		三十二～三十四		三二～三五		40～45		一九
		二〇		六一～六九		7		三十五～三十九		三六～四一		46～51		二〇
		二一		七〇～七四		8		四十～四十二		四二～四四		52～54		二一
		二二		七五／七六		8		四十三		四五／四六		55／56		二二
		二三		七七～八二		8		四十四～四十六		四七		57／58		二三
		二四		八三		9		四十七		四八		59		二四
		二五		八四～八七		9		四十八／四十九		四九		60～62		二五
		二六		八八／八九		9		五十／五十一		五〇		63／64		二六
		二七		九〇～九二		9		五十二～五十四		五一～五三		65～67		二六／二七
		二八		九三～九五		9／10		五十五～五十七		五四／五五		68／69		二八
		二九		九六		10		五十七		五五		70		二八

															三五 若菜下											
七	三〇	三一	三二	三三	三四	三五	三六	三七	三八	三九	四〇	四一	四二	四三	一	二	三	四	五	六	七	八	九	一〇	一一	一二
四	九七	九八／九九	一〇〇	一〇一	一〇二	一〇三／一〇四	一〇五～一〇七	一〇八／一〇九	一一〇	一一一／一一二	一一三～一一五	一一六～一一八	一一九	一二〇～一二三	一～五	六／七	八／九	一〇／一一	一二～一六	一七～二五	二六～二九	三〇～三六	三七～四〇	四一～四三	四四～四七	四八
三	10	10	10	10	10	10	10	11	11	12	12	12	12	12	1	1	1	2	2	3	3	3	3／4	4	4	4
七	五十八	五十九	六十	六十一	六十二	六十三	六十四～六十六	六十七	六十八	六十九／七十	七十	七十一	七十二	七十三／七十四	一～四	五	六	七	八	九～十一	十二／十三	十四	十五／十六	一七	十八／十九	二十
五	五六	五七／五八	五九	六〇	六一	六一	六二	六三／六四	六五	六六／六七	六七／六八	六九	七〇	七一	一～四	五／六	六／七	八／九	一〇～一四	一五～二二	二三～二六	二七～三二	三三～三六	三七～三九	四〇～四三	四四
三	71	72	73	74	75	76	77～79	80／81	82	83	84～86	87	88	89／90	1～3	4	5／6	7／8	9／10	11／12	13	14～16	17～20	21	22／23	24
4	二九	二九	三〇	三一	三二	三二	三三	三四	三五	三六	三七	三七／三八	三九	四〇	一～三	四	四	五	六	七／八	九	一〇	一一	一二	一三／一四	一五

通巻番号 巻名	『注釈』		『全書』		『大系』		『玉上評釈』		『集成』番無		『新大系』		『全集』『新全集』	
	巻	章段	巻	章段	巻	章段	巻	章段	巻	章段	巻	章段	巻	章段
三五 若菜下	七	一三	四	四九~五三	三	4	七	二十一/二十二	五	四五~四九	三	25~29	4	一六
		一四		五四~五八		4		二十三~二十五		五〇~五六		30~32		一七/一八
		一五		五九/六〇		4		二十六/二十七		五七/五八		33		一九
		一六		六一/六二		4		二十八		五九		34		一九
		一七		六三/六四		4		二十九		六〇		35		二〇
		一八		六五		4		三十		六一		36		二一
		一九		六六		4		三十一		六二		37		二一
		二〇		六七~六九		5		三十二		六三~六五		38/39		二二
		二一		六九/七〇		5		三十二		六六/六七		40/41		二二
		二二		七一~七三		5		三十三/三十四		六八~七三		42		二三
		二三		七三~七五		5		三十四/三十五		七三/七四		42~44		二三/二四
		二四		七六~七八		5		三十六		七五~七七		45/46		二四
		二五		七九~八二		6		三十七/三十八		七八/七九		47/48		二五
		二六		八三~八五		6		三十九/四十		八〇~八二		49~51		二六
		二七		八六~八九		6		四十		八二~八四		51/52		二六
		二八		九〇~九四		6		四十一~四十三		八五~八八		53~55		二七
		二九		九五~九八		7		四十四/四十五		八九~九一		56~58		二八
		三〇		九九~一〇一		7		四十六		九二~九四		59/60		二九
		三一		一〇二~一〇五		7		四十六~四十八		九四~九七		60~63		二九/三〇
		三二		一〇六~一〇八		7		四十九~五十一		九八/九九		64/65		三〇
		三三		一〇九~一一二		7		五十一~五十三		一〇〇/一〇一		66~68		三〇
		三四		一一三/一一四		7		五十四/五十五		一〇一/一〇二		69/70		三一
		三五		一一五~一一七		7		五十六		一〇三/一〇四		71/72		三二
		三六		一一八		7		五十七		一〇五		73		三三

	七	四	三	七	五	三	4
	三七	一一九～一二一	7	五十八	一〇六～一〇八	74／75	三三
	三八	一二二／一二三	7	五十九／六十	一〇九／一一〇	75／76	三四
	三九	一二四～一二六	8	六十一	一一一～一一三	77／78	三五
	四〇	一二七～一三〇	8	六十二／六十三	一一四～一一六	79／80	三六
	四一	一三一	8	六十四	一一六	81	三七
	四二	一三一～一三五	8／9	六十四～六十七	一一七～一二〇	82／83	三七／三八
	四三	一三六～一三九	9	六十七	一二一／一二二	84	三八
	四四	一四〇～一四二	9	六十八～七十	一二三／一二四	85／86	三八
	四五	一四三／一四四	9	七十一／七十二	一二四／一二五	87／88	三九
	四六	一四五／一四六	9	七十二／七十三	一二六／一二七	89／90	三九／四〇
三六 柏木	八	四	四	八	五	四	4
	一	一	1	一	一	1	一
	二	二／三	1	二／三	二／三	2／3	二
	三	四／五	1	四／五	四／五	4／5	二
	四	五／六	1	五	五	5／6	二
	五	七～九	1	六／七	六	6／7	二
	六	一〇～一二	2	八／九	七～九	8／9	三
	七	一三～一五	2	十／十一	一〇	10／11	四
	八	一六～一八	3	十二／十三	一一／一二	12／13	五
	九	一九～二一	3	十四～十六	一二／一三	14／15	五
	一〇	二一／二二	3	十六／十七	一三／一四	15	五
	一一	二三	3	十八	一五	16	六
	一二	二四～二六	4	十九～二十一	一六～一八	17	七
	一三	二七～三〇	4	二十二／二十三	一九／二〇	18～20	七
	一四	三一～三三	4	二十四	二一～二三	21	七
	一五	三四～三六	5	二十五／二十六	二四／二五	22／23	八
	一六	三七／三八	5	二十七	二六／二七	24／25	八

通巻番号巻名	『注釈』巻	『注釈』章段	『全書』巻	『全書』章段	『大系』巻	『大系』章段	『玉上評釈』巻	『玉上評釈』章段	『集成』番無 巻	『集成』番無 章段	『新大系』巻	『新大系』章段	『全集』『新全集』巻	『全集』『新全集』章段
三六 柏木	八	一七	四	三九	四	5	八	二十八	五	二七	四	25	4	八
		一八		四〇		5		二十九		二八		26		九
		一九		四一／四二		5／6		三十／三十一		二九／三〇		26／27		九／一〇
		二〇		四三／四四		6		三十一		三〇／三一		27		一〇
		二一		四五		6		三十一		三一		28		一〇
		二二		四六／四七		6		三十一		三一／三二		29		一〇
		二三		四八／四九		7		三十二		三三		30		一一
		二四		五〇		7		三十二		三四		30		一一
		二五		五一		8		三十三		三五		31		一二
		二六		五二～五四		8		三十三		三五～三七		31／32		一二
		二七		五四／五五		8		三十三／三十四		三七／三八		32／33		一二／一三
三七 横笛	八	一	四	一／二	四	1	八	一	五	一	四	1	4	一
		二		三～六		1		二		二		2／3		二
		三		七～一〇		1		三		三		4／5		三／四
		四		一一～一六		1／2		四／五		四～七		6～9		四／五
		五		一七～二〇		3		六／七		八／九		10／11		六
		六		二一～二三		3／4		八～十		一〇～一二		12～14		六／七
		七		二四～二七		4		十一～十三		一三～一五		15／16		八
三八 鈴虫	八	一	四	一	四	1	八	一	五	一	四	1	4	一
		二		二／三		1		二／三		二／三		2		二
		三		四／五		1		四／五		四		3		三
		四		六		1		六		五		4		四
		五		七／八		2		七／八		六		5		五
		六		九		2		九		七		6		六

八	四	四	八	五	四	4
七	一〇／一一	2	十／十一	八	7	六
八	一二	2	十二	九	8	六
九	一三	3	十三	一〇	9	七
一〇	一四／一五	3	十四	一一	10	八
一一	一六／一七	3	十四	一二	11	八
一二	一八／一九	3	十五／十六	一三	12	九

三九 夕霧

八	五	四	八	六	四	4
一	一～三	1	一／二	一／二	1／2	一
二	四／五	1	三	三／四	3	二
三	六／七	1	四／五	四／五	4	三
四	八～一〇	1	六～八	六／七	5／6	三
五	一一～一三	1	九	七／八	7／8	四
六	一四／一五	1	九	八	9	四
七	一六～一八	1	九／十	九	10	四
八	一九～二一	1／2	十一／十二	一〇／一一	11	五
九	二二	2	十三	一二	12	六
一〇	二三	2	十四／十五	一三	13	七
一一	二四～二六	2	十五	一四／一五	14／15	七
一二	二七／二八	2	十六／十七	一六／一七	16	八
一三	二九～三一	3	十八	一八／一九	17	九
一四	三一／三二	3	十八	一九	18	九／一〇
一五	三三～三五	3	十九／二十	二〇／二一	19	一一
一六	三六	3	二十一	二二	20	一二
一七	三七～三九	3／4	二十一／二十二	二二／二三	21	一二／一三
一八	四〇	4	二十三	二四	22	一四
一九	四一～四三	4	二十四	二五	22／23	一五
二〇	四四	4	二十四	二六	24	一五

通巻番号 巻名	『注釈』巻	『注釈』章段	『全書』巻	『全書』章段	『大系』巻	『大系』章段	『玉上評釈』巻	『玉上評釈』章段	『集成』番無 巻	『集成』番無 章段	『新大系』巻	『新大系』章段	『全集』『新全集』巻	『全集』『新全集』章段
三九 夕霧	八	二一	五	四五	四	4	八	二十五	六	二七／二八	四	25	4	一六
		二二		四六		4		二十六		二九		26		一七
		二三		四七～四九		4		二十七／二十八		三〇		27／28		一八
		二四		四九／五〇		4		二十八		三〇／三一		29		一八
		二五		五一		5		二十九		三二		30		一九
		二六		五二／五三		5		三十		三三／三四		30		一九／二〇
		二七		五四		5		三十一		三四／三五		31		二〇
		二八		五五		5		三十二		三六／三七		32		二一
		二九		五六		5		三十三		三八		33		二二
		三〇		五七／五八		5		三十四／三十五		三九／四〇		33／34		二三／二四
		三一		五九／六〇		5		三十六／三十七		四一／四二		35		二五／二六
		三二		六一／六二		5		三十七		四三		36		二六
		三三		六三／六四		5		三十八／三十九		四四／四五		37		二七
		三四		六五		5		四十		四五		38		二八
		三五		六六／六七		5		四十一		四六		39／40		二九
		三六		六八		5		四十二		四七		40		二九
		三七		六九／七〇		5		四十三		四八		41／42		三〇
		三八		七一		6		四十四		四九		43		三一
		三九		七二／七三		6		四十五／四十六		五〇		44		三二
		四〇		七四／七五		6		四十七		五一／五二		45		三三
		四一		七六		7		四十八		五三		46		三四
		四二		七七／七八		7		四十九		五四／五五		46／47		三四
		四三		七九／八〇		7		五十		五六		48		三五
		四四		八一／八二		7		五十一／五十二		五七／五八		49		三六

四〇 御法	八	五	四	九	六	四	4
	一	一	1	一	一	1	一
	二	二～六	2	二～五	二～五	2～4	二／三
	三	七～一〇	3	六／七	六～八	5／6	四／五
	四	一一～一三	4	八～十	九／一〇	6～8	六
	五	一四／一五	4	十一	一一	8／9	七
	六	一六／一七	4	十二／十三	一二／一三	10／11	八
	七	一八	4	十三	一三	11	九
	八	一九	5	十四	一四	12	一〇
	九	二〇／二一	5	十五／十六	一五／一六	13	一一／一二
	一〇	二二／二三	5	十七／十八	一七／一八	14	一三／一四
	一一	二四／二五	5	十九／二十	一九／二〇	15	一五／一六
四一 幻	八	五	四	九	六	四	4
	一	一／二	1	一／二	一／二	1	一／二
	二	三	1	二	二	2	二
	三	四／五	1	二	二／三	3	三
	四	六／七	1	二／三	三／四	4	四／五
	五	八	2	三	五	5	五
	六	九	2	四	六	6	六
	七	一〇	2	五	七	7	七
	八	一一／一二	2	五	七／八	8	七
	九	一三／一四	3	六／七	九／一〇	9	八／九
	一〇	一五～一八	3	八	一一	10／11	一〇
	一一	一九／二〇	3／4	九	一二／一三	12	一一／一二
	一二	二一～二四	4	十～十三	一四～一七	13／14	一三～一六
	一三	二五／二六	4	十四／十五	一八／一九	15	一七
	一四	二七／二八	4	十六／十七	二〇／二一	16	一八／一九
四二 匂兵部卿	九	五	四	九	六	四	5
	一	一	1	一	一	1	一

通巻番号 巻名	『注釈』巻	『注釈』章段	『全書』巻	『全書』章段	『大系』巻	『大系』章段	『玉上評釈』巻	『玉上評釈』章段	『集成』番無 巻	『集成』番無 章段	『新大系』巻	『新大系』章段	『全集』『新全集』巻	『全集』『新全集』章段
四二 匂兵部卿	九	二	五	二／三	四	1	九	二／三	六	二／三	四	2	5	二
		三		四〜六		1		四／五		四／五		3／4		三
		四		七／八		2		六／七		六〜八		5		四／五
		五		九		2		八		九		6		五
		六		一〇〜一二		2		九〜十一		一〇〜一二		7／8		五／六
		七		一三／一四		2		十二／十三		一三〜一五		9		七
		八		一五〜一七		2／3		十四／十五		一六〜一九		10		八
		九		一八		3		十六		二〇		11		九
		一〇		一九〜二一		3		十七		二一／二二		12		一〇
四三 紅梅	九	一	五	一	四	1	九	一	六	一／二	四	1	5	一
		二		二／三		1		二〜四		二／三		2		二
		三		四		1		五		四		3		三
		四		五／六		1		六／七		五／六		4／5		三
		五		七／八		2		八〜十		七〜九		6		四
		六		九〜一一		3		十一〜十三		九〜一一		7〜9		五
		七		一二		3		十四		一一／一二		9／10		六
		八		一三		3		十五		一三		11		七
		九		一四／一五		3		十六／十七		一四／一五		12		八
四四 竹河	九	一	五	一	四	1	九	一	六	一	四	1	5	一
		二		二		1		二		二		2		二
		三		三／四		1		三		三／四		3		三
		四		五		1		四		五		4		三
		五		六		1		五		六		5		四
		六		七〜九		2		六〜八		七〜九		6		五

九	五	四	九	六	四	5
七	一〇~一二	2	九~十一	一〇~一二	7	六
八	一三~一六	2	十二~十四	一三~一五	8/9	七/八
九	一七	2	十五	一六	9	八
一〇	一八	3	十六	一七	10	九
一一	一九/二〇	3	十六/十七	一八/一九	11/12	九
一二	二一	3	十八	二〇	13	九
一三	二二	3	十九	二一	14	九
一四	二三/二四	3	二十/二十一	二二/二三	15	一〇
一五	二五/二六	3	二十二/二十三	二四	16/17	一一
一六	二七/二八	4	二十四/二十五	二五	18	一二
一七	二九	4	二十六	二六	19	一三
一八	三〇/三一	4	二十七	二七	20	一三
一九	三二	4	二十八	二八	21	一三
二〇	三三	4	二十九	二九	22	一四
二一	三四	4	三十	三〇	23	一四
二二	三五/三六	4	三十一/三十二	三一/三二	24	一五
二三	三六	4	三十二	三二	25	一五
二四	三七	5	三十三	三三	26	一六
二五	三八/三九	5	三十四/三十五	三四	27	一六
二六	四〇	5	三十六	三五	28	一七
二七	四一	5	三十七	三六	29	一七
二八	四二	5	三十七	三七	30	一七
二九	四三	5	三十八	三八	31	一七
三〇	四四	5	三十九	三九	32	一八
三一	四五~四七	6	四十~四十二	四〇~四二	33	一九
三二	四八~五一	6	四十三/四十四	四三/四四	34	二〇

通巻番号 巻名	『注釈』巻	『注釈』章段	『全書』巻	『全書』章段	『大系』巻	『大系』章段	『玉上評釈』巻	『玉上評釈』章段	『集成』番無 巻	『集成』番無 章段	『新大系』巻	『新大系』章段	『全集』『新全集』巻	『全集』『新全集』章段
四四 竹河	九	三三	五	五二／五三	四	6	九	四十五／四十六	六	四五	四	35	5	二一
		三四		五四		6		四十七		四六		36		二二
四五 橋姫	九	一	五	一	四	1	十	一	六	一	四	1	5	一
		二		二~四		1		二~四		二		2		二
		三		五~七		1		五~七		三~五		3		二
		四		八~一〇		1		八／九		六		4		三
		五		一一／一二		2		十／十一		七／八		5		四
		六		一三／一四		2		十二／十三		九／一〇		6／7		五
		七		一五~一七		2		十四~十六		一一~一三		8		六
		八		一八		2		十七		一四		9		七
		九		一九／二〇		2		十八／十九		一五		10		七
		一〇		二一~二三		2		二十~二十二		一六~一八		11		八
		一一		二四／二五		3		二十三~二十五		一九／二〇		12		九
		一二		二六		3		二十六		二一		13		九
		一三		二七~二九		3		二十七~二十九		二二／二三		14／15		一〇
		一四		三〇／三一		3		二十九／三十		二三／二四		15		一一
		一五		三二		4		三十一		二五		16		一二
		一六		三三／三四		4		三十二~三十四		二六		17		一二／一三
		一七		三五~三八		4		三十五~三十八		二七		18		一四
		一八		三九~四二		5		三十九~四十二		二八~三〇		19／20		一五
		一九		四三／四四		5		四十三／四十四		三〇		20		一五
		二〇		四五~四八		6		四十五~四十八		三一~三三		21／22		一六
		二一		四九／五〇		6		四十九／五十		三四／三五		23／24		一七
		二二		五一~五三		6		五十一~五十三		三六~三八		24／25		一七

四六 椎本

九	一	二	三	四	五	六	七	八	九	一〇	一一	一二	一三	一四	一五	一六	一七	一八	一九	二〇	二一	二二	二三	二四	二五	二三
五	一~三	四	五／六	七／八	九／一〇	一一	一二／一三	一四~一六	一七／一八	一九	二〇／二一	二二	二三／二四	二五／二六	二七／二八	二九~三一	三二／三三	三四／三五	三六／三七	三八~四〇	四一	四二	四三／四四	四五~四七	四八／四九	五四／五五
四	1	1	1	1	1	2	2	2	2	2	2	2	3	3	3	3	3	3	3	3	4	4	4	4	4	6
十	一~三	四／五	六~八	九／十	十一／十二	十三	十四~十六	十七~十九	二十／二十一	二十二	二十三~二十五	二十六	二十七／二十八	二十九~三十一	三十二／三十三	三十四~三十七	三十八／三十九	四十／四十一	四十二／四十三	四十四~四十六	四十七	四十八	四十九／五十	五十一~五十三	五十四／五十五	五十四／五十五
六	一	一	二／三	四	五／六	七	八~一〇	一一~一三	一四／一五	一六	一七／一八	一九	二〇／二一	二二／二三	二三／二四	二四	二五／二六	二七／二八	二九／三〇	三一~三三	三四	三五	三五	三六~三八	三九	三九／四〇
四	1／2	2	3／4	5	6	6	7／8	9	10／11	12	13	14	14	15	16	16	17／18	19	20	21／22	23	24	24／25	25	26	26
5	一／二	二	二	二	三	三	四	四	五	六	六	七	七	八	九	九	一〇	一一	一一	一二	一三	一三	一三／一四	一四	一五	一八

通巻番号 巻名	『注釈』巻	『注釈』章段	『全書』巻	『全書』章段	『大系』巻	『大系』章段	『玉上評釈』巻	『玉上評釈』章段	『集成』番無 巻	『集成』番無 章段	『新大系』巻	『新大系』章段	『全集』『新全集』巻	『全集』『新全集』章段
四六 椎本	九	二六	五	五〇～五二	四	4／5	十	五十六～五十八	六	四〇～四二	四	27／28	5	一六
		二七		五三～五六		5		五十九～六十二		四三		28／29		一七
四七 総角	九	一	六	一	四	1	十	一／二	七	一	四	1	5	一
		二		二／三		1		三／四		二		2		一
		三		四		1		五		三／四		3		二
		四		五／六		1		六／七		五／六		4／5		三
		五		七／八		1		八／九		七		6		三
		六		九／一〇		1		十／十一		八		7		四
		七		一一		2		十二		九		8		五
		八		一二		2		十三		一〇		9		五
		九		一三～一五		2		十四／十五		一一～一三		10／11		六
		一〇		一六		2		十六		一四		12		六
		一一		一七～二〇		2		十七～二十		一五～一七		13／14		六
		一二		二一～二六		2		二十一～二十六		一八～二四		15～17		六／七
		一三		二七～三〇		2		二十七～三十		二五～二八		18／19		七／八
		一四		三一～三三		2		三十一～三十三		二八～三〇		20		九
		一五		三四／三五		3		三十四／三十五		三一／三二		21		一〇
		一六		三六～三八		3		三十六～三十八		三三～三五		22		一〇
		一七		三九／四〇		3		三十九／四十		三六／三七		23		一〇
		一八		四一		4		四十一		三八		24		一一
		一九		四二～四五		4		四十二～四十五		三九～四一		25		一一／一二
		二〇		四六～四八		4		四十六～四十八		四二／四三		26		一三
		二一		四九／五〇		4		四十九／五十		四四／四五		27		一四
		二二		五一／五二		4		五十一／五十二		四六		28		一五

	九	六	四	十	七	四	5
	二三	五三／五四	4	五十三／五十四	四七／四八	29	一六
	二四	五五〜五九	4	五十五〜五十九	四九〜五二	30／31	一七
	二五	六〇〜六四	4／5	六十〜六十二	五三〜五五	32／33	一八／一九
	二六	六五／六六	5	六十三	五六	34	一九
	二七	六七〜六九	5	六十四／六十五	五七／五八	35／36	二〇／二一
	二八	七〇〜七七	5	六十六〜七十一	五九〜六五	37／38	二二／二三
	二九	七八〜八〇	5	七十二／七十三	六六〜六八	39	二四
	三〇	八一〜八三	5	七十四〜七十六	六九〜七一	40	二五
	三一	八四／八五	5	七十七／七十八	七二／七三	41	二六
	三二	八六〜八九	5	七十九／八十	七四〜七六	42／43	二七／二八
	三三	九〇〜九二	5	八十一／八十二	七七／七八	44	二九
	三四	九三	5	八十三	七九	45	二九
	三五	九四〜九六	5	八十四／八十五	八〇／八一	46／47	三〇／三一
	三六	九七〜一〇一	5／6	八十五〜八十七	八二〜八四	48／49	三二
	三七	一〇二	6	八十八	八五	50	三三
	三八	一〇三〜一〇五	6	八十九〜九十一	八六〜八八	51／52	三三／三四
	三九	一〇六〜一〇九	6	九十二〜九十四	八九〜九一	53	三五
	四〇	一一〇〜一一二	6	九十四〜九十六	九一〜九三	54	三五／三六
	四一	一一三〜一一六	6	九十七〜九十九	九四〜九七	55／56	三七／三八
	四二	一一七〜一一九	6	百	九八〜一〇〇	57	三九
	四三	一二〇〜一二三	6	百一〜百三	一〇一〜一〇三	58	四〇
	四四	一二四〜一二六	6	百四〜百六	一〇四〜一〇六	59〜61	四〇／四一

四八 早蕨	十	六	五	十一	七	五	5
	一	一／二	1	一／二	一／二	1	一
	二	三／四	1／2	三／四	二／三	2／3	一／二
	三	五〜七	2	四	四／五	3	二
	四	八〜一〇	2	五／六	六〜八	4	三／四

通巻番号 巻名	『注釈』巻	『注釈』章段	『全書』巻	『全書』章段	『大系』巻	『大系』章段	『玉上評釈』巻	『玉上評釈』章段	『集成』番無 巻	『集成』番無 章段	『新大系』巻	『新大系』章段	『全集』『新全集』巻	『全集』『新全集』章段
四八 早蕨	十	五	六	一一／一二	五	3	十一	七	七	九	五	5	5	四
		六		一三～一五		3		七		一〇／一一		5／6		四
		七		一六／一七		4		八		一二		7		五
		八		一八		4		九		一三		8		六
		九		一九～二一		4		十		一四／一五		9		七
		一〇		二二／二三		5		十一		一六／一七		10		八
		一一		二四／二五		5		十二		一八／一九		11		九
		一二		二六／二七		5		十三		二〇／二一		12		一〇
		一三		二八		5		十三		二一		13		一〇
四九 宿木	十	一	六	一	五	1	十一	一	七	一	五	1	5	一
		二		二／三		1		二／三		二／三		2		二
		三		四		1		四		四		3		三
		四		五～七		1		五／六		五／六		4		三
		五		八／九		2		七／八		七／八		5（6欠番）		四
		六		一〇		2		九		九		7		五
		七		一一～一四		2		十～十三		一〇～一三		8／9		六
		八		一五		3		十四		一四		10／11		七
		九		一六／一七		3		十五／十六		一五／一六		11／12		七
		一〇		一八		3		十七		一七		12		八
		一一		一九／二〇		3		十八		一七／一八		13		八
		一二		二一／二二		3		十九／二十		一九／二〇		14		八
		一三		二二／二三		3		二十／二十一		二〇		15		八
		一四		二四		3		二十二		二一		15		九
		一五		二五～二七		4		二十三／二十四		二二／二三		16		一〇

十	六	五	十一	七	五	5
一六	二八／二九	4	二十五	二四	17	一一
一七	三〇〜三二	4	二十六〜二十八	二五〜二七	17／18	一二／一三
一八	三三	4	二十九	二七	19	一三
一九	三四／三五	4	三十／三十一	二八／二九	20	一四／一五
二〇	三六／三七	4	三十二／三十三	三〇／三一	21	一五
二一	三八〜四〇	5	三十四	三二／三三	22	一六／一七
二二	四一／四二	5	三十五	三四／三五	23	一八
二三	四三	5	三十五	三六	24	一九
二四	四四	5	三十六	三七	25	二〇
二五	四五／四六	6	三十七	三八／三九	26	二一
二六	四七／四八	6	三十七／三十八	四〇	27	二二
二七	四九〜五一	6	三十八／三十九	四〇〜四二	28／29	二三
二八	五二〜五四	6	四十〜四十二	四三〜四五	29／30	二四
二九	五五	7	四十三	四六	31	二五
三〇	五六／五七	7	四十四／四十五	四七／四八	32	二五
三一	五八	7	四十六	四九	33	二五
三二	五九	8	四十七	五〇	34	二六
三三	六〇	8	四十八	五一	35	二六
三四	六一	8	四十九	五二	36	二七
三五	六二／六三	8	五十／五十一	五三／五四	37	二八
三六	六四	8	五十二	五五	38	二八
三七	六五	8	五十三	五六	39	二九
三八	六六／六七	8	五十四	五七	40	二九
三九	六八／六九	8	五十五／五十六	五八／五九	41	二九
四〇	七〇	9	五十七	六〇	42	三〇
四一	七一	9	五十八	六一	43	三一

通巻番号 巻名	『注釈』巻	『注釈』章段	『全書』巻	『全書』章段	『大系』巻	『大系』章段	『玉上評釈』巻	『玉上評釈』章段	『集成』番無 巻	『集成』番無 章段	『新大系』巻	『新大系』章段	『全集』『新全集』巻	『全集』『新全集』章段
四九 宿木	十	四二	六	七二	五	9	十一	五十九	七	六二	五	44	5	三二
		四三		七三／七四		9		六十／六十一		六三		45		三三
		四四		七五		10		六十二		六四		46		三四
		四五		七六		10		六十三		六五		47		三五
		四六		七七／七八		10		六十四／六十五		六六		48		三六
		四七		七九／八〇		10／11		六十六／六十七		六七／六八		49		三七／三八
		四八		八一／八二		11		六十八／六十九		六九／七〇		50		三九／四〇
		四九		八三		11		七十		七一		51		四一
		五〇		八四／八五		12		七十一／七十二		七二		52		四二
		五一		八六／八七		12		七十三		七三		52		四三
		五二		八八～九〇		12		七十四～七十六		七四／七五		53／54		四四／四五
		五三		九一～九五		13		七十七～八十一		七六～七九		55／56		四六
		五四		九六／九七		13		八十二		八〇		57		四七
		五五		九八／九九		14		八十三／八十四		八一／八二		58		四八
		五六		一〇〇／一〇一		14		八十四～八十六		八二		59		四八
		五七		一〇二／一〇三		14		八十七／八十八		八三		60		四九
		五八		一〇四		14		八十九		八四		61		五〇
五〇 東屋	十	一	六	一	五	1	十一	一	七	一	五	1	6	一
		二		二		1		二		二		2		二
		三		三		1		三		三		3		三
		四		四		1		四		四		4		四
		五		五		2		五／六		五		5		五
		六		六		2		七		六		6		六
		七		七		2		八／九		七		7		七

十	六	五	十一	七	五	6
八	八	2	十	八	8	八
九	九／一〇	2	十一／十二	九	9	九
一〇	一一	3	十三	一〇	10	一〇
一一	一二	3	十四／十五	一一	11	一一
一二	一三	3	十六	一二	12	一二
一三	一四／一五	3	十七／十八	一三／一四	13／14	一三
一四	一六	3	十九	一五	15	一四
一五	一七	3	二十	一六	16	一五
一六	一八／一九	4	二十一／二十二	一七／一八	17	一六
一七	二〇	4	二十三	一九	18	一七
一八	二一	4	二十四／二十五	二〇	19	一八
一九	二二	4	二十六	二一	20	一八
二〇	二三	4	二十七	二二	21	一九
二一	二四	4	二十八	二三	22	二〇
二二	二五	4	二十九	二四	23	二一
二三	二六／二七	4	三十／三十一	二五／二六	24	二二
二四	二八／二九	5	三十二／三十三	二七	25	二三／二四
二五	三〇／三一	5	三十四／三十五	二八／二九	26	二四
二六	三二~三四	5	三十六~三十八	三〇~三三	27	二五
二七	三五／三六	5	三十九／四十	三四／三五	28	二六
二八	三七／三八	5	四十一／四十二	三六／三七	29	二七
二九	三九~四一	5／6	四十三~四十五	三八~四〇	29／30	二八／二九
三〇	四二~四四	6	四十六~四十八	四一~四三	31／32	二九／三〇
三一	四五	7	四十九	四四	33	三一
三二	四五／四六	7	四十九／五十	四四／四五	34	三二
三三	四七	7	五十一	四六／四七	35	三三

通巻番号 巻名	『注釈』 巻	『注釈』 章段	『全書』 巻	『全書』 章段	『大系』 巻	『大系』 章段	『玉上評釈』 巻	『玉上評釈』 章段	『集成』番無 巻	『集成』番無 章段	『新大系』 巻	『新大系』 章段	『全集』『新全集』 巻	『全集』『新全集』 章段
五〇 東屋	十	三四	六	四八	五	7	十一	五十二	七	四八	五	36	6	三四
		三五		四九／五〇		7		五十三		四九／五〇		37		三五
		三六		五一／五二		8		五十四／五十五		五一／五二		38／39		三六／三七
		三七		五二／五三		8		五十五／五十六		五二／五三		39／40		三七
		三八		五四		8		五十七		五四		41		三八
		三九		五五／五六		8		五十八		五五／五六		42		三九
		四〇		五七		8		五十九		五七		43		四〇
		四一		五八／五九		8		六十		五八／五九		44／45		四一
		四二		六〇／六一		8		六十一／六十二		六〇／六一		46／47		四二
		四三		六二		8		六十三		六二		48		四三
		四四		六三		8		六十四		六三		49		四四
		四五		六四		8		六十五		六四		50		四五
五一 浮舟	十一	一	七	一	五	1	十二	一	八	一	五	1	6	一
		二		二／三		1		一		二／三		2		二
		三		三		1		一		三		3		三
		四		四／五		1		二		四／五		4		四
		五		五／六		1		二		五		5		四
		六		七		2		三		六		6／7		五
		七		八		2		三		七		8		六
		八		九／一〇		2		三		八／九		9		七
		九		一一～一三		2		四		一〇～一二		10		八
		一〇		一四～一六		2		四／五		一三～一五		11～13		八／九
		一一		一七／一八		3		六		一六／一七		14／15		一〇
		一二		一九～二二		3		六		一八～二〇		16／17		一〇

	十一	七	五	十二	八	五	6
	一三	二三／二四	3	七	二一／二二	18	一一
	一四	二五～二七	3	八	二三～二五	19	一二
	一五	二八／二九	4	九	二六／二七	20／21	一三
	一六	三〇～三二	4	九／十	二八～三〇	22／23	一四／一五
	一七	三三／三四	4	十一	三〇	24	一五
	一八	三五／三六	4	十一	三一／三二	25／26	一五
	一九	三七～三九	4	十二	三三	27	一六
	二〇	四〇～四四	4	十三／十四	三四～三六	28／29	一七
	二一	四五～四八	4	十四	三七／三八	30	一八
	二二	四九／五〇	4	十五／十六	三九／四〇	31／32	一八／一九
	二三	五一／五二	5	十七／十八	四一／四二	33	二〇
	二四	五三～五五	5	十九～二十一	四三～四五	34／35	二〇
	二五	五六／五七	5	二十二／二十三	四六／四七	36／37	二一／二二
	二六	五八／五九	5	二十四	四八／四九	38／39	二三
	二七	六〇／六一	5	二十四	五〇／五一	40／41	二三
	二八	六二～六四	5	二十五	五二～五四	42／43	二四
	二九	六五／六六	6	二十六／二十七	五五／五六	44／45	二四
	三〇	六七／六八	6	二十八／二十九	五七／五八	46／47	二五
	三一	六九／七〇	6	三十／三十一	五九／六〇	47／48	二五／二六
	三二	七〇	6	三十一	六一／六二	49	二六
	三三	七一	6	三十一	六三／六四	50／51	二七
	三四	七二	7	三十二	六五	52	二八
	三五	七三／七四	7	三十三	六六／六七	53／54	二九
	三六	七五～七七	7	三十四～三十六	六八～七一	55／56	三〇／三一
	三七	七八／七九	7	三十六／三十七	七二／七三	57	三一
	三八	八〇／八一	7	三十八	七四	58	三二

通巻番号 巻名	『注釈』 巻	『注釈』 章段	『全書』 巻	『全書』 章段	『大系』 巻	『大系』 章段	『玉上評釈』 巻	『玉上評釈』 章段	『集成』番無 巻	『集成』番無 章段	『新大系』 巻	『新大系』 章段	『全集』『新全集』 巻	『全集』『新全集』 章段
五一 浮舟	十一	三九	七	八二~八五	五	7	十二	三十九~四十一	八	七五~七七	五	59	6	三三
五二 蜻蛉	十一	一	七	一/二	五	1	十二	一/二	八	一/二	五	1	6	一
		二		三/四		1		三/四		三~五		2/3		二
		三		五		1		五		六/七		4		二
		四		六/七		1		六/七		八~一〇		5/6		三
		五		八/九		1		八/九		一一/一二		6/7		三
		六		一〇/一一		2		十/十一		一三/一四		8/9		四
		七		一二/一三		2		十二/十三		一五/一六		10/11		五
		八		一四		2		十四		一七/一八		11/12		五
		九		一五		2		十五		一九/二〇		12		五
		一〇		一六/一七		2		十六/十七		二一/二二		13		五/六
		一一		一八		3		十八		二三/二四		14		六
		一二		一九		3		十九		二四/二五		14/15		六
		一三		二〇/二一		3		二十/二十一		二六/二七		15		六
		一四		二二		4		二十二		二八		16		七
		一五		二三		4		二十二		二九/三〇		17		七
		一六		二四		4		二十二		三一/三二		18		七
		一七		二五		4		二十三		三三		18/19		七
		一八		二六		4		二十四		三四		19		七
		一九		二七/二八		5		二十五		三五/三六		20		八
		二〇		二八		5		二十五		三六		20		八
		二一		二九		5		二十六		三七		21		八
		二二		三〇/三一		5		二十七/二十八		三八/三九		22		九
		二三		三二		5		二十九		四〇		23		一〇

	十一	七	五	十二	八	五	6
	二四	三三／三四	6	三十／三十一	四一／四二	24	一一
	二五	三四／三五	6	三十一	四二	25	一一
	二六	三六～三八	6	三十一／三十二	四三～四五	25／26	一一／一二
	二七	三九／四〇	6	三十三／三十四	四六／四七	27	一三
	二八	四一／四二	6	三十四／三十五	四八／四九	27／28	一三／一四
	二九	四三	6	三十五	五〇	28	一四
	三〇	四四	6	三十六	五一	29	一五
	三一	四五／四六	7	三十七	五二	30	一六
	三二	四七～四九	7	三十八／三十九	五三／五四	31	一七
	三三	五〇／五一	7	四十／四十一	五五／五六	32／33	一八
	三四	五一	7	四十一	五六	33	一八
	三五	五二	7	四十一	五七	34	一九
	三六	五三	7	四十二	五八	35	二〇
	三七	五四	7	四十三	五九	36	二一
	三八	五五	7	四十三	六〇	36	二二
五三 手習	十一	七	五	十二	八	五	6
	一	一	1	一／二	一／二	1	一
	二	二	1	三	三	2	二
	三	三～五	1	三／四	三／四	3	二
	四	六／七	2	五	五	4	三
	五	八	2	六	六	5	四
	六	九／一〇	3	七／八	七／八	6／7	五／六
	七	一一／一二	3	九	九／一〇	8	七
	八	一三	3	九	一一／一二	9	七
	九	一四	3	十	一三	10	八
	一〇	一五	3	十	一四	11	九
	一一	一六	3	十一	一五	12	一〇

通巻番号 巻名	『注釈』巻	『注釈』章段	『全書』巻	『全書』章段	『大系』巻	『大系』章段	『玉上評釈』巻	『玉上評釈』章段	『集成』番無 巻	『集成』番無 章段	『新大系』巻	『新大系』章段	『全集』『新全集』巻	『全集』『新全集』章段
五三 手習	十一	一二	七	一七～一九	五	3	十二	十一／十二	八	一六／一七	五	13	6	一一
		一三		一九／二〇		3		十二		一七／一八		14		一一
		一四		二一		3		十二		一九		15		一一
		一五		二二～二四		4		十三		二〇～二二		16／17		一二
		一六		二五／二六		4		十三		二三／二四		17／18		一二
		一七		二七		4		十三		二五		18		一二
		一八		二八		4		十四		二六		19		一三
		一九		二九／三〇		4		十五		二七		20		一四
		二〇		三一／三二		4		十六／十七		二八／二九		21		一五
		二一		三三／三四		4		十七／十八		三〇／三一		22／23		一五／一六
		二二		三五		4		十八／十九		三二		24		一六
		二三		三六／三七		4		十九		三三～三五		25		一七
		二四		三八		5		二十／二十一		三六		26		一八
		二五		三九		5		二十一		三七		27		一八
		二六		四〇		5		二十二／二十三		三八／三九		28／29		一九
		二七		四一～四三		5		二十三／二十四		四〇／四一		30／31		一九
		二八		四四～四六		5		二十四／二十五		四二／四三		31／32		二〇
		二九		四七／四八		5		二十五／二十六		四四／四五		32／33		二〇
		三〇		四九～五一		5		二十六～二十八		四六		34／35		二〇
		三一		五二／五三		5		二十九／三十		四七		36／37		二一
		三二		五四		5		三十一		四八		38		二二
		三三		五五		6		三十二		四九		39		二三
		三四		五六／五七		6		三十三		五〇		40		二三
		三五		五八		7		三十四		五一		41		二四

章	十一	七	五	十二	八	五	6
	三六	五九／六〇	7	三十四／三十五	五二／五三	42／43	二五
	三七	六一～六三	7	三十五～三十七	五四～五六	44／45	二五
	三八	六四／六五	8	三十八	五七	46	二六
	三九	六六	8	三十九／四十	五八／五九	47	二七
	四〇	六七	8	四十	五九	48	二七
	四一	六八／六九	8／9	四十一／四十二	六〇／六一	49	二八／二九
	四二	七〇／七一	9	四十三／四十四	六二／六三	50	二九
	四三	七二	9	四十四	六四	51	三〇
	四四	七三	9	四十五	六五	52	三〇
	四五	七四	9	四十五／四十六	六六	52／53	三一
五四 夢浮橋	一	一／二	1	一／二	一／二	1	一
	二	三	1	二	三／四	2	二
	三	三	1	二	四／五	2	二
	四	三	1	二	六／七	2	二
	五	四	1	二	八	3	三
	六	五	1	二	九	4	四
	七	六	1	三	一〇	5	五
	八	七	2	四	一一	6	六
	九	八	2	五	一二／一三	7	七
	一〇	九／一〇	2	六	一三／一四	8／9	八
	一一	一一／一二	2	六	一五／一六	9／10	九
	一二	一三／一四	2	六	一七／一八	11／12	一〇
	一三	一五	2	六	一九	12	一一
	一四	一六	2	七	二〇	12	一二

あとがき

注釈に徹する注釈を目指すと妄言して、『源氏物語注釈　七』を続投し始めて、早くも十年になる。私自身のことを言えば、その昔、名古屋平安文学研究会の企画で、研究会の会員が各巻を分担して尾州家本源氏物語の研究が始められて、その会に参加していた私が、『源氏物語』の本文に関心を持ちはじめた。それからを数えると、すでに五十年余りになる。

その間、名古屋平安文学研究会における尾州家本の研究は、『源氏物語』の全巻の発表を終えて終わったが、その研究会で学んだ『源氏物語』の膨大な諸本の闇は、若い時の新鮮な私の脳裏に染みこんだようである。その後の出版技術のすさまじい進化により、『源氏物語』への世間の強い思い入れは、ますます広がっている。定家本源氏物語原本の姿を、カラー影印版で確かめながら読むことが出来る昨今である。そうした社会の風潮が、我々の注釈を完成したいという意欲をかき立てさせた。当初は、十二巻として索引編を計画していたが、恐ろしい程のＡＩの進化に牽引されて、急遽、より迅速簡便な電子媒体検索を作製することにした。その結果、『源氏物語注釈』全巻の、本文・校異・注釈それぞれの電子検索を可能にした。全巻の注釈の完了には年月を要したけれども、めまぐるしく深化する時代の趨勢を無視して注釈したのでは、旧態依然のものになってしまうという思いに脅かされた十年間でもあった。研究環境に柔軟に対応しながら、なんとかここまで辿り着くことが出来て、今このような「あとがき」を書くことが出来る段階に至り、筆舌に尽くせぬ心境である。これまで、長い間、惜しみなくご助言、ご協力してくださった多くの方々への感謝の気持ちの一端をここに記させていただく。

まず、はじめに、本注釈は、六巻までは、『源氏物語大成』を底本として本文を作成した注釈であったが、七巻からは、相山女学園大学の人間交流会館において、風間書房社長も交じえ、後半の共著者と協議して、出版方針を決め再開した。七巻以降においては、六巻までのそれよりも、影印された資料を重視して本文・校異原稿を作成している。本文と校異の扱い方の違いは、現今の研究環境に対応したこと、驚く程の、便利に読むことの出来るようになった諸本を無視するわけにはいかなかったこと等による。しかし、本文・校異・注釈という、三段階形態は、全巻を通して不変を貫くことが出来た。この形態は、注釈書の基本形態であると考える。

そしてさらに、特記したいことは、出版が遅延し迷惑をかけ、無理をお願いする中で、風間敬子社長が示してくださった寛大な優しさが身にしみることである。最終の第十一巻では、注釈部分が出来上がった後、一年もの間、総検索CDの作製に手間取ったが、温かく寄り添い出版を猶予してくださった。あくまでも、内容の充実と使いやすさをというご配慮による。

最後に一言、共著者乾澄子・岡本美和子・嘉藤久美子・佐藤厚子・田尻紀子・宮田光・山崎和子の各氏が、自身の状況に応じて仕事に参加し、精一杯注釈を楽しんでくださったことをここに特記し感謝したい。また、総検索CD作製の段階では、めんどうな作業を根気よく引き受けてくれた、娘夫婦の大塚聡史・みつ子にも心から感謝したい。

二〇一八年二月吉日記す　　　　梅野　きみ子

『源氏物語注釈』総検索CDについて

本CDは、『源氏物語注釈』全十一巻（『注釈』と略称）に含まれる文字列を検索出来るようにしたものである。書籍のテキストファイル化に当たっては、データーの文字化けを、編集者の手作業で可能な限り修正し、修正出来ない文字は「＊」に変換した（【校異】欄では「〓」を残している場合もある）。それを、「本文」・【校異】・【注釈】ファイルとして作成し（【傍書】欄は削除）、そのデーターからの検索を可能とした。適宜指定した語彙を、『注釈』中の表記のまま検索すれば、その所在を明らかに出来る。使用するに当たっての留意点は、表記のままの検索であるということである。例えば、

「きよら」と「清ら」、または、「聞こえかはし」と「聞こえ交はし」のように、『注釈』中には、両表記が混在している。このような場合は、調べたいことばのそれぞれの表記を指定して検索されたい。

本CDの取り得は、このような表記による検索であることを忘れなければ、『注釈』中の『源氏物語』の全本文の語彙検索の機能を持つのみばかりか、【校異】・【注釈】欄からも、適宜指定した語彙の所在する文字列の検索を可能としたことである。さらに、本巻巻末に掲げた「章段対照表」を併用することによって、これまでに刊行された『源氏物語』の主要な注釈書（『全書』『大系』『玉上評釈』『全集』『集成』『新大系』『新全集』）の該当する章段場面にたどり着くことも可能であるので、『全書』以下諸注釈書全ての検索の機能も持つといえる。

一　「本文」欄の語彙検索について

「本文」とは、『注釈』の本文欄において、底本に読解の便を考慮して、適宜漢字を宛てた校訂本文のことで、それは、【校異】欄に掲げた如くの考察をし、可能な限り作品の原態に近づくように目指したものである。とくに、七巻以降においては、各巻の凡例に述べているごとく、底本のもとの姿を（　）付き振り仮名の位置に傍記し、底本の原態にもどれるようにしている。そのような書籍の本文をデジタル化するにあたっては、本行本文の左右に小文字を示す（ルビ化する）ことは出来ないので、このCDにおいては、以下の如く「本文」を加工している。

原則として、『注釈』本文の本行の文字をCDの「本文」としてデータ化しており、底本の原態を示すために、本行右の、振り仮名の位置に（　）付で傍記したものは削除している。従って、本CDは、底本の原態を検索して示す機能は持ち得ない。原態は、その部分の『注釈』中の本文欄に当たることによって知ることが出来る。また、『注釈』の本文欄の本行に小さく「○」をして、その右に小字で示した補入、『注釈』の本文欄の本行文字の左に「ヒ」（ミセケチ）を付して、本行文字の右に小さく示した修正文字がある場合、

補入例：　思ひ定（思さだ）めん○は（朱）いと（七巻三八頁5行）

は、「思ひ定めんはいと」とする。「（朱）」は削除する。また、

御遊（あそ）び○あり（朱）。（七巻八三頁10行）

は、「御遊びあり。」とする。「（朱）」は削除する。

ミセケチ例：　はつ（ヒ）へ（朱）る（七巻一六頁9行）

は、「はへる」とする。「（朱）」は削除する。

あやま（ヒ）な（朱）し（七巻一一一頁6行）

は、「あやなし」とする。「(朱)」は削除する。
以上のように、「本文」を加工した。

二【校異】欄の語彙検索について

【校異】欄については、基本的には、「本文」欄と同じ姿勢で編集しているが、「本文」欄以上に、ミセケチ、補入が頻出し、振り仮名も多く、テキストファイルにしてデータ化しにくい。したがって、文字化けを放置し、「＊」や「〓」のままになっていたり、振り仮名を削除して、データーに加工を加えたりしていることによって、厳密な意味での、検索のためのデーターは示されていない。よって、見出し項目などの、おおまかな検索は可能であるが、各諸本の厳密な異同を示すことは、本ＣＤでは不可能である。詳細は、最終的には書籍の『注釈』中の【校異】欄を参照されたい。

三【注釈】欄の語彙検索について

【注釈】欄については、基本的には、「本文」欄と同じ姿勢で編集しているので、【注釈】欄に見られる語彙ならば、全て検索が可能である。しかし、漢文などは、【注釈】欄のデーターから、返り点・送り仮名を削除したので、漢文をどのように訓んでいるかなどについては、書籍の【注釈】欄を参照されたい。

四　本ＣＤの使用説明について

本『源氏物語注釈』総検索ＣＤの使用説明の詳細は、ＣＤの中にあるので、参照されたい。

著者紹介

梅野きみ子（うめの　きみこ）
1965年、名古屋大学大学院文学研究科博士課程満期退学。椙山女学園大学名誉教授、文学博士。著書『えんとその周辺　平安文学の美的語彙の研究』（笠間書院　1979年）『王朝の美的語彙　えんとその周辺　続』（新典社　1995年）

乾　澄子（いぬい　すみこ）
1987年、名古屋大学大学院文学研究科博士課程（後期）満期退学。同志社大学他非常勤講師、博士（文学）。共著『小夜衣全釈　付総索引』（風間書房　1999年）論文「いまめきたる言の葉－紫式部の〈春〉の歌語－」（『〈紫式部〉と王朝文芸の表現史』森話社　2012年）

岡本美和子（おかもと　みわこ）
1972年、愛知県立大学文学部卒業。2011年、中部大学大学院国際人間学研究科博士後期課程修了。中部大学非常勤講師、博士（言語文化学）。論文「末摘花にみる〈をこ〉－『正身』・『きよら』を手がかりに－」（『名古屋平安文学研究会会報』2011年９月）

嘉藤久美子（かとう　くみこ）
1971年、金城学院大学大学院文学研究科修士課程修了。椙山女学園大学他非常勤講師。論文「紫の上は六条院で終焉を迎えた」（東海学園『言語・文学・文化』第17号　2018年３月）

田尻紀子（たじり　のりこ）
1987年、大谷大学大学院文学研究科博士後期課程満期退学。名古屋学芸大学教授。共著『魚太平記－校本と研究－』（勉誠社　1995年）『小夜衣全釈　付総索引』（風間書房　1999年）『小夜衣全釈　研究・資料編』（風間書房　2001年）

宮田　光（みやた　みつ）
1966年、名古屋大学大学院文学研究科博士課程満期退学。東海学園大学名誉教授。著書『いさよひ　校本・注解・索引』（東海学園国文叢書11　2002年）共著『恋路ゆかしき大将　山路の露』（中世王朝物語全集８　笠間書院　2004年）

山崎和子（やまざき　かずこ）
1973年、高知女子大学文学部国文学科卒業。2007年法政大学大学院人文科学研究科博士後期課程満期退学。法政大学兼任講師、博士（文学）。著書『源氏物語における「藤壺物語」の表現と解釈』（風間書房　2012年）共著『大斎院前の御集全釈』（風間書房　2009年）

『源氏物語注釈』総検索CD　編集製作者
大塚聡史、1996年、学習院大学大学院人文科学研究科博士前期課程修了。ソフトウエア業

『源氏物語注釈』総検索CD　企画編集者
梅野きみ子、嘉藤久美子、
大塚みつ子、2003年、成城大学大学院文学研究科博士前期修了

源氏物語注釈　十一　総検索CD付

二〇一八年五月三一日　初版第一刷発行

著者　梅野きみ子
乾　澄子
岡本美和子
嘉藤久美子
田尻紀子
宮田　光
山崎和子

発行者　風間敬子

発行所　株式会社　風間書房
101-0051 東京都千代田区神田神保町一―三四
電話　〇三―三二九一―五七二九
FAX　〇三―三二九一―五七五七
振替　〇〇一一〇―五―一八五三

印刷・製本　中央精版印刷

ISBN978-4-7599-2228-8 Printed in Japan NDC分類：913.369

付属CDについて

付属CDは、以下の環境での使用を想定しています。

OS

Windows7、Windows8/8.1、Windows10

CPU

1GHz以上のプロセッサ

メモリ

2GB以上

ハードディスク

50MB以上の空き容量

ディスプレイ

800×600以上の解像度

その他

CDが読み込めるドライブが必要

・付属CDの内容の説明や、使用上の注意点は、付属CD内の「『源氏物語注釈』総検索_使用説明.pdf」に書かれています。最初に必ずお読み下さい。
・付属CDに収録されているファイルの著作権は、著作権者にあります。
・本製品の一部または全部を無断複製・改変することは、その形態を問わず禁止します。